新 日本古典文学大系 70

芭蕉七部集

白石悌三
上野洋三 校注

岩波書店刊行

目次

付録

解説

索引

凡例

一　底本には、いわゆる七部集本ではなく、各集の初版のうちの善本を採用した。各集の諸本については、解説の「七部集の書誌」を参照されたい。

二　翻刻本文の作成にあたっては、底本の原形を重んじるようにした。

1　底本に存する振仮名は、底本と同じく片仮名で残した。

2　底本の仮名遣いが歴史的仮名遣いに一致しない場合もそのままとし、適宜、脚注に正しい歴史的仮名遣いを記した。

3　反復記号「々」「ゝ」「〱」については、底本のままとし、読みにくい場合は、平仮名で読み仮名を傍記した。

三　翻刻本文の作成にあたって、底本の原形に対して、基本的に改訂を加えたのは、次の諸点である。

1　本文における連句の表記は、長句・短句の区別を明らかにするため、長句に対して短句を一字下げて記し、その構成を知る便りとした。

2　本文における漢字は、常用漢字表にあるものについては、その字体を使用した。異体字・古字・俗字・略字の類も、原則として通行の字体に改めた。

3　仮名はすべて、現行の字体によった。

4　本文の漢字書きに、適宜、平仮名で読み仮名を施した。
5　清濁は校注者の判断により、これを区別した。
6　漢字熟語の連字符、音読符号の類は、これを省略した。かわりに平仮名で読みを傍記し、適宜、脚注で言及した。
7　底本において明らかに誤りと思われる文字は、当時の慣用と思われるもの以外はこれを改め、脚注で言及した。

四　本文の句番号は、本書における通し番号である。これは、『古板俳諧七部集』『芭蕉七部集総索引』の番号に一致する。

五　脚注は、
連句の場合、句の位置、季（季語）、○語注、▽句意、(俳)俳言）、
発句の場合、○語注、▽句意、季季語、(俳)俳言）、
の順で記した。

六　作者およびその他の人名の解説は、巻末の人名索引に一括した。

七　脚注・解説文中の連俳用語については、付録「歌仙概説」を参照されたい。
なお、脚注・解説文中の『評釈』は幸田露伴の『評釈芭蕉七部集』（岩波書店刊）をさす。

八　各集の前に解題を掲げた。

冬の日

上野洋三 校注

〔編者〕荷兮かとする説が有力であるが、未詳。

〔書名〕越人著『俳諧冬の日槿花翁之抄』に「冬の日出来し時、十月より十一月迄の間、連中寄合たる云々」とあるように、その成立が初冬から中冬にかけてであったので名付けられたか。原題簽「冬の日 尾張五哥仙 全」に従えば、ある年の冬、尾張の国で作られた歌仙五巻、と、淡々と事実を書名としたものと見える。ただし「冬の日」は「春の日・夏の日・秋の日」と同じく歌語なのであり、一見した所のさりげなさと別に、書名としては新鮮な感覚もこめられたと思われる。

〔成立〕芭蕉は、貞享元年(一六八四)八月に江戸を出発して西上し、『野ざらし紀行』の旅に出た。その途中、同年十月、尾張国熱田から名古屋に入り、当地の人々を相手に歌仙五巻を興行した。連衆は、はじめの三歌仙は芭蕉・野水・荷兮・重五・杜国・正平。あとの二歌仙および追加の表六句では正平のかわりに羽笠が入る。やや変則的であるが、はじめから五巻をもって完結する計画だったのであろう。連句一巻としては百韻が正式であり、歌仙は略式のもの。それを集めた書物としては、「千句」また「十百韻《とっぴゃくいん》」、「十歌仙」などが基本であったが、談林時代末期から『ねざめ常矩六吟よよし』『花洛六百韻』『大坂八百韻』『時鳥十二歌仙』『大坂八五十韻《はちごじゅういん》』『誹諧七百五十韻』『誹諧五百韻三歌仙ならびよよし』『蠹《しみ》集其角京五吟よよし』など、あえて定型を破る集が続出した。芭蕉にも『追京七百五十韻・二百五十句俳諧次韻』と題する書がある。本書は、その流れの末に出たもの。

〔意義〕前代の談林末期の余風を受けて、佶屈・晦渋、作為的な虚構をかまえる所があるが、その中から、特定の典拠によらない空想を、擬古的に表現する方法を、切り開いて行ったところに特色がある。和漢のさまざまの文芸の世界を自由にふまえると同時に、同時代の都鄙のさまざまの人々の生活と心をも、とりこもうとした所がある。それはなお、表現の生硬さに規制されて、十分に成功しているとはいい難いが、新鮮な印象を与えたことは確かである。蕉門の人々も、また中興期の蕪村・暁台・麦水などの蕉風復興を説いた人々も、本書を、芭蕉たちの新風の第一番目の書物として挙げることが多い。

笠《かさ》は長途《ちやうど》の雨《あめ》にほころび、紙衣《かみこ》はとまり〳〵のあらしにもめたり。侘《わび》つくしたるわび人《びと》、我《われ》さへあはれにおぼえける。むかし狂歌《きやうか》の才士《さいし》、此国《このくに》にたどりし事《こと》を、不図《ふと》おもひ出《いで》て申侍《まうしはべ》る。

1 狂句《きやうく》こがらしの身《み》は竹斎《ちくさい》に似《に》たる哉《かな》　芭蕉

2 たそやとばしるかさの山茶花《さんざくわ》　野水

3 有明《ありあけ》の主水《もんど》に酒屋《さかや》つくらせて　荷兮

4 かしらの露《つゆ》をふるふあかむま　重五

〔詞書〕○紙衣　紙製の衣服。防寒衣。俳諧では冬の季語。○わび人　世に用いられぬ人。西行の山家集にも出る歌語。▽笠は破れ、紙衣はよれよれ。われながら情ない限りです。聞けば、かの竹斎も流浪の途次に、当地へたどりついたそうですが、そこで、まずは次のように、ごあいさつを。冒頭「笠・紙衣」の「か」音と、「雨・あらし」の「あ」音が対をなす。次の「侘つくし・わび人・我」の「わ」音が同様に韻をそろえる。一座の冒頭の重要なあいさつの一文。

1 発句。冬(こがらし)。○狂句　俳諧を中国風に言う。○こがらしの身　「きえわびぬうつろふ人の秋の色に身をこがらしのもりの下露」(新古今集・定家)などによる。○竹斎　仮名草子・竹斎の主人公。医者として失敗し、流浪して江戸へ下る。各地で狂歌を詠む。▽俳諧ゆえに身をもちくずし、尾羽うちからして皆様の前にあらわれましたこの身は、医師失格のあげくに諸国を流れて、なお狂歌でへらず口を叩いていた竹斎同然ですね。そんな私ですが、どうぞよろしく。[俳]狂句・竹斎。

2 脇。冬(山茶花)。○とばしる　飛び散る。雅語では「たばしる」。▽木枯の風に吹き散る山茶花の花びら。その中を笠を傾けておいでになった旅のお方は、いったい誰でしょう。ご本人はわび人などとおっしゃるが。[俳]とばしる・山茶花。

3 第三。秋(有明)。○有明　夜明けの時刻。その時刻の月を意味するので「月」の句の扱いになる。○主水　星の名。▽早発ちの人が行く夜明け。西の空に主水星が見える時節になった。そろそろ酒を仕込む頃である、というので仕度にとりかかった。星の出入りは農作業や漁業にとりかかる目安にされていた。[俳]主水。

4 初オ四。秋(露)。○あかむま　赤毛馬。▽酒造りの小屋の前では、赤毛の駄馬がつながれて、頭の露をふるい落している。[俳]あかむま。

5 朝鮮《てうせん》のほそりすゝきのにほひなき　杜国

6 日《ひ》のちり〳〵に野《の》に米《こめ》を刈《かる》　正平

7 わがいほは鷺《さぎ》にやどかすあたりにて　野水

8 髪《かみ》はやすまをしのぶ身《み》のほど　芭蕉

9 いつはりのつらしと乳《ちち》をしぼりすて　重五

10 きえぬそとばにすご〳〵となく　荷兮

11 影法《カゲボウ》のあかつきさむく火《ひ》を焼《たき》て　芭蕉

12 あるじはひんにたえし虚家《カライエ》　杜国

5 初オ五。秋(すゝき)。▽馬がわびしげに露をふるう。後景には、大陸渡りの痩せて色つやのないススキが、力なく揺れる。「露」に「薄」は付合。㊐朝鮮。

6 初オ六。秋(米を刈)。○ちり〳〵　日の光が薄れてわずかに残っている様。○米を刈　「稲を刈る」と言うべき所を、新し味を出すために、かくいう。▽夕暮まで働く人の影。枯ススキが白く光る景。㊐ちり〳〵・米。

7 初ウ一。雑。○わがいほは　「わが庵は都の辰巳しかぞ住む世をうぢ山と人はいふなり」(百人一首・喜撰法師)を暗示。○やどかす　鷺を擬人化していう。▽私の住むあたりは、田家のただ中。夕暮には、近くに巣を構える鷺も、軒端をかすめて帰って来る。前句の遠景を近景に転ずる。鷺に宿を「かす」と表現する所が俳諧。㊐ナシ。

8 初ウ二。雑。恋(しのぶ)。▽何の因果か髪を切ったのだが、今はそれが元にもどるまで、世間から隠れ住んでいる。前句の人物の隠棲している事情を説き明かす。さまざまの原因が想像されるが、その一つに恋愛事件などもあり得る。㊐はやす。

9 初ウ三。雑。恋(いつはり)。▽男には裏切られ、生まれた子は他人の手にわたされ、ひとり、はってくる乳をしぼって捨てている女。還俗した尼僧など、種々の事態が空想される。女のあわれを具体的に把握した新しみ。㊐乳。

10 初ウ四。雑。○すご〳〵　うちひしがれたさま。▽文字の痕も真新しい卒都婆。その前で泣き悲しむ母親。前句の「いつはり」を、子が母に先立つ逆縁・不条理の意に転ずる。恋の句を無常に転じた。㊐そとば・すご〳〵。

11 初ウ五。冬(さむく)。○影法　影法師の下略。▽夜明けの寒さに、焚火をしている人物。その影が頼りなく揺れて、冬の薄明の寒さを一層感じさせる。前句の墓場の景に対して、凄涼の点景をもって応じた。㊐影法。

12 初ウ六。雑。○ひん　貧。○虚家　あき家。▽貧しさゆえに一家離散して、住む人も絶えた家。そんな家に人の気配があり、焚火の人影がある。盗賊か、浮浪者か。㊐ひん・虚家。

13 田《た》中《なか》なるこまんが柳《やなぎ》落《おつ》るころ　荷兮

14 霧《きり》にふね引《ひく》人《ひと》はちんばか　野水

15 たそかれを横《よこ》にながむる月《つき》ほそし　杜国

16 となりさかしき町《まち》に下《お》り居《ゐ》る　重五

17 二《に》の尼《あま》に近衛《このゑ》の花《はな》のさかりきく　野水

18 蝶《てふ》はむぐらにとばかり鼻《はな》かむ　芭蕉

19 のり物《もの》に簾《すだれ》透《すく》顔《かほ》おぼろなる　重五

20 いまぞ恨《うらみ》の矢《や》をはなつ声《こゑ》　荷兮

13 初ウ七。秋(柳落る)。○こまん　出女の通り名。それにゆかりのある柳を仮に想像したもの。▽前句の一家没落の原因を遊女にあるかと暗示した付け。[俳]こまん。

14 初ウ八。秋(霧)。▽深い霧の中を、川上に向かって船を引いてゆく人々。満身の力をこめて、前傾姿勢をとって進む。それを、足を引きずって行くのか、と見た。[俳]ちんば。

15 初ウ九。秋(月)。○横に　「横に暮らす・横に出る・横に寝る」などは無理に気ままを通すこと。▽夕霧のかかる頃。空には三日月。かなたでは一心に働く人。こちらはそれを「ちんば」かなどと見立てて寝そべっている人。[俳]ナシ。

16 初ウ十。雑。○下り居る　宮仕えをしている者が、自宅に帰っている。▽あわただしい日暮れ時にぼんやりと夕月などながめている人物を、久し振りに宿下りをしている宮仕え人と見立てたもの。実家は隣近所の口さがない下町で、無聊な身にはそれがこたえるのである。[俳]ナシ。

17 初ウ十一。春(花)。○二の尼　一の尼に対する二の尼。天子崩御のとき尼になった官女のうち、二番目に尼となったもの、という。○近衛の花　「近衛殿の糸桜」(謡曲・西行桜)などで有名なもの。里内裏としても用いられた近衛邸の花。▽訪ねてきた二の尼に、御所のあたりの様子を聞いて、宮仕えの頃をしのぶ。[俳]二の尼。

18 初ウ十二。春(蝶)。○むぐら　雑草。○鼻かむ　泣くこと。源氏物語などの用語。▽前句の問に答える人。荒廃した御所は、花どころか雑草にうずもれて、花を求める蝶はむなしく飛ぶばかりです、と涙にくれる。[俳]ナシ。

19 名オ一。春(おぼろなる)。▽輿に乗って去る人の顔が、簾ごしにやっと見えるのであるが、それも涙に霞んでゆく。左遷などで都落ちの人か。前句は、それを送る女人などのかける言葉。三句ほど古物語風に続く。[俳]のり物。

20 名オ二。雑。▽われらが恨み、思い知ったか、とばかり、掛け声をかけて一の矢を放つ。敵は乗り物の中。おぼろながら、あの顔に間違いない。曾我兄弟の仇討ちなどの場面に転ずる。[俳]ナシ。

21 ぬす人《びと》の記念《かたみ》の松《まつ》の吹《ふき》おれて　芭蕉

22 しばし宗祇《そうぎ》の名《な》を付《つけ》し水《みづ》　杜国

23 笠《かさ》ぬぎて無理《むり》にもぬるゝ北時雨《きたしぐれ》　荷兮

24 冬《ふゆ》がれわけてひとり唐《たう》苣《ちさ》　野水

25 しら〲と砕《くだ》けしは人《ひと》の骨《ほね》か何《なに》　杜国

26 烏賊《いか》はゑびすの国《くに》のうらかた　重五

27 あはれさの謎《なぞ》にもとけじ郭公《ほととぎす》　野水

28 秋水《しうすい》一斗《いつと》もりつくす夜《よ》ぞ　芭蕉

21 名オ三。雑。○おれて　正しくは「をれて」。▽悪名高い盗賊にゆかりの松も今は風に折れて無残な姿。前句の背景として荒涼たる風景を出す。熊坂長範物見の松(美濃国青野村)などを暗示。俳ナシ。

22 名オ四。雑。○宗祇　連歌師。飯尾宗祇(一四二一—一五〇二)。美濃国に東常縁を訪ねて古今伝授を相伝。常縁は山田庄宮瀬川のほとりまで送る。その地点に「宗祇忘れ水」が残る。▽回国行脚の旅。高名な松は風雪に折れてしまっていたが、宗祇ゆかりの泉はなお残る。しばしやすらって思いを昔日にはせるのである。「しばし」は西行の「道のべに清水流るる柳かげしばしとてこそ立ちどまりつれ」などによる。俳宗祇。

23 名オ五。冬(北時雨)。○北時雨　しぐれのこと。謡曲などに例がある。▽休んでいると時雨が降り出した。ここは時雨の詩人宗祇にちなんで、ちょいと濡れてみないわけに行かない。風狂のポーズを楽しむ。俳無理にも。

24 名オ六。冬(冬がれ)。○唐苣　チサの一種、不断草と俗称されるもの。四季を通じて葉がある(和漢三才図会)。▽枯野を分けて草を求めた結果は、わずかに唐苣のみであった。「君がため冬の野に出て草をつむわが衣手は時雨に濡れつつ」といった諧謔。俳唐苣。

25 名オ七。雑。▽冬枯れの野中に、何やら白々と散乱しているものは、野ざらしの人骨でもあろうか。草の繁る間は埋もれていたものが露れたのである。俳ナシ。

26 名オ八。雑。○ゑびす　正しくは「えびす」。▽古代、中国では亀の甲を、わが国では鹿の骨を焼いて、吉凶の占いをしたのだが、辺境未開の国では、イカの甲を用いたのであろう。前句の設問に空想的な答えを出したもの。俳烏賊・うらかた。

27 名オ九。夏(郭公)。▽易占にイカの甲を用いるような国では、望郷の思いをホトトギスに託して詩歌に詠んだところで、その意味を解ってくれる人はあるまい。郭公は、辺土に死んだ蜀帝の魂が化したもの。望郷の思いを鳴くという。俳謎。

28 名オ十。秋(秋水)。○秋水　秋の清く澄みきった水。▽水時計(漏刻)の水一斗(約一八リットル)が、すっかり漏れ尽きてしまうほど長い秋の夜。前句を謎かけ遊びをしている場面とみた。

29 日《じつ》東《とう》の李《り》白《はく》が坊《ばう》に月《つき》を見《み》て　重五

30 巾《きん》に木《む》槿《くげ》をはさむ琵《び》琶《は》打《うち》　荷兮

31 うしの跡《あと》とぶらふ草《くさ》の夕《ゆふ》ぐれに　芭蕉

32 箕《み》に鮗《このしろ》の魚《うを》をいたゞき　杜国

33 わがいのりあけがたの星《ほし》孕《はら》むべく　荷兮

34 けふはいもとのまゆかきにゆき　野水

35 綾《あや》ひとへ居《ヲリ》湯《ユ》に志《し》賀《が》の花《はな》漉《こし》て　杜国

36 廊《らう》下《か》は藤《ふぢ》のかげつたふ也《なり》　重五

「ほととぎす」は和歌で「程時過ぎて」などと掛けるので、それを暗示するか。俳秋水一斗。

29 名オ十一。秋(月)。○日東　日本。○李白　唐の詩人。杜甫に「李白一斗詩百篇」の詩句がある。▽日本の李白と呼ばれる詩僧の庵で、本場の李白が「春夜桃李園ニ宴スル」(古文後集)のに対して、秋夜の月見に興じた。俳日東の李白が坊。

30 名オ十二。秋(木槿)。○巾　玄宗皇帝に愛された羯鼓の名手璡(しん)は頭巾に木槿を挿して演奏した。木槿は、はかなく散りやすい花。▽高名な詩人の観月の宴なので、琵琶弾きも、中国の故事を偲ばせる趣向で演奏した。俳巾・琵琶打。

31 名ウ一。雑。▽夕暮の野べに、草を手向けて、なれ親しんだ牛の霊を弔った。前句を中国趣味の風流人と見て、牛を愛した人物とした。俳ナシ。

32 名ウ二。雑。▽箕にコノシロを入れ、それを頭上にのせて運んでゆく。前句を辺地と見て、頭上に物を乗せて運ぶ習俗を思いよせたか。俳箕・鮗。

33 名ウ三。雑。恋(孕む)。▽あけがたの星にむかって、願をかけて子だねの授かるよう祈る。前句の箕を、箕星のことと見て、鮗を献げて祈誓する意とするか。弘法大師の母、頭上に盥を載せ、高足駄をはいて屋根にのぼり、天に申し子をして、大師を生む、という俗伝がある。俳孕むべく。

34 名ウ四。雑。恋(まゆかき)。○まゆかき　眉掻き。結婚した女はお歯黒をつけ、妊娠すると眉を剃り落す。▽祈誓がかなえられて、めでたく妊娠した妹のために、姉が心はずませて出かける。まゆかきは「親類のもの」がつとめる、という(的伝冬の日註解抄)。俳いもと。

35 名ウ五。春(花)。○居湯　別の所で沸かした湯を桶に移して入浴する風呂。▽綾絹で漉した湯。それも山桜で名高い志賀の都から運んだという名水。唐の楊貴妃のような栄耀を誇る女性の入浴である。俳居湯・漉て。

36 挙句。春(藤)。▽藤の花ぶさの影が、長くのびて、廊下に映っている。いかにものどかで物憂げな晩春の御殿の風情である。白楽天の詩句「廊ヲ繞レル紫藤ノ架」をもふまえているか。俳廊下。

おもへども壮年《さうねん》いまだころもを振《ふる》はず

37 はつ雪《ゆき》のことしも袴《はかま》きてかへる　野水

38 霜《しも》にまだ見《み》る蕣《あさがほ》の食《めし》　杜国

39 野《の》菊《ぎく》までたづぬる蝶《てふ》の羽《はね》おれて　芭蕉

40 うづらふけれとくるまひきけり　荷兮

41 麻《ま》呂《ろ》が月《つき》袖《そで》に鞨《かっ》鼓《こ》をならすらん　重五

42 桃《たう》花《くわ》をたをる貞《てい》徳《とく》の富《とみ》　正平

37 発句。冬(はつ雪)。○いまだころもを振はず　杜甫の詩句「老大イタヅラニ傷ム未ダ衣ヲ払ハザルコトヲ」による。世を遁れたいと思うのだが、二十七歳の「壮年」なので、隠居できない、というのである。野水は公職にある町役人。▽初雪に町の景もやや趣を変える。このわたくしは、相変らず公儀に出ての帰途、堅苦しい袴姿である。俳ナシ。

38 脇。冬(霜)。▽霜の時節になっても未だ咲き残る朝顔。それを前に朝食をしたためて出仕する。芭蕉の「朝顔に我は食くふ男かな」(天和三年)に対する心が含まれるか。俳食。

39 第三。秋(野菊)。○おれて　正しくは「をれて」。▽春夏を花をもとめて飛びまわった蝶もすっかり弱って、わずかな野菊に頼ってくる。残菊を訪う蝶は和歌に例があるが、その衰えた様を「羽折れて」と細かく捉えた点が俳諧。俳野菊。

40 初オ四。秋(うづら)。○ふけれ　鶉の鳴くことを「ふける」という。その命令形。鶉の飼育は当代の流行。▽鶉のみごとな鳴き声を聞きたいと、飼育している鶉を牛車にのせて草深い野べを行く。高貴の風流人。俳ふけれ。

41 初オ五。秋(月)。○鞨鼓　雅楽器。▽物見車の風流な貴人は、月に興じて、みずから手すさびに鼓を鳴らす。貴人の月見を「麻呂が月」と言いたてたところが、このころの俳諧。俳麻呂・鞨鼓。

42 初オ六。春(桃花)。○貞徳　松永氏。江戸時代初期の庶民の最大の文化人。貞門俳諧の祖と仰がれた。▽晩年長頭丸(まろ)と号した貞徳は、巨万の富に恵まれたことで知られるが、月に花に、まことに風雅の富にも恵まれた人であった。俳桃花・貞徳。

43 初ウ一。春(田螺)。○浅香　陸奥の歌枕。沼。○うへて　正しくは「うゑて」。▽いささかの春雨にも増水して畦を越

43 雨《あめ》こゆる浅香《あさか》の田《た》螺《にし》ほりうへて　杜国

44 奥《おく》のきさらぎを只《ただ》なきになく　野水

45 床《とこ》ふけて語《かた》ればいとこなる男《をとこ》　荷兮

46 縁《えん》さまたげの恨《うら》みのこりし　はせを

47 口《くち》おしと瘤《フスベ》をちぎるちからなき　野水

48 明《あ》日《す》はかたきにくび送《おく》りせん　重五

49 小《こ》三《さう》太《だ》に盃《さかづき》とらせひとつうたひ　芭蕉

50 月《つき》は遅《おそ》かれ牡《ぼ》丹《たん》ぬす人《びと》　杜国

える浅い浅香沼。その名所でとれる田螺を、遠く都まで運び寄せることも、かの貞徳なら、できたことだろう。「雨こゆる」は「浅」を出すための即興の枕詞。浅香沼の花かつみならぬ田螺を移したところが俳諧。すべて虚構を楽しむ。[俳]田螺。

44 初ウ二。春(きさらぎ)。○奥　陸奥。▽移し越された田螺は、奥州の春二月をしのばせるように、鄙びた心細い鳴き声をたてている。「なく」の主語をなにと見るか諸説がある。[俳]奥。

45 初ウ三。雑。恋(床)。○床ふけて　床中に夜ふけて。○いとこ　従父兄弟・従母兄弟。両親の兄弟の子。▽遊女屋などの深更。床の中で何となく、たがいの身の上を語るうちに、血縁と判り、改めて、運命の拙さを嘆く。[俳]床ふけて。

46 初ウ四。雑。恋(縁・恨み)。▽互の素姓を知ってみれば、遠縁の、いつか結婚すべき約束などもあった同士。よんどころない障害のために果されずに終った。現在の窮状を思えば、悲運を恨む心ばかりがわきあがる。[俳]縁さまたげ。

47 初ウ五。雑。○口おし　正しくは「口をし」。○瘤　こぶ。▽おのれの縁遠いのも、この醜いこぶゆえだと思うが、もぎ取ろうにも、そうもゆかぬ。まことに情ないしだいである。「うしと思ふも力なの世や」(夫木和歌抄)という趣で、前句の「恨みのこりし」という物語的措辞に対応している。[俳]瘤。

48 初ウ六。雑。○くび送り　自害して首級を敵に与えること。▽籠城して戦ったが、いまや万策尽きて、残念ながら戦闘の余力もない。城主たる自分が自害する他はあるまい、と、場面を軍記物の世界に転じる。[俳]くび送り。

49 初ウ七。雑。○小三太　近くに使う小者などを思わせる架空の人名。▽明日の死を前に、訣別の宴を開く。近習の者にも盃を与えて酒を飲ませ、みずからも一曲諷って、悲壮な宴をもりあげる。[俳]小三太。

50 初ウ八。夏(牡丹)。▽みごとに咲き誇る牡丹を貰い請けたいと請うたが許されず、ついに花盗人になろうとする。今宵は月の出の、少しでも遅いことを願う。前句の酒宴に興じる人には待たれる月だろうが。[俳]牡丹。

51 縄《なは》あみのかゞりはやぶれ壁《かべ》落《おち》て　重五

52 こつ〳〵とのみ地《ち》蔵《ざう》切《きる》町《まち》　荷兮

53 初《はつ》はなの世《よ》とや嫁《よめり》のいかめしく　杜国

54 かぶろいくらの春《はる》ぞかはゆき　野水

55 櫛《くし》ばこに餅《もち》すゆるねやほのかなる　かけい

56 うぐひす起《おき》よ紙《し》燭《そく》とぼして　芭蕉

57 篠《ささ》ふかく梢《こずゑ》は柿《かき》の蔕《へた》さびし　野水

58 三《さみ》線《せん》からん不《ふ》破《は》のせき人《びと》　重五

51 初ウ九。雑。○縄あみのかゞり　破損した屋根の補強に漁網を覆せ繕うのをいう。▽屋根は壊れつくし、壁も落ちた荒屋。豪奢な牡丹の花に対して貧家の体をつける。[俳]縄あみのかゞり。

52 初ウ十。雑。○地蔵切　石の地蔵を彫刻する。▽淋しい集落を通過する。人影もまばら。陋屋は倒壊しようかと思うばかり。物音とては、石を刻む単調な音が続くのみ。石を産出する海浜の街道沿いの真昼の光景。[俳]こつ〳〵・地蔵。

53 初ウ十一。春（初はな）。恋（嫁）。▽さすがに女の生涯に一度の晴れのこととて、嫁入の行儀だけは厳格に守られていることだ。前句の淋しい景に対して、花やかな婚礼の場面を出す。[俳]嫁(よめり)。

54 初ウ十二。春（春）。恋（かぶろ）。○かぶろ　少女。花嫁に随従して行く小上﨟。▽婚礼の座で花嫁の脇に侍坐している少女は、年端もゆかない様子。主命で遠く随従して来た不安と緊張の面もちは、いじらしく可憐である。[俳]かぶろ。

55 名オ一。春（餅すゆる）。恋（ねや）。○櫛ばこ　櫛などの化粧道具を入れる箱。○すゆる　正しくは「すうる」。▽前句のかぶろを遊女につき従う禿とした。櫛箱を仮の台にして正月の餅を飾る遊女の部屋。薄暗やみの中に白い餅が浮いて見える。[俳]櫛ばこ。

56 名オ二。春（うぐひす）。○紙燭　紙を縒って油を浸ませたもの。臨時の灯。▽春もまだ浅い正月。籠に飼う鶯はまだ初音を聞かせてくれない。そこで早く鳴けとばかり、紙燭を点して夜明けの到来を早めた。[俳]紙燭。

57 名オ三。冬（柿の蔕）。▽深い篠竹藪に囲まれた一角。わずかに通う路も埋もれがちである。一本のび出た柿の木は葉も落ち尽して、わずかに蔕ばかりが寒風に残る。前句の鶯に篠をあしらう。[俳]柿の蔕。

58 名オ四。雑。○不破　美濃の歌枕。荒廃した関址。▽篠竹藪に埋もれた不破の関跡に住む人よ。三味線があれば拝借したい。旅芸人が関を通過する時に一芸を披露する。せめてその真似事をして、この寂寥を慰めたい。[俳]三線・せき人。

59 道《みち》すがら美《み》濃《の》で打《うち》ける碁《ご》を忘《わす》る　芭蕉

60 ねざめ〳〵のさても七《しち》十《じふ》　杜国

61 奉《ほう》加《が》めす御《み》堂《だう》に金《こがね》うちになひ　重五

62 ひとつの傘《カサ》の下《した》挙《コゾ》りさす　荷兮

63 蓮《はす》池《いけ》に鷺《さぎ》の子《こ》遊《あそ》ぶ夕《ゆふ》ま暮《ぐれ》　杜国

64 まどに手《て》づから薄《ウス》様《ヤウ》をすき　野水

65 月《つき》にたてる唐《から》輪《わ》の髪《かみ》の赤《あか》枯《がれ》て　荷兮

66 恋《こひ》せぬきぬた臨《りん》済《ざい》をまつ　はせを

59 名オ五。雑。▽不破の古関を、三味線でもあれば一曲かなでようものを、などと興じて越えた人物の、飄逸な旅心を付ける。道中、相手があれば碁を打つこともあるが、それもまた、隣国へ出れば、すっかり棋譜も忘れてしまう執着のなさ。[俳]道すがら・碁。

60 名オ六。雑。▽老いては、さすがに夜深いうちから眼も覚めやすくなる。七十というこの年齢は、あらそわれないものだ。前句の物忘れから、老人の回想をつける。若き日の旅の途中、碁を打ったことがあるが、その記憶も定かでない。「寝覚」は古来老いの哀感にいう。[俳]七十。

61 名オ七。雑。○奉加めす　寄付の金品を徴収する。○御堂　寺院を尊んでいう。▽老いを自覚した人物が、来世の成仏を願って一念発起し、旦那寺の募財に応じて、大金を寄せるさま。[俳]奉加・御堂。

62 名オ八。雑。▽前句、寺院の募財に応ずる人物を、一人から、大勢の信者が競って寄進に参ずるさまに転じる。傘は、貴人・僧侶のためにかざされる象徴。その下に、人々の群集するように、浄財が寄せられる。[俳]挙りさす。

63 名オ九。夏(蓮池)。○鷺の子　鷺は春季、樹上に巣を営み卵をかえす。▽前句を別の物に見たてる。蓮の大きな葉の下に、まだ小さい鷺の子たちが集まって泳ぎまわっている。蓮池の夕景。やや古風の付け方。[俳]蓮池。

64 名オ十。雑。▽蓮池に鳥の子の遊ぶ夕景。わが書窓の明り障子のために、みずから薄様の紙を漉く。王羲之か周茂叔(愛蓮説の作者)をしのばせる隠逸の君子の面影。[俳]薄様。

65 名オ十一。秋(月)。○唐輪の髪　髻から上を輪に作り、根を余りの髪で巻く結い方。▽簡素な生活で甲斐甲斐しく働く女。月の出を眺めて門に立つ頭は、宵の光にも赤茶けて見える。[俳]唐輪・赤枯て。

66 名オ十二。秋(きぬた)。▽砧といえば閨怨の情であるが、これは、そのような慕情を断絶した老女が、月光の下に砧を打ちつついる。帰依信仰する臨済禅師が、行脚済度に訪れるのをのみ待っている。[俳]臨済。

67 秋《しう》蟬《ぜん》の虚《カラ》に声《こゑ》きくしづかさは　野水

68 藤《ふぢ》の実《み》つたふ雫《しづく》ほつちり　重五

69 袂《たもと》より硯《すずり》をひらき山《やま》かげに　芭蕉

70 ひとりは典《ス》侍《ケ》の局《つぼね》か内《ない》侍《し》か　杜国

71 三《み》ケ《か》の花《はな》鸚《あう》鵡《む》尾《を》ながの鳥《とり》いくさ　重五

72 しらがみいさむ越《こし》の独《う》活《ど》刈《かり》　荷兮

67 名ウ一。秋(秋蟬)。▽「秋蟬」はヒグラシ。そのぬけ殻に声なき声を聞く。そのような閑寂な境地に到達した人物のみごとさよ。前句の恋慕の情を克服し得た女人の、悟道の境地をほめたたえるもの。[俳]秋蟬。

68 名ウ二。秋(藤の実)。▽前句を実景と見て、蟬のぬけ殻に音を聴きつけるほどの静けさにあっては、藤の実をつたって落ちる一滴の雫の音も聞こえよう、と付けた。「虚」に対して「実」を付けた味わいがある。[俳]藤の実・ほつちり。

69 名ウ三。雑。▽山かげに立ちどまって、懐中から矢立の硯をとりだして、詩歌を案ずる。旅中の風雅人のおもむき。前句の雫を硯にうけるとする解もあるが、窮屈にすぎよう。小さな事の発見に興を見る風狂のポーズ。[俳]ナシ。

70 名ウ四。雑。○典侍　宮中内侍の司の次官。○局　女官。○内侍　内侍の司の女官。▽このような山中で詩歌を案じている一行は、いずれ都がたの高貴な人々とお見うけするが、特にあの方は、宮中の位高い官女であろう。[俳]典侍の局・内侍。

71 名ウ五。春(花)。○尾なが　練鵲。長い尾羽の先が白い円環をなし美しい。▽三月三日の宮中で、闘鶏の行事が行われることにちなんで、美しい鳥を左右から出して比べ合わせる鳥合を空想した。前句のひとりを、その片方と見たのである。[俳]鸚鵡・尾なが・鳥いくさ。

72 挙句。春(独活刈)。○しらがみ　白髪の老人。○独活刈　ウドは延喜式に越前国から貢納する雑薬として見え、頭痛・脚疾などの病を去るとされた。▽前句の都における宮廷行事に対して、これは北辺の土地で、白髪の老農夫が、時節到来と、ウドの収穫にいでたつさま。都鄙ともに太平安穏のおだやかさを付けた。[俳]独活刈。

つえをひく事《こと》僅《わづか》に十歩《じつぽ》

73 つゝみかねて月《つき》とり落《おと》す霽《しぐれ》かな　杜国

74 こほりふみ行《ゆく》水《みづ》のいなづま　重五

75 歯朶《しだ》の葉《は》を初狩人《はつかりびと》の矢《や》に負《おひ》て　野水

76 北《きた》の御門《ごもん》をおしあけのはる　芭蕉

77 馬糞《ばふん》掻《カク》あふぎに風《かぜ》の打《うち》かすみ　荷兮

78 茶《ちゃ》の湯者《ゆしゃ》おしむ野《の》べの蒲公英《タンポポ》、　正平

73 発句。冬(霽)。○つえをひく事　正しくは「つゑ」。「曳杖僅十歩」のような五言の詩句を想像させる、漢文訓読ふうの前書。わずか十歩もあるかないうちに。▽にわかに曇って、時雨が降ったかと思ったら、瞬時に晴れあがって、もう月の光がもれ落ちて来た。時雨の過ぎやすさを擬人化して興じた。俳ナシ。

74 脇。冬(こほり)。▽氷上を割れ目が走る早さ。これもまた時雨に劣らず、素速いものですね、と応じた。氷の割れる形は、古染付の紋様にもある図柄。それをあたかも、水上に稲妻が走る形を、瞬間に固定したかのごとくとらえたもの。発句に応じて擬人化した表現。俳ナシ。

75 第三。春(歯朶の葉)。○歯朶　常緑の葉を新年のかざり物に使う。○初狩人　その年はじめての狩に出かける人という意味の造語。▽旧冬の名残の氷を踏み分けて、狩に出かける。靫には祝儀の意をこめて歯朶をそえて。俳歯朶・初狩人。

76 初オ四。春(あけのはる)。▽城の北の御門を押しあけて、新年はじめての狩に出かける一行。前句の狩人を身分のある人々と見定めた。俳御門・おしあけの。

77 初オ五。春(打かすみ)。○あふぎ　扇形の鋤簾。▽門前の往来はげしきため、馬糞の清掃もせわしいが、さすがに春の日ののんびりした様子である。門前を御所の北、今出川通りと見る説と、逆に、前句を御所の年頭の行事を仮想したものと見て、ここを武家の城郭の門前とする説がある。俳馬糞掻あふぎ。

78 初オ六。春(蒲公英)。○おしむ　正しくは「をしむ」。▽茶の湯をたしなむ好事の者が、野辺に可憐に咲くタンポポの花をめでている。前句を農夫が肥料とするために馬糞を集めている田園の風景と見て、それに対して風流を楽しむ茶人を出したものか。馬糞とともに掻き取られそうなタンポポを危ぶむ心持があろう。俳茶の湯者・蒲公英。

79 らうたげに物《もの》よむ娘《むすめ》かしづきて　重五

80 灯《とう》籠《ろ》ふたつになさけくらぶる　杜国

81 つゆ萩《はぎ》のすまふ力《ちから》を撰《えら》ばれず　芭蕉

82 蕎《そ》麦《ば》さへ青《あを》し滋《シ》賀《ガ》楽《ラキ》の坊《ばう》　野水

83 朝《あさ》月《づく》夜《よ》双《すご》六《ろく》うちの旅《たび》ねして　杜国

84 紅《べ》花《に》買《カフ》みちにほとゝぎすきく　荷兮

85 しのぶまのわざとて雛《ひな》を作《つく》り居《ゐ》る　野水

86 命《みやう》婦《ぶ》の君《きみ》より米《こめ》なんどこす　重五

79　初ウ一。雑。恋(娘)。○らうたげに　可憐に。▽目に入れても痛くないほど大事に育てた娘は、いまや可憐にも小首をかしげつつ何か読み耽っていたりするまでに成長した。前句の茶人の気位にふさわしい娘を出す。俳娘。

80　初ウ二。秋(灯籠)。恋(なさけ)。○灯籠　盆に死者のために飾るもの。さまざまの細工を尽す。▽知的な女性に思いを寄せる男二人が、競って灯籠を贈る。女は描かれた絵や詩歌から、思いの深さを推し測る。俳灯籠。

81　初ウ三。秋(つゆ萩)。○すまふ　拮抗する。▽萩に置く露のふしぎな均衡。露のあやうさ、萩のたおやかさ。いずれをいずれとも決しがたい。前句のなさけくらべの甲乙つけがたさを、自然の景物の美しさで比喩する。俳ナシ。

82　初ウ四。秋(蕎麦)。○滋賀楽　茶の産地。また葉茶壺の信楽焼の産地。▽信楽の山寺で饗応にあずかる。茶のみごとさもちろんのこと、時節の新蕎麦も青く香ばしい。前句の眺望の美観に美味を添える。俳坊。

83　初ウ五。秋(朝月夜)。▽有明の月のもと、旅する双六の上手が出発しようとする。前句のすがすがしさを、一夜を明かした宿坊の朝と見定める。俳双六うち。

84　初ウ六。夏(紅花・ほとゝぎす)。▽紅花は夏の早朝、露の乾かぬ間に摘む。それを買集める商人も夜深く出発して行くことであろうと見て、途中にホトトギスの鳴声を聞いた、としたもの。前句の双六打が旅寝した所を、現金収入がある農村と見たものか。俳紅花。

85　初ウ七。雑。▽事情があって世間から隠れ暮している。すぎわいの一助にと女こどものための人形を作って。前句の紅花を紅色の絵具として、人形作りの材料とする。人目につかぬよう夜深い時刻に買いに行く。俳ナシ。

86　初ウ八。雑。○命婦の君　宮中に仕える五位以上の女官。▽かつては高貴の所に居た身が、故あって退き隠棲している。ゆかりのある女官から時折米などが送られてくる。前句の人物の位を定めた。俳命婦の君・米なんど。

87 まがきまで津《つ》浪《なみ》の水《みづ》にくづれ行《ゆき》　荷兮

88 仏《ほとけ》喰《くひ》たる魚《うを》解《ホド》きけり　芭蕉

89 県《あがた》ふるはな見《み》次《じ》郎《らう》と仰《あふ》がれて　重五

90 五《ゲン》形《ゲ》菫《すみれ》の畠《はたけ》六《ろく》反《たん》　とこく

91 うれしげに囀《さへづ》る雲雀《ひばり》ちり〳〵と　芭蕉

92 真《マ》昼《ひる》の馬《うま》のねぶたがほ也《なり》　野水

93 おかざきや矢《や》矧《はぎ》の橋《はし》のながきかな　杜国

94 庄《しやう》屋《や》のまつをよみて送《おく》りぬ　荷兮

87 初ウ九。雑。▽津浪の被害で、垣根までも押し流されてしまった。前句が宮中の女官から食糧の援助があったというのを、災害の救援のため、と見たもの。遠国配流の貴人か。俳津浪。

88 初ウ十。雑。▽大魚を捕えて、その腹を切り開いてみると、仏像があらわれた。それは、かつてこの浜が津浪に襲われ、寺の境内までが被害を蒙った、その時流失した仏像であった。以来、今日まで尊まれている。魚を「解く」などというい方が俳諧的。俳ナシ。

89 初ウ十一。春(はな見)。▽この土地に年を経て続くあの家は、通称を代々花見次郎と呼ばれて、人々の尊敬を受けている。先祖に豪勢な花見の宴を催した人があったそうな。それもこれも、釣った魚の腹から仏像が出た始祖の篤実な信心の、ご利益であろう。俳はな見次郎。

90 初ウ十二。春(五形・菫)。▽今はレンゲ・スミレの咲くばかりの畠になっている、この六反(千八百坪)の屋敷跡。これが土地一番の旧家の没落した名残なのだ。俳五形・六反。

91 名オ一。春(雲雀)。▽空にはヒバリがのどかな鳴き声をひびかせている。しばらく人事の趣向の句が続いたので軽い遣り句風に付ける。ただし前句が六反の畠を前に、田返しにとりかかろうとする人物を想像させるので、その心を反映して、ヒバリも「うれしげ」に鳴くと句作る。俳ちり〳〵。

92 名オ二。雑。▽のどかな真昼どき。道ゆく馬の眼もねむたそう。前句の「うれしげ」に西行歌の口癖を感じとって「ねぶたがほ也」と同じ西行歌風の口調で応じたもの。雅と俗の境界の限度で、絶妙のあやうさを楽しむ。俳真昼・ねぶたがほ。

93 名オ三。雑。○おかざき　正しくは「をかざき」。▽三河国岡崎の宿の西にある矢矧川の橋は、長さ二百八間、東海道随一の長さというが、まことに聞きしにまさる長さであることよ。渡って行く馬の顔まで眠そうである。俳おかざき。

94 名オ四。雑。▽庄屋の屋敷のみごとな古松を一首の歌に詠んで故郷の人に送った。前句の歌枕矢矧や「ながきかな」の口調に和歌的なものを感じとって付ける。矢矧の長者伝説により庄屋を出す。俳庄屋。

95 捨《すて》し子《こ》は柴《しば》刈《かる》長《タケ》にのびつらん　野水

96 晦《ミソ》日《カ》をさむく刀《かたな》売《う》る年《とし》　重五

97 雪《ゆき》の狂《きやう》呉《ご》の国《くに》の笠《かさ》めづらしき　荷兮

98 襟《えり》に高《たか》雄《を》が片《かた》袖《そで》をとく　はせを

99 あだ人《びと》と樽《たる》を棺《ひつぎ》に呑《のみ》ほさん　重五

100 芥《け》子《し》のひとへに名《な》をこぼす禅《ぜん》　杜国

101 三《み》ケ《か》月《づき》の東《ひがし》は暗《くら》く鐘《かね》の声《こゑ》　芭蕉

102 秋《しう》湖《こ》かすかに琴《こと》かへす者《もの》　野水

95 名オ五。雑。▽かつて庄屋の松の下に捨てたわが子は、無事育っていれば、柴刈などもできるほどに成長しているであろう。いまさら親とも名乗れぬので、それとなく松に託して歌を送って自分の存在を知らせる。[俳]ナシ。

96 名オ六。冬(さむく)。▽寒く貧しい年の瀬を迎えて、永年の窮乏生活は、なお目鼻がつかず、ついに大事な腰のものまで手放すことになった。扶持を離れた武士の悲運。前句は、養いかねて捨てた子。[俳]ナシ。

97 名オ七。冬(雪)。▽雪景色をめでて友人が、「笠ハ重シ呉天ノ雪」(詩人玉屑)などと吟じながら、わざわざ訪ねてくれた。ともに楽しもうと。その志に応えるためには、家に伝わる刀を売り払ってでももてなさずばなるまい。[俳]狂・呉の国。

98 名オ八。雑。恋(高雄)。▽この雪の中を、唐人笠などかぶった異様な風体で行く人物。あれが今有名な遊興びとで、襟巻にしているのは、吉原の名妓高雄の衣裳の片袖を解いたものだそうな。なんとなんと。[俳]襟・高雄。

99 名オ九。雑。恋(あだ人)。▽恋しいあの妓に会えれば本望。まして酒まで酌して貰えるとは。死んでもよい。こよいはひと樽飲み干すほどに、いざ飲もう。[俳]樽・棺。

100 名オ十。夏(芥子)。▽いかにも酔生夢死の人生。一重の芥子の花びらのもろくも散るがごとくではある。が、そのような一枚悟りこそは、禅者としてはまゆつばものなのである。[俳]禅。

101 名オ十一。秋(三ケ月)。▽西空には三日月がかかり、東の空は薄暗。入相の鐘が聞こえている。しばらく続いた複雑な人事の句を、再び芭蕉が軽くつなぐ。「暗く」の一語で前句にかすかに応ずる。[俳]ナシ。

102 名オ十二。秋(秋湖)。▽秋の日暮れ時、湖上の夕闇の中に舟を泛べて琴を弾く者がある。晩鐘に応じたか、調子を転じて、低くかすかに聞こえてくる。前句を「西望新牙月、東聴古寺鐘」のような漢詩調と見て、「秋湖舟影過、転調弾琴工」と応じた。[俳]秋湖。

103 烹《に》る事《こと》をゆるしてはぜを放《はなち》ける　杜国

104 声《こゑ》よき念《ね》仏《ぶつ》藪《やぶ》をへだつる　荷兮

105 かげうすき行《あん》灯《どん》けしに起《おき》侘《わび》て　野水

106 おもひかねつも夜《よ》るの帯《おび》引《ひく》　重五

107 こがれ飛《とぶ》たましゐ花《はな》のかげに入《いる》　荷兮

108 その望《もち》の日《ひ》を我《われ》もおなじく　はせを

103 名ウ一。秋(はぜ)。○はぜ　底本「はげ」と誤る。▽ハゼ釣りを楽しんだが、食用にするのではない。楽しみが終れば釣った獲物はすべて湖にかえしてやるのである。前句の弾琴の風流隠士の、もうひとつの楽しみとして釣魚を出した。[俳]はぜ。

104 名ウ二。雑。▽藪をへだてたむこうから、念仏称名の声が聞こえてくる。いかにも美しく澄みきった声に、菩提心をさそわれる。前句で殺生を思い止まった理由を付けた。「声よき」が作者の工夫。「藪」で庵を暗示する。[俳]念仏。

105 名ウ三。雑。▽明け方の寝覚。行灯の光も、白んでくる外面に効果を弱めている。もう消せばよいのだが、夜具の中から動き出しかねている。前句の隣庵の念仏を床の中で聞くのである。称名の美しさにうっとりとして、身を動かすのが惜しい。[俳]行灯。

106 名ウ四。雑。恋(おもひかねつも)。○おもひかねつも　歌語。思いに堪えかねることよ。○夜るの帯　歌語「夜の衣・夜の衾」にならって言いなしたものか。▽光の弱い行灯ながら、消しに起てば、何か下心を想像される。それで我慢をしていたが、ついに堪えかねて、そっと帯に手を出してしまった。様々の場面が空想されるが、そのなまなましさを、すべて歌語で包んで朧化してしまった表現。[俳]ナシ。

107 名ウ五。春(花)。恋(こがれ)。○たましゐ　正しくは「たましひ」。▽相手に思いこがれるわが魂は、ついにその人の身近な花のあたりにまで、飛んで行く。花の定座であり、しかも恋の意を付けなければならない難しい所。やや無理がある。[俳]ナシ。

108 挙句。春(その望の日)。○その望の日　西行歌「願はくは花の下にて春死なむそのきさらぎの望月の頃」により、二月十五日をさす。▽かの西行は、その宿願どおりに花咲く春の、釈迦入滅の日に近く往生をとげたが、わたくしも願わくは、そうありたいものだ。[俳]ナシ。

なに波津《はづ》にあし火《び》焼家《たくや》はすゝけたれど

109 炭《すみ》売《うり》のをのがつまこそ黒《くろ》からめ　重五

110 ひとの粧《よそ》ひを鏡《かがみ》磨《トギ》寒《サム》　荷兮

111 花《はな》蕀《いばら》馬《ば》骨《こつ》の霜《しも》に咲《さき》かへり　杜国

112 鶴《つる》見《み》るまどの月《つき》かすかなり　野水

113 かぜ吹《ふか》ぬ秋《あき》の日《ひ》瓶《かめ》に酒《さけ》なき日《ひ》　芭蕉

114 荻《をぎ》織《お》るかさを市《いち》に振《ふり》する　羽笠

109 発句。冬(炭売)。恋(つま)。○なに波津に　万葉集「難波人芦火たく屋のすすたれどおのが妻こそとこめづらしき」(万葉拾穂抄)による。○をのが　正しくは「おのが」。▽古歌に、芦火たく屋の軒のつまは煤けても我が妻はいつも美しい、とあるが、炭売りよ、おまえさんの所は、軒先もかみさんも、まっ黒だろうな。[俳]炭売。

110 脇。冬(寒)。恋(粧ひ)。▽ひとさまの化粧のために、鏡を磨ぐお方よ。いかに商売繁昌とはいえ、この寒中の水仕事、さぞかし寒いことだろう。職人歌合の絵などで、鏡磨ぎはしばしば上半身肌ぬぎの姿に描かれる。発句と脇句とが、炭売りと鏡磨ぎとの当意即妙の応酬のようになっている。[俳]鏡磨。

111 第三。冬(霜・咲かへり)。▽村はずれの馬捨場。白々とした馬の白骨の脇に、野イバラが時ならぬ花を白く咲かせている。叙景に転じようとして、前句の寒酸悽愴の気味をうけて荒涼たる風景と異様な花を出す。鏡の銀白色に対して、「花蕀・馬骨・霜」もすべて白色のもの。[俳]馬骨。

112 初オ四。秋(月)。▽窓外の遠景に、鶴がぽつんと立っている。空には、光のおとろえたあけ方の月。前句を霜の降りる暁の時刻と見て、視線を遠方に転じる。なんとか軽く進めようとする四句目ぶりの工夫である。[俳]ナシ。

113 初オ五。秋(秋の日)。▽風のないおだやかな秋日和。貯えた酒も底をついた。無聊さに窓外を見れば、鶴あり、夕月の淡くかかるあるのみ。前句の人物を中国の隠君子の面影と定めて付ける。[俳]ナシ。

114 初オ六。秋(荻)。▽荻で編んだ笠を荷って、市中に出て振売りをする人物。前句の脱俗の人を、酒が尽きれば街に出て商売をする笠売りの翁とした。荻の笠もその人物にあわせた虚構であろう。[俳]振する。

115　賀《か》茂《も》川《がは》や胡《こ》磨《ま》千《ち》代《よ》祭《まつ》り微《ヤヽ》近《ちか》み　　荷兮

116　いはくらの聟《むこ》なつかしのころ　　重五

117　おもふこと布《ぬの》搗《つき》歌《うた》にわらはれて　　野水

118　うきははたちを越《こゆ》る三《マル》平《ガホ》　　杜国

119　捨《すて》られてくねるか鴛《をし》の離《はな》れ鳥《どり》　　羽笠

120　火《ひ》をかぬ火《こ》燵《たつ》なき人《ひと》を見《み》む　　芭蕉

121　門《かど》守《もり》の翁《おきな》に紙《かみ》子《こ》かりて寝《ね》る　　重五

122　血《ち》刀《がたな》かくす月《つき》の暗《くら》きに　　荷兮

115　初ウ一。雑。○胡磨千代　寛永年間の京都に知られた狂賢の火打石売り(堪忍記)。○微　底本「徽」。▽荻の笠を売り歩く声を聞くようになった。すると、賀茂川のほとりの胡磨千代祭が近づいたのだな。荻の笠という前句の虚構に対して、胡磨千代祭という仮想の祭礼で応じたもの。祭礼のかぶり物などのように空想したのであろう。[俳]胡磨千代祭り。

116　初ウ二。雑。○いはくら　鴨川の支流高野川の上流。現京都市左京区岩倉。▽祭礼が近づいた。岩倉に嫁入った娘の一家とも、久しぶりの再会がかなう。待遠しいことだ。「聟」の一語で一家を暗示した所が工夫。[俳]聟。

117　初ウ三。雑。恋(おもふこと)。○布搗歌　「搗」は底本「擣」。晒した布を搗き和らげる折の共同作業の歌。▽山ひとつむこうの岩倉の里に許嫁の男がいる。近ごろは何かにつけて作業の仲間に、そのことをからかわれ、果ては拍子歌の中に即興的に歌いこまれるほどだ。嫁入前の娘の羞恥。[俳]布搗歌。

118　初ウ四。雑。恋(うき)。○三平　三平二満の略。醜女。▽二十歳を越えたが、この醜さ。嫁入り話はない。村の男どもは露骨にあてこすって、それを仕事歌で歌っている。[俳]三平。

119　初ウ五。冬(鴛)。恋(鴛の離れ鳥)。▽おしどりは雌雄の仲むつまじい鳥というが、一羽離れて浮いているあのおしどりは、雄鳥に捨てられて、すねているのであろうか。前句の二十歳すぎの醜女に、ツマナシ鳥を配する。[俳]くねる・離れ鳥。

120　初ウ六。冬(火燵)。○をかぬ　正しくは「おかぬ」。▽火のない火燵の寒々とした感覚。改めて亡き夫がしのばれることだ。前句は、鴛鴦の離れ鳥という不自然な趣。付句は夏炉冬扇のごとき似つかわしくなさ、欠落感で応じた。[俳]火燵。

121　初ウ七。冬(紙子)。▽流浪の旅の途次、とある家の前で、門番の老人に情をかけられ、一夜の宿を恵まれる。しかし火の用心のため、火燵に火の気もない。貸して貰った紙子にくるまって眠る。懐しい故人の夢でもみようか。[俳]紙子。

122　初ウ八。秋(月)。▽月光のかすかな夜、人を斬った侍が、血刀を隠し持ってやって来る。前句の門番には事情をかくして一夜の宿を借りる。そうしてしばらく身を潜めて敵をやり過すのであろう。喧嘩か、敵討か。[俳]血刀。

123 霧《きり》下《お》りて本《ほん》郷《がう》の鐘《かね》七《なな》つきく　杜国

124 ふゆまつ納《な》豆《とう》たゝくなるべし　野水

125 はなに泣《なき》桜《さくら》の黴《かび》とすてにける　芭蕉

126 僧《そう》ものいはず款《くわん》冬《どう》を呑《ノム》　羽笠

127 白《しろ》燕《つばめ》濁《にご》らぬ水《みづ》に羽《ハ》を洗《あら》ひ　荷兮

128 宣《せん》旨《じ》かしこく釵《かんざし》を鋳《い》る　重五

129 八《や》十《そ》年《とせ》を三《み》つ見《み》る童《ワラハ》母《はは》もちて　野水

130 なかだちそむる七《たな》夕《ばた》のつま　杜国

123 初ウ九。秋(霧)。○本郷　江戸の町はずれ。武家屋敷や寺院が並ぶ。▽霧の深く立ちこめる本郷のあたり。夜明けの七ツの鐘が鳴る。人事の句が長く続いたので叙景に転じながら、前句の場所と時刻を定める。[俳]本郷。

124 初ウ十。秋(ふゆまつ)。▽夜明けの霧の中を、本郷あたりの寺の鐘が聞こえてくる。朝早い寺院では、今や小坊主どもも起き出して、冬を迎える準備のために叩き納豆を作っていることだろう。納豆汁は寺院の常食。[俳]納豆。

125 初ウ十一。春(はな)。▽花を賞で、散るを惜しんだこともあったが、今はそれらの風流は超越して、所詮花も、桜のかびと見る所へ出た。前句を、厳しい冬を悠然と迎える人物と見て、世を捨てた悟道の心境を出した。[俳]黴。

126 初ウ十二。春(款冬)。○款冬　フキノシュウトメ。古方では刻んで煙草のようにして、煙を吸引し、肺を温め咳を治す薬用とした。▽悟道の老僧は、もはや多言を慎しみ、しずかに身をいたわって款冬の煙を飲むばかりである。「僧房ニ逢著ス款冬花」(三体詩・賈嶋ニ逢フ)をふまえるか。また禅語に「款冬ヲ呑ム」との語ありという。[俳]僧・款冬。

127 名オ一。春(燕)。▽庭前の清流に水を浴びている白燕。それは稀にしかない瑞鳥であるのだが、室内の無言の勤行にある名僧は、いささかも動ぜず、静かに款冬を飲むばかり。高遠な境地を示す。[俳]ナシ。

128 名オ二。雑。▽中国での話。白燕を見れば貴女の生れ出る前兆という。そこで白燕を見た皇帝は、命令を発して、釵を作って献上せよ、と言った。かの玄宗が楊貴妃に金の釵を与えて契りを交したように、この帝も美女を迎える準備にとりかかったわけである。[俳]宣旨・釵。

129 名オ三。雑。▽七十歳を越えて八十路をのぞんで三年目、すなわち七十三歳の男。その母親もなお健在だという。この長寿の家系はめでたい、というので、この男に宣旨が下り、釵を鋳て献上せしめることとなった。[俳]ナシ。

130 名オ四。秋(七夕)。▽老萊子は七十歳を越えて、親を喜ばせるために幼児の真似をして嬉戯をなしたという。また董永は、孝行の徳を天帝にめでられ、織女の化身を妻となし得た

131 西《せい》南《なん》に桂《かつら》のはなのつぼむとき　羽笠

132 蘭《らん》のあぶらに卜《しめ》木《き》うつ音《おと》　芭蕉

133 賤《しづ》の家《や》に賢《けん》なる女《をんな》見《み》てかへる　重五

134 釣《つる》瓶《べ》に粟《あは》をあらふ日《ひ》のくれ　荷兮

135 はやり来《き》て撫《なで》子《しこ》かざる正《しやう》月《ぐわつ》に　杜国

136 つゞみ手《た》向《むく》る弁《べん》慶《けい》の宮《みや》　野水

137 寅《とら》の日《ひ》の旦《あした》を鍛《か》冶《ぢ》の急《とく》起《おき》て　芭蕉

138 雲《くも》からうばしき南《なん》京《きやう》の地《ツチ》　羽笠

という。ともに二十四孝の説話。[俳]なかだちそむる。

131 名オ五。秋(桂のはな)。○桂のはな　月の異名。▽西南の空に七日の月の浮ぶ夜、天の川も明らかに懸り、こよい牽牛・織女の両星は、年に一度の契りを結ぶのである。[俳]西南。

132 名オ六。秋(蘭)。○卜木　油をしぼるためにくさび型の締木を槌で叩いて打ち込む。▽蘭をしぼって油をとるための槌の音が高く響く。「蘭薫桂馥」は香気を並び称される。蘭の油は、そこから仮想したもの。[俳]蘭のあぶら・卜木。

133 名オ七。雑。▽おしのびの途中、ふとしたことから見かけた貧家の女性。その挙措言動のみごとなところを知って殿は満足して帰城された。油屋などの下情視察の折のこと。蘭は女性の才色のすぐれたことの象徴。[俳]賢なる・女。

134 名オ八。雑。▽日暮れどき、釣瓶の水を汲み上げては、粟を洗って、夕食の仕度をしている。前句の女性のかいがいしく働くさまを付けた。粟を洗う水の使い方に、何か賢明な工夫があったということか。[俳]ナシ。

135 名オ九。夏(撫子)。▽ことしは、どこからか夏に正月をすることが流行してきて、飾りにはナデシコの花を摘んでさしている。天変地異・疫病などのある年に、縁起直しのため正月をすることが民間から起ったという。前句は、その準備のための所作。[俳]正月。

136 名オ十。雑。▽弁慶の宮の前では、奉納のために鼓の音が鳴り響いている。前句のはやり正月の行われるような年について、このような折には、強力無双の弁慶の霊にでも頼るよりあるまい、という付け方。[俳]弁慶の宮。

137 名オ十一。雑。▽寅の日は武神毘沙門天の縁日だから、刀工たるもの、特に早朝より起き出して仕事にはげむことである。前句の鼓の音によって、今日は寅の日、弁慶の宮の縁日と聞き知るのであろう。[俳]ナシ。

138 名オ十二。雑。▽さかんに立ちのぼる煙に、どこかゆかしい趣がある。ここは南都奈良である。前句の鍛冶から刀工にゆかりの奈良を出す。「たゝらの雲のまだ赤き空」(猿蓑)の雲が未明から立ちのぼる。[俳]南京。

139 いがきして誰《たれ》ともしらぬ人《ひと》の像《ざう》　荷兮

140 泥《どろ》にこゝろのきよき芹《せり》の根《ね》　重五

141 粥《かゆ》すゝるあかつき花《はな》にかしこまり　やすい

142 狩《かり》衣《ぎぬ》の下《した》に鎧《よろ》ふ春《はる》風《かぜ》　芭蕉

143 北《きた》のかたなく〳〵簾《すだれ》おしやりて　羽笠

144 ねられぬ夢《ゆめ》を責《せむ》るむら雨《さめ》　杜国

139 名ウ一。雑。○いがき　斎垣。▽さすがに古都奈良のこと。玉垣をめぐらして何か人の像を祭神にまつっているが、いまでは、それが誰なのかわからなくなっているのだそうな。[俳]像。

140 名ウ二。春(芹の根)。▽泥中に生えながら芹の根は、泥に染むことなく香ばしい。前句の、片田舎に祠られる正体不明の像の尊さを、和光同塵の意をこめて、泥中の香芹に象徴させる。[俳]泥。

141 名ウ三。春(花)。▽朝は簡素な粥をすするばかりで、あとは黙然と花に対して端座するのみ。「かつすすぐ沢の小芹の根を白み清げにものを思はずもがな」(山家集)から山中隠棲の西行の面影。また「飯ニハ青泥坊底ノ芹ヲ煮ル」(杜甫)から、芹に対して粥を出す。[俳]粥すゝる。

142 名ウ四。春(春風)。▽吹きぬける春風に狩衣がめくれると、下に着込んだ鎧が見える。前句の粥から連歌の席を連想し、ことさら重要視される花の句に、特別の祈願をこめたものとして、出陣の朝の戦勝祈願の連歌の場面を描く。[俳]鎧ふ。

143 名ウ五。雑。恋(北のかた)。▽恋しい夫の出陣して行ったあと、つきぬ名残に、奥方は、座を立ち御簾を押しのけて涙ながらに見送る。前句を、出陣して行く夫の後姿と見た付け方。[俳]北のかた。

144 挙句。雑。恋(ねられぬ夢)。▽せめて夢の中ででも夫に逢いたいと願って眠ろうとするが、軒を打つ村雨の音が耳について、眠ることもできない。左遷・遠流などの事情で、涙ながらに別れ去った夫を思う心である。[俳]ナシ。

田家《でんか》眺望《てうばう》

145 霜《しも》月《つき》や鸛《カウ》の彳《ツク》々ならびゐて　荷兮

146 冬《ふゆ》の朝《あさ》日《ひ》のあはれなりけり　芭蕉

147 樫《かし》檜《ひのき》山《さん》家《か》の体《てい》を木《こ》の葉《は》降《ふる》　重五

148 ひきずるうしの塩《しほ》こぼれつゝ　杜国

149 音《おと》もなき具《ぐ》足《そく》に月《つき》のうす〱と　羽笠

150 酌《しやく》とる童《ワツパ》蘭《らん》切《きり》にいで　野水

145 発句。冬(霜月)。○田家眺望　和歌題。田園風景の大景を詠む。○鸛　鶴の類。シリクロ、オオトリ。羽を霜降と呼び矢羽に用いる。○彳々「彳」は佇む意。歌語「つくづく」は心を静にして物を案じ、また見聞し居るさま。▽ま冬のさびしい田面に鸛が数羽降りて、身動きもせず立ち並んでいる。物案じでもしているかのように。[俳]鸛。

146 脇。冬(冬)。▽弱々しい冬の朝日がさし出でて、光景を一段と寒々と感ぜしめる。発句とあわせて一首の歌とした所が俳諧であると、芭蕉は説明したという(三冊子)。発句が題意を十分に表していないとみて、大景を感じさせるように添えたもの。[俳]ナシ。

147 第三。冬(木の葉降)。▽樫・檜などの常緑の木々に囲まれて山家の体をつくりなしたこの家。落葉の冬となってやっとさしこむ朝陽が、一段とその趣を深めてくれる。「冬の来て山もあらはに木の葉降り残る松さへ峰に寂しき」(新古今集)によるか。田家を山家に転じる。[俳]山家の体。

148 初オ四。雑。▽牛は追風をよろこび、むかい風を恐れる、という(七部集大鏡)。それで、いやがる牛の口をとり引きずって、山中を登って行く。あとには点々とこぼれた塩。内陸の山地に塩を運ぶさま。[俳]ひきずる。

149 初オ五。秋(月)。▽雑兵の粗末な鎧は、金具のふれあって音をたてることもない。月の暗い夜、ひそかに敵の目をしのんで兵糧を運んでいる。前句の塩を、山中の砦に籠城のためか、と見た。[俳]具足。

150 初オ六。秋(蘭)。▽陣中の慰みに酒を飲む主人のために、侍童が、そっと蘭の花を切りに幕の外に立ちいでる。蘭英の酒はそのまま美酒の異名でもある。一句を出陣また決戦前夜の宴とみる説もあるが、はきはきと機転のきく近習のさまとのみみておく。[俳]酌とる・童・蘭。

151 秋《あき》のころ旅《たび》の御《ご》連《れん》歌《が》いとかりに　芭蕉

152 漸《やうや》くはれて富《ふ》士《じ》みゆる寺《てら》　荷兮

153 寂《じやく》として椿《つばき》の花《はな》の落《おつ》る音《おと》　杜国

154 茶《ちや》に糸《いと》遊《いう》をそむる風《かぜ》の香《か》　重五

155 雉《きじ》追《おひ》に烏《え》帽《ぼ》子《し》の女《をんな》五《ご》三《さん》十《じふ》　野水

156 庭《には》に木《き》曾《そ》作《つく》るこひの薄《うす》衣《ぎぬ》　羽笠

157 なつふかき山《やま》橘《たちばな》にさくら見《み》ん　荷兮

158 麻《あさ》かりといふ歌《うた》の集《しふ》あむ　芭蕉

151 初ウ一。秋(秋のころ)。▽貴人の旅の途中、つれづれを慰めるために連歌一巻を、ということになったが、諸事略式で、片手に酒を酌みながら、というありさま。床の飾りも、とり急ぎ侍童が蘭を切りに立つ。軍陣の場を転じて、都の貴紳の旅中とする。[俳]御連歌。

152 初ウ二。雑。▽長旅の途中、二三日続いた雨がやっと晴れあがって、美しい富士の姿が見えた。そこの寺でひと休み、連歌でも巻こうということになった。前句の場所を、東海道の一地点と定める。[俳]漸く。

153 初ウ三。春(椿の花)。▽寂として静まりかえった中に、にぶく物の音が響く。降り続いた雨に濡れて、咲き尽した椿が落ちたのである。窓外には晴天の富士。静寂を極める寺院のたたずまいを、音で表す。[俳]寂として。

154 初ウ四。春(糸遊)。○糸遊　陽炎(かげろう)。▽たてる茶の芳香が、ゆかしくただよう。春風に乗じて、その香は、うららかな陽炎をもそめるかと思われる。前句を静閑な茶席と見て、かすかな音に対して、芳香を出した。[俳]茶。

155 初ウ五。春(雉追)。恋(女)。○五三十　数十人。▽余興として侍女たちに烏帽子をかぶらせ男装させて、いっせいに雉を追いたてる狩のまねをさせている。前句を野外の大茶会などの遊興と見て付ける。[俳]女・五三十。

156 初ウ六。夏(薄衣)。恋(こひの薄衣)。▽わが邸内の庭園を、木曾の山中の景に作りなし、豪奢な生活を尽す。美しい侍女は軽羅を身にまとってかしずいている。前句を広大な庭園の中のこととする。[俳]ナシ。

157 初ウ七。夏(なつふかき)。○山橘　ヤブコウジ。夏日、五弁の小白花を開く。歌語。▽夏になって久しい。桜はすでに見るべくもない。代りにヤブコウジの白い花を眺めるとしよう。代理の山景に対して、代理の景物を付ける。[俳]ナシ。

158 初ウ八。夏(麻かり)。▽山中に隠棲して、山家の興趣を歌に詠んで心を慰めてきた人。その家集を「麻刈」と名づける。二句、俳意の明確でない句が続いたことを、歌の世界のことであった、と棚上げして転じる。[俳]集。

159 江《え》を近《ちか》く独《どく》楽《らく》庵《あん》と世《よ》を捨《すて》て　重五

160 我《わが》月《つき》出《いで》よ身《み》はおぼろなる　杜国

161 たび衣《ごろも》笛《ふえ》に落《らく》花《くわ》を打《うち》払《はらひ》　羽笠

162 籠《ろう》輿《ごし》ゆるす木《ぼ》瓜《け》の山《やま》あい　野水

163 骨《ほね》を見《み》て坐《ソヾロ》に泪《なみだ》ぐみうちかへり　芭蕉

164 乞《こ》食《じき》の簑《みの》をもらふしのゝめ　荷兮

165 泥《どろ》のうへに尾《を》を引《ひく》鯉《こひ》を拾《ひろ》ひ得《え》て　杜国

166 御《み》幸《ゆき》に進《すす》む水《みづ》のみくすり　重五

159 初ウ九。雑。▽宋の司馬光は独楽園を営み、釣りを楽しんだという。それにならって、水辺に近く営んだ草庵に独楽庵と名づけて、遁世した男が、悠々自適の生活をしている。この巻ではじめての水辺に転ずる。俳独楽庵。

160 初ウ十。春(おぼろ)。▽わたくしの心を真如の光でみちびいてくれる月よ、どうか早く出現してほしい。わが身はいまだに煩悩罪障の雲にとざされている。前句の人物がみづからの心中を語る。俳ナシ。

161 初ウ十一。春(落花)。▽旅路の一夜、落花は雪のごとく降りしきる。おのが心を慰めるために、笛に集中して一曲を奏でると、またひとしきりの落花。前句の人物を故なき罪のために左遷配流の目にあう所と見る。早く無実の証明されることを祈るのである。俳落花。

162 初ウ十二。春(木瓜)。○籠輿　牢輿。罪人護送用の乗物。○山あい　正しくは「山あひ」。▽牢輿から、しばらく解放されて外に出た罪人は、腰にさした笛で袖の落花を払いつつ歩む。それだけが携えることを許されたものなのである。俳籠輿・木瓜。

163 名オ一。雑。○うちかへり　卒倒する。▽山中で輿より出された人物は、木瓜の花咲く山あいで、処刑斬殺されたのであった。送られてきた遺骨を見て、家人は涙を流し、絶え入るばかりである。俳ナシ。

164 名オ二。雑。▽散乱する野ざらしの白骨を見て、いたましさに堪えず、まだ夜の明けきらないうちに、そっと乞食に頼みこんで蓑を貰い受け、白骨を覆い隠す料とした。俳乞食。

165 名オ三。雑。○尾を引く鯉　荘子「曳尾の亀」は、仕官せず自由に生きること。亀を鯉に転じる。▽泥中に尾を曳く亀ならぬ鯉を手に入れた男は、事の相似を喜んだ。そんな男だから、必要とあれば乞食にまで頼みこんで、平気でその蓑を貰って鯉を包んで帰る。俳泥・鯉。

166 名オ四。雑。○水のみくすり　水の御薬。霊能のある水。謡曲・養老などのおもかげ。▽霊亀ならぬ霊鯉の出現があったという、その頃、諸国巡幸に出かけた帝に対して、若さを保つ霊水が進上されたそうな。俳ナシ。

167　ことにてる年《とし》の小角豆《ささげ》の花《はな》もろし　野水

168　萱《かや》屋《や》まばらに炭《た》団《どん》つく臼《うす》　羽笠

169　芥《け》子《し》あまの小《こ》坊《ばう》交《まじ》りに打《うち》むれて　荷兮

170　おるゝはすのみたてる蓮《はす》の実《み》　芭蕉

171　しづかさに飯《はん》台《だい》のぞく月《つき》の前《まへ》　重五

172　露《つゆ》をくきつね風《かぜ》やかなしき　杜国

173　釣《つり》柿《がき》に屋《や》根《ね》ふかれたる片《かた》庇《びさし》　羽笠

174　豆《とう》腐《ふ》つくりて母《はは》の喪《も》に入《いる》　野水

167　名オ五。夏(小角豆)。▽ことさらに炎暑の厳しい今年は、ササゲの花も枯れ落ちてしまい収穫がおぼつかない。前句を、旱天にも絶えない霊水を献上したと見る。[俳]小角豆。

168　名オ六。夏(炭団つく)。▽萱ぶき屋根の粗末な家が、ぽつぽつとあるばかりのさみしい農村。炎天下に臼で炭をついては、たどんを作っている。前句の旱天に疲れ切った農村のわびしい営みをつける。[俳]炭団。

169　名オ七。雑。○芥子あま　髪を頂に集めてまわりを剃り落した小児の髪型を芥子坊主という。その髪型をした少女。○小坊　男の子。▽芥子頭の少女が、男子をも加えて一団となり遊んでいる。前句の周辺の場。[俳]芥子あま・小坊。

170　名オ八。秋(蓮の実)。○おるゝ　正しくは「をるゝ」。▽池の蓮が実をつけている。折れたのや、そうでないのや。高低さまざまに。前句の芥子頭・坊主頭の一団を、それは、池の面の蓮の実のことか、と見立てた。あえて古風に興ずる。[俳]蓮の実。

171　名オ九。秋(月)。○飯台　寺院で学寮の衆僧が並んで食事する台。▽寺中の静寂に、僧たちはいずこかと食堂にまわってみると、月の光がむなしく射しこんでいるばかりであった。前句の蓮池から寺院を付ける。[俳]飯台。

172　名オ十。秋(露)。○をく　正しくは「おく」。置く。▽夜寒の風に凋落の秋を感じたのか、露に濡れた狐が、餌を求めて徘徊している。前句の「のぞく」ものを狐とした。山寺の夜である。[俳]ナシ。

173　名オ十一。秋(釣柿)。▽片方だけ庇を深く突き出している家がある。軒下には釣るし柿がすだれをなしている。この柿のためであったのか。山家の晩秋の体。夜寒をわびるように狐の鳴き声も聞こえてくる。[俳]釣柿。

174　名オ十二。雑。▽母親の喪に服するために、その間の精進の食事のための豆腐をつくる。近親者の喪に服する時は、別に仮の喪屋をつくり生活するので、前句を、そのような仮小屋と見たのである。[俳]豆腐。

175 元《げん》政《せい》の草《くさ》の袂《たもと》も破《やれ》ぬべし　芭蕉

176 伏《ふし》見《み》木《こ》幡《はた》の鐘《かね》はなをうつ　かけゐ

177 いろふかき男《を》猫《ねこ》ひとつを捨《すて》かねて　杜国

178 春《はる》のしらすの雪《ゆき》はきをよぶ　重五

179 水《すい》干《かん》を秀《しう》句《く》の聖《ひじり》わかやかに　野水

180 山《さん》茶《ざ》花《くわ》匂《にほ》ふ笠《かさ》のこがらし　うりつ

175 名ウ一。雑。○元政　深草の僧。日蓮宗。父母に孝厚く、その心持をたくさんの詩歌文章に残した。寛文八年(一六六八)二月没、四十六歳。その母は、前年十二月に死んだ。かねて病弱の元政は、母を見送って安祥として帰寂したのである。○草の袂　僧衣をいうための造語。▽母を喪った悲しみに、かの元政の衣の袖は、涙で朽ち果てたことであろう。[俳]元政。

176 名ウ二。春(はな)。○伏見・木幡　深草に近い歌枕。○鐘はなをうつ　能因歌「山寺の春の夕暮きてみれば入相の鐘に花ぞ散りける」による。▽鐘の響きに花が散る。ひとしおの無常を悟って、元政も袖に涙することだろう。[俳]ナシ。

177 名ウ三。春(いろふかき男猫)。○いろふかき男猫　猫の恋に迷う雄猫をいいなしたもの。▽かわいがっている猫が、季節のこととて、恋に狂って行方がしれない。しかし、忘れて放ってもおけない。前句の、鐘の響きにさえいさぎよく散る桜花に対して、愛執の心をいう。[俳]男猫。

178 名ウ四。春(春)。○しらす　白砂を敷いた庭。▽お庭に季節はずれの雪がふった。下僕を呼んで早速に掃除させる。前句を、御殿などで美しい男猫を飼っているものとした。[俳]雪はき。

179 名ウ五。雑。▽「秀句の聖」などと異名を呼ばれる公達が、いかにも若々しく水干を着こなして、やってきた。前句を玄関先の白洲の白雪を掃き清めている男に声をかけている所と見たもの。いかにも明朗闊達でユーモラスな人格を、育ちのよい、すがすがしい若者として表現する。それが雪の晴れ上がった朝の、白洲の上の白雪を清掃しているという前句に、ぴったりと照応する。[俳]水干・秀句の聖。

180 挙句。冬ミ(山茶花・こがらし)。▽この連句の第一巻の発句で作者は、尾羽打ち枯らした竹斎のごとき自分、とおっしゃったが、いやいや、わたくしどもにとっては、文字通り、前句に言う「秀句の聖」、心は若々しい公達ですよ。あなたの笠に吹きつけた木枯しの風は、山茶花の花びらで美しく色どられて居たのでした。そのようなあなたに導かれて、どうやら五歌仙の終りに着いたようです。[俳]山茶花。

追《つい》加《か》

181 いかに見《み》よと難面《つれなく》うしをうつ霰《あられ》　羽笠

182 樽《たる》火《ひ》にあぶるかれはらの松《まつ》　荷兮

183 とくさ刈《ガリ》下着《したぎ》に髪《かみ》をちやせんして　重五

184 檜《ひ》笠《がさ》に宮《みや》をやつす朝《あさ》露《つゆ》　杜国

185 銀《しろがね》に蛤《はまぐり》かはん月《つき》は海《うみ》　芭蕉

186 ひだりに橋《はし》をすかす岐《ぎ》阜《ふ》山《やま》　野水

貞享《ちやうきやう》甲子《かつし》歳《さい》

○追加　連句数巻が計画通り完了したあとで連衆一巡を巻く。このときは、ふつう表に詠まない神祇・釈教・恋・無常・名所などもゆるされる。

181 発句。冬(霰)。○いかに 「いかにせよとか今はつれなき」(後撰集)、「いかにせよとてつれなかるらむ」(拾遺集)などによる和歌的な表現。▽牛の顔をはげしく霰が打っている。牛は払うことができない。なんともまあ無情な霰ではないか。[俳]ナシ。

182 脇。冬(かれはら)。▽枯野の一本松の下で、焚火をして、酒樽をそのままあたためて、酒を飲み暖をとっている。牛引たちの所行。前句の牛は近くで霰に打たれているのである。[俳]樽・あぶる・かれはら。

183 第三。秋(とくさ刈)。▽木賊刈の人々が通り雨に濡れて、下着姿になり、髪は茶筅髪に結っただけで、休んでいる。前句を木賊刈に転じただけ。別に手猿楽の徒の演じる能・木賊刈の扮装を趣向したという説もある。[俳]ちやせんして。

184 初オ四。秋(朝露)。▽粗末な檜笠をかぶらせて、宮の正体がわからないようにして、朝露の中をまた落ちのびて行く。前句が、作為的に装いたてるように読めるので、戦乱に敗れた貴人の落ち行くさまを付けたか。[俳]やつす。

185 初オ五。秋(月)。▽月は海から出て海に沈むような辺陬の地。都からの熊野詣などの雲上人であろう。蛤を買おうにも、それにふさわしい小銭の類がないので白銀を持ち出す。[俳]ナシ。

186 初オ六。雑。▽前句を、蛤から伊勢桑名あたりのことと見る。海上をきらきらと輝かす美しい月。まことに満足である。このような風景のもとにいると、あの名産の蛤をも銀一枚を出してでも買おうかという心持になる、と解する。付句は、それに連なる川口に近い大景を軽く添えて、この一巡の挙句としたもの。左手の橋。その橋げたの間から遠くを眺望すると、岐阜山が地平に見える、というのである。[俳]岐阜山。

春の日

上野洋三 校注

〔**編者**〕荷兮かとする説が、内容から見れば最も合理的であるが、越人かとする説もある。

〔**書名**〕『冬の日』のあとをうけて、尾張の人々が巻いた歌仙三巻が、いずれも中春から暮春にかけて催されたものなので、歌語「春の日」を書名とした。原題簽は「波留濃日(はるのひ)　全」と仮名表記。

〔**成立**〕本書の歌仙には芭蕉は参加していない。第一は、二月十八日の日付がある荷兮・重五・雨桐・李風・昌圭の五吟。第二は三月六日の日付がある旦藁・野水・荷兮・越人・羽笠の五吟。第三は三月十六日の日付がある野水・旦藁・越人・荷兮・冬文の五吟。これは十三句目以下は同月十九日に満尾している。追加は、同日の越人・舟泉・聴雪・螽髭・荷兮・執筆による表六句。刊記に「貞享三丙刁年仲秋下浣」とあるので、この歌仙三巻も同年の春の興行と推測されている。

付載して発句集がある。春二十五句・夏十六句・秋十句・冬七句、計五十八句を収める。貞享元年(一六八四)から三年にいたる間の作品と推測される。作者は、芭蕉と「大垣住」の肩書がある如行を除けば、他はみな名古屋を中心とする尾張の人々であろう。

〔**意義**〕芭蕉が『あら野』の序文に「予(中略)ひとゝせ此郷《このさと》に旅寐せしおり〳〵の云捨《いひすて》、あつめて冬の日といふ。其日かげ相続て春の日また世にかゝやかす」と書いたように、『冬の日』の続編とみなされるが、前者にくらべて、優艶・柔和な印象は否めない。しかし、それも前者に見られた俳言のない句の一層の増加や、空想的場面の擬古的表現の増加によるところが大きい。そして、ようやく天和期の漢詩文調の影響を脱却した結果、穏やかな表現の中に、事象を細やかに心くばりして観察した句や、雅語・俗語のありように注意を示した句など、新しい蕉風の行き方を十分に把握した集であると思われる。その用語の配置に示される心の微細な機構は、『冬の日』にくらべて、格段の鋭敏さが認められる。芭蕉の「古池や蛙飛こむ水のをと」の一句が加えられたのも、必ずしも偶然のことではなかったであろう。なおまた、この集に第二の歌仙から初めて登場した越人が、その付句に、味わい深い趣を見せて、発句ともども鋭い才能を示していることも注目される。芭蕉は『春の日』の越人を高く評価したと思われる。

曙《あけぼの》見んと、人〳〵《ひとびと》の戸《と》扣《たた》きあひて、熱《あつ》田《た》のかたにゆきぬ。渡《わた》し舟《ぶね》さはがしくなりゆく比《ころ》、并松《なみまつ》のかたも見えわたりて、いとのどかなり。重五が枝折《しをり》をける竹墻《たけがき》ほどちかさにたちより、けさのけしきをおもひ出侍《いではべ》る。

二月十八日

187 春《はる》めくや人《ひと》さま〴〵の伊勢《いせ》まいり　荷兮《かけい》

188 桜《さくら》ちる中《なか》馬《うま》ながく連《つれ》　重五

189 山《やま》かすむ月《つき》一《いつ》時《とき》に館《イエ》立《たち》て　雨桐

〔詞書〕○さはがしく　正しくは「さわがしく」。○をける　正しくは「おける」。▽春の曙の美しさを賞翫しようというので、たがいに誘いあって、熱田の宮の方へ向った。宮と桑名を結ぶ七里の渡しの渡し舟が、出船間近く賑わってくる時刻になると、街道の松並木も遥かに見え渡されて、たいそうのどかな朝明けであった。かねて重五から案内を受けていた草堂も、程近いあたりである。一同訪れて、いざ発句をということになったので、とりあえず今朝の景色を思い出して、一句。
　以下三歌仙いずれも日付があるのは、春たけなわの日々の風雅の営みを強調するものである。なお、日付は、当時新採用の貞享暦によらず、旧来の宣明暦によっているらしい。

187 発句。春（春めく）。○まいり　正しくは「まゐり」。▽すっかり春の景色もととのおうかという頃、春はござれの伊勢まいり、の声に誘われて、参宮の人々が増えてくる。それぞれの身なり・かたちの中に、それぞれに思いをこめて。[俳]伊勢まいり。

188 脇。春（桜ちる）。▽吹きすぎる春風に桜の花びらもちりかかる中を、今日も馬が街道筋を途切れることなく進んで行く。発句の詞書にいう並松のあたりを長閑に行く人馬の歩みをいう。[俳]ナシ。

189 第三。春（かすむ）。▽春は普請のとき。昼の間は霞にさえぎられてわからなかった山の一角に、去年までは見えなかった棟高き家が、夕月に照り映えて見える。前句の馬の行列から大きな普請を連想したもの。[俳]一時に。

190 鎧《よろひ》ながらの火《ひ》にあたる也《なり》　李風
191 しほ風《かぜ》によく〳〵聞《きけ》ば鷗《かもめ》なく　昌圭
192 くもりに沖《おき》の岩《いは》黒《くろ》く見《み》え　執筆
193 須《す》磨《ま》寺《でら》に汗《あせ》の帷《かた》子《びら》脱《ぬぎ》かへむ　重五
194 をの〳〵なみだ笛《ふえ》を戴《いただ》く　荷兮
195 文《ぶん》王《わう》のはやしにけふも土《つち》つりて　李風
196 雨《あめ》の雫《しづく》の角《つの》のなき草《くさ》　雨桐
197 肌《はだ》寒《さむ》み一《いち》度《ど》は骨《ほね》をほどく世《よ》に　荷兮

190 初オ四。雑。▽鎧を着けたままで、たき火にあたっている武者。前句が、突然出現した楼閣、ということから、戦に際して、とりいそぎ砦を建築したり、仮の城郭をかまえる所を連想して、臨戦態勢の武者を付けた。[俳]鎧ながら。

191 初オ五。雑。▽海から吹き来る風にまぎれて、かすかながら、人馬の声が聞こえたと思った。だが、よく耳をすませて聴くと、それはカモメの鳴き声なのであった。夜間の見張りに立つ番卒の一瞬の緊張。[俳]よく〳〵。

192 初オ六。雑。▽沖の方に岩が突き出しているのが、くもり空のこととて、ただ黒ぐろと見える。打ち寄せる白波のしぶきの中で。前句のカモメの声によって海の方に転じた視線の先をいう。[俳]ナシ。

193 初ウ一。夏(帷子)。○須磨寺　底本「須广寺」。摂津国須磨の古寺。平安初期の創建。▽ところの名刹須磨寺も近い。見物がてら立ち寄って、汗にまみれた夏衣を着がえよう。前句の海辺から須磨寺を出す。曇天のむし暑さに汗を付ける。[俳]ナシ。

194 初ウ二。雑。○をの〳〵　正しくは「おのおの」。▽須磨寺といえば、平敦盛遺愛の青葉の笛が思い出される。早速誰も誰もが拝見して、それぞれに昔を思い、悲運の若武者に思いをはせて、涙を流したことである。やや古風な付け方。[俳]をの〳〵。

195 初ウ三。雑。○文王　周の人。徳は天下に及んだという。また、その祖大王が都城を遷した時人民は競って建設に参加して、休憩の合図にも応ぜず、土木の作業に精励したともいう。▽かの聖天子文王の後園では、今日もまた人民が土を運び精を出している。前句を聖主が人民の心を慰めるために笛を吹き、人民また感涙にむせぶ、と見た。[俳]文王。

196 初ウ四。雑。▽雨露のめぐみを受けて、野の草も生々と茂る。その葉は、雨滴の形そのままに刺無き草である。聖主の徳に化して、民草もおだやかに太平の世を謳歌しているさま。[俳]ナシ。

197 初ウ五。秋(肌寒み)。▽晩秋の夜ふけ。肌寒さを覚えてわが身を省みるが、それもついには土に帰す骸となるものを

198 傾《けい》城《せい》乳《チ、》をかくす晨《あり》明《あけ》　昌圭

199 霧《きり》はらふ鏡《かがみ》に人《ひと》の影《かげ》移《うつ》り　雨桐

200 わや〳〵とのみ神《ミ》輿《コシ》かく里《さと》　重五

201 鳥《とり》居《ゐ》より半《はん》道《みち》奥《おく》の砂《すな》行《ゆき》て　昌圭

202 花《はな》に長《ヲ》男《トナ》の紙《タ》鳶《コ》あぐる比《ころ》　李風

203 柳《やなぎ》よき陰《かげ》ぞこゝらに鞠《まり》なきや　重五

204 入《いり》かゝる日《ひ》に蝶《てふ》いそぐなり　荷兮

205 うつかりと麦《むぎ》なぐる家《いへ》に連《つれ》待《まち》て　李風

と思う。外は静かな雨である。囲ナシ。

198 初ウ六。秋(晨明)。恋(傾城)。▽夜明けの時刻、目を覚した遊女が、しどけなく寝乱れた胸元をかきあわせる。外には有明の月。前句は、その遊女の無常観か。囲傾城。

199 初ウ七。秋(霧)。恋(鏡)。▽鏡にむかって化粧にとりかかろうと、その曇りを払う。すると、思いがけなく鏡の中を、人影が横切ったのであった。前句の傾城の動作を瞬間的なものと解して付ける。化粧の時は肌ぬぎになっているから、思わず襟をかき合せるのである。囲ナシ。

200 初ウ八。雑。▽村里の祭礼。何やらわからぬが、ひたすら騒然と、人々が神輿をかついで進んで行く。前句の鏡を神輿に掛ける神鏡とした。祭に際しては改めて美しく磨ぎたてたのである。囲わや〳〵。

201 初ウ九。雑。○半道　一里の半分。▽鳥居から半道もの道を奥へ進んで行く。その道は白砂の敷きつめられた清らかな参道。そうしてようやく社殿に到着する。この祭神に対する人々の尊崇のほども知られることだ。囲半道。

202 初ウ十。春(花)。○長男　成長元服した男子。▽桜の花も咲こうというこの頃、大の男たちが大勢あつまって凧あげに興じている。前句の広壮な境内に対して、大人のあげる大きな凧を付ける。凧揚げの合戦で、その年の吉凶を占う神事か。囲紙鳶。

203 初ウ十一。春(柳)。○鞠　蹴鞠用の鹿皮製の鞠。▽いかにも姿のよい柳だ。ところでこのあたりに鞠を持つものはいないか。鞠場では四隅に桜・柳・楓・松を植える。前句の大人の遊びに、別の遊びを出す。囲こゝらに。

204 初ウ十二。春(蝶)。▽長い春の一日も暮れかかっている。野に遊ぶ蝶も、家路をせかれるのか、あわただしく飛ぶように思われる。前句は帰路の路傍に見かけた柳から主人の蹴鞠を想像したもの。のどかな夕暮。囲ナシ。

205 名オ一。夏(麦なぐる)。▽農家の庭先を借りて、麦打ちの作業などぼんやりと見物しながら、連れの者が少し先まで用事を足しに行ったのを待っていた。だが気付いてみれば日も傾いてきた。何をしていることか。囲麦なぐる・連。

206 かほ懐《ふところ》に梓《アヅサ》きゝゐる　　雨桐

207 黒《くろ》髪《かみ》をたばぬるほどに切《きり》残《のこ》し　　荷兮

208 いともかしこき五《ご》位《ゐ》の針《はり》立《たて》　　昌圭

209 松《まつ》の木《き》に宮《ぐう》司《じ》が門《かど》はうつぶきて　　雨桐

210 はだしの跡《あと》も見《み》えぬ時《し》雨《ぐれ》ぞ　　重五

211 朝《あさ》朗《ぼらけ》豆《とう》腐《ふ》を鳶《とび》にとられける　　昌圭

212 念《ね》仏《ぶつ》さぶげに秋《あき》あはれ也《なり》　　李風

213 穂《ほ》蓼《たで》生《お》ふ蔵《くら》を住《すま》ゐに侘《わび》なして　　重五

206　名オ二。雑。恋(かほ懐に)。▽前句の「連待て」を死んだ連れ合い(夫)の霊が顕現するのを待っての意に解する。その妻は、家人が麦の秋に忙しく働く間も、襟に深く頤を埋めて、悲しそうに梓巫女(みこ)の口寄せを聞いているのである。〔俳〕梓。

207　名オ三。雑。恋(黒髪を切)。▽みごとな黒髪が肩先あたりでばっさりと切られ、わずかに束ね得るばかりである。前句の梓巫女に耳を傾けている人物を、若くして夫に先立たれた女性とした。尼削ぎの髪型を付ける。〔俳〕たばぬる。

208　名オ四。雑。〇五位の針立　禁中に奉仕する針博士は従七位下に叙される。▽なんとも怖れ多いことだ。あの針立は破格の五位にまで叙せられているという。前句の女性を重病のため髪を切ったものと解し、そこに招かれた評判の名医を付けた。〔俳〕五位の針立。

209　名オ五。雑。▽松の老木は枝をひろげているが、この社はすっかり衰えて、宮司の居宅の門も傾いて、屋根が落ちかかっている。前句の栄華を極める針医に対して、零落した社家を付けた。〔俳〕宮司。

210　名オ六。冬(時雨)。▽激しい時雨にあわてて駆けこんだ門の陰。ふりかえってみれば自分の足跡も雨足にかき消されている。そしてこの家はどこかうらさびた、うそ寒い社家。〔俳〕はだし。

211　名オ七。雑。▽早朝、豆腐をうっかりと鳶にさらわれてしまったことだ。そんな悔しいことが朝からあったのだが、いまはまた、途中で時雨に降りこめられて。トビと豆腐は付合(俳諧小傘)。トビが朝鳴けば雨になるという。〔俳〕豆腐。

212　名オ八。秋(秋)。▽念仏の声が寒々(さむざむ)と聞こえてくるので一段と秋のさみしさが深められる思いである。前句に、豆腐一つを失ったことが大事件であるような貧寒を感じとって付けた。〔俳〕念仏。

213　名オ九。秋(穂蓼)。▽蓼の生えた陰湿な裏屋敷の蔵。表の母屋はとうに売り払って、そこを住居にしている。前句の寒々とした念仏の声の方向を求めて行くと、こんな住居があった、というのである。〔俳〕ナシ。

214 我《わが》名《な》を橋《はし》の名《な》によばる月《つき》　荷兮

215 傘《カサ》の内《うち》近《ちか》付《づき》になる雨《あめ》の昏《くれ》に　李風

216 朝《あさ》熊《ぐま》おるゝ出《しゅっ》家《け》ぼく〳〵　雨桐

217 ほとゝぎす西《さい》行《ぎゃう》ならば歌《うた》よまん　荷兮

218 釣《つる》瓶《べ》ひとつを二《ふ》人《たり》してわけ　昌圭

219 世《よ》にあはぬ局《つぼね》涙《なみだ》に年《とし》とりて　雨桐

220 記念《かたみ》にもらふ嵯《さ》峨《が》の苣《ちさ》畑《はた》　重五

221 いく春《はる》を花《はな》と竹《たけ》とにいそがしく　昌圭

214 名オ十。秋(月)。▽世間には存分の恩返しをして、人々のために橋もかけ、それには自分の名がついている。いまはただこの月を楽しむばかりの身の上。前句を敢えて喜捨散財に献身した人物の清々しい余生と見た。〔俳〕ナシ。

215 名オ十一。雑。▽雨の夕暮、道連れになった相手と相傘をして行くうちにやがて親しくなった。前句は、その相手が、わたくしは太助橋まで行きます、などと、当方の名を呼んだ、というのである。〔俳〕近付になる。

216 名オ十二。雑。○朝熊　伊勢山田から二見へ通ずる間の朝熊山。歌枕。▽前句は、同じ参宮者同士と知って相合傘で山を越えて行く二人と考えて、その朝熊山の上の方から、のんびりと出家が一人降りて来る、とした。〔俳〕出家・ぼく〳〵。

217 名ウ一。夏(ほとゝぎす)。▽ほとゝぎすの一声がした。あなたが西行さんならば、ぜひとも一首ある所ですが。前句の出家に対して呼びかける。晩年伊勢に住んだ西行を想い合せて付けた。〔俳〕西行。

218 名ウ二。雑。▽釣瓶に一杯の水を、二人で分けてこと足りるような簡略な朝の仕度。前句から西行歌の「寂しさに耐へたる人のまたもあれな庵ならべむ冬の山里」を連想して、庵を並べて住む隠者二人を出した。時鳥の鳴く早朝から気楽に興じ合う。〔俳〕釣瓶。

219 名ウ三。冬(年とりて)。▽寵愛を失った宮廷の女が、往時を思って涙ながらに年の瀬を送る。前句は、かつての栄華とはかけはなれて、小女一人を相手の生活と解するのであろう。〔俳〕局・年とりて。

220 名ウ四。春(苣畑)。▽寵愛を受けた人の形見としては、わずかに嵯峨野の一角に苣畑を貰ったばかりである。嵯峨は古来遁世者の住む所であるが、小督の局の俤も背後にあるであろう。〔俳〕もらふ・苣畑。

221 名ウ五。春(花)。▽長い歳月お仕えした主人のために、花の手入、竹の手入に、寸暇を惜しんで働いたのであった。前句は、その主人の形見に畑一つを貰った老下男、ということになる。〔俳〕ナシ。

222　弟《おとと》も兄《あに》も鳥《とり》とりにゆく　李風

三月六日　野水亭にて

223　なら坂《ざか》や畑《はた》うつ山《やま》の八重《やへ》ざくら　旦藁

224　おもしろふかすむかた〴〵の鐘《かね》　野水

225　春《はる》の旅《たび》節《せつ》供《く》なるらん袴《はかま》着《き》て　荷兮

226　口《くち》すゝぐべき清《し》水《みづ》ながるゝ　越人

222　挙句。春(鳥とり)。▽子どもたちは、そろって鳥をつかまえに出かけている。前句の竹からの連想で、子どもたちが春先に小鳥などをつかまえては愛玩する営みを付けたか。親は花を楽しんでいるのである。囲ナシ。

223　発句。春(八重ざくら)。○なら坂　山城国から奈良に入る途中の山路。歌枕。▽奈良坂を越えて行くと、見渡されるそこここの丘陵には、山畑を耕す人々が出てたち働いている。あたりに咲く花は、さすがに、いにしえの奈良の都以来の八重桜ばかりである。囲ナシ。

224　脇。春(かすむ鐘)。○おもしろふ　正しくは「おもしろう」。▽あちらから聞こえてくる鐘、こちらから聞こえてくる鐘。どれもこれものどかでかすかな響きの中に、えも言われぬ趣がある。やはり古都奈良の寺院ゆえなのであろう。囲おもしろふ。

225　第三。春(春の旅)。▽陽春のよろしき時候にさそわれて旅を重ねていると、この町では袴を着た人々にしきりに出逢う。なるほど今日は三月三日、上巳の節句であるから、挨拶に行きかう人々なのであろう。人事に転ずる。囲節供。

226　初オ四。雑。▽美しい清水の流るるを見る。口をすすいでもよさそうな、と思う。前句の袴着た人のこととすれば社頭などが連想されるが、発句の名所からこの句の神祇らしい所まで、式目に抵触しそうでもある。囲口すゝぐべき。

227　初オ五。雑。○たをれぬ　正しくは「たふれぬ」。▽すがしい松風に吹かれて、いささか酔うた人が行く。今にも倒れそうではらはらするが、案外に倒れぬものだ。前句の清水の流れに対して、松風の清韻を出す。ようやく滑稽な人物が登場した。囲ナシ。

227 松《まつ》風《かぜ》にたをれぬ程《ほど》の酒《さけ》の酔《ゑひ》　羽笠

228 売《うり》のこしたる虫《むし》はなつ月《つき》　執筆

229 笠《かさ》白《しろ》き太《ウツ》秦《マサ》祭《まつり》過《すぎ》にけり　野水

230 菊《きく》ある垣《かき》によい子《こ》見てをく　旦藁

231 表《おもて》町《まち》ゆづりて二《ふ》人《たり》髪《カミ》剃《ソラ》ん　越人

232 暁《あかつき》いかに車《くるま》ゆくすじ　荷兮

233 鱈《たら》負《お》ふて大《おほ》津《つ》の浜《はま》に入《いり》にけり　旦藁

234 何《なに》やら聞《きか》ん我《わが》国《くに》の声《こゑ》　越人

228 初オ六。秋(虫・月)。▽家路を歩む虫売の男。売れ残った虫を、草むらの中に放ってやる。空には月。あるいは八月十五夜、男山八幡宮の放生会の夜かもしれない。前句は、適度の酒に日々機嫌よく生きている人物。そういう男ならば、月夜の心地よさに、ひょいと虫を放ってやる心持のわいてこないこともあるまい、というのである。飄逸な人格を生き生きと描き出した。俳売のこしたる。

229 初ウ一。秋(太秦祭)。○太秦祭　京都の西郊太秦の広隆寺の祭。俗に牛祭という。九月十二日。○笠白き　新しき笠の意か。太秦のウヅ・ウズに髻華(髪や笠の飾り)を掛けると見て、太秦に対する枕詞のごとく用いる。▽既に晩秋。祭の後とて笠も新しい。虫は来年のために放つ。俳太秦祭。

230 初ウ二。秋(菊)。○をく　正しくは「おく」。▽菊の花が垣根に咲き乱れる家。主人の心根も想像されるが、垣間見にちらと、いかにも清純な子供を認めて、心にとどめた。太秦から嵯峨あたりの隠棲する人の子であろうか。俳よい子。

231 初ウ三。雑。▽もはや表通りの店は息子に譲り、老いたるわれら夫婦は、法体隠居して気楽にすごそう。前句の「子」を養女にとか、息子の嫁にというのではない。菊の垣を見て隠棲に心ひかれ、あんな子を侍女にでもして、というのであろう。俳表町。

232 初ウ四。雑。○すじ　正しくは「すぢ」。筋。道路。▽暁方に目覚めて、道行く車の響きを聞いて、どのような思いを馳せることだろう。前句の老夫婦の寝覚の心持をおもいやる。暁・車に仏教的な響きを聞きつける解もある。俳すじ。

233 初ウ五。冬(鱈)。○鱈　北陸の鱈が琵琶湖の舟便で、南岸大津の浜に着く。○負ふて　正しくは「負うて」。▽荷揚げされた鱈を背負って、大津の浜の魚市に入る。前句を早朝からの街の賑わいと見て、湖上の便・陸上の便の錯綜する大津の様を付ける。俳鱈・大津。

234 初ウ六。雑。○我国の声　謡曲・摂待に「されば我国の人の声なれば、などかは知らで候ふべき」とある。▽聞き覚えのある国訛りで話す人がいるので、思わず話の内容に耳を傾けてしまう。街の雑踏の点描。俳何やら。

235 旅衣《たびごろも》あたまばかりを蚊《か》やかりて　羽笠

236 萩《はぎ》ふみたをす万日《まんにち》のはら　野水

237 里人《さとびと》に薦《こも》を施《ほどこ》す秋《あき》の雨《あめ》　越人

238 月《つき》なき浪《なみ》に重石《ヲモシ》をく橋《はし》　羽笠

239 ころびたる木《き》の根《ね》に花《はな》の鮎《あゆ》とらん　野水

240 謳《うたひ》尽《つく》せる春《はる》の湯《ゆ》の山《やま》　旦藁

241 のどけしや筑紫《つくし》の袂《たもと》伊勢《いせ》の帯《おび》　越人

242 内侍《ないし》のえらぶ代《よ》ゝ《よ》の眉《まゆ》の図《づ》　荷兮

235 初ウ七。夏(蚊や)。▽夏の夜の粗末な旅宿の光景。衣服は着たなりで、皆で一つ借りた蚊帳に頭を差し入れて寝る。誰かのことばに、自分と同じ国訛りを聞くのである。囲あたま・蚊や。

236 初ウ八。秋(萩)。○たをす 正しくは「たふす」。○万日 一日参詣すれば万日の功徳にあたると称して行う仏事の会式。▽野原の臨時の会場で万日回向が行われる。混雑に、萩の原もあわれ無残に踏み倒されている。前句の混雑を仏事の群集とする。囲万日。

237 初ウ九。秋(秋の雨)。▽万日参詣の人々に、にわか雨がふりかかる。慌てて萩も何も踏み倒して騒ぐ里人に対して、この里の信心深き有徳人が、雨よけの薦を施与するのである。囲施す。

238 初ウ十。秋(月)。○をく 正しくは「おく」。▽月も見えない暗夜。濁流が音をたてて流れる。水かさが増して橋に流失の危険が迫ったので村人たちが総出で、おもしの石を運ぶ。前句は、急ぎ駆けつけた人々に村長が薦など与えると見る。囲重石。

239 初ウ十一。春(花の鮎)。○花の鮎 若鮎。▽岸辺にころがっている流木の根のあたり、若鮎もいそうだ。前句を出水に備えている橋と見て、以前の大水に流されてきたものであろうか、と木の根を出した。囲ころびたる。

240 初ウ十二。春(春)。▽春先の山中の湯治場。長の逗留でおよその遊びにはあきはててしまった。前句を散策の途中で見た川岸で、釣によさそうな所と思いついたと見て、付ける。春の永日の無聊さである。囲謳尽せる。

241 名オ一。春(のどけし)。▽人々の装いも、色々様々であって、それがそれぞれにのどかな春の日を楽しんでいる。前句を絃歌の賑わいと見て、それに対して目に見える人々の華やかさを配した。囲ナシ。

242 名オ二。雑。恋(眉の図)。▽前句を禁中に入内をひかえて、各地の衣裳をさまざまにとり揃えたものと見る。いざ婚儀となれば、化粧の仕方一つにも、古来の作法に従わねばならず、一々女官の指図を仰ぐのである。囲内侍・図。

243 物《もの》おもふ軍《いくさ》の中《うち》は片《かた》わきに　羽笠

244 名《な》もかち栗《ぐり》とぢゞ申《まうし》上《あ》ゲ　野水

245 大《おほ》年《どし》は念《ね》仏《ぶつ》となふる恵《ゑ》美《び》酒《す》棚《だな》　旦藁

246 ものごと無《む》我《が》によき隣《となり》也《なり》　越人

247 朝《あさ》夕《ゆふ》の若《わか》葉《ば》のために枸《く》杞《こ》うへて　荷兮

248 宮《みや》古《こ》に廿《はつ》日《か》はやき麦《むぎ》の粉《こ》　羽笠

249 一《いち》夜《や》かる宿《やど》は馬《うま》かふ寺《てら》なれや　野水

250 こは魂《たま》まつるきさらぎの月《つき》　旦藁

243 名オ三。雑。恋(物おもふ)。▽軍陣にあっては、男どもの側に近づくこともできず、事情は知られぬながら、あれこれ物思いに小さな胸を悩ましている。高貴の人の戦陣に随従した姫宮などのおもかげ。俳片わき。

244 名オ四。雑。▽前句を、とかく意気あがらぬ戦陣のさまと見て、その折も側にじっと控えている老臣が、若い主君を輔佐する様子をつける。主君からは「ぢゞ」と呼ばれる男が、これは勝ちにつながる搗栗でござります、と側から進上して軍評定の一座をひきたてようとする。俳かち栗・ぢゞ。

245 名オ五。冬(大年)。▽商家の大晦日。前句は準備された正月の蓬萊飾りの一々を、家に古く仕える老爺が、若子(ごわ)さまに説明しているさま。付句は一年の無事を謝して、商神の恵比須様に対して、唱えなれた念仏を思わず唱える。俳念仏・恵美酒棚。

246 名オ六。雑。▽わが家の隣人は、何ごとにつけても私心のない人で、まことに得がたい人だ。前句を念仏三昧の信心深い人と見て、そのような隣人を得たわが身のありがたさを思う。俳無我。

247 名オ七。夏(若葉)。○うへて　正しくは「うゑて」。▽境の生垣には枸杞が植えてある。朝に晩に、その若葉を摘んで、食用に供する。前句の隣人は、そんなことも快く許してくれるようなおおような人物だ、というのである。俳枸杞。

248 名オ八。夏(麦の粉)。○麦の粉　はったい粉。冷水に溶いて食す。和泉貝塚・紀伊宮崎などの名産。▽何事も無風雅な所だが、香ばしい麦の粉を都よりも二十日も早く食せる点だけがとりえである。生垣も実用のための枸杞ということから、辺陬の地をつける。俳麦の粉。

249 名オ九。雑。▽一夜の宿を求めて寺の世話になる。寺中に馬を飼っている。これもまた都あたりでは、あまり聞かぬことではある。俳一夜。

250 名オ十。春(きさらぎ)。○魂まつる　報恩経では二・五・七・八・九・十二月の六度、霊の来る日がある。二月は十五日。▽なんとまあ、二月十五日の今日、盆会をしている。朧月の下のお盆とは。田舎に残る奇習をとりあげる。俳ナシ。

251 陽《カゲ》炎《ロウ》のもえのこりたる夫婦《めをと》にて　越人

252 春《はる》雨《さめ》袖《そで》に御《お》歌《うた》いたゞく　荷兮

253 田《た》を持《もち》て花《はな》みる里《さと》に生《うまれ》けり　羽笠

254 力《ちから》の筋《すぢ》をつぎし中《なか》の子《こ》　野水

255 漣《サヾナミ》や三《み》井《ゐ》の末《まつ》寺《じ》の跡《あと》とりに　旦藁

256 高《たか》びくのみぞ雪《ゆき》の山《やま》〳〵《やま》　越人

257 見《み》つけたり廿《にじふ》九《く》日《にち》の月《つき》さむき　荷兮

258 君《きみ》のつとめに氷《こほり》ふみわけ　羽笠

251 名オ十一。春(陽炎)。▽はかないものの象徴である陽炎。さらにまた、その残りかすのように、一段とはかない、わたくしども夫婦である。頼るべき子に先立たれたものか。前句の異常な魂祭から、異常な老夫婦を出す。囲夫婦。

252 名オ十二。春(春雨)。▽高貴なあたりから長寿を賀する歌などをいただいたのであろう。思わず知らず、春雨に濡れるように、感涙に袖を濡らした、というのである。前句を共に長寿を保つ老夫婦と見る。囲御歌。

253 名ウ一。春(花)。▽耕すべき田地も、相応に広く所有している。見渡せば美しい桜の花も豊かに咲き誇っている。前句を五風十雨の治まった世で、ありがたい主上の作歌を日々拝するものと見て、豊かな百姓のさまを出す。囲ナシ。

254 名ウ二。雑。▽系図をたどれば源氏の何某以来、というような家柄である。代々武技・腕力にすぐれた男子が出たのであるが、わが子の代では二男がどうやらそうらしい。平和な村里に連綿と続く旧家のさま。囲力の筋。

255 名ウ三。雑。▽身体壮健で、しかも次男坊とあれば、うちにと望まれて、三井園城寺配下の僧侶になった。やがて末寺の一つも与えられるのである。「漣や」は志賀などに掛る枕詞であるが、ここは漣の打ち寄せる湖西の三井の寺、というほどの意。囲末寺・跡とり。

256 名ウ四。冬(雪)。▽はるかに見える山々は、いずれも雪一色に覆い尽されて、わずかに高低ばかりが、変化を思わせるものである。琵琶湖を隔てて向う岸に見渡される湖北の淋しい冬景色などが空想される。みずから選んだ道とは言え、このような寺の住職になってきたわが身よ、と来し方をふりかえるのであろう。囲高びく。

257 名ウ五。冬(月さむき)。▽白銀の釣針のような細い月。かすかに西の空にかかっているが、見るだに寒々とした思いをかきたてられることよ。前句の単調な雪の山々の景に対して、鋭い変化を配する。囲廿九日。

258 挙句。冬(氷)。▽主君に勤仕するためには、未明のうちから氷を踏んで出勤する。前句の「見つけたり」に溌溂たる意気を感じとった付け。二十九日の月は夜明け前に上る。囲ナシ。

三月十六日　旦藁が田家《でんか》にとまりて

259 蛙《かはづ》のみきゝてゆゝしき寐《ね》覚《ざめ》かな　野水

260 額《ひたひ》にあたるはる雨《さめ》のもり　旦藁

261 蕨《わらび》烹《ニ》る岩《いは》木《き》の臭《くさ》き宿《やど》かりて　越人

262 まじ〳〵人《ひと》をみたる馬《うま》の子《こ》　荷兮

263 立《たち》てのる渡《わた》しの舟《ふね》の月《つき》影《かげ》に　冬文

264 芦《あし》の穂《ほ》を摺《す》る傘《からかさ》の端《はし》　執筆

259 発句。春(蛙)。▽夜半の寝覚。秋なれば鹿の音を聞き、嵐の音を聞き、あわれを感ずるところですが、今宵田に囲まれた家に宿泊して、聞こえてくるものは、天地を圧する蛙の鳴き声ばかり。これはこれで、晩春の情趣を感じさせられますが、いやはやたいへんなものです。俳ナシ。

260 脇。春(はる雨)。▽寝ている額に水の滴。いつの間にか音もなく春雨が降っていたのである。脇句は主人役としての挨拶を含むので、雨もりのするような粗末な所にお泊りいただきまして、という心持がある。俳ナシ。

261 第三。春(蕨)。○岩木　泥炭。うに。▽人里離れた家に一夜の宿を借りている。家人が蕨を煮ているが、泥炭の燃えるにおいが、ものすごい。ひどい所だ。発句から旅泊の趣があるので、それを離れようとして悪条件を強調するのであろう。俳岩木の臭き。

262 初オ四。雑。▽馬の子がじっとこちらを見ている。大きな眼でまばたきもせず。なにやら、こちらが珍しがられているような気になる。前句の、泥炭を燃やしている山家から、人の珍しい山中では馬までもが、よそ者を珍しく見る、というのであろう。俳まじ〳〵。

263 初オ五。秋(月影)。▽腰を下す所もない、土足で乗る渡し舟。人も乗るし馬も乗る。待っていると月影の下をようやく寄せてきた。前句の馬は船上にあるのであろうか。所在なく待つ人の視線に馬の視線が合った。俳ナシ。

264 初オ六。秋(芦の穂)。▽さしている傘の端が、芦の穂に触れて摺れる。渡し舟の発着する岸近きあたりの風情。ぱらつく秋の小雨に傘をさしたままにしているが、前句では、雲間の月が出ている。俳ナシ。

265 磯《いそ》ぎはに施《せ》餓《が》鬼《き》の僧《そう》の集《あつま》リて　旦藁

266 岩《いは》のあひより蔵《くら》みゆる里《さと》　野水

267 雨《あめ》の日《ひ》も瓶《かめ》焼《やく》やらん煙《けぶり》たつ　荷兮

268 ひだるき事《こと》も旅《たび》の一《ひと》つに　越人

269 尋《たづね》よる坊《ばう》主《ず》は住《す》まず錠《ぢやう》おりて　野水

270 解《とき》てやをかん枝《えだ》むすぶ松《まつ》　冬文

今宵《こよひ》は更《ふけ》たりとてやみぬ。

同十九日荷兮室《しつ》にて

271 咲《さき》わけの菊《きく》にはおしき白《しら》露《つゆ》ぞ　越人

265 初ウ一。秋(施餓鬼)。▽たくさんの僧侶が水際に出て、無縁の水死仏を弔い読経回向している。前句の傘から僧侶を思いよせたもの。[俳]施餓鬼・僧。

266 初ウ二。雑。▽そばだつ岩の間をとおして向うを眺めると、白壁のりっぱな土蔵がいくつか見える。豊かな土地柄と思われる。前句の磯辺の仏事から海難死を弔う盛大な様子を思い、裕福な海辺の集落を付ける。[俳]ナシ。

267 初ウ三。雑。▽雨中にもかかわらず煙が立ちのぼっている。陶器でも焼いているのであろう。陶窯は一度点火したら数日燃やしつづけなければならないから。前句の岩の間は、陶土・陶石をとった跡かと見られる。[俳]ナシ。

268 初ウ四。雑。▽このひもじさも、旅すればこそ味わうことのできることだ。そう思い直して歩み続ける。前句によそ者として眺めやる紀行文的な文体を読みとって付ける。憂苦を客観視できるのも旅のもたらす功徳である。[俳]ひだるき。

269 初ウ五。雑。▽はるかな道をたどってやっとのことで尋ねあてた寺は、無住であることが歴然と、鎖がかかっていた。前句をある達観をもつ修行者と見て、その知り合いの僧の住寺を出したのであろう。[俳]坊主・錠。

270 初ウ六。雑。○をかん　正しくは「おかん」。▽松の枝が、枝ぶりを整えるために添木をしたり、縄で結んだりしてある。この際、解き捨てておこうか。前句の無住の寺の松。手入れされなくなって久しいので、繁茂して、矯め結びが痛々しい、というのである。[俳]ナシ。

271 初ウ七。秋(菊・白露)。○今宵は…　時刻も遅いので一度中断して、後日会場を改めて連句を続行したことをいう。○咲わけの菊　一木から二種の色の花が咲くように工夫した菊。○おしき　正しくは「をしき」。▽さまざまの人手を加えて菊を作っても、天然の白露の純平たる美しさには及ばぬものを。前句の枝を矯める不自然な植木の縄を解く心持に応じた。[俳]咲わけ。

272 初ウ八。秋(秋)。○和名　源順著倭名類聚鈔。平安初期の成立。ただし分類に「秋」の部はない。▽源順が倭名鈔・秋

272 秋《あき》の和《わ》名《みやう》にかゝる順《したがふ》　旦藁

273 初《はつ》雁《かり》の声《こゑ》にみづから火《ひ》を打《うち》ぬ　冬文

274 別《わかれ》の月《つき》になみだあらはせ　荷兮

275 跡《あと》ぞ花《はな》四《し》の宮《みや》よりは唐《から》輪《わ》にて　旦藁

276 春《はる》ゆく道《みち》の笠《かさ》もむつかし　野水

277 永《なが》き日《ひ》や今《け》朝《さ》を昨《きの》日《ふ》に忘《わす》るらん　荷兮

278 簀《す》の子《こ》茸《たけ》生《お》ふる五《さ》月《み》雨《だれ》の中《うち》　越人

279 紹《ぜう》鷗《おう》が瓢《フクベ》はありて米《こめ》はなく　野水

の部の執筆に一心不乱になっている。前句から植物と天象との関係を論じる気味合と、抄物の文体を感じとって、博物学者・漢学者の源順を出した。「秋」の部を作為した所が俳諧。囲和名・順。

273 初ウ九。秋(初雁)。○初雁　底本「初厂」。▽雁の鳴き声を聞いて、はっとわれにかえり、四囲のすでに薄暗いことに気付いて、火打石をうち灯火を点じた。そして改めて早くも初雁の時節になったと気付くのである。囲ナシ。

274 初ウ十。秋(月)。恋(別・なみだ)。▽夜ふけて男が帰って行く。月の下に立った相手が少し涙でも見せてくれればよいのに、と思う。前句を慣れぬ手つきで灯を点ける女性と見て、古風なきぬぎぬの情調を配する。囲ナシ。

275 初ウ十一。春(花)。恋(唐輪)。○四の宮　都から東へ出て山科の先。▽花の都を跡にして、四宮あたりになると、もうすっかり田舎である。髪の結いぶりも、簡略に結び上げただけの、唐輪の女どものたち働くのを見るばかりだ。改めて都の女がしのばれる。囲四の宮・唐輪。

276 初ウ十二。春(春ゆく)。▽春も去り行こうとする時節。汗ばむ頃とて笠の下も、なにかとうっとうしい。前句を旅行く女性が自ら髪を簡略な唐輪に結いかえた、と見て、付けた。囲ナシ。

277 名オ一。春(永き日)。▽春の一日を悠然と旅行く人。前句を笠などわずらわしい、と脱いでしまった人と見て、その人は今朝のことを昨日と間違えでもしそうな恬淡とした人だとした。粗相なあわて者ではない。囲ナシ。

278 名オ二。夏(五月雨)。▽濡れ縁に茸が生えてきた。いつやむとも知れぬ五月雨。前句の永き日を長雨にうんざりした一日と転ずる。あえて字余りとして文体の佶屈な所を気分に結びつけようとする。「冬の日」の作風の名残。囲茸。

279 名オ三。雑。○紹鷗　茶人。利休の師。▽かの紹鷗遺愛の瓢というような名物を日常に使用する人物。だが台所には今日明日食うべき米もない。長雨をわびている隠者の趣。高等貧乏に自足しているのである。囲紹鷗・米。

280 連《れん》歌《が》のもとにあたるいそがし　冬文

281 滝《たき》壺《つぼ》に柴《しば》押《おし》まげて音《おと》とめん　越人

282 岩《いは》苔《ごけ》とりの籠《かご》にさげられ　旦藁

283 むさぼりに帛《キヌ》着《き》てありく世《よ》の中《なか》は　冬文

284 莚《むしろ》二《に》枚《まい》もひろき我《わが》庵《いほ》　越人

285 朝《あさ》毎《ごと》の露《つゆ》あはれさに麦《むぎ》作《つく》ル　旦藁

286 碁《ご》うちを送《おく》るきぬ〴〵の月《つき》　野水

287 風《かぜ》のなき秋《あき》の日《ひ》舟《ふね》に網《あみ》入《いれ》よ　荷兮

280 名オ四。雑。▽順番に従って、連歌会の会元の当番になり、準備に追われている。前句を、会席の飾りの花生の瓢は確かにいいものがあるが、気付いてみると食事に出す粥に煮る米がない、と解して、日常茶飯事に疎い人を出す。俳連歌のもと。

281 名オ五。雑。▽滝壺に柴を入れて水音を止めよう、というのは、井蛙抄の藤原為教の故事をそのまま採用したもの。前句の連歌亭主の心のうちを想像し、趣向を具体的に思い浮かべたもの。「押まげて」と細かく描く所が俳諧。俳滝壺。

282 名オ六。雑。○岩苔　二種あり、一は巻柏・岩檜葉と呼ばれ、一は烏韭・山菅などの字をあてられるもの。いずれも深谷・水辺の岩に生える。薬用また盆栽用。▽籠の中に入れられて岩壁に吊るされて岩苔をとる人。滝辺の景。俳岩苔。

283 名オ七。雑。▽栄耀栄華を誇って、絹を着て歩く人もある世の中。前句の人のように、髪の毛も白くなりそうな苦難に耐えて、わずかな稼ぎを手にする人もあれば、こんな奢り者も居る、と対照した付け。俳むさぼり。

284 名オ八。雑。▽わずかに莚二枚を敷くにすぎない草庵であるが、これはこれで結構なことだ。前句の、とかく美衣美食にふける世間に対して、これは足ることを知る人の感想を出した。俳二枚。

285 名オ九。秋(露)。▽日ごとに朝露のようすも変って秋の物のあわれもひとしお。麦の種を下す時節になった。前句の「我庵は」と身を観ずる人は、「露」を「あはれ」と感じる人でもある。どこかやさ隠者の趣がある。俳ナシ。

286 名オ十。秋(月)。▽一夜、碁の相手をしてくれた男を送って門口に出ると、有明の月が空にかかっている。前句は、その眺望。麦畑も一面に見渡される。「きぬ〴〵」は恋の詞であるが、三句あとに恋が出るので、ここは恋にとらない。俳碁うち。

287 名オ十一。秋(秋の日)。▽今日は風も凪いで、よき秋日和だ、漁でもしようか、準備せよ。碁を楽しみ、漁もまた楽しむ閑人、閑居のありさま。数句、変化にとぼしいが、なんとか水辺に転ずる。俳ナシ。

288 鳥《と》羽《ば》の湊《みなと》のおどり笑《わら》ひに　冬文

289 あらましのざこね筑《つく》摩《ま》も見《み》て過《すぎ》ぬ　野水

290 つら〳〵一《いち》期《ご》聟《むこ》の名《な》もなし　荷兮

291 我《わが》春《はる》の若《わか》水《みづ》汲《くみ》に昼《ひる》起《おき》て　越人

292 餅《もち》を喰《くひ》つゝいはふ君《きみ》が代《よ》　旦藁

293 山《やま》は花《はな》所《ところ》のこらず遊《あそ》ぶ日《ひ》に　冬文

294 くもらずてらず雲《ひ》雀《ばり》鳴《なく》也《なり》　荷兮

288 名オ十二。秋(おどり)。○おどり　正しくは「をどり」。▽盆踊の時節である。今日は無風で不漁、鳥羽の湊へ寄って、ちょっと踊見物でもして行こうか。「笑ひに」は嘲笑ではない。[俳]鳥羽の湊・おどり。

289 名ウ一。雑。恋(ざこね・筑摩)。○ざこね　洛北大原の江文明神の奇祭。冬季。○筑摩　底本「筑广」。近江筑摩神社の奇祭。夏季。▽かねて見たいと思っていた大原の雑魚寝も、筑摩の鍋祭も、すでに見物した。こんどは鳥羽の踊でも、と前句に付ける。[俳]ざこね。

290 名ウ二。雑。恋(聟)。▽娘に聟を迎えることがなかったので、祭の時節にも一族再会の喜びを味わうことがなかった。およそ祭礼というものは、よそごととしてのみ過ぎたのであった。[俳]一期・聟。

291 名ウ三。春(若水)。▽われひとり、のんびり迎えた正月。世間では未明から起き出して若水を汲み新年を祝うのだが、ついつい寝すごして昼になってしまった。前句の聟を、自分が家庭を持たず聟と呼ばれることがなかった、として気ままな一人ぐらしの正月をつける。[俳]ナシ。

292 名ウ四。春(いはふ君が代)。▽威儀を正し、屠蘇を祝って正月を賀するのではなくて、いきなり雑煮の餅に喰いついて、まことにぞんざいながら、これも太平の代のおかげである。「餅を喰つゝ」と細かく限定して描く所が俳諧。[俳]喰つゝ。

293 名ウ五。春(花)。▽春たけなわ。山は桜花らんまん。所のものは、老若男女こぞって業を休み、それぞれの遊楽に耽っている。前句の太平の代を謳歌するひびきを感じとって、人々の遊楽をつける。[俳]所。

294 挙句。春(雲雀鳴)。▽花ぐもりの時候。曇らず照らず、風もおだやかな一日。ひばりの声ばかりが終日さえずりつづけている。「てりもせずくもりもはてぬ」(新古今集)に対して「くもらずてらず」が俳諧的な簡潔の表現。[俳]ナシ。

追《つい》加《か》

三月十九日　舟泉亭

295 山吹《やまぶき》のあぶなき岨《そま》のくづれ哉《かな》　越人

296 蝶《てふ》水《みづ》のみにおるゝ岩《いは》はし　舟泉

297 きさらぎや餅《もち》晒《さら》すべき雪《ゆき》ありて　聴雪

298 行幸《みゆき》のために洗《あら》ふ土器《かはらけ》　螽髭

299 朔日《ついたち》を鷹《たか》もつ鍛冶《かぢ》のいかめしく　荷兮

300 月《つき》なき空《そら》の門《もん》はやくあけ　執筆

295 発句。春(山吹)。▽ただでさえ、いかにももろい風情で咲く山吹が、いまにも崩れそうな岨かげに、あやうく咲いている。崩れかかった崖が、山吹のもろさを誘い出すかのようである。[俳]あぶなき。

296 脇。春(蝶)。▽山中の深い谷に岩を渡して橋とする。足元は千仞の谷底。蝶がひらひらと降りて行く。水をのみに。前句の山吹の咲く水辺を深い谷底と定める。「のみに」が通俗的な表現であるが、絵画的な構成である。[俳]ナシ。

297 第三。春(きさらぎ)。○晒す　底本「洒す」。▽餅を雪の上にならべてさらすと、かびを生ぜず貯蔵によい、という。この山中では、二月の今も、雪が存分に残っている。前句の絵画的風景を人事のものとしてながめ直した付け。[俳]餅晒す。

298 初オ四。雑。▽近く行幸があるというので、その仕度に土器を洗い清めている。前句を山中清浄の人里と見て、古来由緒ある土地柄とし、帝の行幸などもあろうか、と想像したもの。[俳]ナシ。

299 初オ五。冬(鷹)。▽月の朔日はいつも心改めて迎えるのであるが、この冬は、帝の巡狩のある由がふれ出されたので、土地の鍛冶職で、みずからも愛玩の鷹を所有するこの男は、特に威儀を正して、この月を迎えたのである。[俳]ナシ。

300 初オ六。秋(月)。▽空も未だ明けないうちから、いちはやく門が開かれた。月もない。前句を秋の小鷹狩として付ける。所に何代か続く鍛冶職の家。門を開いて威風あたりを払う一行が出発して行く。[俳]門。

春

301 昌《しやう》陸《りく》の松《まつ》とは尽《つき》ぬ御《み》代《よ》の春《はる》　　利重

302 元《ぐわん》日《じつ》の木《こ》の間《ま》の競《けい》馬《ば》足《あし》ゆるし　　重五

303 初《はつ》春《はる》の遠《とほ》里《ざと》牛《うし》のなき日《ひ》哉《かな》　　昌圭

304 けさの春《はる》海《うみ》はほどあり麦《むぎ》の原《はら》　　雨桐

305 門《かど》は松《まつ》芍《しやく》薬《やく》園《えん》の雪《ゆき》さむし　　舟泉

306 鯉《こひ》の音《おと》水《みづ》ほの闇《ぐら》く梅《うめ》白《しろ》し　　羽笠

307 舟《ふね》〳〵《ふね》の小《こ》松《まつ》に雪《ゆき》の残《のこり》けり　　旦藁

301 ○昌陸　宝永四年(一七〇七)没、六十九歳。○松とは尽ぬ　謡曲・高砂による。▽正月十一日、柳営の連歌始めに、例年発句をつとめる里村家の当主昌陸は、松平家にちなむ祝言として、かならず「松」の一字を詠みこむそうな。松寿千年の齢にあやかり、この徳川の御代が永遠に続くかと、まことにめでたい嘉例である。季御代の春。俳昌陸。

302 ▽元日のおだやかな陽ざしのもとを、並木のむこうに、のんびりと馬で行く人々。前になりあとになり、競うごとく、譲るごとく。その脚の運びのゆるやかさが、木の間に見えつ隠れつして、一層強調される。季元日。俳元日・競馬。

303 ▽新春の野辺を見はるかすと、都から遠いこの村里は、牛の姿が見えない。歳の暮に年木や飾り物などを積んで、都へ出た人も牛も、まだ帰り着かないのである。辺陬の地は、新年の訪れも遅いかのようだ。和歌題「都鄙立春・山里立春・貴賤迎春」などの俳諧的表現。季初春。俳遠里。

304 ▽新春、海の方を見やると、先日までは気づかなかった麦の青さが鮮やかである。そのために麦畑は豊かな広がりを感じさせて、海までの距離は、遠い野を行くように感じられる。「麦の原」が工夫した表現。季けさの春。俳ナシ。

305 ▽早春の残雪。門には松を飾り、新年を祝っているのだが、なお余寒はきびしく、芍薬を植えわたした花壇にも寒々と雪が残っている。花の咲く初夏はもちろんのこと、春もまだ遠いと感じられる。季門松。俳芍薬園。

306 ▽鯉の跳ねる水音がして、そちらへ眼をやるが、水面はすでに暮れて、波紋も見えない。かなたにほの白く浮かびあがっているものは、この漂う香気によれば、梅の花でもあろうか。暗香浮動月黄昏の趣。「鯉の音」は、下の「水」によって跳ねる音とわからせる技巧。季梅。俳ナシ。

307 ▽水辺に休んでいる舟が、どれも、正月のこととて小さな松飾りをつけて清められている。旧冬、飾りをすませてから降った雪が、ちょうど舟をいちだんと清めた名残のように残っている。季小松・雪の残けり。俳ナシ。

308 曙《あけぼの》の人《ひと》顔《がほ》牡《ぼ》丹《たん》霞《かすみ》にひらきけり　杜国

309 腰《こし》てらす元《ぐわん》日《じつ》里《さと》の睡《ねぶ》リかな　犀夕

310 星《ほし》はら〱かすまぬ先《さき》の四《よ》方《も》の色《いろ》　呑霞

311 けふとても小《こ》松《まつ》負《お》ふらん牛《うし》の夢《ゆめ》　聴雪

312 朝《あさ》日《ひ》二《に》分《ぶ》柳《やなぎ》の動《うご》く匂《にほ》ひかな　荷兮

313 先《まづ》明《あけ》て野《の》の末《すゑ》ひくき霞《かすみ》哉《かな》　同

314 芹《せり》摘《つむ》とてこけて酒《さけ》なき瓢《ふくべ》哉《かな》　旦藁

のがれたる人《ひと》の許《もと》へ行《ゆく》とて

308 ▽元朝の薄明の中を、人が行く。定かに顔は見えぬながらどの顔も輝いて、あたかも春霞の中に牡丹の花の開いたようである。「曙・人顔」「牡丹・霞」はいずれも白いもの。その白さの微細な差。牡丹は夏季の花。比喩として用いられる。また富貴の象徴であり元朝にふさわしい。季霞。俳人顔・牡丹。

309 ○腰てらす　白氏文集「暖牀斜ニ臥シテ日腰ヲ曛ス」。▽元日の村里。おだやかな日ざしを受けて、あたかもひと里が眠りに沈んでいるようである。白楽天は自分が眠りを貪っている様を「日腰ヲテラス」と詠んだが、ここは一村全体が「腰をてら」されているようである。季元日。俳元日。

310 ▽年も明けたが、なお薄明。空には星も残っている。やがて春霞が四方にたちこめるとともに、この夜明けのあえかな輝きは失われていくのであろうが。そう思うと清らかな元朝の美しさが貴重に感じられる。季かすまぬ。俳はら〱。

311 ▽年の始めのこととて、人も業を休み、牛もまたなすべき業もないのであるが、年がら年中荷を負わされている牛のこと、安らかに夢を結んでもいられないのではないか。それでも正月にふさわしく、松飾りのための小松でも負わされる夢でも見ているであろうか。季小松。俳ナシ。

312 ▽「朝ひさす岸の青柳うちなびき春くるかたは先づしるきかな」(夫木和歌抄・定家)というような趣を俳諧化したもの。わずかな朝日を「二分」、柳の動く気配を「匂ひ」とした所が俳諧の表現。「匂ひ」は朝日の花やかにさすことをも言う。季柳。俳二分。

313 ▽霞は、古来、春の到来とともに空の気色を変えるものとされてきたが、子細に見るとやはり順序はあって、第一に夜が明けて、年が明け、春になった、そのつぎにはるか彼方の野の果ての地平に、低く霞がかかるのを見たのであった。観察することが俳諧である。季霞。俳ナシ。

314 ▽瓢に酒を貯えて野に遊ぶ。沢辺の興に芹を摘もうとして、転んでしまった。瓢の酒は流れ失せて、それきり。「…とて…て…なき」のリズムに典拠があるかと思われるが、未詳。季芹摘。俳こけて。

315 みかへれば白《しら》壁《かべ》いやし夕《ゆふ》がすみ　越人

316 古《ふる》池《いけ》や蛙《かはづ》飛《とび》こむ水《みづ》のをと　芭蕉

317 傘《かさ》張《はり》の睡《ねぶ》リ胡《こ》蝶《てふ》のやどり哉《かな》　重五

318 山《やま》や花《はな》墻《かき》根《ね》〳〵《かきね》の酒《さか》ばやし　亀洞

319 花《はな》にうづもれて夢《ゆめ》より直《すぐ》に死《しな》んかな　越人

春野吟《しゅんやぎん》

320 足《あし》跡《あと》に桜《さくら》を曲《まが》る庵《いほ》二《ふた》つ　杜国

321 麓《ふもと》寺《でら》かくれぬものはさくらかな　李風

315 ▽俗世を捨てて隠棲した人をたずねる。ふりかえると、夕霞の中に白壁造りの家がくっきりと浮かびあがっている。その鮮明さが、春の夕暮の靉靆たる空気に不似合に感じられた。[季]夕がすみ。[俳]白壁。

316 ○をと　正しくは「おと」。▽池がある。晩春のあわれをつげて蛙が鳴く。一瞬の沈黙。何かが水に落ちる音。蛙が水に飛びこんで音をたてたのである。古来、その鳴き声によってのみ、晩春のあわれの代表とされてきた蛙。あれにも、水に飛びこんで音をたてる体が具わっていたのだ、という発見。[季]蛙。[俳]ナシ。

317 ▽傘張りが、張った傘を乾かしつつ、居眠りをしている。舞い来たった蝶が、傘にとまって羽をたたみ、しばしの休息。傘張りが眼を覚して傘を畳み始めるまでの。胡蝶の夢は、はかなきことの象徴。[季]胡蝶。[俳]傘張。

318 ▽山は花が咲いたであろうか。そう思うと、引きつけられて歩む路傍の一軒一軒の家々の垣根は、新酒が出来たしるしにかかげられる秋の酒ばやしのようにも思われる。古来難解の句の一つ。[季]花。[俳]酒ばやし。

319 ▽西行歌「願はくは花の下にて春死なむそのきさらぎの望月の頃」による。「花の下にて」を「うづもれて」と細かくした所が俳諧。「酔テ芳樹ノ下ニ眠レバ半バハ落花ニ埋メラル」(盧綸詩)などによるか。[季]花。[俳]直に。

320 ▽春の野を行く。なにとなく人の足跡を見つけてたどり行くと、みごとな桜の木の下を曲って行く細道のかなたに隠者の草庵が二つあった。西行が「寂しさに耐へたる人のまたもあれな庵ならべむ冬の山里」と詠んだ、あのように庵をならべて住んでいるのであろうか。題「春野吟」は春日郊行の即興吟。[季]桜。[俳]足跡。

321 ▽山際の寺。森に埋もれ霞に隔てられた中に桜の花の白さのみがくっきりと浮かびあがっている。古歌の世界では「かくれぬものは」と詠まれる物は、梅の香であり、鶯の声であり、それに対して桜は、遠望されると雲とまちがえられたりするものであった。そこを打ち返した所が俳諧。観察の報告が俳諧なのである。[季]さくら。[俳]ナシ。

322 榎《えの》木《き》まで桜《さくら》の遅《おそ》きながめかな　荷兮

餞別《せんべつ》

323 藤《ふぢ》の花《はな》たゞうつぶいて別《わかれ》哉《かな》　越人

324 山《やま》畑《はた》の茶《ちゃ》つみぞかざす夕《ゆふ》日《ひ》かな　重五

325 蚊《か》ひとつに寐《ね》られぬ夜《よ》半《は》ぞ春《はる》のくれ　同

夏

326 ほとゝぎすその山《やま》鳥《どり》の尾《を》は長《なが》し　九白

327 郭公《ほとゝぎす》さゆのみ焼《たき》てぬる夜《よ》哉《かな》　李風

322 ▽遅咲きの桜を待って、ようやく咲いたのを眺めていると榎の花にまで気がついた。見所のない花であるが、遅桜の相伴で人目についたのだ。遅桜の遅さを「榎の木」の花の時までと具体的に示した所が俳諧。榎の花は初夏に小さく葉面に付く。[季]桜。[俳]ナシ。

323 ▽藤の花が、その花房を垂れて咲いている。行く春を惜しむように。その花の下で、ただいまあなたとお別れする。晩春の藤の花の姿態に、自分の別離の心情を託す表現。[季]藤の花。[俳]うつぶいて。

324 ▽夏近き八十八夜の頃。西陽を受ける山畑で茶摘の女たちが働いている。陽ざしをさえぎるために、小手をかざしながら。短かい中に、地形・季節・時刻・人物・動作まで表現した絵画的作品。[季]茶つみ。[俳]茶つみ。

325 ○蚊　夫木和歌抄「夏の夜は枕をわたる蚊の声のわづかにだにもいこそ寝られね」。▽暮れて行く春を惜しんで夜をふかしてしまったが、それはそれとして、早くもあらわれた蚊一匹。夏の盛りなら、これくらいのことと思うのであろうが、慣れぬこととて、今夜は、これでなかなか寝つけそうにない。「寝られぬ」理由を上と下から、雅俗とりまぜて示したおかしさ。[季]春のくれ。[俳]ナシ。

326 ○その　和歌では「郭公そのかみ山の旅まくら」「郭公そのかみ山にゆふかけて」などと続ける。そのかみ山は山城の歌枕。○山鳥の尾　人麻呂の「あしびきの山鳥の尾のしだり尾の長長し夜をひとりかもねむ」による。▽そのかみ山に鳴くという郭公よ。鳴いてくれぬか。お前が鳴いてくれぬので、かの山に住む山鳥の長い尾のように、わたくしには、夏の短夜も、ただただ長く感じられる。[季]ほとゝぎす。[俳]ナシ。

327 ○さゆ　素湯。▽思いがけなく郭公の鳴きすぎる声を聞くことができた。聞きたいと念じて待ち構えている間は聞けず、もうあきらめかけていた。今夜は、どうかと思いながらも、眠け覚しの茶のために湯を沸かしかけていた所なのであったが、あっけなく聞くことができた。もはやこれで安心して眠れるというものだ。[季]郭公。[俳]さゆ。

328 かつこ鳥《どり》板《いた》屋《や》の背《せ》戸《ど》の一《いち》里《り》塚《づか》　越人

329 うれしさは葉《は》がくれ梅《うめ》の一《ひと》つ哉《かな》　杜国

330 若《わか》竹《たけ》のうらふみたるゝ雀《すずめ》かな　亀洞

331 傘《からかさ》をたゝまで蛍《ほたる》みる夜《よ》哉《かな》　舟泉

武蔵坊《むさしばう》をとぶらふ

332 すゞかけやしでゆく空《そら》の衣《ころも》川《がは》　商露

逢坂《あふさか》の夜《よ》は笠《かさ》みゆるほどに明《あけ》て

333 馬《うま》かへておくれたりけり夏《なつ》の月《つき》　聴雪

328 ○かつこ鳥　かんこ鳥。夏季。○板屋　歌語。あばらや。○背戸　歌語。家の裏手。▽真夏の昼下り、かっこ鳥の声を聞く。そこは街道筋とはいっても山中のあばらや。裏手に一里塚は見えるが、人通りの途絶えたころであった。[季]かつこ鳥。[俳]かつこ鳥・一里塚。

329 ○葉がくれ　山家集「葉がくれに散りとどまれる花のみぞしのびし人に逢ふ心地する」(寄残花恋)。▽嬉しい気持を禁じがたい。青葉がくれに梅の実をひとつ見つけて。葉がくれの花びらは忍ぶ恋に通う和歌世界のもの。用語はすべて雅語で仕立てながら、「梅の一つ」によって梅の実にした所が俳諧。童心のごとき喜びが上品に表現された。[季]梅。[俳]ナシ。

330 ▽雀が、ことし生いの竹の末にとまって、そのしないに揺れながら、ほんの少しじっとしている。だが間もなく飛びたち、また別の竹に移って行く。動的な時間をとらえたもの。[季]若竹。[俳]ナシ。

331 ▽小雨の中を蛍見に出かけてきた。すでに雨はやみかかって、傘をたたんでもよい、と思ったのだが、飛びかう蛍を前にして、その所作が興をそぐようにも思われ、少し小雨のある方が、蛍もなお多かろうと、まじないのように、傘をたたまずに立ち尽している。心のしなやかな表現。[季]蛍。[俳]ナシ。

332 ○武蔵坊　弁慶忌は四月晦日(日次紀事)。○すゞかけ　修験者が衣の上に着る麻の衣。また鈴掛草は夏季花を咲かせる。▽奥州衣川で立往生をとげたという弁慶。その討死の暁にも、衣川の岸に鈴掛の花は咲いていたであろうか。鈴掛衣の山伏姿で奥州へ落ちのびた義経主従の死にふさわしく。[季]すゞかけ。[俳]すゞかけ。

333 ○逢坂　歌枕。京都から東国へ出る関所。▽あの歌枕の逢坂の関を越えて行くと、先行する人の笠の様子もはっきりと見わけられるほどに、明けきってしまった。ほんのしばらく馬の取り替えに手間どっていたために、短夜ははかなく明けて、この関を月とともに越えたいという願いは果たされなかったのである。[季]夏の月。[俳]ナシ。

老聃《らうたん》曰《いはく》知足《たるをしる》之足《のたる》常足《はつねにたる》

334 夕《ゆふ》がほに雑水《ざふすい》あつき藁屋《わらや》哉《かな》　越人

335 箒《ははき》木《ぎ》の微雨《こさめ》こぼれて鳴蚊《なくか》哉《かな》　柳雨

336 はゝき木《ぎ》はながむる中《うち》に昏《くれ》にけり　塵交

337 萱《くわん》草《ざう》は随《ずい》分《ぶん》暑《あつ》き花《はな》の色《いろ》　荷兮

338 蓮《はす》池《いけ》のふかさわするゝ浮《うき》葉《ば》かな　仝

339 暁《あかつき》の夏《なつ》陰《かげ》茶《ちゃ》屋《や》の遅《おそ》きかな　昌圭

340 夏《なつ》川《かは》の音《おと》に宿《やど》かる木《き》曾《そ》路《ぢ》哉《かな》　重五

334 ○老聃曰… 老子四十六章の語。物欲を去り分に安んじて貪らないならば、いつも満足して生きられる。▽粗末な藁屋に住み、咲く花も貧居にふさわしい夕顔。この時節にあついというのは不向きだが、これも炊きたてゆえの熱い雑炊なのだと思えば、粗食ながらありがたく思われる。季夕がほ。俳雑水。

335 ○箒木　歌語。遠くからは見えるが近寄ると存在が確かめられないものとして歌われる。▽箒木にいつのまにかたまった小雨が、葉をこぼれ落ちる。その滴に一瞬蚊が騒ぎ立つ。箒木・小雨・蚊の声、すべて微細なもので夏の夕暮の静寂をとらえている。観察の俳諧であるが、歌語「箒木」のもつかそけき意味合を利用する。季箒木・蚊。俳微雨。

336 ▽箒木の密生した細かい枝を、ぼんやりと眺めているうちに、さすがに長い夏の日も、いつの間にか暮れてしまった。古歌では近寄ると見えなくなるというけれど、今は闇に沈んでしまった。季はゝき木。俳ナシ。

337 ○萱草　わすれ草。忘憂草。黄褐色また黄赤色の花を咲かせる。▽萱草というものは、忘憂草などというから、夏の暑さをも忘れさせてくれるものかと思えば、その花はひどくけざやかでむしろ暑苦しい。季萱草・暑き。俳萱草・随分。

338 ▽蓮の葉が水面に浮いている。ぴたっとくっついて。うっかりすると、その下に葉柄があり、根があり、ということを忘れてしまうほど。「浮葉」という歌語を改めて反省し、観察し直した俳諧。季蓮池。俳ナシ。

339 ○夏陰　万葉集の歌語。「夏の日当らぬ陰にや」(万葉拾穂抄)。▽街道の木かげに店を出す出茶屋。真昼になるとその日陰の涼しさで、旅人が集まり休み、繁昌するので、早朝の間は、なかなか姿を見せないのである。歌語「夏陰」に対する興味から生れた。季夏陰。俳茶屋。

340 ○木曾路　歌枕。山路の難所。▽夕闇のせまる崖路。響いて来る激流の音を足下深く聞いて、あらためて危険を思い、はやばやと宿をとるのである。歌枕木曾路の本意を聴覚の方面から、表現したもの。季夏川。俳ナシ。

341 譬喩品《ひゆぼん》ノ三界無安《さんがいむあん》猶如《いうによ》火宅《くわたく》といへる心《こころ》を
六《ろく》月《ぐわつ》の汗《あせ》ぬぐひ居《ゐ》る台《うてな》かな　越人

秋

342 背戸《せど》の畑《はた》なすび黄《き》ばみてきり〴〵す　旦藁

貧家《ひんか》の玉祭《たままつり》

343 玉《たま》まつり柱《はしら》にむかふ夕《ゆふべ》かな　越人

344 雁《かり》きゝてまた一《ひと》寐《ね》入《いり》する夜《よ》かな　雨桐

345 雲《くも》折《をり》〳〵《をり》人《ひと》をやすむる月《つき》見《み》哉《かな》　芭蕉

346 山《やま》寺《でら》に米《こめ》つくほどの月《つき》夜《よ》哉《かな》　越人

341 ○三界無安…　法華経・譬喩品の語。衆生の輪廻する世界は、常に火中の家のようで安まることはない。▽高楼の風も涼しい所で汗をふく。極楽と思うだろうが、所詮、真夏の六月という時間の中には束縛せられているものを。[季]六月。[俳]六月。

342 ○きり〴〵す　詩経に「七月ハ野ニ在リ、八月ハ宇ニ在リ」と季節の進行とともに人家に近づくことを詠う。▽裏の畑の茄子も、夏の盛りをすぎて黄ばんだまま放置されている。そしてキリギリスの声。詩経の「野」を上五中七で具体的に表現したもの。[季]きり〴〵す。[俳]ナシ。

343 ○玉まつり　七月十五日の盂蘭盆会。ふつう聖霊棚をかざり供物をならべて、祖先の霊を供養する。▽玉祭の夕であるが、棚もなく仏壇のようなものもない。ただ柱に向かって祖先の霊を拝するばかりである。柱には、版木押しの仏像か、名号・題目の類が貼ってあるのであろう。「貧家の玉祭」は、実際に経験したというよりは、仮構された出題と思われる。[季]玉まつり。[俳]ナシ。

344 ○雁　底本「⌐」。▽深更、雁の渡る声に眼を覚す。しばらく聞いたが、さて、まだ夜明けには間のあることだ。もうひと眠りしなければなるまい。秋の夜長を「また一寝入」で表現する。和歌では「また寝の床」などという所。[季]雁。[俳]一寐入。

345 ○雲折〳〵　山家集「なかなかに時々雲のかかるこそ月をもてなすかざりなりけれ」、同「なかなかに曇ると見えて晴るるよの月は光の添ふ心地する」。▽ふつう雲は月のためには嫌われるものであったが、西行は、それはむしろ月の光を一段と印象づけるものだと歌った。しかしわたくしに言わせれば、雲がなければ終夜の月見に人が疲れ果ててしまう。そこで雲があらわれて、人を休ませてくれる。あれは月に対してともに人に対する思いやりでもあるのだ。[季]月見。[俳]ナシ。

346 ○山寺　歌語。ふつう暁・入相の鐘が詠まれる。▽月光の明るさに起き出して、寺男が米搗臼を踏んでいるのであろう。「山寺」に対して「鐘つく」でなく「米つく」を出した所が遊び。不風雅を配する俳諧。[季]月夜。[俳]山寺・米つく。

347 瓦《かはら》ふく家《や》も面白《おもしろ》や秋《あき》の月《つき》　野水

348 八島《やしま》をかける屛風《びやうぶ》の絵《ゑ》をみて
具《ぐ》足《そく》着《き》て顔《かほ》のみ多《おほ》し月《つき》見《み》舟《ぶね》　仝

349 待恋《まつこひ》
こぬ殿《との》を唐《たう》黍《きび》高《たか》し見《み》おろさん　荷兮

350 閑居増恋《かんきよにまさるこひ》
秋《あき》ひとり琴《こと》柱《ぢ》はづれて寐《ね》ぬ夜《よ》かな　荷兮

351 朝《あさ》㒵《がほ》はすゑ一《いち》りんに成《なり》にけり　舟泉

冬

347 ○瓦ふく　延喜式「寺ヲ瓦葺ト称ス」。▽月光をめでるには古来、板屋の軒をもる月や庵もる月などが専らとりあげられてきましたが、真如の月は「所ヲ撰バズ」とも申します。今宵、月下の光景を眺めて居りますと、瓦ぶきのあの建物が一段と月光に照りかがやいて、また趣のあることです。季秋の月。俳ナシ。

348 ○八島　源平の古戦場。讃岐の屋島。平家物語や謡曲で名高い。▽たしかに鎧は着ているらしいのだが、どの舟も兵共の数の多いことを示すために、とにかく人の顔ばかりをびっしりと描きこんである。そろって同じ方角を見ているのは、さすがに風流の噂の高い平家の公達のこと、軍舟をそのまま、観月の舟とでも仕立てているのであろう。季月見舟。俳具足。

349 ○待恋　和歌題。女の立場から詠む。▽今宵もあの人は来ない。視界を隔てるものは唐黍の高くのびた茂りばかり。せめてあの高さからでも、はるかに見下したいものだ。ひょっとしたら今ごろ、かなたの道を、あの人が急いで来る所かもしれない。「田家待恋」の趣で、万葉集東歌の味わいをねらっている。歌では「こぬ人を」「君待つと」などとする所を「こぬ殿を」とし、ぷつぷつと切れるような句切れで古代歌謡のリズムを想像させる。季唐黍。俳唐黍。

350 ○閑居増恋　和歌題。俊成「思ひやれ春の朝の雨のうちに軒にあらそふ袖の気色を」のような作例がある。女の立場で詠む。▽訪れる人もなく、ひとり閉じこもっていると、あの人に対する思いは増すばかり。立てかけた琴の絃が夜気にゆるんだものか、琴柱が飛んで、意味のない音が空しく響く。今夜も涙にぬれて眠られぬことであろうが。季秋。俳ナシ。

351 ○朝㒵　連歌以来初秋七月の花。▽秋のはじめから咲きつづけてきた朝顔の花も、とうとう最後の一輪を咲かせることになった。秋の部の最後に配列されていることから晩秋の心細さに重ね合せているものと解される。季朝㒵。俳一りん。

352 ▽急ぎ足に駆けて行くように降り過ぎて行く時雨。しばらく雨宿りしている方が濡れずにすむ。馬は足早であるがゆ

352 馬《うま》はぬれ牛《うし》は夕日《ゆふひ》の村《むら》しぐれ　杜国

芭蕉翁《ばせうをう》を宿《やど》し侍《はべ》りて

353 霜《しも》寒《さむ》き旅寐《たびね》に蚊屋《かや》を着《き》せ申《まうし》　大垣住如行

354 雪《ゆき》のはら葬《あさがほ》の子《こ》の薄《すすき》かな　昌碧

355 馬《うま》をさへながむる雪《ゆき》のあした哉《かな》　芭蕉

356 行灯《あんどん》の煤《すす》けぞ寒《さむ》き雪《ゆき》のくれ　越人

芭蕉翁《ばせうをう》をおくりてかへる時《とき》

357 この比《ごろ》の氷《こほり》ふみわる名《な》残《ごり》かな　杜国

えに、かえって雨を追いかけることになってずぶ濡れになり、牛は歩みの遅きゆえに、雨に追い越されてあまり濡れずにすむ。すでにあがって夕陽の照る中を、ゆうゆうと進んで行く。[季]村しぐれ。[俳]ナシ。

353 ○芭蕉翁…　貞享元年(一六八四)冬、大垣の如行亭に宿す。▽霜の降りて寒い夜、せっかくの御逗留に対しまして何のもてなしもできませぬ。せめて寒さを防ぐために、夜着一枚を余計に、と存じますが、それもかなわず、夏の蚊屋をその替りにかけてさし上げるばかりであります、という挨拶。芭蕉は、これに対して、「古人かやうの夜のこがらし」と脇句をつけて応じた、という。「宗祇の蚊屋」というように古来旅する文人にゆかりの蚊屋ではありますが、こんな寒い夜、木枯しの風を聞いて、古人の心をしのびましょうか、というのである。[季]霜寒き。[俳]蚊屋・着せ申。

354 ▽古今集の「今よりはつぎて降らなむわが宿の薄おしなみ降れる白雪」や西行「枯れ果つるかやが上葉にふる雪はさらに尾花の心地こそすれ」など枯尾花に雪の降る景は多く歌に詠まれた。この句はそれを「葬の子の」で何かに見たてようとしているが、意味不明である。[季]雪のはら。[俳]ナシ。

355 ▽一面の雪景色。昨日までとは風景がまったく一変してしまった。ふだんは何げなく見過している光景までが、新鮮で、馬の動きにまでじっと見とれてしまった。[季]雪のあした。[俳]ナシ。

356 ▽日暮れに向けて雪が降りしきる。宵闇が一段と早く、暗く感じられる。煤で赤茶けた行灯の紙が、あかりをさらに暗くする。そのことがまた、更に雪の夕暮の寒さを深める。視覚的なものを、触感にむすびつけて、雪の宵の寒さを表現した所が俳諧。[季]雪のくれ。[俳]行灯・煤け。

357 ▽冬の深まりとともに近頃は毎日氷がはりつめるようになった。それを踏み割ったときの足元の感覚。鋭く危うく。そして割れた氷は再びもとに戻ることがない。芭蕉翁をお送りしたあとの、この名残惜しい気持を、いかんともしがたく、足もとを踏みしめ、氷を割って、わが身に思い知らせている。[季]氷。[俳]ナシ。

隠士《いんじ》にかりなる室《しつ》をもうけて

358 あたらしき茶《ちゃ》袋《ぶくろ》ひとつ冬《ふゆ》籠《ごもり》　荷兮

貞享《ぢやうきやう》三《さん》丙刁《へいいん》年《ねん》仲秋《ちゆうしう》下浣《げくわん》

寺田重徳板

358 ▽しばらく冬ごもりに滞在しようという隠士のために、一部屋を用意してさしあげる。当方も行き届かぬことであるが、せめてもの心尽しに、新調の小さな茶袋ひとつを進ぜることとしよう。茶袋は葉茶を入れて茶釜に投じ、茶を煎ずるためのもの。隠士の質素な冬ごもりにつかわしい。季冬籠。俳茶袋。

あら野

上野洋三 校注

〔**編者**〕荷兮。

〔**書名**〕芭蕉の序文に山家集の「雲雀たつあら野におふる姫ゆりの何につくともなき心かな」をふまえた行文があるので、ここからとったものであろう。新時代の俳諧に迷っている人々を、荒野を行く人にたとえ、編者荷兮を道案内の野守としたもの。表記は「阿羅野」「菴蘿野」「あらの」(以上、題簽)、「荒野集」(目録・巻六、内題)、「曠野集」(巻一―五・七・八・員外、内題)とさまざまである。

〔**成立**〕芭蕉の序文に「元禄二年弥生」とあるが、宝永四年井筒屋『誹諧書籍目録』では「元禄三年」とする。所収の金沢の北枝の句が、元禄二年(一六八九)七月十五日以降の作と考証されており、実際の刊行は、三年になったものか。

〔**構成**〕全三冊。上・下・員外から成る。上・下は発句集、員外は連句集。上は巻一―巻五まで。巻一は「花・郭公・月・雪」の四題に九十九句。巻二は春季一六一句、巻三は夏季九十一句、巻四は秋季六十句、巻五は冬季六十一句。下は巻六―巻八まで。巻六は雑の六十句、巻七は名所・旅・述懐・恋・無常の一二一句、巻八は釈教・神祇・祝の八十二句。以上、上下冊あわせて発句七三五。員外は、歌仙九巻、半歌仙一巻。発句集の巻二―五の四季の部を前後から挟んでいる部分の部立は、西行の山家集(六家集本)末尾に見える百首歌にならったものとする説がある。其角編『いつを昔』(元禄三年四月湖春跋刊)にも六家集の秋篠月清集・拾玉集に見られる十題百首歌にならって十題百句の配列をする例があり、同様の試みとみられる。

〔**意義**〕芭蕉の序文に、『冬の日』『春の日』がいささか表現の華美に走りすぎた点を反省して、意味の内実をも十分に配慮した、華実兼備の撰集を目指す、と編者の意図を忖度して述べている。いわば古今集仮名序と同じ意図に立って編纂されたのであり、俳諧の古今集をめざしたのであった。巻頭に貞門の安原貞室を置いたのを始め、わずかながら古人の句を各所に配したのは、そのような立場からであるが、それらの句も当代の読み方によって解釈され撰入される。その意味では新古今集的な意欲も含んでいた。蕉門初期を代表する大撰集として、蕉門の内外に大きな影響を与えたと見られる。許六は、ひたすら本書を読破することによって蕉風を学んだという。

尾陽蓬左《びやうほうさ》、橿木堂主人《きやうぼくだうしゆじん》荷《か》兮子《けいし》、集《しふ》を編《あみ》て名《な》をあらのといふ。何故《なにゆゑ》に此名《このな》有事《あること》をしらず。予《よ》はるかにおもひやるに、ひとゝせ、此郷《このさと》に旅寐《たびね》せしおり〳〵の云捨《いひすて》、あつめて冬《ふゆ》の日《ひ》といふ。其日《そのひ》かげ相続《あひつづき》て、春《はる》の日《ひ》また世《よ》にかゝやかす。げにや衣更着《きさらぎ》、やよひの空《そら》のけしき、柳桜《やなぎさくら》の錦《にしき》を争《あらそ》ひ、てふ鳥《とり》のをのがさま〴〵なる風情《ふぜい》につきて、いさゝか実《じつ》をそこなふものもあればにや。いといふのいとかすかなる心《こころ》のはしの、有《ある》かなきかにたどりて、姫《ひめ》ゆりのなにゝもつかず、雲雀《ひばり》の大空《おほぞら》にはなれて、無景《むけい》のきはまりなき、道芝《みちしば》のみちしるべせむと、此野《このの》の原《はら》の野守《のもり》とはなれるべし。

元禄二年《げんろくにねん》弥生《やよひ》

芭《ば》蕉《せう》桃《たう》青《せい》

○尾陽蓬左　尾張の国名古屋。「蓬」は蓬萊宮。熱田神宮をさす。「左」は、その西方にあたる名古屋をさす。
○何故に…　なぜこのような書名をつけたのか、知らない。
○予はるかに…　自分は、はるかに遠い江戸の地から想像して、つぎのように考えた。
○ひとゝせ…　自分が先年この地に滞在して。
○おり〳〵の云捨　その時に諸氏と会を重ねて作った作品。
○其日かげ…　『冬の日』のあとをうけて、土地の皆さんが『春の日』を編んで、これがまた世の評判よろしきを得た。
○げにや衣更着、やよひの…　それは、まことに春二月・三月の空のようにかがやかしく。
○柳桜の…　地には柳の緑、花の紅が錦のように美しさを競い。
○てふ鳥の　蝶の舞い、鳥の囀るように。
○をのがさま〴〵なる…　万物が陽春をそれぞれに謳歌する趣で、作品は、それぞれに華美を競ったので。
○いさゝか実をそこなふ　花実相応のよろしきを得ず、実の側面において欠けた所もあった。花実は古今集・真名序以来の用語。表現の外形と、意味の内実をいう。
○いといふの…　和漢朗詠集「霞はれ緑の空ものどけくてあるかなきかに遊ぶ糸ゆふ」などによる。糸遊がはかなくさまようように、心は表現の方途に迷い。
○姫ゆりの…　山家集「雲雀たつあら野におふる姫ゆりの何につくともなき心かな」による。荒野に咲く姫ゆりが頼るものもなく危うげに揺れるように、表現の心はすすむべき信念を見失って。
○雲雀の…　大空に飛ぶヒバリが方向を失い。
○無景のきはまりなき　果てしなき広野を行く人が途方にくれるように、花実兼備の俳諧を求めて迷っているすべての人々に対して。
○道芝のみちしるべせむと　荷兮さんが道案内をかって出た。
○此野の原の野守　いうなれば荷兮さんは、この未知の文芸の荒野の番人となってくれたのである。
○元禄二年弥生　元禄二年(一六八九)の三月。月末には、芭蕉は奥の細道の旅に出発する。

荒野集目録

曠野集 巻之一

花 三十句

よしのにて

359 これは〳〵とばかり花《はな》の芳《よし》野《の》山《やま》 貞室

360 我《わが》まゝをいはする花《はな》のあるじ哉《かな》 路通

361 薄《うす》曇《ぐも》りけだかくはなの林《はやし》かな 信徳

362 はなのやまどことらまへて歌《うた》よまむ 晨風

363 暮《くれ》淋《さび》し花《はな》の後《うしろ》の鬼《おに》瓦《がはら》 友五

359 ○これは 感動詞。「これはこれはとばかりにて」は、古浄瑠璃の常套語。言葉もなく悲嘆にくれる場合などに用いる。▽あの歌枕吉野山に来て見ると、みごとな花の美しさに言うべき言葉もない。季花。俳これは〳〵とばかり。

360 ▽花の盛りになると人々は勝手に押しかけて来て、騒がしいことである。そればかりでなく、あの枝を折ってくれなどと言いたい放題。しかしそれも風雅の心ゆえ、と主人は許すのである。季花のあるじ。俳我まゝ。

361 ▽花咲く頃の薄ぐもりの空。その空を背景に咲き匂う花の林がある。淡い灰色を後に、白く咲く花の色が深い輝きを感じさせる。名状しがたい高貴な雰囲気があたりに漂う。季はなの林。俳ナシ。

362 ▽花の咲き乱れる山。さて、この風景のどの点をとりあげて、一首の歌にしたらよいものであろうか。あれもよし、これもよし、すべてよし。思案に迷うことだ。季はなのやま。俳どこ・とらまへて。

363 ▽夕暮のさびしさ。一日楽しんだ花が少し光を増すような、反対に失って行くような。見上げると、そのむこうに鬼瓦のいかつい顔がある。それまでもが、少し力を失っているように見える。季花。俳鬼瓦。

364 山里《やまざと》に喰《くひ》ものしゐる花《はな》見《み》かな　尚白

365 何《なに》事《ごと》ぞ花《はな》みる人《ひと》の長《なが》刀《がたな》　去来

366 みねの雲《くも》すこしは花《はな》もまじるべし　野水

367 はなのなか下《げ》戸《こ》引《ひき》て来《く》るかいな哉《かな》　亀洞

368 下《げ》ゝ《げ》の下《げ》の客《きやく》といはれん花《はな》の宿《やど》　越人

369 はなの山《やま》常《つね》折《をり》くぶる枝《えだ》もなし　一井

370 見《み》あげしがふもとに成《なり》ぬ花《はな》の滝《たき》　津島 俊似

371 兄《きやう》弟《だい》のいろはあげゝり花《はな》のとき　鼠弾

364　○しゐる　正しくは「しふる」。強制する。無理にすすめる。▽山中に花見に出かけてきた一行が、花の主人に対して、携えてきた食物を無理にすすめている。純朴な山人のとまどい。季花見。俳喰もの・しゐる。

365　▽花見の人々の雑踏の中を、長い刀を腰に、意気揚々と行く人物がある。本人は得意なのであろうが、いかに伊達の風俗とはいえ、花を楽しむ折には、まったく不似合なことだ。季花みる。俳長刀。

366　▽古来、花を雲に見まがえ、雲を花に見たてるは常套。ところで今、花をたずねて来たこの山には雲がかかっているが、してみると、あの雲の中にも、実は花が現に見えているのかも知れないぞ。季花。俳ナシ。

367　○かいな　正しくは「かひな」。腕。▽花の咲き乱れる下を、人に腕を引かれ助けられて、やって来る人がいる。これが案外、しっかりしている方が下戸で、酔いつぶれてしまった方が上戸なのである。季はな。俳下戸。

368　○下の客　宗鑑が一夜庵に「上の客人立(ちた)かへり、中の客人日がへり、とまり客人下の下」と額を掲げたという。▽たとえ宗鑑に下下の下の客と呼ばれてもよい。今夜はこの花の下で一夜を明かそう。季花の宿。俳下ゝの下の客。

369　▽花の満開に咲く山。これを見ると、どの木もどの枝も手をふれることがためらわれる。実は、ふだんの薪に使うべきものが不足して困っているのだが、これでは、なんとも致し方のないことだ。季はなの山。俳折くぶる。

370　▽ついこの間までは、はるかの高みに咲く花を見上げていたのだが、その花を追って開花の遅い山中に分け進んでいるうちに、山麓の花が滝のごとくに散る光景を見ることとなった。季花の滝。俳ナシ。

371　▽手習いにいそしんでいた幼い兄弟が、ようやく「いろは」四十七文字を卒業した。折から花の時節。「いろはにほへど散りぬるを」というが、時のたつのは早いものだ。季花のとき。俳兄弟・いろはあげゝり。

372 ちるはなは酒《さけ》ぬす人《びと》よ〳〵　　舟泉

373 冷《ひえ》汁《じる》に散《ちり》てもよしや花《はな》の陰《かげ》　　胡及

374 はつ花《はな》に誰《た》が傘《からかさ》ぞいまいまし　　長虹

375 柴《しば》舟《ぶね》の花《はな》咲《さき》にけり宵《よひ》の雨《あめ》　　津島　卜枝

376 おるときになりて逃《にげ》けり花《はな》の枝《えだ》　　岐阜　鷗歩

377 連《つれ》だつや従弟《いとこ》はおかし花《はな》の時《とき》　　荷兮

378 疱《はう》瘡《さう》の跡《あと》まだ見《み》ゆるはな見《み》哉《かな》　　傘下

379 あらけなや風《かざ》車《ぐるま》売《うる》花《はな》のとき　　薄芝

372 ▽散る花のさびしさに、つい盃を重ねてしまう。落花とは、言うなれば酒盗人である。「ぬす人よ」を繰り返して、叫びたてているさまにする。これはこれで落花を楽しむ心おどりを表現している。[季]ちるはな。[俳]酒ぬす人。

373 ▽花の下での宴。落花の幾片かが、もう冷えてしまった汁椀の中に散り込む。ふだんならば、なにか椀の中に落ちるなど、困るのだが、これはまた落花の楽しみ方のひとつのように思われることだ。[季]花。[俳]冷汁。

374 ▽いささかの雨に誘われるように、ようやく待ちかねた花が開いた。誰だろう、傘などさして行く人がいる。「桜がり雨は降り来ぬ同じくは濡るとも花の陰に隠れむ」というではないか。不風流者め。[季]はつ花。[俳]ナシ。

375 ▽山柴を切って川下に運ぶ柴舟の中で、折られた枝の一本が花を咲かせている。それも桜の花を。昨夜の雨に濡れて、低地の暖かさに花を開かせたものであろう。おのれの根のなきことも知らずに。[季]花。[俳]ナシ。

376 ○おる　正しくは「をる」。▽木末に近く咲いた一枝を折りたいと、苦心して枝をたわめ、やっとのことで、このあたりでよかろうかと折る位置をきめて、さあと思った瞬間にうっかり手を放してしまった。[季]花の枝。[俳]ナシ。

377 ○おかし　正しくは「をかし」。▽花時のうららかな陽気の中を、従弟と連れ立って行く。気心の知れた相手のことと て、何くれとなく無駄口を叩きながら行くのだが、改めて剽軽な人柄が面白い。[季]花の時。[俳]ナシ。

378 ▽花見の人々の中に、疱瘡の跡のまだ残っている人が見える。おそらくは、慎重に病後をいたわって引っこんでいたのであろうが、花見心だけは抑えがたく、今日を初めての外出に、出かけてきたものか。[季]はな見。[俳]疱瘡。

379 ▽なんと粗雑な神経の持主よ。売る物もあろうに、この花の時に、風車を売ってまわるとは。月にむら雲、花に風は、第一の禁忌であることを知らぬのであろうか。[季]花のとき。[俳]あらけなや。

380 花《はな》にきてうつくしく成《なる》心《こころ》哉《かな》　たつ

381 山《やま》あひのはなを夕《ゆふ》日《ひ》に見《み》出《いだ》したり　心苗

382 おもしろや理《り》窟《くつ》はなしに花《はな》の雲《くも》　越人

383 なりあひやはつ花《はな》よりの物《もの》わすれ　野水

384 独《ひとり》来《き》て友《とも》選《えら》びけり花《はな》のやま　冬松

385 花《はな》鳥《とり》とこけら葺《ふき》ゐる尾《をの》上《へ》かな　冬文

386 首《くび》出《だ》して岡《をか》の花《はな》見《み》よ蚫《あはび》とり　荷兮

酒《さけ》のみ居《ゐ》たる人《ひと》の絵《ゑ》に

380 ▽花の美しさにひかれて見に来たところ、やがてわが心まで、花の美しさそのままに、美しくそめられてしまった。「花にきて」は古典和歌ではしない言い方。心のあり方を花によって示した所が俳諧。[季]花。[俳]ナシ。

381 ▽山峡の奥まった所。日の高い間は目立たないが、夕陽のかげった頃、ひょいとそのあたりだけのあかるさに気づくことがある。よく見るとそこにも時節の花は美しく咲いていたのであった。[季]はな。[俳]ナシ。

382 ▽花を雲に見立て、雲を花かと見まがえ、古来、文芸の世界でやかましいことである。だが現に山をおおうばかりに咲く雲のごとき花。これは見立て、言い立てなどという理窟ぬきで、面白い。雲そのもの。[季]花の雲。[俳]理窟。

383 ▽ことし初めての花が咲いてからというもの、それ以外のことは一時しのぎ、その場しのぎで先送りして、手につかず心にもとめないものだから、諸事につけ物忘れの多いことだ。[季]はつ花。[俳]なりあひ。

384 ▽連れもなく出かけてきたが、咲きみちた花の山において、おのずから言葉をかわす人もできた。思えば花に心も美しくなったこの山中で、たがいに意気相通ずる人こそほんとうの友であろう。[季]花のやま。[俳]ナシ。

385 ○こけら　板屋根を葺くための薄い板。▽山頂に咲く花。鳥のさえずり。これは、言うなれば山の頂が、花や鳥と共に、屋根を葺いている、ということか。古来句意不明の句。[季]花鳥。[俳]こけら。

386 ▽蚫とりの海士が、水上に首を出して獲物を預けたかと思うと、また深く息を吸いこんで水中に潜って行ってしまう。せっかくの時節、かなたの岡には花も咲き乱れているのに。「岡の花」は和歌題。[季]岡の花。[俳]蚫とり。

387 ○絵　この絵は現存不明。句から想像される所は、背景など一切なくて、うちくつろいで酒盃を挙げる人物一人がぽつんと描かれていたのであろう。○月花　季の扱いとしては春の句になる。▽人間がひとり酒を飲んでいる。見る所、月を楽しむというのでもなく、花をめでてというのでもないようだ。

387 月《つき》花《はな》もなくて酒《さけ》のむひとり哉《かな》　芭蕉

ある人《ひと》の山家《さんか》にいたりて

388 橿《かし》の木《き》のはなにかまはぬすがた哉《かな》　同

杜宇《ほととぎす》二十句

ほとゝぎすを飼《かひ》をくものに求得《もとめえ》て放《はなち》やるときに、

389 鳥《とり》籠《かご》の憂《うき》目《め》見《み》つらん郭公《ほととぎす》　季吟

390 目《め》には青《あを》葉《ば》山《やま》ほとゝぎす初《はつ》がつほ　素堂

391 いそがしきなかに聞《きき》けり蜀魄《ほととぎす》　釣雪

これはもう風流の域を超えた人物なのかもしれない。だが、なお風流の世界にとどまる自分たちとしては、月につけ花につけ楽しむ酒で、ようやく落ち着くような気持がするのである。この方のほうが立派ですね。[季]花。[俳]ナシ。

388 ○ある人　芭蕉の野ざらし紀行では「京にのぼりて三井秋風が鳴滝の山家をとふ」と前書して出す二句のうちにこの一句がある。貞享二年(一六八五)春のこと。秋風は鳴滝の山荘で文雅に遊んだ。○橿の木　新撰六帖「誰か見む身を奥山に年ふとも世にあふ事のかたかしの花」。花は春深くなって咲く。▽山中に隠者然と暮らす人を訪ねる。橿の花は誰もかえりみるものもなくひっそりと咲く花なので、古歌に、世にあわず山中に隠棲する人物の感慨をたくして詠まれたのでしたが、橿の木としては、世にあおうとあうまいと、そんなことにはかかわりなく、おのれひとりの営みとして、時節がくれば花を咲かせ、時を経て大木になるだけのことなのですね。そのように、この山家の主人も、世のおもわくなど意に介せず、堂々たる心の風雅に遊ぶ人物なのでした。[季]橿の木のはな。[俳]かまはぬ。

○杜宇二十句　実は以下に十九句のみ。蜀王望帝、名は杜宇、死後その魂が化してホトトギスとなったという。

389 ○飼をく　正しくは「飼おく」。それまで飼っていたものもとから、買い求めて、解放してやったのである。▽籠に閉じこめられてさぞかし、籠の目ならぬ憂き目にあったことだろう。貞門俳諧の技巧。[季]郭公。[俳]鳥籠。

390 ○初がつほ　正しくは「初がつを」。▽目には木々の新緑を眺め、耳には山ほととぎすの声を聞き、口には初鰹を賞味する。なんと有難いことか。延宝六年(一六七八)刊江戸新道に初出。「鎌倉にて」と前書がある。鰹は徒然草以来鎌倉の名物。一句は素堂の代表作。[季]青葉・山ほとゝぎす・初がつほ。[俳]初がつほ。

391 ▽待ちかねてはいるのだが、いざ鳴き過ぎる時は、いつも何かと忙しく手も耳もふさがっている。一度ゆっくり心ゆくまで聴きたいものだ、ホトトギスの声を。[季]蜀魄。[俳]ナシ。

392 蠟燭《らふそく》のひかりにくしやほとゝぎす　越人

393 おひし子《こ》の口《くち》まねするや時鳥《ほとゝぎす》　津島 松下

394 跡《あと》や先《さき》気《き》のつく野《の》辺《べ》の郭公《ほとゝぎす》　重五

395 ほとゝぎすどれからきかむ野《の》の広《ひろ》き　柳風

ある人《ひと》のもとにて発句《ほつく》せよと有《あり》ければ

396 ほとゝぎすはゞかりもなき烏《からす》かな　鼠弾

397 晴《はれ》ちぎる空《そら》鳴《なき》行《ゆく》やほとゝぎす　落梧

398 蚊《か》屋《や》臭《くさ》き寐《ね》覚《ざめ》うつゝや時鳥《ほとゝぎす》　一髪

392 ▽ホトトギスの鳴いて過ぎる声がした。その声のなごりを存分に味わいたいと思うのだが、明るすぎる蠟燭の光で、聴覚に心が集中できない。芭蕉の「星崎の闇を見よとや鳴く千鳥」の裏返しのような句。［季］ほとゝぎす。［俳］蠟燭。

393 ▽ホトトギスの鳴いて過ぎる声がした。背中に負うた幼な子が、その鳴き声の真似をしている。頑是ない子ども心にも、なにか鋭い印象と余韻が味わわれるのであろう。［季］時鳥。［俳］口まねする。

394 ▽茫漠たる野を行くと、上空をホトトギスの鳴いて過ぎる声がした。もう一声と思うが、さて、後方へ飛んで行ったものか、前方へ行ったものか。ほとほと迷うことだ。「野郭公」は和歌題。［季］郭公。［俳］気のつく。

395 ▽茫漠たる野を行く。さて、この広い野の、どこからどこへホトトギスは飛んで過ぎるのか。どのあたりへ注意を集めておけばよいのだろうか。心の用意に迷うことだ。［季］ほとゝぎす。［俳］どれから。

396 ▽ホトトギスが一声鳴いて過ぎる。もう一声と思うが、もう聞こえない。カラスというものは、それにくらべて朝夕かしましく鳴くものです。少しつつしんで貰いたいと思うくらいに。前書によれば、人の所で一句作れと言われて作った、という。すすめに応じて、すぐに句を出す自分を、つつしみのないカラスにたくしてあいさつしたものであろう。［季］ほとゝぎす。［俳］ナシ。

397 ▽存分に晴れあがった初夏の空を、ホトトギスが鳴いて飛んでゆく。鳴き声を聞くだに珍しい経験であるのに、これはまた、姿さえありありと見せて。「晴ちぎる」は「ほめちぎる」などと同じ俗語。［季］ほとゝぎす。［俳］晴ちぎる。

398 ▽夢うつつの心地の中で、ホトトギスの声を聞いたように思うが、頭の芯は未だ眠りの中にあって、追い求めて眼を覚ますに到らない。嗅覚のみがわずかに働いて、蚊屋の臭いが頭脳を包みこむように漂っている。夢うつつの間の、微妙な境界を、感覚的に表現したもの。［季］時鳥。［俳］蚊屋臭き。

399 三《み》声《こゑ》ほど跡《あと》のおかしや郭公《ほととぎす》　同

400 淀《よど》にて
ほとゝぎす十日《とをか》もはやき夜舟《よぶね》哉《かな》　風泉

401 嬉《うれ》しさや寐入《ねい》らぬ先《さき》のほとゝぎす　岐阜 杏雨

402 あぶなしや今《いま》起《おき》て聞《きく》郭公《ほととぎす》　傘下

403 くらがりや力《ちから》がましきほとゝぎす　同

404 馬《うま》と馬《うま》よばりあひけり郭公《ほととぎす》　鈍可

たゞありあけの月《つき》ぞのこれると吟《ぎん》じられしに、

405 歌《うた》がるたにくき人《ひと》かなほとゝぎす　大津 智月

399 ○おかしや　正しくは「をかしや」。▽ホトトギスの鳴いて過ぎる声がした。それも、一声どころではなく、三声ほども聞こえた。いつも、もう一声と願っていたのに。なぜか笑いがこみあげてくる。季郭公。俳ナシ。

400 ○淀　桂・木津・宇治川の合流点。城下町であり、舟運の中継点でもあった。歌枕。「いづ方に鳴きて行くらむ時鳥よどのわたりのまだ夜ふかきに」(拾遺集)。○十日　月齢十日。○夜舟　伏見から淀を経て大坂に至る夜航の乗合舟。始発は夜八時ごろ。▽あの歌枕淀で幸運にもホトトギスの声を聞いた。十日の月の夜、始発の夜舟の上で。和歌の「まだ夜ふかきに」を細かく記述したところが俳諧。季ほとゝぎす。俳夜舟。

401 ▽なんと嬉しいことか。今夜はまだぐっすりと寝込まぬうちに、鳴き過ぎて行くホトトギスの声を聞くことができた。いつもの夢うつつで聞くのとは違って、はっきりと。季ほとゝぎす。俳寐入らぬ。

402 ▽あぶないところであった。たった今、目を覚ましたばかりのところで、幸運にもホトトギスの鳴き声を聞くことができた。もうちょっとで聞きのがす所であった。ややオーバーな表現で俳諧となる。季郭公。俳あぶなし。

403 ▽闇夜に、ホトトギスの鳴き過ぎて行く声を聞いた。なにも見えないだけに、かえって鮮やかに聞こえて、力を入れて殊更に声をはりあげているように思われた。季ほとゝぎす。俳力がましき。

404 ▽ホトトギスの一声が鳴き過ぎた。なにを思ったか、こちらの馬がいなないた。すると別の一頭が、応えるようにいないた。あたかも、聞いたか、聞いたぞ、と声をかけ合うように。季郭公。俳よばりあひけり。

405 ○たゞありあけの　百人一首・後徳大寺左大臣「ほととぎす鳴きつるかたをながむればたゞありあけの月ぞのこれる」。○歌がるた　百人一首のカルタは近世初期より流行。元禄期は印刷されたものもあった。▽あの歌以上には何も思いつかない。全く心にくい作者だ。季ほとゝぎす。俳歌がるた。

406 うつかりとうつぶきゐたり時鳥《ほととぎす》　李桃

407 うつかりと春《はる》の心《こころ》ぞほとゝぎす　市山

月　三十句

408 かるぐ〵と笹《ささ》のうへゆく月夜《つくよ》哉《かな》　十二歳梅舌

409 それがしも月《つき》見《み》る中《うち》の独《ひとり》かな　湍水

410 月《つき》ひとつばひとりがちの今《こ》宵《よひ》哉《かな》　一雪

411 雨《あめ》の月《つき》どこともなしの薄《うす》あかり　越人

412 けうとさに少《すこし》脇《わき》むく月《つき》夜《よ》哉《かな》　昌碧

406 ▽ホトトギスの声がしたので、そちらを見上げたが、時すでに遅く、姿かたちは見えなかった。前句の引用歌をふまえるのでここに配列したのであろう。季時鳥。俳うつかりと。

407 ▽ホトトギスの声がしたと思ったが、はっきり確認できなかった。ぼんやりと、のどかな春の心のままでいたものだから、まだホトトギスに対する心の準備ができていなかったのである。季ほとゝぎす。俳うつかりと。

408 ○十二歳　花・杜宇では貞室・季吟など俳諧史上重要な人物の句を先頭に出したのに対して、ここでは少年の句を出す。貴人に準じた扱い。▽笹竹藪の上を月が行く。笹が右に揺れ左に揺れるので、あたかもその上をかるがると浮遊するように。少年の眼がとらえた不思議な見え方。季月夜。俳かるぐ〵と。

409 ▽満天下を照らす月の光。地上すべての人が、ひとしくこの美しい光を味わっているのである。このわたくしごときも、また。圧倒的な月光を仰ぐ感激が、すなわち感謝の心になる。季月見る。俳それがし。

410 ▽こよい中秋の名月にあたって、詩に歌に発句に、人々は一句ものにしようと競って工夫をこらす。それは、言うならば、われ先にと一つの月を奪い合っているのではないか。貞門俳諧風の言い立て。季月・今宵。俳ばひとりがち。

411 ▽せっかくの秋の月の夜なのに、雨にふられて見ることができない。だが、こんな雨の夜なのに、どこやら明るく感じられるのは、やはり月のおかげか。月を見たい未練心の表現。季月。俳どこともなし。

412 ▽月光のあまりの美しさに、なんとなくおそろしいような心持におそわれて、ちょっとあたりを見まわしてしまった。「けうとさ」は雅語。月光の華麗な美しさが、やがて、その極において、凄艶から荒涼へ転ずる。そのあたりの感覚を「けうとさ」によってとらえ、それをさらに「少脇むく」と具体的に記述したところが俳諧。季月夜。俳脇むく。

413 屋《や》わたりの宵《よひ》はさびしや月《つき》の影《かげ》　津島 市柳

414 おかしげにほめて詠《ながむ》る月《つき》夜《よ》哉《かな》　一髪

415 どこまでも見《み》とをす月《つき》の野《の》中《なか》哉《かな》　長虹

416 峠《たうげ》迄《まで》硯《すずり》抱《かかへ》て月《つき》見《み》かな　任他

417 一《ひと》つ屋《や》やいかいこと見《み》るけふのつき　亀洞

418 名《めい》月《げつ》は夜《よ》明《あく》るきはもなかりけり　越人

419 名《めい》月《げつ》やとしに十二は有《あり》ながら　文鱗

420 名《めい》月《げつ》やかいつきたてゝつなぐ舟《ふね》　昌碧

413 ▽引越して別の家に移った夕方。新しい所に心も落ち着かないが、月の光はいつもと変りなく射しこんで来る。所在なくながめていると、しみとおるような淋しさが味わわれた。季月の影。徘屋わたり。

414 ○おかしげ　正しくは「をかしげ」。▽月の光の美しさにながめいろうとすると、人のいることに気がつく。あいさつがわりに、とりあえず月夜のよさなどほめて、と思うが、とっさのことでよい言葉が思いつかず、ちぐはぐになってしまう。季月夜。徘ナシ。

415 ○見とをす　正しくは「見とほす」。▽月光のもと、野中を行く。はるかかなたまで、果てしなく見渡される。和漢朗詠集「秦甸ノ一千余里、凜々トシテ氷鋪ケリ」のおもむき。「見とをす」が工夫。季月。徘どこまでも。

416 ▽いざ、こよいはあの峠の高みで存分に月を楽しんで、きっと一句つくるぞ、と心にきめて出かけてきたが、結局あまりの見事さに句はできず、持参の硯は、お荷物になったことだ。季月見。徘ナシ。

417 ▽隣近所のない一軒家。ただ月の光のみを存分に味わうことである。白氏文集の「坐ニ愁フ樹ノ葉ノ落ツルコトヲ。中庭名月多シ」をふまえるか(七部集打聞)。季けふのつき。徘いかいこと。

418 ▽名月のあまりの明るさ。昼かとばかり思われる。だがそのために、夜と昼との境目がなくなってしまったようだ。誇張の表現であるが、そのような線の太さをあえて個性的にねらったらしい。季名月。徘名月。

419 ▽名月の美しさよ。年に十二度は満月の夜はあるのだけれど。続古今集・天暦帝「月ごとに見る月なれどこの月の今宵の月に似る月ぞなき」のおもむき。「としに十二」と細かく記述した所が俳諧。季名月。徘名月・十二。

420 ▽名月の美しさよ。水の月をも楽しもうと、櫂を水底に突き立てて舟をつなぎ、ここらでしばらく休むこととしよう。円機活法・江行「棹ヲ挙ゲ、舟ヲ維グ」などによる。「つきたてゝ」とした所が俳諧。季名月。徘名月。

421 めいげつやはだしでありく草《くさ》の中《なか》　傘下

422 名《めい》月《げつ》や鼓《つづみ》の声《こゑ》と犬《いぬ》のこゑ　二水

423 見《み》るものと覚《おぼ》えて人《ひと》の月《つき》見《み》哉《かな》　野水

名月《めいげつ》の心《こころ》いそぎに

424 むつかしと月《つき》を見《み》る日《ひ》は火《ひ》も焼《た》かじ　荷兮

425 いつの月《つき》もあとを忘《わす》れて哀《あはれ》也《なり》　同

426 名《めい》月《げつ》や海《うみ》もおもはず山《やま》も見《み》ず　去来

427 めいげつや下《げ》戸《こ》と下《げ》戸《こ》とのむつまじき　胡及

421 ▽名月の光に白く輝く草の原を、素足で歩いてみるのである。あふれる月光を全身で呼吸したいという衝動。素足の裏から伝わってくる草の冷たい感触が、月光の視覚的な見え方に通じる。季めいげつ。俳めいげつ・はだし。

422 ▽名月の光。遠くから鼓の音が聞こえてくる。どこかの観月の宴なのであろう。その音の絶え間に、犬の鳴き声が長く響く。犬もまた、この月光に応えたいところがあったのであろう。季名月。俳名月。

423 ▽とりたての風雅の心得があるというのでもない。そんな人々までもが、さすがに今宵の月だけは、月見をするものだと知っていて、ふり仰いでいる。まあ、習俗から美の心の養われることもあろう。季月見。俳ナシ。

424 ○心いそぎ　心の準備。気ぜわしさ。▽今宵の名月のみに心を集中させたい。それ以外のことは、なにもかも煩わしく思われる。食事のためとはいえ、火を燃やせば、あとの火の用心も、あれこれ煩わしい。いっそのこと今日は、一切火の気なしで暮らそう。季月を見る日。俳ナシ。

425 ▽毎年、名月を賞する。月を見るにつけ、ことしの月が最高だと思う。以前のことは一切忘れ去ってしまって、ただただ、眼前の月の光に酔いしれるのである。季月。俳ナシ。

426 ▽名月の美しさよ。古来さまざまの背景をとりあわせてこの光の美しさを表現してきたが、それはそれ。ただいまはひたすら、この美しさを賞美するのみ。和漢朗詠集に「嵩山ノ表裏ハ千重ノ雪」「天山ニハ弁ヘズ何レノ年ノ雪ゾ、合浦ニハ迷フベシ旧日ノ珠」などがあり、謡曲・竹生島に「月海上に浮んでは兎も波を走るか」、同じく八島に「おもしろや月海上に浮んでは波濤夜火に似たり」など、山上・海上の月光を大きく捉えた名句は多い。季名月。俳名月。

427 ▽名月の美しさよ。この美しさに酔いしれて、酒を飲めぬものまでも、ひとしく心浮かれて、顔をあわせれば、笑みをかわすのみである。季めいげつ。俳めいげつ・下戸。

428 めいげつはありきもたらぬ林《はやし》かな　　釣雪

429 宵《よひ》に見《み》し橋《はし》はさびしや月《つき》の影《かげ》　　一髪

430 十三夜《じふさんや》
影《かげ》ふた夜《よ》たらぬ程《ほど》見《み》る月《つき》夜《よ》哉《かな》　　杉風

431 朔日《ついたち》
暮《くれ》いかに月《つき》の気《け》もなし海《うみ》の果《はて》　　荷兮

432 二日《ふつか》
見《み》る人《ひと》もたしなき月《つき》の夕《ゆふべ》かな　　同

433 三日《みつか》
何《なに》事《ごと》の見《み》たてにも似《に》ず三《み》かの月《つき》　　芭蕉

428 ▽名月を賞して、行けども行けども飽きることがない。林間の月光を楽しんで、とうとう林をぬける所まで来てしまった。もうこれでよかろうと思うのだが、わが心の奥から、なおまだ飽くことなく求めるものが生じてくるのである。「林間月・林中月」は和歌題。季めいげつ。切めいげつ。

429 ▽宵の間は、なお人通りがあったのだが、今はもう途絶えて、橋の上は、月影がさすばかりである。続草庵集・橋下月「澄む月のかげぞとわたる山人のいでつるあとのみねのかけはし」のおもむき。「橋月・橋辺秋月」などの和歌題がある。ここは、市中往還の橋であろう。季月の影。切ナシ。

430 ○十三夜　九月十三日の月。栗名月・豆名月と称して賞美する。▽十三夜といえば、満月に二夜ぶんほど足りないのではあるが、ただいまは、その足らぬではなくて、見てもなお存分に見た気持になれず、もっともっと見たいと思う、そういうあき足らぬ気持で、今宵の月光をながめている。季月夜。切ナシ。

431 ○朔日　以下「七日」まで、それぞれの月齢の月をめでたもの。前月が大の場合は二日から、小の場合は三日から、明を生じるといわれていたので、朔日は月はない。▽今日の夕暮は、どうなるのであろう。はるかに海のむこうまで眺めやるが、大空のどこにも、月は、その気配も感じられない。「もなし」は連俳の切字のひとつ。やがて「もがな」に通じて、欠如をなげき、出現を切望する気持をこめる。季月。切気。

432 ▽夕暮の西空に、ようやくわずかばかり月らしき影が見える。さすがに、眺めやる人もほとんどいないのは、致し方がないが。「たしなき」は俗語。欠乏している状態をあらわす。季月。切たしなき。

433 ▽三日月の繊細な美しさは、これをたとえて、漢語に玉鉤・蛾眉・磨鎌・兎爪など、また和語にも月の剣などとさまざまな表現を与えられてきたが、いま眼前に眺めやるそれは、すべての見立て・言い立てを超越した美しさと思われる。別に「ありとあるたとへにも似ず三日の月」という句形でも伝えられる。季三日の月。切見たて。

四日《よか》

434 夕月夜《ゆふづくよ》あんどんけしてしばしみむ　卜枝

五日《いつか》

435 何日《いくか》とも見《み》さだめがたや宵《よひ》の月《つき》　伊予　一泉

六日《むいか》

436 銀川《あまのがは》見《み》習《なら》ふ比《ころ》や月《つき》のそら　岡崎　鶴声

七日《なぬか》

437 能《よき》ほどにはなして帰《かへ》る月《つき》夜《よ》哉《かな》　岐阜　一髪

雪　二十句

大津《おほつ》にて

434 ▽夕月がかすかに西の空にかかっている。なにげなく行灯に火を点してしまったのだが、このかすかな月光をいたわるために、消してしまおう。やがて西に沈むまでのわずかな間のことだ。[季]夕月夜。[俳]あんどん。

435 ▽宵の時刻、西にかかるこのごろの月は、何日の月とも定めがたい。細からず、太からず。三日月と、七日・八日の上弦の月との間で、五日月は、形をとらえた言い方が行われていない。特徴のない月。その具体的な表現のない事実を、とりたてた俗語・俳言を用いないで表現したところが、作意なのであろう。[季]宵の月。[俳]ナシ。

436 ▽七月七日、たなばたの夜も近くなると、ことしの二星は、雨に妨げられず逢うことができるであろうか、などと思って、空を見上げ、夜ごとに眺めるので、天の川もすっかり見なれてしまった。そして、それとともに、初秋の澄んだ空に、光を増して、月ももう六日の月になっていたのである。「見習ふ」は、いつも見て、すっかりなじむこと。[季]銀川・月。[俳]ナシ。

437 ▽訪ねた相手と、しばらくあれこれ雑談をして、帰り道。空に上弦の月が出ている。ちょうどよい頃あいに辞去したことだ。今宵は、この月をたのしみつつ家路をたどることとしよう。上弦の月は、日没に南中し、真夜中に西に沈む。[季]月夜。[俳]はなして。

438 ○大津にて　元禄元年(一六八八)十一月二十七日、大津松本の尚白亭での作。尚白・加生とともになした発句・脇・第三、三種のその二の発句。○船頭どの　謡曲・自然居士「ああ船頭殿のお顔の色こそ直つて候へ」による。▽雪の降る日、渡し舟に乗る。一年中日に照らされて働く船頭さんの顔の色は、この雪景色を背景にして、いかにも日に焼けてたくましいことである。謡曲での「お顔の色」は、ご機嫌というほどの意味であるが、それをここでは、即物的に肌の色そのものに転じて生かした所が工夫。談林俳諧の謡曲調の句。[季]雪の日。[俳]船頭どの。

438 雪《ゆき》の日《ひ》や船《せん》頭《どう》どのゝ顔《かほ》の色《いろ》　其角

439 いざゆかむ雪《ゆき》見《み》にころぶ所《ところ》まで　芭蕉

440 竹《たけ》の雪《ゆき》落《おち》て夜《よ》るなく雀《すずめ》かな　塵交

441 かさなるや雪《ゆき》のある山《やま》只《ただ》の山《やま》　京　加生

442 車《くるま》道《みち》雪《ゆき》なき冬《ふゆ》のあした哉《かな》　加賀　小春

443 はつ雪《ゆき》を見《み》てから顔《かほ》を洗《あらひ》けり　越人

444 はつ雪《ゆき》に戸《と》明《あけ》ぬ留《る》主《す》の庵《いほり》かな　是幸

445 ものかげのふらぬも雪《ゆき》の一《ひと》つ哉《かな》　松芳

439 ▽さて雪景色の見物に出かけることとしよう。この美しい天地に、どうしてじっとしていられよう。どこまで行くのか、ですと。そんなことわかるものですか。まあ一緒にでかけましょう。そのあたりで、もし転んだりしたら、そこから引き返すということにでもしておきましょうか。貞享四年(一六八七)十二月初頭、名古屋での作。芭蕉真蹟には初五「いざ出(で)む」とある。[季]雪見。[俳]ナシ。

440 ▽竹の葉につもった雪が、平衡を失って落ちる。枝は一挙にはねかえり、竹林に動揺が伝わる。ねぐらの雀は、時ならぬ騒ぎに眼を覚まし、小さく鋭く鳴き声をたてる。それらの一件を作者は床の中で聞いているのである。[季]雪。[俳]ナシ。

441 ▽冬の眺望。遠景の高山は雪をかむり白い姿を見せているが、中景・近景の山は、ただ冬枯れの木の色を見せているばかり。いずれも寒々とした冬の陽光のもとで、じっと春を待っている。平凡な作のようであるが、太い線でぐいと引いた素描のような力強さを持っている。[季]雪。[俳]ナシ。

442 ▽冬の朝。遠景・近景すべて雪景色の中を、ひと筋、車の通る道ばかりは、雪もなく黒々と続いている。車道は主要都市間を結ぶ大道。絵画的な構図を想像させるが、印象は散漫な句。[季]冬のあした。[俳]車道。

443 ▽昨夜の冷えこみ。今朝のあかるさ。はたして待ちかねた初雪であった。戸をあけてしばらくは、うっすらとした銀世界にみとれていた。ようやくわれにかえって顔を洗った次第である。ありふれた身辺雑事を、はっきりとした俗語・俳言を使わず描いて、伝統的な初雪賞美の心を詠むもの。[季]はつ雪。[俳]見てから。

444 ▽この初雪を、ともに喜び味わいたいものと訪ねてみたが、この庵は、なんと戸を閉じたままである。何たること。いやいやあの主人のことだ、折あしく昨今他行中なのであろう。[季]はつ雪。[俳]留主。

445 ▽白一色に雪に覆われて、山川草木すべて静まりかえっている。なにひとつ揺れ動くものがない。雪景色の興趣にはさまざまあるが、この凝固静止した世界もまた、雪がもたらす独特のものである。[季]雪。[俳]ナシ。

446 くらき夜《よ》に物《もの》陰《かげ》見《み》たり雪《ゆき》の隈《くま》　　二水

447 雪《ゆき》降《ふり》て馬《うま》屋《や》にはいる雀《すずめ》かな　　鳧仙

448 夜《よる》の雪《ゆき》おとさぬやうに枝《えだ》折《を》らん　　岐阜 除風

449 ゆきの日《ひ》や川《かは》筋《すぢ》ばかりほそ〴〵と　　鷺汀

450 初《はつ》雪《ゆき》やおしにぎる手《て》の寄《き》麗《れい》也《なり》　　傘下

451 雪《ゆき》の江《え》の大《おほ》舟《ぶね》よりは小《こ》舟《ぶね》かな　　芳川

452 雪《ゆき》の朝《あさ》から鮭《さけ》わくる声《こゑ》高《たか》し　　冬文

453 雪《ゆき》の暮《くれ》猶《なほ》さやけしや鷹《たか》の声《こゑ》　　桂夕

446 ▽明るい昼の間は、ただ白一色の平板な世界であったが、夜の暗さの中を眺めやると、雪が一様に覆っているようでも高低起伏はあり、そのうねりにはっきりと陰影がついているのであった。言い立ての句。[季]雪。[俳]ナシ。

447 ○はいる　正しくは「はひる」。▽ねぐらに帰りつかぬ先に降り出した雪で、雀たちもあわてたことであろう。馬小屋の中に飛びこんで、しのいでいる。このまま夜をあかすつもりか。後西院の和歌に「降る雪におのがねぐらを頼みてや軒に入りくる雀いろどき」(薄暮雪)がある。[季]雪。[俳]ナシ。

448 ▽夜に入って降り出した雪を、心ゆくまで間近くながめたいものだと思って、庭木を雪を載せたまま、折り取ろうとするのである。古今集「折りてみば落ちぞしぬべき秋萩の枝もたわわにおける白露」の換骨奪胎(七部集大鏡)。[季]雪。[俳]ナシ。

449 ▽一面の雪の野原を見渡す。風景に変化をつけるものとては、わずかに川の流れがうねっているのみ。それもふだんよりは、よほど痩せ細って、たよりなげに続いているのである。[季]ゆきの日。[俳]川筋。

450 ○寄麗　ふつう奇麗・綺麗と表記する。清潔・清浄なこと。▽ことしはじめての雪。ものめずらしさに、つい手を押しつけて握りしめてしまった。そして、すべてを清浄な銀世界にする雪のせいであろうか、わが手ながら、いかにも清潔なもののように思われた。[季]初雪。[俳]寄麗也。

451 ▽雪景色の入江。大舟・小舟が停泊している。このような折には、巨大な船腹を見せる大舟よりも、すっかり雪を冠っている小舟のほうが、ふさわしいように思われる。絵になる、のであろう。[季]雪。[俳]ナシ。

452 ○から鮭　鮭のはらわたを除いて、塩を用いずに乾燥させたもの。冬季の保存食。▽雪の降った翌朝、漁のなかった魚の店は、干鮭を扱う声のみが、元気よくひびいている。[季]雪・から鮭。[俳]から鮭。

453 ○鷹の声　鷹狩の鷹の足につける鈴の音。夫木和歌抄「み狩する山路に鈴の声はして白ふの鷹は雪にまがひぬ」。▽雪の夕暮。なお狩は続いて夕闇の底から鈴の音が一段と鮮明に聞こえる。新しい獲物か。[季]雪・鷹。[俳]ナシ。

454 ちら〳〵や淡《あは》雪《ゆき》かゝる酒《さか》強《こは》飯《ひ》　荷兮

455 はつ雪《ゆき》や先《まづ》草《ざう》履《り》にて隣《となり》まで　路通

456 はかられじ雪《ゆき》の見《み》所《どころ》有《あ》り所《どころ》　野水

457 舟《ふね》かけていくかふれども海《うみ》の雪《ゆき》　芳川

454 ▽酒のもとを作るために、水に漬けた米を蒸して強飯の状態となし、これを筵にひろげて冷却する。酒作りの第一段階。秋の彼岸ころから寒中にかけて行われる。濛々たる湯気の上に、初冬の雪がふりかかる情景。〔季〕淡雪。〔囲〕ちら〳〵・酒強飯。

455 ▽ことしはじめての雪に、うかれ出る気持。とりあえず隣まででも行ってみよう。初雪は薄くつもるのが本意なので、草履でよいのである。要領よくポイントを押さえた作。〔季〕はつ雪。〔囲〕草履。

456 ▽花ならば、とりわけての名所や、名木のありかも知られ、花の盛りも推測がつくが、雪というものは、いつどこがよいのやら、予測がつきかねる。「はかられじ」を「騙られし」「測られし」と解する説もある。〔季〕雪。〔囲〕ナシ。

457 ▽舟を停泊させて雪のあがるのを待っている。連日の雪に舟はすっかり雪にうずもれてしまったけれども、海はすこしも変りがない。「降りしけどたまらぬ雪の浪の上にひとむらつもる浮島の松」(類題和歌集・冬海雪)などのおもむき。「ふれども」は「経れども」と「降れども」の掛詞になっている。〔季〕雪。〔囲〕ナシ。

曠野集 巻之二

歳《さい》旦《たん》

458 二日《ふつか》にもぬかりはせじな花《はな》の春《はる》　芭蕉

459 たれ人《ひと》の手《て》がらもからじ花《はな》の春《はる》　釈古梵

460 わか水《みづ》や凡《およそ》千《せん》年《ねん》のつるべ縄《なは》　風鈴軒

461 松《まつ》かざり伊《い》勢《せ》が家《いへ》買《かふ》人《ひと》は誰《たれ》　其角

462 うたか否《いな》連《れん》歌《が》にあらずにし肴《ざかな》　文鱗

463 月《つき》雪《ゆき》のためにもしたし門《かど》の松《まつ》　去来

458 ▽どうも自分は、せっかくの新春を、それにふさわしく迎えることができなかったようだ。明二日こそは、準備万端、心身ともに手ぬかりなくやってみたいものだが。貞享五年(一六八八)正月の作。「二日にも」の「も」について三冊子などに諸説がある。季花の春。俳ぬかりは。

459 ▽この新春のすばらしさよ。だれか特定の人間の尽力でこうなるというのではあるまいが。新年のおのずから心改まる不思議さを、人間わざではない、と詠嘆したもの。季花の春。俳手がら。

460 ▽若水を汲む。釣瓶縄をあやつって。釣は鶴に通う。なんと年頭からめでたいことではないか。翁の謡に「およそ千年の鶴は万歳楽と諷ふたり」とある。談林俳諧の謡曲調。季わか水。俳凡・千年・つるべ縄。

461 ▽千年をちぎる松を門口にたてて、まことにめでたい新年である。ところでかの古今集に「家を売てよめる」と前書して「飛鳥川ふちにもあらぬわが宿もせにかはりゆく物にぞありける」という伊勢の歌がある。伊勢には気の毒だが、買った人の立場にたてば、栄華なことだ。やはり新年には松を飾って祝ったことであろう。この人物の名が知られていないのは片手落ちではあるまいか。季松かざり。俳松かざり。

462 ○にし肴　年頭、盤上に栗・榧・海藻・昆布・野老・海老・米などを積みかさね、来客にすすめ、共に賞味する。蓬萊・くいつみなどともいう。▽正月のめでたいにし肴というもの。あれは歌の世界のものでもなく、連歌でも詠むことを許されず、われらが俳諧の世界のものという。なんとありがたいことではないか。一見したところ雅語のように見える「にし肴」が、俳言であることに興じた。季にし肴。俳連歌・にし肴。

463 ▽正月のめでたい門松というもの。あれは新春の祝いといいうけれども、月雪の風雅のための飾りとも考えたいものです。松の葉ごしの月や松の白雪は古来聞きなれた道具だてなのですから。季門の松。俳ナシ。

464 かざり木《ぎ》にならで年ふる柏《かしは》哉《かな》　　一晶

465 元《ぐわん》朝《てう》や何《なに》となけれど遅《おそ》ざくら　　路通

466 元《ぐわん》日《じつ》は明《あけ》すましたるかすみ哉《かな》　　加賀 一笑

467 歯《は》固《がため》に梅《うめ》の花《はな》かむにほひかな　　大垣 如行

468 ふたつ社《こそ》老《おい》にはたらねとしの春《はる》　　岐阜 落梧

469 若《わか》水《みづ》をうちかけて見《み》よ雪《ゆき》の梅《うめ》　　亀洞

470 伊《い》勢《せ》浦《うら》や御《み》木《き》引《ひき》休《やす》む今《け》朝《さ》の春《はる》　　同

471 ことぶきの名《な》をつけて見《み》む宿《やど》の梅《うめ》　　昌碧

464 ▽松柏は古来、常緑の樹木の代表としてならび称されてきた。松はその長寿をめでて新年の松飾りになる。柏は、そのような役にはたたないが、おかげで切り倒されることもなく、これも長命を保つことになる。やはりめでたい木ではある。荘子の「樗櫟散木」の応用。季かざり木。囲かざり木。

465 ▽元朝の心改まる思いを何にたとえようか。平々凡々たる時の流れの中の、この日だけが、なぜ改まった意味をもつのか。盛りに遅れて咲く桜が、それ故にもつ特別の桜としての価値。まあ、その程度のものか。季元朝。囲元朝。

466 ▽さあ、しっかり新年が明けましたぞ、とでもいうように、霞がたちこめている。元日の霞は、われこそ春の証人というように得意げである。新古今集・巻頭「み吉野は山も霞みて白雪のふりにし里に春は来にけり」などのおもむき。季元日・かすみ。囲元日・明すましたる。

467 ▽正月の祝にさまざまの食物を食して長寿を祈るという。いま不自由なくらしの自分は、早咲の梅の花を嚙んで、そのかわりに、と思った所、あの芳香をまことに深く味わうことができた。季歯固。囲歯固。

468 ▽四十初老を祝うには、まだ二歳ほど不足だが、まずはめでたい新年である。「とし」に年齢の意と「年の春」（年頭）の意味とをかけた。季としの春。囲ナシ。

469 ▽元日、新婚の婿に水を掛けて若水の祝をする。雪中の早咲の梅は、まだ世なれぬ婿のような初々しさなので、水掛祝をしてやれ、と興じたもの。そうすれば花の香ももっとよく賞美できよう、と。季若水・梅。囲ナシ。

470 ▽伊勢の式年遷宮に際しては、二年前の秋に鋒始があり木作にとりかかる。天下万民が休業の新春、かの伊勢の地の造営の作業も、ひと休みであろう。この時は元禄二年（一六八九）の遷宮をひかえていた。「引」は「挽き」。季今朝の春。囲ナシ。

471 ▽梅には品種によりさまざまの名がある。だが新年から早々に咲く梅にふさわしいめでたい名のものは、まだないようだ。わが家の新春を祝して、ひとつ考えることとしよう。季梅。囲ナシ。

472 去年《こぞ》の春《はる》ちいさかりしが芋頭《いものかみ》　元広

473 小《せう》柑《かう》子《じ》栗《くり》やひろはむまつのかど　舟泉

474 とし男《をとこ》千《せん》秋《しう》楽《らく》をならひけり　同

475 山《やま》柴《しば》にうら白《じろ》まじる竈《かまど》かな　重五

476 松《まつ》高《たか》し引《ひき》馬《うま》つるゝ年《とし》おとこ　釣雪

477 月《つき》花《はな》の初《はじめ》は琵《び》琶《は》の木《き》どり哉《かな》　同

478 連《つれ》てきて子《こ》にまはせけり万《まん》歳《ざい》楽《らく》　一井

479 うら白《じろ》もはみちる神《かみ》の馬《うま》屋《や》哉《かな》　胡及

472 ○ちいさかりし　正しくは「ちひさかりし」。▽去年の春、種芋として植えた芋の子が、こんなに大きくなって、いま年頭の雑煮に食して祝う。まことにめでたいことだ。芋の「子」が「頭」に成長したことを人間に思いよせて、祝う心。季芋頭。俳芋頭。

473 ▽松を立てた軒の飾りに柑子・栗などが見える。伊勢物語に「その石の上に走りかかる水は、小柑子・栗の大きさにてこぼれ落つ」とあるが、ここは水ならぬ柑子・栗そのものを拾うこともあろうか。季まつのかど。俳小柑子。

474 ○とし男　年頭に若水を汲むなどの役をつとめる人。○千秋楽　謡曲・高砂の切(き)「千秋楽は民を撫で、万歳楽には命を延ぶ。相生の松風、颯々の声ぞたのしむ」の部分。▽祝言のために、ほんの少し即席修行するのである。季とし男。俳とし男・千秋楽。

475 ▽柴刈りのものが、新年の門飾りや蓬萊飾りの料にと、薪とともに刈ってきたからであろう。正月の竈のもとに積んだ薪のあいだには、歯朶の葉がまじっている。歯朶は常緑を賞する。裏白とも。季うら白。俳うら白。

476 ○引馬　貴人の外出に鞍覆いをかけて引いて行く馬。○年おとこ　正しくは「年をとこ」。▽古松のそびえるあたり、年賀に出る主人に従って、今日は年男役のものが馬を引いて行く。「松高し」が晴れ上がった城郭などを連想させる。季年おとこ。俳引馬・年おとこ。

477 ▽おおざっぱに琵琶の形に成形した用材。さらに細工を施し装飾を加えて、あの美しい楽器がうまれる。年頭にこのようなものを見ると、これからの風雅の数々が予想されて心楽しいことだ。季月花の初。俳琵琶・木どり。

478 ▽例年やってくる正月の万歳楽の芸人が、ことしは子を連れて来て舞わせた。やがて継承されて未来につながって行くと思われて、いかにもめでたい。季万歳楽。俳万歳楽。

479 ▽神馬として社の馬屋につながれている馬が、小屋にかけられた飾り縄の裏白に食らいついたものか、あたりに散乱している。畜生の所行とはいえ、年頭、いかにも勇猛に感じられて面白い。季うら白。俳うら白。

480 見《み》おぼえむこや新《あら》玉《たま》の年《とし》の海《うみ》　長虹

481 今《け》朝《さ》と起《おき》て縄《なは》ぶしほどく柳《やなぎ》哉《かな》　鼠弾

482 さほ姫《ひめ》やふかいの面《おもて》いかならむ　同

483 蓬《ほう》莱《らい》や舟《ふね》の匠《たくみ》のかんなくず　湍水

484 仏《ほとけ》より神《かみ》ぞたうとき今《け》朝《さ》の春《はる》　京とめ

485 のゝ宮《みや》やとしの旦《あした》はいかならん　朴什

486 かざりにとたが思《おも》ひだすたはら物《もの》　冬文

487 正《しやう》月《ぐわつ》の魚《うを》のかしらや炭《すみ》だはら　傘下

480 ▽心にしっかりととどめておこうぞ。この新年の海ののどかなありさまを。波静かな春の海に対して、直接に呼びかけるような軍記物語的な措辞の面白さをねらったものか。「こや」は、これがまあ。[季]新玉の年。[俳]ナシ。

481 ▽さあ新年だとばかり起き出して、さし柳を支え縛っていた縄の結び目を、先ずは解きほどく。早春に芽ぶく柳の勢いを、こうすることによって多少は助けることができるような気がして。[季]柳。[俳]縄ぶし。

482 ○ふかい　正しくは「ふかゐ」。中年の女性を表す能面。多く狂女物に使用された。▽春の女神佐保姫よ。年々歳々、おまえは永遠に若いのか。能で演じるとすれば、とりあえず深井の面などはいかがなものか。[季]さほ姫。[俳]ふかいの面。

483 ○くず　正しくは「くづ」。▽蓬莱飾りは、三方の台に山海の産物をあふれるばかりに盛りつける。そのさまが、船大工が新造の船に、鉋屑をあふれさせてたち働くさまを連想させたものか。[季]蓬莱。[俳]蓬莱・かんなくず。

484 ○たうとき　正しくは「たふとき」。▽元日の朝ばかりは、仏よりも神の威光が、さかんであると思われる。しめ縄をかけ、歳徳(としとく)神をまつり、わかえびすをむかえて。[季]今朝の春。[俳]ナシ。

485 ▽謡曲・野宮に「花に馴れ来し野の宮の、秋より後はいかならむ」とある。光源氏が六条御息所を訪ねた秋のさびしさ以来、哀愁の名所のごとき野宮ではあるが、それでも年たつ元日の朝ばかりは、のどやかな陽春の神々しさにみちているであろうよ。[季]としの旦。[俳]ナシ。

486 ○たはら物　煎海鼠(いりこ)・乾鮑(ほしあわび)をいう。俵詰にして輸送した。▽蓬莱の台に、のしあわびなどをも飾るが、いったいどのような人が、こんなことを考えついたのであろうか。[季]かざり。[俳]たはら物。

487 ▽正月のさまざまの料理に用いられる魚の頭は、そのままうち捨てられるのであろうか。炭俵のように。古来、意義不明の句。[季]正月。[俳]炭だはら。

488 けさの春《はる》寂《さび》しからざる閑《しづか》かな　冬松

489 あい〳〵に松《まつ》なき門《かど》もおもしろや　柳風

490 大《おほ》服《ぶく》は去《こ》年《ぞ》の青《あを》葉《ば》の匂《にほひ》哉《かな》　防川

491 鶯《うぐひす》の声《こゑ》聞《きき》まいれ年《とし》おとこ　犬山 昌勝

492 傘《からかさ》に歯《し》朶《だ》かゝりけりえ方《はう》だな　夕道

493 袖《そで》すりて松《まつ》の葉《は》契《ちぎ》る今《け》朝《さ》の春《はる》　梅舌

494 たてゝ見《み》む霞《かすみ》やうつる大《おほ》かゞみ　野水

495 曙《あけぼの》は春《はる》の初《はじめ》やだうぶくら　同

488 ▽元日の朝。平和なみちたりたしずかさ。決してさびしいということにならないふしぎ。「元朝や物しづかなる世の始め」(梅盛)といえば貞門の句。中七文字がこの時代の工夫である。季けさの春。俳ナシ。

489 ○あい〳〵　正しくは「あひ〳〵」。▽正月の家なみ。どの家も門松をたてるが、ところどころにたてない家がある。それもまた面白いことのように思われる。新年ののどかな心の、うきうきした状態をいう。季松(の)門。俳あい〳〵。

490 ○大服　元日に若水を沸かした湯で抹茶をたて、これに梅干を入れて飲む。▽この茶の香りは、去年の晩春につんだ色あざやかな茶の葉色が、そのままにおいたつかのようである。季大服。俳大服。

491 ○まいれ　正しくは「まゐれ」。○年おとこ　正しくは「年をとこ」。▽新年のめでたい行事のすべてをつとめる年男よ。春を告げる鶯は、来たのか。これを確かめてくるのもお前の役目ではないか。もちろん、そうではないのを、興じて言ったのである。季鶯・年おとこ。俳年おとこ。

492 ○え方だな　その年の吉兆の方角に棚をつり、注連縄を張って、歳徳(としとく)神を祭る。▽家屋の中でどの方角にも飾るので、門口の上になると、出入りの人に飾りの歯朶がかかることもあったのであろう。季え方だな。俳え方だな。

493 ▽新年の門口。家々の松飾りに、わが袖もふれる。ふだんならば、道さまたげのようではあるが、新年のめでたさ。松の長寿にあやかって、自分も千年の寿を申しうけようと思うのである。季今朝の春。俳ナシ。

494 ▽大きな鏡餅。鏡という名をもつからには、もしこれを立ててみたならば、何か写るであろうか。おそらくは春の霞がかかって。「向ひ見る餅は白みの鏡かな」(立圃)と同様のおもむき。季霞・大かゞみ。俳大かゞみ。

495 ○だうぶくら　正しくは「どうぶくら」。両端が細く中央部のふくれている状態。最高潮。▽ものごとは次第に盛り上がって行くのが普通だが、曙の美しさばかりは、新年の初めが、いきなり最高だと思う。季春の初。俳だうぶくら。

496 はつ春《はる》のめでたき名《な》なり堅《かつ》魚《を》ゝ《いを》　越人

497 初《はつ》夢《ゆめ》や浜《はま》名《な》の橋《はし》の今《いま》のさま　同

498 しづやしづ御《み》階《はし》にけふの麦《むぎ》厚《あつ》し　荷兮

499 万《まん》歳《ざい》のやどを隣《となり》に明《あけ》にけり　同

500 巳《み》のとしやむかしの春《はる》のおぼつかな　同

501 我《われ》は春《はる》目《め》かどに立《たつ》るまつ毛《げ》哉《かな》　僧般斎

502 我《われ》等《ら》式《しき》が宿《やど》にも来《く》るや今《け》朝《さ》の春《はる》　貞室

496 ○堅魚　底本「賢魚」。▽カツオという魚名は、勝つに通じ、文字の堅も、歯固の固に通じるなど、新春にふさわしい名だと思うが。実際は夏の季語である。季はつ春。俳堅魚ゝ。

497 ○初夢　元日の夢。○浜名の橋　歌枕。早く途絶えて、近世には今切(いまぎれ)一里の渡となっていた。▽枕の下に宝舟の刷物を敷いて吉夢を得たいと眠る。夢の浮橋ではないが、夢と消えた浜名の橋のあたりを、舟で渡る、そのようなものである。季初夢。俳ナシ。

498 ○しづやしづ　謡曲・二人静「賤やしづ賤の苧環(をだまき)くり返し昔を今になすよしもがな」。▽田舎の産土神に元日参詣する人が、散米ならぬ麦を、うず高く献納するさま。季けふの麦。俳ナシ。

499 ▽遠隔の地より出る万歳は、暮のうちから都市に出て、定宿とする家に待機し、新年を迎える。わが家は、隣がそれにあたる。文字通り春を隣にして明けたことよ、と興じた。季万歳。俳万歳。

500 ○おぼつかな　西行「おぼつかな春は心の花にのみいづれの年かうかれそめけむ」。▽年頭にあたりわが身をかえりみるが諸事おぼつかないことである、ということか。巳の年の意味不明。季春。俳ナシ。

501 ▽年頭、門に松を立てるのは通例。ところが自分は、門ならぬ目のかどに、松ならぬまつ毛をたてて、年のはじめから痛い思いをしている。さかまつげの痛さ。貞門古風の言い立て。寛文年間の作。季春。俳目かど・まつ毛。

502 ○我等式　自分ごときの人間。卑下した言い方。▽正月というものはどこにも来る。まさに平等。和歌題「貴賤迎春」を「われらしき」という俗語で表現したもの。寛文十二年(一六七二)の歳旦句。季今朝の春。俳我等式。

初春

503 若《わか》菜《な》つむ跡《あと》は木《き》を割《わる》畑《はたけ》哉《かな》　越人

504 精《せい》出《だ》して摘《つむ》とも見《み》えぬ若《わか》菜《な》哉《かな》　野水

505 七《なな》草《くさ》をたゝきたがりて泣《なく》子《こ》かな　津島 俊似

506 女《をんな》出《で》て鶴《つる》たつあとの若《わか》菜《な》哉《かな》　加賀 小春

507 側《そば》濡《ぬれ》て袂《たもと》のおもき礒《いそ》菜《な》かな　藤羅

508 吾《わが》うらも残《のこ》してをかぬ若《わか》菜《な》哉《かな》　岐阜 素秋

509 石《いし》釣《つり》てつぼみたる梅《うめ》折《をり》しけり　玄察

503 ▽畑に出て春の七草を摘み、正月七日の節に供する。そのあとは、まだ早春のこととて、畑は何を蒔き植えるということもない。しばらくの間は薪割場に利用されるくらいのものである。季若菜。俳ナシ。

504 ▽早春の若菜摘。新春はじめて野に出てすることであり、どこかうかれている。まともな農作業とはちがう、というのである。そこに古代より続く習俗の大どかさがあり陽春ののどかさが見える。季若菜。俳精出して。

505 ▽正月七日の朝、七草を刻んだ俎板の上を木の枝などで叩き「唐土の鳥と日本の鳥と」などとはやしたてる。七草粥をつくる時の習俗なのであるが、自分もしたくて幼児がむつかっているのである。季七草。俳たゝきたがりて。

506 ▽女どもが野に出ると、餌を食んでいた鶴たちが飛び去って行く。それで若菜摘が始まる。杉風に「若菜野や鶴つけ初めし足の跡」、史邦に「野畠や鴈追ひのけて摘む若菜」などがある。季若菜。俳女。

507 ○礒菜　歌語。礒辺の若菜と解する説と、海藻かとする説と両様が当時行われていた。▽若菜摘む古歌の世界に礒菜というものがあるそうだが、さぞかし袂のかども濡れて重いことだろう。季礒菜。俳側。

508 ○をかぬ　正しくは「おかぬ」。▽若菜摘のあと。人々が興じて摘んだものであろうか。きれいさっぱりと摘まれてしまって、わが家の裏のあたりは、いっそせいせいとしてしまった。季若菜。俳ナシ。

509 ▽まだ蕾のままの木末高き梅の枝を折ろうと、紐の両端に石を結びつけて放りあげ、からめたわませて、手もとにひき寄せるのである。軍記に「組み敷けり」というように言いなした所に興がある。季梅。俳石釣て。

510 鷹《たか》居《すゑ》て折《をる》にもどかし梅《うめ》の花《はな》　鷗歩

511 むめの花《はな》もの気《き》にいらぬけしき哉《かな》　越人

512 藪《やぶ》見《み》しれもどりに折《を》らん梅《うめ》の花《はな》　落梧

513 梅《うめ》折《をり》てあたり見《み》廻《まは》す野《の》中《なか》かな　一髪

514 華《はな》もなきむめのずはいぞ頼《たの》もしき　冬松

515 みのむしとしれつる梅《うめ》のさかり哉《かな》　蕉笠

網代民部《あじろみんぶ》の息《そく》に逢《あひ》て

516 梅《うめ》の木《き》になをやどり木《ぎ》や梅《うめ》の花《はな》　芭蕉

510 ▽鷹狩の途中。路傍の梅を折りたいと思うが、肱に鷹を据えているために、バランスがとりにくく、ねらった枝に手が届かない。拾遺集「家づとにあまたの花も折るべきにねたくも鷹を据ゑてけるかな」のおもむき。[季]梅の花。[俳]ナシ。

511 ○もの　「気にいらぬ」を形容詞的な一語として、それにかかる接頭語のはたらきをする。「ものむつかしげ」「ものつつまし」などの「もの」と同じ。▽梅の花の凜として超然たる雰囲気を、黙然と不満足に耐えている人物にどこか通うと見立てた。[季]むめの花。[俳]もの気にいらぬ。

512 ○見しれ　判然と区別をつけて記憶しておけ。▽この藪をきちんと覚えておけよ。帰り道で、この梅の花を折って帰るのだから。藪に咲く梅のいとおしさ。[季]梅の花。[俳]もどり。

513 ▽折るまでは、ひたすら花の色香にひきつけられて来た。折ったあとで、あたりを見廻す心のゆとりができた。この野中に咲いた梅の美しさよ。やや誇張した心の表現。[季]梅。[俳]ナシ。

514 ○ずはい　「すはゑ」とも。末枝。若枝。▽梅の木がその枝の先に、さらに細く若い枝を伸ばしている。まだ花をつけてはいないが、やがてみごとな花をつける日のことを思えば、いまから楽しみなことだ。[季]むめ。[俳]ずはい。

515 ▽どの枝もさかんに花を咲かせるときになって、この梅の木のこの枝は、なぜ咲かぬかと、よく見ると、枝にはあらず、みの虫だった。鷹筑波集に「蓑虫の花笠きるや梅の枝」などとあるのは、この句の逆。[季]梅。[俳]ナシ。

516 ○網代民部　足代弘氏。伊勢外宮の御師。国学者。談林の俳諧をたしなむ。息は弘員。雪堂と号す。父が天和三年(一六八三)に没したあとをついで神風館二世を称し、国学・俳諧を継承した。○なを　正しくは「なほ」。▽みごとな梅の古木に、また一層みごとな梅の木がやどり木したように、亡父の雅名をはずかしめず風雅の花を咲かせておられますね。貞享五年(一六八八)春の作。[季]梅の花。[俳]ナシ。

517 うぐひすの鳴《なき》そこなへる嵐《あらし》かな　長良 若風

518 鶯《うぐひす》の鳴《なく》や餌《え》ひろふ片《かた》手《て》にも　去来

519 あけぼのや鶯《うぐひす》とまるはね釣《つる》瓶《べ》　伊賀 一桐

520 鶯《うぐひす》にちいさき藪《やぶ》も捨《すて》られじ　津島 一笑

521 うぐひすの声《こゑ》に脱《ぬぎ》たる頭《づ》巾《きん》哉《かな》　同 市柳

522 鶯《うぐひす》になじみもなきや新《しん》屋《や》敷《しき》　同 夢々

523 うぐひすに水《みづ》汲《くみ》こぼすあした哉《かな》　梅舌

524 さとかすむ夕《ゆふべ》をまつの盛《さかり》かな　野水

517 ▽早春の朝、なお荒く吹く寒風に、身をちぢめたものであろうか。稚拙な鶯の鳴き声である。まだ里なれぬ鶯の下手な鳴きかたを、この嵐ゆえに無理もない、と興じたもの。[季]うぐひす。[俳]鳴そこなへる。

518 ▽鶯が鳴いている。それがなんと、餌をついばみながら。鶯の声は、どこまでものどかさを本意として聞く。その表現のひとつとして、この様子を見付けたもの。「ひろふ片手」という鳥の表現には意外なところが工夫。[季]鶯。[俳]片手に。

519 ○はね釣瓶　梃子の原理で、一端につけた石の重みで釣瓶の水を汲み上げるようにしたもの。▽夜あけ前、まだ人のいない井戸のはね釣瓶に鶯がとまって声をあげる。のどかさの一表現。「曙の鶯」は和歌題。[季]鶯。[俳]はね釣瓶。

520 ○ちいさき　正しくは「ちひさき」。▽鶯のすみかと思えば、わずかな藪ではあるが見すてがたい。将来にわたってそっと見守ってやらねばなるまい。鶯は、低木や藪の中に巣を営むので、歌には「竹に巣くふ」「竹にねぐら」などと詠む。[季]鶯。[俳]ナシ。

521 ▽鶯の声にふり仰ぎ、その方に集中して耳を傾けようとすると、あらためて冬の頭巾のうっとうしさが思われる。この際もう脱ぐことにしよう。春告鳥に春を確かめるのであり、実際じゃまなものでもある。[季]うぐひす。[俳]頭巾。

522 ▽新しく整備されて屋敷地となった一区画。さすがに鶯も見なれぬ思いがするからであろうか、どうも来て鳴いてくれない。和歌題「鶯稀」「鶯声猶稀」の「稀」である理由を俳諧らしく具体的に追求。[季]鶯。[俳]なじみ・新屋敷。

523 ▽朝の井戸ばた。釣瓶桶の水を手桶にそそいでいると、急に鶯の声がして、思わず耳を傾ける。あふれた水が足もとを濡らすので、やっとわれにかえったのである。和歌題「朝鶯」の俳諧らしい具体的表現。[季]うぐひす。[俳]ナシ。

524 ▽早春の夕暮。霞にへだてられた一村。松の樹影に霞がたなびいて、えもいわれず美しい。花に先だつこの頃、この夕霞におぼろに沈む松は、最高である。いまが松の天下だ。和歌題「霞隔松」「霞隔遠樹」などのおもむき。[季]かすむ。[俳]ナシ。

525 行《ゆき》〳〵《ゆき》て程《ほど》のかはらぬ霞《かすみ》哉《かな》　塵交

526 行《ゆく》人《ひと》の蓑《みの》をはなれぬ霞《かすみ》かな　冬文

527 かれ芝《しば》やまだかげろふの一《いち》二《に》寸《すん》　芭蕉

528 かげろふや馬《うま》の眼《まなこ》のとろ〳〵と　傘下

529 水《すい》仙《せん》の見《み》る間《ま》を春《はる》に得《え》たりけり　路通

530 蝶《てふ》鳥《とり》を待《まて》るけしきやものゝ枝《えだ》　荷兮

525 ▽行けども行けども、春霞のようすが少しも変らない。晴れるでもなく、くもるでもなく。風のないのどかな春の一日が、簡潔に表現される。和歌題「原上霞」のおもむき。季霞。俳ナシ。

526 ▽路行く人の姿が遠く霞に沈んで見える。和漢朗詠集に「山遠クシテ雲ハ行客ノ跡ヲ埋ム」とあるのにならって言えば「野遥カニシテ霞ハ旅人ノ蓑ニ纏フ」ということになろうか。和歌題「霞蔵行人」のおもむき。季霞。俳ナシ。

527 ▽芝草がまだ枯れたままにとどまっているこのあたりでは、陽炎も地上近くわずかに一、二寸の高さにゆらめいている程度である。「かげろふ」は春季二月のもの。山里の遅い春を詠むらしい。陽炎もいまだ体をなさない、ということを、「一二寸」と具体的に表現したところが俳諧。季かげろふ。俳一二寸。

528 ▽陽炎のもゆる野に、馬までもが、あの大きな眼を、いかにも眠そうにとろとろさせている。陽炎は、春の風たえてのどかな空にもえるというのが本意。季かげろふ。俳とろ〳〵と。

529 ○水仙　花は冬季十一月のもの。▽極寒の頃から、あわただしい師走の間、この水仙花を賞美する余裕もなかったのであった。いま春になって、そのことが、ようやくかえりみられる。季春。俳水仙。

530 ▽すでに芽ぐみ、葉をのばした木々の枝は、十分に春のしたくを整えた。あとは、さえずる鳥、舞う蝶の来るを待つばかりである。和歌題「南枝暖待鶯」のおもむき。季蝶。俳ナシ。

当座題

さし木《き》

531 つきたかと児《ちご》のぬき見《み》るさし木《き》哉《かな》　舟泉

接木《つぎき》

532 つまの下《した》かくしかねたる継《つぎ》穂《ほ》かな　傘下

椿《つばき》

533 暁《あかつき》の釣《つる》瓶《べ》にあがるつばきかな　荷兮

同

534 藪《やぶ》深《ふか》く蝶《てふ》気《き》のつかぬつばき哉《かな》　卜枝

春雨《はるさめ》

○当座題　即題ともいう。兼題に対して、当日即席に題を示して詠作を求めるもの。以下五三七「白尾鷹」までをさすか。

531 ▽木の枝を切って地に挿し、根を出させて一株をつくる。活着するまでは動かしてはならないのであるが、誰しも結果は早く知りたい。言いきかせておいたのに、やはり幼児のこととて、引き抜いて見ている。幼児にたくして、実は成人もまた同じ単純な衝動をもつことに気づいて、反省しているのである。[季]さし木。[併]さし木。

532 ○接木　底本「椄木」。ふつう中春二月の扱い。「継穂」は台木となるものに対して、接ぐ苗木をいう。▽接木はしたけれども、なお木の丈は短くて軒のつまの下にも至らない。万葉集に「はつせの弓槻(ゆっき)が下に隠せるそのつま」と妻を隠すことを歌うが、その妻ならぬ軒のつまの下をも隠すに至らないことよ。[季]継穂。[併]継穂。

533 ▽夜明け前、第一番に汲む水は、井華水として珍重される。けさの釣瓶桶には、椿の花が一輪、ともに汲みあげられた。椿は八千年の長寿を保つというから、すがすがしい精気を汲みあげたように思われる。[季]つばき。[併]釣瓶。

534 ▽藪の奥深く咲いているゆえであろう。このあたりには蝶の飛ぶ気配もない。だが、蝶もまた、少し気のきかないやつではないか。椿のために、ひっそりと咲いていることを惜しむ気持を、述べたてたもの。「気のつかぬ」は「配慮が足りない」「粗雑だ」という気持。[季]つばき。[併]気のつかぬ。

535 ○望一　伊勢山田の人。盲人で勾当の位を得た。寛永二十年(一六四三)没、五十八歳。近世初期の伊勢の俳諧において指導的な役割を果たした。▽静かに音もなく降る春の雨。だが、その恩恵は、草木の芽ばえ生長を助けるので、貞門の古句には「春雨は親とて花をうみ子哉」「春雨を親とて苔のむす子哉」などと詠まれる。伊勢の望一は、みずから、盲人は世の用に立たぬものなりといって、平生、人のためにこよりを作って貯えておいたという。その心掛けのひそかにして、志の広く世に及ぶと

535 はる雨《さめ》はいせの望《も》一《いち》がこより哉《かな》　湍水

同

536 春《はる》の雨《あめ》弟《おとうと》どもを呼《よび》てこよ　鼠弾

白尾鷹《しらをのたか》

537 はやぶさの尻《しり》つまげたる白尾《しらを》哉《かな》　野水

538 蜘《くも》の井《ゐ》に春《はる》雨《さめ》かゝる雫《しづく》かな　奇生

539 立《たて》臼《うす》に若《わか》草《くさ》見《み》たる明《あき》屋《や》哉《かな》　十一歳　亀助

540 すご〳〵と親《おや》子《こ》摘《つみ》けりつく〴〵し　舟泉

541 すご〳〵と摘《つむ》やつまずや土筆《つくづくし》　其角

ころ、まことに春雨の恩恵に通うところがあるではないか。望一のなつかしい人柄にたくして、春雨のおもむきを賞美したもの。季はる雨。俳望一・こより。

536 ▽春の雨は、長くたいくつなものでもある。貞門の古句に「春雨やあやなく今日も長あくび」「雨の夜や春の物とて長咄し」などとある。今日はひとつ、弟どもを招いて、気心のしれた男同士、なにくれとない語らいに、この無聊を慰めよう。中七下五の具体的な記述が俳諧。季春の雨。俳ナシ。

537 ○白尾鷹　春おこなう鷹狩に際して、鷹の尾に他の鳥の白尾を継いでつかうこと、という。継尾の鷹とも。○尻つまげたる　裾をからげる。尻はしょりをする。▽ふだんは薄黒いハヤブサの尾が、白尾になっている。人で言えば白い脛が見えたようで、尻はしょりでもした、というところか。季白尾。俳尻つまげたる。

538 ○蜘の井　正しくは「蛛のい」。▽けぶる春雨の水滴が蜘蛛の巣に白く玉を貫く光景。夫木和歌抄「ささがにの巣がく草葉に佐保姫の手引の糸の雨ぞかかれる」、永正百首「降るとだに知られぬ程の春雨も軒の忍ぶの露に見えつつ」以来の趣向であり、近世にも烏丸資慶「ささがにの巣がく軒端に露見えて霞にしめる春雨の庭」、源宣慶「ささがにの糸よりつたふ雫にぞ降るとはしるき庭の春雨」などがある。蝶や虫ではなく春雨が「かゝる」としたところが俳諧。季春雨。俳ナシ。

539 ○立臼　大木を輪切りにして凹みをつけたもの。米を搗くなどに用いる。▽あき家の臼。砂ほこりがたまり、湿り気を貯えて、草の種が芽を出したのである。春のいのちの発見。季若草。俳立臼・明屋。

540 ▽親子のものがツクシを摘んでいる。楽しむでもなく、疲れた様子もなく。ツクシを摘むことは、古来の年中行事というのでもなく、また見つけやすいから発見の喜びというものも少ない。季つく〴〵し。俳すご〳〵と・つく〴〵し。

541 ▽誰かがツクシを摘んでいる。黙然と。楽しむでもなく、つとめるでもなく。いってみれば、摘んでいるのか、いないのか、わからないほどの熱心さで。ツクシ摘みの淡々たる景をいう。季土筆。俳すご〳〵と・土筆。

542 すご〱と案山子《かがし》のけけり土筆《つくづくし》　蕉笠

543 土橋《つちはし》やよこにはへたるつく〴〵し　塩車

544 川舟《かはぶね》や手《て》をのべてつむ土筆《つくづくし》　冬文

545 つく〴〵し頭巾《づきん》にたまるひとつより　青江

蘭亭《らんてい》の主人池《しゆじんいけ》に鵝《が》を愛《あい》せられしは筆意有《ひついある》故也《ゆゑなり》。

546 池《いけ》に鵝《が》なし仮名《かな》書習《かきなら》ふ柳陰《やなぎかげ》　素堂

547 風《かぜ》の吹《ふく》方《かた》を後《うしろ》のやなぎ哉《かな》　野水

548 何《なに》事《ごと》もなしと過《すぎ》行《ゆく》柳《やなぎ》哉《かな》　越人

542 ▽ツクシを摘んでいる人が、案山子を脇へ押しのけた。無表情に。昨秋には役に立ったことなど、忘れてしまったかのように。それがツクシ摘みの無表情さの延長なのである。[季]土筆。[俳]すご〱と・土筆。

543 ○はへたる　正しくは「はえたる」。▽上に土をおいかけた橋。さすがに表面には生えていないけれども、その側面は草むし、土筆が伸びて水面をのぞいている。いたずらなどものような表情がある。[季]つく〴〵し。[俳]つく〴〵し。

544 ▽舟にゆられて川を行く。岸べに頭をのぞかせているツクシを見つけて、船頭にたのみ舟をよせてもらい、ひとつふたつ手をのべて摘む。もっぱら川遊びの興ゆえであろう。[季]土筆。[俳]川舟・土筆。

545 ▽野遊びの興に、ツクシを摘んでいるうちに、いつのまにか手にあふれ、頭巾を袋がわりにしなければならぬほどになった。ひとつひとつ選んで、ぜいたくな摘み方をしたつもりだが。[季]つく〴〵し。[俳]つく〴〵し・頭巾。

546 ○蘭亭の主人　晋の人。王羲之。書家。○鵝　とうがん。白毛で首長。羲之が鵝を飼った池は、後に鵝池として残る。○筆意　鵝の動きに運筆のおもむきがあるからである。▽この池には鵝の姿はない。ただ水辺の柳が葉の先を水面に垂れて、かな文字の稽古をしているばかり。[季]柳。[俳]鵝。

547 ▽柳の木には正面もなにもない。そのとき、そのとき、風の吹くままに、なびいて、そちらをかりに後とするのみである。まかせきったものの自在さを柳の姿に見ている。[季]やなぎ。[俳]ナシ。

548 ▽風の吹くままに静かになびく柳。すべてこれ無事、というかのごとき姿。自分もまた、そのような心持を抱いて、柳の下を立ち去るのである。五四七の「任運無作」に対して、これは「無事」。ともに禅的境地。[季]柳。[俳]ナシ。

549 さし柳《やなぎ》たゞ直《すぐ》なるもおもしろし　一笑

550 尺《しやく》ばかりはやたはみぬる柳《やなぎ》哉《かな》　小春

551 すがれ〳〵柳《やなぎ》は風《かぜ》にとりつかむ　一笑

552 とりつきて筏《いかだ》をとむる柳《やなぎ》哉《かな》　昌碧

553 さはれども髪《かみ》のゆがまぬ柳《やなぎ》哉《かな》　杏雨

554 みじかくて垣《かき》にのがるゝ柳《やなぎ》哉《かな》　此橋

555 ふくかぜに牛《うし》のわきむく柳《やなぎ》哉《かな》　杏雨

556 吹《ふく》風《かぜ》に鷹《たか》かたよするやなぎ哉《かな》　松芳

549 ○さし柳　歌語。さし木の柳。▽柳の枝を地にさして、さし木をしている。これは、ふつうの柳とちがって、しなやかな腰つきも、風になびくたおやかさもない。率直に無骨に、まっすぐつっ立っているだけ。季さし柳。俳直なる。

550 ○たはみぬる　正しくは「たわみぬる」。▽柳が小枝をのばして、一尺ばかりになると、もう下に垂れて、風にゆれ、たわむ風情をみせている。和漢朗詠集・柳「春ハ黄珠ヲ嫋（タヲ）ス嬾柳（ドンリウ）ノ風」のおもむき。「尺ばかり」の細かい記述が俳諧。季柳。俳尺ばかり。

551 ▽どの枝でもよい。風に吹かれる柳に、さあ、すがりついてみよう。そうすれば、みんな風を手につかまえることになるぞ。柳の枝のなびきようを、風の目に見えるかたちと見た。季柳。俳ナシ。

552 ▽枝繁く水面に及ぶ川辺の柳の大木。川上からくだってきた筏が、水路を見失うあやうさに、とどまったのである。あたかも柳が筏に、まといついて止めたかのようだと言いなした。和歌題「垂柳蔵水」の俳諧化。季柳。俳ナシ。

553 ▽柳の枝先の軽やかに風にゆれるさま。女たちの結いたてた髪に触れるけれども、髪形をこわすことはない。和歌題「路辺柳」のおもむき。柳に対して髪は縁語でもある。季柳。俳ゆがまぬ。

554 ▽路傍の垣の内側から、柳が枝を垂れている。手をのばして一枝折ろうとするが、やや短くて、吹く風になびくと、垣の内側に入ってしまった。和歌題「路辺柳」「墻柳留人」などのおもむき。季柳。俳ナシ。

555 ▽道行く牛か、または柳につながれた牛か。吹く風になびく柳の枝が、牛のかおを撫でるので、横をむく。「わきむく」が、いかにも牛らしい鈍重な動作を細かくあらわしている。季柳。俳ナシ。

556 ▽肱に据えた鷹であろう。さっと風が吹いて、柳の枝のなびき寄せてきた瞬間に、きっと肩をすぼめて身がまえる。五五五の鈍重な牛に対して、敏捷な鷹の反応ぶりを並べたもの。季やなぎ。俳ナシ。

557 かぜふかぬ日《ひ》はわがなりの柳《やなぎ》哉《かな》　校遊

558 いそがしき野《の》鍛《か》冶《ぢ》をしらぬ柳《やなぎ》哉《かな》　荷兮

559 蝙《かは》蝠《ほり》にみだるゝ月《つき》の柳《やなぎ》哉《かな》　仝

560 青《あを》柳《やぎ》にもたれて通《とほ》す車《くるま》哉《かな》　素秋

561 引《ひく》いきに後《うしろ》へころぶ柳《やなぎ》かな　鴎歩

562 菊《きく》の名《な》は忘《わす》れたれども植《うゑ》にけり　生林

仲春

563 麦《むぎ》の葉《は》に菜《な》のはなかゝる嵐《あらし》哉《かな》　不悔

557 ▽風のないおだやかな春の日。柳もゆったりと枝を垂れて動かない。泰然自若。あれが、柳本来の姿なのであろうか。静止しても軽やかな柳の姿を、風吹けば風のまま、風無くばわがままに、という自在さに見る。季柳。俳なり。

558 ▽晋の嵆康は柳の陰の涼しきを喜び、夏にはその陰で鍛冶をしたという。この田舎鍛冶は、そんな故事も知るまいが、柳の傍でせわしくたち働いている。柳のほうもまた鍛冶の忙しさなど知らぬ顔で、悠然と風に揺れているのみ。季柳。俳野鍛冶。

559 ▽春のおぼろ月。柳の枝が、ややうすぼんやりと、シルエットとして浮かびあがっている。揺れもせず。突然飛び立つ蝙蝠に、しばらく枝がゆれるが、それで風もない春の宵と、改めて気付くのである。季柳。俳蝙蝠。

560 ▽川辺の堤の上の道。むこうからやってきた車を、やりすごす。道幅に余裕がないので、土手の肩に生えた柳の木によりかかって、その場をしのぐ。和歌題「路辺柳」「岸柳」の俳諧的な発見。季青柳。俳もたれて。

561 ▽風になびく柳。ひとしきり吹いた風に一方になびいた枝が、風のやむとともに、もとに戻るが、垂直には停止せず反対側にまで、揺れて行く。「いき」は「いきほひ」の「いき」。人ならば、後に転倒するところだ、ということ。季柳。俳ころぶ。

562 ▽菊を園内に植える。昨年冬、根分けしたときは憶えていたのだが、うっかり名札を付けておかなかったので、白菊であったか、何菊であったか忘れてしまった。ともかく時節ゆえ植えなければならない。季菊植る。俳ナシ。

563 ▽春の嵐。麦畑の畦に植えられた菜の花が、風に吹きたわめられて、麦の青々と伸びた葉の上に、おおいかかっている。黄色が、いちだんと鮮やかに見える、というのであろう。季菜のはな。俳菜のはな。

564 菜《な》の花《はな》や杉菜《すぎな》の土手《どて》のあい〳〵に　長虹

565 なの花《はな》の座《ざ》敷《しき》にうつる日《ひ》影《かげ》哉《かな》　傘下

566 菜《な》の花《はな》の畦《うね》うち残《のこ》すながめ哉《かな》　清洞

567 うごくとも見えで畑《はた》うつ麓《ふもと》かな　去来

568 万《まん》歳《ざい》を仕《し》舞《ま》ふてうてる春《はる》田《た》哉《かな》　昌碧

569 つばきまで折《をり》そへらるゝさくらかな　越人

570 広《ひろ》庭《には》に一《ひと》本《もと》植《うゑ》しさくら哉《かな》　笑艸

571 とき〴〵は蓑《みの》干《ほす》さくら咲《さき》にけり　除風

564 ○あい　正しくは「あひ」。▽ツクシのあと、土手は一面のスギナに覆われる。そこに自然に種を落したものであろう、菜の花が、ところどころ気ままにかたまって黄色い花を咲かせている。春たけなわの田園風景。季菜の花・杉菜。俳菜の花・杉菜・土手。

565 ▽やや傾いた陽かげ。まっさかりの菜の花に反射した陽光が、座敷の中までを明るくする。広大な菜の花の黄金のひろがりと、田園にむかって開かれた、ゆったりとした広間が想像される。季なの花。俳なの花・座敷。

566 ▽春の田園の眺望。種蒔きにそなえて、どの畑も、すきかえされて、くろぐろと新しい畦をつくってあるのだが、菜の花のまだ咲いている畦ばかりは、手つかずである。これは単に菜種採取のための手順にすぎないのであろうが、花を惜しんでいるかのようにも見える。季菜の花。俳菜の花。

567 ▽春の田園の眺望。小高い山から麓の畑を眺めている。人が春の種蒔きのために、畑をすきかえしているのだが、気づいてみるといつのまにか、だいぶはかどっている。のどかな春の時間が流れる。季畑うつ。俳ナシ。

568 ○仕舞ふて　正しくは「仕舞うて」。▽三河・大和などの、正月に各地へ万歳に出る人々の故郷。中春、ようやく帰ってきた男どもが、田に出て、すきかえし耕作播種にとりかかった。季春田。俳万歳・仕舞ふて。

569 ▽桜を一枝所望したところ、これもと言って椿の一枝を添えてくれた。だが、あっさりと散る桜の花と、椿寿八千歳の椿の花との取り合わせは、いかがなものか。好意ありがたく頂戴するにしても。季つばき・さくら。俳ナシ。

570 ▽広大な庭園に、ほかに目立つものはなにもなくて、みごとに、たった一本。この庭の主人が、いかに桜を愛しているかがよくわかる。ひたすら花を待ち、存分に賞美し、あかず惜しむことであろう。季さくら。俳広庭。

571 ▽小家の庭先ちかく、日々なれ親しんでいる桜の木。雨あがりには、ひょいと蓑などかけて干しもする。いまみごとに咲いて、気高く、平生のぞんざいな扱いが少しうしろめたく思われるのである。季さくら。俳ナシ。

572 手《て》のとゞくほどはおらるゝ桜《さくら》哉《かな》　一橋

573 うしろより見《み》られぬ岨《そば》の桜《さくら》哉《かな》　冬松

574 すご〳〵と山《やま》やくれけむ遅《おそ》ざくら　一髪

575 はる風《かぜ》にちからくらぶる雲雀《ひばり》哉《かな》　野水

576 あふのきに寐《ね》てみむ野辺《のべ》の雲雀《ひばり》哉《かな》　除風

577 高声《たかごゑ》につらをあかむる雉子《きぎす》かな　一雪

578 行《ゆき》かゝり輪縄《わな》解《とき》てやる雉子《きぎす》哉《かな》　塩車

579 手《て》をついて歌《うた》申《まうし》あぐる蛙《かはづ》かな　山崎宗鑑

572 ○おらるゝ　正しくは「をらるゝ」。▽咲き誇る桜の花。ひと枝折りたいと思うが、人の手の届くかぎりは、もうほとんど折られてしまっている。あらためて、人の花を折る風雅心そのことが、少し反省されるのである。[季]桜。[俳]ナシ。

573 ▽谷をへだてて向こうがわ。崖の斜面に桜が満開の花を咲かせている。あの桜の裏側は、思えば誰にも見られることなく、むなしく散ってしまう。そう思うと見えている所が一段と貴重に感じられる。[季]桜。[俳]ナシ。

574 ▽遅咲きの桜の花が、迫り来る暮色にひときわ美しく浮かびあがる。長い春の一日を締めくくって、まことにあわれ深い夕暮。ふと思うのだが、これまでこの山はどんなに味気なかったことだろう。[季]遅ざくら。[俳]すご〳〵と。

575 ▽ヒバリは、「春深き野辺の霞の下風に吹かれてあがる夕ひばり哉」(夫木和歌抄)などと詠まれる。しかし、その直線的に高く昇り、鳴きやめば一気に急降下するさまは、のどかな春風と力を競うようである。[季]はる風・雲雀。[俳]ナシ。

576 ▽野辺のヒバリが、直線的に急上昇し、そのまま、空中にとどまって、連綿と鳴きつづけるさまは、見てあきることがない。だが仰向いて首も疲れる。いっそ、寝ころんで眺めることにしよう。[季]雲雀。[俳]あふのき。

577 ▽キジの鋭く鳴く声を聞くと、ひとつ了解されることがある。あのように力んで鳴くので血が頭にのぼり、それでキジの顔は眼のまわりが赤くなっているのだ、と。貞門古風の句であるが、よく観察した点がある。[季]雉子。[俳]つら。

578 ▽野辺の通りがかりにわなにかかったキジを見つけて、同情し解放してやった。キジは野焼きに追われ、鷹に狙われつつも子を思う心が強く、辛苦して育てる。そのあわれが和歌の本意なので、実行したのである。[季]雉子。[俳]輪縄。

579 ▽蛙は、古今集仮名序以来、歌を詠む代表とされる。なるほどあの姿を見ると、かしこまって自分の詠歌を奏上しているのだ、と納得される。俳諧の中興の祖による古句だが、よく観察した点がある。[季]蛙。[俳]ついて・申あぐる。

580 鳴《なき》立《たて》ていりあひ聞《きか》ぬかはづかな　落梧

581 あかつきをむつかしさうに鳴《なく》蛙《かはづ》　越人

582 いくすべり骨《ほね》おる岸《きし》のかはづ哉《かな》　去来

583 飛《とび》入《いり》てしばし水《みづ》ゆく蛙《かはづ》かな　落梧

584 不《ふ》図《と》とびて後《のち》に居《ゐ》なをる蛙《かはづ》哉《かな》　津島 松下

585 ゆふやみの唐《たう》網《あみ》にいる蛙《かはづ》かな　一井

586 はつ蝶《てふ》を児《ちご》の見《み》出《いだ》す笑《わら》ひ哉《かな》　柳風

587 棕《しゅ》櫚《ろ》の葉《は》にとまらで過《すぐ》る胡《こ》蝶《てふ》哉《かな》　梅餌

580 ▽蛙は、春のあわれを訴えて鳴くもの。だが、このようにさかんに鳴く所をみると、入相の鐘が、世の無常を告げるように響くのを、聞くまいとするように思われる。春の情趣こそ第一だ、と。[季]かはづ。[俳]ナシ。

581 ▽夜明け前の蛙の声。なにやら不機嫌そうに、面倒そうに聞こえる。「夕蛙」「逐夜聞蛙」などは和歌題にもあるが、「暁蛙」はない。珍しい素材に、寝覚の気分を反映させたものか。[季]蛙。[俳]むつかしさうに。

582 ○おる　正しくは「をる」。▽岸べの蛙。水に入ろうと降りて行くが、どたどたと何度もすべりながら、無器用な歩き方である。苦心するさまを「骨おる」と言いなした所が俳諧。[季]かはづ。[俳]いくすべり・骨おる。

583 ▽水に飛びこんだ蛙。どうするのかと見ていると、そのまま手足を動かさず、木の切れはしのように進んで行く。観察の結果、おのずから意外な所が発見される滑稽。「しばし水ゆく」のとりすましたお上品な表現が妙。[季]蛙。[俳]ナシ。

584 ○居なをる　正しくは「居なほる」。坐りなおす。▽陸上の蛙。ひょいと跳んで、それからどうするか、また跳ぶか、と見ているが、もう跳ばず、もそもそと後足を動かしているばかり。期待に肩すかしをくった滑稽。[季]蛙。[俳]不図。

585 ○唐網　池や川で用いる投網。打(ちう)網とも。▽夕闇せまる中で、投網をうつ。ひきあげてみると、網の中に蛙がまじっている。その動きに、蛙のもつ鈍重さが想像される。[季]蛙。[俳]唐網。

586 ▽ことし初めての蝶。それに気付いたのは、頑是ない幼な児であった。蝶は、出現を待たれているものではないから、成人は嬉しそうには言わない。無心に遊ぶ幼児が、まわらない舌で「蝶々だ」と指摘すると、まわりの大人が気付いて、そういえば初蝶、よく教えられたね、と笑いになる。[季]はつ蝶。[俳]ナシ。

587 ▽ひらひらと飛び過ぎる蝶。棕櫚の葉の緑の前で、鮮やかに見えたので、止まるかと思ったのだが。さすがにあの硬い葉には。[季]胡蝶。[俳]棕櫚。

588 かやはらの中《なか》を出《で》かぬるこてふかな　炊玉

589 かれ芝《しば》や若葉たづねて行《ゆく》胡《こ》蝶《てふ》　百歳

暮春

590 何《なに》の気《き》もつかぬに土《ど》手《て》の菫《すみれ》哉《かな》　忠知

591 ねぶたしと馬《うま》には乗《の》らぬ菫《すみれ》草《ぐさ》　荷兮

592 ほうろくの土《つち》とる跡《あと》は菫《すみれ》かな　野水

593 昼《ひる》ばかり日《ひ》のさす洞《ほら》の菫《すみれ》哉《かな》　舟泉

594 草《くさ》刈《かり》て菫《すみれ》選《より》出《だ》す童《わらは》かな　鷗歩

588 ○かやはら　茅原。万葉集「陸奥の真野のかやはら遠けども面影にして見ゆとふものを」。▽草原の茅の荒々しくしげった中から、優艶な胡蝶はなかなか抜け出せない。胡蝶のたおやかさをいう。季こてふ。俳ナシ。

589 ▽春深いのに、まだ枯れたままの草原を、胡蝶が飛んで行く。若葉を求めて。胡蝶にたおやめの面影をみて、それにふさわしい若者のイメージを重ねているのであろう。季胡蝶。俳ナシ。

590 ▽土手のすみに、スミレの花が咲いている。何とも気がつかなかったけれど。貞門古風の作者としては、「隅」と「スミレ」を掛けた所が得意だったのであるが、片隅に可憐に咲くスミレの愛らしさを、おのずから表現し得ていると解されて撰入されたのであろう。季菫。俳土手。

591 ▽春の野路を行く。居眠りして落馬する危険があるので、うららかな日中、徒歩で行く。おかげで、スミレの可憐な花を目近く味わうことができた。気づかずに見過すところだったが。季菫草。俳ナシ。

592 ○ほうろく　炮烙。素焼の平たい土鍋。炒鍋。▽陶土を採取したあと、放置された土地に、スミレが一面に自生している。スミレのひっそりと咲く愛らしさをいう。季菫。俳ほうろく。

593 ▽昼間の短い時間だけ、陽光の射しこむ陰湿な洞穴。見すてられた所にひっそりと咲くスミレ。すべて堀河百首「昔見し妹が垣根は荒れにけりつばなまじりの菫のみして」以来の伝統である。季菫。俳ナシ。

594 ▽草刈りの童。刈るときは、無造作に何の配慮もなく刈ったのだが、中からスミレのみを取り除けている。可憐なスミレを取り分けるというやさしさが、歌語でもある「草刈・童」とよく相映ずる。季菫。俳選出す。

595 行《ゆく》蝶《てふ》のとまり残《のこ》さぬあざみ哉《かな》　燭遊

596 麦《むぎ》畑《はた》の人《ひと》見《み》るはるの塘《つつみ》かな　杜国

597 はげ山《やま》や朧《おぼろ》の月《つき》のすみ所《どころ》　大坂 式之

598 ほろ〳〵と山《やま》吹《ぶき》ちるか滝《たき》の音《おと》　芭蕉

599 松《たい》明《まつ》にやま吹《ぶき》うすし夜《よる》のいろ　野水

600 山《やま》吹《ぶき》とてふのまぎれぬあらし哉《かな》　卜枝

601 一《ひと》重《へ》かと山《やま》吹《ぶき》のぞくゆふべ哉《かな》　岐阜 襟雪

602 とりつきてやまぶきのぞくいはね哉《かな》　同 蓬雨

595 ▽遠ざかり行く蝶。あちらにとまり、こちらにとまり、せわしないようで、どこか無目的に見える。だが、よく見れば、アザミの花ばかりは、どれもこれも、残らずとまって行くようである。季蝶・あざみ。俳あざみ。

596 ▽春の田園の眺望。麦畑の青みをました中に、人が出てはたらいている。何をしているのか。問うでもなく、考えるでもなく、堤の上からながめている。のどかな昼さがり。季はる。俳ナシ。

597 ▽春の夜。すべて朦朧と沈んでいる中に、あのはげ山の稜線ばかりは、やけにくっきりと見える。朧月というけれど、ただひとつあそこだけは、月皓々と照っていると見てやろうか。季朧の月。俳はげ山。

598 ▽岩に激して鳴りわたる水の音。岸辺に咲く山吹は、盛りを過ぎたのか、奔流する大滝の響にも堪えぬかのように、ほろほろとこぼれ散っている。「ほろ〳〵と」は擬音語であるが、ここでは滝の響にかき消されて、おのずから擬態語の意味を含む。和歌題「滝下款冬」の新しい表現。笈の小文に吉野西河での作という。季山吹。俳ほろ〳〵と。

599 ▽山吹の鮮やかな黄色も、夜の松明の光では、色あせて見える。やはり陽光のもと、青天清流のかたわらでないと。夜の山吹は奇異の材料。季やま吹。俳ナシ。

600 ▽春の嵐に、山吹の黄色の花びらは風に舞い、蝶は翻弄されつつ飛んで行く。どちらがどちらか、見まちがえるほどである。「まぎれぬ」が、ほとんど紛れるばかりだという意味の微細な表現になっている。季山吹・てふ。俳ナシ。

601 ▽夕闇の中に、鮮やかに山吹のひとむらが浮き立つ。八重の山吹かと見まちがえるほどであるが、近く寄ってのぞきこんでみると、一重なのであった。和歌題「夕款冬」の細かな俳諧的表現。季山吹。俳ナシ。

602 ▽水辺の山吹。岸の下に、みごとに咲き乱れている。よくよく見たいと思って、岩にしがみついて、見おろす。「のぞく」は、元来、上から下を見おろす意味をもつ。和歌題「岸款冬」「岸頭款冬」の俳諧化。季やまぶき。俳ナシ。

603 あそぶともゆくともしらぬ燕《つばめ》かな　去来

604 去年《こぞ》の巣《す》の土《つち》ぬり直《なほ》す燕《つばめ》かな　俊似

605 いまきたといはぬばかりの燕《つばめ》かな　長之

606 燕《つばくら》の巣《す》を覗《のぞき》行《ゆく》すゞめかな　長虹

607 黄昏《たそかれ》にたてだされたる燕《つばめ》哉《かな》　鼠弾

608 友《とも》減《へり》て鳴《なく》音《ね》かいなや夜《よる》の鴈《かり》　旦藁

609 角《つの》落《おち》てやすくも見《み》ゆる小《を》鹿《じか》哉《かな》　蕉笠

610 なら漬《づけ》に親《おや》よぶ浦《うら》の塩《しほ》干《ひ》哉《かな》　越人

603 ▽無目的に飛んでいるだけなのか、何か目的があって飛んで行くのか。わかりかねる。「飛ビ去リ飛ビ来リテ自由ヲ得タリ」(円機活法・燕)のおもむき。ツバメが素速く往返する所をいう。季燕。俳ナシ。

604 ▽今年も戻ってきたツバメが、泥を運んできては古巣を繕っている。杜甫詩「双双タリ新燕子、旧ニ依リテ已ニ泥ヲ銜(バッイ)ム」のおもむき。「土ぬり直す」とやや擬人化した表現が工夫。季燕。俳ナシ。

605 ▽「新来ノ燕子忙シ」(円機活法・燕)というように、春にやってきたツバメは、しばらくの間、いつもあわただしく飛び交う。それが、着いたばかりで忙しいといっているようだ、とする。季燕。俳きた。

606 ▽久しぶりに姿を見せたツバメに対して、一年中いるスズメは、どんな新参者がやってきたのか、とでもいうように、のぞいて行く。ツバメの巣は人家の軒先などにあるので、このような観察がある。季燕。俳燕(つばくら)。

607 ▽日暮れどき、戸を締める。ツバメはしばしば屋内に巣をつくるので、締め出されてしまう。もちろん家人は気付いて入れてやる。擬人化して「たてだされたる」とした所が俳諧。季燕。俳たてだされたる。

608 ○かいなや　正しくは「かひなや」。▽春になると帰って行く雁。杜甫の詩に「孤鴈ハ飲啄セズ、飛鳴ノ声、群ヲ念フ」とあるが、日々減ってゆく仲間の雁を思って、鳴き声もどこか頼りなさそうである。季帰鴈。俳ナシ。

609 ▽晩春、鹿は角を落とす。角の落ちたあとの、突然丸くなった頭の頂あたりのほほえましさをいう。小鹿自身としても、このほうが気楽だと言っているようだ、というのである。剃髪した人の安らかな心を暗示。季鹿の角落。俳角落て。

610 ▽親は沖の干潟に出て、潮干狩をしている。子どもが、かん高い声で親を呼んでいる。食事だ、と。それで十分なのだが、子どものこととて、つい正直に食事の中みまで叫んでしまうのである。季塩干。俳なら漬・塩干。

611 ▽三月三日の節句。雛遊びの女どもが、今日ばかりは桃花を浸した酒を飲み、身を清める。さすがに女のこととて親

611 おやも子《こ》も同《おな》じ飲手《のみて》や桃《もも》の酒《さけ》　傘下

612 人《ひと》霞《かす》む舟《ふね》と陸《くが》との塩干《しほひ》かな　三輪 友重

613 山《やま》まゆに花《はな》咲《さき》かぬる躑躅《つつじ》かな　荷兮

614 朧夜《おぼろよ》やながくてしろき藤《ふぢ》の花《はな》　兼正

615 篝火《かがりび》に藤《ふぢ》のすゝけぬ鵜舟《うぶね》かな　亀洞

616 永《なが》き日や鐘《かね》突《つく》跡《あと》もくれぬ也《なり》　卜枝

617 永《なが》き日《ひ》や油《あぶら》しめ木《ぎ》のよはる音《おと》　野水

618 行《ゆく》春《はる》のあみ塩《しほ》からを残《のこ》しけり　同

であろうと子であろうと、上戸下戸の差がない。同じに顔を赤らめている。[季]桃の酒。[俳]飲手。

612 ▽はるかな沖合までの干潟。海のむこうから舟でやってきた人が潮干狩をしている。こちらの陸側でも潮干狩をしている。すべてを春霞がおおう。単に干潟の広大さをいうのであろう。[季]塩干。[俳]塩干。

613 ○山まゆ　山地に自生する蛾。楕円形の繭(まゆ)をつくる。最高級の絹糸になる。▽山中のツツジがつぼみのままに開けないでいる。ヤママユの糸がしっかり巻きついているために。[季]躑躅。[俳]山まゆ。

614 ▽朧月夜。すべてがぼんやりとしている中に、藤の花だけが、不思議にはっきりと、長い房を垂れている。明るい昼には「藤のおぼつかなき様したる」(徒然草十九段)などと書かれたのに。藤は白藤もあるが、ここはやはり紫の花であろう。[季]藤の花。[俳]朧夜。

615 ▽鵜飼舟に勢いよく燃えるかがり火。岸近く寄せた舟の上に、岸辺の樹より垂れた藤の花ぶさが、浮かびあがる。かがり火の煙にすすけもせず、夜目にも鮮やかに、くっきりと。[季]藤。[俳]ナシ。

616 ▽春の日の永さよ。もう入相の鐘も鳴ったのに、いつまでも明るい。「春日遅々」は「ひとりのみ詠むる宿の春の日はさも暮れがたきものにぞありける」(玉葉集)など和歌題でもある。[季]永き日。[俳]鐘突。

617 ○よはる　正しくは「よわる」。▽胡麻や菜種から油をしぼりとる時、槽に入れてくさびでしめつけておく。油がしぼられてしまえば、くさびがゆるむので、しめ木の装置全体がきしむ音をたてる。その音に、油がしぼりとられるまでの、長い、もの憂い時間が感知される。それがまた、春の日永の、もの憂い時間をよく表現している。[季]永き日。[俳]油しめ木。

618 ○あみ　あみじゃこ。小さなエビ。布網で取る。夏季、備前の海上に多く、白色にやや赤味をおびる。塩辛にしたり、煎り物にするという。▽大切に貯えて賞味してきたあみ塩辛を少し残した心持が、行く春の名残を惜しむ気持に通う、ということか。[季]行春。[俳]あみ塩から。

曠野集　巻之三

初　夏

619 ころもがへや白《しろ》きは物《もの》に手《て》のつかず　　路通

620 更衣《ころもがへ》襟《えり》もおらずやだゞくさに　　傘下

621 ころもがへ刀《かたな》もさして見《み》たき哉《かな》　　釈 鼠弾

肖柏老人《せうはくらうじん》のもちたまひしあらし山《やま》といふ香《かう》を、馬《うま》のはなむけに文鱗《ぶんりん》がくれけるとて、雪《ゆき》の朝越人《あさゑつじん》が持《もち》きたるを忘《わす》れがたく、明《あく》るわか葉《ば》の比《ころ》、文鱗《ぶんりん》に申《まうし》つかはしける。

622 髭《ひげ》に焼《たく》香《かう》もあるべしころもがへ　　荷兮

619 ○ころもがへ　四月一日に綿入れから袷衣にかえること。▽衣がえとて、新しい袷を着るが、とかく白いものというのは、何につけても、心のおちつかぬものである。[季]ころもがへ。[俳]ナシ。

620 ○おらず　正しくは「をらず」。▽衣がえとて、新しい袷を着るが、これは宮廷で夏の袍(はう)に更えるというようなものとはちがう。とりあえず世の慣習に従って、そそくさと襟も整わず着たばかりでまことに粗雑な次第である。[季]更衣。[俳]だゞくさに。

621 ▽衣がえとて、新しい袷に着がえた所、なにやら、襟もと肩つきが、われながら違った雰囲気である。この際お武家にでもなった気分で、ちょいと刀でも腰にさしてみたいものだ。新衣にうかれた気分。作者名「鼠弾」の肩に、ここにのみ「釈」とある。編者は、僧侶が「刀」の句を作ったことを特に興じてほしいというのである。[季]ころもがへ。[俳]ナシ。

622 ○肖柏老人　連歌師。大永七年(一五三七)没、八十五歳。中院通淳の子。宗祇に師事。摂津池田・堺に住む。花・酒・香を愛したので三愛記を残す。○あらし山といふ香　未詳。○馬のはなむけ　餞別。○文鱗　もと堺の人。江戸蕉門。芭蕉に出山釈迦像を贈り、芭蕉庵再興のために尽力するなど裕福な人であったらしい。○越人　貞享五年(一六八八)に芭蕉の伴をして信濃旅行。そのまま江戸へ出て、冬、名古屋に戻った。○明るわか葉の比　元禄二年初夏。○髭に焼　肖柏の師である宗祇は常に髭に香をたきしめて、香気を愛したという(扶桑隠逸伝)。▽去冬、越人さんがあなたから頂戴したといって、肖柏ゆかりの名香を大事に見せに来てくれましたよ。いま、衣がえの時節。新しい袷衣に着がえて、すがすがしく、あなたはどのような香を衣に薫らせていることでしょう。あんな大事な肖柏伝来の香を、ぽんと与えてしまうあなたのこと、きっとおてもとには、もっとすごい宗祇遺愛の名香があって、髭にまでたきしめていらっしゃるのでしょう。[季]ころもがへ。[俳]香。

山路《やまち》にて

623 なつ来《き》てもたゞひとつ葉《ば》の一《ひと》つ哉《かな》　芭蕉

624 いちはつはおとこなるらんかきつばた　一井

625 柿《かき》の木《き》のいたり過《すぎ》たる若葉《わかば》哉《かな》　越人

626 切《きり》かぶのわか葉《ば》を見れば桜《さくら》哉《かな》　岐阜　不交

627 若《わか》葉《ば》からすぐにながめの冬《ふゆ》木《き》哉《かな》　同　藤蘿

628 わけもなくその木《き》〱《そのき》の若《わか》葉《ば》哉《かな》　亀洞

629 ひら〱とわか葉《ば》にとまる胡《こ》蝶《てふ》哉《かな》　竹洞

623 ○ひとつ葉　シダ類。山中の岩陰などに自生する。長い葉柄の上に、長い葉をつける。葉は長さ三十センチ、幅三センチほどで、柔らかく靭いので直立する。それぞれが独立しているように見えるのでヒトツバの名がある。冬季にも枯れない。○一つ哉　芭蕉真蹟類はすべて「ひとは哉」とある。▽ヒトツバというものは、年中かわらず、葉が一枚ずつ独立しているので、夏季の繁茂ということとも無関係のように聞こえる。なるほど、一枚一枚が、悠然と、飄々と揺れていることだ。名称に興を発したもの。貞享五年夏の作。季なつ。俳ひとつ葉。

624 ○おとこ　正しくは「をとこ」。▽同じ頃に似た花を咲かせるが、一八という名の方は男であろう。かきつばたは、「かほよ花」ともいうから女かもしれない。名称に興じたもの。季いちはつ・かきつばた。俳いちはつ。

625 ▽柿の若葉のすばらしさよ。勢いよく新緑を、あっというまにひろげてしまった。ただ圧倒される思いである。柿は大きな葉で広い陰をつくり、新緑の頃、その下に立てば精気を受けるといわれる。季若葉。俳いたり過たる。

626 ▽何の木とも知れぬ切株。だが近寄って折からの若葉をみると、どうも、桜のようである。それにしても、ここまで大きく育っていた桜の木を、なぜ切り倒してしまったものか。季わか葉。俳切かぶ。

627 ▽芽ぐみ、葉を出し、紅葉し、落葉し、冬の光景をつくり出す樹木もあるが、別に、四季を通じてあまり様子を変えない樹木もある。そのような木は、遠眺めには、若葉の時と冬木の時と同じだ。季若葉。俳ナシ。

628 ▽一様に若葉というが、木の種類によって特徴がある。色、かたち、大小など。なぜそうなっているのか、というと、これという理由があろうとも思われないのだが。季若葉。俳わけ。

629 ○胡蝶　底本「故蝶」。▽ひらひらと飛んできた蝶が、若葉にとまる。落葉かと思ったが。意外であることの面白さ。季わか葉。俳ひら〱と。

630 ゆあびして若葉《わかば》見《み》に行《ゆく》夕《ゆふべ》かな　鈍可

631 はげ山《やま》や下《した》行《ゆく》水《みづ》の沢《さは》卯《うつ》木《ぎ》　夢々

632 上《あ》ゲ土《つち》にいつの種《たね》とて麦《むぎ》一《ひと》穂《ほ》　玄寮

633 枯《かれ》色《いろ》は麦《むぎ》ばかり見《み》る夏《なつ》の哉《かな》　生林

634 麦《むぎ》かりて桑《くは》の木《き》ばかり残《のこ》りけり　作者不知

635 むぎからにしかるゝ里《さと》の葵《あふひ》かな　鈍可

636 しら芥《げ》子《し》にはかなや蝶《てふ》の鼠《ねずみ》いろ　嵐蘭

637 鳥《とり》飛《とび》てあぶなきけしの一《ひと》重《へ》哉《かな》　落梧

630 ▽ひと風呂あびて、一日の汗を流した宵の時刻。すがすがしい初夏の夕の涼しさに、新緑の美しさを見に行こうということになった。爽涼の気があふれる。[季]若葉。[俳]ゆあびして。

631 ▽はげ山の麓。雨の後、一気に流れ落ちる水の激しい流れが行く。沢辺に卯の花が白く咲いているが、雪にも波にも見立てられるこの花と、激しい流れのとり合わせが、まことに爽快である。[季]沢卯木。[俳]はげ山。

632 ▽土を掘って小山のように盛りあげたままになっている。その上に、いつまぎれこんだものか、麦が芽を出して、穂になっている。「いつの種とて」に和歌のようなリズムがある。[季]麦一穂。[俳]上ゲ土。

633 ▽行けども緑ばかり続く夏野の中で、麦が黄色くみのっている。それ以外はまた緑、緑。冬枯のような麦の色がここでは、変化になってほっとするのである。[季]麦・夏の。[俳]枯色。

634 ▽穫り入れの終ったあとの麦畑。なにもない。ただ畑の畔に植えられた桑の木が、枝をのばしているばかり。夏の養蚕のための桑の葉がしげっている。ひとつの農作業が終了したあとの、一段落の感じ。[季]麦かりて。[俳]ナシ。

635 ○むぎから　麦幹。むぎわら。▽麦扱(むぎこき)を終ったあとの麦わらを、無造作に庭の隅に放り投げ積み上げて行くうちに、アオイのせっかく花をつけたひとむらが、無残にその下敷になって行く。農人の無神経。[季]むぎから・葵。[俳]むぎから。

636 ▽白ゲシの白い花。この白さの前では、これまで白いと思っていた蝶の白さが、あわれにも鼠色に見えてくる。ケシの花はもろく散るので「はかなや」が微妙な効果を持っている。[季]しら芥子。[俳]鼠いろ。

637 ▽ケシの花は二、三日ではかなく散る。その花を惜しむ気持が、空中を飛び過ぎて行く鳥の羽ばたきにも、あるいは散ってしまうのではないかと、危惧する心をよぶのである。[季]けしの一重。[俳]ナシ。

638 けし散《ちり》て直《すぐ》に実《み》を見《み》る夕《ゆふべ》哉《かな》　岐阜李桃

639 大《おほ》粒《つぶ》な雨《あめ》にこたえし芥《け》子《し》の花《はな》　東巡

640 散《ちる》たびに児《ちご》ぞ拾《ひろ》ひぬ芥《け》子《し》の花《はな》　吉次

深川《ふかがは》の庵《あん》にて

641 庵《あん》の夜《よ》もみじかくなりぬすこしづゝ　嵐雪

642 さびしさの色《いろ》はおぼえずかつこ鳥《どり》　野水

仲夏

643 宵《よひ》の間《ま》は笹《ささ》にみだるゝ蛍《ほたる》かな　桜井元輔

638 ▽ケシの花が散ったあと、大きなケシ坊主ができている。花を惜しむ気持もないではないが、ケシの実は食用薬用さまざまの用途があるので、なにげなく大きさも気になって、日暮れ時、のぞきこむ。[季]けし。[俳]ナシ。

639 ○こたえし 正しくは「こたへし」。堪えた。もちこたえた。▽あれほどの大粒の雨にもかかわらず、この芥子の花はよくもまあ、もちこたえたことよ。花は雨で散ることはめったにないが、散りやすいケシの花なので、このような安堵がある。[季]芥子の花。[俳]大粒な・こたえし。

640 ▽ケシの花びらが一ひら一ひら、時間をおいて散る。幼な児は、その大きな花びらを面白がって、一ひら散るごとに花の下に行って拾ってくる。童児の無心。ケシのはかなさなど念頭にはなくて、いっとき拾い集めることに熱中しているだけなのだが、そのことがかえって、ケシの散り様をリアルに描出し、もろく散るケシのはかなさを浮きあがらせることになっている。[季]芥子の花。[俳]ナシ。

641 ○深川の庵 嵐雪著其袋(そのふくろ)では同じ句に「ばせを庵にて」と前書する。○庵の夜 其袋では「庵」にアンとふりがな。▽さすがに夏至に近い今日このごろは、夜の明けるのが早くなりました。俗世を離れた草庵で、風雅の話など承っておりますと、ひとしお、それが感じられます。時節ばかりは、世外の庵にも平等にめぐってくるのですね。[季]みじか夜。[俳]庵。

642 ○かつこ鳥 羯鼓鳥。カッコウ。かんこ鳥とも。風虎「色や声槙立つ山のかんこ鳥」「さびしさはその声なれやかんこ鳥」などの古句がある。▽寂蓮の歌に「さびしさはその色としもなかりけり槙たつ山の秋の夕暮」という。確かに色については その通りだが、音声については、カッコウの鳴き声を聞けば、これがさびしさの音だと知られる。[季]かつこ鳥。[俳]かつこ鳥。

643 ▽宵に「酔ひ」、笹に「酒(ささ)」をかける。日暮れて間もなく蛍が笹のあたりで乱れ飛び始める。それを、あれは酒に酔い乱れているからだ、と言いたてたもの。作者は室町時代の連歌師。古典俳諧の見本として出る。[季]蛍。[俳]ナシ。

644 刈《かり》草《くさ》の馬《うま》屋《や》に光《ひか》るほたるかな　一髪

645 窓《まど》くらき障《しやう》子《じ》をのぼる蛍《ほたる》哉《かな》　不交

646 闇《くら》きよりくらき人《ひと》呼《よぶ》蛍《ほたる》かな　風笛

647 道《みち》細《ほそ》く追《お》はれぬ沢《さは》の蛍《ほたる》かな　青江

648 あめの夜《よ》は下《した》ばかり行《ゆく》蛍《ほたる》かな　含呫

649 くさかりの袖《そで》より出《いづ》るほたる哉《かな》　卜枝

650 水《みづ》汲《くみ》て濡《ぬれ》たる袖《そで》のほたるかな　鷗歩

はじめて葎室《りつしつ》をとぶらはれける比《ころ》

644 ▽日暮れ時。馬屋に戻された馬に刈草が与えられる。草についていたのであろう、蛍が馬屋の隅の宵闇の中に光っている。刈草が馬屋で光っているのかと思ったら蛍であった、というのである。[季]ほたる。[俳]ナシ。

645 ▽日暮れ時。白紙を貼った窓の外は宵闇がつつんでいる。すると紙の外を、小さな光が上へ上へと進んで行く。六四四番と同じく、もぞもぞと動く蛍の光をとらえたもの。観察した結果の俳諧である。[季]蛍。[俳]障子。

646 ▽和泉式部の歌に「暗きより暗き道にぞ入りぬべきはるかに照らせ山の端の月」とあるが、まことに愚昧の闇に沈む人間である。そう呼びかけるように、暗闇の中から蛍が光を投げかけてくる。[季]蛍。[俳]ナシ。

647 ▽蛍狩。水辺に沿うて飛ぶ蛍を、水辺の道をずっと追ってきたが、もはや道もあるかなきかに細くなってしまった。この闇ではあり、そろそろあきらめて引き返すほかはあるまい。[季]蛍。[俳]ナシ。

648 ▽雨の夜の蛍。なかなか草を離れないのであろう。高く乱舞することがない。和歌題「雨中蛍」があるが、これは中七「下ばかり行」が、俳諧らしい細かい記述である。[季]蛍。[俳]ナシ。

649 ▽和泉式部は「物思へば沢の蛍もわが身よりあくがれいづるたまかとぞみる」と詠んだが、これは何思うこともなき草刈りの男。刈った草の間から袖に忍びこんでいた蛍が、帰途の宵闇に飛びたったもの。事実を直指した滑稽。雅語ばかりで仕立てながら上乗の俳諧であろう。[季]ほたる。[俳]ナシ。

650 ▽和歌でいえば「袖ひぢてむすびし水」(紀貫之)である。袖を濡らして水を汲んだ。その袖を露にぬれた草と思ったものか、蛍が飛んできてしばらく離れない。いとおしみつつ、しばし見とれている。[季]ほたる。[俳]ナシ。

651 ○葎室　むぐらのやど。粗末なわが家。作者秋芳は岐阜の僧己百。この詞書を、秋芳が芭蕉の初訪問を受けた貞享五年(一六八八)五月のこととする説がある。ただし、撰者荷兮が秋芳の初訪問を受けたときのこと、と解する方が、発句の意味によ

651 こゝらかとのぞくあやめの軒端《のきば》哉《かな》　秋芳

652 蚊《か》のむれて栂《とが》の一《ひと》木《き》の曇《くもり》けり　小春

653 かやり火《び》に寐《ね》所《どころ》せまくなりにけり　杏雨

654 雨《あめ》のくれ傘《かさ》のぐるりに鳴《なく》蚊《か》かな　二水

655 蚊《か》の瘦《やせ》て鎧《よろひ》のうへにとまりけり　一笑

656 藻《も》の花《はな》をかづける蜑《あま》の鬘《かづら》かな　胡及

657 塩《しほ》引《ひき》て藻《も》の花《はな》しぼむ暑《あつ》さかな　児竹

658 足《あし》伸《の》べて姫《ひめ》百合《ゆり》艸おらす昼《ひる》ね哉《かな》　此橘

く合う。〇あやめ　五月五日の節句の前日、菖蒲・蓬を軒先に挿して邪気をはらう。▽お宅を捜して迷いましたよ。初めての訪問ではあり、どの家も同様に軒端にあやめを挿しておりまして、一段と見分けにくくなっていますから。見当をつけて、立ち寄り立ち寄りして参りました。[季]あやめ。[倗]こゝら。

652 ▽栂の木は、夫木和歌抄「いざさらば茂り生ひたるとがの木のとがとがしさをたてで過なむ」とあるように、濃く繁茂する。その木がまるごと雲がかかったように蚊の群れに隔てられた。蚊柱のすさまじさ。[季]蚊。[倗]ナシ。

653 ▽蚊やり火は、歌語でもあるが、実際は貞門の古句に「ふすぶれば隠れ蚊もなき小家かな」などとあるように、もうもうと立ちこめる煙である。そのために寝室も狭く思われるほどだ、という。[季]かやり火。[倗]ナシ。

654 ▽雨の夕暮。傘をさしての帰り道。蚊のおりそうな藪の横を抜ける。まださされてはいないのだが、遠く近く蚊の羽音がおしよせているのがわかる。自分を取りまいてついてくる。じとっとした不快感。[季]蚊。[倗]ぐるりに。

655 ▽まだ人をさしていない蚊である。何をまちがえたか、鎧の上にとまった。素朴な観察のようであるが、愚かしく思うとともに、思わず声をかけたくなっているような、微妙な滑稽がある。[季]蚊。[倗]鎧。

656 ▽歌語に「玉藻」といい「玉藻かづく」という。また美しい髪かざりを「花鬘」ともいうが、これはまことに即物的に、水中より頭を出した海女の髪に、藻の花がついている、というのである。すべて歌語を操作しながら紙一重の所で俳諧になっている。[季]藻の花。[倗]ナシ。

657 ▽海辺の光景。潮の引いたあと、陸上に露出した藻の花が、夏の太陽に照らされて、しぼんでいる。蒸し暑さを視覚的に表象しようとしたもの。[季]藻の花。[倗]ナシ。

658 〇おらす　正しくは「をらす」。折らせる。▽昼さがり。ちょっと横になり、足をながながとのべて、ひと休み。思いついて、あの姫百合を折っておけと命じつつ、眠りに落ちる。爽涼の感があるが、いまひとつ情景があきらかにならない。[季]姫百合艸。[倗]ナシ。

659 竹《たけ》の子《こ》に行灯《あんどん》さげてまはりけり　長虹

660 笋《たけのこ》の時《とき》よりしるし弓《ゆみ》の竹《たけ》　去来

661 聞《きき》おればたゝくでもなき水鶏《くひな》哉《かな》　野水

662 五月雨《さみだれ》に柳《やなぎ》きはまる汀《みぎは》かな　大津 一竜

663 この比《ごろ》は小粒《こつぶ》になりぬ五月雨《さつきあめ》　尚白

664 五月雨《さみだれ》は傘《かさ》に音《ね》なきを雨間《あまま》哉《かな》　亀洞

岐阜《ぎふ》にて

665 おもしろうさうしさばくる鵜縄《うなは》哉《かな》　貞室

659 ○行灯　携行するための灯火。▽貞門の古俳諧に「抜くなとの札を竹の子の守(まもり)かな」「ひとよ〳〵背たけも伸ぶる子どもかな」などとあるように、竹の子の生長は楽しみでもあるが、気がかりなこともある。[季]竹の子。[俳]行灯。

660 ○弓の竹　雍州府志に苦竹の堅実なるものを用いるとしてその製法をしるす。近江の園城寺山の竹が剛直でよいとしている。▽さすがに弓になる竹は、竹の子の時分から育ち方がはっきり違う。栴檀は双葉より芳し、である。竹の子の勢いのよさを武具で強調する。[季]笋。[俳]ナシ。

661 ○おれば　正しくは「をれば」。○たゝく　クイナの鳴くのを「たたく」という。▽クイナの鳴く声がしたので、じっと耳を傾けているが、それきり聞こえない。あの「たゝく」という所をじっくり聞けなかった。[季]水鶏。[俳]でもなき。

662 ▽このごろの五月雨に川が増水して、とうとう岸辺の柳の根かたまで達した。もはや危うい。背水の陣で、進退きわまった、というように。柳に関して「きはまる」の語を用いた所が工夫。[季]五月雨。[俳]きはまる。

663 ▽小やみなく降り続く五月雨。しかしまあ、近ごろは多少、雨つぶも小さくなったようだ。長雨にうんざりしながらも、慰めにならぬ理由を無理に見付けて慰めとする。作者の苦笑が見えるようである。[季]五月雨。[俳]小粒・五月雨(さつきあめ)。

664 ▽小やみなく降り続く五月雨。しかし、今日の雨は少し弱いらしく、傘にばらばらと音をたてるほどでもない。この程度なら、五月雨の時節としては、晴れ間とでもして喜ぶべきところだ。[季]五月雨。[俳]ナシ。

665 ○岐阜にて　寛文七年(一六六七)刊玉海集追加に「濃州長良河にて十二艘の舟ごとに、をの〳〵十二羽づゝつかひ侍るをみて」と詞書して出る。十二艘十二羽が当時の常態であったらしい。○おもしろう　謡曲・鵜飼「隙なく魚をくふ時は、罪も報ひも後の世も忘れはてて、おもしろや」。○さうし　鵜匠が一人でさばく十二本の鵜縄。三四。○さばくる　取り扱う。世話をする。▽謡曲には、鵜の魚をとることが「おもしろや」と言っていたが、自分には十二本の鵜縄をもつれさせもせず見事に取り扱う手並みが、まことに面白いと思われた。[季]鵜縄。[俳]おも

おなじ所《ところ》にて

666 おもしろうてやがてかなしき鵜《う》舟《ぶね》哉《かな》　芭蕉

おなじく

667 鵜《う》のつらに篝《かがり》こぼれて憐《あはれ》也《なり》　荷兮

同

668 声《こゑ》あらば鮎《あゆ》も鳴《なく》らん鵜《う》飼《かひ》舟《ぶね》　越人

669 先《さき》ぶねの親《おや》もかまはぬ鵜《う》舟《ぶね》哉《かな》　大津 淳児

670 曲《きよく》江《かう》に篝《かがり》の見《み》えぬうぶねかな　梅餌

671 鴨《かも》の巣《す》の見《み》えたりあるはかくれたり　路通

しろう・さうし・さばくる。

666 ○おなじ所にて　貞享五年(一六八八)六月、岐阜にての作。○かなしき　六五に引用の謡曲・鵜飼の下文に「ふしぎやな、かがり火の燃えても、かげの暗くなるは、思ひ出でたり、月になりぬるかなしさよ」とある。▽鵜飼は闇夜に、篝火に魚を集めて取るので、月がのぼれば終了となる。謡曲では、月夜になったことを「かなし」と言っているが、十分に鵜飼の面白さを賞させて貰った自分には、「歓楽極まりて哀情多し」(秋風辞)の「かなしさ」である。[季]鵜舟。[俳]おもしろうて。

667 ▽鮎を十分に呑んだ鵜は、自分から舟に戻って舟ばたにあがる。舳先にたいた篝火の光が、鵜の顔を照らし出す。闇の水面で働くうちは、そうでもないが、はっきりと顔まで見てしまうと同情にたえない。[季]鵜。[俳]つら。

668 ▽鵜のはき出した鮎は、ただちに舳先の篝火に焼いて賞翫する。それにしても鵜飼舟の営みは、鵜にも鮎にもまことに残酷なことではある。鵜ばかりでなく、鮎もまた声あらば訴えて鳴くであろうよ。[季]鮎・鵜飼舟。[俳]ナシ。

669 ▽月の出までの限られた時間に、たくさんの鵜のせわしく動きまわるのを操って、魚を追い進める鵜舟というものは、親の舟であろうと何であろうと、かえりみる余裕もない。殺生の罪の上に親不孝の罪まで。[季]鵜舟。[俳]かまはぬ。

670 ○曲江　陝西省西安にあった池。漢の武帝が造らせた。水流が之字形に屈曲していたのでこの名がある。杜甫の曲江二首が有名。▽流れの湾曲した所を曲がって、鵜舟がむこうへ行ってしまったので、鵜匠の声や鵜の騒ぎは聞こえてくるが、篝火などは見えなくなった。曲江池というなら、鵜飼をすればこういうこともあろうか、と空想して作ったもの。[季]うぶね。[俳]曲江。

671 ▽水鳥は芦・蒲などの間に巣を造る。一端を茎に固定し水量の増減で上下する。鴨の小さな巣が、波間に浮遊上下して見え隠れするさま。素堂の談林風の句に「鴨の巣や富士の上こぐ諏訪の池」とある。[季]鴨の巣。[俳]あるは。

672 松《まつ》笠《かさ》の緑《みどり》を見《み》たる夏《なつ》野《の》哉《かな》　卜枝

673 虹《にじ》の根《ね》をかくす野《の》中《なか》の樗《あふち》哉《かな》　鈍可

674 藺《ゐ》の花《はな》や泥《どろ》によごるゝ宵《よひ》の雨《あめ》　同

675 撫《なで》子《しこ》や蒔《まき》絵《ゑ》書《かく》人《ひと》をうらむらん　越人

676 冷《すさま》じや灯《ともしび》のこる夏《なつ》のあさ　藤羅

677 夏《なつ》の夜《よ》やたき火《び》に簾《すだれ》見《み》ゆる里《さと》　旦藁

庵《あん》の留《る》主《す》に

678 すびつさへすごきに夏《なつ》の炭《すみ》俵《だはら》　其角

672 ○松笠　松の実。夏季に生じる。▽松笠というものは、ふつう茶褐色の大きなものになって気がつくが、まだ新しい緑のときを見た、というのである。松の緑は常のことだが松笠の緑は珍しい。季夏野。用ナシ。

673 ▽大空に虹がかかっている。その一方はオウチの樹が隠している。オウチは夏季、急激に枝を伸ばし巨木になる。大空・広野・樗の巨木が雄大な光景を展開する。夏の虹のすがすがしさをいう。季樗。用ナシ。

674 ▽藺草の花が、泥はねを受けて、汚れている。昨宵の雨の強さに、この有様なのであろう。「泥によごるゝ」と言いながら不潔な感のない所が、自然のなすわざの不思議さ。藺草を栽培する田の畦道に見つけたか。季藺の花。用藺の花。

675 ▽ナデシコは枕草子に「絵に描き劣りするもの」の第一にあげられ、類船集には「似ざる姿」の項に「撫子の絵」とある。また紋所の一種に撫子紋があるほどであるから、その意匠は器物の蒔絵にも、しばしば用いられたのであろう。ただナデシコの立場としては、描かれたおのが姿の粗末さに、画者を怨むこともあろうか、というのである。画工のために夷地に送られた美人西施を連想させる。季撫子。用ナシ。

676 ▽常夜灯などのことか。油の量もこれ位でとはかっておいたのだが、夏の夜の短さに、すでに明けたにもかかわらずなお燃えている。いかにも暑苦しく、朝から不快なことよ。短夜の新しい表現。季夏のあさ。用ナシ。

677 ▽この夏の夜に、あかあかとたき火を燃やして、なにごとであろうか。火に照らし出されたあたりには、この里に珍しく簾などかけている。どうやら高貴の人物の仮泊に、警備のあかりであったか。季夏の夜。用たき火。

678 ▽お留守の間に、あなたの草庵を見舞いましたら、炭俵が目にとまりました。お出かけになったのは冬のはじめでしたね。それにしても、枕草子に「すさまじき物」にあげられる「火おこさぬ炭櫃・地火炉」。あんなものではありませんね。この真夏に炭俵とは。季夏。用すびつ・炭俵。

679 夕《ゆふ》がほや秋《あき》はいろ〳〵の瓢《ふくべ》かな　芭蕉

680 ゆふがほのしぼむは人《ひと》のしらぬ也《なり》　野水

681 夕《ゆふ》皃《がほ》は蚊《か》の鳴《なく》ほどのくらさ哉《かな》　偕雪

682 山路《やまぢ》来《き》て夕《ゆふ》がほみたるのなか哉《かな》　津島 市柳

683 名《な》はへちまゆふがほに似《に》て哀《あはれ》也《なり》　長虹

暮夏

684 楠《くすのき》も動《うご》くやう也《なり》蟬《せみ》の声《こゑ》　昌碧

685 雲《くも》の峰《みね》腰《こし》かけ所《どころ》たくむなり　野水

679 ○秋はいろ〳〵の　古今集「みどりなるひとつ草とぞ春は見し秋はいろ〳〵の花にぞありける」。▽夕顔の白い花。どれも一様に見えるのだが、やがて秋になり、瓢をみのらせる頃になると、大小さまざまの形になる。芭蕉真蹟懐紙に「涼み」と詞書するものがある。また、実は瓢から作った炭取を見て書き付けた、とする説もある。季夕がほ。俳瓢。

680 ▽たそがれ時の夕顔の白い花は、だれもが賞するが、暮夜ひそかにしぼむ時は、様子を知るものもない。しぼめる花、うつろう花は、誰もかえりみないのだが、これは、ほんとうに見知るものがないのである。季ゆふがほ。俳ナシ。

681 ▽たそがれ時の夕顔の白い花。背景となる宵闇の程度を、「蚊の鳴ほど」と表現する。その時刻でもあるが、暗さの程度が、蚊の声のような頼りないはっきりしない暗さだ、というのでもある。季夕皃・蚊。俳ナシ。

682 ▽けわしい山道を越えて、うち開けた野に出た。すでに宵闇がせまっている。しかし平野に出た自分の、ほっとした安心感のあらわれのように、夕顔の白い花が、宵闇の中から呼びかけていた。季夕がほ。俳ナシ。

683 ▽ヘチマの瓜は、瓢に似ていると思うのだが、ヘチマはその名をいつもヘチマと呼ばれ、瓢は、ユウガオと呼ばれる。なまじ似ているだけに気の毒である。枕草子に「夕顔は、花の形も朝顔に似て、言ひ続けたるに、いとをかしかりぬべき花の姿に、実の有様こそ、いと口惜しけれ」とある。季ゆふがほ。俳へちま。

684 ▽蟬声蚊雷は、夏の喧噪の代表。かの蟬の鳴き声のすさまじさよ。楠の大木も動くようなすごさだ。楠は「和泉なる信田の森の楠の千枝に分れて物をこそ思へ」と古歌にあるように巨木の代表。季蟬の声。俳ナシ。

685 ▽雲が力強く盛り上がって、さまざまに面白い形を作りあげる。ちょうど腰かけるによさそうな形をしたものが見える。雲の峰というから、あれは山中のひと休みによかろう。季雲の峰。俳雲の峰・腰かけ所。

686 夕《ゆふ》立《だち》に干《ほし》傘《がさ》ぬるゝ垣《かき》穂《ほ》かな　傘下

687 すゞしさに榎《えのき》もやらぬ木《こ》陰《かげ》哉《かな》　玄旨法印

688 涼《すず》しさよ白《ゆふ》雨《だち》ながら入《いり》日《ひ》影《かげ》　去来

689 簾《すだれ》して涼《すず》しや宿《やど》のはいりくち　荷兮

690 はき庭《には》の砂《すな》あつからぬ曇《くもり》哉《かな》　同

691 おもはずの人《ひと》に逢《あひ》けり夕《ゆふ》涼《すず》み　鳴海如風

692 飛《とび》石《いし》の石龍《とかげ》や草《くさ》の下《した》涼《すず》み　津島俊似

693 涼《すず》しさや楼《ろう》の下《した》ゆく水《みづ》の音《おと》　仝

686 ▽夕立が急に降り出して、垣にさして干してあった傘が濡れてしまった。屋内で気がついて、垣に駆けつけるまでの間に濡れてしまう。夕立の急激な降りかたを「垣穂」の一語で表現する。「垣穂」は歌語。季夕立。俳干傘。

687 ▽夫木和歌抄「河ばたの岸の榎の葉をしげみ道行く人のやどらぬはなし」とあるように榎の木陰は、日ざかりの暑さをしのぐのに絶好。なかなか離れられない。「榎」に「え退き」を掛ける。近世歌学の始祖である細川幽斎も、このように大どかな俳諧を楽しんだ。季すゞしさ。俳ナシ。

688 ▽夕立がまだあがらないところに、入日の漏れてくる爽快な一瞬。これで、なんとまあ、ありがたい涼しい宵を迎えられることか。「白雨」を、体言と解すれば、助詞「ながら」の古い用法。動詞の連用形とすれば、古い動詞「ゆふだつ」の用例。相互に微妙な語法で意味に幅が出る。季涼しさ・白雨。俳ナシ。

689 ○はいりくち　正しくは「はひりくち」。▽門口に簾をかけた。ただそれだけのことで、いかにも涼しく感じられる。涼感が、視覚的なことにもよることを、あっさりと表現する。季簾・涼しや。俳はいりくち。

690 ○はき庭　植込みの少ない砂地の多い庭。▽夏のどんよりとした曇り日。暑いには違いないのだが、さすがに今日は地面も焼けていない。季あつからぬ。俳はき庭。

691 ▽夕涼みに出た川辺などで、思いがけない人に出逢う。宵闇の中で、ばったり出逢うので、心の準備が出来ていなかった分だけ「おもはずの」という感が深いのである。季夕涼み。俳ナシ。

692 ▽とび石のかげから、トカゲが這い出して来た。と、やがて草の陰に隠れてしまう。「下涼み」は木陰で休むのが雅語としてふつうの意味。トカゲの慌しい動きを、お前も涼むか、と興じた。季下涼み。俳石龍。

693 ▽川辺に設けた高楼。涼しさは、楼を吹きぬける川風によって、また広々とした眺望によって、そして清流の音によって、もたらされる。和歌題「江上納涼」「河辺納涼」のおもむき。季涼しさ。俳楼。

694 挑《てう》灯《ちん》のどこやらゆかし涼《すず》ミ舟《ぶね》　卜枝

695 すゞしさをわすれてもどる川辺《かはべ》哉《かな》　未学

696 吹《ふき》ちりて水《みづ》のうへゆく蓮《はちす》かな　岐阜 秀正

697 蓮《はちす》みむ日《ひ》にさかやきはわるゝとも　松坂 晨風

698 笠《かさ》を着《き》てみな〱蓮《はす》に暮《くれ》にけり　古梵

699 河《かは》骨《ほね》に水《みづ》のわれ行《ゆく》ながれ哉《かな》　芙水

700 はら〱としみづに松《まつ》の古《ふる》葉《は》哉《かな》　長虹

701 すみきりて塩《しほ》干《ひ》の沖《おき》の清《し》水《みづ》哉《かな》　俊似

694 ▽納涼の舟。屋形の軒に、挑灯がさげてある。ぼんやりと浮かびあがる人の居ずまいも、おのずからきちんとしていて、いかにも心静かに涼しさを味わっているように思われて、ゆかしい。[季]涼ミ舟。[俳]挑灯。

695 ▽川辺の涼み。存分に涼しさを楽しんだあげく、この川辺の涼しさよ、あらありがたや、などといっていた初めの心持は忘れてしまって、そろそろ冷えてきたぜ、帰ろうと言って、家路につく。[季]すゞしさ。[俳]ナシ。

696 ▽池辺の涼み。さっと吹きぬけた涼風に、満開の蓮の花びらが一、二片、水に散って、その勢いで、しばらく水面上を揺れて行く。肌に感ずる涼しさと、宵闇の水面に白く浮く蓮の花びらの涼しさ。[季]蓮。[俳]ナシ。

697 ▽蓮は夏の炎天下に咲く。剃りたての月代(さかやき)は、じりじり照りつけられて、頭がひびわれるかもしれぬが、だがこの心身ともに改まった気分のときこそ、蓮の花を見るにふさわしかろう。やや誇張した意気込み。[季]蓮。[俳]さかやき。

698 ▽蓮の美しさにめでて、とうとう夏の日ざかりを、一日遊び暮らしてしまった。ただし、どの人もどの人も、暑さの準備はおこたりなく、きちんと笠をかぶってはおりましたが。[季]蓮。[俳]ナシ。

699 ▽河骨は、根・茎・葉ともに強靭で、夏の末に水上に大きな葉を開き、黄色の花を咲かせる。ここは、そのたくましさを、川の流れをせき分ける岩のようだと言い立てたもの。「われ行」が表現の工夫。[季]河骨。[俳]河骨。

700 ▽清冽に湧き出る水の流れ。その勢いに誘いこまれるように、水辺の松の葉が、散り込む。古葉が時みちて微妙な力で落ちるさまを、清水の湧き出る力と照応させたもの。[季]しみづ。[俳]ナシ。

701 ▽地下の伏流水となったものが、海の底に到ってから噴出するもの。ふだんは人に知られることはないのだが、潮干のときのみ、その清冽な姿を見せる。夏の炎天下、水ばかりが、いよいよ冷たく美しい。丹後の天の橋立の礒の清水とする説がある。[季]清水。[俳]ナシ。

702 連《つれ》あまた待《また》せて結《むす》ぶし水《みづ》哉《かな》　文　瀾

703 引《ひき》立《たて》て馬《うま》にのまするし水《みづ》かな　潦　月

704 かたびらは浅《あさ》黄《ぎ》着《き》て行《ゆく》清《し》水《みづ》哉《かな》　尚　白

705 直《ひた》垂《たれ》をぬがずに結《むす》ぶしみづかな　一　髪

706 虫《むし》ぼしや幕《まく》をふるえばさくら花《ばな》　卜　枝

707 麻《あさ》の露《つゆ》皆《みな》こぼれけり馬《うま》の路《みち》　岐阜　李　晨

708 釣《つり》鐘《がね》草《ぐさ》後《のち》に付《つけ》たる名《な》なるべし　越　人

709 綿《わた》の花《はな》たま〳〵蘭《らん》に似《にた》るかな　素　堂

702 ▽たくさんの人を待たせて、清水を手に掬って飲んでいる。身分の高い人なのであろう。ゆっくりと心ゆくまで冷たさを楽しんでいるのである。その雰囲気が措辞の全体に表われている。季し水。俳ナシ。

703 ▽清水の冷たいうれしさを、馬にも味わわせてやりたくて、傍に連れて行く。馬としては、それほど求めてもいなかったのであろう。自分の味わったうれしさを馬にもと「引立て」のませたのが表現の工夫。季し水。俳ナシ。

704 ▽わざわざ行くのは、土地で有名な水なのであろうか。清水の清冽な味わいには、浅黄色の帷子(夏衣)がよかろう、という。浅黄は、あっさりとした薄藍色。浅葱色。季かたびら・清水。俳ナシ。

705 ▽身分の高い人である。風折烏帽子に直垂。あの大きな袖を、濡らしはしまいかとはらはらするが、あざやかに清水を手にしている。立ち居ふるまいのすがしさが、清水にふさわしい、というのであろう。季しみづ。俳直垂。

706 ○ふるえば　正しくは「ふるへば」。▽六月の土用干。これは、花見の折、桜の木の下に張りめぐらした幕である。干すために、ふるい広げると桜の花びらが干からびて出てきた。しばらく思い出話になる。季虫ぼし。俳幕。

707 ▽麻は夏季二メートル以上に生長し、特長ある細長い葉をつける。馬も通る街道沿いに栽培されているものであろう。馬の響きに、麻の葉の朝露が、いっせいにこぼれ落ちたのである。爽快な夏の朝。季麻。俳ナシ。

708 ▽釣鐘草は毛吹草に「挑灯(ちやうちん)かつりがね草に飛ぶ蛍」と見える。夏六月の草。ホタルブクロとも。花の形が釣鐘に似るので名づけられた、というが、いずれ仏教伝来以後の名であろう、というのである。季釣鐘草。俳釣鐘草。

709 ▽綿の花は、夏土用なかばに開花。形は黄蜀葵(とろろあおい)に似る(和漢三才図会)とされ、蘭には似ない。偶然、似たものを見た。そうだろうな。風雅の象徴、花中の君子、俗態無しと言われる蘭と、実用のための綿の花と似るはずがないものと、納得して興じる。季綿の花。俳綿の花・たま〳〵・蘭。

曠野集　巻之四

初　秋

710 ちからなや麻《あさ》刈《かる》あとの秋《あき》の風《かぜ》　越人

711 梧《きり》の葉《は》やひとつかぶらん秋《あき》の風《かぜ》　円解

松島雲居《まつしまうんご》の寺《てら》にて

712 一《ひと》葉《は》散《ちる》音《おと》かしましきばかり也《なり》　仙化

713 かたびらのちゞむや秋《あき》の夕《ゆふ》げしき　津島　方生

714 男《をとこ》くさき羽《は》織《おり》を星《ほし》の手《た》向《むけ》哉《かな》　杏雨

710 ▽麻刈りは「かりはやす麻の立枝にしるきかな夏の末ばになれるけしきは」(夫木和歌抄)とあるように夏の末のこと。また「わが蒔きし麻をの種をけふみれば千枝にわかれて風ぞすずしき」(同)とあるように、それまでは二㍍余の丈に長い大きな葉をつけて、豪快に風に揺れていたのである。刈るあとには何もなくて、わずかに初秋の風がかすかに感じられるばかり。「目にはさやかに見えねども」の俳諧的表現である。[季]秋の風。[俳]ナシ。

711 ▽淮南子「一葉落チテ天下秋ヲ知ル」を和歌では「あぢきなや桐の一葉の落ちそめて人の秋こそやがて見えぬれ」(為尹千首)として桐のこととしている。秋の到来をつげるサインであり、初秋の寂寥の象徴である。ところで、実際の桐の葉は、なかなか大きなものであり、頭に載せてちょうどよいくらいだ、とおどけてみせたもの。[季]秋の風。[俳]かぶらん。

712 ○雲居　諱を希膺。雲居は号。万治二年(一六五九)示寂、七十八歳。禅僧。妙心寺で修行。伊達政宗の招請を受け、松島の青竜山瑞巌寺を復興、中興開山と称される。▽寂として静まりかえった瑞巌寺。草一本芽を出しても雷鳴のごとくである。まして桐の大きな一葉の音たるや。「一葉散」も「桐一葉」と同じこと。禅機をしのばせる。[季]一葉散。[俳]ナシ。

713 ○かたびら　五月五日より八月末日まで着用する。▽初秋の夕暮。なにとないところにも秋の冷気は感じられて、日の沈むとともにひとしおである。夏以来の帷子が少し縮んだかと思われる。襟もと・袖くちがやや肌寒いのである。実際に縮んだのではない。新涼の俳諧的な具体的表現。[季]秋。[俳]ナシ。

714 ○星の手向　七夕に文房具・絹糸・書籍・衣服などを供える。衣服については「貸し小袖」ともいう。女子の裁縫の技の上達を祈るためという。▽七夕に男ものの羽織が掛けて供えられている。衣服であれば、まあ、よいとはいうものの、女子の技芸の上達を祈るには、ちといかがなものか。[季]星の手向。[俳]男くさき・羽織。

715 朝《あさ》白《がほ》は酒盛《さかもり》しらぬさかりかな　芭蕉

716 蕣《あさがほ》や垣《かき》ほのまゝのじだらくさ　文鱗

717 あさがほの白《しろ》きは露《つゆ》も見《み》えぬ也《なり》　荷兮

718 子《こ》を守《も》るものにいひし詞《ことば》の句《く》になりて
朝《あさ》顔《がほ》をその子《こ》にやるなくらふもの　同

719 隣《となり》なるあさがほ竹《たけ》にうつしけり　鷗歩

720 あさがほやひくみの水《みづ》に残《のこ》る月《つき》　胡及

721 葉《は》より葉《は》にものいふやうや露《つゆ》の音《おと》　鼠弾

715 ▽朝顔というものは、早暁、清らかな時刻に、人に見られることなど期待していないように咲く。すべて人の営みに恬淡として美しく咲く。言わんや、酒宴のことなど全く我関せず焉と咲く。「しらぬ」は「白」に対する縁語。貞享五年(一六八八)八月の作。笈日記に「人〳〵郊外に送り出て三盃を傾け侍るに」と前書がある。更科の月見に出発する朝、岐阜にての留別四句の一。[季]朝白。[俳]酒盛。

716 ▽朝顔の蔓ののばし方。垣根次第で、どのようにでも伸びて行く。結果としては、それぞれに美しく花を咲かせてはいるものの、考えてみれば、自立心がないのではないか。「じだらく」は自堕落。[季]蕣。[俳]じだらくさ。

717 ▽朝顔に置く露は、はかない無常を教えるものであるが、白い朝顔の花に置く露は、気づかずにすむので、ひたすら朝顔の可憐な美しさに集中して賞美できることだ。[季]あさがほ。[俳]ナシ。

718 ▽その幼な子に、朝顔を持たせてはいかんぞ。すぐ口へ持って行くから。このように子守りの者に言いつけたが、子どもは、美しいもの、気に入ったものを何でも口にするという意味では、朝顔賞美の句になっている、というのであろう。[季]朝顔。[俳]くらふ。

719 ▽垣ひとつへだてた隣家の朝顔。頼みこんで茎一本だけ竹に巻きつかせ、わが庭に誘い入れた。和歌題「隣家槿」のおもむき。「竹にうつし」と細かく記述する所が俳諧になる。[季]あさがほ。[俳]ナシ。

720 ▽朝顔と残月。それも、朝顔の咲く高さを考えれば、この句のような構図になる。低い垣根の朝顔に見入ると、その手前の低みの水たまりに、残月が映っているのが見えた、というのである。[季]あさがほ・月。[俳]ナシ。

721 ▽露の音が実際に聞こえるのではない。もし聞こえるとすれば、末の露、もとの雫というように、露のしたたりが、葉から葉へ落ちるとき、伝言を伝えるようなものか、と想像したのであろう。歌語に「露のかごと」「露のことのは」があり、和歌題「閑庭露滋」がある。[季]露。[俳]やう。

722 秋《あき》風《かぜ》やしらきの弓《ゆみ》に弦《つる》はらん　去来

723 涼《すず》しさは座《ざ》敷《しき》より釣《つる》鱸《すずき》かな　昌長

724 畦《あぜ》道《みち》に乗《のり》物《もの》すゆるいなばかな　鷺汀

725 まつむしは通《とほ》る跡《あと》より鳴《なき》にけり　一髪

726 きり〴〵す灯《とう》台《だい》消《きえ》て鳴《なき》にけり　素秋

727 あの雲《くも》は稲《いな》妻《づま》を待《まつ》たより哉《かな》　芭蕉

728 いなづまやきのふは東《ひがし》けふは西《にし》　其角

729 ふまれてもなをうつくしや萩《はぎ》の花《はな》　舟泉

722 ○しらきの弓　漆をぬり籐を巻くなどの細工を施していない弓。▽秋風のさわやかさと、新涼に対してやや身がまえる思いと。その心のありかたを、弓に弦を張るという行為で具体的に提示した。弓は暑湿に弱いので、その間は塗弓（ぬりゆみ）を用いる。素風（あきかぜ）と素木（しらき）との、ことばの上の照応も配慮されている。季秋風。俳しらき。

723 ▽川辺の楼から川鱸を釣る。この新涼のさわやかさよ。貞門の古句に「座敷にて鱸を釣るや屋形舟」（音頭集）とある。「座敷デ鱸ヲ釣ル」という諺語があった。季釣鱸。俳座敷。

724 ▽高貴の人物の野遊。田のあぜ道に駕籠をとめて、稲葉のそよぎに見入っている。「賤のをの門田の稲のかりに来て飽かでも今日をくらしつるかな」（新勅撰集・田家秋興）のおもむき。「乗物すゆる」が具体的記述。「すゆる」は正しくは「すうる」。両様が行われた。季いなば。俳ナシ。

725 ▽マツムシの音に気づいて、耳をすましつつ近寄ったが、聞こえなくなってしまった。あきらめて通り過ぎると再び背後で鳴き始める。季まつむし。俳ナシ。

726 ▽部屋の燭台を消した途端に、窓外のキリギリスが声をたて始める。新撰朗詠集「早蛬鳴キテマタ歇ム。残灯消エテマタ明ラカナリ」（白楽天）をそのまま発句にしたもの。季きりぐ〵す。俳灯台。

727 ▽稲妻は、「稲の夫（つま）」という語源から、女を訪う男のこととして歌に詠まれる。雲の様子を見ると、雷がきそうだ、という句の裏側に、男を待つ宵の間の女の古典的な面影がうかびあがる仕掛けになっている。季稲妻。俳ナシ。

728 ▽数日間の不安定な天候。雷鳴が、日々に東西あちらこちららでしている。ざっくりと天象を述べたてたのみのように見えながら、句の意味の裏側には、わが宿を訪ねてくれぬ男を怨む女の面影を置いている。季いなづま。俳ナシ。

729 ○なを　正しくは「なほ」。▽咲き満ちた萩の原。行く人の足もとに踏みにじられて無残に散っている。だが常にしなだれ咲く萩の風情は、それによって一段と深められ、いっそういとおしい心がわく。季萩の花。俳ナシ。

730 ひよろ〳〵と猶《なほ》露《つゆ》けしや女郎花《をみなへし》　芭蕉

731 棚《たな》作《つく》ルはじめさびしき蒲《ぶ》萄《だう》哉《かな》　作者不知

732 草《くさ》ぼう〳〵からぬも荷《にな》ふ花《はな》野《の》哉《かな》　伏見任口

733 もえきれて紙《し》燭《そく》をなぐる薄《すすき》哉《かな》　荷兮

734 行《ゆく》人《ひと》や堀《ほり》にはまらんむら薄《すすき》　胡及

宗祇《そうぎ》法師《ほふし》のこと葉《ば》によりて

735 名《な》もしらぬ小《を》草《ぐさ》花《はな》咲《さく》野《の》菊《ぎく》哉《かな》　素堂

736 とし〴〵のふる根《ね》に高《たか》き薄《すすき》哉《かな》　俊似

730 ▽女郎花は、細い直線的な茎に小さな花をつけて、けなげな風情で咲く。そのよろめき立てる風情に、露の重さが一層強調されて感じられる。山家集・女郎花帯露「をらぬより袖ぞ濡れぬる女郎花露むすぼれて立てるけしきに」によるか。七二五と同じ時の作。[季]女郎花。[俳]ひよろ〳〵と。

731 ▽上五七が謎かけ。下五が答えになる。「店(たな)開きしたけれど最初は繁昌しないものナアニ」「ブドウ棚」。古俳諧であるが、おのずからブドウ棚の風情を実景としてとらえているので撰ばれたのであろう。[季]蒲萄。[俳]蒲萄。

732 ○ぼう〳〵　正しくは「ばう〳〵」。▽花を咲かせて茂る秋の野。草刈りが背に余る荷を負うて、茂みに身を没しつつ移動して行く。移動につれて、身幅の何倍もの荷が、両側の草原をなぎ倒しながら進むさま。「からぬも荷ふ」という矛盾した表現が作者の工夫。[季]花野。[俳]ぼう〳〵。

733 ▽紙燭は紙を撚ったものに油をしませて、臨時の灯火とするもの。燃えつきて、指をこがすほどになったので、なげ捨てた。その燃えつきようとするあかりの中に、ススキの白い穂が浮かんだのであろう。[季]薄。[俳]紙燭。

734 ▽勢いよく茂ってしまったススキが、一帯を覆って、視界をさえぎっている。このあたりは不規則に堀が走っているので、慣れない旅人は、落ちなければよいが。花ススキは招くように揺れているけれど。[季]むら薄。[俳]はまらん。

735 ○宗祇法師のこと葉　宗祇著吾妻問答に蜷川親当の「名もしらぬ小草花咲く川辺哉」ほかを挙げて「此五句は心にたくみもなく、ありのままに云ひて、しかもやさしき心ざまなり」などと見える。▽花壇栽培の菊が、大輪の豪華な花を咲かせ新種開発とともに作為的な珍名奇名を称するのに対して、野菊は、花あくまで小さく葉は薄く、ひっそりと野辺に咲く。だが、この無名性に徹する花こそよけれ、というのである。嵐雪に「黄菊白菊そのほかの名はなくもがな」の作がある。[季]野菊。[俳]野菊。

736 ▽道の辺のススキ原が、塀のように盛りあがって、年々この路は、沈んで行くように見える。高原の道などにある。和歌題風に言えば「古径薄」のおもむきであるが、俳諧がはじめ

仲秋

737 かれ朶《えだ》に烏《からす》のとまりけり秋《あき》の暮《くれ》　芭蕉

738 つく〴〵と絵《ゑ》を見《み》る秋《あき》の扇《あふぎ》哉《かな》　加賀小春

739 谷《たに》川《がは》や茶《ちや》袋《ぶくろ》そゝぐ秋《あき》のくれ　津島益音

740 石《いし》切《きり》の音《おと》も聞《きき》けり秋《あき》の暮《くれ》　傘下

741 斧《をの》のねや蝙《かは》蝠《ほり》出《いづ》るあきのくれ　卜枝

742 鹿《しか》の音《ね》に人《ひと》の皃《かほ》みる夕《ゆふ》べ哉《かな》　一髪

743 田《た》と畑《はた》を独《ひと》りにたのむ案《か》山《が》子《し》哉《かな》　伊予一泉

て記述した風景である。季薄。俳ナシ。

737 ▽秋の暮の寂寥。この思いを目に見えるように具体的にいうならば、画題の「寒鴉枯木」、あれである。これは冬季の景だけれど「寒」を除けばなんとか我慢できよう。初出の東日記(延宝九年刊)では中七「烏のとまりたるや」。季秋の暮。俳かれ朶。

738 ▽扇は夏のもの。秋は「扇置く」が季語である。夏の間は、あおぐばかりで、いわば実用一本やりであったのが、虚用の時となって、はじめてこんな絵であったかと見入る。季秋の扇。俳ナシ。

739 ○茶袋　三六八参照。○そゝぐ　濯(すす)ぐ。▽山陰の庵に隠棲する人であろうか。谷川に出て、茶袋を洗っている。わずかな水音をたてて。音が山中の静寂をきわだてるようである。秋の黄昏どきの淋しさそのもの。季秋のくれ。俳茶袋。

740 ▽秋の夕暮の寂寥。耐えかねて、物の音を求め、山中の石切りの音に耳を傾けてしまった。だがそれは、かえって自分のさびしい思いを深めるだけのものであった。季秋の暮。俳石切。

741 ▽斧の、木を伐る音がして、驚いたものか、蝙蝠が空に飛び立った。秋の夕暮の淋しさを杜甫の「伐木丁丁トシテ山更ニ幽ナリ」によって描くもの、と思わせて、蝙蝠を点出した意外さに滑稽がある。季あきのくれ。俳蝙蝠。

742 ▽鹿の鳴き声は秋のあわれを思わせるものとして、古来歌にも詠まれてきた。夕暮に、その声を聞いて、思わず人をふりかえると、相手もまた顔をこちらに向けていた。中七の具体的描写が俳諧の工夫。季鹿の音。俳ナシ。

743 ▽田と畑との境目に、ひとつ案山子がたてられている光景。もちろん人形に弓矢を持たせたものである。「独りにたのむ」と人格化して描いた中七が工夫。お前もひとりで任されて大変だなという同情がある。季案山子。俳案山子。

744 山《やま》賤《がつ》が鹿《か》驚《がし》作《つく》りて笑《わらひ》けり　重五

745 紅葉《もみぢ》にはたがをしへける酒《さけ》の間《かん》　其角

746 しらぬ人《ひと》と物《もの》いひて見《み》る紅葉《もみぢ》哉《かな》　東順

747 藪《やぶ》の中《なか》に紅葉《もみぢ》みじかき立《たち》枝《え》哉《かな》　林斧

748 どことなく地《ち》にはふ蔦《つた》の哀《あはれ》也《なり》　越水

749 わが宿《やど》はどこやら秋《あき》の草《くさ》葉《ば》哉《かな》　宗和

わが草庵《さうあん》にたづねられし比《ころ》

750 耻《はぢ》もせず我《わが》なり秋《あき》とおごりけり　加賀北枝

744 ▽山中の人。おのが山畑に立てるべく、案山子を作ってみたが、どうみても奇態な人形の出来あがりに、われながら笑ってしまった。誰がつくっても、どこかおかしいもの。季鹿驚。俳鹿驚。

745 ▽平家物語六・紅葉の事。高倉帝の故事。野分に散った紅葉を、下部の者がすっかり掃き清めて、かき集め、酒をあたためる薪に使ってしまった。帝は落葉の美しさを楽しみにしていたのだが、このことを聞いて「林間ニ酒ヲ煖メテ紅葉ヲ焼ク」(和漢朗詠集・白楽天)というが、「それらには誰が教へけるぞや」と言って、かえってほめたという。ところで紅葉自体を酒に酔う人に見立てることは、貞門古俳諧の常套。「屈原か紅葉の中の松一木」などの句もある。紅葉に、酒を飲むことを、一体、「誰が教へけるぞや」。だから、と其角の句は、いうのである。季紅葉・酒の間(燗)。俳間。

746 ▽紅葉の美しさをめでる心は、だれの心をもひとつにする。おのずから見知らぬ他人とも言葉をかわすのである。三〇四の花、四二四の月などと同巧。季紅葉。俳ナシ。

747 ▽荒地の中の紅葉。生い茂る雑草雑木のために、せっかくの紅葉がさえぎられてよく見えない。「立枝」は歌語。高く伸ばした枝。それが短く思われる、という趣向。季紅葉。俳ナシ。

748 ▽蔦は、ふつう他の木にかかり、特に常緑の松の木にかかるものは、紅葉の美しさを賞されて、和歌や絵画の題材となってきた。その本性からすれば、なにを這いつたおうとかまわぬが、やはり地面に見るのはみじめだ。季蔦。俳どこ。

749 ▽わが家は、特に何という名木が紅葉するとか、これという草が穂に出るとかいう、とりたててのものはないのだが、それでも、この陋屋にも秋は訪れて、草葉はおのずと蕭条たるおもむきである。季秋の草葉。俳どこやら。

750 ▽粗末なところにお訪ねいただき恐縮ですが、ここにもこれで秋らしいおもむきはあり、自分としてはなかなかのものだと満足しているのです。「なり秋」は出来秋、豊年。自足の心の表現。季なり秋。俳なり秋。

素堂《そだう》へまかりて

751 はすの実《み》のぬけつくしたる蓮《はす》のみか　　越人

752 一《ひと》本《もと》の芦《あし》の穂《ほ》痩《やせ》しゐせき哉《かな》　　防川

753 松《まつ》の木《き》に吹《ふき》あてられな秋《あき》の蝶《てふ》　　舟泉

754 ばつとして寐《ね》られぬ蚊《か》屋《や》のわかれ哉《かな》　　胡及

755 心《こころ》にもかゝらぬ市《いち》のきぬたかな　　暁鼯

関《せき》の素牛《そぎう》にあひて

756 さぞ砧《きぬた》孫《まご》六《ろく》やしき志《し》津《づ》屋《や》敷《しき》　　其角

751 ○素堂　蓮を愛して蓮池翁の号がある。▽蓮は秋になると堅くなった実が房から脱けて水に落ちる。すっかり実が落ちて房ばかりになってしまいましたね。「の実」に対して助詞「のみ」を持ち出した諧謔。裏に俗世の欲を脱落させた隠士としての主人を讃える気持がある。[季]はすの実。[俳]はすの実。

752 ○ゐせき　井堰。川の流れをせきとめた所。歌語。▽井堰の傍に芦のひとむらがあるが、穂をつけたのは一本だけで、それも風にむしられて、やせている。井堰の水も減って、万事枯れ枯れの秋である。[季]芦の穂。[俳]ナシ。

753 ▽秋になり寒さに弱った蝶が、たよりなげに飛んで行く。秋風に吹きあおられて、松の木に衝突するなよ。松の葉といい、幹といい、蝶ならずとも身をよける。秋の蝶をいたわる心持を上五七で記述。[季]秋の蝶。[俳]吹あてられな。

754 ○ばつとして　派手な、目ざましい気分。▽秋になり、ようやく蚊の出なくなる時節になって、蚊屋をはずして寝てみることになった。あまり急に明るくひろびろとした寝室のたたずまいに、落ち着かず、興奮して眠れない。[季]蚊屋のわかれ。[俳]ばつとして・蚊屋。

755 ▽砧の音は、漢詩にも和歌にも、さまざまに物思わせ、あわれを訴え、怨むがごとく聞こえるものとして詠まれてきたのだが、市中喧噪の夜に聞いても、どのような感興も催さぬものだ。和歌題「隣擣衣」などは、それでもしばし感を催すのであるが、俳諧では、事実の記述に滑稽がある。ただし、これが、このような市中でなかったなら、という心持はあるのである。[季]きぬた。[俳]ナシ。

756 ○関の素牛　美濃国関の人。のちに惟然。○孫六　刀工関孫六。室町後期の名匠。○志津　刀工志津三郎兼氏。南北朝期の名匠。▽かつての名工の屋敷跡は、今むなしく田畑と変っているが、この土地で聞く砧の音は、どんなにか心にしみてくることであろう。その音の中に、名工の槌の音もこもって、世の転変を訴えるかと想像すれば。[季]砧。[俳]孫六やしき・志津屋敷。

よしのにて

757 きぬたうちて我《われ》にきかせよ坊《ばう》がつま　芭蕉

758 いそがしや野《の》分《わき》の空《そら》の夜《よ》這《ばひ》星《ぼし》　加賀 一笑

暮秋

759 なにとなく植《うゑ》しが菊《きく》の白《しろ》き哉《かな》　巴丈

760 しら菊《ぎく》のちらぬぞ少《すこし》口《くち》おしき　昌碧

761 山路《やまぢ》のきく野《の》菊《ぎく》とも又《また》ちがひけり　越人

762 一《ひと》色《いろ》や作《つく》らぬ菊《きく》のはなざかり　暁鼯

757 ○よしの　新古今集「み吉野の山の秋風さ夜ふけて古里寒く衣うつなり」により、砧を聞くべき名所。○坊がつま　宿坊。妻帯・清僧の両様があった。▽こよい、かの歌枕吉野に泊って一夜を明かす。修験道の山にて行人止宿の家を坊という。ここは是非あの「衣うつ」音を聞いてみたいものだ。宿のおかみさん、ひとつお願いします。「五月雨に鳰の浮巣を見に行かん」と同じく、古歌の世界を実地に体験し真似することが俳諧になる。[季]きぬた。[俳]坊がつま。

758 ○夜這星　流星。夫木和歌抄「天の川まれなる仲もあるものを思ひかねたるよばひ星かな」(寂蓮)。▽暴風のために雲の流れただならぬ夜を、たまたま晴れ上がった空に流れ星を見た。流星のスケッチであるが、裏には、この落ち着かぬ夜に、星としてもよほどの思いに堪えかねて、なのだろうと微笑する意味がある。[季]野分。[俳]ナシ。

759 ▽特に期待したのではなく、例年の習慣で今年も植えただけなのだが、咲いてみると、ああ、この白菊の潔白の美しさよ。よく植えたことだ。[季]菊。[俳]ナシ。

760 ○口おしき　正しくは「口をしき」。▽白菊の美しさ。何の不満もない。ただひとつ、花のやや衰えて、なお散らずに留まる所が残念である。これで散る時のいさぎよさがあれば満点なのだが。[季]しら菊。[俳]ナシ。

761 ▽野菊の清楚なつつましやかな花もよいものだ。だが、この山路を来て目にとめた菊のありかたは、何と言ったらよいか。野菊に似ているようでもあり、かれよりも一層人知れず咲く凛然たる所もある。山路の菊は山中に長寿を保つ仙人の象徴であり、仙境を示すものでもある。[季]きく・野菊。[俳]野菊。

762 ▽人の手を加えない所に、自然に咲いたむら菊。一本一本とりあげて見れば、痩せてもいようが、全部が同じ色に、いっせいに咲いた、この爽快な美しさは、やはりよいものだ。人為を反省する心。[季]菊のはなざかり。[俳]ナシ。

荷兮《かけい》が室《しつ》に旅《たび》ねする夜《よ》、草臥《くたびれ》なをせとて、箔《はく》つけたる土器《かはらけ》出《いだ》されければ、

763 かはらけの手《て》ぎは見《み》せばや菊《きく》の花《はな》　其角

764 菊《きく》のつゆ凋《しをる》る人《ひと》や鬢《びん》帽《ばう》子《し》　同

765 けふになりて菊《きく》作《つくら》ふとおもひけり　二水

766 かなぐりて蔦《つた》さへ霜《しも》の塩《しほ》木《き》哉《かな》　伊予 千閣

767 淋《さび》しさは橿《かし》の実《み》落《おつ》る覚《ざめ》哉《かな》　濃州 芦夕

768 残《のこ》る葉《は》ものこらずちれや梅《うめ》もどき　加生

769 芦《あし》の穂《ほ》やまねく哀《あは》れよりちるあはれ　路通

763 ○荷兮が室　其角は貞享五年(一六八八)九月十日すぎ江戸を出発、十七日に鳴海の知足亭着、同夜は名古屋の荷兮宅に泊る。○なをせ　正しくは「なほせ」。▽旅の疲れをとるようにと、主人の心づかいで、金箔を置いた土器に酒をなみなみとついで、出された。さて頂戴するぞ。飲み干して、美しい土器の、菊の花のような輝きを存分に拝見したいものだ。[季]菊の花。[俳]手ぎは。

764 ○鬢帽子　鉢巻をして結んだ端を鬢の所へ垂らしたもの。▽菊の露にぬれた風情。清らかなしなやかな靭さ。諸事意にまかせぬながら、なおそれに堪えて行こうとする人物の面影がある。[季]菊のつゆ。[俳]鬢帽子。

765 ○作ふ　正しくは「作う」。▽菊は寒中に根分けし、土作り、水の管理、まことに手のかかるもので、ついずるずると機を逃してしまうのであるが、今日このように人の作った美しい菊をみると、改めて後悔される。[季]菊。[俳]作ふ。

766 ○塩木　塩を作るための塩竈に焚く木。▽塩木の材に巻きついた蔦をひきむしろうとすると、一面に降りた霜のために、すっかり凍てついていて、手も氷るばかりである。[季]蔦の霜。[俳]かなぐりて。

767 ▽カシの実は、霜の降りたあと、裂けて地上に落ちる。寝覚は、しばしば老の寝覚。秋ふけて、カシの実の落ちる音に、ふと眼を覚ます。冬近きことを思い、わが覚めやすきことを思う。ひとり未明の闇の中で、光陰の矢のごときことを思う。いかにも淋しさそのもの。[季]橿の実。[俳]ナシ。

768 ▽ウメモドキは、梅に似た葉をつける落葉灌木。晩秋に残葉の間に、葉腋のあたり赤い実をつける。なまじ多少の葉の散り残っていることが、行く秋を惜しむわが心をかきたてて、晩秋の情趣をいやが上にも深めて、堪えがたいのである。いっそすっかり散ってしまえば、さっぱりと冬の心になって赤い実の可憐なおもむきを賞美するものを、というのである。[季]梅もどき。[俳]梅もどき。

769 ▽枯れ芦の、力なく人を招くごとく、風になびくさまも、あわれ深いものであるが、それがついに散ってしまうあわれは、一段と堪えがたい。[季]芦の穂。[俳]ナシ。

曠野集 巻之五

初　冬

770 あめつちのはなしとだゆる時雨《しぐれ》哉《かな》　湖春

771 京《きやう》なる人《ひと》に申遣《まうしつかは》しける
一《いち》夜《や》きて三《み》井《ゐ》寺《でら》うたへ初《はつ》しぐれ　尚白

772 はつしぐれ何《なに》おもひ出《だ》すこの夕《ゆふべ》　湍水

773 万句《まんく》興行《こうぎやう》に
見《み》しり逢《あ》ふ人《ひと》のやどりの時雨《しぐれ》哉《かな》　荷兮

人《ひと》を待《まち》うくる日《ひ》に

770 ○あめつちの　この句は「いつを昔」にも出る。前書に「風声ハ天地ノ語ナリとあるを」とあり、中七「咄とぎるゝ」とある。風声云々は、風の音は天地自然が人間に何かを伝えようとするもの、の意。「風ハ天地ノ使ナリ」とも。▽風が天地の言語であるとするならば、急にやってきてしばらく雨を降らし、やがて過ぎて行く時雨は、いわば話声の途切れた間になるのであるな。貞門俳諧の言いたて。しかし、おのずから、降りくる時雨にしばし感興を催して、言葉もなく淋しい音に聞き入っている風雅びとの面影が浮かびあがる。その点を評価して撰入したのであろう。[季]時雨。[俳]はなし。

771 ▽ことし初めての時雨に、なぜか心浮かれ、この情を解する友と語り合いたい気分です。謡曲の三井寺に「妾(わらは)をいつも問ひ慰むる人の候。あはれ来り候へかし、語らばやと思ひ候」「月は山、風ぞ時雨に鳰の海」などとありますが、どうです、ひと晩でかけて来てみませんか。[季]初しぐれ。[俳]一夜。

772 ▽ことし初めての時雨。いよいよ冬の到来、と思い、また、時雨にさまを変える自然の風物を思う。さまざまの思いが一挙に胸に噴きあがり、せめぎ合って、どれひとつと思い定める間もなく、雨は足ばやに降り過ぎて行ってしまった。[季]はつしぐれ。[俳]おもひ出す。

773 ○万句興行　百韻俳諧を百巻、一日または短時日の間に制作する。多人数を動員して、宗匠立机の披露などのために行われたといわれるが、実態は不明。▽たがいに顔見知りではあるが、それが、こんなにいちどきに同じ所に寄り合うのも珍しいことである。あたかも急な時雨に、雨やどりを求めて駆け寄ったかのようで。[季]時雨。[俳]見しり逢ふ。

774 ○人を待うくる日に　丹羽蕉笠の書留によれば「翁来り給ふ日に時雨して」と前書がある。貞享四年(一六八七)十一月二十五日、名古屋桑名町の荷兮亭で、芭蕉を待ちながら詠んだもの。▽時雨もようのこの頃であるが、今朝は、とりわけ空の具合が気になって、何度も何度もながめられることだ。山之井に

774 今朝《けさ》は猶《なほ》そらばかり見《み》るしぐれ哉《かな》　落梧

775 釣《つり》がねの下《した》降《ふり》のこすしぐれかな　炊玉

776 渡《わた》し守《もり》ばかり蓑《みの》着《き》るしぐれ哉《かな》　傘下

777 こがらしに二日《ふつか》の月《つき》のふきちるか　荷兮

778 一葉《ひとは》づゝ柿《かき》の葉《は》みなに成《なり》にけり　一髪

779 このはたく跡《あと》は淋《さび》しき囲炉裏《ゐろり》哉《かな》　同

780 枇杷《びは》の花《はな》人《ひと》のわするゝ木《こ》陰《かげ》かな　同

781 茶《ちゃ》の花《はな》はものゝつゐでに見《み》たる哉《かな》　李晨

「しぐれは空さだめなく、晴るると見れば、ぐれりと曇り、降るとおもへば、ささらげもあらぬ気色」とあるように天候の定まらなさを、詠まれてきた。それが特に待ち人のある時は気になるのである。[季]しぐれ。[俳]ナシ。

775 ▽急ぎ足で降りすぎて行く時雨。あっさりと降っただけなので、釣鐘堂の下に降り込むにいたらず、鐘の下は、乾いたままで残っている。和歌題「時雨易過」の俳諧的な具体的記述。[季]しぐれ。[俳]ナシ。

776 ▽急に降り出した時雨。客は対岸に着くまでの暫くのことと我慢して、雨具を取り出さずじっとしているが、渡し守ばかりは、この頃の時雨もように対して用意があるので、蓑をきちんと着こんでいる。和歌題「渡時雨」「船中時雨」の俳諧的な観察。[季]しぐれ。[俳]ナシ。

777 ▽前月が大の場合は二日から、小の場合は三日から、西の空にかかるあるかなきかの繊月を見ることができる。木がらしの吹きすさぶこの頃の、二日の月は、言うなれば風にも吹き飛ばされようか、という頼りないものだ。去来抄によれば、芭蕉は、「二日の月」という「名目」にすがっただけの句と評したが、世評は高く「こがらしの荷兮」と称されたという。[季]こがらし。[俳]ナシ。

778 ▽柿の落葉。厚ぼったく紅葉の仕方もさまざまな柿の葉は、落ち方もばらばら。だが、それもついに全部散ってしまった。[季]柿落葉。[俳]みなに成にけり。

779 ▽落葉は、燃える時は勢いよく燃えあがるが、それも一時のこと。あとに何も残らない。それで一層、寒さとわびしさが押し寄せてくる。[季]このは。[俳]囲炉裏。

780 ▽ビワは常緑の喬木。そのたくましい葉や、初夏の候たわわになる果実は、だれも知る所であるが、初冬に咲く白い小さな花は、花とも言えぬような見所のないもの。[季]枇杷の花。[俳]枇杷の花。

781 ▽茶の木は、観賞用というのではなく、せいぜい垣に用いられる程度。葉は飲用に重要視されるが、初冬に咲く白い小さな花は、気にもとめられない。何かの折にふと見ると、咲いているというばかり。[季]茶の花。[俳]茶の花。

782 梨《なし》の花《はな》しぐれにぬれて猶《なほ》淋《さび》し　野水

783 蓑《みの》虫《むし》のいつから見《み》るや帰《かへり》花《ばな》　昌碧

784 麦《むぎ》まきて奇《き》麗《れい》に成《なり》し庵《いほり》哉《かな》　仝

785 のどけしや麦《むぎ》まく比《ころ》の衣《ころも》がへ　一井

786 縫《ぬひ》ものをたゝみてあたる火《こ》燵《たつ》哉《かな》　落梧

787 石《いし》臼《うす》の破《われ》ておかしやつはの花《はな》　胡及

788 青《あを》くともとくさは冬《ふゆ》の見《み》物《もの》哉《かな》　文鱗

789 あたらしき釣《つる》瓶《べ》にかゝる荵《しのぶ》かな　卜枝

782 ▽春に咲く梨の花は、漢詩に氷雪のごとき白さをたたえられ、春雨に濡れる風情を賞されるが、いま帰り咲きの花が、時雨に濡れている様子もまた、凄絶な趣をひとしお感じさせる。【季】しぐれ。【俳】ナシ。

783 ▽時ならぬ帰り咲きの花に、樹上を見上げていると、ふと蓑虫が首を出しているのに気がついた。虫よ、お前も花を見ていたのか。いったいいつから、この花に気づいていたのだ。親愛感がもたらす微笑。【季】帰花。【俳】帰花。

784 ▽田中の庵。見どころもない草庵であるが、この日ごろ、周辺の田畑に麦まきが済んで、美しく整えられたうねの条目があざやかである。おかげでこの庵までが、すがすがしい。【季】麦まき。【俳】奇麗。

785 ▽晩秋九月一日になると帷子(かたびら)を給(あわせ)に着がえ、九日からは綿入(わたいれ)に着がえるのが通例。だが今年は初冬の麦まきの頃になって、やっと衣がえをした。のどかな日々が続いたのである。【季】麦まく。【俳】ナシ。

786 ▽縫いかけの衣服を、きちんとたたみ、糸針の始末をして、さて、やおらこたつに入ってくる。女の所作を見ているのである。ゆったりと心おきなくこたつに入るために、いかにも、こうあるべきだ、と。【季】火燵。【俳】火燵。

787 ○おかし　正しくは「をかし」。▽ツワブキは自生するが庭園の置石の根じめなどに植える。初冬、硬いつぼみがぱっくりと開いて黄色い小菊のような花を咲かせる。その花の咲き様や石蕗と書く字面が、「石臼の破」ることと通い合う所があって、おかしい。【季】つはの花。【俳】石臼・つはの花。

788 ▽トクサは、四季を通じて緑色、中空の管状の茎を直立群生させる。庭園の路傍や水辺にあしらう。その緑の色は、冬の季節には不似合いのようではあるが、ひょろひょろと立つ枯淡の姿は、やはり冬にふさわしい。【季】冬。【俳】ナシ。

789 ▽木の香も新しい釣瓶桶を井戸の中におろして、汲み上げた水にシノブ草の葉が浮いている。清冽な印象。「いにしへを忍ぶ」などと和歌にいうシノブ草と、新しい釣瓶との対照もあるであろう。【季】枯荵。【俳】釣瓶。

790 冬《ふゆ》枯《がれ》に風《かぜ》の休《やす》みもなき野《の》哉《かな》　洞雪

791 蓮《はす》池《いけ》のかたちは見《み》ゆる枯《かれ》葉《は》哉《かな》　一髪

792 鷹《たか》居《すゑ》て石《いし》けつまづくかれ野《の》哉《かな》　松芳

793 こがらしに吹《ふき》とられけり鷹《たか》の巾《きん》　杏雨

794 鷹《たか》狩《がり》の跡《あと》にひきたる蕪《かぶら》哉《かな》　蕉笠

寒月《かんげつ》

795 炉《ろ》を出《いで》て度《たび》〱《たび》月《つき》ぞ面《おも》白《しろ》き　野水

796 あさ漬《づけ》の大《だい》根《こん》あらふ月《つき》夜《よ》哉《かな》　俊似

790 ▽木枯しならぬ、野を枯らして吹く風は、来る日も来る日も、あの草この草、つぎつぎに枯らして、休みもなく吹き続ける。やがて見渡すかぎり荒涼たる冬枯れの光景を作り出すのである。季冬枯。俳ナシ。

791 ▽夏の間中、池の周囲にあふれ出るほどに大きくたくさんの葉を広げていたハスが、すっかり枯葉となってしまった。だが、その結果、池の輪郭線がはっきり見えて、こんな形をしていたのかと改めて気付いた。季枯葉。俳ナシ。

792 ▽鷹狩に出る。鷹を肘に据えて、機会をうかがいつつ行くと、足もとの注意がおろそかになって、石ころに躓つまずく。夏野の草に埋れていた石も、草が枯れて露出している、というのである。季鷹。俳けつまづく。

793 ▽鷹匠の頭巾が、ふきすさぶ木枯しに吹き飛ばされてしまった。鷹を肘に据えているので、押さえる間がなかったのである。「巾」を鷹狩用の隼に狩場移動中につける眼かくしの頭巾とする説もあるが、これは紐で結ぶのが普通。季こがらし・鷹。俳巾。

794 ▽領主の鷹狩が済んだので、農民が待ちかねたように畑に出て、蕪を引くのであろう。後世の句に「鷹狩や畠も踏まぬ国の守」(蕪村)、「鷹狩や此田に殿のお足跡」(也有)などとある。季鷹・ひきたる蕪。俳蕪。

795 ▽離れがたい思いを、思い切って、炉辺を立ち出でて戸外の月を眺める。冴え冴えと輝く冬の夜の月の、意外な美しさに、思わず「ああ良い月だ」と繰り返して口にしてしまった。寒さに離れがたい炉辺から、やっと離れて出てきたので、それまでの分を取りかえすように何度も感嘆する自分が、われながらおかしい。「寒月」「炉火」などは和歌題。複雑な心理を一挙に記述する。季炉。俳炉。

796 ○あらふ　底本「あろふ」。▽浅漬にするための大根を洗う。短い冬の日の暮れたあとから、月の光が射して、大根の白さをきわだたせる。水仕事の冷たさ。洗うべき大根の量の多さ。浅漬は沢庵漬に比べて乾燥させ方の少ない大根。季大根。俳あさ漬・大根。

仲冬

797 おろしをく鐘《かね》しづかなる霰《あられ》哉《かな》　津島勝吉

798 しら浪《なみ》とつれてたばしる霰《あられ》哉《かな》　津島重治

799 掻《かき》よする馬《ば》糞《ふん》にまじるあられ哉《かな》　林斧

800 柴《しば》の戸《と》をほどく間《ま》にやむ霰《あられ》哉《かな》　杏雨

801 いたゞける柴《しば》をおろせば霰《あられ》かな　宗之

802 霜《しも》の朝《あさ》せんだんの実《み》のこぼれけり　杜国

803 水《みづ》棚《だな》の菜《な》の葉《は》に見《み》たる氷《こほり》かな　勝吉

797 ○をく　正しくは「おく」。置く。▽由緒ある巨大な古鐘か。吹きさらしの鐘楼の中で、吊るされもせず下に置いてある。あわただしく霰が打ちつけるが、チンともカンとも音もたてず、地べたに落ち散るばかり。梵鐘の量感がすばらしい。対照的に霰の降り方も鮮やかに浮かんでくる。季霰。俳ナシ。

798 ▽波頭に打ちつける霰が、はね返されて、波のしぶきとともに宙に散る。一瞬の描写。「たばしる霰」は、万葉集以来の歌語。たばしり方を細かく観察して記述したところが俳諧。季霰。俳ナシ。

799 ▽路上の馬糞を掻き集めて肥料にする。その中に霰がまじっている。馬糞と対照させることによって、霰の硬さ・冷たさ・軽さや、清浄な感じを表現しようとする。季あられ。俳馬糞。

800 ▽粗末な柴の戸。戸ざしというほどもない蔓の輪をかけたばかり。急に降り出した霰に駆け込んだ人を招じ入れようと門口に出て、戸ざしを解こうとすると、もう霰は降り止んでしまった。霰は風とともに急に打ちつけてくるので道行く人は驚きあわてるが、それも短時間のこと。そのような霰の情況を捉えたスナップ。季霰。俳ナシ。

801 ▽降り過ぎた霰の中を、ほんの暫くのことだとばかり、頭に載せた柴木の束を笠のかわりに、歩いて来た。たどりついて荷をおろすと、はさまり留まっていた霰が、こぼれ落ちる。霰の軽さ・硬さ、降り過ぎやすさをいう。特定の柴売りをいうとする説もあるが、だれもが経験することである。季霰。俳ナシ。

802 ▽栴檀は晩秋に黄色の実(金鈴子《きんれいし》)を結び、落葉の後も枝に残り初冬の空をいろどる。霜の朝、ついに寒さに堪えかねたように、その実が落ちて転がっている。「こぼれけり」が作者の巧みな所。季霜。俳せんだん。

803 ▽台所の流しに置いたままにした野菜。朝、起き出してみると、その葉に薄く氷がついている。寒さを忘れて、氷をすかして見える緑色の美しさに見とれている。その心持が「見たる」に表れている。季氷。俳水棚。

804 深《ふか》き池《いけ》氷《こほり》のときに覗《のぞ》きけり　俊似

805 つきはりてまつ葉《ば》かきけり薄氷《うすごほり》　除風

806 打《うち》おりて何《なに》ぞにしたき氷柱《つらら》哉《かな》　夜舟

兼題　雪舟

807 峠《たうげ》より雪舟《そり》乗《のり》をろす塩木《しほき》哉《かな》　鼠弾

808 ぬつくりと雪舟《そり》に乗《のり》たるにくさ哉《かな》　荷兮

809 夜《よ》をこめて雪舟《そり》に乗《のり》たるよめり哉《かな》　長虹

810 馬屋《うまや》より雪舟《そり》引出《ひきいだ》す朝《あした》かな　一井

804 ▽深い池。ふだんは覗きこむこともないが氷の張った今朝、じっくりと眺めた。ふだん覗きこむと水の底に吸いこまれてしまうように思うが、氷の覆う水面なら安心だというのである。[季]氷。[俳]ナシ。

805 ○つきはりて　正しくは「つきわりて」。▽地面に落ち散っている松の葉を掻き集めて燃料にする。窪みにたまった松葉が、冬の薄氷とともに氷っているのを、柄で突き破って。[季]薄氷。[俳]ナシ。

806 ○打おりて　正しくは「打をりて」。▽軒端に垂れて硬く清らかに光っているつらら。ぽきっと折って、幼い頃ならそれで遊びもしたが、今は何にもならぬことを知っている。だが、それにしても。[季]氷柱。[俳]ナシ。

807 ○兼題　以下八一二まで。あらかじめ出題されていた「雪舟」の句で、句会をしたのであろう。○をろす　正しくは「おろす」。○塩木　七六六参照。▽そりに薪をいっぱいに積んで、山坂越えて引いてきた。ようやく海の見える峠に出て、あとは一気に滑り下るのみ。そりの爽快感をいう。[季]雪舟。[俳]ナシ。

808 ▽引く人の苦労も思わず、ぬくぬくと着ぶくれて、そりに乗っている人。坐っているから寒いのであり、引く人は運動するから薄着にもなる。それらの事情は十分作者も承知していながら「にくさ哉」と憎まれ口を叩いているのである。[季]雪舟。[俳]ぬつくりと。

809 ▽雪国の嫁入。花嫁もそりに乗せられて、真白い雪の上を行く。嫁入は夜間がふつうなので、提灯・松明のあかりに照らされて、美しい行列が進むのである。「夜をこめて」は清少納言の和歌でも名高い歌語。[季]雪舟。[俳]よめり。

810 ▽深い雪に、馬をあきらめて、そのかわりに、ふだんは馬屋の隅に掛けてあるそりを引き出す。今朝は、これで行こう、というのである。馬の息や、馬小屋の暖かさが感じられる。馬をいたわる気持があるか。[季]雪舟。[俳]ナシ。

811 雪舟《そり》引《ひく》や休《やす》むも直《すぐ》に立《たち》てゐる　亀洞

812 つけかへておくるゝ雪舟《そり》のはや緒《を》哉《かな》　含呫

813 青海《あをうみ》や羽白《はじろ》黒鴨《くろがも》赤《あか》がしら　白炭ノ忠知

814 舟《ふね》にたく火《ひ》に声《こゑ》たつる鵆《ちどり》哉《かな》　亀洞

815 朝鮮《てうせん》を見《み》たもあるらん友千鳥《ともちどり》　村俊

井《ゐ》を掘《ほ》る者《もの》は六月寒《ろくぐわつさむ》く、米《こめ》つくおとこは
冬裸《ふゆはだ》かなり

816 汗出《あせだ》して谷《たに》に突《つき》こむ氷室《ひむろ》哉《かな》　冬松

817 海鼠腸《このわた》の壺《つぼ》埋《うづ》めたき氷室《ひむろ》哉《かな》　利重

811 ▽そりを引いてきた人が休んでいる。つっ立ったままで。ずっと前傾姿勢で進んできたので、直立して腰を伸すことが休憩になるのである。雪中で腰をおろす所がないので、というのではない。[季]雪舟。[俳]ナシ。

812 ○はや緒　引綱。山家集「たゆみつつそりの早緒も着けなくに積もりにけりな越の白雪」。▽早緒というからスピードがあがるかと思ったのに、切れてしまったので交換しているうちに、かえって遅れてしまった。[季]雪舟。[俳]ナシ。

813 ○羽白・赤がしら　カモの一種。○白炭　「白炭や焼かぬ昔の雪の枝」の句により「白炭の忠知」と称された。▽青海原というが、そこに漂っている鴨どもも、白・黒・赤、とりどりの色名を持って、にぎやかなことである。作者名の肩書は、「作者もまた白…で」と撰者が興じているのである。土佐日記の「黒崎の松原を経て行く。所の名は黒く、松のいろは青く、磯の波は雪のごとくに、貝の色は蘇枋(すはう)にて、五色にいま一色(ひといろ)ぞ足らぬ」とある筆法にならったとする説がある。[季]羽白・黒鴨・赤がしら。[俳]羽白・黒鴨・赤がしら。

814 ▽千鳥は夜の浜辺に友を呼び鳴く。それが、いま夜の漁に出ようと仕度する舟の明りに対して呼びかけて鳴くかのように聞こえる、というのである。[季]鵆。[俳]ナシ。

815 ▽千鳥は昼間、外海に出て、夜間に人に近く河や海辺にやってきて友よびかわしつつ鳴く。たがいに報告でもし合っているのか、遠く朝鮮へ行ってきたのもいるのか、と興じている。[季]友千鳥。[俳]朝鮮・見たも。

816 ○おとこ　正しくは「をとこ」。▽井戸掘は真夏に地中深く寒い思いをし、米搗きは真冬に汗をかく。いま、この氷室は、真冬に地中深く氷を貯蔵して、どんなに寒い作業かと思えば、やはり汗をかいている。事は極端に達すれば翻転するという理に興じている。[季]氷室。[俳]汗出して。

817 ▽氷室は、夏季に宮中に献ずる氷を貯蔵するためのもの。だが、ああ、許されることならば、自分としてはコノワタの塩辛を夏に食べてみたいものだ。一壺、一緒に貯えて貰えぬものか。[季]海鼠腸。[俳]海鼠腸。

818 炭《すみ》竈《がま》の穴《あな》ふさぐやら薄《うす》けぶり　亀洞

819 膝《ひざ》節《ぶし》をつゝめど出《いづ》るさむさ哉《かな》　塩車

820 火《ひ》とぼして幾《いく》日《か》になりぬ冬《ふゆ》椿《つばき》　加賀一笑

821 いつこけし庇《ひさし》起《おこ》せば冬《ふゆ》つばき　亀洞

歳暮

822 冬《ふゆ》籠《ごも》りまたよりそはん此《この》はしら　芭蕉

823 餅《もち》つきや内《うち》にもおらず酒《さけ》くらひ　李下

824 吾《われ》書《かき》てよめぬもの有《あ》り年《とし》の暮《くれ》　尚白

818 ▽炭焼は、竈の口から点火の後、口を塞ぎ、小さな穴から煙を出す。煙の色が段々薄く変化して行く頃合を見て、穴をも塞ぎ蒸し焼きにする。この間、数日。遠くから眺める炭竈の煙は、古来和歌に詠まれてきた風物であるが、これは細かく煙を観察して、具体的に作業の段階を推定している所が俳諧。[季]炭竈。[俳]穴ふさぐやら。

819 ▽丈短かな着物を着て、正座させられているのであろう。裾を引っぱっても引っぱっても、つい膝小僧が露出してしまう。動くわけにもいかず、寒さが骨に沁みてくる。叱られた少年時代のことか。[季]さむさ。[俳]膝節。

820 ○冬椿　早咲きの椿。毛吹草に冬季十月。増山井では十二月の扱い。▽すべて花の咲き初めることを「火とぼす」という。冬椿が開きかけて寒さの中をじっくりと咲いている様をいうが、「火とぼして」がおのずから寒中に暖をとる意を含蓄し、また「幾日になりぬ」が、「にひばり筑波をすぎて幾夜か寝つる」という日本武尊と火焼(ひたき)の翁との唱和問答を想起させるので、作者が「冬椿」を人格化しやさしく呼びかけている心づかいが思われる。[季]冬椿。[俳]火とぼして・冬椿。

821 ▽いつから倒れかけているのか。傾いた庇を起す。するとその陰から冬椿の花があらわれた。寒苦に耐えて咲く冬椿をいう。[季]冬つばき。[俳]こけし・冬つばき。

822 ▽ひと冬の閑居。ともにすごすべきものとては、誰もいない。何もない。相変らず柱にもたれて、つくねんと日を経るのみ。白楽天・閑居賦「閑居シテマタコノ柱ニ倚ル」によるか。元禄元年(一六八八)冬の作。[季]冬籠り。[俳]ナシ。

823 ○おらず　正しくは「をらず」。▽歳末の餅搗き。酒好きの男は、餅のことなど目にするもいやだとばかり、朝から出かけている。古来酒餅の争論は絶えぬが、今日ばかりは酒の側の棄権敗退。[季]餅つき。[俳]餅つき・酒くらひ。

824 ▽歳暮に行く年をふりかえり、書留・覚書など繰っていると、たしかにわが筆跡ながら、解読しかねるものがある。時間に空白が生まれるようなもどかしさ。いつもこのように慌しく年を経て。[季]年の暮。[俳]ナシ。

825 もち花《ばな》の後《のち》はすゝけてちりぬべし　野水

826 はる近《ちか》く榾《ほた》つみかゆる菜《な》畑《はた》哉《かな》　亀洞

827 煤《すす》はらひ梅《うめ》にさげたる瓢《ふくべ》かな　一髪

木曾《きそ》の月《つき》みてくる人《ひと》の、みやげにとて杼《とち》の実《み》ひとつおくらる。年《とし》の暮迄《くれまで》うしなはずかざりにやせむとて、

828 としのくれ杼《とち》の実《み》一《ひと》つころ〳〵と　荷兮

829 門《かど》松《まつ》をうりて蛤《はまぐり》一《ひと》荷《にな》ひ　内習

830 田《た》作《つくり》に鼠《ねずみ》追《お》ふよの寒《さむ》さ哉《かな》　亀洞

825 ▽幼児が小さな丸餅を柳の枯枝に付けて玩ぶ。正月十日すぎまで飾って後に煎って食う。いずれ台所の煙にすすけて乾燥し落ちてしまうことであろう。「花」に対して「ちりぬべし」という所が工夫。[季]もち花。[俳]もち花。

826 ▽冬季の燃料の薪を、菜畑に積み貯えて、ひと冬の間手あたり次第に使ってきた。そろそろ春も近いので菜畑に種を蒔く準備もしなければならぬ。この際、薪の山もきちんと片付けよう、というので、畑の脇に積みかえた。「かゆる」は「かふる」と両様が行われた。[季]榾。[俳]菜畑。

827 ▽家中の煤はらいの間、瓢が庭の梅の木に掛けてある。ふだんは壁や柱に掛けてあるようなものは、このような場合、処置に困る。まだ花前の梅の木は、たくさん枝があるので都合がよいのである。[季]煤はらひ。[俳]煤はらひ・瓢。

828 ○木曾の月　越人は貞享五年(一六八八)秋、芭蕉の伴をして木曾路を経て更科で中秋の名月を見、そのまま江戸へ出て、冬に名古屋へ戻った。芭蕉の句に「木曾のとち浮世の人のみやげ哉」があった。○かざり　正月の蓬萊飾り。ただし榧・搗栗などは飾るが、杼の実はふつう飾らない。▽歳末の慌しいときに、トチの実が転がり出た。正月飾りに役立つわけでもなく、たった一つでは、搗いて何か食用に供するわけにも行かぬ。風雅びとのみやげとは、こんな具合に実用にならぬことばかりであるが、しかしどこかおかしい。[季]としのくれ。[俳]ころ〳〵と。

829 ▽山中より新年の松飾りを売りに出た男が、帰りには、正月の吸物に使うためか、蛤を買っている。「一荷ひ」は天秤棒で前後にかつぐ。嵩高く松を荷ってきたのが、おなじ一荷でも、帰りは小さな荷物になっている。八二八・八二九、ともに切字のない句を配列。[季]門松うり。[俳]ナシ。

830 ▽鯷(ひしこ)の素干しをゴマメというが、正月には特に「田作」と称して、常に膳に置く。その用意を整えたあたりを狙って鼠が出没するので、番をする。歳暮の寒い夜の台所である。[季]寒さ。[俳]田作。

荒野集 巻之六

雑

年中《ねんぢゆう》行事内《ぎやうじのうち》十二句

供屠蘇白散《とそびやくさん》

831 いはけなやとそなめ初《そむ》る人次第《ひとしだい》

春日祭《かすがまつり》

832 としごとに鳥居《とりゐ》の藤《ふぢ》のつぼみ哉《かな》

石清水臨時祭《いはしみづりんじのまつり》

833 沓《くつ》音《おと》もしづかにかざすさくら哉《かな》

荷兮

831 ○年中行事　以下八四三までは、八三三・八三五を除いて、貞治五年(一三六六)の年中行事歌合・百題のうちから各月一題を選んで詠んだもの。同書は慶安二年(一六四九)・万治二年(一六五九)・延宝四年(一六七六)の刊本がある。○供屠蘇白散　年始に清涼殿で屠蘇・白散を飲み無病息災を祈る。歌合判詞に「屠蘇は小児よりのむ」とある。○いはけなや　「いはけなし」は幼稚・幼少の意。▽屠蘇の酒は、宮中の定めにならって、いわけない幼児から順に飲むのだそうな。だが年かさの自分に言わせて貰えば、この順序は不服である。むしろ、この順そのことが、いわけないことではないのか。[季]とそ。[俳]とそ・人次第。

832 ○春日祭　二月上の申の日に行われた、奈良春日神社の祭礼。▽例年のことながら、この祭礼の行われる頃は、藤の花の時節にはやや早いので、鳥居にかかる藤もまだつぼみのままである。しかし、それがまた当社を氏神とする藤原氏の行末の繁栄を、さし示すようでもある。[季]藤。[俳]ナシ。

833 ○石清水臨時祭　三月上の午の日に行われた、石清水八幡宮の祭礼。「みなみ祭」という。ただし永享四年(一四三二)から文化十年(一八一三)までは中絶していた。荷兮の句は、歌書や俳書による空想の産物であろう。○かざすさくら　花鳥余情「臨時祭挿頭(かざし)。使(つかひ)藤、舞人(まひびと)桜、陪従(べいじゆう)山吹」とあり役目によって花の種類は違う。しかし、公事根源をふまえ増山井の「当日には大臣以下、かざしの花を、使・舞人の冠にさし」という記事や、新勅撰集・定家「泥絵屏風・石清水臨時祭／散りもせじ衣にすれる笹竹の大宮びとのかざす桜は」などを一緒に考えて、作者荷兮は、祭礼に遣わされる大宮人の一行全員が桜を挿していると空想していたらしい。▽冠に桜の花を挿して歩むという勅使・舞人・陪従などの一行は、さすがに大宮人のことであるから、花の散るのを惜しんで、しずしずと進むことであろうよ。[季]さくら。[俳]ナシ。

灌仏《くわんぶつ》

834 けふの日《ひ》やついでに洗《あら》ふ仏《ほとけ》達《たち》

端午《たんご》

835 おも瘦《やせ》て葵《あふひ》付《つけ》たる髪《かみ》薄《うす》し

施米《せまい》

836 うち明《あけ》てほどこす米《こめ》ぞ虫《むし》臭《くさ》き

乞巧奠《きつかうでん》

837 わか菜《な》より七夕《たなばた》草《ぐさ》ぞ覚《おぼ》えよき

駒迎《こまむかへ》

838 爪《つめ》髪《かみ》も旅《たび》のすがたやこまむかへ

撰虫《むしえらび》

834 ○灌仏　四月八日、釈迦の生誕を祝う。歌合判詞に「仏の生れ給ふ時、天竜くだりて水をそゝぎ侍るとかや。その趣にて百敷にも上達部より始め仏に水をあぶせ奉る也」とある。▽今日の灌仏会にちなんで、諸方の寺院では、花堂を作り誕生仏を飾って香水をかけるのであるが、この際ともに御身拭をして一年の埃をとって貰う仏像は、言うならば、ついでにお釈迦さまの余徳を蒙るということか。季洗ふ仏。俳ついでに。

835 ○端午　五月五日、宮中に節会がある。○葵付たる　四月中の酉の日に賀茂下上両社の葵祭があり、勅使以下参向の行列の一行は、葵の葉を衣冠に付ける。▽今日の五日の節会に拝見すると、先月葵祭の折に、あのように凜々しい姿で行列に参加しておられたのに、すっかり瘦せてしまってお顔まで元気がなく、髪の毛もつやがないように思われた。虚弱な宮廷人の夏瘦を空想してつくったもの。季葵。俳ナシ。

836 ○施米　歌合判詞に「片山寺のたよりなき法師ばらに米を施さるるなり」とある。公事根源では六月。▽公の倉より運ばれて施される米が、どっと俵からあけられる。だが時節柄、まず鼻につくのは、米につく虫の臭いである。空想の句。下五が俳諧的な細かい記述。季ほどこす米。俳虫臭き。

837 ○乞巧奠　底本「乞巧費」。七月七日の夜、二星に諸物を献じて、諸技芸の上達を祈る。七つの棚を設け、花果を供え香を焼くなどもする。○わか菜　増補題林集に「芹（せり）薺（なづな）五形（ごぎやう）繁蔞（はこべら）仏座（ほとけのざ）菘（すずな）蘿蔔（すずしろ）これや七草」とあるが春の七草には諸説がある。○七夕草　万葉集に「萩の花尾花葛（くず）花撫子（なでしこ）の花女郎花（をみなへし）又藤袴朝顔の花」と詠まれて以来秋の七草はほぼ一定している。▽若菜はその種類も一定せずまた姿も見所のないものであるが、秋の七草は、それぞれに見事な花を咲かせるので印象が鮮やかである。季七夕草。俳七夕草。

838 ○駒迎　八月十五日前後、諸国の公設牧場より朝廷に献上される馬を逢坂の関まで迎えること。中世には衰微し、近世には断絶した。▽爪も髪も伸び放題。諸国よりの長旅に疲れ果てた一行。空想の句。季こまむかへ。俳ナシ。

839 草《くさ》の葉《は》や足《あし》のおれたるきり〳〵す

十月更衣《ころもがへ》

840 玉《たま》しきの衣《ころも》かへよとかへり花《ばな》

五節《ごせち》

841 舞《まひ》姫《ひめ》に幾《いく》たび指《ゆび》を折《をり》にけり

追儺《ついな》

842 おはれてや脇《わき》にはづるゝ鬼《おに》の面《めん》

詩題《しだい》十六句　　　野水

今日不知誰計会《けふしらずたれかけいくわいせん》　春風春水一時来《はるのかぜはるのみづいつしにきたる》

843 氷《こほり》ゐし添《そふ》水《づ》またなる春《はる》の風《かぜ》

839 ○撰虫　歌合判詞に「あながち式ある事はなけれども、…殿上人ども遊びて嵯峨野などへ向ひて、虫屋に虫を撰び入れて奉りける」とある。公事根源に九月。山之井に「今の世も賀茂侍など、ここかしこより求めて奉り侍る」という。○おれたる　正しくは「をれたる」。▽あの草の葉のなりはどうだ。肝心のキリギリスは、折れ易い足が案の定折れている。殿上人のなれぬ虫取りの結果を、空想して作る。細かく足のことを記述する所が俳諧。季きり〳〵す。俳ナシ。

840 ○十月更衣　十月朔日から翌三月晦日まで、宮中では冬の袍を着す。▽再び玉のように美しい衣に着がえる。自然もまた、そのことを促すように、春に咲く花が、いま時ならず見事な花を咲かせている。季かへり花。俳かへり花。

841 ○五節　歌合判詞に「浄見原(きよみはらの)天皇吉野宮にましまし時、神女くだりて琴の声を感じて、五度袖をかへして舞ひうたふ。是五節の始」とある。十一月中の丑の日から行われた五人の舞姫による舞。辰の日の豊明節会(とよのあかりのせちゑ)に至って初めて舞姫が群臣の前で舞い、四日間の華麗な行事の幕を閉じる。中世の戦乱で中絶し宝暦三年(一七五三)まで行われなかった。▽これで何度めか。舞姫が袖を返したのは。季舞姫。俳ナシ。

842 ○追儺　底本「追難」。歌合判詞に「年中の疫気を追ひはらひ侍る心にや。…殿上の侍臣、桃の弓・芦の矢を取りて鬼を射るなり」とある。十二月晦日の行事。▽鬼役の者が追われて逃げるのに懸命になっているうちに、面がはずれて正体をあらわしてしまう。季鬼おふ。俳面。

843 ○詩題　以下八五八までの十六句は、慈円と定家が白氏文集の詩句を題として詠んだ百首和歌のうちから、春五・夏三・秋五・冬三の十六題を選んでの作。百首和歌は拾玉集、拾遺愚草員外にそれぞれ見える。両者を収める六家集は寛文年間以前から刊本が流布する。以下の詩句が原白氏文集と一致しないものは、六家集本の誤りを継承している。○今日…　誰が計算して、立春の今日の日に合わせて、春風と春水とが同時にもたらされるようにしたのだろう。▽氷に閉ざされていた添水が、春風に解けたものであろう、また働き始めて鋭い音をたて始めた。添水は竹で作るししおどし。季春の風。俳ナシ。

844 水《みづ》鳥《とり》のはしに付《つき》たる梅《うめ》白《しろ》し
白片落梅浮澗水《はくへんのらくばいはかんすいにうかぶ》

845 花《はな》売《うり》に留《る》主《す》たのまるゝ隣《となり》哉《かな》
春来無伴閑遊少《はるきたれどもともなくしてかんいうまれなり》

846 寐《ね》入《いり》なばもの引《ひき》きせよ花《はな》の下《もと》
花下忘帰因美景《はなのもとにかへらんことをわするるはびけいによってなり》

847 行《ゆく》春《はる》もこゝろへがほの野《の》寺《でら》かな
留春春不留《はるをとどめてはるとどまらず》　春帰人寂寞《はるかへってひとせきばくたり》

848 綿《わた》脱《ぬき》は松《まつ》かぜ聞《きき》に行《ゆく》ころか
微風吹袂衣《びふうあはせをふいて》　不寒復不熱《さむからずまたあつからず》

844 ○白片… 梅のさかりが過ぎて白い花びらが落ちて谷川に浮かんでいる。○はし　くちばし。▽川中に泳ぐ水鳥の、くちばしに、梅の花びらがへばりついている。川上に散った梅があるものと見える。[季]梅。[俳]ナシ。

845 ○春来… 春にはなったが、伴う人もないので、のんびり散策する機会もまれである。▽隣人は花売を業とするもので、春になるととかく多忙。今日もまた、留守をよろしくと声をかけて出かけて行く。自分はどうやら、たれこめてこの春を過ごすことになりそうである。[季]花売。[俳]花売・留主。

846 ○花下… 花の下で帰ることも忘れて歓を尽くす。これもひとえにこの美しい景色ゆえである。▽終日花の下にすごしたがなお興は尽きない、とばかり横になっている男がいるが、寝込んでかぜでも引いたら気の毒だ。何か上から掛けてやれ。山家集に「木の下に旅寝をすれば吉野山花のふすまを着する春風」とあるが、放っておくわけにも行くまい。[季]花。[俳]ナシ。

847 ○留春… 春をひきとめようとしても春はとどまらない。ついに春は過ぎ行き、人の出もなくなった。○こゝろへがほ　正しくは「こゝろえがほ」。山家集に「今宵はと心えがほに澄む月の光もてなす菊の白露」がある。▽ふだんから人の訪れも稀な野末の寺。いっときの花に賑わったが、やがて春も行き、もとの静寂に戻った。これこそが、当寺の本領、なれたものです、とでもいうようで、その静寂がいかにもふさわしく思われる。[季]行春。[俳]ナシ。

848 ○微風… そよ風が、袷(あわせ)の衣を吹いて、寒くもないし暑くもない時候である。「袂衣」は白氏文集「裌衣」とある。「裌」は「袷」に同じ。○綿脱　四月一日の更衣に、冬の布子の綿を抜き去って袷に着がえる。▽布子の綿を抜くのは、松吹く風も寒からず暑からず、しみじみと松籟の音に耳を傾ける頃であろうか。[季]綿脱。[俳]綿脱。

849
池晩蓮芳謝《いけくれてれんぱうしやす》
蓮《はす》の香《か》も行《ぎやう》水《ずい》したる気《け》色《しき》哉《かな》

850
暑月貧家何処有《しよげつひんかなんのいうするところぞ》　客来唯贈北窓《きやくきたりてただおくるほくそうの》
風《かぜ》
涼《すず》めとて切《きり》ぬきにけり北《きた》のまど

851
大底四時心惣苦《おほむねしいしこころすべてくるし》　就中断腸是《なかについてはらわたのたつことはこれ》
秋天《あきのてん》
雪《ゆき》の旅《たび》それらではなし秋《あき》の空《そら》

852
夜来風雨後《やらいふううののち》　秋気颯然新《しうきさつぜんとしてあらたなり》
秋《あき》の雨《あめ》はれて瓜《うり》よぶ人《ひと》もなし

849　○池晩…　池は宵闇に沈んで蓮の花も凋んで行くように見える。「謝」は花が凋落することだが、ここは池の蓮が闇に沈んで行く様をいうか。▽日の暮。美しい花が見えなくなって行くと、改めて蓮の芳香が心地よくただよって来るのに気付く。まるで行水でもつかったように、すがすがしく。季蓮の香。俳行水。

850　○暑月…　六月大暑の候、わが貧しき家に何があろうか。お客さんが来たとしても、ただ北窓から吹きこむ風でもてなすのみ。▽涼みのために、何をしようか。何もないのでせめてもと、北に窓をくり抜いて風を入れ、われ人ともにの慰みにすることである。季涼め。俳切ぬきにけり。

851　○大底…　春夏秋冬、自分にとってはいつでも心の痛まぬ時はない。とりわけ痛烈に肝にこたえる切なさは、秋の夕暮である。「秋天」は秋の空であるが、原詩題「暮立」によれば、夕暮の空になる。▽「駒とめて袖うちはらふかげもなし佐野のわたりの雪の夕暮」(新古今集)などと雪中の旅の難儀を歌うが、なあに、そんなものではない。この秋の夕暮の身も心もちぎれるような、ゆえ知れぬ思いのつらさは。季秋の空。俳それらではなし。

852　○夜来…　夜の間の風雨に、夏の暑さも去り、今朝は一挙に秋の気配が新鮮である。▽雨があがると、改めて秋風が冷やかに感じられて、もはや声をあげて瓜を売りに来る人もない。瓜は夏のもの。ただし、あの夏の朝露に濡れた瓜の冷やかさは、この新涼に通うものがあると思うのだが、という気持が含まれる。季秋の雨。俳ナシ。

遅々鐘漏初夜長《ちちたるしようろうのはじめてよながき》　耿々星河欲《かうかうたるせいがあけんとほつ》

曙天《するてん》

853 ひとしきりひだるうなりて夜《よ》ぞ長《なが》き

残影灯閅牆《ざんえいともしびかべにひらめき》　斜光月穿牖《しやくわうつきまどをうがつ》

854 独《ひと》り寐《ね》や泣《なき》たる皃《かほ》にまどの月《つき》

万物秋霜能壊色《ばんぶつはあきのしもよくいろをやぶる》

855 白《しら》菊《ぎく》や素《す》顔《がほ》で見《み》むを秋《あき》の霜《しも》

十月江南天気好《じふぐわつかうなんてんきことなり》　可憐冬景似《あはれむべしとうけいしゆんくわに》

春華《にたることを》

856 こがらしもしばし息《いき》つく小《こ》春《はる》哉《かな》

853 ○遅々…　時刻を報ずる鐘も間遠に感じられ、夜が長く思われるようになった。天の河がひときわさえわたって、漸くあけぼのが近くなった。長恨歌の一節。「鐘漏」は白氏文集に「鐘鼓」。和漢朗詠集、六家集に「鐘漏」。「夜長」は白氏文集、和漢朗詠集、六家集ともに「長夜」。▽夕食をすませてから寝るまでに、ちょっと空腹を覚える時間がある。やはり夜が長くなったのだ。[季]夜ぞ長き。[俳]ひだるうなりて。

854 ○残影灯閅牆　白氏文集「残灯影閃墻」。六家集「残影灯閉牆」。○斜光月　白氏文集「斜月光」。六家集「斜光月」。消えかかった灯の光が、かべにゆらめき、沈みかけた月の光が、窓から射しこんでくる。▽今宵も訪ねて来てくれぬ男を恨んで、涙に濡れた顔。窓から射しこむ月光が、淋しさ、すさまじさを、一段ときわだたせる。原詩は友人を夢に見て、覚めた場面。それを古典的な恋の場に転じた。[季]月。[俳]ナシ。

855 ○万物…　地上の物はすべて、秋の霜によって姿かたちを変えられてしまう。「壊」は底本「懐」。▽「心あてに折らばや折らむ初霜の置きまどはせる白菊の花」(百人一首)など、霜の降りた白菊の趣は、古来歌に詠まれてきたところでもあるが、しかし、やはり白菊本来の美しさをも、じっくりと賞美したいものである。[季]白菊・秋の霜。[俳]素顔。

856 ○十月…　揚子江の南方は、冬十月に至ってもよい天気である。小春のうららかな景色は、春に似てはなやかである。「華」は底本「美」。草体が互いに似るので誤る。▽さしも吹きつのった木枯しの風も、今日はぱったりと止んで春を思わせる陽気である。風としても、たまには息休めをしなければならぬのであろう。[季]こがらし・小春。[俳]息つく・小春。

857 寂寞深村夜《じやくまくたるしんそんのよ》　残雁雪中聞《ざんがんせつちゆうにきこゆ》

鉢《はち》たゝき出《で》もこぬむらや雪《ゆき》のかり

858 白頭夜礼仏名経《はくとうにしてよるぶつみやうのきやうをらいす》

仏《ぶつ》名《みやう》の礼《らい》に腰《こし》懐《だ》く白《しら》髪《が》哉《かな》

禅閤《ぜんかふ》の撰《えら》びのこし給《たま》ひしも、さすがにおかしくて、

鋸鏥目立《のこぎりめたて》

859 かげろふの夕《ゆふ》日《ひ》にいたきつぶり哉《かな》

付木突《つけぎつき》

860 五《さ》月《つき》闇《やみ》水《く》鶏《ひな》ではなし人《ひと》の家《いへ》

舟泉

857 ○寂寞… 静まり返った村里の夜。時節におくれてやってきた雁が、雪の中で声をあげている。○鉢たゝき 冬十一月十三日より年末まで、京都の空也堂の僧が、洛中洛外を巡って念仏和讃を唱える。▽ここまでは鉢叩きもやってこない洛外の寒村。雪の田に降りた雁が、わびしく餌をあさっている。季鉢たゝき・雪。俳鉢たゝき。

858 ○白頭… 白髪の老僧が、夜、仏名経を唱えている。▽仏名は十一月から十二月にかけて諸寺院で行われる。三千の諸仏の名を唱え、帰依礼拝する。その伏拝誦経のさまが、白髪で腰のまがった老僧では、あたかも自分の腰を懐くように見えるのであろう。季仏名。俳仏名・礼。

859 ○禅閤 一条兼良。室町時代前期の代表的学者。以下八六三までの五句は、諸職人を題に詠むもの。ただし兼良編の職人歌合なるものは未確認。○おかしくて 正しくは「をかしくて」。○鋸鏥目立 のこぎりの刃がつぶれて鈍くなったものを修理する人。▽終日、根をつめて、のこぎりの刃の一つ一つにやすりをかけ、ためつすがめつの作業。夕暮、遠方をみると、ゆらゆらと陽炎がゆれている。ほんとうの陽炎なのか、自分の疲労のせいなのか。少し頭痛もする。季かげろふ。俳つぶり。

860 ○付木突 火付け木は檜を長さ五寸ほどの薄片に削り硫黄を塗る。削ることを「突く」という。○五月闇 五月雨の降る頃の空の暗いこと。▽五月闇の夜、どこからかクイナの何かを叩くような鳴き声がする。と思ったらそうではなくて、付木作りが、檜を突き削っている音なのであった。季五月闇・水鶏。俳ではなし。

861 鉤瓶《つるべ》縄打《なはうち》

かへるさや酒《さけ》のみによる秋《あき》の里《さと》

862 糊売《のりうり》

あさ露《つゆ》のぎぼう折《をり》けむつくもがみ

863 馬《ば》糞掻《ふんかき》

こがらしの松《まつ》の葉《は》かきとつれ立《だち》て

越人

864 李《り》夫《ふ》人《じん》

魂在何許《たましひはいづれのところにかある》　香煙引到焚《かうのけぶりにひかれてかうをたく》香処《ところにいたる》

かげろふの抱《だき》つけばわがころも哉《かな》

楊《やう》貴《き》妃《ひ》

861 ○鉤瓶縄打　「鉤」は正しくは「釣」。車井戸の釣瓶縄は、棕櫚の皮の繊維を編んでつくる。それぞれの井戸の深さに合わせて長さをきめるので、出向いた先で仕事をする。▽終日、他人の家の井戸端で仕事をしての帰るさ、里の酒屋に立ち寄って、一杯ひっかけて行く。寡黙な職人の、ひっそりとしたふるまいが、秋の夕暮の淋しさにとけこんでゆく。季秋の里。俳ナシ。

862 ○糊売　洗濯用の姫糊を売り歩く人。多く老婆の業。○ぎぼう　擬宝珠。玉簪。一説に、その広い葉を糊を包むのに用いた、という。▽糊売は、洗濯のできる晴れあがった日が商売のかき入れどき。夏の早朝から起き出して、天気の具合を見て、朝露のしとどに降りたギボシの葉を折り、売りに出る。つくも髪は、痩せ枯れてそそけた老婆の髪をいう。季ぎぼう。俳ぎぼう。

863 ▽木枯しの吹く時節。松の落葉も増えるので、それをかき集めて小銭を得る少年は、この時とばかり寒風の中を出かけて行く。街道の馬糞を集める少年は、年中変らぬ調子で、とぼとぼと連れ立って行く。本朝文選の草刈説に、「松の葉かきは、雪間のけしきありながら、その親の貧しきより、その子はつゞれ着て、をかしからず。馬糞かく子の、いかなれば、親もなく兄弟もなく、いづこより出て、いづこには帰るらん」とある。ともに貧しい少年の業であった。季こがらし。俳松の葉かき。

864 ○李夫人　漢の武帝の寵姫。以下八六八までの五句は、中国の美人五名を題とするもの。○魂在…　白氏文集の「李夫人」詩のうち。底本は「焚香処」の「香」を脱す。武帝が李夫人の死を悲しんで反魂香を焚くと、煙の中に夫人の姿があらわれた。▽かげろうのごときはかない幻影。それでも恋しさにたえず思わず抱きつくと、結果は、われとわが身を抱きしめたばかりであった。季かげろふ。俳抱つけば。

865 ○楊貴妃　唐の玄宗皇帝の愛妾。○雲髩…　白氏文集「長恨歌」のうち。楊貴妃の死後、方士が命をうけて蓬莱宮に

865
雲髩半偏新睡覚《くものびんづらなかばみだれてあらたにねむりさめたり》　花冠《はなのかんむり》
不整下堂来《ととのへずだうよりくだりきたれり》
はる風《かぜ》に帯《おび》ゆるみたる寐《ね》皃《がほ》哉《かな》

昭《せう》陽《やう》人《じん》
小頭鞋履窄衣裳《せうとうのけいりすぼきいしやうあり》　青黛点眉々《あをきまゆずみまゆをてんじまゆ》
細長《ほそくながし》　外人不見々応笑《うときひとにはまみえずまみえなばまさにわらふべし》
866
もの数寄《ずき》やむかしの春《はる》の儘《まま》ならん

西《せい》施《し》
宮中拾得娥眉斧《きゆうちゆうがびのをのをひろひえて》　不献吾君《わがきみにたてまつらざるは》
是愛君《これきみをあいするなり》
867
花《はな》ながら植《うゑ》かへらるゝ牡《ぼ》丹《たん》かな

おもむき、妃に逢う。その時の様子が、美しい髪の毛は半ば乱れて、いま眼を覚ましたばかりのようであり、かぶり物も整えずに、堂から下りて来たかのようである、という。「髩」は底本「鬂」と誤る。「来」は底本に脱。▽春風の中に立つ美人。いま睡りから覚めたばかり、とでもいうように、帯はしどけなく、寝起きの力ない表情が顔にあらわれている。仙界の楊貴妃の縹緲たる美しさを、春風の中に置いた所が工夫。季はる風。俳寐皃。

866 ○昭陽人　上陽人。唐の玄宗皇帝の時、十六歳で選ばれて後宮に入ったが、楊貴妃のために妨げられて、六十歳まで、むなしく年老いたという。「昭陽」と書く例も、誹諧初学抄などに見られる。○小頭…　白氏文集「上陽白髪人」のうち。老いてから後も、十六歳の頃の流行をそのまま守って、鞋は先の小さいのを履き、まゆずみで描く眉の形は、細く長く引いている。よその人に出逢うこともないが、もし逢えば、だれも笑い出すことだろう。「点(點)」は底本「黙」と誤る。▽若くして後宮に入り、そのまま隔絶された世界で過ごしたこの女性は、もっとも希望にみちていた十六歳の春の頃の嗜好を、気の毒にもそのまま保ったのであろう。季春。俳もの数寄。

867 ○西施　越王勾践の愛妾。のち、勾践の臣范蠡のはかり事により、呉王夫差に与えられた。夫差は西施の美色におぼれ、ために国政乱れ、この機に乗じて越は呉を攻め滅ぼした。○宮中…　錦繡段「范蠡」のうち。范蠡は、呉を滅ぼして西施をとり返したが、将来越王がまた西施の美色におぼれることを恐れて、途中で西施を殺し、水に沈めたという。その范蠡の心中を詠んだもの。敵の城中で、娥眉の美人西施を助け出したが、しかし、これは、やがて国を滅ぼす斧となると考えた。これを主君勾践に献上しなかったのは、不忠の心があったのではない。それが最も主君に忠義を尽くすことと考えたからだ。▽美女西施は、范蠡の策略によって、越の宮廷から、呉の宮廷に贈られたという。これは、言うなれば、百花の王たる牡丹を、美しく咲き誇る姿そのままに、移植した、ということか。季牡丹。俳牡丹。

王《わう》昭《せう》君《くん》

玉貌風沙勝画図《ぎよくばうはふうさにもぐわとにまされり》

868 よの木《き》にもまぎれぬ冬《ふゆ》の柳《やなぎ》哉《かな》

一日《いちにち》留《る》主《す》をする事《こと》侍《はべ》りて

卯《う》

869 寝《ね》やの蚊《か》や御《お》仏《ぶ》供《く》焼《たく》火《ひ》に出《いで》て行《ゆく》

辰《たつ》

870 杜若《かきつばた》生《いけ》ん絵《ゑ》書《かき》の来《く》る日《ひ》哉《かな》

巳《み》

871 講《かう》釈《しやく》の眠《ねぶ》りにつかふ扇《あふぎ》哉《かな》

釣雪

868 ○王昭君　底本「昭」を「照」と誤る。前漢元帝の時、宮女の中より一人を胡国に嫁せしめようと、各自の画図を提出させた。宮女たちは争って画工に賄物を贈って美しく描かせたが、王昭君(司馬昭・明妃)はひとりそれをしなかったので、醜女に描かれ、胡国に遣わされることになった。○玉貌…　錦繡段「明妃曲」のうち。美しい顔は砂漠の風に汚れても、画かれた美女より美しかった。「勝」は底本「滕」。▽冬季の枯れ柳といっても、さすが柳の美しさ。他の木とは違った風情がある。季冬の柳。俳よの。

869 ○留主　留守。以下八七四までの六句は、時刻を追って配列したもの。卯(明け六ツの頃)から申(暮れ六ツの前)までの昼間。○御仏供　仏前に供える飲食物。▽早朝、第一の仕事は、仏前のお供えのために煮たきの仕度をすること。たまの留守を預る男仕事で、煙が寝室にまで入りこむ。夜通し悩まされた蚊どもも、逃げ出して行く。季蚊。俳御仏供。

870 ▽今日は、絵かきの友人がやってくる日だ。室内を清浄にして、花生には、カキツバタでも生けておこうか。男ひとりの風情もない留守居。せめて「かほよばな」の異名を持つ花を生けて、心ばかりのもてなしとしよう。季杜若。俳絵書。

871 ▽講釈を聞きつつ、襲ってくる眠気をはらうために、扇をせわしく動かす。また眠っていないと見せるために、手のみ動かす、ともとれる。別に、聴講者の眠りを覚ますために、講師がぴしっと、畳んだ扇でわが膝を叩く、ともとれる。季扇。俳講釈。

午《うま》

872 水《みづ》あびよ藍《あゐ》干《ほす》上《うへ》を蹈《ふま》ずとも

未《ひつじ》

873 蟬《せみ》の音《ね》に武《ぶ》家《け》の夕《ゆふ》食《めし》過《すぎ》にけり

申《さる》

874 五《さ》月《み》雨《だれ》や鶏《にはとり》とまるはね作《つく》リ

所《ところ》にありて生《しやう》をたつ事《こと》是《ぜ》非《ひ》なし

山獣《やまのけだもの》

875 鹿《しし》笛《ぶえ》の上《じやう》手《ず》を尽《つく》すあはれさよ

樹水

872 ▽藍は、夏四月に苗を植え、七十日ほどして、穂の出る前に抜き採り、数日陽光に曝し乾す。これが玉藍を造るに至る第一の工程である。その干してある藍のあたりを跳びまわって遊ぶ子供たちに呼びかけているのであろう。それを踏んではならぬぞ、そんなところに遊んでおらずに、水を浴びにでも行け、この真夏の真昼に、というのであろう。季藍干。俳藍干。

873 ▽ひる下がりの時間。蟬の声が最も喧噪をきわめるときでもある。暑中、早々に公務より帰宅した武士の家では、はやばやと行水をつかい夕食まで済ませてしまう。出勤登城が早いので、このようなことになるのであろう。季蟬。俳武家・夕食。

874 ▽五月雨の降り続くこの頃は、一日中暗いので、夕闇の近づくのも早く感じられる。鶏たちは、まだ暮れ六ツにもならぬうちから、早くも鳥屋に入り、眠りにつく準備のために、羽をかいつくろっている。鶏の鳥屋は、土間の隅に吊った横木や、むしろの上。季五月雨。俳鶏・はね作リ。

875 ○所にありて…　以下八七九までの五句は、それぞれに殺生を業とするものを題とする。仏教の上では罪業ではあるが、生きて行く上では是非もないことだ、という。○山獣　底本「山狄」とある。○鹿笛　牝鹿の声にせた音を出して、牡鹿をおびき寄せるもの。▽猟師が鹿笛を吹いている。まるで牝鹿の声そっくりに。「奥山に紅葉ふみわけ鳴く鹿の声聞く時ぞ秋はかなしき」(百人一首)というが、このにせ物の鹿の声も、捕えられる鹿の運命、捕えなければ生きて行けない猟師の生き方、さまざまのあわれを覚えさせる。季鹿笛。俳鹿笛・上手。

野鳥《ののとり》

876 鴫《しぎ》突《つき》の行《ゆく》影《かげ》長《なが》き日《ひ》あし哉《かな》　児竹

里虫《さとのむし》

877 枝《えだ》ながら虫《むし》うりに行《ゆく》蜀漆《くさぎ》かな　含呫

海魚《うみのうを》

878 おもしろと鰯《いわし》引《ひき》けり盆《ぼん》の月《つき》　仝

川魚《かはのうを》

879 秋《あき》の昏《くれ》鵜《う》川《かは》〳〵《うかは》の火《ひ》ぶり哉《かな》　含呫

牛馬四足是謂天《ぎうばのしそくなるこれをてんといふ》　落馬首穿牛鼻是《ばしゆにまとひぎうびをうがつこれを》
謂人《ひとといふ》

880 一《ひと》方《かた》は梅《うめ》さく桃《もも》の継《つぎ》木《き》かな　越人

876 ○鴫突　鴫突は神楽歌に「鴫突き上る、網下し、小網(さで)さし上る」とあるように古来行われた。古俳諧にも毛吹草の「違へじな鴫つき網の目方量(めはかりやう)」、落穂集の「鴫網やあますまじとてかけむかふ」などがある。▽秋の夕暮、鴫どもの群れいるあたりをねらって猟師が行く。夕陽を受けて、長い影をひきながら。季鴫突。俳ナシ。

877 ○蜀漆　クサギの株に生ずる蝎(きくいむし)は小児の疳(かん)の薬になる。▽クサギの枝を折って行く。あれは、キクイムシを薬種屋に売りに行くのである。上の五七の、やや優雅な表現が、下五文字で謎ときされるおかしみがある。季虫うり・蜀漆。俳虫うり・蜀漆。

878 ○おもしろ　謡曲・鵜飼「罪も報いも後の世も忘れ果てて面白や」。▽七月十五日の夜、こよいは盂蘭盆会であるのに、そのことも忘れて、押し寄せた鰯の群に、浜は総出で網を引く。ただ豊漁の喜びに酔いしれて。初秋の満月に照らされて網を引く人々の影が、餓鬼亡者のように浮かびあがる。殺生を業とするものの是非なさがかなしい。季盆の月。俳鰯・盆。

879 ○鵜川　訓練した鵜を使って魚をとる。ふつう夏の季語であるが、旧暦八月晦日ごろまで行われた。▽暮れやすい秋の日暮れ方、競って川に出た鵜飼舟は、それぞれに松明をかがやかせて漁に向う。秋の夕暮のさびしさと、謡曲・鵜飼に「罪も報いも後の世も」とうたわれた鵜飼舟のさびしい営みが、わびしく呼応している。季秋の昏。俳火ぶり。

880 ○牛馬…　荘子・秋水篇の語。天然自然の四足の牛馬に対して、人は手を加えて、馬の首に綱をまきつけ、牛の鼻に穴をあけて輪を通す。自然と人為の関係を説く語。「落」は「絡」に同じ。▽桃の木の枝先の一方に梅が咲いている。これは継木の結果そうなったのだが、なお双方の自然の本性を損じていないので花を咲かせているのである。馬の手綱・牛の鼻輪が、人為的に馬や牛の本性を巧みに生かしているように。季梅・桃。俳継木。

881
からながら師《し》走《はす》の市《いち》にうるさゞい
蔵舟於壑《ふねをたににかくし》　蔵山於沢《やまをさはにかくして》　謂之固矣《これをかたしといふ》　然《しかう》
而夜半有力者《してやはんにちからあるもの》　負之而走《これをおひてはしる》

882
七《たな》夕《ばた》よ物《もの》かすこともなきむかし
絶聖棄知《せいをたちちをすつれば》　大盗乃止《だいたうすなはちやむ》

883
散《ちり》はてゝ跡《あと》なきものは花《はな》火《び》哉《かな》　桂夕
鋭者夭《ときものはいのちみじかし》

884
鶏《けい》頭《とう》の雪《ゆき》になる迄《まで》紅《あかき》かな　市山
鈍者寿《にぶきものはいのちながし》

885
ほとゝぎす鳴《なき》やむ時《とき》をしりにけり　一井
藤房《ふぢふさ》

881 ○蔵舟…　荘子・大宗師篇の語。底本は「矣」を欠き、「有力」を「有々力」と誤る。舟を山岳に収蔵し、山を大沢に収蔵するというような、堅固な用心をしたところで、天地の変化の理の前では、簡単に奪い去られ、失われてしまう。万物変化流転の原理に目覚めよ、というもの。▽サザエは、固く殻を閉ざして、これで安心と思っているだろうが、そのままそっくり売られてしまって、わが身の安泰ならざることに気がつかない。[季]師走。[俳]さゞい。

882 ○絶聖…　荘子・胠篋篇の語。聖人の説く仁義などというものは、自然の性に反したものであるから、そこから悪もうまれる。聖人とか英知とかいうものを根絶すれば悪人もいなくなる、というもの。○物かす　七夕の日に衣裳を曝すことを、星のかし物・かし小袖などという。▽今日の七夕に、貸小袖するなどと人々はいうが、星合そのことは、人間の知恵が物を貸すとか借りるとかいうことを考えだすよりもずっと以前からあったものを。[季]七夕。[俳]ナシ。

883 ○鋭者夭　古文後集・古硯銘の語。筆が鋭いゆえにながもちしないことをいう。▽花火は、まことにはなやかで、鋭い火花を散らして楽しませてくれるが、瞬時に燃えつきてしまう。[季]花火。[俳]花火。

884 ○鈍者寿　古文後集・古硯銘の語。硯は、筆や墨に対して鈍いものであるが、最もながもちすることをいう。▽鶏頭の花は、花の中では見どころのないものであるが、他の花よりも長命で、雪も降り出そうかという時節まで、真紅の色を楽しませてくれる。[季]鶏頭。[俳]鶏頭。

885 ○藤房　万里小路宣房の子。正二位中納言。後醍醐天皇に諫表を献じ、容れられぬと知るや、洛北の岩蔵に隠遁、出家する。太平記十三に詳しい。▽ホトトギスというものは、時節にはかしましく鳴くが、過ぎればぱったりと声も稀になる。それが藤房出家の潔さに通じる、というのであろう。歌枕の岩蔵山はホトトギスの名所でもある。[季]ほとゝぎす。[俳]ナシ。

師直《もろなほ》
886 うつくしく人《ひと》にみらるゝ荊《いばら》哉《かな》　長虹

一休《いつきう》
887 いろ〳〵のかたちおかしや月《つき》の雲《くも》　淵水

法然《ほふねん》
888 鳴《なく》声《こゑ》のつくろひもなきうづら哉《かな》　鼠弾

山岩《やまのいは》
889 おくやまは霰《あられ》に減《へ》るか岩《いは》の角《かど》　淵水

海岩《うみのいは》
890 苔《のり》とりし跡《あと》には土《つち》もなかりけり　仝

886 ○師直　高（のこう）武蔵守。塩谷判官の妻に懸想したことで有名。太平記二十一に詳しい。▽かの塩谷判官は美しい妻を持ったがために、高師直の讒言を受け、命を落したという。まことに荊にとげのあるごとく、美しいものは、みずから気づくことなく周囲を傷つけることよ。季荊。俳ナシ。

887 ○一休　名は宗純。文明十三年（一四八一）没、八十八歳。禅僧。詩集、狂雲集や、さまざまの奇行逸話で有名。○おかし　正しくは「をかし」。▽せっかくの月光を妨げる雲ではあるが、もりあがり流れ去り、あれこれの形を見せて、これはこれで面白いものではある。月を悟道の境地に、雲を煩悩障碍の雲に喩えつつ、煩悩にも拘泥することなき如々の境位にあった一休を思う。季月。俳ナシ。

888 ○法然　浄土宗の開祖。建暦二年（一二一二）没。八十歳。▽ウズラという鳥は、その声を賞美されるが、概して言えば、あまり上品にとりすました鳴き声とも言われぬ。ちょうど、比叡山随一の学僧と称された法然が、その名利をふりすてて、一向専念の念仏称名に打ちこんだように、ウズラとしては、ただひたすら鳴いているばかりなのである。季うづら。俳ナシ。

889 ○岩の角　古今六帖「逢坂の関の岩かど踏みならし山たちいづるきりはらの駒」。▽低地、平地の岩などであれば、人に斫り開かれ、動物に踏まれ、あるいは植物に侵食されて、崩壊して行くのであるが、奥深い高山の岩は、天よりの雨露に侵されるのみ。とりわけ霰にやられることが多いのであろうよ。季霰。俳減る。

890 ▽磯べの岩につく海苔を人々が掻き取り採集して行く。そのあとは、みがきたてたようで、土や砂のたぐいは、さがしても見つからぬかと思われるほどである。季苔。俳ナシ。

曠野集　巻之七

名所

891 八《や》重《へ》がすみ奥《おく》迄《まで》見《み》たる竜《たつ》田《た》哉《かな》　杜国

892 しら魚《うを》の骨《ほね》や式《しき》部《ぶ》が大《おほ》江《え》山《やま》　荷兮

893 から崎《さき》の松《まつ》は花《はな》より朧《おぼろ》にて　芭蕉

894 藁《わら》一《いち》把《は》かりて花《はな》見《み》る阿《あ》波《は》手《で》哉《かな》　湍水

895 嵯《さ》峨《が》までは見《み》事《ごと》あゆみぬ花《はな》盛《ざかり》　荷兮

891 ○奥　新古今集・寂蓮「かづらきや高間の桜さきにけり竜田のおくにかかる白雲」。竜田は大和国の歌枕。「春霞たつ田の山」などと歌に詠む。▽「竜田のおくにかかる白雲」と歌に詠まれた、あの春の竜田山を訪ねたのであった。そこは「白雲」ではなくて、行けども行けども、たなびく霞の世界が幻のように続いたのであった。季八重がすみ。俳ナシ。

892 ○式部　和泉式部の子、小式部内侍。母が丹後に下っている頃、歌合に召された。藤原定頼が、丹後の母上から使いは戻りませんか、と言って、平生からの小式部の歌はすべて母の代作であろう、と嘲弄した時に、即座に「大江山いくの道のとほければまだふみも見ず天の橋立」と詠んで答えた、という説話がある。▽小式部内侍の「大江山」の歌は、たおやかな女性が、毅然として示した気骨のありかを思わせる。それはあるかなきかのように見えながら、はっきりと存在するのであるから、「くらげの骨」ならぬ「しら魚の骨」というべきか。季しら魚。俳しら魚・式部。

893 ○から崎の松　近江国琵琶湖畔の名松。○松は花より　謡曲・鉢木「松はもとよりけぶりにて」によるか。「けぶり」は徳川家(松平氏)を憚って当代においては「ときは」と謡われた。▽唐崎の松よ。「見せばやな滋賀の唐崎ふもとなる長柄(ながら)の山の春の景色を」(新古今集)と歌われた、あの湖水の春は、いま夜の朧に沈んで、一つ松の姿も定かでない。それは、「昔ながらの山桜かな」(千載集)と詠まれた、あの山桜が、霞にけぶるよりも、さらに微妙かつ繊細な光景であった。貞享二年(一六八五)の作。季花・朧。俳ナシ。

894 ○阿波手　尾張国の歌枕。▽千載集「あたら夜を伊勢の浜荻折りしきて妹恋しらに見つる月かな」は浜荻を敷いて月を見る歌。いまは路傍の藁を一束拝借して尻に敷き、阿波手の森の桜の花を眺めるのである。季花見る。俳藁一把。

895 ○嵯峨　京都西郊の歌枕。▽花盛の時節。嵯峨嵐山の桜にひかれて、あっという間にやって来た。疲れも知らずに。季花盛。俳見事。

琵琶橋眺望《びはのはしてうばう》

896 雪《ゆき》残《のこ》る鬼《おに》嶽《だけ》さむき弥生《やよひ》かな　含咕

897 関《せき》こえて爰《ここ》も藤《ふぢ》しろみさか哉《かな》　宗祇法師

美濃国関《みののくにせき》といふ所《ところ》の山寺《やまでら》に藤《ふぢ》の咲《さき》たるを見《み》て吟《ぎん》じ給《たま》ふとや

898 芳野《よしの》出《いで》て布子《ぬのこ》売《うり》おし更衣《ころもがへ》　杜国

899 麦《むぎ》うつや内外《うちそと》もなき志賀《しが》のさと　重五

900 五月雨《さみだれ》にかくれぬものや瀬田《せた》の橋《はし》　芭蕉

901 湖《みづうみ》の水《みづ》まさりけり五月雨《さつきあめ》　去来

896 ○琵琶橋　尾張国名古屋より津島への途中、枇杷島村にある大橋。東西二橋よりなり、国中第一の長橋という。○鬼嶽　底本「嶽」を「獄」と誤る。木曾の御嶽(おんたけ)を指す。▽伊勢湾に近いこの橋の上は弥生三月のうららかな春を迎えているが、北方の鬼嶽は、まだ残雪を白く冠っている。[季]雪残る・弥生。[俳]鬼嶽。

897 ○関　美濃国の不破の関址。○藤しろみさか　紀伊国の歌枕。名木の白藤があった。万葉集「藤代のみ坂を越ゆと白妙のわが衣手はぬれにけるかも」。○宗祇　生国は紀伊。▽関を越えると藤の花の白く美しく咲くのを見た。自分もまた望郷の念に袖を霑したことだ。[季]藤。[俳]ナシ。

898 ▽桜の花の吉野山を降りてくると、すでに四月一日、更衣の時節を迎えていたのであった。あの歌枕の旅の名残をとどめるこの布子は、売り捨てるには惜しいが、夏旅には不要な荷物でもある。貞享五年(一六八八)、芭蕉の笈の小文の旅に随行した折の作。「売おし」は「売をし」とあるべきところ。ただし笈の小文では「売りたし」。「た」を「お」と誤写したものか。[季]更衣。[俳]布子。

899 ○麦うつ　夏の季語。麦の穂を打ち、実を落とすこと。▽「さざ波の志賀の都」と歌われた万葉の古跡は、全くその面影を失って、あちらでもこちらでも百姓が麦を打っている。都城の境目なども、すべて滅びてしまって。[季]麦うつ。[俳]ナシ。

900 ▽降り続く五月雨に、琵琶湖はすっかり増水して満々と水を湛え瀬田川へ流れ出る。河口の橋は濁流に危いが、かろうじて水面上に見えている。貞享五年(一六八八)の作。[季]五月雨。[俳]ナシ。

901 ▽降り続く五月雨に、琵琶湖はすっかり増水して、満々と水を湛えている。あの広大な湖が、雨で増水するなど信じられぬことであるが、現にこの眼で確かめてみると、あらためて五月雨の降雨の量の甚大なことが思い知られることだ。[季]五月雨。[俳]五月雨(さつきあめ)。

902 牛《うし》もなし鳥《と》羽《ば》のあたりの五《さ》月《つき》雨《あめ》　一髪

角田川《すみだがは》にて

903 いざのぼれ嵯《さ》峨《が》の鮎《あゆ》食《く》ひに都鳥《みやこどり》　貞室

904 みよしのはいかに秋《あき》立《たつ》貝《かひ》の音《おと》　破笠

905 いざよひもまださらしなの郡《こほり》哉《かな》　芭蕉

906 夕《ゆふ》月《づき》や杖《つゑ》に水《みつ》なぶる角《すみ》田《だ》川《がは》　越人

九月十三夜《くぐわつじふさんや》

907 唐《もろ》土《こし》に富士《ふじ》あらばけふの月《つき》もみよ　素堂

908 鴫《しぎ》突《つき》の馬《うま》やり過《すご》す鳥《と》羽《ば》田《た》哉《かな》　胡及

902 ○鳥羽　京都の南郊。鳥羽街道が通り、車借などがあった。▽「駒とめて袖うち払ふかげもなし佐野のわたりの雪の夕暮」(新古今集)というが、いま、降り続く五月雨に難渋しつつ鳥羽街道を行くと、借りて乗るべき牛馬の姿も見えない。まさに進退きわまれりというべきか。[季]五月雨。[俳]五月雨(さつきあめ)。

903 ○角田川　武蔵・下総両国の境をなす歌枕。伊勢物語九段「名にしおはばいざ言問はむ都鳥わが思ふ人はありやなしやと」による句作り。▽都鳥よ。せっかく都と名があるのだから、上洛しませんか。洛西嵯峨の大堰川の鮎を食いに。江戸在住の友に呼びかけた作。寛文年間、貞門俳諧の句風を示す。[季]鮎。[俳]ナシ。

904 ▽立秋の今日、法螺貝の音を聞く。山伏たちの吉野大峯への峰入りは、七月七日。「みよしのの山の秋風さよふけて」(百人一首)と歌われる吉野の地は、早くも来る秋に山のさびしさを深めていることであろうか。[季]秋立。[俳]ナシ。

905 ▽信濃の国更科の里で、中秋の名月を楽しんだのであった。興奮なお醒めやらず、十六夜の今日もまだ、せめて郡の名だけでも同じ所にと、とどまっている。貞享五年(一六八八)の作。[季]いざよひ。[俳]まだ。

906 ▽海に近い隅田川は、流れもゆるやかで、夕月の水に映る姿は静止している。杖の先で水を打って、月光がきらきらと水面に揺れる所を楽しみ、なるほど水に映る月だと確認するのである。[季]夕月。[俳]夕月・なぶる。

907 ○九月十三夜　十三夜の月を賞することは中国に起源なく宇多天皇の代に始まる、とされていた。○唐土　底本「唐士」。▽「もろこしの吉野の山」(古今集)などというから、富士の山もあるかもしれぬ。もしそうならば、月見の方も日本にならって今宵十三夜の月を楽しめばよいのに。[季]月。[俳]ナシ。

908 ○鴫突　八七六参照。○鳥羽田　京都の南。歌枕。▽秋の夕暮、鴫の群れに忍びよる猟師。鳥羽の街道を行く馬の音にざわめき立つ鴫どもが、再び落ち着くのを待って前進する。[季]鴫突。[俳]ナシ。

909 鴫突《しぎつき》は萱津《かやつ》のあまのむまご哉《かな》　淵文

910 武蔵野《むさしの》やいく所《ところ》にも見《み》る時雨《しぐれ》　舟泉

911 湖《みづうみ》を屋《や》ねから見《み》せん村《むら》しぐれ　尚白

912 から崎《さき》やとまりあはせて初《はつ》しぐれ　伊予　随友

913 むさしのとおもへど冬《ふゆ》の日《ひ》あし哉《かな》　洗悪

914 めづらしと生海鼠《なまこ》を焼《やく》や小《を》のゝ奥《おく》　俊似

915 冬《ふゆ》ざれの独《ひとり》轆轤《ろくろ》やをのゝおく　津島　一笑

916 雪《ゆき》の富士《ふじ》藁屋《わらや》一《ひと》つにかくれけり　湍水

909 ○萱津　尾張国の歌枕。六百番歌合「東路のかやつの原の朝露におき別るらむ袖はものかは」。▽いま鴫突を営む人々は、かつてこの土地に漁夫であった人々の子孫であろうか。生業とはいえ、世々を殺生を重ねることの罪深さよ。思えばあわれな世渡りではある。[季]鴫突。[俳]ナシ。

910 ○武蔵野　歌枕。広大な点が歌に詠まれる。▽さすがに広大な武蔵野よ。見渡せば原野のそこここに、時雨の暗雲が通り過ぎて行くのがわかる。どこかの高台からの眺望であろう。[季]時雨。[俳]ナシ。

911 ○湖　琵琶湖をさす。▽いちど、わが家の屋根に登っていただいて、近江の湖をお見せ致したいものです。湖面を降り過ぎて行く時雨の様子が、まさに手にとるようによくわかるのです。[季]村しぐれ。[俳]ナシ。

912 ○から崎　一つ松で有名な琵琶湖岸の唐崎。▽近江八景の「唐崎夜雨」で知られたあの名所で、一夜の宿をとることになった。折も折、ことしはじめての時雨を聴く。なんと幸運なことか。[季]初しぐれ。[俳]ナシ。

913 ▽冬の一日の、なんと足早に過ぎ去って行くことか。ここは武蔵野。この広大な原野を行くために、日足も先を急ぐのかもしれぬが、それにしても、なんとまあ、冬の日のあわただしくも過ぎ行くことか。[季]冬の日あし。[俳]日あし。

914 ○小の　京都の北、大原付近。炭竈を歌に詠む。▽ナマコは、酢の物・さしみか、またはふくら煎(り)にするのがふつう。ところが海辺より遠いこの小野の奥では、見なれぬものだから、ともかく焼いてしまう。[季]生海鼠。[俳]生海鼠。

915 ▽冬の訪れとともに小野の里は、炭焼きの営みに入る。それもまた古来さびしい山の民の営みと詠ぜられてきたのだが、そこからさらに奥に分け入った所で、独り離れてろくろ細工に打ち込んでいる人。これはまた、一段と淋しい冬の山中の営みではないか。[季]冬ざれ。[俳]轆轤。

916 ▽遠景に雪を冠った富士。行く行く眺めて歩いていたのが、小家の陰にさしかかって見えなくなる。藁屋根の形と、山の形の相似。富士の大と、藁屋の小との対照。改めて思えばおかしくなる。[季]雪。[俳]ナシ。

917 よし野《の》山《やま》も唯《ただ》大《おほ》雪《ゆき》の夕《ゆふべ》哉《かな》　野水

918 星《ほし》崎《ざき》のやみを見《み》よとや鳴《なく》千《ち》鳥《どり》　芭蕉

919 夜《よ》るの日《ひ》や不《ふ》破《は》の小《こ》家《いへ》の煤《すす》はらひ　如行

旅

920 雲《ひ》雀《ばり》より上《うへ》にやすろふ峠《たうげ》かな　芭蕉

大和国平尾《やまとのくにひらを》村《むら》にて

921 花《はな》の陰《かげ》謡《うたひ》に似《に》たる旅《たび》ねかな　仝

922 桜《さくら》咲《さく》里《さと》を眠《ねぶ》りて通《とほ》りけり　夕楓

917 ▽桜の名所吉野山。花の頃であれば、花にも遅速あり、花の木の集まりようにも多少あり、さまざまの陰影や情趣があるのだが、この大雪には、さすがに白一色。それが夕闇に沈みゆくばかりの単調さである。[季]大雪。[俳]大雪。

918 ○星崎　尾張の海浜の歌枕。▽星崎というから、星の光の降るような海辺かと期待して来たが、あいにく今宵は星一つない闇夜で、その闇を通して、千鳥の声が聞こえるばかり。だが、闇なればこそ集中して千鳥の声に聞き入ることができた。まるで、千鳥に教えられたかのようだ、地名にとらわれて、即時即座の感興を見失ってはいけないよ、と。貞享四年(一六八七)、笈の小文の旅の途次での作。[季]千鳥。[俳]ナシ。

919 ○不破　美濃の古関址。▽「不破の関屋の板びさし荒れにしのちは」と歌われたあの関址の村落で、歳暮の煤掃きをしている。昼の仕事を終えたあと、月明りを頼りにぱたぱたと、いかにも手軽な小家の大掃除。[季]煤はらひ。[俳]煤はらひ。

920 ○やすろふ　正しくは「やすらふ」。▽先刻麓から見上げたときは、ヒバリの囀る声よりもさらに高く、どっしりとひかえている、と見えたあの峠に、今自分は休んでいるのだ。そしてヒバリの声を下に聴いている。貞享四年、笈の小文の旅の途次、臍峠での作。自筆短冊および笈の小文では「上に」を「空に」とする。[季]雲雀。[俳]ナシ。

921 ○平尾村　臍峠から吉野への途中。▽今宵、一夜の宿を桜の木陰に定める。なにやら「行き暮れて木の下陰を宿とせば花や今宵の主ならまし」と詠んだあの平忠度を主人公にした謡曲を思いうかべることだ。貞享四年、笈の小文の旅の途次での作。ただし笈の小文には見えず、自筆懐紙によれば「大和の国を行脚しけるに、ある農夫の家にやどりて一夜をあかすほどに、あるじ情ふかくもてなし侍れば」と詞書がある。[季]花。[俳]謡。

922 ▽あまりの日和のうららかさに、つい眠りをさそわれて、うつらうつら乗物に揺られ通り過ぎたのだが、同行の者の言うところによれば、みごとに桜の咲く里であったという。なんとも無風流の至りであった。残念に思えば思うほど、空想の中で桜の花が咲き誇るのである。[季]桜。[俳]ナシ。

923 日《ひ》の入《いり》や舟《ふね》に見《み》て行《ゆく》桃《もも》の花《はな》　一髪

924 のどけしや湊《みなと》の昼《ひる》の生《なま》ざかな　荷兮

925 ひとつ脱《ぬぎ》て後《うしろ》におひぬ衣《ころも》がへ　芭蕉

ある人《ひと》の餞別《せんべつ》に

926 ほとゝぎすなみだおさへて笑《わらひ》けり　除風

927 寐《ね》いらぬに食《めし》焼《たく》宿《やど》ぞ明《あけ》やすき　冬松

928 蚊《か》をころすうちに夜《よ》明《あく》る旅《たび》ね哉《かな》　昌碧

929 五月雨《さみだれ》や柱《はしら》目《め》を出《だ》す市《いち》の家《いへ》　松芳

923 ▽日没の時刻。川舟に揺られて行くと、岸辺に桃の花の一群がある。夕陽に映じて、花の色は一段とあざやかである。裕福な村落が想像されるが、いまは舟の行くにまかせて、先を急ぐほかはない。中国風の絵画が思いあわされるが、「見て行」に主観が強く打ち出される。[季]桃の花。[俳]日の入。

924 ▽春の日のやわらかな光よ。港では、もう昼の陽ざかりに近いというのに、のんびりと今朝揚がった魚が放置されたままである。[季]のどけし。[俳]生ざかな。

925 ▽世間ふつうの衣がえであれば、綿入れを脱いで、袷に着かえる所なのであるが、旅の途上にある私の衣がえは、これまでの重ね着を一枚脱いで、背中の包みにしまいこむだけ。ふつうなら身軽になるはずの衣がえが、私には、そのぶん荷が重くなるので、差引ゼロ。謡曲・卒都婆小町「うしろに負へる袋には垢膩(にく)の垢づける衣あり」によるか。貞享四年(一六八七)、笈の小文の旅の途次の作。[季]衣がへ。[俳]ナシ。

926 ▽「昔思ふ草の庵の夜の雨に涙な添へそ山ほととぎす」(新古今集)というように、ホトトギスは涙を誘うもの。だが待ち得て聞く初ほととぎすには、誰も会心の笑みをもらす。いまあなたと別れる悲しさを押さえきれないが、涙は門出に不吉。強いて笑顔をつくるのです。[季]ほとゝぎす。[俳]ナシ。

927 ▽夏の短夜。寝苦しさにまんじりともせずいるうちに、この旅宿では、早くも人々が起き出して朝食の仕度にさわがしい。短いが上にも短い夏の夜である。[季]明やすき。[俳]食焼。

928 ▽明けやすい夏の短夜。おまけにこの宿は蚊屋を貸してもくれず、とうとう夜通し、蚊を追っているうちに朝を迎えてしまった。旅先の不自由さよ。短いが上にも短い夏の夜である。[季]蚊。[俳]蚊をころす。

929 ▽臨時に作られた趣のある掛小屋風の家が立ち並ぶ街筋。降り続く長雨に、とうとう、その一軒の柱から木の芽が出てきた、というのである。「目」は「芽」。蕈(きのこ)の類を、こう言い立てたとも見られるが、生木を使った粗末な普請では、柱が芽を出すこともあったろう。[季]五月雨。[俳]目を出す。

930 ▽にわか雨にも、大そうな行列のこととて小まわりがきかず、仕方なくしばしの間濡れている。どちらのお大名か、

930 夕《ゆふ》立《だち》にどの大《だい》名《みやう》か一《ひと》しぼり　傘下

芭《ば》蕉《せう》士《し》を送《おく》る

931 稲《いな》妻《づま》にはしりつきたる別《わかれ》かな　釣雪

932 なき〱て袂《たもと》にすがる秋《あき》の蟬《せみ》　一井

933 あき風《かぜ》に申《まうし》かねたるわかれ哉《かな》　野水

934 物《もの》いはじたゞさへ秋《あき》のかなしさよ　舟泉

935 霧《きり》はれよすがたを松《まつ》に見《み》えぬ迄《まで》　鼠弾

さらしなに行人々《ゆくひとびと》にむかひて

936 更《さら》級《しな》の月《つき》は二《ふ》人《たり》に見《み》られけり　荷兮

気の毒なことだが、それでも、まあ一しぼり程度のことであろう。[季]夕立。[俳]どの・大名・一しぼり。

931 ○芭蕉士を送る　「士」は敬称。標注七部集には「貞享五年芭蕉翁更科月見の送別か」として「以下七句同時」とある。▽つい先日、ようやくのことでお目にかかれたと思いましたのに、もうお別れです。まことに電光石火のごとき瞬時の思いで、名残はつきません。[季]稲妻。[俳]ナシ。

932 ▽秋の蟬は、力なく鳴き声をたてたかと思うと、弱々しく飛んで、時には人の袂であることもかまわず止まったりする。過ぎ去った夏に対する未練のように。そのように、すでに出発の定まったあなたを、引き留めるすべもなく、私どもは別れを惜しむのです。[季]秋の蟬。[俳]ナシ。

933 ▽秋風よ。愁いを持ってくる秋風よ。ただでさえ悲しい、この人との別離を前にして、いま別れの言葉をさがしているのに。秋風よ。私の悲しみは、ここに極まって、もはや何ごとを言い出すこともできぬ。どうか非礼をおゆるしいただきたい。[季]あき風。[俳]申かねたる。

934 ▽何も言いますまい。黙っていても、この秋の悲しみは、ひたひたと私をひたしているのです。この上、何かひと言でも言い出したら、こらえているものが堰を切ったように溢れ出て、私は自分を統制できなくなり、身もよもなく、あなたとの別離を嘆くことになるでしょう。だから、もう、何も言いますまい。[季]秋。[俳]ナシ。

935 ▽霧よ、晴れてくれ。いま、行く人の後姿を、心ゆくまで見送りたい。せめて街道筋が見渡される限りの、あの松の木のあたりまでは、見送ってさしあげて、名残を惜しみたい。[季]霧。[俳]ナシ。

936 ○さらしなに行人々　貞享五年(一六八八)秋、更科紀行の旅に出発した芭蕉と越人。▽かの大和物語によれば、わが伯母を山にすてた男は、月の光に己を悔いて、「わが心なぐさめかねつ更科やをばすて山に照る月を見て」と詠んで、再び迎えに行ったのだという。あの二人に眺められた月は、どのような悲愁を二人の心に与えたのでしょうね。承れば、あなたがたもお二人で更科へ、とか。お二人でね。[季]月。[俳]ナシ。

越人《ゑつじん》旅立《たびだち》けるよし聞《きき》て京《きやう》より申《まうし》つかはす

937 月《つき》に行《ゆく》脇《わき》差《ざし》つめよ馬《うま》のうへ　野水

938 おくられつおくりつはては木《き》曾《そ》の秋《あき》　芭蕉

939 蜘《くも》の巣《す》の是《これ》も散《ちり》行《ゆく》秋《あき》のいほ　路通

狩野桶《かのをけ》といふ物《もの》、其角《きかく》のはなむけにおくるとて

940 狩《か》野《の》桶《をけ》に鹿《しか》をなつけよ秋《あき》の山《やま》　荷兮

941 とまり〳〵稲《いね》すり歌《うた》も替《かはり》けり　京ちね

942 入《いる》月《つき》に今《いま》しばし行《ゆく》とまり哉《かな》　玄寮

937 ▽伺うところによれば、この度の旅行は、名月を求めての旅だとか。そのような旅には、あなたの長脇差は、少し不似合だと思いますよ。いかに用心のためとは言っても、月光の下の馬上では、脇差は短めに、目立たない方がよろしいのではないですか。季月。俳脇差。

938 ▽人に送られ、自分もまた人を送り、旅の途上で、さまざまの出逢いと別れを経験してきましたが、このようにして何ごとにも逃れようのない終局が訪れるのでしょうね。この秋は、ひとしお山深い木曾の山中で、皆さんから遠く離れて淋しさを味わうことになりそうです。「木曾」に「来」を掛ける。季秋。俳ナシ。

939 ▽すっかり木の葉は落ちて、あらわになった草庵のあたりには、秋風がさかんに吹き過ぎて行く。軒端の蜘蛛の巣までが、主もなく吹きさらされて、いまにも風に散らされそうな様子である。「旅」の題に分類される離別の句としては、ひとり淋しくとり残される送別の心を詠んだものか。季秋。俳ナシ。

940 ○狩野桶　未詳。曲物細工の小桶、巡礼・僧などが用いたものか、という。▽秋の山路に鹿と出逢うこともありましょう。その時は、この器に貯えた食べ物を与えて、ともに秋のあわれを味わっていただきたいものです。「狩野」に「鹿(か)の」あるいは「狩(かり)」を掛けるか。季鹿・秋の山。俳狩野桶。

941 ▽宿駅をかさねて、旅を続けて行くと、時節のこととて穫り入れた稲を摺り臼にかけて歌いながら脱穀している。いずれ似たような歌と思っていたが、心をつけて耳を傾けると、それぞれに詞章も曲節も変っているものだ。季稲すり歌。俳稲すり歌。

942 ▽秋の夕暮。西方に三日頃の月が、傾きかかりながら、美しくかかっている。つつましく可憐な美しさに、もう少しこれを眺めながら歩きたいものだと思う。今宵の宿泊は、次の駅までのばそう。季月。俳ナシ。

943 ▽海辺の宿駅。秋の夜、碪を打つ音が澄みきった空気を伝わってくる。その方角を不思議に思ったが、なるほど沖に

943 能《よく》きけば親《おや》舟《ぶね》に打《うつ》碪《きぬた》かな　一井

944 品川《しながは》にて人《ひと》にわかるゝとて
沢《たく》庵《あん》の墓《はか》をわかれの秋《あき》の暮《くれ》　文鱗

945 草《くさ》枕《まくら》犬《いぬ》もしぐるゝか夜《よ》るの声《こゑ》　芭蕉

946 旅《たび》なれぬ刀《かたな》うたてや村《むら》しぐれ　津島常秀

947 鳴海《なるみ》にて芭《ば》蕉子《せうし》に逢《あ》ふて
いく落《おち》葉《ば》それほど袖《そで》もほころびず　荷兮

948 夢《ゆめ》に見《み》し羽《は》織《おり》は綿《わた》の入《いり》にけり　野水

949 其角《きかく》にわかるゝとき
あゝたつたひとりたつたる冬《ふゆ》の宿《やど》　荷兮

停泊する大船で打つ音であった。[季]碪。[俳]親舟。

944 ○品川　品川の万松山東海寺は東海道に近く五万余坪の寺域を構えていた。○沢庵の墓　東海寺の開山沢庵和尚は正保二年(一六四五)十二月十一日没。その墓は方丈の西北の方にあり、自然の巨石を置いたもの。▽ただでさえ寂しい晩秋に、この品川でお別れする。一切の虚飾を排した沢庵和尚の墓は、別離の寂しさにすら堪えぬわたくしどもに、人世の極北を指し示すようではあるが。[季]秋の暮。[俳]沢庵。

945 ○草枕　つらい旅寝。○しぐるゝ　山家集「寝ざめする人の心をわびしめてしぐるる音は悲しかりけり」。○夜るの声　新続古今集「鳴く鶴の思ふ心は知らねども夜の声こそ身にはしみけれ」。▽旅寝の辛さ。その上に時雨の音が一段とわびしさを深める。聞こえてくる犬の鳴き声は、自分の心をそのまま映し出したように感じられ、哀しく身にしみてくる。貞享元年(一六八四)野ざらし紀行の折の作。[季]しぐるゝ。[俳]ナシ。

946 ▽急にしぐれが強く降りかかって来る。あわてて物陰を求めて走ろうとするのだが、腰の刀が邪魔になってうまく走れない。旅路の用心のため、ふだんさしたことのない旅刀など身に携えてきたものだから、えらい目にあってしまった。まったくしゃくな刀だ。[季]村しぐれ。[俳]ナシ。

947 ○鳴海　尾張の歌枕。当時は東海道の宿駅。○芭蕉子「子」は敬称。芭蕉が貞享四年(一六八七)十一月十七日鳴海の下里知足邸に滞在していた時のこと。○逢ふて　正しくは「逢うて」。▽三年ぶりですね。あれからの歳月、どれほど辛い旅寝を重ねて来られたのでしょうか。お見受けする所、幸いに旅のやつれを外からうかがうことはできませんが。[季]落葉。[俳]ナシ。

948 ▽冬の旅の辛さよ。なんといっても道中の寒さはやりきれぬ。とうとう夢の中で、綿入れの羽織を着て歩いている自分を見てしまったほどだ。[季]綿入。[俳]羽織。

949 ○あゝたつた　犬子集・貞徳「ありたつたひとりたつたる今年かな」による。▽かの貞徳は新年のめでたさを赤ん坊が初めて立ち上がった喜びにたとえてことほぎましたが、いまわたくしは、あなたがお発ちになるさびしさを蕭条たる冬の宿で孤独に味わうばかりです。[季]冬の宿。[俳]あゝたつた・たつたる。

950 天竜《てんりゆう》でたゝかれたまへ雪《ゆき》の暮《くれ》　越人

951 から尻《じり》の馬《うま》にみてゆく千《ち》鳥《どり》哉《かな》　傘下

952 里《さと》人《びと》のわたり候《さうらふ》かはしの霜《しも》　宗因

越人《あつじん》と吉田《よしだ》の駅《うまや》にて

953 寒《さむ》けれど二《ふ》人《たり》旅《たび》ねぞたのもしき　芭蕉

述《しゆつ》懐《くわい》

954 旅《たび》寝《ね》して見《み》しや浮《うき》世《よ》の煤《すす》払《はらひ》　同

艸庵《さうあん》を捨《すて》て出《いつ》る時《とき》

955 きゆる時《とき》は氷《こほり》もきえてはしる也《なり》　路通

950 ○天竜　東海道の天竜川の渡し場で、西行が頭を叩かれて船から降ろされたけれども、これが修行の旅なのだと少しも怒らなかったという故事(西行物語)。▽この冬景色の中を旅行くあなたは、よほど堅固な、旅を修行とする志を抱いているのでしょうね。あてどもない雪の夕暮に、渡船場で人に叩かれるような目にあっても知りませんぞ。季雪の暮。俳天竜。

951 ○から尻の馬　旅人ひとりと荷物五貫目程度までを乗せる馬。料金は本馬(ほんま)の六割強。▽海道の風景。から尻馬の背にゆられて、冬の海辺を行く。寒さをじっとこらえながら、所在なく、波打ち際の千鳥が跳び歩くのを見るばかり。季千鳥。俳から尻の馬。

952 ○里人のわたり候か　謡曲・景清の詞章。「わたり」は「あり」の尊敬語。○はしの霜　歌語。▽橋におく霜に足跡が見えるのは、あたりの人がこの橋を渡って行くからであろうか。元来の意を転じて「わたり」を「渡」として、その縁語「はし」を出した。万治三年(一六六〇)刊の懐子(ふところご)、境海草(さかいぐさ)に出る句。軽妙なしゃれが人気を呼んで宗因流・謡曲調の俳諧が流行するきっかけとなった句である。季はしの霜。俳わたり候か。

953 ○吉田の駅　東海道の宿駅。現愛知県豊橋市。▽まことに寒い夜。しかしひとり旅の心細さにくらべれば、今夜はあなたと枕を並べて床をとることになって、安心して眠ることができます。この心のぬくもりにすがって、この冬の夜の厳しい寒さをなんとかやりすごしましょう。貞享四年(一六八七)十一月、笈の小文の旅の途次、杜国を訪ねる折の作。季寒けれど。俳ナシ。

954 ▽十二月の煤払いの時節。まだ旅の途上にある。ふつうならば、それぞれにわが家の煤払いをするのであるが、自分はつらい旅の空の下で、こうして歩み続けながら、あちこちの家々の煤払いをひとごととして見ることになった。貞享四年十二月、笈の小文の旅の途次の作。季煤払。俳煤払。

955 ▽あの固い氷も時節が到れば、とけて水となり、ほとばしる流れとなって去って行くのである。この私も庵住の境涯を捨てて、行雲流水の身となり、しばらく行脚に出ようと思う。季氷きゆる。俳ナシ。

956 子《こ》を独守《ひとりも》りて田《た》を打《うつ》孀《やもめ》かな　快宣

957 余所《よそ》の田《た》の蛙《かはづ》入《いれ》ぬも浮世《うきよ》かな　落梧

高野《かうや》にて

958 散《ちる》花《はな》にたぶさ恥《はぢ》けり奥《おく》の院《ゐん》　杜国

959 桜《さくら》見《み》て行《ゆき》あたりたる乞《こ》食《じき》哉《かな》　梅舌

高野《かうや》にて

960 父《ちち》母《はは》のしきりに恋《こひ》し雉《き》子《じ》の声《こゑ》　芭蕉

961 あやめさす軒《のき》さへよそのついで哉《かな》　荷兮

962 さうぶ入《いる》湯《ゆ》をもらひけり一《ひと》盤《たらひ》　同

956 ○孀　寡婦。独り身の女。▽やもめ暮しの女が、早春の時節、田を鋤きかえす作業にとりかかっている。幼な児を畦に遊ばせて。男手のないさびしさの中ながら、幼な児を配することによって早春の情感を味わわせる。[季]田を打。[俳]ナシ。

957 ▽田の畦を行きかかると、蛙が一匹。思わず追い払って、わが田に入りこまぬようにしてしまった。わが心ながら、この占有欲・所有欲というやつは、まことに度しがたいもの。[季]蛙。[俳]ナシ。

958 ○高野　紀伊国高野山金剛峯寺。貞享五年(一六八八)、笈の小文の旅の途次の作。○奥の院　高野山の広大な墓地の奥にある弘法大師廟のある一帯。▽落花の時。かの苅萱道心は、落花を見て出家したのだというが、それはこの高野を舞台とする伝承でもある。とりわけ、この荘厳な奥の院では、もとどりを結った俗体は、いかにも場ちがいなものに思われる。[季]散花。[俳]ナシ。

959 ▽花見の歩みを進めて行くと、乞食に行き逢う。花を楽しむもの。その人出をあてにして物乞いに出るもの。まことに世はさまざまである。[季]桜。[俳]乞食。

960 ▽父よ母よ。今はこの世で会うことができない。会えないと思えばこそ、会いたい思いは一層つのる。父母の声が聞こえる。いや、あれは雉の声だ。しかし一瞬雉の声の中に父母の声を聞いた。あれは亡き父母が、子を思うことの深いという雉によりつつ、わたくしに応えた声だったのか。九五八と同じ折の作。芭蕉の両親はこの頃ともに没していた。高野山は宗派を問わず万霊の集まる所とされた。[季]雉子。[俳]ナシ。

961 ○あやめさす　五月五日端午の節句にあたって前日にヨモギ・アヤメを軒端に挿し邪気を払う。▽世俗の営みにうといわが身は、端午の節句に際しても、近隣の家々がアヤメを軒に挿すついでに、その余りを貰ってまねごとをするばかり。[季]あやめさす。[俳]ナシ。

962 ○さうぶ入湯　菖蒲湯。五月五日に菖蒲の根や葉を刻んで入れた風呂に入り邪気を払う。▽世俗の営みにうといわが身は、あの菖蒲湯までも、隣からたらいに一杯の湯を貰って、まねごとをするばかり。[季]さうぶ入湯。[俳]さうぶ。

963 一本《いつぽん》のなすびもあまる住ゐかな　杏雨

964 肩衣《かたぎぬ》は戻子《もぢ》にてゆるせ老《おい》の夏《なつ》　杉風

965 似《にあ》はしや白髪《しらが》にかつぐ麻木《をがら》売《うり》　亀洞

九月十日《くぐわつとをか》素堂《そだう》の亭《てい》にて

966 かくれ家《が》やよめ菜《な》の中《なか》に残《のこ》る菊《きく》　嵐雪

967 かり家《いへ》を貪《むさぼ》るきくの垣穂《かきほ》かな　暁鼯

人《ひと》のいほりをたづねて

968 さればこそあれたきまゝの霜《しも》の宿《やど》　芭蕉

963 ▽庭に茄子の木が一本。とりつくさないで、まだ多くの実をつけている。独り住みの身には多すぎるのである。伝西行歌「とくとくと落つる岩間の苔清水汲みほすほどもなき住ゐかな」の類型。季なすび。俳なすび。

964 ○肩衣　肩と背をおおう袖なしの短衣。儀式・仏事などの際つけて出る礼服。○戻子　麻糸で粗く織った布。綟。▽老人には夏の暑さがことさらこたえる。威儀を正すべきこの場ではあるが、どうか、軽くて涼しい綟を着ることをゆるしてほしい。季老の夏。俳肩衣・戻子。

965 ○麻木　麻の茎の皮をはいだもの。盂蘭盆会の精霊の迎え火に焚く。お供えの膳の箸にも作る。▽白髪の老人が、おがらをかついで売りに歩いている。荷の軽さから思えば、老人の行商にはうってつけの所業である。季麻木売。俳麻木売。

966 ○九月十日　重陽の節句の翌日。宮中ではこの日または十一日残菊の宴を催す。○素堂の亭　江戸の郊外葛飾の阿武にあった。素堂は菊を愛したことで有名。この残菊の宴は貞享五年(一六八八)九月十日に芭蕉・其角など七名が会したもの。○よめ菜　野菊に似るが葉は食用、淡紫色の花をつける。雞児腸草。▽ものにかまわぬ隠者の住居。菊を愛する主人ではあるが、その菊は自生するヨメナの間に、とり囲まれるようにして、名残の花を咲かせているのであった。季残る菊。俳よめ菜。

967 ○貪　底本「貧」と誤刻。▽わが家は借家で、いつまで住むことかわからぬが、せめて一時のぜいたくに、垣根には菊を並べ植えて、楽しみとしている。それにしても人の境涯に執する心というものは抜きがたいものだ。季きく。俳かり家。

968 ○人のいほり　貞享四年冬、尾張から国外追放されて、三河国保美に隠棲中の杜国を訪ねた折の作。○さればこそ　「さればこそ思ひ合せし夢のうら」(富士太鼓)のような謡曲調。○あれたきまゝの　「とふ人もなき宿なれど来る春は八重むぐらにもさはらざりけり」(新勅撰集・貫之)のように隠れ住む庵には雑草が生え放題になっている。▽思うままに茂った雑草が、霜枯れて、まさに荒涼の極み。よくぞここまでの境遇に耐えているることよ。さすがあなたなればこそである。季霜。俳ナシ。

969
旧里《きうり》の人《ひと》に云《いひ》つかはす
こがらしの落葉《おちば》にやぶる小《こ》ゆび哉《かな》　杜国

970
鎌倉建長寺《かまくらけんちやうじ》にまふでゝ
落《おち》ばかく身《み》はつぶね共《とも》ならばやな　越人

971
ある人《ひと》のもとより見《み》よやとて、落葉《おちば》を一《ひと》籠《かご》おくられて
あはれなる落葉《おちば》に焼《たく》や島《しま》さより　荷兮

972
古郷《こきやう》の事思《ことおも》ひ出《いづ》る暁《あかつき》に
たらちめの暖甫《たんぼ》や冷《ひえ》ん鐘《かね》の声《こゑ》　鼠弾

973
榾《ほた》の火《ひ》に親《おや》子《こ》足《あし》さす侘《わび》ね哉《かな》　去来

969　○旧里　杜国は元来尾張国名古屋の人。▽木枯しの風に吹き込む落葉を払って、小指を傷つけてしまった。かつて中国の苑宣は、誤って指を傷つけて泣いたが、その故を問われると、痛みに泣くのではない、身体髪膚を傷つけることが不孝にあたるから泣くのだと答えたという。自分は過失のために隠棲中の身。種々の親不孝を思い、また皆様にご心配をおかけしたことを思うと、ことばもありません。[季]こがらし・落葉。[俳]ナシ。

970　○建長寺　臨済宗。鎌倉五山の筆頭。○まふでゝ　正しくは「まうでゝ」。○つぶね　下僕。▽清掃洒脱は禅寺の常。美しく整えられた境内を行くと、わが心はおのずから厳粛な空気に打たれる。せめてしばらくこの寺の奴僕ともなって、折からの落葉を拾い、禅機の一端になりと触れてみたいものだ。[季]落葉。[俳]ナシ。

971　○島さより　未詳。サヨリは針口魚。島は、その側面の濃青色の縦線をいうか。▽美しい落葉の一籠、ありがとうございました。「林間酒ヲ煖メテ紅葉ヲ焼ク」(和漢朗詠集)と申しますが、御地ではこの落葉を燃してシマサヨリでも焼くのでしょうか。まことにゆかしい日々の営みですね。[季]落葉。[俳]島さより。

972　○暖甫　湯婆。ゆたんぽ。▽早暁、遠くの寺の鐘の音が、はっきりと聞こえてくる。おそらく今朝も霜が深いのであろう。故郷の母は、この夜明けをどのように迎えていることだろう。湯婆も冷えるようなこの寒い朝を。[季]暖甫。[俳]暖甫。

973　○榾　燃料となる木の株や朽木。○さす　差し伸べる。▽寒さに身を縮めつつも、親も子も、いろりの榾の木にむかって足をさし伸べて、眠りこけている。見るからにわびしい冬の夜の貧家のさま。[季]榾。[俳]ナシ。

974 目《め》や遠《とほ》う耳《みみ》やちかよるとしのくれ　西武

975 ふるさとや臍《へそ》の緒《を》に泣《なく》年《とし》の暮《くれ》　芭蕉

976 さま〴〵の過《すぎ》しをおもふ年《とし》のくれ　除風

老《おい》をまたずして鬢先《びんさき》におとろふ

977 行《ゆく》年《とし》や親《おや》にしらがをかくしけり　越人

恋

978 春《はる》の野《の》に心《こころ》ある人《ひと》の素《す》皃《がほ》哉《かな》　伊勢 一有妻

979 きぬ〴〵や余《よ》のことよりも時鳥《ほととぎす》　除風

974 ▽老後の越年。寄る年なみのために、目は霞んで遠くのものを見るようであり、耳は遠くなって、なにごとも近寄って聞かないと聞こえない。寛文六年(一六六六)序誹諧洗濯物に出る句。「丑の年に」と詞書がある。貞門俳諧のことば遊びの句。[季]としのくれ。[俳]遠う。

975 ▽故郷での越年。いつものことながら歳暮は、さまざまに徒らに過ぎた月日を後悔することである。今年は久しぶりに帰郷したが、すでに両親はなく、自分の臍の緒ばかりが、両親を思い出すゆかりとして残る。改めて不孝にして無為のわが人生を恥じ入り涙するのみ。貞享四年(一六八七)暮、伊賀上野での作。[季]年の暮。[俳]臍の緒。

976 ▽いつものことながら歳暮は、さまざまに徒らに過ぎた月日を後悔することである。あのこともあった。このこともあった。だが、そのいずれもがもはや過ぎ去って、再び帰り来ることはない。年のおわりは、はっきりと改めてそのことを身にしみて思う時である。[季]年のくれ。[俳]ナシ。

977 ○老をまたずして　典拠あるか。未詳。▽いつものことながら歳暮は、さまざまに徒らに過ぎた月日を後悔することである。無為徒食の自分は、まだ初老にも到らぬのに、早くも鬢に白髪が見えるようになった。情ないことである。せめてわが親には、このことは隠しておこう。わが子の老いたるを見て、親みずからが、おのれの老いを感じて衰えることのないように。[季]行年。[俳]ナシ。

978 ▽早春の野遊びに出ている人々。中に化粧をせずにうち興じている人がいる。あの人は楊貴妃の姉虢国夫人が自然の美しさのままに、常に素顔で天子の前に出たという故事を知っているのであろうか。「素皃」が恋の詞。[季]春の野。[俳]素皃。

979 ▽ともに一夜を過ごしての明け方、ホトトギスの鳴き声を聞いた。別れの悲しさも、もろもろの恋の思いも、すっかり脇になり、思わず声を聞けた嬉しさに心が集中してしまった。「きぬ〴〵」が恋の詞。[季]時鳥。[俳]余のこと。

980 蚊屋《かや》出《いで》て寐《ね》がほまたみる別《わかれ》かな　長虹

981 むし干《ぼし》の目《め》に立《たつ》枕《まくら》ふたつかな　文瀾

982 虫《むし》干《ぼし》に小《こ》袖《そで》着《き》て見《み》る女《をんな》かな　冬文

983 さゝげめし妹《いも》が垣《かき》ね荒《あれ》にけり　心棘

六宮粉黛無顔色《りくきゆうのふんたいがんしよくなし》

984 宵《よひ》闇《やみ》の稲《いな》妻《づま》消《け》すや月《つき》の顔《かほ》　長虹

985 一《ひと》めぐり人《ひと》待《まち》かぬるをどりかな　尚白

さびしき折《をり》に

986 つまなしと家《や》主《ぬし》やくれし女郎花《をみなへし》　荷兮

980 ▽ともに一夜を過ごしての明け方。帰ろうとして、そっと蚊屋を出ると、女は眠りこけたままでことりともしない。蚊屋を隔てて見る寝顔には、また別種のいとおしさがあり、もう一度見とれてしまった。未練なことながら。「寐がほ」が恋の詞。[季]蚊屋。[俳]蚊屋。

981 ○むし干　夏の土用の頃、衣服や諸道具に風を通し、日に干すこと。虫払い。▽白昼の陽光の下に、枕を二つ並べて干してある。なにということはないはずなのだが、なにか気になる。「枕」が恋の詞。[季]むし干。[俳]むし干。

982 ▽ふだんはめったに袖を通すこともない晴着の小袖。虫干の折に久しぶりに目にすると、まだ似合うであろうか、などと試しに着てみる、女心。「女」が恋の詞。[季]虫干。[俳]虫干・女。

983 ○さゝげめし　大角豆を入れて炊いた飯。○妹が垣ね　堀河百首「昔見し妹が垣根は荒れにけりつばなまじりのすみれのみして」による。▽新収のササゲを賞美する。しかしうちの垣根も淋しくなったことだろうね。古風な諧謔の作。「妹」が恋の詞。[季]さゝげめし。[俳]さゝげめし。

984 ○六宮粉黛無顔色　長恨歌の一句。楊貴妃の美しさに唐の六宮三千人の宮女もいかに化粧しても及ばなかった。▽稲妻がはっきりと眼に見えるのも宵のうちのこと。やがて上った月光の前では、その影もない。比喩の句。「顔」が恋の詞。[季]稲妻・月。[俳]ナシ。

985 ○をどり　盂蘭盆会の踊り。▽輪をなして踊っている人の中に、心ひかれる人がいた。一周して、再び眼前に戻ってくるまでのじれったさよ。「人待かぬる」が恋の詞。[季]をどり。[俳]をどり。

986 ▽秋の日のさびしい一日、家主が女郎花の花をくれた。これは、自分が妻のないひとり身だから、というつもりであろうか。白氏文集に「戯レニ新栽ノ薔薇ニ題ス」の詩があり「少府妻無クシテ春寂寞タリ。花開ケバ爾(チナン)ヲモッテ夫人ニ当テン」とある。これによったか(七部通旨)。「つま」が恋の詞。[季]女郎花。[俳]家主。

987 しりながら薄《すすき》に明《あく》るつまどかな　　小春

988 妻《つま》の名《な》のあらばけし給《たま》へ神《かみ》送《おく》り　　越人

989 松《まつ》の中《なか》時《し》雨《ぐる》ゝ《る》旅《たび》のよめり哉《かな》　　俊似

990 物《もの》おもひ火《こ》燵《たつ》を明《あけ》ていかならむ　　舟泉

991 うたゝねに火《こ》燵《たつ》消《きえ》たる別《わか》れ哉《かな》　　嵐蓑

992 山《やま》畑《はた》にもの思《おも》はゞや蕪《かぶら》引《ひき》　　松芳

993 きぬ〴〵を霰《あられ》見《み》よとて戻《もど》りけり　　冬松

994 おそろしやきぬ〴〵の比《ころ》鉢《はち》敲《たた》き　　昌碧

987 ○つまど　妻戸。開き戸。▽妻戸に摺れる物音は庭先のススキの葉。とはわかっているのだが、それでももしやあの人が訪ねて来たかと、外を確かめるのである。拾遺集「叩くとて宿の妻戸をあけたれば人もこずゑのくゐななりけり」によるか。「つまど」に「夫(をつと)」を掛けて恋の詞とする。[季]薄。[俳]ナシ。

988 ○神送り　十月一日に諸国の神々が出雲へ向けて旅立つのを送る。諸神は集合して男女の縁結びを議するという。▽出雲へ行かれる神様よ。もしも今回の縁結びの中に、自分の妻になる人の名があったら、自分には不用のものなので、どうぞ取消して下さい。「妻」が恋の詞。[季]神送り。[俳]神送り。

989 ○よめり　嫁入りの一行。▽松林の中で、旅仕度をした嫁入り行列の一行が、折からの時雨をやりすごそうと、停止している。華やかな嫁入りであるだけに、一層、時雨のあわれが感じられる。「よめり」が恋の詞。[季]時雨ゝ。[俳]よめり。

990 ▽恋の思いに悩んで、仕事も手につかない。気がつくと、火燵をめくりあげて、のぞきこんでいた。火の具合を見ようというのでもなく、ほんとうに、われながら、何をしようと思ったのであろう。「物おもひ」が恋の詞。[季]火燵。[俳]火燵。

991 ○うたゝね　小野小町「うたたねに恋しき人を見てしより夢てふものは頼みそめてき」。▽せめて夢の中ででも逢いたいと、火燵に伏していると、火の消えた寒さで眼が覚める。そのように不本意なあの人との別れであった。「別れ」が恋の詞。[季]火燵。[俳]火燵。

992 ○もの思はゞや　西行「はるかなる岩のはざまにひとり居て人目思はでもの思はばや」。▽蕪を収穫に山の畑に向う男よ。お前は、農作業を口実にして、ひとりになって恋の思いをあれこれ悩もうとでもいうのだな。俳画の賛のような趣がある。「もの思はゞや」が恋の詞。[季]蕪引。[俳]蕪引。

993 ▽一夜をともに過ごしての朝。一度別れて途中まで来たものの名残はつきない。うまく降り出した霰を口実に、珍しいものが降ってきたぞ、こんな大きなつぶが、などと立ち戻ってしまった。「きぬ〴〵」が恋の詞。[季]霰。[俳]ナシ。

994 ○鉢敲き　一〇五三参照。「敲」は「鼓」の俗字。「敲」に同じ。▽一夜をともに過ごしての朝。帰ろうとすると洛中洛外の墓

無《む》常《じやう》

末期《まつご》に

995 散《ち》る花《はな》を南無《なむ》阿弥陀仏《あみだぶつ》と夕《ゆふべ》哉《かな》　守武

無常迅速《むじやうじんそく》

996 咲《さき》つ散《ちり》つひまなきけしの畠《はたけ》哉《かな》　傘下

末期《まつご》に

997 南《な》無《む》や空《くう》たゞ有《あり》明《あけ》のほとゝぎす　堺元順

松坂《まつざか》の浮《ふ》瓢《へう》といふ人《ひと》の身《み》まかりたるにいひやりける

998 橘《たちばな》のかほり顔《かほ》見《み》ぬばかり也《なり》　荷兮

所を巡行して帰る鉢叩きの声が聞こえてきた。諸行無常を唱える念仏は、恋の思いを一挙にさまさせるもののようであった。「きぬ〴〵」が恋の詞。季鉢敲き。俳鉢敲き。

995 ○末期に　七部集大鏡によれば寥松所持の短冊に「菩提山にて」と詞書ある由。菩提山は神宮寺。真言宗。これによればこの句は、辞世の句ということにはならない。▽散る花を見て諸行無常を悟り、出家した先人もあるという。尊いことだ。思わず念仏を唱えてしまった。「夕」に「言ふ」を掛ける。伊勢の人守武は室町期俳諧の始祖。季散る花。俳南無阿弥陀仏。

996 ○無常迅速　この世の移り変りが激しく、歳月のすみやかに過ぎ去ること。○けしの畠　ケシの実は食用・薬用さまざまに利用される。初夏の頃白い花を咲かせる。▽こちらで咲き始めたかと思うと、あちらではらりと散っている。ケシの花のはかなく脆い咲きようのために、ケシ畠はしばらくの間せわしない日々が続くのである。季けし。俳ナシ。

997 ○たゞ有明の　百人一首「ほととぎす鳴きつるかたをながむればただ有明の月ぞのこれる」。▽ただいまはもう、まことに諸法は空に帰するというみほとけの教えに帰依し申し上げる。そして随縁真如の月を念ずるのである。ちょうど、古歌に、ホトトギスの鳴き声を聞いて、そちらの方を見上げると、そこにはただ夜明けの月があるばかりであった、とあるように、花鳥風月の風雅に心を献げて来た自分にも、それが機縁となって、真如の月の射してこないこともあるまい。元順は談林俳諧時代の、堺の代表的俳諧師であった。季ほとゝぎす。俳南無や空。

998 ○松坂　伊勢国松坂。○浮瓢　未詳。○橘のかほり　正しくは「かをり」。古今集「さ月待つ花たちばなの香をかげば昔の人の袖の香ぞする」以下、橘の香は、なつかしい人ゆかしい人を思い起こさせるもの。▽橘の花の香が、しずかに漂っています。改めて、お亡くなりになった浮瓢さんのことが、ゆかしくなつかしく思い出されます。ご生前の日々のお姿が、まるで、わが身にたち添うようにありありと。ここに現においでにならないのが信じられないくらいです。季橘。俳ナシ。

999 いもうとの追善《ついぜん》に
手《て》のうへにかなしく消《きゆ》る蛍《ほたる》かな　京 去来

1000 ある人子《ひとこ》うしなはれける時申遣《ときまうしつかは》す
あだ花《ばな》の小瓜《こうり》とみゆるちぎりかな　荷兮

1001 世《よ》をはやく妻《つま》の身《み》まかりける比《ころ》
水《み》無《な》月《づき》の桐《きり》の一《ひと》葉《は》と思《おも》ふべし　野水

1002 辞世《じせい》
あはれ也《なり》灯《とう》籠《ろ》一《ひと》つに主《ぬし》コ斉《さい》

1003 子《こ》にをくれける比《ころ》
似《に》た顔《かほ》のあらば出《で》てみん一《ひと》躍《をど》り　落梧

999 ○いもうと　去来の妹、俳号千子(ちね)、本名千代子。貞享五年(一六八八)五月十五日没。辞世「もえやすくまた消えやすき蛍かな」(いつを昔)。享年未詳であるが、この年去来は三十八歳。▽おのが身の無常を、はかない蛍火に託して逝った妹よ。いま蛍を手にとれば、やはり蛍火は弱々しく掌上に消える。わたくしは、その蛍を、わが妹の心そのもののように見て、改めて悲哀におそわれるのである。「かなし」に「愛し」の心がこもる。[季]蛍。[俳]ナシ。

1000 ○あだ花　咲いても実を結ばない花。▽立派に成人してくれることのなかった貴家の愛し子は、いうなればあだ花とも思われましょうね。掌中の珠と愛おしんだ子を失われた虚しさ悲しさは、思いやるに余りあります。そのはかない親子のえにしに満腔の同情を表します。[季]瓜。[俳]あだ花。

1001 ○桐の一葉　「一葉落チテ天下秋ヲ知ル」(淮南子)により桐の葉の落葉は初秋を告げるもの。▽初秋七月にならぬ、六月のうちに散ってて散る桐の一葉が、未だ七月にならぬ、六月のうちに散ったような、あまりに早い、そなたの死であった。そなた自身もそう思っているであろう。自分もそう思う。そして、いずれは誰もが散るべき生命の終りが、たまたま早く訪れただけだと思いこもうとするのであるが、しかし、やはりあまりに早すぎる死であった。作者は、元禄元年(一六八八)に三十一歳。妻の年齢は未詳。[季]水無月。[俳]ナシ。

1002 ○灯籠　盂蘭盆会に精霊供養のために点す灯籠。▽ただいま、盂蘭盆会の折から、聖霊棚には施主であるわたくしの名が記された灯籠がかかっているのであるが、その名の主であるわたくし自身が、このまま供養されるあちら側へ参るのかと思うと、わがことながら、少し同情されるべき事態であると思いますよ。作者名を記さないが「コ斉」自身だから省略したのである。貞享五年(一六八八)七月二十一日没。[季]灯籠。[俳]灯籠・コ斉。

1003 ○をくれ　正しくは「おくれ」。▽死んだ我が子に似た顔の一人でもあるならば、いま門前を練る盆踊りの一行を見に、かけ出しもするのだが。[季]躍り。[俳]似た・躍り。

一原野《いちはらの》にて

1004 をく露《つゆ》や小《こ》町《まち》がほねの見《み》事《ごと》さよ　釣雪

妻《つま》の追善《ついぜん》に

1005 をみなへししでの里人《さとびと》それたのむ　自悦

李《り》下《か》が妻《つま》のみまかりしをいたみて

1006 ねられずやかたへひえゆく北《きた》おろし　去来

コ斉《さいみ》身まかりし後《のち》

1007 その人《ひと》の鼾《いびき》さへなし秋《あき》のくれ　其角

母《はは》におくれける子《こ》の哀《あは》れを

1008 おさな子《ご》やひとり食《めし》くふ秋《あき》の暮《くれ》　尚白

1004 ○一原野　現京都市左京区静市市原町。補陀落寺があり、小野小町塔と画像と称するものを伝えていた(雍州府志)。○をく　正しくは「おく」。○小町が骨　小町「秋風のうち吹くごとにあなめあなめ」、業平「小野とはいはじすすきおひけり」と伝承の唱和にいう小町の髑髏を、この市原にあったものと解した。▽深く露の置く市原の野を行く。あの小町の骸骨は、このような露に朽ち果てることもなく、その眼窩からススキを生え出させていたというのであろうか。季露。俳見事さよ。

1005 ○しで　真木柱(元禄十年刊)には「死出」とある。▽謡曲・女郎花は、小野頼風の妻が夫の誠意を疑って自殺し、夫もまたやがて後を追う事件を語るもの。前シテは頼風の霊が老人となって現じたもの。自分も亡き妻の後を追って行きたいが、それもならぬ。それまでは、かの劇中に現じた里人よ、わが妻の死出の旅路を、よろしく頼む。作者は、季吟の門人。談林風の俳諧師として活躍した。季をみなへし。俳ナシ。

1006 ○李下　底本「季下」と誤る。江戸の人。生没年未詳。その妻は、元禄元年の歳旦に「ゆき」と名があり発句も見える。同年秋の逝去か。芭蕉にも「李下が妻の悼」と前書のある「かづき伏す蒲団や寒き夜やすごき」の句がある。夜寒の意で秋の句。本書の一句も「ひえゆく」を秋の季語として、前後秋の句の間に配列している。▽日ましに冷たさを増す北山おろしの風が、この秋は一段と、あなたの夜の床にこたえることでしょうね。あのように琴瑟相和して仲睦まじかった奥様を失って。季ひえゆく。俳北おろし。

1007 ○コ斉　前出一〇〇三の作者。貞享五年(一六八八)没。其角著花摘によれば、元禄三年(一六九〇)七月二十一日にコ斉の三回忌にあたり浅草誓願寺念仏堂に参り悼句を手向けている。▽秋の夕暮の淋しさよ。殊更にコ斉が死んで、あのいびきが聞けなくなってからというものは。季秋のくれ。俳鼾。

1008 ○おさな子　正しくは「をさな子」。▽秋の夕暮の淋しさよ。母を失った幼な児が、ひとりぽつんと坐って、夕飯を食っている。尚白の伝記の詳細については知られないが、あるいは自分の家庭を詠んだものか。季秋の暮。俳食くふ。

1009
ある人《ひと》の追善《ついぜん》に
埋火《うづみび》もきゆやなみだの烹《にゆ》る音《おと》　芭蕉

1010
旅《たび》にてみまかりける人《ひと》を
あは雪《ゆき》のとゞかぬうちに消《きえ》にけり　鼠弾

1011
鳥《とり》辺《べ》野《の》ゝ《の》かたや念《ね》仏《ぶつ》の冬《ふゆ》の月《つき》　加賀小春

1009 ○ある人　笈日記には詞書「少年を失へる人の心を思ひやりて」とある。▽ひとり淋しく火桶をかかえて悲しみにくれておられるのでしょうか。あなたの流す熱い涙に炭火も消えてしまうことでしょう。埋火は「下に悔ゆる」「下に焦がるる」(大和歌詞)を含意するので、笈日記の詞書「少年」に重点を置けば、秘められた恋の相手を失った男に対して、あなたの熱い涙とともに、あなたがたの秘かな恋も、このまま葬り去られてゆくのでしょうか、ということになる。季埋火。俳ナシ。

1010 ▽淡雪は消えやすい雪。地上に降りつもる間もなく消えてしまうもの。だが、その淡雪が、地にもとどかぬうちに、消えてしまったかのような、はかない生命であった。旅の途上の無念の死を悼む心持。季あは雪。俳ナシ。

1011 ○鳥辺野　京都東山の火葬場・墓地。洛外五つの三昧場の一。冬季十一月十三日より四十八日間は、空也念仏の衆が五三昧場を廻る。▽すさまじきものの代表、冬の月。その冷え冷えとした光の下を、念仏の声が聞こえてくる。声は鳥辺山の三昧場の方角からしい。凄惨荒涼の気が地を伝うように伝わってくる。季冬の月。俳念仏。

曠野集 巻之八

釈《しやく》教《けう》

伊勢《いせ》にて

1012 神《かみ》垣《がき》やおもひもかけず涅《ね》槃《はん》像《ざう》　　芭蕉

1013 負《おう》て来《く》る母《はは》おろしけりねはんぞう　　鼠弾

西行《さいぎやう》上人《しやうにん》　五百歳忌《ごひやくさいき》に

1014 はつきりと有《あり》明《あけ》残《のこ》る桜《さくら》かな　　荷兮

おなじ遠忌《をんき》に

1015 連《れん》翹《げう》や其《その》望《もち》月《づき》としほれけり　　胡及

1012 ○涅槃像　二月十五日の釈迦入滅の日に、その画像をかけて供養する。涅槃会(ねはんえ)。またこの行事そのものをも「涅槃像」といった。○おもひもかけず　金葉集「神垣のあたりと思ふにゆふだすき思ひもかけぬ鐘の声かな」と同様の技巧で「かけ(掛)ず」から「涅槃像」をみちびく。▽仏事をひたすらに忌むこの伊勢神宮のあたりに滞在しているうちに、二月十五日涅槃会をむかえてしまった。まことに意外も意外のことだ。貞享五年(一六八八)の作。[季]涅槃像。[俳]涅槃像。

1013 ○ねはんぞう　正しくは「ねはんざう」。▽涅槃会の仏事を拝もうという老母の切なる願いをいれて、息子は母を背負うて、やっとのことで寺に到着した。寺参りなればこその光景。「けり」にやれやれという語感がある。自分のこととしなくても、客観的なスナップとして十分読まれる。[季]ねはんぞう。[俳]ねはんぞう。

1014 ○西行上人五百歳忌　西行没は文治六年(一一九〇)二月十六日。五百回忌は元禄二年(一六八九)になる。西行は生前「願はくは花のもとにて春死なむその如月(きさらぎ)の望月の頃」と詠み、願いの通りに往生をとげたことで有名。また「雲にまがふ花の下にて眺むればおぼろに月は見ゆるなりけり」などさまざまの花の歌で有名。西行桜と称するものが嵯峨法輪寺や西山大原野などにあった。▽春の月であるにもかかわらず、有明の月がはっきりと残って、桜の花をきわだたせている。五百年の歳月を隔てて名声赫奕とかがやく西行法師のように。[季]桜。[俳]はつきりと。

1015 ○しほれけり　正しくは「しをれけり」。当時通行のかなづかい。▽早春、黄色の花を咲かせる連翹が、涅槃会の頃にはもう散りかける。釈迦入滅の暁には、沙羅双樹の花が一夜に凋んで枯死したと伝えるが、わが国の連翹は、涅槃会ごろの入寂を望んで素願を果した西行法師を悼んで、凋んでしまうのであろうか。[季]連翹。[俳]連翹。

1016 うで首《くび》に蜂《はち》の巣《す》かくる二《に》王《わう》哉《かな》　松芳

1017 木《ぼく》履《り》はく僧《そう》も有《あり》けり雨《あめ》の花《はな》　杜国

1018 つりがねを扇《あふぎ》で敲《たた》く花《はな》の寺《てら》　冬松

1019 花《はな》に酒《さけ》僧《そう》とも侘《わび》ん塩《しほ》ざかな　其角

貞享《ぢやうきやう》つちのへ辰《たつ》の歳《とし》、弥生《やよひ》一日《ついたち》東照宮《とうせうぐう》の別当僧正《べつたうそうじやう》の御房《ごばう》に、慈恵大師《じゑだいし》遷座《せんざ》執事《しゆじ》、法華《ほつけ》八講《はつかう》の侍《はべ》るよし、尊《たふと》き事《こと》なれば聴聞《ちやうもん》にまかりて序品《じよぼん》のこゝろを

1020 散《ちる》花《はな》の間《あひだ》はむかしばなし哉《かな》　越人

1016 ○二王　寺門の左右に置かれる金剛力士像。▽仁王像が力強く立っている。筋肉のもりあがった腕の、手首のあたりに蜂の巣を下げたままで。たくましい仁王にも弱点があることを発見した、というようなおかしみ。季蜂の巣。俳二王。

1017 ▽満開の花の下。雨がふりそそぐ。淋しい春の日である。そこを、ゆったりと、ひっそりと僧が通りすぎて行く。雨の日のことゝて木履をはいているが、その音が聞こえてくるのではない。画中の人物のように、行きすぎるのである。芭蕉の笈の小文の中に、「初瀬」と前書して「春の夜や籠り人(ど)ゆかし堂の隅」の句とともに「足駄はく僧も見えたり花の雨」と見える。大和長谷寺での作。貞享五年(一六八八)の句。季花。俳木履・僧。

1018 ○敲　「敲」は「鼓」の俗字。「敲」に同じ。▽満開の花にひかれて寺に来る。「山寺の春の夕暮来て見れば入相の鐘に花ぞ散りける」(新古今集・能因)というが、さて、この花はどんなものか。うっかり鐘をついて、ほんとうに花が散ってしまうと困るので、ちょっと扇で試しに敲いてみるのである。季花。俳つりがね。

1019 ○塩ざかな　塩ばかりをさかなにして酒を飲むこと(七部通旨)。▽花を前にして酒を汲みかわす。ただし相手が僧だけに、酒の肴に生ぐさものはない。ただ塩をなめるばかり。この粗末な食事のわびしさも、花を賞美する一興ではないか。其角の五元集には「日輪寺の僧と連歌のかたはらに対興して」と詞書がある。僧は、里村昌程の子、浅草日輪寺三代其阿(あ ど)上人か(露伴『評釈』)。季花。俳僧・塩ざかな。

1020 ○貞享つちのへ辰　正しくは「つちのえ」。貞享五年(一六八八)。○東照宮の別当僧正の御房　東叡山寛永寺の子院三十六坊のうち、寺中の東照宮の別当職に任ぜられる寒松院。○慈恵大師遷座執事　寛永寺では慈恵大師(いわゆる元三大師)と開山慈眼大師(天海僧正)の像が、十月を除く毎月晦日に、順番に宿坊となる子院を巡り、各院は一か月ずつ護持(執事)した。○法華八講　法華経八巻を四日間で講ずるもの。○序品　法華経の序品。▽法華経の序品には、天より曼陀羅華が降り、仏がさまざまの奇瑞をあらわし、文殊菩薩が、その瑞相と自分が過去の諸仏に見た瑞相とが全く同一であると説く所がある。それを俳諧

女房《にようばう》の聴聞所《ちやうもんじよ》と覚《おぼえ》て、御簾《みす》たれおく暗《くら》き所《ところ》あり、竜女成仏《りゆうによじやうぶつ》の所《ところ》に至《いた》りて、しのびあへず鼻《はな》かむ声《こゑ》のしければ

1021 ほろ〳〵と落《おつ》るなみだやへびの玉《たま》　同

1022 観《くわん》音《おん》の尾《をの》上《へ》のさくら咲《さき》にけり　俊似

1023 古《ふる》寺《でら》やつるさぬかねの菫《すみれ》草《ぐさ》　一井

八島《やしま》にて

1024 海《あ》士《ま》の家《いへ》聖《ひじり》よびこむやよひ哉《かな》　伊予 千閣

1025 咲《さき》にけりふべんな寺《てら》の紅《べに》牡《ぼ》丹《たん》　一井

1026 夏《なつ》山《やま》や木《こ》陰《かげ》〳〵《こかげ》の江《がう》湖《こ》部《べ》屋《や》　蕪葉

の発句にすれば、こうもあろうか、というのである。[季]散花。[俳]むかしばなし。

1021 ○竜女成仏　法華経第十二の提婆達多品のうち、女人成仏を説く条。○鼻かむ　泣くこと。源氏物語などの用語。○へびの玉　春の草の名を暗示するか(七部通旨)。ヘビイチゴなどの類か。▽伝説に南方の鮫人の流す涙は、珠玉となって盆にみちたというが、ただいま女たちが、女人成仏の教えのありがたさに流す涙は、何になるのか。折からのヘビノタマがそれであろうか。[季]へびの玉。[俳]ナシ。

1022 ○尾上のさくら　大江匡房「高砂の尾上の桜咲きにけり外山の霞たたずもあらなむ」(百人一首)。▽観音をまつる古寺の裏山の頂が、桜の花の盛りである。[季]さくら。[俳]観音。

1023 ▽荒廃した古寺。鐘楼も朽ち崩れて、釣鐘は地面に放置されている。周囲は雑草生い茂り、スミレが花をつけているのも淋しさを深める。[季]菫草。[俳]ナシ。

1024 ○八島　讃岐国八島。源平の古戦場。謡曲・八島に「いでその頃は元暦元年三月十八日の事なりしに」とある。▽平家ゆかりのものの末裔でもあろうか。漁夫の家で通りすがりの乞食坊主を呼びこんでいる。八島の合戦の戦没者の霊を弔うのであろう。[季]やよひ。[俳]聖。

1025 ○ふべんな　不弁な。財力に乏しいこと。○牡丹　底本「杜丹」。周茂叔の愛蓮説(古文後集)に「牡丹ハ花ノ富貴ナルモノナリ、蓮ハ花ノ君子ナルモノナリ」とある。▽みごとに咲いたことだ。それも見るからに貧乏寺のこの寺に、富貴草の異名のある牡丹が。おまけに、ありふれた白牡丹ならぬ紅の牡丹なのである。[季]紅牡丹。[俳]紅牡丹。

1026 ○江湖部屋　禅の修行者が一夏九十日間、制(きまり)を結んで一か所に禁足常在して、坐禅を中心とする修行に励むことを夏安居(げあんご)・江湖会(ごうこえ)といい、略して夏(げ)・江湖(ごうこ)という。部屋は隔屋(へや)の意、あちこちにぽつんと建っている小屋のこと。▽夏山の樹々の力強く繁茂するさまよ。その力強さに守られるように、あちらの木陰、こちらの木陰に小屋が建っている。それぞれの小屋では、結制安居の清僧たちが、坐禅・写経の厳しい修行に励んでいるのである。[季]夏山。[俳]江湖部屋。

1027　奈良《なら》にて
灌《くわん》仏《ぶつ》の日《ひ》に生《うま》れ逢《あ》ふ鹿《か》の子《こ》哉《かな》　芭蕉

1028　灌《くわん》仏《ぶつ》の其《その》比《ころ》清《きよ》ししらがさね　尚白

1029　高野《かうや》にて
腰《こし》のあふぎ礼《れい》義《ぎ》ばかりの御《お》山《やま》哉《かな》　一雪

1030　斎《とき》に来《き》て庵《いほ》一《いち》日《にち》の清《し》水《みづ》哉《かな》　加賀一笑

1031　十如是《じふによぜ》
おもふ事《こと》ながれて通《とほ》るしみづ哉《かな》　荷兮

1032　即身即仏《そくしんそくぶつ》
夏《なつ》陰《かげ》の昼《ひる》寐《ね》はほんの仏《ほとけ》哉《かな》　愚益

1027　○奈良にて　笈の小文に「灌仏の日は奈良にて、ここかしこ詣で侍るに、鹿の子を産むを見て、此の日においてをかしかりければ」と前書。貞享五年(一六八八)の作。○灌仏の日　四月八日。釈迦生誕を祝う日。▽お釈迦様の誕生日に生れるとは、なんと仏縁深き鹿の子であることか。お釈迦様が成道の後に初めて道を説いたのも鹿野苑(ろくやおん)であるとか。[季]灌仏。[俳]灌仏。

1028　○しらがさね　白襲。四月一日の更衣の時に着る物。「百敷や今日宮人はあかざりし花のかとりの白がさねせり」(新葉集)。▽釈尊の生誕を祝う折も折、世俗の人々もまた更衣を済ませたばかりで白襲に身を包んで、まことに清楚な趣がある。[季]灌仏。[俳]灌仏。

1029　○高野　紀伊国高野山金剛峯寺。▽山上の涼しさに宗教的厳粛さの涼しさが加わって、この高野山では扇が役に立つことはまずない。ただ礼儀作法のためばかりに、腰に一本さしているのである。[季]あふぎ。[俳]礼義。

1030　○斎　仏事のとき僧に供する食事。また仏事・法要そのこともいう。▽法要に僧を招いて、わが草庵で斎を供する。すがすがしい一日を得て、清冽な泉を味わったような心地である。[季]清水。[俳]斎。

1031　○十如是　法華経方便品の語。如是相・如是性・如是体・如是力・如是作・如是因・如是縁・如是果・如是報・如是本末究竟等の十をいう。すべての存在するものは、この十如是の関係において、相互に相資けながら因果となって存在している。▽存在の真理を体得すれば、万事はたちどころに融通無礙(ゆうずうむげ)、自在の世界が現前する。それはまさに清水の流れ行くがごとくである。[季]清水。[俳]ナシ。

1032　○即身即仏　人間がこの肉体のままで仏になること。天台・真言の密教の教え。○夏陰　夏季の樹木が作りなす涼しい木陰。また屋内についてもいう。歌語。▽夏の昼ひなか、涼しい木陰に昼寝をしている。暑熱の苦しみを忘れ、極楽に遊ぶようである。これは、いうなれば仏教の教えにいう即身即仏というやつであろうか。[季]夏陰。[俳]ほんの。

1033　○おる　正しくは「をる」。▽夏の薄い衣の縫い目が解けているのを、僧侶がひとり繕っている。僧堂・薄衣・貧僧など

1033 ほころびや僧《そう》の縫《ぬひ》おる夏衣《なつごろも》　鼠弾

1034 おどろくや門《かど》もてありく施《せ》餓《が》鬼《き》棚《だな》　荷兮

1035 折《をり》かけの火《ひ》をとるむしのかなしさよ　探丸

1036 石《いし》籠《かご》に施《せ》餓《が》鬼《き》の棚《たな》のくづれ哉《かな》　文里

1037 魂《たま》祭《まつり》舟《ふね》より酒《さけ》を手《た》向《むけ》けり　亀洞

1038 たままつり道《みち》ふみあくる野《の》菊《ぎく》哉《かな》　卜枝

1039 摂《せつ》待《たい》のはしら見《み》たてん松《まつ》の陰《かげ》　釣雪

平等施一切《びやうどうせいつさい》

1040 摂《せつ》待《たい》にたゞ行《ゆく》人《ひと》をとゞめけり　俊似

のイメージの複合から涼しそうな場面が浮かぶ。季夏衣。俳僧。

1034 ○施餓鬼棚　施餓鬼は盂蘭盆会の七月一日から十五日にわたって、餓鬼道におちて苦しむ亡者のために、飲食物などを供えるもの。そのために設置する供養壇が、施餓鬼棚。▽いきなり門前で出くわしたのは、なんと施餓鬼棚なので、びっくりしてしまった。水死人に供養するために川辺などに持って行くのであろう。季施餓鬼棚。俳門・施餓鬼棚。

1035 ○折かけ　盆灯籠。墓にかける小さいもの。▽供養のための灯籠に飛びこんで死ぬ虫。愚者の度しがたきものとはいえ、省みれば切実な思いがある。季折かけ。俳折かけ。

1036 ○石籠　護岸のため長い籠に石を詰めて川辺に積んだもの。蛇籠。▽川施餓鬼の棚が、流れきれずに、石籠に掛って崩れている。亡者へは届いたものか。季施餓鬼。俳石籠・施餓鬼。

1037 ▽今日は七月十五日。魂祭の日である。船中のつれづれに酒を飲もうとして、そのことに思い到った。川施餓鬼のつもりで、少し注いでやるのである。季魂祭。俳ナシ。

1038 ▽ふだんは人のあまり通らない道に、両側からいっぱいに茂った野菊が溢れんばかりに咲き乱れている。その道を分けて、魂祭の今日、墓参りに行くのである。ふだんならば、何ごころもなく踏みにじって進むところであろうが、今日ばかりは小さきもののいのちもいとおしまれて、掻き分け掻き分け、道を押し開いて進む。季野菊。俳野菊。

1039 ○摂待　盂蘭盆会の頃、旅の僧や巡礼・貧者のために、門前・往来に湯茶を出しておいてふるまうこと。門茶(かどちや)。▽このあたりに具合のよい松の木陰はないものであろうか。それを頼む木陰として、摂待の場と定めよう。「はしら」は「杖柱とたのむ」という場合の「柱」。あてにし、頼りにするもの。季摂待。俳摂待・見たてん。

1040 ○平等施一切　浄土宗系の仏事・読経の最後に唱える総回向文「願以此功徳。平等施一切。同発菩提心。往生安楽国」の一句。願わくはこの経文の功徳によって一切の衆生が等しく往生できるように、の意。▽摂待の湯茶を設けて、ひたすら無差別に、通行の人々をとどめる。平等の実現が、ふりかえってわが身の成仏を保証するので。季摂待。俳摂待。

1041 稲《いな》妻《づま》に大《だい》仏《ぶつ》おがむ野《の》中《なか》哉《かな》　　荷兮

1042 垣《かき》越《ごし》に引《いん》導《だう》覗《のぞ》くばせを哉《かな》　　卜枝

ある人《ひと》四時《しいじ》の景物《けいぶつ》なりとて、水鶏《くひな》と鶉《うづら》とを不食《くはず》、不図《ふと》其心《そのこころ》を感《かん》じて、我《われ》も雁《かり》をくらはず

1043 雁《かり》くはぬ心《こころ》仏《ほとけ》にならはぬぞ　　荷兮

ある寺《てら》の興行《こうぎやう》に

1044 燕《つばくら》も御《み》寺《てら》の鼓《つづみ》かへりうて　　其角

1045 進《すす》み出《いで》て坊《ばう》主《ず》おかしや月《つき》の舟《ふね》　　一井

1041 ○稲妻　初秋の季語。○おがむ　正しくは「をがむ」。▽一瞬の稲光に、はるか野のかなたに浮かびあがったのは大仏であった。闇の中に手を合わせて、そちらの方に向いて拝む。季稲妻。囲大仏。

1042 ○引導　葬儀のとき導師が死者を済度するため、転迷開悟の法語を説くこと。誘引開導。○ばせを　芭蕉。寺院などに多い。秋の季語。▽葬礼の場の垣の向こうから、芭蕉の大きな葉が伸びて風に揺れている。自分もともに導師の法話に耳を傾けているように。季ばせを。囲引導。

1043 ○四時の景物　四季を代表する趣のある物。○水鶏と鶉　夏と秋の代表的な鳥として和歌以来文芸に詠まれる。▽自分もまた或る人にならって、秋と春の景物として詠まれる雁を食べることはやめた。それは、あくまでも仏教でいうところの殺生戒に従うのではなく、仏教が狂言綺語のたわむれとしてしりぞける文芸の世界の立場から、雁を大切に思ってのことなのであるけれども。季雁。囲ナシ。

1044 ○ある寺　五元集では「尾州浄教寺にて」と前書する。尾張国名古屋桑名町の浄土真宗寺院。○かへりうて　謡曲・難波「抜頭の曲はかへり打つ。入日を招き帰す手に、今の太鼓は波なれば」による。▽秋八月、南へ帰って行く燕よ。もう一度ひき返して、この寺の太鼓を勢いよく打ち鳴らしてくれないか。鼓は、大寺の鼓楼の太鼓。ツバメの勢いよく往き来するさまを「かへりうて」の語でとらえている。季燕。囲燕(つばくら)。

1045 ○坊　底本は「𡈽」と誤刻。○おかし　正しくは「をかし」。▽観月の船の中で、法躰の男がひとり座中に進み出て、一座の興を盛りあげようと軽妙な咄で人々を浮き立たせている。洒脱な僧の心配りがなごやかな宴を作りあげるのである。季月の舟。囲坊主。

1046 鉢《はち》の子《こ》に木《き》綿《わた》をうくる法《ほふ》師《し》哉《かな》　ト枝

人《ひと》のもとにありて、たち出《いで》むとしけるに、またしぐれければ

1047 衣《ころも》着《き》て又《また》はなしけり一《ひと》時《し》雨《ぐれ》　鼠弾

鎌倉《かまくら》の安国論寺《あんこくろんじ》にて

1048 たうとさの涙《なみだ》や直《すぐ》に氷《こほ》るらん　越人

古寺《こじ》の雪《ゆき》

1049 曙《あけぼの》や伽《が》藍《らん》〳〵《がらん》の雪《ゆき》見《み》廻《ま》ひ　荷兮

同《おなじく》

1050 雪《ゆき》折《をれ》やかゝる二《に》王《わう》の片《かた》腕《かひな》　俊似

1046 ○鉢の子　托鉢僧が施物を受ける鉢。○木綿　もめんわた。パンヤ。秋季に収穫する。▽托鉢の法師が立ち寄った家は、折からの綿の収穫に忙しい。鉢の中には布施として摘んだばかりの綿が投ぜられた。法師は、どのようなものも有難い布施として拝し退くのである。[季]木綿。[俳]鉢の子・木綿・法師。

1047 ○衣　法衣。▽そろそろおいとましようと思って、衣を身につけて出発しようとしたら、急にしぐれが降りかかって来た。すぐに晴れるからと引きとめられて、再び座りこんでひとしきり咄に身を入れる。こんどは衣を脱がずに、きちんと正装したままで。[季]一時雨。[俳]はなしけり。

1048 ○安国論寺　妙法山安国寺。門内の岩窟は、日蓮上人が立正安国論を著作した所と伝える。○たうとさ　正しくは「たふとさ」。▽足かけ五年の著作の日々を思えば、ありがたさに涙もこぼれる。この岩窟は、その涙もただちに凍てつくかと思われるほどの厳しい寒さであり、上人の辛苦のほども察せられるのである。白氏文集十三「寒閨夜」詩に「籠香銷エ尽ル火、巾涙滴リテ氷ト成ル」とある。[季]氷る。[俳]直に。

1049 ○曙　夜明けの時刻。薄明の頃。和歌では白いものとして詠まれる。○伽藍　寺院の建築物。▽雪の夜明け。薄明の中を僧侶たちは起き出して、寺中の建物の一つ一つを巡回する。数百年の歳月を経てきたこの寺では、いささかの雪にも、建物の傷みが心配なのである。題の「古寺」を、文字通りに、長い時間を経て古び衰えた寺の建物として詠んだもの。[季]雪見廻ひ。[俳]伽藍〳〵・雪見廻ひ。

1050 ○雪折　雪の降り積った重さのために竹や木などが撓み折れること。歌語。○二王　既出。一〇二六参照。▽雪折の木の枝が、仁王像の片腕に、もたれかかっている。筋肉のもりあがった仁王の腕は、仏法の敵に向かって存在するのであるが、それがいまは、木の枝を支えている。野外の石像の仁王像などであろう。[季]雪折。[俳]二王・片腕。

1051 つくり置《おき》てこはされもせじ雪仏《ゆきぼとけ》　　一井

1052 朝寐《あさね》する人《ひと》のさはりや鉢敲《はちたたき》　　文潤

1053 千観《せんくわん》が馬《うま》もかせはし年のくれ　　其角

薬王品七句《やくわうぼんしちく》

如寒者得火《さむきもののひをえたるがごとし》

1054 まつ白《しろ》にむめの咲《さき》たつみなみ哉《かな》　　胡及

如裸者得衣《はだかなるもののころもをえたるがごとし》

1055 雪《ゆき》の日《ひ》や酒樽《さかだる》拾《ひろ》ふあまの家《いへ》

1051 ○雪仏　雪だるま。▽作りあげるまでは、夢中になってあれこれ工夫するのであるが、できあがってしまえば、所詮児戯に類する。どこか間が抜けていて、すぐに見あきてしまう。やがて雪が解け始めると、ぶざまな姿をさらすことになる。そんな雪だるまではあるが、かりにも「仏」と名のつくものを、むげに打ちこわすこともできまい。それでいつまでもあわれな形で立っている。[季]雪仏。[俳]雪仏。

1052 ○鉢敲　九四参照。「鼓」は「鼓」の俗字。「敲」に同じ。十一月十三日から十二月晦日まで、毎夜京都の内外の火葬場を巡り、また市中を巡り歩く。その一行は、鉦を鳴らし、念仏を唱え、携帯する瓢簞を叩くなど、なかなか賑やかなものであったらしい。これを暁の鉢叩ともいった。▽鉢叩の勤行は、殊勝なことではあるが、朝寝坊のなまけものにとっては、連日これで早朝から叩きおこされるのでは、つらいことだろう。[季]鉢敲。[俳]鉢敲。

1053 ○千観　永観元年(九六三)没。六十六歳。摂津金竜寺を開創した。自ら馬方となり淀のあたりに出て旅人に奉仕したと伝える。この句は五元集では「大津駅」と前書がある。千観がはじめ三井寺で修行したので、そのように題したものか。▽歳の瀬のあわただしさに、旅人の往来も一段と激しい。かの隠逸の人千観法師もまた、このような折にはどんなにかせわしく馬方としてたち働いたことであろう。[季]年のくれ。[俳]千観。

1054 ○薬王品七句　以下七句の題は、すべて法華経第二十三の薬王菩薩本事品にある一連の語句。法華経の利益を比喩したもの。なおこの後に「如貧得宝・如民得王・如賈客得海・如炬除暗」と続く。▽さすがによく陽光をうける南側の枝は、梅の花の咲き方もちがう。みごとに白く咲きほこって、鮮やかに浮きたって見える。和漢朗詠集・早春「南枝北枝ノ梅、開落スデニ異ナリ」。[季]むめ。[俳]まつ白。

1055 ○酒樽　海上で難破しかけ危うく命を助かった漁夫は、讃岐金毘羅宮の威徳として、これに報恩の志を、酒樽に託し海に流す。これを指すか(露伴『評釈』)。▽雪の日。漁もなく寒さにふるえる漁夫が浜辺に打ちあげられた金毘羅樽を拾う。本来拾うべきものではないが、ここは権現様のお助けとばかり、

1056 如商人得主《あきびとのあるじをえたるがごとし》
双《す》六《ろく》のあひてよびこむついり哉《かな》

1057 如子得母《このははをえたるがごとし》
竹《たけ》たてゝをけば取《とり》つくさゝげかな

1058 如渡得船《わたりにふねをえたるがごとし》
月《つき》の比《ころ》隣《となり》の榎《えの》木《き》きりにけり

1059 如病得医《やまひにくすしをえたるがごとし》
かはくとき清《し》水《みづ》見《み》付《つく》る山《やま》辺《べ》哉《かな》

1060 如暗得灯《やみにともしびをえたるがごとし》
秋《あき》のよやおびゆるときに起《おこ》さるゝ

一杯飲ませて貰って寒さをしのぐ。[季]雪の日。[俳]酒樽。

1056 ○双六　盤双六。二人で対座して采(さい)を振り、出た目の数だけ駒を進める。○ついり　梅雨。ながあめ。▽降り続く長雨に退屈して、ひまをもてあましていると、うまいこと門前を顔見知りが通りかかった。なにやかや言いくるめて双六の相手に誘いこむのである。[季]ついり。[俳]あひて・ついり。

1057 ○をけば　正しくは「おけば」。○さゝげ　大角豆。蔓を伸ばし、夏季に薄紫色の花を咲かせる。▽ササゲの傍に支柱の竹を立てておく。蔓は待っていたかのように、これにからみつき葉を伸ばし、花を咲かせ、やがて実をつける。それはちょうど、幼な児がひたすら母を頼り生長して行く姿だというのである。[季]さゝげ。[俳]さゝげ。

1058 ▽月の光の美しくなる秋の時節。なんとまあ、間のよいことに、隣家では榎の枝をおろしてくれたのであった。これでこの秋は、存分に月を楽しむことができる。「にけり」に、やれやれ助かった、というニュアンスがある。[季]月。[俳]ナシ。

1059 ○かはく　正しくは「かわく」。▽夏日の旅行。のどのかわきに耐えかねているちょうどそのとき、山際のあたりに湧き出る清水を見付けた。これこそ百薬にもまさるありがたいものだ。あたかも病人が名医を得たように元気づけられる。[季]清水。[俳]ナシ。

1060 ▽眠っているうちに怖ろしい夢にうなされていると、人が気づいて揺り起こしてくれた。もしも起こしてもらえなかったら、この秋の長い夜を、一晩中うなされて苦しい眠りを続けるところであった。ほんとうによいときに起こしてくれたものだ。[季]秋のよ。[俳]ナシ。

神祇《じんぎ》

1061 古《ふる》宮《みや》や雪《ゆき》じるかゝる獅《し》子《し》頭《がしら》　釣雪

二月廿五日奉納《にぐわつにじふごにちほうなふ》に

1062 きさらぎや廿《にじふ》四《よつ》日《か》の月《つき》の梅《うめ》　荷兮

1063 しん〳〵と梅《うめ》散《ちり》かゝる庭《には》火《び》哉《かな》　同

1064 鶯《うぐひす》も水《みづ》あびてこよ神《かみ》の梅《うめ》　亀洞

1065 上《かみ》下《しも》のさはらぬやうに神《かみ》の梅《うめ》　昌碧

1066 灯《ともしび》のかすかなりけり梅《うめ》の中《なか》　釣雪

1061 ○雪じる　雪どけの水。○獅子頭　社頭の狛犬の頭。▽古びて由緒ありげな社。頭上はるかな木のいただきから、雪どけの水がしたたり落ちて、石造の狛犬の頭をぬらしている。早春の風景。季雪じる。俳獅子頭。

1062 ○二月廿五日　菅原道真の忌日。▽二月二十四日。盛りを過ぎてとうに散り始めている梅。そこにやや痩せて力ない下弦の月の光がさしている。すべて、はるかに道真公の死を悼むこころか。季きさらぎ・梅。俳廿四日。

1063 ○しん〳〵と　夜の深まり行くさま。○庭火　神楽などのとき焚くかがり火。▽月暗く、夜の深まりとともにかがり火の明るさがきわだつ。散りぎわの梅は、かがりの明りにもせかされるように散って行く。季梅。俳しん〳〵と。

1064 ○神の梅　菅原道真が愛した梅の木は、道真が太宰府に左遷された後に、あとを追って太宰府安楽寺まで飛んだという。▽鶯よ。この神苑の梅は、あだやおろそかな梅ではないぞ。道真公に愛され、道真公を慕ったあの梅にちなんで、境内に植えられたものだ。よく斎戒沐浴してからとまるがよい。季梅。俳ナシ。

1065 ○上下　袴と肩衣。肩衣のへりにはしんを入れ、貞享・元禄の頃、その幅一尺に及んだという。▽梅は道真公ゆかりの樹木である。うっかり触れて散らすことのなきよう、この神苑では上下の肩をすぼめて歩かなければなるまい。季梅。俳上下・さはらぬやうに。

1066 ○灯　社の境内の神灯。▽この梅林の中では、境内の神灯も、かげうすく今にも消え入りそうである。さすがに道真公をまつった天満宮の境内。ゆかりの梅は、みごとに咲きほこっている。季梅。俳ナシ。

1067 何《なに》とやらおがめば寒《さむ》し梅《うめ》の花《はな》　越人

1068 覚《おぼ》えなくあたまぞさがる神《かみ》の梅《うめ》　舟泉

1069 月《さか》代《やき》もしみるほど也《なり》梅《うめ》の露《つゆ》　雨桐

1070 門《かど》あかで梅《うめ》の瑞《みづ》籬《がき》おがみけり　重五

1071 絵《ゑ》馬《うま》見《み》る人《ひと》の後《うしろ》のさくら哉《かな》　玄察

1072 花《はな》に来《き》て歯《し》朶《だ》かざり見《み》る社《やしろ》哉《かな》　鈍可

1073 宮《みや》の後《のち》川《かは》渡《わた》り見《み》るさくら哉《かな》　李桃

1074 御《み》手《た》洗《らし》の木《こ》の葉《は》の中《なか》の蛙《かはづ》哉《かな》　好葉

1067 ○おがめば　正しくは「をがめば」。▽この神苑で梅の花を拝すると、何とも言いがたく、身のひきしまるのをおぼえる。菅原道真公が深く愛した梅、また道真公を慕って筑紫太宰府まで飛んだという梅。その奇瑞が心にうかんでくるからであろうか。季梅の花。俳何とやら。

1068 ○覚えなく　しらずしらず。▽何ゆえとはしられないのであるが、崇敬の念にうたれて頭をたれてしまう。道真公ゆかりの梅の木を、この神苑で拝すると。「あたまぞさがる」という具体的記述が俳諧。季梅。俳あたま。

1069 ○月代　社寺参詣などに際しては特に身なりを整え、男子は前額部もきちんと剃る。▽天神参詣に出かけてくると神苑の梅の枝から露が落ちて、剃りたての頭にはとりわけ冷たい。「しみる」に、神威の有難さを暗示する。季梅。俳月代。

1070 ○おがみ　正しくは「をがみ」。▽せっかく参詣に来たが、天満宮の門はまだ開いていない。しかたなく梅の花の咲いている神垣のあたりを拝して帰る。梅の花は、道真公ゆかりの樹木であるから、というのである。季梅。俳ナシ。

1071 ○絵馬　神前に馬を献げた名残に馬を描いた額をかかげた。のちにさまざまの絵を描くようになる。▽参詣の人が絵馬を見上げて何か語り合っている。後方には桜の花。花見がてらの参詣か。季さくら。俳絵馬。

1072 ○歯朶かざり　新年の注連縄などに用いるシダの飾り。▽花見にとやってきた社は、なんと、まだ正月の飾りもかたづけられておらず、枯れたシダの葉がそのままにさがっている。うらさびしい神社の景。季花。俳歯朶かざり。

1073 ▽ある宮社での桜のさかりを見物して、さらにうららかな陽気にさそわれて散策の足をのばし、とうとう興に乗じて水ぬるむ小川をかち渡りしてしまった。春日郊行の浮かれたところをそのまま詠む。季さくら。俳ナシ。

1074 ○御手洗　神社の社頭で、みそぎをしたり手水などをつかう流れ。川の流れの一角を仕切り、柄杓などを置く。▽御手洗の流れに、散り込んだ落葉が積もり、その中に蛙が隠れていた。いつも清らかな水の流れの中なので、木の葉も蛙もすがすがしい趣がある。季蛙。俳ナシ。

1075 ほとゝぎす神楽《かぐら》の中《なか》を通《とほ》りけり　玄察

1076 宮《みや》守《もり》の灯《ともし》をわくる火《ほ》串《ぐし》かな　亀洞

1077 破《やれ》扇《あふぎ》一《いち》度《ど》にながす御《み》祓《そぎ》かな　未学

1078 川《か》原《はら》迄《まで》瘧《おこり》まぎれに御《み》祓《そぎ》哉《かな》　荷兮

1079 こがらしや里《さと》の子《こ》覗《のぞ》く神《み》輿《こし》部《べ》屋《や》　尚白

1080 此《この》月《つき》の恵《ゑ》比《び》須《す》はこちにゐます哉《かな》　松芳

1081 冬《ふゆ》ざれや禰《ね》宜《ぎ》のさげたる油《あぶら》筒《づつ》　落梧

1075 ○神楽　神に献げる奏楽。さとかぐら。夜間奏するものを夜神楽(よかぐら)という。▽夜神楽のしずかな響きの切れ目にホトトギスが鋭い鳴き声をあげて飛び過ぎて行った。一座の人々は一瞬そちらへ心を奪われたのである。[季]ほとゝぎす。[俳]ナシ。

1076 ○宮守　神社の番人。○火串　夏季、月のなき夜、山の木陰に松火を串につけて挿し、寄って来る鹿類を射て取る。▽夜の山へ狩に出かける一行が、途中の社へ立ち寄って、番人にことわりを入れ、御神灯の火をわけてもらう。殺生の営みと神社の神聖な火との対照が面白い。[季]火串。[俳]宮守。

1077 ○御祓　六月晦日の神事。なごしのはらえ。川べに仮社を設けて行い、人の形の白紙を流すこともある。▽一夏中使った破れ扇を、川に流す。わが身のけがれがこれとともに流し去られることを祈って。[季]御祓。[俳]一度。

1078 ○瘧　熱病の一。日を置いて間歇的に発熱が起る。▽今日は六月晦日、みそぎの日。どうも今日あたり例の瘧が出そうだ、というので、川原の仮社のあたりまで出て、身を冷やし瘧をまぎらすのである。それが今年のみそぎをもかねることになった、と苦笑している。[季]御祓。[俳]瘧まぎれに。

1079 ○神輿部屋　祭礼のとき以外に神輿を格納しておく建物。部屋は小屋。▽木がらしの吹く時節。遊びのたねにつまった子どもたちであろうか、神輿のしまわれている小屋の格子窓を背伸びしてのぞきこんでいる。時節・場面・人物が、ぴたりとはまった懐しい図。[季]こがらし。[俳]神輿部屋。

1080 ○恵比須　三歳まで足が立たなかったという。○ゐます　正しくは「います」。▽諸神が出雲大社に参集するというこの十月にも、あの夷さまだけは旅することなく、ご当地においでになることであろうな。[季]此月。[俳]恵比須。

1081 ○冬ざれ　冬の季節。○禰宜　底本「称宜」と誤る。○油筒　灯油を入れる竹筒。▽冬がれの荒れさびた境内を、神職のものが油筒を携えて歩いて行く。神灯に油を供給するためであろう。あるいは複数のからになった竹筒がぶつかりあってたてる音をいうか。[季]冬ざれ。[俳]冬ざれ・禰宜・油筒。

1082 ○若宮　尾張国名古屋末広町の若宮八幡宮。天武天皇の代に鎮座したという(七部通旨)。▽さすがに古い由緒を誇る

1082 若宮奉納《わかみやほうなふ》
きゝしらぬ歌《うた》も妙《たへ》也《なり》神《かみ》々《か》楽《ぐら》　利重

1083 跡《あと》の方《かた》と寐《ね》なをす夜《よる》の神楽《かぐら》哉《かな》　野水

1084 鈴《すず》鹿《か》川《がは》夜《よ》明《あけ》の旅《たび》の神楽《かぐら》哉《かな》　昌碧

1085 かづらきの神《かみ》にはふとき庭《には》火《び》哉《かな》　村俊

1086 橋《はし》杭《ぐひ》や御《お》祓《はらひ》かゝる煤《すす》はらひ　ト枝

1087 祝《いはひ》
肩《かた》付《つき》はいくよになりぬ長閑《のどか》也《なり》　冬文

若宮の祭礼である。伝来の神楽歌は、かつて他で聞いたことのない詞章であるが、その意味不明のところが、なんともありがたい、深い味わいを感じさせる。[季]神々楽。[俳]ナシ。

1083 ○跡の方　足もとのほう。○寐なをす　正しくは「寐なほす」。寝る位置を変更する。▽夜、床に臥していると、遠くから神楽の音が聞こえて来た。それは自分の足もとの方角からだったので、起き直して、足の方に頭を置きかえて、再び床についた。寝ながら、それも足を神楽の方にむけているのは、いかにも非礼に思われたのであろう。[季]神楽。[俳]ナシ。

1084 ○鈴鹿川　伊勢国の歌枕。「鈴鹿川やそ瀬渡りて誰故か夜越えに越えむ妻もあらなくに」(夫木和歌抄)など。○旅の神楽　遊芸として演ずる代神楽。もと伊勢から出たという。▽鈴鹿川を夜明けに渡って、旅の代神楽の一行が行く。寒々とした冬の夜明けの旅芸人の淋しい一行である。[季]神楽。[俳]ナシ。

1085 ○庭火　既出。一〇六三参照。▽自分の顔の醜さを恥じて、夜間のみ出て自分の業を為したという葛城の一言主(ひとことぬし)の神。あの神さまには、この神楽の庭にあかあかと燃えるかがり火は、きっとあかるすぎることであろう。おそらく、もっと細めにしてくれというにちがいあるまい。[季]庭火。[俳]ナシ。

1086 ○御祓　伊勢神宮などから授与される厄除けの大麻。○煤はらひ　歳末一年の大掃除をすること。煤はき。▽各家々で煤払いが行われたのであろう。もう不要になった御祓が川に捨てられて、橋杭に引掛っている。[季]煤はらひ。[俳]橋杭・御祓・煤はらひ。

1087 ○祝　金葉集「よろづ代はまかせたるべし石清水ながき流れを君によそへて」などのように、君が代の永遠に続くべきことを予祝する心をこめる和歌題。○肩付　肩のなり。背恰好。○いくよになりぬ　続拾遺集・神祇「あとたれて幾世になりぬ神風や五十鈴の川の古き流に」。○長閑也　春の季語。また気性のおっとりしているさま。▽永遠に続くかと思われるこの春の日ののどかさよ。これを人にたとえて考えるならば、いったい背かっこうが年齢いくつに見たてられるものであろうか。[季]長閑也。[俳]ナシ。

荷兮《かけい》が四十《しじふ》の春《はる》に

1088 幾《いく》春《はる》も竹《たけ》其《その》儘《まま》に見《み》ゆる哉《かな》　重五

1089 君《きみ》が代《よ》やみがくことなき玉《たま》つばき　越人

1090 青《あを》苔《のり》は何《なに》ほどもとれ沖《おき》の石《いし》　傘下

1091 いきみたま畳《たたみ》の上《うへ》に杖《つゑ》つかん　亀洞

1092 千《ち》代《よ》の秋《あき》にほひにしるしことし米《ごめ》　同

しばしかくれゐける人《ひと》に申遣《まうしつかは》す

1093 先《まづ》祝《いは》へ梅《うめ》を心《こころ》の冬《ふゆ》籠《ごも》り　芭蕉

1088 ○荷兮が四十の春　貞享四年(一六八七)。▽和歌題に「竹久緑・竹遐年友・緑竹年久」などとある、常に変らぬ緑の竹。同じように初老とは見えぬ若いあなたですね。季幾春。俳ナシ。

1089 ○玉つばき　和歌題に「椿葉久緑・椿葉伴齢」などがあり、謡曲・三輪に「八千代をこめし玉椿」などと謡われる。長寿の代表。▽玉ならば磨けばやがて磨滅することもあろう。だが永遠の生命を誇る玉椿を、そのままに磨かず置くならば、永遠の二乗が保証されるというものだ。わが君のこの代は、まさにそのように美しく持続するかと思われる。季玉椿。俳ナシ。

1090 ○青苔　磯辺の岩などに着生する。乾苔。一月の季語。○沖の石　百人一首「わが袖は汐ひに見えぬ沖の石の人こそしらね乾くまもなし」。▽沖の石の、いつもぬれぬれている所は、どれほど取っても青苔の尽きることはない。そのように豊かな収穫を祝福されるめでたき時世である。季青苔。俳青苔。

1091 ○いきみたま　七月の盂蘭盆会の頃、生きている父母などに対して饗応し、祝の物を贈る。○杖つかん　礼記「五十ニシテ家ニ杖ツク。六十ニシテ郷ニ杖ツク。七十ニシテ国ニ杖ツク。八十ニシテ朝ニ杖ツク」。▽父母の長寿を願って生御魂の祝をする。その命の長かるべきことは、礼記に定められた規準にあてはまらないほどで、「畳ノ上ニ杖ツク」までの命と申し上げておきましょう。季いきみたま。俳いきみたま。

1092 ▽この秋の収穫された米のにおい。豊かな思いは、その香りからだけでも存分に味わわれる。このめでたい時世が、永遠に保証されていることは、この香りひとつからでも明白なことである。季千代の秋・ことし米。俳ことし米。

1093 ○しばしかくれゐける人　名古屋を追放され三河国保美に蟄居していた杜国をさす。貞享四年(一六八七)冬の作。○冬籠り　古今集・序「なには津に咲くやこの花冬ごもり今は春べと咲くやこの花」をふまえる。▽不運にも、ただいまは隠棲蟄居しているあなたであるが、やがて時がめぐれば、世に出ることもあるであろう。寒さの冬をじっと耐えて、やがてわが春とばかり咲き匂う梅の花もあるではないか。あの梅を心に秘め、おのれの未来をも予祝して、まずは明るく、来るべき時節を待ってほしい。季冬籠り。俳ナシ。

曠野集　員外

誰《たれ》か華《はな》をおもはざらむ。たれか市中《しちゆう》にありて朝《あした》のけしきを見《み》む。我東四明《われとうしめい》の麓《ふもと》に有《あり》て、花《はな》のこゝろはこれを心《こころ》とす。よつて佐川田喜六《さかはだきろく》の、よしの山《やま》あさな〳〵といへる歌《うた》を、実《まこと》にかんず。又《また》、

麦喰《むぎくひ》し雁《かり》と思《おも》へどわかれ哉《かな》

此句《このく》尾陽《びやう》の野水子《やすいし》の作《さく》とて、芭蕉翁《ばせうをう》の伝《つた》へしをなをざりに聞《きき》しに、さいつ比《ころ》、田《でん》野《や》へ居《きよ》をうつして、実《まこと》に此句《このく》を感《かん》ず。むかしあまた有《あり》ける人《ひと》の中《なか》に、虎《とら》の物語《ものがたり》せしに、とらに追《お》はれたる人《ひと》ありて、独色《ひとりいろ》を変《へん》じたるよし、誠《まこと》のおほふべからざる事左《ことさ》のごとし。猿《さる》を聞《きき》て実《まこと》に下《くだ》る三声《さんせい》の

○市中　市街地の雑踏の中。
○我　この文章の作者山口素堂。
○東四明　四明は天台山。日本で比叡山の別称。東四明は、東叡山寛永寺のこと。素堂は延宝七年(一六七九)ごろから貞享二、三年(一六八五、六)ごろまで東叡山の麓の不忍池のほとりに住んだ。東叡山は江戸における桜の名所の一。
○花のこゝろは…　花についてあれこれ思うことが自分の心の核心となった。
○佐川田喜六　名昌俊。淀藩主永井尚政の家臣。文武両道の達人であった。晩年山城国薪村の酬恩庵の傍に隠棲。寛永二十年(一六四三)没。六十五歳。
○よしの山…　佐川田喜六の代表作「吉野山花咲くころの朝なこころにかかる峰のしら雲」。広く人口に膾炙した。
○実にかんず　心の底から感銘を受けた。「実」は人間存在の根拠。心の中心。
○麦喰し…　春になって北へ帰って行く雁。さんざん畑の麦を喰いあらしたやつだとは思うけれども、いざ別れとなると、やはり惜しまれることだ。去来は「あるときはありのすさびに憎かりきなくてぞ人の恋しかりける」(源氏物語奥入)を本歌として、「一段せめ上げて」作したものと評価した(浪化・随門記)。
○尾陽　尾張国。
○芭蕉翁の伝へし　野ざらし紀行の旅を終えて貞享二年(一六八五)四月末に江戸に帰着した折か。
○なをざりに　正しくは「なほざりに」。おろそかに。いい加減に。
○田野へ居をうつして　素堂は貞享二年四月から同四年十一月ごろまでの間に、隅田川の東郊葛飾に転居した。
○実に此句を感ず　心の底から「麦喰し」の句に感銘を受けた。
○虎の物語　小学・致知類にある話。
○誠のおほふべからざる事　「誠」は「実」に同じ。人間の心の真実は隠すことができない。
○猿を聞て…　杜甫の秋興八首の第二首にある句「聴猿実下三声涙」による。猿のしきりに鳴く声を聞くと、心の底にこたえて、おのずから涙が流れ落ちる。

なみだといへるも、実《まこと》の字《じ》老杜《らうと》のこゝろなるをや。猶雁《なほかり》の句《く》をしたひて、

1094 麦《むぎ》をわすれ華《はな》におぼれぬ雁《かり》ならし　素堂

この文人《ふみひと》の事《こと》づかりてとゞけられしを、三人開《さんにんひら》き幾度《いくたび》も吟《ぎん》じて、

1095 手《て》をさしかざす峰《みね》のかげろふ　野水

1096 橇《かんじき》の路《みち》もしどろに春《はる》の来《き》て　荷兮

1097 ものしづかなるおこし米《ごめ》うり　越人

1098 門《かど》の石《いし》月《つき》待《まつ》闇《やみ》のやすらひに　水

○実の字　詩句中の「実」の一字は。
○老杜　杜甫。大暦五年(七七0)没、五十九歳。唐末の杜牧に対して大杜・老杜という。芭蕉にも「老杜ヲ憶フ」と詞書する「髭風を吹て暮秋歎ずるは誰が子ぞ」の句があるように、普通に行われた呼び方。
○猶　猶は尤に通じて用いられる。ことに、はなはだ、の意。

1094 発句。春(華)。○ならし　「なり」また「なりけり」と同義に用いられた。▽雁というやつは、あれほどあさりつくした麦をも、時節がくればあっさり忘れてしまい、これから訪れる美しい花の季節にも心を残すことなく去って行く。恬淡として無欲な鳥である。㊟ナシ。

1095 脇。春(かげろふ)。○この文　右の発句と前書。○三人　以下の三吟をなす野水・荷兮・越人の三名。○吟じて　感吟して。○峰のかげろふ　続千載集「吉野山峰とびこえてゆく雁のつばさにかかる花のしら雲」などにより、「雁」に対して「峰」を出す。▽去って行く雁をなごり惜しく見送る。また、はるかにあおぎ見る心持が、遠い江戸の素堂に対する敬意を含む。㊟ナシ。

1096 第三。春(春の来て)。○橇　底本「鑵」とある。雪山に登るとき履くもの。▽冬のあいだはかんじきなしには歩けなかった山路も、春になりすっかり雪解けのぬかるみになっている。「峰」に対して「橇」を付けた。㊟橇。

1097 初オ四。雑。○おこし米　米に蜜をまぜて煎ったもの。古くからある菓子。▽古風なおこし米などを売り歩く男。さすがに商売がら、立ち居ふるまいがおっとりしている、というのである。春先のぬかるみの道を、物売りの人々が往き来するようになった、として付ける。㊟おこし米うり。

1098 初オ五。秋(月)。▽門口の脇に据えた石。今宵の月の出を待ってたたずんでいると、そこに物売りがいるのに気がついた。声をかけければ、いかにもおとなしそうなおこし米売りで、月の出を待って、夜道をなお行くのだ、というようなことを語った。「門」の脇に「石」を設定したところが、俳諧らしい、細かな描写である。㊟ナシ。

1099 風《かぜ》の目《め》利《きき》を初《はつ》秋《あき》の雲《くも》　兮

1100 武《もの》士《のふ》の鷹《たか》うつ山《やま》もほど近《ちか》し　人

1101 しをりについて滝《たき》の鳴《な》る音《おと》　水

1102 袋《ふくろ》より経《きやう》とり出《いだ》す草《くさ》のうへ　兮

1103 づぶと降《ふ》られて過《すぐ》るむら雨《さめ》　人

1104 立《たち》かへり松《たい》明《まつ》直《ね》ぎる道《みち》の端《はた》　水

1105 千《せん》句《く》いとなむ北《きた》山《やま》のてら　兮

1106 姥《うば》ざくら一《ひと》重《へ》桜《ざくら》も咲《さき》残《のこ》り　人

1099 初オ六。秋(初秋)。○風の目利　今後予想される風雨の様子を考定する。天気予報。▽初秋の頃の雲の動きを見て、ことしの暴風のおとずれを、あれこれ予想している。前句の、月の出を待つまでの門口での人々の語らいから、時候のあいさつ、雨風の予想に展開させたもの。[俳]目利。

1100 初ウ一。秋(鷹うつ)。○鷹うつ山　鷹狩用の鷹を捕獲する山。子鷹が自分で餌を求めて飛ぶ所をおとりで誘い、樹間に網を張って捕える。七、八月頃。▽この近くには武士たちが鷹狩の鷹を捕える山もある。風向や風の勢いが、鷹の飛翔と関係するので、前句に付く。[俳]ナシ。

1101 初ウ二。雑。○しをり　山深く入る時、帰り道に迷わぬように木の枝を折り、また紙など結びつけておく。▽枝折に従ってたどたどしく道を行くと、ふいに近くに滝の流れ落ちる音がして来た。鷹の住む深山のさま。[俳]ナシ。

1102 初ウ三。雑。○袋　頭陀袋。▽枝折に頼って行くような深山や滝の音などから、山野抖擻の修行僧を出す。滝近きあたりで、芳草の上に座し、やおら経巻をとり出して念誦読経する。[俳]経。

1103 初ウ四。雑。○づぶと　ずんぶりと。ずぶ濡れになるさま。▽急激に襲ってきた通り雨に、全身ずぶ濡れになったのだが、それもすでに降り過ぎて行った。前句は、濡れた荷物の中から特に大切な経巻をとり出して、乾いた草の上にひろげ点検しているさまになる。[俳]づぶと。

1104 初ウ五。雑。▽村雨をやり過して雨やどりしているうちに少し予定より遅れた。夜道を歩くことになりそうだというので思い切って前の集落まで引き返し、松明を値切って買う。わびしい田舎道。[俳]直ぎる。

1105 初ウ六。雑。▽京都の北山の寺。連歌の千句興行が行われるので、それに出で向う連衆が、帰途を慮って松明を買うのである。前句を鞍馬口などの洛外への出口の様と見て付ける。[俳]千句。

1106 初ウ七。夏(残りの桜)。○姥ざくら　葉より先に花を開く桜。ヒガンザクラなど。▽初夏の北山。京都より花の時期が遅れて、やっと姥桜・一重桜が咲いた。[俳]姥ざくら・一重桜。

1107 あてこともなき夕《ゆふ》月《づく》夜《よ》かな　水

1108 露《つゆ》の身《み》は泥《どろ》のやうなる物《もの》思《おも》ひ　兮

1109 秋《あき》をなをなく盗《ぬす》人《びと》の妻《つま》　人

1110 明《あく》るやら西《にし》も東《ひがし》も鐘《かね》の声《こゑ》　水

1111 さぶうなりたる利《と》根《ね》の川《かは》舟《ぶね》　兮

1112 冬《ふゆ》の日《ひ》のてか〱としてかき曇《くもり》　人

1113 豕《ゐの》子《こ》に行《ゆく》と羽《は》織《おり》うち着《き》て　水

1114 ぶら〱ときのふの市《いち》の塩《しほ》いなだ　兮

1107 初ウ八。秋(夕月夜)。○あてこともなき 「あてこと」は予想し期待すること。予想もしていなかった。途方もない。▽全く思いがけない夢のような夕月の美しさである。前句を残りの桜の意外な発見とみて美しい宵の時刻とする。俳あてこと。

1108 初ウ九。秋(露)。恋(物思ひ)。○泥のやうなる 漢語の如泥は、酔の甚しいこと。また価値の低いこと。▽恋の思いに沈んではかなきことどもを、あてどもなく思い続ける。前句「あてこともなき」を、恋の思いがかなえられそうもなく、と解して「待恋」を付ける。俳泥のやうなる。

1109 初ウ十。秋(秋)。恋(妻)。○なを 正しくは「なほ」。▽盗人の妻というはかなき境涯。常ひごろ悩み苦しみは絶えないのだが、物思うことの多い秋の日は、おのが運命の拙さを省みて、一段と涙の絶えることがない。俳ナシ。

1110 初ウ十一。雑。▽夜が明けたものであろうか。諸方の寺の鳴らす鐘の音が聞こえてくる。盗人を夫に持つ身は、夜明けまで心の休まる時がないのである。俳明るやら。

1111 初ウ十二。冬(さぶうなりたる)。○利根の川舟 利根川の豊富な水は、水運を盛んにし、物資の輸送や鹿島・香取・息栖の三社詣などで賑わった。▽夜舟で朝を迎える。めっきり冷えこむ朝に両岸から鐘が聞こえてくる。俳さぶう。

1112 名オ一。冬(冬の日)。▽冬の太陽は、朝がた照りつけていたかと思うと、間もなくにわかに曇って、川舟は寒風の吹きすさぶ中を心細く進む。強風のために晴れ曇りの定めない利根川の冬。俳てか〱として。

1113 名オ二。冬(豕子)。○豕子 十月亥の日に餅を食べると万病を除き子孫繁栄するというので、玄猪・厳重・厳祥などと称して、この日を祝った。▽玄猪の嘉例の挨拶に出かける。空模様を心配しながら羽織を着て行く。俳豕子・羽織。

1114 名オ三。冬(塩いなだ)。○塩いなだ いなだは冬十月頃の鰤。体長五、六十センチ。塩いなだは軽く塩をふって生干にしたもの。▽昨日の市で買った塩いなだをぶら下げて、玄猪の挨拶に出かけて行く。生臭物が衣服に触れるのを避けるため、ぶらぶらさせて行くのである。俳ぶら〱と・塩いなだ。

1115 狐《きつね》つきとや人《ひと》の見《み》るらむ　人

1116 柏《かしは》木《ぎ》の脚《かつ》気《け》の比《ころ》のつくぐ〵と　水

1117 さゝやくことのみな聞《きこ》えつる　兮

1118 月《つき》の影《かげ》より合《あひ》にけり辻《つじ》相《ずま》撲《う》　人

1119 秋《あき》になるより里《さと》の酒《さか》桶《をけ》　水

1120 露《つゆ》しぐれ歩《かち》鵜《う》に出《いづ》る暮《くれ》かけて　兮

1121 うれしとしのぶ不《ふ》破《は》の万《まん》作《さく》　人

1122 かしこまる諌《いさめ》に涙《なみだ》こぼすらし　水

1115 名オ四。雑。▽他人から見たら、この自分のようすは、狐にでもとり憑かれたものと見えるであろうか。塩ざかなをぶらぶらと手にさげて行く自分に、ふと気がついて、思えば奇態な恰好だと自嘲する。[俳]狐つき。

1116 名オ五。雑。恋(柏木)。○柏木の脚気　源氏物語・若菜下に柏木右衛門督の詞として「かくびやうといふ物」を煩っているとある。これを脚気とする古注があった。○つくぐ〵とぼんやりと。▽女三の宮との恋に苦しむ柏木が脚気のために引き籠ってあれこれ思い悩んでいるさま。[俳]脚気。

1117 名オ六。雑。恋(さゝやく)。▽病のために引き籠っている身は、神経が鋭くなって、周囲の人のひそひそ声がすべて耳につく。[俳]さゝやく。

1118 名オ七。秋(月の影・辻相撲)。○辻相撲　素人が街の辻に集まって行う相撲。町触で禁制となっていた。▽月の光に誘われて町の辻に集まり、相撲が始まった。禁止されているので隠密にと心がけるのだが、いつか夢中になって高声になり、結局見つかってしまう。[俳]より合にけり・辻相撲。

1119 名オ八。秋(秋)。○酒桶　酒を仕込むための巨大な桶。▽秋になるとすぐ新酒の仕込みに備えて、大桶を洗い設置する。里に一軒の酒造家に集まった人々が、作業のあと相撲に興ずるところ。[俳]酒桶。

1120 名オ九。秋(露しぐれ)。○歩鵜　船を使わないでする鵜飼。夜川では鵜一羽ないし数羽を使った。▽夕暮の時刻を、深い露に濡れながら、鵜飼に出かける。前句の酒桶を洗う川辺を、上流へ向うのであろう。[俳]歩鵜。

1121 名オ十。雑。恋(しのぶ・不破の万作)。○不破の万作　関白豊臣秀次の小姓。尾張の人。文禄三年(一五九四)秀次自刃の時に殉死。万作と名古屋山三郎をモデルとする不破物は、浄瑠璃・歌舞伎の人気演目。▽鵜飼に託して高貴の人物が忍び行くのを万作が嬉しく待ちうける場面。[俳]不破の万作。

1122 名オ十一。雑。恋(涙)。▽おそれながら、と諌言申しあげると、真心が通じて主君は涙を落して悔悟の様子である。万作はそれがまた嬉しく主君への忍びの恋心を一段と深める。[俳]ナシ。

1123 火《ひ》箸《ばし》のはねて手《て》のあつき也《なり》　兮

1124 かくすもの見《み》せよと人《ひと》の立《たち》かゝり　人

1125 水《みづ》せきとめて池《いけ》のかへどり　水

1126 花《はな》ざかり都《みやこ》もいまだ定《さだま》らず　兮

1127 捨《すて》て春《はる》ふる奉《ほう》加《が》帳《ちやう》なり　人

1128 墨《すみ》ぞめは正《しやう》月《ぐわつ》ごとにわすれつゝ　水

1129 大《だい》根《こ》きざみて干《ほす》にいそがし　兮

1123 名オ十二。雑。▽握りしめた火箸が、物のはずみで跳ねて掌に触れ、熱さで飛びあがるほどである。前句の諫言する人物の熱心さを付ける。そのさまを見て、諫言を受けた人物が感じ入り涙をこぼすのである。[俳]火箸。

1124 名ウ一。雑。▽こちらがあわてて隠そうとするものを、火鉢の向う側に居た人間が、立ち上がり奪い取ろうとする。前句は、逃げようと火鉢に手をかけて立ちかけた途端に、火箸が跳ねあがり熱い思いをした、ということになる。[俳]ナシ。

1125 名ウ二。雑。○かへどり　替取。水を干し魚をとること。▽池に流入する水を止めて替取をしている。干上がった池の中で、魚を集めている人々の一人が、なにか貴重なものを拾ったらしく、懐に隠した。そこで他の人々がいっせいに立ち上がり集まり始めた。[俳]かへどり。

1126 名ウ三。春(花ざかり)。▽ことしは、春の訪れが遅く、寒暖定まらぬありさまで、桜の盛りも、まだ幾日頃とも知れない。前句を、農耕にとりかかるまでの春先の頃と定めて、暇ある間に池の替取をしている、とした。[俳]ナシ。

1127 名ウ四。春(春ふる)。○奉加帳　寺院に寄付する財物の目録や氏名を記入する帳面。▽都の花盛りが定まらぬ気づかわしさに人々の心も定まらず、せっかくの勧進に誰も奉加の記帳をするものがない。[俳]奉加帳。

1128 名ウ五。春(正月)。▽いつかは法躰隠居して墨染の衣をまとい、みずから堂塔建立の勧化に立とうと願っているのであるが、毎年春ごとに正月のめでたさに流されて、とうとう出家の素願を遂げぬまま、歳月が経ってしまった。前句の「春ふる」を幾年も過ぎたと長い時間に解して転ずる。[俳]正月。

1129 挙句。雑。○大根　干大根・干蕪などは非季の詞(毛吹草)。▽冬季、大根を紐状に切り日にさらして乾物とする。この切干大根は尾張の国の名物(毛吹草)であった。正月を前にして、切干大根の作業に追われて、ことしも遁世の宿願を果さなかった、というのであろう。[俳]大根。

1130 遠《とほ》浅《あさ》や浪《なみ》にしめさす蜊《あさり》とり　亀洞

1131 はるの舟《ふな》間《ま》に酒《さけ》のなき里《さと》　荷兮

1132 のどけしや早《はや》き泊《とまり》に荷《に》を解《とき》て　昌碧

1133 百足《むかで》の懼《おそ》る薬《くすり》たきけり　野水

1134 夕《ゆふ》月《づき》の雲《くも》の白《しろ》さをうち詠《ながめ》　舟泉

1135 夜《よ》寒《さむ》の蓑《みの》を裾《すそ》に引《ひき》きせ　釣雪

1136 荻《をぎ》の声《こゑ》どこともしらぬ所《ところ》ぞや　筆

1130 発句。春(蜊とり)。○遠浅　沖の方まで水の浅いこと。○しめ　標識。▽遠浅の海辺に、人々が散って浅蜊を拾っている。足元を水にひたしながら。そのさまが、あたかも海上にぽつんぽつんと標識をたてたようだ。汐干狩の風景。[俳]遠浅・蜊とり。

1131 脇。春(はる)。○舟間　船の入港が途切れている時期。▽春季、しばらく風のない日が続くと到着すべき船便が遅れて、酒が払底してしまった。前句の「遠浅・しめ」などから、沖合に現われるべき船を待望する心を出す。[俳]舟間。

1132 第三。春(のどけしや)。▽舟便にあわせて、日も高いうちから宿をとり、旅荷をほどく。のどかな春の日。聞けばこの港は、酒が途切れているということだ。さて、どうやって時間をつぶしたものか。[俳]ナシ。

1133 初オ四。雑。▽ムカデは、主として夏季に人家にも侵入して人を刺す。今夜はゆっくり休みたいと宿の自室にムカデ除けの香木などたいているのである。前句を早く着きすぎたので荷をといて薬などとり出した所と見る。[俳]百足。

1134 初オ五。秋(夕月)。▽夕月のかかる空に、鮮やかに白い雲が浮いている。その雲のたたずまいが、あしたの天候のことなど考えさせる。雨の気配とムカデの出現に因果関係があるとされたらしい。[俳]夕月。

1135 初オ六。秋(夜寒)。○夜寒の蓑　歌語「夜寒の衣」をふまえて「衣」を「蓑」に変えたもの。秋なかば過ぎから夜の肌寒さを覚えるので夜着を重ねる。▽夕月の空の雲の様子から今夜の冷え込みを予想して、蓑を足元に引き掛けて寝る。わびしい一人住みか。[俳]ナシ。

1136 初ウ一。秋(荻の声)。▽秋風の淋しさ・厳しさを告げて、荻の葉が音をたてている。わが身が、どこに今居るのかも知れぬながら、今宵は仮の宿を野中にとることになった。前句の蓑から旅の体に転じた。[俳]どこ。

1137 一《いち》駄《だ》過《すぐ》して是《これ》も古《ふる》綿《わた》　亀洞

1138 道《みち》の辺《べ》に立《たち》暮《くら》したる宜《き》禰《ね》が麻《あさ》　荷兮

1139 楽《らく》する比《ころ》とおもふ年《とし》栄《ばへ》　昌碧

1140 いくつともなくてめつたに蔵《くら》造《づくり》　釣雪

1141 湯《ゆ》殿《どの》まいりのもめむたつ也《なり》　舟泉

1142 涼《すず》しやと莚《むしろ》もてくる川《かは》の端《はた》　野水

1143 たらかされしや彳《たたずめ》る月《つき》　荷兮

1144 秋《あき》風《かぜ》に女《をんな》車《ぐるま》の髭《ひげ》おとこ　亀洞

1137 初ウ二。雑。○一駄　一駄荷。馬一頭につき本馬なら四十貫目、軽尻(からじり)なら二十貫目を基準とする。またその荷を積む馬のこと。▽連なり行く駄馬が、どれも古綿を運んで行く。この奥になお貧寒の土地があるらしい。[俳]一駄・古綿。

1138 初ウ三。雑。○宜禰　巫覡。神に仕える人。みことかんなぎ双方についていう。○麻　ぬさは、榊と竹で串を作り、麻と紙でしでを作る。▽大道で神書を講じて銭を稼ぐ人物。一日誰も聞いてくれず、古綿運びの馬が行くのみ。[俳]ナシ。

1139 初ウ四。雑。○年栄　年かっこう。年配。▽面体を見れば、もはやとっくに楽隠居してのんびり老後を養っているべき年配であるが。あわれ、どのような運命の人間か、このような職業に命をつないで。[俳]楽する・年栄。

1140 初ウ五。雑。▽どこまで蓄財すれば気がすむのか。つぎつぎに蔵を造って、際限もない栄耀栄華を誇っている。人物を、一転して貧から富へと描き換える。初老を過ぎれば渡世の業を譲って楽隠居するのが当代の常態。[俳]めったに。

1141 初ウ六。夏(湯殿まいり)。○湯殿まいり　正しくは「まゐり」。羽黒山・月山・湯殿山の出羽三山を巡礼修行すること。全身白装束。○もめむ　木綿。▽湯殿参詣の準備に白装束を作っている。喜捨して修行の旅に出る。[俳]湯殿まいり・もめむ。

1142 初ウ七。夏(涼しや)。▽莚をもって川べりに涼みに出る。すでに先客があり、彼は湯殿参詣の準備をしているのであった。前句の口調に応答会話体を見てとった付け。[俳]川の端。

1143 初ウ八。秋(月)。恋(たらかされし)。▽だまされたのか、約束の相手はなかなか現われない。虚しく月が照っている。前句は、待ちぼうけを食わされた人物が、その所の涼しさに気付いて莚を取りに出直したという滑稽。[俳]たらかされし。

1144 初ウ九。秋(秋風)。恋(女車)。○女車　女性乗用の牛車。簾の下から袖口や裾先を出して見せ、飾りとするものを出車(いだしぐるま)という。○おとこ　正しくは「をとこ」。▽月の下で逢引の場とされた所に待っていると、それらしい女車が来る。一陣の秋風にめくれた簾の中には、髭男が笑っている。南無三、からかわれたか。[俳]髭おとこ。

1145 袖《そで》ぞ露《つゆ》けき嵯《さ》峨《が》の法《ほふ》輪《りん》　釣雪

1146 時《とき》〱《どき》にものさへくはぬ花《はな》の春《はる》　昌碧

1147 八《や》重《へ》山《やま》吹《ぶき》ははたちなるべし　野水

1148 日《ひ》のいでやけふは何《なに》せん暖《あたたか》に　舟泉

1149 心《こころ》やすげに土《つち》もらふなり　亀洞

1150 向《むかう》まで突《つき》やるほどの小《こ》ぶねにて　荷兮

1151 垢《こ》離《り》かく人《ひと》の着《きる》ものの番《ばん》　昌碧

1152 配《はい》所《しよ》にて干《ひ》魚《うを》の加《か》減《げん》覚《おぼ》えつゝ　釣雪

1145 初ウ十。秋(露)。○嵯峨の法輪　嵐山にある智福山法輪寺。真言宗。「嵯峨の虚空蔵(こくぞう)」として著名。▽嵯峨の法輪寺に詣でると、折からの秋の露に袖はしとどに濡れる。前句は憧れの女君に随行する男。嬉し涙で袖も濡れる。〔俳〕法輪。

1146 初ウ十一。春(花の春)。▽わが子は虚弱で朝晩定まった食事さえも進まぬことがある。この時候のよい春にもかかわらず。嵯峨の虚空蔵は、幼児の智恵福徳を守るので、親は涙をもって祈願信仰するのである。〔俳〕ナシ。

1147 初ウ十二。春(八重山吹)。▽山吹は別名おもかげ草と称し、また物いわぬつつましき女性にたとえるのであるが、一重の山吹が清楚な少女の風情とすれば、八重の豊かに咲き乱れる山吹は二十くらいの成熟した女ともいえようか。前句を物思い多き故の拒食と見る。〔俳〕ナシ。

1148 名オ一。春(暖)。▽朝日が美しく射し出でて、間もなくうららと暖かな日よりとなった。こんな日は、さてなにをして過ごそうか。朝日を受けて黄金色の輝く山吹のかたわらに春愁の時節をもてあます青年を出す。〔俳〕暖に。

1149 名オ二。雑。▽いかにも心やすい間柄のように、土を貰って行く人がいる。時候もよし、天気もよし、あの土を何に使うのであろうか。前句・付句ともに傍観者の立場からとしたものか。土は屋根・壁などの修理か。〔俳〕心やすげに。

1150 名オ三。雑。▽対岸へ手で押しやると届くほどの小舟で土を貰う。いわゆる田川の棚無し小舟であろう。水の争いになれば深刻な対立もあるが、田の畦を補修している現在は、ともかく心やすそうに付き合うのである。〔俳〕向(むかう)・突やる。

1151 名オ四。雑。○垢離かく　神仏に祈願するために冷水や海水を浴びて清める。▽肌着一枚になって垢離の水を浴びる人の着衣を預かって番をしている人物。持主が声をかけると、その岸へ向けて着物を乗せて舟を押しやる。〔俳〕垢離かく・番。

1152 名オ五。雑。▽配流の島ではじめて、おのれの食料のために魚を干物にする手順・塩梅なども覚えたのであった。前句の垢離かく人の祈願の内容を、赦免されて本国に帰ることと見て、流人の境涯を出した。「つゝ」に詠嘆が籠められる。〔俳〕配所・干魚・加減。

1153 歌《うた》うたふたる声《こゑ》のほそ〴〵　舟泉

1154 むく起《おき》に物《もの》いひつけて亦《また》眠《ねむ》り　野水

1155 門《かど》を過《すぎ》行《ゆく》茄子《なすび》よびこむ　荷兮

1156 いりこみて足《あし》軽《がる》町《まち》の藪《やぶ》深《ふか》し　亀洞

1157 おもひ逢《あひ》たりどれも高《たか》田《だ》派《は》　釣雪

1158 盃《さかづき》もわするばかりの下《げ》戸《こ》の月《つき》　昌碧

1159 やゝはつ秋《あき》のやみあがりなる　野水

1160 つばくらもおほかた帰《かへ》る寮《れう》の窓《まど》　舟泉

1153 名オ六。雑。○うたふたる　正しくは「うたうたる」。▽高貴な流人の様。いつか干魚の作業などもすっかり身について、合間にはふと昔覚えた歌謡など口ずさむのであるが、さすがに声は細い。囲うたふたる。

1154 名オ七。雑。○むく起　急に起きあがること。▽主人は突然起きあがったかと思うと、つまらぬ用事を言いつけて、また睡りこんでしまった。それまで大声で鼻唄など歌っていた下僕は、声を低めて、また仕事にとりかかる。囲むく起。

1155 名オ八。夏(茄子)。▽門前を茄子売りが触れ声をあげて通り過ぎて行く。主人が目を覚まして下僕に買っておけと命じて、再び昼寝にもどったのである。囲茄子・よびこむ。

1156 名オ九。雑。○いりこみて　おもて通りからは深く入りこんでいて。○足軽　足軽・中間・小者は武士階級に付属する最下級の人々。▽不便な雑木林の奥にある足軽たちの住む一角。物売も稀にしか来ないので懸命に呼び込む。囲足軽町。

1157 名オ十。雑。○おもひ逢たり　たがいに労り合い助け合っている。○高田派　伊勢国一身田の専修寺を本山とする浄土真宗の一派。▽どの家も同じ高田派の念仏門の徒なので、同行たがいに助け合っている。身分の低いものばかりの住む一角だが、落ち着いて穏やかな気風を形成して。囲どれ・高田派。

1158 名オ十一。秋(月)。○わするばかりの　和歌の言いまわしを真似た措辞。▽せっかくの月見の宴だが、誰も下戸なのでつい酒の方は忘れられてしまう。前句の熱心な高田派の門徒の月見。とかく後生話になって盃を忘れる。囲下戸。

1159 名オ十二。秋(はつ秋)。▽日ましに初秋の気配が深まって行くとともに、病状も好転して健康を回復したところである。前句の下戸の理由を、病後ゆえとした。「やゝはつ秋の」は「わするばかりの」に応ずる古風な表現。囲やみあがり。

1160 名ウ一。秋(つばくら帰る)。○寮　寺院の学寮。雲水僧が僧堂に上るまで宿す所を旦過寮という。▽燕たちも大方は南に帰って窓の上は静かになった。一夏をとうとう病床に過ごしてしまった旅の僧。禅林の詩を感じさせる。囲つばくら・寮。

1161 水《みづ》しほはゆき安《あ》房《は》の小《こ》湊《みなと》　亀洞

1162 夏《なつ》の日《ひ》や見《み》る間《ま》に泥《どろ》の照《てり》付《つけ》て　荷兮

1163 桶《をけ》のかづらを入《いれ》しまひけり　昌碧

1164 人《ひと》なみに脇《わき》差《ざし》さして花《はな》に行《ゆく》　釣雪

1165 ついたづくりに落《おつ》る精《しやう》進《じん》　野水

1161 名ウ二。雑。○しほはゆき　塩辛い。○小湊　日蓮上人出生の地。高光山誕生寺がある。▽誕生寺の所化寮。この日々南へ帰る燕が窓外を飛んだが、それも見えなくなった。慣れぬ水を塩辛く思いながら修行に励む僧。[俳]しほはゆき・小湊。

1162 名ウ三。夏(夏の日)。▽夏の陽光の強さよ。田の畦の泥も見る見るうちに干上がってしまった。南国安房の夏の暑さを強調する。旅人の眼として見ている。[俳]泥。

1163 名ウ四。雑。○桶のかづら　水桶のたが。○入しまひけり　修繕が済んだ。▽夏の日の日照りに田の泥が干上がる。それを防ぐために田へ水を掛けるのであるが、川から汲み上げる水桶のたががはずれて、やっとのことで修繕をする。その間にも田は乾いてしまったというのである。[俳]桶のかづら。

1164 名ウ五。春(花)。○脇差　大小の刀の小をいう。短刀。武士は大小を挿し、農工商は脇差のみが許された。▽桶つくりの職人。ひと仕事かたづけて、あれを見ろ、あいつが一人前に脇差などさして、花見に行くのだとさ。人それぞれの風流。[俳]人なみに・脇差。

1165 挙句。春(たづくり)。○たづくり　田作。ごまめ。小鰯。▽花見の座に、精進の身では行けない。そこで手軽にありあわせの田作をつまんで、精進落しをしてでかける。[俳]つい・たづくり・精進。

1166 美《うつく》しき鰌《どぢやう》うきけり春《はる》の水《みづ》　舟泉

1167 柳《やなぎ》のうらのかまきりの卵《かひ》　松芳

1168 夕《ゆふ》霞《がすみ》染《そめ》物《もの》とりてかへるらん　冬文

1169 けぶたきやうに見《み》ゆる月《つき》影《かげ》　荷兮

1170 秋《あき》草《くさ》のとでもなき程《ほど》咲《さき》みだれ　松芳

1171 弓《ゆみ》ひきたくる勝《かち》相《ず》撲《まう》とて　舟泉

1172 けふも亦《また》ものの拾《ひろ》はむとたち出《いづ》る　荷兮

1166 発句。春(春の水)。○鰌　底本は「魚」偏に「猶」を書く。▽水かさを増した春の川面に、ドジョウのおよぐのが見える。泥の底から浮きあがるときに、ふだんならば、泥煙をまきあげる所なのだが、いまはそれも見えない。清冽な流れの中に、さりげなく静止したように小さな体をとどめている。[俳]鰌。

1167 脇。春(柳)。○うら　梢。○かまきりの卵　晩秋の頃木の枝に産みつけられる。螵蛸(おおじがふぐり)とよばれて特徴のあるもの。▽川べの柳の枝には、カマキリの卵が付いていて、静かにゆれている。[俳]かまきり。

1168 第三。春(夕霞)。▽日暮がたの霞が一段と深い。反物をかかえて柳の下を来る人。この春の花見小袖に注文した染物ができあがったのを、受け取って帰るところなのであろう。足どりが空想される。[俳]染物。

1169 初オ四。秋(月)。▽西の空に低くかかる月。夕暮のもやにへだてられて、少し光がぼやけている。それを、月が煙たがっているようだとしたところが作意。[俳]けぶたきやうに。

1170 初オ五。秋(秋草)。○とでもなき　とてつもない。とんでもない。▽秋の花野。なんともあまりにみごとに咲いたものだから、空の月が、まぶしそうに煙たそうにして、少し光を弱めてしまった。[俳]とでもなき。

1171 初オ六。秋(相撲)。▽優勝した力士が、賞品の弓をひったくるように受け取って下がって行く。勝負の興奮が力士の荒荒しいふるまいで示される。土俵をかこむ野には草花があきれるほど咲き乱れているというのも、この場の雰囲気をもりあげるにふさわしい。[俳]ひきたくる・勝相撲。

1172 初ウ一。雑。▽どんな受け取り方をしようと、勝者である自分の勝手だと、賞品を奪うように持ち去る男。そんな貪欲な男であるから、毎日外に出かけるのも、あわよくば金めのものを拾おうという心掛けが目つきに出ている。[俳]ナシ。

1173 たま〳〵砂《すな》の中《なか》の木《き》のはし　冬文

1174 火《ひ》鼠《ねずみ》の皮《かは》の衣《ころも》を尋《たづね》きて　舟泉

1175 涙《なみだ》見《み》せじとうち笑《わら》ひつゝ　松芳

1176 高《たか》みより踏《ふみ》はづしてぞ落《おち》にける　冬文

1177 酒《さけ》の半《なかば》に膳《ぜん》もちてたつ　荷兮

1178 幾《いく》年《とし》を順《じゆん》礼《れい》もせず口《くち》おしき　松芳

1179 よまで双《さう》紙《し》の絵《ゑ》を先《さき》にみる　舟泉

1180 なに事《ごと》もうちしめりたる花《はな》の皃《かほ》　荷兮

1173 初ウ二。雑。▽海辺に打ち寄せられる流れ木を拾う人。薪などに用いるのであるが、今日は収穫がなく、わずかに砂浜に埋もれた木切ればかり。〔俳〕ナシ。

1174 初ウ三。雑。恋(火鼠の皮の衣)。○火鼠の皮の衣　竹取物語に、かくや姫が求婚する男たちに対して求めた物の一つとして挙げられる。世になき物の類。▽火鼠の皮衣など捜し求めて苦労した人もあるそうだが、せいぜい木切れでも見つけるのがおちであろうよ。〔俳〕火鼠。

1175 初ウ四。雑。恋(涙)。▽苦労のかいもなく、恋の思いはかなえられない。しかし、他人に涙は見せまいと、心を強くもって、作り笑いをしている。前句とこの句を恋とせず、没落した旧家に、いわれの怪しい物を買いにきたと解する説もあるが、このあたり恋の出るべきところである。〔俳〕ナシ。

1176 初ウ五。雑。▽高いところから足を踏みはずして転げ落ちた。しかし強情者のこの男は、痛さを忍んで、作り笑いをしている。〔俳〕ナシ。

1177 初ウ六。雑。▽せっかく盛り上がった酒宴のなかばで片付けられてしまった。それみろ、あの物音は下へ降りる階段で転んだのだろう。秘かに喜んでいるおかしさ。〔俳〕膳。

1178 初ウ七。雑。○口おしき　正しくは「口をしき」。▽この年月、順礼にも出ないで働くばかり。おかげで酒宴の席でも一同の諸国話にもついて行けない。仕方なく自分の膳を持って退席し、帰宅の途につく。あらためてわが身を情なく思う。〔俳〕順礼。

1179 初ウ八。雑。○双紙　絵草紙。▽絵本の文章の方はあとまわしにして、ともかく絵ばかりを最初に見たいと、つぎつぎにめくりたてる。長い間、狭い世界に生活してきた人間。外界を知るには絵が第一。〔俳〕双紙。

1180 初ウ九。春(花)。恋(花の皃)。▽恋の思いに沈んで、平生の挙措動作の一つ一つがすべて陰うつな女性。伏目がちに、物憂げに、絵草紙の頁をめくっている。絵のところで手が止まるばかり。文章を朗読する元気はない。〔俳〕ナシ。

1181 月《つき》のおぼろや飛《あ》鳥《すか》井《ゐ》の君《きみ》　冬文

1182 灯《ともしび》に手《て》をおほひつゝ春《はる》の風《かぜ》　舟泉

1183 数《じゆ》珠《ず》くりかけて脇《けふ》息《そく》のうへ　松芳

1184 隆《りゆう》辰《たつ》も入《いれ》歯《ば》に声《こゑ》のしはがるゝ　冬文

1185 十《とを》日《か》のきくのおしき事《こと》也《なり》　荷兮

1186 山《やま》里《ざと》の秋《あき》めづらしと生《なま》鰯《いわし》　松芳

1187 長《なが》持《もち》かふてかへるやゝさむ　舟泉

1188 ざぶ〳〵とながれを渡《わた》る月《つき》の影《かげ》　荷兮

1181 初ウ十。春(月のおぼろ)。恋(飛鳥井の君)。〇飛鳥井の君　狭衣物語に登場する姫君。▽零落していた飛鳥井の君は、太秦参籠の折に仁和寺の僧にさらわれて行く途中、狭衣中将に助けられる。その場面から創作したもの。[俳]ナシ。

1182 初ウ十一。春(春の風)。▽姫君の恥じらい。灯のひかりに手をかざして顔をそむけるので、月の下でその表情ははっきり見えない。春風が暖かくそっと吹き過ぎて行く。[俳]ナシ。

1183 初ウ十二。雑。〇数　底本「王」偏に「数」の字。〇脇息　ひじかけ。▽おつとめの席。さて読経を、と数珠を繰りかけたとき、風が吹きこんだので、数珠は脇息の上に置き、灯明の火を手でおおって消えるのを防ぐ。[俳]数珠・脇息。

1184 名オ一。雑。〇隆辰　隆達。和泉国堺の人高三(たかさぶ)隆達。その創始したといわれる歌謡は慶長初期(一六〇〇―)頃に流行した。▽読経を始めて間もなく脇息に寄りかかり休んでしまうような老人。入歯の口、しわがれ声で、大昔の歌をやっとのことで唄う。[俳]隆辰・入歯・しはがるゝ。

1185 名オ二。秋(菊)。〇十日の菊　六日の菖蒲とともに時節に遅れて役に立たぬことのたとえ。〇おしき　正しくは「をしき」。▽流行をとっくに過ぎた隆達節は老人しか唄わない。盛時の好もしさを想起すれば、実に気の毒なものだ。[俳]ナシ。

1186 名オ三。秋(秋・生鰯)。▽この山里に生鰯を売りに来るとは、めずらしくもうれしいことではないか、と買い求めるのであるが、これが昨日の重陽の節句に間に合っていれば、と少し残念な心持もする。[俳]生鰯。

1187 名オ四。秋(やゝさむ)。〇長持　衣類などを入れる蓋のある長方形の箱。〇かふて　正しくは「かうて」。〇やゝさむ　漸寒。中秋ごろ肌寒さを覚えること。連歌以来の季語。▽婚礼用具に長持を購入しての帰途、肌寒さを覚える。祝い心から張りこんで生鰯をも下げて帰るのであろう。[俳]長持・かふて。

1188 名オ五。秋(月の影)。▽月影の下、冷たい流れをかち渡りして長持を運び行く。祝儀前のことと一行の元気な足どりが、ざぶざぶと勢いよく水音をたてる。[俳]ざぶ〳〵と。

1189 名オ六。雑。〇とをれば　正しくは「とほれば」。通れば。▽馬の通り過ぎて行く気配を覚って、近隣の馬がいななく。

1189 馬《うま》のとをれば馬《うま》のいなゝく　冬文

1190 さびしさは垂《たる》井《ゐ》の宿《しゆく》の冬《ふゆ》の雨《あめ》　舟泉

1191 莚《むしろ》ふまへて蕎《そ》麦《ば》あふつみゆ　松芳

1192 つく〴〵と錦《にしき》着《き》る身《み》のうとましく　冬文

1193 暁《あかつき》ふかく提《だい》婆《ば》品《ぼん》よむ　荷兮

1194 けしの花《はな》とりなをす間《ま》に散《ちり》にけり　松芳

1195 味《み》噌《そ》するをとの隣《となり》さはがし　舟泉

1196 黄《たそ》昏《かれ》の門《かど》さまたげに薪《たきぎ》分《わけ》　荷兮

前句のざぶざぶと渡るものを馬に変えた。[俳]ナシ。

1190 名オ七。冬(冬の雨)。○垂井の宿　垂井は美濃国の歌枕。江戸時代は中山道の関ヶ原と赤坂の間に位置した宿駅。美濃路の起点でもあった。▽冷たく雨の降る垂井宿の冬。馬のつながれた問屋場の前を、馬を引いて通る。馬ばかりが鳴きかわして人語は聞こえない。淋しい駅路のさま。[俳]宿。

1191 名オ八。冬(蕎麦あふつ)。○蕎麦あふつ　ソバ刈は冬十月の季題。ソバの実の殻を取り除く作業は、ひとりが空中に放り上げ、ひとりが莚の中央を踏まえて立ち左右の端を両手で持ってあおぐ。▽莚をしっかりと踏んで立って、一心にソバの脱穀をしているのが見える。雨中の屋内、土間の様子。客で混むことのない冬の宿場。[俳]あふつ。

1192 名オ九。雑。○つく〴〵と　よくよく考えるに。熟慮すればするほど。▽考えてみれば、このわが身は絹に身を包んで栄耀なくらし。これこそ虚飾の生活だ。早く脱け出さねばならぬ。前句の懸命に働く人々を眺めての反省。[俳]ナシ。

1193 名オ十。雑。○提婆品　法華経第十二品。▽いまは遁世の志をとげて、未明に起き出して勤行に精を出している。顧みればうとましい俗世であった、と。[俳]提婆品。

1194 名オ十一。夏(けしの花)。○なをす　正しくは「なほす」。▽仏前の供花。花の向きを少し直そうと手を触れると、散りやすいケシの花は果してもろくも落ちてしまった。改めて無常迅速の思いを深めて、読経につとめる。[俳]ナシ。

1195 名オ十二。雑。○をと　正しくは「おと」。○さはがし　正しくは「さわがし」。▽陋巷のやかましさよ。隣家からは摺鉢でごろごろと味噌をする音が、あたりに遠慮もなく鳴り響いて来る。ケシの花を惜しむ心が、隣家の物音に対するかこちごととなる。[俳]味噌する。

1196 名ウ一。雑。▽夕暮時分の、人の出入のあわただしいときに、門口をふさいで薪の束をひろげて撰り分けている。全くいまいましい場所ふさぎめ、と家人を叱りつける。隣家からも夕食の仕度の物音。「隣さはがし」に「黄昏」を出したのは源氏物語・夕顔を俳諧化したもの。[俳]門さまたげ。

1197 次《し》第《だい》〱《しだい》にあたゝかになる　冬文

1198 春《はる》の朝《あさ》赤《あか》貝《がひ》はきてありく児《ちご》　舟泉

1199 顔《かほ》見《み》にもどる花《はな》の旅《たび》だち　松芳

1200 きさらぎや曝《さらし》をかひに夜《よ》をこめて　冬文

1201 そら面《おも》白《しろ》き山《やま》口《ぐち》の家《いへ》　荷兮

1197 名ウ二。春(あたゝか)。▽日ましに少しずつ暖かになり、薪を撰り分けるような家事も、門前屋外に出てするようになった。もうさすがに春だ。俳次第〱に・あたゝかになる。

1198 名ウ三。春(春の朝)。○赤貝　赤貝の殻に穴をあけて縄を通し、裏で結び、二枚をつなぐ。両足に履いて歩く幼児の遊び。馬貝という。近代、赤貝を空缶に替えてなお続いた。○児　おさなご。▽暖かくなって外で遊ぶことを許された幼児が、朝から馬貝でぱかぱか歩きまわっている。俳赤貝。

1199 名ウ四。春(花)。▽遠く花の名所を求めて旅に出る親。幼児は無心に馬貝で遊んでいる。親としては別れを惜しんでもう一度顔を見たいと引き返してきたのだが。頑是なさが一層、親心をしめつけるのである。俳ナシ。

1200 名ウ五。春(きさらぎ)。○曝　底本「瀑」と誤る。さらして白くした綿布また麻布。奈良さらしが有名。▽夏の需要期を前にして、春二月、晒布を仕入に向う。夜も未だ明けないうちから。子の寝顔にもう一度別れを告げに戻る。俳曝。

1201 挙句。雑。▽夜明け前から歩いてきて、ようやく山の登り口にさしかかった頃、一軒の家の軒先を借りて一服する。山の端が白んで来て、やがて朝霞が微妙な色彩の変化を見せる。のどかな春の朝のすがすがしさ。俳ナシ。

1202 ほと〻ぎす待《また》ぬ心《こころ》の折《をり》もあり　荷兮

1203 雨《あめ》のわか葉《ば》にたてる戸《と》の口《くち》　野水

1204 引《ひき》捨《すて》し車《くるま》は琵《び》琶《は》のかたぎにて　同

1205 あらさがなくも人《ひと》のからかひ　荷兮

1206 月《つき》の秋《あき》旅《たび》のしたさに出《いつ》る也《なり》　同

1207 一《いっ》荷《か》になひし露《つゆ》のきくらげ　野水

1208 初《はつ》あらしはつせの寮《れう》の坊《ばう》主《ず》共《ども》　水

1202 発句。夏(ほと〻ぎす)。▽ホトトギスの鳴き声を待ちこがれるのは古来の和歌世界以来の伝統。だが人の心はさまざまである。ホトトギスよ。時には待つつもりのない心もあるのだ。余裕を見せて、待つ心の緊張感を強いてゆるめようとするポーズ。やはり待つ心は強いのである。囲ナシ。

1203 脇。夏(わか葉)。▽ホトトギスを待たぬのは、あの鋭く悲しい鳴き声に堪え得る心の状態にないからである。降り出した雨が若葉を打つ音が聞こえる。このような夜はきっと鳴いて通りそうだ。聞かずに済むように、と戸を閉める。俊成の「昔思ふ草の庵の夜の雨に涙な添へそ山ほとゝぎす」(新古今集)の心をふまえる。囲たてる戸の口。

1204 第三。雑。○琵琶のかたぎ　枇杷の木は質が堅い(和漢三才図会)。▽駐車してある車は、ビワの堅い木で作ってある。前句の門前の景。雨中に外で待つ牛車の車副(くるまぞい)などの語る詞。車輪は櫟・樫などで作るのが延喜式の制。囲琵琶のかたぎ。

1205 初オ四。雑。○さがなくも　口さがないことに。○からかひ　嘲弄し揶揄すること。▽変った車だと意地わるいことばを浴びせられ情ないことだ。源氏物語・葵の車争いのおもかげ。囲からかひ。

1206 初オ五。秋(月の秋)。▽月の美しい秋の時節。旅の途上で月を眺めたいと、純粋にそれだけの願いで出発する。それをまあ、世間の人々は、なにかと口汚く罵る。超然と風流に生きる人物の心意気。囲したさ。

1207 初オ六。秋(露)。○一荷　天秤棒で前後二つをかつぐこと。○きくらげ　木耳。乾物として売る。吸物・和物などの材料。▽木耳の乾物を一荷担いで、朝露にぬれて出かける。前句の旅を旅商とした。囲一荷・きくらげ。

1208 初ウ一。秋(初あらし)。○初あらし　初秋に吹く強風。○はつせ　大和国の長谷寺。歌枕。また新義真言宗の総本山。○寮　寺院の学寮。▽長谷寺の学僧たちが風の中を行く。前句を僧侶の精進食の料として、自分たちで運び行くさまとした。百人一首「うかりける人を初瀬の山颪はげしかれとは祈らぬものを」で「初あらしはつせ」と句作りする。囲寮・坊主共。

1209 菜《な》畑《ばた》ふむなとよばりかけたり　兮

1210 土《つち》肥《ごえ》を夕《ゆふべ》〳〵《ゆふべ》にかきよせて　全

1211 印《いん》判《ばん》おとす袖《そで》ぞ物《もの》うき　水

1212 通《かよひ》路《ぢ》のついはりこけて逃《にげ》かへり　全

1213 六《ろく》位《ゐ》にありし恋《こひ》のうはきさ　兮

1214 代《だい》まいりたゞやすく〳〵と請《うけ》おひて　全

1215 銭《ぜに》一《いつ》貫《くわん》に鰹《かつを》一《ひと》節《ふし》　水

1216 月《つき》の朝《あさ》鶯《うぐひす》つけにいそぐらむ　全

1209 初ウ二。雑。○よばり　よばはりの転。大声で呼びたてる。▽寺院に付属する野菜園を行く人に対して、寮の窓から僧が大声で叱りつける。前句の「共」に憎たらしさを感じとって、大寺の僧の権柄ずくを出した。[俳]菜畑・よばりかけ。

1210 初ウ三。雑。○土肥　塵芥を灰にした肥料。土室(つちむろ)・土小屋などはそれを貯蔵しておく小屋。▽毎日、日暮まで畑に出て、畝に肥料を掻き寄せて丹誠してつくった畑だ、と農夫の粒々辛苦の心を付けた。[俳]土肥。

1211 初ウ四。雑。○印判　印章は諸証文の成立に重要なもの。町内に届け出て公的に認められることを必要とした。▽大事な印章を落してしまった。この袖に入れて置いたのだが。何度も土肥をかき分けて捜すのである。[俳]印判。

1212 初ウ五。雑。恋(通路)。○ついはり　突張。支柱。すけ柱。▽女の所に忍んで行くと通りみちをふさいでいた支柱にぶつかり、柱が倒れた。大きな物音で慌てて逃げ帰る途中で、印章を紛失した。正体が露顕するので憂うつである。そこつの恋。[俳]ついはり・こけて。

1213 初ウ六。雑。恋(恋のうはきさ)。▽若き頃の軽薄な恋愛。まだ昇殿前の六位の頃であった。前句を自分の昔話として、失敗談を面白おかしく語る場面にした。[俳]六位・うはきさ。

1214 初ウ七。雑。○代まいり　正しくは「まゐり」。代参。▽他人の恋の成就を祈るために頼まれると安易に引きうけてお参りに行ったものだ。思えば六位の若き頃は、恋というものを実に簡単に考えていた。[俳]代まいり・やす〳〵。

1215 初ウ八。雑。○銭一貫　金一分にあたる。○鰹一節　鰹節を一本。▽代参を頼まれて出かけてきたが、これで銭一貫と鰹節一本とは、思えば安易に請け負ってきたものだ。道中で反省しているところ。[俳]銭一貫・鰹一節。

1216 初ウ九。春(鶯)。○鶯つけに　よく鳴く鶯の側に雛の鶯を置いて鳴き声を真似させるよう仕込むこと。付子(つけご)という。▽まだ月の残っている未明のうちから、雛の鶯を籠に入れて、鳴き声を習わせに行く。先方への謝礼には銭一貫と鰹節一本を用意して。鳥の飼育は当代の流行。[俳]鶯つけに。

1217 花《はな》咲《さき》けりと心《こころ》まめなり　兮

1218 天《ま》仙《た》蓼《たび》に冷《ひえ》食《めし》あまし春《はる》の暮《くれ》　仝

1219 かけがねかけよ看《かん》経《きん》の中《うち》　水

1220 たゞ人《びと》となりて着《きる》物《もの》うちはをり　仝

1221 夕《ゆふべ》せはしき酒《さけ》ついでやる　兮

1222 駒《こま》のやど昨《きの》日《ふ》は信《しな》濃《の》けふは甲《か》斐《ひ》　水

1223 秋《あき》のあらしに昔《むかし》浄《じやう》瑠《る》璃《り》　兮

1224 めでたくもよばれにけらし生《いき》身《み》魄《たま》　水

1217 初ウ十。春(花)。▽花が咲きましたよ、とこまやかに心づかいをして知らせてくれる人。まったくまめな人だ。自分の鶯を見事に鳴かせるためには、夜明け前から付子に行くこともいとわないのだろう、あんな人は。[俳]ナシ。

1218 初ウ十一。春(春の暮)。○天仙蓼　木蓼・天蓼・木天蓼・藤天蓼などの表記がふつう。その葉を酢味噌に合せて食し、その実は薬用および塩漬にして食用にしたという。○あまし「ま」は底本「さ」と誤刻。▽マタタビで食すると冷えた飯も甘美なものと思われる。前句の花の便りを聞いて心が浮き立っているさま。[俳]天仙蓼・冷食。

1219 初ウ十二。雑。○かけがね　門戸の錠。○看経　読経。▽読経に専念する間は、だれにもわずらわされたくないので施錠せよ。前句を簡素な精進と見ての付け。[俳]かけがね・看経。

1220 名オ一。雑。○はをり　正しくは「はおり」。▽もと高貴な人間が、子細あって身分を捨てたのであろう。衣服を、ちょっと引っ掛けるように肩にかけるなど、かつてはあり得なかったのだが。今は道心ひと筋の生活。[俳]うちはをり。

1221 名オ二。雑。▽夕方の多忙な時刻。量り売りの酒を買いに来た人は、もとは高貴な人。売ってやった後で店の者が、あの方がねえなどと噂話をしている。[俳]ついでやる。

1222 名オ三。秋(駒のやど)。▽八月の駒牽(こまひき)は宮中へ献上される馬を天皇以下が閲見する行事。各国ごとにその日が分れていた。これは逢坂の関近い宿駅が、京に向う人馬で連日の賑わいを見せている場面。[俳]ナシ。

1223 名オ四。秋(秋のあらし)。▽悪天候に逗留する人々が古くさい浄瑠璃を語って自ら慰んでいる。信濃・甲斐などの片田舎から来る人々の芸は古風なのである。その粗野な人々の野太い声が、嵐の悪天候に、似合っている。[俳]昔浄瑠璃。

1224 名オ五。秋(生身魄)。○よばれにけらし　よぶは饗応すること。けらしは「けり」に同じ。○生身魄　底本「生見魄」。盂蘭盆の頃高齢の人を饗すること。▽長生きして生身魄に招かれるとはまことにめでたい。老人が昔流行の浄瑠璃を語る。[俳]生身魄。

1225 八日《やうか》の月《つき》のすきといるまで　兮

1226 山《やま》の端《は》に松《まつ》と樅《もみ》とのかすかなる　水

1227 きつきたばこにくら〳〵とする　兮

1228 暑《あつ》き日《ひ》や腹《はら》かけばかり引《ひき》結《むす》び　全

1229 太《たい》鼓《こ》たゝきに階《はし》子《ご》のぼるか　水

1230 ころ〳〵と寐《ね》たる木《き》賃《ちん》の艸《くさ》枕《まくら》　兮

1231 気《き》だてのよきと聟《むこ》にほしがる　水

1232 忍《しの》ぶともしらぬ顔《かほ》にて一《いち》二《に》年《ねん》　全

1225 名オ六。秋(月)。○八日の月　上弦の月。日没時に南中し、真夜中に弦を上にして没する。○すきと　すっきりと。▽上弦の月も、きれいさっぱりと沈んでしまった。こんな時刻まで歓を尽した、と宴のめでたさを強調する。囲すきと。

1226 名オ七。雑。○樅　底本「椴」と誤刻。椴はムクゲ。▽やや光の弱い八日の月が、山の端に沈みかかっている。稜線に沿って松の木・樅の木のシルエットが幽玄な趣をつくる。囲樅。

1227 名オ八。雑。▽なれないたばこを吸ったところ、その強烈さに頭がくらくらとした。前句の「かすかなる」を、意識朦朧としてよく見えない意にとって転じたもの。囲きつき・たばこ・くら〳〵。

1228 名オ九。夏(暑き日)。○腹かけ　素肌に着て胸・腹ばかりをおおう下着。馬子・職人などが法被の下に着る。▽夏の炎天下、上半身には腹掛ばかりの男が休んでいる。平生からのんでいるきつい煙草だが、暑さに弱った身体には、少しきつすぎるのである。囲腹かけ。

1229 名オ十。雑。▽太鼓を叩きに階段をのぼっていくためであろうか。前句のそくさと慌しい様子を、急いで鼓楼に駆けのぼる人と見たてた。太鼓は時を報ずるものか(露伴『評釈』)。とすれば寝過ごしたものであろう。囲太鼓・階子。

1230 名オ十一。雑。○木賃　木賃宿。薪代ばかりを払って泊る安宿。▽丸太棒を転がしたように横になって寝るほかのない、粗末な宿が、今晩の仮の宿である。前句は横になった人物の視線の先に見えたもの。囲ころ〳〵と・木賃。

1231 名オ十二。雑。恋(聟)。▽安宿で偶然となりに枕をならべた男は、話してみれば気性のよい人物で、こんな男なら娘の婿にほしいものだと思うようになった。囲気だて・聟・ほしがる。

1232 名ウ一。雑。恋(忍ぶ)。▽父は男の気性のよさを見込んで娘婿にと望んだのだが、後に聞けば当人同士は一年も二年も前から人目を忍ぶ間柄であった。よくもまあ素知らぬ顔で隠し通したものだ。一件めでたく落着。囲一二年。

1233 庇《ひさし》をつけて住《すま》居《ひ》かはりぬ　兮

1234 三《さん》方《ばう》の数《かず》むつかしと火《ひ》にくぶる　仝

1235 供《ぐ》奉《ぶ》の艸《わら》鞋《ぢ》を谷《たに》へはきこみ　水

1236 段《だん》〲《だん》や小《を》塩《しほ》大《おほ》原《はら》嵯《さ》峨《が》の花《はな》　仝

1237 人《ひと》おひに行《ゆく》はるの川《かは》岸《ぎし》　筆

1233 名ウ二。雑。○庇　もと寝殿造の母屋の四面にある細長い一間。母屋の外側に付け足した部屋。▽娘に男が通って来るのを知らぬふりをしていたのだが、それとなく拒絶の心を示すために庇の間を増築して通いにくくした。古物語的な世界を描く。[俳]ナシ。

1234 名ウ三。雑。○三方　檜の白木で作った方形の折敷。三方に穴の明いた台が付く。○くぶる　「東に三尺余りの庇をさして、柴折りくぶるよすがとす」(方丈記)。燃やす。▽前句を、増築によって家相が変わったと気にしている人物とする。家具調度の数の陰陽をも気にかけ、吉凶にかかわるとして、一つ焼却する。[俳]三方・くぶる。

1235 名ウ四。雑。○供奉　お供の人々。▽三方は貴人に供えるもの。前句から大勢の貴人の屋外での宴のあとと見て、場を山間と定め、供の人々のはき捨てた草鞋を谷底へ掃き捨てたとした。不要になった多数の三方も、帰路の荷になるからと焼却したのである。[俳]供奉・艸鞋。

1236 名ウ五。春(花)。○段〲　かずかず。いろいろ。▽京都の西郊に続く桜の花の名所。小塩・大原野・嵯峨の山。貴人の桜狩に随行する人々は、つぎつぎ草鞋をはきつぶし、まったく、この花の名所の多さよ、とつぶやく。[俳]段〲。

1237 挙句。春(はる)。▽京から西郊へ行くには桂川の流れを渡る。あたりの百姓が川越の人々を背負って渡し、小銭をかせぐ。花見の頃が最高のかせぎどき。[俳]人おひに行。

月《つき》さしのぼる気色《けしき》は、昼《ひる》の暑《あつ》さもなくなるおもしろさに、柄《え》をさしたらばよき団《うちは》と、宗鑑法師《そうかんほふし》の句《く》をずむじ出《いだ》すに、夏《なつ》の夜《よ》の疵《きず》といふ、なを其跡《そのあと》もやまずつゞきぬ

1238 月《つき》に柄《え》をさしたらばよき団《うちは》哉《かな》

1239 蚊《か》のおるばかり夏《なつ》の夜《よ》の疵《きず》　越人

1240 とつくりを誰《た》が置《おき》かへてころぶらん　傘下

1241 おもひがけなきかぜふきのそら　同

1242 真《ま》木《き》柱《ばしら》つかへおさへてよりかゝり　人

1238 発句。夏(団)。○宗鑑法師　俳諧撰集のはじめとされる犬筑波集(誹諧連歌抄)の編者とされて、近世においては俳諧の鼻祖として尊敬された。京都の西南、山崎に隠棲したので山崎の宗鑑と呼ばれる。出自・生没など諸説がある。○ずむじ出す　朗誦する。○なを　正しくは「なほ」。▽和漢朗詠集に「月重山(チョウザン)ニ隠レヌレバ扇ヲ挙ゲテコレヲ喩ヘ」といふけれど、それはやや煩雑。大空の満月に柄をつければ、そのまま立派なうちわではないか。いかが。[俳]ナシ。

1239 脇。夏(蚊・夏の夜)。○おる　「をる」とあるべきところ。居る。○疵　欠点。▽まことに「夏の夜は光すずしく澄む月を我がもの顔にうちはとぞ見る」(夫木和歌抄)と申しますが、夏の夜の涼しさ。ただし、この蚊ばかりは、なんとも我慢できかねます。古句に対して古風に付けたもの。[俳]ナシ。

1240 第三。雑。○とつくり　陶製また錫製の、口のすぼんだ容器。酒を入れる。とくり。○誰が置かへて　「誰が思はせて・誰が心とて・誰がまこととて・誰がなさけとて」など和歌に見られる措辞をかすめる。▽いったい誰がこんな所に徳利を置いたのだ。おかげで転んでしまった。酒のある所に蚊が寄るので前句に付く。疵に対してころぶとあしらう。ここまで発句に対応して古風の付け。[俳]とつくり。

1241 初オ四。雑。▽予想もしなかった突風が吹き出した。急に立ちあがった拍子に足もとの徳利に足をとられて転んだ。軽く天象の句にして展開をはかった句。[俳]かぜふき。

1242 初オ五。雑。▽源氏物語・真木柱に「日も暮れ、雪降りぬべき空のけしきも心細う見ゆる夕べなり。いたう荒れ侍りなむ。早う」などとある場面を、前句にあてはめて、付句は、人々にせかされた姫君が、日頃寄りかかっていた柱にもたれて、去って行く邸内に別れを惜しむ所とした。「つかへおさへて」は胸にわきあがる悲しみを強いておさえて。この細かい描写は、新しく加えられた俳諧の工夫。[俳]つかへ。

1243 使《つかひ》の者《もの》に返《へん》事《じ》またする　同

1244 あれこれと猫《ねこ》の子《こ》を選《よ》るさま〴〵に　筆

1245 としたくるまであほう也《なり》けり　下

1246 どこでやら手《て》の筋《すぢ》見《み》せて物《もの》思《おも》ひ　同

1247 まみおもたげに泣《なき》はらすかほ　人

1248 大《おほ》勢《ぜい》の人《ひと》に法《ほっ》華《け》をこなされて　同

1249 月《つき》の夕《ゆふべ》に釣《つる》瓶《べ》縄《なは》うつ　下

1250 喰《く》ふ柿《かき》も又《また》くふかきも皆《みな》渋《しぶ》し　同

1243 初オ六。雑。▽手紙を届けて来た使者に、返事を持たせてやるからと、しばらく待たせる。前句の「つかへ」を癪(しやく)として、病のおさまるまで少し待て、と柱にもたれて安静にしている場面とした。古物語的場面のつづき。俳返事。

1244 初ウ一。雑。▽使いの者は、猫の子を貰いにきた使者であった。譲る方としては、今さらにどの猫も可愛いのである。それぞれに譲りたくない理由があり、議論百出、あれにしようか、これにしようかと迷って、使者を待たせる。俳選る。

1245 初ウ二。雑。○としたくる　年齢が高くなる。としをとる。○あほう　正しくは「あはう」。▽いい年をして、あの人は、いつになってもうつけ者だと、他の人が陰口をたたいている。猫の子一匹選ぶにも、判断が下せない。そんなやつだ、と。俳あほう。

1246 初ウ三。雑。恋(物思ひ)。○手の筋　手相。▽まったく馬鹿なやつだ。どこぞの手相見に恋を占って貰って、信じたものだから、その結果が未だに身も固められず、いい年をして心配を重ねている。俳どこでやら・手の筋。

1247 初ウ四。雑。恋(泣はらすかほ)。○まみ　目見。目の表情。また、目もと。▽少女の恋。恋の行末を占って貰った結果、もう望みがないと宣言されて、目もともはれあがるほど泣きはらしている。誰か知らぬが、まったく罪なやつだ。俳ナシ。

1248 初ウ五。雑。○こなされて　けなされて。▽満座の中で、自分の信ずる法華宗を散々に言われて、言葉もなくうつむいて涙を流している人。さまざまの場面が考えられるが、念仏宗の家に嫁いだ若い女などか。俳大勢・法華・こなされて。

1249 初ウ六。秋(月)。○釣瓶縄　車井戸の釣瓶を釣る縄。シュロの皮などで緊密に太く長い縄を綯う。▽注文で釣瓶縄を打ちに来た所は念仏宗の人々ばかり。つい宗論に走って、多勢に無勢、すっかり言い負かされた。すでに月も昇った夕暮、口惜しい思いを堪えながら、それでも本業は果さねば、と黙々と作業を続ける。俳釣瓶縄うつ。

1250 初ウ七。秋(柿)。▽盆に盛って出された柿。どれをとっても渋柿ばかり。月の夕暮、まだ仕事が終わらぬ。空腹に堪えきれず今度こそはと齧りつくのだが。俳渋し。

1251 秋《あき》のけしきの畑《はたけ》みる客《きやく》　人

1252 わがまゝにいつか此世《このよ》を背《そむ》くべき　同

1253 寐《ね》ながら書《かく》か文字《もじ》のゆがむ戸《と》　下

1254 花《はな》の賀《が》にこらへかねたる涙《なみだ》落《お》つ　同

1255 着《き》ものゝ糊《のり》のこはき春《はる》かぜ　人

1256 うち群《むれ》て浦《うら》の苫屋《とまや》の塩干《しほひ》見《み》よ　同

1257 内《うち》へはいりてなをほゆる犬《いぬ》　下

1258 酔《ゑひ》ざめの水《みづ》の飲《のみ》たき比《ころ》なれや　同

1251 初ウ八。秋(秋)。▽口にするものは、どうも渋柿ばかりでお手あげだ。収穫の秋。なにか、ないのか、と畑の方角に目を走らせる。[俳]客。

1252 初ウ九。雑。○わがまゝに　わが思いのままに。▽平生は市中にあって世俗の交わりに多忙をきわめる。田園の秋景を眺めると、かねての素願が心の中で生き返り、早く遁世して、このような田家に暮したいと祈る。帰去来の志。[俳]わがまゝ。

1253 初ウ十。雑。▽戸口に張った文字は、まるで寝たままで書いたようだと見えるほど放縦で、歪んだものになっている。こんな勝手なことを重ねていると、いつの日か世間から見離されて、遁世せざるをえなくなるぞ。[俳]文字。

1254 初ウ十一。春(花の賀)。○花の賀　賀は四十歳から十年ごとに行う長寿の祝い。花の賀は、それを花の季節に行うこと。▽老衰虚弱の身が、人々に長寿を祝われて感涙を落す。戸に書いて貼った文字は、自分で見ても寝ながら書いたかのように力なくゆがんでいる。[俳]賀。

1255 初ウ十二。春(春かぜ)。▽やわらかな春の微風を肌に受けると、改めて身につけている衣服の糊がききすぎて堅いと思う。前句の長寿の賀宴から、洗濯して糊づけした清潔な衣服を出す。老体にはいささか堪えるのであろう。[俳]糊。

1256 名オ一。春(塩干)。○苫屋　底本「笘屋」。▽さあ連れ立って、春三月、潮干のころのうららかな浦の苫屋の風景を眺めよう。前句を狩衣姿の貴人たちと見たものか。「浦の苫屋の秋の夕暮」(新古今集)を、裏返しにした俳諧。[俳]ナシ。

1257 名オ二。雑。○はいりてなを　正しくは「はひりてなほ」。▽家の中へ引っぱり込まれても、犬は見なれぬ人々の気配に、一層吠えることをやめない。前句を「浦の苫屋の塩干」なるものを見にやってきた都の人々として、浦里の犬を出した。[俳]ナシ。

1258 名オ三。雑。▽酔って家に帰ると、犬は見なれぬ酔態に吠えたて、主人が屋内に入ってもなおやめない。少し酔も醒めた。水でもほしい所だ。東坡詩などの世界。[俳]酔ざめ。

1259 たゞしづかなる雨《あめ》の降《ふり》出《だ》し　　人

1260 歌《うた》あはせ独《とく》鈷《こ》鎌《かま》首《くび》まいらるゝ　　同

1261 また献《こん》立《だて》のみなちがひけり　　下

1262 灯《とう》台《だい》の油《あぶら》こぼして押《おし》かくし　　同

1263 臼《うす》をおこせばきりぎ〴〵す飛《とぶ》　　人

1264 ふく風《かぜ》にゑのころぐさのふら〳〵と　　同

1265 半《なかば》はこはす築《つき》やまの秋《あき》　　下

1266 むつ〳〵と月《つき》みる顔《かほ》の親《おや》に似《に》て　　同

1259 名オ四。雑。▽空気が少し湿って冷たく感じられる。音もなく雨が降り始めていたのであった。目覚めるとのどが渇いている。酔ざめの水が欲しい、と起きあがる。俳ナシ。

1260 名オ五。雑。○歌あはせ　建久四年(一一九三)の六百番歌合のとき、顕昭と寂蓮は連日にわたって論争を重ねた。○独鈷　底本「独古」。顕昭は天台の僧侶なので独鈷を持っていた。○鎌首　寂蓮の抗弁するさまを人々は鎌首と言った。僧綱襟で昂然と弁ずるさまを蛇が鎌首をたてるところに見立てたもの。○まいらるゝ　正しくは「まゐらるゝ」。▽さあ今日もまた難陣が始まるぞ、という期待。俳独鈷・鎌首。

1261 名オ六。雑。▽今日もまた顕昭・寂蓮の論争が長びいて、料理献立の手筈が違ってしまった。前句の話を載せる井蛙抄(頓阿)にはない話であるが、延々と続く難陣の一方では、こんなこともあったろうと、俳諧的に空想したもの。俳献立。

1262 名オ七。雑。○灯台　屋内照明用の灯。▽今日もまた言いつけた通りの料理ができていない。灯台の油を補給せよと言えばこぼすし、役に立たぬ男だ。俳灯台の油。

1263 名オ八。秋(きり〴〵す)。▽灯台の油を入れる土器を落した。転がりこんだ石臼の陰をのぞこうと、臼を動かすと、キリギリスが跳び出した。俳臼。

1264 名オ九。秋(ゑのころぐさ)。○ゑのころぐさ　狗尾草。秋季、穂を出す。人家の周辺にも随所に自生する。▽庭の隅の石臼を動かすとキリギリスが跳び出した。狗尾草の穂にとまって、ふらふらと揺れる。俳ゑのころぐさ・ふら〳〵と。

1265 名オ十。秋(秋)。○築やま　底本「筑やま」。人工の庭園。▽改造のため半分ほど壊されて、赤土の露出している庭。そこにも狗尾草は早くも繁茂して、穂を出し、秋風の中で揺れている。俳こはす・築やま。

1266 名オ十一。秋(月)。○むつ〳〵と　口数が少なく愛敬のないさま。▽月を眺めるのも、楽しいというようすもなく、むっつりと無愛想な男。父親に横顔がそっくりである。気に入らなければ親代々の庭も壊してしまう頑固さ。それも血筋なのだろう。俳むつ〳〵と。

1267　人《ひと》の請《うけ》にはたつこともなし　人

1268　にぎはしく瓜《うり》や苴《あさ》やを荷《にな》ひ込《こみ》　下

1269　干《ほ》せる畳《たたみ》のころぶ町《まち》中《なか》　人

1270　おろ〳〵と小《こ》諸《もろ》の宿《しゆく》の昼《ひる》時《じ》分《ぶん》　下

1271　皆《みな》同《どう》音《おん》に申《まうす》念《ねん》仏《ぶつ》　人

1272　百《ひやく》万《まん》もくるひ所《どころ》よ花《はな》の春《はる》　下

1273　田《でん》楽《がく》きれてさくら淋《さび》しき　人

1267　名オ十二。雑。○請　連帯保証人。身元引請人。▽親譲りの頑固な男。人づきあいなどということは知らない。他人の保証人にたつなど、もとより考えられない。〔俳〕請。

1268　名ウ一。夏(瓜)。○瓜　底本「爪」。○苴　詩経・豳風「七月瓜ヲ食ラフ・九月苴(アサノミ)ヲ叔(ヒロ)フ」により瓜と苴とを対にして出す。夏麻(なつそ)は瓜とともに夏六月の季題。▽瓜だ麻だと小商いに来る男。陽気でけたたましい。とてもひと様の保証人に頼まれるような人間ではない。〔俳〕荷ひ込。

1269　名ウ二。夏(干せる畳)。▽土用干の畳を路上に並べていると、瓜や麻や、さまざまの物が運び込まれるので、荷物に触れて倒れる。繁栄する市街のさま。〔俳〕ころぶ・町中。

1270　名ウ三。雑。○おろ〳〵と　疎略である。緊張感に欠ける。○小諸の宿　信濃国の宿駅。浅間山麓、中山道の追分宿から一つ北国街道へ入りこんだ所。▽一転して淋しい宿駅の真昼。畳は薄縁様のもの。宿泊客の出はらったあと道端にたてかけて干していたものがぱたんと倒れる。どこか間の抜けた田舎町のさま。〔俳〕おろ〳〵と・小諸の宿・昼時分。

1271　名ウ四。雑。○同音　異口同音。いっせいに。▽全員がいっせいに念仏の声をあげる。小諸宿は善光寺詣の街道筋。参詣道者の一行が声を揃えて念仏を唱えながら、通過して行く。〔俳〕同音・念仏。

1272　名ウ五。春(花の春)。○百万　能・百万の主人公。行方不明となったわが子を尋ねて狂女となり、嵯峨の大念仏道場で再会する。○くるひ所　歌舞などの芸をすること。▽能・百万がクライマックスとなった。女主人公が最もはなやかな所を見せる場面である。シテの南無阿弥陀仏の声に対して、地謡もいっせいに称名を唱和する。百万は春三月の能。〔俳〕百万・くるひ所。

1273　挙句。春(さくら)。○田楽　田楽豆腐の略。▽桜の花見も、田楽豆腐が品切れになっては、もうひとつ興の湧かぬことだ。〔俳〕田楽。

深川《ふかがは》の夜《よる》

1274 雁《かり》がねもしづかに聞《きけ》ばからびずや　越人

1275 酒《さけ》しゐならふこの比《ごろ》の月《つき》　芭蕉

1276 藤《ふぢ》ばかま誰《たれ》窮《きゆう》屈《くつ》にめでつらん　仝

1277 理《り》をはなれたる秋《あき》の夕《ゆふ》ぐれ　越人

1278 瓢《へう》簞《たん》の大《おほ》きさ五《ご》石《こく》ばかり也《なり》　仝

1279 風《かぜ》にふかれて帰《かへ》る市《いち》人《びと》　芭蕉

1280 なに事《ごと》も長《ちやう》安《あん》は是《これ》名《みやう》利《り》の地《ち》　仝

1274 発句。秋(雁がね)。○深川の夜　元禄元年(一六八八)九月、更科の旅のあと、随行した越人は、そのまま深川の芭蕉庵に泊った。▽源氏物語・夕顔には、八月十五夜に五条の宿に泊った源氏が、夜明け方、さまざまの近隣の物音に悩まされる場面がある。「白妙の衣うつ砧の音も、かすかにこなたかなたに聞きわたされ、空飛ぶ雁の声、とりあつめて忍びがたき事おほかり」。その折は雁が音も堪えがたいものと聞こえたのである。やがて物の怪の出現で夕顔が急逝した後、気味悪い夜半すぎ、「松のひびき木深く聞えて、けしきある鳥のからごゑになきたるも、梟(ふくろふ)はこれにやとおぼゆ」。聞きなれぬフクロウの声は「からびたる」(湖月抄)生気のない声と聞こえたのであった。さて静まりかえった深川の夜、雁の声を聞くと、これは喧しいどころか、フクロウも顔まけの枯れがれた趣である。[俳]ナシ。

1275 脇。秋(月)。○しゐ　正しくは「しひ」。▽この頃の美しい月を前にして、とかく来客の皆さんに酒をすすめることが多くなりました。あなたの言う通り、雁の声の枯淡なさびしさに堪えかねましてね、と下心に含ませる。[俳]ナシ。

1276 第三。秋(藤ばかま)。▽藤袴などという固苦しい名前を一体誰がつけたのか。花をめでるに色々方法もあろうに。袴は礼服。前句を酒礼作法の学習として、軽く転ずる。[俳]窮屈。

1277 初オ四。秋(秋の夕ぐれ)。▽秋の夕暮の淋しさよ。とやかく説明の要なし。これは情理のうちの情の世界だ。窮屈な屁理屈は無用である。[俳]理。

1278 初オ五。雑。○瓢簞　荘子・逍遥遊の故事。恵子が瓢簞も五石もの容量のものとなると大きすぎて役に立たない、と荘子の大言癖を諷した。荘子は、それなら舟に用いればよいと答える。▽常識を離れれば、常に道は開かれる。[俳]瓢簞・五石。

1279 初オ六。雑。▽巨大な瓢簞に見とれて、市に集まる商人どもも、肝をつぶし、その日ばかりはとかくの批言もなく静かに帰途についた。[俳]ナシ。

1280 初ウ一。雑。○長安　白氏文集「長安ハ古来名利ノ地。空手金無ケレバ行路難シ」による。▽資金乏しければ都市の商戦には勝てない。敗れて空しく退くのみ。[俳]長安・名利の地。

1281 医《い》のおほきこそ目《め》ぐるほしけれ　越人

1282 いそがしと師《し》走《はす》の空《そら》に立《たち》出《いで》て　芭蕉

1283 ひとり世《せ》話《わ》やく寺《てら》の跡《あと》とり　越人

1284 此《この》里《さと》に古《ふる》き玄《げん》蕃《ば》の名《な》をつたへ　芭蕉

1285 足《あし》駄《だ》はかせぬ雨《あめ》のあけぼの　越人

1286 きぬ〴〵やあまりかぼそくあてやかに　芭蕉

1287 かぜひきたまふ声《こゑ》のうつくし　越人

1288 手《て》もつかず昼《ひる》の御《ご》膳《ぜん》もすべりきぬ　芭蕉

1281 初ウ二。雑。▽この医者の数のおびただしさよ。都市ならば患者も多く利に近い。名声をあげれば一挙に官途につくこともある。俳医・目ぐるほしけれ。

1282 初ウ三。冬(師走)。▽年の瀬のあわただしい街。たれも多忙な雑踏を、自分ばかりが急ぐかのように人を押しのけて行く。迷惑な医者どもめ。俳ナシ。

1283 初ウ四。雑。▽旦那寺の住職が空席のまま。ひとり気をもんで後任をさがしている。なんとか年内に決めて、除夜の鐘もきちんと突いて貰いたいと、師走の世間に出ていく。常人は多忙なので、信心深い隠居などか。俳世話やく・跡とり。

1284 初ウ五。雑。○玄蕃　底本「玄番」。兵衛・衛門などと同じく元来宮廷の役職名だったものが、地下(げじ)の通称に用いられたもの。▽こんな村里に先祖代々玄蕃を通称とする家柄が続いている。旦那寺も先祖の寄進建立なのであろう。檀家総代として、後住の選定も独りでとりしきる。俳玄蕃。

1285 初ウ六。雑。○足駄　雨天用の高下駄。▽雨の朝であろうとも、あの家では足駄を用いない。なぜとも知れぬが、いずれ先祖になにかのいわれがあるのであろう。俳足駄。

1286 初ウ七。雑。恋(きぬ〴〵)。▽一夜を過ごしての朝。女は男の帰りを雨にかこつけて引き留める。そのさまも、いかにも繊細で上品である。前句の「あしだ・あめ・あけぼの」のア頭韻に対して「あまり・あてやかに」と応じる。俳ナシ。

1287 初ウ八。雑。恋(うつくし)。▽朝になってみると風邪を引いたものか、女の声が少し変わっている。それがまた一段と繊細な感を増して、愛おしさを深めさせる。王朝物語の世界。俳かぜひきたまふ。

1288 初ウ九。雑。○手もつかず　食事がよく進むことを「お手がつく」、食事が終ることを「ご膳すべる」という。女性語(女重宝記)。▽お昼の膳もまたあまり召しあがられず下げられた。どうしたものか。前句を、声だけを手がかりに主人の噂をする下働きの女たちと見て、同じく食事の進みようで一喜一憂する女たちの詞を付けた。俳手もつかず・御膳・すべりきぬ。

1289 物《もの》いそくさき舟路《ふなち》なりけり　越人

1290 月《つき》と花《はな》比《ひ》良《ら》の高《たか》ねを北《きた》にして　芭蕉

1291 雲雀《ひばり》さえづるころの肌《はだ》ぬぎ　越人

1292 破《やぶ》れ戸《ど》の釘《くぎ》うち付《つく》る春《はる》の末《すゑ》　仝

1293 みせはさびしき麦《むぎ》のひきはり　蕉

1294 家《いへ》なくて服紗《ふくさ》につゝむ十《ま》寸《す》鏡《かがみ》　人

1295 ものおもひゐる神《み》子《こ》のものいひ　蕉

1296 人《ひと》去《さり》ていまだ御《お》坐《まし》の匂《にほ》ひける　人

1289 初ウ十。雑。▽場面を海路の旅行に転じる。なにもかも磯臭いので、ふだんから慣れない身には、旅の疲労も重なって、こたえるのである。食欲も進まないことになる。[俳]ナシ。

1290 初ウ十一。春(花)。○比良の高ね　平家物語十・重衡海道下りの一節「霞に曇る鏡山、比良の高ねを北にして、伊吹の嶽も近づきぬ」による。歌枕。▽月花の美しい時節、捕われの身を東に下った重衡には、この近江路もただ磯臭い所としか感じられなかったであろう。越人は平曲を好みうたったのでこの句があるか。[俳]ナシ。

1291 初ウ十二。春(雲雀)。○雲雀　前引平家物語の一節は「雲雀あがれる野路の里、志賀の浦波春かけて」に続くもの。○さえづる　正しくは「さへづる」。▽ヒバリ囀る頃、農夫は肌ぬぎになって田返しに出る。美しい比良の山も、雪消模様を農作業にとりかかる目安にするばかり。[俳]肌ぬぎ。

1292 名オ一。春(春の末)。▽陽気もよくなって、少しの作業にも汗ばむので肌ぬぎになる。その作業を、自家の戸のこわれたのを繕う程度と、細かく見定めた。[俳]釘。

1293 名オ二。雑。○みせ　見せ棚。商品を陳列する棚。また店。○麦のひきはり　正しくは「ひきわり」。碾割麦(ひきわりむぎ)。大麦を粗く臼で碾いたもの。▽陳列してあるものといえば碾割麦ばかりの不景気な店。無聊にまかせ主人は破れ戸を修理している。[俳]みせ・ひきはり。

1294 名オ三。雑。恋(鏡)。○家　容器。鏡の家は鏡箱。婚礼調度の一。○服紗　底本「服裟」。物を包むための方形の絹布。○十寸鏡　鏡の美称。▽すでに容器も金に替えられて、大切な鏡は布に包んで置くばかり。嫁入した商家の没落。[俳]服紗。

1295 名オ四。雑。恋(ものおもひゐる)。○神子　巫女。神を降し口よせする梓みこ。▽みこの語る言葉を聞いて、恋の苦しみがなお続くことになった。前句を、流浪するみこは鏡も布に包んでいると解して付ける。春の日二〇六参照。[俳]神子。

1296 名オ五。雑。▽祈禱に参詣した貴人は、すでに下向したのであるが、なおそのお坐りになったあたりは、香しい香気がただよっている。社の巫女は、その貴人の挙措に心奪われたままで、もの言いも定かでない。[俳]ナシ。

1297 初《はつ》瀬《せ》に籠《こも》る堂《だう》の片《かた》隅《すみ》　蕉

1298 ほとゝぎす鼠《ねずみ》のあるゝ最《さい》中《ちゆう》に　人

1299 垣《かき》穂《ほ》のさゝげ露《つゆ》はこぼれて　蕉

1300 あやにくに煩《わづら》ふ妹《いも》が夕《ゆふ》ながめ　人

1301 あの雲《くも》はたがなみだつゝむぞ　蕉

1302 行《ゆく》月《つき》のうはの空《そら》にて消《きえ》さうに　人

1303 砧《きぬた》も遠《とほ》く鞍《くら》にいねぶり　蕉

1304 秋《あき》の田《た》をからせぬ公《く》事《じ》の長《なが》びきて　人

1297 名オ六。雑。○初瀬　大和国長谷寺。歌枕。▽長谷寺にお籠りをして祈願する。堂の隅に、なにやら高貴の人の気配があったのだが、すでに立ち去ったあとにも、えならぬ香気が立ちこめている。源氏物語・玉鬘の面影。俳堂。

1298 名オ七。夏（ほとゝぎす）。○ほとゝぎす　西行「時鳥聞きにとてしも籠らねど初瀬の山はたよりありけり」による。▽堂籠りの最中、鼠の暴れ回る音に目を覚ましていると、突然ホトトギスの鋭い鳴き声が聞こえたのであった。俳最中。

1299 名オ八。夏（さゝげ）。▽垣根に高くまとわりついたササゲには、朝露がしとどに降りて、いささかの物音にも、こぼれ落ちんばかりである。ササゲは夏季に花を咲かせる。前句を鼠の荒れる粗末な庵の夜明けに、ホトトギスを聞いている人として、その庭際の景で応じた。俳さゝげ。

1300 名オ九。雑。恋（あやにくに・妹・夕ながめ）。▽とかく思いがかなわぬために、煩いがちな女が、物思いにふけりながら、ぼんやりと夕暮の外面を眺めている。庭には夕露が運命のはかなさを示すように置く。万葉相聞歌的な世界。俳ナシ。

1301 名オ十。雑。恋（なみだ）。▽あの雲は誰の涙を誘い出したものであろうか。古今集「夕暮は雲のはたてに物ぞ思ふ天つ空なる人を恋ふとて」など、夕雲は人々の物思いを誘い、涙を導くもの。女が他者の涙に託して思いを述べる。俳ナシ。

1302 名オ十一。秋（月）。恋（うはの空）。▽源氏物語の夕顔は、源氏に誘われて行くとき「山の端の心も知らで行く月はうはの空にて影や絶えなむ」と詠んだ。やがて急逝した夕顔を追憶して源氏は「見し人の煙を雲と眺むれば夕の空もむつまじきかな」と詠む。これらにより、源氏の心中を句作りしたもの。俳消さうに。

1303 名オ十二。秋（砧）。○いねぶり　正しくは「ゐねぶり」。▽遠くかすかに砧の音が聞こえてくる。馬上に居眠りしながら進んで行く。前句を二十日すぎの下弦の月が、上空で日の出をむかえ、光の薄れて行くさまとして、杜牧の「早行」詩の残夢を付ける。俳いねぶり。

1304 名ウ一。秋（秋の田）。○公事　民事訴訟。▽裁判落着まで稲刈りも許されない。しかし刈り取りをいつまでも長びか

1305 さい〳〵ながら文字《もじ》問《とひ》にくる　蕉

1306 いかめしく瓦《かはら》庇《びさし》の木《き》薬《ぐすり》屋《や》　人

1307 馳《ち》走《そう》する子《こ》の痩《やせ》てかひなき　蕉

1308 花《はな》の比《ころ》談《だん》義《ぎ》参《まゐり》もうらやまし　人

1309 田《た》にしをくふて腥《なまぐさ》きくち　蕉

せられないので、夜を日についで奉行所との間を往復するのである。〔俳〕公事。

1305 名ウ二。雑。▽たびたび恐縮ですが、と言いながら書類を整えるために文字の読み書きを教わりに来る。無筆の百姓が、村の文字識りに頼みに来るのであろう。〔俳〕さい〳〵・文字。

1306 名ウ三。雑。○いかめしく　威圧的な。○瓦庇　軒先まで残さずに総瓦葺にした家。○木薬屋　生薬屋。漢方に用いる薬草・薬種を扱う店。▽腰を低くして近所の人間が文字を訊ねに来る。相手は豪壮な構えの薬種問屋。〔俳〕木薬屋。

1307 名ウ四。雑。○馳走する　奔走する。珍重寵愛する。▽大事に育てている跡取り息子が、生来虚弱で痩せこけている。せっかく裕福な家に生まれ、丹誠して育てられても、あれでは甲斐のないことだ。薬種屋だから薬には事欠かないはずだが、どの家にも不幸の種はあるもの。〔俳〕馳走する。

1308 名ウ五。春(花)。○談義参　寺院に参詣して説法を聞くこと。▽桜花咲き乱れるよい時節。談義参りに出かける元気な老人を、うらやましいことだと眺めている。家には虚弱な幼な子。〔俳〕談義参。

1309 挙句。春(田にし)。○田にし　田螺。水田・沼などに産し食用となる。○くふて　正しくは「くうて」。▽談義参りにも元気に出かけるうらやましい老人。まだ歯も丈夫で、タニシもしっかり食うのだそうだ。しかし、「タニシもなまぐさもの」というから、それでは何やら不埒な寺参りに聞こえるな、などと口さがない噂。〔俳〕田にし。

翁《おきな》に伴《とも》なはれて来《く》る人《ひと》のめづらしきに

1310 落《おち》着《つき》に荷《か》兮《けい》の文《ふみ》や天《あま》津《つ》雁《かり》　其角

1311 三《み》夜《よ》さの月《つき》見《み》雲《くも》なかりけり　越人

1312 菊《きく》萩《はぎ》の庭《には》に畳《たたみ》を引《ひき》ずりて　仝

1313 飲《のみ》てわするゝ茶《ちや》は水《みづ》になる　角

1314 誰《たれ》か来《き》て裾《すそ》にかけたる夏《なつ》衣《ごろも》　仝

1315 歯《は》ぎしりにさへあかつきのかね　人

1316 恨《うらみ》たる泪《なみだ》まぶたにとゞまりて　人

1310 発句。秋(天津雁)。○翁に伴なはれて　貞享五年(一六八八)九月、越人は芭蕉の更科の旅に随行し、そのまま江戸に至った。○めづらしき　初めて逢うので。○落着　訪問先・旅宿などで到着後まずとる飲食物。○雁　底本「」」。▽遠路ようこそ。まず茶菓など差上げる所ですが、先日あなたと同じ名古屋の荷兮さんから御手紙を頂いておりましたので、それをお見せしましょう。これが只今のあなたには一番のくつろぎをもたらすと思いますので。天津雁は雁のたよりを暗示する。[俳]荷兮。

1311 脇。秋(月見)。○三夜さの月見　待宵・望月・既望(いざよい)の三夜の月。越人は更科の月見の後に「更科や三夜さの月見雲もなし」と詠んだ。▽素晴らしい月見をして来ましたよ。三日三晩、雲に障られることもなく。客として、くつろぎの心持とともに旅の報告をして応ずる。[俳]三夜さ。

1312 第三。秋(菊・萩)。○畳　薄い畳。ござ。○引ずりて　底本「引つりて」。▽菊・萩の花のもとに、ござを引出して野外の観月とする。晴天のつづく有りがたさをいう。[俳]引ずりて。

1313 初オ四。雑。▽野外に秋の花を見つつ茶を楽しむ。だがとかく話に熱中して、茶を忘れ、とうとうすっかりさめてしまった。[俳]茶。

1314 初オ五。夏(夏衣)。○夏衣　薄衣。▽夏の昼のうたたね。いつの間に寝込んだものか、目覚めると足もとに薄衣が掛けてあった。飲みかけた茶はすっかり冷えて枕もとに。[俳]ナシ。

1315 初オ六。雑。▽傍に熟睡する人間は、歯ぎしりの音をたてながら、いまを夜半と眠るのであろうが、目を覚まされた自分は、短夜の朝を告げる鐘を聞いている。[俳]歯ぎしり。

1316 初ウ一。雑。恋(恨たる泪)。▽つれない男を恨んで流した涙がまだ乾かない。もう夜明けの鐘が鳴っている。前句を、待ち明かして口惜しさに歯ぎしりする、とした。[俳]まぶた。

1317 初ウ二。雑。恋(静御前)。○静御前　義経の愛妾。文治元年(一一八五)捕えられて鎌倉に送致される。鶴岡八幡宮で頼朝らの前で舞を舞った。何度も拒絶したが許されず強制されたもの。「吉野山峰の白雪踏みわけて入りにし人の跡ぞ恋しき」「しづやしづしづのをだまき繰り返し昔を今になすよしもがな」と吟じ義経を思う所、いささかも勢威に屈しなかったという。▽

1317 静《しづか》御《ご》前《ぜん》に舞《まひ》をすゝむる　角

1318 空《うつ》蟬《せみ》の離《か》魂《げ》の煩《やまひ》のおそろしき　仝

1319 あとなかりける金《きん》二《に》万《まん》両《りやう》　人

1320 いとをしき子《こ》を他《た》人《にん》とも名《な》付《づ》けたり　仝

1321 やけどなをして見《み》しつらきかな　角

1322 酒《さか》熱《くさ》さ耳《みみ》につきたるさゝめごと　仝

1323 魚《うを》をもつらぬ月《つき》の江《え》の舟《ふね》　人

1324 そめいろの富《ふ》士《じ》は浅《あさ》黄《ぎ》に秋《あき》のくれ　仝

静は強制されて舞った。そのまぶたには悲運を嘆く涙がなお残っていた。俳静御前。

1318 初ウ三。雑。○空蟬　現実の世の中。○離魂の煩　病名彙解(貞享三年刊)に「離魂(リコン)　俗ニ云(イフ)カゲノ病也」とある。▽能・二人静は、ワキにせがまれて静御前が、自分の霊ののりうつった菜摘女と共に、同じ衣裳で舞を舞う。ところが現にこの世にも、熱病の一つに、一人の病人の姿が二人となって、どれが本人か見分けがたい病気があるそうな。なんと恐ろしいことではないか。俳離魂の煩。

1319 初ウ四。雑。▽難病の治療のために高価な薬、名医の謝礼に大金を費やし、また家業も衰えて、二万両の身代(しんだい)と言われた大家があとかたもなく離散してしまった。俳金二万両。

1320 初ウ五。雑。○いとをしき　正しくは「いとほしき」。かわいい。▽放蕩息子ゆえ、お家のためと、わが子ながら親子の縁を切って勘当した。二万両の財産の相続者がなくなった。俳他人。

1321 初ウ六。雑。○なをして　正しくは「なほして」。▽やけどの結果わが子のさまは、とても並の人交わりのできかねる状態。仕方なく出家遁世させて親子の縁を切る。仏弟子となればすべて釈氏である。俳やけど。

1322 初ウ七。雑。恋(さゝめごと)。○熱さ　「さ」は「き」の誤刻か。越人の自筆本には、「サカクサキ」と傍訓ありという(標注七部集)。▽やけどの結果のこの顔は、あの人に会うにはつらい。そう思って顔をそむけている耳に、男は酒機嫌でくどき寄る。俳ナシ。

1323 初ウ八。秋(月)。▽月の美しい入江に魚を釣るのでもない舟が一艘。前句を白楽天の琵琶行「酒ヲ添ヘ灯ヲ回(メグラ)シテ重ネテ宴ヲ開ク」「小絃ハ切切トシテ私語(ササメゴト)ノ如シ」の景と見て、同じく「唯江心秋月ノ白キヲ見ル」の景をつけた。俳ナシ。

1324 初ウ九。秋(秋のくれ)。○そめいろ　蘇迷盧。須弥山(しゅみせん)のこと。仏教の世界観で世界の中心、大海に聳える高山。○浅黄　浅葱色。淡藍淡縹の色。▽須弥山のような富士の山が海原のかなたで夕闇に浅葱色に聳えている。漁夫は釣を忘れてしばし見とれているのであろう。やがて月の出。俳そめいろ。

1325 花《はな》とさしたる草《くさ》の一瓶《ひとかめ》　角

1326 饅《まん》頭《ぢゆう》をうれしさ袖《そで》に包《つつ》みける　仝

1327 うき世《よ》につけて死《し》ぬ人《ひと》は損《そん》　人

1328 西《せい》王《わう》母《ぼ》東《とう》方《ばう》朔《さく》も目《め》には見《み》ず　仝

1329 よしや鸚《あう》鵡《む》の舌《した》のみじかき　角

1330 あぢきなや戸《と》にはさまるゝ衣《きぬ》の妻《つま》　仝

1331 恋《こひ》の親《おや》とも逢《あ》ふ夜《よ》たのまん　人

1332 やゝおもひ寐《い》もしねられずうち臥《ふし》て　仝

1325 初ウ十。秋(花とさしたる草)。▽秋草を瓶いっぱいに生けて床の生花とする。外の大景に対して室内の雅趣。「北は黄に南は青く東白西くれなゐにそめいろの山」(謡曲・歌占)という俗伝古歌は立花の心得の歌ともされたので、この付句があるという(露伴『評釈』)。[俳]ナシ。

1326 初ウ十一。雑。○うれしさ袖に　新勅撰集「うれしさを昔は袖に包みけり今宵は身にも余りぬるかな」などによる。▽うれしくも饅頭を貰って大事にそっと袖に入れる。前句を幼児のまね事の立花として同じ幼児のふるまいを付ける。[俳]饅頭。

1327 初ウ十二。雑。▽なにごとにつけても、とかくこの世は生きているがまし、死んだら損。供養の帰途、饅頭を袖に、はかない感想を述べ合うところ。[俳]損。

1328 名オ一。雑。○西王母東方朔　平家物語十「西王母と云ひし人も昔はありて今はなし。東方朔ときゝし者も名をのみ聞きて目には見ず」。西王母は女仙。東方朔は方士、西王母の桃を盗食して長寿をほしいままにしたという。▽長寿を誇ったという西王母・東方朔も今は亡い。現世がすべて。生きている間を存分に生きなければ。[俳]西王母・東方朔。

1329 名オ二。雑。▽西王母だ東方朔だと御託を並べおって。見たことがあるのか。糞くらえ、だ。お前など人の口真似しか出来ぬオウムの、おまけに舌の足りない奴だ。[俳]鸚鵡。

1330 名オ三。雑。恋(衣の妻)。▽困ったことだ。衣の端が戸に挟まって動けない。南無三、オウムが見ている。もし声を出せば舌足らずながら、この密事を告げるであろう。[俳]ナシ。

1331 名オ四。雑。恋(恋の親・逢ふ夜)。▽どうか窮状をお助け下さい。もし願いが成就してあの女と逢うことができたならば、あなたをわが恋の親として御恩は忘れませぬ。[俳]ナシ。

1332 名オ五。雑。恋(おもひ)。▽あの仲介の人物は本当にうまくやってくれるだろうか。うまく行けば大恩人。などと次第に思いあぐねていると、寝るに寝られず、むなしく横になって輾転反側する。[俳]ナシ。

1333 名オ六。冬(師走)。▽深更、せわしげに米つく音が絶えない。これも正月近き師走ゆえであろう。前句の心配ごとを

1333 米《こめ》つく音《おと》は師《し》走《はす》なりけり　角

1334 夕《ゆふ》鴉《がらす》宿《しゆく》の長《なが》さに腹《はら》のたつ　仝

1335 いくつの笠《かさ》を荷《にな》ふ強《がう》力《りき》　人

1336 穴《あな》いちに塵《ちり》うちはらひ草《くさ》枕《まくら》　仝

1337 ひいなかざりて伊《い》勢《せ》の八《はつ》朔《さく》　角

1338 満《まん》月《げつ》に不《ふ》断《だん》桜《ざくら》を詠《なが》めばや　仝

1339 念《ねん》者《じや》法《ほふ》師《し》は秋《あき》のあきかぜ　人

1340 夕《ゆふ》まぐれまたうらめしき紙《かみ》子《こ》夜《よ》着《ぎ》　仝

歳暮近いころの越年対策に転じた恋離れの句。[俳]米つく。

1334 名オ七。雑。▽ねぐらへ急ぐ鴉が頭上を追い越して行く。まったくこの宿場は細長くて、町のとば口に着いてから目当ての宿までなかなか到らない。両側の家並からは暮の忙しい頃かと思うほど米つく音が響いて空腹にこたえる。[俳]夕鴉・宿。

1335 名オ八。雑。○強力　山伏の従僕。▽強力が幾つも先輩の笠を一緒くたに背負わされて歩み行く。宿場の長さに自分も腹立たしい思いをしているが、あの従僕には同情する。[俳]強力。

1336 名オ九。雑。○穴いち　穴一。地面に銭大の穴を穿ち、銭を投じて穴に入ったものを勝とする児童の遊戯。▽荷物持などして、なりは大きくても所詮こども。日暮方ひとしきり穴一に夢中になり泥まみれになったあと、ほこりをたたいたと思ったらもう眠りについてしまった。今宵も野宿。[俳]穴いち。

1337 名オ十。秋(八朔)。○ひいな　正しくは「ひひな」。○八朔　八月一日の祝。四民ともに白帷子を着し贈答往来して祝う。▽さすがに伊勢の国は他国と異なる。八朔の祝に家々に雛人形を飾っている。前句の草枕から、諸国よりの伊勢道者の観察を出した。ただし、伊勢の八朔の習俗は未詳。前句の穴一が男児の遊戯であるのに対し、女児の雛遊びを出したものか。[俳]八朔。

1338 名オ十一。秋(満月)。○不断桜　伊勢の白子観音寺は安産の守り札を出す。境内の桜は四季を通じて花を咲かせる名木。▽八朔に雛飾りを見た。願わくは十五日の名月も白子の不断桜の下で迎えたいもの。春秋の風流の極致。[俳]満月・不断桜。

1339 名オ十二。秋(秋のあきかぜ)。恋(念者法師)。○念者法師　男色関係で兄分の僧。▽わが兄分は秋とともに飽き風が吹いたものか。近ごろつれない。願わくは満月のように喜びの欠けることなく、あの不断桜のようにいつも変らぬ心であってほしい。[俳]念者法師。

1340 名ウ一。雑。恋(うらめしき)。▽この夕暮もまたあの人は、紙子の掛布団を用意している。なんと恨めしいことではないか。紙子はがさごそ音をたてるので忍ぶ恋には不都合。先方はそれを用意して拒絶の意を示しているのである。[俳]紙子夜着。

1341 弓《ゆみ》すゝびたる突《つき》あげのまど　角

1342 道《みち》ばたに乞《こ》食《じき》の鎮《ちん》守《じゆ》垣《かき》ゆひて　仝

1343 ものきゝわかぬ馬《ま》士《ご》の鬮《くじ》とり　人

1344 花《はな》の香《か》にあさつき膾《なます》みどり也《なり》　仝

1345 むしろ敷《しく》べき喚《よび》続《つぎ》の春《はる》　仝

1341 名ウ二。雑。〇弓　突き上げ窓の支えの竹。▽突き上げるだけの粗末な窓。その支えの竹もすっかり煤けて汚れている。前句を貧しい浪人暮らしの落ちぶれた恨めしさと見て、その侘住居を付けた。囲すゝびたる・突あげのまど。

1342 名ウ三。雑。▽乞食の集落。そこにも鎮守の社はあるが、さすがに奥深くはない。道の脇に社もむき出しで、形ばかりに垣が廻らしてある。社殿らしき小屋の突き上げ窓は、その支えも煤けた竹。囲道ばた・乞食・鎮守。

1343 名ウ四。雑。▽街道風景。話し合いとか物の道理とかいうことのわからない馬方ども。旅人の奪い合いで喧嘩になりかけ、藁しべなどで鬮びきをして事を決することになる。前句を、そんな場にふさわしいと見て付ける。囲馬士・鬮とり。

1344 名ウ五。春(花)。〇あさつき　浅葱。あさつきのひる。ネギより細くニラに比べて臭気が少ない。三月三日の食事に、根葉ともに膾にあえて食すという。▽花の香のただよって来る中、膾にあえたアサツキの緑が鮮やかで心地よい。駅路の休み茶屋の景か。囲あさつき膾。

1345 挙句。春(春)。〇喚続　歌枕。尾張国熱田から鳴海に出る右方の浜。千鳥の名所。▽あの歌枕喚続の浜に一席もうけて、一度お招きしたいものです。前句を馳走料理の体として、尾張の人越人が、江戸の人其角に対して、あいさつしたもの。囲ナシ。

あら野　員外

1346 我《われ》もらじ新《しん》酒《しゅ》は人《ひと》の醒《さめ》やすき　嵐雪

1347 秋《あき》うそ寒《さむ》しいつも湯《ゆ》嫌《ぎらひ》　越人

1348 月《つき》の宿《やど》書《しよ》を引《ひき》ちらす中《なか》にねて　仝

1349 外《そと》面《も》薬《くすり》の草《くさ》わけに行《ゆく》　雪

1350 はねあひて牧《まき》にまじらぬ里《さと》の馬《うま》　仝

1351 川《かは》越《こえ》くれば城《しろ》下《じた》のみち　人

1352 疱《い》瘡《も》皃《がほ》の透《すき》とをるほど歯《は》のしろき　人

1346 発句。秋(新酒)。○新酒　秋の彼岸ころより造り始める酒。白楽天・府中夜賞詩に「閒(ﾂｼ)カニ賓客ヲ留メテ新酒ヲ嘗メシム」とある。▽白氏文集には、あのようにありますが、私はお勧めしませんよ。なぜなら新酒は醒めやすいのだそうですからね。一三四四・一三四五の越人と芭蕉の発句・脇を意識するか。[俳]新酒。

1347 脇句。秋(秋)。▽いやいや、是非一杯いただきたいものですね。今夜は夜寒がすこし厳しいようですし、私はふだんから風呂が嫌いで、湯で暖まるということができないのです。寒さしのぎに、どうか一杯。[俳]うそ寒し・湯嫌。

1348 第三。秋(月)。▽書物を乱雑にひろげたままの家。いつの間にか寝込んでしまって、眼を覚ますと月が射しこんでいる。どうりで肌寒いことだ。湯嫌いの無頓着な男。[俳]書。

1349 初オ四。雑。○外面薬　山の北側を背面(ｿﾄﾓ)という。そのような深山・渓谷の陰湿地に自生する山草の類を、薬草として用いることをいうか。▽山中の採薬に出かけて帰り、疲労のためにごろ寝している本草家。または採薬家。[俳]外面薬。

1350 初オ五。雑。○牧　牛馬を放牧している場所。▽里で人間にばかり馴れている馬は、牧野の放牧されている馬に出合うと互いに跳ね合って、なかなか進まない。採薬家の馬が山間に入ったところ。[俳]ナシ。

1351 初オ六。雑。▽人里に馴れた馬が、牧野の馬を嫌って進まぬので、仕方なく別の道を選び、川越しなどして進むと、はからずもご城下への道に出た。これでよかったのだ、というのであろう。[俳]城下。

1352 初ウ一。雑。恋(歯のしろき)。○疱瘡皃　天然痘のあとのあばた顔。○透とをる　正しくは「透とほる」。▽さすがにご城下だけのことはある。あばたの跡の残った顔ながら、歯は真っ白で、口の奥が透いて見えるかと思われるほどである。町の女の美しさを詠嘆する。[俳]疱瘡皃。

1353 唱歌《しやうが》はしらず声《こゑ》ほそりやる　雪

1354 なみだみるはなれ〴〵のうき雲《ぐも》に　同

1355 後《のち》ぞひよべといふがわりなき　越

1356 今朝《けさ》よりも油《あぶら》あげする玉《たま》だすき　人

1357 行灯《あんどん》はりてかへる浪人《らうにん》　嵐

1358 着物《きるもの》を碪《きぬた》にうてと一《ひと》つ脱《ぬぎ》　雪

1359 明日《あす》は髪《かみ》そる宵《よひ》の月影《つきかげ》　越

1360 しら露《つゆ》の群《むれ》て泣《なき》ゐる女客《をんなきやく》　人

1353 初ウ二。雑。恋(声ほそりやる)。○唱歌　楽器の旋律をそれぞれの楽器に独自の音譜で唄うこと。三味線の場合なら口三味線。▽音譜は知らないらしいが、メロディのみをスキャットで哀調をこめて唄っている。前句の薄いあばたの女の白い歯の口もとから連想して付ける。[用]唱歌・ほそりやる。

1354 初ウ三。雑。恋(なみだ)。○はなれ〴〵の　「離れ〴〵のあの雲見ればあすの別れもあのごとく」(ふでしやみせん)のような流行歌謡による表現。▽雲の離れ去るのを見ても、ふとわが身にひきくらべられて涙ぐむ。前句の女性が「離れ離れの浮雲」の曲を口ずさみ、わが身をかえりみて涙ぐむ、と見ることもできる。[用]ナシ。

1355 初ウ四。雑。恋(後ぞひ)。○わりなき　底本「はりなき」。迷惑だ。▽恋女房を無理に離縁させられた男。親族集まって、後妻を迎えろと談判されて抗しがたく悩む。雲を見るにつけ元の女房が恋しい。[用]後ぞひ。

1356 初ウ五。雑。▽朝から自分で台所に立ち、たすき掛けで亡妻の法事の料理をつくり親族を迎える準備をした。それを見て親族がやはり女手が必要とせめる。[用]油あげ。

1357 初ウ六。雑。▽早朝から忙しく台所で立ち働く人々。こちらは、他に能もないのでせめてこれくらいと言って、行灯の紙の張り替えをして、御免と帰って行く浪人。[用]行灯・浪人。

1358 初ウ七。秋(碪)。▽着ていた物を一枚脱いで、糊付がきつ過ぎるので柔げてくれと頼む。その礼のかわりに行灯を張り替えて帰って行く。浪人の近所づき合い。[用]ナシ。

1359 初ウ八。秋(月)。▽明日は剃髪し、法躰隠棲する。月影の美しい前の晩。もはやこのような衣裳は身につけることもあるまいと、侍女などに与えるのであろう。剃髪の動機はさまざまに考えられるが、高貴の姫君などの、門跡寺院に入る前夜などと見える。[用]髪そる。

1360 初ウ九。秋(しら露)。▽露のごとくはかなく短い命であったと、うち寄った女どもがいっせいに涙を流す。剃髪は、死期の迫った場合、また臨終の後、仏弟子として往生できるようにと願って行われた。男どもは別室に退き女客ばかりが立ち合うのであろう。[用]女客。

1361 つれなの医者《いしゃ》の後《うしろ》姿《すがた》や　雪

1362 ちる花《はな》に日《ひ》はくるれども長《なが》咄《ばなし》　越

1363 よぶこ鳥《どり》とは何《なに》をいふらん　人

1361 初ウ十。雑。▽病人が臨終を迎えれば、医者は座を退き、帰宅するほかはない。だが集まった女客は、逝く者を哀しむあまりに、もう勤めが済んだというように帰って行くよ、無情な医者だ、と愚痴をつらねる。囲医者。

1362 初ウ十一。春(ちる花)。▽花も散る。日も暮れる。だがあの客人はまだ帰らないで長話にきりがない。前句の医者を、暇をもてあますはやらぬ医師と見て、訪問先の家人が台所から悪口を言う所として付けた。囲長咄。

1363 初ウ十二。春(よぶこ鳥)。○よぶこ鳥　古今伝授のうち三鳥の大事とされた鳥の一。古今集「をちこちのたつきもしらぬ山中におぼつかなくもよぶこ鳥かな」のよぶこ鳥が何をさすか、という秘伝。▽長咄のはずだ。よぶこ鳥の正体をあれこれ詮索しているのだから。囲ナシ。

〔補説〕この巻は一折のみの半歌仙で終っている。越人著、猪の早太(享保十四年)によれば、後半の一折は「翁(芭蕉)の心に応ぜざるところあり」として削除したものという。

1364 初雪《はつゆき》やことしのびたる桐《きり》の木《き》に　野水

1365 日《ひ》のみじかきと冬《ふゆ》の朝起《あさおき》　落梧

1366 山川《やまがは》や鵜《う》の喰《くひ》ものをさがすらん　仝

1367 賤《しづ》を遠《をち》から見《み》るべかりけり　野水

1368 おもふさま押合《おしあひ》月《つき》に草臥《くたびれ》つ　同

1369 あらことぐし長櫃《ながびつ》の萩《はぎ》　落梧

1370 川越《かはごし》の歩《ぶ》にさゝれ行《ゆく》秋《あき》の雨《あめ》　水

1364 発句。冬(初雪)。▽この冬はじめての雪が、うっすらと白い世界をつくり出す。すでに葉を落した桐の木にも積もった。ことしはまた一段と成長の跡が著しい。両吟の相手、落梧の号に対する挨拶・賞翫の心があろう。俳ナシ。

1365 脇。冬(日のみじかき)。▽冬の日は短いので早起きした所、初雪の景を見た。「のびたる」に対して「みじかき」の対照を底意にひそめる。俳朝起。

1366 第三。雑。▽山中の川。野生の鵜がしきりに潜水をくり返している。乏しい食料を求めて。鵜飼のウとする説もある。俳喰もの。

1367 初オ四。雑。▽わびしい庶民の営みなどは、遠く離れて見ればこそ絵にもなる。前句を鵜飼と見て、鵜飼というものも闇夜に遠くから眺めればこそ、能ともなり画題ともなる、と付けた。接近すれば醜くも愚かしいものだ。俳ナシ。

1368 初オ五。秋(月)。▽月見の夜の混雑。月の名所で、ひどい押し合いへし合いになり疲れ果てた。願わくは俗物どもの来ない所でゆっくり観賞したかった。俳おもふさま・草臥つ。

1369 初オ六。秋(萩)。○長櫃の萩　陸奥守橘為仲が帰京した時、宮城野の萩を長櫃に入れて上り、貴賤群集して見物した(無名抄)。▽なんと大層な。長櫃に萩など入れて。見物の人々の率直な感想。俳長櫃。

1370 初ウ一。秋(秋の雨)。○川越　人や荷物を肩や台に乗せて川を渡すこと。またその人足。○歩　夫。公家や大名などが多人数で通行するとき川越の人足の不足は周辺の集落の夫役として徴発された。○さゝれ　指名され。▽冷たい秋の雨の中を川越人足に徴用されて出かける。その荷物は、なんと萩だとよ。俳川越・歩。

1371　ねぶと痛《いた》がる顔《かほ》のきたなき　梧

1372　わがせこをわりなくかくす縁《えん》の下《した》　水

1373　すがゞき習《なら》ふ比《ころ》のうきこひ　梧

1374　更《ふく》る夜《よ》の湯《ゆ》はむつかしと水《みづ》飲《のみ》て　水

1375　こそぐり起《おこ》す相《あひ》住《ずみ》の僧《そう》　梧

1376　峰《みね》の松《まつ》あぢなあたりを見《み》出《いで》たり　水

1377　旅《たび》するうちの心《こころ》寄《き》麗《れい》さ　梧

1378　烹《に》た玉《たま》子《ご》なまのたまごも一《いち》文《もん》に　水

1371　初ウ二。雑。○ねぶと　腫物の一種。根太。尻・太股などに生ずる。▽川越人足に徴用されたが、この秋雨の中、おまけに下半身にでき物があり難儀なことだ。同情にたえないことではあるがやはりぶざまで滑稽でもある。[俳]ねぶと・痛がる・きたなき。

1372　初ウ三。雑。恋(せこ)。▽恋人がひそんで通う所を主家の人に見つかりかけて、無理に狭い縁の下に隠す。ねぶとなどを痛がる男が、この火急の際、うとましく見える。[俳]縁の下。

1373　初ウ四。雑。恋(うきこひ)。○すがゞき「只ひく心也」(藻塩草)。単に琴を演奏すること。▽琴など初めて習う幼少の頃。鬼ごっこのとき、好きな男の子を懸命に縁の下に隠してやる。思えばあれがこどもなりの憂き恋だったものか。[俳]ナシ。

1374　初ウ五。雑。▽この夜ふけに湯を貰うのは面倒だと、水を飲んでがまんする。すがゞきを遊里で客寄せに弾く三味線と見て、初心の女郎の深夜の部屋としたか。[俳]ナシ。

1375　初ウ六。雑。▽寺院の学寮。相部屋の学僧の眠りこんでいるのを、くすぐり目覚めさせる。深夜に湯の調達しにくい所から寺院をつけた。夜を徹して座禅・誦経に励む若い僧たちの生活であろう。[俳]こそぐり起す・相住・僧。

1376　初ウ七。雑。▽夜明けの山頂の松が、明るみかけた空を背景に、なんとも言えぬ面白味がある。起きて見よ、と同行の僧を起す。山中隠棲の草庵か。「春の夜の夢の浮橋とだえして峰に別るる横雲の空」などにより早朝に転ずる。[俳]あぢな。

1377　初ウ八。雑。○寄麗さ　ふつう奇麗・綺麗と表記する。清潔・清浄なこと。▽日常を離れて旅に出ると、平生の俗心は忘れるので、すがすがしい心持である。そういう心には、なにげない山の松でも深い味わいのあるものに写る。[俳]寄麗さ。

1378　初ウ九。雑。▽辺陬の土地の、人々の心の純朴さ。手を加えたものであろうと、なかろうと、卵は卵だからといって同じ値段で売ってくれる。これこそ旅すればこそ味わうことのできる人の心の美しさである。[俳]烹た・玉子・なま・一文。

1379　下《げ》戸《こ》は皆《みな》いく月《つき》のおぼろけ　梧

1380　耳《みみ》や歯《は》やようても花《はな》の数《かず》ならず　水

1381　具《ぐ》足《そく》めさせにけふの初《はつ》午《うま》　梧

1382　いつやらも鶯《うぐひす》聞《きき》ぬ此《この》おくに　同

1383　山《やま》伏《ぶし》住《すみ》て人《ひと》しかるなり　水

1384　ぐはら〳〵とくさびぬけたる米車《こめぐるま》　梧

1385　挑《てう》灯《ちん》過《すぎ》て跡《あと》闇《くら》きくれ　水

1386　何《なに》事《ごと》を泣《なき》けむ髪《かみ》を振《ふり》おほひ　梧

1379　初ウ十。春(月のおぼろけ)。▽酒の飲めないものは、だれも出かけて行く。卵がどれも一個一文と聞いて。空は朧月。花の句前まで月の句を出し遅れたので苦しい付け。[俳]下戸。

1380　初ウ十一。春(花)。▽この年齢まで耳も歯も丈夫ですが、もう老人のことゆえ、このような花見の宴に加えていただけるようなものではないのですが。前句から視力の衰えを感じとって老人の謙退を付ける。[俳]ようても。

1381　初ウ十二。春(初午)。○具足　男子が初めて鎧を着る時には吉日を選び、武功名高き人物を鎧親に頼み、鎧を着けさせた。○初午　二月最初の午の日、福参(ふくまいり)と称して稲荷社に参詣する。▽今日は初午のよき日なので若君の鎧の着初(きぞめ)である。老人が参上するさま。前句を身体強健な老武者の謙虚な口ぶりと見て付ける。[俳]具足めさせ・初午。

1382　名オ一。春(鶯)。▽いつの年のことであったか、やはり同じ初午の日にウグイスの鳴き声を聞いた。この社の森の奥のほうで。初午から稲荷の社の深い森を連想して付ける。[俳]いつやら。

1383　名オ二。雑。▽この山の奥には、山伏が住みついて、人を威嚇する。飼育用のウグイスを捕獲に行き、山伏の住むあたりに入りこんで怒鳴られたことがあった、というのであろう。以来こわがって寄りつかない。[俳]しかる。

1384　名オ三。雑。○ぐはら〳〵　世話字字書の類に瓦落の字を宛てる。また「轟」をガラ〳〵と訓む(反故集)。▽くさびの一本抜けた車が米を積んで、音高く行く。あの無神経さは例の山伏どもにちがいない。[俳]ぐはら〳〵・米車。

1385　名オ四。雑。▽挑灯を持った人が通り過ぎてしまったあとは、宵闇がいっそう暗い。車ががらがら音をたてるので、くさびの抜け落ちたことに気付いたが、補修しようにも暗くて途方にくれている。[俳]挑灯。

1386　名オ五。雑。恋(泣)。▽髪をふり乱して顔にまで垂れかかっている女。それとなく泣き顔としられる。いったいどうしたことか。前句を挑灯をかかげて行く婚礼の行列の通過したあとと見て、わけありげな女が見送る凄涼たる景を出す。[俳]ナシ。

1387　しかぐ物《もの》もいはぬつれなき　水

1388　はづかしといやがる馬《うま》にかきのせて　梧

1389　かゝる府《ふ》中《ちゆう》を飴《あめ》ねぶり行《ゆく》　水

1390　雨《あめ》やみて雲《くも》のちぎるゝ面《おも》白《しろ》や　梧

1391　柳《やなぎ》ちるかと例《れい》の莚《えん》道《だう》　水

1392　軒《のき》ながく月《つき》こそさはれ五《ご》十《じつ》間《けん》　同

1393　寂《さび》しき秋《あき》を女《め》夫《をと》居《を》りけり　梧

1394　占《うらなひ》を上《じやう》手《ず》にめさるうらやまし　水

1387　名オ六。雑。恋(つれなさ)。▽相手の女は、はっきりと物もいってくれない。なんと冷たい人だ。前句を大和物語中の「髪をふりおほひていみじう泣く。などて泣くぞと言へどいらへもせず」なる女の描写と見て、もてあましている男の心を付けた。[俳]しかぐ。

1388　名オ七。雑。恋(はづかし)。▽恥ずかしいからいやだという女を無理に抱きかかえて馬に乗せてきた。それで女は拗ねて口もきいてくれない。だがこちらの心情はわかってくれてもよいのに。前句と同じく大和物語の「いとをかしげなりければ、偸みて掻き抱いて馬にうち乗せて逃げて往にけり」による措辞。しかし場面はゆるし合った同士のけんかであろう。[俳]いやがる。

1389　名オ八。雑。○府中　底本「苻中」。大都会。▽こんな繁華な街中を、買い食いの飴をなめながら馬をひいて行く。父親の田舎者丸出しを、馬に乗せられてついてきた娘が、馬上から恥じている。[俳]府中・飴・ねぶり。

1390　名オ九。雑。▽すっかり雨もあがって、雲の切れ目も見えてきた。結構な具合だ。前句を無頓着な風狂人などと見たか。狂雲集を残した一休などの面影か。[俳]ちぎるゝ。

1391　名オ十。秋(柳ちる)。▽この初秋の雨風に、秋の訪れを告げる柳の落葉はあったであろうか、見たいものだと、風流好みの貴人の希望で、早速お出かけの用意が告げられる。「例の莚道敷きて」は枕草子に見える表現。[俳]例の莚道。

1392　名オ十一。秋(月)。▽軒が深いので月が見えにくい。外で見ようというので、延々五十間にもわたってむしろを敷いてお散歩の準備。貴人の広壮な邸内。[俳]五十間。

1393　名オ十二。秋(秋)。恋(女夫)。▽ただささえ寂しい秋を、さびしくも夫婦二人だけで暮らしている。謡曲・松風「月こそさはれ芦の屋」の文句から、なにか深いわけのありそうな夫婦が想像される。[俳]女夫。

1394　名ウ一。雑。恋(占)。▽夫婦二人だけで、のんびり暮らしているが、別に困窮している様子も見えない。卜筮の技にたけていて、あたると評判なのだそうだ。うらやましいことだ。[俳]上手・めさる。

1395 黍《きび》もてはやすいにしへの酒《さけ》　全

1396 朝《あさ》ごとの干《ひ》魚《うを》備《そなふ》るみづ垣《がき》に　梧

1397 誰《たれ》より花《はな》を先《さき》へ見《み》てとる　同

1398 春《はる》雨《さめ》のくらがり峠《たうげ》こえすまし　水

1399 ねぶりころべと雲《ひ》雀《ばり》鳴《なく》也《なり》　梧

1395 名ウ二。雑。〇黍　中国の本草綱目によれば、キビに稷・黍の二種あり、稷は飯として食し、黍は酒に醸造するという。▽わが国ではもっぱら粳米を酒造に用いるが、古代には中国と同じく黍の酒を賞味したものであろう。万葉集「古人(ふるひと)のたまへしめたるきびの酒」の「きび」について、当代においては吉備・黍の二説があった。前句を卜占のさかんな上代と見て付けたか。俳ナシ。

1396 名ウ三。雑。▽海辺の古社。毎朝の献げ物には、干魚を供える。古制にのっとって黍の酒などを喜ぶ神の社を、辺鄙な地に想像したもの。俳干魚。

1397 名ウ四。春(花)。▽早朝より参拝おこたりなく、奉献の供物を運ぶ。連日のつとめではあるが、おかげで桜の花の咲き初めをも、他の誰よりも早く知った。俳見てとる。

1398 名ウ五。春(春雨)。〇くらがり峠　生駒山脈の低部。大和国と河内国の国境をなす峠。▽春雨の降るやや陰うつなくらがり峠を、なんとか越えて下ってきた。麓には桜の花がもう咲き始めていた。河内側の方が花が早い。俳くらがり峠・こえすまし。

1399 挙句。春(雲雀)。▽ヒバリがのどかにさえずっている。眠けを誘われるようだ。まるでヒバリが、ひとやすみして行けと言っているように聞える。峠を越えたあとの疲労。麓の平野は雨など降っていない。俳ねぶりころべ。

1400 一《ひと》里《さと》の炭《すみ》売《うり》はいつ冬《ふゆ》籠《ごも》り　一井

1401 かけひの先《さき》の瓶《かめ》氷《こほ》る朝《あさ》　鼠弾

1402 さきくさや正《まさ》木《き》を引《ひき》に誘《さそ》ふらん　胡及

1403 肩《かた》ぎぬはづれ酒《さけ》によふ人《ひと》　長虹

1404 夕《ゆふ》月《づき》の入《いり》ぎは早《はや》き塘《つつみ》ぎは　鼠弾

1405 たはらに鯽《ふな》をつかみこむ秋《あき》　一井

1406 里《さと》深《ふか》く踊《をどり》教《をしへ》に二《に》三《さん》日《にち》　長虹

1400 発句。冬(炭売・冬籠り)。▽冬季籠居のわれわれのところへ炭を売りに来る人。聞けば一村こぞって炭売りに出るとのことだが、その里ではいつの時節に冬籠りをするのか。言うておくが冬以外では冬籠りにならぬのだぞ。とぼけた調子で、寒中にも日々外に働く炭売りに同情する。俳ナシ。

1401 脇。冬(氷る)。○かけひ　掛樋。水を導くためにかけわたした樋。▽掛樋に導かれる水を受け溜める瓶が、今朝はとうとう凍りついてしまった。つまりは流れ来るべき水もついに凍ったのである。万物凍てつく日々に、よく働きに出る人々よ、と発句に打添えた。俳ナシ。

1402 第三。雑。○さきくさや　「さきくさの」は「中・三つ」にかかる枕詞。ここは「さきくさや」として「正木」にかかる枕詞を造語したもの。○正木　ツルマサキの蔓を綱に編んで杣木を曳く。歌語で「まさきのつな」という。▽冬の早朝。杣木を山中から曳き出すために誘いに来る。雪を利用して杣木をおろすのであろう。俳ナシ。

1403 初オ四。雑。○肩ぎぬ　袴をつけて正装する際、上につける袖なしの短衣。○よふ　正しくは「ゑふ」。酔う。▽すっかり酒に酔って肩ぎぬも脱げかかっている。前句を寺院の堂塔建立のための杣木曳きと見て、市中を祝いつつ曳き綱を引いてゆく人を出した。類船集「杣―堂塔建立」。俳肩ぎぬ・よふ。

1404 初オ五。秋(夕月)。▽夕暮に西の空に出た月が、さっさと沈んでしまう。とりわけ土手の際ではそれが早く感じられる。前句を、川辺の堤上をよろよろと行く酔漢として、祝い酒に酔って帰る人とした。俳夕月・入ぎは・塘ぎは。

1405 初オ六。秋(秋)。▽池の水を干して魚を捕る。日暮がせまった頃、ようやく水がひけて、大いそぎで収穫を俵につめ込む。前句の塘ぎはから、池のかえどりを付ける。フナは秋から冬にかけて捕獲し食す。俳たはら・つかみこむ。

1406 初ウ一。秋(踊)。○里　都会に対するいなか。▽ひどいいなかへ、二、三日泊りがけで都会の新しい踊りを教えに出かけた。前句を、その礼として村人がくれたフナとする。「つかみこむ」にいなか人の粗野な動作を見たもの。俳二三日。

1407 宮司《ぐうじ》が妻《つま》にほれられて憂《うき》　胡及

1408 問《と》はれても涙《なみだ》に物《もの》の云《いひ》にくき　一井

1409 葛籠《つづら》とゞきて切《きり》ほどく文《ふみ》　鼠弾

1410 うと〳〵と寐《ね》起《おき》ながらに湯《ゆ》をわかす　胡及

1411 寒《さえ》ゆく夜《よ》半《は》の越《こし》の雪《ゆき》鋤《すき》　長虹

1412 なに事《ごと》かよばりあひてはうち笑《わら》ひ　鼠弾

1413 蛤《はまぐり》とりはみな女《ぢよ》中《ちゆう》也《なり》　一井

1414 浦《うら》風《かぜ》に脛《はぎ》吹《ふき》まくる月《つき》涼《すず》し　長虹

1407 初ウ二。雑。恋(妻・ほれられて・憂)。○宮司　社家。▽踊りを教えに行った村社。二、三泊するうちに宿主の妻にい寄られて困った。踊りなど教えに回る男の軽薄な自慢話。[俳]宮司・ほれられて。

1408 初ウ三。雑。恋(涙)。▽あれこれ問いつめられるのであるが、涙が先になって言葉にならない。露伴は「取りやう次第にてさま〴〵に取らるゝやう作りある句」(『評釈』)としている。前句のほれられた男が宮司の妻に真情を問いつめられる場、とも、また関係者に事実を追求される場とも解される。[俳]ナシ。

1409 初ウ四。雑。▽夫が旅先で没した。旅荷の葛籠が返送されて来て、添えられた手紙をあわただしく開いて読む。まわりから家族のものが、どうしたのかと問いよるが、答える先に涙があふれて言葉にならない。[俳]ナシ。

1410 初ウ五。雑。▽はっきり目が覚めないままで、ともかくもかまどに火をくべて湯をわかす。前句の葛籠を、道中輸送の葛籠馬と見て、早朝、急ぎの荷物が到着した問屋場の様を付けたもの。[俳]うと〳〵と・寐起。

1411 初ウ六。冬(雪鋤)。○越　北陸道の越前・越中・越後。○雪鋤　雪掻き。木製の鋤で人家の屋根や周囲の雪を掘り除いて捨てる。▽冷えこみの一段と厳しい夜半。また雪が降りそうだと見て、起き出して、すでに積もった雪を除く。さもないと家屋が圧し潰されるのである。雪国の厳冬。[俳]雪鋤。

1412 初ウ七。雑。▽なにを話題にしているのか。人々が大声でことばをかわしながら、どっと笑い声をあげた。雪掻きは多人数で一斉に掻きつくしてしまわないと大雪に追いつかない。夜に入って声をかわしながら励まし合う。[俳]よばりあひ。

1413 初ウ八。雑。○女中　女性に対する敬称。▽浜辺で声をあげて笑いころげながら、身分高いとみえる女の一行が蛤を拾っている。警固の者が人々を遠ざけて。[俳]女中。

1414 初ウ九。夏(月涼し)。▽吹きわたる浦風に、裾がめくれて時折脛が白くほの見える。女達は夢中で貝拾い。もう夕暮。空には夕月。浜辺の夕涼みなのであろう。淡々とした付け方だが展開に乏しい。[俳]吹まくる。

1415 みるもかしこき紀《き》伊《い》の御《お》魂屋《たまや》　胡及

1416 若《わか》者《もの》のさし矢《や》射《い》ておる花《はな》の陰《かげ》　一井

1417 蒜《ひる》くらふ香《か》に遠《とほ》ざかりけり　鼠弾

1418 はるのくれありき〳〵も睡《ねぶ》るらん　胡及

1419 紙《かみ》子《こ》の綿《わた》の裾《すそ》に落《おち》つゝ　長虹

1420 はなしする内《うち》もさい〳〵手《て》を洗《あらひ》　鼠弾

1421 座《ざ》敷《しき》ほどある蚊《か》屋《や》を釣《つり》けり　一井

1422 木《き》ばさみにあかるうなりし松《まつ》の枝《えだ》　長虹

1415 初ウ十。雑。○紀伊の御魂屋　徳川家康を祭った東照大権現の社。和歌浦に面し社領千石。四月十七日の祭礼は厳重に執行された。玉津島明神と並び称された当地の名所。▽仰ぎ見るにつけ、もったいなくもありがたく感じられる、東照宮のありさまよ。和歌浦の浦風がさわやかに吹く。[俳]紀伊・御魂屋。

1416 初ウ十一。春(花)。○さし矢　矢つぎばやに射る矢。○おる　正しくは「をる」。▽桜の花の咲く下で、若武者がつぎつぎと矢を射ている。紀州徳川家は尾張徳川家と京都三十三間堂の通し矢の矢数を競ったことで有名。[俳]若者・さし矢。

1417 初ウ十二。春(蒜)。○蒜　にんにく。▽矢数の稽古などしている若武者の近くへ寄った所が、蒜を食ったらしく、あたりの臭気に辟易して、後ずさりしてしまった。体力の増強に蒜を食したものであろう。[俳]蒜。

1418 名オ一。春(はるのくれ)。▽春の夕暮。暮れがたい道を一日遊びつかれて帰る。歩きながら眠るのであろうか、あの人は。近寄れば蒜の息が臭う。[俳]ナシ。

1419 名オ二。雑。○紙子の綿　紙製の着物。綿は袷の中に入れた真綿。▽晩春の風情。紙子の綿もうすっかり裾に落ちて溜っているらしく、ふくらんでいる。前句の人物の無頓着を付けた。春風駘蕩たる人格。老人か。[俳]紙子。

1420 名オ三。雑。○さい〳〵　再々。しばしば。▽雑談をしている間にも、何度も手を洗いに立つ。種々の人格が想像される。癇性で潔癖な人か。衣服は裾が綿でふくらんでいるような貧者。[俳]はなしする・さい〳〵。

1421 名オ四。夏(蚊屋)。▽部屋の大きさいっぱいの大きな蚊屋を釣った。広々とした蚊屋の中で手洗の盥を使う。蚊屋の中の人物は、病人か。[俳]座敷・蚊屋。

1422 名オ五。雑。○木ばさみ　樹木を剪定するためのはさみ。▽庭園の松の木を剪定したので、いっぺんにせいせいした。その晴れやかな眺めを、昼間、屋内の蚊屋の中から見ていると解することもできるが、夏の夕涼みに庭中に大きな蚊屋を釣る富家のぜいたくと見ることもできる。植木の手入れは晩夏が多い。[俳]木ばさみ・あかるう。

1423 秤《はかり》にかゝる人《ひと》〻《びと》の興《きよう》　胡及

1424 此《この》年《とし》になりて灸《やいと》の跡《あと》もなき　一井

1425 まくらもせずについ寐《ね》入《いる》月《つき》　鼠弾

1426 暮《くれ》過《すぎ》て障《しやう》子《じ》の陰《かげ》のうそ寒《さむ》き　胡及

1427 こきたるやうにしぼむ萩《はぎ》のは　長虹

1428 御《おん》有《あり》様《さま》入《にふ》道《だう》の宮《みや》のはかなげに　鼠弾

1429 衣《きぬ》引《ひき》かぶる人《ひと》の足《あし》音《おと》　一井

1430 毒《どく》なりと瓜《うり》一《ひと》きれも喰《くは》ぬ也《なり》　長虹

1423 名オ六。雑。○秤　重量の物をはかる桿秤(さおばかり)。杠秤(ちぎ)。▽庭師たちが、ひと仕事終えたあとの休憩に、大きな秤でたがいに体重をはかって楽しんでいる。軽いスナップが生き生きと人声を伝える。[俳]興。

1424 名オ七。雑。▽なんと元気な人だ。着物を脱いだ背中にも灸をすえたあとがひとつもない。この年齢になって。秤にかかるので着物を脱ぐ。その背を見て傍の人が感心し驚いているさま。[俳]灸。

1425 名オ八。秋(月)。○つい　すぐに。▽おかげで寝つきもよくて、どこでも横になればすぐ眠ってしまいます。前句を自分で語ることばとして、健康自慢を続ける。月を見る間もないというのであろう。[俳]つい。

1426 名オ九。秋(うそ寒き)。▽夕刻、ごろりと横になったらうかうかと寝込んでしまった。気がついてみるとすっかり日は暮れて、障子には月の光がさしている。なんとなく肌寒い秋の夜。[俳]障子。

1427 名オ十。秋(萩)。○こきたるやうに　しごいて落したように。▽萩の葉が、しごいたようにしぼんでいる。萩は豆科の植物。夕方に葉と葉を合せて凋むように見える。萩の花ならぬ葉についての、俳諧らしい具体的な細かい観察。[俳]ナシ。

1428 名オ十一。雑。恋(入道の宮)。○入道の宮　仏門に入った姫宮。▽美しい姫宮が、よんどころない事情で遁世入道してしまった。そのご様子は、もはやこの世にあてもない、といった趣である。前句の優艶な萩の凋むさまに対して、入道の宮を出す。狭衣物語の女二の宮の俤かという。[俳]入道の宮。

1429 名オ十二。雑。恋(衣引かぶる)。▽聞き知ったあの人の足音だと、衣を深くかぶって、入道して短く切った髪を隠す。柏木との過ちから出産した後、出家した女三の宮などの面影。若君の五十日の祝に源氏が訪ねる場面がある。[俳]引かぶる。

1430 名ウ一。夏(瓜)。▽瓜は身体を冷やすので毒だと言って、いくらすすめても食べない。妊婦の用心をいう。前句は、この暑いのに夜着を頭からかぶって、妊娠のさまを恥じている女。[俳]毒・一きれ。

1431 片《かた》風《かぜ》たちて過《すぐ》る白《ゆふ》雨《だち》　胡及

1432 板《いた》へぎて踏《ふみ》所《どころ》なき庭《には》の内《うち》　一井

1433 はねのぬけたる黒《くろ》き唐《たう》丸《まる》　鼠弾

1434 ぬく〳〵と日《ひ》足《あし》のしれぬ花《はな》曇《ぐもり》　長虹

1435 見《み》わたすほどはみなつゝじ也《なり》　胡及

京寺町通二条上ル町井筒屋
筒井庄兵衛板

1431 名ウ二。夏(白雨)。○片風　未詳。一陣の風というほどの意か。▽にわかに風が立って、夕立が降ってきたかと思うともう過ぎて行く。長わずらいの人は瓜を食して涼をとることが出来ないので、夕立の涼しさがひとしお。倗片風たちて。

1432 名ウ三。雑。▽木を薄く割って片(へぎ)板を作っている作業場。にわかに強風が吹きぬけて、舞いあがり、たださえ足の踏み場もない狭い庭は大騒ぎになる。庭は屋内の土間であろう。倗へぎて。

1433 名ウ四。雑。○唐丸　蜀雞。外来種。大型で尾が短く、大きな鋸のような鶏冠がある。闘鶏用として最強のもの。▽歴戦のあと著しい闘鶏用の大きなニワトリが、へぎ板の散乱した中を、さらに踏み散らしながら、堂々と過ぎて行く。鳥ながら、あなどりがたい雰囲気が滑稽を感じさせる。倗唐丸。

1434 名ウ五。春(花曇)。▽桜の花の頃の曇天。なま暖かいが、陽射しの方向が知れないので、時刻を知るのに困る。前句の唐丸が、羽の抜けている所から、老いてときを告げるのもおぼつかなく、一日中思い出したように鳴いているものと見て、空模様で、それに応じた。倗ぬく〳〵と。

1435 挙句。春(つゝじ)。▽満目すべてツツジの花。ツツジは紅が本来であるから、燃えたつような色彩が眼前に展開する。それが前句の晩春の陽気を一層感じさせる。倗ナシ。

ひさご

白石悌三 校注

〔**編者**〕珍碩。当時、まだ二十三歳ほどの若年である。

〔**書名**〕『去来抄』によれば芭蕉の命名か。当時の芭蕉に胚胎した〈かるみ〉志向を、軽きを本情とする瓢箪に託したものであろう。越人序の『荘子』逍遥遊篇に基づくレトリックは、書名の由来を説き明かすものではない。

〔**成立**〕芭蕉は元禄三年(一六九〇)の新春を路通とともに近江の膳所《ぜぜ》で迎えた。本集第二歌仙の発句・脇・第三はこの折の唱和で、珍碩入門の挨拶と思われる。芭蕉は正月三日に伊賀上野に帰り、四句目以下は路通・珍碩の両吟で続けて半歌仙としたが、その後、路通はある事件に関与して行方をくらませてしまう。芭蕉は三月二日、伊賀上野の連衆と「木の本に汁も膾も桜哉」を発句にして歌仙を興行した。一座した土芳は、芭蕉がこの時発句について「花見の句のかゝりを少し心得て軽みをしたり」(『三冊子』)と自負をもらしたことを伝えている。しかし脇句以下の出来は、芭蕉の〈かるみ〉志向に応えるものではなかった。芭蕉は三月下旬再び膳所に出て、同じ発句で珍碩・曲水と歌仙を興行、やっと納得できる成果を得て珍碩に公表を許した。本集の第一歌仙である。珍碩は尾張五歌仙『冬の日』の後を継ぐ膳所五歌仙の集を発企し、挨拶をかねて先の半歌仙を尾張に送り歌仙満尾を望むとともに、第三・四・五の歌仙もそろえて序文を乞うた。越人筆の序文は六月付、刊行は八月十三日(『誹諧書籍目録』)である。集中、芭蕉を「翁」の尊称で遇しているところからみるに、芭蕉の点検をへた刊行ではなさそうである。

〔**意義**〕元禄二年の「奥の細道」行脚後の新風を示す集として、『猿蓑』と併称されることが多い。芭蕉自身「此度、ひさご集膳所より出申候。世間五句付の病甚しく手帳がちになり、重たくなり候故、一等くつろげ候間…」(曾良宛書簡)と述べており、観念的な句作りを排し、素直な具体描写に努めたことが知られる。その成果は、第一歌仙を同じ発句の伊賀の歌仙と比較するとき歴然とする。ただし、その〈かるみ〉志向が、芭蕉の一座しない第二以下の歌仙にどこまで及んでいるかは疑問である。芭蕉は曲水宛書簡で第五歌仙の出来をほめているが、刊行後にはじめて読んだ様子である。

江南《かうなん》の珍碩《ちんせき》我にひさごを送レり。これは是水漿《これすいしやう》をもり酒をたしなむ器《うつは》にもあらず、或は大樽に造りて江湖《がうこ》をわたれといへるふくべにも異なり。吾《われ》また後《のち》の恵子《けいし》にして用《もちふ》ることをしらず。つら〳〵そのほとりに睡《ねむ》り、あやまりて此《この》うちに陥《おちい》る。醒《さめ》てみるに、日月陽秋《じつげつやうしう》きらゝかにして、雪のあけぼの闇《やみ》の郭公《ほととぎす》もかけたることなく、なを吾知人《わがしるひと》ども見えきたりて、皆風雅《ふうが》の藻思《さうし》をいへり。しらず、是《ここ》はいづれのところにして、乾坤《けんこん》の外《ほか》なることを。出《いで》てそのことを云《いひ》て、毎日此内《このうち》にをどり入《いる》。

越《を》智《ち》

越《ゑつ》人《じん》

元禄三六月

○江南　近江の南。珍碩は膳所の人。もとより中国風の措辞。
○水漿　水液。以下、荘子・逍遥遊「恵子謂ニ荘子一曰、魏王貽ニ我大瓠之種一。我樹レ之成、而実五石。以盛ニ水漿一、其堅不レ能ニ自挙一也。剖レ之以為レ瓢、則瓠落無レ所レ容。非レ不ニ呺然大一也。吾為ニ其無用一而掊レ之。荘子曰、夫子固拙ニ於用ヒ大矣。…今、子有ニ五石之瓠一、何不レ慮下以為ニ大樽一、而浮中乎江湖上、而憂ニ其瓠落無ヒ所レ容。則夫子猶有ニ蓬之心一也夫」による。一三七八参照。
○ふくべ　ふくべ・ひさご、ともに瓢簞のこと。
○日月陽秋　春の日ざしと秋の月かげ。雪の曙・闇の郭公と合わせて四季の代表的景物。
○なを　正しくは「なほ」。
○風雅の藻思　詩。
○乾坤の外　別天地。類船集に「壺中ノ天地ハ乾坤ノ外、とは費長房が仙家に入りし心」とあり、引用部は和漢朗詠集の元稹の詩句。
○此内にをどり入　汝南の市に薬を売る老翁が市が終ると店頭の「壺中ニ跳リ入ル」のを目撃した費長房が、ついに老翁に導かれて壺中に入り、神仙世界の客となった故事(有象列仙全伝四)による。

花《はな》見《み》

1436 木《こ》のもとに汁も鱠《なます》も桜かな　翁

1437 西《にし》日《び》のどかによき天気なり　珍碩

1438 旅《たび》人《びと》の虱《しらみ》かき行《ゆく》春暮《くれ》て　曲水

1439 はきも習はぬ太刀《たち》の鞘《ヒキハダ》　翁

1440 月待《まち》て仮《かり》の内裏《だいり》の司《つかさ》召《めし》　珍碩

1441 籾《もみ》臼《うす》つくる杣《そま》がはやわざ　水

○花見　四季遊楽の随一。貴賤群衆のさまは近世初期風俗画に描かれて有名。この発句に、謡曲・西行桜の都の花の名所尽しの一節「先初花をいそぐなる近衛殿の糸桜、見渡せば柳桜をこきまぜて都は春の錦燦爛たり」を譜点つきで前書にした芭蕉真蹟がある。「花見」「木の本」は同曲中の語彙。花見の心を説いて「木の下に到りては肴盃とり〴〵の遊び、春の日の暮るゝをも知らず、帰るさを忘れつゝ」(至宝抄)というも、同曲の世界。

1436 発句。春(桜)。○汁も鱠も　あれもこれもの意の成語か。汁も鱠も飯とともに出る本膳の料理。ここまでを一汁一菜という。○桜　篇突「花といへるは賞翫の惣名、桜は只一色の上也」。▽木の下に花見の宴をはると、文字どおり汁も鱠も、散りつむ花片にまみれているよ。三冊子に「花見の句のかゝりを少し心得て、軽みをしたり」との芭蕉の言を伝える。

1437 脇。春(のどか)。○西日　源氏物語に用例があるが、歌語ではない。▽西日がのどかにさして、ああよい天気だ。前句の景に時間の経過を見込み、夕方の時分を付けた。俗談で花見の心を補完した脇。なり留りは四句目ぶりで、脇には異例。

1438 第三。春(春暮て)。○虱　特に花見時にもぞもぞするを花見虱という。○春暮て　前句が夕暮だから、ここは春の夕暮でなく暮春の意。▽着古した綿入れにわいた虱のくい痕をかきながら旅人が行く、春ももう終り。前句に旅情を見込んで、場を街道に転じた。類船集「天気―旅、日和―旅人」。

1439 初オ四。雑。○太刀　刀より長大で、腰に差すのではなくつり下げる。○鞘　蟇肌革の尻鞘。旅行用。書言字考「皺皮 ヒキハダ」。▽佩きなれない太刀を大事に、蟇肌を着せて。戦国時代、下賤の者の武功を立てて故郷に帰る姿か。前句の旅人の腰の物に着目した会釈(あいしらい)の付。

1440 初オ五。秋(月・司召)。月の定座。○司召　朝廷で行われた中央官の任命式。八月十一日として歳時記にも載るが、応仁の乱以降は廃絶。▽月の出を待って、これから仮の御所で秋の除目(じもく)が行われる。前句を非常時と見て、吉野・須磨など戦乱中の仮の御所の司召を思い寄せた。

1441 初オ六。秋(籾臼)。○籾臼　脱穀用の臼。籾粒をいためないために土臼が多く用いられるが、ここは木臼か。▽見る

1442 鞍《くら》置《おけ》る三《さん》歳《さい》駒《ごま》に秋の来て　翁

1443 名はさま〲に降《ふり》替《かは》る雨　碩

1444 入《いり》込《ごみ》に諏《す》訪《は》の涌《いで》湯《ゆ》の夕《ゆふ》ま暮《ぐれ》　水

1445 中《なか》にもせいの高き山《やま》伏《ぶし》　翁

1446 いふ事を唯《ただ》一方え落しけり　碩

1447 ほそき筋《すぢ》より恋《こひ》つのりつゝ　水

1448 物《もの》おもふ身にもの喰《く》へとせつかれて　翁

1449 月見る顔の袖《そで》おもき露　碩

間に籾すり臼を作りあげる木こりの早わざよ。前句を吉野と見定め、司召の舞台裏の点景に都人の目を見はるさまを付けた。

1442 初ウ一。秋(秋)。▽荷鞍を置いた三歳駒のたのもしく、まさに天高く馬肥ゆる秋。前句に付けて、収穫期の山村の景。臼や米などを運び出す若駒の競いで、前句の気勢に応じた。

1443 初ウ二。雑。▽春雨、梅雨、白雨、やがて時雨と、さまざまに降り替る雨よ。馬の生育の歳月を思いやり、眼前の秋霖によせて季節の推移を詠嘆した遣句(やりく)。

1444 初ウ三。雑。○諏訪の涌湯　木曾路名所図会「下諏訪駅中に三所あり。…本陣の際にあるは中を隔て高貴あるいは男女を別つ。往来の雑人は上に覆ひなし」。○夕ま暮　人影もしかと見定めがたい夕暮。湯の混みあう時分でもある。▽村人も旅人も男も女も混浴している諏訪の野天湯の夕ぐれ時。「さまざまに」のあしらいとして「入込」に着想、その場と時分を定めた。類船集「雨—旅の中宿」。

1445 初ウ四。雑。▽(もやもやした混浴客の)中にも背筋を伸ばした長身の異様に目立つ総髪の山伏が。三冊子に「前句にはまりて付けたる句也。其中の事を目に立てていひたる句也」。

1446 初ウ五。雑。▽衆議に耳を貸さず、一座を強引に一方へと結着させてしまう。前句の「中にも」を山伏多くあるが中にもの意に取り成し、その人の性格をあしらった。

1447 初ウ六。雑。恋(恋)。○つゝ　当時の歌論に「程ふるつゝ」といい、「ける」に通う。▽ふとしたことから恋心がどんどんつのり。前句を何につけ語るに落ちる体と見なし、恋に転じた。

1448 初ウ七。雑。恋(物おもふ)。▽忍ぶ恋に食も進まぬ身を、そうとは知らぬ周囲の案じて、さあ少しはとせつくのがつらい。雅語「物思ふ」に俗語「物喰へ」を重ねて拍子をとった。打越(うちこし)と観音開きの気味があるが、自他向い合せの句作りに工夫をみせた。以上四句、言葉の応酬に見所あり。

1449 初ウ八。秋(月・露)。▽月を仰いで涙ぐむ姫の袖は重くぬれて。露は投込み。かぐや姫の俤(おもかげ)か。「物おもふ」を別意に取り成して恋を離れたが、其人の付が続き変化に乏しい。

1450 秋《あき》風《かぜ》の船をこはがる波の音　水

1451 雁《かり》ゆくかたや白《しろ》子《こ》若松　翁

1452 千《せん》部《ぶ》読《よむ》花の盛《さかり》の一《い》身《しん》田《でん》　碩

1453 巡礼死ぬる道のかげろふ　水

1454 何よりも蝶《てふ》の現《うつつ》ぞあはれなる　翁

1455 文《ふみ》書《かく》ほどの力さへなき　碩

1456 羅《うすもの》に日をいとはるゝ御《おん》かたち　水

1457 熊《くま》野《の》みたきと泣《なき》給ひけり　翁

1450 初ウ九。秋(秋風)。▽秋風にゆれる船、こわがる船客、船端をたたく波の音。「袖おもき露」を波しぶきに取り成し、月見船を趣向した。「こはがる」のは女子供。王朝趣味を離れて軽く解するがよいか。

1451 初ウ十。秋(雁)。○白子若松　今の鈴鹿市内。白砂青松のイメージを喚起する地名、伊勢参宮名所図会にともに「繁昌の湊」という。▽雁の行く方角の浜が白子・若松のあたりか。参宮客の船中より眺めやる体。類船集「雁—秋風・舟路」。三冊子に「前句の心の余りを取りて気色に顕し付けたる也」。

1452 初ウ十一。春(花)。花の定座。○一身田　今の津市内。真宗高田派の本山専修寺の所在地。伊勢路を南から北へ一身田・白子・若松。▽千部経の読誦どよもし、花の雲たなびく一身田。釈教。名所の対付。雁を帰雁に見かえての季移りは常套。

1453 初ウ十二。春(かげろふ)。▽行き倒れの巡礼が息をひきとった路上に、はかなく陽炎が立っている。前句を鎮魂曲として、この日この時、どこかでありうる非業の死を付けた。

1454 名オ一。春(蝶)。▽「蝶の夢」ならぬ現の姿こそ、何にもましてはかなげで哀れ深い。陽炎につつまれた死体にまつわりとぶ無心の蝶への観相。

1455 名オ二。雑。恋(文)。▽及ばぬ恋に、恋文を書く気力さえもない。庭面の蝶を見やって嘆息するさまを付けた。

1456 名オ三。夏(羅)。恋。○羅　書言字考「羅 ウスモノ」。被衣、またはむしの垂衣か。○御かたち　姿態とも容貌とも。御をつけて他の句作り。▽まぶしい日ざしにも堪えぬ風情で、羅の単衣を被かれたあえかなお姿よ。深窓の貴婦人の外出をかいま見た印象。及ばぬ恋の相手を思い描いた向付(むかいづけ)。

1457 名オ四。雑。○熊野　類船集「熊野—維盛入道参詣ノ心、身をなぐる—熊野浦」。平維盛の熊野参詣と入水、それを知った夫人の愁嘆は、平家物語十に見える。▽行き悩み、それでも一目熊野が見たいと泣き給うた。前句の其人の付で、維盛夫人などの俤。浪化・随門記に「前句の位・人がらを見合せ、とかくその位・人がらにより合ふやうに句案あるべし」の例に引く。

1458 名オ五。雑。○手束弓　「弓のとつかを大きにする也。それは紀国の雄山の関守が狩弓也」(藻塩草)とも、「小さき弓

1458 手《た》束《つか》弓《ゆみ》紀《き》の関《せき》守《もり》が頑《かたくな》に　碩

1459 酒ではげたるあたま成《なる》覧《らん》　水

1460 双《すご》六《ろく》の目をのぞくまで暮《くれ》かゝり　翁

1461 仮《かり》の持《ぢ》仏《ぶつ》にむかふ念仏　碩

1462 中《なか》〳〵《なか》に土《ど》間《ま》に居《すわ》れば蚤《のみ》もなし　水

1463 我《わが》名は里《さと》のなぶりもの也《なり》　翁

1464 憎《にくま》れていらぬ躍《をどり》の肝《きも》を煎《いり》　碩

1465 月《つき》夜《よ》〳〵《つきよ》に明《あけ》渡《わた》る月　水

也」(和歌呉竹集)とも。以下、「(三熊野を)今日立ち出づる旅衣紀の関守が手束弓」(謡曲・誓願寺)による。▽手束弓を手に、紀伊国の関守は頑として通行を許さない。哀訴する女人に、厳しく対処する関守を付けた向付。

1459 名オ六。雑。○成覧　通行の当字。▽酒のせいだろう、あのてらてらした禿頭は。前句の頑固者の禿頭をとりたてて揶揄した会釈の付。沈みがちな句並みを笑いで引き立てた。

1460 名オ七。雑。▽双六の賽の目をのぞきこんでよむほどに暮色がせまり。前句にのぞきこむ仕ぐさと遊び人の風情をよみとり、頭突き合わせて勝負に熱中するさまを付けた。三冊子に「気味の句也。終日、双六に長ずる情を以て、酒にはげぬべき人の気味を付けたる也」の評がある。

1461 名オ八。雑。釈教。▽一方では、仮の持仏に向かって念仏三昧の者がいる。追込宿の日暮れ時、博徒もあり信徒もありの人生縮図。獄中で「塵紙にて細工に双六の盤をこしらへ」(好色一代男四の一)、また「塵紙にて仏をつくるもあり」(西鶴諸国咄三の一)の類。前出「仮の内裏」も珍碩の付句。

1462 名オ九。夏(蚤)。▽かえって土間のほうが蚤もいなくていい。前句を乞食行脚の人と見て、貧家に一夜を借りた安堵の気持を独白体で付けた。奥の細道の飯塚の宿の類。三冊子に中七「土間にすはれば」。

1463 名オ十。雑。▽村人の奇人・愚者よばわりが、いつかわが呼び名となり。不遇にも平然たる人物像。三冊子に「同じ付様(前句の所に位を見込み、さもあるべきと思ひなして人の躰を付けたる)也」の評がある。

1464 名オ十一。秋(躍)。▽いらぬ出しゃばりと陰口たたかれながらも、じっとしておれずに盆踊り万端の世話をやき。月の定座だが、これまで珍碩が月花を独占しているので、一句こぼした。以上四句、句作りの自他はあるが、其人の付で人物像も変化に乏しい。

1465 名オ十二。秋(月)。▽明月の夜を徹して夜ごと夜ごとに(踊り明かす)。前句に付けて盆踊りの稽古。人事の連続をやっと景気に転じた遣句(やりく)。

1466 花薄《はなすすき》あまりまねけばうら枯《がれ》て　翁

1467 唯《ただ》四《よ》方《ほう》なる草庵の露　硯

1468 一貫の銭《ぜに》むつかしと返しけり　水

1469 医者のくすりは飲《のま》ぬ分《ふん》別《べつ》　翁

1470 花咲けば芳《よし》野《の》あたりを欠《かけ》廻《まはり》　水

1471 虻《あぶ》にさゝるゝ春の山中　硯

翁　十二
珍碩　十二
曲水　十二

1466 名ウ一。秋(花薄)。○まねけば　常套の擬人法。芭蕉発句に「何ごとも招き果てたる薄かな」。▽穂薄はあまりに招き続けたため穂先も枯れて。前句の「月夜〳〵」に秋の深まるを見込み、晩秋の野に場を定めた。

1467 名ウ二。秋(露)。○四方　ヨホウは四角形、シハウは四つの方角の意。前出「唯一方」も珍碩の付句。▽ただ方形の簡素な草庵。露は薄のあしらいとして投げ込んだにすぎないが、はかなさの象徴として草庵とのうつりもよい。露しげき薄野に草庵を点出した景気の付であるが、前句の擬人法から暗に晩年の小町を想定したもの。類船集「薄―小町が幽霊」。謡曲の小町物を参照。

1468 名ウ三。雑。○一貫の銭　千文。緡(さし)につないで貫緡という。遊里の祝儀などに用いる一分金とほぼ同額。▽銭一貫の施しも煩わしいと返してしまった。「唯四方なる」に見込んで庵主の性格を思いなした。

1469 名ウ四。雑。▽生死は天命、医薬には頼らぬと心に決めている。見舞金を固辞する其人の信条を付けた。

1470 名ウ五。春(花)。花の定座。○欠廻　「欠」は通行の当字。「廻」は「あたり」を受けてマワルと訓む。▽四季折々に風雲の情を狂わせ、花のころには吉野あたりを駆けまわっている。芭蕉に当てこんだカリカチュアか。前句を医者より養生が自慢の健脚の老人に見かえてはいるが、其人の付で三句の変化に乏しい。珍碩の句順だが、すでに初裏の花を詠んでいるので、曲水に替った。

1471 挙句。春(虻・春)。▽春の山中、花に集まる花虻の羽音のうなりはのどかだが、つきまとわれたあげくに刺されて閉口。前句の「欠廻」を受けて笑いに輪をかけたおかしみの句で、深刻な災難ではないが、それにしても挙句には異例。

1472 いろ〳〵の名もまぎらはし春の草　　珍碩

1473 うたれて蝶《てふ》の目を覚《さま》しぬる　　翁

1474 蝙蝠《かうもり》ののどかにつらをさし出《だし》て　　路通

1475 駕籠《かご》のとをらぬ峠越《こえ》たり　　全

1476 紫蘇《しそ》の実《み》をかますに入るゝ夕ま暮《ぐれ》　　碩

1477 親子ならびて月に物《もの》くふ　　全

1478 秋の色宮《みや》ものぞかせ給ひけり　　通

1472 発句。春(春の草)。○まぎらはし　覆刻版後印本は「むつかしや」と入木訂正。▽七草をはじめとしてそれぞれに名があるのだろうが、いっせいに萌え出た春の若草は、どれがどれやらまぎらわしいの意。新風にとまどう初心者の挨拶。

1473 脇。春(蝶)。○うたれて　坐禅の痛棒になぞらえていう。○目を覚しぬる　覆刻版後印本は「夢はさめぬる」と入木訂正。虚栗に其角付句「芭蕉あるじの蝶丁(クタ)見よ」。荘子の「胡蝶の夢」をふまえていう。▽草原を木の枝などで払いながら行くと、葉陰に眠る蝶のぱっと飛び立つさま。相手の新風開眼を言祝ぐ挨拶。三冊子に「此脇は、まぎらはしといふ心の匂に、しきりに蝶の散りみだるゝ様おもひ入りて、気色を付けたる句也」、二十五箇条に「此句は、はじめて俳諧の意味をたづぬる人の、俳諧の名目まぎらはしとてとまどひたるを、其所、直に一棒をあたへて蝶の夢をさましぬる所、一句相対して脇の体ならば、韻字てにはの詮議なし」の評がある。

1474 第三。春(のどか)。▽蝙蝠はいまだ昼寝の夢さめず、樹の洞などから「酢にむせたやうな顔」(世話尽)を覗かせている。類船集「昼寝―蝶・蝙蝠」。生類を対して、自らを卑下した挨拶。

1475 初オ四。雑。▽駕籠も通らないさびしい峠道を越えたの意。前句の景を、徒歩ならではの属目とした。以下は芭蕉一座せず。

1476 初オ五。秋(紫蘇の実)。○紫蘇の実　九月半ば穂が枯れた時に収穫する。油を採り、塩漬などにして食用にもする。荒地に似合った作物。▽人里に下ると、そこの庭先では、日の暮れるのを惜しんで紫蘇の実を叺(かます)につめているの意。峠を越えた時分を定めた。

1477 初オ六。秋(月)。▽親子縁先に膳を並べて月あかりで遅い夕食をとっているの意。せわしい農作業のあとのくつろぎ。月の定座を一句こぼした。

1478 初ウ一。秋(秋の色)。▽秋色をさぐっての郊行、通りすがりに宮も心ひかれてそっと垣間見られたの意。前句を貧しいが美しい娘とその親の月見するさまと見、昔物語を俤(おもかげ)にした向付(むかいづけ)で転じた。「のぞく」は恋の呼出し。

1479 こそぐられてはわらふ俤《おもかげ》　仝

1480 うつり香《が》の羽《は》織《おり》を首にひきまきて　碩

1481 小《こ》六《ろく》うたひし市《いち》のかへるさ　仝

1482 鮠《はえ》釣《つり》のちいさく見ゆる川の端《はた》　通

1483 念《ね》仏《ぶつ》申《まうし》ておがむみづがき　仝

1484 こしらえし薬もうれず年の暮　碩

1485 庄《しやう》野《の》ゝ《の》里の犬におどされ　仝

1486 旅姿稚《をさな》き人の嫗《うば》つれて　通

1479 初ウ二。雑。恋(俤)。▽こそぐられて笑声をもらしている女の媚態が、御簾ごしにうかがわれる意。のぞかれる側を描いた向付で、打越(うちこし)と観音開きになる。

1480 初ウ三。雑。恋(うつり香)。▽女の移り香のする羽織に頤を埋めて朝帰りする遊治郎のさま。前句の「俤」を回想に取り成し、雅を俗に転じたが、これも向付。

1481 初ウ四。雑。恋(小六うたひ)。○小六　関東小六のことを歌った当時流行の小歌。小六は小歌の名手といわれた美男の馬追いで、女性にもてた。○市　前句に付けて吉原仲之町の草市などが思い浮かぶが、特定しない。市に盛り場の雰囲気があったのは昔からで、「よき人々市に行きてなむ色好むわざはしける」(大和物語一〇三段)という。▽市から帰る道々、小六節が口をついて出るの意。前句の其人の付で、小六気取りの色男。三句がらみになる。類船集「市―酌酒・色ごのみ」。

1482 初ウ五。雑。▽川沿いの道を行くと、遠くに鮠を釣る人の姿が小さく見えるの意。前句の人の目をかりて郊外の景に転じた。「小六」に「小さく」は差し合うので、仮名表記にした。

1483 初ウ六。雑。▽神社であれ仏閣であれ、前を通りかかれば念仏をとなえて手を合わす愚直な老人のさま。念仏は釈教、瑞籬は神祇。前句を賀茂の川原などと見た付か。打越と観音開きの気味がある。

1484 初ウ七。冬(年の暮)。▽当てこんだ新薬もついに売れず、合わぬ算用の年の暮を嘆くさま。前句を神にも仏にもすがりたい気持と見て、せっぱつまった情況を設定した。

1485 初ウ八。雑。○庄野　東海道五十三次の第四十五。第四十六は亀山。▽振売りなどの、さしかかった宿場町で犬にほえかかられて困惑するさま。前句の薬売りの尾羽うち枯らした姿。古注に、庄野→「亀山―活薬(いかすくすり)」(類船集)→あやしげな新薬という連想で前句に付くという。その亀山は蓬萊山のことだが、伊勢の地名に取り成した。

1486 初ウ九。雑。○稚き　底本「雅き」と誤刻。▽老女につきそわれた旅姿のいたいけなさま。前句の「犬におどされ」を少年少女と見込み、庄野のあたり参宮客のさまざまあるが中の属目とした。打越と観音開きになる。

1487 花はあかいよ月は朧《おぼろ》夜《よ》　仝

1488 しほのさす縁の下《した》迄《まで》和日《うらら》なり　碩

1489 生《いき》鯛《だひ》あがる浦の春哉《かな》　仝

1490 此《この》村の広きに医者のなかりけり　荷兮

1491 そろばんをけばものしりといふ　越人

1492 かはらざる世を退屈もせずに過《すぎ》　兮

1493 また泣《なき》出《いだ》す酒のさめぎは　人

1494 ながめやる秋の夕《ゆふべ》ぞだゞびろき　兮

ひさご

1487 初ウ十。春(花・朧月夜)。▽「花はあかいよ」に「月は朧夜」と拍子をあわせた掛合い。嫗の稚児をすかしすかし行くさまで、「花は…」が稚児、「月は…」が嫗の言葉。花月昼夜で長い道中を匂わせ、不安な旅を楽しげな旅に転じた遣句(やりく)。初裏の月が出ないまま次は花の定座になるので、花を一句引上げて月花同居を試みた。短句での試みは珍しい。

1488 初ウ十一。春(和日)。○和日 常陸帯「麗・和日 ウラヽ〈長閑ナルコト〉」。▽潮が縁の下までひたひたと寄せて来て、うららかな日ざしがゆらゆらと反映しているさま。月花の眺めよき海辺の別荘などを思い寄せた。

1489 初ウ十二。春(春)。○生鯛あがる 毛吹草に安芸名物「野路浮鯛」。▽鯛が群がって海面に浮きあがる瀬戸内の春よの意。前句を安芸の厳島神社の廻廊と見立て、能地沖の浮鯛を思い寄せた。挙句に擬したためでたい作柄。ここで路通・珍碩の両吟終り、荷兮・越人で以下を継ぐ。かな留り、平句には異例。

1490 名オ一。雑。▽無医村と知って他郷者の驚くさま。前句の「浦の春」に鯛網ひく浜のにぎわいを見込み、新古今集の「浦の苫屋の秋の夕暮」を俳諧化した。つまり、見渡せば医者も病もなかりけり、という健康な漁村。

1491 名オ二。雑。○そろばんをけば 算盤で計算することを算盤置くという。▽たまたま算盤ができれば物知り扱いされる。通常は医者が村一番のインテリだろうが、それもいないのでと続く。医者もなければ智者もない辺鄙な村。西鶴織留四の二「世の宝は医者智者福者といへり。中にも医者のなき里には住む事なかれ」。

1492 名オ三。雑。▽これといった曲折もない単調な人生を退屈もせずに過ごしてきたの意。前句から、読み書き算盤など教えて相応の扱いも受け、と続く。

1493 名オ四。雑。▽泣き上戸のさま。前句を、ついに志を得なかった人の愚痴と見た付。以上三句、変化に乏しい。

1494 名オ五。秋(秋の夕)。▽秋の夕暮の満目蕭条として空漠たるさま。不幸を酒でまぎらしている前句の人の目にうつった景で、「見渡せば花も紅葉もなかりけり…秋の夕暮」の翻案。名オ一と同じ趣向で芸がない。

1495 蕎《そ》麦《ば》真《まつ》白《しろ》に山の胴《どう》中《なか》　人

1496 うどんうつ里のはづれの月の影　兮

1497 すもゝもつ子のみな裸《はだか》むし　人

1498 めづらしやまゆ烹《にる》也《なり》と立《たち》どまり　兮

1499 文《もん》珠《じゆ》の智《ち》恵《ゑ》も槃《はん》特《どく》が愚《ぐ》痴《ち》　人

1500 なれ加《か》減《げん》又とは出来ジひしほ味《み》噌《そ》　兮

1501 何《なん》ともせぬに落《おつ》る釣《つり》棚《だな》　人

1502 しのぶ夜《よ》のおかしうなりて笑《わらひ》出《だ》ス　兮

1495 名オ六。秋(蕎麦の花)。▽中腹の山畑一面に蕎麦の花が白いの意。遠景暮色の中、そこだけが浮き立って白いという景気の付。

1496 名オ七。秋(月)。▽村はずれの家にうどん打つ音がことことして、月が静かに照っているの意。前句を月下の風景とし、山里のたたずまいを付けた。蕎麦にうどんは対付。秋の三句目なので月を四句引上げたが、「秋の夕」から一句おいて月を出すのはまずい。

1497 名オ八。夏(すもゝ)。▽李(すもゝ)をかじっている子らはみな裸ん坊の意。前句を夏の夕月と見ての季移りで、「里のはづれ」に遊ぶ村童のさまを付けた。

1498 名オ九。夏(まゆ烹)。▽異臭に立ちどまり、繭を煮て糸を取る作業に見入る都人のさま。前句の「裸虫」に都会人の語気を感じとり、田舎の風俗を珍しがるその人のさまを付けた。以上三句、変化に乏しい。

1499 名オ十。雑。○文珠　文殊菩薩。「珠」は通行の当字。諸仏の知恵を司る。○槃特　釈迦の弟子のうち最も愚鈍であったが、修行に励み悟りを得た。▽「槃特が愚痴も文殊の智恵」(謡曲・卒都婆小町)を逆に言ったもので、智者も愚者の修行の成果にかなわぬことがあるの意。釈教。「浅ましやまゆ烹る賤はつづれ着て」(才麿発句)といわれる賤の手業に、絹気を身にまとう都人が無知無能であることを受けて、智愚無差別の観相を付けた。

1500 名オ十一。雑。月の定座だが前出。○ひしほ味噌　醬(ひしお)の俗称。醬油製造過程のもろみ。▽絶妙の熟成度で、又とこうはできまいと思われるほどの醬味噌だの意。醬は寺でよく醸造されることから、釈教に付く。この「なれ加減」も一律にはゆかぬもので、智愚とは無関係。何か具体的な付筋を想定すると「めづらしや…」の句と観音開きになる。

1501 名オ十二。雑。▽何もしないのに突然大音をたてて釣棚が落ちる意。前句の「又とは出来じ」に惜しむ心を見込み、瓶などの割れるさまを思いなしたのなら、古くさい心付。

1502 名ウ一。雑。恋(しのぶ夜)。▽夜這いする自分の真剣な姿がふと滑稽に意識されて笑い出すさま。前句を深夜の珍事

1503 逢《あ》ふより顔を見ぬ別《わかれ》して　仝

1504 汗の香《か》をかゞえて衣《きぬ》をとり残し　人

1505 しきりに雨はうちあけてふる　仝

1506 花ざかり又百人の膳《ぜん》立《だて》に　兮

1507 春は旅ともおもはざる旅　仝

珍碩　九
翁　一
路通　八
荷兮　十
越人　八

ひさご

として、物音に周章狼狽する男の心理を付けた。

1503 名ウ二。雑。恋(逢ふ・別)。▽契りをかわすや、相手の顔も見ないあじけない別れをしての意。逆付。あげくに顔を合わせたらとんでもない醜女であったという、末摘花(源氏物語)の俤《おもかげ》か。「おかしうなりて笑出す」はその俳諧化。

1504 名ウ三。雑。恋(衣の香)。○汗の香　御傘に雑、花火草に夏など一定しない。他季をはさまずに同季を出すのはまずいので、ここは雑の扱いか。源氏物語・空蟬に「かの薄衣は小袿のいとなつかしき人香に染めるを」「かのもぬけを、いかに伊勢をの海士のしほなれてやなど思ふも」とあるによる。○かゞえ　香りが漂う。枕草子「七月ばかりに風いたう吹きて雨など騒がしき日…汗の香すこしかゞへたる綿衣の薄きをいとよくひき着て昼寝したるこそをかしけれ」。▽汗の香のほのかに漂う衣だけを残してその人の姿はないの意。前句の男女関係を逆にとって、光源氏のしのび入るを知るや薄衣を残してのがれ去った空蟬《うつせみ》の俤を付けた。

1505 名ウ四。雑。○うちあけ　全部ぶちまける。▽どしゃ降りのさま。前引の枕草子などもふまえ景気に転じた遣句。前句を「平貞文・本院侍従の事」(宇治拾遺物語)とし、「四月の晦日頃に雨おどろおどろしく降りて物おそろしげなる」その夜のさまを付けたとする古注もある。空蟬から雨夜の品定め(源氏物語)を連想したとも解されるが、表に出して言うと三句がらみになる。

1506 名ウ五。春(花ざかり)。花の定座。▽今日も百人分の弁当・提重などの用意に忙殺される仕出屋などのさま。花見客を当てこんだせっかくの料理をよそに、無情の雨が降るという逆付。

1507 挙句。春(春)。▽「旅は憂いもの辛いもの」というが、春の旅はどこへ行ってもにぎやかで楽しいの意。前句を参勤交代でにぎわう本陣などの台所と見て付けた。

城《じやう》下《か》

1508 鉄《てつ》炮《ばう》の遠《とほ》音《と》に曇る卯月哉《かな》　野径

1509 砂の小《こ》麦《むぎ》の痩《やせ》てぱら〱　里東

1510 西《にし》風《かぜ》にますほの小《こ》貝《がひ》拾はせて　泥土

1511 なまぬる一つ餬《モラ》ひかねたり　乙州

1512 碁いさかひ二人しらける有《あり》明《あけ》に　怒誰

1513 秋の夜《や》番《ばん》の物《もの》もうの声　珍碩

○城下　膳所城下。慶長七年(一六〇二)大津城を廃止して膳所ヶ崎に築城、琵琶湖に映る天守閣の美観は有名。当時は本多康慶六万石の城下町。湖を東にして南北に細長く、北から西ノ庄・木ノ下・膳所・中ノ庄・別保の五村。湖岸に沿って東海道が縦貫し、北は大津口、南は勢多口。街道の両側は町屋、山側の町屋の背後に侍屋敷と寺があった。

1508　発句。夏(卯月)。○鉄炮　別保村の足軽長屋の南に南北六十五間の鉄炮矢場があった。秘註俳諧七部集に「都(スベ)テ城下ニ火術ノ稽古ハ四月朔日ヨリ七月晦日ニ限ルナリ」といい、「鉄炮の音や気のつく更衣　甫松」(小弓俳諧集)、「盆をかぎりに稽古鉄炮　怒誰」(三千化)等の例句もある。▽湖水の天はどんよりとして卯の花曇り、折から始まった射撃練習の乾いた銃声が遠くに聞えるの意。客・亭主ともに藩士。

1509　脇。夏(小麦)。▽痩せた砂地の畑に、育ちの悪い小麦がまばらに生え立っているさま。鉄炮矢場付近の実景であろう。発句・脇ともに感覚的な叙景句で、うつりもよい。

1510　第三。雑。○西風　二月に吹く大西風を貝寄せといい、大坂四天王寺では二十二日の聖霊会に供える造花の材料の貝を浜で採集する。ここは雑なので二月に限定しない。○ますほの小貝　西行が「汐染むるますほの小貝拾ふとて色の浜とはいふにやあるらん」とよんだ紅色の小さな二枚貝。「小麦」に「小貝」は差合(さしあい)。▽貝寄せの西風吹くをさいわいと、浜辺で真赭(ますほ)の小貝を採集させる風雅人のさま。前句を海辺の寒村と見て、越前色の浜などを思いよせた。ただし、現実の色の浜は東向き。奥の細道「ますほの小貝拾はんと種の浜に舟を走らす」。

1511　初オ四。雑。○餬ひ　書言字考「餬口　クチヲモラフ」。▽潮風に喉がかわいたが、ぬる湯一ぱいの無心も言い出しかねて逡巡するさま。風雅の旅人の、仕事にかまける住民に臆する体を付けた。元禄三年(一六九〇)九月十二日付、曾良宛芭蕉書簡に「其内(ひさご集中)戸伊麻の旅寝有中候間、泪を御落し被成まじく…」とあるは、この付句か。奥の細道旅中の曾良日記に「戸伊麻、宿不借」とあり、その前日「矢本新田ト云町ニテ咽乾、家毎ニ湯乞共不与…」とある。

1514 女郎花《をみなへし》心細げにおそはれて　筆

1515 目の中おもく見遣《やり》がちなる　野径

1516 けふも又川原《かはら》咄《ばな》しをよく覚へ　里東

1517 顔のおかしき生《うまれ》つき也《なり》　泥土

1518 馬に召《めす》神《かん》主《ぬし》殿《どの》をうらやみて　乙州

1519 一《ひと》里《さと》こぞり山の下《した》刈《がり》　怒誰

1520 見知られて岩《いは》屋《や》に足も留《とめ》られず　泥土

1521 それ世は泪《なみだ》雨としぐれと　里東

1512 初オ五。秋(有明)。月の定座。○しらける　興ざめの意になって黙りこむ二人に、夜がしらじらと明けそめる意。家人は寝静まり主人は機嫌悪く、白湯ひとつ所望しかねるという逆付。「二つ」に「二人」と拍子をとった。

1513 初オ六。秋(秋)。▽秋の夜長、町内を見まわる夜警の番人が門口から「もうし」と不審の声をかける意。深夜の灯と口論の声をとがめだてする夜番を出した向付(むかいづけ)。

1514 初ウ一。秋(女郎花)。恋。▽女郎花咲く荒れたる宿の女が悪夢にうなされるさま。源氏物語の夕顔の巻で宿直人の「弓弦いとつきづきしくうち鳴らして火あやふしと言ふ言ふ」行くさまを見立てた俤付(おもかげづけ)。前句に、夕顔を女郎花にやつした俤付(おもかげづけ)。

1515 初ウ二。雑。恋(後目づかひ)。▽うるんだ瞳で悩ましげに見やりがちであるの意。夕顔の「後目に見おこせて…とほのかに言ふ」風情を俤にした其人の付。

1516 初ウ三。雑。▽毎日、異なる芝居の話をよくまあ覚えて話し聞かせの意。前句を病人と見て恋を離れた向付。

1517 初ウ四。雑。▽言外に、それも愛嬌という意。前句の其人の付で、幇間(たいこもち)などのさま。ここを顔つきであしらうのは、打越(うちこし)が目つきの描写なのでまずい。

1518 初ウ五。雑。▽祭礼の列の先を行く神主の馬上姿を、徒歩でつき従う者の羨む意。神祇。前句を自嘲とみて、神主の気品ある容姿を羨むとも。神主の身分を嫉んで、あれで美男なら申し分ないが、こればかりはと陰口をきくとも。

1519 初ウ六。夏(下刈)。▽村中総出で氏神様の山林の下草を刈る意。前句の神主を作業見分に来たと見なして付けた。

1520 初ウ七。雑。▽岩屋に隠れ棲んでいたのを見知られて、ここにも居づらくなったという浮浪者の嘆き。里人に卑賤視される聖(ひじり)等の類か。向付で、前句と因果関係にある。

1521 初ウ八。冬(しぐれ)。恋(泪雨)。▽人生はつらいもの、次々の試練に見まわれるの意。「世は泪」の観相に、「窩―泪ノ雨」(類船集)の連想で泪雨と言いかけ、「雨としぐれと」と拍子をとった遣句(やりく)。前句を恋の駆落ちと見て、人目を忍んで岩屋を出、しぐれにぬれて山越えするさまを想い描いた。

1522 雪舟《そり》に乗《のる》越《こし》の遊女の寒さうに　野径

1523 壱《いち》歩《ぶ》につなぐ丁《ちやう》百《ひやく》の銭《ぜに》　乙州

1524 月《つき》花《はな》に庄屋をよつて高ぶらせ　珍碩

1525 煮しめの塩のからき早《さ》蕨《わらび》　怒誰

1526 くる春に付《つけ》ても都わすられず　里東

1527 半《はん》気《き》違《ちがひ》の坊《ばう》主《ず》泣《なき》出《だ》す　珍碩

1528 のみに行《ゆく》居《ゐ》酒《ざけ》の荒《あれ》の一《ひと》騒《サワギ》　乙州

1529 古きばくちののこる鎌倉　野径

1522 初ウ九。冬(雪舟)。恋(遊女)。▽馬ぞりに乗って客席に行く越路の遊女の、角巻をかぶって寒そうにうずくまるさま。前句を憂き勤めに涙のかわくまもない身の上と見て、雪国の遊女のあわれ深い風俗を描いた秀逸。

1523 初ウ十。雑。○壱歩　四分の一両。銭一貫文に相当するので、一歩につなげば貫緡(かんざし)になる。「越の遊女」の一夜の稼ぎとしてはやや高い。○丁百　一文銭百枚で百文と計算すること。従って、貫緡は千枚。九十六枚で百文通用とした九六銭の当時でも、奥州など辺遠の地では丁百を用いた。商用で北陸道に再々下った乙州ならではの付句。▽一文銭を緡(さし)に通し、丁百で金一歩相当につないでおく意。遊女がそりの上で銭勘定するさまを付けた。

1524 初ウ十一。春(花)。花の定座。▽月につけ花につけ寄ってたかって庄屋をおだてあげ、銭を出させる意。前句を村方の集銭と見た付句。初裏の秋が出ないまま月花同居を試みた。

1525 初ウ十二。春(早蕨)。▽田舎料理のさま。庄屋をとりまく花見の座を付けた。

1526 名オ一。春(くる春)。▽左遷の人などの都の春をなつかしむさま。前句を田舎料理の口に合わぬ愚痴と見込んで、都人を付けた。類船集「都を思—左遷・世を捨し人」。

1527 名オ二。雑。▽異様な坊主がまるで気が狂ったように泣き出す意。前句を成経・康頼ごとき人と見て、赦免にもれた俊寛の俤を、「情も知れぬ舟子ども」(謡曲・俊寛)から見て付けたか。ただし、そう解すると名オ六と差し合う。

1528 名オ三。雑。▽連れだって居酒屋で飲んではお定まりの喧嘩沙汰となる意。前句を酔泣きと見ての付句。

1529 名オ四。雑。○古きばくち　カルタ渡来以前の伝統的な双六賭博や賽賭博(七半・四一半・目勝《めまし》等)をいうか。その他、囲碁・小弓・闘鶏等、貴族間では聞香・闘茶・連歌等も賭博として行われた。▽海道のにぎわいから取り残された鎌倉には、かつて武都として栄えた鎌倉時代の博奕がそのまま残っているの意。前句を雲助などの群飲佚遊すると見て、博奕を付けた。類船集「喧嘩—馬追—博奕」。

1530 時《とき》〱《どき》は百姓《ひやくしやう》までも烏《え》帽《ぼ》子《し》にて　怒誰

1531 配《はい》所《しよ》を見《み》廻《ま》ふ供《く》御《ご》の蛤《はまぐり》　泥土

1532 たそかれは船《ふな》幽《ゆう》霊《れい》の泣《なく》やらん　珍碩

1533 連《つれ》も力《ちから》も皆座《ざ》頭《とう》なり　里東

1534 から風《かぜ》の大《たい》岡《コ》寺《ジ》縄《なは》手《て》吹《ふき》透《とほ》し　野径

1535 虫のこはるに用叶《かな》へたき　乙州

1536 糊《のり》剛《こは》き夜《よ》着《ぎ》にちいさき御《ご》座《ざ》敷《しき》て　泥土

1537 夕《ゆふ》辺《べ》の月に菜《な》食《めし》嗅《カギ》出《だ》す　怒誰

1530 名オ五。雑。▽時々は百姓までもかり出され、烏帽子をつけて祭礼に参加する。前句を鶴岡八幡宮の祭礼の賭場と見て付けた。類船集「博奕―神事ノ場、烏帽子―禰宜・狂言」。

1531 名オ六。雑。○供御　天皇の食膳。▽供御の料として蛤を持参し、遠島の帝を慰める意。前句を土民の御所に上ると見て、隠岐の後醍醐帝などの俤を付けた。

1532 名オ七。雑。○たそかれ　誰そ彼といぶかる頃の意。逢魔が時とも。○船幽霊　甲子夜話二十六に「これ海上溺死の迷魂、妖を爲す所と云ふ。其物、夜陰海上にて往来の船を惑はすなり」として、西海の事例を多くあげる中に、赤間が関の「平氏敗亡せしの怨霊」もある。▽黄昏の海の異様なさびしさは、何かにつけ船幽霊のすすり泣くかと思われる意。前句を、平家の安徳帝を奉じて西海に逃れると見て、「阿波の鳴門に沈み果てし小宰相の局の幽霊」(謡曲・通盛)、または大物の浦の平家一門の「怨霊」(謡曲・船弁慶)を付けた。

1533 名オ八。雑。▽助けあうも便りにするもみな座頭と心もとながるさま。前句の「…やらん」を見えぬものを想像すると見て、座頭の噂におびえるさまを付けた。

1534 名オ九。雑。○大岡寺縄手　東海道五十三次の亀山から関に至る間にあり、道中で最も長い田中の一本道。一目玉鉾に「右は高根つづき不断に嵐はげしき所」という。「土手の間十八丁、左脇関川流れ右山陰に大岡寺あり、道よりは見えず」(東海道巡覧記)。▽鈴鹿山脈から吹き下ろす空風が、遮る物のない大岡寺縄手を凄まじく吹き抜ける意。座頭が縦一列に連なって寒風に吹きさらされながら行くさまを思い寄せた其場の付。

1535 名オ十。雑。▽冷えて腹痛がおこり便意を催す意。しかし、物かげもない吹きさらしの道では…と困惑の体を付けた。野径ら藩士も乙州も再々の通過体験あり、大笑いとなったか。

1536 名オ十一。冬(夜着)。○御座　当字。書言字考「臥坐　ゴザ〈俚民ノ寝席〉」。▽糊でごわごわして体になじまない夜着をかぶり、貧弱な寝ござを敷いて、の意。眠られぬ冬の夜の貧寒のさまで、逆付。

1537 名オ十二。冬(菜食)。▽夕月のあかりで台所の棚捜しをして菜飯の残りを見つける意。前句を中間・小者の部屋と位

1538 看《かん》経《きん》の嗽《セキ》にまぎるゝ咳《がい》気《き》声《ごゑ》　里東

1539 四《し》十《じふ》は老《おい》のうつくしき際《きは》　珍碩

1540 髪くせに枕の跡《あと》を寐《ね》直《なほ》して　乙州

1541 酔《ゑひ》を細めにあけて吹《ふか》るゝ　野径

1542 杉村の花は若葉に雨《あま》気《け》づき　怒誰

1543 田の片《かた》隅《すみ》に苗のとりさし　泥土

野径　六
里東　六
泥土　六

を見定め、空腹に起き出して棚捜しをすると、その人品を付けた。月の定座を一句こぼしてここに出したが、菜飯の季に引かれて冬の月になる。三月のうち二月まで他季で、秋が初ウ一以降出ないのは異例。

1538 名ウ一。雑。〇嗽　書言字考「咳逆 セキ、嗽 シハブキ、咳病 シハブキヤミ」。▽風邪声の読経が咳でとぎれとぎれになるさま。釈教。前句を寺の台所と見て、奥から聞える住職の「看経の…声」を付けた。挿入句の嗽・咳気は季感のあしらい。

1539 名ウ二。雑。▽初老とよぶ四十歳は、まさしく老の美しい時だの意。光源氏が北山の庵室で垣間見た尼(紫の上の祖母)の俤を付けた。源氏物語・若紫「中の柱に寄りゐて、脇息の上に経を置きて、いとなやましげに誦みゐたる尼君、ただ人と見えず。四十余ばかりにて、いと白うあてに痩せたれど、つらつきふくらかに、まみのほど、髪のうつくしげにそがれたる末もなかなか長きよりもこよなう今めかしきものかなと、あはれに見たまふ」。

1540 名ウ三。雑。恋か。▽髪に寝くせがつかぬよう、右枕を左枕に寝直して枕の跡をとる意。前句を女性と見て、其人の身だしなみのさまを付けた。

1541 名ウ四。雑。恋か。▽窓の障子を細めにあけて酔にほてる頰を夜風に吹かれているさま。前句をほろ酔いのうたた寝と見た其人の付。妓楼・遊船などであろう。鬢のほつれも浮世絵を見るような佳吟だが、其人の付が続いて変化に乏しい。

1542 名ウ五。夏(若葉の花)。花の定座。〇杉村　通行の当字。〇花　春におくれて若葉の中に咲き残る桜を「若葉の花」という。匂の花が他季になるのは珍しい。▽むら立つ杉木立の中の余花は若葉にほの白く映えて、今にも降り出しそうなうつうつとした気配であるの意。酔いざましの風に雨気を感じつつ眺めた昼景。人事を転じて、風情よく付いている。類船集「風―雨気―頭痛・酒の涌(ワク)」。

1543 挙句。夏(苗とり)。〇苗のとりさし　苗代の周辺の苗は肥料が利いて色も濃く、伸びすぎて不揃いなので、取り残して田へ鋤き込む。▽苗代の片隅に取り残した苗が青々と伸びている。前句に時節を合せた山田の景。類船集「山田―杉村」。

乙州　六
怒誰　六
珍碩　六
筆　一

雑《ざふ》

1544 亀《かめ》の甲《かふ》烹《に》らるゝ時は鳴《なき》もせず　乙州

1545 唯《ただ》牛《ぎう》糞《ふん》に風のふく音　珍碩

1546 百姓《ひやくしやう》の木《き》綿《ワタ》仕《し》まへば冬のきて　里東

ひさご

○珍碩六　実は五句。

○雑　無季の意。去来抄「去来曰、無季の句は折々あり、興行はいまだ聞かず」。七部捜に、実は季語を隠した句作りで、「冬季の薬喰と見るなり。亀の甲を煮る事、外にはあらじ。扨こそ脇も、風の吹く音と枯果てたる姿なり。そこで第三に当季を定めて、冬の来てとはいふたものなり」という。

1544 発句。雑。○亀の甲　「斯う」に言いかける。実体は鼈(すっぽん)か。本朝食鑑に、その甲を炭火で焼き、黄色になると中の肉もよく焼けて甲から離れるという。七部通旨「貝焼のごとく亀の甲を鍋にして烹るもの也とぞ」。○鳴もせず　「川越しの遠の田中の夕闇に何ぞと聞けば亀ぞ鳴くなる」(類船集)をふまえていう。片言に、「すぽん」の名はその鳴声によるというが「彼が鳴く声いまだ聞き侍らず」という。▽「亀は万年の齢」(謡曲・鶴亀)というが、このように煮られる時は観念して鳴きもしないの意。宮本三郎は、当時の乙州の身辺事情に関する寓意を含むかとして、元禄三年(一六九〇)六月十五日付、乙州宛芭蕉書簡に「只々天に御まかせ破るゝ事は打破り、是非の間へ御はまり被成まじく候」とあるを引く。

1545 脇。雑。▽(亀は鳴かず)ただ乾屎を燃え立たせて吹く風の音がひゅうひゅう鳴るのみの意。前句に付けて、下賤の者が河原などで牛糞を燃料にして亀を煮るさま。異色の付合。

1546 第三。冬(冬)。○木綿　絹綿に対していう。木綿も、繰る・打つ・延べるも、季語としては秋・冬にゆれている。▽農家では綿摘みのあと、綿繰車にかけて種を除き綿弓で打って延べる一方、畑の綿殻を抜いて打ち返し麦まきに備える。この一連の作業が終る頃にはもう冬になっているの意。前句を厩肥(まやごえ)と見て、農繁のさまを付けた。

1547　小《こ》歌《うた》そろゆるからうすの縄《なは》　探志

1548　独《ひとり》寐て奥の間ひろき旅の月　昌房

1549　蟷《たう》螂《らう》落《おち》てきゆる行《あん》灯《どん》　正秀

1550　秋《あき》萩《はぎ》の御前にちかき坊《ばう》主《ず》衆《しゆう》　及肩

1551　風《ふ》呂《ろ》の加《か》減《げん》のしづか成《なり》けり　野径

1552　鶯の寒き声にて鳴《なき》出《いだ》し　二嘯

1553　雪のやうなるかますごの塵《ちり》　乙州

1554　初《はつ》花《はな》に雛《ひな》の巻《まき》樽《だる》居《すゑ》ならべ　珍碩

1547　初オ四。雑。▽天井から下げた力縄にすがり、数人で米搗唄の調子を合わせて碓(からうす)を踏むさま。冬の出稼ぎのさまを付けた。人倫訓蒙図彙に碓「京へふみにのぼる、多くは近江越前の者なり」。

1548　初オ五。秋(月)。月の定座。▽大家に逗留する旅の文人墨客などの感懐。夜おそくまで米搗く音の遠くに聞える米屋か造り酒屋の奥座敷を付けた。

1549　初オ六。秋(蟷螂)。▽灯に寄る虫をねらって有明行灯を這っていた蟷螂(かまきり)が油皿に落ちて灯を消すさま。不意の闇に、ひろがる空間と月あかりを意識するという逆付。

1550　初ウ一。秋(秋萩)。○坊主　城内の給仕その他の雑役に従事する剃髪者。奥坊主と表坊主に分れ、他に数寄屋坊主等もいた。幕府に倣って諸藩にも設けた。▽庭萩を賞覧なさる主君の側近く坊主衆が控えているさま。「の」は「や」に近い働き。前句を坊主の捧げる路地行灯に見立てかえて付けた。

1551　初ウ二。雑。○風呂　三月晦日の炉塞ぎから十月亥の日の炉開きまでの間、用いる。○成　通行の当字。▽風炉の火かげんの程よく、炭火も釜のたぎりも落ち着いて静かなさま。坊主衆の管理する茶室の様子を付けた。あるいは野点(のだて)か。

1552　初ウ三。春(鶯)。○寒き声　鶯の異名を経よむ鳥・歌よみ鳥という(類船集)より、寒声に見立てた。▽鶯の初音のさま。前句を水風呂に見立てかえ、初湯のさまにして付けたか。

1553　初ウ四。春(かますご)。○かますご　イカナゴの上方での称。春季、尼崎・兵庫等の海で稚魚を大量に捕り、浜で煮干しにして叺(かます)に詰め出荷する。▽かますごの煮干しの砕けた白い粉末が、荷詰め又は荷ほどきの場に雪のように散っているさま。前句に時節を合わせた風物で、「雪のやうなる」は「寒き」のあしらい。類船集「鶯―雪消し庭」。

1554　初ウ五。春(初花・雛)。○巻樽　蕨縄(わらびなわ)を巻き立てた進物用の酒樽。女児の初節句の祝い酒か、桃花酒・白酒の類か。▽咲きそめた桜のもと、雛の節句の祝いの巻樽を据え並べての意。これも時節を合わせただけの遠い付心で、種々に解釈できる。春の三句目なので、花を六句引上げて出した。

1555 心のそこに恋ぞありける　里東

1556 御《み》簾《す》の香《か》に吹《ふき》そこなひし笛の役《やく》　探志

1557 寐ごとに起《おき》て聞《きけ》ば鳥啼《なく》　昌房

1558 銭《ぜに》入《いれ》の巾《きん》着《ちやく》下《さげ》て月に行《ゆき》　正秀

1559 まだ上《かみ》京《ぎやう》も見ゆるやゝさむ　及肩

1560 蓋《カサ》に盛《もる》鳥《と》羽《ば》の町《まち》屋《や》の今《こ》年《とし》米《ごめ》　野径

1561 雀を荷《にな》ふ籠《かご》のぢゞめき　二嘯

1562 うす曇る日はどんみりと霜おれて　乙州

1555 初ウ六。雑。恋。▽「心の水も底ひなく、うつる月日も重なりて、おとなしく恥ぢがはしく、たがひに今はなりにけり」(謡曲・井筒)といった幼なじみの恋。雛遊びに付け、巻樽は結納に用いるところから、恋を呼び出した。

1556 初ウ七。雑。恋(空焼《そらだき》)。○御簾　御傘に「御と御と折を嫌ふ」とあり、初ウ一「御前」に差し合う。類船集「御簾―空焼」。▽御簾を隔てて合奏する笛の役の男性が、「えならず匂ひたる御簾のうちのかをり」(源氏物語・若菜下)に心乱されて吹きそこなう意。六条の院の女楽など参照。当日、簀子(すのこ)に控えた笛の役はまだ年若く、「拍子ととのへむ頼み強からず」と評されている。前句と因果関係になる逆付。

1557 初ウ八。雑。▽自らの寝言にはっとして目覚め、夢だったかと安堵する折から鶏鳴暁を告げる意。晴れの場の失態を夢に取り成した其人の付だろうが、三句がらみになる。

1558 初ウ九。秋(月)。○行　終止形に訓むと、句末にヤク・ナク・ユクと同音が続く。▽有明の月を仰いで仕入れに出かける小商人のさま。鶏鳴の時分に付けたので、前句とは別人。

1559 初ウ十。秋(やゝさむ)。▽顧みて上京も見える程しかまだ来ていないのに、秋の日は暮れやすくそぞろ寒いの意。下京を売り歩いて夕月のころ八瀬・大原・鞍馬の奥まで帰る行商人。

1560 初ウ十一。秋(今年米)。花の定座だが前出。○鳥羽　京のすぐ南郊、西国街道にそって南北一里の集落で、民家が多い。鳥羽田は歌枕で「稲―鳥羽」(類船集)の連想あり、諸艶大鑑一の一にも「鳥羽の米屋」が登場する。▽鳥羽街道の商家では今年の新米を椀の蓋(たふ)ですくい売りしているの意。京に名残を惜しみながら大坂へ下る旅人の属目を付けた。

1561 初ウ十二。秋(ぢゞめき)。○雀　雀焼にもするが、ここは鷹の餌。類船集「鳥羽―雀」。▽餌刺(えさし)のかつぐ籠の中で多数の雀の鳴き騒ぐさま。住人に通行人の向付で土地柄を描いた。

1562 名オ一。冬(霜おれ)。○霜おれ　冬空が曇って霜の降らない、また俗に「曇りて塞る天気」(和訓栞後編)をいう。▽どんよりと薄曇りして寒いさま。小鳥狩るにふさわしい日和をあしらったか。

1563 鉢《はち》いひならふ声の出かぬる　珍碩

1564 染《そめ》て憂《うき》木《も》綿《めん》袷《あはせ》のねずみ色　里東

1565 撰《えり》あまされて寒きあけぼの　探志

1566 暗《くら》がりに薬《や》罐《くわん》の下《した》をもやし付《つけ》　昌房

1567 転《てん》馬《ま》を呼《よば》る我《わが》まわり口《くち》　正秀

1568 いきりたる鑓《やり》一《ひと》筋《すぢ》に挟《はさみ》箱《ばこ》　及肩

1569 水汲《くみ》かゆる鯉《こひ》棚《だな》の秋　野径

1570 さは〳〵と切《きり》籠《こ》の紙《し》手《で》に風吹《ふき》て　二嘯

1563 名オ二。雑。▽乞食坊主に落ちぶれてはじめて托鉢に出たが、「鉢々」という物乞いがどうしても声に出ないの意。釈教。寒中の行を思い寄せ、暗鬱な気分を移した好付合。

1564 名オ三。夏(袷)。▽浮世の花を捨て、鈍色(にびいろ)に染めた木綿の袷を身にまとうつらさをかこつさま。前句を新比丘尼と見て薄墨の衣をあしらい、出家のつらい動機を匂わせた。

1565 名オ四。冬(寒き)。▽何が選り嫌いされたのか一句では正体不明。前句に付けて鼠色の袷なら、芝居などに出かける女たちの晴れ着選びか。あるいは売れ残った街娼の嘆きか。参考「夜明方に浮世小路に仕出しの後家有りて…」(西鶴俗つれづれ一の四)。本来、同季は五句去り。

1566 名オ五。雑。▽早朝、炉に火をくべ湯をわかすさま。前句を一家遊山の留守番をする男と見たか。主として「寒きあけぼの」に付く。

1567 名オ六。雑。○転馬　「伝馬」の当字。公用輸送にあてるため主要街道に常備した乗りつぎ用の馬。▽伝馬所の下人が自分の受持の範囲に所要の頭数時刻などを触れまわるさま。前句の早朝に起き出る男を伝馬所勤務と見立てた其人の付。藩士たちや乙州にはなじみの光景。

1568 名オ七。雑。○鑓一筋　槍持ち一人連れるは禄高百石の士。▽槍持ち一人、挟箱持ち一人の従者の、あっぱれ気負い立つさま。前句の人の目撃した往来の景。

1569 名オ八。秋(秋)。○秋　水のひややかに澄む季節。▽鯉の生簀の水を汲みかえる魚店のさま。「鑓壱筋、朝から晩迄絶る事なき」(日本永代蔵三の一)日本橋界隈など街道ぞいの景。鯉のあばれるさま言外にあり、前句の威勢に応じた響きの付。

1570 名オ九。秋(切籠)。○切籠の紙手　切子型の釣灯籠の飾りに垂らした細長い紙。○風　秋風の異名を鯉魚風とも。▽切子灯籠の垂(でし)が風に触れあってさらさらと鳴るさま。釈教。町屋の軒々に灯籠をつるす盆の風景、日ごろ殺生を事とする鯉棚の軒にも。前句の爽やかさに「さはさは」と応じた。

1571 名オ十。秋(月)。○成　通行の当字。▽奉加帳の趣意書にも言及されている月が、ほのかに照る意。前句を寺院と見

1571 奉《ほう》加《が》の序《じよ》にもほのか成《なる》月　乙州

1572 喰《く》物《ひもの》に味のつくこそ嬉しけれ　珍碩

1573 煤《すす》掃《はく》うちは次に居《ゐ》替《かは》る　里東

1574 目をぬらす禿《かぶろ》のうそにとりあけて　探志

1575 こひにはかたき最《も》上《がみ》侍《さむらひ》　昌房

1576 手みじかに手《て》拭《ぬぐひ》ねぢて腰にさげ　正秀

1577 縄《なは》を集《あつむ》る寺の上《うは》茨《ぶき》　及肩

1578 花の比《ころ》昼の日《ひ》待《まち》に節《せち》ご着て　野径

て堂塔建立や修復の奉加帳を思い寄せ、秋三句目で、夜分の灯籠も出たので、月の定座を一句引上げてそこにあしらった。連衆間に、湖上の月に言及した幻住庵修復の奉加帳が廻っていた衆間に、連衆間に、何か楽屋落ちあるか。

1572 名オ十一。雑。▽大病のようやく癒えるさま。命ありけりの喜びから病床で奉加帳に応じる人を付けた。「ほのか」に「味のつく」は匂い。

1573 名オ十二。冬(煤掃)。▽煤掃きの間、次の部屋に移って居るの意。前句の人の病室も暮れの煤払いをして、無事越年できる喜びを付けた。

1574 名ウ一。雑。恋(禿)。▽唾で目をぬらした禿の嘘泣きで、うまく埒をあける意。「女郎の空泣き」を早くも覚え、気むずかしい客に座敷を替らせたという逆付。煤払いは遊廓の紋日であるところから着想した。

1575 名ウ二。雑。恋(こひ)。○最上侍　新庄藩士。最上郡はもと山形城主最上氏の所領。元和八年(一六二二)改易によって戸沢氏六万石の新庄藩が成立した。最上は最北の意で、僻地のイメージが強い。▽堅物で恋のかけひきに通じない田舎侍の意。向付(むかいづけ)。

1576 名ウ三。雑。▽無造作に帰り仕度するさま。前句を硬派の人物と解し、ふさわしい動作を付けた。「手みじかに手ぬぐひ」は拍子。

1577 名ウ四。雑。○上茨　屋根の下地の上に茅をふくこと。▽寺の屋根のふきかえのために各戸に割当てた括縄を集める意。釈教。前句を身軽な職人の姿と見て付けた。

1578 名ウ五。春(花)。花の定座。○日待　講形式の仲間が特定の夜に潔斎して宿に集まり眠らずに日の出を待つ行事。正・五・九月の十五夜という例が多いが、農休みの夜などに行う地方もある。共同の飲食を伴うところから、次第に単なる娯楽的な飲食の集会もいうようになった。○節ご　正月などの節日に着る木綿の晴れ着。▽花見をかねた昼の日待ちにそろいの節御を着て集う意。前句を結(ゆい)の屋根ふきと見て、同じ仲間の農村行事を付けた。落成祝いと見てもよい。

1579 さゝらに狂ふ獅《し》子《し》の春《はる》風《かぜ》　二嘯

乙州　四
珍碩　仝
里東　四
探志　仝
昌房　仝
正秀　仝
及肩　仝
野径　仝
二嘯　仝

田野

1580 疇《あぜ》道《みち》や苗《なは》代《しろ》時《どき》の角《つの》大《だい》師《し》　正秀

1579 挙句。春(春風)。○さゝら　田楽の楽器の一。竹を一尺くらいに細く割って束ねたものを、刻み目のついた細い棒に摺り合せて音を出す。花見の場に獅子舞の来るは、好色五人女一の三にあり、獅子舞・簓(ささら)ともその挿絵参照。▽簓の伴奏で春風に舞い狂う獅子舞のさま。前句の場に太神楽(だいかぐら)の獅子舞を登場させて、めでたく巻き収めた。

角大師の護符

○田野　「城下」に対していうか。

1580 発句。春(苗代時)。○苗代時　苗代づくりから田植が終るまでの期間。○角大師　鬼の形相をもって信仰される天台座主慈恵僧正良源の画像。秘註俳諧七部集「畦ニ角大師ヲ立ルコト五畿内及近江ニアリ、是ハ水口祭ノ変式ナリ」。▽正月、門口に貼って魔除けにする角大師の画像を、苗代時には畔道に立てるの意。七部集大鏡に「左江曰く、我が信濃にては苗代の咒に蛙のほしたるを串にさして立て置く。愚案、宜なる哉、誰れやらの句に、角大師井出の蛙の干乾哉」。引用句は許六作。ここもあるいは、蛙の干乾を「苗代時の角大師」と見たてたか。

1581 脇。春(霞む)。○霞む　「明れば霞む野」に「野鼠」と言い掛け、存在感が薄れるの意を持たせた。▽わがもの顔に活動していた野鼠が、夜が明けると生気がなくなるさま。種籾をね

1581 明《あく》れば霞む野《の》鼠《ねずみ》の顔　珍碩

1582 觜《はし》ぶとのわやくに鳴《なき》し春の空　仝

1583 かまゐおかしき門《もん》口《ぐち》の文字　秀

1584 月影に利《り》休《きう》の家を鼻に懸《かけ》　仝

1585 度《たび》〳〵《たび》芋をもらはるゝなり　碩

1586 虫は皆つゞれ〳〵と鳴《なく》やらむ　秀

1587 片《かた》足《し》〳〵《がたし》の木《ぼく》履《り》たづぬる　碩

1588 誓《せい》文《もん》を百もたてたる別《わかれ》路《ち》に　秀

ひさご

らう野鼠の角大師におびえる顔を付けた。去来・鼠の説「鼠〳〵暮ニ出テ朝カクル。…顔ノ烏魯(ロウ)ツキタルハ昼鼠ナレバ成ベシ」。

1582 第三。春(春)。○わやくに鳴し　むやみに鳴きわめく意。芭蕉・烏之賦「かの觜太(はしぶと)は性佞、…啼く時は人不正の気を抱て必ず凶事をひいて愁を向ふ」。▽夜明け烏のやかましく鳴き飛ぶさま。野鼠に觜太の対付で、「田野」を引きずる。第三の韻字留めは異例。それも発句から四句続いて韻字留めは異常。

1583 初オ四。雑。▽入口に聯か額を掲げた門構えの、仔細らしきさま。「門に戒幡を掛けて、分別の門内に入る事を許さずと書けり。かの宗鑑が客に教ゆるざれ歌に一等加へてをかし」(芭蕉・洒落堂記)という珍碩亭への当てこみか。其場の付。

1584 初オ五。秋(月影)。月の定座。▽利休ごのみの家を自慢するさま。前句の亭主のさまで、珍碩への揶揄か。洒落堂記にも「休・紹二子の侘を次ぎて」とあり、「鏡山は月をよそふ」と眺めをほめている。前句と二句一連で、付き過ぎ。

1585 初オ六。秋(芋)。▽毎度上手に貰いをかけられ、まんまと芋を持っていかれたの意。自慢話の度々に聞き賃として施さざるをえないの意で、其人の付。これも楽屋落ちか。類船集「名月―芋」。

1586 初ウ一。秋(虫)。○つゞれ　藻塩草「世俗にきり〴〵すはつゞりさせ、からは拾はんと鳴くと云へり」。▽虫は皆、冬に備えて着物を縫い綴じよと促しているのだろうかの意。芋畠に虫の音を寄せた時節の付。

1587 初ウ二。雑。○木履　物類称呼「あしだ　関西及西国にてボクリ又ブクリといふ」。▽秋の夜話も果てて帰ろうとし、大勢脱ぎ捨てた足駄の片足片足になったのを探すさま。前句を土間の隅に鳴くコオロギと見て、「つゞれ〳〵」に「片足〳〵」と拍子で応じた。類船集「蛬(キリギリス)―床の下・壁の隙間」。

1588 初ウ三。雑。恋(誓文・別路)。▽きぬぎぬの別れに、きっと又来ると百回も誓っての意。逆付。前句を低級な色宿と見立てて位を合わせた。類船集「後の世までと契りし中のさゝめごとは幾度も誓文をたつる。…悪狂ひ・ばくち打・酔狂などする人はたび〳〵誓文しても破るぞかし」。

1589 なみだぐみけり供《とも》の侍《さむらひ》　碩

1590 須《す》磨《ま》はまだ物《もの》不自由なる台《だい》所《どころ》　秀

1591 狐《きつね》の恐《おづ》る弓かりにやる　碩

1592 月氷《こほ》る師《し》走《はす》の空の銀《あまの》河《がは》　秀

1593 無理に居《すゑ》たる膳《ぜん》も進まず　碩

1594 いらぬとて大《おほ》脇《わき》指《ざし》も打《うち》くれて　秀

1595 独《ひとり》ある子も矮《チヤ》鶏《ボ》に替《かへ》ける　碩

1596 江戸酒を花咲《さく》度《たび》に恋しがり　秀

1589 初ウ四。雑。恋(なみだぐむ)。▽主人の境遇に同情する供侍のさま。前句を多くの女たちと別れを惜しむ意に取り成し、伊勢の東下り、源氏の須磨流謫など、貴種流離のさまを付けた。

1590 初ウ五。雑。○須磨　底本「須厂」。謡曲・忠度「この須磨の浦と申すは、淋しき故に其名を得る、わくらはに問ふ人あらば須磨の浦に、もしほたれつゝわぶと答へよ」。「物不自由なる台所」は「藻塩たれつゝ侘ぶ」の俳諧化。▽万事自由な今の世と異なり、当時の須磨はまだ淋しい僻地で、食膳の仕度にも事欠いたの意。「御供の人も涙を流す」(源氏物語・須磨)など想起し、源氏の須磨流謫の俤(おもかげ)を付けた。源氏の俤とすると三句にからむので、須磨の上野の安徳帝御所とする説もある。

1591 初ウ六。雑。○弓　和漢三才図会・弶「桜ズルニ狐弶ハ弾弓(ハジキユミ)ヲ作リ…」。▽狐弶(わな)の弾き弓を借りにやるの意。台所の魚鳥をねらって野狐が出没すると付けた。

1592 初ウ七。冬(月氷る・師走)。○銀河　毛吹草・連歌初秋の詞に「銀河(あまのがは)」。但し、ここは冬の銀河。▽一天凝って物すごきさま。狐の出没する時節と時分を定めた付。

1593 初ウ八。雑。▽心痛のため食事も進まぬさま。越年の金策に奔走し、空しく帰宅した人か。

1594 初ウ九。雑。○大脇指　法令で脇差は一尺八寸を最大限とし、町人には大脇差を禁じたが、伊達好みは二尺余に拵えた。▽さらりと執着を捨てたさま。前句を病人と見て、再起をあきらめたか愛用の大脇差までくれてやると付けた。其人の付。

1595 初ウ十。雑。○矮鶏　書言字考「矮鶏　チヤボ」。愛玩用の小型の鶏。本朝食鑑に、最小の南京チャボは約三、四寸、純白が好まれ、「好事ノ家コレヲ争ヒ畜フ」という。▽一人しかない子も寺に入れるか養子にやるかして、代りに矮鶏を飼育して慰んでいるの意。物への愛着も子への愛情も断った好事家のさまで、其人の付。

1596 初ウ十一。春(花)。花の定座。▽花見頃になると江戸の酒の芳醇な味が思い出され、田舎酒をわびしがるの意。隠退して日頃は何の不足もない人の一面で、これも其人の付。

1597 あいの山弾《ひく》春の入《いり》逢《あひ》　全

1598 雲雀《ひばり》啼《なく》里は厩《マヤ》糞《ゴエ》かき散《ちら》し　碩

1599 火を吹《ふい》て居る禅門の祖《ぢ》父《ぢ》　秀

1600 本堂はまだ荒《あら》壁《かべ》のはしら組《ぐみ》　碩

1601 羅《ら》綾《りよう》の袂《たもと》しぼり給ひぬ　秀

1602 歯を痛《いたむ》人の姿を絵に書《かき》て　碩

1603 薄《うす》雪《ゆき》たはむすゝき瘦《やせ》たり　秀

1604 藤《ふぢ》垣《かき》の窓に紙《し》燭《そく》を挟《はさみ》をき　碩

1597 初ウ十二。春(春)。▽入相の鐘に花の散る下、三絃を弾きながら、「夕(ゆふべ)朝(あした)の鐘の声、寂滅為楽と響けども、聞いて驚く人もなし、花は散りても春は咲く…」と間(あい)の山節を歌うさま。酔余に哀曲を弾く、これも其人の付で、四句続いて変化に乏しい。

1598 名オ一。春(雲雀)。○厩糞　牛馬小屋の糞尿にまみれた敷藁を腐らせた肥料。▽堆肥のむれるのを熊手で掻き拡げている農村のさま。前句を門付芸人と見て、道中の農村風景を付けた。類船集「雲雀―春の夕日」。

1599 名オ二。雑。○禅門　在俗のまま剃髪して仏門に入った人。○祖父　書言字考「祖父 ヂヂ、耆老・老翁 ヂヂ」。▽坊主頭の老爺がひとり火をおこしているさま。釈教。前句を農繁期の作業と見て、留守番の老爺を付けた。

1600 名オ三。雑。▽本堂再建の普請中のさま。釈教。前句を湯茶の接待などに率先して奉仕すると見て、旦那寺の普請を付けた。

1601 名オ四。雑。恋(袂しぼる)。○羅綾　薄ぎぬと綾ぎぬで美しい衣裳をいう。▽高貴の女性の悲嘆のさま。前句を亡夫追善のための伽藍建立と見て、それにふさわしい施主を付けた。

1602 名オ五。雑。恋。▽歯痛に悩む美女のいたましい風情を絵に写しての意。前句をその絵姿に見立てた付句。枕草子「十八九ばかりの人の、髪いとうるはしくて丈ばかりに、裾いとふさやかなる、いとよう肥えて、いみじう色白う、顔愛敬づき、よしと見ゆるが、歯をいみじう病みて、額髪もしとどに泣き濡らし、乱れかかるも知らず、面もいと赤くて、おさへてゐたるこそ、いとをかしけれ」。

1603 名オ六。冬(薄雪)。○たはむ　下二段活用の他動詞「撓(たわ)む」。▽うら枯れた薄にうっすらと雪が積もって撓み伏すさま。絵師の目をやりたる屋外の景色。遺句(やりく)であっさりと転じた。露伴は、句裏に清少納言零落の姿ありという。

1604 名オ七。雑。○藤垣の窓　「垣」は「懸き」の当字。木や竹を組んで藤蔓を懸けた茶室などの連子窓。○挟　底本「狭」と誤刻。▽連子窓の藤蔓に紙燭を挟み置き庭を照らすの意。夜の雪見に興じる風流人の趣向を思い寄せた、其場の付。

1605 口《こう》上《じやう》果《はて》ぬいにざまの時《じ》宜《ぎ》　秀

1606 たふとげに小《こ》判《ばん》かぞふる革《かは》袴《ばかま》　碩

1607 秋《あき》入《いれ》初《そむ》る肥《ひ》後《ご》の隈《くま》本《もと》　秀

1608 幾《いく》日《か》路《ぢ》も苫《とま》で月見る役《やく》者《しや》船《ぶね》　碩

1609 す布《ぬの》子《こ》ひとつ夜《よ》寒《さむ》也《なり》けり　秀

1610 沢《たく》山《さん》に兀《ハゲ》め〱と叱《しか》られて　碩

1611 呼《よび》ありけども猫は帰らず　秀

1612 子規《ほととぎす》御《お》小《こ》人《びと》町《まち》の雨あがり　碩

1605 名オ八。雑。▽辞去せんとして丁重なる挨拶の延々と続く意。前句を客人を送り出す亭主の心づかいと見た、向付。

1606 名オ九。雑。○小判　金一両。米一石の値。○革袴　なめし革の袴。甲子夜話二二「元禄の頃迄は世多く革袴を著たることなり。…家老以下役人も専ら着し」。▽革袴の武士の謹直して小判を一枚一枚数えるさま。前句を金子借用の礼と見た逆付。

1607 名オ十。秋(秋入)。○秋入　秋の取入。○隈本　熊本の古い表記。▽熊本では肥後米の刈り入れが始まったの意。前句の「革袴」を肥後侍と見立て、勘定役に仕立てて収穫の時節を付けた。

1608 名オ十一。秋(月)。月の定座。○苫　スゲ・カヤ等で編み雨露を防ぐ薦。船の上部の覆いにした。底本「笘」。▽旅興行の一座の日夜、船旅を続けるさま。西国は豊作と見て、祭礼の市に出演する役者の一行を付けた。新色五巻書二ノ三「其身は三勝を供なひ、西海の浪に帆十分にあげ、島がくれ行く淡路の瀬戸、讃岐の金毘羅・宮島の市」。多くは宮島から九州各地に赴いた。好色一代男三の三には「藤村一角、旅芝居」の豊後中津興行の記事がある。

1609 名オ十二。秋(夜寒)。▽粗末な木綿の綿入れ一枚で、行く秋の夜寒が身にしみるの意。旅まわりの役者の哀れを付けた。

1610 名ウ一。雑。○沢山に　ぞんざいに。○叱　底本「吃」と誤刻。▽たとえば横鬢に一文銭大の禿のあるような小僧・丁稚が、ことごとに「この禿めが〱」と失態をなじられるさま。前句を叱られてしょげかえるさまと見た逆付。

1611 名ウ二。雑。▽猫の名を呼びながら探し歩くけど、どこへ行ったやら帰って来ないの意。前句の其人が呼び歩くとした付句。一に、前句を禿猫に見立てかえて変化をつけたとも。

1612 名ウ三。夏(子規)。○子規　ホトトギスの異名(御傘)。○御小人　将軍・大名などに仕え雑役に従事する奉公人。武家町は道が筋違いに走り見通しが悪く、袋小路もある。就中、御小人町は城下もはずれで藪や畠に続き、前句の場としてふさわしい。▽雨あ

1613 やしほの楓《かへで》木《こ》の芽萌《もえ》立《たつ》　秀

1614 散《ちる》花に雪《せつ》踏《だ》挽《ひき》づる音ありて　碩

1615 北《きた》野《の》ゝ《の》馬《ば》場《ば》にもゆるかげろふ　秀

正秀　十九

珍碩　十七

ひさご

寺町二条上ル町

井筒屋庄兵衛板

がりの御小人町にホトトギスが鳴き過ぎるの意。其場の付。以上三句、好付合。夕闇の気分があるが、夜分を表に出すと「夜寒」にもどる。

1613 名ウ四。春(木の芽)。○やしほの楓　楓の一園芸品種。花壇地錦抄「やしほ　葉形山もみぢのごとく春の出葉くれなゐ、夏青し。秋紅葉」。▽やしおの嫩芽が真紅にもえ立つさま。「紅の八しほの雨ぞ降りぬらし立田の山の色づく見れば」(夫木和歌抄)をふまえた春の紅葉。晩春初夏の景で無理なく季移りした。

1614 名ウ五。春(散花)。花の定座。○雪踏　書言字考「雪蹈 セツダ・セキダ〈伝云、天正年中、千利休初作レ之、以便ニ雪中蹈ニ路地一矣〉」。○挽づる　「引ずる」の当字・誤記。尻鉄をちゃらちゃら鳴らすさま。「嵐も雪も散り敷くや花を踏んでは同じく惜む…」(謡曲・西行桜)の俳諧化。▽席入りを待つ茶室のさまか。前句は路地の眺め。「萌」に「散」を対し、紅に白を対した色立。

1615 挙句。春(かげろふ)。▽都は北野の右近の馬場に陽炎が立っているの意。前句を花見の逍遥と見、「洛陽の名花残なく一見仕りて候、また北野右近の馬場の花、今をさかりなるよし承り候ふ間、今日は右近の馬場の花を眺めばやと存じ候」(謡曲・右近)をふまえた、其場の付。

猿蓑

白石悌三　校注

〔編者〕去来・凡兆。それに芭蕉が監修者として加わり、指導力を十全に行使した。情の去来、景の凡兆というべく、入集発句数も凡兆四十一・芭蕉四十・去来二十五と新参の凡兆が最多で、その抜擢は異例。

〔書名〕巻頭発句による。「犬―」と卑下した俳書名は多いが、「猿―」は斬新でユーモラス。「蓑」は時雨にはおる具で、旅人の象徴。おかしみとわびしみの交錯する〈さび〉色の書名である。

〔成立〕芭蕉は元禄三年(一六九〇)四月六日から七月二十三日まで近江の幻住庵に入庵。その間、六月に出京、凡兆宅に滞在して本集の第二歌仙を興行。そのころ去来・凡兆と句集・文集から成る撰集企画を立てた。同四年四月十八日から五月四日まで去来の落柿舎、次いで凡兆宅に移り、下旬ごろ撰了。最終段階で文集を断念し、幻住庵記のみ収録となった。序跋は五月付、刊行は七月三日(『誹諧書籍目録』)。

〔構成〕乾(巻一―四)・坤(巻五・六)の二冊。其角序、巻一(冬九十四句)、巻二(夏九十四句)、巻三(秋七十六句)、巻四(春一一八句)、巻五(四歌仙)、巻六(幻住庵記・几右日記三十五句)、丈艸跋。

乾の発句集は芭蕉の「初しぐれ…」を巻頭に、「行春を…」を巻軸に置くために、冬夏秋春という異例の四季部立をとる。夏巻頭は其角、秋巻頭は素堂(のつもりが素堂作にあらずと判明、不知読人)、春巻頭は露沾。坤の連句集も発句の季を冬夏秋春に合せて四歌仙を配列する。几右日記の巻頭は曲水、巻軸は曾良。

〔意義〕発句集の巻頭・巻軸に芭蕉を置き、古人や他門を編入しない純粋に芭蕉一門の撰集。四季の部立のみで一切の題を立てないが、句の配列には意を用い、俳諧の古今集と称された。去来は「猿蓑は新風の始、時雨は此集の美目」(『去来抄』)と自賛し、芭蕉の「奥の細道」行脚後の新風を世に問う集として、巻頭時雨十三句の〈さび〉色を強調するが、〈かるみ〉の傾向も見逃せない。連句集の冬夏秋三巻は〈にほひ・うつり・ひびき〉という蕉風の余情付を達成し、幻住庵記は俳文の格を確立した。これを要するに、蕉風の円熟期を代表する花実兼備の集で、初心者はまず「猿蓑より当流俳諧に入るべし」(『宇陀法師』)と説かれた。

晋其《しんき》角《かく》序

誹諧《はいかい》の集つくる事、古今《ここん》にわたりて、此《この》道のおもて起《おこす》べき時なれや。幻術《げんじゆつ》の第一として、その句に魂の入《いら》ざれば、ゆめにゆめみるに似たるべし。久しく世にとゞまり、長く人にうつりて、不変の変をしらしむ。五徳はいふに及ばず、心をこらすべきたしなみなり。彼《かの》西行上人の、骨にて人を作りたてゝ、「声はわれたる笛を吹《ふく》やうになん侍る」と申されける。人には成《なり》て侍れども、五の声のわかれざるは、反魂《はんごん》の法《ほふ》のをろそかに侍《はべる》にや。さればたましゐの入《いり》たらば、アイウヱヲよくひゞきて、いかならん吟声《ぎんせい》も出《いで》ぬべし。只《ただ》誹諧に魂の入《いり》たらむにこそとて、我《わが》翁行脚《あんぎや》のころ、伊賀越《いがごえ》しける山中にて、猿に小《こ》蓑《みの》を着せて、誹諧の神《しん》を入《いれ》たまひければ、たちまち断腸《だんちやう》のおもひを叫びけむ、あたに懼《おそ》るべき幻術なり。これを元《もと》と

○誹諧の集つくる事　俳書の刊行は犬子集以来、元禄三年(一六九〇)までの五十七年間に約五百点。同四年になってさらに急増した。

○此道のおもて起　俳諧の面目をほどこす。挙白集六の五に、秀吉の和歌好尚を述べて「まことに月花のおもておこすべき時なれや」。夏の部巻頭の自句「有明の面おこすやほとゝぎす」と呼応する。

○幻術　中国伝来の人目をくらます奇怪な妖術。厳禁の後、平凡な術のみが放下師の芸として近世に伝わり、手品の祖となった。虚構の詩歌が現実以上の迫真力を持つ事の例えで、「かたちなき美女を笑はしめ、色なき花をにほはしむ」(続虚栗・序)の類。

○ゆめにゆめみる　はかない例え。芭蕉翁終焉記「慈鎮和尚の、たびの世にまた旅寝してくさ枕ゆめの中にもゆめをみる哉、とよませ給ひしを」(枯尾花)。雑談集「情の薄き句は自づから見あきもし聞きふるさるゝにや」と同意。

○久しく…　「魂の入った句は」を補い解する。

○不変の変　不変の価値をもつものが時の変化に最もよく堪えるという逆説。雑談集「情の厚き句は、詞も心も古けれども、作者の誠より思ひ合ひぬるゆへ時に新しく、不易の功あらはれはべる」と同意。

○五徳　誹諧初学抄「誹諧には連歌の徳の外に、五つまさりたる楽しみ侍るとかや。第一、俗語を用ふる事。第二は自讃し侍りてもおかしき事。第三、取りあへず興をもよほす事。第四、初心のともがら学び安くして和歌の浦なみに心をよせ侍る事。第五には集歌・古事・来歴分明ならずとも、一句にさへ興をなし侍らば何事をも広く引寄せて付け侍るべき事。是、五の徳なり」。

○心をこらすべきたしなみ　心を責めて誠に到達するためのつつしみ。

○西行上人の…　撰集抄・西行於高野奥造人事に、「鬼の人の骨をとり集めて人につくりなす例」にならって西行も試みたが、「反魂の秘術」に精通しなかったため、人の姿には似たが心はなく、声は出るが「吹き損じたる笛のごとく」であったという。

して此《この》集をつくりたて、「猿みの」とは名付《なづけ》申されける。是《これ》が序もその心をとり魂を合せて、去来《きょらい》・凡兆《ぼんてう》のほしげなるにまかせて書《かく》。

元禄辛未《かのとひつじ》歳五月下弦《かげん》

雲《うん》　竹《ちく》　書

○五の声　アイウエオの五音。
○反魂の法　死んだ人に魂を入れて生き返らせる秘法。
○吟声　詩歌を吟ずる声。
○伊賀越　伊勢津と伊賀上野を結ぶ街道の国境の峠。元禄二年九月末(二十四日立冬)、芭蕉は奥の細道の旅のあと伊勢に参宮し、上野に帰郷する途中、この峠付近で猿蓑巻頭句の想を得た。
○小蓑　西行の歌語。「綾ひねるささめの小蓑衣に着む涙の雨をしのぎがてらに」(夫木和歌抄、藻塩草)。
○神　魂。参考、芭蕉書簡「病中神魂をなやます」。
○断腸のおもひ　謡曲・鞍馬天狗「哀猿雲に叫んでは腸を断つとかや」。雑談集「猟師の猿をみつけて鉄炮を取上げたるに哀猿断腸の声を出して叫びたるを」。
○あたに　「あたおそろし」等の「あた」を副詞的に用いたか。「あた」は、嫌悪の気持を含めて程度の甚だしいことを表わす接頭語。
○これ　巻頭「初しぐれ」の句。
○ほしげなる　巻頭「初しぐれ」の句のもじり。編者からの依頼をいう。
○元禄辛未歳五月下弦　元禄四年(一六九一)五月下旬。刊記はないが、阿誰軒の誹諧書籍目録によれば「七月三日」刊。

猿蓑集　巻之一

冬

1616 初《はつ》しぐれ猿も小《こ》蓑《みの》をほしげ也《なり》　芭蕉

1617 あれ聞けと時雨《しぐれ》来る夜《よ》の鐘の声　其角

1618 時雨《しぐれ》きや並びかねたる魦《いさざ》ぶね　千那

1619 幾《いく》人《たり》かしぐれかけぬく勢《せ》田《た》の橋　僧 丈艸

1620 鑓《やり》持《もち》の猶《なほ》振《ふり》たつるしぐれ哉《かな》　膳所 正秀

1621 広《ひろ》沢《さは》やひとり時雨《しぐれ》るゝ沼《ぬま》太《た》良《らう》　史邦

1616 ▽折からの初しぐれに興じつつ、人気のない冬紅葉の山路を行くと、濡れそぼって声もなくうずくまる猿が一匹。かわいそうに、お前も小蓑がほしいのだな。其角序、参照。類船集「猿—時雨」の類想ながら、哀猿断腸の旧套を脱した。[季]初しぐれ。

1617 ▽夜半の寝ざめに時雨がぱらぱらとやって来た。折から聞える遠寺の鐘を「あれ聞け」とうながして、しみじみ聞き入る添い寝の二人。類船集「鐘—ねざめ・泊舟・三井寺」。[季]時雨。以下に続けて読むと「鐘の声」は三井寺の鐘の響きを帯び、謡曲・三井寺「半夜の鐘の響は、客の船にや、通ふらん蓬窓雨したゝりて馴れし汐路の楫枕」を想起する。

1618 ○きや　過去の助動詞キと詠嘆の助詞ヤ。肖柏伝書「時雨きや雲に露けき山路哉　此きやと申すは、けりと申すてにはにて候間、哉とも留り候」。○魦　篗纑輪「魦　イサヾ〈江湖ノ産魚也。…冬月、和爾・堅田ノ漁人多クコレヲ取ル〉」。作者は堅田の人。▽沖合はるかに魦網を曳く船団がにわかに列を乱してあわただしく動いている、時雨が来たな。大景の俯瞰図。参考、夫木和歌抄「雲のゆく堅田の沖やしぐるらんやゝ影しめる蜑のいさり火」。[季]時雨・魦。

1619 ○勢田の橋　歌枕。大橋九十六間、小橋三十六間の長橋として知られる。勢多・瀬田とも。▽時雨が急にやって来た。湖にかかる長橋を渡りかけていた何人かがやにわに駆け出し、雨脚の中を走り抜けていく。俯瞰の構図。[季]しぐれ。

1620 ▽大名行列の先に立つ槍持ちが折から降りかかる時雨に抗して競い立ち、雨空により高く槍を振りたてている。五月二十三日付正秀宛の芭蕉書簡に「しぐれの鑓持句驚入、此集之かざりとよろこび申候。御手柄とかく申難候」。[季]しぐれ。膳所藩領内を湖岸ぞいに東海道が通り、南は勢多口。前の句に続く街道風景。

1621 ○広沢　歌枕。洛西嵯峨、遍照寺山の南麓の池。参考、類船集「広沢—月見・春雨」。○沼太良　ヒシクイの一種。俚言集覧「近江・美濃のあたり雁の大いなるを沼太郎と云ふといへり」。▽その名も広沢の池の面に、群をはずれたのか沼太郎が一羽、しょんぼりとして時雨にぬれている。沼太郎の擬人名に

1622 舟《ふな》人《びと》にぬかれて乗《のり》し時雨《しぐれ》かな　尚白

伊賀の境《さかひ》に入《いり》て

1623 なつかしや奈良《なら》の隣の一時雨《ひとしぐれ》　曾良

1624 時雨《しぐ》るゝや黒木《くろき》つむ屋《や》の窓あかり　凡兆

1625 馬かりて竹《たけ》田《だ》の里や行《ゆく》しぐれ　大津 乙州

1626 だまされし星の光や小夜《さよ》時雨《しぐれ》　羽紅

1627 新《しん》田《でん》に稗《ひえ》殻《がら》煙るしぐれ哉《かな》　膳所 昌房

1628 いそがしや沖の時雨《しぐれ》の真《ま》帆《ほ》片《かた》帆《ほ》　去来

合わせて「ひとり」といった。季時雨。

1622 ▽矢橋の渡しだと近いけれど湖上で降られると困るので勢多橋まで廻ろうかとためらっていたら、船頭がうけあうものだから、その言葉に乗せられて舟に乗ったら、案の定、しぐれてきた。作者は大津の人。季時雨。前の句の広沢を普通名詞として「堅田の落雁」のイメージで読むと、ここまで琵琶湖の時雨の連作になる。

1623 ○伊賀の境に入て　奈良街道の加太越(かぶとごえ)。曾良は元禄二年(一六八九)十月六日伊勢長島を立ち、七日伊賀上野に芭蕉を訪ねた。その日記に六日「時雨ス、頓テ止ム、風烈シ」、七日「風烈シ」。○一時雨　曾良書留「時雨哉」。▽奈良街道の国境の峠を越えて師の故郷に入る。ここはもう山ひとつ隔てて古都奈良と隣合わせの隠れ里、そう思うとはじめての土地ながらなつかしい。折しもその山の方から時雨の雲がやって来て、盆地に一降りして過ぎた。「な」の韻を踏む。季時雨。

1624 ○黒木　生木を切り竈で黒くふすべた薪。洛北八瀬・大原地方の産。▽山家の内は冷え冷えとして薄暗く、軒下に積んだ黒木に時雨の降りかかるのを明り窓から眺めている。季時雨。

1625 ○竹田　山城の歌枕。今の京都市伏見区内。拾遺都名所図会の挿絵に「竹田街道を通ふ車牛は日毎に伏見より都へ貨物を積みたるなり」。類船集「竹田—車借(クルマカシ)」。作者は大津の荷問屋。▽駄賃馬を借りて竹田街道を行く折から時雨が通り過ぎてゆく。季しぐれ。

1626 ▽夜ふけて軒をうつ時雨にまさかと耳を疑った、あんなにきれいな星空だったのに。季小夜時雨。

1627 ▽新しく開墾された田畑で、瘦地に強い稗の収穫を終えて稗殻を燃やしている。その煙が降り出した時雨にくすぶってもうもうと地を這っている。季しぐれ。

1628 ▽沖がしぐれてきたらしく、出漁の舟が真帆にしたり片帆にしたりあわただしく動いている。これも湖畔からの遠望か。去来抄「去来曰、猿蓑は新風の始め、時雨は此集の美目なるに、此句し損ひ侍る。たゞ、有明や片帆にうけて一時雨といはば、いそがしやも真帆もその内にこもりて、句の走りよく心

1629 はつ霜に行《ゆく》や北斗《ほくと》の星の前　伊賀 百歳

1630 一《ひと》いろも動く物なき霜《しも》夜《よ》かな　野水

淀《よど》にて

1631 はつしもに何とおよるぞ船の中　其角

1632 帰《かへり》花《ばな》それにもしかん莚《むしろ》切《ぎ》レ　同

1633 禅《ぜん》寺《でら》の松の落《おち》葉《ば》や神《かん》無《な》月《づき》　凡兆

1634 百《も》舌鳥《ず》のゐる野《の》中《なか》の杭《くひ》よ十月《かんなづき》　嵐蘭

1635 こがらしや頬《ほほ》腫《ばれ》痛む人の顔　芭蕉

の粘り少なからん。先師曰、沖の時雨といふも又一ふしにてよし。されど句ははるかに劣り侍ると也」。季時雨。

1629 ○はつ霜に　芭蕉一座の歌仙草稿に「霜に今行や北斗の星の前　百歳子／笛の音こほるあかつきの橋　式子」(壬生山家)。○北斗の星の前　和漢朗詠集「北斗星前横旅雁」の旅雁を旅客に置きかえた。▽初霜の置く早暁、地平に低くかかる北斗星を仰いで旅立つことだ。季はつ霜。

1630 ▽凝然として何ひとつ動く気配もない凍てついた霜夜だ。季霜夜。

1631 ○淀　山城の歌枕。今の京都市伏見区内。京・大坂を結ぶ淀舟の発着地。○はつしもに　俳諧勧進牒「はつ霜を」。○およる　寝るの尊敬語。三味線組歌に「船の中には、何とおよるぞ、苫をしき寝に楫を枕に」(松の葉)。▽初霜の置く河岸に早暁、難波から三十石船が着く。この寒夜を乗合の衆は船中いかにおやすみになったろうか。季はつしも。

1632 ○それにも　新古今集「時雨かときけば木の葉のふるものをそれにもぬるゝわが袂かな」による。▽小春日和の庭先に返り咲きの花がちらほら、その木の下にも莚を敷いて花見酒と参ろうぞ。季帰花。

1633 ▽初冬神無月、禅寺の掃き清めた白砂の庭に松の落葉がまばらに散っている。御傘「松竹の落葉は雑也。ときは木の落葉は夏也」。季神無月。

1634 ○百舌鳥　類船集「百舌鳥(ズモ)―淋しき枯野」。「もずのゐる」「鳶のゐる」「鷺のゐる」に始まる古歌多く、「鳶のゐる井杭の柳」「鷺のゐる井杭」もあるが「野中の杭」は例がない。▽澄みきった十月の空気、枯野の一本杭の先に百舌鳥がいて、あたりを睥睨している。季十月。

1635 ▽吹きすさぶ木枯しのひゅうひゅう鳴るたびに、思わず頬に手を当てて身をすくめる、お多福風邪に悩む人の痛ましくも滑稽な顔。季こがらし。

1636 砂よけや蜑《あま》のかたへの冬《ふゆ》木《こ》立《だち》　凡兆

ならにて

1637 棹《さを》鹿《しか》のかさなり臥《ふせ》る枯《かれ》野《の》かな　伊賀 土芳

1638 渋《しぶ》柿《がき》をながめて通る十《じふ》夜《や》哉《かな》　膳所 裾道

1639 ちやのはなやほるゝ人なき霊《れい》聖《しやう》女《ぢよ》　越人

1640 みのむしの茶の花ゆへに折《をら》れける　伊賀 猿雖

1641 古《ふる》寺《でら》の簀《すの》子《こ》も青し冬がまゑ　凡兆

翁の堅田《かたた》に閑居《かんきよ》を聞《きき》て

1642 雑《ざふ》水《すい》のなどころならば冬ごもり　其角

1636 ▽漁師の小屋のかたわらの冬木立、その木立を杭がわりにして砂風よけの莚が張りめぐらしてある。季冬木立。

1637 ○棹鹿　当字。「さ」は接頭語で牡鹿のことだが、雌雄を問わず慣用される。日葡辞書に「詩歌語」。奈良の牡鹿は八月に角を切る。○臥る　蓑虫庵集「臥ぬ」、元禄元年(一六八八)冬作。○枯野　俳諧通俗志に、鹿に枯野を結びても秋、枯野に鹿を結べば秋という。▽枯色の春日野の日だまりに、鹿がひとかたまりに体を寄せ合って群れ伏すさまが、まるで重なるように見えて面白い。カ音の重なりが萩も紅葉もない枯野の乾いたイメージを喚起し、「妻よぶ鹿」(藻塩草)の旧套を脱した。芭蕉の五月十日付半残宛書簡に「伊賀之風流いづれも〳〵被驚候而、御手柄に候。…土芳鹿の句、皆々感心申候」。季枯野。

1638 ○渋柿　日次紀事に十月「安居院ノ人家、藁灰湯ニ渋柿ヲ婟(ガユ)ク。然ルトキハ苦渋甘味ニ変ズ。是ヲ醂柿(サハシガキ)ト謂フ。毎年誓願寺幷ニ真如堂十夜ノ法事ノ中、盛ニ行ハル。故ニ俗間或ハ十夜柿ト称ス」。▽お十夜参りの道々、露店の醂柿を眺めながら通る。季十夜。

1639 ○霊聖女　正しくは霊照女。唐の隠士龐居士(ほうこじ)の女。禅に帰依して悟る所あり、竹ざるを売って父を養ったという。▽白く清楚な茶の花がひんやりと咲いている。あのつつましやかな品位のために言い寄る者もなかった霊照女さながらに。季ちやのはな。

1640 ▽茶の花の一枝を蓑虫のついたまま一輪挿しにする。茶の花のおかげで蓑虫もいっしょに折られたよ。季茶の花。

1641 ○冬がまゑ　正しくは「冬がまへ」。▽風よけ、雪囲いと、あれこれ冬ごもりに備えている古ぼけた寺の、張りかえた簀子縁が青々と目に立つ。「も」は詠嘆。季冬がまゑ。

1642 ○翁の堅田に…　其角は元禄元年十月「千那に供して父の古郷堅田の寺へ」(いつを昔)赴いている。芭蕉の堅田滞在は同三年九月、ただし二十五日には膳所に帰った。○雑水　鎌倉海道「ちどり鳴く真野や堅田の菜雑水　千那」。七部集打聞に堅田名物「雑魚雑水」というが未詳。三〇九の芭蕉付句参照。▽ああ、あそこは雑炊の名所といっていいくらいうまいので、冬ごもりに最適です。きっとお気に召すでしょう。季冬ごもり。

1643 この寒さ牡丹《ぼたん》のはなのまつ裸《ばだか》　伊賀　車来

草津《くさつ》

1644 晦日《つごもり》も過行《すぎゆく》うばがいのこかな　尚白

1645 神《かみ》迎《むかへ》水口《みなくち》だちか馬の鈴　珍碩

霜月朔旦《しもつきさくたん》

1646 膳《ぜん》まはり外《ほか》に物なし赤柏《あかがしは》　伊賀　良品

1647 水無月《みなづき》の水を種にや水仙花《すいせんくわ》　羽州坂田　不玉

1648 今は世をたのむけしきや冬の蜂《はち》　尾張　旦藁

1649 尾《を》頭《かしら》のこゝろもとなき海鼠《なまこ》哉《かな》　去来

1643 ○牡丹　底本「杜丹」。▽物みな縮みかじかみ堅く殻にこもっているこの寒中に、大輪の牡丹が無防備といっていいほど無垢に華麗に花ひらいている。まさに眩しいほどのまっ裸。作者は当時十七歳。季寒牡丹。

1644 ○草津　作者の住む大津の次、東海道・中山道の分岐点にあたる宿駅。名物、姥が餅。○いのこ　亥子餅の略。正しくは「ゐのこ」。十月亥の日に餅をついて食うと万病を除き子孫繁栄するといわれ、祝った。元禄三年十月三十日は亥の日。▽十月も今日かぎり、たまたまその日この宿の矢倉の茶屋で、姥が餅を食べて亥子を祝うことだ。季いのこ。

1645 ○神迎　十月晦日(または十一月一日)。神無月に出雲に参集した神々を、この日各神社に迎える。因みに、神送は十月一日(または九月晦日)。○水口　東海道五十三次の第五十。石部・草津をへて大津まで約十里。▽今日は十月晦日の神迎、鈴を鳴らして街道を下るのは、早朝水口宿を出立した駅馬であろうか。作者は膳所の人。季神迎。草津と水口と、民俗信仰の二句を併出。

1646 ○霜月朔旦　十一月一日朝の意。十一月一日に冬至が当るのを朔旦冬至と称し、二十年に一度の祥瑞とされた。増山井に、冬至の日に赤豆粥を作って疫鬼を払うことは荊楚歳時記にみえるが、「此方にも、冬至ならねどこの朔旦には、あからがしはとて赤豆の飯を用ふる事あり」という。▽この朝、膳に供する菜とてない、そんな季節だが、何はなくとも祝いの赤飯をいただく。季赤柏。

1647 ○不玉　底本「不王」と誤刻。▽水仙はその名のごとく、水無月の水をも存分に吸って根を養ったからであろうか、霜枯れの中にいさぎよく咲いている。季水仙花。

1648 ▽あわれ、今は自らを恃む気概もなく、冬の蜂が力なく日なたを這っている。俳諧古選「晋子ガ蠅(憎まれてながらふる人冬の蠅)ニ勝ルト謂フベシ」。季冬の蜂。水仙花と冬の蜂と、対照的な二句を併出。

1649 ▽どちらが尾とも頭ともおぼつかない不得要領な海鼠だこと。俳諧古選「亡友移竹、深ク此篇ヲ愛シテ曰ク、真ニ詠物体ヲ得タリト」。季海鼠。

1650 一《ひと》夜《よ》〳〵《ひとよ》さむき姿や釣《つり》干《ほし》菜《な》　伊賀 探丸

1651 みちばたに多《た》賀《が》の鳥《とり》井《ゐ》の寒さ哉《かな》　尚白

1652 茶《ちやの》湯《ゆ》とてつめたき日にも稽《けい》古《こ》哉《かな》　江戸 亀翁

1653 炭《すみ》竈《がま》に手《て》負《おひ》の猪《しし》の倒れけり　凡兆

1654 住《すみ》つかぬ旅のこゝろや置《おき》火《ご》燵《たつ》　芭蕉

1655 寝ごゝろや火《こ》燵《たつ》蒲《ぶ》団《とん》のさめぬ内《うち》　其角

1656 門《もん》前《ぜん》の小《こ》家《いへ》もあそぶ冬《とう》至《じ》哉《かな》　凡兆

1657 木《みみ》兎《づく》やおもひ切《きつ》たる昼の面《ツラ》　尾張 芥境

1650 ▽軒下につるされた干菜が寒風にさらされて一夜ごとに萎びていくのが、いかにも寒そうだ。季さむき。

1651 ○多賀の鳥井　中山道の高宮宿から琵琶湖岸に出ると彦根城、山手へ入ると多賀大社。街道から多賀道の分れる所に高さ十一㍍の石の大鳥居がある。▽街道筋に寒々と屹立するお多賀さんの石の大鳥居、さすがの大宿も人通りが絶えて、琵琶湖から吹きつける風が冷たい。季寒さ。

1652 ▽手先のかじかむ冷たい日にも、茶の湯の稽古を欠かせない。俳諧勧進牒に「さるかたに数寄の稽古して」と前書。作者は当時十四歳。季つめたき。

1653 ▽撃たれて深手を負った猪が、雪降る奥山をさんざん暴れまわった末に、炭焼く竈のうち捨ててあるところで力尽きて、どさりと倒れた。炭竈は歌題。季炭竈。

1654 ▽一所不住の身の宿を転々として、この寒空にも落ち着かぬ心で置火燵にあたっている。芭蕉の正月五日付曲水宛書簡に「いね〳〵と人にいはれても猶喰ひあらす旅のやどり、どこやら寒き居心を侘びて」と前書。路通の境涯(一七〇八参照)を思いやった。其角の芭蕉翁終焉記に「是は、慈鎮和尚の、旅の世にまた旅寝して草枕ゆめの中にもゆめをみる哉、とよませ給ひしに思ひ合せて侍る也」。季置火燵。茶湯(炉)・炭・置火燵と続けた。

1655 ▽今まで火燵にかけてあった蒲団をはずして、ほかほかするぬくみに足をさし伸べて寝る夜の何と心地よいこと。桃隣の粟津原に「是は一曲ありながら、俗情の句なれば貴人へ打ちまかせては恥辱あり。されども自讃にや、蕉翁旅行の先へ文章す。返簡の蕉句、落ちつかぬ旅の心や置火燵。是又旅体火燵の情、自然優美なりけり」。季火燵蒲団。

1656 ○小家　雅俗両用の語。○冬至　日次紀事「冬至日、諸禅刹法事」。日本歳時記「陽気の始て生ずる時なれば労動すべからず。…奴僕をも労勤せしむる事なかれ」。▽冬至の日には、禅寺の門前の小店も表を閉めて仕事を休み、人々は餅など食べてのんびり遊んでいる。季冬至。

1657 ○木兎　篗纑輪「猿蓑集ニ冬季ニミヽヅクノ発句有リ。此モノ季ニ用ユル沙汰ナシ。猿蓑バカリ也」。▽眼光烱々た

1658 みゝづくは眠る処《ところ》をさゝれけり　伊賀半残

貧交《ひんかう》

1659 まじはりは紙子《かみこ》の切《きれ》を譲りけり　丈艸

1660 浦《うら》風《かぜ》や巴《ともゑ》をくづすむら鵆《ちどり》　曾良

1661 あら礒《いそ》やはしり馴《なれ》たる友《とも》鵆《ちどり》　去来

1662 狼《おほかみ》のあと蹈《ふみ》消《け》すや浜《はま》千《ち》鳥《どり》　史邦

1663 背《せ》門《ど》口《ぐち》の入《いり》江《え》にのぼる千鳥かな　丈艸

1664 いつ迄《まで》か雪にまぶれて鳴《なく》千鳥　千那

る木兎だが、昼間はきっぱりと見切りをつけたように瞑想している。季木兎。

1658 ▽夜は猛々しい木兎だが、昼ぼけして眠っているところを、あっけなく鳥黐竿で刺されてしまった。いわゆる伊賀の「あだなる風」。芭蕉の五月十日付半残宛書簡に「伊賀の手柄大分に御座候。ご発句、花うつぼ(一九六三)・木兎(一六五八)など人々驚入申候」。季みゝづく。

1659 ○貧交　杜甫「貧交行」(古文前集)に倣う。▽わが交友はまさしく貧交、紙子の破れを繕う切れ端を譲りあうつましさだ。類船集「紙袍(カミコ)─侘人・貧僧」。季紙子。

1660 ○浦風や　曾良書留「浦風に」。▽巴の形に渦巻きながら飛んでいた千鳥の一群が、浜風にその弧を崩されてぱっと乱れ散った。季むら鵆。

巴

1661 ▽足もとの悪い荒磯を走りなれた数羽の千鳥が波に追われて千鳥足で走る。類船集「千鳥─岩うつ浪」。季友鵆。

1662 ▽夜は狼の出没する荒涼たる山すその海岸に、浜千鳥が群れてせわしげに千鳥足を踏んでいる。あれはおぞましい狼の足跡を踏み消しているのだろうか。季浜千鳥。

1663 ▽民家の裏口が入江に面している、そんな岸近く、さし潮に乗って千鳥の群が寄ってくる。季千鳥。

1664 ▽降りしきる雪の中を飛びかいながら、しきりに千鳥が鳴いている。ああやっていつまで雪にまみれて鳴き続けるのだろう。湖畔の景か。類船集「堅田─千鳥」。季千鳥。

1665 矢《や》田《た》の野や浦のなぐれに鳴《なく》千鳥　凡兆

1666 筏《いかだ》士《し》の見かへる跡や鴛《をし》の中《なか》　木節

1667 水《みな》底《そこ》を見て来た㒵《かほ》の小《こ》鴨《がも》哉《かな》　丈艸

1668 鳥共《ども》も寝《ね》入《いっ》てゐるか余《よ》吾《ご》の海　路通

1669 死《しぬる》まで操《みさを》成《なる》らん鷹《たか》のかほ　旦藁

1670 襟《えり》巻《まき》に首引《ひき》入《いれ》て冬の月　杉風

1671 この木《き》戸《ど》や鎖《じやう》のさゝれて冬の月　其角

1672 からじりの蒲《ふ》団《とん》ばかりや冬の旅　長崎　暮年

1665 ○矢田の野　越前の歌枕。湖北から有乳山を越えて敦賀に出る途中の広野。類船集「矢田野―浅茅色づく・薄・霰・雪」。○なぐれ　あらぬ方へそれる意。▽群をはずれた千鳥が二、三羽、海岸線をそれて矢田野に迷いこみ、霜枯れの浅茅が原を鳴きながら飛んでいる。季千鳥。

1666 ▽山川を下る筏に驚いて逃げまどうた番いの鴛鴦(おしどり)が、筏士が竿をさしながら見返ると、もう雌雄仲むつまじく相寄っている。類船集「鴛(ヲシ)―山川―筏」。季鴛。

1667 ▽水にもぐったと思った小鴨がひょいと浮上し、水底を見て来たぞというような顔ですましている。季小鴨。

1668 ○余吾の海　書言字考「余吾湖　江州伊香郡」。羽衣伝説で知られる歌枕。▽余呉湖のほとりに旅寝して独り寒夜の旅愁をかみしめている。山間の湖は静まりかえって水鳥の羽音もしない。鳥どももう寝入っているのだろうか。芭蕉評に「此句、細みあり」(去来抄)。季浮寝鳥。

1669 ○死まで　諺に「鷹はしぬれど穂をつまぬ」(毛吹草)。○操　藻塩草「音もせで堪忍したる躰なり。たゞそのままなる躰なり」。○成　通行の当字。▽誇り高い鷹のあの精悍な面魂は死ぬまで変らないだろう。季鷹。

1670 ▽冬の月の皎々と照る路上、肌を刺す寒気に、襟巻に深く埋めた首を一層ちぢこめて行く。季冬の月。

1671 ○木戸　市内の町々の境に設けた門。亥の刻に閉め、卯の刻に開く。その間、急用の通行は木戸番に頼んで小門を開けてもらう。当初「此木戸」を「柴戸」と誤読して版木を彫り、刊行直前に気付いた芭蕉の強い指示で訂正した。○鎖のさゝれて　平家物語五・月見「惣門は錠のさゝれて候ぞ。東面の小門より入らせ給へ」。○冬の月　別案「夜の霜」。▽酔いにまかせて夜ふけの市街を歩いてくると、すでに刻限を過ぎたらしく、この木戸には鎖がおりている。仰ぐと月が冴えわたり、寝静まった町並みを冷たく照らしている。亦深川に「晋子・立志むつまじく、市谷の雨、浅茅の嵐にふかれ、酔を友にしてある夜帰路の吟」という。季冬の月。

1672 ○からじり　荷四十貫を運ぶ本馬に対し、荷二十貫まで、または旅人と手荷物五貫までを運ぶ宿駅の駄馬。▽短い冬

1673 見やるさえ旅人《たびびと》さむし石部山《いしべやま》　大津尼智月

翁行脚《あんぎや》のふるき衾《ふすま》をあたへらる。記あり、略之《これをりやくす》。

1674 首《くび》出してはつ雪見ばや此衾《このふすま》　美濃竹戸

題竹戸《ちくこ》之衾

1675 畳《たたみ》めは我が手のあとぞ紙衾《かみぶすま》　曾良

1676 魚《うを》のかげ鵜《う》のやるせなき氷哉《かな》　探丸

1677 しづかさを数珠《ずず》もおもはず網代守《あじろもり》　丈艸

御白砂《おしらす》に候《こう》す

1678 膝《ひざ》つきにかしこまり居《ゐ》る霰《あられ》かな　史邦

の日に心せかれてたどる街道を、旅人を次の宿駅まで送りとどけた軽尻馬が、座蒲団だけを背につけてもどってくる。季冬。以下、旅四句続く。

1673 ○見やる　歌語。参考「…我は見やらん君があたりを」(藻塩草等)。○さえ　正しくは「さへ」。○石部山　伊勢参宮名所図会「石部駅 後の山をいそべの山といふ」。近江の歌枕。東海道分間絵図に後の山々「皆、はげ山」と記す。石部は東海道五十三次の第五十一、草津をへて大津まで六里余。▽旅人の行く手、石部山の方を見やるだけでも、寒々とした山麓を行く冬の旅が思いやられる。卯辰集に「路通の行脚を送りて」と前書。季さむし。

1674 ○翁行脚のふるき衾　芭蕉が奥の細道の旅中、出羽最上で入手し、道中愛用した紙製の寝具。○記　その由来を記した芭蕉俳文「紙衾の記」。元禄二年(一六八九)秋、大垣にて執筆。▽この頂戴した紙衾にくるまって首だけ出して初雪を見たいものだ。「題衾四季」(雪の翁)の一句。季はつ雪・衾

1675 ○題竹戸之衾　竹戸ノ衾ニ題ス。○紙衾　初案「其衾」(雪の翁)。元禄二年「九月下旬」執筆の文章に付す。▽同行二人の道中、毎朝私が畳んでさしあげたなつかしい紙衾、この畳み目は私の手の跡ですぞ。季紙衾。

1676 ▽氷の下にひらめく魚影を目ざとく追いながら、いかんともしがたい川鵜がじれて身をよじっている。御傘「はなれ鵜は雑也」。季氷。

1677 ▽霜夜にかがり火をたき網代の番をする老爺は、この静けさの中に居て後世を願う様子もない。季網代守。

1678 ○白砂　玄関前・庭などの白砂を敷きつめてある所。書言字考「白沙 シラス」。○膝つき　宮中の儀式でひざまずく時、膝の下に敷く小半畳の薄縁。▽御所に参上し、御庭に膝突を敷いてひざまずき緊張していると、にわかに霰がばらばらと降ってきて目の前の白砂にはじけ、あたりを浄める。作者は当時仙洞御所勤務。季霰。

1679 椶《しゆ》櫚《ろ》の葉の霰《あられ》に狂《くる》ふあらし哉《かな》　野童

1680 鵲《かささぎ》の橋よりこぼす霰《あられ》かな　伊賀 示蜂

1681 呼《よび》かへす鮒《ふな》売《うり》見えぬあられ哉《かな》　凡兆

1682 みぞれ降る音や朝《あさ》飯《げ》の出来る迄《まで》　膳所 画好

1683 はつ雪や内《うち》に居《ゐ》さうな人は誰《たれ》　其角

1684 初雪に鷹《たか》部《べ》屋《や》のぞく朝《あさ》朗《ぼらけ》　史邦

1685 霜やけの手を吹《ふい》てやる雪まろげ　羽紅

1686 わぎも子が爪《つま》紅《べ》粉《に》のこす雪まろげ　探丸

1679 ▽霰を伴う嵐にもまれて椶櫚が荒れ狂い、その広葉に霰がばらばらと鳴る。[季]霰。

1680 ○鵲の橋　七夕の夜、牽牛・織女の二星が逢う時、鵲が翼を並べて天の河を渡すという伝説の橋。藻塩草「鵲わたせる橋にをく霜 是はたゞ雲のかけはし也」。▽銀河冴えわたる夜空がかき曇り、霰がばらばらと来た。鵲の橋からこぼれる霰だな。[季]霰。

1681 ▽曇って底冷えのする日、閉めきった表の通りを寒鮒売が大声によばわりながら行き過ぎた。呼びもどそうとしてあわてて声をかけ急ぎ門口に出ると、折から霰が激しく降りしきって、鮒売の姿も見えない。[季]あられ。

1682 ○朝飯　書言字考「朝食 アサケ・朝飯 アサハン・朝餉 アサカレイ」。▽みぞれの降る寒い朝、朝飯の用意のととのうまでの時間を、寝床のぬくもりになずんで暗い雨音を聴いている。[季]みぞれ。台所の二句併出。

1683 ▽初雪に浮かれて出て来た。さて雪見の友を訪れたいが家に居そうなのは誰だろう。五元集に「立徘徊」と前書するは、「雪ハ鵝毛ニ似テ飛ンデ散乱シ、人ハ鶴氅ヲ被テ立ツテ徘徊ス」(和漢朗詠集)による。許六の俳諧自讃之論(俳諧問答)に「初雪に…といはむべけれども、にの字重畳せる故に、初雪やと置きて、やの字は畢竟、捨やの心なり」。[季]はつ雪。

1684 ○鷹部屋　狩猟用の鷹を飼う鳥屋。鷹匠が管理した。▽初雪の朝早く、お役目がら鷹部屋をのぞいて鷹の様子をうかがう。類船集「朝―鷹―雪」。[季]初雪。

1685 ▽雪玉をころがしまわって遊んでいた子が、小さな手を真赤に腫らしてもどって来た。おお、こんな手をして冷たかろうと、両手にとって暖かい息を吹きかけてやる。作者には、さい(芭蕉書簡)という女児があった。[季]霜やけ・雪まろげ。

1686 ○わぎも子　藻塩草「わきもこ 女の惣名也」。毛吹草に連歌恋の詞。○爪紅粉　毛吹草に誹諧恋の詞。▽雪まろげに、彼女が残した爪紅の跡がにじんでいる。[季]雪まろげ。妻子の二句併出。

1687 ○下京　京の三条通り以南。商工業中心の市街地だが、他都市と違い古都らしい情趣もある。去来抄によれば、上五

1687 下《しも》京《ぎやう》や雪つむ上《うへ》の夜の雨　凡兆

1688 なが〱と川一《ひと》筋《すぢ》や雪の原　同

1689 信濃路《しなのぢ》を過《すぐ》るに
雪ちるや穂《ほ》屋《や》の薄《すすき》の刈《かり》残《のこ》し　芭蕉

1690 草庵の留主《るす》をとひて
衰《すゐ》老《らう》は簾《すだれ》もあげず庵《あん》の雪　其角

1691 雪の日は竹《たけ》の子《こ》笠《がさ》ぞまさりける　尾張 羽笠

1692 誰《たれ》とても健《すこやか》ならば雪のたび　長崎 卯七

1693 ひつかけて行《ゆく》や雪吹《ふぶき》のてしまござ　去来

に難渋する凡兆に、芭蕉が「下京や」を提案し、「兆、汝手柄に此冠を置くべし。若しまさる物あらば我二度俳諧をいふべからず」と自負したという。▽降りつもった雪が下京では夜になって雨にかわった。建てこんだ商家の灯も静かにうるみ、門々にもれるその灯影の中で、雪の路上に雨は音もなく降っている。季雪。前の句の艶な気分のうつり。

1688 ▽家も道も野も畑もない一望の雪原を、黒ずんだ一筋の川が長々と蛇行している。季雪。

1689 ○信濃路を過るに　貞享五年(一六八八)八月更科紀行の折の見聞を撰集抄「甲斐の白根には雪つもり浅間の嶽には煙のみ心細うたちのぼるありさま、信濃のほやのすゝきに雪ちりて」によって冬の句に仕立てた虚構の詞書。○穂屋の薄　歌語。七月二十七日の諏訪神社の御射山祭で、神幸の御仮屋に葺く薄。許六の自得発明弁「古事・古実を結ぶ事」(俳諧問答)参照。▽信濃路の冬は荒涼として、「穂屋の薄」の刈り残しであろう、すがれた薄野に粉雪がちらついている。季雪。併出することによって前の句は千曲川のイメージを帯びる。

1690 ○草庵の留主をとひて　五元集に「芭蕉空庵をとひて」。○簾もあげず　和漢朗詠集「香炉峰ノ雪ハ簾ヲ撥ゲテ看ル」を踏まえる。贈芭叟餞別辞「かくて(芭蕉庵の)篠簾をまき上ぐれば」(別座鋪)。▽庵の留守居は老のものぐさに、折角の雪景色を眺めようともせず垂れこめている。「初雪や幸ひ庵にまかりある」と喜び、「庵の戸おしあけて雪を眺め」(閑居ノ箴)た芭蕉とは対照的。季雪。庵主は信濃路の旅、留守には衰老の庵守、と続く。

1691 ○竹の子笠　苦竹・淡竹(はちく)の筍の皮で作った雨天用の笠。▽雪の日は竹の子笠が雪が積らずに一番いい。「雪中の筝」の洒落もあるか。自らの俳号にも戯れたか。季雪。

1692 ▽誰だって身体さえ達者なら雪の旅はしてみたいものさ。季雪。

1693 ○雪吹　類船集「雪吹　フヾキ」。○てしまござ　摂津豊島郡の産。幅狭く丈短い粗末な藺の蓙。摂陽群談「旅人不時の雨具とす」。▽豊島蓙をひっかけて横なぐりの吹雪の中をぐんぐん行く。季雪吹。「庵の雪」のあと雪の旅三句。

青亜追悼《せいあついたう》

1694 乳《ち》のみ子《ご》に世を渡したる師《し》走《はす》哉《かな》　尚白

1695 から鮭《ざけ》も空《くう》也《や》の瘦《やせ》も寒《かん》の内《うち》　芭蕉

1696 鉢たゝき憐《あはれ》は顔に似ぬものか　乙州

1697 一《ひと》月《つき》は我に米かせはちたゝき　丈艸

住吉奉納《すみよしほうなふ》

1698 夜《よ》神《か》楽《ぐら》や鼻《はな》息《いき》白し面《め》ンの内《うち》　其角

1699 節《せ》季《き》候《ぞろ》に又のぞむべき事もなし　伊賀 順琢

1700 家《いへ》〳〵《いへ》やかたちいやしきすゝ払《はらひ》　同 祐甫

1694 ▽世間の風も冷たいこの師走に、まだ頑是ない乳飲み子に一切を残して世を去ってしまった。青亜は貞享四年(一六八七)十二月没。季師走。

1695 ○空也　鉢叩。京の空也堂の有髪妻帯の僧。十一月十三日の空也忌から四十八夜、鉦と瓢を叩き念仏唱歌しながら洛内外の墓地をめぐる。芭蕉真蹟に「都に旅寝して鉢扣のあはれなる勤めを夜ごとに聞き侍りて」と前書。○瘦　「からび」「ひえ」に通じる歌学の理念。空也上人木像のイメージも重なる。○寒の内　小寒から大寒をへて節分までの約三十日間。▽ミイラのように干からびた乾鮭の姿も、寒行に瘦せからびた空也僧の姿も、冷えびえとした寒中にこそふさわしい。K音の頭韻を踏む。芭蕉自ら「心の味をいひとらんと数日腸をしぼる」(三冊子)と言い、支考は「空也と空鮭は枯木寒岩の観相ながら、空鮭には寒中の薬喰をよせ、空也には寒夜の修行をむすべる、寒中の二字はさらにして、瘦の一字には互照の格を称すべし」(俳諧古今抄)と評し、許六は「取合せのあやうき」(俳諧問答・自得発明弁)例にあげる。季寒。

1696 ▽寒夜に聞く鉢叩はしみじみとあわれ深いが、それが何とむくつけく卑しげな面つきで、およそ似つかわしくない。季鉢たゝき。

1697 ▽鉢叩よ、毎夜の勤行でお米のもらいももう大分たまっただろう。どうだ、ひと月分ほど俺に貸さないか。貧交の句(一六五九)参照。季はちたゝき。

1698 ○住吉　摂津一の宮。和歌三神の一。▽霜夜の火影に映える神楽殿、よく見ると舞手の面にこもる息が穴から白くもれている。当時「白し」は連体形と意識されたか。季夜神楽。

1699 ○節季候　十二月下旬に門付けした物乞い。二人また四人づれで、赤布で覆面するなど異様な姿で家々の土間に踊りこみ祝詞を唱えた。▽今年も押しつまって節季候が来た。「節季にて候へば来る年の福と、また年の終りまで何事なく送り重ねしを祝ふ心」(人倫訓蒙図彙)というが、平凡な行く年来る年にこれといって望むべきこともない。季節季候。

1700 ▽どの家も歳末の大掃除で、あられもない取込み様だ。その様「煤掃之説」(芭蕉庵小文庫)に活写。季すゝ払。

乙州《おとくに》が新宅にて

1701 人に家をかはせて我は年忘《としわすれ》　芭蕉

1702 弱《ヨロ》法師我《わが》門《かど》ゆるせ餅《もち》の札《ふだ》　其角

1703 歳《とし》の夜《よ》や曾《ひ》祖《ぢ》父《ぢ》を聞けば小《こ》手《て》枕《まくら》　長和

1704 うす壁の一《ひと》重《へ》は何かとしの宿《やど》　去来

1705 くれて行《ゆく》年のまうけや伊《い》勢《せ》くまの　同

1706 大どしや手のをかれたる人ごゝろ　羽紅

1707 やりくれて又やさむしろ歳《とし》の暮《くれ》　其角

1701 ○乙州が新宅にて　正月五日付曲水宛書簡に置火燵の句(一六九四)に続けて「まだ埋火の消えやらず、臘月末京都を退出、乙州が新宅に春を待ちて」と前書して記す。▽無所住のこの身は、ひと様に家を買わせて、その新宅でのうのうと年忘れの宴。結構なご身分だ。[季]年忘。

1702 ○弱法師　謡曲・弱法師(よろぼし)により乞食をいう。○餅の札　栞草「吾山遺稿　江戸にて非人ども門々に立ちて餅春の祝ひとて餅を乞ふ。乞ひ得たる家と乞はざる家との印に門の柱に判をして張りおくなり」。▽乞食どもよ、わが家の門口だけは餅の札張りを免除してくれ。与える餅とてないのだ。五元集に「市隅」と前書。[季]餅の札。

1703 ○曾祖父　書言字考「曾祖父　ヒヲホヂ　ヒヂヂ」。▽あわただしかった大晦日も暮れ、一年の無事を祝って家人みな飲みあかす折から、ふと気付いて曾祖父のありかを尋ねると、寝るとも言い出せず手枕でごろ寝していた。[季]歳の夜。

1704 ▽わが定住の栖の薄壁を通して今、年が往き年が来る。とするとこの壁一重の意味は何だ。[季]としの宿。

1705 ▽伊勢神宮や熊野三山では、正月神事の飾りつけや、年籠り・初詣での客の受入れ準備に忙殺されながら、次第に年が暮れて行く。「暮れて行く年」に「年の設け」と言い掛けた。[季]くれて行年。

1706 ▽人心も赤裸々な大晦日に、なすすべもなく手をこまねいているよ。「をかれ」は置かれ。[季]大どし。

1707 ○さむしろ　俳諧勧進牒「寒しろ」。藻塩草「さ席　せばき也。或云、寒の儀とも云へり。然共、只せばき也」。類船集「蓬生—さ莚」。▽例によって、気前よく人にくれてやって、歳の暮には莚一枚の素寒貧さ。兀峰評に「とゞめず惜しまず、をのが気象のまゝなる骨肉、句の上に顕れたるなるべし」(桃の実)。[季]歳の暮。

1708 いね〳〵と人にいはれつ年の暮　　路通

1709 年のくれ破れ袴《ばかま》の幾《いく》くだり　　杉風

1708 ▽あちらでもこちらでも帰れ帰れとすげなく扱われ、落ち着く所もなく今年も暮れた。とりわけ年の暮には世間の風も冷たく、文字通りの師走坊主よ。芭蕉の句(一六五四)参照。[季]年の暮。

1709 ○くだり　衣類を数える単位。▽年の暮、年始用の袴を新調するにつけても、いったい何本の破れ袴をはき捨てたことかと一年が顧みられる。作者は幕府御用の魚商人。[季]年のくれ。

猿蓑集 巻之二

夏

1710 有《あり》明《あけ》の面《おもて》おこすやほとゝぎす　其角

1711 夏がすみ曇り行《ゆく》ゑや時鳥《ほととぎす》　木節

1712 野を横に馬引《ひき》むけよほとゝぎす　芭蕉

1713 時鳥《ほととぎす》けふにかぎりて誰《たれ》もなし　尚白

1714 ほとゝぎす何もなき野《の》ゝ《の》門《も》ン構《がまへ》　凡兆

1715 ひる迄《まで》はさのみいそがず時鳥《ほととぎす》　智月

1710 ○有明の　俳諧勧進牒「春秋の」は挙白集のもじり。序参照。○面おこす　仰むく。転じて、面目を施す。▽時鳥の一声にそれっとふり仰ぐと、夜明けの空に残月がかかっている。百人一首「時鳥鳴きつる方をながむればただ有明の月ぞ残れる」。裏に、待ちかねた時鳥がようやく鳴いて、有明の空が面目を施した意を含む。季ほとゝぎす。

1711 ▽一声を残して飛び去った時鳥が、夏霞に曇りゆく中に行方もしれずなった。「曇り行く」に「行衛」と言い掛けた。歌題に「雲間郭公」。季時鳥。

1712 ▽広漠たる野を筋かいに時鳥が飛び去った。それ馬子よ、あの声の消えゆく方へ馬首を引き向けよ。奥の細道に、那須野で馬方に短冊を所望されて書き与えた即興の吟という。歌題にも「馬上郭公・馬上聞郭公」。季ほとゝぎす。

1713 ▽一声も珍重すべき時鳥が、誰もいない今日に限ってしきりに鳴く。季時鳥。

1714 ▽見渡すかぎり何もない夏野に一軒、立派な門構えの家がある。あたりは森閑として明るく、時鳥が鳴いている。季ほとゝぎす。

1715 ▽時鳥も昼前はさすがに気ぜわしくも鳴かず、心なしかおっとりしている。参考「ほととぎす鳴く鳴く飛ぶぞ忙はし　芭蕉」。季時鳥。

1716 蜀魂《ほとゝぎす》なくや木《こ》の間《ま》の角櫓《すみやぐら》　史邦

1717 入相《いりあひ》のひゞきの中《なか》やほとゝぎす　羽紅

1718 ほとゝぎす滝よりかみのわたりかな　丈艸

1719 心なき代《だい》官《くわん》殿《どの》やほとゝぎす　去来

1720 こひ死《しな》ば我《わが》塚でなけほとゝぎす　遊女奥州

松島一見《いつけん》の時、「千鳥もかるや鶴の毛衣《けごろも》」
とよめりければ、

1721 松島や鶴に身をかれほとゝぎす　曾良

1722 うき我をさびしがらせよかんこ鳥《どり》　芭蕉

1716 ○蜀魂　書言字考「蜀魄　ホト、ギス」。▽時鳥の声にふり仰ぐと、新緑の木の間がくれに城郭の隅にそそり立つ物見の櫓がみえる。「ほととぎす鳴くや五月の…」の歌の調べを取る。丈草の句(三二三)参照。季蜀魂。

1717 ▽入相の鐘の響きに重なって、無常鳥の異名をもつ時鳥が鳴いている。類船集「鳥のこゑ―入相のかね」。季ほとゝぎす。

1718 ▽滝の上流の渓を徒渉りしていると、どうどうと落ちる瀑布を裂くような声で時鳥が鳴き過ぎた。季ほとゝぎす。鐘声・滝音を取合せた同趣向の二句併出。

1719 ▽代官殿は折からの時鳥の声にも心を動かす風もない、およそ情緒を解さないお人だ。作者の郷里長崎は代官支配の天領。季ほとゝぎす。

1720 ○こひ死ば　歌語。万葉集「恋ひ死なば恋ひも死ねとやほととぎす物思ふ時に来鳴きとよむる」。○ほとゝぎす　拾遺集「死出の山越えて来つらむほととぎす恋しき人のうへ語らなむ」により、恋し鳥の異名がある。▽私がかなわぬ恋に焦がれて死んだならば、時鳥よ、私の墓に来て恋しい人の消息を聞かせておくれ。季ほとゝぎす。併出することによって前の句の「心なき代官殿」がつれない恋人の相を帯びる。

1721 ○松島　奥の細道「松島は扶桑第一の好風にして…窅然として美人の顔を粧ふ」。○千鳥もかるや…　無名抄に祐盛法師の作としてみえる。上句「身にぞしる真野の入江に冬の来て」(猿蓑さがし)というも未詳。▽月の松島を時鳥が一声鳴き過ぎた。時鳥よ、お前は声はともかく、あまりにあっけない。なろうことなら松にふさわしい鶴の姿を借りて悠然と舞いながら鳴いてほしい。奥の細道に採録、「予は口を閉ぢて眠らん」と記す。季ほとゝぎす。傾城奥州の作に奥州松島の句を併出。

1722 ○かんこ鳥　真蹟「秋の寺」、「伊勢の国長島大智院に信宿す」と前書。類船集「淋しき―かんこ鳥」。▽「その声、寂寥たり」(年浪草)といわれる郭公よ、もっともっと鳴いて、物憂い思いでいるこの私を、「さびしさなくは憂からまし」と詠んだ西行の、あの「さびしさをあるじとする」(嵯峨日記)心境にまで誘導してほしい。嵯峨日記に記録、「独り住むほどおもしろき

1723 旅館庭《には》せまく、庭草《には》を見ず
若《わか》楓《かへで》茶いろに成《なる》も一《ひと》さかり　膳所　曲水

1724 四月八日詣慈母《じぼ》墓
花《はな》水《みづ》にうつしかへたる茂り哉《かな》　其角

1725 葉がくれぬ花を牡《ぼ》丹《たん》の姿哉《かな》　江戸　全峰

1726 別僧
ちるときの心やすさよ米囊花《ケシノハナ》　越人

1727 翁に供《ぐせ》られてすまあかしにわたりて
智《ち》恵《ゑ》の有る人には見せじけしの花　珍碩

1728 似《に》合《あは》しきけしの一重《ひとへ》や須磨《すま》の里　亡人　杜国

はなし。…ある寺に独り居て云ひし句なり」という。季かんこ鳥。鳥への呼びかけ三句続く。

1723 ○旅館庭せまく…　嵯峨日記に「曲水状に」として菫草の句(一六九三)とともに記録、「我が住所、弓杖二長計にして、楓一本より外は青き色を見ず」と前書。住所は膳所藩江戸邸内。○若楓　滑稽雑談「嫩楓といふは、春の末より初夏の頃まで葉先の色づきて、また梅雨のころは青葉に変るものなり」。徒然草一三九段「卯月ばかりの若楓、すべて万の花・紅葉にもまさりてめでたきものなり」。○一さかり　藻塩草「一盛也。是いとさかり也。最盛と云ふ説あり」。▽楓の若芽が茶色に萌える一時期も美しい見物である。季若楓。

1724 ○詣慈母墓　慈母ノ墓ニ詣ヅ。其角の母は貞享四年(一六八七)四月八日没。江戸は二本榎上行寺に葬る。▽木々の茂りが影を写す手桶の水を墓前の花筒に移しかえた。季茂り。

1725 ○牡丹　底本「杜丹」。▽葉がくれに忍ぶことなく咲き誇る大輪の牡丹こそ花の王たるにふさわしい姿である。季牡丹。

1726 ○別僧　僧ニ別ル。旅寝論「越人、路通に別るる時の句と聞きぬ。猿蓑撰候ふ比、越人、路通を忌む。此故に別僧の二字に改めて先師にさゝぐ。先師もことに興じ給ひ侍る也」。去来抄「其角・許六ともに曰、此句は謂ひおほせざる故に別僧と前書あり。去来曰、けし一体の句として謂ひおほせたり。餞別となしてなほ見(けん)あり」。○米囊花　書言字考「米囊 ケシ」。類船集「坊主―芥子」。▽はらりと軽く崩れるように散る、その散りぎわがまことに執着のない芥子の花だ。其角評に「尋常の詞によりて中七字に風俗を立てたるは荷兮・越人等が好む所の手癖なり。是は別僧といふ前書あるゆへ、一句のたより手癖ながらも面白し」。季米囊花。

1727 ▽智恵のある人になまじ芥子の花は見せたくないものだ。そのもろさはかなさのゆえに「無常迅速」(九九六参照)の心を起こしかねないから。季けしの花。

1728 ○翁に供られて…　貞享五年(一六八八)「笈の小文」の旅に同行、四月十九日尼崎より兵庫に渡り、二十日須磨・明石をめぐる。○似合しき　芭蕉に「似合はしや…」の例句二。○けし　笈の小文「漁人の軒ちかき芥子の花のたえぐ\に見渡さる」。参考、

1729 青《あを》くさき匂《にほひ》もゆかしけしの花　嵐蘭

1730 井のすゑに浅《あさ》〱《あさ》清し杜若《かきつばた》　半残

起出《おきいで》て物にまぎれぬ朝の間《ま》の

1731 起《おき》〱《おき》の心うごかすかきつばた　仙化

題去来《きよらい》之嵯峨《さが》落柿舎《らくししや》二句

1732 豆植《うう》る畑《はた》も木《き》べ屋《や》も名《めい》処《しよ》哉《かな》　凡兆

1733 破《やれ》垣《がき》やわざと鹿《かの》子《こ》のかよひ道　曾良

南都旅店《なんとのりよてん》

1734 誰《たが》のぞくならの都《みやこ》の閨《ねや》の桐《きり》　千那

冬の日「けしの一重に名をこぼす禅　杜国」。野晒紀行「杜国に贈る／白芥子に羽もぐ蝶の形見かな」。〇須磨の里　底本「須广」。謡曲・松風、須磨源氏、敦盛等によって知られる哀話の里。▽一重の芥子の触れなば散らん風情が須磨の里の淋しみにいかにも似つかわしい。この句「笈の小文」になく、元禄三年(一六九〇)三月没の杜国を惜しむ芭蕉の代作か。季けし。

1729 ▽青くさい匂いも何となくいい芥子の花だ。芥子の葉はあえ物にして食べる(類船集、料理物語)。季けしの花。

1730 〇すゑに浅〱　土芳の横日記「すそに朝〱」。猿蓑の誤刻か。▽水汲み場の流れのすそに咲く杜若のすがすがしい色に、朝ごとに目をうばわれる。季杜若。

1731 〇起出て…　出典不明。下句「心やもとの心なるらん」(標注七部集)というも未詳。▽まだ物にとりまぎれない起きたての心を真先にとらえるのが杜若の美しさだ。季かきつばた。

1732 〇題去来之嵯峨落柿舎　去来ノ嵯峨落柿舎ニ題ス。嵯峨野は洛西の歌枕。落柿舎の環境・規模等については明細書に詳しい。▽一見ただの豆畑であり薪小屋だが、土地柄を思うと、邸内のどこもかしこも由緒深く思われる。季豆植る。

1733 ▽つくろいもせぬ垣の破れはわざと鹿の子の通い道として残してあるのだろう。類船集「嵯峨―鹿」。季鹿子。

1734 ▽月夜の軒に桐の花咲く奈良の都、昔物語に誰かが閨の内を垣間見たのもこんな夜だったか。法隆寺開帳の句(一七六六)と同じ旅中の作。季桐(の花)。

1735 洗《せん》濯《だく》やきぬにもみ込《こむ》柿《かき》の花　尾張薄芝

1736 豊国《とよくに》にて
竹の子の力を誰《たれ》にたとふべき　凡兆

1737 たけの子や畠《はたけ》隣《どなり》に悪《あく》太《た》良《らう》　去来

1738 たけのこや稚《をさな》き時の絵のすさび　芭蕉

1739 猪《ゐのしし》に吹《ふき》かへさるゝともしかな　正秀

1740 明石夜《あかしのや》泊《はく》
蛸《たこ》壺《つぼ》やはかなき夢を夏の月　芭蕉

1741 君《きみ》が代《よ》や筑《つく》摩《ま》祭《まつり》も鍋《なべ》一《ひと》つ　越人

1735 ○洗濯　合類節用集「洗濯　センダク」。▽柿若葉の陰で洗濯しながら、ぽとぽとと落ちてくる黄色い花を衣類といっしょにもみこんでいる。季柿の花。

1736 ○豊国　京都東山三十六峰の一、阿弥陀峰の中腹にあった豊国廟の廃跡。卑賤から身をおこし一代の覇者となった秀吉の神廟だが、徳川三代将軍によって破壊され荒廃に帰した。▽頽廃の中から竹の子が頭をもたげている。この何はばかることなく伸びる生命力を誰に譬えるべきか。「たとふべきかたこそなけれ…」「…を何にたとへまし」といった和歌の調べによるか。季竹の子。

1737 ▽わが藪に今年も竹の子が出はじめたが、畠続きの隣家に悪がきがいるので油断がならない。季たけの子。前の句の「誰」に「悪太郎」と応える呼吸で併出。

1738 ▽竹の子のユーモラスな姿を見ると、手習いはじめに竹の絵など書いて遊んだ子供のころが懐かしく思い出される。嵯峨日記に記録。季たけのこ。悪太郎から少年期への回想へ、落柿舎二吟併出。

1739 ○ともし　歌語。夏の夜、狩人が鹿をおびき寄せるため山中にかがり火をたき、または火串(ほぐし)に松明(たいまつ)をともすこと。▽夏山の闇の中からとび出した猪が、猛進する勢で照射(ともし)の火を吹きなびかせ疾風のように走り去った。季ともし。

1740 ○明石夜泊　貞享五年(一六八八)四月二十日、須磨泊。但し、笈の小文にも同じ前書。明石の泊は播磨の歌枕。月の名所。平家哀史の故地。▽月の明るい明石の沖、海底では蛸が罠とも知らず蛸壺の中にすっぽり入って、明けやすい短夜のはかない夢を見ていることだろう。類船集「蛸―播磨」。季夏の月。

1741 ○筑摩祭　歌語。四月一日または初午の日に催される近江国坂田郡筑摩明神の祭礼。土地の女は、それまでに関係した男の数だけ土鍋をかぶって参詣奉納する奇習があり、古くは伊勢物語一二〇段、近くは男色大鑑三の一に挿絵とともに見える。▽治まれる御代に風俗も改まり、筑摩祭も鍋一つの貞女ばかり。季筑摩祭。

五月三日わたましせる家にて

1742 屋《や》ね葺《ふき》と並《ならん》でふける菖蒲《しやうぶ》哉《かな》　其角

1743 粽《ちまき》結《ゆ》ふかた手にはさむ額髪《ひたひがみ》　芭蕉

1744 隈《くま》篠《ざさ》の広《ひろ》葉《は》うるはし餅《もち》粽《ちまき》　江戸岩翁

1745 さびしさに客人《まらうと》やとふまつり哉《かな》　尚白

五月六日大坂《おほざか》うち死《じに》の遠忌《をんき》を弔《とむら》ひて

1746 大坂や見ぬよの夏の五十年　伊賀蟬吟

奥州高館《たかだち》にて

1747 夏《なつ》草《くさ》や兵《つはもの》共《ども》がゆめの跡《あと》　芭蕉

1742 ○わたまし　転居。▽端午の節句を新築の家で迎えようと引越して来たが、まだ屋根が葺きあがってない。その屋根葺き職人と仲良く並んで軒に菖蒲を葺いている。増山井「あやめふくは、四日なり」。[季]菖蒲。

1743 ○額髪　額から左右の頬にかけ垂らした前髪。源氏物語にも同絵巻の類にもみえる。これを耳に挟むのは忙しく働く時のさまで、はしたないと見られた。源氏物語・帚木「まめまめしき筋を立てて耳挟みがちに美相なき家刀自のひとへにうち解けたる…」。▽飾り粽を五色の糸でせっせとしばりながら、片手で垂れてくる額髪を後へかきやり耳に挟んでいる。元禄の台所点景を王朝物語の世界をかりて表現した。真蹟去来文「猿蓑集撰し候て翁へ内覧に入れ候処に、古き草紙・物語の事など思ひ寄せ候発句少く候とて、粽巻く片手に挟むかふ髪。これも源氏の内より思ひ寄られ候」。[季]粽。

1744 ▽包んである隈笹を解き広げて餅粽を食う、その広葉が青々として美しい。[季]餅粽。

1745 ▽人恋しさに他家の客を借りて来て祝い酒を飲む祭の宵だ。作者の住む地方の里祭か。[季]まつり。

1746 ○五月六日…　作者の祖父藤堂良勝は慶長二十年（一六一五）五月六日、大坂落城の前日に戦死。その五十年忌は寛文四年（一六六四）。作者は寛文六年没、二十五歳。▽わが生まれぬ先の世の語り草である大坂夏の陣、それから夏はめぐりめぐって今、祖父の五十年忌を迎えた。[季]夏。

1747 ○奥州高館　平泉館主藤原秀衡が源義経のために築いた館。義経はここで討死した。作者は元禄二年（一六八九）五月十三日に平泉を訪れ、奥の細道の前文に「さても義臣すぐつて此城にこもり、功名一時の叢となる。国破れて山河あり、城春にして草青みたりと、笠うち敷きて時のうつるまで泪を落し侍りぬ」。▽その昔、義経を守って奮戦した勇士たちの功名も一場の夢と化し、古戦場にはただ茫々の夏草が茂っている。景情一致の会心の作で、嵯峨日記に同題の古詩を「其地風景聊か以て叶はず。古人といへども其地に至らざる時は其景に叶はず」と批判した。[季]夏草。戦死者追悼の二句併出。

1748 這《はひ》出《いで》よかひ屋《や》が下《した》の蟾《ひき》の声　同

此境《このさかひ》「はひわたるほど」ゝいへるもこゝの事にや

1749 かたつぶり角《つの》ふりわけよ須《す》磨《ま》明《あか》石《し》　同

1750 五《さ》月《み》雨《だれ》に家ふり捨《すて》てなめくじり　凡兆

1751 ひね麦の味《あぢ》なき空や五《さ》月《つき》雨《あめ》　木節

1752 馬《うま》士《かた》の謂《いひ》次《し》第《だい》なりさつき雨　史邦

奥州名取《なとり》の郡《こほり》に入《いり》て、中将実方《さねかた》の塚はいづくにやと尋《たづね》侍れば、道より一里半ばかり左《ひだり》の方、笠島《かさしま》といふ処《ところ》に有《あり》とをしゆ。

1748 ○かひ屋　万葉集「朝霞かひ屋が下に鳴く蛙忍びてありと告げん子もがも」(夫木和歌抄)を踏まえる。藻塩草「田舎にて蚕飼するに、別屋…に棚をあまたかきて、それにて蚕を飼ふ。これを飼屋といへる。その棚の下に溝を掘りたれば水たまりなどして蛙なく事一定也」。▽万葉の風情さながらに飼屋の下で鳴いているヒキガエルよ、醜い姿を恥じることはない、そんな所に忍んでいないで這い出て来いよ。同じく、五月羽州尾花沢清風亭の作として、奥の細道に採録。季蟾。

1749 ○はひわたるほど　須磨・明石の近距離をいう源氏物語用語。須磨「ただ這ひ渡る程なれば」、明石「ただ這ひ渡る程にて」。○須磨　底本「須广」。▽「這ひ渡る」のが身上の蝸牛よ、お前が左右の角に触氏・蛮氏の二国を振り分けたように、隣接する名所のこちらが須磨、こちらが明石と指し分けてみよ。諺「蝸牛ノ角ノ闘」(書言字考)を踏まえた戯れ。季かたつぶり。

1750 ○なめくじり　本朝食鑑「未ダ殻ヲ脱セザルヲ蝸牛ト曰ヒ、既ニ殻ヲ脱スルヲ蛞蝓ト曰フ」。▽五月雨にぬれてナメクジが這っている。自由に憧れて家をふり捨てて来たというように。類船集「家を出る―蝸牛」。季五月雨・なめくじり。以上三句、這う虫づくし。

1751 ○ひね麦　新麦が出ても残っている去年収穫の麦。▽ぐずついて、うっとうしい五月雨の空を見やりながら食う去年の麦飯のまずいこと。「味なき」が上下に掛かる。季五月雨。前後の句にはさまれて旅の気分が出る。

1752 ▽いまいましいが、駄賃も道程も馬子の言いなりになるほかない五月雨どきの旅だ。季さつき雨。

ふりつゞきたる五月雨いとわりなく打過《うちすぐ》るに、

1753 笠島やいづこ五月《さつき》のぬかり道　　芭蕉

大和《やまと》・紀伊《きい》のさかひはてなし坂にて、往来《ゆきき》の順礼をとゞめて奉加《ほうが》すゝめければ、料足《れうそく》つゝみたる紙のはしに書《かき》つけ侍る、

1754 つゞくりもはてなし坂や五月雨《さつきあめ》　　去来

1755 髪剃《かみそり》や一夜《いちや》に金精《さび》て五月雨《さつきあめ》　　凡兆

1756 日の道や葵《あふひ》傾くさ月あめ　　芭蕉

1757 縫物《ぬひもの》や着もせでよごす五月雨《さつきあめ》　　羽紅

1753 ○中将実方　平安中期の歌人、左近中将藤原実方。勅勘を受け「歌枕見て参れ」と陸奥守に左遷されたが(十訓抄)、笠島の道祖神前を下馬せずに通り、神罰により落馬して死んだ(源平盛衰記)という。謡曲・実方で有名。元禄二年(一六八九)五月四日の体験として、奥の細道、真蹟類に同趣旨の文章がある。○わりなく　不本意ながら。奥の細道「身疲れ侍れば」、真蹟「日も暮に及び侍れば」等の文言がないので、前の句に続けて「馬士の謂次第」で断念したように響く。○笠島や　奥の細道「笠島は」が再案。▽行く手をはばむぬかるみの向う、どのあたりが笠島であろうか。五月雨にぬれそぼつ身にその名が慕わしい。季五月。

1754 ○はてなし坂　国境の無終山(はてなしやま)打越三里の坂道。熊野本宮への参道なので道路補修費を勧進していた。○料足　銭。▽降り続く五月雨に、改修するはしからぬかるんで際限もない無終坂ですね。作者は元禄二年夏、田上尼と三熊野巡りをした(一七一参照)。季五月雨。

1755 ○金精　底本「金情」。書言字考「鉄精」。▽五月雨の降り続く陰湿な日々、手にした剃刀のにぶく光る刃に一晩で錆が浮いている。類船集「渋(サビ)(ル)―剃刀(カミソリ)」。季五月雨。

1756 ▽五月雨の雲にとざされて見えないが、天空を日は確実にめぐっている。そのめぐりを感知して葵の花が雨の中で向きを変えている。枕草子「唐葵。日の影に従ひて傾くこそ、草木といふべくもあらぬ心なれ」。季葵・さ月あめ。

1757 ▽うつうつたる五月雨の頃、しまい込んでいた衣類を改めると、縫取りのある晴着などついに着る機会もないまま、どれもこれも黴くさくなっている。元禄四年春に凡兆・羽紅とも剃髪なら(一九六七参照)、一七五五・一七五七とも、その夏の感懐か。季五月雨。

七十余の老医みまかりけるに、弟子共《でしども》こぞりてなくまゝ、予にいたみの句乞《こひ》ける。その老医いまそかりし時も、さらに見しれる人にあらざりければ、哀《あはれ》にもおもひよらずして、「古来《こらい》まれなる年にこそ」といへど、とかくゆるさざりければ、

1758 六《ろく》尺《しやく》も力おとしや五月《さつき》あめ　其角

1759 百《ひやく》姓《しやう》も麦に取《とり》つく茶《ちや》摘《つみ》歌《うた》　去来

1760 しがらきや茶《ちや》山《やま》しに行《ゆく》夫婦づれ　正秀

1761 つかみ合《あふ》子《こ》共《ども》のたけや麦《むぎ》畠《ばたけ》　膳所 游刀

1758 ○老医　五元集に「村田忠庵が事也」と注記。○ゆるさざり　底本「ゆるさかり」と誤刻。○六尺　駕籠かき等の奉公人。医者には五十歳以下の男子に禁制の乗物が許されていた。▽暗うつな五月雨の折から、お抱えの駕籠かきどもも失職とあって、さぞやお力落しのことでしょう。七十・六尺・五月の洒落。季五月あめ。

1759 ○茶摘歌　茶摘みの季は三月だが、一番茶・二番茶・四番茶と夏に及ぶ。茶摘歌の二句、去来発句集・春の部に入集。ここは「六尺も」「百姓も」と並べるための処置か。季茶摘歌・麦(刈)。▽茶摘歌にうながされて百姓も麦刈にとりかかることだ。

1760 ○しがらき　近江の歌枕。日本山海名物図会「茶名物大概　宇治茎茶・近江滋賀楽…」。▽信楽の外山が青みわたる初夏の朝、山手の茶畠にそろって茶摘みに出かける夫婦の姿がある。猿蓑さがし「茶山しに行くとは俗談にして、その地の言葉也」。季茶山。

1761 ○游刀　底本「游力」と誤刻。嵯峨日記に元禄四年(一六九一)四月二十日「去来京より来る、途中の吟とて語る」として記録、去来発句集にも入集。去来作を游刀に譲ったものか。去来抄には無記名。▽畔道でつかみあいの喧嘩をしている村の子の頭や拳が麦の穂の上に見え隠れして、一面にのどかな麦畠だ。去来抄に、凡兆が「是、麦畠は麻畠とも振らん」と難じて去来と論争になり、芭蕉に制止されたことを伝える。季麦畠。

孫を愛して

1762 麦《むぎ》藁《わら》の家してやらん雨《あま》蛙《がへる》　智月

1763 麦《むぎ》出来て鰹《かつを》迄《まで》喰ふ山《やま》家《が》哉《かな》　江戸 花紅

しら川の関こえて

1764 風《ふう》流《りう》のはじめや奥の田植うた　芭蕉

出羽《ではは》の最上《もがみ》を過《すぎ》て

1765 眉《まゆ》掃《はき》を面《おも》影《かげ》にして紅《べ》粉《に》の花　同

法隆寺開帳《かいちやう》　南無仏《なむぶつ》の太子《たいし》を拝す

1766 御《お》袴《はかま》のはづれなつかし紅《べ》粉《に》の花　千那

1767 田の畝《うね》の豆つたひ行《ゆく》蛍《ほたる》かな　伊賀 万乎

1762 ▽かわいらしい雨蛙さんのために麦藁籠のお家を作ってあげましょう。参考、好色一代男二の一「麦も秋の半ば…里の童べ、ねぢ籠、雨蛙の家などして」。山之井に雨蛙「麦藁の屋に世を捨てて住む尼にも取りなし」。作者も尼。季麦藁。以上三句、田園家族づくし。

1763 ▽麦が豊作で、鰹まで喰おうかと景気づいている山家だ。季麦の出来。

1764 ○しら川の関　陸奥の入口に当る歌枕。新関・古関など遺跡数々あり、正確な関跡は不明。作者は元禄二年(一六八九)四月二十日にここを通過。句は二十二日須賀川等躬亭興行歌仙の発句。奥の細道に、「白河の関いかに越えつるや」という等躬への挨拶として記す。▽折から聞える鄙びた田植歌、これこそ陸奥入りして最初に出会った風流韻事だ。都雅の風流から俚俗の風流への開眼を示す句。季田植うた。

1765 ○眉掃　眉についた白粉を払う小さな刷毛。▽行末は紅となって女性の肌にふれるこの花の形は、そういえば化粧具の眉掃を思わせるではないか。類船集「最上川—紅の花」。一七四八と同じく尾花沢清風亭の作として、奥の細道に採録。季紅粉の花。

1766 ○南無仏の太子　聖徳太子二歳の仏滅日に東方を向いて合掌し南無仏と唱えたという姿で、裸形に緋の袴を着けた一尺九寸の木像。▽御袴の裾に残る緋の色も慕わしい太子像、あの紅絹を染めたのも推古朝に渡来したというこの紅粉の花か。季紅粉の花。

南無仏太子像

1767 ○畝　同訓異義の「畦」と混同した慣用の誤記。▽畦豆の葉づたいに移りゆくと見えて、蛍火が明滅しながら闇を水平

膳所《ぜぜ》曲水之《きょくすいの》楼《ろう》にて

1768 蛍火《ほたるび》や吹《ふき》とばされて鳰《にほ》のやみ　去来

勢田《せた》の蛍見《ほたるみ》二句

1769 闇の夜や子共泣《なき》出《だ》す蛍《ほたる》ぶね　凡兆

1770 ほたる見や船頭酔《ゑう》ておぼつかな　芭蕉

三熊野《みくまの》へ詣《まうで》ける時

1771 蛍火《ほたるび》やこゝおそろしき八鬼尾谷《やきをだに》　長崎　田上尼

1772 あながちに鵜《う》とせりあはぬかもめ哉《かな》　尚白

1773 草むらや百合《ゆり》は中〻《なかなか》はなの皃《かほ》　半残

移動している。去来抄によれば、凡兆の原作を芭蕉が添削した句。去来は「風姿あり」と猿蓑に採択を主張したが凡兆が「見る所なし」と納得せず、没になったのを、芭蕉が類想句のあった万乎の作として入集せしめたという。季蛍。

1768 ○鳰　鳰の海。琵琶湖。▽夕凪がすぎてやっと風が出た。湖畔に飛びかっていた蛍がその風に吹き飛ばされて、見渡すかぎり何もない闇のひろがりだ。季蛍火。

1769 ○勢田の蛍見　東海道名所図会「蛍谷　石山寺より勢田までの半ばにあり。初夏の頃はこの谷より蛍多く出でて、湖水にうかむけしき此所の奇観なり」。▽勢田川に舟を出して岸の蛍を楽しんでいるのは一杯機嫌の大人ばかり、子供は闇夜の早瀬におびえて泣き出す始末だ。季蛍ぶね。

1770 ▽早瀬に棹さす船頭までが振舞い酒に酔ってしまって、何ともはや心もとない蛍舟だ。季ほたる見。

1771 ○三熊野　新宮・本宮・那智の熊野三山。○八鬼尾谷　吉野郡名山図志に、無終山(一七五四参照)を「打越三里にして八鬼尾谷に出、本宮へ至る。八鬼尾谷より本宮まで五十丁なり」。▽その名も恐ろしいここ八鬼尾谷の闇を、まるで鬼火のように蛍が飛んでいる。参考、続有磯海「熊野に詣でける比、八鬼尾谷といふ処に降りこめられて／逗留の窓に落つるや栗の花　去来」。季蛍火。

1772 ▽鳥さまざま、貪欲に餌をあさる鵜に対して、鷗は悠々として強いて黒白を争うことをしない。近江蕉門の新世代に対する作者の疎外感を、琵琶湖の景に託したか。御傘「かもめ・鵜・都鳥・鳰などは雑也」。季鵜。

1773 ▽草むらの中に見る百合は他の草花と違って、まことに花らしい姿だ。「花の顔」は歌語。季百合。孤高の花鳥を併出。

病後

1774 空《そら》つりやかしらふらつく百合《ゆり》の花　大坂 何処

1775 すゞ風や我より先に百合《ゆり》の花　乙州

「焼蚊辞《かをやくじ》」を作りて

1776 子やなかん其子《そのこ》の母も蚊の喰《くは》ン　嵐蘭

餞別《せんべつ》

1777 立《たち》ざまや蚊屋《かや》もはづさぬ旅の宿　膳所 里東

うとく成《なる》人につれて参宮する従者《ずさ》にはなむけして

1778 みじか夜《よ》を吉次《きちじ》が冠者《くわじゃ》に名残《なごり》哉《かな》　其角

1774 ○空つり　のぼせてめまいがすること。▽高熱で臥せったあと床上げしたが、どこかまだふらふらする。庭前の百合の花が重い頭を傾げて風にゆらゆらしているように。季百合の花。

1775 ▽庭前の百合がゆらゆらしたなと思うと、涼しい風がこちらにも吹いて来る。その間合がおもしろい。以上二句とも「揺り」に「百合の花」と言い掛けた。季百合の花。

1776 ○焼蚊辞　本朝文選に収録の俳文。猿蓑文集に収録を予定されていたが、文集は実現せず発句のみここに収録。芭蕉の十月二十一日付嵐蘭宛書簡に「蚊焼の言葉并発句、数遍感吟候。…山上憶良が歌に、其子の母も我を待つらん、と云し俤可為候」。▽子供はかゆがって泣き、寝つかぬ子をあやしながら母親も蚊に喰われていることだろう。季蚊。

1777 ▽早朝まだ蚊帳もはずしてない旅の宿で、発ちしなにあわただしく別れを惜しむことだ。季蚊屋。

1778 ○うとく成人　有徳なる人。金持。「成」は通行の当字。○吉次　鞍馬寺の牛若丸を奥州平泉につれ下ったという金売吉次。謡曲・熊坂「三条の吉次信高とて黄金を商ふ商人あつて毎年数多の宝を集めて高荷を作つて奥へ下る」。○冠者　元服して冠をつけた一人前の若者。また召使の若者をもいう。牛若は「商人の主従」となって東下りの途中「鏡の宿」で元服した(謡曲・烏帽子折)。盗賊らに「十六七の小男」と見なされ「あの冠者」と呼ばれている(謡曲・熊坂)。▽お金持のお供で伊勢参宮するという若者に別れを惜しんで、夏の短夜を語りあかすことだ。相手を御曹司に見立てた恋句。五元集「夏の夜を吉次が冠者に恨かな」。季みじか夜。

1779 隙《ひま》明《あく》や蚤《のみ》の出て行《ゆく》耳の穴　丈艸

1780 下《した》闇《やみ》や地《ち》虫《むし》ながらの蟬《せみ》の声　嵐雪

1781 客ぶりや居《ゐ》処《どころ》かゆる蟬の声　膳所 探志

1782 頓《やが》て死ぬ気しきは見えず蟬の声　芭蕉

1783 哀《あはれ》さや盲《めくら》麻刈る露のたま　伊賀 槐市

1784 渡り懸《かけ》て藻《も》の花のぞく流《ながれ》哉《かな》　凡兆

1785 舟《ふな》引《ひき》の妻の唱歌か合《ね》歓《む》の花　千那

1786 白《ゆふ》雨《だち》や鐘きゝはづす日の夕《ゆふべ》　史邦

1779 ▽耳の穴にまぎれ込んでごそごそしていた蚤が、寝返りのぐあいでやっと出て行く隙間を見つけたとみえる、やれやれ、の意か。参考「痩蚤の這出るかたや旅枕 丈艸」。季蚤。

1780 ▽夏木立がうっそうと茂って昼なお暗い樹下に居ると、蟬時雨が地中にしみて、まるで幼虫のまま地下で鳴いているように聞えてくる。俳諧勧進牒に「六本木にて」と前書。季下闇・蟬の声。

1781 ▽蟬は、ひとしきり鳴くと頃あいを見はからって次の木に移り、訪客よろしくふるまっている。季蟬の声。

1782 ○蟬　短命の虫。徒然草七段「かげろふの夕を待ち、夏の蟬の春秋をしらぬ」。▽まもなく死ぬ様子などいささかも見せず、蟬は今を全身全霊で鳴きしきっている。幻住庵来訪の秋之坊への餞別句(東西夜話)といい、幻住庵記初稿(芭蕉文考)の文末に二四三と併記。真蹟・卯辰集に「無常迅速」と前書。「人上渡世、天道地変にもかゝれる名句」(桃の実)と世評高く、「常住ならぬ身を蟬声に知れる人」(古蔵集)といわれた。参考、新古今集「秋近き気色の杜に鳴く蟬の涙の露や下葉染むらん」。季蟬の声。

1783 ▽一面に朝露の降りた麻畠で、盲人が手さぐりで麻を刈っている。常人の営みも似たようなものだと思うと人生無常を感じる。「露の玉」は無常のあしらいで、秋季とは見なさない。季麻刈る。前に続けて無常の句と読める。

1784 ▽小さな野川の橋を渡りかけて、ふと清流にゆられながら咲く藻の花に気付き、思わずのぞき込んだ。季藻の花。

1785 ○舟引　川岸を綱で舟を引いて流れをさかのぼること。夫が綱を引き、妻は舟で梶などとるか。▽けだるい夏の日の夕暮、合歓の花咲く川岸にいると、舟引の妻の歌うのどかな舟引き歌がゆっくりと川面を上ってくる。猿蓑さがし「花にねぶたく、魚にねぶらず、我は夜すがらいねてせこ待つ、といふ舟曳の唱歌に思ひ寄せて…」。季合歓の花。

1786 ○白雨　書言字考「白雨 ユフダチ」。▽夕立があがると、夕日の沈むところだった。おや、あの激しい雨あしで入相の鐘を聞きもらしたな。季白雨。

素堂《そだう》之蓮池《はすいけ》辺

1787 白《ゆふ》雨《だち》や蓮一枚の捨《すて》あたま　嵐蘭

1788 日《ひ》焼《やけ》田《だ》や時《とき》〳〵《どき》つらく鳴く蛙《かはづ》　乙州

1789 日の暑さ盥《たらひ》の底の蠛《ウンカ》かな　凡兆

1790 水《み》無《な》月《づき》も鼻つきあはす数《す》寄《き》屋《や》哉《かな》　同

1791 日の岡やこがれて暑き牛の舌　正秀

1792 たゞ暑し籬《まがき》によれば髪の落《おち》　木節

1793 じねんごの藪《やぶ》ふく風ぞあつかりし　野童

1787 ○素堂之蓮池　素堂は蓮を愛し、葛飾は蓮池のほとりに隠棲して蓮池翁と号した。○一枚　底本「一牧」。▽俗世を捨てた坊主頭に蓮の葉一枚かぶって夕立をしのいでおいでか。季白雨。

1788 ▽旱魃で干あがった田で、時々ググググと蛙が苦しそうに鳴いている。蛙だけなら春季。季日焼田。

1789 ○蠛　ちらちら群がり飛ぶ微細な羽虫、マクナギか。合類節用集「浮塵子 ウンカ。蠛蠓 マクナギ・カツヲムシ・ウナカウジ」。▽むし暑い日中、湿気の残る盥の底にマクナギがびっしりとへばりついて動かない。季暑さ。

1790 ▽この六月のむし暑さに、狭くるしい茶室に大のおとなが鼻つき合わせていることよ。季水無月。

1791 ○日の岡　京の粟田口から山科へ抜ける峠。ここをへて大津に向う。東のみ開け朝日を受けるので、その名がある。西側は四面山の窪地で風を通さず、冬なお暖かいので姥の懐と呼んだ。昔、木食上人が峠に庵住し、坂路を整えて牛馬の労を助け、量救水を設けて炎暑に旅人の渇をいやしたという(都名所図会)。▽日がじりじりと照りつける日の岡を牛が舌をたれてあえぎながら登って来る。季暑き。

1792 ▽ただもう暑くてやりきれない。せめて道端の垣根寄りに行くと、抜け落ちた髪の毛がからまっていて何ともうとましい。季暑し。

1793 ○じねんご　合類節用集「絎 ジネンゴ」、書言字考「十年枯 ジネンコ」。老竹に結ぶ果実。稗に似て竹米と称し食用にする。六十年一花と言い、花が咲き実がなると竹は枯れ、凶年の兆ともいわれた。▽自然粳がなり一面に赤らんだ枯竹藪をかさかさ鳴らして熱風が吹く。季あつし。

1794 夕がほによばれてつらき暑さ哉《かな》　羽紅

1795 青《あを》草《くさ》は湯《ゆ》入《いり》ながめんあつさかな　江戸 巴山

千子《ちね》が身まかりけるをきゝて、みのゝ国より去来《きよらい》がもとへ申《まうし》つかはし侍《はべり》ける、

1796 無《な》き人の小《こ》袖《そで》も今や土《ど》用《よう》干《ぼし》　芭蕉

1797 水《み》無《な》月《づき》や朝めしくはぬ夕すゞみ　嵐蘭

1798 じだらくにねれば涼しき夕べかな　宗次

1799 すゞしさや朝《あさ》草《くさ》門《も》ンに荷《にな》ひ込《こむ》　凡兆

1800 唇に墨《すみ》つく児《ちご》のすゞみかな　千那

1794 ▽夕顔がほの白く咲いている。その家に招かれて居ずまいを正しているが、折から風はぴたりと止んで耐えがたいむし暑さである。「夕がほに」で切れる。「夕顔の宿」から、京は五条あたりの小家がちな下町のイメージがある。季夕がほ。

1795 ▽青草のむんむん生い茂る中の露天風呂、この青草は湯に入る人にとっては野趣ある眺めとなるのだろう。季あつさ。

1796 ○千子が…　千子は去来の妹、貞享五年(一六八八)五月十五日没。作者はその直前に京を去り、六月美濃に滞在。九九参照。○土用干　日次紀事「和俗、六月土用ノ中晴天ノ日ヲ俟チテ衣服并ビニ書画薬物ノ類コレヲ曝ス」。▽今はなき人の形見の衣裳も土用干の品々の中に見出されることだろう。去来抄に、「この句土用干の最中に着到、一気の感通、自然の妙応、かゝる事もあるものと知らるべし」とある。季土用干。

1797 ▽甚暑の六月ばかりは日中ぐったりとして夕涼みから生気づき、夜ふかし朝寝型の毎日だ。虚栗「朝顔に我は飯食ふ男かな　芭蕉」をふまえる。季夕すゞみ。

1798 ▽だらしなくくつろいで横になると、どうやら涼しい夕暮です。去来抄「猿蓑撰の時□□一句の入集を願ひて数句吟じ来れど取るべきなし。一夕、先師の、いざくつろぎ給へ、我も臥しなんと宣ふに、□□も、御許し候へ、じだらくに居れば涼しく侍ると申す。先師曰、是、発句なりと。今の句に作りて、入集せよと宣ひけり」。季夕涼み。

1799 ▽涼しい夏の朝、暗いうちから刈り取って露もしとどの秣をうず高く背負って、ゆさゆさと門内に運び込んで来る。門を構えるは豪農。季すゞしさ。

1800 ▽色白の美しい稚児が、手習の時にかんだ筆の墨をちょっぴり唇につけたまま、寺の縁で涼んでいるよ。篇突「はつかなる所に手柄をあらはし侍るこそ涼みの情なれとて、児の涼は師も一夏一句と感じ給へるなり」。季すゞみ。

1801 月《つき》鉾《ぼこ》や児《ちご》の額《ひたひ》の薄《うす》粧《けはひ》　曾良

1802 夕ぐれや屼《はげ》並びたる雲のみね　去来

はじめて洛《らく》に入《いり》て

1803 雲のみね今のは比《ひ》叡《え》に似た物か　大坂之道

1801 ○月鉾　京の祇園会(六月七日)に出る鉾山車の一つ。竿頭に三日月を飾る。参考、好色五人女三の一「祇園会の月鉾、かつらの眉をあらそひ」。▽月鉾に乗って羯鼓を打つ鉾児の金冠を戴き眉を画いた額の薄化粧が美しい。鉾児は鉾町から選ばれた美少年。季月鉾。昬の墨と眉墨と、児二句併出。

1802 ○雲のみね　積乱雲。▽夕日に映える雲の峰は、どれもこれも丸坊主の禿山だ。季雲のみね。

1803 ▽行く手に湧いては崩れゆく雲の峰、今のはまだ見ぬ比叡山の形ででもあったろうか。季雲のみね。

猿蓑集 巻之三

秋

1804 秋《あき》風《かぜ》や蓮《はす》をちからに花一つ　不知読人

此句《このく》東武よりきこゆ、もし素堂《そだう》か。

1805 がつくりとぬけ初《そむ》る歯や秋の風　杉風

1806 芭《ば》蕉《せう》葉《ば》は何になれとや秋の風　路通

1807 人に似て猿も手を組《くむ》秋のかぜ　珍碩

加賀の全昌寺に宿《しゆく》す

1808 終夜《よもすがら》秋風きくや裏の山　曾良

1804 ○蓮　和漢三才図会に蓮「花ノ心ニ黄鬚アリ、…鬚ノ内即チ蓮ナリ、花褪ビテ房ヲ連ネ菂(ハスノミ)ヲナス」。○不知読人　実は三河岡崎の鶴声の作。秋の巻頭に素堂(一七六七参照)の名を出すための苦しい趣向であったが、荷兮の曠野後集(元禄六年刊)によって実作者をあばかれ、去来は激怒した。▽蓮の花の最後の一つがその花托にすがって秋風に吹かれているよ。季秋風。

1805 ▽はじめて歯が抜けて、がっくりあいた跡がやけにわびしい。老の到来が急に切実な実感となり、折からの秋風が身にしみる。杉風の元禄三年(一六九〇)九月二十五日付芭蕉宛書簡に「拙者儀、もはや荷物之事は小兵衛に打まかせ、朝〱も夜明申迄は臥り申、少づゝ苦労もたすかり申候。七月に拙者歯一つぬけ初申候。古事申直し句に仕候。がつくりと身の秋や歯のぬけし跡　か様に申、悔申候」。当年作者、四十四歳。芭蕉による改作で観念性を払拭した。季秋の風。併出の二句間に響付の呼吸。

1806 ▽秋風は芭蕉の葉をもみ、はためかせ、ずたずたに裂いて、いったい何になれというつもりなのか。参考、我が庵「船になり帆になる風の芭蕉かな　一晶」。季芭蕉・秋の風。

1807 ▽蕭々たる秋風の中で、わが身を抱くようにしてうずくまっている猿の人めかしいしぐさが、どことなくあわれである。季秋のかぜ。

1808 ○全昌寺に宿す　作者は元禄二年八月五日、山中温泉で芭蕉と別れ(一八三〇参照)、その夜全昌寺泊。奥の細道「曾良も前の夜この寺に泊りて、終宵秋風聞くや裏の山　と残す。一夜の隔て千里に同じ。吾も秋風を聞きて衆寮に臥せば…」。○終夜　書言字考「終夜　ヨモスガラ」。▽夜通し秋風が裏山をさわがせているのをうつらうつらと聞いて、独り旅寝のわびしさをかこったことです。季秋風。前句のおそらく飼猿は、「裏の山」によって野生のイメージを帯びる。

1809 芦《あし》原《はら》や鷺《さぎ》の寝ぬ夜《よ》を秋の風　江戸山川

1810 あさ露や鬱《う》金《こん》畠《ばたけ》の秋の風　凡兆

1811 はつ露や猪《ゐ》の臥《ふす》芝の起《おき》あがり　去来

1812 大《おほ》比《ひ》叡《え》やはこぶ野菜の露しげし　野童

1813 三《み》葉《は》ちりて跡《あと》はかれ木や桐《きり》の苗　凡兆

1814 文《ふみ》月《づき》や六《むい》日《か》も常《つね》の夜《よ》には似ず　芭蕉

1815 合《ね》歓《む》の木の葉ごしもいとへ星のかげ　同

1816 七《たな》夕《ばた》やあまりいそがばころぶべし　伊賀小年杜若

1809 ▽秋風が夜の芦原を騒がせている、あれでは鷺もおちおち眠れまい。鷺は「林棲水食」(本朝食鑑)の鳥で芦間には寝ないが、前句に続けて同工の句と読める。季秋の風。

1810 ○鬱金　篗纑輪「染物に用ふるうこんといふもの、葉芭蕉に似て小なり。白花をなす。薬園にあるもの、花愛すべし」。▽薬草園の鬱金畠一面に置いた朝露が秋風にあおられてこぼれ散っている。作者は医師。季あさ露・秋の風。

1811 ▽「臥猪の床」となって圧しひしがれていた山陰の芝が初露に生気をとりもどし起き直っている。歌語「臥猪の床」の夜を朝に転じた。季はつ露。

1812 ▽比叡山が大きな山容をくっきりと見せている早朝、洛北の村々から露もしとどな野菜を運んでくる。季露。

1813 ▽桐一葉というが三葉散ってしまい、あとは裸木にはや冬を知る桐の苗木だ。季桐散る。

1814 ▽七月もはや六日。明日は牽牛・織女が年に一度の逢う瀬をたのしむ星伝説の恋の夜だと思うと、前夜の今日も夜空はどことなく艶を帯び、普通の夜とは思えない。奥の細道に採録の句。元禄二年(一六八九)七月六日、作者は越後直江津泊。これを立句に俳諧興行、脇「露を乗せたる桐の一葉」。季文月。

1815 ▽七夕の星の光を「夜は恋ひぬる合歓の木」(万葉集)の葉越しに眺めるのはやはり忌むべきことなのでしょう、年に一度の貴重な夜にねむりは禁句ですから。真蹟に「七夕に」と前書。季星合。

1816 ▽はやる心で天の川を渡る牽牛さん、あまり急ぐところんじゃうよ。参考、古今集「いつしかとまたぐ心を脛にあげて天の河原を今日や渡らん」。季七夕。

1817 みやこにも住《すみ》まじりけり相撲取《すまうとり》　去来

1818 朝がほは鶴《つる》眠る間《ま》のさかりかな　伊賀 風麦

1819 蕣《あさがほ》やぬかごの蔓《つる》のほどかれず　膳所 及肩

1820 笑《わらふ》にも泣《なく》にもにざる木槿《むくげ》かな　嵐蘭

1821 手を懸《かけ》ておらで過《すぎ》行《ゆく》木槿《むくげ》哉《かな》　杉風

1822 高《たか》灯《とう》籠《ろ》ひるは物うき柱かな　千那

1823 はてもなく瀬のなる音や秋《あき》黴《つ》雨《いり》　史邦

1824 そよ〱や藪《やぶ》の内より初《はつ》あらし　旦藁

1817 ▽勧進相撲にみる怪力巨体のあの相撲取が、万事華奢で優雅な都人にまじって常人とかわらぬ生活をしているよ。季相撲取。「ころぶ」に「相撲取」を併出。

1818 ▽朝顔は夜明けに鶴がまどろむわずかの間を盛りとして花咲くことよ。「焼野の雉子、夜の鶴」「鶏知将旦、鶴知夜半」というが、その鶴が暁に眠ること未詳。季朝がほ。

1819 ▽垣根の朝顔に零余子(ぬかご)の蔓がからみあって、もうほどこうにもほどけない。季蕣・ぬかご。鶴に蔓を併出。

1820 ○笑にも泣にも　奥の細道「松島は笑ふがごとく、象潟はうらむがごとし」と同様、西施の濃抹と淡粧をいう。▽芙蓉は美人の顔に見立てられるのに、似て非なる木槿は美人の笑う風情にも悲しむ風情にも今ひとつ及ばない。季木槿。

1821 ▽見かけのはなやかさにひかれて思わず行きずりの垣の木槿に手をかけたが、引き寄せてみると折り取るほどでもないかという気がしてそのまま行き過ぎた。前句に続けて読むとそう解されるが、元禄二年八月三日の杉風角田川紀行(雪七草)に「なを分け行けば野中に塚ほどの木槿一かぶ花ざかりにてありける。いづれの里に主やある、いやあるまじきとおの〱疑ひければ、手をかけて折らでしさりし花木槿」とある。芭蕉による添削か。参考、源氏物語・夕顔「…折らで過ぎうき今朝の朝顔」。季木槿。

1822 ○高灯籠　盂蘭盆会の月間、七回忌まで毎年立てる高い灯籠。昔々物語「立様は長さ七八間計の杉丸太の上に三角にいらか結ひ、杉の葉にてつつみ、しでを切て付け、灯籠は辻番の行灯形りに拵へ…玄関と台所の間の広き所に立て、七月朔日より晦日迄、毎夜暮六つより明六つ迄とぼす」。▽夜はしみじみと趣のある高灯籠も、昼見るとしらけて間の抜けたただの柱だ。季高灯籠。木槿から無常へのうつり。

1823 ○黴雨　書言字考「梅雨・黴雨　ツユ・ツイリ」。▽秋の長雨で水かさの増した山川の瀬音が、いつ果てるともなくどうどうと高鳴り続ける。季秋黴雨。

1824 ▽そよそよと笹の葉を鳴らして、秋の初風が藪の中から吹きおこって来るよ。「そよ〱や」は四五の影響か。季初あらし。高鳴る瀬音に、かすかな笹鳴りを併出。

1825 秋風やとても薄《すすき》はうごくはず　三川　子尹

1826 迷ひ子の親のこゝろやすゝき原　羽紅

八瀬《やせ》・おはらに遊吟して、「柴うり」の文書ける序手《ついで》に、

1827 まねき〳〵桵《あふご》の先《さき》の薄《すすき》かな　凡兆

つくしよりかへりけるに、ひみといふ山にて卯七《うしち》に別《わかれ》て、

1828 君がてもまじる成《なる》べしはな薄《すすき》　去来

1829 草《くさ》刈《かり》よそれが思ひか萩の露　平田　李由

元禄二年翁《おきな》に供《ぐ》せられて、みちのくより

1825 ▽所詮じっとはしておれない薄の穂を、何で秋風はあのように激しく吹きなびかせるのか。「とても」は謡曲の慣用語。季秋風・薄。

1826 ▽茫漠たる薄の原に立つと西も東もおぼつかなく、あちこちから招かれているようで、わが子の行方を尋ねる狂女の心にも似てくる。参考、謡曲・隅田川「実にや人の親の心は闇にあらねども、子を思ふ道に迷ふとは、…草茫々として唯、しるしばかりの浅茅原となるこそあはれなりけれ」。季すゝき原。

1827 ○柴うりの文　大原女について記した俳文「柴売説」(本朝文選)。▽天秤棒の両端にさした柴の束にまじる薄の穂が、かつぎ手の歩を運ぶたびに揺れておいでおいでをする。柴売説「春は躑躅・山藤を戴き、茅花・虎杖をたばね、行く先々の山づととなしぬ。道のほど一里二里、遠くは三里にあまりて、肩かゆる業もなく」。薄も大原女の山苞か。季薄。

1828 ○つくしより…　作者は元禄三年(一六九〇)五月熊野巡礼をともにした田上尼(一七五四・一七七二参照)を送って肥前長崎に帰郷、八月京にもどった。○ひみといふ山　長崎街道の日見峠。長崎を早立ちの旅人はこの峠で日の出を見、見送り人と別れて七曲りの急坂を下った。▽ふり返るたびに手をふって見送る君の姿は小さくなり、やがて見定めがたくなったが、山の斜面一面に朝日を受けてきらめく薄の穂波には、君の手もまじっていることだろう。季はな薄。

1829 ▽草刈よ、お前も萩の露がこぼれるのを惜しんで刈りかねているのか。又は、お前も萩の露に無常を観じているのか。参考、謡曲・項羽「野辺は錦の小萩原…草刈る男心なく、花を刈るとや思ひ草」、錦木「草刈る男心して、人の通路明らかに、教へよや道芝の、露をば誰に問はまし、真如の玉は何処ぞや、求めたくぞ覚ける」。季萩の露。

1830 ○元禄二年…　芭蕉と奥羽加越の旅をともにした作者は八月五日山中温泉で別れ先行した。「供」は倶、「先達」は先立の当字。「三越路」は北陸道、「いたはり」は病気。○いづくにか…　山家集「いづくにかねぶり〳〵て倒れ伏さむと思ふ悲しき道芝の露」の本歌取り。「たふれ臥」に萩は縁語。▽病いをかかえての独り旅、旅路のどこかで野たれ死にすることもありまし

三越路《みこしぢ》にかゝり行脚《あんぎゃ》しけるに、かゞの国にていたはり侍りて、いせまで先達《さきだち》けるとて、

1830 いづくにかたふれ臥《ふす》とも萩の原　　曾良

1831 桐《きり》の木にうづら鳴《なく》なる塀《へい》の内　　芭蕉

1832 百舌鳥《もず》なくや入《いり》日《ひ》さし込《こむ》女《め》松《まつ》原《ばら》　　凡兆

1833 初《はつ》雁《かり》に行灯《あんどん》とるなまくらもと　　亡人 落梧

堅田《かたた》にて

1834 病《やむ》雁《かり》の夜《よ》さむに落《おち》て旅ね哉《かな》　　芭蕉

1835 海士《あま》の屋《や》は小海老《こえび》にまじるいとゞ哉《かな》　　同

ょうが、折から萩の花咲く野なら望外のしあわせです。芭蕉翁略伝「跡あらん倒れ臥すとも花野原」が初案。奥の細道「曾良は腹を病みて、伊勢の国長島といふ所にゆかりあれば先立ちて行くに、行き〳〵て倒れ伏すとも萩の原」は、奥の細道のための芭蕉による改作。㊝萩の原。

1831 ○桐の木に　「に」は「や」に通じる。芭蕉の九月六日付曲水宛書簡に「うづら鳴なる坪の内と云五文字、木ざはしやと可有を珍夕(木ざはしや鞠のかゝりの見ゆる家)にとられ候」。○うづら鳴なる　類船集「野べの秋風身にしみて鶉鳴くなるとよめり」。この俊成の歌の本説となった伊勢物語一二八段も参照。美声の鶉は高値で売買され、高級な鶉籠に飼い、鶉合で声を競った。▽見越しの桐の木が葉を落し、築地塀をめぐらした奥から飼鶉の鳴き声が聞える。由緒ありげな屋敷だ。作者が「いさゝか思ふ所ありて歩みはじめたる」(三冊子)と自負した作。支考は「田荘の酒家といふ題ありて、こなたより其家の富貴を思ひやりたる様なりとぞ」(俳諧古今抄)という。㊝うづら。

1832 ▽夕日が赤松の林深く斜めに射し入り、赤肌の幹をあかあかと照らしている。秋の気は澄んで、折から百舌鳥の声が鋭く透る。㊝百舌鳥。

1833 ▽初渡りの雁の声を聞く夜は旅愁が身にしみる。せめて枕もとの行灯を引かずにおいてほしい。「に」は「や」に通じる。三〇九一参照。㊝初雁。

1834 ○堅田　歌枕。堅田の落雁は近江八景の一。元禄三年(一六九〇)九月二十六日付芭蕉書簡に「昨夜堅田より(膳所に)致帰帆候。…散々風引候而、蜑のとま屋に旅寝を侘て、風流さま〴〵の事共御坐候」としてこの句を記す。○病雁　病鶴(白楽天)・孤雁(杜甫)に類する詩語。蕉門でも訓読・音読の両方あるが、「初雁」に続けて、仮に其角の訓読(枯尾花)に従う。▽雁も病んで湖に降りるこの夜寒、同じ岸辺に私も旅寝のつらさをかこっている。「て」を挟んで上が景(虚のイメージ)、下が情(実の体験)。㊝落雁・夜さむ。

1835 ○いとゞ　物類称呼「今いふこほろぎの種類にして小なる物也。竈のあたりにすむ」。▽漁家の土間では笊の小海老にまぎれて、よく似た姿の竈馬が鳴いている。一八三四と同時同所

1836 加賀の小松《こまつ》と云処《いふところ》、多田《ただ》の神社の宝物として、実盛《さねもり》が菊から草《くさ》のかぶと、同じく錦のきれ有《あり》。遠き事ながらまのあたり憐《あはれ》におぼえて、
むざんやな甲《かぶと》の下《した》のきり〴〵す　芭蕉

1837 菜《な》畠《ばたけ》や二《ふた》葉《ば》の中《なか》の虫の声　尚白

1838 はたおりや壁に来て鳴《なく》夜《よ》は月よ　風麦

1839 いせにまうでける時
葉《は》月《づき》也《なり》矢《や》橋《ばせ》に渡る人とめん　亡人 千子

1840 三ケ月に鱶《フカ》のあたまをかくしけり　之道

の作で、ともに孤愁をよむが、前者は景情貫通の構造。後者は景に情を託したもので、叙景とも比喩とも読める。去来抄によれば、芭蕉は二者択一を編者に任せ、凡兆は後者の「句のかけり事あたらしさ」を推し、去来は前者の「格高く趣かすか」なるを推して譲らず、両句とも入集したという。季いとゞ。

1836 ○多田の神社…　作者は元禄二年(一六八九)七月二十五日、多田八幡参詣。二十七日、発句奉納。奥の細道の前文に「…実盛討死の後、木曾義仲願状に添へてこの社にこめられ侍る由、樋口の次郎が使せし事ども、まのあたり縁起に見えたり」。○むざんやな　真蹟「あなむざんや」。斎藤実盛の首実検をした樋口兼光は「あな無慚やな」(謡曲・実盛)と落涙した。○きり〴〵す　類船集「蛬(キリギリス)─床の下・壁のすき間」。▽ああいたわしいことだ、篠原の戦に討死した平家の老臣実盛が黒く染めた白髪頭に戴いたというこの甲。その下あたりからコオロギのか細い鳴き声が聞えてくる。季きり〴〵す。

1837 ▽静かな秋の陽ざしの中で貝割菜を摘んでいると、そんな畠で昼の虫が鳴いている。季虫の声。

1838 ○はたおり　馬追虫の雅称。▽ハタオリが壁に来てすいっちょ、すいっちょと鳴いている。折から外は秋のさわやかな月夜だ。季はたおり。

1839 ○いせに…　貞享三年(一六八六)八月下旬、作者は兄去来と伊勢参宮。去来の伊勢紀行に「松本より船路へ心よせて汀にとどまる人多し。八月や矢橋へ渡る人とめむ　千子　いひ捨てゆく」。○葉月也　伊勢紀行の「や」は「也」の誤写。二月八月は天候が急変するので「二八月に思ふ子舟に乗するな」(毛吹草)という。○矢橋に渡る　大津松本の石場から矢橋へ舟で一里、瀬田の橋を経由すると徒歩二里。▽危険な八月です、矢橋の渡しを利用するのはおやめなさいな。参考、毛吹草「めぐり来る二八月こそ程なけれ／舟路の旅はとめん思ひ子」。季葉月。

1840 ▽洋上、悠然と頭をもたげた鱶が、波間に低くかかる三日月におびえたか、たちまちにして又もぐった。謡曲・融「三日月の影を…水中の遊魚は釣(つりばり)と疑ふ」。山之井「三日月のたはめる影を…空の海のつりばりとも見立て」。季三ケ月。

1841 粟《あは》稗《ひえ》と目《め》出《で》度《たく》なりぬはつ月《づき》よ　半残

1842 月見せん伏《ふし》見《み》の城の捨《すて》郭《ぐるわ》　去来

1843 翁を茅舎《ばうしゃ》に宿《やど》して
おもしろう松《まつ》笠《かさ》もえよ薄《うす》月《づき》夜《よ》　伊賀土芳

1844 加茂《かも》に詣《まうづ》
「しでに涙のかゝる哉《かな》」とかの上人《しやうにん》のたなうのやしろの神垣《かみがき》に取《とり》つきてよみしとや。
月《つき》影《かげ》や拍《かしは》手《で》もるゝ膝《ひざ》の上《うへ》　史邦

1845 友達の、六条にかみそりいたゞくとてまかりけるに
影ぼうしたぶさ見送る朝《あさ》月《づく》夜《よ》　伊賀卓袋

1841 ○はつ月よ　八月四・五・六日頃の月夜。▽粟といわず稗といわずたわわに実っためでたい山畠を、満月への期待をはらんで初月が淡く照らしている。季粟稗・はつ月よ。

1842 ○伏見の城　豊臣秀吉の築城。豊臣氏滅亡後、元和六年(一六二〇)徳川幕府によって毀たれた。以来、七十余年。「所々の谷合にくづれたる石垣の跡、宇治見の丸・指月の森などとて昔の月見・花見の遊宴の跡あり」(立身大福帳)。○捨郭　城外に築き堀を廻らした郭。平常は塀・橋を除去して居住せず、合戦に備えた。▽荒廃した伏見城の捨郭、そうだあそこで良夜の清光を心ゆくまで眺めたい。季月見。

1843 ○翁を…　作者自筆の蓑虫庵日記に「元禄元辰三月四日山下の茅屋に初めて住す。…十一日芭蕉翁を宿する夜、おもしろう松笠燃えよ朧月」。○薄月夜　霧などで光の薄らいだ月夜。芭蕉による改案か。▽簡素な庵で何のもてなしもできない、せめて松笠よ美しく燃えて、秋冷の薄月夜に風情を添えよ。季薄月夜。

1844 ○たなう　底本「たなこ」と誤刻。上賀茂神社の末社、棚尾社。山家集「そのかみ参り仕うまつりける慣ひに、世を遁れて後も賀茂に参りけり。…内へも入らぬことなれば棚尾の社にとりつぎて、参らせ給へとて心ざしけるに、木の間の月ほのぼのに常よりも神さび、あはれに覚えて詠みける／かしこまる四手に涙のかかるかな又いつかはと思ふあはれに」。▽月明の神前に跪いて柏手をうつと、その両手の動きが膝の上に明暗の影をつくるよ。西行の歌の下句を切り捨て、もっぱら感涙に取り成した。季月影。

1845 ○友達の…　土芳の蓑虫庵集に元禄二年「長月八日、猿雖京本願寺にて法体して帰るに…」。土芳・猿雖・卓袋とも伊賀蕉門。本願寺は六条にある。▽朝月夜に上京する友、もとどり結った影法師もこれが見収めで、法師となってお帰りか。季朝月夜。

1846 ばせを葉《ば》や打《うち》かへし行《ゆく》月の影　乙州

1847 京筑《つく》紫《し》去《こ》年《ぞ》の月とふ僧中《なか》間《ま》　丈艸

1848 吹《ふく》風の相《あひ》手《て》や空に月一つ　凡兆

1849 ふりかねてこよひになりぬ月の雨　尚白

1850 向《むき》の能《よ》き宿《やど》も月見る契《ちぎり》かな　曾良

元禄二年つるがの湊《みなと》に月を見て、気比《けひ》の明神《みやうじん》に詣《まうで》、遊行上人《ゆぎやうしやうにん》の古例をきく。

1851 月清し遊《ゆ》行《ぎやう》のもてる砂の上　芭蕉

仲秋《ちゆうしう》の望《もち》、猶子《いうし》を送葬《そうさう》して

1846 ▽芭蕉の広葉が風に大きく翻って、その葉に映る月光が明暗ところを変えていく。スローモーションの影像。卯辰集「芭蕉葉の打かへされし月夜かな」は初案か。季月の影。

1847 ▽筑紫行脚から帰京した僧もまじえて僧仲間の月見、ところで去年の名月はどうでしたと都鄙の消息を尋ねあうのも楽しいことだ。京の僧は作者自身、筑紫の僧は元禄二年(一六八九)秋長崎に帰郷していた去来に擬したとも考えられるが、そうした現実のモデルを超えて「京筑紫」には古典的な俤がある。季月。

1848 ▽満目蕭条として、吹きすさぶ風の相手になるのは、夜空に月があるのみ。季月。

1849 ▽何日か降りそうにして持ちこたえていた雨が肝心の今宵になって降り出すとは、ああ雨の名月。季月の雨。

1850 ▽居ながらにして名月を眺める向きに宿をかまえるあなた、そこに泊り合わせた私、これも風雅のとりもつ御縁でしょう。芭蕉の曾良宛書簡に「名月の御句珍重、下五文字御ほね折にて御座候」。季月見。

1851 ○元禄二年…　奥の細道によれば、作者は八月十四日夕越前敦賀着、気比明神夜参。その昔、二世遊行上人が率先して明神参道を改修した古例に倣い、歴代遊行上人が廻国の折、敦賀湾の海岸の白砂を神前に運び敷く砂持の神事が行われることを聞いてよんだ。この年も四十三世遊行上人の砂持があって、お前文に「社頭神さびて松の木の間に月のもり入りたる、お前の白砂霜を敷けるごとし」とある。真蹟「涙しくや…砂の露」が初案、其袋「月清し…砂の露」が再案か。▽二世以来、代々の遊行上人が自ら運ばれたという社前の白砂に、良夜の清光が降りそそぎ、神々しいほどの浄らかさだ。季月。

1852 ○猶子　甥。元禄三年(一六九〇)八月十四日、向井俊素没。兄元端の庶子か。▽八月十五夜の野辺送り。さまざまの名月

1852 かゝる夜《よ》の月も見にけり野辺《のべ》送《おくり》　去来

1853 明月《めいげつ》や処《ところ》は寺の茶の木はら　膳所 昌房

1854 月見れば人の砧《きぬた》にいそがはし　羽紅

1855 僧正《そうじやう》のいもとの小屋《こや》のきぬたかな　尚白

1856 初《はつ》潮《しほ》や鳴門《なると》の浪《なみ》の飛《ひ》脚《きやく》舟《ぶね》　凡兆

1857 一戸《いちのへ》や衣《きぬ》もやぶるゝこまむかへ　去来

1858 稗《ひえ》の穂の馬逃《にが》したる気《け》色《しき》哉《かな》　越人

1859 渋《しぶ》糟《かす》やからすも喰はず荒《あら》畠《ばたけ》　正秀

を見てきたが、こんな悲しい夜の名月を見るなんて。松明が葬列の先に立つなど、当時の葬送は夜行われた。季月。

1853 ○明月「明月は良夜の月」(去来抄)。名月は八月十五夜・九月十三夜など名のある月だが、現実には混用された。▽寺続きにひらけた一面の茶畠に清光くまなくゆきわたり、すばらしい月夜だ。季明月。

1854 ▽月見の頃ともなると、あちらの家でもこちらの家でも砧をうちはじめて気ぜわしいことだ。「月前擣衣」「月前聞擣衣」は詩歌の題。季月見・砧。

1855 ○僧正　類船集「僧正―花山・良岑・遍照」。僧正遍照の在俗時代、五条辺に雨宿りして「荒れたる宿」の女と契り、年月をへて出家した後「もとの人のもとに袈裟洗ひにやる」話(大和物語一七三段)を俤にしたか。▽みすぼらしい小屋で砧うつ音のするのは、かの僧正の妹が袈裟でも洗っているのだろうか。季きぬた。

1856 ○初潮　八月十五日の大潮の満潮。年間最高の潮位。○飛脚舟　飛脚のために天候にかかわらず定時に発着した高速の小舟。▽秋の大潮に乗じて、鳴門海峡の荒波を舟足の早い飛脚舟が勇壮に乗り切って行く。九州・四国の謀叛を都へ急報する平家物語六・飛脚到来の俤と見て、王朝物に軍記物を併出したか。季初潮。

1857 ○一戸　奥州一戸。南部馬の産地。○こまむかへ　毎年八月十六日、諸国の牧場から朝廷に献上する馬を、役人が逢坂の関まで出迎えた行事。鎌倉末からは信濃の望月の牧馬だけになった。▽中秋の駒迎、最北の一戸の牧からはるばる駒を牽いて来たという組は、いつ郷を出たやら衣服も破れ、さすがにやつれている。季こまむかへ。詠史物三句続く。

1858 ▽重く垂れた稗の穂が風にゆれ騒ぐさまは、さながら馬を逃してあわてふためく人々のさまだ。季稗の穂。前句に続けて、大事な献上馬を逃したどたばた劇を想起する。

1859 ▽渋柿の渋をしぼった糟を何度も発酵させてはしぼったあげく、荒れた畠の肥料にもなれとぶちまけておくが、さすがに悪食の鳥もつつかない。季渋糟。

1860 あやまりてぎゞうおさゆる鯆《かじか》哉《かな》　嵐蘭

一鳥不鳴山更幽

1861 物の音ひとりたふるゝ案《か》山《が》子《し》哉《かな》　凡兆

1862 むつかしき拍《ひやう》子《し》も見えず里《さと》神《か》楽《ぐら》　曾良

1863 旅《たび》枕《まくら》鹿のつき合《あふ》軒の下　江戸 千里

1864 鳩《はと》ふくや渋《しぶ》柿《がき》原《はら》の蕎《そ》麦《ば》畠《ばたけ》　珍碩

1865 上《うへ》行《ゆく》と下《した》くる雲や秋《あき》の天《そら》　凡兆

1866 鮬《セイゴ》釣《つる》比《ころ》も有《ある》らし鱸《すずき》つり　半残

1860 ○ぎゞう　ナマズに似た淡水魚。物類称呼に黄顙魚「ぎゞ　東国にて、ぎゞう。…此魚、背の上に刺有りて人を螫す。ごき〳〵と鳴く」。○鯆　合類節用集「鯆　チ、カブリ〈鮖ニ似テ黒点アリ〉」。鮖はカジカ。川石の下にいるのでイシブシともいう。▽カジカを捕らえようと川下の石を手でさぐると、居る。すかさず押さえたらギギウに刺された。季ぎゞう・鯆。

1861 ○一鳥不鳴山更幽　一鳥鳴カズ山更ニ幽ナリ。王安石「鐘山」(錦繡段)の詩句。禅林句集にも。○案山子　書言字考「案山子　カヽシ」。▽突然ばさっと物音がした。何事かと注意して見回すと山田の案山子がひとりでに倒れたらしく、あたりは森閑としてただ日ざしが明るい。王籍の「鳥鳴山更幽」を転じたのが王安石の「一鳥不鳴…」だというが、凡兆はさらにそれを反転した形で物音を点じた。季案山子。

1862 ○里神楽　宮廷外の諸社で行われる神楽。当時の歳時記に冬十一月。御傘「一説に秋の季、…おぼつかなし」。▽むつかしい拍子もなく単調な里神楽だが、それもひなびていいものだ。作者は神道家。季里神楽。

1863 ▽奈良の宿に旅寝すると、枕もとの軒下で交尾期の雄鹿が角をつき合わせて争っている。作者は大和の人。奈良では八月の彼岸中に鹿の角切りをする(奈良袋角)。季鹿。

1864 ○鳩ふく　歌語。掌を合わせて鳩に似た声を吹き鳴らすこと。古来諸説あり、狩人の合図とも、盗人の合図とも、鷹とるためとも、鳩とるためともいう。▽赤く色づいた渋柿園の間々に、真白な蕎麦畠が一面にひろがる山里の秋、誰かの鳩吹く声がうつろに淋しい。季鳩ふく・渋柿・蕎麦(の花)。

1865 ▽秋天高く澄み、高層の雲が流れ行く、その下層に新たな雲が流れ来る。季秋。

1866 ○鮬　本朝食鑑に鱸「小ナルモノヲ鮬トイフ」。小・中・大と成長するにつれ名称がかわる。○鱸つり　歌語。▽「鱸釣り」は古来よく歌われているのに「鮬釣り」は聞いたことがない。当然、鮬を釣っている頃もあっただろうに。季鮬・鱸。

1867 ゐなか間《ま》のうすべり寒し菊の宿《やど》　尚白

1868 菊を切る跡《あと》まばらにもなかりけり　其角

1869 高《たか》土《ど》手《て》に鶸《ヒハ》の鳴《なく》日や雲ちぎれ　珍碩

1870 この比《ごろ》のおもはるゝ哉《かな》稲の秋　土芳

1871 稲かつぐ母に出迎ふうなひ哉《かな》　凡兆

自題落柿舎

1872 柿ぬしや梢《こずゑ》はちかきあらし山　去来

1873 しら浪《なみ》やゆらつく橋の下《した》紅《もみ》葉《ぢ》　賀州小松塵生

1867 ○ゐなか間　柱間を六尺三寸にとり、これを一間とする京間に対し、柱間を六尺にとり、これを一間とするもの。主として関東地方で行われた。▽庭前に菊の花咲くこの頃は薄縁の床もひえびえとして、おまけに田舎間の薄縁が京間の寸法に足らず寒々しいことだ。季菊。

1868 ▽「花より後の花しなければ」(後拾遺集)と惜しまれる菊だが、丹精こめた一輪咲きと違って今を盛りと群れ咲く菊は、少々切っても後がさみしいということはない。五元集の前書「菜苑」は芭蕉の「菊の後大根の外更になし」(陸奥鵆)をふまえて付けたか。季菊。

1869 ▽川堤に立ち並ぶ見上げるような木々の梢に、鶸が群れてしきりに鳴いている。梢には秋風が渡り、高く澄んだ青空にちぎれ雲が流れている。季鶸。

1870 ▽実りの秋のこの頃になると、例年ながら、稲作の出来や天気の具合などあれこれ気にかかることだ。述懐の歌めかして現実的関心をよんだおもしろさか。季稲の秋。

1871 ○うなひ　正しくは「うなゐ」。髪を垂らしてうなじにまとめた十二、三歳までの子供。▽稲束を山ほどかついで野良仕事から帰ってくる母親に、うない髪の子供が待ちかねたようにかけ寄っていく。季稲。

1872 ○自題落柿舎　自ラ落柿舎ニ題ス。作者自筆の落柿舎記(のち本朝文選に収録)に、嵯峨の別荘の「柿の木四十本」の実を「今年長月の初め」京の商人に立木のまま一貫文で売ったが、一晩で落ち尽くしたのでやむなく返金に応じ、戯れに「落柿舎の去来」と号したという。文末にこの句を付す。▽柿の木の持主とはいうものの、秋の嵐に一夜で落ちて喰うことも売ることもままならない。おかげで裸になったその梢を通して、その名も皮肉な嵐山が近々とみえる。季柿。

1873 ▽ゆらゆらする釣橋から下をのぞくと、両岸の下葉は紅葉して、その間を急流が白く岩をかんでいる。「橋の下」に「下紅葉」と言い掛けた。季下紅葉。

1874 肌さむし竹切《きる》山のうす紅葉《もみぢ》　凡兆

神田祭《かんだまつり》

されば こそひなの拍子《ひやうし》のあなる哉《かな》

神田祭の鼓《つづみ》うつ音　蚊《ぶん》足《そく》

拍子さへあづまなりとや

1875 花すゝき大《だい》名《みやう》衆《しゆう》をまつり哉《かな》　嵐雪

1876 行《ゆく》秋《あき》の四《し》五《ご》日《にち》弱るすゝき哉《かな》　丈艸

1877 立《たち》出《いづ》る秋の夕《ゆふべ》や風《かざ》ぼろし　凡兆

1878 世の中は鶺《せき》鴒《れい》の尾のひまもなし　同

1879 塩《しほ》魚《うを》の歯にはさかふや秋の暮　荷兮

1874 ○竹切　「竹八月に木六月」(諺苑)が伐り時。竹は秋に緑濃く茂り性がよくなる。▽うっすらと紅葉した山で青竹を伐っている。そのかん高い音が肌寒い山気を透して丁々と響く。[季]肌さむ・竹切・うす紅葉。

1875 ○神田祭　九月十五日の神田明神祭。六月十五日の山王祭と隔年開催。増補江戸年中行事「江戸大祭礼なり。神輿二社、御大名方より供奉・引馬・長柄等出さるる。都て番数四十番程、山車・練物おびたゞしく出る」。社蔵の絵巻によると、一番は練鼓、二番は猿、三番は武蔵野と称して造花の尾花に張抜きの月を配した山車という(川島つゆ説)。○さればこそ…　伊勢物語一四段「歌さへぞひなびたりける」等もふまえて、案の定、ひなびた拍子だと揶揄した誹諧歌。蚊足は貞享元年(一六八四)京より移住し、当時嵐雪宅の隣に住んだ。○あづま　源氏物語・東屋「いやしき東声」。▽「拍子さへあづまなり」とは聞き捨てならぬ。今では武蔵野の薄が全国の大名を江戸に招きよせ、大名衆をあげての祭だぞ。「大名衆をまねき」に「まつり」と言い掛けた。[季]花すゝき。

1876 ▽秋も過ぎ行くこの四、五日、薄の穂のそよぎに生気の衰えが見えてきた。[季]行秋・すゝき。

1877 ○風ぼろし　風邪の熱で生じるとされた発疹。合類節用集「癮疹　カザボロシ〈又云、風―〉」。▽秋の夕暮ふらりと外に出てみると、うすら寒い風が肌を刺激して発疹が出た。百人一首「さびしさに宿を立ち出でてながむればいづくも同じ秋の夕暮」の俳諧化。[季]秋の夕。

1878 ○世の中は　浮世は。和歌の常套句。○鶺鴒　恋知り鳥。恋教え鳥とも。好色五人女三の一「姫はじめ、神代の昔より此の事恋知り鳥の教へ、男女のいたづらやむ事なし」。▽男と女というものは、まあ性懲りもなく、同じ事をたえずくりかえしていることだ。鶺鴒の交尾のせわしないように。[季]鶺鴒。

1879 ○秋の暮　俳諧問答「古来、秋の暮は暮秋にあらずと定まれり。…暮秋の心をかねたる句もあり」。▽夕飯に食った塩漬けの魚が歯にはさまってとれない。年齢を思い知る味気ない秋の夕暮だ。[季]秋の暮。

猿蓑集　巻之四

春

1880　梅咲《さき》て人の怒《いかり》の悔《くひ》もあり　露沾

上臈《じやうらふ》の山荘にまし〳〵けるに候《こう》し奉りて

1881　梅が香《か》や山路《やまぢ》猟《かり》入《い》ル犬のまね　去来

1882　むめが香や分《わけ》入《いる》里は牛の角《つの》　加賀　句空

庭興《ていきよう》

1883　梅が香や砂《じや》利《り》しき流す谷の奥　土芳

1884　はつ蝶《てふ》や骨なき身にも梅の花　半残

1880　▽清楚にして気品のある梅が香り高く咲いている、その穏やかなたたずまいの中にいて、一時の激情にかられて声を荒らげたことが静かに悔いられてくる。俳諧勧進牒に「正月廿九日月次興行、通題梅」として露沾以下十一句を記録する。露沾は家老の讒言で父の勘気を被り、二十八歳で磐城平藩主後継の地位を弟に譲り退身、麻布六本木の別邸で失意の日々を風流に慰めていた。蕉門客分で最も身分高貴の人。季梅。

1881　○上臈　貴人。去来ガ誄「ある時は摂家親王の御館に候し」(本朝文選)。梅が香は、その人品の暗喩。▽ほのかに通い来る梅の香をたよりに山路に分け入るこの身は、さながら獲物を嗅ぎつける猟犬のようだ。季梅が香。上臈(露沾)の句に、上臈に伺候する者(去来)の句を併出。

1882　▽桃花源ならぬ梅花かおる里に分け入ると、桃林ならぬ梅林につながれた牛が角を立ててこちらを見ているよ。原案「匂ふらし梅さく里の牛の角」(卯辰集)を、芭蕉が自身の「早稲の香や分入右は有曾海」(卯辰集)に準じて改作したか。参考、謡曲・唐船「桃林に牛をつなぐ」。季むめが香。山に里、犬に牛で、句形の類似した二句を併出。

1883　○庭興　庭前の即興。▽築庭の谷川に見立てて砂利を敷きつめた流れの奥から、清らかな梅の香がはこばれてくる。没主観の景気の句。芭蕉は元禄四年(一六九一)二月二十二日付珍夕宛書簡でこの句を報じ、「今思ふ所に聊叶候へば書付進候」という。「今思ふ躰は浅き砂川を見るごとく、句の形・付心ともに軽きなり」(別座鋪)という後年の言説につながる評価。季梅が香。「分入里は」に「谷の奥」と応じる形で二句併出。

1884　▽羽化したばかりの初蝶の、骨のない身をひらひらさせて、それでも梅の花に慕い寄ることだ。「たづねくるはかなき羽にもにほふらん軒端の梅の花の初蝶」(夫木和歌抄、藻塩草)の俳諧化。季はつ蝶・梅の花。

1885 梅が香や酒のかよひのあたらしき　膳所　蟬鼠

1886 むめの木や此《この》一《ひと》筋《すぢ》を蕗《ふき》のたう　其角

子良館《こらのやかた》の後《うしろ》に梅有《あり》といへば

1887 御《お》子《こ》良《ら》子《ご》の一《ひと》もと床《ゆか》し梅の花　芭蕉

1888 痩《やせ》藪《やぶ》や作りたふれの軒の梅　千那

1889 灰捨《すて》て白《はく》梅《ばい》うるむ垣ねかな　凡兆

1890 日《ひ》当《あた》りの梅咲《さく》ころや屑《くづ》牛《ご》房《ばう》　膳所　支幽

暗香浮動月黄昏

1891 入《いり》相《あひ》の梅になり込《こむ》ひゞきかな　風麦

1885 ○かよひ　掛売の控え帳。売主が買主に交付し節季ごとに決算する。日次紀事に正月十一日「諸商今日年中買売ノ薄書ヲ綴ヅ、是ヲ帖綴ト称ス」。▽梅かおる中、酒とともに酒屋からとどいた通い帳もまっさらで、気分一新の春である。季梅が香。「はつ蝶」に「あたらしき」の二句併出。

1886 ▽みごとな梅の木に心ひかれ、一筋の道を踏んで進む足もとには、芳しい蕗の薹がいくつも土をもたげている。俳諧勧進牒に露沾邸「正月二十九日月次興行」十一句の追加として記録、その詞書「饗応に侍る由、その日はことに長閑にて、薗中に芳艸をふみ、入口面白かりけるよし、うらやましさに追て加り侍る」。その日の園中を想像した句。梅の木に露沾を、蕗の薹に連衆を寓したか。季梅・蕗のたう。

1887 ○子良館　伊勢神宮の神饌を調える所。そこに奉仕する穢れなき処女を御子良子という。▽伊勢の神域にはなぜか梅の木が見当らず、尋ねると子良の館の後に一本あるという、その花の清浄無垢な色香が御子良子に似合って一しお心ひかれる。貞享五年(一六八八)の旧作。三冊子に「師の曰、昔より此所に連俳の達人多く句をとどむるに、ついに此梅の事をしらずと、悦ばしく聞出ける也」。季梅の花。「一筋」に「一もと」の二句併出か。

1888 ▽殺風景な瘦藪の中の弊居、丹精こめた軒端の梅もそのかいなくみすぼらしい花しかつけない。「軒の梅」は歌語。参考、類船集「瘦―藪―草の庵・賤が住家・梅」。季梅。

1889 ▽垣の白梅の根もとに灰をぶちまけると、ぱっと舞いあがって、清楚な白い花が一瞬けむってみえた。季白梅。「軒の梅」に垣の梅を併出。

1890 ▽日当りのよい枝の梅がほころびる頃ともなると、昨秋収穫して土中に貯え置いた活け牛蒡もあらかたなくなり、屑ばかり残った。季梅。

1891 ○暗香浮動月黄昏　暗香浮動シテ月黄昏ナリ。林和靖の山園小梅の詩句。▽山寺の晩鐘が、黄昏の梅林をつつむ芳香をゆるがして林の奥まで響きわたる。参考、類船集「晩鐘(アイリ)―花の散・山寺」。季梅。

武江《ぶかう》におもむく旅亭《りよてい》の残夢《ざんむ》

1892 寝ぐるしき窓の細目《ほそめ》や闇《やみ》の梅　乙州

辛未《かのとひつじ》のとし弥生《やよひ》のはじめつかた、よしの丶《の》山に日くれて、梅のにほひしきりなりければ、旧友嵐窓《らんさう》が「見ぬかたの花や匂ひを案内者」といふ句を、日ごろはふるき事のやうにおもひ侍れども、折にふれて感動身にしみわたり、涙もおとすばかりなれば、その夜の夢に正《まさ》しくま見えて悦《よろこべ》るけしき有《あり》。亡人《まうじん》いまだ風雅を忘《わすれ》ざるや。

1893 夢さつて又一《ひと》匂《にほ》ひ宵《よひ》の梅　嵐蘭

1894 百《ひやく》八《はち》のかねて迷ひや闇《やみ》のむめ　其角

1892 ○武江　武蔵江戸の略。巻五「餞乙州東武行」とある、その途中吟。○残夢　暁になってなおうとうとと見続けている夢。旅亭も残夢も詩語。▽寝苦しさに窓を細めにあけておいたが、暁闇、流れ入る夜気の中に梅がかすかに匂っている。夢うつつの感覚をいう。参考、西行の歌題「旅宿梅」、謡曲・東北「春の夜の闇はあやなし梅の花色こそ見えね香やは隠るゝ」。一五一参照。季梅。「日当りの梅」「入相の梅」「闇の梅」と続く。

1893 ○辛未のとし　元禄四年(一六九一)。○見ぬ方の…　香に導かれて花を訪ねることを擬人化して詠んだ古風の句。西行「吉野山こぞの枝折の道かへてまだ見ぬ方の花をたづねん」をふまえる。○亡人いまだ…　嵐窓は死んでなお俳諧を忘れずにいるのだろうかの意。▽夢さめて亡き人の幻の消え去った闇に、あの宵の梅が又ひとしきり匂い立つ。前書の「日くれて梅のにほひしきりなりければ」を受ける。季梅。「旅亭の残夢」に夢の二句併出。

1894 ○百八のかね　寺院で朝夕につく百八回(略して十八回)の鐘。百八煩悩をさますためという。▽日ごろ百八の煩悩絶ちがたく無明の闇に迷うにも似て、百八の鐘に日暮れて、闇夜に匂う梅に心なやましている。「鐘」に「予て」と言い掛け、「迷ひや闇」に「闇の梅」と言い掛けた技巧の句。季むめ。「夢さつて」に「百八のかね」と応じる形の二句併出。

1895 ひとり寝も能《よき》宿《やど》とらん初《はつ》子《ねの》日《び》　去来

1896 野《の》畠《ばたけ》や雁《がん》追《おひ》のけて摘《つむ》若菜　史邦

1897 はつ市《いち》や雪に漕《こぎ》来《く》る若《わか》菜《な》船《ぶね》　嵐蘭

1898 宵の月西《にし》になづなのきこゆ也《なり》　如行

憶翁之客中《おきなのきやくちゆう》

1899 裾《すそ》折《をり》て菜をつみしらん草枕　嵐雪

1900 つみすてゝ蹈《ふみ》付《つけ》がたき若な哉《かな》　路通

1901 七《なな》種《くさ》や跡にうかるゝ朝がらす　其角

1895 ▽独り寝の旅人もせめてよい宿を求めることだろう、初子の日には。露伴説に「初子の日をも初寝の日と取りて共寝すべきものゝやう世俗の思居れることありしなり」(『評釈』)という。[季]初子日。

1896 ○摘若菜　古くは初子の日、当時は正月七日の行事。▽野や田畑の畔を若菜を摘み摘み行くと、追われて雁が次々に飛び立つ。参考、類船集「芹―小田のあぜ・麦畑・雁」。[季]摘若菜。

1897 ▽初市の朝、雪のちらつく中を、みずみずしい若菜を積んだ船が威勢よく漕ぎよせてくる。参考、類船集「市―さす舟、若菜―雪間の野べ」。[季]若菜。

1898 ○なづな　なづな打の略。正月七日の前夜から早朝にかけて、七草の薺(なず)をまな板にのせ、「七草薺、唐土の鳥と、日本の鳥と、渡らぬ先に」と唱えながら、すりこ木・まな箸などで打ちはやす風習。▽正月六日の日が暮れて上弦の月が西空にかがやきだすと、方々の家から七草をはやす音が聞えてくる。[季]なづな。

1899 ○憶翁之客中　翁ノ客中ヲ憶フ。芭蕉翁の旅中のさまを思いやるの意。○つみしらん　「つみやしつらん」の破格か。▽草枕の旅に折よしと、裾をからげて若菜を摘まれたであろうか、今日は正月七日。類船集「若菜―雪払ふ袖・衣手の雪」に対して、裾端折るは俳諧。[季]菜つみ。

1900 ▽人並みに若菜を摘んではみたものの、乞食の身に用はないと捨ててしまった、さりとて踏みつけるにはしのびない。[季]若なつみ。前の句に併出して一連の効果がある。

1901 ○七種　七種打の略。▽正月七日の早朝から「唐土の鳥と日本の鳥と渡らぬ先に」とにぎやかに七草をはやすと、あとからうかれて朝烏が鳴く。雑談集「起きて今朝また何事をいとなまん(この夜明けぬと烏鳴くなり)とよみし朝烏、心の動静にかけて句ごとの起点をはたらきぬべし」。[季]七種。

1902 我《わが》事《こと》と鯲《どぢやう》のにげし根《ね》芹《ぜり》哉《かな》　丈艸

1903 うすらひやわづかに咲《さけ》る芹の花　其角

1904 朧《おぼろ》とは松のくろさに月夜かな　同

1905 鉢たゝきこぬよとなれば朧なり　去来

1906 鶯《うぐひす》の雪蹈《ふみ》落《おと》す垣《かき》穂《ほ》かな　伊賀　一桐

1907 鶯やはや一《ひと》声《こゑ》のしたりがほ　江戸　渓石

1908 うぐひすや遠《とほ》路《みち》ながら礼がへし　其角

1909 鶯や下《げ》駄《た》の歯につく小《を》田《だ》の土　凡兆

1902 ▽根芹を摘もうとして手をやると、自分がとらえられるかと錯覚した鯲がぱっと泥を蹴って逃げた。書言字考「鰌・鰼・泥鰍・鯲 ドヂヤウ」。季根芹。うかれ鳥に鯲、ユーモラスな二句併出。

1903 ▽薄氷のはった田の畔にそれでも芹が萌え出て、ひっそりと花をつけている。五元集に「河州八尾姫そしり」と頭書。姫そしりは長瀬川の堤の俗称で、「長堤二郡に亘り、老姑等歩行に倦むよりこの名あるか」(河内名所図会)という。薄氷(冬)はここでは早春の扱い。芹の花(夏)は誤認か。季芹。

1904 ▽朧とは、月夜に松が黒々としたシルエットになる美しさだ。雑談集に「光広卿、春の月の嵐に霞まぬ心をよませ給ひて、かうもよみごとはよめども、春月の本意は朧々とかすみたる躰がよき也と仰せられけり」と自注、また「辛崎の松は花より朧にて」を芭蕉の名句と推賞する。季朧。

1905 ▽そういえば鉢叩がまわって来なくなったなと気付くころには、寒気もゆるんで、月も朧な春の夜になっていた。鉢叩は十一月十三日の空也忌から四十八日間の修行。季朧。

1906 ▽垣根づたいに飛び移る鶯が、先端に積もった春の雪を小さな肢で踏み落してゆく。参考、類船集「鶯—垣根の竹」。季鶯。

1907 ▽時しり鳥・春つげ鳥を自負するように、鶯が一声はやばやと鳴いた。季鶯。

1908 ○遠路　歌語、特に「道遠み」の歌が多い。類船集「遠道—友の来る・礼しらぬ人」。つまり、友は遠路はるばる来、礼しらぬ人は遠路を口実に来ない。▽遠路ながら思い立って年賀の返礼に出かけると、春光郊外にあふれ、道々鶯が鳴いている。季鶯。

1909 ▽春泥が下駄の歯にねばりつく畔道を、足もとを見つめながら行くと、時折、心をうばうように遠くで鶯が鳴く。季鶯。前の句に併出して一連の効果がある。

1910 鶯や窓に灸《やいと》をすえながら　伊賀 魚日

1911 やぶの雪柳《やなぎ》ばかりはすがた哉《かな》　探丸

1912 此《この》瘤《こぶ》はさるの持《もつ》べき柳かな　江戸 卜宅

1913 垣ごしにとらへてはなす柳哉《かな》　同 遠水

1914 よこた川植《うゑ》処《どころ》なき柳かな　尚白

1915 青《あを》柳《やぎ》のしだれや鯉《こひ》の住《すみ》所《どころ》　伊賀 一啖

1916 雪《ゆき》汁《じる》や蛤《はまぐり》いかす場《には》のすみ　同 木白

1917 待《まつ》中《うち》の正《しやう》月《ぐわつ》もはやくだり月《づき》　揚水

1910 ▽仲春の一日、窓際で灸をすえていると庭先で鶯が鳴く、その姿勢のままで熱さをこらえながら、それでも鶯を聞いている。参考、類船集「二八日―灸・持病おこる」。[季]鶯。

1911 ▽藪には雪が残りまだ枯色一色の中で、柳の糸だけが青みそめて春の風姿をととのえている。毛吹草「柳に雪を結びても、春なり」。[季]柳。

1912 ▽この柳の幹枝の瘤は、猿が腰掛けとして専用しているにちがいない。参考、類船集「瘻(こ)―柳」。[季]柳。柳の美(「すがた」に美貌の人の意あり)と醜と併出か。

1913 ▽垣沿いの道を歩みながら何ということもなく手をのべて柳の糸をつかみ、そのまま数歩、手を放して通りすぎた。ただ、それだけ。[季]柳。

1914 ○よこた川　近江の名所。東海道名所図会「水源は甲賀谷の諸流会し、末は野洲川といひて湖水に入る」。松葉名所和歌集には横田山を掲出、夫木和歌抄「横田山石部川原の蓬生に秋風さむみ都恋しも　鴨長明」を引くが、伊勢参宮名所図会はその歌を「横田川…」の形で引き、横田川を名所として掲出する。尚白は大津の人。▽横田川は殺風景な石の川原で、岸に柳の風情を添えようにも、どこといって植え場所がない。[季]柳。

1915 ▽青柳が水面に枝を垂れているあたりのよどみに鯉が住みついている。[季]青柳。

1916 ○場　家の中の土間。書言字考「場　ニハ」。▽春浅い光の中で、軒からしたたる雪解水が戸外に冷たい音をたてて流れている。薄暗い土間の隅では桶の蛤のうごめく気配が、時折じゅうじゅうとかすかに聞える。[季]雪汁。

1917 ○くだり月　十八夜ごろから二十一、二夜までの月。▽あれほど待ちこがれた正月も、とやかくするうちにはや半ばを過ぎ降り月となった。二十日正月ごろの感懐。[季]正月。

1918 ○田家　詩歌の題。「田家に有て、麦飯にやつるゝ」に「やつるゝ恋か」と言い掛けた。○やつるゝ　歌語。類船集「恋―やつるゝ姿」。▽さかりのついた雌猫がやつれ果てた姿で帰

田家《でんか》に有《あり》て

1918 麦めしにやつるゝ恋か猫の妻　　芭蕉

1919 うらやましおもひ切《きる》時《とき》猫の恋　　越人

1920 うき友にかまれてねこの空《そら》ながめ　　去来

露沾《ろせん》公にて「余寒《よかん》」の当座《たうざ》

1921 春《はる》風《かぜ》にぬぎもさだめぬ羽《は》織《おり》哉《かな》　　亀翁

1922 野の梅のちりしほ寒き二《に》月《ぐわつ》哉《かな》　　尚白

1923 出がはりや櫃《ひつ》にあまれるござのたけ　　亀翁

1924 出《で》替《がはり》や幼《をさな》ごゝろに物あはれ　　嵐雪

って来て、まずそうに麦飯をくっている。粗食にやつれ、そのうえ恋にもやつれたか。麦ばかりの飯に辟易する作者の気持を猫の上に移したユーモア。季猫の妻。

1919 ▽あんなにも執拗に続いていた猫の妻恋がぴたりと止んだ。その思い切りのよさがわが身につまされてうらやましい。原案「思ひ切る時うらやまし猫の恋」(二月二十二日付珍夕宛芭蕉書簡)を芭蕉が改作した。芭蕉の三月九日付去来宛書簡に「越人猫の句、驚入り候。初て彼が秀作承り候。姿は聊ひがみたる所も候へ共、心は高遠にして無窮の境に遊ばしめ、賢愚の人共に教へたるものなるべし。孔孟老荘の戒め、且つ仏祖すら難忍所、常人は是をしらずして俳諧をいやしき事に思ふべしと、口惜しく候」。去来抄にも同趣旨を伝え、真蹟去来文にも「越人も定家卿の猫の恋の歌により候て…。思ひ切る時を羨みたるは越人が秀作と奉存候」という。伝定家歌は「羨まし忍びもやらでの猫の妻恋ひさけぶ春の夕暮」(類船集)の類。季猫の恋。

1920 ○うき友　人ならば「憂き人」というべきところ。▽思う相手にしつこく言い寄ってかまれた恋猫が、放心したように屋上で空を眺めている。参考、古今集「大空は恋しき人のかたみかは物思ふごとに眺めらるらむ」。季猫の恋。

1921 ○当座　句会における即席の題詠。一月二十九日の席題であろう。▽春風に羽織をぬいだが、まだ余寒のころで、そのままというわけにはいかない。季春風。

1922 ▽野はまだ緑うすく吹く風も冷たいが、二月に入ると野中の梅が散りはじめる。満開の時よりもその散りぎわが決まって寒い。「寒き」はもとより春寒。季野の梅・二月。

1923 ○出がはり　奉公人が一季・半季を勤めあげて交替すること。交替期日は三月五日と九月十日。二月二日と八月二日の旧習による地方もあった。▽出代る奉公人の、所持品一切を収めた櫃から寝茣蓙だけがはみ出している。季出がはり。

1924 ▽すっかりなじんでいた奉公人が次々に去ってゆく出代りの日は、幼な心にもしみじみとさびしかった。「出がはりといふ詞は養父入(やぶいり)には劣りていやしかりしを…嵐雪が幼の一字にて人に数行の涙をゆづりける也」(葛の松原)という文考評は、幼少の奉公人の心境とみたか。季出替。

1925 骨《ほね》柴《しば》のかられながらも木《こ》の芽かな　凡兆

1926 白《しら》魚《うを》や海苔《のり》は下部《しもべ》のかい合《あは》せ　其角

1927 人の手にとられて後《のち》や桜海苔《さくらのり》　尾張 杉峰

1928 春《はる》雨《さめ》にたゝき出したりつく〲し　元志

1929 陽《かげ》炎《ろふ》や取《とり》つきかぬる雪の上　荷兮

1930 かげろふや土もこなさぬあらおこし　百歳

1931 かげろふやほろ〱落る岸の砂　土芳

1932 いとゆふのいとあそぶ也《なり》虚《から》木《き》立《だて》　伊賀 氷固

1925 ○木の芽　凡兆真蹟の柴売説に「芽立」。この場合、春情のよみがえりの暗喩か。▽小枝や葉を落して束ねた薪用の雑木に、よく見ると新芽がふいている。季木の芽。

1926 ○下部　其角の家僕は代々、是吉。この是吉は鵜沢長吉。俳号、是橘。のち医者となり長庵と号した。○かい合せ　正しくは「かひ合せ」。▽折からの白魚の汁に、下僕がちゃんと買い置きの海苔を付合わせてくれる。白魚も海苔も江戸前の産物。季白魚・海苔。

1927 ○桜海苔　磯の岩に生ずる紅藻。大和本草に壱岐の産、紅白色。和漢三才図会に紀州の産、黄白または淡紫色でしおれた桜の花の色に似るという。▽この見ばえのしない海苔も、人の手に取られてはじめて桜の名を得、賞美されることだ。季桜海苔。

1928 ○たゝき　敲きといって、扇で手を叩いて拍子をとり口早に唄う門付けの芸があり、その拍子をとり入れた浄瑠璃のふしもある。そういったリズム感をもった語で、「たゝき出したりつく〲し」と拍子をとっている。▽春雨にそそのかされて顔を出した土筆が、とんとん拍子で大きくなる。季春雨・つく〱し。

1929 ▽雪後の晴天、降り積った春雪の上に立つ陽炎が、つかず離れずといった感じで宙にゆらめいている。季陽炎。

1930 ▽水を引く前の田の、あらくすきおこした大塊の土くれの上に陽炎がもえている。季かげろふ。

1931 ○ほろ〱　日葡辞書「ホロホロト　土壁などのような物が崩れたり砕けたりするさま」。▽霜柱がとけて陽炎の立つ春昼、岸の土がゆるんで乾いた砂がほろほろと音もなくこぼれては止み、又こぼれる。季かげろふ。土塊に砂粒の二句併出。

1932 ○いとゆふ　篗纑輪「陽炎・糸遊、同物二名也。春気地より昇るを陽炎、或は陽炎もゆるともいひ、空にちらつき又降るを糸遊といふなり」。「遊ぶ糸・遊ぶ糸遊」は歌語。○虚木立　柱立・桁組だけを終った状態の家。▽青空を背にして、新築のまだ屋根も壁もない素通しの家が、陽炎にゆらいでいる。季いとゆふ。

1933 野《かげ》馬《ろふ》に子《こ》共《ども》あそばす狐哉《かな》　凡兆

1934 かげろふや柴《さい》胡《こ》の糸の薄《うす》曇《ぐもり》　芭蕉

1935 いとゆふに皃《かほ》引《ひき》のばせ作り独《う》活《ど》　伊賀 配力

1936 狗《ぜん》脊《まい》の塵《ちり》にゑらるゝわらびかな　嵐雪

1937 彼《ひ》岸《がん》まへさむさも一《ひと》夜《よ》二《ふた》夜《よ》哉　路通

1938 みのむしや常のなりにて涅《ね》槃《はん》像《ざう》　野水

1939 蔵《くら》並ぶ裏は燕《つばめ》のかよひ道　凡兆

1940 立《たち》さはぐ今や紀《き》の雁《かり》いせの雁《かり》　伊賀 沢雉

1933 ○野馬　合類節用集「遊糸　カゲロフ・イトユフ〈又野馬同〉」。▽陽炎の立つ野に狐の巣があり、この春生まれた四、五匹の子狐が親狐のまわりでしきりにたわむれている。その嬉戯のさまが陽炎につつまれて幻影のようにゆらいでいる。季野馬。「あそぶ」の二句併出。

1934 ○柴胡　自画賛(蕉翁全伝附録に模写)によれば、キンポウゲ科の翁草。漢名、赤熊柴胡(しやぐまさいこ)。日当りのよい山野の草地に自生する。春、花茎の先端に花をつけ、花が終ると雌しべは長く尾状に伸び、密に生えた羽毛とともに老翁の銀髪を思わせる。▽翁草の銀髪を思わせる羽毛が、陽炎のゆらめきを通して、おぼろにかすんでみえる。季陽炎。

1935 ○作り独活　促成栽培の独活。猿蓑さがし「日当りよき所に藁ごみを堆く積みかさねてもやし出す」。▽顔を出したばかりのもやし独活よ、陽炎のゆれ立つままにぐんとその芽を伸ばせ。季いとゆふ・独活。

1936 ○狗脊　書言字考「紫蕨・狗脊　ゼンマイ」。○わらび　和漢朗詠集「紫塵嬾蕨人挙手」以来、詩歌に紫塵とよむ。▽蕨にまじる狗脊を、紫塵の中の塵として選り捨てることだ。季狗脊・わらび。　柴胡・独活・蕨と、野草山菜の句続く。

1937 ▽春の彼岸前、いやに冷えこむが、この寒さももう一夜か二夜の辛抱だろう。「暑さ寒さも彼岸まで」(諺苑)というが、このころ余寒の強まることが多い。季彼岸まへ。

1938 ○みのむし　増山井「貞徳いふ、蓑虫とばかりは雑なり、鳴く心あれば秋なり」。▽二月十五日、寺の本堂に掛けられた涅槃絵の画面では鳥獣虫魚ことごとく嘆き悲しんでいるのに、蓑虫はいつもと変らぬ恰好で境内の木の枝にぶらさがっている。季涅槃像。彼岸・涅槃会と、釈教の二句併出。

1939 ▽白壁の土蔵が一列に建ち並ぶ裏通りを通い道として、玄鳥(つばめ)が勢いよく行き交っている。季燕。

1940 ○立さはぐ　正しくは「立さわぐ」。○紀の雁　底本「紀の厂」。▽今や北帰行の時と次々にうながされて、一斉に羽ばたきながら飛び立って行く、あれは紀の雁、伊勢の雁。伊賀上空を仰いでの感慨。季雁立つ。来る燕に帰る雁の二句併出。

1941 春雨や屋ねの小草《をぐさ》に花咲《さき》ぬ　嵐虎

高山《かうざん》に臥《ふし》て

1942 春雨や山より出《いづ》る雲の門《もん》　猿雖

1943 不《ぶ》性《しやう》さやかき起されし春の雨　芭蕉

1944 春雨や田《た》蓑《みの》のしまの鯲《どぢやう》売《うり》　史邦

1945 はるさめのあがるや軒になく雀　羽紅

1946 泥《どう》亀《がめ》や苗《なは》代《しろ》水《みづ》の畦《あぜ》づたひ　史邦

1947 蜂《はち》とまる木《こ》舞《まひ》の竹や虫の糞《ふン》　昌房

1941 ▽静かに降り続く春雨が古い藁屋根にしみて雑草の根を養い、人目にとまらぬ花を咲かせた。草花は一般には秋季の扱い。季春雨。

1942 ○雲の門　雲の関門か、雲のわき出る門か。前者なら▽高山の頂で一夜を明かし、春雨けむる雲の中をくぐり抜けて下山するの意。参考、奥の細道「雲霧山気の中に氷雪を踏んで登ること八里、更に日月行道の雲関に入る」。季春雨。

1943 ○不性　書言字考「無性者　ブシヤウモノ」。○かき起されし　二月二十二日付珍夕宛書簡「抱起さるゝ」。伊賀の実家での作。○春の雨　三冊子に、春の雨は正月・二月初旬、春雨は二月下旬・三月という。▽戸外は静かな春の雨、老のものうさから、いつまでもうつらうつらと惰眠をむさぼっていたら、とうとう家人にひき起こされてしまった。実家での甘えの気分がある。季春の雨。

1944 ○田蓑のしま　摂津の歌枕。淀川河口に散在する島の一つであろうが、諸説あって場所は不明。類船集「田蓑嶋―田鶴・五月雨」、「鯲・春雨」はその俳諧化。▽春雨のけむる中、田蓑の島を鯲売りが行く。季春雨。

1945 ▽降り続いた春雨がすっかり止んで、軒端に雀のさえずりがかえってきた。このころ雀は軒のすき間などに巣をかける。季はるさめ。

1946 ○泥亀　書言字考「鼈・泥亀　ドウガメ・スッポン」。類船集「苗代―洞亀」。▽水をはった苗代の畦にそってスッポンがそろそろと泳いでいる。去来抄に「猿蓑撰に、予誤りて、畦づたひと書く。先師曰、畦うつりと伝ひと形容風流各別なり。殊に、畦うつりして蛙なく也ともよめり。肝要の気色を誤る事、筆の罪のみにあらず、句を聞く事のおろそかに侍るゆゑなりと、機嫌あしかりけり」というは勘違いで、「畦づたひ」が正、「畦うつり」が誤の可能性が濃い。季苗代水。

1947 ○木舞　壁の下地に組む竹骨。▽壁土が崩れ落ちてあらわになった下地の竹は虫に喰われてぼさぼさになり、糞が粉をふいたように浮いている。そこへ巣作りの場所をうかがうように飛んでいた蜂がとまった。季蜂(の巣作り)。

1948 振《ふる》舞《まひ》や下座《しもざ》になをる去年《こぞ》の雛《ひな》　去来

1949 春《はる》風《かぜ》にこかすな雛の駕《か》籠《ご》の衆　伊賀 荻子

1950 桃柳くばりありくやをんなの子　羽紅

1951 もゝの花境《さかひ》しまらぬかきね哉《かな》　三川 烏巣

1952 里《さと》人《びと》の臍《へそ》落したる田《た》螺《にし》かな　嵐推

1953 蝶の来て一《ひと》夜《よ》寝にけり葱《ねぎ》のぎぼ　半残

1954 紙《い》鳶《か》切《きれ》て白《しら》根《ね》が岳《たけ》を行《ゆく》衛《ゑ》哉《かな》　加州山中 桃妖

1955 いかのぼりこゝにもすむや潦《にはたづみ》　伊賀 園風

1948 ▽三月三日、例年のように雛人形を飾って饗応するのだが、去年の古雛は新雛に上座を譲って下座に着いている。「なをる」は直る。当時は雛壇を作らず、低い台の上に男女一対の人形を二組三組並べ、その前に馳走を盛った器具をそなえた。不玉宛論書「此句ハ、家ニ久シキ人ノ衰ヘテ時メク人ノ出来ル、古今ノ習ナリ。今日雛ニ依テ感吟ス」。去来抄「五文字、古ゐぼし・紙ぎぬ等は謂過ぎたり。景物は下心徹せず。あさましや・ロをしやの類ははかなしと、今の冠を置きて窺ひければ、先師曰、五文字に心をこめて置かば信徳が人の世やなるべし。十分ならずとも振舞にて堪忍あるべしと也」。季雛。

1949 ○雛の駕籠の衆　三月の節句に親類に甘酒・草餅を贈るのに、雛人形を乗物にのせ使者にたてた。そのミニチュアの乗物を人形がかつぎ、それを釣台にのせて人間がかついだ。直接には人形、間接には人間への呼びかけ。▽駕籠かきの衆よ、大事のお使いだ、心して春風にこけたりするなよ。去来抄「先師、此句を評して曰、伊賀の作者、あだなる処を作して尤もなつかしと也」。季春風。

1950 ▽節句の飾りに用意した桃の花と柳の枝を、あどけない幼女が誰彼なしに配ってまわっている。季桃柳。

1951 ▽隣家との境に咲く桃は、どちらからも眺め、どちらにも散る。垣根などあってなきがごとくに。季もゝの花。

1952 ▽おや、農夫が臍を落していったか、と見れば田螺だ。参考「景政が片目をひろふ田螺かな　其角」。季田螺。

1953 ▽蝶が来て葱坊主にとまり、そのまま一夜を過したよ。早朝の属目。「春の野にすみれつみにと来しわれぞ野をなつかしみひと夜ねにける」(古今序)を踏まえる。季蝶。

1954 ○紙鳶　書言字考「紙鳶　イカノボリ・タコ」。物類称呼「越路にて、いか又いかごといふ」。○白根が岳　加賀の歌枕「越の白根・白山」。「知らね」と掛詞になる。▽ぐいぐい引いていた凧の糸がぷつんと切れて、雪をいただく白山のかなたへ行方も知れず飛び去ってしまった。季紙鳶。

1955 ○すむ　静まって落ちつく意。▽雨あがりの空の一点に凧がじっとあがっている、ふと気付くと水溜りに映った空にも…。季いかのぼり。

1956 日《ひ》の影《かげ》やごもくの上の親すゞめ　珍碩

1957 荷《に》鞍《ぐら》ふむ春のすゞめや縁《えん》の先《さき》　土芳

1958 闇《やみ》の夜や巣をまどはしてなく鵆《ちどり》　芭蕉

越《こし》より飛驒《ひだ》へ行《ゆく》とて、籠《かご》のわたりのあやうきところ〴〵、道もなき山路にさまよひて、

1959 鷲《わし》の巣の樟《くす》の枯《かれ》枝《え》に日は入《いり》ぬ　凡兆

1960 かすみより見えくる雲のかしら哉《かな》　伊賀 石口

1961 子や待《また》ん余《あま》り雲雀《ひばり》の高《たか》あがり　杉風

1956 ▽春の日ざしが川面に反射してちらちらする中で、堰にたまった水屑の上を親雀がちょんちょんと跳びながら、せわしげに餌をついばんでいる。去来の不玉宛論書に軽みの例句として挙げ、「二三子笑ヒテ曰ク、此只事也、発句ト云ヒガタシ。翁コレヲ聞キテ曰ク、二三子ノ此句ヲ笑フハ、イマダ此場ヲ蹈マザル也」と、芭蕉評を伝える。季親すゞめ。

1957 ▽縁先に鞍を置いて荷馬を連れに人が去った間に、好奇心の強い子雀が来て荷鞍の上をちょんちょん跳びまわっている。田家の朝の属目。季春のすゞめ。

1958 ▽闇夜に千鳥が悲しげに鳴いている、きっと雛のいる巣を見失ってさがし惑うているのであろう。千鳥は河原や砂浜にくぼみをつくり産卵する。拾遺集「冬されば佐保の河原の川霧に友まどはせる千鳥なくなり」をふむ。季鳥の巣。

1959 ○飛驒　底本「飛弾」。飛驒山脈はイヌワシの棲息地。○籠のわたり　急流の両岸が絶壁で橋を渡せない所に藤蔓を張り、籠をつるして引綱で渡る仕掛け。神通川・庄川の上流、飛越国境の難所として聞こえ、夫木和歌抄に「かごの渡」の例歌四首入集。藻塩草「籠渡―加賀・山ぶし」。類船集「加賀白山―籠(ウロ)の渡」。凡兆は加賀の人。▽山峡はすでに夕闇に沈み、黒々とそびえ立つ巨大な樟の枯れ枝に、見上げると大きな鷲の巣がかかっている。折しも日が落ちて、稜線の空は真っ赤に燃えている。S音と「の」のたたみかけを受けて「枯枝に」で切れ、前書を受けて「日は入ぬ」と結ぶ。季鳥の巣。

1960 ▽低くたなびいていた霞が次第に薄れて、向こうの空にわく雲の頭が見えて来た。季かすみ。

1961 ▽天空高く雲雀が上がる、あんまり高く上がっては、地上の巣で待つ雛が心細がるだろうに。雲雀が空高く鳴くのは縄張り宣言だから、その下の草原や麦畑の中に巣がある。一七六六「子やなかん」と同じく憶良の歌を踏む。季雲雀。

1962 ○拍子　能楽で笛・鼓・太鼓等の楽器をいう。▽日がな一日、さえずりやまない雲雀の声の合間に、時折、鋭い雉子の鳴き声がする。ちょうど謡曲の間に打ち入れる鼓のあの気合にも似て。素堂の「春風に見失ふまでは雲雀かな」に唱和した句。三冊子「此句、雲雀の鳴き続けたる中に雉子の折々鳴き入る気色

1962 ひばりなく中《なか》の拍子《ひやうし》や雉子《きじ》の声　芭蕉

芭蕉庵のふるきを訪《とふ》

1963 菫《すみれ》草《ぐさ》小《こ》鍋《なべ》洗《あらひ》しあとやこれ　曲水

1964 木《ぼ》瓜《け》莇《あざみ》旅して見たく野はなりぬ　江戸山店

画讃《ぐわさん》

1965 山《やま》吹《ぶき》や宇《う》治《ち》の焙《ほい》炉《ろ》の匂ふ時　芭蕉

1966 白《しら》玉《たま》の露にきはつく椿《つばき》かな　車来

わがみかよはくやまひがちなりければ、
髪けづらんも物むつかしと、此《この》春さまを

を言ひて、長閑なる味を取らんと色々して是に究る」。雉子の声に「子を思ふ・妻恋ふ」（連珠合璧集）の情を離れた。季ひばり・雉子。

1963 ○芭蕉庵　嵯峨日記に元禄四年（一六九一）四月二十二日「乙州が武江より帰り侍るとて、旧友・門人の消息どもあまた届く。その内、曲水状に、予が住み捨てし芭蕉庵の旧き跡尋ねて宗波に逢ふ由。／昔誰小鍋洗ひしすみれ艸」とある。当時、曲水は江戸勤番中。初案「昔誰」は「昔見し妹が垣根は荒れにけりつばなまじりの菫のみして」（徒然草）を踏まえる。▽旧庵には昔をしのぶ術もないが、川岸にすみれが咲いていて、このあたりで師翁が小鍋を洗ったりされたかと思うと何やらなつかしい。季菫草。

1964 ▽野に光みちて、草木瓜が花をつけ、アザミが咲き、一冬の蟄居から解放されてふらりと旅してみたい季節になった。季木瓜・莇。

1965 ○宇治　京の東南にあたり、茶の名産地。宇治川の「山吹の瀬」は歌枕。○焙炉　蒸した茶の葉を炉の火にかざして乾かす乾燥器。製茶の過程には「摘茶の時、蒸茶の時、焙炉の時、択茶の時」（日次紀事）の四段階があり、「みな春なり」（滑稽雑談）という。▽山吹の花が満開である、今ごろ宇治は「焙炉の時」で、香ばしい匂いが集落にみちわたっていることだろう。季山吹。

1966 ▽白玉椿の花弁に白露が置き、美しさが際立つ。露は秋季だが「花に結びては春なり」（通俗志）という。季椿。

かへて、

1967 笄《カウガイ》もくしも昔やちり椿　羽紅

1968 蝸牛《かたつぶり》打《うち》かぶせたるつばき哉《かな》　津国山本 坂上氏

1969 うぐひすの笠《かさ》おとしたる椿哉　芭蕉

1970 はつざくらまだ追《おひ》〻《おひ》にさけばこそ　伊賀 利雪

東叡山《とうえいざん》にあそぶ

1971 小《こ》坊主《ばうず》や松にかくれて山ざくら　其角

1972 一《ひと》枝《えだ》はおらぬもわろし山ざくら　尚白

1967 ▽椿が花のままぽとりと落ちる、尼そぎの身には櫛も笄もはや昔のものになってしまった。凡兆・羽紅夫妻は元禄四年歳旦帳まで「加生・とめ」で入集。季ちり椿。

1968 ▽地をはう蝸牛の上にすっぽりかぶさるように椿の花が落ちた。蝸牛は夏季だが、これは椿の句。季落椿。

1969 ▽鶯の鳴く庭前にぽとりと椿の花が落ちた、さては枝うつりする鶯が愛用の花笠をとり落したな。歌語「鶯の笠にぬふてふ梅の花笠」(藻塩草)の俳諧化。元禄三年(一六九〇)二月六日、伊賀百歳亭興行歌仙の発句。季うぐひす・落椿。

1970 ▽桜の季節、次々に咲き継ぐからこそ、その先がけを初桜と称して珍重するのだ。季はつざくら。以下、桜六句・花十三句が続く。

1971 ○東叡山　上野寛永寺の山号。雑談集に、輪王寺門跡がなくなった元禄三年(一六九〇)三月二日の花見の様子を述べ、「其去年にかはりて山のにぎはひ又更也」としてこの句を載せる。▽山桜が咲き、松の木の間がくれに少年僧の姿もちらほらみえる。季山ざくら。

1972 ○おらぬ　正しくは「をらぬ」。▽山桜を手折るも心ない業ながら、せめて一枝、家土産に手折らぬも又心ないことだ。古今集「山の桜をみてよめる／見てのみや人に語らん桜花手ごとに折りて家づとにせん」を踏まえるか。季山ざくら。

1973 鶏《にはとり》の声もきこゆるやま桜　凡兆

1974 真《まつ》先《さき》に見し枝ならんちる桜　丈艸

1975 有《あり》明《あけ》のはつ〳〵に咲く遅ざくら　史邦

1976 常《じやう》斎《とき》にはづれてけふは花の鳥　千那

葛城《かづらき》のふもとを過る

1977 猶《なほ》見たし花に明《あけ》行《ゆく》神の顔　芭蕉

いがの国花垣《はながき》の庄は、そのかみ、ならの八重桜《やへざくら》の料に附《つけ》られけると云《いひ》伝えはんべれば、

1978 一《ひと》里《さと》はみな花《はな》守《もり》の子孫かや　同

1973 ▽山桜を訪ねて分け入ると、山あいに桃源境ではないが静かな村里があって、鶏の声も聞える。桃花源詩「鶏犬相聞」。参考、類船集「鶏—犬—桃さく谷」。[季]やま桜。

1974 ▽満開の桜のいちはやく散りそめるのは、あの真先に開花を見た枝であろうか。[季]ちる桜。

1975 ▽弥生も末、繊月のわずかに消え残る曙に、遅桜がほの白く咲いている。出遅れた月と咲き遅れの花の辛き出会い。[季]遅ざくら。

1976 ○常斎　底本「常斉」と誤刻。檀家などで、毎月日時を定めて読経に来る僧に出す食事。▽花に遊ぶ鳥のようについうかうかと時を忘れ、常斎を食いはずしてしまったよ。作者は堅田本福寺の住職。[季]花。

1977 ○葛城　大和の歌枕。葛城山地の主峰である金剛山・葛城山を併せていう。修験道場・桜の名所として知られ、伝説に「葛城の神」は容貌が醜いという。泊船集に「大和の国を行脚して葛城山の麓を過るに、四方の花は盛りにて、峰々は霞みわたりたる曙の気色、いとど艶なるに、かの神のみかたち悪ししと、人の口さがなく世にいひ伝へ侍れば」と前書、自画賛(蕉翁全伝附録に模写)に「これは葛城の山伏の寝言を伝へたるなるべし」と戯注を付す。▽花の雲海に浮かぶ神体山の明けそめる景色を見ると、その神の顔が醜いなどとはとても思えず、確かめたい気持が一段とつのる。謡曲・葛城「明くるわびしき葛城の神…みぐるしき顔ばせの神姿ははづかしや」等による。[季]花。

1978 ○花垣の庄　一条帝の后上東門院が奈良興福寺の八重桜を召されたのを僧徒が命がけで阻止したが、后はかえってその風雅心に感じて伊賀国余野を寺領に寄進し、八重桜に垣をめぐらせ、花の盛りの七日間は里人に夜も守らせた。以来、余野を花垣の庄というと沙石集にみえる。今の上野市内。▽その名もゆかしい、この花垣の庄の人々は、皆あの八重桜の宿直に従事した花守の子孫なのか。[季]花守。

亡父《ばうふ》の墓東武谷中《とうぶやなか》に有《あり》しに、三歳にて別れ、廿年の後《のち》かの地にくだりぬ。墓の前に桜植置《うゑおき》侍るよし、かね〴〵母の物がたりつたへて、その桜をたづね侘《わび》けるに、他の墓猶《なほ》さくら咲《さき》みだれ侍れば、

1979 まがはしや花吸ふ蜂《はち》の往《ゆき》還《かへ》リ　園風

1980 知《しる》人《ひと》にあはじ〳〵と花見かな　去来

1981 ある僧の嫌ひし花の都かな　凡兆

浪人のやどにて

1982 鼠《ねずみ》共《ども》春の夜あれそ花《はな》靫《うつぼ》　半残

1983 腥《なまぐさ》きはな最《さい》中《ちゅう》のゆふべ哉《かな》　伊賀長眉

1979 ▽桜をたよりに亡父の墓を探したが、墓地のあちこちに桜は咲き乱れていて、どれが母のいうそれやら見わけがつかない。蜂も蜜を求めてそれらの花から花へと行きつもどりつしている。谷中には寺院が多い。季花。

1980 ▽花見客のすれ違う中を、知人に逢うまい逢うまいと念じながら歩いている。独り気ままに花を楽しむが一番。謡曲・西行桜「花見んと群れつゝ人の来るのみぞ、あたら桜のとがには有りける」。季花見。

1981 ▽歌いつがれて今また春たけなわの花の都、この俗塵を嫌って隠遁した僧もいたっけ。「花の都」は歌語。季花。

1982 ○花靫　底本「花靭」と誤刻。靫は矢を入れて背負う用具。花は美称で「春の夜」が季語であろうが、ここの配列からいうと花の句の扱いで、編者は花を挿した靫と解したか。御傘「花うつぼ　雑也。正花にもする也。植物にあらず」。▽貧居ながら、仕官の昔を思わせるみごとな靫に桜の枝が挿してある。鼠どもよ、春の夜をあばれまわって、せっかくの風流をそこなったりするな。一五六八参照。季春の夜・花靫。

1983 ▽宴果てて食い荒した酒肴がなまぐさく匂う、花見時の夕暮よ。季はな。

「はなも奥有《ある》」とや、よしのに深く吟《ぎん》じ入《いり》て

1984 大《おほ》峰《みね》やよしのゝ《の》奥の花の果《はて》　曾良

道灌山《だうくわんやま》にのぼる

1985 道灌や花はその代《よ》を嵐哉《かな》　嵐蘭

源氏の絵を見て

1986 欄《らん》干《かん》に夜ちる花の立《たち》すがた　羽紅

庚午《かのえうま》の歳《とし》家を焼《やき》て

1987 焼《やけ》にけりされども花はちりすまし　加州 北枝

1988 はなちるや伽《が》藍《らん》の枢《くるる》おとし行《ゆく》　凡兆

1984 ○はなも奥有　類字名所和歌集「見渡せば麓ばかりに咲き初めて花も奥あるみよし野の山」。○大峰　大和の歌枕。吉野から熊野へと南北に連なる大峰山脈の主峰。修験道の根本道場として知られた。▽大峰山、それは吉野の花を訪ねて奥へ奥へと分け入った最果ての霊場である。「の」のたたみかけが効果的。曾良の吉野観桜は元禄四年(一六九一)四月一日(曾良日記)。季花。

1985 ○道灌山　江戸の遊山場。上野台の最高所で眺望にすぐれ、採薬・虫聞の名所として知られた。太田道灌の砦城跡とも関道閑の屋敷跡とも。▽太田道灌はここを江戸城の出城として戦乱の世を睥睨した。今、太平の世にも花はかわらず、その世をしのばせて嵐に散っている。作者は「武ヲ業トシテ板倉家ニ奉仕ス、而シテ諫ヲ奉ツテ速ヤカニ官ヲ辞ス」(風俗文選)といった経歴の人。季花。

1986 ○源氏の絵　源氏物語の「隅の間の高欄におしかかりてとばかり眺め給ふ」(須磨)場面を指摘する注が多いが、どの場面と特定しなくてもよい。桜花の宴の源氏の「花の姿」や、藤花の宴の源氏の「桜の唐の綺の御直衣、葡萄染の下襲、裾いと長く引きて、…花の匂ひもけおされて」しまうほどの「おほきみ姿」(花の宴)を想起してもよい。▽簀子縁の高欄に花散りかかる春の夜、渡らせ給ふ光君の立姿のなまめかしいこと。「散る花」に「花の立姿」と言い掛けた。季ちる花。

1987 ○庚午の歳　卯辰集に「元禄三年のとし大火に庭の桜も炭になりたるを」と前書。三月十六—十七日の金沢大火をいう。▽庭の桜も焼けてしまいましたが、さいわい花は散ったあとでした。四月二十四日付芭蕉書簡に「御難儀の程察申候。されどもやけにけりの御秀作、かゝるときに望、大丈夫感心、去来・丈草も御作驚申計に御座候。…かゝる名句に御替被成候へば、さのみ惜しかるまじくと存候」。季花ちる。

1988 ○枢　敷居の穴に挿入して戸を開かないようにする桟。▽広い境内に花散りかかる夕暮、番僧がひとり堂々をまわって大扉をぎいっと閉め、ことんと枢を落していく。「入相の鐘に花ぞ散りける」の旧套を脱し、花十三句の掉尾を飾る秀逸。季はなちる。

1989 海棠《かいだう》のはな満《みち》たり夜の月　江戸 普船

1990 大和行脚《やまとあんぎや》のとき
草臥《くたびれ》て宿《やど》かる比《ころ》や藤の花　芭蕉

1991 山鳥《やまどり》や躑躅《つつじ》よけ行《ゆく》尾のひねり　探丸

1992 やまつゝじ海に見よとや夕日影《ゆふひかげ》　智月

1993 兎角《とかく》して卯花《うのはな》つぼむ弥生《やよひ》哉《かな》　山川

1994 鷽《うそ》の声きゝそめてより山路《やまぢ》かな　伊賀 式之

1995 木曾塚《きそづか》
其《その》春の石ともならず木曾《きそ》の馬　乙州

1989 ▽睡りいまだ覚めぬ様子で海棠の花が咲き満ち、夜半の満月が静かにこれを照らしている。句兄弟に「睡れるといふ字を満るといふ字に通はして、満月のたらぬ事なき春興なり。然れども一句のこは〴〵しき所あれば自句(海棠の花のうつゝや朧月)にとがめて優艶に句のふりを分けたり」の其角評がある。類船集「眠—海棠—貴妃の姿」。[季]海棠のはな。

1990 ○大和行脚のとき　貞享五年(一六八八)四月十・十一日頃に初案を得た。泊船集に「丹波市とかやいふ処にて日の暮れかゝりけるを、藤の覚束なく咲きこぼれけるを」と前書。○草臥て　初案「時鳥」。類船集「草臥(クタビレ)—旅、藤—時鳥・たそかれ時」。▽大和路の歌枕を訪ねて終日歩きつかれ、ようやく一夜の宿を求める折から、たそがれの淡い光に薄紫の色をにじませて藤の花房がものうげに垂れている。[季]藤の花。

1991 ▽山鳥があの「長々し」とよまれた「しだり尾」をたくみにひねらせながら、色鮮やかな躑躅の株と株の間をぬい歩いている。[季]躑躅。

1992 ▽海に面した山の斜面を彩る躑躅が夕日に一きわ燃えて、水面に鮮やかな影を写している。山の躑躅を海に見よと言わんばかりに。作者は大津の人、海は湖か。[季]やまつゝじ。

1993 ▽とかくするうちに春もはや卯の花のつぼむ三月末となり、やがて卯月。[季]弥生。春の部もはや名残、通読してここに至れば、一句を超えた味わいがある。編集の妙。

1994 ▽鷽の声を耳にしてから道はようやく山路らしくなった。参考、類船集「卯花—時鳥—山路」。[季]鷽。

1995 ○木曾塚　近江の粟津義仲寺にある木曾義仲の墓。義仲は寿永三年正月二十一日、ここ粟津の原で戦死。「聞ゆる木曾の鬼葦毛といふ馬」(平家物語九)で敗走中、「深田に馬をかけ落し、引けども上らず打てども行かぬ望月の、駒の頭も見えばこそ」(謡曲・兼平)という状態で討たれた。▽あの春、無惨な最期をとげた義仲の愛馬はどうなったろう、石馬となって木曾塚を守るでもなく、ここはあまりに淋しい。芭蕉は「物の讃・名所等の句は、先づ其場を知るを肝要とす。…句の善悪は第二の事なり」とし、「乙州、木曾塚の句は、すぐれたる句にあらずといへども、これを許して猿蓑集に入るべき由を下知し給ふ」(旅寝

1996 春の夜はたれか初瀬《はつせ》の堂《だう》籠《ごもり》　曾良

望湖水惜春

1997 行《ゆく》春《はる》を近江《あふみ》の人とおしみける　芭蕉

論)という。季春。

1996 ○初瀬　大和の歌枕。長谷寺の観音信仰で知られる。類船集「初瀬―花・観音・いのる契・玉かつらの君・住吉の姫に逢」。曾良の長谷寺参詣は元禄四年(一六九一)三月二十八日(曾良日記)。ただし句は、芭蕉が旧作「初瀬/春の夜や籠り人ゆかし堂の隅」(笈の小文)を改案して曾良作としたものか。▽朧にかすむ春の夜、初瀬の観音堂に参籠して祈りを捧げているのはどんな素姓の人だろう、王朝物語の一場面を見るようで心ひかれる。季春の夜。

1997 ○望湖水惜春　湖水ニ望ミテ春ヲ惜シム。○行春を　初案「行春や」。○おしみ　正しくは「をしみ」。▽季節のめぐりとともに旅を続けて今、漂泊の身をしばし近江の地にとどめ、古来、湖水の春光を愛惜してきたこの国の人々とともに、行く春を見送ることだ。去来抄によれば、尚白が「近江は丹波にも、行春は行歳にもふるべし」と批難し、去来が「湖水朦朧として春を惜しむに便りあるべし、殊に今日の上に侍る」と反論すると、芭蕉が「しかり、古人も此国に春を愛する事おさ〳〵都に劣らざるものを」と補足したという。季行春。「木曾の馬」「初瀬の堂」「近江の人」と続いた。読者も読了して名残を惜しむ、絶妙の巻軸句。

猿蓑集 巻之五

1998 鳶《とび》の羽《は》も刷《カイツクロヒ》ぬはつしぐれ　去来

1999 一《ひと》ふき風の木《こ》の葉しづまる　芭蕉

2000 股《もも》引《ひき》の朝からぬるゝ川こえて　凡兆

2001 たぬきをゝどす篠《しの》張《はり》の弓　史邦

2002 まいら戸《ど》に蔦《つた》這《はひ》かゝる宵の月　芭蕉

2003 人にもくれず名物の梨《なし》　来

1998 発句。冬(はつしぐれ)。○鳶の羽　「鷹の羽」の端麗に対していう。○刷ぬ　ここは動作ではなく状態をいう。合類節用集「刷　カイツクロフ」、書言字考「刷　ハヅクロヒ」。▽初時雨が通り過ぎると野山は蕭然として、楝木などにとまる鳶の毛ばだった羽もしっとりと濡れ、おのずから羽づくろいしたようにみえるの意。巻頭発句「初しぐれ猿も小蓑をほしげ也」に応じる。

1999 脇。冬(木の葉)。▽ひとしきり風に木の葉が舞い散りやがて静まったの意。景気の付。三冊子「脇に一嵐落葉を乱し、納りて後の鳶の気色と見込みて、発句の前の事をいふなり」。類船集「鳶—辻風、時雨—木葉散音」。

2000 第三。雑。○股引　守貞謾稿「旅行の半股引〈京坂には股引とのみ云、江戸は猿股引と云〉膝下僅に一二寸に止る。必ず浅黄木綿の単なり」。▽朝立ち早々から冷たい流れに股引をぬらすようなかち渡りをしての意。前句を夜来の風の静まった川辺の景と見、徒渉する旅人で人事に転じた。

2001 初オ四。雑。○篠張の弓　弓状に篠竹を張って仕掛けるわな。好色一代男四の三「夜更、あるじは古き葛籠を明けて鳴子・はり弓取出し、近の山陰に狸のかぎりもなくあれける、これを捕えてもてなしにせまほしと出てゆく」。▽畠をあらす狸をこらしめようと弾き弓を仕掛けにゆく意。前句の人を、川向こうに畠をもつ里人に見かえて付けた。

2002 初オ五。秋(蔦・月)。月の定座。○まいら戸　細い横桟を狭い間隔で取り付けた板戸。寺や屋敷の玄関などに用いる。▽夕月ほのかに、閉めきった舞良戸に蔦の這いかかった古寺などのさま。狸おどしの仕掛けてある時分と場を想定した付句だが、古寺と明言してはまずい。類船集「狸—古寺、蔦—古寺」。

2003 初オ六。秋(梨)。▽近隣に評判の梨のたわわに生ったのを、子供じゃあるまいし少しはくれてやればよいものを、独り占めしている偏屈者のさま。前句を世間と没交渉の家と見て、その主人の性格を付けた。小傘「梨子—同心屋敷・寺ノ庵」。

2004 かきなぐる墨《すみ》絵《ゑ》おかしく秋暮《くれ》て　邦

2005 はきごゝろよきめりやすの足袋《たび》　兆

2006 何《なに》事《ごと》も無《む》言《ごん》の内《うち》はしづかなり　来

2007 里見え初《そめ》て午《うま》の貝ふく　蕉

2008 ほつれたる去《こ》年《ぞ》のねござのしたゝるく　兆

2009 芙《ふ》蓉《よう》のはなのはら〳〵とちる　邦

2010 吸《すひ》物《もの》は先《まづ》出《で》来《か》されしすいぜんじ　蕉

2011 三里あまりの道かゝえける　来

2004 初ウ一。秋(秋暮て)。○おかしく　正しくは「をかしく」。▽秋の暮れゆくまま、興にまかせ筆にまかせて書きなぐる水墨画の趣深いさま。前句を世間を睥睨した文人気質に見かえた、其人の付。

2005 初ウ二。冬(足袋)。▽伸縮自在、足にぴったり合って気持のいいメリヤスの足袋の意。やや寒の折から、前句の人の足袋に着目した会釈の付。漢土の趣味をたしなむ数寄者に、紅毛の舶来品を着用させた趣向。自在の気分で応じる。類船集「墨跡・足袋―数寄屋」。

2006 初ウ三。雑。▽万事口を慎しんでとやかく言わないかぎり、心の内も外も平穏であるの意。前句に自足の境地を見込んで、観相を付けた遺句。「物言へば唇寒し」を裏返した洒脱な処世訓。

2007 初ウ四。雑。▽修法を終えて下山する山伏の一行が、里が見えはじめたところで正午の時刻となり、到着合図の法螺貝を吹き鳴らす意。前句を無言の行に見なし、峰入りの山伏を付けた。類船集「貝―山臥」。

2008 初ウ五。雑。▽去年から使い古した寝ござの、端がほつれ垢づいてじとつくさま。前句の里の鄙びたくらしむき。昼休みに午睡などする里人を想定して、寝ござを付けた。

2009 初ウ六。夏(芙蓉のはな)。○芙蓉　文蓬萊「水より出るを草芙蓉といひて蓮なり。陸より出るを木芙蓉といふ、秋なり」。▽水蓮の花びらのこぼれるさま。農家の庭前の蓮田で、其場の付。俳諧古集之弁に「浄穢の取合せ、いとおかし」。

2010 初ウ七。雑。○吸物　飯に合わせて出すのは汁。酒に合わせて出すのが吸物で、軽くあっさりと調味する。料理献立集の吸物の取合せの一例に「すいぜんじ・のり・むめぼし」。▽何はさておき結構な水前寺のりのお吸物の意。蓮池のほとりの饗宴での客人の挨拶を付けた。

2011 初ウ八。雑。○三里　「朝茶は三里行っても飲め」「味噌豆は三里廻りても食ふべし」(譬喩尽)等の諺をふまえるか。▽三里余の道程をかかえていると帰りを億劫がるさま。これから酒になろうとするところで、亭主のもてなし上手に帰りそびれている客の心を付けた。

2012 この春も盧《ろ》同《どう》が男《をとこ》居《ゐ》なりにて　邦

2013 さし木《き》つきたる月の朧《おぼろ》夜《よ》　兆

2014 苔《こけ》ながら花に並ぶる手水《てうづ》鉢《ばち》　蕉

2015 ひとり直《なほり》し今《け》朝《さ》の腹だち　来

2016 いちどきに二《ふつ》日《か》の物も喰《くう》て置《おき》　兆

2017 雪げにさむき島の北風　邦

2018 火ともしに暮《くる》れば登る峰の寺　来

2019 ほとゝぎす皆鳴《なき》仕《し》舞《まひ》たり　蕉

2012 初ウ九。春(春)。○盧同　「盧同が茶歌」(類船集)で知られた唐の隠士。韓退之「寄盧同」に「一奴ハ長鬚ニシテ裹頭セズ…辛勤奉養ス」とあり、その奴が盧同の使いで再々書状をとどけに来たという。「茶歌」「寄盧同」とも古文前集所収。▽あの実直な盧同の下男は、この春の出代りにも暇をとらず貧しい主家に奉公を続けているという俳諧化。三里余の使い走りも苦にせずの意で前句に付く。

2013 初ウ十。春(朧夜)。○さし木　花壇地錦抄によれば多くは三、四月か四、五月だが、梅十二月、柳一、二月、桜二月中旬等もある。▽月も朧の折から去年の挿木が根づいて芽をふいたの意。居着いて出代る気のない下僕ならではの園芸。初裏の月を春季のあしらいとして出した景気の付。

2014 初ウ十一。春(花)。花の定座。▽華麗な花のもとに苔むした手水鉢を並べ置くの意。茶庭作りの楽しみを付けた。類船集「苔—花の木・作り庭・手水鉢」。

2015 初ウ十二。雑。▽気付くと、今朝の不機嫌がひとりでに直っていたの意。前句を気散じの趣味とみて付けた。

2016 名オ一。雑。▽気が向けば一度に二日分もたいらげるの意。前句の「ひとり直し」に独身者の気まぐれな性格を見込み、不規則な生活のありがちな一面を思いなした。

2017 名オ二。冬(雪げ・さむき)。▽雪もよいの底冷えする島に寒い北風が吹き荒れるさま。前句を防災とか出漁とかに備えて漁民の十分に腹ごしらえするさまに見かえた付句。

2018 名オ三。雑。○峰の寺　類船集「薬師—峰の寺、峰—薬師堂」。▽日暮れには毎日欠かさず山頂の寺に灯明をかかげに登るの意。釈教。島の頂や岬の鼻の寺社の常夜灯が航海の目標になることを思い寄せた付句。真蹟去来文に「たれぞの面影に立ち申し候句」という。

2019 名オ四。夏(ほとゝぎす)。▽時節が過ぎて、あれほど鳴いていた時鳥の声がすっかり聞けなくなったの意。前句の「暮れば登る」くりかえしに時間の経過を見込み、登る途中の見聞の推移を付けた。類船集「郭公—山路」。

2020 瘦《そう》骨《こつ》のまだ起《おき》直《なほ》る力なき　邦

2021 隣をかりて車引《ひき》こむ　兆

2022 うき人《ひと》を枳《き》殼《こく》垣《がき》よりくゞらせん　蕉

2023 いまや別《わかれ》の刀さし出す　来

2024 せはしげに櫛《くし》でかしらをかきちらし　兆

2025 おもひ切《きつ》たる死《しに》ぐるひ見よ　邦

2026 青《せい》天《てん》に有《あり》明《あけ》月《づき》の朝ぼらけ　来

2027 湖水の秋の比《ひ》良《ら》のはつ霜　蕉

2020 名オ五。雑。▽長患いで瘦せ衰えた身には、まだ床の上に起きているだけの元気がないの意。酷暑が去り凌ぎやすくなった頃を見込み、時鳥は皆鳴きしまったのに私はまだ床上げできないという嘆きを付けた。類船集「瘦―夏」。

2021 名オ六。雑。▽訪れた家の門口が狭いため隣屋敷を借りて牛車を引きこむ意。真蹟去来文によると、光源氏が大弐の乳母を見舞う場面(源氏物語・夕顔)を俤にした向付。原典では、「御車入るべき門は鎖したりければ」隣家の前で開くを待ち「引き入れて下り給ふ」。乳母は病床に「起きあがりて」感謝し「弱げに泣く」。その隣家が夕顔の宿。

2022 名オ七。雑。恋(うき人)。▽あのつれない人に刺の多いカラタチの生垣から忍ばせたいものだ、少しは恋路の辛さを思い知るだろうの意。前句を忍び車に見かえ、素直に迎え入れようとせず門を閉じて意地を張っている女心を付けた。物語の体に呼び出されて、やっと恋になった。

2023 名オ八。雑。恋(別)。▽後朝の別れのさま。男は侍で、当代の恋。前句を人目忍んで恋人を帰そうとする意に取り成した、其人の付。鑓の権三重帷子に、底を抜いた空樽を「枳殼垣」に差込んで「抜け穴道」を作る話がある。

2024 名オ九。雑。▽寝乱れた髪にそそくさと櫛を入れる遊客のさま。前句を遊女と見た向付。

2025 名オ十。雑。○死ぐるひ　葉隠に「武士道は死狂ひ也」と説く。軍記の用語。▽これぞ最期と思い定めた死物狂いの働きを見よの意。前句を役者が出番前にざんばら髪にするさまに見かえ、舞台で見えを切る時代物の台詞を付けた。

2026 名オ十一。秋(有明月)。月の定座。▽青みわたる夜明けの空に残月がほの白くかかっているさま。前句のいさぎよい決意に決戦の朝の景気をあしらった、響きの感合。芭蕉も「是、すごき場のがさぬ句」と称美したという(浪化・随門記)。人事句のたたみかけをここで景気に転じた。

2027 名オ十二。秋。○比良　「比良の暮雪」は近江八景の一。▽琵琶湖の秋たけて比良の高嶺にはや初霜をみたの意。三冊子「前句の初五の響き堅きに心を起し、湖水の秋、比良の初霜と、清く冷じく大きなる風景を寄す」。

2028 柴の戸や蕎麦《そば》ぬすまれて歌をよむ　邦

2029 ぬのこ着《き》習《なら》ふ風の夕ぐれ　兆

2030 押《おし》合《あう》て寝ては又立つかりまくら　蕉

2031 たゝらの雲のまだ赤き空　来

2032 一《ひと》構《かまへ》鞦《しりがい》つくる窓のはな　兆

2033 枇《び》杷《は》の古《ふる》葉《は》に木《この》芽《め》もえたつ　邦

去来　九
芭蕉　九
凡兆　九
史邦　九

2028 名ウ一。秋(蕎麦)。○蕎麦　晩秋から初冬にかけて刈る。新蕎麦は秋、蕎麦刈るは十月で冬の季語。ここは古今著聞集十二「澄恵僧都蕎麦盗人の歌を詠む事」の俤。▽庵住の人の、畠の蕎麦を盗まれても平然と歌にしゃれのめすさま。前句に新古今調の詠嘆を聞きつけ、湖畔に庵住して悠々詠歌する世外の人を思いなした。類船集「湖—世を遁たる人、桑門(ヨステヒト)—柴の戸」。小傘「初霜—蕎麦」。

2029 名ウ二。冬(ぬのこ)。▽夕風の寒さに木綿の綿入れが肌身離せなくなったの意。自然の季移りで、其人の付。

2030 名ウ三。雑。○かりまくら　旅寝を意味する歌語。▽追込宿につめこまれて寝ては又旅立つあけくれの意。前句の「着習ふ」に長旅を見込み、「かりまくら」の位を俗に定めた。類船集「風—ねられぬ枕、夕—旅の宿かる」。真蹟去来文に「たれその面影に立ち申し候句」という。

2031 名ウ四。雑。○たゝら　踏鞴を用いる熔鉱・精煉の炉。一に、古戦場として知られた筑前多々良浜とも。初本結「鑪鞴—浜、沖吹風—たゝら」。多々良の地名も踏鞴に由来する。▽夜も燃え続ける製鉄炉の炎がまだ未明の空を染め、暁雲のたなびくさま。一に、多々良浜の朝焼けとも。早立ちの旅人の嘱目を付けた。

2032 名ウ五。春(はな)。花の定座。○鞦　馬の頭・胸・尾に繫げる緒の総称。三繫。▽皮革を扱う馬具職人が一部落をなす仕事場の窓辺に、明るくひっそりと花が咲いているさま。職人尽し的発想の其場の付。

2033 挙句。春(木芽)。▽枇杷の暗緑色で厚い古葉の中から、浅緑の柔らかい新芽がもえ出るさま。景の打添え。

2034 市《まち》中《なか》は物のにほひや夏の月　凡兆

2035 あつし／＼と門《かど》／＼《かど》の声　芭蕉

2036 二《に》番《ばん》草《ぐさ》取りも果《はた》さず穂に出《いで》て　去来

2037 灰うちたゝくうるめ一枚　兆

2038 此《この》筋《すぢ》は銀も見しらず不《ふ》自《じ》由《ゆ》さよ　蕉

2039 たゞとひやうしに長き脇《わき》指《ざし》　来

2040 草《くさ》村《むら》に蛙《かはづ》こはがる夕まぐれ　兆

2034 発句。夏(夏の月)。○市中　M音・N音のねばりつく効果も考えてマチナカと訓む。元禄三年(一六九〇)六月、京は小川椹木町上ルの凡兆亭興行。○夏の月　涼しさを本意とする歌語。▽夏の夜の熱気がよどむ市街地には、雑多な生活の臭いがいりまじり、天空には高く月が澄んでいるの意。

2035 脇。夏(あつし)。▽風通しの悪い家の中に居たたまれず、門口に出て涼む人々が、口々に暑い暑いと語りあうさま。三冊子に「この脇、匂ひや夏の月とあるを見込みて、極暑を顕はして見込みの心をてらす」。京はこの夏「三十年来酷暑也」(尭恕法親王日記)という。

2036 第三。夏(二番草)。○二番草　田の草取りは出穂前に三—五回行う、その二回目。○穂に出て　歌語。和歌では恋の比喩。▽例年にない暑さで稲の成育が早く、二番草も済まぬうちに穂が出はじめたの意。前句に付けると発話体めいて、言外に豊作の期待がある。都会の夜を田園の昼に転じた。

2037 初オ四。雑。○一枚　干物であることを示す。▽燠火で直にあぶったうるめ鰯の干物の灰をはたき落すさま。前句にせき立てられるような気ぜわしさを感じとり、その気分を農繁期の昼食のさまにうつした。草稿「破れ擂鉢にむしるとびいを」では、質素なだけで気ぜわしさのうつりがない。

2038 初オ五。雑。月の定座だが「夏の月」前出。○銀　秤量貨幣だから秤のない店では通用しない。▽この地方では銀貨も通用しないとは何と不自由なの意。前句を鮮魚もない僻地の粗末な食事に見かえ、飯代を銭で要求された旅人の困惑を、発話体で付けた。

2039 初オ六。雑。○長き脇指　一尺八寸以上。町人禁制で、博徒が差し歩いたので、長脇指はのちに博徒の異名になった。▽ただはずれて長い脇差の意。前句に見下したような横柄な口調を感じとり、口調にふさわしい人物として博徒の類を想定し、それと言わずにその風体を付けた。

2040 初ウ一。春(蛙)。○草村　通行の当字。▽物の正体を見定めがたい夕ぐれ時、草むらをがさつかせる蛙にもおびえるさま。前句にこけおどしの気味を感じとり、内心臆病な男の行動を付けて、おかしみをねらった。

2041 蕗《ふき》の芽とりに行《あん》灯《ど》ゆりけす　蕉

2042 道《だう》心《しん》のおこりは花のつぼむ時　来

2043 能《の》登《と》の七《なな》尾《を》の冬は住《すみ》うき　兆

2044 魚《うを》の骨しはぶる迄の老《おい》を見て　蕉

2045 待《まち》人《びと》入《いれ》し小《こ》御《み》門《かど》の鎰《かぎ》　来

2046 立《たち》かゝり屏《びやう》風《ぶ》を倒《こか》す女《をな》子《ご》共《ども》　兆

2047 湯《ゆ》殿《どの》は竹の簀《すの》子《こ》侘《わび》しき　蕉

2048 茴《うゐ》香《きやう》の実《み》を吹《ふき》落《おと》す夕嵐　来

2041 初ウ二。春(蕗の芽)。▽蕗の薹を採りに出、ふとしたはずみに提げ行灯の火を揺り消してしまうの意。前句に若い女の風情を見とり、物に驚きやすい娘心を「ゆりけす」にうつした。蕗の芽は草むら、行灯は夕まぐれのあしらい。揺り消す原因を前句の蛙に直結すると、一句の独立性を欠く。

2042 初ウ三。春(花)。▽仏道に帰依する気になったのは花もつぼみの頃だったの意。尼僧を暗示する。釈教。火の消ゆるに無常を感得し、発心を趣向した。草稿「発心のをこりを」。

2043 初ウ四。冬(冬)。○住うき　撰集抄の松島上人事にみえる贈答歌に「ここ住みよし」とあるを反転して「住み憂き」とした。能登の荒磯の岩屋で苦行する上人の俤で、「せめて春夏のほどはいかがせん、冬の空の越路の雪の岩屋の住居おもひやられて、そぞろに涙のしどろなるに侍り」とある。▽能登の七尾の冬は住みづらいの意。前句を行脚僧の回想と見て、現在の述懐を付けた。時を転じて自然に季移りした。

2044 初ウ五。雑。▽歯もなくなり、魚の骨をしゃぶるまでに老いさらばえての意。前句に老衰の嘆きを聞きとり、その人を土着民に見かえて、所柄にふさわしい様態を付けた。三冊子「前句の所に位を見込み、さもあるべきと思ひなして人の体を付けたるなり」。

2045 初ウ六。雑。恋(待人)。▽姫の恋人をそっと迎え入れて閉ざした小門の鍵よの意。去来の浪化宛書簡によれば源氏物語・末摘花に「御車出づべき門はまだ開けざりければ、鍵の預り尋ね出でたれば、翁のいといみじきぞ出で来たる」とあるを想起し、総門から退出する後朝の場面を、通用門から忍び入る場面に仕かえた俤の付。

2046 初ウ七。雑。前句に付けて恋。○倒す　草稿「こかす」。▽覗き見ようとして屏風にもたれかかり押し倒してしまう女たちのさま。待人を迎え入れた邸内の様子を付けた。

2047 初ウ八。雑。▽客立ちの後の宿屋などの、湯も落してがらんとした浴室のさま。前句を後片付けの女中の粗忽に見かえて付けた。屏風は湯殿囲いか。

2048 初ウ九。秋(茴香の実)。▽吹き渡る夕風に茴香の実がぱらぱらと散るさま。前句に寥秋の気を感じとり、入浴の時分

2049 僧やゝさむく寺にかへるか　兆

2050 さる引《ひき》の猿と世を経《ふ》る秋の月　蕉

2051 年に一斗の地子《ぢし》はかる也　来

2052 五六本生《なま》木《き》つけたる瀦《ミツタマリ》　兆

2053 足《た》袋《び》ふみよごす黒《くろ》ぼこの道　蕉

2054 追《おつ》たてゝ早き御《お》馬《んま》の刀《かたな》持《もち》　来

2055 でつちが荷《にな》ふ水こぼしたり　兆

2056 戸《と》障《しやう》子《じ》もむしろがこひの売《うり》屋《や》敷《しき》　蕉

を定めて、湯殿からの眺めを付けた。茴香を植えるは医家の後園か。人情がらみの句並をようやく景気に転じた。

2049 初ウ十。秋(やゝさむ)。○寺にかへる「蒼苔路滑僧帰寺」(和漢朗詠集)のイメージ。草稿「山に帰る」。▽晩秋の野路を寒々と僧が行く、托鉢を終えて帰山するところかの意。釈教。前句の景に時節と時分を合わせ人物を点出した。

2050 初ウ十一。秋(秋の月)。花の定座だが花は前出、代りに月をこぼして出した。▽猿廻しが猿を伴侶につましく暮らすさま。秋の月は季のあしらいだが、人生哀感の諸相をあまねく照らして効果的。三冊子「この二句、別に立てたる格なり。人の有様を一句として、世の有様を付とす」。

2051 初ウ十二。雑。○地子　草稿「地代」。宅地税。江戸では矢野弾左衛門が徴税権を有し、浅草のその囲内に猿引は住んだ。▽わずかながらも年に米一斗分の地代は納めているの意。生計のつましさを具象化した付句。

2052 名オ一。雑。○瀦　合類節用集「瀦　タマリミヅ」。草稿「溜りみづ」。▽場末の貧弱な貯木池のさまか。前句の場を思い寄せた付句。

2053 名オ二。冬(足袋)。○黒ぼこ　腐植土。草稿「くろぼく」。▽句意分明。前句の場に人物をあしらった付句。人物は旦那衆でもあろうか、足袋によって位が示されている。

2054 名オ三。雑。▽鐙を蹴たてて早駆けする主人の馬の後を供侍が懸命について走るさま。前句に気勢を見込み、「足袋ふみよごす」人を具体的に見立てた。類船集「足袋―近従」。草稿「お馬にはやり持独付ぬらむ」。

2055 名オ四。雑。▽丁稚があわてふためいて担桶の水をこぼしたの意。向付。草稿「わつぱがこゑを打こぼしけり」は郊外、改案で城下町に転じた。去来抄に「凡兆曰、尿糞の事申すべきか。先師曰、嫌ふべからず、されど百韻といふとも二句に過ぐべからず、一句なくてもよからむ。凡兆、水に改む」と伝える。以上三句、軽薄な心付。

2056 名オ五。雑。▽売屋敷の買手がつくまで損傷しないよう外面の建具を莚で囲ってあるさま。人気のないをさいわい、広い邸内を通り抜けしていると見た其場の付。

2057 てんじやうまもりいつか色づく　来

2058 こそ〳〵と草鞋《わらぢ》を作る月夜ざし　兆

2059 蚤《のみ》をふるひに起《おき》し初《はつ》秋《あき》　蕉

2060 そのまゝにころび落《おち》たる升《ます》落《おとし》　来

2061 ゆがみて蓋《ふた》のあはぬ半《はん》櫃《びつ》　兆

2062 草《さう》庵《あん》に暫《しばら》く居ては打《うち》やぶり　蕉

2063 いのち嬉《うれ》しき撰《せん》集《じふ》のさた　来

2064 さま〴〵に品《しな》かはりたる恋をして　兆

2057 名オ六。秋(てんじやうまもり)。○てんじやうまもり　唐辛子の一種。天井は戸障子のあしらい。唐辛子は去来の好物で、落柿舎にも栽培した。○いつか色づく　草稿「いろ付にけり」。▽人知れず天井守の色づくさま。前句に有為転変の余情を汲みとり、時節のあしらいで無人屋敷の侘しさを強調した。

2058 名オ七。秋(月夜ざし)。▽月あかりの中で独り静かに音を忍んで草鞋をつくっているさま。前句の「いつか」に季節の推移を見込んで、秋の夜長の夜なべ仕事を趣向した付句。

2059 名オ八。秋(初秋)。▽蚤にせせられて目をさました人が、起き出て寝巻をばたばた振うさま。向付。三冊子「こそ〳〵といふ詞に夜の更けて淋しき様を見込み、人一寝まで夜なべするものと思ひ取りて、妹など寝覚めして起きたる様に別人を立て、見込む心を二句の間に顕すなり」。やや季戻りの気味。

2060 名オ九。雑。○ころび落たる　草稿「打こけてある」。「振ふ」の語勢に応じて動感のある表現に改めた。▽鼠もかからないまま、升落しの支柱がはずれてひとりでに転び落ちるさま。前句の人の見とがめた真夜中の寸景。

2061 名オ十。雑。○ゆがみて　草稿「ひづみて」。○半櫃　小ぶりの長持。▽がらくたのさま。鼠の荒れる納戸にありそうな物を思い寄せ、前句のちぐはぐな気分をうつした。

2062 名オ十一。雑。月の定座だが月は前出。▽草庵を結んでしばらく留まっていたかと思うと、又そこも住み捨ててどこへともなく旅立つ意。前句の家財の有様に住人の物に頓着せぬ性格を読みとり、一所不住の境涯を思い寄せた。当時執筆の幻住庵記の草案に「旅心常となりて武蔵野に草室もとく破り捨て、無庵を庵とし無住を住とす」とある。

2063 名オ十二。雑。▽勅撰和歌集に入集の好機にめぐりあい、生への執着を捨てた身の、さすがに存命の幸せをかみしめるさま。前句を漂泊の歌僧と見なした俤の付。去来抄によれば、初案は、西行が頼朝に和歌の道を聞かれて「無知其奥旨也」と答えた故事(扶桑隠逸伝)をそのまま、「和歌の奥儀はしらず…」であったのを、「前を西行・能因の境界と見たるはよし。されど直に西行と付けんは手づつならん。ただ面影にて付くべし」と芭

2065 浮《うき》世《よ》の果《はて》は皆小《こ》町《まち》なり　蕉

2066 なに故《ゆゑ》ぞ粥《かゆ》すゝるにも涙ぐみ　来

2067 御《お》留《る》主《す》となれば広き板《いた》敷《じき》　兆

2068 手のひらに虱《しらみ》這《は》はする花のかげ　蕉

2069 かすみうごかぬ昼のねむたさ　来

凡兆　十二
芭蕉　十二
去来　十二

蕉が改めたという。

2064 名ウ一。雑。恋。▽多彩な恋の閲歴を顧みるさま。「いのち嬉しき」に老を見込み、業平ごとき色好みの宮廷歌人の述懐を付けた。「品かはりたる恋」は「撰集」のあしらい。歌集の恋の部には、忍ぶる恋・逢はぬ恋・隔つる恋・待つ恋など種々の名目がある。

2065 名ウ二。雑。恋(浮世・小町)。〇小町　謡曲の小町物に描かれた落魄のさま。関寺小町「百とせの姥と聞えしは小町が果の名なり」、卒都婆小町「小野小町がなれる果にて候ふなり」等。▽浮世狂いの果ては皆あの衰残の小町と同じ定めさの意。前句を好色一代の女に見かえて、観相を寄せた。雑談集に「此句のさびやう、作の外を離れて、日々の変にかけ時の間の人情にうつりて、しかも翁の衰病につかれし境界にかなへる所、誠をろそかならず」の其角評がある。

2066 名ウ三。雑。〇なに故ぞ　草稿「何故か」を改めて、他からいぶかしむ体を明確にした。▽句意分明。前句に小町を俤にした零落の乞食姿を読みとり、一椀の粥にも涙ぐむその人の過去をいぶかしむさまを付けた。

2067 名ウ四。雑。▽御主人が不在のお屋敷はがらんとして板敷がやけに広く感じられるの意。前句に淋しみを感じとり、涙ぐむ人を留守番の奉公人に見かえて、その場を付けた。板敷は台所あたりの板の間で、粥すする人の位を示した。

2068 名ウ五。春(花)。花の定座。定座遵守はここのみである。▽句意分明。前句に閑散の余情を感じとり、留守番人ののんびりとくつろぐさまを付けた。花見の留守番であろうか、その頃に目立つ虱を花見虱という。

2069 挙句。春(かすみ)。〇ねむたさ　草稿「ねふたさ」。▽そよともせぬ春の日永のねむたいさま。前句の人を太平の逸民と見、その無聊感を春日遅々たる情景にうつして、のどかに巻き収めた。幻住庵記にも「睡辟山民と成て…空山に虱を捫て座す」とある。

2070 灰《あ》汁《く》桶《をけ》の雫《しづく》やみけりきり〴〵す　凡兆

2071 あぶらかすりて宵《よひ》寝《ね》する秋　芭蕉

2072 新《あら》畳《だたみ》敷《しき》ならしたる月かげに　野水

2073 ならべて嬉《うれ》し十《とを》のさかづき　去来

2074 千《ち》代《よ》経《ふ》べき物を様《さま》〳〵《ざま》子《ねの》日《び》して　芭蕉

2075 鶯《うぐひす》の音《ね》にだびら雪降る　凡兆

2076 乗《のり》出《だ》して肱《かひな》に余る春の駒《こま》　去来

2070 発句。秋(きり〴〵す)。○灰汁桶　灰に水を加え下の栓口から灰汁が別の溜桶に滴り落ちるようにした桶。灰汁は洗濯や染色に用いる。○きり〴〵す　ツヅレサセコオロギ。▽土間の闇でしじまにコオロギが鳴いている。そういえば間遠に落ちていた灰汁桶の滴りはいつか止んでいたの意。

2071 脇。秋(秋)。○かすりて　ここは動作でなく状態をいう。▽行灯の油がかすかすに底をついてしまい早寝するさま。「秋」は韻字留をかねた季の投げ込み。前句に夜長を侘びる人ありと見込んで付けた。

2072 第三。秋(月)。▽藺の香も新しい畳を青々と敷きつめた上に月光のさしこむさま。「宵寝する」場を付けて、人物像を一転させた。きれた油を注ごうともせず、新築の座敷に臥して清光を楽しむ風雅な楽隠居。野水自身の境遇を思わせる。秋発句の場合、第三までに月を引上げるのは常道。

2073 初オ四。雑。▽饗応の準備万端ととのい、各膳に十の盃を配り終えて満足げなさま。前句を月見の小宴の場と見て付けた。何か祝い事をかねているのであろう、主人の吟味がゆきとどき規模も適宜。「ならしたる」に「ならべて」と拍子を取った。

2074 初オ五。春(子日)。月の定座だが月は前出。○千代経べき物　山家集「千代経べき物をさながら集むとも君が齢を知らむものかは」による。類船集「千代―子の日の松・鶴亀・さゞれ石」。○子日して　子日の祝いをしての意。王朝貴族が正月初子の日に野に出て小松を引き若菜を摘み遊宴して千代を祝った行事。近世には民間にも広まった。日葡辞書、書言字考に「ネノビ」。▽齢千年のめでたい物を色々とりそろえて子日を祝うさま。前句をその遊宴と見た付句。

2075 初オ六。春(鶯・だびら雪)。○だびら雪　春先に降る薄くて大片の雪。▽鶯の声がしてぼたん雪が降っているの意。小松引く早春の野景を付けた。類船集「子日―鶯の声、若菜―雪払ふ袖・衣手の雪」。

2076 初ウ一。春(春の駒)。▽春になって久々に厩から引き出し山野に乗り出した若駒が、御しかねるほどにきおい立つさま。前句を雪国の春と見て、厩出しの馬を付けた。

2077 摩《ま》耶《や》が高《たか》根《ね》に雲のかゝれる　水

2878 ゆふめしにかますご喰《く》へば風薫《かをる》　兆

2079 蛭《ひる》の口《くひ》処《ど》をかきて気《き》味《み》よき　蕉

2080 ものおもひけふは忘れて休む日に　水

2081 迎《むかへ》せはしき殿《との》よりのふみ　来

2082 金《きん》鍔《つば》と人によばるゝ身のやすさ　蕉

2083 あつ風《ぶ》呂《ろ》ずきの宵《よひ》〳〵の月　兆

2084 町《ちやう》内《ない》の秋も更《ふけ》行《ゆく》明《あき》やしき　来

2077 初ウ二。雑。○摩耶が高根　六甲山地の一峰、海抜六九九メートル。山上に仏母摩耶山忉利天上寺と城跡がある。摩耶合戦（太平記八）で知られ、「山岨しく巌石峨々として今なほ古跡残れり」（兵庫名所記）という。▽摩耶山頂に白雲の去来するさま。西行の「秋篠や外山の里やしぐるらん生駒のたけに雲のかかれる」（新古今集）によるか。三冊子「前句の春の駒と勇みかけたる心の余、摩耶が高根とうつりて、雲のかゝれると進みかけて、前句に言掛けて付けたる句なり」。コマにマヤと言掛け、既を響かせた。前句に摩耶城攻めの騎馬隊の急坂に難渋するを想起したか。

2078 初ウ三。夏（風薫）。○かますご　春から夏にかけて瀬戸内、特に「尼崎・兵庫の海」（大和本草）で多量にとれるイカナゴの幼魚。塩ゆで・佃煮などにする。▽夕飯に旬のかますごを食っていると開け放しの戸外からさわやかな風が吹いてくるの意。前句を夕立雲と見て、山麓海辺の村の庶民らしい夕餉を付けた。類船集「風—雲、白雨—夏山の雲」。

2079 初ウ四。夏（蛭）。▽蛭に吸いつかれた痕をかくと気持いいの意。前句を農家の夕飯と見て、田仕事の後のくつろぎを付けた。

2080 初ウ五。雑。恋（ものおもひ）。▽宿下りの今日は日頃の心痛も忘れて休養するの意。逆付。恋の心痛に凝った肩の血を蛭に吸わせたと取り成した。蛭は瀉血用。

2081 初ウ六。雑。恋（ふみ）。▽殿から参上をうながす性急な手紙が来るの意。前句を「なかなかなる物思ひ」に「里がちなる」愛妾と見立てた付句。桐壺の更衣のやつし。

2082 初ウ七。雑。○金鍔　武士の伊達道具。▽遊廓などで金鍔様と呼ばれる安泰な御身分の意。前句を男の上に見かえ、君寵めでたく出世した人を付けた。

2083 初ウ八。秋（月）。▽蒸し風呂の熱きを好んで毎夕風呂屋に通う意。月は投げ込み。前句を丹前風の伊達者と見て付けた。ズキ・ツキ、次句はアキ・アキの押韻。

2084 初ウ九。秋（秋）。▽町内の一画に秋草の茂るにまかせた空屋敷があり、日一日と秋たけてゆくさま。前句に「秋も更行」を見込み、浴後に漫歩する町年寄などの感懐を付けた。

2085 何を見るにも露ばかり也《なり》　水

2086 花とちる身は西《さい》念《ねん》が衣《ころも》着て　蕉

2087 木《き》曾《そ》の酢《す》茎《ぐき》に春もくれつゝ　兆

2088 かへるやら山《やま》陰《かげ》伝ふ四《し》十《じふ》から　水

2089 柴さす家のむねをからげる　来

2090 冬空のあれに成《なり》たる北《きた》颪《おろし》　兆

2091 旅の馳《ち》走《そう》に有《あり》明《あか》しをく　蕉

2092 すさまじき女の智《ち》恵《ゑ》もはかなくて　来

2085 初ウ十。秋(露)。▽見るものすべてに露が置いているの意。廃園の露けきさまを付けて、「露の世」の無常感を余情とした。四季に通じる露を出したのは花前の配慮。

2086 初ウ十一。春(花)。花の定座、季移り。○西念　僧の通名。▽散る花に同じ定めの無常を観じた身の、西念坊となってそれ相応の法衣をまとうさま。釈教。前句を出家の観相と読んで付けた。

2087 初ウ十二。春(春もくれつゝ)。○酢茎　成美稿本標注七部集「青菜に酒酢を加えて廿日ほどねかす。納豆のごとく白み引てねばり出るを飯の上に置て食ふ。木曾福島のおく御嶽山の辺にてする事也。方俗ズンキと唱ふ」。▽酢茎ももう終りで、木曾谷の遅い春も暮れてゆくの意。「花と散り雪と消え金谷の春行くへもなし」(謡曲・松山鏡)の俳諧化で、行脚僧が木曾谷の漬物に春の名残を惜しむと付けた。

2088 名オ一。春(かへる鳥)。▽あれも古巣へ帰るのか、四十雀の群が山陰を伝うように飛んで行くの意。但し四十雀は留鳥、秋季。その飛び去るを帰るかと見た木曾晩春の景。

2089 名オ二。雑。▽葺きかえた柴屋の棟を綴じからげる意。春の日永に屋根繕いをする山家のさまを付けた。類船集「遅日—山陰」。

2090 名オ三。冬(冬空)。▽山から吹きおろす北風が次第に強まり荒模様の冬空となったの意。前句を暴風に備えると見た。以上四句場の変化に乏しいが、季を転じて緊迫感を出した。

2091 名オ四。雑。▽旅の一夜の心づくしに有明行灯を置くの意。前句に天候を気遣う旅人の存在を見込み、亭主のもてなしを付けた。三冊子「馳走の字、さび有り。あれに成たると心のしほりに、旅亭のさびを付けて寄するなり」。

2092 名オ五。秋(すさまじき)。恋(女)。○すさまじき　枕草子「すさまじきもの」に、待人来たらず別人の忍び来るを挙げる。御傘「すごき心の句も秋に用ふべし」。○女の智恵　「女の智恵は鼻の先」(譬喩尽)とか「後へ回る」(せわ焼草)とかいう。▽女の浅知恵もむなしく終り興ざめなことだの意。前句を飯盛女などの、男に忍んでほしいという期待をこめたサービスと見た。類船集「闇—はかなき智恵」。

2093 何《なに》おもひ草《ぐさ》狼《おほかみ》のなく　水

2094 夕《ゆふ》月《づく》夜《よ》岡の萱《かや》ねの御《ご》廟《べう》守《も》る　蕉

2095 人もわすれしあかそぶの水　兆

2096 うそつきに自《じ》慢《まん》いはせて遊ぶらん　水

2097 又も大《だい》事《じ》の鮓《すし》を取《とり》出《だ》す　来

2098 堤《つつみ》より田の青やぎていさぎよき　兆

2099 加《か》茂《も》のやしろは能《よ》き社《やしろ》なり　蕉

2100 物うりの尻《しり》声《ごゑ》高く名《な》乗《のり》すて　来

2093 名オ六。秋(おもひ草)。恋(おもひ)。○おもひ草　御傘「説々多けれど定家の御説にりんだうとあれば…」。夫木和歌抄「道のべの尾花が本の思ひ草今さら何か物思ふべき　人丸」による。▽狼は何を思いわびて思い草の野辺であのように遠吠えするのだろうの意。恋の期待もはかなくて今さら何を思い草と続く女の感情移入。類船集「冷(スサマジ)―虎狼」。

2094 名オ七。秋(夕月夜)。○夕月夜　御傘「夜の字はあれども非夜分、夕の月なり」。例えば古今集「夕月夜さすや岡べの…」。▽萱生い茂る岡の御陵の番人の、夕月のもと孤影悄然たるさま。「狼のなく」場とそれを聞く人を定めた。甲子吟行「御廟年経て忍は何をしのぶ草」を回想したか。類船集「狼―墓原、萱―野べの月」。

2095 名オ八。雑。▽汲む人もなくて赤渋の浮いた古井戸のさま。かつては御廟の閼伽の水を汲んだ井戸の、参詣人もなく草に埋れるを想定した。

2096 名オ九。雑。○らん　「也といふべきを覧といひて幅を取る」(三冊子)表現。▽咄上手をそそのかして、得意の虚談を楽しむさま。前句の古井戸に伝説ありと見て、夜咄などの座を付けた。

2097 名オ十。夏(鮓)。▽例によって自家秘伝のなれ鮓を桶から取出してふるまうの意。前句を、お気に入りを自邸に招いて慰むと見た、其人の付。

2098 名オ十一。夏(青田)。月の定座だが月は前出。▽土手の下から一面に青田がひろがり、清々しいの意。田面を風のわたる感じ、視線をめぐらす感じがある。前句を珍客の接待と見て、座敷からの眺望を付けた。

2099 名オ十二。雑。▽賀茂神社は実にいいたたずまいだの意。神祇。イサギヨキにヨキと続け、一句もヤシロのくりかえしで拍子をとった絶妙の遺句。前句に賀茂川の堤を思い寄せた。上賀茂の競馬の頃にふさわしく、「田の青」に「賀茂の瑞籬」の朱の色立も鮮やか。

2100 名ウ一。雑。▽語尾を張り上げて呼び捨てる物売りの声の行き過ぎるさま。洛北の村から賀茂の社家町を通って京に出る物売りを想定した。

2101 雨のやどりの無常迅《じん》速《そく》　水

2102 昼ねふる青《あを》鷺《さぎ》の身のたふとさよ　蕉

2103 しよろ〳〵水に藺《ゐ》のそよぐらん　兆

2104 糸《いと》桜《ざくら》腹いつぱひに咲《さき》にけり　来

2105 春は三《さん》月《ぐわつ》曙《あけぼの》のそら　水

凡兆　九
芭蕉　九
野水　九
去来　九

2101 名ウ二。雑。〇無常迅速　死の思いがけず早く来ること。当時、芭蕉の座右の銘でもあった。▽雨の通り過ぎるつかの間、同じ軒下にやどり、また別れゆく、人生もまたかくの如しの意。宗祇の「世にふるもさらに時雨のやどりかな」による観相。無常。前句の物売りが俄雨にあって辻堂や山門にかけこむとした。類船集「驟雨(ニハカアメ)—辻堂」。

2102 名ウ三。雑。〇ねふる　ネムルと読んだか。類字仮名遣、初心仮名遣等、参照。睡癖は中国の文人趣味。〇青鷺　夏の季語として未定着。同季は五句去で他季を挿むのが通例だから、ここは雑。〇身　同字三句去とはいえ、初ウ七・十一ともに芭蕉作であるのは感心しない。▽昼間から無心に眠る青鷺こそ徹底大悟の姿だの意。雨やどりの人の嘱目で、晴雨に超然たる青鷺を人間に対比した。前句を芭蕉への当てこみと承知して、「生禅大疵の基」と切返した楽屋落ち。「稲妻に悟らぬ人の貴さよ」は同時期の作。

2103 名ウ四。雑。〇藺　一名、鷺の尻刺という(和名抄)。当時は三角藺の俗名とも(大和本草)。〇らん　名オ九に前出。▽根もとをちょろちょろ流れる水に藺草が細かにそよいでいるさま。青鷺の下り立つ水辺の景。

2104 名ウ五。春(糸桜)。花の定座の特例。〇いつぱひ　正しくは「いっぱい」。▽大樹の枝垂桜が思う存分に咲き満ちているさま。色立による付句で、社寺の林泉などを想定した。去来抄によれば、花の定座に桜を詠むについて去来が弁明すると、芭蕉は「ともかくも作すべし、されど尋常の桜にて替へたるは詮なからん」といい、作を見て「句、我儘なり」と笑ったという。俳諧古今抄によれば、支考の質疑に「我家の正花論に、花は桜にあらず、桜にあらざるにもあらず」と、笑いながら答えたという。宇陀法師「是を見誤りて正花に桜する人も有りけり。桜、正花に非ず。初心の人する事なかれ、口伝有り」。

2105 挙句。春(春・三月)。▽春は三月曙の空がすばらしいの意。枕草子「春は曙、やうやう白くなりゆく山際すこしあかりて、紫だちたる雲の細くたなびきたる」による。前句の時節と時分を定めて、はなやかに巻き収めた。

餞《をとくに》乙州東武行　芭蕉

2106 梅若《わか》菜《な》まりこの宿《しゆく》のとろゝ汁《じる》　芭蕉

2107 かさあたらしき春の曙《あけぼの》　乙州

2108 雲《ひ》雀《ばり》なく小《を》田《だ》に土持《もつ》比《ころ》なれや　珍碩

2109 しとぎ祝ふて下《くだ》されにけり　素男

2110 片《かた》隅《すみ》に虫《むし》歯《ば》かゝえて暮の月　乙州

2111 二階の客はたゝれたるあき　蕉

○餞乙州東武行　乙州ノ東武へ行クニ餞ス。家業で江戸へ出張する乙州のために催した餞別の歌仙。芭蕉が大津の乙州宅で越年した元禄四年(一六九一)正月上旬の興行。初ウ八で中絶、乙州が上京して名オ二まで継いだか。以下、芭蕉が伊賀で名ウ二まで継がせ、京で満尾した。別に、乙州が江戸で満尾した一巻(俳諧勧進牒)もある。

2106 発句。春(梅・若菜)。▽梅が咲き初め、若菜の萌ゆるいい時節、東海道は丸子宿のとろろ汁がいいの意。名詞を三つ取合せただけの構造。俳諧古今抄に三段切と称し、「若菜は植物と食類とに結前生後の働きありて、とろゝは梅若菜のつやを崩す十成の俳諧体なり」と。三冊子「師の曰く、工みていへる句にあらず、ふといひて宜しと跡にて知りたる句なり。かくの如くの句は又せんとはいひがたしと也」。

2107 脇。春(春の曙)。▽笠も新しく、早春の明けそめる東の空に向かって旅立つ意。宿に旅笠を付け、梅若菜を歌題「春の曙」であしらった。いい旅をという発句に、では行ってまいりますと応えた挨拶。

2108 第三。春(雲雀)。▽空には雲雀が鳴き、棚田には流れた土を盛り直している農夫の姿がみえる、そんな時節になったんだなの意。旅人の目にうつる田園風景。歌語「小田」で「春の曙」をあしらった。「なれや」で留まるのは異例。

2109 初オ四。雑。○しとぎ　水に浸した生米を搗き砕いて粉にし、種々の形に固めたもの。神霊の供御とした儀式用食品。▽祝儀の粢(しとぎ)を下さったの意。前句を田打正月などと見て、小作人が地主から粢をいただくものとした。

2110 初オ五。秋(月)。月の定座。▽片隅に独りはずれて、両手で頰をおさえ虫歯になやむさま。「暮の月」は定座のあしらい。下さった粢を皆で喜び食う中に、あいにくな人物を思い寄せた。初表に病体は避けるべきだが、虫歯ぐらいは許されたか。

2111 初オ六。秋(あき)。▽二階の逗留客も旅立たれたの意。「秋」は季の投込み。前句を、旅宿などの女中のひまになってそれまでまぎれていた虫歯の痛みだす体と見た付句。

2112 放《はなち》やるうづらの跡《あと》は見えもせず　男

2113 稲の葉《は》延《のび》の力なきかぜ　碩

2114 ほつしんの初《はじめ》にこゆる鈴《すず》鹿《か》山《やま》　蕉

2115 内《く》蔵《らの》頭《かみ》かと呼《よぶ》声はたれ　州

2116 卯《う》の刻《こく》の箕《みの》手《て》に並ぶ小《こ》西《にし》方《がた》　碩

2117 すみきる松のしづかなりけり　男

2118 萩の札《ふだ》すゝきの札によみなして　州

2119 雀かたよる百《も》舌《ず》鳥の一《ひと》声《こゑ》　智月

2112 初ウ一。秋(うづら)。○放　俳諧勧進牒「はなち」。死者追善のための放生として飼鳥を放つを放鳥という。○うづら　秋の鳴声をめでて飼う。御傘「余の鳥とかはりてさらに空をとびかけらず」。▽籠の鶉を野に放してやると行方も知れず逃げていったの意。「二階の客」の飼っていた鶉か。客の去った後の淋しみを、愛鳥を放した後の淋しみにうつしたらしいが、付句が前句の比喩になってまずい。

2113 初ウ二。雑。○稲　俳諧勧進牒「苗」。▽稲の葉先がたよりなげにそよいでいるさま。前句の場を付けた。

2114 初ウ三。雑。○鈴鹿山　歌枕。近江・伊勢の国境の山。東海道が通じ、鈴鹿関は古代三関の一。▽出家遁世のはじめに、鈴鹿山を越えて行脚に出たの意。釈教。前句を山田の景と見なし、余情を前途の不安にうつした。支考は馨付(ニホヒヅケ)の例に挙げる(葛の松原)。真蹟去来文によれば、山家集「世を遁れて伊勢の方へまかりけるに鈴鹿山にて／鈴鹿山うき世をよそにふり捨てていかになり行くわが身なるらん」による西行の俤だが、「万人の身の上に通」う句作という。

2115 初ウ四。雑。○内蔵頭　通称としての官名。「いかさま誰ぞが面影ならん」(去来抄)と芭蕉も評したように、特定のモデルはない。▽内蔵頭ではないかと呼びかける声の主は誰だろうの意。前句の人が俗名で呼ばれ、こんな所でいったい誰がと驚く気持を付けた。宇津の山で旧知の修行者に出会う、伊勢物語の東下りの故事など念頭に置いたか。

2116 初ウ五。雑。○卯の刻　日の出の時刻。○小西　秀吉の家臣、小西行長。関ヶ原の戦で敗れ刑死。▽関ヶ原の夜明け、小西の軍勢が箕手形(みのて)に布陣するさま。前句を戦陣の誰何と見て、濃霧にとざされた決戦の朝の緊張を付けた。

2117 初ウ六。雑。▽きわやかな松の林の微動だにしないさま。前句の緊張感をあしらった夜明けの景。

2118 初ウ七。秋(萩・すゝき)。▽「手折りて庵につくれる草々に紙の札をつけ」、萩の札には萩の歌、薄の札には薄の歌を詠み記す意。真蹟去来文に「撰集抄(広本巻六の八)の故事を取り候」というが、難解。前句を草庵の環境、禅僧の心境にふさわしいと見て、故事を付けた。

2120 懐《ふところ》に手をあたゝむる秋の月　凡兆

2121 汐《しほ》さだまらぬ外《そと》の海づら　州

2122 鑓《やり》の柄《え》に立《たち》すがりたる花のくれ　去来

2123 灰まきちらすからしなの跡　兆

2124 春の日に仕《し》舞《まう》てかへる経《きやう》机《づくゑ》　正秀

2125 店《てん》屋《や》物《もの》くふ供《とも》の手がはり　来

2126 汗ぬぐひ端《はし》のしるしの紺《こん》の糸　半残

2127 わかれせはしき鶏《にはとり》の下《した》　土芳

2119 初ウ八。秋(百舌鳥)。▽百舌鳥の鋭い一声に怖じて、雀が一方へ群をなすさま。夫木和歌抄「すそ野には今こそすらし小鷹狩り山の繁みに雀かたよる」によるか。前句を歌人の庭にあると見て、嘱目の景を付けた。ここで一巻中絶、芭蕉の捌きに連衆畏縮の挨拶か。

2120 初ウ九。秋(秋の月)。▽夜寒に懐手しながら月を仰ぐさま。前句の秋冷に和した月の句。

2121 初ウ十。雑。▽「潮もかなひぬいざ漕ぎ出でな」という状態にならないさま、港湾の外を見やる心でいう。前句を、船乗りの潮時をはかるさまと見た。

2122 初ウ十一。春(花)。花の定座。○花のくれ　「春の暮」というべき所に花を投込んだ形。暮春の意に夕暮の気分をかねる。▽花も終りのけだるい日暮、槍の柄にすがって立つ槍持ちのくたびれたさま。前句に沖を見やる人ありと見て、海沿いの街道で憩う、または船待ちする態を付けた。一に、一の谷の落武者とも。初ウ五以後、人事と景気が交互に出、特にここは打越と完全な観音開きになる。

2123 初ウ十二。春(からしな)。▽芥子菜を採取したあとの畑に肥料の灰をまき散らしている農夫のさま。向付。

2124 名オ一。春(春)。▽千部会や彼岸会などの春の法要が終り、僧たちは経机を片付けて自坊に帰るの意。釈教。「春の日」は歌語。前句を寺域内の菜園と見たか。

2125 名オ二。雑。▽従者たちが飲食店で入れ替り立ち替り食事するさま。前句の大法要から連想して、参詣客の従者たちで賑わう門前町の昼時を付けた。ここで連衆の手替り。

2126 名オ三。夏(汗ぬぐひ)。▽他人のとまぎれぬよう、汗手拭の端に紺糸の目印が縫いつけてあるさま。前句の混雑の中で、従者相応の懐中物に着目した会釈の付。

2127 名オ四。雑。恋(わかれ)。▽土間の上に吊した鳥屋の鶏が鳴き出したのにあわてる農村版後朝の別れ。前句を忍んで通う男の忘れ物と見た。「しるしの紺の糸」は女の手業。恋の呼出しに応じ、うまく位を定めた。

2128 大《だい》胆《たん》におもひくづれぬ恋をして　残

2129 身はぬれ紙《がみ》の取《とり》所《どころ》なき　芳

2130 小《こ》刀《がたな》の蛤《はまぐり》刃《ば》なる細《さい》工《く》ばこ　残

2131 棚に火ともす大《おほ》年《どし》の夜　園風

2132 こゝもとはおもふ便《たより》も須《す》磨《ま》の浦　猿雖

2133 むね打《うち》合《あは》せ着たるかたぎぬ　残

2134 此《この》夏もかなめをくゝる破《やれ》扇《あふぎ》　風

2135 醤《しやう》油《ゆ》ねさせてしばし月見る　雖

2128 名オ五。雑。恋(恋)。▽一途に思いつめて屈しない大胆な恋をしての意。前句をそう見た。

2129 名オ六。雑。恋(ぬれ)。▽身は情事にやつれ、濡れ紙のような廃れ者となったよの意。前句の結果の自嘲。「是一体新たに見え侍る也。体格は定め難し、心がけて勤むるに猶あるべし」(三冊子)との芭蕉評がある。

2130 名オ七。雑。○蛤刃　鎬(しのぎ)と刃との間を蛤のように丸みをもたせた刃物。▽細工道具の箱の中に蛤刃の小刀が入れてあるさま。七十一番職人歌合「いつまでか蛤刃なる小刀のあふべきことのかなはざるらむ」による恋離れ。

2131 名オ八。冬(大年)。▽大晦日の夜、新年の吉方に向けてつりかえた歳徳棚に灯明をあげるさま。神祇。細工職人が仕事納めに自宅の恵方棚をつるという趣向。類船集「火ともす―え方棚」。

2132 名オ九。雑。○こゝもと　「波こゝもとや須磨の浦」(謡曲・松風)による。○須磨　底本「須广」。▽ここ須磨の浦は都から遠く便りも思うにまかせないの意。須磨に「済まぬ」と言いかけた。前句を来る年の赦免を祈る都人と見て、源氏謫居の俤を付けた。

2133 名オ十。雑。▽肩衣の前をかき合せて夜着にするの意か。類船集「肩衣―夜の物」。謫居のわびしさを付けた。

2134 名オ十一。夏(扇)。▽この夏もまた、ばらばらになった扇の要を紙捻などで括ってすますの意。前句の裃(かみしも)の衿をつくろうさまに見かえて、浪人などの境涯を付けた。

2135 名オ十二。夏(醤油ねさせる)。定座から一句こぼれて夏の月。○醤油ねさせて　焙ってひきわりにした小麦と煮た大豆を味噌状に煉り合せ、麹蓋(こうじぶた)に入れて発酵させること。それに水と塩を加え、かきまぜながら六十日以上置いてしぼる。万金産業袋「醤油は夏土用の中に仕こみ、秋の末に至りて上るをよしとす」。▽醤油を寝かせ、自分は寝ずに一息ついて月を見るの意。類船集「扇―月」。破扇片手に月見るは、夜もせっせと自家用の醤油を仕込む質実な生活人とした。其人の付が三句続く。

2136 咳《せく》声《こゑ》の隣はちかき縁づたひ　芳

2137 添へばそふほどこくめんな顔　風

2138 形なき絵を習ひたる会《あひ》津《づ》盆《ぼん》　嵐蘭

2139 うす雪かゝる竹の割《わり》下《げ》駄《た》　史邦

2140 花に又ことしのつれも定《さだま》らず　野水

2141 雛《ひな》の袂《たもと》を染《そむ》るはるかぜ　羽紅

芭蕉　三
乙州　五　土芳　三
珍碩　三　園風　三

2136 名ウ一。雑。▽濡縁続きのすぐ隣から咳く声がするの意。前句の月見るを、寝静まった夜更けの縁側と見た。

2137 名ウ二。雑。○こくめん　克明の転訛。律義・実直。▽連れそえば連れそうほど、おもしろみはないが、つくづく誠実な顔だの意。隣家の咳声で目覚めた妻が夫の寝顔に見入るさまを想定した。長屋住まいの夫婦だが、恋意はないと見たか。それとも隣合せに住む職人の師弟か。「添の字、前句の噂なり。見れば見るほどとしたし」(俳諧問答)との許六評は、咳声の主に添うと解した。

2138 名ウ三。雑。○会津盆　会津産の漆器の丸盆。毛吹草に陸奥名物。七部婆心録「春慶塗に黒漆もて刷毛書の乱画せし物なり」。▽会津盆の塗師の、何の絵ともつかぬ模様を手なれた調子で刷毛書きするさま。前句をその顔付きと見た。

2139 名ウ四。冬(うす雪)。▽孟宗竹を割って緒をすげた庭下駄に、雪がうっすらと降りかかるさま。会津盆を茶人の好みと見て、室内から縁先に目を移した。類船集「盆―茶の湯・会津」。

2140 名ウ五。春(花)。花の定座。毛吹草に「うす雪・はだれ雪等は消とせば春たるべし」とあるように、自然の季移り。▽今年もまた花見にと心誘われるが、毎年のことなので連れがなかなか決まらないの意。前句を遊山気分にはまだ遠い春寒の頃、割下駄の主を風流な有閑人と見込んだ。

2141 挙句。春(雛・はるかぜ)。▽春風に草木の花が咲き出すように、雛人形の袂をそよがす風が色とりどりに衣裳を染め出すの意。時節の付。女性らしく優美に巻き収めた。

素男　三　　猿雖　二
智月　一　　嵐蘭　一
凡兆　二　　史邦　一
去来　二　　野水　一
正秀　一　　羽紅　一
半残　四

猿蓑集　巻之六

幻《げん》住《ちゆう》庵《あんの》記《き》

芭　蕉　艸《さう》

石山《いしやま》の奥、岩間《いはま》のうしろに山有《あり》、国分山《こくぶやま》と云《いふ》。そのかみ国《こく》分寺《ぶんじ》の名を伝ふなるべし。麓《ふもと》に細き流《ながれ》を渡りて、翠微《すゐび》に登る事三曲《きよく》二百歩《ぼ》にして、八幡宮たゝせたまふ。神体は弥陀《みだ》の尊像とかや。唯一《ゆいいち》の家には甚忌《はなはだいむ》なる事を、両部《りやうぶ》光を和《やはら》げ、利益《りやく》の塵《ちり》を同じうしたまふも又貴《たふと》し。日比《ひごろ》は人の詣《まうで》ざりければ、いとゞ神《かむ》さび物しづかなる傍《かたはら》に、住捨《すみすて》し草の戸有《あり》。よもぎ・根笹《ねざさ》軒をかこみ、屋《や》ねもり壁落《おち》て狐狸《こり》ふしどを得たり。幻住庵と云《いふ》。あるじの僧何《なに》がしは、勇士菅沼氏曲水《きよくすい》子之伯《を》父《ぢ》になん侍りしを、今は八《や》年計《とせばかり》むかしに成《なり》て、正《まさ》に幻住老人の名をのみ残せり。

予又市中《しちう》をさる事十《と》年計《とせばかり》にして、五十年《いそぢ》やゝちかき身は、

〇記　古文の一体。古文真宝後集諺解大成「事ヲ叙ルノ後、略々議論ヲ作シテ以テコレヲ結ブ」。わが国でも漢文の池亭記、和文の方丈記などが試みられた。

〇石山　西国巡礼第十三番札所、石山寺。近江の歌枕で、「石山の秋月」は近江八景の一。今の大津市内。

〇岩間　西国巡礼第十二番札所、岩間山正法寺（通称、岩間寺）。今の大津市内。第十一番札所の醍醐寺（京都市伏見区内）から山越えで岩間寺・石山寺へと巡拝する岩間越の道があった。逆にたどると石山寺の奥に岩間寺があり、その背後に国分山は位置する。方丈記「これより峰つづき炭山を越え笠取を過ぎて、或は石間に詣で、或は石山を拝む」。

庵の所在と由来

〇翠微　山の八合目あたり。

〇八幡宮　国分村の氏神、近津尾八幡宮。

〇唯一　唯一神道。吉田神道とも。儒教・仏教の教旨を混ぜず日本固有の神ながらの道を主張する派。真蹟二本（村田本・豊田本）とも「惟一」。合類節用集「惟一　ユイイチ」。

〇両部　真言密教の「金胎両部」（謡曲・富士山）。その教理で神道を説明した両部神道の末端では、神仏両部との解釈も。

〇光を和げ…　仏が人間救済のために本来の威光をひそめ種々の姿をかりて現世に現われる事を、和光同塵という。謡曲・賀茂物狂「塵に交わる和光の影は」等。ここは両部神道の本地垂迹説により、阿弥陀仏を本地、八幡を垂迹の神とする。

〇よもぎ…得たり　荒廃のさま。池亭記「荊棘門ニ鎖シ、狐狸穴ヲ安ンズ」。

〇勇士菅沼氏曲水子　膳所藩士菅沼定常。曲水は俳号、子は敬称。去来宛書簡に「曲水位署書、一旦加生の指図にもまかせ候へ共…文のつよみ無御座故、又々事くどく書申候」。

〇伯父　幻住老人本多八郎左衛門（芦の一本）というも未詳。

〇十年計　延宝八年（一六八〇）江戸は日本橋小田原町から郊外の深川村に隠退。以来、元禄三年（一六九〇）まで十年。

入庵の経緯

〇五十年やゝちかき身は　当年四十七歳。池亭記「予、行年漸ク五旬ニ垂(ナンナン)トシテ適(タマタマ)小宅有リ。蝸ハ其舎ヲ安ンジ…」。

蓑虫《みのむし》のみのを失ひ、蝸牛《かたつぶり》家を離《はなれ》て、奥羽象潟《あううきさかた》の暑き日に面《おもて》をこがし、高すなごあゆみくるしき北海《ほつかい》の荒礒《あらいそ》にきびすを破りて、今歳《ことし》湖水の波に漂《ただよふ》。鳰《にほ》の浮巣《うきす》の流《ながれ》とゞまるべき芦《あし》の一本《ひともと》の陰たのもしく、軒端茨《ふき》あらため、垣ね結添《ゆひそへ》などして、卯月《うづき》の初《はじめ》いとかりそめに入《いり》し山の、やがて出《いで》じとさへおもひそみぬ。

さすがに春の名残《なごり》も遠からず、つゝじ咲《さき》残り、山藤《やまふぢ》松に懸《かかり》て、時鳥《ほととぎす》しば〳〵過《すぐ》る程、宿《やど》かし鳥の便《たより》さえ有《ある》を、木つゝきのつゝくともいとはじなど、そゞろに興じて、魂呉楚《ごそ》東南《とうなん》にはしり、身は瀟湘洞庭《せうしやうとうてい》に立つ。山は未申《ひつじさる》にそばだち、人家《じんか》よきほどに隔《へだた》り、南薫《なんくん》峰よりおろし、北風《ほくふう》海を浸《ひた》して涼し。日枝《ひえ》の山、比良《ひら》の高根《たかね》より、辛崎《からさき》の松は霞《かすみ》こめて、城有《あり》、橋有《あり》、釣《つり》たるゝ舟有《あり》。笠《かさ》とりにかよふ木樵《きこり》の声、麓の小田《をだ》に早《さ》苗《なへ》とる歌、蛍飛《とび》かふ夕闇《ゆふやみ》の空に、水鶏《くひな》の扣《たたく》音、美景物《もの》としてたらずと云《いふ》事なし。中にも三《み》上山《かみやま》は士峰《しほう》の俤《おもかげ》にかよひて、武《む》

○蓑虫の…　定住の栖を構えないことの比喩。類船集「家を出る―蓑虫・蝸牛」。去来宛書簡に「蝸牛・蓑虫の栖を離と云て行衛なき方、流浪無住、終に一庵を得る心」という。

○奥羽象潟の…　元禄二年の奥羽加越行脚をふまえていう。

○高すなご…　夫木和歌抄「須磨明石浦の見渡し近けれど歩み苦しき高砂子かな」による。高すなごは砂丘。

○きびすを破りて　かかとを傷め。笈の小文「踵はやぶれて西行にひとしく」。

○今歳湖水の…　元禄三年膳所で越年、三月再び膳所に滞在。

○鳰の浮巣の…　鳰の浮巣の流出を留める一本の芦のように、「先たのむ椎の木もあり」て。祐盛法師によれば、鳰の浮巣は「芦の茎を中にこめてめぐりにくひて、潮満てば上へあがり、潮干れば従ひてさがる」(藻塩草)という。なお、琵琶湖を「鳰の海」という。

庵の眺望

○卯月の初　四月六日入庵。出庵は七月二十三日。

○やがて出じ　もうこのまま出まい。山家集「吉野山やがて出でじと思ふ身を花散りなばと人や待つらむ」による。

○つゝじ…　つつじは晩春、時鳥は初夏の季語。藤は晩春だが「二季草」と称し「夏かけて」と詠む。

○宿かし鳥　樫鳥(カケス)に「宿貸し」と言いかけた語。都合よく宿まで貸してもらったのだからの意。

○のつゝくともいとはじ　底本、行間に補刻。

○魂…身は…　「呉楚東南」(登岳陽楼)も「瀟湘洞庭」(暮春)も杜甫の詩句。琵琶湖を俯瞰して、心は遠く中国大陸の東南、呉・楚の地を想いやり、身は瀟水・湘水の合流して洞庭湖に注ぐほとりに立つがごとしの意。底本「瀟湘」。

○未申　西南。

○南薫　南から吹く薫風。

○日枝の山　近江の歌枕。合類節用集「比叡山　ヒエノヤマ〈本、日枝ノ山ニ作ル〉」。京都・滋賀県境を南北に続く連山。

○比良の高根　近江の歌枕。「比良の暮雪」は近江八景の一。比叡山の北に続く連山。

○辛崎の松　近江の歌枕。「辛崎の夜雨」は近江八景の一。今の大津市内。芭蕉発句「辛崎の松は花より朧にて」。

蔵野《さしの》ゝ《の》古き栖《すみか》もおもひいでられ、田上山《たなかみやま》に古人《こじん》をかぞふ。さゝほが岳《たけ》・千丈《せんぢやう》が峰《みね》・袴腰《はかまごし》といふ山有《あり》。黒津《くろづ》の里はいとくろう茂りて、「網代守《あじろも》ルにぞ」とよみけん万葉集の姿なりけり。猶《なほ》眺望くまなからむと、後《うしろ》の峰に這《はひ》のぼり、松の棚作《つくり》、藁《わら》の円座《ゑんざ》を敷《しき》て、猿の腰掛《こしかけ》と名付《なづく》。彼海棠《かのかいだう》に巣をいとなひ《み》、主簿峰《しゆぼほう》に庵《いほり》を結べる王翁《わうをう》・徐佺《じよせん》が徒《と》にはあらず。唯睡癖山民《ただすゐへきさんみん》と成《なり》て、孱顔《さんがん》に足をなげ出し、空山《くうざん》に虱《しらみ》を捫《ひねつ》て座《ざ》ス。

たま〱心まめなる時は、谷の清水《しみづ》を汲《くみ》て自ら炊《かし》ぐ。とく〱の雫《しづく》を侘《わび》て一炉《いちろ》の備《そな》へいとかろし。はた昔住《すみ》けん人の、殊に心高く住《すみ》なし侍りて、たくみ置《おけ》る物ずきもなし。持仏一間《ぢぶつひとま》を隔て、夜の物おさむべき処《ところ》などいさゝかしつらへり。さるを筑紫高良山《つくしかうらさん》の僧正《そうじやう》は、加茂《かも》の甲斐《かひ》何がしが厳子《げんし》にて、此《この》たび洛《らく》にのぼりいまそかりけるを、ある人をして額《がく》を乞《こふ》。いとやす〱と筆を染《そめ》て、「幻住庵」の三字を送らる。頓《やが》て草庵の記念《かたみ》となしぬ。すべて山居《さんきよ》といひ旅寝《たびね》と云《いひ》、さる器《うつはもの》た

○城有、橋有　膳所城と瀬田の唐橋。今の大津市内。
○笠とり　山城の歌枕。京都・滋賀県境の山。今の宇治市内。
○麓の小田　以下の美景、いずれも歌語。
○三上山　近江の歌枕。一名、近江富士。今の滋賀県野洲郡内。
○武蔵野の古き栖　深川芭蕉庵。富士山を遠望した。
○田上山　近江の歌枕。瀬田川東岸の山々。「古人」は猿丸大夫か。方丈記「田上河を渡りて猿丸大夫が墓をたづぬ」。
○さゝほが岳・千丈が峰・袴腰　東海道名所図会「ささほが嶽は幻住庵より東の方、谷上山(たなかみやま)の続きなり。千丈が嶽といふは坤(ひつじさる)の方にして、このほとりの高山、北千丈・南千丈の二峰あり。袴腰は千丈が嶽より一里南にして勢田川の西なり」。いずれも、今の大津市内。
○黒津の里　瀬田川を隔てて石山の対岸。今の大津市内。類船集「田上―網代の氷魚・さゝのふ山・黒津の里」。
○網代　魚をとる仕掛。類船集「網代―宇治川・田上川」。万葉集に宇治の網代の歌はあるが、該当する歌はない。

庵と庵住の様子

○海棠に巣を…　黄山谷の題潜峰閣「徐老ガ海棠巣ノ上、王翁ガ主簿峰ノ庵」(山谷詩集)による。去来宛書簡に「除老・王翁が事は山谷の口の方に有之かと覚申候。一連の詩に二人の名をとる事無念に候」。底本「主薄峰・除佺」。
○睡癖　ねむり癖。斉東野語「杜牧有睡癖、夏侯隠号睡仙」とあり、中国文人趣味。底本「睡辟」。
○山民　市民に対する語。
○孱顔に…空山に…　孱顔は高く峻しい山、空山は人気のない淋しい山。去来宛書簡に「空山・孱顔、心相違いかゞ可有御座候や。但し胸中の空山たるべく候間、苦しかるまじくや」。
○とく〱の雫　甲子吟行に、吉野の西行庵を訪ねて「かのとく〱の清水は昔にかはらずとみえて今もとく〱と雫落ちける」と記す。伝西行歌に由来する名所。
○持仏一間を隔て　障子一枚隔てた持仏堂の隣に。方丈記「障子を隔てて阿弥陀の絵像を安置し…」。
○筑紫高良山の僧正　筑後の御井寺(久留米市内)五十世座主寂源一如。賀茂の神官藤木甲斐守敦直の令息。高良山十景詩歌を

くはふべくもなし。木曾《きそ》の檜笠《ひのきがさ》、越《こし》の菅蓑計《すがみのばかり》、枕の上の柱に懸《かけ》たり。昼は稀《まれ》〱とぶらふ人〻に心を動《うごか》し、あるは宮守《みやもり》の翁《おきな》、里のおのこ共入来《どもいりきた》りて、いのしゝの稲くひあらし、兎《うさぎ》の豆畑《まめばた》にかよふなど、我聞《わがきき》しらぬ農談《のうだん》、日既《すで》に山の端《は》にかゝれば、夜座《やざ》静《しづか》に月を待《まち》ては影を伴《ともな》ひ、灯《ともしび》を取《とり》ては罔両《まうりやう》に是非《ぜひ》をこらす。

かくいへばとて、ひたぶるに閑寂《かんせき》を好み、山野《さんや》に跡《あと》をかくさむとにはあらず。やゝ病身《びやうしん》人に倦《うみ》て、世をいとひし人に似たり。倩《つらつら》年月の移《うつり》こし拙《つたな》き身の科《とが》をおもふに、ある時は仕《し》官懸命《くわんけんめい》の地をうらやみ、一《ひと》たびは仏籬祖室《ぶつりそしつ》の扉《とぼそ》に入らむとせしも、たどりなき風雲《ふううん》に身をせめ、花鳥《くわてう》に情《じやう》を労《らう》して、暫《しばら》く生涯《しやうがい》のはかり事《こと》とさへなれば、終《つひ》に無能無才《むのうむさい》にして此一筋《このひとすぢ》につながる。楽天《らくてん》は五臓之神《ござうのしん》をやぶり、老杜《らうと》は痩《やせ》たり。賢愚《けんぐ》文質《ぶんしつ》のひとしからざるも、いづれか幻《まぼろし》の栖《すみか》ならずやと、おもひ捨《すて》てふしぬ。

刊行。古今墨跡鑑定便覧「殊ニ能筆ニシテ世頗ル称誉ス」。
○木曾の檜笠　木曾の檜の薄板で編んだ笠。
○越の菅蓑　越路の菅の葉で編んだ蓑。二六七参照。芭蕉にとって「蓑と笠」は旅人の象徴。
○宮守の翁　八幡宮の番をする老人。
○農談　農作に関する話。朱晦庵の雲谷雑詠「野人酒ヲ載セテ来リ、農談日已ニ夕ナリ」(古文前集)による。去来宛書簡によれば「我が聞しらぬ咄に日をくらす」をこう改めた。
○夜座　夜、寝ないで坐っていること。方丈記「夜静かなれば窓の月に故人をしのび」。
○罔両　荘子・斉物論に罔両と影の問答あり、林注に「罔両ハ影辺ノ淡薄ナル者」という。底本「岡両」と誤刻。影法師を相手に人生の是非について思量する意。
○ひたぶるに閑寂を好み　方丈記「仏の教へ給ふ趣は、事にふれて執心なかれとなり。今、草庵を愛するも、閑寂に着するも、障りなるべし」。

心境告白

○跡をかくさむ　隠れ棲もう。池亭記「蹤ヲ深山幽谷ニ刊ランコトヲ要セズ」。
○やゝ病身…　いささか病弱の身で人との付き合いがわずらわしく、そのために隠遁者のようにみえるだけである。
○倩…おもふに　つくづく過去のお粗末なわが人生のつまずきを顧みるに。
○仕官懸命の地　主君に仕え知行を与えられること。伊賀上野の藤堂新七郎家に勤めながら士分取立てを夢みた頃をいう。
○仏籬祖室の扉　禅門。江戸移住の前、京の禅林で修行した一時期があったか。
○たどりなき風雲に…　身心を責めて造化に随順すること。
○暫く…　かりそめの人生ながら一生をかける営みにまでなったので。
○此一筋に…　俳諧一筋に繫ぎ留められる結果になった。「つなぐ」の未然形に受身の「る」がついた形。
○楽天は…老杜は…　詩作のために、白楽天は五臓に宿る精気を消耗し、杜甫は痩せた。白楽天の思旧「詩ハ五臓ノ神ヲ役ス」(白氏文集)。李白贈杜甫云「飯果山前杜甫ニ逢フ、…為ニ問フ

2142 先《まづ》たのむ椎《しひ》の木も有《あり》夏《なつ》木《こ》立《だち》

何ニ縁リテカ太ダ痩生、只従前ニ詩ヲ作リテ苦シムガ為ナリ」(円機活法)。杜牧を小杜、杜甫を老杜という。

○賢愚文質　華麗な天才と質素な凡才。古人の賢文と自分の愚質と同列には言わないが、風雅の道に違いはないの意。

○いづれか…　どのような人生を選ぼうとも、この世は同じ幻の栖ではないか。幻住庵の名にかけて「幻の栖」で結んだ。

2142 ▽まずはその木陰を頼って漂泊の人生のひとときを憩う椎の大木もあって、その名も幻住庵は夏木立につつまれている。源氏物語・椎本「立ち寄らむ陰とたのみし椎が本むなしき床となりにけるかな」をふまえる。[季]夏木立。

題芭蕉翁国分山幻住庵記之後《うしろ》

何世無隠士《いんし》、以心隠《しんいん》為賢也。何処無山川《さんせん》、風景因人美也。間《このごろ》読芭蕉翁幻住庵記、乃《すなはち》識其賢、且知山川得其人而益《ますます》美矣。可謂人与山川共相得焉。迺《すなはち》作鄙章《ひしやう》一篇歌之曰。

琵湖《はこ》南兮国分嶺　古松鬱《こしよううつ》兮緑陰《りよくいん》清
茅屋竹椽纔《ばうをくちくてんわづか》数間　内有佳人《かじん》独養生
満口錦繡《まんこうきんしゆう》輝山川　風景依稀《いき》入誹城《はいじやう》
此地《このち》自古《いにしへ》富勝覧《しようらん》　今日《こんにち》因君尚《なほ》益栄

元禄庚午《かうご》仲秋日　震《しん》軒《けん》具《ぐ》艸《さう》

○題芭蕉翁…　芭蕉翁ガ国分山幻住庵記ノ後ニ題ス
何レノ世カ隠士無カラン、心隠ヲ以テ賢ト為セバナリ。何レノ処カ山川無カラン、風景ハ人ニ因リテ美ナレバナリ。間芭蕉翁ノ幻住庵記ヲ読メバ、乃チ其ノ賢ナルヲ識リ、且ツ山川ノ其ノ人ヲ得テ益々美ナルヲ知レリ。人ト山川ト共ニ相得タリト謂ヒツベシ。迺チ鄙章一篇ヲ作リ之ヲ歌ヒテ曰ク。
　琵湖ノ南国分ノ嶺　古松鬱トシテ緑陰清シ
　茅屋竹椽纔ニ数間　内ニ佳人有リ独リ生ヲ養フ
　満口ノ錦繡山川ヲ輝カシメ　風景依稀トシテ誹城ニ入ル
　此ノ地古ヨリ勝覧ニ富ムモ　今日君ニ因リテ尚益々栄ユ
○茅屋竹椽　かやの屋根と竹のたるき。幻住庵を指す。
○佳人　男女をとわず美しい人。芭蕉を指す。
○満口錦繡　口をついて出る美しい表現。
○風景依稀　実景を髣髴として。
○誹城　俳諧の城。
○元禄庚午仲秋日　元禄三年(一六九〇)八月日。
○震軒　去来の兄向井元端。儒医。去来宛書簡に、幻住庵記の推敲に関して「このかみの御ぬしへ御尋可被下候。誹文御存知なきと被仰候へ共、実文にたがひ候半は無念之事に候間、御むつかしながら御加筆被下候へと御申可被下候」という。
○具艸　草稿を書くこと。

几右日記《きいうにつき》

2143 時鳥《ほととぎす》背《せ》中《なか》見てやる麓《ふもと》かな　曲水

2144 くつさめの跡《あと》しづか也《なり》なつの山　野水

2145 鶏《にはとり》もばらばら時《どき》か水鶏《くひな》なく　去来

2146 海《うみ》山《やま》に五月雨《さみだれ》そふや一《ひと》くらみ　凡兆

2147 軒ちかき岩梨《いばなし》おるな猿のあし　千那

2148 細《ほそ》脛《はぎ》のやすめ処《どころ》や夏のやま　珍碩

○几右日記　在庵中、机辺に備えて、来訪者・来信者の句を書き留めた日記、という形に構成してある。

2143 ▽入庵のために山へ登る人の後姿を麓で見守るの意か。庵記の「先たのむ…」と几右日記で計三十六句、歌仙と同数になる。客発句・亭主脇で、日記巻頭には庵の提供者曲水を置いた。芭蕉の入庵を待たず江戸に下った曲水は、これを発句にして其角と両吟歌仙を興行、その詞書に「石山幻住庵をかたり出て」(花摘)。季時鳥(以下、夏)。

2144 ▽ひとつ大きなくしゃみをしたあと、夏山は森閑と静まりかえっている。四月十日付如行宛芭蕉書簡に「雲霧山気病身にさはり鼻ひるにかゝりゐ中候…。野水は一宿に参、驚帰候」。季なつ。

2145 ▽麓の村ではあちこちで鶏が乱れ鳴く時分であろうか、人里離れたここでは鶏ならぬ水鶏がしきりに朝戸を扣いている。水鶏は庵記にもみえる生類。季水鶏。

2146 ▽急にあたりが暗くなった、目をやると湖・山のパノラマをかき消して五月雨が降りしきっている。季五月雨。

2147 ○岩梨　コケモモ。物類称呼「磐梨　京及び近江にて、いばなしといふ。北国にて、すないちごといふ。其葉平地木(はなたちばな)にて高さ五、六寸、三月実を結ぶ。大豆の如くにて円し。外の色青く内は紫黒色、味ひ酸く甘し。京畿の小児好んで食ふ」。方丈記「或はつばなを抜き岩梨をとる」。○おる　正しくは「をる」。▽軒近くに出没する猿よ、せっかく実を結んだ岩梨を踏み折るな。季岩梨。

2148 ○細脛　鹿島紀行「ほそはぎの力ためさんとかちよりぞゆく」。笈の小文「いとどすね弱く力なき身の」。▽長途の行脚にやせ細った御足を休めるには又とない環境です、この夏山は。季夏。

2149 おもふ事紙帳にかけと送りけり　野径

贈紙帳《しちやう》

2150 いつたきて蕗《ふき》の葉にもるおぶくぞも　里東

2151 蛍飛《とぶ》畳の上もこけの露　乙州

2152 顔《かんばせ》や葎《むぐら》の中の花うつぎ　膳所　怒誰

2153 たど〱し峰に下駄《げた》はく五月《さつき》闇《やみ》　探志

2154 五羽六羽庵《いほ》とりまはすかんこ鳥　元志

2155 木つゝきにわたして明《あく》る水鶏《くひな》哉《かな》　膳所　泥土

2149 ○贈紙帳　紙帳ヲ贈ル。紙帳は和紙をはり合せて作った蚊帳。麻の蚊帳が買えない人の物だが、白紙に墨絵を描かせるなどして愛用する好事家もあった。▽現に想をめぐらし夢に思い描いて安らかにお眠り下さいという気持でお贈りしました、本当に覚え書きなさってもかまわないのですよ。芭蕉発句に、金沢の秋之坊の来庵を迎えて「我が宿は蚊のちいさきを馳走かな」。季紙帳。

2150 ○おぶく　仏前に供える飯。庵記の「持仏」に供えたもの。▽仏前には蕗の葉に盛った御仏供がちゃんとあがっている、まめなお方とも見受けないが、いつ炊いてどのようによそわれたのやら。蓮の葉でも椎の葉でもない野趣がほほえましい。季蕗の葉。花摘「石山幻住庵は芭蕉翁かりに徜徉せし所也、ひと日仏餉をまいらすとて／いつたきて蕗の葉盛の御仏餉(クブ)ぞも　里東」。

2151 ▽屋内も「雲霧山気」に湿った苔の莚、内外の見さかいなく蛍が飛んでくる。旅人・隠者などの敷く粗末な敷物を苔莚という。蛍は庵記にもみえる生類。卯辰集「幻住庵の夕を尋て／水汲に跡や先やのほたる哉　乙州」。季蛍。

2152 ▽尊顔うるわしく、御入庵くださり、まるで雑草の中に卯の花の白く咲き出た印象です。怒誰は江戸勤番の曲水に代って在庵中の芭蕉の世話をした。季花うつぎ。

2153 ○たど〱し　歌語。不安定であぶなげなさま。地理的に不案内なさま。薄暗くてはっきりしないさま。藻塩草「をろかなる心也。道たど〱しなどもいへり」。▽たどたどしいとはこのことです、下駄ばきで五月雨の薄暗い山道を、それでも登って来ました。芭蕉に指導を仰ぐ挨拶か。季五月闇。

2154 ▽五羽も六羽も庵をとりまくように郭公が鳴いている。山家集「山里に誰をまたこは呼子鳥ひとりのみこそ住まんと思ふに」をふまえていう。季かんこ鳥。

2155 ▽夜があけて水鶏の叩く音がやむと、交替したように啄木鳥がつつきはじめた。水鶏も木つつきも庵記にみえる生類。花摘「幻住庵山上／木啄の柱をつゝく住居かな　曲水」。季水鶏。

2156 笠《かさ》あふつ柱すゞしや風の色　史邦

2157 月待《まつ》や海を尻《しり》目《め》に夕すゞみ　正秀

2158 しづかさは栗《くり》の葉沈む清《し》水《みづ》哉《かな》　亡人柳陰

2159 涼しさやともに米かむ椎《しひ》が本《もと》　如行

訪《とふ》に留《る》主《す》なり

2160 椎の木をたがへて啼《なく》や蟬《せみ》の声　膳所朴水

2161 目の下や手洗ふ程《ほど》に海涼し　美濃垂井市隠

文《ふみ》に云《いひ》こす

2162 膳《ぜ》所《ぜ》米《こめ》や早《さ》苗《なへ》のたけに夕《ゆふ》涼《すずみ》　半残

2156 ▽柱にかけた檜笠を煽って吹き抜ける緑の風が、いかにも涼しげである。庵記にも「南薫峰よりおろし北風海を浸して涼し」「木曾の檜笠…枕の上の柱に懸たり」とある。[季]すゞし。

2157 ▽湖水のひろがりを視野の端に収めて夕涼みをしている、月の出を待ちながら。東の山の端を眺めるとき、琵琶湖は左下方に瞳をちらとやることになる。庵記にも「夜座静に月を待ては」。正秀宛芭蕉書簡に「幻住庵の句(猿蓑に)月まつや海をしりめに夕涼と入申候」とあり、芭蕉の添削あるか。[季]夕すゞみ。

2158 ▽しんと静まりかえった山気、透きとおった湧き水の底に栗の葉が沈んでいる。清水は庵記にみえる「谷の清水」。[季]清水。

2159 ○椎が本　歌語。源氏物語・椎本「立ちよらむ陰と頼みし椎が本…」。庵記に「先たのむ椎の木もあり」と詠まれた大樹に芭蕉を見立てて師と頼む心。▽庵主とともに米の飯の味をもくもくとかみしめている、椎の涼しい木陰の安らぎ。六月三十日付曲水宛芭蕉書簡に「十九日早朝帰庵、如行も同道、幻住庵に両宿、目を驚し帰り申候」。[季]涼し。

2160 ○訪に留主なり　詩題。前が「喜友見訪」の句なら、これは「訪友不遇」(円機活法)。○たがへて　「違へて」とも「抱へて」とも。蟬の句としては後者がおもしろいが、挨拶として大仰すぎるか。素人作者らしく単純に解しておく。▽庵はひっそりとして蟬の声がするばかり、おや、いつもの椎の木とは別の木で鳴いているな。庵主も他所を頼んで出かけられたかの心。[季]蟬。

2161 ▽眼下、手をのばして洗えそうな距離に湖水がひろがり、涼しげな展望だ。参考、西鶴独吟百韵自註序「難波の梅翁先師…湖を手だらひに見立、目の覚めたる作意を俳道とせられし」。市隠は如行とともに来庵。[季]涼し。

2162 ○膳所米　毛吹草に近江名物「膳所米　ゼヾコメ」。▽名産膳所米も今ごろ早苗の丈に伸びて、葉末をそよがす風に夕べの涼をとっておられることだろう。「に」が切字の働きをするので、初五で切れるのはまずい。早苗は庵記にもみえる植物。[季]早苗・夕涼。

麦の粉《こ》を土産《みやげ》す

2163 一《ひと》袋《ふくろ》これや鳥《と》羽《ば》田《だ》のことし麦　之道

書音《しよいん》

2164 一《いち》夏《げ》入る山さばかりや旅ねずき　長崎 魯町

2165 夕《ゆふ》立《だち》や檜《ひの》木《き》の臭《かざ》の一《ひと》しきり　及肩

昇猿腰掛《さるのこしかけ》

2166 秋《あき》風《かぜ》や田《たな》上《かみ》山《やま》のくぼみより　尚白

贈蓑《みの》

2167 しら露もまだあらみのゝ行衛《ゆくゑ》哉《かな》　北枝

2168 木《ぼく》履《り》ぬぐ傍《わき》に生《はえ》けり蓼《たで》の花　木節

2163 ○麦の粉　麦こがし。新麦を煎り碾いて粉にし、冷水に点じたり、練ったり、砂糖と交ぜたりして食う。本朝食鑑に「水を飲みて害なく、よく暑を消し、もつて胃の気を助く」という。類船集「紙袋―麦粉」。○鳥羽田　山城の歌枕。芭蕉は六月は十八日まで京にあり、その間「大坂よりも未だ知らざる者尋問候」(曲水宛書簡)という。つまり鳥羽田の麦粉は初対面の土産として之道が京に持参したのを、膳所米と対にしてここに併出した。▽ほんの一袋ですが、これがあの鳥羽田の新麦の麦粉です。季ことし麦。

2164 ○書音　手紙。○一夏　四月十六日から九十日間。その間、僧は一所に籠って修行する。▽一夏入山なさるというからには、さぞやすばらしい所なのでしょうね、それにしてもよくよく旅寝好きでいらっしゃる。季一夏。

2165 ▽はげしい夕立のあと、湿った檜木の香に一しきり山が匂いたつ。季夕立。「一袋・一夏・一しきり」と続けたか。

2166 ○昇猿腰掛　猿ノ腰掛ニ昇ル。庵の裏山の松の木の枝にしつらえた眺望台。庵記にみえる。▽田上山の鞍部を乗越して来る風に、まずここで秋を感受した。秋の来し方を望み見る心。田上山は庵記にもみえる山。季秋風(以下、秋)。

2167 ○贈蓑　蓑ヲ贈ル。元禄二年(一六八九)秋「奥の細道」途上の芭蕉に贈った蓑で、庵記にもみえる。九月十六日付秋湖宛北枝書簡に「幻住庵の翁、…いまだ漂泊の思ひやまず、先年贈られし菅みのは庵のはしらに掛置、しら露もまだあらみのゝ佳吟、今に感じ候と、ふみの中に聞えける。返事すとて、露清く翁になれし蓑見たき、かく申遣候」(句空庵随筆)。▽白露もまだ知らぬこの新蓑は、行くすえ翁になれていかなる旅路をたどるやら。季しら露。

2168 ○木履　物類称呼「あしだ　関西及西国にて、ぼくり又ぶくりといふ」。▽足駄をぬごうとして、ふと傍に蓼が花穂をつけているのに気付いた、そんな目立たない小さな秋。芭蕉は出庵後の木曾塚草庵でも「草の戸を知れや穂蓼に唐辛子」と詠んでいる。季蓼の花。

包紙《つつみがみ》に書《かく》

2169 縫《ぬひ》にこす薬《くすり》袋《ぶくろ》や萩《はぎ》の露　膳所 扇

2170 稲の花これを仏の土《み》産《やげ》哉《かな》　智月

2171 石《いし》山《やま》や行かで果《はた》せし秋の風　羽紅

2172 桶《をけ》の輪《わ》やきれて鳴《なき》やむきりぐ〵す　昌房

2173 里はいま夕めしどきのあつさ哉《かな》　何処

2174 啼《なく》やいとゞ塩にほこりのたまる迄《まで》　越人

越人《あつじん》と同じく訪合《とひあはせ》て

2175 蓮《はす》の実《み》の供《とも》に飛《とび》入《いる》庵《いほり》かな　等哉

2169 ○包紙　薬袋をとどけるための包紙。編者のつけた詞書である。○薬袋　薬を煎じるための小さな布袋。▽お申し越しの薬袋縫っております庭前には、露もつ萩がみごとでございます。庵記に庵主は「病身」とある。季萩の露。

2170 ▽折から田一面に稲が花をつけております、花ともみえぬこの質実な花を手折って庵の「持仏」に持参しましょうか。智月は在家の尼。芭蕉は彼女に形見として幻住庵記一巻を書き与えた。季稲の花。

2171 ▽石山の庵を一度訪ねようと心にかけて果せないまま、とうとう秋風が立ってしまった。「石山や行かで」とたたみかけ、I音とA音で調子を整えた。石山は庵記にもみえる山。芭蕉出庵後の作だが、女流三句でここに置いた。季秋の風。

2172 ▽夜のしじま、使い古した桶のたががひとりでに切れてはじけ、その音でコオロギが鳴き止んだ。季きりぐ〵す。

2173 ▽夕凪でそよりともしない、灯ともす麓の里は夕飯時のやりきれない暑さだろう。六月二十日付小春宛芭蕉書簡に「何処持参の芳翰落手」とあり、何処の来庵は六月二十日以前。残暑でもない「暑さ」の句がここに出るのは不審。季あつさ(夏)。

2174 ○いとゞ　物類称呼「今いふこほろぎの種類にして小なる物也」。竈のあたりにすむ」。▽庵主は「物ぐさの翁」で、竈にはイトドが鳴き、塩にはうっすらほこりがたまっている。以上、女流三句に続いて台所三句。たがのはずれた桶、火の入ってない竈、使ってない塩、「里は今夕飯時」というのに、こちらは煮焚した様子もない。六月三十日付曲水宛芭蕉書簡に「盆十四日、越人参る筈に御座候」。季いとゞ(秋)。

2175 ▽連れだって突然の参上ですの意。庵のほとりに蓮池があったらしい。卯辰集「翁の捨ゆく庵に行て／蓮からの猶うそ〱と行衛哉　乙州」。季蓮の実飛ぶ(秋)。

明年弥生《あくるとしのやよひ》尋旧庵《きうあん》

2176 春《はる》雨《さめ》やあらしも果《はて》ず戸のひづみ　嵐蘭

同夏《おなじく》

2177 涼しさや此《この》庵《いほ》をさへ住《すみ》捨《すて》し　曾良

2176 ○明年弥生　元禄四年(一六九一)三月。出庵は前年七月二十三日。○尋旧庵　旧庵ヲ尋ヌ。▽春雨の中、主のない草庵の戸はきしんで開かない、まだ荒れ果てたわけではないのだが。季春雨。

2177 ▽こんなにも涼しい庵を、それもあんなに気に入っておられたのに、住みつくことなく又捨てて旅に出られたのだ。曾良日記によると元禄四年五月二日、落柿舎滞在中の芭蕉を訪ね一泊。三日、「幻住ノ句、幷落柿舎ノ句」として二一七七・二一七三の二句を記録。六月十一日、幻住庵訪問。七月三日、猿蓑発売。幻住庵記に「いとかりそめに入し山の、やがて出じとさへおもひそみぬ」とあり、最後の「いづれか幻の栖ならずやと、おもひ捨てふしぬ」は米沢家本に「また是幻の栖なるべしと、頓て立出てさりぬ」とある。この原案を生かして芭蕉が代作し、いわば挙句としたか。季涼しさ(夏)。

跋

猿蓑者ハ芭蕉翁滑稽之首顖也ナリ。非レ比スルニ二彼ノ山寺ニ偸ミレ衣ヲ朝市ニ頂クレ冠ヲ笑ニ一。只任スルノミ二心ノ感ジレ物ニ写スニ一レ興ヲ而已矣。洛下ノ逸人凡兆・去来随テレ翁ニ遊学ス。楳館竹窓躐ヘレ等ヲ凌グレ節ヲ、斯ニ有レ歳。属コノゴロ撰テ二此ノ集ヲ一玩弄無レ已ムコト。自謂ラク絶二超スル狐腋ノ白裘ニ一者也ナリト。於レ是ニ四方ノ唫友憧々トシテ往来シ、或ハ千里ニ寄テレ書ヲ、々中皆有ニ二佳句一。日ニ蘊月隆シテ各程シナ〳〵ニス二文章ヲ一。然ドモ有ハ下昆仲ノ騒士不ニ集録一者上、索居竄栖為メナリレ難レ通レ信ヲ。且有ハ下旎倪ノ婦人不ニ琢磨セ一者上、麁言細語為ナリレ喜スルガレ同コトヲレ志。雖レ無レ至ニ其域ニ一何ゾ棄ンヤ二其人ヲ一乎哉。果シテ分ニ四序ヲ一作ス二六巻ト一。故ニ不レ遑アラ三広ク捜ルニ二他家ノ文林ヲ一也。維レ時元禄四稔辛未仲夏、余掛テ二錫ヲ於洛陽ノ旅亭ニ一、偶会スニ二兆来ノ吟席ニ一。見レ需メ下記シテ二此事ヲ一題センコトヲ中書尾ニ上、卒ニ援テレ毫ヲ不レ揣レ拙ヲ。庶幾クハ一蓑高張有テレ補ラント二于詞海漁人ニ一云。

風狂野衲丈艸漢書

正竹書之

京寺町二条上ル丁　井筒屋庄兵衛板

○芭蕉翁…　蕉風俳諧の神髄。滑稽は俳諧。顖は嚮と同字。
○山寺偸衣…　猿の人真似。七部集大鏡「一書に、漢室ノ狙ハ鵲冠ヲ戴キテ朝市ヲ笑ハセ、金閣ノ狙ハ衣ヲ偸ミテ衆徒ヲ感ゼシム」。
○洛下逸人　京の隠士。
○楳館竹窓　梅咲く家、竹そよぐ窓。
○躐等凌節　等ヲコエ節ヲシノグ。修業して上達すること。
○斯有歳　ココニ歳アリ。多年に及ぶ。
○玩弄無已　愛読して飽きることがない。
○狐腋白裘(こえきのはくきう)　狐の腋の下の皮を集めて作った皮衣。史記・孟嘗君列伝「一狐白裘アリ、直千金、天下無双」。
○唫友憧々往来　俳人仲間が絶えず訪れ。
○日蘊月隆各程文章　日に月に集積し、句々変化に富む。
○昆仲騒士　同門の先輩俳人。昆仲は長兄と次兄。騒士は詩人。
○索居竄栖(さくきよざんせい)　友と交らず離れてかくれ住むこと。
○旎倪(ばうげい)　老人と小児。
○麁言細語　粗樸な言と些細な語。未熟な表現。
○果分四序作六巻　選句を終って四季に分類し、連句篇と幻住庵記を加えて六巻となした。
○不遑　イトマアラズ。余裕がない。底本、遑の送り仮名「カウ」と誤刻。
○他家文林　他門の俳人の作。
○維時…　これ時に元禄四年。稔は通行の宛字。
○掛錫　錫杖(しやくじやう)をかける。行脚僧がしばらく滞在すること。
○偶会兆来吟席　たまたま凡兆・去来の俳席に一座した。
○見需…　跋文を求められ。底本、記の送り仮名「ノ」と誤刻。
○卒援毫不揣拙　にわかに毫をとりて拙をはからず。拙文をも顧みず、あわただしく筆をとった。底本、援の送り仮名「ラ」と誤刻。
○庶幾　コヒネガハクハ。
○一蓑…　猿蓑の俳風を高く掲げて世の俳人に裨補するところありたいと。一綱というところを猿蓑の縁で一蓑といった。
○野衲(やな)　僧の謙称。

炭俵

白石悌三 校注

〔**編者**〕野坡・孤屋・利牛の共編。ただし「此集いまだ半なる比、孤屋旅立つ事ありけるに」(二四六八)とあり、野坡二十六・利牛十七・孤屋九という入集発句数が、編集関与の度合をほぼ反映しているだろう。

〔**書名**〕素竜序によると、元禄六年(一六九三)十月初旬、芭蕉庵に会した編者らが、火桶を囲んで四吟俳諧に興じた折に撰集を思い立ち、その夜の芭蕉の独り言を聞きとめて書名にしたという。つまり、和歌の櫟炭《くぬぎずみ》に対する俳諧の炭俵で、日常卑近の詩美を象徴する。

〔**成立**〕蒐句・選句に芭蕉が関与していることは明らかで、江戸以外の蕉門俳人も広くカバーしている。しかし芭蕉は元禄七年四月『おくのほそ道』の素竜清書本が成ると、『炭俵』の版下と序文も素竜に委嘱し、最終点検することなく五月十一日に江戸を旅立った。素竜序は閏五月三日付、刊記は六月二十八日である。

〔**意義**〕〈かるみ〉の代表撰集として、刊行直後から上方で評判となった。表現的には擬態語・擬声語や畳語の多用、俗談平話調の句作りが目立つ。内容的には世態人情の機微から経済生活の種々相にわたり、具体的な性格描写・風俗描写が目立つ。総じて日常的傾向が強いが、その顕れとして古典的な俤の句がなくなり、恋の句も物語的趣向を排するとともに艶麗な情緒が薄れ、一句捨ても容認されている。そのために只事にすぎて「初心者に害多し」という後世の批判もある。

〔**構成**〕　素竜序

歌仙（発句春）芭蕉・野坡
歌仙（発句春）嵐雪・利牛・野坡
歌仙（発句夏）孤屋・芭蕉・岱水・利牛
百韻（発句夏）利牛・野坡・孤屋
春之部発句　芭蕉以下八十四句
夏之部発句　嵐雪以下七十一句　以上、上巻(建)
秋之部発句　湖春以下四十六句　以下、下巻(順)
冬之部発句　其角以下五十七句
歌仙（発句秋）其角・孤屋
歌仙（発句秋）桃隣・野坡・利牛
歌仙（発句冬）芭蕉・野坡・孤屋・利牛
歌仙（発句冬）杉風・孤屋・芭蕉・子珊・桃隣・利牛・
　岱水・野坡・沾圃・石菊・利合・依々・曾良

炭俵《すみだはら》序

此集《このしふ》を撰《あ》める孤屋《こをく》・野坡《やば》・利牛《りぎう》らは、常に芭蕉の軒《のき》に行《ゆき》かよひ、瓦《かはら》の窓をひらき心の泉をくみしりて、十《とを》あまりなゝの文《も》字《じ》の野《や》風《ふう》をはげみあへる輩《やから》也。霜凍《こほ》り冬どのゝあれませる夜、この二《に》三子《さんし》庵に侍《はべり》て、火桶《ひをけ》にけし炭をおこす。庵主《あんじゆ》これに口をほどけ、「宋人《そうひと》の手亀《カヾマ》らずといへる薬、是《これ》ならん」と、しのゝ折箸に熓《ヲキ》のさゝやかなるを、竪《たて》にをき横になをしつゝ、「金屏《きんびやう》の松の古さよ冬籠《ふゆごもり》」と舌よりまろびいづる声の、みたりが耳に入《いり》、さとくもうつるうのめ鷹《たか》のめどもの、是《これ》に魂のすはりたるけにや、これを思ひ立《たち》、はるの日のゝつと出《いで》しより、秋の月にかしらかたふけつゝ、やゝ吟《ぎん》終り篇《へん》なりて、竟《つひ》にあめつちの二《ふた》まきにわかつとなん。是《これ》をひらきみるに、有《いう》声《せい》の絵をあやどりおさむれば、又くぬぎ炭の筋《すぢ》みえたり。けだしくも題号をかく付侍《つけはべる》事は、詩の正義《せいぎ》にいへる五つのし

○瓦の窓をひらき…　隠棲をわずらわし、その詩心に学んで。千載集・序に「心の泉…詞の林…」また「瓦の窓、柴の庵」。
○十あまりなゝの…　三十一文字の和歌に対する俳諧の謙称。
○冬どのゝあれませる夜　冬将軍の猛威をふるわれた夜。
○庵主　芭蕉。
○宋人の手亀らず…　荘子・逍遥遊「宋人ヨク手ニ亀(ヒヾキレ カヾマル)ズノ薬ヲスル者ノアリ」。林注に「手ニ亀ラズトイフハ、冬日ニ此ノ薬ヲ用ヒテ手裂(サケ ヒヾキレ)ザルナリ」。
○しのゝ折箸　一本の細い竹を中央から折り曲げて作った箸。
○熓　消炭のよくおこったもの。
○竪にをき横になをし　竪に置き横に直し。
○金屏の…　金屏風の松もすっかり古色をおびて、ゆったりと落着いた冬ごもりのさまよの意。元禄六年(一六九三)十月九日付許六宛書簡に「野馬と云もの四吟に」の前書あり、これを発句にして野坡・孤屋・利牛と芭蕉の連句があったらしいが伝存しない。参考、続五論「金屏はあたたかに銀屏は涼し。是をのづから金屏・銀屏の本情なり」。
○舌より…思ひ立　…と口ずさんだのが三人の耳にとまり、利発な探究心旺盛な連中のこと、この四吟俳諧で迷いがふっ切れたらしく、撰集を思い立ち。毛吹草「鵜の目鷹の目」。
○はるの日の…　巻頭発句「梅が香にのつと日の出る山路かな」を利かせ、これと対句で「秋の月に…」と続けた。
○あめつちの二まき　天地でなく、建順の二巻。
○有声の絵　詩。蘇東坡「摩詰ノ詩ヲ味ヘバ詩中ニ画有リ、摩詰ノ画ヲ観レバ画中ニ詩有リ」(書摩詰藍田烟雨図)による。摩詰は王維。
○けだしくも…　おそらく題号を炭俵と付けたのは。
○詩の正義にいへる五つのしな　毛詩正義一「名篇ノ例義ニ定準無シ。多クトモ五ヲ過ギズ、少ナケレバ纔ニ一ヲ取ル」。

な、あるはやまとの巻《まき》〳〵のたぐひにはあらねど、例の口に任せたるにもあらず。竊《ひそか》により所《どころ》ありつる事ならし。ひと日《ひ》芭蕉旅行の首途《かどで》に、やつかれが手を携えて再会の期を契り、かつ此等《これら》の集の事に及《および》て、「かの冬籠の夜、きり火桶のもとにより、くぬぎ炭のふる歌をうちずしつるうつりに、「炭だはらといへるは誹也《なり》けり」と独《ひとり》ごちたるを、小子聞《きき》をりてよしとおもひうるとや、此《この》しうをえらぶ媒《なかだち》と成《なり》にたり。この心もて宜《よろ》しう序書《かき》てよ」と云捨《いひすて》てわかれぬ。今此事《このこと》をかうがへ、其初《そのはじめ》をおもふに、題号をのづからひゞけり。さらに弁をつくる境《さかひ》にはあらじかしとくちをつぐむ。

元禄七の年夏閏《うるふ》さつき初三《しよさん》の日　素《そ》竜《りよう》書

○芭蕉旅行の首途　素竜は元禄七年五月八日付で「贈芭叟餞別辞」(別座鋪)を記し、芭蕉は同十一日、帰郷の途についた。
○やつかれ　自分の謙称。
○きり火桶　桐の幹を輪切りにし中をくりぬいて作った円火鉢。ここは千載集の撰者藤原俊成の俤。寒夜にすすけた浄衣の上だけ打懸け、その上に衾をかぶって桐火桶を抱き、ただ独り閑疎寂寞として歌を案じたという(桐火桶)。
○くぬぎ炭のふる歌　醒睡笑八「契りあれや知らぬ深山のふしくぬぎ友となりぬる閨の埋火　これ夢庵の歌にてあり。古田織部、冬の夜のつれづれに吟ぜられし」。夢庵は牡丹花肖柏。
○うつりに…　ちなみに、炭俵といえば俳諧だなと独りつぶやいたのを、門人が聞いていてよしこれで行こうと心に決めたらしく、この度の撰集をとりもつ結果となりました。
○かうがへ　「考へ」の転。

誹諧《はいかい》炭俵集 上巻

2178 むめがゝにのつと日の出る山路《やまぢ》かな　芭蕉

2179 処《ところ》〳〵《どころ》に雉《き》子《じ》の啼《なき》たつ　野坡

2180 家《や》普《ぶ》請《しん》を春のてすきにとり付《つき》て　仝

2181 上《かみ》のたよりにあがる米の直《ね》　芭蕉

2182 宵《よひ》の内《うち》ばら〳〵とせし月の雲　仝

2183 藪《やぶ》越《ごし》はなすあきのさびしき　野坡

2178 発句。春(むめがゝ)。○のつと 突如、悠然と出現するさま。擬態語・擬声語による句作りは軽みの一特色だが、安易な追随者を生み、其角に「師ののつとは誠ののつとにて一句の主なり。門人のきつと・すつとは、きつともすつともせず、尤も見苦し」(旅寝論)と批判された。▽暁の冷気の中に梅の清冽な香りがただよう山路を行くと、真向から大輪の旭日がのつとさし出、冷えびえとした薄明の世界がたちまちなごやかな春景色にかわった。切字は「かな」だが、「梅が香に」で微妙に切れる。梅が香を闇夜ならぬ夜明けにとらえ、梅に月ならぬ朝日をあしらった。支考は「梅が香の朝日は余寒なるべし」(笈日記)と指摘し、芭蕉も同意したという。

2179 脇。春(雉子)。○処〳〵に 移動する時空間を表わす畳語で、雅俗両用。畳語による句作りも軽みの一特色。▽野山を行くと、あちこちの草むらで雉子がしきりに鳴いているの意。山路にふさわしく雉子を出し、朝日のはなやかさに「啼たつ」と威勢よく応じた、景の打添え。

2180 第三。春(春のてすき)。▽日脚もやや伸びる春の農閑期に村総がかりで家の建築に着手するの意。前句の場を山間の村落、時節を苗代ごしらえの前の農閑期と定め、景気から人事に転じた。余情に、勇壮な響きと気ぜわしさ。

2181 初オ四。雑。○上 上方。当時、大坂は流通経済の中心地で、堂島の米市の取引が全国の相場を左右した。○直 書言字考「直 ネ〈売買ニ言フ所〉」。▽上方から米価騰貴の情報が流れてくるの意。前句の家普請する農家に景気のよさを見込んだ。社会の下部構造に取材した炭俵調。

2182 初オ五。秋(月の雲)。月の定座。▽宵の内にばらばらと一雨降らせた雲が切れて月の出るさま。前句の余情に不安を読みとり、秋口の陰晴定まらない空模様を付けた。米価騰貴は、打越の生産者には吉報だが、一般消費者には不安な情報。また商人には雲ゆきで天候を予測する事が死活問題。二七五九参照。

2183 初オ六。秋(あき)。▽葉もまばらになった小藪を隔てて隣人と交わす会話のよく透る響きに、しみじみと秋を感じる意。前句を天候の挨拶と見て、夜半の月を仰ぎに出た隣人どうしを想定した。余情に、夜半の静けさと雨後の空気。

2184 御《お》頭《かしら》へ菊もらはるゝめいわくさ　野坡

2185 娘を堅《かた》う人にあはせぬ　芭蕉

2186 奈《な》良《ら》がよひおなじつらなる細《ホソ》基《モト》手《で》　野坡

2187 ことしは雨のふらぬ六《ろく》月《ぐわつ》　芭蕉

2188 預《あづ》けたるみそとりにやる向《むかふ》河《が》岸《し》　野坡

2189 ひたといひ出すお袋の事　芭蕉

2190 終宵《よもすがら》尼の持《ぢ》病《びやう》を押へける　野坡

2191 こんにやくばかりのこる名月　芭蕉

2184 初ウ一。秋(菊)。▽組頭に丹精の菊を所望されて困惑する足軽のつぶやき。前句の「話」の内容を発話体で付け、話者の位と人柄を間接に示した。打越と観音開きになるが、夜分を離れ、話者の見立てをかえ、話題を人事に転じてある。「秋のさびしき」をこの秋一番の楽しみを手離すむなしさに移しながら、自慢話の気味がないこともない。

2185 初ウ二。雑。恋(娘)。▽頑固一徹で愛娘を人前に出さないの意。前句の話者の堅気な性格を具象化した。娘は恋づく年頃で、折あらば言い寄る男性も多いことを暗示して、恋。

2186 初ウ三。雑。○奈良がよひ　京坂から奈良名産の晒布を仕入れに通う行商人をいうか。▽奈良通いする、たかが同じ身分の小商人ではないか。前句の口調に親の高望みを咎めだてする気分をよみとって付けた。恋の一句捨て。

2187 初ウ四。夏(六月)。▽今年の水無月は降らないなあの意。前句を行商仲間の連れだって行くさまに見かえ、その会話を付けた。好天続きを喜ぶ気持と炎天を厭う気持が半々。晒布は夏の商品。人事のあとを時候であしらった遣句。

2188 初ウ五。雑。▽共同で作って預けてある味噌を、対岸の本家にとりにやるの意。前句に格別の暑さを見込み、味噌の補給を思い寄せた。味噌は滋養食で、食欲を増進する。言外に、水量が減って河床の干あがった大川のイメージも。

2189 初ウ六。雑。▽顔を見るなり一途にお袋の想い出を語り出すの意。味噌をとりに行った若人に向かわせて先方の老人を付けた。味噌からお袋へのうつり、絶妙。作者も、御頭(初ウ一)との差合を指摘され、「お袋よりよきものあらばともかく」(杉家注)と自負を示したという。

2190 初ウ七。雑。▽旅の一夜、相宿の老尼が持病の癪に苦しむのを、夜通し押さえて介抱する意。前句を亡母を慕う娘の上に見かえ、其人が母と同年輩の尼に親切を尽くしながら親不孝を懺悔するさまを想定した。釈教。

2191 初ウ八。秋(名月)。▽人々が去り食べちらしたままの宴席を、深夜の名月がしらじらと照らしているさま。尼寺の月見を趣向し、亭主に持病の発作がおこってお開きになった後を句作した。こんにゃくは精進料理に欠かせない物。

2192 はつ雁《かり》に乗《のり》懸《かけ》下《した》地《ぢ》敷《しい》て見る　野坡

2193 露を相《あひ》手《て》に居《ゐ》合《あひ》ひとぬき　芭蕉

2194 町《ちやう》衆《しゆう》のつらりと酔《ゑう》て花の陰　野坡

2195 門《もん》で押《おさ》るゝ壬《み》生《ぶ》の念仏　芭蕉

2196 東《こ》風《ち》ゝ《かぜ》に糞《コヘ》のいきれを吹《ふき》まはし　仝

2197 たゞ居《ゐ》るまゝに肱《かひな》わづらふ　野坡

2198 江戸の左《さ》右《う》むかひの亭主登《のぼ》られて　芭蕉

2199 こちにもいれどから臼《うす》をかす　野坡

2192 初ウ九。秋(はつ雁)。▽乗懸の駄馬にまたがり座蒲団を尻にあてて乗心地をためしている出発直前のさま。前句を送別の宴の果てる頃と見て、暁の旅立ちを趣向した。初雁は名月の会釈だが、行くえ遥かな首途の気分にも応じている。

2193 初ウ十。秋(露)。▽朝露の置く中で、手練の居合を一抜き恰好よく演じるさま。前句の人を若侍と定め、旅立ち前のウォーミング・アップを見せた。露は季の会釈だが、早立ちの爽やかさに応じ、白刃一閃の趣にも叶っている。

2194 初ウ十一。春(花)。花の定座。○町衆　町役人である名主・月行事・五人組・家主の総称。▽町衆が勢ぞろいして花見酒のさま。露を小粒銀に取り成しての季移り。前句を見料目当ての大道芸に見かえ、花見の人出を想定した。

2195 初ウ十二。春(壬生の念仏)。○壬生の念仏　三月十四日から二十四日まで京の壬生寺で行われる大念仏会。▽呼びものの壬生狂言を見ようと門前で押しあいへしあいする群衆のさま。前句の場を特定し、桟敷などに陣どるお歴々に対して群衆を付けた。釈教。

2196 名オ一。春(東風ゝ)。▽糞尿をまいた畑土のむれたつような臭いが、なま暖かい春風に乗って拡散するさま。前句の時節と場にふさわしい門外の田園風景。

2197 名オ二。雑。▽気候の変りめで二の腕が痛み、ただぶらぶらしているの意。前句に農繁期の余情をかぎとり、リューマチスなどをわずらう老人の所在なさを付けた。

2198 名オ三。雑。▽上方に一時帰休している江戸店勤務の番頭か手代が、日ごろ目をかけてもらっていた向かいの店の主人の上京を待ち受けて、江戸の近況をあれこれ尋ねるさま。前句の「たゞ居るまゝに」に働きざかりの人の焦躁感を汲みとり趣向を構えた。

2199 名オ四。雑。○から臼　精米用の踏臼(二八八一参照)。持ち運びできない。前後から推してここは粉挽用の小形の石臼(柳田国男説)とも。▽当方でも使うのだけど、碓(からうす)の使用を先方に優先させてやるの意。お向かいの主人が江戸出張から帰宅したと前句を読みかえて、近隣のよしみを付けた。「こちにもいれど」の俗談平話調も軽みの一特色。

2200 方《はう》〳〵《ばう》に十夜《じふや》の内《うち》のかねの音　芭蕉

2201 桐の木高く月さゆる也《なり》　野坡

2202 門《もん》しめてだまつてねたる面白さ　芭蕉

2203 ひらふた金《かね》で表《おもて》がへする　野坡

2204 はつ午《うま》に女《によう》房《ぼ》のおやこ振《ふる》舞《まひ》て　芭蕉

2205 又このはるも済《すま》ぬ牢《らう》人《にん》　野坡

2206 法《ほふ》印《いん》の湯《たう》治《ぢ》を送る花ざかり　芭蕉

2207 なは手《て》を下《ヲ》りて青《あを》麦《むぎ》の出《で》来《き》　野坡

2200 名オ五。冬(十夜)。○十夜　十月五日夜から十夜、念仏を修する浄土宗の法要。関東では収穫祭の性質をもち、新穀を仏前に供え、これを粥にして夜半に参詣者に出す所も多い。▽お十夜の間、チーンチーンと寒夜に冴えわたる敲鉦の音が方々から聞えるの意。前句の碓のあく間もないとりこみを、お十夜の期間と見立てた付句。釈教。

2201 名オ六。冬(月さゆる)。▽裸木となった軒端の桐に寒月のかかるさま。前句の時節・時分にあわせ、寺町あたりの景気を思い寄せた。類船集「桐―軒端の月・墓原」。

2202 名オ七。雑。▽「南華老仙のただ利害を破却し、老若を忘れて閑にならむこそ、老の楽しみとは云ふべけれ。人来れば無用の弁あり、出でては他の家業をさまたぐるも憂し。孫敬が戸を閉ぢて、杜五郎が門を鎖さむ」(閉関の説)という飄逸の人のさま。前句を隠者の閑居と見立て、「なり」に詠嘆する人の存在を見込んで情を起した。初ウ十二「門で押るゝ」と同字のきらいはあるが、「炭俵は、門しめての一句に腹を据ゑたり」(三冊子)と自負した会心の付句。

2203 名オ八。雑。▽拾った金を着服して畳の表がえをするの意。前句の「だまつて」に見込み、脱俗の人を一転して市井の俗人に仕替えた。人事句を得意とする野坡流の軽み。

2204 名オ九。春(はつ午)。▽初午に妻の親戚を招いてもてなし見えをはるさま。「拾うた金」に開運・福徳の稲荷信仰を思い寄せ、「表がへする」を客待ちの体と見て付けた。

2205 名オ十。春(はる)。▽世間の春をよそに今年もまた仕官の道が開けなかった浪人の意。牢人は通行の当字。開運祈願の初午に寄せて、世相の明暗を対照させた向付。

2206 名オ十一。春(花ざかり)。月の定座であるが月は前出、代りに名残の花を表に引上げた珍しい例。▽湯治に出かける師匠の法印に送別の詩句など贈るさまか。前句を浪々の身になれてあくせくしないさまと見た其人の付。法印はここでは儒者・俳諧師など学芸の徒か。

2207 名オ十二。春(青麦)。▽だらだら下りに田中に続く道を行くと、一面に青々とした麦畑のひろがるさま。湯治行の途中の景をあしらい、五句続きの人事を転じた。花に青麦の色立

2208 どの家も東の方に窓をあけ　野坡

2209 魚《うを》に喰《くひ》あくはまの雑《ざふ》水《すい》　芭蕉

2210 千《ち》どり啼《なく》一《ひと》夜《よ》〳〵《ひとよ》に寒うなり　野坡

2211 未《み》進《しん》の高《たか》のはてぬ算《さん》用《よう》　芭蕉

2212 隣へも知らせず嫁をつれて来て　野坡

2213 屏《びやう》風《ぶ》の陰《かげ》にみゆるくはし盆　芭蕉

も美しく、前句を匂の花に見立てた挙句の体。

2208 名ウ一。雑。▽どの家も東向きに窓を開けてあるの意。前句のあたりで目にした村落のさま。五行の説によれば春は東で、青を配する。青麦に東はその連想か。いずれにせよ、東風を呼び入れるような造りで、春の季感が匂う。

2209 名ウ二。雑。▽漁村に滞在して魚入りの雑炊にも喰いあきたの意。雑水は通行の当字。前句から琵琶湖西岸の堅田を想い浮かべて付けた。一六四三参照。「どの家も」の単調な気分を「喰あく」にうつし、景気を人事に転じた。

2210 名ウ三。冬(千どり)。▽浜千鳥が鳴いて、夜ごとに寒くなるの意。前句を港町に渡り奉公する人と見て、その哀感を時節の推移にこめた付句。「喰あく」に見込んだ時間の経過を、「一夜〳〵」と小刻みにたたみかけている。類船集「浜―千鳥―霜夜・塩風寒き」。雑水も冬の夜食に向く。

2211 名ウ四。雑。▽年貢の期限が刻々とせまるのに未納分の決済がつかず、村役の人々が寄り合って夜遅くまで苦慮するさま。年貢は十一月末から十二月初めに納め、皆済期月は土地の遠近によって違うが、関東は一番早く正月。三七五参照。前句の季節の深まりを現実的な意味によみかえ、寒さの侘びを貧しさの侘びにうつした炭俵調。千鳥は川千鳥で、場は農村。

2212 名ウ五。雑。恋(嫁)。花の定座であるが花は前出、代りに花嫁を出した。▽世間をはばかってこっそり祝言をあげる意。前句を一村から一家の上に見かえて付けた。名残の折の恋を最後に出して、花の定座のはなやかさ、挙句のめでたさを担わせようとしたものだが、挙句ともに地味。

2213 挙句。雑。前句に付けて恋。▽初夜があけて枕屏風の陰に菓子盆が見えるの意。源氏が若紫と新枕をかわしたあと三日夜の餅を祝う場面(源氏物語・葵)のやつしか。前句に人目を忍ぶ体のあるを見込んで、逆に覗きみる体でさらりと付けた。三冊子に「さもありつべき事を直に事もなく付けたる句」で、「心の付けなし新しみあり」という。

三吟

2214 兼《けん》好《かう》も莚《むしろ》織《おり》けり花ざかり　嵐雪

2215 あざみや苣《ちさ》に雀《すずめ》鮓《ずし》もる　利牛

2216 片《かた》道《みち》は春の小《こ》坂《ざか》のかたまりて　野坡

2217 外《そと》をざまくに囲ふ相撲《すまぅ》場《ば》　嵐雪

2218 細《ほそ》〱《ぼそ》と朔《つい》日《たち》ごろの宵《よひ》の月　利牛

2219 早《わ》稲《せ》も晩《おく》稲《て》も相《あひ》生《おひ》に出る　野坡

2214 発句。春(花ざかり)。○兼好も… 崑玉集にみえる兼好説話。牧童伝「東花坊賛して曰、昔人は恒の産なければつねの心なしとて、つれづれの法師だに安部野のあたりに花莚を織りて都のつてには売りもせられしが、まして世にある此人ならば、硎刀の業のみいときよげなり」(本朝文選)。▽花ざかりの木の下に莚を敷いて皆々楽しんでいるが、「花は盛りをのみ見るものかは」と風流を説いた兼好法師も、生業にあの莚を織って商ったというではないか。「まして世にある此人ならば…」の余意を含み、越後屋手代の利牛・野坡に挨拶した。花見の莚を目前にして兼好の故事を想い出した感興が切字「けり」にこめられている。類船集「莚―花」。

2215 脇。春(あざみ・苣)。○苣 書言字考「苣 チサ〈正ニハ萵苣ト曰フ〉」。○雀鮓 毛吹草に摂津名物「雀鮨 江鮒ナリ。腹ニ飯ヲ多ク入レタルガ雀ノゴトクフクルルヲ以テ云フナリ」。増山井に四月「福島の雀鮓」。▽薊や苣の葉を敷いて雀鮨を盛り分ける意。花見の弁当。兼好説話の縁で摂津名物を出したか。

2216 第三。春(春)。○小坂 歌語。参考「越えわぶる小坂の道の雪どけに帰るさ苦し小野の里人」(夫木和歌抄)。▽入山の時には雪どけでまだぬかるんでいた小坂が、帰り道にはもう乾いて固まっているの意。前句を山人の弁当にする保存食と見た。参考「片道はかはきて白し夏の月　太祇」。

2217 初オ四。秋(相撲)。▽相撲の当日まで人の立ち入らぬよう、土俵のまわりにざっと莚囲いなどするさま。前句の小坂の踏み固められたは、相撲場に通じると見定めた付句。相撲の興行は秋に限らないので、自然に季移りした。

2218 初オ五。秋(朔日ごろの月)。月の定座。○朔日ごろ 藻塩草に「朔日に限らず大方上旬の心なり」というが、ここは「細〱と」とあるので文字通り朔日ごろ。源氏物語・浮舟「ついたち頃の夕月夜に」。▽上弦の夕月が細くかかるさま。前句に洛西松尾社の八月一日の相撲を想起した源語仕立ての遺句。類船集に相撲「八朔には松尾の神前にて相撲有り」。

2219 初オ六。秋(早稲・晩稲)。▽早稲も晩稲もともに穂が出るさま。前句を八月上旬、早稲の完熟と晩稲の早熟の重なる時期と見た。書言字考「早稲 ワセ、晩稲 ヲシネ・ヲクテ」。

2220 泥《どろ》染《ぞめ》を長き流《ながれ》にのばすらん　嵐雪

2221 あちこちすれば昼のかねうつ　利牛

2222 隣から節《せつ》〻《せつ》嫁を呼《よび》に来る　野坡

2223 てう〱しくも誉《ほむ》るかいわり　嵐雪

2224 黒《くろ》谷《だに》のくちは岡崎聖《しやう》護《ご》院《ゐん》　利牛

2225 五百のかけを二度に取《とり》けり　野坡

2226 綱ぬきのいぼの跡ある雪のうへ　嵐雪

2227 人のさわらぬ松黒《くろ》む也《なり》　利牛

2220 初ウ一。雑。○泥染　下染めした糸を鉄分のある泥につけて黒く発色させる法。▽泥染めにした糸を流れに長く延ばして洗いすすいでいるらしいの意。田の間を真直に流れる溝川の景。類船集「泥—田・茶染」。

2221 初ウ二。雑。▽あちらこちらと用をたしているうちに、もう午の鐘が鳴ったの意。「長き流」を上へ下へと往き来して働くさまを付けた。

2222 初ウ三。雑。恋(嫁)。▽隣家からは何度も嫁を呼びに来るの意。何の用かは想像にまかされているが、家事に手間どり姑に気がねして出そびれていると見た。恋の心はないが、「嫁」が恋の詞(はなひ草等)。

2223 初ウ四。雑。恋。○かいわり　卵の殻を二つに割った形に結んだ帯。若い女の風。▽べらべらと仰々しく卵割の帯をほめる意。前句より客に招かれると見て、呼びに来た隣家の女が嫁の正装をほめそやすさまを付けた。「てうてうしくも」に姑の苦々しげな表情がある。「あちこち・節〻・てうてうし」と続いた。

2224 初ウ五。雑。○黒谷　法然上人が比叡山の別所黒谷から移り住み布教につとめた所で、浄土宗大本山金戒光明寺がある。岡崎・聖護院は東西に接する農村で、京の隠居所。三所とも今の京都市左京区内。▽洛東聖護院村・岡崎村のさらに奥が黒谷であるの意。前句の「かいわり」を貝割菜に取り成し、聖護院蕪・聖護院大根の産地を思いやった遣句。

2225 初ウ六。雑。▽わずか五百文の売掛銭の支払いのために二度も足を運ばせるなんての意。洛東の村々まで掛乞いに歩く京の商人のぼやきを付けた。炭俵調。

2226 初ウ七。冬〻(雪)。○綱ぬき　軍陣や狩猟の時にはいた毛皮の沓(くつ)で、裏に鋲(びょう)が打ってある。▽雪の上に綱貫の鋲の跡が点々と続いているの意。前句を年末の掛乞いと見て、雪道を付けた。山人の足跡だが、山村でも市中でもよい。

2227 初ウ八。雑。▽人跡まれな深山の松の黒々と茂るさま。前句を雪山に入る猟師のものと見て、雪まみれの松の印象を述べた。「黒谷」に「黒む」、同字三句去りに障る。

2228 雑役《ざふやく》の鞍《くら》を下《おろ》せば日がくれて　野坡

2229 飯《めし》の中なる芋《いも》をほる月　嵐雪

2230 漸《やうやう》と雨降《ふり》やみてあきの風　利牛

2231 鶏《けい》頭《とう》みては又鼾《いびき》かく　野坡

2232 奉公のくるしき顔に墨ぬりて　嵐雪

2233 抱《だき》揚《あぐ》る子の小便をする　利牛

2234 ぐはた〱《ぐはた》と河内《かはち》の荷物送り懸《かけ》　野坡

2235 心みらるゝ箸《はし》のせんだく　嵐雪

2228 初ウ九。雑。○雑役　乗馬に用いず荷物運び等に使用する牝馬。▽仕事を終って雑役馬の荷鞍を下すともう日がとっぷり暮れているの意。前句を剪定しない庭木の松の夕闇に茂るさまに取り成し、労働に追われる毎日を付けた。

2229 初ウ十。秋(芋・月)。▽畑土ならぬ、芋飯の芋を箸でほり出して食うさま。月は投げ込みだが、芋名月にちなみ、遅い夕飯に利いている。労働のあと好物の芋飯にくつろぐユーモラスな人物像。

2230 初ウ十一。秋(あきの風)。花の定座だが、発句が花なので見送った。▽やっと雨があがって、さわやかな秋風が雲を払うように吹いているの意。前句を芋名月と見て、天気をあしらった。遣句ながら、みごと。

2231 初ウ十二。秋(鶏頭)。▽庭前の鶏頭の赤さが寝起きの目にとまり、ぼんやり眺めていたが、又ごろりとなって鼾をかき始めたの意。夜分は三句去りだから、昼の鼾。川止めで逗留を余儀なくされている旅人か。やっと雨はあがったが、すぐには渡れぬとあきらめの体。鶏頭が秋風にゆれている。類船集「雨—旅の中宿」。

2232 名オ一。雑。▽つらい奉公の疲れで居眠りする丁稚の顔に、いたずらで墨をぬるの意。そうとも知らず居眠る体に前句を取り成した。

2233 名オ二。雑。▽泣く子を急いで抱きあげると、膝に小便をしかけられたの意。前句を、顔に鍋墨を付けてなりふりかまわず働く下女のさまに取り成した。

2234 名オ三。雑。▽河内への荷物を騒々しくも勢いよく送り出す問屋の店先のさま。前句を、うろちょろする子を危いので抱きあげる意に取り成した。

2235 名オ四。雑。○せんだく　日葡辞書「センタク　センダク(Xendacu)と言う方がまさる。洗いすすぐこと」。合類節用集「洗濯　センダク」。▽客膳に使い古しの箸を洗って出して、家風を見すかされるの意。「らるゝ」は受身。荷宰領に膳を出す場面を想定した付句。

2236 壻《むこ》が来て娘の世とは成《なり》にけり　利牛

2237 ことしのくれは何も囉《もら》はぬ　野坡

2238 金《かな》仏《ぶつ》の細き御《み》足《あし》をさするらん　嵐雪

2239 此《この》かいわいの小《こ》鳥《とり》皆よる　利牛

2240 黍《きび》の穂は残らず風に吹《ふき》倒《たふ》れ　野坡

2241 馬《ば》場《ば》の喧《けん》嘩《くわ》の跡にすむ月　嵐雪

2242 弟はとう〱江戸で人になる　利牛

2243 今に庄やのくちはほどけず　野坡

2236 名オ五。雑。恋(壻入)。○壻　書言字考「壻 ムコ」。▽娘に聟をとって身代を渡し、あの家も代替りしたの意。家風も変って万事始末になったことを概嘆する声を付けた。

2237 名オ六。冬(くれ)。▽今年の暮にはお歳暮の品も来ないの意。先代からの付合いも疎くなるさまだが、三句がらみで変化に乏しい。恋の心薄い前句だが、それも一句で捨てた。

2238 名オ七。雑。○金仏　底本に訓読符があるが、カナボトケでは字余りになる。▽金仏の足下に跪いて、冷えきった細い御足をさすってさしあげているのだろうの意。実は歳末のお身拭いのさま。前句を寄進ゼロの貧しい寺の住職と見て、仏前に供物もなく、まるで薬のきれた病人をいたわるように御足をさするほかあるまいと付けた。釈教。

2239 名オ八。秋(小鳥)。▽木の実が多いとみえて、この界隈の小鳥がみな群をなしてやって来るの意。前句を山寺と見て付けた。涅槃の俤もあるか。滑稽雑談「御傘曰、小鳥渡る、秋なり。小鳥とばかりは雑なり。按ずるに、近頃小鳥とばかりも秋に用ゆる、句作によるべし」。

2240 名オ九。秋(黍)。▽倒れやすい黍の穂が大風に全部吹き倒されているさま。前句を、大風のあとに雀などの群がるさまと見た。「皆」が「残らず」に響く。

2241 名オ十。秋(月)。秋の三句目なので月を一句引上げて出した。▽喧嘩も収まって今は群衆の影もない馬場に、月がひっそりと照るさま。前句の大荒れのさまから「喧嘩の跡」を思い寄せた。農村の神社の秋祭などを想定したか。

2242 名オ十一。雑。月の定座だが月は前出。▽手を焼くことの多かった弟だが、江戸に出てとうとう一人前になったの意。「喧嘩の跡」を直後でなく歳月をへた後に取り成し、喧嘩して村を出た弟をしのぶ農家の総領の述懐を付けた。

2243 名オ十二。雑。○庄や　領主から任命された一村の長で、戸籍など村政万般を統轄した。▽未だに庄屋の許しが得られないの意。出奔などしていったん人別帳から外されると故郷への出入りも叶わない事情を付けた。

2244 売《うり》手《て》からうつてみせたるたゝき鉦《がね》　嵐雪
2245 ひらり〳〵とゆきのふり出し　利牛
2246 鎌倉の便《たより》きかせに走らする　野坡
2247 かした処《ところ》のしれぬ細《ほそ》引《びき》　嵐雪
2248 独《ひとり》ある母をすゝめて花の陰　利牛
2249 まだかびのこる正月の餅　野坡

2244 名ウ一。雑。▽なんとかして敲鉦を売り付けようと、売り手自ら打ってみせて音色のよさを推奨するさま。村の寺に寄進する敲鉦をめぐって、うんと言わない庄屋にうんと言わせたい売手の向付。釈教。

2245 名ウ二。冬(ゆき)。▽降りそうにしていた空から雪片がひらりひらりと舞い散りはじめたの意。とかくするうちにという移りで、天気をあしらった遣句。同音反復の副詞句の使用が目立つ。

2246 名ウ三。雑。▽鎌倉の大事の情報を確かめに使いの者を走らせるの意。前句から謡曲・鉢の木「あら笑止や又雪の降り来りて候」の一節を思い浮かべ、いざ鎌倉の動きを俤にして付けたか。

2247 名ウ四。雑。▽荷作り用の麻縄が必要なのに、どこに貸したのか行くえが知れないの意。前句を鎌倉への幸便の問い合わせと解して、急の荷送りを思い寄せた。

2248 名ウ五。春(花)。花の定座。▽独り残った老母の遠慮するのを、皆で勧めて花見の旅に連れ出すの意。前句を旅の荷作りと見たか。花を付けあぐんだ様子がうかがえる。

2249 挙句。春(のこる正月の餅)。▽正月の餅がかびてまだ残っているの意。老母を庭の花陰に誘い出して、好物の餅を与えるさまを付けた。長寿を祝う心で巻き収めた。

ふか川にまかりて

2250 空《そら》豆《まめ》の花さきにけり麦の縁《へり》　孤屋

2251 昼の水鶏《くひな》のはしる溝《みぞ》川《かは》　芭蕉

2252 上《うは》張《ばり》を通さぬほどの雨降《ふり》て　岱水

2253 そつとのぞけば酒の最中　利牛

2254 寝《ね》処《どころ》に誰《たれ》もねて居《ゐ》ぬ宵の月　芭蕉

2255 どたりと塀のころぶあきかぜ　孤屋

2256 きり〴〵す薪《マキ》の下より鳴《なき》出《だ》して　利牛

2250 発句。夏(麦)。○ふか川　隅田河口左岸の新開地。今の東京都江東区内。江戸市中を対岸に隔てる水郷が、芭蕉庵の所在地。○縁　書言字考「縁　ヘリ」。▽市中を出離れてここまで参りますと、一面の麦畠の縁に空豆の花がまだ咲いているのでした。空豆の花は春季、麦は夏季。一句は晩春初夏の交、空豆の花に気付いた感興が切字「けり」にこめられている。ふつつかですが、広大な蕉門の端になりとお加え下さいの挨拶。

2251 脇。夏(水鶏)。○水鶏　夜分の詞。本朝食鑑「夜鳴キテ旦ニ達シテ息ム。ソノ声、人ノ戸ヲタタクゴトシ。故ニ歌人コレヲ詠ジテ趣ヲナス」。▽辺りに多い溝川では、昼間でも水鶏の小走りに出没するのを見かけますよの意。景の打添え。不器用な素人集団です、お気を楽にの挨拶。

2252 第三。雑。▽上っ張りを通さない程度の小糠雨がけむっているの意。昼間から水鶏の出没しそうな天候。雨の形容に人事色を加えているが、第三としては転じ方が弱い。

2253 初オ四。雑。▽居るかなとそっと中をうかがうと仲間が寄って酒盛りの最中の意。前句の上張の人。雨の日のつれづれにぶらりと外出した職人風情の男性か。所用で訪れた先に入りかねる女性のさまとも。俗談平話調。

2254 初オ五。秋(月)。月の定座。▽奉公人の部屋のさま。または旅の宿とも。「誰もねて居ぬ宵」に「宵の月」と言い掛けた。三冊子「前句の、そつといふ所に見込んで、宵から寝る体しての忍び酒、覗き出したる上戸のおかしき情を付けたる句也」。

2255 初オ六。秋(あきかぜ)。▽突然どたりと塀が倒れて秋風が吹き抜けるの意。前句の家の塀。寝処に人影なく月影のみという空虚感に、椿事を付けた。和歌に「…風の音にぞおどろかれぬる」「…荒れにしのちはただ秋の風」等とよまれた秋風の俳諧化。擬声語・擬態語の多用は軽みの一特色。類船集「躂(コケル)—塀」。

2256 初ウ一。秋(きり〴〵す)。○きり〴〵す　類船集「蛬(キリギリス)—床の下・壁のすき間」。○薪　マキは竈木の略語(志不可起)とも、江戸の方言(筱舎随筆)とも。▽鳴き止んでいたコオロギが、軒下に積んである薪の下で鳴き出したの意。其場の付。

2257 晩の仕事の工《く》夫《ふう》するなり　岱水

2258 娣《いもうと》をよい処《ところ》からもらはるゝ　孤屋

2259 僧《そう》都《づ》のもとへまづ文をやる　芭蕉

2260 風細《ほそ》う夜《よ》明《あけ》がらすの啼《なき》わたり　岱水

2261 家のながれたあとを見に行《ゆく》　利牛

2262 鯲汁《どぢやうじる》わかい者よりよくなりて　芭蕉

2263 茶の買《かひ》置《おき》をさげて売《うり》出《だ》す　孤屋

2264 この春はどうやら花の静《しづか》なる　利牛

2257 初ウ二。雑。▽夜なべ仕事の段取りを考えるの意。「晩」は俳言。前句の時節・時分に付けた。秋がふけて夜長になるほどコオロギは家の中に近寄ってくる。夜分は三句去りだが、初オ四から夜の気分を引きずっている。

2258 初ウ三。雑。恋。○娣　姉が同腹の妹を呼ぶ称だが、ここは厳密な用法ではあるまい。▽妹に良家から縁談の口がかかったの意。「るゝ」は受身。前句をつましいが実直な人と見て、その妹ならばと良縁が持ち込まれたとした。

2259 初ウ四。雑。○僧都　僧正に次ぐ高位の官僧。類船集「僧都―横川」。源氏北山にまかり給ひし時ちそう申せし僧都あり」。▽日ごろ後見格の僧都のもとへまず相談の手紙をやるの意。前句を宮仕えする姉妹の上と見て、都近い横川・北山などの僧都を想定した王朝風の俤付。釈教。

2260 初ウ五。雑。▽風が細々と吹き、烏が不気味に鳴きながら飛ぶ夜明けのさま。前句の「まづ」に着目し、夜明けを待ちかねて急ぎの使を立てるとした。吉報を転じて、重病人のための加持祈禱の依頼か。類船集「死―からす啼」。

2261 初ウ六。雑。▽好奇心から洪水の被害の跡を見に行く意。前句を夜来の暴風雨の収まった翌朝と見て、口語調で現代に引きもどした。

2262 初ウ七。雑。○鯲汁　「中みそにだしを加へよく煮」(料理物語)、「大根・牛蒡・茄子・すり山椒用ふ」(料理綱目調味抄)。本朝食鑑に鰌「専ら陽道の衰廃を興す」。▽鯲汁のおかげで精力回復し、若い者より元気になるの意。前句の泥水の溜りに鯲がいるのを捕えて帰った。

2663 初ウ八。雑。▽景気を見越して買置きの茶の大廉売に踏切るの意。商人としての才覚もまだまだ現役という、其人の付。

2664 初ウ九。春(花)。初ウ一の秋以降、他季が出ないため秋を再出できず、前句を新茶の時期も近い頃と見て、花を二句引上げた。▽この分ではどうやら今年の花見は賑わいそうもないの意。「どうやら」は俳言。前句を不景気によるやむをえない値下げと見て付けた。

2265 かれし柳を今におしみて　岱水

2266 雪の跡吹《ふき》はがしたる朧《おぼろ》月《づき》　孤屋

2267 ふとん丸《まる》けてものおもひ居《ゐ》る　芭蕉

2268 不《ふ》届《とどき》な隣と中《なか》のわるうなり　岱水

2269 はつち坊《ばう》主《ず》を上《うへ》へあがらす　利牛

2270 泣《なく》事《こと》のひそかに出来し浅《あさ》ぢふに　芭蕉

2271 置《おき》わすれたるかねを尋ぬる　孤屋

2272 着《き》のまゝにすくんでねれば汗をかき　利牛

2665 初ウ十。春(柳)。▽柳の青む頃になるといまだに枯らしてしまった庭の柳が惜しまれるの意。前句を花時に風雨もなくの意に取り成し、この花に柳の緑を添えたらと惜しむ心を付けた。「柳は緑、花は紅」(謡曲・芭蕉)による対付。

2266 初ウ十一。春(朧月)。花の定座だが花は前出。代りに初裏の月を春季で出した。▽春雪のあと、雪雲の吹きはがされた夜空に朧月のかかるさま。雪で柳を枯らしたと見たか。花―柳―月の観音開き。

2267 初ウ十二。雑。恋(ものおもひ)。▽敷いてある褥(しとね)をくるくる巻いて、それにもたれてけだるそうに物思いにふけっているさま。朧月のうるんでなまめかしい感じから、恋の悩みを引き出した。「ふとん」は雪のあしらい、「ふとん丸けて」は「はがしたる」の響き。

2268 名オ一。雑。▽隣家のやり方に立腹し仲が悪くなる意。前句の物思いの原因を付けて、恋を離れた。「不届な」と立腹するのは武士気質の父親、娘は隣家の息子と恋仲という設定の逆付。口語調で、自他半の句作り。

2269 名オ二。雑。▽ふだんなら門口で追い払う托鉢の乞食坊主を、あろうことか家の上にまであがらせるの意。隣家への当てつけに誰かれなく招じ入れて愚痴や悪口を聞かせる、それをまた隣家が、卑賤の者を上へあがらすなんてと陰口きく、自他いずれにも通じる句作り。釈教。

2270 名オ三。雑。○浅ぢふ　浅茅生の宿。謡曲・砧の故郷の家、桐壺の更衣の里邸等、女の寡住のイメージ。▽世を忍ぶ浅茅生の宿に、最愛の者をうしなうという悲しい出来事が生じたの意。前句をひそかな追善供養と見て、何やらあり気な古典的俤を付けた。例えば、桐壺の更衣の母君のやつし。

2271 名オ四。雑。▽へそくり金の隠し場所を忘れて探しまわるさま。前句を泣きたいけれど人にも語れぬ出来事と俗解して付けた。肩すかしの感あり。

2272 名オ五。雑。▽道中用心のため、金を肌身につけたまま着がえもせずにちぢこまって寝たら、寝汗をかいて目がさめたの意。御傘に、汗は雑。前句を悪夢と見て付けたか。

2273 客を送りて提《さぐ》る燭《しょく》台《だい》　岱水
2274 今のまに雪の厚さを指《さし》てみる　孤屋
2275 年《ねん》貢《ぐ》すんだとほめられにけり　芭蕉
2276 息《そく》災《さい》に祖《ぢ》父《ぢ》のしらがのめでたさよ　岱水
2277 堪《かん》忍《にん》ならぬ七《たな》夕《ばた》の照り　利牛
2278 名月のまに合《あは》せ度《たき》芋畑　芭蕉
2279 すた〳〵いふて荷《にな》ふ落《おち》鮎《あゆ》　孤屋
2280 このごろは宿《しゆく》の通りもうすらぎし　利牛

2273　名オ六。雑。▽深更、主人みずから燭台を持って客を送りに出るさま。前句をうたた寝していた召使のあわてて目をさますさまに取り成した。類船集「燭台―仏前・書院・学の窓・広間・数寄屋。碁局(ゴバン)と象戯局に高低かはる物也」。

2274　名オ七。冬(雪)。▽思いがけない積雪にはしゃいで、その厚みを指で測ってみるさま。前句を遊女に見かえ、手燭を持って送りに出た「今のまに」と受けた。

2275　名オ八。雑。○すんだ　皆済期限より早く、おそらく年内に完納したの意。口語。三二参照。▽年貢早納でお上からほめられたの意。前句を、この分では大雪になりそうだと、来年の豊作を期待する農民に見かえた。諺に「雪は豊年の御調物(みつきもの)」(謡曲・難波)。炭俵調。

2276　名オ九。雑。○祖父　書言字考「祖父　ヂヾ・ソブ」。▽一家無事で、就中、長寿の祖父の白髪のめでたいことよの意。前句を一村の上から働き者の一家の上に取り成し、めでたい気分を移した。

2277　名オ十。秋(七夕)。▽七夕だというのに残暑きびしく堪えがたい日射しだの意。「堪忍ならぬ」は俳言。夏負けしない祖父の元気を浮き彫りにした付句。

2278　名オ十一。秋(名月・芋)。月の定座。▽八月十五夜の芋名月に何とか用立たせたい里芋の畑だの意。「まに合せ度」は俳言。前句を旱魃を気づかうと見て、水不足に弱い里芋畑を付けた。七夕に未来の名月を付けた工夫。藻塩草「七夕の歌を書くに芋の葉の露にて書くなり」。

2279　名オ十二。秋(落鮎)。▽落鮎の籠を天秤棒で担ぎ、息をはずませて脇目もふらず行くさま。畑の物に川の物と秋の収穫を番えた。「間に合せ度」の心急く感じが「すたすたいふて」の擬態語に響いている。

2280　名ウ一。雑。○宿　底本に音読符がある。▽この頃は宿場の賑わいもなくなって、めっきり人通りが少なくなったの意。凋落の秋の更けゆくを「このごろは」と受けて、さびれゆく街道筋に場を定めた。振売り姿の目に立ち、呼びとめる者もない情景。

2281 山の根《ね》際《ぎは》の鉦《かね》かすかか也《なり》　岱水

2282 よこ雲にそよ〳〵風の吹《ふき》出《いだ》す　孤屋

2283 晒《さらし》の上にひばり囀《さへづ》る　利牛

2284 花見にと女子《をなご》ばかりがつれ立《だち》て　芭蕉

2285 余《よ》のくさなしに菫《すみれ》たんぽゝ　岱水

芭蕉
孤屋
岱水
利牛
各九句

2281 名ウ二。雑。▽山の麓の小さな寺から常念仏の鉦の音がかすかに聞えるの意。「宿の通り」から見た「山の根際」。雑沓が「うすら」いだから「かすか」な音も響くのだが、とかく沈みがちで変化に乏しい一巻。釈教。

2282 名ウ三。雑。○よこ雲　歌語。藻塩草「よこ雲　暁山にたつ」。▽「山際すこしあかりて紫だちたる雲の細くたなびきたる」(枕草子)曙、風がそよそよと吹き出すの意。前句の鉦を朝の勤行と見て付けた。初オ五の景と類似。なお「すた〳〵」「そよ〳〵」ともに孤屋の作。

2283 名ウ四。春(ひばり)。○晒　流水で洗い日光に当てて漂白した布帛。こわい麻布などは臼でついたり灰汁で煮たりしてから洗い干した。最上の奈良晒は「幅壱尺壱寸、長六丈七尺五寸」(万金産業袋)。▽川原にさらした白布の上で雲雀がさえずっているの意。前句を昼景に取り成し、空にたなびく白雲、地にはさらす白布を寄せた。参考「玉河にさらす手作りさらさらに…」(夫木和歌抄)。

2284 名ウ五。春(花見)。花の定座。▽着飾った女性ばかりが連れだって花見に行くさま。前句を途中の景に見立てて、春の野遊びを付けた。老舗の一家と見てもよいし、万葉風に見立ててもよい。

2285 挙句。春(菫・たんぽゝ)。▽あたり一面に咲いているのは菫とタンポポばかりの意。景気の付。名残の表から続いて裏六句すべて戸外の景。「女子ばかり」に「余のくさなしに」と応じ、彩り美しく華やかに巻き収めた。

百韻

2286 子は裸《はだか》父《てて》はてゝれで早《さ》苗《なへ》舟《ぶね》　利牛

2287 岸のいばらの真《ま》ッ白に咲《さく》　野坡

2288 雨あがり珠《じゅ》数《ず》懸《かけ》鳩《ばと》の鳴《なき》出《だ》して　孤屋

2289 与《よ》力《りき》町《まち》よりむかふ西かぜ　利牛

2290 竿《さを》竹《だけ》に茶色の紬《つむぎ》たぐりよせ　野坡

2291 馬が離れてわめく人《ひと》声《ごゑ》　孤屋

○百韻　長短百句で一巻を成す連句の基本形式。ただし元禄期には三十六句の歌仙形式が主流になった。

2286 発句。夏(早苗舟)。○てゝれ　てでら。労働用の短い襦袢。醒睡笑「夕顔の棚の下なる夕すずみ男はててら妻はふたのして　ててらは膝丈ある着る物なり」。また書言字考「褌 テヾラ〈又下帯ト云フ〉」。▽子は裸、父はてでら姿で水田に入り早苗舟を押しているの意。女たちは田植、早苗を運ぶのは父子の役。幼児を早苗舟に乗せていると見てもよい。「ててはててれ」と拍子をとった。俳言の特に目立つ一巻である。

2287 脇。夏(いばら)。▽水路の岸に野ばらが真白に咲き、流れに花片を散らすさま。早苗舟を運河に浮かべ、水郷の景を添えた。「咲」は終止形に訓む。

2288 第三。雑。○珠数懸鳩　白子鳩(しらこばと)の俗称。後頸部に黒い首輪がある。普通の鳩より一まわり小さく、声も細く澄んでいる。「珠数」は数珠に同じ。▽雨があがり、雑木林のあたりでクックク一と珠数懸鳩が鳴き始めたの意。小川の流れる山里の風景。

2289 初オ四。雑。▽与力町のあたりから西風に向かって行くことになったの意。雨後の外出を付けた。俗に天気は西からといい、西風によって雨はあがる。珠数懸と西風に釈教の感合もあるか。

2290 初オ五。雑。▽竿竹に干してある茶色の紬が一方に吹き寄せられているさま。西風強い与力町の属目。

2291 初オ六。雑。▽綱がはずれて逃げた馬を、取り抑えようとあわてる声、怖れて逃げまどう声、入りまじって大騒ぎになるさま。前句を干し物を取り入れようとしている女の性急な動作と見て、放れ馬の騒ぎを思い寄せた逆付。

2292 初オ七。秋(月)。月の定座。▽夕月がかかり、大根葉の陰干しをゆでる嫌な臭いがするの意。馬を飼う農家の夕飯時分か。露伴によると茹汁を捨てずに飼料に用いる、その飼葉桶

2292 暮《くれ》の月干《ひ》葉《ば》の茹《ゆで》汁《しる》わるくさし　利牛

2293 掃《はけ》ば跡《あと》から檀《まゆみ》ちる也《なり》　野坡

2294 ぢゝめきの中でより出《だ》するりほあか　孤屋

2295 坊《ばう》主《ず》になれどやはり仁《に》平《へい》次《じ》　利牛

2296 松《まつ》坂《ざか》や矢《や》川《かは》へはいるうら通り　野坡

2297 吹《ふか》るゝ胼《ヒヾ》もつらき闇《やみ》の夜　孤屋

2298 十二三弁《べん》の衣《い》裳《しやう》の打《うち》そろひ　利牛

2299 本堂はしる音はどろ〳〵　野坡

を蹴返して馬が逃げたと。

2293 初オ八。秋(檀)。▽掃いたあとから檀の紅葉が散るの意。鍋をかけ置いて庭を掃く、山荘の番人などか。

2294 初ウ一。秋(ぢゝめき・るり・ほあか)。▽鷹の餌にする雀籠の中から、飼鳥になる美声の瑠璃鳥・頰赤を撰り出すさま。一五六二参照。前句を大名屋敷などに見立てた。あるいは山荘の檀のほとりに網か擌《がは》を仕掛け、「ぢゝめき」の中でかかった小鳥を仕分けているか。

2295 初ウ二。雑。▽頭を丸めて坊主になったが、仁平次はやはり仁平次だの意。前句の鳥刺が殺生を悔いて剃髪したが、その日からがらりと人が変るわけでなし、法名で呼ぶのもしっくりしないという付句。

2296 初ウ三。雑。恋。○矢川　南行紀「松坂の矢川といふは人の面白がる所なり。其所先肩に問へば、今は絶えてたゞの所になりたりといふ。…今は其土に色香もなし。松坂や越後屋とへば江戸桜」(本朝文選)。越後屋主人は伊勢松坂の人。越後屋手代の連衆にとって、だから松坂は熟知の土地。▽松坂は色町矢川へ入る裏通りの意。前句の人を好色な按摩と見て、ふさわしい住処を付けた。

2297 初ウ四。冬(胼)。恋。▽寒風に吹かれて暗がりに立っていると、手足の胼が痛んでつらいの意。私娼のさま。

2298 初ウ五。雑。▽十二、三人の弁官がそろいの衣裳で儀式に参列するさま。大晦日の追儺の式などを想定した。「後漢書に曰、大儺これを逐疫といふ。その儀は、黄門の子弟、年十歳以上十二以下の百二十人を選中して侲子となす。みな赤幘皂裳、もつて悪鬼を禁中に逐ふ」(滑稽雑談)等から、十二、三歳の侲子の赤幘皂裳のさまと見なす説もある。悪鬼を追う列は方相氏が先に立ち、十二神獣に扮した側近の臣および右の侲子が従い、召使の群が続くという。前句をその召使の群と見なし、十二神獣の舞を向かわせたか。もとより想像の句で、日本の実態とは異なる。

2299 初ウ六。雑。▽本堂の内陣を散華行道する練行衆の沓音のとどろくさま。修二会のごとき行事を想像して付けた。釈教。

2300 日のあたる方はあからむ竹の色　孤屋

2301 只《ただ》奇《き》麗《れい》さに口すゝぐ水　利牛

2302 近江《あふみ》路《ち》のうらの詞《ことば》を聞《きき》初《そめ》て　野坡

2303 天気の相《さう》よ三か月の照《てり》　孤屋

2304 生《イキ》ながら直《すぐ》に打《うち》込《こむ》ひしこ漬《づけ》　利牛

2305 椋《むく》の実落《おつ》る屋ねくさる也《なり》　野坡

2306 帯《おび》売《うり》の戻り連《つれ》立《だつ》花ぐもり　孤屋

2307 御《み》影《えい》供《く》ごろの人のそはつく　利牛

2300 初ウ七。雑。▽日かげに比べて日なたの方の竹林は緑が浅く、少しあからんでみえるの意。前句を堂々めぐりと見て、堂前・堂後の竹林を比べた付句。

2301 初ウ八。雑。▽あまりにきれいな湧水なので思わず口をすすいだの意。前句に暑熱を見込み、竹林の傍の清冽な泉か流れを思い寄せた。

2302 初ウ九。雑。○うらの詞　近江の李由の湖水賦(本朝文選)に「国土中に灰汁なく、水に泥なし。音声に清濁をわかちて、うらの言葉をつかふ」。詳細は不明だが、清濁を区別する用法に古態を存していたものか。▽近江路で浦の詞をはじめて耳にし、古風な美しさに心ひかれるさま。前句を旅人と見て近江路の見聞を付けた。風俗文選通釈「国中土にあくなくと云々、湖水の清きをいふなるべし、其外清泉多し」。

2303 初ウ十。秋(三か月)。月の出所。▽三日月の光がさやかで明日も好天が予想されるの意。湖上に月を眺める旅人のつぶやき。

2304 初ウ十一。秋(ひしこ漬)。▽獲れたてのカタクチイワシを洗わず腸も抜かずすぐに塩漬にするの意。前句を、大漁の漁船の帰港する夕景に見立てた。

2305 初ウ十二。秋(椋の実)。▽朽ちかけた屋根を椋の大樹がおおい、ばらばらと実を降らすさま。風荒い島の漁師の物置小屋などを想定した場の付。「生ながら」に「くさる也」と逆のイメージの言葉で応じた。

2306 初ウ十三。春(花ぐもり)。花の定座。▽田舎まわりの帯の行商人が、花ぐもりの空の下、仲間と落合い連れ立って帰るさま。前句を村の鎮守の祠に見かえ、その境内を落合い場所とした。「椋の実落る」は原因(過去)、「屋ねくさる也」が結果(現在)と見て、季移りした。

2307 初ウ十四。春(御影供)。○御影供　三月二十一日、弘法大師忌の法会。滑稽雑談「…東寺を以て第一とす。京都の貴賤男女群集せり。その会場におゐて放下・御舞々・物売・茶店・酒棚、市をなせり。商人・職人・百姓に至る迄、今日は暇となし、東寺・御室・高雄などへ参詣をなす也」。▽御影供の頃は陽気もよし、そわそわして皆じっとして居られないの意。時節の付。

2308 ほか〳〵と二日《ふつか》灸《やいと》のいぼひ出《いで》　野坡

2309 ほろ〳〵あへの膳《ぜん》にこぼるゝ　孤屋

2310 ない袖を振《ふつ》てみするも物おもひ　利牛

2311 舞《まひ》羽《ば》の糸も手につかず繰《くる》　野坡

2312 段《だん》〳〵《だん》に西《さい》国《ごく》武《ぶ》士《し》の荷のつどひ　孤屋

2313 尚《なほ》きのふより今《け》日《ふ》は大《おほ》旱《テリ》　利牛

2314 切《きり》蛆《ウジ》の喰《くひ》倒《たふ》したる植《うゑ》たばこ　野坡

2315 くばり納《なつ》豆《と》を仕《し》込《こむ》広《ひろ》庭《には》　孤屋

前句を、誰彼なく道づれになって近郷から都に出かけるさまと見た。

2308 二オ一。春(二日灸)。〇二日灸　二月二日と八月二日に灸を据える風習。▽二日灸の跡がただれて、ほかほかと熱をもってきた。全九集「灸して瘡を発し膿潰えて、病即ち癒ゆ。もし瘡いぼはず膿いでざれば、其の病癒え難し」。御影供ごろにその効目があらわれてくるという逆付。

2309 二オ二。雑。〇ほろ〳〵あへ　嬉遊笑覧「今、款冬(きふ)の葉にみそを加へて作るものをほろあへといふは、唯ほろ〳〵とする故なり」。▽ちょっとしたはずみに箸先からほろほろあえがこぼれるの意。灸の跡に着物がすれて痛がるさま。「ほか〳〵」に「ほろ〳〵」と拍子をとった。

2310 二オ三。雑。恋(物おもひ)。▽「ない袖は振られず」(毛吹草)というけれど、そこをやりくりして敢えて用立てようというのも、惚れた弱みだの意。前句に生活のつましさと心もそらな様子を見込んで、貢ぐ女心を付けた。

2311 二オ四。雑。恋。〇舞羽　「袖を振」に因んだ用字。書言字考「撥栰　マイバ〈糸ヲ巻ク具〉」。▽糸を繰る作業も、文字通り手につかぬさま。其人の付、とすると三句にからむ。思いの糸の乱れるのを繰り、機で織り、小袖に仕立てるといった心を含むか。

2312 二オ五。雑。▽舟問屋か宿屋の店先に、やがて到着する西国の藩士の先荷が次々に集積するさま。前句を、忙しくなってきたので早々に糸を繰ってしまう下女に見立てた。

2313 二オ六。夏(大旱)。▽大日照りの日ましに厳しくなるさま。人夫の嘆息を付けた。日旱は当時の季寄にない。

2314 二オ七。夏(切蛻)。〇切蛻　当時の季寄にない。合類節用集「噴　キリウジ、蛻蜋　クソムシ」。▽繁茂する煙草畑が根切虫にやられたさま。旱害を付けた。

2315 二オ八。夏(納豆仕込む)。▽六月土用のころ寺の厨の土間で、歳暮に檀家に配る納豆を仕込んでいるの意。いわゆる大徳寺納豆。畑では煙草、厨では納豆を作っているとした。

2316 瘧日《おこりび》をまぎらかせども待《まち》ごゝろ　利牛

2317 藤《とう》ですげたる下駄《げた》の重《おも》たき　野坡

2318 つれあひの名をいやしげに呼《よび》まはり　孤屋

2319 となりの裏の遠き井の本《もと》　利牛

2320 くれの月横《よこ》に負《ヲイ》来る古《ふる》柱《ばしら》　野坡

2321 ずいきの長《たけ》のあまるこつてい　孤屋

2322 ひつそりと盆は過《すぎ》たる浄《じやう》土《ど》寺《でら》　利牛

2323 戸でからくみし水《すい》風《ふ》呂《ろ》の屋ね　野坡

2316 二オ九。雑。▽瘧の発熱発作の出る日、心を紛らそうとするのだが、そのことが念頭を去らないの意。前句の作業に従事する病者の心理。所化か寺男か。

2317 二オ十。雑。▽藤の鼻緒の庭下駄が重く感じられるの意。前句の病人が気晴らしの散歩に出たが…という付句。

2318 二オ十一。雑。▽わが夫を名前で大声に呼びまわっているの意。卑しい所業と見なされた。男物の下駄を重く引きずって、近所を尋ねまわる長屋住まいの嬶。

2319 二オ十二。雑。▽まわりこんで遠い隣の裏井戸の意。前句を、井戸端からわが家に向かって大声で呼んでいると見た、其場の付。

2320 二オ十三。秋(くれの月)。月の定座。▽夕月の頃、事もあろうに古柱を横に背負って狭い道をやって来るの意。「横に」は道幅いっぱいにの意味だが、「横に出る」「横を行く」等のニュアンスを帯びる。水汲み時の路地裏に危険な通行人を登場させた。

2321 二オ十四。秋(ずいき)。○ずいき　蓮芋の茎。葉柄が長く一—五メートルに達し、数本ずつ束ねて食用に出荷する。○こってい　特牛(ことい)の転。特に重い荷物を背負う牡牛。▽芋茎(ずいき)畑をも威圧するような特牛だの意。夕月の田舎道を特牛が古材を負い来るとした。「ずいきの長に」とあるべきを、「横に」との重複を避けたか。あるいは、背負った「ずいきの長の」古柱にもあまるの意か。

2322 二ウ一。秋(盆)。▽盆の諸行事もすんで今はひっそりと静まっている浄土寺の意。はずれの畑に芋茎など作ってある田舎寺。釈教。

2323 二ウ二。雑。○水風呂　下部に焚き口のある風呂桶。▽板戸を組み合せて屋根囲いをした水風呂の意。寺の風呂場の簡略なさま。参考、類船集「風呂—禅寺」。

2324 二ウ三。雑。○樅　底本「椴」。▽樅と檜の枝を接して繁茂しているところを、間伐したり下枝を落したりして間を透

2324　伐《きり》透《すか》す樅《もみ》と檜《ひのき》のすれあひて　孤屋

2325　赤い小《こ》宮《みや》はあたらしき内《うち》　利牛

2326　浜迄《まで》は宿《やど》の男の荷をかゝえ　野坡

2327　師《し》走《はす》比《び》丘《く》尼《に》の諷《ウタ》の寒さよ　孤屋

2328　餅《もち》搗《つき》の臼《うす》を年《ねん》〳〵買《かひ》かえて　利牛

2329　天《てん》満《ま》の状を又忘れけり　野坡

2330　広《ひろ》袖《そで》をうへにひつぱる船の者　孤屋

2331　むく起《おき》にして参る観《くわん》音《のん》　利牛

かせる意。前句を杣人の仮小屋と見た。

2325　二ウ四。雑。▽小さな祠の朱塗りがあたりに映えて、やはり新しいうちがいいの意。新装成った山の神の祠に参る杣人の感想。神祇。

2326　二ウ五。雑。▽浜の乗船場までは宿屋の若い衆が荷物を持って送ってくれるの意。前句を、道すがら「赤い小宮」をほめる旅客に、新しいだけとへりくだる宿の男の挨拶と見た。

2327　二ウ六。冬(寒さ)。○師走比丘尼　師走は貰いが少ないことから、落ちぶれてみすぼらしい姿の尼をいう。ここは、歌念仏を唱えて勧進した熊野比丘尼を配って歩く歌比丘尼だが、小唄で気を引き色を売る者も多かった。▽勧進に応じる者もない師走の吹きさらしの中で、うらぶれた比丘尼の唱える歌念仏が寒々と聞えるの意。前句の船着き場に旅客相手の勧進比丘尼を登場させた。参考、好色一代女三の三「川口に西国船のいかりおろして、我が古里の鼻おもひやりて淋しき枕の浪を見掛けて、其の人にぬれ袖の歌比丘尼とて…」。釈教。

2328　二ウ七。冬(餅搗)。▽繁昌する餅屋か餅搗業者(引摺餅)が、毎年商売用の臼を買いかえるの意か。それとも縁起を祝って新しい臼を用いる習慣あるか。前句の語調から師走比丘尼を門前払いすると見て、餅つく家を思い寄せた。参考、日次紀事「乞人ノ餅ヲ請フヲ嫌フ者、多クハ夜ニ入リテコレヲ舂ク」。類船集「師走―餅つき」。

2329　二ウ八。雑。○天満　天満天神の周辺、川崎・曾根崎・堂島・中之島の一帯を含む大坂の繁華街。▽天満にとどける書状を持参するのをまた忘れたの意か。歳末多忙にまぎれての物忘れ。

2330　二ウ九。雑。▽伊達な広袖のどてらを上に引っ掛けた船頭の意。天満からの送り状を忘れて船荷をとどけに来た船乗りのさま。

2331　二ウ十。雑。▽早朝、起きぬけに観音様に詣でるの意。其人の付。出港前、海辺の観音に無事を祈る、たとえば備後鞆の津に近い阿伏兎(あぶと)の観音など。譬喩尽「朝観音に宵薬師」。釈教。

2332 燃《もえ》しさる薪《マキ》を尻《しり》手《で》に指《さし》くべて　野坡

2333 十四五両のふりまはしする　孤屋

2334 月《つき》花《はな》にかきあげ城《じろ》の跡ばかり　利牛

2335 弦《つる》打《うち》颪《おろし》海《も》雲《づく》とる桶《をけ》　孤屋

2336 機嫌能《よく》かいこは庭に起《おき》かゝり　野坡

2337 小《こ》昼《びる》のころの空静《しづか》也《なり》　利牛

2338 縁《えん》端《バナ》に腫《はれ》たる足をなげ出して　孤屋

2339 鍋の鋳《い》かけを念《ねん》入《いれ》てみる　野坡

2332 二ウ十一。雑。▽かまどにくべた薪が先から燃えつきて炎が手前に移ってきたので、燃え残りの手前を先にしてくべ直すさま。朝詣での客に門前茶屋の内儀を対した向付。

2333 二ウ十二。雑。▽資本金十四、五両をやりくりして商家を経営しているの意。奥に対して表のさまを付けた。一両はほぼ米一石の値段。十四、五両は零細ではないが小商人級。参考、好色五人女三の二「始末を本とし竈も大くべさせず…町人の家に有りたきはかやうの女ぞかし」。

2334 二ウ十三。春(花)。花の定座。月がこぼれて月花同居となった。○かきあげ城　空堀を掘り、その土を盛り上げて防壁としただけの間に合わせの城。▽播揚城の跡があるだけで、月見にも花見にも他にこれといった名所旧蹟もない土地柄だの意。前句を、そんな地方の小都邑でそれなりの店を張っていると見た。

2335 二ウ十四。春(海雲)。○弦打　讃岐の歌枕。今の高松市鶴市町の東、香東川下流の東岸に連なる山々。○海雲　滑稽雑談「諸国に産す、殊に紀の若浦また阿波・讃岐の物上品とす」。▽弦打山から吹き下ろす風が激しい讃岐の海岸で海雲をとるさま。「弦打」は播揚城からの連想。山麓に筑城城跡があり、源平の古戦場屋島も近い。

2336 三オ一。春(かいこ)。○能　書言字考「能　ヨシ」。○庭に起かゝり　蚕は四回脱皮し成長をとげると体が半透明になり糸を吐いて繭を作る。脱皮前に桑をたべなくなりじっとしているのを眠蚕、脱皮後眠りからさめたのを起蚕という。方言で、第四眠を庭休み、それからさめるのを庭起きという。▽蚕が最後の脱皮を終え順調に蠢めきはじめたの意。磯では海雲をとり、家では蚕を飼う、海辺の村の営み。

2337 三オ二。雑。○小昼　朝食と昼食の間、仕事を休憩してとる軽い食事。▽小昼の頃、空は穏やかに晴れわたってしんとしているの意。時分の付で、巧みな遣句。

2338 三オ三。雑。○縁　底本「椽」。▽病人が起き出て庭を眺めながらぼんやりするさま。午前のやわらかな日ざしに病人を対した。

2340 麦《むぎ》畑《はた》の替《かへ》地《ち》に渡る傍《ばう》尓《じ》杭《ぐひ》　利牛

2341 売《うり》手《て》もしらず頼《より》政《まさ》の筆《ふで》　孤屋

2342 物《もの》毎《ごと》も子《こ》持《もち》になればだゞくさに　野坡

2343 又御《お》局《つぼね》の古《ふる》着《ぎ》いたゞく　利牛

2344 妓《ぎ》王《わう》寺《じ》のうへに上《のぼ》れば二《に》尊《そん》院《ゐん》　孤屋

2345 けふはけんがく寂しかりけり　野坡

2346 薄《うす》雪《ゆき》のこまかに初《しよ》手《て》を降《ふり》出《いだ》し　利牛

2347 一つくなりに鱈《たら》の雲《くも》腸《わた》　孤屋

2339 三オ四。雑。▽鋳掛師が鍋をつくろう工程を、暇にまかせて熱心に見るの意。其人の付。人倫訓蒙図彙に鋳物師が地べたに坐りこんで仕事する図あり。

2340 三オ五。夏(麦畑)。▽収用された麦畑の代替地としてたまわった新開地の境界に沿って、ずっと杭が打ってあるの意。何事も念入れて点検する人が境界線を確認する心か。

2341 三オ六。雑。○頼政　平安末期の武将・歌人。謡曲・頼政に「さしも文武に名を得し人」とある。▽源三位頼政の筆蹟とは売手も知らず、安値で処分するの意。地替えで移転する旧家の古道具を処分するさまを付けた。

2342 三オ七。雑。▽子育てにかまけて万事いいかげんになるの意。美術品に対する関心もなく、軸物も一々改めずに手離す内儀を評した付句。

2343 三オ八。雑。○御局　禁中・将軍・大名家の奥向きに仕え、個室を持っている婦人の敬称。▽また御局様から着古しをいただいたの意。前句を、宮仕えをやめて世帯をもった女が旧主人にまみえての挨拶と見た。

2344 三オ九。雑。○妓王寺　底本「岐王寺」。▽妓王寺の上に上ると、小倉山の中腹を通って二尊院の裏山に続く道に出るの意か。または妓王寺・二尊院の位置を逆に勘違いしたか、「下に下れば」の誤写か。頂いた晴着を着て嵯峨野散策のお供をすると想定した。

2345 三オ十。雑。○けんがく　合類節用集「懸隔　ケンガク〈各別之義〉」。俳言。▽昨日とは違って今日は殊のほか寂しいの意。昨日は洛東祇園・清水、今日は洛西嵯峨に遊んだ京見物の人の感想。やや前句にもたれる。

2346 三オ十一。冬(雪)。▽最初ちらちらと細かに降ってきた雪が、やがてうっすらと積ったの意。前句を山居の人と見て、冬の到来を付けた。参考、山家集「さびしさにたへたる人のまたもあれな庵ならべむ冬の山里」。

2347 三オ十二。冬(鱈)。○雲腸　本朝食鑑に、鱈の腸に菊腸・雲腸・強腸の三種あり、雲腸は細長くて白く、画雲の白い堆(かたまり)のようで、鱈の肉とともに煮ると最もうまいという。▽鱈の雲腸が一かたまりにわだかまるさま。酒の肴に珍重された。

2348 銭《ぜに》ざしに菰《こも》引《ひき》ちぎる朝の月　野坡

2349 なめすゞきとる裏の塀《ヒ》あはひ　利牛

2350 めを縫《ぬひ》て無理に鳴《なか》する鵙《もず》の声　孤屋

2351 又だのみして美《み》濃《の》だよりきく　野坡

2352 かゝさずに中《なか》の巳《み》の日をまつる也《なり》　利牛

2353 入《いり》来《く》る人に味《み》曾《そ》豆《まめ》を出す　孤屋

2354 すぢかひに木《も》綿《めん》袷《あはせ》の竜《たつ》田《た》川《がは》　野坡

2355 御《お》茶《ちや》屋《や》のみゆる宿《しゆく》の取《とり》つき　利牛

鍋料理の用意であろう、季節の珍味をあしらった。

2348 三オ十三。秋(月)。月の定座。▽まだ残月ののかかる早朝、取引きをすまして銭をつなぐため、荷包の菰の端を引きちぎって銭差にするの意。魚市のさまを付けた。

2349 三オ十四。秋(なめすゞき)。〇なめすゞき　書言字考「滑蒼 ナメスヾキ〈榎茸ノ一名〉」。本朝食鑑によれば榎茸の一種、鼠茸。榎茸は、榎の老樹を五、六尺に切って土窖(あなぐら)の中に置き、湿った藁や菰で覆って米のとぎ汁をかけておくと生えるという。▽裏の家と家にはさまれた日のささない狭い通路で栽培しているナメスズキを採取するの意。前句の人を、農家が副業に作る茸を買付けに来た商人に見立てた。

2350 三ウ一。秋(鵙の目を縫ふ)。▽目を縫って囮にした鵙に紐をつけ、陰から引いて無理に鳴かせるの意。塀間にかくれて鵙引くさまか。

2351 三ウ二。雑。▽美濃がなつかしく親族の様子など知りたいが、直接に問いあわせもならず、人づてに聞いてもらうの意。前句の鳥刺しを、勘当か何かの事情で他郷にしがなく暮らす人に見立てた。

2352 三ウ三。雑。▽毎月、中巳の日には欠かさずお祭りをするの意。巳の日は弁財天の縁日で、福徳神として信仰されたが、未詳。「美濃」に「巳の日」の語呂合せで深い意味はないか。地方のそれらしい風習として、「美濃だより」の内容を付けた。其人の付にすると三句にからむ。

2353 三ウ四。雑。▽味噌を仕込むために煮たあたたかい大豆を、嗅ぎつけて来る人にふるまうの意。「味噌豆は三里回りても喰ふべし」(譬喩尽)といわれるほどの美味。巳の日に味噌を仕込む風習あったか。「巳の日をまつる」に「味噌豆」も語呂合せ。

2354 三ウ五。夏(袷)。▽流水に紅葉を散らした竜田川の模様を斜めにあしらった木綿袷の意。前句の主客を心やすい女同士と見て、相手の着物の柄に着目した。

2355 三ウ六。雑。〇宿　底本に音読符。▽宿の町並みにさしかかって、まず掛茶屋が目につくの意。前句の木綿袷を若い茶屋女にふさわしいと見た。

2356 ほや〱とどんどほこらす雲ちぎれ　孤屋

2357 水《みづ》菜《な》に鯨《くぢら》まじる惣《そう》汁《じる》　野坡

2358 花の内引《ひつ》越《こし》て居る樫《カタギ》原《はら》　利牛

2359 尻《しり》軽《がる》にする返事聞《きき》よく　孤屋

2360 おちかゝるうそ〱時《どき》の雨の音　野坡

2361 入《いり》舟《ふね》つゞく月の六《ろく》月《ぐわつ》　利牛

2362 拭《フキ》立《たて》てお上《ウヘ》の敷《しき》居《ゐ》ひからする　孤屋

2363 尚《なほ》云《いひ》つのる詞《ことば》がらかひ　野坡

2356　三ウ七。春(どんど)。○どんど　山之井「今町方のならしは、三が日飾りし家内の楪葉も歯朶も、門に立てたる松竹も、一つに集めてかの形に作り、…十五日の朝暁、大道に立ててほこらかして、とんどやおほんとはやし、吉書をも上げ侍る」。▽正月十五日、暁の雲のちぎれる頃、盛んに炎をあげてどんど焼きをしている意。宿場はずれの景。

2357　三ウ八。春(水菜)。▽一同そろって食べる水菜の入った鯨汁の意。小正月嘉例の献立なのであろう。

2358　三ウ九。春(花)。○樫原　今の京都市西京区樫原、山陰道に沿った集落。南西一里、大原野の勝持寺は花の寺として知られ、西行が「花見んと群れつゝ人の来るのみぞあたら桜のとがには有りける」(謡曲・西行桜)とよんだ庵室もある。参考、移徙抄「樫木原に狼の昼寝したるさまいやし」。▽桜の開花期は都の貴賤群衆してうるさいので、樫原に移り寓居しているの意。水菜は京名物(毛吹草)。前句を花見の献立に見かえ、花の寺に庵住する世捨て人の一時逃避を付けた。

2359　三ウ十。雑。▽きびきびした返事が気持いいの意。寄寓先の召使のまめな言動をほめる心を付けた。

2360　三ウ十一。雑。○うそ〱時　夜明・日暮の明とも暗ともつかぬ時分。▽夕方うす暗くなる頃にぽつぽつと落ちてきた雨音のたちまち激しくなる意。丁稚に命じてあわてて店じまいなどするさまを想定した。

2361　三ウ十二。夏(六月)。▽十五夜をすぎた晩夏の港に大潮に乗って舟が次々に入ってくるさま。前句を夕立と見て、時節を六月、時分を入舟の頃に定め、雨後の月を出した。

2362　三ウ十三。雑。花の定座だが、花は前出。▽お座敷の敷居を拭きこんでぴかぴかに光らせるの意。繁昌する舟問屋などのさま。埃っぽい夏に「拭立て」、月に「光らする」と応じた。

2363　三ウ十四。雑。▽言えば言いかえすで、より一層言いつのる口喧嘩の意。下女たちが働きながら言いあらそうさまを付けた。

2364 大水《おほみづ》のあげくに畑《はた》の砂のけて　利牛

2365 何年菩《ぼ》提《だい》しれぬ枋《とち》の木　孤屋

2366 敷《しき》金《きん》に弓《ゆみ》同《どう》心《しん》のあとを継《つぎ》　野坡

2367 丸《まる》九《く》十《じふ》日《にち》湿《しつ》をわづらふ　利牛

2368 投《なげ》打《うち》もはら立《たつ》まゝにめつた也《なり》　孤屋

2369 足なし碁《ご》盤《ばん》よう借《かり》に来る　野坡

2370 里《さと》離《ばな》れ順《じゅん》礼《れい》引《ひき》のぶらつきて　利牛

2371 やはらかものを嫁の襟もと　孤屋

2364 名オ一。雑。▽洪水のあとに畑を一面に埋めた土砂を取り除くの意。前句を土地の境界争いと見た。

2365 名オ二。雑。○何年菩提　俳言。参考、千枚分銅「なん年ぼだいしれぬ松の木」。祇園女御九重錦「あの柳は何年ぼだいか古い木にて」。前者は、はめ句。▽樹齢何年とも知れぬトチの大木の意。山津波で流され埋れていた。

2366 名オ三。雑。○弓同心　同心は与力に付属する幕府の下級役人。持弓同心か先手弓同心。▽持参金名義でいわゆる御家人株を買い、その家を継ぐの意。前句を屋敷の庭に久しい大樹と見なした。

2367 名オ四。雑。○湿　疥癬。▽丸三か月も皮膚病に悩まされたの意。跡を継いだのはよかったが…の心で、其人の付。

2368 名オ五。雑。▽かんしゃくをおこしてはむやみに物を投げつけるの意。長煩いにいらいらするさま。同一人物が三句続くのはまずい。

2369 名オ六。雑。○足なし碁盤　将棋盤のような足のない安直な碁盤か。▽下手の横好きでちょいちょい借りにくるの意。前句を、自暴自棄な碁を打っている意に取り成した。類船集「腹立ち—碁、打—碁」。

2370 名オ七。雑。▽人里を少し離れた手前で順礼を待ち受けて、木賃宿の客引きがぶらついているの意。路傍の床几で碁など打ちながら客待ちするさまを想定した。

2371 名オ八。雑。恋(嫁)。▽絹物をまとったあの嫁御の襟付はどうじゃの意。服装でその人の貧富・素性を判断するのを「襟付で見立つ」という。西鶴の好色物によくある趣向で、目の肥えた客引き仲間の通行人評。

2372 気にかゝる朔日《ついたち》しまの精進箸《いもひばし》　野坡

2373 うんぢ果《はて》たる八《はっ》専《せん》の空　利牛

2374 丁《てい》寧《ねい》に仙《せん》台《だい》俵《だはら》の口《くち》かゞり　孤屋

2375 訴訟が済《すん》で土《ど》手《て》になる筋《すぢ》　野坡

2376 夕《ゆふ》月《づき》に医者の名《みやう》字《じ》を聞《きき》はつり　利牛

2377 包《つつん》で戻る鮭《さけ》のやきもの　孤屋

2378 定《ちやう》免《めん》を今年の風に欲ぼりて　野坡

2379 もはや仕事もならぬおとろへ　利牛

2372 名オ九。雑。○精進箸　物忌みをして慎み清めた箸。合類節用集「精進　イモヒ・シヤウジン」。▽めでたかるべき朔日早々から精進箸を使うとは気にかかるの意。前句を、うつむいた嫁の襟もとに姑が視線を注ぐと見た。「気にかゝる」のは姑。「精進箸」使うは嫁。おそらく実家の誰かの忌日で、独りひそかに物忌みしているのであろう。恋の一句捨て。

2373 名オ十。雑。○うんぢ　正しくは「うんじ」。○八専　壬子から癸亥までの十二日から、丑・辰・午・戌の間日を除いた八日。この間は雨が多く病人に忌まれ、嫁取・造作・仏事などを忌む。▽連日の雨でもううんざりした八専の空だの意。朔日の膳にも尾頭がつかないのは、しけ続きだからと解した。

2374 名オ十一。雑。▽仙台米の米俵の口が丁寧にかがってあるの意。前句を荷揚げもできず、いたずらに船がかりすると見て、積荷のさまを付けた。仙台領、陸前・陸中の米は石巻港から江戸・大坂へ回漕された。

2375 名オ十二。雑。▽訴願が叶い、川に沿ってこの線に堤防が築かれるの意。前句を空俵で土俵を作っていると見なし、川普請を趣向した。

2376 名オ十三。秋(夕月)。月の定座。▽薄暗い夕月のもと、聞きかじりの名字をたよりに医者の家を尋ねあぐねるさま。前句を教えられた住所と見なし、それですぐわかるつもりで名字も確認しないで来たの意。日頃はただ先生で通用している。

2377 名オ十四。秋(鮭)。▽箸をつけなかった鮭の焼物をお包みで持って帰るの意。医者の名字もうろ覚えで夕月の道をたどるを、快気祝の客の帰りと見た。鯛の塩焼でないところに地方色がうかがわれる。

2378 名ウ一。秋(暴風)。○定免　底本に音読符。豊凶にかかわらず過去の平均租率で課す年貢。▽定免なのに、さらに風害を言いたてて租率を引き下げようと欲ばるの意。検見の役人の、接待を受けて帰る道々、舌打ちするさま。炭俵調。

2379 名ウ二。雑。▽もはや仕事もできないほど老い衰えてしまったの意。検見の役人の叱咤に、農民の哀訴を向かわせた。

2380 暑《あつ》病《ヤミ》の殊《ことに》土用をうるさがり　孤屋

2381 幾《いく》月《つき》ぶりでこゆる逢《あふ》坂《さか》　野坡

2382 減《へり》もせぬ鍛《か》冶《ぢ》屋《や》のみせの店《たな》ざらし　利牛

2383 門《もん》建《たて》直《なほ》す町の相談　孤屋

2384 彼《ひ》岸《がん》過《すぎ》一《ひと》重《へ》の花の咲《さき》立《たち》て　野坡

2385 三人ながらおもしろき春　執筆

2380 名ウ三。夏(暑病)。▽暑気にあたり衰弱した人が、特に土用の暑熱を耐えがたく厭うさま。前句の老衰を病後の衰えに取り成した。暑病も土用も当時の季寄に見えない。

2381 名ウ四。雑。▽京を逃れて帰郷すべく、何か月ぶりかで逢坂山を越えるの意。湖北ないし北陸道の人。修業か奉公のため三月ごろ上京したが、なれない盆地のむし暑さに音を上げ、せいぜい半季で暇をとると見た。

2382 名ウ五。雑。▽以前に見覚えのある器具がそのまま店ざらしになっており、売れてる気配もない鍛冶屋の店先だの意。逢坂越えの街道筋の属目。類船集「鍛冶―粟田口、釘―門」。

2383 名ウ六。雑。○門　底本に音読符。ここは町木戸の門。▽その筋から町木戸を建て直すための相談があったの意。町内のあまりはやらない鍛冶屋に釘や金具を安く調達するよう相談が持ちかけられたと見た。

2384 名ウ七。春(彼岸過・花)。花の定座。▽春も彼岸を過ぎる頃、一重の桜がいっせいに咲きはじめるの意。栞草「およそ桜の初めて開くもの、みな単葉(ひとへ)、山桜・彼岸桜・姥桜の類なり」。前句を旦那寺の門を建て直す相談に見かえ、時節を付けた。類船集「門―尊き寺、寺―彼岸」。参考「盆過の比から寺の普請して　芭蕉」(芭蕉庵小文庫)。

2385 挙句。春。○三人　底本「二人」。▽三人ともに春を楽しんでいるの意で、前句にも付く。「一重」に「三人」と応じたものだが、三吟の挙句として、三人三様いずれもおもしろいの自讃をこめる。「三人寄れば取除講」で仲間割れすることもなく、「三人寄れば文殊の知恵」で協力し、いつの間にか百韻も巻き終えて「虎渓の三笑」、まさしく「三人機嫌」というところか。

春之部発句

立春

2386 蓬《ほう》莱《らい》に聞《きか》ばや伊《い》勢《せ》の初《はつ》便《だより》　芭蕉

2387 東《しの》雲《のめ》やまいら戸《ど》はづすかざり松　濁子

2388 みちのくのけふ関越《こえ》ん箱の海《え》老《び》　杉風

2389 春や祝ふ丹《たん》波《ば》の鹿も帰《かへる》とて　京 去来

2390 刀さす供もつれたし今《け》朝《さ》の春　膳所 正秀

2391 いそがしき春を雀のかきばかま　大坂 洒堂

2386 ▽元旦、蓬莱飾りを前にして、神代ながらの儀式の営まれる伊勢神宮の神域へと思いがはせる。まずは伊勢の初便りを聞きたいものだ。自画賛に「元禄七の春」と前書。正月二十九日付曲翠宛書簡に「(この頃は)伊勢に知る人音づれて便りうれしき(花柑子かな)と詠み侍る慈鎮和尚の歌より、便の一字をうかがひ候。…神風や伊勢のあたり、清浄の心を初春に打ちさそひたるまでにて御座候」と自解。去来の句解に伊勢を強調し「道祖神のはや胸中をさはがし奉る」(去来抄)と、支考の句解に上五を重視し「蓬莱のそのあたりに書通の姿をよせたらん」(十論為弁抄)という。季蓬莱。

2387 ▽舞良戸をはずし式台いっぱいに開け放った玄関先に門松が立ち、元旦の空がほのぼのと明けそめてくる。舞良戸は二〇〇三参照。季かざり松。

2388 ○みちのくのけふ　謡取り。「陸奥のけふの里」(錦木)、今日に掛けて「陸奥のけふの寒さ」(鉢の木)等ともいう。▽正月の飾り物にする海老を箱づめにして年末に出荷したが、立春の今日あたり関を越えて陸奥入りしたことだろう。作者は幕府御用の魚問屋主人。参考、後拾遺集「東路はなこその関もあるものをいかでか春の越えて来つらん」。季飾海老。

2389 ○丹波の鹿　平家物語九「世間だにも暖かになり候へば、草の深いに伏さうどて、播磨の鹿は丹波へ越え、世間だに寒うなり候へば、雪の浅きに食まうどて、丹波の鹿は播磨の印南野へ通ひ候」による。▽丹波の鹿も若草もゆる故郷へ帰るというので、春の訪れを祝っているよ。季春。

2390 ▽年始の礼まわりに供侍の一人もつれ歩いてみたい新春気分だ。作者は士分ではない。季今朝の春。

2391 ○かきばかま　町人の着用する、柿渋の色に似た赤茶色の袴。▽新春というのに雀はあいかわらずの柿袴をはいて、せわしなくさえずっているよ。季春。

2392 喰《くひ》つみや木《き》曾《そ》のにほひの檜《ひのき》物《もの》　岱水

2393 猶《なほ》いきれ門《もん》徒《と》坊《ばう》主《ず》の水《みづ》祝《いは》ひ　沾圃

2394 目《め》下《した》にも中《ちゆう》の詞《ことば》や年《とし》の時《じ》宜《ぎ》　孤屋

2395 初《はつ》日《ひ》影《かげ》我茎《くく》立《たち》とつまればや　利牛

2396 長《ちやう》松《まつ》が親の名で来る御《ぎよ》慶《けい》哉《かな》　野坡

梅

2397 梅一《ひと》木《き》つれ〴〵草《ぐさ》の姿かな　露沾

2398 むめ咲《さく》や臼《うす》の挽《ひき》木《ぎ》のよきまがり　曲翠

2392 ○喰つみ　蓬萊の江戸での称。本来は神に供える蓬萊とは別で、賀客への饗膳であったが、装飾化して蓬萊と変りなくなった。▽木曾の檜細工の三方の、木の香も新しい喰積よ。季喰つみ。

2393 ○門徒坊主　浄土真宗の僧。胆大小心録「門徒宗とは身勝手な題目じや。…肉食妻帯宗といひたいものじや」。○水祝ひ　日本歳時記に正月二日「世俗に、去年新たに娶りし男にこの頃水をかくる事あり。…年若き輩血気の盛んなるにまかせてこの戯れをなし、身をそこなひ病を生じ、或は口論闘争に及ぶ事あり」。▽やれやれ、もっと水をかけてやれ、坊主のくせに嫁さんなんかもらって。季水祝ひ。

2394 ▽目下の者にも、それなりに、いつもより一段丁寧な物言いをする年賀の挨拶だ。季年の時宜。

2395 ○茎立　青菜の苗。俳諧無言抄に若菜「くゝたちは初春也」。▽初日の出に願う、青みたつ茎立となって、若菜摘む乙女の目にとまりたいと。参考、万葉集「上野の佐野の茎立折りはやし吾は待たむし今年見ずとも」(夫木和歌抄)。季初日影・茎立。

2396 ○長松　丁稚の通り名。▽つい先年、丁稚奉公の年季があけて実家に帰った長松が、今年は襲名した親の名で年始の挨拶にやって来た。もっともらしい名で一人前に祝言を申し入れるさまが、何ともほほえましい。新身「かしこまりけり〳〵／長松が親の名で来て御年頭」ははめ句、俳懺悔「長松が親と申して西瓜かな　大江丸」はパロディー。季御慶。

2397 ○つれ〴〵草の姿　徒然草一〇段「前栽の草木まで心のままならず作りなせるは見る目も苦しく、いとわびし」を指す。西鶴名残の友一の二「兼好が作り木を嫌ふ事…」。▽一本の梅が、徒然草に賞美する、自然のままの素直な枝ぶりで立っているよ。季梅。

2398 ▽梅が咲いている、その見事な枝ぶりは挽臼の取手に恰好の曲り具合だ。狂言・萩大名の、亭主秘蔵の梅の古木の「つつと地を這うて上へきつと立ち延びた枝」を「茶臼の挽木」にするとよいと失言する挿話をふまえる。季むめ。前句と対をなす。

2399 むめが香の筋《すぢ》に立《たち》よるはつ日哉《かな》　文考

窓のうちをみこみて

2400 むめちるや糸の光の日の匂《にほ》ひ　伊賀 土芳

2401 梅さきて湯《ゆ》殿《どの》の崩れなをしけり　利牛

2402 赤みその口を明《あけ》けりむめの花　游刀

2403 みな〳〵に咲《さき》そろはねど梅の花　野坡

2404 紅《こう》梅《ばい》は娘すまする妻《つま》戸《ど》哉《かな》　杉風

おなごどもの七くさはやすをみて

2405 とばしるも顔に匂へる薺《なづな》哉《かな》　其角

2399 ▽梅の香の通い来る方へ初あかりがみるみる寄せひろがり夜が明けていく。参考、類船集「闇の夜—梅が香」。季むめが香。

2400 ▽梅の花散る春日、ふと窓の内をのぞくと、薄暗い屋内に隙間もる外光が美しい光の糸筋となってみえる。季むめ。「香の筋」に「糸の光」を併出。

2401 ○なをし　正しくは「なほし」。▽梅が咲いてようやく春らしくなった一日、大工をよんで、いたんだ浴室を改修させた。季梅。

2402 ○赤みそ　東北・関東は辛い赤味噌、関西は甘い白味噌。辛いほど熟成期間が長く、貯蔵に耐える。江戸の赤味噌はやや甘く、冬はほぼ一か月で熟成する。作者は膳所住、独身で寺住居という。▽梅が咲いた。頃よしと味噌桶の口を開くと、なつかしい江戸味噌の色香がぷんと匂い立つ。季むめの花。

2403 ▽南枝よりちらほらと咲き初めて北枝へと移り、どの枝もいっせいに咲きそろう風情はないが、それがまた梅の花の趣あるところだ。季梅の花。

2404 ○妻戸　寝殿造りで殿舎の出入口に設けた両開きの板戸。▽紅梅が艶なる風情を添えている所が、あの美しい娘を住まわせている部屋の妻戸だと思うと、奥ゆかしい。按察使の大納言が「七間の寝殿」の南・西・東にそれぞれ娘たちを「住ませ」、その「東のつまに軒近き紅梅のいとおもしろくにほひたる」を一枝、歌をそえて匂宮に贈り気をひこうとした、源氏物語・紅梅の巻の俤。類船集「紅梅—源氏」。季紅梅。

2405 ○七くさはやす　正月六日夜か七日の早朝、若菜を盤上でたたきながら歌いはやす七種の調理。一八九八・一九〇一参照。▽たたかれて飛びちる青い汁が顔にかかって、ぷんと薺の香りがする。「とばしる」は俳言。季薺。

2406 七《なな》草《くさ》や粧《けは》ひしかけて切《きり》刻《きざ》み　野坡

2407 うちむれてわかな摘《つむ》野に脛《すね》かゆし　仙杖

2408 洛《らく》よりの文《ふみ》のはしに

朧《おぼろ》月《づき》一《ひと》足《あし》づゝもわかれかな　去来

2409 大はらや蝶の出てまふ朧月　僧丈艸

2410 おぼろ月まだはなされぬ頭《づ》巾《きん》かな　仙花

2411 深川の会に

長《のど》閑《か》さや寒《かん》の残りも三《さん》ケ《が》一《いち》　利牛

2412 十五日立《たつ》や睦《む》月《つき》の古《ふる》手《て》売《うり》　大坂之道

2406 ▽七種の節句の朝、お化粧しかけたままで、あわただしく若菜を切り刻んでいる。[季]七草。

2407 ○うちむれて　和歌の常套句。壬二集「うちむれて若菜摘む野の花がたみ…」。▽連れだって若菜摘みに野に出たが、若草がちくちく脛にさわってむずがゆい。和歌的世界を「脛かゆし」で俳諧化した。若い娘の白い脛を想わせ、以上四句、艶なる趣の句が並ぶ。[季]わかな摘。

2408 ○洛よりの文　去来発信の書簡の意。受信者の立場で編者が付けた詞書。▽朧月のもとで君と名残を惜しみ、歩み去る一歩一歩に別れを痛感したものだ。[季]朧月。

2409 ○大はらや　和歌の常套句。大原は山城の歌枕。洛西(乙訓郡)大原野とも、洛北(愛宕郡)大原の里とも。前者は謡曲・小塩、後者は謡曲・大原御幸で知られ、歌枕の朧の清水は後者に属する。参考、挙白集六の十「そも昨日は東山…、今日は大原野のすそわの田井に根芹をつむすことなる。昔や夢、今やうつゝ。今や夢、昔やうつゝ。知らず荘周にあひて胡蝶をとはまほしとやありけむ」。▽大原の朧月夜に一匹の蝶が浮かれ出て、夢か幻のようにひらひら舞っている。去来の丈草誄に、芭蕉がこの句に風雅の上達を認めて「此僧なつかし」と述べたという。[季]蝶・朧月。

2410 ▽月も朧にかすむ春の宵になったが、まだひんやりとして夜の外出に頭巾を離せない。[季]おぼろ月。

2411 ○深川の会　深川芭蕉庵の句会。▽余寒を覚える日も三日に一度と間遠になって、のどかな日和だ。[季]長閑・寒の残り。

2412 ○古手売　人倫訓蒙図彙「古手屋…古着・質の流れ等を買ひ集めてこれを商ふ」。▽新しいものずくめの正月も半ばを過ぎて、古手屋がぼつぼつ商売を始めたよ。[季]睦月。

2413 猫の恋初手《しよて》から鳴《なき》て哀《あはれ》也《なり》　野坡

2414 ねこの子のくんづほぐれつ胡《こ》蝶《てふ》哉《かな》　其角

鶯

2415 うぐひすにほうと息《いき》する朝《あした》哉《かな》　嵐雪

2416 鶯に薬《くすり》をしへん声の文《あや》　其角

2417 うぐひすの声に起《おき》行《ゆく》雀かな　桃隣

2418 うぐひすや門《かど》はたま〳〵豆《とう》麩《ふ》売《うり》　野坡

2419 鶯の一《ひと》声《こゑ》も念を入《いれ》にけり　利牛

2413 ▽猫の恋というものは、しょっぱなから何はばかることなく鳴きたてて、切実感がある。「初手」は俳言。大矢数三七「先づ初手はただ和らかに話し寄る」。北条五代記「羨まし声も惜しまずのら猫の心のままに妻恋ふるかな」。季猫の恋。

2414 ▽春の日ざしの中、二匹の子猫がじゃれて組みあったり離れたり転げまわっている周りを、蝶がひらひら舞っている。其角追善集・石などりに、句意を描いた英一蝶の挿絵があり、それは子猫どうしの戯れている上に蝶の飛んでいる構図。猫に蝶は画題。類船集「胡蝶—猫、猫—蝶」。季胡蝶。

2415 ▽鶯の初音に思わず息をつめ、ホーホケキョと鳴き果せて、ほうと息をつく、早春の朝だ。季うぐひす。

2416 ○声の文　歌語。参考、後撰集「秋来れば野もせに虫の織り乱る声のあやをば誰か着るらん」。▽まだ声のよくまわらない鶯に、曲折がつくような咽の薬を教えてやりたい。旨原注「声の薬に唐がらしを呑ますもの也」。季鶯。

2417 ▽早朝、鶯がさえずると、その声に目覚めたかのように雀が軒なみにちゅんちゅん鳴き始めた。季うぐひす。

2418 ▽裏庭に鶯がさえずっている、折しも表を豆腐の振売りが呼声をあげて通る。季うぐひす。

2419 ○一声　謡曲・難波「鳥の一声(ひとこゑ)をりしもに、鳴く鶯の春の曲」。▽鶯が一声もおろそかにせず、ホーホケキョと丁寧に鳴く。参考、詩林良材「杜詩、鶯語太ダ丁寧」。季鶯。

柳

2420 こねりをもへらして植《うゑ》し柳かな　湖春

2421 障子ごし月のなびかす柳かな　素竜

2422 五人ぶちとりてしだるゝ柳かな　野坡

2423 せきれいの尾は見付《みつけ》ざる柳哉《かな》　一風

2424 町《まち》なかへしだるゝ宿《しゆく》の柳かな　利牛

2425 傘《からかさ》に押《おし》わけみたる柳かな　芭蕉

椿

2420 ○こねり　本朝食鑑に柹「大抵、樹上熟美ナルヲ木練ト謂フ。是レ御所柹ノ類ナリ」。▽秋一番の味覚である木練の柹をもへらして植えた柳だが、いま青々と芽をふいて美しい。季柳。

2421 ▽月の光が、風になびく柳の影を明り障子に写し出し、内から障子越しに外の景色がうかがわれる。季柳。

2422 ○五人ぶち　一家五人の世帯の生計を立てることができる程度の俸禄。標準世帯の通常の収入。▽五人扶持の微禄ながら、形ばかりの庭には柳がゆったりとしだれて、それなりに落着いた生活だ。季柳。

2423 ▽静かに枝を垂れる柳に「しだり尾の長々しき」さまは見出せても、鶺鴒の尾のせわしない動きは見出せないの意か。水辺の鳥と植物を見くらべた。季柳。

2424 ○宿　底本に音読符。▽宿駅の入口に立つ柳が、旅人の心を誘うように町中へとしだれている。季柳。

2425 ▽青柳の糸に春雨の滴がやどるのを玉簾と興じて、傘を少しすぼめて押し分けてみる。三冊子「春雨の柳は全体連歌なり」、それを「傘に押わけみたる」風狂が俳諧。季柳。

2426 土はこぶ籠《ふご》にちり込《こむ》椿かな　孤屋

2427 枝長く伐《き》らぬ習《ならひ》を椿かな　湖春

2428 念入《いれ》て冬からつぼむ椿かな　曲翠

2429 鋸《のこぎり》にからきめみせて花つばき　嵐雪

2430 鳥のねも絶《たえ》ず家陰の赤椿　文考

2431 はき掃《さう》除《ぢ》してから椿散《ちり》にけり　野坡

花

うへのゝ花見にまかり侍《はべり》しに、人〳〵《ひとびと》幕

2426 ○籠　竹・藁などで作った入れ物。四隅に綱をつけて天秤棒で担う。類船集「籠(ゴ)—土堀」。▽普請場で土運びをしているもっこの中に、色あざやかな椿の花がぽとりと落ち込んだ。季椿。

2427 ▽椿は枝分れした先に一輪咲くのを短く切って生けるならいだが、小枝を選ばず長く切りたくなるほど、いっぱいに花をつけているよ。季椿。

2428 ▽椿は冬の間から堅いつぼみを徐々にふくらませて念入りに開花にそなえることだ。季椿。

2429 ▽枝はひくに堅く、花は脆く落ちやすい、鋸を酷使して剪り取った花椿の枝だ。立花の素材か。季花つばき。

2430 ▽家陰に赤い椿が咲いて、葉に寄る鳥のさえずりが、そちらの方から絶えず聞える。季赤椿。

2431 ▽庭をきれいに掃き清めたところに、存在感のある椿の花がぽたりと散った。季椿。

打《うち》さはぎ、もの丶音、小《こ》うたの声さま〴〵なりにける、かたはらの松かげをたのみて、

2432 四《よ》つごきのそろはぬ花《はな》見《み》心《ごころ》哉《かな》　芭蕉

2433 めづらしや内で花見のはつめじか　杉風

2434 うか〳〵と来ては花見の留《る》守《す》居《ゐ》哉《かな》　丈艸

何がしのかうの殿《との》の花見に侍りて

2435 中《なか》下《しも》もそれ相《さう》応《おう》の花見かな　素竜

2436 花《はな》守《もり》や白きかしらを突《つき》あはせ　去来

2437 朝めしの湯を片《かた》膝《ひざ》や庭の花　孤屋

2432 〇うへの丶花見　江戸上野東叡山の花見。元禄七年(一六九四)三月七日付曾良宛の依水書簡に「二日に翁同伴にて四五人桜見に登り、山静かにして大古のごとし、日長くして少年に似たりとは、誠に画中に入るが如し。例の瓢箪の底をたゝき、肴はたんぽゝにて、毛氈の上の腹鞁も狸まけぬ酔心、翁の野々宮・熊坂も出る程の大繁昌にて、少々は紅裏も見へ、甚だ作意ども近来の義と申し、翁も御噂折々被申候。…此日、翁帰りに、前書長き事にて忘れ候／あすの日をいかゞ暮さん花の山」。〇四つごき　諸国遍歴の僧などの携える、四個一組が入れ子になった食椀。▽幔幕をめぐらし管絃・小唄ににぎわう世間の花見と違って、こちらは松かげで酒肴も乏しく、四つ御器の大小ふぞろいなように、何やらちぐはぐな気分だ。季花見。

2433 〇めじか　物類称呼「二尺以下の小なる(マグロ)を江戸にてメジカと云ふ」。晩春が美味。参考、武蔵曲「鰹まではめじかもあるを郭公」。▽花見に浮かれ歩く世間をよそに、庭の桜で静かに一杯やろうとしていたら、肴は何とメジカの初物ではないか。季花見。

2434 ▽花時の陽気にうかれてうかうかと友を訪ねたところ、ちょうどよいところへ来たと留守居役を仰せつかり、一家で花見に出かけてしまった。詩題「訪友不遇」(円機活法)を一ひねりした趣向。真蹟に「年〳〵のことなれど流石にこりもやらで」の前書あり、上五「ふら〳〵と」。季花見。

2435 〇かうの殿　守の殿の音便形。何某の守は土佐の守を意識したか。▽花見風俗はさまざま、おかげさまでこちらは豪奢な酒宴ですが、中下の身分の者たちも分相応に楽しんでいるようですね。「それ相応」は俳言。土佐日記「上中下酔ひあきて…」。季花見。

2436 ▽爛漫と咲き匂う桜花の下で、老いさびた花守の尉と姥が、白髪頭をつき合せるようなポーズで帚を手にしているよ。謡曲・嵐山からその能舞台を想起したか。去来抄の「さび」を説く条に例句としてあげ、「さび色よくあらはれ、悦び候」との芭蕉評を記す。季花守。

2437 ▽朝食後、湯を飲む手を片膝に置いて、朝日に匂う庭の桜の美しさに、しばし見ほれている。季花。

2438 あすと云《いふ》花見の宵のくらさ哉《かな》　荊口

2439 だかれてもおのこゞいきる花見哉《かな》　斜嶺

2440 柿の袈《け》裟《さ》ゆすり直《なほ》すや花の中　北枝

2441 牡《ぼ》丹《たん》すく人もや花見とはさくら　湖春

2442 あだなりと花に五《ご》戒《かい》の桜かな　其角

2443 花はよも毛虫にならじ家《いへ》桜《ざくら》　嵐雪

2444 やまざくらちるや小川の水車《みづぐるま》　大津あま　智月

2445 老僧も袈《け》裟《さ》かづきたる花見哉《かな》　大坂　之道

2438 ▽三月も下旬になると月の出が遅いのだが、花見を明日にして晴天を祈る身には、宵の暗さが気にかかる。季花見。朝に宵を併出。

2439 ▽抱かれている男の子までも、花と花見の雰囲気に興奮しているよ。季花見。

2440 ○柿　柿渋のような赤茶色。山伏・僧侶が着用する最も地味で粗末な色。▽満開の花の中にたたずみ、その美しさに見ほれている僧の肩垂れてずり落ちかかった柿色の袈裟を、我にかえってゆすり直しているよ。季花。幼児に老僧を併出。

2441 ▽花の王として牡丹を愛好する人も、花見といえばやはり桜だ。季さくら。

2442 ○あだなりと　謡曲・井筒「あだなりと名にこそ立てれ桜花…」により、かいがないの意に取り成した。▽色香をめでて花見をするは邪婬・飲酒、家づとに手折るは殺生・偸盗、こうして一句をよむも妄語の戒を破ることになり、所詮、仏の五戒など守り難いことを、桜はその美しい花の姿で示している。其便に「世に天下老和尚の扇にたとえ示されしといふあり、いま其戒に思ひ合せ侍る」と前書、「折るに殺生・偸盗、見るに邪婬・飲酒は本より申さずとも」と後書する。季桜。

2443 ○毛虫　滑稽雑談「梅・桃・李子等の樹、ことに石榴の樹に多し」。○家桜　山桜の対。増山井「家桜は人家に咲く桜なり。桜の名木にあらず」。▽わが家の自慢の桜だが、これにはまさか毛虫はつくまいの意か。季家桜。

2444 ▽山麓の小川にかかる水車が春の日永をのどかにまわりつづけ、岸の山桜がはらはらと散っている。季やまざくら。

2445 ▽貴賤群衆する世俗の中に、袈裟姿の老僧もまじって花見をしているよ。季花見。二四〇と逆置すべきか。

2446 誰《たが》母ぞ花に珠《じゅ》数《ず》くる遅《おそ》ざくら　祐甫

2447 山桜小《を》川《がは》飛《とび》こすおなご哉《かな》　越前福井 普全

2448 昆《こ》布《ぶ》だしや花に気のつく庫《ク》裏《リ》坊主　利牛

2449 おちつきは魚《うを》やまかせや桜がり　仝

2450 折《をり》かへる桜でふくや台所　孤屋

2451 祭まであそぶ日なくて花見哉《かな》　野坡

2452 食《めし》の時みなあつまるや山ざくら　仝

上《じやう》巳《し》

2446 ▽遅桜を前にして珠数をくっている老女は、わが子に遅れたどこの母親であろうか。参考、類船集「桜―珠数」。季遅ざくら。

2447 ▽山桜咲く麓の小川に行き当ったが渡り場がない。女は少しためらってから、裾を乱してえいと飛びこえた。季山桜。

2448 ▽来る日も来る日も昆布でだし汁をとっている炊事係の僧だが、ふと気付くと薄暗い庫裏の外は、いつのまにか桜の季節になっていた。季花。

2449 ○おちつき　訪問先に到着してまずとる飲食物。▽桜狩に招かれて行くと、落ち着きの料理は魚屋まかせで、亭主はもっぱら花案内に夢中だの意か。季桜がり。

2450 ○桜でふくや　露伴は「桜を以てふくにはあらず、家苞にとて持帰りし桜を置くに、台所の塵を払ふところを云ひたり」、標注七部集は「桜ふゞくや」とする。▽未詳。季桜。

2451 ○祭　古くは四月の賀茂祭をいい、これに倣って他社の夏祭も祭という。賀茂祭は元禄七年(一六九四)に復興したが、それまで二百年近く中絶、その間に六月の祇園会が夏祭を代表するものになった。江戸では六月十五日の山王祭が大祭礼と定められ、神田祭とともに天下祭と呼ばれた。▽夏の祭まで、しばらくは遊び納めの花見だ、存分に楽しもうよ。季花見。

2452 ▽思い思いに花を求めて散っていた遊山の一行が、昼飯の時分には皆一所に集まってくるよ。季山ざくら。

2453 帯ほどに川のながるゝ塩《しほ》干《ひ》哉《かな》　沾徳

2454 昼《ひる》舟《ぶね》に乗るやふしみの桃の花　桃隣

2455 かづらきの神はいづれぞ夜の雛《ひな》　其角

2456 鬼の子に餅を居《すう》るもひゐな哉《かな》　みの如行

2457 日《ひ》半《なか》路《ぢ》をてられて来るや桃の花　野坡

2458 麻の種《たね》毎年踏《ふま》る桃の華《はな》　利牛

2459 藪《やぶ》垣《がき》や馬の皃《かほ》かくもゝの花　孤屋

2460 青柳の泥にしだるゝ塩《しほ》干《ひ》かな　芭蕉

2453 ▽春の大潮で沖まで潮がひいた干潟に、河口を失った流れが、ほどき捨てられた帯のように水路をくねらせているよ。江戸は品川沖が潮干狩の名所。句兄弟、二冊子に「川も流れて」とあり、こちらが原作か。[季]塩干。

2454 ○昼舟　伏見と大坂の間は淀川を昼夜二便、乗合の三十石船が上下していた。上りは一日または一夜、下りは半日または半夜かかった。○ふしみの桃　元和九年(一六二三)に伏見城が廃城となり、その後、城山に桃数千株を植えて名所となった。▽伏見城趾の桃の花を見やって、水ぬるむ淀の昼船に乗ることだ。[季]桃の花。

2455 ○かづらきの神　一〇八五・一九七七参照。▽淡い灯影にあやしく照らされた夜の雛人形たち、その中には容貌を恥じて夜だけ姿を現わすという葛城の神もまぎれておられようが、どれなのだ。[季]雛。

2456 ○鬼の子　鬼のように荒々しく強い子の意か。○ひゐな　正しくは「ひいな・ひひな」。▽荒くれの男の子にも女の子なみに雛祭の草餅をつけてやることだの意か。[季]雛の餅。

2457 ○日半　日葡辞書「ヒナカ　一日の半分」。▽半日の道のりを春の陽ざしをたっぷり浴びて歩いてくると、あちこちに桃の花が咲いている。[季]桃の花。

2458 ▽桃の花をめでる人のために、毎年、種をまいたばかりの麻畠が踏み荒されることだ。麻の種まきと桃の開花はほぼ同時期。参考、万葉集「麻衣着ればなつかし紀の国の妹背の山に麻蒔け吾背」(楢山拾葉)。[季]桃の華。

2459 ▽桃の花がのどかに咲く家の藪垣に馬が顔を突込み、鼻づらをこすりつけるようにして掻いている。[季]もゝの花。

2460 ▽大潮で潮がすっかり引き、いつもなら水面にしだれている岸の青柳が、泥にしだれているよ。許野消息に、許六は「青柳」と「塩干」の取合せの妙を称え、野坡は「泥にしだるゝ」こそ句神と反論する。許六はまた俳諧問答に、正風体の不易の発句と推賞する。[季]塩干。

題しらず

2461 滝つぼに命打《うち》こむ小あゆ哉《かな》　嵯峨田夫為有

2462 春雨や蜂《はち》の巣つたふ屋ねの漏《もり》　芭蕉

2463 散《ちり》残《のこ》るつゝじの蘂《しべ》や二三本　子珊

2464 ほそ〴〵とごみ焼《たく》門《かど》のつばめ哉《かな》　怒誰

2465 鳥の行《ゆく》やけのゝ隈《くま》や風の末《すゑ》　伊賀猿雖

2466 気《き》相《あひ》よき青葉の麦の嵐かな　仙華

旅行にて

2461 ○小あゆ　秋に生まれた稚鮎が海に入って冬を越し、若鮎となって春川をのぼるもの。▽小さな滝がどうどうと落ちる滝壺に、若鮎が身を躍らせて懸命に溯ろうとしている。類船集「鮎―滝川」。季小あゆ。

2462 ▽降るとも見えず降り続ける春雨がいつか屋根をもり、軒の雫ならぬ軒下の蜂の巣を伝って、ぽとりぽとりと滴り落ちているよ。許野消息に、許六は「春雨に蜂の巣」の取合せの妙を称え、野坡はこれに反論し、「是はまことに世の人さほどに沙汰せぬ句なりといへども、奇妙天然の作なりと翁つねづね吟じ申され候。此蜂の巣は去年の巣の草庵の軒に残りたるに、春雨の伝ひたる静かさ面白くいひとりたる、深川の庵の体そのまゝにて幾度も落涙致し申し候。凡俗を離れ侍る句也」という。季春雨・蜂の巣。

2463 ○つゝじ　花は漏斗状の合弁花で先は五片に分かれ、開花すると蘂が長く突き出るのが特徴。▽蘂だけ二、三本残して、ツツジの花がすっぽり脱け落ちているよ。季つゝじ。

2464 ▽掃き寄せたごみを少しばかり燃やしている門口に、燕が巣をかけているよ。季つばめ。

2465 ○鳥の行　日本で越冬した渡り鳥が春に北方へ去るをいう。「行く鳥の」は枕詞となって「争ふ・群がる」に掛かる。参考、風雅集「鳥のゆく夕の空のはるばると眺めの末に山ぞ色こき」。▽風が野火を吹き送った焼野のかなたを渡り鳥が帰ってゆく。「焼野の雉子」(類船集)をもいくらかかすめたか。季鳥の行・やけの。

2466 ▽麦の青葉をそよがせて吹きわたる風は、青嵐にもまして爽やかで心ちよい。季青葉の麦。

2467 法《はっ》度《と》場《ば》の垣より内はすみれ哉《かな》　野坡

2468 此《この》集いまだ半《なかば》なる比《ころ》、孤屋旅立《たびだつ》事ありけるに、品川までみ送りて、

雲《くも》霞《かすみ》どこまで行《ゆく》もおなじ事　野坡

2469 梅さくらふた月ばかり別れけり　利牛

2467 ▽立入禁止の札を立て竹垣をめぐらした標野の内には踏み込む者がないので、スミレが美しく咲いている。季すみれ。

2468 ○此集いまだ半なる比　元禄七年(一六九四)三月上京。炭俵は同年六月二十八日奥。二六七五参照。○品川　東海道五十三次最初の宿駅。次の駅まで見送るのが当時の慣習。○雲霞　参考、源氏物語・若菜上「さる遥けき山の雲霞にまじり給ひにしむなしき御あとにとまりて、悲しび思ふ人々なむ多く侍るを」。○おなじ事　これも源氏物語に用例多し。参考、新古今集「世中はとてもかくても同じこと宮もわら屋もはてしなければ」。▽雲と霞のかなたに去りゆく君を送って、どこまで行っても同じことで名残はつきない。季霞。

2469 ▽梅は一月、桜は三月と、開花が二か月ほど隔たるように、しばらくの別れをしたことです。梅と桜と同時に観賞できないのを惜しむように、編者二人のやむをえない別れを惜しむ情。季さくら。

夏部之発句

首《しゅ》夏《か》

2470 塩《しほ》うをの裏ほす日也《なり》衣がへ　嵐雪

2471 衣がへ十日はやくば花ざかり　野坡

2472 綿《わた》をぬく旅ねはせはし衣《ころも》更《がへ》　九節

2473 雀よりやすき姿や衣がへ　雪芝

2474 花の跡《あと》けさはよほどの茂りかな　子珊

2475 扇屋の暖《のう》簾《れん》白し衣がへ　利牛

2470 ▽折から衣がえ、初夏の陽光がふりそそぐ漁村の、簀子をひろげた上に、塩をした魚の開きが一面に干し並べてあるのを、次々に裏返していく。類船集「裏表―衣裳」。季衣がへ。

2471 ▽四月一日、綿入を袷に着かえて身も心も軽い。あと十日早ければこのなりで花見に行けたのに。季衣がへ。

2472 ○綿をぬく　栞草に綿抜「更衣に布子の綿を抜き去りて袷とするをいふ」。▽旅中に衣更を迎えて、仮寝の宿で着ている布子の綿を抜くのもせわしないことだ。季衣更。

2473 ▽雀は着たきりで年中気楽に飛びまわっているが、その雀よりもっと気楽な姿に衣がえしたよ。季衣がへ。

2474 ▽花の散ったあと葉桜がよい頃合いに茂って、今朝の夏だ。立夏の句。季茂り。

2475 ▽衣がえの日、まっさらな白い暖簾に掛けかえた扇屋の店先に、まず夏が来たらしい。百人一首「春過ぎて夏来にけらし白妙の衣ほすてふ天の香具山」の俳諧化。季衣がへ。

うの花

2476 卯の花やくらき柳の及《および》ごし　芭蕉

2477 うのはなの絶間《たえま》たゝかん闇《やみ》の門《かど》　去来

旅行に

2478 うの花に芦毛《あしげ》の馬の夜《よ》明《あけ》哉《かな》　許六

2479 卯の花に扣《たたき》ありくやかづらかけ　支考

題しらず

2480 棹《さを》の歌はやうら涼しめじか舟　湖春

2476 ▽明るく白い卯の花の垣根に、小暗くこんもりと茂った柳が枝を垂れている。まるで及び腰で花に触れようとするように。柳腰と及び腰を合成して「柳の及び腰」といった。素竜の贈芭叟餞別辞(別座鋪)にこの句を引いて「柳暗花明なりといへる碧巌に似かよひ侍るを、夏の小雨をいそぐ沢蟹と、卒爾に脇をさへづる折も有」という。季卯の花。

2477 ▽訪れ来て門のありかもわからぬ闇夜だが、夜目にも白い卯の花の垣根の一か所とぎれた所を、それと見込んで叩くとしよう。歌題に卯花廻墻・卯花繞家など。去来抄「先師曰、句の位尋常ならずと也。去来曰、此句、位ただ尋常ならざるのみ也。高位の句とは謂ひがたかるらん。畢竟、句位は格の高きにあり。句中に理屈を以て或は物をたくらべ、或はあたり逢うたる発句は、大かた位下れるもの也」。十二月十七日付塵生宛の去来書簡に上五「蕣の」。季うのはな。

2478 ○旅行　元禄六年(一六九三)五月六日江戸発足、甲斐路・木曾路を経て彦根に帰国した甲路紀行(韻塞)。○芦毛　白に他色の差毛がまじって青みがかった白、または鼠色に見える馬。▽ほのぼの明けに雪のように白い卯の花の道を分けて、芦毛の馬を乗り出す旅立ちだ。去来は、同趣向の句を案じて「有明の花に乗込む」の下五を置きわずらった自らにてらして高く評価し、「先師の、句調はずんば舌頭に千転せよとありしは、ここの事也」(去来抄)といい、「曲輪の外より取合せたる句」(旅寝論)の例にもあげている。季うの花。

2479 ▽卯の花曇りの静かな裏町を、桶のたが掛け職人が、桶の底をたたきながら呼ばわり歩いている。職人・物売の句が多いのも炭俵の特色。季卯の花。

2480 ○棹の歌　藻塩草「棹歌　舟こぐ時」。参考、謡曲・江口「去る舟の月もかげさす棹の歌」。○めじか　二四三三参照。▽日が落ちて涼しくなった沖から舟歌が浜辺に流れて、めじか漁の舟が帰ってくる。「はや浦洲」に「涼し」と言い掛けたか。季涼し。

2481 髭《ひげ》宗《そう》祇《ぎ》池に蓮《はす》ある心かな　素堂

2482 うぐひすや竹の子藪《やぶ》に老《おい》を鳴《なく》　芭蕉

郭公《ほととぎす》

2483 聞《きく》までは二階にねたりほとゝぎす　桃隣

2484 ほとゝぎす一《いち》二《に》の橋の夜《よ》明《あけ》かな　其角

2485 行《あん》灯《どん》を月の夜《よ》にせんほとゝぎす　嵐雪

2486 挑《てう》灯《ちん》の空に詮《せん》なしほとゝぎす　杉風

2487 木《こ》がくれて茶《ちゃ》摘《つみ》も聞《きく》やほとゝぎす　芭蕉

2481 ○髭宗祇　宗祇諸国物語三の二「祇は天性鬚を愛し、一生剃らず香をとむるに、鬚にとゞまりて香り絶えずとし、拟なん鬚を愛しぬ」。素堂の芭蕉追悼吟にも「時雨の身いはば髭なき宗祇かな」(冬かつら)。▽宗祇に髭があるように池には蓮が花咲き、宗祇が髭を愛したようにその蓮を愛することだ。万葉集「勝間田の池は我知る蓮なししか言ふ君が髭なきがごと」(夫木和歌抄)のもじり。作者は蓮を愛して蓮池翁と号した。一七八七参照。季蓮。

2482 ▽竹の子の生いのびた藪の中で、季節を過ぎた鶯が老を嘆くように物憂げに鳴いている。支考は、白氏文集の老鶯という詩語に興をもよおして詠んだという芭蕉談を伝え、「老若の余情もいみじく籠り侍らん」(十論為弁抄)と評する。作者は元禄七年(一六九四)五月十一日に江戸発足、別座鋪に「道中より聞ゆ」と前書。季竹の子。

2483 ▽夜明けに一声鳴いて飛び去る郭公の初音を聞くまではと、二階座敷に寝ることだ。当時、通常の民家にまだ二階建てはない。季ほとゝぎす。

2484 ○一二の橋　東福寺門前、旨原注に「一二の橋をかかり淀へ出る道なり、ふしみ海道」。当世都めぐり「三十三間ふし拝み、一二の橋を打渡り、稲荷の山の青楓」(淋敷座之慰)。▽朝もやの中に一の橋が見え、二の橋が見えてくる。折から夜明けの空を郭公が鋭く鳴き過ぎた。廓から朝帰りの景とも、旅立ちの景とも。また一説に「亀井戸の菅神に詣る舟中の吟と端書ある一紙」あり(露陀羅尼)とも。類船集「稲荷・鳥羽・淀・深草・伏見―郭公」。参考、有磯海「子規二つの橋を淀の景　惟然」。季ほとゝぎす。

2485 ▽月のない今夜は行灯を月明りと恃んで郭公の鳴くのを待つとしよう。季ほとゝぎす。

2486 ▽夜道で郭公が一声鳴き過ぎた。あわてて挑灯を空にかざしたが、もとより見えるはずもない。季ほとゝぎす。

2487 ▽広々とした茶畠の上を郭公が鳴き過ぎる。こんもり茂った茶の木に木がくれて茶摘みしている女たちも、あの一声を聞いただろうか。茶摘みは三月だが、ここは五月頃の二番茶。参考、後撰集「木がくれて五月待つともほととぎす羽ならはし

2488 青《あを》雲《くも》や舟ながしやる子規《ほととぎす》　素竜

2489 時鳥《ほととぎす》啼《なく》〳〵《なく》風が雨になる　利牛

2490 子規顔の出されぬ格《かう》子《し》哉《かな》　野坡

麦

2491 柿《かき》寺《でら》に麦《むぎ》穂《ほ》いやしや作《つくり》どり　みの　荊口

2492 麦の穂と共にそよぐや筑《つく》波《ば》山《やま》　千川

2493 麦跡の田植や遅き蛍とき　許六

に枝うつりせよ」、千載集「人知れぬ大内山の山守は木がくれてのみ月を見るかな」。素竜の贈芭叟餞別辞（別座鋪）に、芭蕉庵での吟ながら「これなん佳境に遊びて奇正の間をあゆめる作」という。許六評に「時鳥に茶摘、季と季の取合せといへども、木がくれてとりはやし給ふゆへに名句になれり」（俳諧問答）。季ほとゝぎす。

2488 ○青雲　青空の意か。二八〇五参照。▽雲もなく晴れわたった青空のもと、流れに舟をまかせて川を下っていると、郭公が鋭く鳴いて岸から斜めに飛び去る。季子規。

2489 ▽雨もよいの風の中を郭公が鋭い声で連続的に鳴きたてていたが、とうとう降り出した。「風が雨になる」は口語調。参考、芭蕉真蹟あつめ句「ほとゝぎすなく〳〵とぶぞいそがはし」、ただし続虚栗には「なき〳〵」。季時鳥。

2490 ▽郭公の一声に、それと窓にかけ寄り、あとを追おうとしたが、格子が邪魔になって顔が出せない。表に面して格子窓のある町家。「格子哉」は、あらためて恨みがましく意識する心。季子規。

2491 ○柿寺　美濃国安八郡平野八条村の瑞雲寺。関ヶ原合戦の前日、住職が徳川家康に大柿を献上したことから柿寺と称され、のち寺領十石を寄進されたという。▽柿寺の年貢免許の広大な田畠いっぱいに麦穂がみのり、現世の利益追求にもぬかりないことだ。季麦穂。

2492 ▽見渡すかぎりの麦の穂波が風にゆれると、その向こうに遠くそびえる筑波山もともにゆらいでいるようだ。季麦の穂。

2493 ▽麦を刈ったあとに水を張ってやっと田植にこぎつけたというのに、もう蛍が飛んでいる。二毛作の田植が遅すぎるのだろうか、それとも蛍が早く出すぎたのだろうか。古今集「春やとき花や遅きと聞きわかむ…」のもじり。許六の四季辞（本朝文選）にも「麦跡の田植さへおくれて、例の五月雨ふり続き」とある。麦秋は五月、蛍も五月。季麦跡。

2494 翁の旅行を川さきまで送りて
刈《かり》こみし麦の匂ひや宿《しゆく》の内　利牛

2495 おなじ時に
麦《むぎ》畑《はた》や出ぬけても猶《なほ》麦の中　野坡

2496 おなじこゝろを
浦風やむらがる蠅《はへ》のはなれぎは　岱水

端《たん》午《ご》
2497 五《さ》月《み》雨《だれ》や傘に付《つけ》たる小《こ》人《にん》形《ぎやう》　其角

2498 さうぶ懸《かけ》てみばやさつきの風の色　大坂 洒堂

2494 ○翁の旅行を… 土芳の蕉翁句集草稿に元禄七年(一六九四)「五月十一日武府を出て古郷に趣く、川崎まで人々送りけるに／麦の穂を便につかむ別かな。是、自筆の趣なり。浪化集には、人々川崎まで送りて餞別の句を云ふ返し、とあり」。川崎は東海道五十三次の第二宿駅。○宿 底本に音読符。▽麦秋、刈りとった麦の日向くさい匂いが宿場町の中にまで漂っているよ。[季]麦刈。

2495 ▽麦畑の中を通り抜けたと思うと、また麦畑だ。[季]麦畑。

2496 ○おなじこゝろ 惜別の情。▽道中うるさくつきまとっていた五月蠅が浜風に煽られてふっと離れていった、その離れ際の蠅のさびしさもお察し下さい。[季]蠅。

2497 ○小人形 端午の節句の飾り物として、家の前に設けた柵の柱に兜を掛け、その上に人形を作り据えたが、後には人形だけ別に飾った。日本歳時記に挿図あり、「近年は風俗美巧を好みて木をもつて人馬の形をきざみ、又はりこにして彩色をほどこし、或は甲冑をきせ剣戟をもたせ戦闘の勢をなさしめて、戸外に立て侍る」という。骨董集「其角が五元集に、さみだれや傘につる小人形 といひしも、此絵(大和耕作絵抄)と同じ時代なれば此人形の事なるべし」。▽五月雨の降り続く折から、かぶとの上ならぬ傘の下に小人形をつるして家の前に立ててあるよ。[季]五月雨。

小人形(大和耕作絵抄)

2499 五《いつ》日《か》迄《まで》水すみかぬるあやめかな　桃隣

2500 文《ふみ》もなく口《こう》上《じやう》もなし粽《ちまき》五把《は》　嵐雪

2501 みをのやは首の骨こそ甲《かぶと》なれ　仙花

2502 帷《かた》子《びら》のしたぬぎ懸《かか》る袷《あはせ》かな　素竜

夏旅

2503 並《なみ》松《まつ》をみかけて町のあつさかな　臥高

2504 枯《かれ》柴《しば》に昼《ひる》皃《がほ》あつし足のまめ　斜嶺

2505 二三番鶏《トリ》は鳴《なけ》どもあつさ哉《かな》　長崎 魯町

2498 ▽青々と菖蒲の葉を葺いた軒を、五月の風がさわやかに吹き渡るのを見たいものだ。増山井「あやめふくは四日なり」。季さうぶ懸く・さつき。

2499 ○あやめ　今のショウブで、ハナアヤメとは別。▽菖蒲を引くたびに池底の泥がまいあがり、五日の節句まではもとの澄んだ水にもどりそうもない。季あやめ。

2500 ○粽五把　挙白集五に、松永貞徳が隠棲中の木下長嘯子に粽五把にそえて贈った歌と、その返歌がみえる。貞徳の歌は各句の最初に「ちまきごは」、最後に「まゐらする」の文字を、長嘯子の歌は同様に「ちまきごは」「もてはやす」の文字をよみこんだ沓冠(くつかむり)の折句。▽友人から節句に粽五把がとどけられたが、おや、添状もないし、使者の口上もないのか。季粽。

2501 ○みをのや　屋島の合戦で平家の侍大将景清に兜の錏を引きちぎられた源氏の士、三保谷四郎国俊。謡曲・景清「さるにても汝、おそろしや腕の強きと言ひければ、景清は三保の谷が、頸の骨こそ、強けれと笑ひて、左右へのきにける」。○甲　季語を兼ねる。滑稽雑談に冑として所出、「俗に甲をかぶと、冑をよろひと訓ず、誤るべからず」という。類船集「甲(カブト)―端午の節供・景清」。▽三保谷は兜の錏がなくても、それこそ首の骨が兜なみの強さだ。俳諧五節句に「人形に武者あり、舟あり、平家物語の体あり」という、これも甲人形に源平の昔を想い寄せた句。季甲。

2502 ○帷子　和漢三才図会「通俗、夏月必用ノ衣ヲ凡ソ帷子ト名ヅク。端午ヨリ九月朔日ニ至ルマデコレヲ著ル。端午ニハ浅葱色ヲ用フ」。▽新しい浅葱の帷子を肩に羽織り、着ていた袷を脱ぎにかかることよ。季帷子。

2503 ▽黒々と陰を落とす街道の松並木を行く手に見やりながら、この宿場町の風も通さない暑さはどうだ。季あつさ。

2504 ▽まめのできた足をひきずるようにして炎天下の野道を来ると、赤茶けた立枯れの雑木に昼顔がはえかかり、淡紅色の花をつけている。季昼皃。

2505 ▽二番鶏・三番鶏が鳴いてもう夜が明けるというのに、まだ暑熱が残っていて涼しくならない。寝苦しい西国の熱帯夜。季あつさ。

2506 はげ山の力及《およ》ばぬあつさかな　猿雖

2507 するが地《ぢ》や花《はな》橘《たちばな》も茶の匂ひ　芭蕉

此《この》句は島田よりの便《たより》に

五月雨《さみだれ》

2508 さみだれやとなりへ懸《かけ》る丸木《まろき》橋《ばし》　素竜

2509 五月雨の色やよど川大和《やまと》川《がは》　桃隣

2510 さみだれに小《こ》鮒《ぶな》をにぎる子《こ》共《ども》哉《かな》　野坡

2511 五月雨や露の葉にもる蔏薩《ヤマゴボウ》　嵐蘭

この句は桃隣より書《かき》てこしぬ

2506 ▽炎天下のはげ山を行くに、立ち寄る木陰も口すすぐ清流もなく、どうしようもない暑さだ。季あつさ。

2507 ○島田　東海道五十三次の第二十四宿駅。芭蕉は元禄七年(一六九四)五月十五日着、大井川の川留めで塚本孫兵衛方に四泊した。二四九四参照。該当する「便」は伝存しない。▽駿河路はさすがに茶所、「花橘の香」をかいでも「昔の人の袖の香」どころか、折から新茶の香りがするよ。挨拶の発句。駿河の安倍は茶(類船集)、久野は蜜柑(毛吹草)の名産地。参考、類船集「橘―茶」。季花橘。

2508 ○丸木橋　歌語。千載集「おそろしや木曾のかけぢのまろき橋ふみみるたびに落ちぬべきかな」。▽降り続く五月雨に水びたしとなり、「懸路に渡す丸木橋」(夫木和歌抄)を隣へ懸けたよ。季さみだれ。

2509 ○大和川　大和高原に発し、当時は大坂城の北で猫間川と合流し、京橋をくぐって淀川に注いでいた。京橋は京街道の出入口、淀船の発着する八軒家は淀川の少し下流であった。▽降り続く五月雨に水量を増した淀川と大和川が、色合を異にする濁流となって落ち合っているよ。季五月雨。

2510 ▽降り続く五月雨にあふれた池水の中で泥まみれになって遊んでいる子供が、素手で小鮒をとらえて嬉々としているよ。季さみだれ。

2511 ○蔏薩　合類節用集「商陸　ヤマゴバウ・シヤウリク」。葉は食用、根は薬用となり、山中陰地に生ずるが栽培もする。重訂本草綱目啓蒙「煙草葉ニ似テ小サク末尖ラズ、毛茸ナク光アリテ、互生ス」。▽五月雨の中、商陸の広葉いっぱいに雨滴がやどっている。参考、末若葉「商陸の葉はふとりけりさ月雨　嵐蘭」。作者は元禄六年(一六九三)八月に急逝。季五月雨。

2512 五月雨や顔も枕もものゝ本　岱水

涼《すずみ》

2513 川中《かはなか》の根木《ねき》によころぶすゞみ哉《かな》　芭蕉

2514 月影にうごく夏木《なつき》や葉の光り　女 可南

2515 涼しさよ塀《へい》にまたがる竹の枝　長崎 卯七

2516 行灯《あんどん》をしいてとらするすゞみかな　探芝

2517 崎《さき》風《かぜ》はすぐれて涼し五位《ごゐ》の声　智月

2518 すゞしさをしれと杓《ヒサク》の雫《しづく》かな　備前 兀峰

2512 ○ものゝ本　娯楽的読物の草紙に対して、学問的書物をいう。▽五月雨のつれづれに寝ころんで読書をはじめたが、いつか眠気がさしてそのまま寝入ってしまった。見ると、顔に当てているのも枕にしているのも、お堅い物の本だ。三〇七参照。[季]五月雨。

2513 ○よころぶ　志不可起「俗に休息のために仮寝するを云ふ。横転の義なるにや」。○芭蕉　公羽の誤り。芭蕉の遺状に「一、羽州岸本八郎兵衛発句二句(二五一三・二五八九)炭俵に拙者句になり、公羽と翁との紛れにて可有之、杉風より急度御断可給候」。猿舞師には二句とも公羽として入集、史邦談としてその経緯を注記する。▽根こそぎ押し流されてきて川中に横たわっている大木の上に寝そべって、のんびりと涼んでいるよ。[季]すゞみ。

2514 ▽静かな夏の月夜、風が闊葉樹の繁みを渡ると、葉の一枚一枚が月光を反射してそよぐ。[季]夏木。

2515 ▽すくすく伸びた若竹が見る見る塀ごしに枝葉を茂らせて、その若葉の色がいかにも涼しげだ。竹は和歌で「かきほ・まがき・さかひ」に詠まれるが、「塀」は俳言。[季]涼しさ。

2516 ▽行灯は無用、風に危く、火を見るも暑苦しいと、あえて退かせて夜風に涼むことだ。[季]すゞみ。

2517 ○崎風　琵琶湖付近で春夏の南風をいう。作者は大津住。李由の湖水賦(本朝文選)に「やませ風・ながせ風・さき風は春夏の名にして、秋冬は日あらし也」。▽日が落ちて、さき風が何ともいえず涼しい。その風に乗って五位鷺の鳴くのが聞えてくる。[季]涼し。

2518 ○杓　書言字考「杓　ヒサク・ヒシヤク」。▽涼しさをねらった亭主の心遣いとみえて、つくばいの上に置かれた柄杓から雫がたれている。[季]すゞしさ。

2519 すゞしさや浮洲《うきす》のうへのざこくらべ　去来

2520 夕すゞみあぶなき石にのぼりけり　野坡

2521 三《み》か月《づき》の隠《いん》にてすゞむ哀《あはれ》かな　素堂

題しらず

2522 橘《たちばな》や定《てい》家《か》机《づくゑ》のありどころ　杉風

2523 熨《の》斗《し》むくや磯《いそ》菜《な》すゞしき島がまへ　正秀

2524 世の中や年《ねん》貢《ぐ》畠《ばたけ》のけしの花　里東

2525 早《さ》乙《をと》女《め》にかへてとりたる菜《な》飯《めし》哉《かな》　嵐雪

2519 ▽涼しい川の中洲で、魚すくいの少年たちが獲物の雑魚をほこらしげに見せあっているよ。元禄六年(一六九三)十二月十七日付塵生宛、同七年五月十四日付芭蕉宛の両書簡とも上五「月すゞし」と去来は記している。[季]すゞしさ。

2520 ▽あの上で涼もうと興がって、夕暮の川に突き出た危なっかしい岩によじのぼったよ。[季]夕すゞみ。

2521 ▽太陰、それも三日月のほのかな光をめでて、隠れ家に涼むのもしみじみとあわれ深いことだの意か。元禄五年(一六九二)の芭蕉庵三日月日記に「…昔より隠の実ありて名の世にあらはるゝ事、月のこゝろなるべし。…この翁のかくれ家も必ず隣あり、名も又よぶにまかせらるべし／隠にしてすゝむも哀三かの月　素堂」とある。炭俵では「涼」に分類されているが、元来は秋の句で、板本三日月日記では前書の「我庵近きわたりなれば、月に二人隠者の市をなさむと自ら申しつる言種も古めきて、入り来る人々にも句をすゝむる事になりぬ」を受けて、中七「進むもあはれ」となっている。編者の誤解、もしくは誤解による改作かも。[季]すゞむ。

2522 ▽軒端に花橘のかおる閑居の窓辺に、定家ごのみの文机がほどよく置かれている。歌人趣味の住居だが、「ありか」は歌語、「ありどころ」は俳言。参考、類船集「橘—昔の宿・軒の下」。西鶴諸国咄三の四「一間四面の閑居をこしらへ、定家机にかかり、二十一代集を明暮うつしけるに」。[季]橘。

2523 ○熨斗　熨斗鮑。アワビの肉を薄く長くむいて干した儀式用の肴。アワビとワカメの分布はほぼ一致するという。類船集「対馬—熨斗(のし)」。▽海藻の繁茂した荒磯を波が涼しく洗い、海女たちが寄り合って熨斗鮑をむいている、のどかな島のたたずまいだ。[季]すゞし。

2524 ○世の中や　観相の常套句。一八七八参照。▽世の中は、年貢を納めるためにあくせく働きもするが、その畠に美しく咲いた芥子の花のように、時には気まぐれだってあるものだ。[季]けしの花。

2525 ○早乙女に　露伴は「〈に〉は〈の〉の誤にもあらん歟」、鳴雪は「早乙女する業の略語か」という。▽早乙女が早苗取る手で菜飯を取っている昼休みの意か。[季]早乙女。

木曾路《きそぢ》にて

2526 やまぶきも巴《ともゑ》も出《いづ》る田うへかな　許六

2527 ひるがほや雨降《ふり》たらぬ花の皃《かほ》　智月

2528 はへ山や人もすさめぬ生《なま》くるみ　北鯤

2529 暁《あかつき》のめをさまさせよはすの花　乙州

2530 雨《あま》乞《ごひ》の雨《あま》気《け》こはがるかり着《ぎ》哉《かな》　丈艸

2531 蛍みし雨の夕《ゆふべ》や水《みづ》葵《あふひ》　仙花

2532 一《ひと》いきれ蝶《てふ》もうろつくわか葉哉《かな》　楚舟

2526 ○木曾路にて　元禄六年(一六九三)の自筆甲路記に「木曾に入れば谷々の田植にて里は門さしこめていと閑なり」としてこの句を記す。二四七六参照。○やまぶき・巴　木曾義仲の愛妾。平家物語九・木曾最期「木曾殿は信濃より巴・山吹とて二人の美女を具せられたり」。▽木曾谷は折から女たち総出で田を植えている、山吹も巴もみんなかり出されているな。許六の俳諧自讃之論(俳諧問答)に「是、談林時代の句によく似たれども大きに相違なり。…山吹・巴は借り物にて、只田植の上をよく言はむためばかりに借り用ひ侍るなり。嫂も娘も里には残りたる者一人もなく出でたると、見るやうに言はむ噂也」。季田うへ。

2527 ▽昼顔という花の顔は旱天に慈雨のしめりがほしいとかこつ顔なのね。「花の顔・花の雨」は歌語。季ひるがほ。

2528 ○はへ山　書言字考「屺　ハエヤマ〈毛萇云、山ニ草木アルヲ屺ト曰フ〉」。禿山の対。▽茂った夏山の葉かげにクルミが小さな青い実をつけているが、まだ熟してないその実に心を寄せる者は誰もいない。古今集「山高み人もすさめぬ桜花いたくなわびそ我見はやさむ」の上の句を取って桜をクルミに俳諧化し、下の句を余意とした。季生くるみ。

2529 ▽夜明けとともにぽんと花開く蓮よ、その濁りに染まぬ美しさで、文字通りねぼけ眼を覚まさせておくれ。徒然草十五段「…こそ目さむる心ちこそすれ」はほとんど成語化している。参考、万葉集「あかつきの目さまし草と花をだに…」(夫木和歌抄)。季はすの花。前の句と対になる。

2530 ▽神主の装束を借りてきて雨乞しながら、降り出したら困るなと空模様を気にしている。神主のいない僻村か。あるいは雨乞踊りの衣裳とも。踊りの外にも、お籠り・貰い水・女角力・千駄焚き・神を怒らせる等の雨乞法がある。ただし、当時の季寄に「雨乞」は登録されていない。季雨乞。

2531 ▽水葵がもう花をつけている沼のほとりで、雨の夕暮に蛍火を見た。季蛍。

2532 ▽木々の若葉がいっせいに萌え立つむっとした熱気にあてられて、蝶もうろうろととまりかねている。季わか葉。

2533 なりかゝる蟬《せみ》がら落《おと》す李《すもも》かな　みの残香

2534 猪《ゐのしし》の牙《きば》にもげたる茄子《なすび》かな　さが為有

2535 団《うちは》売《うる》侍《さむらひ》町《まち》のあつさかな　怒風

2536 けうときは鷲《わし》の栖《すみか》や雲の峰　祐甫

2537 一《ひと》枝《えだ》はすげなき竹のわかば哉《かな》　仙花

2538 竹の子や児《ちご》の歯ぐきのうつくしき　嵐雪

さるべき人、僕《やつがれ》が酒をたしむ事をかたく戒め給ひて、諾せしむ。しかるに、ある会にそれをよく知《しり》て、あらき・あはもり

2533 ▽李の実を採っていたら、脱皮しかかった蟬が抜殻もろとも落ちてきたの意か。未詳。季蟬がら・李。以上三句、虫と植物の取合せに今ひとつ必然性が感じられない。

2534 ▽夜の間に猪に荒らされた背戸の畠に、茄子が牙にもがれてころがっているよ。季茄子。

2535 ○団売　宝暦現来集「寛政中頃迄は、本渋うちは・奈良団扇・さらさうちは・反古団扇とて、細篠竹に通し売り来る…」。職人づくし絵合の団扇売り図に「さらさうちは、ならうちはめせ、わざをき似せ絵もさむらふぞ」と記す。書言字考「団 ウチハ〈本名ハ団扇〉」。その呼売りは初夏の景物。▽侍屋敷の続く町並みを、団扇売りが暑さをかこちながら涼しげに売り歩くよ。涼を売る者が涼をとれぬ嘆き。季団。

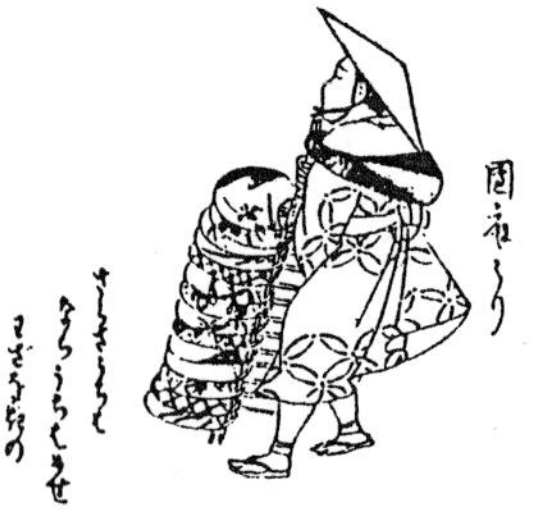

団売図（職人づくし絵合）

2536 ▽積乱雲のわく高山の岩棚に鷲が巣をかけているのは、いかにも人気遠い光景で、すごみがある。猿蓑では「鷲の巣」（一九五九参照）を春季に扱っているが、「大鳥の巣は皆雑也」（滑稽雑談）という。参考、夫木和歌抄「人遠き深山の鷲もあはれなり…」。季雲の峰。

2537 ▽若竹のずんずん延びた一枝に巻葉のまだ十分にほぐれていないさまは、木々の若葉と違って、何とも愛想がない。日

など名あるかぎりを取出《とりいで》て、あるじせられければ、汗をかきて、

2539 改《あらため》て酒に名のつくあつさ哉《かな》　利牛

ある人の別墅《べつしよ》にいざなはれ、尽日打和《じんじつうちやはらぎ》て物がたりし其夕《そのゆふ》つかた、外のかたをながめ出《いだ》して、

2540 行《ゆく》雲《くも》をねてゐてみるや夏座敷《なつざしき》　野坡

葡辞書「スゲナイ木　あまり面白みのない優美でない木材または樹木」。参考、麓集「わか竹やすげなく延びて葉を含む　祇徳」。[季]竹のわかば。

2538 ▽幼な児が竹の子をしゃぶっている、その歯ぐきが薄紅色でかわいらしい。源氏物語・横笛「御歯の生ひ出づるに食ひあてむとて、筍をつと握り持ちて、雫もよゝと食ひ濡らしたまへば」という幼い薫の俤。参考、続連珠「たかうなや雫もよゝの篠の露　桃青」。[季]竹の子。

2539 ○僕が…　私の酒好きを堅くいましめられて、禁酒を承諾させられた。○あらき・あはもり　和漢三才図会に「阿蘭陀ノ阿剌吉(アラキ)酒、琉球及ビ薩摩ノ泡盛(アハモリ)酒ハ、皆彼国ノ焼酎ナリ」。酒にあらず、アラキだ、アワモリだと、別称のあるかぎり珍酒を奨められて油汗を流す意。▽いやはや酒にも事新たな呼び名がさまざまにつくものだ、それにしても暑気払いに飲めないとはつらい。[季]あつさ。

2540 ○尽日打和て物がたりし　終日うちとけて語りあった。○夏座敷　夏、襖障子などを外して風通しをよくした座敷。○当時の季寄にみえないが、例句は多い。▽寝ころびながら行く夏の雲の流れを互いに目で追っている、主客くつろいだ夏座敷よ。[季]夏座敷。

誹諧炭俵　下巻

秋之部

秋のあはれいづれか〳〵の中に、月を翫《もてあそび》て時候の序《じよ》をえらばず。

名月

2541 明《めい》月《げつ》や見つめても居《ゐ》ぬ夜《よ》一《ひと》よさ　湖春

2542 名月や縁《エン》取《とり》まはす黍《きび》の虚《カラ》　去来

2543 家買《かう》てことし見《み》初《そむ》る月夜哉《かな》　荷兮

2544 名月や誰《たが》吹《ふき》起《おこ》す森の鳩《はと》　洒堂

2545 松《まつ》陰《かげ》や生《イケ》船《ぶね》揚《あげ》に江《え》の月見　里東

○秋のあはれ…　秋の情緒を代表する景物として名月の題を巻頭に置き、季節の順序に従わないの意。

2541 ○明月　名月は八月十五夜の月、明月は明るく澄みわたった月。しかし名月は明月なので、八月十五夜の月を明月とも書く。許六と去来に「名月の明の字」(去来抄)をめぐって議論がある。▽一晩中ずっと明月に見とれて、じっと坐っていた。「も」は強意の助詞、「ぬ」は完了の助動詞、「夜一夜さ」は夜通しの意。季明月。

2542 ○縁　底本「椽」。▽名月の光が明るく、縁側のぐるりには黍殻が干しひろげてある。田家の月見。季名月。

2543 ▽新しく買った家ではじめて見る今年の名月だ。季月夜。

2544 ▽名月の夜、黒々と静まった森の方からポーポーと鳩吹く声が聞える。いったい誰が鳩の眠りをさまそうとするのか。一八六四参照。元禄四年(一六九一)八月十五夜、新築の義仲寺無名庵で芭蕉の主催した観月会の発句(堅田集)。季名月・鳩吹。

2545 ○生船　魚を生かして貯えおく水槽。穴をあけて水中に入れ置くものもある。▽入江の生簀船を引揚げに来て、湖上の月のあまりの美しさに、岸の松陰に腰をおろしてしばし月見を楽しんでいる。季月見。

2546 もち汐《しほ》の橋のひくさよけふの月　利牛

2547 家こぼつ木《こ》立《だち》も寒し後《のち》の月　其角

むさしの仲秋《ちゆうしう》の月、はじめて見侍《みはべり》て、「望峰ノ不尽《ふじ》筑波《つくば》」を、

2548 明月や不《ふ》二《じ》みゆるかとするが町《ちよう》　素竜

七《たな》夕《ばた》

2549 笹《ささ》のはに枕《まくら》付《つけ》てやほしむかへ　其角

2550 星《ほし》合《あひ》にもえ立《たつ》紅《べに》やかやの縁《へり》　孤屋

2551 七夕やふりかはりたるあまの川《がは》　嵐雪

2546 ○もち汐　歌語。八月十五日満月の大潮の満潮。江戸では満潮は月の出・月の入りの頃。露伴によれば「東京湾にては水の高さ七尺に及ぶなり」という。▽八月十五夜の満月が上り、折から満々と漲る河水に、橋がいつもよりぐっと低くみえる。隅田川の河口に近い新大橋（元禄六年架橋）の景か。芭蕉庵はその近くで、「名月や門に指し来る潮頭　芭蕉」の吟もある。季もち汐・けふの月。

2547 ▽古家をとりこわしてがらんとなった庭の木立が、九月十三夜の月に寒々と身をさらしている。季後の月。

2548 ○むさし　武蔵野の月は歌枕。作者は元禄五年冬、江戸に下った。○不尽筑波　富士山と筑波山。○するが町　江戸は日本橋通り室町二丁目と三丁目の間を西に入る通りの両側。通りを抜けると江戸城の外濠で、やや北寄りに常盤橋があり、ここから富士山がよく見えたので駿河の名が付いたという。▽みごとな武蔵野の明月だ、こんなに明るいと夜でも駿河町から富士山が望めるのでは。類船集「富士—武蔵野—月」。季明月。

2549 ○笹　続江戸砂子「此日（七月七日）童子小女のわざに五色の紙を色紙短冊に断ち、歌を書きて若竹の笹に結び、高く捧げ七夕に手向くなり。是を短冊竹と云ふ。此事、上方の国かたにてはなし」。○ほしむかへ　七夕の二星を待ち受けて祭ること。当時の季寄にみえないが、例句は多い。▽牽牛・織女の今宵の首尾を祈って、枕物狂ではないが、短冊竹に枕を結びつけて星迎えをしようか。狂言・枕物狂のシテは、金襴の枕を真紅の打紐で結びつけた笹を持って、「アリヤ笹のはり枕、主ぞ恋しかりける…」と老らくの恋に狂う。季ほしむかへ。

2550 ▽天上で星も契りを結ぶ恋の夜、閨につられた蚊屋の赤い縁がもえたつようにみえる。季星合。

2551 ▽七夕の夜半、寝覚めて空を仰ぐと、天の川が宵に見た時とは様相を異にしている。其袋・玄峰集とも上五「真夜中や」。季七夕・あまの川。

盂《う》蘭《ら》盆《ぼん》

2552 とうきびにかげろふ軒や玉まつり　洒堂

2553 踊るべきほどには酔《ゑう》て盆の月　江州李由

2554 盆の月ねたかと門《かど》をたゝきけり　野坡

朝《あさ》皃《がほ》

閉関《へいくわん》

2555 朝皃や昼は錠《ぢやう》おろす門《もん》の垣　芭蕉

2556 朝皃や日《ひ》傭《よう》出て行《ゆく》跡《あと》の垣　利合

2552 ▽盆棚をかざり盆灯籠をつるして魂祭りする家の灯影が、軒の高さに茂った唐黍の葉ごしに、ちらちらとほのめいている。田家の初盆。軒に唐黍の取合せは俳諧。去来抄に、「唐黍は粟にも稗にも振るべし」という路通の非難と、「此句は、軒の草葉に火影のもれたる賤の玉祭を賦したるにて、一句の実こゝにあり。その草葉は唐黍にても粟稗にても其場に叶ひたらん物を用ゆべし。是は一句の花なり。実は玉祭にて動くべからず、動けば外の句なり。花は幾つもあるべし、そのうち雅なる物を撰び用ゆるのみ」という去来の反論がみえる。葛の松原には「秬の葉や檐にかげろふ玉祭」の形で引く。季玉まつり。

2553 ▽七月十五夜の盆の月を見ながら酒を飲むうちに、踊るにほどよく身も心も浮かれてきた。季踊・盆の月。

2554 ▽七月十五夜、満月に浮かれ出て、もう寝たのかと他家の門口をたたいている。「盆の月」は当時の季寄にみえないが、例句はある。季盆の月。

2555 ○閉関　一室にこもって寂を守ることをいう禅語。自画賛に「元禄癸酉(六年)の秋、人に倦んで閉関す」と前書。閉関之説に「…唯利害を破却し、老若を忘れて閑にならむこそ、老の楽とは云ふべけれ。人来れば無用の弁あり、出でては他の家業をさまたぐるも憂し。孫敬が戸を閉ぢて、杜五郎が門を鎖さむには。友なきを友とし、貧しきを富めりとして、五十年の頑夫自書し、自ら禁戒となす」の前文があって、この句を記す。▽門の垣に咲く朝顔を唯一の友として、その朝顔が昼はしぼむように昼間から門に錠をかけて客を断り、ひとり草庵にこもっている毎日だ。季朝皃。

2556 ▽日かせぎ労働者が早朝に家を出たあとの垣根に朝顔が無心に咲いている。類船集「朝顔―賤の垣ほ」。日傭は「賤」の俳言。季朝皃。

2557 てしがなと朝㒵ははす柳哉《かな》　湖春

秋虫

2558 年よれば声はかるゝぞきりぐす　大津智月

2559 悔《くやみ》いふ人のとぎれやきりぐす　丈艸

2560 蟷《かま》螂《きり》にくんで落《おち》たるぬかごかな　為有《さが》

2561 こうろぎや箸《はし》で追《おひ》やる膳《ぜん》の上　孤屋

鹿

2562 友《とも》鹿《しか》の啼《なく》を見かへる小《を》鹿《じか》かな　車来

2557 ○てしがな　蔓をまとわせる物を意味する「手」に、和歌の常套語「…てしがな」を言い掛けた洒落。▽柳のしだれを手にしたいものだと、その下に朝顔をはわせているよ。後拾遺集「梅の香を桜の花ににほはせて柳が枝に咲かせてしがな」をふまえて、柳の枝に朝顔を咲かせたいという趣向。季朝㒵。

2558 ▽コオロギよ、年をとれば誰だって声はしわがれてくるものだ。コオロギの声のすがりゆくに呼びかけた。当時作者は五十代半ばの老齢。参考、新古今集「きりぎりす夜寒に秋のなるままに弱るか声の遠ざかりゆく　西行」。季きりぐす。

2559 ▽通夜の弔問客がようやくとぎれたしじまの底から、コオロギの鳴く音がしみじみと聞えてきた。流川集に「追悼」と前書、元禄六年(一六九三)七月十二日没の猶子の追悼か。類船集「蛬(キリギリス)—床の下・壁のすき間」。季きりぐす。

2560 ○ぬかご　じねんじょ・ながいも等の葉腋に生じる珠芽。ほうっておいても自然にこぼれるが、秋に採取して種芋や食用にする。▽蟷螂と組んでもろともに芋蔓からこぼれ落ちた零余子(ぬかご)よ。カマキリがかまふりかざしてヌカゴに組みついたとたんに、もんどりうって落ちるのを、ヌカゴを主体にして詠んだおもしろさ。季蟷螂・ぬかご。

2561 ○こうろぎ　正しくは「こほろぎ」。▽コオロギが食膳に上りそうになるのを箸で追いやる暮の秋だ。コオロギは寒くなるにつれて家の中に入ってくるという。季こうろぎ。

2562 ○小鹿　鹿。「小」は接頭語。▽友をもとめて鳴く鹿の声にふりかえって、一頭の鹿が聞き耳を立てているよ。季小鹿。

人のもとめによりて

2563 鹿のふむ跡や硯《すずり》の躬《み》恒《つね》形《ガタ》　素竜

旅行のとき

2564 近《あ》江《ふみ》路《ぢ》やすがひに立《たて》る鹿の長《たけ》　土芳

草花

2565 宮《みや》城《ぎ》野《の》の萩や夏より秋の花　桃隣

2566 花すゝきとらへぢからや村すゞめ　野童

2567 片岡の萩や刈《かり》ほす稲の端《はた》　猿雖

2568 芦の穂や貟《かほ》撫《なで》揚《あぐ》る夢ごゝろ　丈草

2563 ▽鳥の跡が筆跡なら、躬恒好みのこの円形の硯は鹿の足跡から型をとったものだろう。鹿の巻筆の連想もあって鹿の足跡に見立てた、硯の賛か。作者は歌学者・書家としても知られ、炭俵の版下も彼の筆。参考、古今集「妻恋ふる鹿ぞ鳴くなるをみなへしをのが住む野の花を知らずや　凡河内躬恒」。季鹿。

2564 ○すがひ　相並ぶこと、転じて夫婦の間柄。▽伊賀から近江へ通じる山路を来ると、つがいの鹿が並んですっくと立ち、こちらを見ているのに出会った。蓑虫庵集に元禄四年(一六九一)「閏八月石山開帳の比、京にのぼるとて御斎を越して多羅尾と云ふ所にて」と前書。季鹿。

2565 ▽ミヤギノハギは一名ナツハギというが、やはり何といっても秋草を代表する花だ。季萩。

2566 ▽群雀が穂薄をしっかりつかんで、その重みで撓うゆれにようやっと耐えているよ。「すゝき」と「すゞめ」の取合せ。季花すゝき。

2567 ○片岡　田園の中に孤立した岡。一に大和の歌枕とも。続拾遺集「片岡のすそ野の暮に鹿なきて小萩色づく秋風ぞ吹く」(類字名所和歌集)。▽刈り取った早稲を稲架にかけている傍の岡で萩の下葉が色づいている。参考、徒然草十九段「萩の下葉色づくほど、早稲田かりほすなど、とりあつめたる事は秋のみぞ多かる」。季萩・刈ほす稲。

2568 ▽風に舞う芦の穂綿が顔に降りかかるのを、うつらうつらと夢見ごこちの中で撫であげているよ。船中か。類船集「芦穂(アシノホ)—綿・舟影」。参考、津の玉柏「芦の穂や一番船の綿もよひ　来山」。季芦の穂。

なには津にて

2569 芦《あし》のほに箸《はし》うつかたや客の膳　去来

女中《ちよちゆう》の茸狩《たけがり》をみて

2570 茸狩や鼻のさきなる歌がるた　其角

園菊

2571 菊《きく》畑《ばたけ》おくある霧のくもり哉《かな》　杉風

2572 紺《こん》菊《ぎく》も色に呼《よび》出《だ》す九《く》日《にち》かな　桃隣

秋植《うゑ》物《もの》

2573 柿のなる本《もと》を子どもの寄《より》どころ　利牛

2569 ○なには津　大坂の雅称。厳密には淀川河口周辺を指し、「難波の芦」は歌枕。淀船・西国船が発着する交通の要衝。▽客膳をずらりと並べて箸を配り歩いている、そこから風にそよぐ岸辺の芦の穂が見渡される。船宿などか。論理的には「芦のほや箸うつかたに客の膳」とあるべき。[季]芦のほ。

2570 ○女中　婦人の敬称。○歌がるた　女性の遊戯。小倉百人一首の歌がるたで、遊戯法は今と同じ。▽御婦人方の茸狩のにぎやかなこと、つい鼻の先にあるのに気付かず、焦って他を探しまわるのは、歌がるたと同じだ。「女の知恵は鼻の先」（諺苑）というが、その鼻の先にも気がまわらぬの意を含むか。[季]茸狩。

2571 ○おくある　一九六四参照。▽菊畑に霧がかかって、ぼうっとかすんでいるため、園中ながら「花も奥ある」けしきに見えるよ。[季]菊畑・霧。

2572 ○紺菊　野菊の一種。▽九月九日のおくにちには、野に咲く紺菊もその珍しい色にめでて、菊花の宴の彩りに取り立てることだ。山之井に九月九日「今日は節日なれば大内には菊花の宴行はれて…町方の人まねにも、その形ばかりなぞらへて、錫徳利の口などに菊をつけて用ひはべる」。[季]紺菊・九日。

2573 ▽枝もたわわに実のなる柿の木の下が、おのずから子供たちの集まる遊び場になっているよ。言外に、花の本は大人の遊び場、栗の本は危ないの意を含む。[季]柿。

2574 落栗《おちぐり》や谷にながるゝ蟹《かに》の甲《かふ》　祐甫

2575 秋風や茄子《なすび》の数《かず》のあらはるゝ　木白

2576 箕《ミ》に干《ほし》て窓にとちふく綿の桃　孤屋

とうがらしの名を南蛮がらしといへるは、かれが治世《ちせい》南ばんにてひさしかりしゆへにや。未詳。ほうづき・天のぞき・そら見・八つなりなどいへるは、をのがゝ《か》たちをこのめる人ゝ《ひとびと》の、もてあそびて付《つけ》たる成《なる》べし。みなやさしからぬ名目《モク》は、汝がむまれ付《つき》のふつゝかなれば、天資自然の理、さら〳〵恨むべからず。かれが愛をうくるや、石台《せきだい》にのせられて、竹縁《たけえん》の

2574 ▽谷川を死んだ沢蟹が流れていく。不運にも落栗に甲らを直撃されたのだろうか、あたりの岸にも流れの中にも落ちた栗がころがっている。季落栗。

2575 ▽秋風が葉裏を返すと、もう終りと思っていた茄子に小さな実がたくさん生っているよ。季秋風。

2576 ○綿の桃　和漢三才図会に草綿「ソノ実、桃ノ如シ。呼ンデ綿ノ桃ト曰フ。四ツニ裂ケテ中ヨリ白綿ヲ吹出ス」。▽箕に入れて窓辺に干してある綿の実が、笑み割れて綿を吹き出している。季綿の桃。

○とうがらしの名を…　以下、本朝文選に番椒序と題して収録。和漢三才図会に番椒「俗ニ云フ南蛮胡椒、今云フ唐芥子。…按ズルニ、番椒ハ南蛮ヨリ出ヅ。慶長年中、此ト煙草ト同時将来ナリ」。
○かれが治世　彼の天下。以下、トウガラシを擬人化していう。
○ゆへ　正しくは「ゆゑ」。故。
○ほうづき　正しくは「ほほづき」。酸漿。
○をのがゝたち　正しくは「おのがかたち」。それぞれの形。
○成べし　通行の当字。
○みなやさしからぬ名目は…　どれもあまり優美でない名称なのは、お前が生まれつき不恰好だからで、それも天から授かった自然の道理、けっして恨んではならない。
○石台　箱庭風に岩石をあしらった盆栽。
○竹縁　竹の縁台。底本「竹椽」。

はしのかたにあるは、上〻《じやうじやう》の仕合《しあはせ》なり。ともすればすりばちのわれ、そこぬけのつるべに土《つち》かはれて、やねのはづれ、二階のつま、物ほしのひかげをたのめるなど、あやうくみえ侍《はべる》を、朝白《あさがほ》のはかなきたぐひにはたれも〳〵おもはず。大《おほ》かたはかづら髭《ひげ》、つり鬚《ひげ》のますらおにかしづかれて、びんぼ樽《だる》の口をうつすみさかなとなり、不食無菜《ふじきぶさい》のとき、ふと取出され、おほくはやつこ豆麸《どうふ》の比《ころ》、紅葉《もみぢ》の色をみするを栄花《えいぐわ》の頂上とせり。かくはいへど、ある人北野《きたの》もうでの帰《かへ》さに、みちのほとりの小童《こわつぱ》に、こがね一両くれて、なんぢが青《あを》〳〵《あを》とひとつみのりしを所望《しよまう》せし事ありといへば、いやしめらるべきにもあらず。しかし、いまはその人〳〵も此世《この》

○そこぬけのつるべに…　本朝文選「底ぬけ釣瓶に培はれて」。
○あやうくみえ侍を…　いつ落ちるとも知れず危なっかしいが、同じ鉢植えでも朝顔のようなはかない命とは誰も思わない。しかも高貴な姫君（源氏物語・朝顔）とは違って、と下に続く。
○かづら髭　鬘をつけたようなもじゃもじゃの頬髭。
○つり鬚　尖をはね上げた口髭。奴などが墨で書いたりした。
○ますらお　正しくは「ますらを」。
○びんぼ樽　上部に口をつけた白木の粗末な酒樽で、五合または一升程度の容量。貧乏樽の口から口うつしに飲む酒のつまみとなり。
○不食無菜のとき　食欲のない時、おかずの乏しい時。
○やつこ豆麸　本朝文選「奴僕（ヤッコ）豆腐」。「かづら髭・つり鬚のますらお」の縁で出した。
○紅葉の色をみする　薬味として大根といっしょにすりおろしたものを、紅葉おろしという。夏の冷奴のころに秋の紅葉の色をみせる。
○頂上　本朝文選「最上」。
○ある人北野もうでの帰さに…　北野は京の北野天満宮。正しくは「北野まうで」。笈の底「和泉式部の初瀬に詣でて帰さに唐辛子を見て金（コガネ）を出しその青々としたるをとて求めたる事あり」と同じ説話らしいが、典拠不明。

をさりつれば、いよ〳〵愛をもたのむべからず。からきめもみすべからずと、小序をしかいふ。

2577 石台を終《つひ》にねこぎや唐がらし　野坡

題しらず

2578 相撲《すまう》取《とり》ならぶや秋のからにしき　嵐雪

2579 水《すい》風《ふ》呂《ろ》の下や案《か》山《が》子《し》の身の終《をはり》　丈草

2580 碪《きぬた》ひとりよき染《そめ》物《もの》の匂ひかな　洒堂

2581 秋のくれいよ〳〵かるくなる身かな　荷兮

○からきめ　つらいめの意に、唐辛子のからいのを利かせた。
2577 ▽石台の植え物として観賞される「上々の仕合」も長くは続かず、実を摘まれて最後には根こそぎ抜かれてしまうさだめの唐辛子よ。季唐がらし。

2578 ○からにしき　舶来の錦。古今集「…唐錦たつ田の山のもみぢ葉を…」のように、「たつ」にかかる枕詞としても用いられる。類船集「竜田―紅葉・紅葉の錦・唐錦」。嬉遊笑覧に褌「古はさらにもいはず文亀・文正の頃までも、角力とるに用ひしは麻布にて、白或は茜染を三重又は二重にも結べりとぞ。其後に至りては常人も緞子・綸子・綾・繻子などを用ひたれば、角力には勿論なり。さて次第に花麗を好みしが、紀州まはし出来しより後、土俵入りに用ふる事として、取るに用ふるは別物となれり」というが、どんな褌を「秋の唐錦」になぞらえたのか未詳。次郎五百韻「相撲場はみむろの岸のゆふべ哉／二重まはりの紅葉おりかく」は茜染のまわしか。▽相撲取がはなやかなまわしをしめてずらりと立ち並んださまは、秋の紅葉の織りなす唐錦さながらだ。許六評(俳諧問答)に「柔弱にしてよはく、よはきによりて美しきやう也。上に丹青をぬりて彩りたれば、世俗の眼には真の錦のごとし」。季相撲取・秋。

2579 ○水風呂　二三三三・二六六七参照。▽大任果してぼろぼろになった案山子が、水風呂の焚き口に突っ込まれている。これがあの稲田ににらみをきかせてきた身の終りなのか。二六七六参照。季案山子。

2580 ▽秋の夜、独り碪を打っていると、染料の草木の香がほのかに匂いたつよ。碪を聴覚でなく嗅覚でとらえた。季碪。

2581 ▽老境に入って心身ともにますます枯れて軽くなる秋の夕暮だ。作者は当年四十七歳。季秋のくれ。

2582 茸《たけ》狩《がり》や黄《イ》蕈《クチ》も児《ちご》は嬉し皃《がほ》　利合

2583 夕《ゆふ》皃《がほ》の汁は秋しる夜《よ》寒《さむ》かな　支考

2584 くる秋は風ばかりでもなかりけり　北枝

2585 秋風に蝶やあぶなき池の上　僧依々

2586 庖《はう》丁《ちやう》の片《かた》袖《そで》くらし月の雲　其角

2582 ○黄蕈　書言字考「黄蕈　イクチ」。本朝食鑑「状ハ初茸ニ似テ、蓋内ニ細刻ナク、黄白色鮮カナラズ。…性毒アリテ、ヤヤモスレバ人ヲ酔ハシメ、人ヲ殺ス。最モコレヲ択ブベシ」。▽茸狩に気をとられていると、疑うことを知らない幼児は、毒茸のイクチをも嬉しそうにつんでいる。[季]茸狩。

2583 ○夕皃　実は干瓢の材料だが、生産地では冬瓜と同じように料理する。料理物語「夕がほ　汁・さしみ」。▽夜寒の折から熱々の夕顔汁をすすりながら、しみじみと秋の深まりを知ることだ。[季]夜寒。

2584 ▽「秋来ぬと目にはさやかに見えねども…」(古今集)というが、気をつければ「風の音」ばかりでなく、目にする物すべてが秋色をおびているよ。立秋の句。[季]くる秋。

2585 ▽はね衰えた秋の蝶が、風に流されて、さざ波立つ池の上を、心もとなげに低く飛んでいる。[季]秋風。

2586 ▽月見の宴でおかかえの料理人が庖丁をふるっている、その片袖の陰になる手許が、あいにくの雲で暗いよ。[季]月の雲。

冬之部

初冬

2587 凩《こがらし》や沖よりさむき山のきれ　其角

2588 市《まち》中《なか》や木《こ》の葉も落《ヲチ》ずふじ颪《おろし》　桃隣

2589 冬《ふゆ》枯《がれ》の磯《いそ》に今《け》朝《さ》みるとさか哉《かな》　芭蕉

2590 桜《さくら》木《ぎ》や菰《こも》張《はり》まはす冬がまへ　支梁

2591 蜘《くも》の巣のきれ行《ゆく》冬や小《こ》松《まつ》原《ばら》　斜嶺

2592 刈《かり》蕎《そ》麦《ば》の跡《あと》の霜ふむすゞめ哉《かな》　桐奚

2587 ▽木枯しの吹き荒れる季節になった。山が海に切れ落ちている崖ふちは風と波にいためつけられて、沖よりも寒々としている。季凩。

2588 ▽江戸の市街地を富士おろしの強い風が、巻きあげた木の葉一枚地上に落さず吹き抜けていく。季木の葉。

2589 ○とさか　海底の岩に生じる紅藻類の一種、鶏冠苔。食用になる。滑稽雑談に一月。○芭蕉　公羽の誤り。二五一三参照。公羽は出羽の人、鶏冠苔は本州中部から九州にかけての太平洋岸でとれる。▽満目荒涼たる冬枯れの磯に今朝出てみると、何やら鮮やかな紅一点が。正体は激浪にちぎれて打ちあげられたトサカノリだった。朝―鶏の声―鶏冠の連想もあるか。季冬枯。

2590 ▽来春の花のために、桜の木の根方に霜除けの菰をはりまわして冬にそなえている。季冬がまへ。

2591 ○蜘　一字でクモと訓ませること、当時の通行。▽松原にはった夏の蜘蛛の巣が、寒風できれぎれに吹き払われていく。千代の寿にかけて和歌によまれる小松原の蜘蛛の巣のあわれ。季冬。

2592 ▽蕎麦を刈り取ったあとの畠一面に霜が降り、そこへ雀が来てこぼれた実をついばんでいる。いかにも足が冷たそうにちょんちょんと跳びまわりながら。季刈蕎麦・霜。

2593 凩の藪《やぶ》にとゞまる小《こ》家《いへ》かな　残香

2594 初霜や猫の毛も立《たつ》台所　楚舟

2595 凩や眕《マダヽキ》しげき猫の面《ツラ》　八桑

南宮山《なんぐうさん》に詣《まうで》て

2596 木《こ》枯《がらし》の根にすがり付《つく》檜《ひ》皮《はだ》かな　桃隣

2597 箒《はうき》目《め》に霜の蘇《そ》鉄《てつ》のさむさ哉《かな》　游刀

時《し》雨《ぐれ》

2598 芋《いも》喰《くひ》の腹へらしけり初《はつ》時《し》雨《ぐれ》　荊口

2593 ▽木枯しがいつまでも鳴りやまない藪の中のささやかな家よ。吹きやまない凩を、通りすぎずに、いつまでもとどまって藪をさわがせていると感じたか。小家は、その自然の猛威の前の小さな存在に対する親愛の称。季凩。

2594 ▽初霜の降りた寒い朝、台所では猫も逆毛を立てて丸くなっている。霜柱も立つ、白猫の毛も立つということか。季初霜。

2595 ○眕　合類節用集「眕　マダヽキ」。▽木枯しが吹きつけるたびに猫がしきりにまたたく表情がおかしい。相手を凝視して、めったに目をそらしたり、またたいたりしないものなのだが。季凩。

2596 ○南宮山　美濃一の宮、南宮神社。中山道垂井宿の南、南宮山麓にある。南宮山は歌枕「美濃御山」、そこから関ヶ原に続く山地は歌枕「美濃の中山」。▽木枯しが一山の木々の梢を吹き枯らしている、そのすそにすがりつくようにして、檜皮葺きのお社が建っている。元禄四年(一六九一)十月、芭蕉に随って江戸に下る途中の吟。季木枯。

2597 ○蘇鉄　沖縄・九州南部に自生し、庭樹として栽培もされるが寒湿に弱く、冬には藁で包んで保護する。その異国的風姿をめでて桃山時代から近世初期にかけて城館・寺院の庭園に植えることが流行したという。▽蘇鉄に霜の置く寒い朝、掃き清めた庭の砂に箒目をつけていく。季さむさ。

2598 ▽芋腹の早くすいて夕食を待ちかねる折から、初時雨がさっとやってきた。わが事を徒然草六十段の盛親僧都を俤にしてよんだか。類船集「懶残禅師も盛真僧都も芋をこのみし名僧なり」。季初時雨。

2599 黒《くろ》みけり沖の時雨《しぐれ》の行《いく》ところ　丈艸

芭蕉翁をわが茅屋《ばうをく》にまねきて

2600 もらぬほど今日《けふ》は時雨《しぐれ》よ草の庵《いほ》　斜嶺

2601 在《あり》明《あけ》となれば度《たび》〳〵しぐれかな　許六

旅ねのころ

2602 小《さ》夜《よ》雺《しぐれ》となりの臼《うす》は挽《ひき》やみぬ　野坡

大根引といふ事を

2603 鞍《くら》壺《つぼ》に小《こ》坊《ばう》主《ず》乗るや大《だい》根《こ》引《ひき》　芭蕉

2604 鉢《はち》まきをとれば若《わか》衆《しゅ》ぞ大根引　野坡

2599 ▽薄ら日のさす湖岸から眺めやると、沖の一所が時雨で黒くかきくもり、それが次第に移動していく。作者は元禄六年(一六九三)に近江義仲寺の無名庵に入った。藤の実「くろみ立沖の時雨や幾所」、どちらかが誤伝であろう。季時雨。

2600 ▽時雨の情趣を愛する客人のために、どうか今日は貧しい草庵のもらない程度に降って、風情を添えておくれ。後の旅「元禄四年の初冬、茅屋に芭蕉翁をまねきて／もらぬほどけふは時雨よ草の屋ね　斜嶺」以下、大垣連衆と芭蕉の九吟半歌仙がある。季時雨。

2601 ▽十月も下旬となれば、下弦の月の残る暁方に、さらさらと時雨の軒うつ音を聞くことが度々で、一段と冷えこんでくる。自筆稿本(旅館日記)に「となれば」を「になりて」と訂正の跡あり、藤の実「有明に成て」。季しぐれ。

2602 ○小夜雺　歌語。参考、新続古今集「聞きわぶる寝覚の床の小夜しぐれ…」。合類節用集「雺雨　シウウ・シグレ」。▽夜ふけて時雨がさあっと通り過ぎていく。その音に耳をすましていると、隣家の挽臼の音がいつの間にか止んでいるのに気づいた。隣人もすでに寝ついたのだなあ。枕上に響く隣家の臼音は源氏物語・夕顔と同趣向。古注に「独り寝も今は何にか慰まむ隣の笛も吹きやみぬなり」(夫木和歌抄、藻塩草)の換骨奪胎との指摘もある。類船集「隣—夕顔の宿・笛、碓(カラウス)—夕がほの宿」。季小夜雺。

2603 ▽一家総出で大根を抜いている畠の側で、馬の鞍壺に小さな男の子がちょこんと乗っけられたまま、ともに作業がすむのをおとなしく待っている。三冊子に「のるや大根引と、小坊主のよく目に立つ所、句作りあり」と、芭蕉の言を伝える。去来抄には、「此句、いかなる処か面白き」という門人に対して、去来が「大根引の傍、草はむ馬の首うちさげたらん鞍壺に小坊主のちょっこりと乗りたる図あらば、古からんや、拙なからんや」と新しみを説いている。季大根引。

2604 ▽腰をかがめて大根を抜いている農夫はみな一様に年輩とみえたが、作業の手を休めて腰をのばし、鉢巻をとったところを見ると、まだ前髪のある若者だった。季大根引。

2605 神《かみ》送《おくり》荒《あれ》たる宵の土《つち》大《おほ》根《ね》　酒堂

「さむさ」を下の五文字にすへて

2606 人《ひと》声《ごゑ》の夜《よ》半《なか》を過《すぐ》る寒さ哉《かな》　野坡

2607 この比《ごろ》は先《まづ》挨拶もさむさ哉《かな》　示蜂

2608 蕎《そ》麦《ば》切《きり》に吸《すひ》物《もの》もなき寒さ哉《かな》　利牛

2609 足もともしらけて寒し冬の月　我眉

2610 魚《うを》店《だな》や莚うち上《あげ》て冬の月　里東

右の二句は、ふか川の庵へをとづれし比《ころ》、他国よりの状のはしに有《あり》つるをみて、今爰《ここ》に出しぬ。

2605 ○神送　出雲へ旅立つ神を送る意味で、十月一日をいう。神々は一陣の風に乗って行くといい、その日吹く風を神送り風という。▽十月一日、神送りの寒い風が終日吹き荒れた宵、大根引の時節到来と畑土を抜き出た大根の首が、夜目にも白々とみえる。季神送。

2606 ○さむさ…　以下三句にかかる前書。編集時につけたものか。○夜半　書言字考「夜半　ヨナカ・ヨハ〈中夜也〉」。▽ふと目覚めると、しんと静まりかえった夜中に表を通りすぎる人の話声が聞えて、凍てつくような寒さだ。季寒さ。

2607 ▽この頃はどこへ行っても、まず口をついて出るのは寒くなりましたという挨拶だ。季さむさ。

2608 ○蕎麦切　寒夜の食物として「一時温めの八時冷し」といわれる。善庵随筆「蕎麦ハ冷物ユヘ脾胃虚弱ノ人ニ宜シカラネバ…」。○吸物　守貞謾稿「古は羹と云ふなり。今製吸物二品あり、味噌吸物と澄し吸物なり。是は飯に合せず酒肴にこれを用ふ」。▽夜食にそばはありがたいが、吸物なしではかえって寒さが身にしみる。季寒さ。

2609 ▽頭上に冴えわたる冬の月が、足もとにも霜を置いたようで、寒々とした情景だ。季冬の月。

2610 ○ふか川の庵　芭蕉庵。▽昼間、日除けにかけてあった莚（むしろ）をはねあげた魚屋の店先に冬の月がさしこみ、洗い片付けてがらんとなった店内の、まだ濡れている棚や床を冷たく照らしている。「莚」は、コモまたはトマと二音に訓むか。季冬の月。

雪

2611 はつ雪にとなりを顔で教《をしへ》けり　野坡

2612 初雪の見事や馬の鼻ばしら　利牛

2613 はつ雪や塀《へい》の崩れの蔦《つた》の上　買山

2614 雪の日に庵《いほり》借《カサフ》ぞ鷦鷯《ミソサヾイ》　依々

2615 雪の日やうすやうくもるうつし物　猿雖

冬の夜飯道寺《はんだうじ》にて

2616 杉のはの雪朧《おぼろ》なり夜の鶴《つる》　文考

2611 ▽懐手で門口に立って初雪を眺めていたら住所を尋ねられた、隣だよと目と顎で教える寒い日だ。季はつ雪。

2612 ○鼻ばしら　鼻梁。転じて、相手とはりあって負けまいとする気持。▽初雪に気負い立つ馬の鼻筋が白く通って、あっぱれな向こう意気だ。季初雪。

2613 ▽崩れかかった土塀にからまる蔦紅葉に、初雪がうっすらと積もっているよ。季はつ雪。

2614 ○鷦鷯　底本の振仮名「ミサヲヽイ」と誤刻。俳諧古今抄「古抄ニハ秋ニシテ渡鳥ノ部ニ入レタレド、山雀・日雀ノ類ニハアラデ、斥鷃ノミ物ニ連レ立タズ。民家ノ軒ニ馴レテ、馬防ヲ伝ヒ水棚ニ遊ビ、声ノ清ミタルハ殊更ニ寒シ。マシテ春帰ル姿モ見ネバ、決シテ冬ト定ムベシ」。▽雪の日、ミソサザイが庵に近く寄って来て寒そうに鳴いている。這入っておいで。季鷦鷯。

2615 ○うすやう　雁皮紙を薄く漉いたもの。▽一面銀世界の雪の日に、窓の下で透き写しをしていると、薄様がくもって下の字がかすむような気になるよ。季雪。

2616 ○飯道寺　東海道水口宿の南、飯道山にある天台宗の寺。五院十七坊より成る修験霊場。▽夜の鶴が夢さめて鳴く時、亭々たる大杉の葉につもった雪を月が朧に照らしている。和漢朗詠集「夜ノ鶴眠リ驚イテ松月苦（サヤカ）ナリ」によって「杉月朧ナリ」と句作りした。季雪。

2617 朱《しゆ》の鞍《くら》や佐野へわたりの雪の駒《こま》　北枝

2618 はつ雪や先《まづ》馬やから消《きえ》そむる　許六

2619 炭《すみ》売《うり》の横《よこ》町《ちやう》さかる雪吹《ふぶき》哉《かな》　湖夕

2620 海《うみ》山《やま》の鳥啼《なき》立《たつ》る雪吹《ふぶき》かな　乙州

2621 江《え》の舟や曲突《ヘツツイ》にとまる雪の鷺《さぎ》　素竜

題不《しら》知《ず》

2622 かなしさの胸に折レ込《こむ》枯《かれ》野《の》かな　羽黒亡人呂丸

2623 寒菊や粉《こ》糠《ヌカ》のかゝる臼《うす》の端《はた》　芭蕉

2617 ▽雪一色の中を佐野へ向かって行く馬の、鮮やかな朱の鞍よ。作者は金沢の人。佐野はありふれた地名で、越中国射水郡・能登国鹿島郡・越前国坂井郡にもある。どこか近隣の佐野を、新古今集「駒とめて袖うちはらふ陰もなし佐野の渡りの雪の夕暮」にかけて戯れたか。佐野渡は類字名所和歌集では大和に編入。季雪。

2618 ▽うっすらとつもった初雪が、馬と敷藁の湿気で、まず厩舎の屋根やまわりから消えはじめている。季はつ雪。

2619 ○炭売　近郊の山村から天秤棒をかついで炭の振売りに来る者。守貞謾稿「炭売…今世三都とも貧民小戸の俵炭を買得ざる者、一升二升と炭を量り売るのみ。是を量り炭と云ふ。俵炭は店にてこれを売るのみ」。▽吹雪の中を、炭売りの呼び声が横町から遠ざかっていく。季雪吹。

2620 ▽水鳥も山の鳥もいっせいに鳴きたて、激しい吹雪になった。比良から吹きおろす吹雪にかきくもる琵琶湖の大観。作者は大津の人。季雪吹。

2621 ○曲突　竈の煙出しを外へまげそらせたもの。曲突徙薪は火災予防、転じて禍を未然に防ぐ譬えに用いられる。書言字考「竈・壁炊　ヘッツイ」。ここは船の竈か。▽雪の入江に泊る舟の竈の煙出しのところに、そのぬくもりを知ってか、白鷺が一羽とまっている。泊舟寒鷺の画題めいた取合せの中で「曲突にとまる」が俳諧。季雪。

2622 ▽満目蕭条たる枯野に立つと、故しらず悲しみが胸にこもるよ。「折レ込」は、孕む、身ごもるの意。参考「散る時や胸に折れ込む花の枝」(筑紫琴)。季枯野。

2623 ○糠(ヌカ)　底本「糠(ユカ)」と誤刻。▽おだやかな冬の日、庭先で米を搗いている、その粉糠が、かたわらにひっそりと咲く寒菊の花にも葉にも白っぽく降りかかっている。寒菊随筆に「はせを庵にて」と前書し、野坡と両吟の歌仙(未満)がみえ、下五「臼の傍(ハタ)」。季寒菊。

2624 禅《ぜん》門《もん》の革《かは》足《た》袋《び》おろす十《じふ》夜《や》哉《かな》　許六

2625 御《お》火《ほ》焼《たき》の盆《ぼん》物《もの》とるな村がらす　智月

2626 白《しら》うをのしろき匂ひや杉の箸《はし》　之道

2627 榾《ほだ》の火やあかつき方《がた》の五《ご》六《ろく》尺《しやく》　丈艸

2628 庚《かう》申《しん》やことに火《こ》燵《たつ》のある座敷　残香

2629 誰《たれ》と誰《た》が縁《えん》組《ぐみ》すんでさと神《か》楽《ぐら》　其角

2630 海へ降《ふる》霰《あられ》や雲に波の音　仝

すゝはき

2624 ○禅門　一五九九参照。○革足袋　鹿のなめし皮で作った冬用の足袋。筒が長く、紐がついていて、一般町人向きは燻色(ふすべいろ)が多い。丈夫で二、三年は破れない。○十夜　三〇〇参照。▽法体の御隠居が、お十夜だというのでわざわざ新しい皮足袋をおろして、お参りに出かけることだ。季十夜。

2625 ○御火焼　十一月、神社の縁日に神前で庭火を焼く儀式。民間でも鍛冶・風呂屋など火を用いる家では行う。合類節用集「御火焼　オホタキ」。類船集「御火焼(ヲヒタキ)の供へ物に大かた蜜柑おほし」。○盆物　露伴は「或は盛物の衍歟」という。▽群鳥よ、御火焼のお供えの果物を狙うのではないぞ。類船集に鴉「園のくだものをあらす」。季御火焼。

2626 ▽お吸物をいただくと、白魚の淡白さが杉箸の先でほのかに匂うよ。白魚は二月の季詞だが、現実には冬のうちから獲れる。季白うを。

2627 ○榾　燃料となる木の根株や朽ち木。火力が強く火持ちがよいので炉に欠かせない。▽暁方の寒さに起き出て、炉の灰に埋めた榾火に柴を投げ込むと、ぱっと五、六尺も燃えあがった。季榾。

2628 ○庚申　庚申の日に青面金剛などを祭り、寝ないで夜を守り明かす俗習。▽今宵は庚申待ち、火燵を囲むお座敷を格別にしつらえて、徹夜で遊び明かすよ。季火燵。

2629 ○さと神楽　内裏に対する里の意で諸社の神楽をいったが、各地で郷土芸能として発達し、それらの鄙びた神楽をいうようになった。多くは収穫祭から年末に行われ、十一月の季詞。其便に「常陸帯のならはしなど思ひあはせて」と前書。常陸帯は、一月に常陸の鹿島神宮で行われる帯占いの神事。この句、常陸の農村の里神楽を詠んだものか。▽年の始めに恋を占った誰かと誰かも、思いかなってめでたく結婚し、収穫も無事にすんで今、里神楽がのどかに奉納されている。見物の衆の中に新婚らしい男女を見かけての吟か。季さと神楽。

2630 ▽海に降る霰は音もなく吸いこまれてゆき、たれこめた雲にただ波音がどうどうと響く。季霰。

2631 煤《すす》はきは己《おの》が棚つる大《だい》工《く》かな　芭蕉

2632 煤《すす》払《はらひ》せうじをはくは手《て》代《だい》かな　万乎

2633 餅《もち》つきや元《げん》服《ぷく》さする草《ざう》履《り》取《とり》　野坡

2634 山《やま》臥《ぶし》の見《み》事《ごと》に出《で》立《たつ》師《し》走《はす》哉《かな》　嵐雪

2635 待《まつ》春や氷にまじるちりあくた　智月

歳暮

2636 このくれも又くり返し同じ事　杉風

2637 はかまきぬ聟《むこ》入《いり》もあり年のくれ　李由

2631 ○すゝはき　十二月十三日に恒例化していた大掃除。▽他人の家の造作ばかりしている大工だが、年末の大掃除だというので、珍しくわが家の恵方棚など吊り替えているよ。[季]煤はき。

2632 ○せうじ　正しくは「しやうじ」。▽年末に店の障子を丁寧に煤払いするのは手代の仕事になっている。「掃くは手」に「手代」と言い掛けたか。[季]煤払。

2633 ▽前髪・月代(さかやき)を剃らせた草履取りの少年が、皆の仲間入りして張りきって餅をついている。あっぱれたくましい成人ぶりだ。正月を実名で迎えるよう、年内に元服させた。[季]餅つき。

2634 ○出立　頭襟(ときん)・結袈裟(ゆいげさ)・篠懸(すずかけ)と袴・法螺(ほら)・念珠・錫杖・柴打(太刀)・火扇・班蓋・引敷(尻当)・剣先脚絆・草鞋・笈・形笘・金剛杖・貝の緒を、山伏の十六道具という。▽十二月晦日、山伏の一行がみごとに装束をととのえて冬の峰入に出立する。熊野の晦日山伏の峰入をいうか。露伴は節分の厄払いという。[季]師走。

2635 ▽寒気もゆるんで春立つことのしきりに待たれるこの頃、汀に出てみると、薄氷が塵芥をとじこめているよ。[季]待春・氷。

2636 ▽この暮もぎりぎりまで決算に苦労し、あわただしく迎春の用意をする。一年を顧みて悔多く、来年に期待して今度こそはと思う。考えてみれば同じ事を例年くりかえしているよ。「又くり返し同じ事」は常套の措辞。[季]くれ。

2637 ▽年の暮のどさくさにまぎれて、簡略に聟入をすませた家もあるよ。類船集「袴—聟入」。三四一六参照。[季]年のくれ。

2638 なしよせて鶯一羽《いちは》としのくれ　智月

2639 鍋ぶたのけば〳〵しさよ年のくれ　孤屋

2640 としの夜《よ》は豆はしらかす俵《たはら》かな　猿雖

2641 年のくれ互《たがひ》にこすき銭《ぜに》つかひ　野坡

芭蕉よりの文《ふみ》に「くれの事いかゞ」など
在《あり》し其《その》かへり事《ごと》に

2642 爪《ツメ》取《とり》て心やさしや年ごもり　素竜

2643 行《ゆく》年《とし》よ京へとならば状ひとつ　湖春

2638 ▽年の暮、借金をすっかり返済して、手飼の鶯一羽に慰みつつ、その初音を楽しみに新春を迎えることだ。梅桜に「清少納言が宿の鴉の美目を聞き出したる事などふまへて作り出したる句と見へたり」と注記するが、真意がよくわからない。枕草子「たとしへなきもの」の段、参照。[季]としのくれ。

2639 ▽「われ鍋にとぢ蓋」(毛吹草)で見なれていた綴蓋を新しく買いかえたのが、白々と人目に立つ年の暮だ。[季]年のくれ。

2640 ▽俵に竹筒をそいだ米刺(こめさし)を挿し込むと、節分の夜は、鬼打つ豆がからからと勢いよくほとばしり出るよ。[季]としの夜。

2641 ▽日ごろ気まえのいい所を見せたがる江戸っ子も、年の暮には互いにかねづかいがけちになるよ。[季]年のくれ。

2642 ○年ごもり　大晦日の夜、社寺に参籠して新年を迎えること。▽爪も切って身を清め、殊勝な心で年籠りしております。白雄夜話「爪とりて心やすさよ年の暮／蕉翁曰、人はよく偽りをいふものかな、此句ぬし必ず負物多く苦しき年の暮なるべし、と申されしよし」。[季]年ごもり。

2643 ▽行く年よ、もし京へ行くのなら、東下りの業平ではないが、「京に、その人の御もとに」(伊勢物語九段)書状ひとつ託したいものだ。初日の出は東から出るので、行く年は西へという実感がある。作者は京の人。元禄二年(一六八九)、父季吟とともに幕府に出仕し江戸に下った。[季]行年。

誹諧秋之部

2644 秋の空尾上《をのへ》の杉に離れたり　其角

2645 おくれて一《いち》羽《は》海わたる鷹《たか》　孤屋

2646 朝霧に日《ひ》傭《よう》揃《そろへ》る貝吹《ふき》て　仝

2647 月の隠るゝ四《よ》扉《とびら》の門《もん》　其角

2648 祖《ぢ》父《ぢ》が手の火《ひ》桶《をけ》も落《おと》すばかり也《なり》　仝

2649 つたひ道には丸《まる》太《た》ころばす　孤屋

2644 発句。秋(秋の空)。▽稜線に群立つ杉の秀が天をつき、その上に抜けるような秋の空が高く澄んでいるの意。歌語に「尾上の松」「尾上の桜」はあるが、杉はない。多士済々の蕉門だが、誰も兄たりがたく弟たりがたしで、師風には手がとどかないの寓意を含む。蕉門の筆頭と仰がれる其角の挨拶。

2645 脇。秋(海わたる鷹)。▽群から遅れたサシバが一羽、南をめざして海を渡るの意。「尾上の杉に離れたり」の主語を、天高く舞いあがる一羽の鷹と見なした。毛吹草「秋鷹　たか〈さしば・つみ・このり〉」。とても先輩に伍してはいけない新参者ですの寓意を含む。

2646 第三。秋(朝霧)。▽朝霧の中で法螺貝を吹いて、日やとい人足に集合をかけているの意。網子の招集か。景気を人事に転じた。

2647 初オ四。秋(月)。○門　底本に音読符。ここは城門。▽そびえ立つ四枚扉の大門のかなたに今し方、月が落ちていったの意。大がかりな城普請を想定した其場の付。

2648 初オ五。冬(火桶)。○祖父　書言字考「祖父　ヂヾ、老翁ヂヾ」。▽老爺が取り落さんばかりにやっと火桶を抱えているの意。豪邸の門番の翁が夜明けの寒さに手あぶりを抱いているさま。源氏物語・末摘花「御車出づべき門はまだ開けざりければ、鍵の預り尋ね出でたれば、翁のいといみじきぞ出で来たる。女にや孫にや、…あやしき物に火をただほのかに入れて袖ぐくみに持たり」の俤。二〇四五参照。

2649 初オ六。雑。▽母屋から別棟への通路として、ただ無造作に丸太が置き渡してあるの意。前句を手足の衰えた老人の小用も近いと見て、外厠への危なっかしい「つたひ道」を思い寄せた。

2650 下《しも》京《ぎやう》は宇《う》治《ぢ》の糞《こえ》船《ぶね》さしつれて　仝

2651 坊《ばう》主《ず》の着たる簑《みの》はおかしき　其角

2652 足《あし》軽《がる》の子《こ》守《もり》して居《ゐ》る八つ下《さが》り　孤屋

2653 息吹《ふき》かへす霍《くわく》乱《らん》の針　其角

2654 田の畔《くろ》に早《さ》苗《なへ》把《たばね》て投《なげ》て置《おく》　孤屋

2655 道《だう》者《しや》のはさむ編《あみ》笠《がさ》の節《ふし》　其角

2656 行《あん》灯《どん》の引《ひき》出《ダシ》さがすはした銭《ぜに》　孤屋

2657 顔に物着てうたゝねの月　其角

2650 初ウ一。雑。○糞船　三都の糞尿を汲み集めて近郊の農家へ運ぶ船。▽町家の建てこむ下京へは、宇治の柴船ならぬ糞船が、高瀬川を棹さし連れて上ってくるの意。前句を陸から船への渡りと見て、肥桶かついで渡るさまを思い寄せて付けた。

2651 初ウ二。雑。▽船頭に蓑笠はよく似合っているが、坊主ではさまにならず、どことなくおかしいの意。下京あたりの属目。釈教。

2652 初ウ三。雑。▽足軽町の午後二時過ぎ、非番の足軽が手持無沙汰に子供の相手をしているの意。坊主に足軽の向付。前句を足軽の子をあやす言葉と見てもよい。

2653 初ウ四。夏(霍乱)。○霍乱　夏に日射病や食当りで激しく吐いたり下したりする症状。もと身もだえし手足を振り回して苦しむ病態という。▽霍乱で卒倒したが鍼術の効あって正気をとりもどしたの意。足軽が子守するのを取込み中と見て、その子の父である組頭が倒れ、配下の足軽によってかつぎ込まれた場面を想定した。

2654 初ウ五。夏(早苗)。▽苗代から取り藁で束ねた苗束をあらかじめ田植する田の畔に配り投げて置くの意。前句を田植作業中に倒れたと見て、結果的に植え残しとなった苗束を付けた。霍乱は六月、早苗は五月で、季戻りになる。

2655 初ウ六。雑。▽順礼が御詠歌の間にはさんで流行小唄の編笠節を歌うの意。前句の「投て置」を作業放棄と見なし、田中の道を行く順礼の編笠節にしばし聞き入るとした。田植唄と掛合いになるか。釈教。

2656 初ウ七。雑。▽行灯の台の引出をあけて、火打石や火口をかき分け小銭を探すさま。順礼に報謝する人の向付。

2657 初ウ八。秋(月)。▽横になって読んでいた本を顔に当てがったまま、うたた寝しているの意。月は投込みながら、夕餉のあとの時分を示している。夫のうたた寝するすきに、枕もとに点した行灯の引出からそっと小銭を探すのは妻であろう。これも向付。

2658 初ウ九。秋(鮭)。▽鮭の溯る川に仕掛けた網に鮭が触れると、網に結んだ縄の鈴が夜気にりんりんと鳴りひびくの意。

2658 鈴《すず》縄《なは》に鮭《さけ》のさはればひゞく也《なり》　孤屋

2659 雁《がん》の下《おり》たる筏《いかだ》ながるゝ　其角

2660 貫《つら》之《ゆき》の梅《うめ》津《づ》桂《かつら》の花もみぢ　孤屋

2661 むかしの子ありしのばせて置《おく》　其角

2662 いさ心跡《あと》なき金のつかひ道《みち》　仝

2663 宮《みや》の縮《ちぢみ》のあたらしき内《うち》　孤屋

2664 夏草のぶとにさゝれてやつれけり　其角

2665 あばたといへば小《こ》僧《ぞう》いやがる　孤屋

前句を番小屋の男が顔に手拭か着物を被って仮眠するさまと見た。

2659 初ウ十。秋(雁)。○雁　底本に音読符。▽一連の雁が長い筏の一方の端に下り立ち、筏は雁をとまらせたまま、ゆったりと大河を流れ下るの意。景気の打添。雁は季移りを予想した花前の配慮。

2660 初ウ十一。秋(花もみぢ)。花の定座。▽紀貫之の大井川行幸和歌序を彷彿とさせる、梅津・桂の花のように色あざやかな紅葉よの意。貫之のめでた花の梅津、紅葉の桂、いずれも洛西の名勝地であると解し、花優先で春に季移りしたと見たいところだが、春・秋は三―五句続きにもかかわらず次は雑なので、秋の四句目と見なさざるをえない。前句を大井川と見た付句。類船集「筏―浪の紅葉・大井川」。大井川行幸和歌序「暮れぬべき秋惜しみ給はんとて、月の桂のこなた春の梅津より御舟をよそひて、…紅葉の葉の嵐に散りて…旅の雁雲路にまどひて…」(古今著聞集十四)。

2661 初ウ十二。雑。恋(しのぶ)。○むかしの子　土佐日記「昔の子の母、悲しきにたへずして」による語で、「貫之」の会釈。▽むかし女に生ませた子を、今もその女のもとに預け忍ばせているの意。梅津・桂を女の里に見立てた。

2662 名オ一。雑。前句に付けて恋。▽あれだけの財産を何にどう使ってしまったのか、さあ、今もってわからないの意。前句の恋に身をもちくずした人の述懐。自句に付けたので、貫之の「人はいさ心も知らず…」が無意識に働いたか。

2663 名オ二。夏(縮)。○宮の縮　万金産業袋「宮縮　下野宇都宮より出づる」。▽宮縮が珍重されるのも新しいうちだの意。若いうちが花という前句の余意になぞらえた。縮は夏だが当時の季寄にはない。三三五参照。

2664 名オ三。夏(夏草)。▽草深い田舎で夏には蚋に刺され見るかげもなくやつれてしまったの意。前句に着古しの縮を嘆く、其人の付。もと町住みの女か。

2665 名オ四。雑。▽腫れてかきむしった顔をあばたと皆にからかわれて小僧の嫌がるさま。前句を、寺に小僧に出された少年が墓の草むしり等にこき使われると見た。

2666 年の豆蜜柑《みかん》の核《さね》も落《おち》ちりて　其角

2667 帯ときながら水風呂《すいふろ》をまつ　孤屋

2668 君来《こ》ねばこはれ次《し》第《だい》の家となり　其角

2669 稗《ひえ》と塩との片《かた》荷《に》づる籠《かご》　孤屋

2670 辛《から》崎《さき》へ雀のこもる秋のくれ　其角

2671 北より冷《ひゆ》る月の雲《くも》行《ゆ》キ　孤屋

2672 紙《し》燭《そく》して尋《たづね》て来たり酒の残《ざん》　其角

2673 上《うは》塗《ぬり》なしに張《はつ》てをく壁　孤屋

2666 名オ五。冬(年の豆)。▽節分の夜、まかれた煎豆を年の数だけ拾ったら、蜜柑の種の落ちこぼれがまじっていたの意。前句の小僧を丁稚の意に取り成し、丁稚まじりの商家の豆まきを付けた。

2667 名オ六。雑。▽風邪ひくというのに、前の人が水風呂からあがるのを待ちかねて、もう帯をといているの意。前句のさまを子供が帯をといたからと見立てた。恋の呼出し。

2668 名オ七。雑。恋(君)。▽あなたの訪れが絶えて久しくないので、荒れ放題の葎の宿となってしまったの意。前句を来ぬ人のために毎日水風呂をわかし、むなしく帯をとく女人と見て、その怨み言を付けた。古歌では「君来ずは」と詠むのが習い。王朝風の閨怨の情を俗語調で述べた。

2669 名オ八。秋(稗)。▽稗と塩とを買い求めて帰るのだが、片方の籠が重いので一方にずれて、天秤棒の平衡がとりにくいの意。前句を貧しい女に仕える老僕の歎きと見て、町に買い物に出て、最低の食糧を得て帰るさまを付けた。恋の一句捨て。

2670 名オ九。秋(秋のくれ)。▽秋の夕暮、群雀が辛崎明神に参籠するかのように、傍らの孤松にこもっているの意。前句を湖北の山里に帰ると見て、途中の属目を付けた。稗と同音の連想で、日吉神社の御旅所である辛崎を想いついたか。類船集「日吉―辛崎―一松、雀―神社・夕暮の色・松原」。

2671 名オ十。秋(冷る・月)。▽北風が冷やかに吹いて、月にかかる雲の流れがあわただしいの意。前句の景に天相をあしらった。「北」は比良の高嶺、「月」は湖月。

2672 名オ十一。雑。月の定座だが、月は前出。▽独りで飲むのも淋しいのでと、紙燭をともし酒の残りをかかえて、夜ふけに部屋を尋ねて来たの意。前句に酒恋し人恋しの情を汲み、同宿の僧か宿直の同僚の来訪を付けた。徒然草二一五段の、最明寺入道がある夜「この酒ひとりたうべんがさうざうしければ」と友を呼び、「紙燭さして」台所を探し、味噌を肴に飲む話を俤にしたか。

2673 名オ十二。雑。▽上塗しないで荒壁のまま放ってある粗末な部屋の意。浪人どうし同じ長屋住まいのさまか。

2674 小《を》栗《ぐり》読む片《かた》言《こと》まぜて哀《あはれ》なり　其角

2675 けふもだらつく浮《うけ》前《まへ》のふね　孤屋

孤屋、旅立《たびだつ》事出来て洛《らく》へのぼりけるゆへに、今四句未満《みまん》にして吟《ぎん》終りぬ。

其角
孤屋　各十六句

炭俵　下巻

2674 名ウ一。雑。○小栗　絵入本「おぐり物語」(寛文末—延宝初年刊)、説経正本「おぐり判官」(延宝三年刊)等がある。内容は子供に向かない。▽説経の小栗判官を訛りがちにぼそぼそ読んでいる声が哀れであるの意。長屋の壁ごしに隣家の声が聞えるさま。

2675 名ウ二。雑。▽船は陸に引揚げられたままで、今日も船出するのかどうかはっきりしないの意。前句を退屈する人々を集めて哀話を語り聞かせると見て、船宿の船待ちを思い寄せた。

○旅立事　孤屋は越後屋勤務。職務上の出張であろう。其角の発句は元禄六年(一六九三)秋(麈生宛去来書簡)、孤屋の上京は同七年三月(三六七五参照)、両吟歌仙はそのいずれの興行か未詳。

天野《あまの》氏興行《こうぎやう》

桃隣

2676 道くだり拾ひあつめて案《か》山《か》子《し》かな　桃隣

2677 どんど水の落《おつ》る秋風　野坡

2678 入《いる》月に夜《よ》はほんのりと打《うち》明《あけ》て　利牛

2679 塀の外まで桐《きり》のひろがる　桃隣

2680 銅《どう》壺《こ》よりなまぬる汲んでつかふ也《なり》　野坡

2681 つよふ降《ふり》たる雨のついやむ　利牛

○天野氏興行　元禄七年(一六九四)秋、桃隣主催。当時、江戸で点者として独立した。

2676 発句。秋(案山子)。○案山子　物類称呼に案山子「関西より北越辺カヾシといふ。関東にてカヽシとすみていふ」。▽道すがら竹・藁・縄・破笠・古蓑と拾い集めて案山子ができたの意。宗匠といっても俄仕立ての虚仮威しにすぎませんの挨拶。「かな」が切字だが、「て」で微妙に切れる。

2677 脇。秋(秋風)。▽秋風が稲葉をそよがせ、畦の水口からどうどうと水が流れ落ちているの意。案山子を立て、稲刈の約一か月前に水を落とす。其場の付。実りの秋を迎えて、立派ににらみを利かせているではありませんかの挨拶。

2678 第三。秋(月)。秋季で始まったので、月を引上げた。▽月はまさに沈まんとし、ほんのりと夜が明けかかっているの意。落し水の音を暁の寝覚めに聞く、時分の付。

2679 初オ四。秋(桐)。▽庭の桐の木が伸びて塀の外まで枝葉をひろげているの意。もとより葉の散りそめる頃で、景気のあしらい。一八三一・二三〇一参照。

2680 初オ五。雑。月の定座だが、月は前出。○銅壺　かまどの側壁に塗りこんだり、火鉢に仕込んだりする銅製の湯わかし。▽銅壺からぬるま湯を汲んで流し元で使うの意。塀をめぐらし桐を植えた邸宅の台所。銅壺で位を合わせた。

2681 初オ六。雑。○つよふ　正しくは「つよう」。強くの音便形。▽あれほどのどしゃ降りが、うそのように上がったの意。前句を泥まみれで帰った人の洗足に使うと見て、その間にも止んだとあっけない気持を付けた。

2682 瓜《うり》の花是《これ》からなんぼ手にかゝる　桃隣

2683 近くに居《を》れど長谷《はせ》をまだみぬ　野坡

2684 年よりた者を常《じやう》住《ちゆう》ねめまはし　利牛

2685 いつより寒い十月のそら　桃隣

2686 台所けふは奇《き》麗《れい》にはき立《たて》て　野坡

2687 分《ぶん》にならるゝ嫁の仕《し》合《あはせ》　利牛

2688 はんなりと細《さい》工《く》に染まる紅《べに》うこん　桃隣

2689 鑓《やり》持《もち》ばかりもどる夕《ゆふ》月《づき》　野坡

2682 初ウ一。夏(瓜の花)。▽雌花あり雄花あり、これらの花からどれだけの瓜が収穫できることやらの意。前句を夕立と見て、雨後、瓜畑を見まわりながらの感想を付けた。「なんぼ」は俗談。

2683 初ウ二。雑。▽遠路はるばる長谷寺に詣でる人は多いのに、近くに住みながらまだ拝んだことがない。前句の瓜作りの、年中農事に追われる嘆きを付けた。毛吹草に大和名物「梵天瓜」。

2684 初ウ三。雑。▽年寄の勝手は許さぬとばかりに、いつも意地悪くにらみを利かせているの意。前句を年寄の愚痴と見て、息子夫婦が邪慳で言いたいことも言えぬと付けた。

2685 初ウ四。冬(寒い・十月)。▽例年より寒い初冬の空だの意。寒々とした人情を天相にうつした遣句。

2686 初ウ五。雑。▽台所も今日はきれいに掃除して客迎えの用意ができているの意。十月の行事、就中、越後屋勤務の野坡にはなじみの恵比須講のさまか。二七二三参照。

2687 初ウ六。雑。恋(嫁)。▽若夫婦が分家されることになって、お嫁さんもこれから気苦労がなくしあわせなの意。嫁の「立つ鳥跡を濁さぬ」さまを見て、奉公人または近所の衆の噂するを付けた。「るゝ」は尊敬。

2688 初ウ七。雑。▽手染めの紅をぼかしたうこん色が、あかるくはなやかに仕上がったの意。分家して暇になった嫁の手業を付けた。艶な趣はあるが恋にはならない。

2689 初ウ八。秋(夕月)。▽主人には別用があって先に帰されたのか、鑓持ちの下郎だけが鑓をかついで張りあいなげに帰って来るの意。夕月は投げ込み。前句から夕焼の空を想起し、その色を背景に鑓持ちの孤影をシルエットとして点出した。類船集「日影—うこん染、紅粉—夕日の雲・鬱金」。

2690 時ならず念仏《ねぶつ》きこゆる盆の内《うち》　利牛

2691 鴫《しぎ》まつ黒にきてあそぶ也《なり》　桃隣

2692 人の物負《おは》ねば楽《らく》な花ごゝろ　野坡

2693 もはや弥《や》生《よひ》も十五日たつ　利牛

2694 より平《ひら》の機《はた》に火《ひ》桶《をけ》はとり置《おき》て　桃隣

2695 むかひの小《こ》言《ごと》たれも見《み》廻《まは》ず　野坡

2696 買《かひ》込《こん》だ米で身《しん》躰《ダイ》たゝまるゝ　利牛

2697 帰るけしきか燕《つばめ》ざはつく　桃隣

2690 初ウ九。秋(盆)。▽七月十四日から十六日までの盂蘭盆会の間は、朝夕にかぎらず思いがけない時間にも念仏の声が聞かれるの意。前句に主人の死を見込み、初盆を思い寄せた。「時ならず」には、思いもよらぬ不幸の響きもあるか。釈教。

2691 初ウ十。秋(鴫)。▽鴫がまっ黒になるほど飛来して群れ遊んでいるの意。不断念仏の聞えるを、「鴫立つ沢」ならぬ「鴫まつ黒にきてあそぶ」沢のほとりの庵に見立てた。「秋の夕暮」ならぬ昼間の景。

2692 初ウ十一。春(花)。花の定座。▽誰にも借りがないと、気楽で心もはなやぐものさの意。群れ遊ぶ鴫の身も心も軽いさまを、わが事になぞらえての季移り。

2693 初ウ十二。春(弥生)。▽晩春三月もはや半ばを過ぎたの意。花に浮かれているうちに、春ももう終りに近いという感慨。

2694 名オ一。春(火桶とり置く)。○より平　未詳。綛糸を緯にして織った縮布か。一説に麻布とも。▽寒い間は織機の下に火桶を置いて縮布を織ったが、それも不要になって取り除くの意。前句の時節に付けた。「火桶とり置く」という季題はないが、炉塞に準じて春。

2695 名オ二。雑。▽向かいの夫婦が文句を言いつのっているが、毎度のことで誰もとりなそうとしないの意。前句をこれから機織りに精出すと見て、織り始めたら容易に離れられないことを述べた。

2696 名オ三。雑。▽米の買置きの思わくがはずれて全財産をなくされたそうなの意。前句を「むかひ」の評判悪く誰も同情しないと見て、家内のいさかいが絶えなかったがついに倒産かと、近所の噂を付けた。「るゝ」は尊敬。

2697 名オ四。秋(燕帰る)。▽南へ旅立つ時期がせまったのか、燕の様子に落着きがなくなったの意。倒産して戸を立てる家を見捨てるように、燕の去ろうとするさま。俗説に、燕が巣を作るとその家は繁盛するという。なお、燕の帰る時期は、豊作・凶作の決まる頃でもある。

2698 此《この》度《たび》の薬はきゝし秋の露　野坡

2699 杉の木《こ》末《ずゑ》に月かたぐ也《なり》　利牛

2700 同じ事老《おい》の咄《はな》しのあくどくて　桃隣

2701 だまされて又薪《マキ》部《べ》屋《や》に待《まつ》　野坡

2702 よいやうに我《わが》手《で》に占《サン》を置《おい》てみる　利牛

2703 しやうしんこれはあはぬ商《あきな》ヒ　桃隣

2704 帷《かた》子《びら》も肩にかゝらぬ暑さにて　野坡

2705 京は惣《そう》別《べつ》家に念《ねん》入《いり》　利牛

2698 名オ五。秋(秋の露)。▽秋の露置く折から、今度は薬が利いてすっかり健康を回復したの意。燕の帰るを見て我もまた帰るを喜ぶ出養生の人を付けた。露だけでも秋季。

2699 名オ六。秋(月)。▽夜もふけて杉の梢に月の傾くさま。急病人の容態が落着き、ほっとして目をやる戸外の景。前句の露に夜分を見込んだ。

2700 名オ七。雑。▽同じ事をくりかえす老人の長話のしつこさに辟易するさま。前句に時間の経過を見込み、尽きぬ夜話を付けた。

2701 名オ八。雑。恋(待)。▽約束の時間に忍んで来たのに又も薪置きの小屋で待ちぼうけをくわされているの意。前句に寝静まる様子が一向にないのを見て、逢うに逢えない奉公人の恋を付けた。「薪部屋」が位を示している。

2702 名オ九。雑。恋(占)。▽自分で勝手に都合よく算木を並べてみるの意。だまされたのではないかと不安がる前句の男が、恋占をするのだが、自ら吉になるように操作するという穿ち。

2703 名オ十。雑。▽正真、これでは商売になりませんの意。「占を置く」を算置つまり計算の意に取り成し、相手を前に算盤はじく態と見て、商談のかけひきを会話体で付けた。

2704 名オ十一。夏(帷子・暑さ)。月の定座だが、月は前出。▽帷子さえも引っ掛けてはおれない今日の暑さでしたの意。この暑さに一日出歩いてこれでは、ほんとに引き合わないという行商人の愚痴。逆付。

2705 名オ十二。雑。▽京都はどの家も造りが堅牢で入念に設計されているの意。前句を肩脱ぎもならぬ奉公女の、京のむし暑さを嘆くと見て、無雑作で開けっぴろげな田舎家に対し、間口狭く奥行き深い京都の町家の風通しの悪さを皮肉った。

2706 焼《やき》物《もの》に組《くみ》合《あはせ》たる富《トン》田《だ》魵《えび》　桃隣

2707 隙《ひま》を盗んで今《け》日《ふ》もねてくる　利牛

2708 髪《かみ》置《おき》は雪《せつ》踏《だ》とらする思《し》案《あん》にて　野坡

2709 先《まづ》沖まではみゆる入《いり》舟《ふね》　桃隣

2710 内《うち》でより菜《さい》がなうても花の陰　利牛

2711 ちつとも風のふかぬ長《の》閑《どか》さ　野坡

2706 名ウ一。雑。○富田魵　未詳。古注に摂津国島上郡富田とも、伊勢国朝明郡富田とも。▽料理のひとつひとつ凝っている中に、焼物には富田エビが取合せてあるの意。前句を招かれた客の挨拶と見て、京の懐石料理を付けた。

2707 名ウ二。雑。▽今日も店のひまを見てそっと抜け出し、軽く一杯飲んで昼寝してきたの意。親父の目をぬすんで料理茶屋で息抜きする商家の若旦那か。

2708 名ウ三。冬(髪置)。○雪踏　我衣「貞享の末に至りて江戸雪踏の上手出来て、若手あつらへ是をはきたり。元禄始より切廻しとて上雪踏はやる。…代、元字金十匁位より二朱にうる」。▽三歳になるわが子の髪置の祝(十一月十五日)には、お前にも雪踏くらい買ってやるつもりでいたがの意。前句を、そこらの川土手か奉公人部屋にかくれてずる休みする丁稚に見かえ、主人の説諭を付けた。

2709 名ウ四。雑。▽とりあえず入船がもう港の沖までやって来たの意。前句を店中を督励する主人の言葉と見て、荷受けの準備に急きたてられる船問屋を想定した。

2710 名ウ五。春(花)。花の定座。▽花咲く下で弁当をひろげれば、格別なおかずはなくとも、家の内で食べるよりどれだけか心楽しいの意。入船を眺める海辺の岡の花見。

2711 挙句。春(長閑)。○長閑　書言字考「長閑　ノドカ」。▽少しも風がなくて、ねむたくなるほど長閑な春の日だの意。花の下に一日遊びくらす人の、好天に恵まれた喜び。花に風雨の障りもないめでたさを、「なうても」の音便形に続く、「ちつとも」の俗談調でしめくくった。

神無《かんな》月《づき》廿日ふか川にて即興

2712 振《ふり》売《うり》の雁《がん》あはれ也《なり》ゑびす講《かう》　芭蕉

2713 降《ふつ》てはやすみ時雨《しぐれ》する軒　野坡

2714 番《ばん》匠《じやう》が樫《かし》の小《こ》節《ぶし》を引《ひき》かねて　孤屋

2715 片はげ山に月をみるかな　利牛

2716 好《かう》物《ぶつ》の餅を絶《たや》さぬあきの風　野坡

2717 割《わり》木《き》の安き国の露《つゆ》霜《じも》　芭蕉

2718 網の者近づき舟に声かけて　利牛

○神無月廿日　滑稽雑談「毎年今日、夷講と称して商家に悉く(恵比須神を)祭り、酒飯魚肉を調へて客を饗す」。○ふか川　深川芭蕉庵。元禄六年(一六九三)十月二十日の即興。

2712 発句。冬(ゑびす講)。▽商家が軒並み家業の繁盛を祈って遊宴する夷講の日に、しがない呼び売りの行商が雁を売り歩いている。その棒先に吊された雁のだらりと長い首を垂れた姿があわれをもよおすの意。詩歌の素材である雁を、あわれ食用として俳言に用いた。切字は「也」。

2713 脇。冬(時雨)。▽時雨が家々の軒を打ってひとしきり降ったかと思うと止み、また降ってくるの意。「神無月降りみ降らずみ定めなき時雨ぞ冬の初めなりける」(後撰集)の俳諧化で、夷講の時節に寄せた。

2714 第三。雑。▽大工が鋸を樫の建材の小節に挽き当てて難渋しているの意。前句に長時間を見込み、軒を大工小屋に見立てて、中でも挽いては休みしているとした。

2715 初オ四。秋(月)。▽片はげの山にかかる月を仰ぎ見ることよの意。ついに短日の一日仕事となり、終ってやれやれと月を見るさま。付句の「かな」留は異例。「月を見るかな」は和歌の常套句で、前句と合せ職人歌合の一首に擬したもの。職人歌合は月・恋などの題で競われた。歌枕ならぬ「片はげ山」と「月を見るかな」の雅俗取合せがおかしい。

2716 初オ五。秋(あきの風)。月の定座だが、月は前出。▽秋(飽)の風が吹いても好物の餅は欠かせず、いつも手許に買い置いているの意。名所の山の月見なら酒こそふさわしいが、片はげ山の月を見るは一風変った餅好きの人とした。

2717 初オ六。秋(露霜)。○割木　物類称呼「畿内にてワリキと云ふを、東国にてマキといふ」。参考、博多小女郎波枕「芥子を千にも割木のたき様、必ず灰をとる事なかれ」。▽都会と違ってさすがに薪の安い山国だの意で、露霜は季の会釈。糯米を蒸すのに盛大に薪をくべるさまを見ての感想。故郷の実家に帰った人の安らぎがうかがえる。

2718 初ウ一。雑。▽網を打っている漁夫が、通りかかった知りあいの舟に何やら声をかけているの意。薪舟が川を下って来る情景を想定した。

2719 星さへ見えず二十八日　孤屋

2720 ひだるきは殊《ことに》軍《いくさ》の大《だい》事《じ》也《なり》　芭蕉

2721 淡《あは》気《ケ》の雪に雑《ざふ》談《たん》もせぬ　野坡

2722 明《あけ》しらむ籠《かご》挑《てう》灯《ちん》を吹《ふき》消《け》して　孤屋

2723 肩《けん》癖《べき》にはる湯《ゆ》屋《や》の膏《かう》薬《やく》　利牛

2724 上《うは》をきの干《ほし》葉《ば》刻《きざむ》もうはの空《そら》　野坡

2725 馬に出ぬ日は内で恋する　芭蕉

2726 紿《カセ》買《かひ》の七つさがりを音《おと》づれて　利牛

2719 初ウ二。雑。▽繊月かすかな二十八夜、星さえもなくて真の暗闇である意。前句を、近づく櫓音に声をかけて注意をうながす張網の番人と見て、闇夜を想定した遣句。

2720 初ウ三。雑。▽腹が減っては戦ができぬの意。前句に物々しい緊迫感をかぎとり、夜討を前にした大将の下知を付けた。五月二十八日は曾我兄弟の討たれた日で、きまって雨が降るという、その連想。類船集「二十八日―虎が泪の雨」。

2721 初ウ四。冬(雪)。○淡気の雪　淡雪。御傘「たまりもあへず消ゆる故に、あは雪と云ふ。されば、あは雪は消ゆるとしても冬なり」。四五四・一〇一〇参照。支考が春季を主張し、三〇七は春の部に入集。▽ちらちらと沫雪の降る中、皆だまりこくっているの意。前句を兵糧攻めにあった籠城方の弱音に取り成し、戦意喪失のさまを付けた。

2722 初ウ五。雑。▽夜通し駕籠をとばして来たが、ようやくあたりが白々と明けそめ、駕籠前を照らす提灯の光も白けてきたので吹き消すの意。前句を駕籠かきの息をきらすさまに見かえた。

2723 初ウ六。雑。▽肩の筋肉のしこりに、銭湯で売っている膏薬をはるの意。「吹消して」に客を下ろして一休みするを見込み、立場などのさまを付けた。三句の変化に乏しい。

2724 初ウ七。雑。恋(うはの空)。○上をき　主食の上に副食物を置いて一椀ですます粗略な食事。▽一膳飯の上置にする大根葉の陰干しを刻みながらも、心ここにあらずといった様子であるの意。前句を女に見かえた其人の付。「上置の」に「上の空」と拍子をとった。次句もウの頭韻を踏む。

2725 初ウ八。雑。恋。▽晴れた日は外で馬方稼業、雨の日は家で女を抱くのさの意。向付。去来抄に「前句の位を知りて附くる事」の例にあげ、「此の前句は人の妻にもあらず、武家・町屋の下女にもあらず、宿屋・問屋等の下女なり」という。続五論「いやしき馬方の恋といへど…かくのごときは恋の本情を見て、恋の風雅を付けたりといふべきか」。

2726 初ウ九。雑。○紿買　桛糸を買い集めて織屋に売る仲買人。糸をつむいで桛に巻きとる作業は貧しい主婦の代表的な内職で、桛買がその浮気相手になる事もあった。▽紿買が午後四

2727 塀に門《もん》ある五《ご》十《じっ》石《こく》取《どり》　孤屋

2728 此《この》島の餓《が》鬼《き》も手を摺《する》月と花　芭蕉

2729 砂に暖《ヌクミ》のうつる青《あを》草《くさ》　野坡

2730 新《しん》畠《ハタ》の糞《こえ》もおちつく雪の上　孤屋

2731 吹《ふき》とられたる笠とりに行《ゆく》　利牛

2732 川《かは》越《ごし》の帯しの水をあぶながり　野坡

2733 平《ひら》地《ち》の寺のうすき藪《やぶ》垣《がき》　芭蕉

2734 干《ほし》物《もの》を日《ひ》向《なた》の方へいざらせて　利牛

時過ぎを見はからってやって来たの意。あいにく夫が在宅で房事の最中に行き合わせたという滑稽の恋離れ。

2727 初ウ十。雑。▽俸禄五十石級の小身者が住む、塀に門つきのつましい武家屋敷が並んでいるの意。絈買の訪れる城下町の一角、下級武士の妻女も内職をした。

2728 初ウ十一。春(花)。花の定座。花優先で春季となる。初裏の月が出ないまま月花同居となった。○餓鬼　未開の島民を、餓鬼草紙の絵になぞらえていった。特に子供をいうか。▽この島の子供たちまで、月につけ花につけ殊勝に手を摺り合わせて挨拶するの意。「五十石取」を島奉行に見立て、その目から、恭順の意を表する島民のさまを述べた。

2729 初ウ十二。春(暖)。▽春の日を吸って浜辺の砂もぬくもり、青々と草が萌えているの意。平和な島の春景。

2730 名オ一。春(残雪)。○新畠　底本「新」に音読符。▽新たに開墾した畠のそこここに残る雪の上から撒いた下肥が、雪解けとともに滲み土になれてきたの意。前句の砂地を新畠と見なし、土が緩み雪が解けて「糞もおちつく」とした。

2731 名オ二。雑。▽強風に吹きとばされた笠を拾いに行くの意。前句の畠中に致し方なく踏み込むさま。二六九六参照。

2732 名オ三。雑。○帯し　帯をしめるウェストの線。▽徒歩渡りの旅人が腰たけの川水に恐れをなしているの意。飛ばされた笠を追おうと焦って流れに足をとられかけるさまで、其人の付。笠をとばされて慌てる客を肩車にした川越人足とも。

2733 名オ四。雑。○平地　書言字考「平地　ヒラチ・ヘイチ」。▽高台でもない所にまばらな藪をめぐらして寺があるの意。▽川辺の景気。遣句ながら、前句の水量を恐れる気持を、出水に無防備な心もとなさにうつしている。釈教。

2734 名オ五。雑。▽日がまわって建物の陰になってきたので、干物の莚を日向の方にずらせているの意。干物は「穀菽、大根の切干の類」(露伴説)とすると、低くて弱い冬の日ざしである。前句の寺の庭のさま。

2735 塩出す鴨《かも》の苞《ツト》ほどくなり　孤屋

2736 算用に浮世《うきよ》を立《たつ》る京ずまひ　芭蕉

2737 又沙汰なしにむすめ産《ヨロコブ》　野坡

2738 どたくたと大晦日《おほつごもり》も四つのかね　孤屋

2739 無《む》筆《ひつ》のこのむ状の跡《あと》さき　利牛

2740 中《なか》よくて傍《はう》輩《ばい》合《あひ》の借りいらゐ　野坡

2741 壁をたゝきて寐せぬ夕《ゆふ》月《づき》　芭蕉

2742 風やみて秋の鷗《かもめ》の尻《しり》さがり　利牛

2735 名オ六。雑。▽料理の前に塩を抜いておくため、いただいた塩漬の鴨の藁苞を解いているの意。前句の干物を洗濯物に取り成し、水場の作業を付けた。其人の付。

2736 名オ七。雑。▽京の人々は、いわゆる江戸っ子や浪花っ子と違って賢く、無駄金は使わず合理的に暮らしているの意。生の材料に乏しいゆえに料理を工夫して楽しむといった京の生活文化の一端を、前句に見出した。

2737 名オ八。雑。○産　日葡辞書に「子をヨロコブ、またはヨロコビをする」、出産するの意で、上方の婦人語。▽親もとへも知らせずにまた娘が子を産んだの意。ビジネスライクな都会の風を嘆くは、冠婚葬祭にうるさい田舎の人と見て、「京ずまひ」の娘に対する不満を述べた。

2738 名オ九。冬(大晦日)。▽大晦日のどさくさも午後十時の鐘を聞いてようやく一段落したの意。「沙汰なし」の訳は、出産が大晦日の取込み中だったからという謎解き。

2739 名オ十。雑。▽手紙の代筆を頼みに来たのはいいが、用件があれこれ前後してさっぱり要領をえないの意。年内ぎりぎりに駈込みの書状依頼で、「どたくた」のうつり。

2740 名オ十一。雑。月の定座だが、こぼれて次に出る。○借りいらゐ　物類称呼「東国には物を借ると云ふ時、カリイラヒと云ふ詞有り。…イラウとばかりは唱へず」。▽互いに仲が良くて同僚間で気安く金を貸し借りしているの意。代筆を頼まれるは、仲の良い傍輩と見た。奉公先は武家でも商家でもよいが、もとより身分は高くない。

2741 名オ十二。秋(夕月)。▽夕月の頃、もう寝ようとしているのに、何のかのと壁をたたいて隣から話しかけ、寝かせてくれないの意。仲の良い傍輩の、棟割り長屋に住むとした。夕月は投込みながら、人恋しさをそそる働きがある。

2742 名ウ一。秋(秋)。○鷗　御傘「水鳥は皆冬になれども、此の鳥・鳰・都鳥など冬にならざるいはれは、歌道の秘事なるゆへに爰に記さず」。▽秋の嵐が止んで緊張感がゆるんだのか、鷗尻といわれてはね上がっているのが特徴の浮鷗の尾羽も、心もち下がってみえるの意。前句を風が外壁をたたいて寝つかれないの意に取り成し、その翌朝の河口の景を叙して、八句続き

2743 鯉の鳴子《なるこ》の綱をひかゆる　孤屋

2744 ちらばらと米の揚場《アゲば》の行戻《ゆきもど》り　芭蕉

2745 目黒《めぐろ》まいりのつれのねちみやく　野坡

2746 どこもかも花の三月中時分《ちゅうじぶん》　孤屋

2747 輪炭《わずみ》のちりをはらふ春風《はるかぜ》　利牛

芭蕉
野坡
孤屋
利牛
各九句

炭俵　下巻

の人事を転じた。

2743 名ウ二。秋(鳴子)。▽生簀の鯉をねらう鳥を追い払うため、鳴子の引綱を手にして待機しているの意。鷗の群れ飛ぶ河口近くに生簀を想定した。秋風を鯉魚風ともいう、その連想もあるか。一五七〇参照。

2744 名ウ三。雑。▽米の陸揚げの時には活気づく舟着場の岸だが、それ以外はひっそりして人通りもまばらであるの意。其場の付だろうが、水辺がらみで三句の変化に乏しい。「ちらばら」は擬態語多用の一例。

2745 名ウ四。雑。▽連れだって目黒不動にお参りの道中、互いにああだこうだとぐずぐず言い合って、いつまでも行動が決まらないの意。前句を品川あたりの景に見立てて、目黒参りの人を出した。「行戻り」のうつりで、「ねちみやく」は俳言。釈教。

2746 名ウ五。春(花・三月)。花の定座。▽三月中旬、行く先々のどこもかしこも一面の花ざかりであるの意。平話調で、前句の時節を定めた。

2747 挙句。春(春風)。○輪炭　茶事に用いる輪切りの炭。▽炭籠の輪炭の塵を払うかのように春風がやさしく吹いていくの意。花の下の野点の席を思い寄せた。芭蕉の捌きで炭俵の編者三人そろって巻き収めた、まさに春風に日頃の俗塵を払い清められた思いの挙句。

2748 雪の松おれ口《くち》みれば尚《なほ》寒し　杉風

2749 日の出るまへの赤き冬空　孤屋

2750 下《ゲ》肴《ざかな》を一《ひと》舟《ふね》浜に打《うち》明《あけ》て　芭蕉

2751 あいだとぎるゝ大《だい》名《みやう》の供《とも》　子珊

2752 身にあたる風もふは〳〵薄《うす》月《づき》夜《よ》　桃隣

2753 粟《あは》をかられてひろき畠《はたけ》地《ち》　利牛

2754 熊《くま》谷《がへ》の堤きれたる秋の水　岱水

2748 発句。冬(雪)。▽大雪に覆われた松、その重みに耐えきれず雪折れした枝の無惨な折れ口を見ると、寒さが一層身にしみる。「し」が切字だが、「雪の松」で切れる。

2749 脇。冬(冬空)。▽日の出る前の冬空が朝焼けで赤く染まっているの意。大雪のあがった曙の空。「雪の松」の背景として凄みのある色立。「日の出るまへの」は平話調。

2750 第三。雑。▽漁船一艘に獲ってきた安物の魚を、洗いざらい浜辺にぶちまけるの意。前句の時分に付けて、場を海浜に転じた。芭蕉翁附合集評註「翁この句をかねてはらみおきて三年まで待たれけるが、つひにこの巻の第三に出されけるとなり。よき句なるもうべなり」。

2751 初オ四。雑。▽大名行列の間がとぎれて、また続いているの意。海沿いの街道を浜から遠望した。

2752 初オ五。秋(薄月夜)。月の定座。▽薄月のかかる道を向かい風にふわふわ羽織をはらませながら行くの意。行列の供侍が今宵の宿に急ぐさま。擬態語多用の一例。

2753 初オ六。秋(粟刈る)。▽粟を刈り取ったあとのいやにだだっぴろく感じられる畠地だの意。薄月夜に逍遥する人の属目として、吹き通しの空間を出した。

2754 初ウ一。秋(秋)。○熊谷の堤　中山道の熊谷—鴻巣の間、四里八町の荒川沿いの堤。天正年間、小田原北条氏の築堤。▽秋の出水で熊谷堤が切れたの意。前句を冠水した粟をむなしく刈り取った跡と見た、逆付。

2755 箱こしらえて鰹《かつを》節《ぶし》売る　野坡

2756 二三畳寐《ね》所《どころ》もらふ門《もん》の脇《わき》　子珊

2757 馬の荷物のさはる干《ほし》もの　沾圃

2758 竹の皮雪《せつ》踏《だ》に替へる夏の来て　石菊

2759 稲に子《み》のさす雨のばら〳〵　杉風

2760 手《て》前《まへ》者《しや》の一《ひと》人《り》もみえぬ浦の秋　野坡

2761 めつたに風のはやる盆《ぼん》過《すぎ》　利合

2762 宵《よひ》〳〵《よひ》の月をかこちて旅《たび》大《だい》工《く》　依々

2755 初ウ二。雑。▽間に合わせの木箱を作り、鰹節を運び並べて売るの意。生鮮食品の不足する災害地をあてこみ、俄商いの他国者が入り込むさま。

2756 初ウ三。雑。▽長屋門の脇にほんの二、三畳分、寝るだけの場所を貸してもらうの意。前句の行商人の宿泊の場を付けた。

2757 初ウ四。雑。▽出入りの馬の背につけた荷物に、干してある洗濯物が触れて邪魔だの意。場所のせせこましさゆえに、前句の人の邪魔者扱いされるさまを付けた。

2758 初ウ五。夏(夏)。▽皮底の雪踏から涼しくて軽い竹皮草履にはきかえる夏の季節になったの意。連珠合璧集「夏の始の心ナラバ夏の来て」。前句に、とかく干物の多い夏を見込み、干物にふれるほど嵩高な馬荷を、夏場に需要の増す竹の皮に見立てた。

2759 初ウ六。夏(稲に子のさす)。○稲に子のさす　未詳。七部集打聞「稲株の茂るを云ふ也」。○ばら〳〵　類船集「ばら〳〵―雨、白雨や時雨の雲の足はやく」。二八三参照。▽稲株を茂らせる雨がばらばらと降るの意か。「夏の来て」に応じた時候の付。擬声語多用の一例。

2760 初ウ七。秋(秋)。○手前者　底本「者」に音読符。資産家。▽見渡したところ「花も紅葉も」なければ、裕福そうな人も住んでいない、「浦の苫屋の秋」のさびしさだの意。半農半漁の平凡な村。前句を稲に実が入ると解して秋に季移りした。

2761 初ウ八。秋(盆過)。▽盆が過ぎて朝晩急に涼しくなった頃、やたらに風邪が流行するの意。貧しい無医村の誰も彼も洟をすすったり咳きこんだりしていると想定した。「めつたに」は俗談調。

2762 初ウ九。秋(月)。▽各地を渡り歩いている旅大工が、夜ごと異郷の月にわび寝を嘆いているの意。風邪のはやる土地に、単なる旅人でなく、一定期間居着いて仕事する旅大工を登場させた。百人一首「嘆けとて月やは物を思はするかこち顔なるわが涙かな」の俳諧化。

2763 脊《せ》中《なか》へのぼる児《コ》をかはゆがる　桃隣

2764 茶むしろのきはづく上に花ちりて　子珊

2765 川からすぐに小《こ》鮎《あゆ》いらする　石菊

2766 朝《あさ》曇《ぐもり》はれて気味よき雉《き》子《じ》の声　杉風

2767 脊《せ》戸《ど》へ廻れば山へ行《ゆく》みち　岱水

2768 物思ひたゞ鬱《うつ》〱《うつ》と親がゝり　孤屋

2769 取《とり》集《あつ》めてはおほき精進《いもひ》日《び》　曾良

2770 餅《もち》米《ごめ》を搗《つき》て俵《たはら》へはかりこみ　桃隣

2763 初ウ十。雑。▽背中にしがみついて登る幼な児を愛しみながら親子で戯れているの意。前句を望郷の念にかられると見て、旅大工の脳裏に想い浮かぶ情景を付けた。

2764 初ウ十一。春(花)。花の定座。○茶むしろ　蒸して、よく揉んだ茶の葉を、ひろげて日にほす莚。▽汚れ目のついた茶莚をひろげた上に、桜の花びらが散りかかるの意。前句を作業する母の背に幼児のあまえると見て、ふさわしい場面を付けた。

2765 初ウ十二。春(小鮎)。▽川から邸内に流れを引き、川を溯る若鮎を直接に誘い込むの意。前句を大屋敷の裏庭で自家用の茶をつくると見て、表庭の工夫を付けた。

2766 名オ一。春(雉子)。▽朝方曇っていた空も気持よく晴れあがって、雉子の声がいさぎよく響くの意。清流に若鮎、晴天に雉子の声の対付。「気味よき」が上下に掛かる。

2767 名オ二。雑。▽家の裏口へまわると、芝刈道が山へのぼっているの意。雉子の声の裏山から聞えるとした。前句を中にして川と山では、三句の変化に乏しい。脊中と脊戸の三句去りも、差合にはならないまでも好ましくはない。

2768 名オ三。雑。恋(物思ひ)。▽部屋住みでまだ親に食わせてもらっている身分では、恋もわが思うにまかせず、ただうつうつと思い悩んでいるの意。前句を人を避けて独りになろうとすると見て、恋煩いを出した。

2769 名オ四。雑。○精進　合類節用集「精進　イモヒ・シヤウジン」。▽誰の忌日、彼の忌日と合計すると、精進潔斎しなくてはならない日が多いことだの意。「親がゝり」を夫と死別して親元へ出もどっている娘と見て、実家と婚家の分を合わせて物忌みする日の多いのを気がねするさま。恋を一句で捨て、釈教。

2770 名オ五。雑。▽餅米を精白しては升で計って俵につめこむの意。年忌法要の食事の準備。

2771 わざ〳〵わせて薬《やく》代《だい》の礼　依々

2772 雪《せつ》舟《しう》でなくばと自《じ》慢《まん》こきちらし　沾圃

2773 となりへ行《ゆき》て火をとりて来る　子珊

2774 又けさも仏《ほとけ》の食《めし》で埒《らち》を明《あけ》　利牛

2775 損《そん》ばかりして賢《かし》こがほ也《なり》　杉風

2776 大《おほ》坂《ざか》の人にすれたる冬の月　利合

2777 酒をとまれば祖《ば》母《ば》の気に入《いる》　野坡

2778 すゝけぬる御《お》前《まへ》の箔《はく》のはげかゝり　子珊

2771 名オ六。雑。▽お薬の礼にと御主人がわざわざお出でになっての意。前句を薬礼の餅米と見て、医者の女房の恐縮する口調で付けた。

2772 名オ七。雑。○雪舟　底本に音読符。○なくばと　底本「なくハハと」。上の「ハ」は補刻、下の「ハ」は「か」にみえる。▽雪舟でなくては鑑賞にたえぬと言いたい放題の自慢しての意。来客の誰彼なしに自慢の掛軸を見せて講釈したがる医者を向かわせ、顰蹙する口調で付けた。

2773 名オ八。雑。▽隣室へ引っこんで灯(または煙草盆の火)を取ってくるの意。前句を古道具屋の主人に見かえた、其人の付。

2774 名オ九。雑。▽今朝もまた仏前にあがっている飯を失敬して朝食をすませたの意。堂守などが灯明の火をとりに行っている留守に、ちゃっかり仏飯をいただく乞食坊主の類か。釈教。

2775 名オ十。雑。○損　底本に音読符。▽損ばかりしていながら、人前では才覚あり気にふるまっているの意。仏壇に供えたわずかの冷飯で朝をすませるほど落ちぶれた商人。参考「博奕打まけても黙り、傾城買取りあげられてかしこ顔するものなり。喧嘩しひけとる分かくし、買置の商人損をつつみ、是皆闇がりの犬の糞なるべし」(好色五人女三の五)。

2776 名オ十一。冬(冬の月)。月の定座。▽商都大坂でもまれてすれっからしとなった、その大坂のしらけた冬の月よの意。前句を外聞を包む大坂商人と見て、「すさまじきものにして見る人もなき月の寒けく澄める」(徒然草十九段)を取合わせた。

2777 名オ十二。雑。▽失敗のもとである酒をきっぱりやめたら、姑の受けがよくなったの意。前句の悪ずれした大坂人を、姑の気に入らぬ入聟と見て付けた。

2778 名ウ一。雑。▽灯明で煤けた古い仏壇の金箔がはがれかかっているの意。その前に「祖母」が居ると見た。

2779 次の小部屋《こべや》でつにむせる声　利牛

2780 約束にかゞみて居れば蚊に喰《くは》れ　曾良

2781 七つのかねに駕籠《かご》呼《よび》に来る　杉風

2782 花の雨あらそふ内に降《ふり》出《だ》して　桃隣

2783 男まじりに蓬《よもぎ》そろゆる　岱水

杉風　五　　野坡　三
孤屋　二　　沾圃　二
芭蕉　一　　石菊　二
子珊　五　　利合　二
桃隣　四　　依ゝ　二

2779 名ウ二。雑。▽不謹慎にも襖をへだてた次の小部屋で、笑いをこらえて唾にむせる声がするの意。仏間の次の間で、若い娘か子供がお経をおかしがるさま。

2780 名ウ三。夏(蚊)。恋(約束)。▽逢う約束でしのんで来て暗がりに身をひそめていると、あちこち蚊に喰われるの意。次の部屋に人の気配がするので、声もたてられず蚊も叩けないさま。

2781 名ウ四。雑。恋。▽四時の鐘が鳴って、約束どおり駕籠を呼びに来たの意。前句を旦那の朝帰りの時刻を待つ駕籠かきに見かえた。後朝だが、駕籠かきを主体にしているので恋意は薄い。

2782 名ウ五。春(花)。花の定座。▽花見をきりあげるかどうするか、空模様を案じて言い合っているうちにとうとう降り出したの意。前句の「七つ」を午前四時から午後四時に取り成しての逆付。

2783 挙句。春(蓬)。▽女たちの中に男も加わって、皆して摘んできた蓬を選りそろえ、草餅を作る用意をしているの意。蓬摘む・蓬餅は当時の季寄にあるが、蓬はない。時と場を野外から屋内に移し、一家むつまじく賑やかな雰囲気で巻き収めた。

利牛　三
岱水　三
曾良　二

撰者芭蕉門人
志太氏　野　坡
小泉氏　孤　屋
池田氏　利　牛

元禄七歳次甲戌六月廿八日

誹諧炭俵下巻之終

京寺町通　井筒屋庄兵衛
江戸白銀丁　本屋　藤助

続猿蓑

上野洋三　校注

〔**編者**〕未詳。

〔**書名**〕「後《のち》猿蓑」または「猿蓑後集《こうしゅう》」ともよばれる。『猿蓑』の跡を追うものの意。

〔**成立**〕はじめ服部沾圃が企画撰定した一集があった。芭蕉は元禄七年(一六九四)の西上の旅にこれを携行し、夏から秋にかけて、伊賀で支考と協議し修補した。初秋には門人への書簡に出版の予定をもらし、九月にはすでに清書にとりかかった、などと伝えている。しかし実現に至らぬまま芭蕉は没したのである。そして三年以上経過してから刊行されたのであったが、書肆の付した奥書には「続猿蓑は芭蕉翁一派の書也。何人の撰といふをしらず」などとあり、刊本と、芭蕉修補の原本との関係に大きな疑問が残ることとなった。越人のように、これを完全に、芭蕉撰の書らしく見せかけた支考の偽撰と断ずる立場もあり、後世、その立場に与して、これを七部集の中から除外する人々も出た。本書の中での支考のあり方を見れば、支考自身が出版に関与して、自らに多少有利に改編したことも十分にあり得ることであるが、成立に至る最終的な経過は、今日では推察不可能となっている。

〔**構成**〕全二冊。上下から成る。上は連句集、下は発句集。連句集は歌仙五巻。うち第五の歌仙には「今宵賦」と題する支考の長文の前書がある。発句集は、春季一四八句、夏季九十句、秋季一二二句、冬季一一五句、釈教二十四句、旅二十句に分類配列、計五一九句。『あら野』につぐ大撰集である。

〔**意義**〕本書は、成立の経緯とも絡みあって、極端な否定的評価と、逆に肯定的な評価との、対立した見解にはさまれてきた。しかし一般的には『炭俵』とともに、芭蕉晩年の風調を示すものとして、去来・嵐雪・許六などの評価が支持される。書名や「猿蓑にもれたる霜の松露哉(沾圃)」の句などから、『猿蓑』を強く意識して生まれた集には違いないが、表現の実際は、平明かつ日常的な次元に、あきらかに重点がうつっている。ここには、俗語に関する細かい関心が、はっきりと看て取れるのであり、生活を風流の繊細なフィルターを通過させることによって浄化させる機構が、ほぼ確立されていると見なすことができる。許六が「別座《べつざ》鋪《しき》・炭俵の風、熟吟せざる人、いかでか後猿の風に入《いる》事を得んや」(俳諧問答)と述べたのは、やや過大ではあるが、おおむね妥当な線を押えていると思われる。

続猿蓑集　巻之上

2784 八《はち》九《く》間《けん》空《そら》で雨《あめ》降《ふ》る柳《やなぎ》かな　　芭蕉

2785 春《はる》のからすの畠《はたけ》ほる声《こゑ》　　沾圃

2786 初荷《はつに》とる馬子《まご》もこのみの羽《は》織《おり》きて　　馬莧

2787 内《うち》はどさつく晩《ばん》のふるまひ　　里圃

2788 きのふから日《ひ》和《より》かたまる月《つき》の色《いろ》　　沾圃

2789 狗《ぜん》脊《まい》かれて肌《はだ》寒《さむ》うなる　　蕉

2784 発句。春(柳)。○八九間　陶淵明「田園ノ居ニ帰ル」詩の「草屋八九間、楡柳(ユリウ)後簷(コウエン)蔭フ」(古文真宝前集)による。○空　上空。▽八九間もあろうかという巨木の柳。「緑烟柳際ニ垂ル」(孟郊詩)、「緑烟雨ニ和シテ重城ニ暗シ」(円機活法・柳)など芽ぶいた柳の木にまつわるもやは、春雨とわかちがたいものである。およそ春の雨は、降るとも降らぬともわかちがたく捕捉しがたいことを、和歌連歌以来の本意とするが、ところで、柳煙ともいわれる、あのもやは、捕捉されがたい春雨が、柳の新緑にまつわって、あんなところに姿かたちをあらわしたものなのだな。[俳]八九間・で。

2785 脇。春(春)。▽カラスが畠に下りて、餌をあさっている。思い出したように声をあげながら。静かに枝を垂れる巨木の柳。どんよりと生暖かく、明るい春の日。前句の風景にアクセントを点じ、さらに、のんびりしたカラスの声を加える。平明で通俗的な春愁。[俳]ナシ。

2786 第三。春(初荷)。○初荷　正月二日、商家は商初(あきないぞめ)をし、船方は船の乗初(のりぞめ)をした。それにならって馬方が新年はじめての荷を積みこむことを初荷とるといったものか。▽年頭の仕事はじめには、馬方といえどもさすがにめかしこんで、自ら誂えた羽織を着て出かける。前句をおだやかな新春の夜あけと見て付ける。[俳]初荷とる・馬子・羽織。

2787 初オ四。雑。○内　内方(うちかた)。業務・家業などを意味する表向(おもてむき)に対していう。○どさつく　どさくさする。大騒動になる。▽店さきには着飾った馬子たちが勢揃い。勝手もとでは、女たちが晩の振舞酒に備えて、支度におおわらわ。[俳]内・どさつく・晩。

2788 初オ五。秋(月)。○日和かたまる　天候が安定する。▽やれやれ、よい月の色だ。今秋の名月はどうなることかと案じていたが、やっと昨日になって今日の晴天は確実と保証される空模様になった。月見の宴の主人公の心持。[俳]かたまる。

2789 初オ六。秋(肌寒うなる)。▽晴天の続く日々。山のゼンマイもすっかり枯れてしまい、一日一日、夜寒の厳しさが増す。晩秋の気配。[俳]狗脊・肌寒う。

2790 渋《しぶ》柿《がき》もことしは風《かぜ》に吹《ふか》れたり　里

2791 孫《まご》が跡《あと》とる祖《ぢ》父《ぢ》の借《しやく》銭《せん》　荳

2792 脇《わき》指《ざし》に替《かへ》てほしがる旅《たび》刀《がたな》　蕉

2793 煤《すす》をしまへばはや餅《もち》の段《だん》　沾

2794 約《やく》束《そく》の小《こ》鳥《とり》一《ひと》さげ売《うり》にきて　荳

2795 十《じふ》里《り》ばかりの余《よ》所《そ》へ出《で》かゝり　里

2796 笹《ささ》の葉《は》に小《こ》路《みち》埋《うまり》ておもしろき　沾

2797 あたまうつなと門《かど》の書《かき》つけ　蕉

2790 初ウ一。秋(渋柿)。○渋柿　実から柿渋(かきしぶ)を採り、様々の工芸に用いる。○風　大風。▽例年は多数の実を採取するわが家の渋柿だが、今年は秋の台風にやられて少しも収穫できなかった。晩秋の寂寥感に、少し人事の趣を加える。[俳]渋柿。

2791 初ウ二。雑。▽父は既になく、祖父もまた借銭を返済しきれぬままに死んでしまった。気の毒にまだ年齢も行かぬ孫が、借財もろともに家督をつがねばならぬ。前句は、僅かの現金収入の途である柿も駄目だった、ということ。弱り目にたたり目。[俳]跡とる・祖父・借銭。

2792 初ウ三。雑。○脇指　短刀。農工商の者も用いることを許された。○旅刀　天和三年(一六八三)二月の幕府の御触により、それ以前は許されていた旅行の際および火事の際の刀の使用が全面的に禁止された。▽もはや使うに使えない旅行用の刀などは、どなたか脇差に交換してもらえまいかと頼んでいる。祖父が残したものは役立たずのものばかり。[俳]脇指・ほしがる・旅刀。

2793 初ウ四。冬(煤・餅)。○煤　煤はき。大掃除。○餅　餅つき。▽十二月のあわただしさ。煤はきが済んだと思えば、今度は餅つきの算段をせねばならぬ。正月の年始廻りを思えば、脇差の心配もしなければならない。[俳]煤・しまへば・段。

2794 初ウ五。雑。○小鳥　料理用の小鳥。ホオアカ・アオジ・カラ・スズメなど、いずれも焼く。▽かねて約束していた小鳥をひと括り下げて、やっと届けに来た。[俳]約束。

2795 初ウ六。雑。▽あいにく十里も離れた所へ出かけるところ。十里は一日の旅程だから、せっかくの小鳥も明晩帰るまでおあずけ。待ちかねていたものを。[俳]十里・出かゝり。

2796 初ウ七。雑。○小路埋て　芭蕉添削草稿に「こみち埋りて」。▽路傍の笹が勢いよく繁って、わが行く細道は埋もれかけている。これもまた面白い。ちょっとの所へ出かける小旅行の心のはずみが、笹の葉の勢いとよくひびき合う。[俳]小路・埋て。

2797 初ウ八。雑。○書つけ　底本「書つき」として、「き」を見せけち「け」と傍書。▽門口に「頭うつな」と注意の貼紙がしてある。小路の奥の小さな門の小さな庵。庵主の率直で飄逸な人柄が想像される。「頭うつな」は脚下照顧の反対。三句、快調なテンポの付け。[俳]あたま・書つけ。

2798 いづくへか後《のち》は沙汰《さた》なき甥坊主《をひばうず》　里

2799 やつと聞出《ききだ》す京《きやう》の道《みち》づれ　荳

2800 有明《ありあけ》におくるゝ花《はな》のたてあひて　蕉

2801 見事《みごと》にそろふ籾《もみ》のはへ口《ぐち》　沾

2802 春《はる》無《む》尽《じん》まづ落《おち》札《ふだ》が作《さく》太《だい》夫《ふ》　荳

2803 伊《い》勢《せ》の下《げ》向《かう》にべつたりと逢《あふ》　里

2804 長《なが》持《もち》に小《こ》挙《あげ》の仲《なか》間《ま》そは〳〵と　沾

2805 くはらりと空《そら》の晴《はる》る青《あを》雲《ぐも》　蕉

2798 初ウ九。雑。▽どこへ立ち去ったものか。その後、庵主の消息を伝えるものはない。甥坊主ということによって、門前で、仕方のない甥だと舌うちしている伯父の姿が浮ぶ。実はゆるしているのである。それが前句の貼紙の主の飄逸な人柄とよく応じている。俳沙汰なき・甥坊主。

2799 初ウ十。雑。▽ようやくのことで、つかまえた男は、京都まで一緒に上ったというばかりで、そのあとのことは、やはり知れない。坊主の逐電から京上りを付ける。俳やっと・京・道づれ。

2800 初ウ十一。春(花)。○たてあひて　張りあって。▽三月もなかばすぎ。夜明の空に有明の月が美しい。月の下に遅咲きの桜がかすかに見える。有明の月と遅桜とは、ともに、やや力の衰えたものとしてバランスを保ちつつ美しさを競っているのである。朝方の街道。道づれになった男は口数の少ない人であるが、どうやら京都までは同じ道中らしい。俳たてあひて。

2801 初ウ十二。春(籾のはへ口)。○はへ口　正しくは「はえ口」。▽苗代に蒔いた稲籾が、一斉に芽を出している。前句の微妙なバランスに対して、見事な統一感をもって応じた。俳見事・籾・はへ口。

2802 名オ一。春(春)。○無尽　多人数がひと口いくらと定めた小銭を持ち寄り、定期的に入札・抽籤をして、まとまった金を受け取る。掛金の口数に応じて全員が融通を受け終ると解散する。▽この春の無尽は作太夫が落札をとった。作太夫は熱心な篤農家をいう擬人名。前句はその仕事ぶり。よく働けば幸運も舞いこむ、というのである。俳無尽・落札・作太夫。

2803 名オ二。雑。▽春は、伊勢参宮の時節。無尽で当てた男が、喜び勇んで出かけると、すでにお参りを済ませた知り合いに行き逢った。無尽を伊勢講とみる。俳下向・べつたり。

2804 名オ三。雑。▽参宮奉幣の高貴の人々の下向。長持のような大層な荷物を前にして、小あげ人足どもは落着かない。失敗が許されないからである。俳長持・小挙・仲間・そは〳〵。

2805 名オ四。雑。▽天気はよし。立派な長持の行列である。これはいい稼ぎになると思うと、人足どもは嬉しそうに駄賃の胸算用をしている。俳くはらりと。

2806 禅《ぜん》寺《でら》に一《いち》日《にち》あそぶ砂《すな》の上《うへ》　里

2807 槻《けやき》の角《かく》のはてぬ貫《ぬき》穴《あな》　莧

2808 浜《はま》出《だ》しの牛《うし》に俵《たはら》をはこぶ也《なり》　蕉

2809 なれぬ娵《よめ》にはかくす内《ない》証《しやう》　沾

2810 月《つき》待《まち》に傍《はう》輩《ばい》衆《しゆう》のうちそろひ　莧

2811 籬《まがき》の菊《きく》の名《な》乗《のり》さま〴〵　里

2812 むれて来《き》て栗《くり》も榎《えのき》もむくの声《こゑ》　沾

2813 伴《ばん》僧《そう》はしる駕《のりもの》のわき　蕉

2806 名オ五。雑。▽清浄閑寂な禅寺に終日をすごした。敷き詰めた白砂の庭にひろびろと心を解き放って。前句に豁然と大悟して広大な自由な心境に出たところを感じとって禅寺を出した。[俳]禅寺・一日。

2807 名オ六。雑。○槻　ケヤキ(書言字考)。木目が堅く堂塔・城郭の柱材に用いる。○角　角柱(日葡辞書)。○貫穴　貫は柱と柱との間を横に連繫する材。それを通すために柱にあける穴。▽ケヤキの堅固な柱材に貫穴をあけている。日がないちにち。前句を寺院の工事現場と見る。一日かけて穴ひとつ貫通しなかったので、仕事にならぬ、遊んだも同然と嘆くさま。[俳]角・貫穴。

2808 名オ七。雑。▽船で積み出すために浜へ荷物を出す。牛を使って俵を負わせては運ぶ。前句と同じく、遅々としているが、いつのまにかはかどっている。[俳]浜出し・俵。

2809 名オ八。雑。恋(娵)。○内証　一家の財政事情。▽嫁入って来て間もないので、経済の苦しさなど教えない。前句は、何とも理由が知れないが、つぎつぎと俵を積み出す様。嫁の眼には事実のみが見えているのである。[俳]娵・内証。

2810 名オ九。秋(月待)。○月待　人々が集まり終夜飲食し遊興する。正五九月に多い。▽今度の月待には気心の知れた仲間うちばかりが顔を揃えてくれた。ここではふだん嫁に隠している本心を思い切り述べて発散させる。内証を原義にさかのぼって、内心・内意の意味にとる。[俳]月待・傍輩衆・うちそろひ。

2811 名オ十。秋(菊)。▽垣根に植えてある菊。同じ菊であるが、自分の故郷ではあれをこう呼ぶと、互いに多様な名を披露する。集まった同僚の出身地が違うので、親睦はお国言葉から、となる。[俳]ナシ。

2812 名オ十一。秋(栗・榎・むく)。○むく　椋鳥(むくどり)。好んで群をなし椋(むく)の実などを食う。▽ムクドリの一群が飛来して、椋はおろか栗にも榎にも、さまざまに鳴き声をあげながら実をついばんでいる。名乗さまざまにムクドリの群で応ずる。[俳]むく。

2813 名オ十二。雑。○伴僧　法会などの時、主僧に従う僧。▽駕は身分の高い者がゆるされるもの。その脇の従僧が足早

2814 削《ソグ》やうに長《なぎ》刀《なた》坂《ざか》の冬《ふゆ》の風《かぜ》　里

2815 まぶたに星《ほし》のこぼれかゝれる　荁

2816 引《ひき》立《たて》てむりに舞《まは》するたをやかさ　蕉

2817 そつと火《ひ》入《いれ》におとす薫《たきもの》　沾

2818 花《はな》ははや残《のこ》らぬ春《はる》のたゞくれて　荁

2819 瀬《せ》がしらのぼるかげろふの水《みづ》　里

に進むのは、一行全体が急ぎ行くのでもある。前句を異常な鳥の集合として、異変の中を急ぐ高僧とした。俳伴僧・鴽。

2814 名ウ一。冬(冬)。▽さすがに長刀坂というだけあって、寒風は身を削ぎ落すかと思われるほど厳しい。長刀坂は京羽二重(貞享二年刊)にあげる洛外の八つの坂の一。その所在は大覚寺付近、一説に黒谷付近。いずれの場合も格式の高い寺院に近い。俳削やうに・長刀坂。

2815 名ウ二。雑。▽夜の坂道を登りつめると一段と風が吹きつけて、寒さのために涙ぐむ。満天の冬の星がきらきらと揺れて見える。俳まぶた。

2816 名ウ三。雑。恋(たをやかさ)。▽気の進まぬのを、引っぱって立たせ、無理やりにひとさし舞わせる。その舞わしめられる人のなんと弱々しくも優美なことよ。前句を美人の涙と見て、静御前の鶴岡八幡宮での舞を付ける。一三一六・一三一七参照。俳むり。

2817 名ウ四。雑。恋(薫)。○火入　煙草盆に置く鉄または磁の器。熾《おき》を入れておく。○薫　種々の香を混合した練香《ねりこう》。▽さりげなく練香を火入に置く挙措もゆかしい。はじらいを含んだ初々しい遊女のさま。俳そつと・火入。

2818 名ウ五。春(花)。▽桜の花は、とっくに散り過ぎてしまってその名残もない。晩春の風情もなく、むなしく春が過ぎ去ろうとしている。前句は、その情趣を補うために、薫物の香をきくという風雅人のありさま。俳ナシ。

2819 挙句。春(かげろふ)。○瀬がしら　川瀬の始まる所。流れが早くなり波が立つ。▽瀬がしらのあたりの川面に陽炎がたって、水の流れも、その向こうの風景も、ゆらゆらと揺れて見える。晩春のものうい空気。俳瀬がしら。

2820 雀《カラ》の字《じ》や揃《そろ》ふて渡《わた》る鳥《とり》の声《こゑ》　馬莧

2821 てり葉《は》の岸《きし》のおもしろき月《つき》　沾圃

2822 立《たち》家《いへ》を買《かう》てはいれば秋《あき》暮《くれ》て　里圃

2823 ふつ〳〵なるをのぞく甘《あま》酒《ざけ》　莧

2824 霜《しも》気《げ》たる蕪《かぶ》喰《く》ふ子《こ》ども五《ご》六《ろく》人《にん》　沾

2825 莚《むしろ》をしいて外《そと》の洗《せん》足《そく》　里

2826 悔《くや》しさはけふの一《いち》歩《ぶ》の見《み》そこなひ　莧

2820 発句。秋(渡る鳥)。○雀の字　山雀(やまがら)・四十雀・小雀・日雀などすべて雀の字をもつ鳥。夏季は山中にあり、秋に人家に近く姿を見せる。毛吹草に秋八月の項に入る。○揃ふて　正しくは「揃うて」。▽秋たけなわ。山雀や四十雀や、ともかく雀の字のつく漂鳥はすべてやってきたものであろうか。日々、木の実に集まる鳥の声がにぎやかである。俳雀の字・揃ふて。

2821 脇。秋(てり葉・月)。▽岸べの樹木は紅葉に燃えたってい る。空には夕月。「面白き」は「白き月」と掛け詞。前句のやや古風な文字の上での俳諧に、技巧的に応ずる。俳てり葉。

2822 第三。秋(秋暮て)。○はいれば　正しくは「はひれば」。▽家を一軒買い取って、引越しをすませた。気がついてみるともはや晩秋。家屋敷の売買には名主・五人組の承認が必要で、転宅に際しても町内に対し様々の接待饗応が要求された。一件落着して、自然の美しさに目のゆく余裕の出る頃は、すでに秋も終りであった、というので、やれやれという気分が出ている。俳立家・買て・はいれば。

2823 初オ四。雑。○甘酒　糯米を蒸したものに麴(こうじ)と水を合わせて醱酵させたもの。夏季一昼夜で出来るので一夜酒(ひとよざけ)とも。毛吹草では夏六月の項に入るが、ここではとろ火で加熱するので四季を問わないものとして扱われる。▽甘酒の出来上りを待ちかねて、ふつふつと醱酵する所をのぞき込む。転居の祝いに甘酒を作る所とする説と、街道筋の小家を買い取って甘酒売の小商いをする所とする説がある。俳ふつ〳〵・甘酒。

2824 初オ五。冬(霜気たる・蕪)。▽霜に痛んだ蕪は売り物にならぬので、そのまま放置されて子供たちのねらう所となる。悪童ども数人、蕪をかじりながら、つぎに甘酒をねらう。俳霜気たる・蕪・五六人。

2825 初オ六。雑。▽畑仕事に泥まみれとなった足を洗う。家の内を見ると、子供たちが蕪に食いついている。洗足(せんそく)は湯水そのものをも言う。俳しいて・洗足。

2826 初ウ一。雑。○一歩　一分金。金一両の四分の一。▽外の商いから帰り縁に莚を敷いて足を洗う男。うっかり傷ものの一分金をつかまされたのを後悔してこぼす。俳一歩・見そこなひ。

2827 請《うけ》状《じやう》すんで奉《ほう》公《こ》ぶりする　沾

2828 よすぎたる茶《ちや》前《まへ》の天《てん》気《き》きづかはし　里

2829 有《ある》ふりしたる国《くに》方《がた》の客《きやく》　莧

2830 何《なに》事《ごと》もなくてめでたき駒《こま》迎《むかへ》　沾

2831 風《かぜ》にたすかる早《わ》稲《せ》の穂《ほ》の月《つき》　里

2832 台《だい》所《どころ》秋《あき》の住《すま》居《ひ》に住《すみ》かへて　莧

2833 座《ざ》頭《とう》のむすこ女《によう》房《ばう》呼《よび》けり　沾

2834 明《あけ》はつる伊《い》勢《せ》の辛《から》洲《す》のとし籠《ごも》り　里

2827 初ウ二。雑。○請状　就職にはたしかな請人(うけにん)による身元保証書が必要。幕府の御触書で度々申し渡されていた。▽やっと確実な保証書を整えることができて、就職確定。早速、新参者としては忠義な精勤ぶりを見せる。それゆえに一歩の見そこないが一層くやしい。[俳]請状・すんで・奉公ぶり。

2828 初ウ三。雑。○茶前　朝茶(あさちや)の前。早朝。▽朝がたの雲一つない快晴の空。あまりよすぎて、かえって天候のくずれが早いのではないかと気づかわれる。忠義な奉公人は天候につけても細かく心を廻し主人に挨拶するのである。[俳]よすぎたる・茶前・天気・きづかはし。

2829 初ウ四。雑。▽自分と同郷だという客人。いかにも羽振りよさそうにふるまうが、実は素寒貧なのだ。今朝の天気にかこつけて、また逗留を延ばす。[俳]ふり・国方・客。

2830 初ウ五。秋(駒迎)。▽駒迎は、八月に全国各地から宮中へ献上される馬を逢坂山まで出迎える行事。当年の駒迎がともかくも無事に済んでめでたいことだ。前句を田舎から上洛した客として、付けた。[俳]ナシ。

2831 初ウ六。秋(早稲の穂・月)。▽大風も吹いたけれども、早稲の穂は、どうやらやられずに済んだ。月が美しい。五穀豊穣、平安の内に駒迎をするめでたさ。[俳]ナシ。

2832 初ウ七。秋(秋)。▽他の部屋はすべて取かたづけて、台所ひとつを秋の間中は全生活の場とする。収穫物を臨時に貯蔵するために住居が使われる。そのような用意、苦労が天に通じたか、稲も助かった。[俳]台所。

2833 初ウ八。雑。恋(女房)。▽息子が嫁をとったので、親は台所を改造してそちらへ移った。秋の住居を閑居隠棲の心に通わせたものか。伊勢の杉木望一が息子に嫁をとった時に「我が庵は花の心のうつりげに昨日の秋と住みかはりけり」と詠んだ俤とする説がある(続猿蓑注解)。[俳]座頭・むすこ・女房。

2834 初ウ九。冬(とし籠り)。○伊勢の辛洲　伊勢国一志郡の社。加良須御前(からすのおまえ)と称される稚日女尊と御歳神を祭る。▽伊勢の加良須御前にお籠りをして新年を迎えた。望一の俤から伊勢を出す。[俳]辛洲・とし籠り。

2835 蓑《みの》はしらみのわかぬ一《いつ》徳《とく》　莧

2836 俵《へう》米《まい》もしめりて重《おも》き花《はな》盛《ざかり》　沾

2837 春《はる》静《しづか》なる竿《さを》の染《そめ》纑《かせ》　里

2838 鶯《うぐひす》の路《みち》には雪《ゆき》を掃《はき》残《のこ》し　莧

2839 しなぬ合《が》点《てん》で煩《わづら》ふて居《ゐ》る　沾

2840 年《とし》〳〵《どし》に屋《や》うちの者《もの》と中《なか》悪《わる》く　里

2841 三《み》崎《さき》敦《つる》賀《が》の荷《に》のかさむ也《なり》　莧

2842 汁《しる》の実《み》にこまる茄子《なすび》の出《で》盛《さかり》て　沾

2835 初ウ十。雑。▽年籠りに着て寝た蓑。粗末なものではあるがシラミのつかぬのが清潔でよろしい。なお、蓑は年越の夜に岡見の逆蓑として、これをさかさまに着て高い岡に登り我が家を眺める風習があったので、年籠りに縁ある詞でもある。[俳]しらみ・一徳。

2836 初ウ十一。春(花盛)。▽春三月、桜花の季節。昨秋収穫した米も、俵につめて冬を越し、春の長雨の時節を経ると、やや湿って重く感じられる。蓑は雨露をしのぐものだが、それ自体は湿って虫をわかすこともない。それに対していう。[俳]俵米。

2837 初ウ十二。春(春)。○染纑　つむいだ糸をかけて巻く工字形の木具を纑車(かせぐるま)という。それに巻いた紡糸(つみいと)を輪のままで染料にそめたものが染纑。▽染纑の輪が竿にかけて干されている。ぽってりと静止した様が、晩春の物憂い静けさを鮮やかに表現する。[俳]染纑。

2838 名オ一。春(鶯)。▽庭の隅の藪。樹木の茂る所の残雪は、掃き除くこともならず放置している。それを、ちょうど鶯の通る道ばかり残したようだ、といいなしたもの。[俳]ナシ。

2839 名オ二。雑。○煩ふて　正しくは「煩うて」。▽一病息災と自分に言いきかせて、病をあやしつつ養生している。気分のよい日は雪掃きもするが、鶯の来るあたりには立ち入らない。病者の心を楽しませてくれるものだから。[俳]合点で・煩ふて。

2840 名オ三。雑。▽老人の長わずらい。病気にわがままが加わって、段々家の者と折り合い悪く、陰口を叩かれる。あの世まで生き延びるつもりか、などと。[俳]屋うち。

2841 名オ四。雑。○三崎　能登国珠洲郡の港。○敦賀　越前国敦賀郡の港。▽北陸筋からの荷物が大量に滞ってしまう。琵琶湖北岸の今津あたりの舟問屋か。さまざまの事態が考えられるが問屋方と運送業者との確執などか。[俳]三崎・かさむ。

2842 名オ五。夏(茄子)。▽悪天候が続いて、茄子も不作。汁の実にするにも使えないようなものが盛んに出まわっている。あくが強すぎるのであろう。問屋の朝夕。前句の滞貨に対して、即座には食せない茄子で応ずる。[俳]汁の実・こまる・茄子・出盛て。

2843 あからむ麦《むぎ》をまづ刈《かり》てとる　　里

2844 口《くち》〱《ぐち》に寺《てら》の指図《さしづ》を書直《かきなほ》し　　芭

2845 殿《との》のお立《たち》のあとは淋《さび》しき　　沾

2846 銭《ぜに》かりてまだ取《とり》つかぬ小《こ》商《あきなひ》　　里

2847 卑《ひ》下《げ》して庭《には》によい料理《れうり》くふ　　芭

2848 肌《はだ》入《いれ》て秋《あき》になしけり暮《くれ》の月《つき》　　沾

2849 顔《かほ》にこぼるゝ玉《たま》笹《ざさ》の露《つゆ》　　里

2850 此《この》盆《ぼん》は実《まこと》の母《はは》のあと問《とひ》て　　芭

2843 名オ六。夏(あからむ麦)。▽茄子は収穫しても仕方がない。まずは、熟して赤くなった麦を刈り取ろう。茄子の苗は麦畦の間に移し植えるので前句に付く。囲ナシ。

2844 名オ七。雑。○指図　設計図。▽檀家の主だった人々が集まって、寺の堂塔増築の相談をしている。ともあれ、あの麦畑は早速刈り取って整地作業にとりかかれ、と。囲指図。

2845 名オ八。雑。▽領主のお成りがあって、寺を休憩の場としたのであるが、こと果てての後は、平生の淋しい寒村が一段と淋しく感じられる。前句は準備の場。囲殿・お立。

2846 名オ九。雑。▽もとでにするためにわずかばかりの銭を借りたのだが、なにを始めようにも不景気で、まだ商売に着手していない。城主が参勤交替で江戸へ出発してしまうと、城下は、火を消したように淋しくなる。囲銭・まだ・小商。

2847 名オ十。雑。○卑下して　遠慮して。○庭　台所などの土間。▽いつも遠慮して、訪ねて来ても台所の隅に居る。食事を出せば、結構なお食事を頂戴しましてなどと言いながら土間に跪いて食うような男。そんなからきし意気地のない男であるから、商売でも始めたらどうかと資金を貸し与えても、いまだに取りかかった気配がない。囲卑下して・庭・よい料理。

2848 名オ十一。秋(月)。▽先ほどまでは、肌ぬぎになっておもてで労働していた男どもが、日の暮に作業を終るとともに袖をとおし身なりを整えて、食事の座につく。日中に裸のさまを見ていると夏かと思われたが、さすがにもうすっかり秋なのだとわかった。下男は土間で食事する。囲肌入れて。

2849 名オ十二。秋(露)。▽笹の葉に置いた夕露が、風に揺れて顔に落ちて来た。前句の肌を入れるさまから、夕風のたつ笹のそよぎを想像し、月をふりあおぐさまから、顔面に露の落ちこぼれて来るさまを付ける。古風な遣り句。囲ナシ。

2850 名ウ一。秋(盆)。▽今年の盂蘭盆会には、実の母の墓参りをすることになった。前句の顔の露から、涙を連想して墓前に懐旧の涙を流すさまを付ける。まことの母に対しては、継母または姑などの母親との、さまざまの関係が空想されるが、いずれとも定めがたい。囲盆。

2851 有《あり》付《つき》て行《ゆく》出《で》羽《は》の庄《しやう》内《ない》　沾

2852 直《ね》のしれた帷《かた》子《びら》時《どき》のもらひ物《もの》　里

2853 聞《きき》て気《き》味《み》よき杉《すぎ》苗《なへ》の風《かぜ》　莧

2854 花《はな》のかげ巣《す》を立《たつ》雉《き》子《じ》の舞《まひ》かへり　沾

2855 あら田《た》の土《つち》のかはくかげろふ　里

2851 名ウ二。雑。○有付て　就職して。○庄内　出羽国田川郡の庄内藩。鶴岡藩とも称する。酒井氏十四万石。外様の多い奥羽で強大な譜代大名であった。▽長い流浪の果てに、ようやく扶持を得て行く先は、出羽の庄内。これからはめったに墓参りも出来まいと、盆会には心をこめて実母の追善供養をした。俳有付て・庄内。

2852 名ウ三。夏(帷子時)。○帷子　五月五日から八月末日まで着た麻・苧の単(ひとえ)物。▽着る物も軽薄の時節。皆がお祝いにくれる物も、いずれ安価なものばかり。俳直・しれた・もらひ物。

2853 名ウ四。雑。▽杉の苗を育てる畑。心地よい音をたてて風が吹き渡る。前句の、物を貰っても心の負担にならない程度の気軽さに対して、軽快な風の音を付ける。俳気味よき・杉苗。

2854 名ウ五。春(花・雉子)。▽雉は春の末に山の麦畑や灌木の陰などに粗末な巣を営む。巣を飛び出した雉が桜の木のかげで身をひるがえして、駆け戻る。前句の聴覚的な爽快感に対して、桜花と雉との視覚的な美しさを配する。万葉集「杉の野にさ躍る雉(きぎし)」により、杉から雉が連想される。俳ナシ。

2855 挙句。春(かげろふ)。○あら田　新田。新しく開墾したばかりの田。○かはく　正しくは「かわく」。▽陽炎のもえる日和。山のべの新田は、早くも乾燥している。前句の雉の巣から、山のべの新田を付ける。俳ナシ。

2856 いさみ立《たつ》鷹《たか》引《ひき》すゆる嵐《あらし》かな　里圃

2857 冬《ふゆ》のまさきの霜《しも》ながら飛《とぶ》　沾圃

2858 大《だい》根《こん》のそだゝぬ土《つち》にふしくれて　芭蕉

2859 上《かみ》下《しも》ともに朝《あさ》茶《ちゃ》のむ秋《あき》　馬莧

2860 町《ちやう》切《ぎり》に月《つき》見《み》の頭《とう》の集《あつ》め銭《せん》　沾圃

2861 荷《に》がちら〳〵と通《とほ》る馬《うま》次《つぎ》　里圃

2862 知《ち》恩《お》院《にん》の替《かは》りの噂《うはさ》極《きはま》りて　馬莧

2856 発句。冬(鷹)。○鷹引すゆる　正しくは「すうる」。当時通行のかなづかい。千載集「矢形尾のまじろの鷹を引きすゑて宇陀の鳥立(とだち)を狩りくらしつる」などによる。▽鷹を拳(こぶし)に据えて機をねらっていると、どっと吹きおろす嵐に、鷹ははやって飛び立とうとする。その脚に結んだ緒を引いて阻止するのである。寒風の中の緊張した場面。[俳]ナシ。

2857 脇。冬(霜)。○まさき　冬青。新古今集・冬「日暮るれば逢ふ人もなしまさき散る峰の嵐の音ばかりして」。▽常緑樹のマサキが、霜を葉に置いたまま、激しい峰の嵐に吹き散っている。荒涼の景気を添える。[俳]ナシ。

2858 第三。冬(大根)。▽山中の荒畑。小石まじりの瘠土で、元来大根の育つような土地ではない。収穫したものは、ごつごつとふしくれだって、ぶざまなもの。同じく荒涼の景ながら人事に転じつつ、泣き笑いのような滑稽を描く。[俳]大根・ふしくれて。

2859 初オ四。秋(秋)。▽一家のあるじも下男もうち揃って、朝方、起きぬけの茶を飲んでいる。大根も満足に育たぬ荒地の寒村の、つつましい農家の朝。[俳]上下・朝茶。

2860 初オ五。秋(月見)。○町切　町内すべて。○月見の頭　月待講の当番幹事。○集め銭　集銭(しゆせん)出しとも。頭割りに銭を出し合って酒食の費用とする。▽町内の月待講の世話役がまわって来たので、会費徴収に廻る。朝のうち仕事にかからぬ前に行くと、どの家でも朝茶を飲んでいる。[俳]町切・頭・集め銭。

2861 初オ六。雑。○馬次　宿駅。▽荷が通ることもあまりない、さびれた宿場町。町内で肩を寄せ合って暮しているので、小銭を持ち寄っての月見の宴などもある。[俳]ちら〳〵・馬次。

2862 初ウ一。雑。○知恩院　京都東山の華頂山知恩院。浄土宗の本山。慶長年間良純法親王の入山以来宮寺となる。チオニン・チョウニンと呼ばれた(貞享五年刊・浮世鏡)。▽知恩院の門跡さまか、住持さまかが替ったという風聞があったが、どうやらほんとうらしい。その祝儀のためらしい荷物が、この所、通過して行く。宿場は情報伝播の基地。[俳]知恩院・噂。

2863 さくらの後《のち》は楓《かへで》わかやぐ　沾

2864 俎《まないた》の鱸《すずき》に水《みづ》をかけながし　里

2865 目《め》利《きき》で家《いへ》はよい暮《くら》しなり　苴

2866 状《じやう》箱《ばこ》を駿《する》河《が》の飛《ひ》脚《きやく》請《うけ》とりて　沾

2867 まだ七《なな》つにはならぬ日《ひ》の影《かげ》　里

2868 草《くさ》の葉《は》にくぼみの水《みづ》の澄《すみ》ちぎり　苴

2869 伊《い》駒《こま》気《き》づかふ綿《わた》とりの雨《あめ》　沾

2870 うき旅《たび》は鵙《もず》とつれ立《だつ》渡《わた》り鳥《どり》　里

2863 初ウ二。夏(楓わかやぐ)。▽春の桜も散りすぎると、続いて若楓の美しい新緑が光りかがやいて見える。京都の行楽は一月二十五日の知恩院御忌詣(ぎょきもうで)を皮切りに展開される。知恩院は桜・楓の名所。[俳]ナシ。

2864 初ウ三。夏(鱸)。▽鱸は夏の魚、刺身また汁物にも用いられる。その雲腸(くもわた)は五月から夏中に賞味され、土用の間が最盛期。俎の上で鱸を調理して内臓を洗い、刺身をつくる。前句の視覚的な描き方に、味覚を付ける。[俳]俎。

2865 初ウ四。雑。○目利　古筆や刀剣などの鑑定。本阿弥家・古筆家など、京羽二重(貞享二年刊)には京都だけでも十六軒の目利があった。▽目利を職業としているので、裕福な暮らしむきである。前句の鱸料理をぜいたくとして付ける。[俳]目利・で・よい。

2866 初ウ五。雑。○状箱　書状を入れて使いに持たせる小箱。▽駿河からやってきた飛脚が、大事そうに状箱を受けとるとまた帰って行った。駿河は徳川家康ゆかりの地。寛永十年(一六三三)以降、駿府城代が置かれた。由緒ある筆蹟・古道具なども出るので、特別の飛脚を仕立てて江戸や京都の鑑定家に問い合わせるのであろう。[俳]状箱・飛脚。

2867 初ウ六。雑。○七つ　日出・日入を六つとして、その前の時間帯が七つ。ここでは太陽の傾き加減を測っているので、夕刻の七つ。▽この太陽の光の加減では、まだ七つ前であろう。飛脚便には到着時刻を指定した時付(ときづけ)の便もあったので、それをもって付けた遣り句。[俳]まだ・七つ。

2868 初ウ七。秋(水澄)。▽まっくらになって降りしきった夕立があがって、草の葉がくれのくぼみに清冽な水たまりが見える。まだ日暮まではしばらくありそうだ。[俳]澄ちぎり。

2869 初ウ八。秋(綿とり)。○伊駒　生駒山。▽生駒山は大和と河内の境をなす山。その東西はともに綿花の産地。また生駒山は両国の人々が天候を見定める目安となった。綿の収穫期のさま。[俳]綿とり。

2870 初ウ九。秋(鵙)。▽渡り鳥が鵙と連れになってしまった。つらいことよ。裏に悪者と道連れになった弱い旅人の心をいう。前句は娘を大坂へ奉公に出した母親の気遣い。[俳]ナシ。

2871 有《あり》明《あけ》高《たか》う明《あけ》はつるそら　莧

2872 柴《しば》舟《ぶね》の花《はな》の中《なか》よりつつと出《で》て　沾

2873 柳《やなぎ》の傍《はた》へ門《もん》をたてけり　里

2874 百姓《ひやくしやう》になりて世《せ》間《けん》も長閑《のどか》さよ　莧

2875 ごまめを膳《ぜん》にあらめ片《かた》菜《のり》　沾

2876 売《うり》物《もの》の渋《しぶ》紙《がみ》づゝみおろし置《おき》　里

2877 けふのあつさはそよりともせぬ　莧

2878 砂《すな》を這《は》ふ蕀《いばら》の中《なか》の絡《ギ》線《ス》の声《こゑ》　沾

2871 初ウ十。秋(有明)。▽すっかり明けきってしまった空に高く、有明の月が残っている。渡り鳥の中に鴫がいることもはっきりと見分けられるのである。[俳]高う。

2872 初ウ十一。春(花)。▽両岸の桜の花が、いっぱいに咲き誇っている。その下陰から柴を積んだ舟が、ふいに姿をあらわした。前句は仰ぐ形。この句は俯瞰する形。一幅の山水画になる。[俳]つつと。

2873 初ウ十二。春(柳)。▽川に向って柳の木のかたわらに門を建てた。杜甫「柴門正シカラズ江ヲ逐ウテ開ク」や、陶淵明「宅辺ニ五柳樹アリ」(五柳先生伝)などのおもむき。前句と同じく水墨山水画の世界。[俳]傍・門。

2874 名オ一。春(長閑さ)。▽今や一介の農夫となって隠棲する。官途にある時と違って万事気易い晴耕雨読の生活。前句の五柳先生伝の俤。[俳]百姓・世間。

2875 名オ二。雑。○ごまめ　小鰯の干物。○あらめ　荒和布。昆布より幅が狭く黒色の海藻。○片菜　堅海苔。▽膳にある物といえば、形ばかりの生臭物はゴマメ、汁物・そえ肴にアラメとカタノリ。いずれも干物ばかりの質素な食事。[俳]ごまめ・膳・あらめ・片菜。

2876 名オ三。雑。○渋紙　柿渋を塗った丈夫な紙。▽旅廻りの行商人。売物を入れた渋紙の包みを肩からおろして脇に置き、茶店などで粗末な食事をかきこんでいる。[俳]売物・渋紙づゝみ。

2877 名オ四。夏(あつさ)。▽まったく今日の暑さときたら。木の葉がかさりとも音を立てませんね、などと言いながら、樹陰に荷物をおろして休む体。街道筋の真夏。[俳]そより。

2878 名オ五。夏(蕀)。○蕀　荊蕀。金桜子(のいばら)。四月に白い花を開く。○絡線　「絡線(らくせん)」はたおりめ。俗ニ云フきりぎりす」(訓蒙図彙)。ただし、ギスはバッタの類をさすものともいう。方言にも残る。▽陽に熱せられた砂地をノイバラが枝を伸ばしている。その陰から、ギスのかすかな声が聞こえてくる。[俳]砂・蕀・絡線。

2879 別《わかれ》を人《ひと》がいひ出《だ》せば泣《なく》　里

2880 火《こ》燵《たつ》の火《ひ》いけて勝手《かつて》をしづまらせ　莧

2881 一《いつ》石《こく》ふみし碓《からうす》の米《こめ》　沾

2882 折《をり》〳〵《をり》は突《つき》目《め》の起《おこ》る天《てん》気《き》相《あひ》　里

2883 仰《ゲウ》に加《か》減《げん》のちがふ夜《よ》寒《さむ》さ　莧

2884 月《つき》影《かげ》にことしたばこを吸《すう》てみる　沾

2885 おもひのまゝに早《わ》稲《せ》で屋《や》根《ね》ふく　里

2886 手《て》払《ばらひ》に娘《むすめ》をやつて娵《よめ》のさた　莧

2879 名オ六。雑。▽前句の砂地の景を墓所と見て付ける。墓参の場で、それにつけても故人の亡くなったときは、などと誰かが言い出すと、家族のものは、再び臨終の折の悲しみを思い出して涙にくれる。囲いひ出せば。

2880 名オ七。冬（火燵の火）。▽火燵の火も始末させて、台所の下男下女どもをも、すべて休ませ寝静まったあとで、改めて、明日の旅発ちのことを語ると、妻は別れの悲しさにまた涙を流す。遠方へ出張する武士などか。囲火燵・いけて・勝手。

2881 名オ八。雑。○碓　踏臼。足踏み式の精米用の臼。▽火の元の始末など済ませ女どもを寝かせたあとで、なお冬の夜なべ仕事に臼を踏んで、とうとう一石の米を搗いてしまった。忠義な下男の自慢話か。囲一石・碓・米。

2882 名オ九。雑。○突目　篠突目（しのつきめ）。珠管。目の角膜に生ずる白い点。内臓が風熱痰飲に犯されて眼に発すると考えられていた。▽ときどきは、持病の眼の病が起る天候が訪れた。新米を搗く頃の天気をいうか。囲突目・天気相。

2883 名オ十。秋（夜寒さ）。○仰に　仰山（ぎやうさん）に。大へんに。○加減　程度。ようす。底本「減」を「滅」に誤る。▽予想にはずれて、にわかに寒さが厳しくなった。それで夜寒が身にこたえて、眼病が出るのであろう。囲仰に・加減。

2884 名オ十一。秋（月影・ことしたばこ）。▽葉煙草は秋七、八月に収穫する。新煙草また若煙草と称して珍重する。名月をめでながら、一服ことしの味を試してみる。縁先の観月の一趣向であるが、あいにく意外に夜寒が厳しくて、せっかくの着想がみのらなかった。囲ことしたばこ・吸てみる。

2885 名オ十二。秋（早稲）。▽稲の生育も順調で、早く収穫した早稲の新藁も充分に乾燥準備することができた。かねて念願の屋根の葺き替えも、冬を前にすっかり終った。すべて満足なこの秋をふりかえり手作りの煙草を一服。囲で。

2886 名ウ一。雑。恋（娵）。▽わが家の娘たちは、すっかり他家に縁づけ終って、いよいよ跡取り息子に嫁を取る算段にとりかかる。前句を、嫁取りのために家の内外を補修改装する準備と見ての付け。囲手払・娘・やつて・娵・さた。

2887 参《さん》宮《ぐう》の衆《しゆう》をこちで仕《し》立《たつ》る　沾

2888 花《はな》のあと躑《つつ》躅《じ》のかたがおもしろい　里

2889 寺《てら》のひけたる山《やま》際《ぎは》の春《はる》　荳

2890 冬《ふゆ》よりはすくなうなりし池《いけ》の鴨《かも》　沾

2891 一《ひと》雨《あめ》降《ふり》てあたゝかな風《かぜ》　里

2887 名ウ二。雑。〇参宮　伊勢参りは一人前と認められるための通過儀礼的な行事となっていた。▽お伊勢参りの一行をこの家の費用でまかなうからと、世間になれた隣人に頼んで、息子を連れて行って貰う。いよいよ嫁を貰おうかというのに、まだ参宮が済んでいなかったのである。囲参宮・衆・こちで。

2888 名ウ三。春(花・躑躅)。▽すでに桜の花も散りすぎてしまって、景色も面白くない、などとむつかる人々に対して、ツツジの花の時節もまた別種の趣があってよろしい、と無理やりに話を運ぶ。前句の作為的な旅行の企画に対して、その強引なことの運びようを具体的に描写する。囲おもしろい。

2889 名ウ四。春(春)。▽かつて威容を誇った山の裾の寺が退転遷延してしまった。しかし季節はめぐり桜が咲きツツジが咲き、伽藍の跡をいろどっている。囲ひけたる。

2890 名ウ五。春(鴨帰る)。▽冬の最盛期にくらべれば、数が減ってきた。鴨どももつぎつぎ北へ帰って行くのであろう。渡りの鴨がやってくる大きな池のある寺院。今はなくなってしまった伽藍の広大さが想像される。囲すくなう。

2891 挙句。春(あたゝかな風)。▽一雨降るごとに暖かさの増して行くことが、春風の中にはっきり感じられる。いよいよ鳥たちは数少なくなって行くのであろうか。囲一雨。

2892 猿《さる》蓑《みの》にもれたる霜《しも》の松《しよう》露《ろ》哉《かな》　沾圃

2893 日《ひ》は寒《さむ》けれど静《しづか》なる岡《をか》　芭蕉

2894 水《みづ》かるゝ池《いけ》の中《なか》より道《みち》ありて　文考

2895 篠《しの》竹《だけ》まじる柴《しば》をいたゞく　惟然

2896 鶏《にはとり》があがるとやがて暮《くれ》の月《つき》　蕉

2897 通《とほ》りのなさに見《み》世《せ》たつる秋《あき》　考

2898 盆《ぼん》じまひ一《いつ》荷《か》で直《ね》ぎる鮨《すし》の魚《うを》　然

2892 発句。冬(霜)。○猿蓑　七部集第五の猿蓑をさす。○松露　松子・麦蕈とも。海辺の松林の陰の砂浜に生ずる。褐色で香と風味を愛されて食用に供する茸。秋季のもの。▽松露に霜が降りて、砂浜の白さの中で見分けがたい。色の階調に微妙な味わいがあるが、どこかとぼけた観もある。この松露を詠んだ句が、かの猿蓑に一句も見えないのは、冬季を第一とするかの集では、霜の中の松露となると目立たぬものとして取りあげられなかったのであろうか。[俳]猿蓑・松露。

2893 脇。冬(寒けれど)。▽日ざしも弱く寒々としているけれども、今日の日のこの岡は、せめて風もなく静かなのがとりえである。「静」なので霜も降りたまま解けない。「岡」の上から眺めれば松原の浜の松露は見分けがたい。猿蓑が大局的見地から編集されたので、冬の松露までは配慮に入らなかったと、微笑しつつ弁解する。[俳]ナシ。

2894 第三。雑。▽山田の用水池。秋に水を落し、すっかり涸れてしまったあとは、これを近道としてその中を踏み固めた筋が見える。岡の上からの眺望。[俳]ナシ。

2895 初オ四。雑。▽篠竹をも一緒に束ねた雑木を、頭に乗せて女が行く。前句の道の上に人間を描き出す。近道を踏み固めた人は柴刈の人々であった。[俳]ナシ。

2896 初オ五。秋(月)。▽鶏はふつう放し飼い。夕刻になると自分のねぐらとする庭木や土間の隅の横木に飛びあがって勝手に静まる。ひとしきりその騒ぎがあっておさまると、やがて夕月が美しい形をみせる。前句は、夕餉の仕度に薪を台所へ運びこむところ。[俳]鶏・あがると。

2897 初オ六。秋(秋)。▽秋の夕暮のせわしさ、さびしさ。人通りもぱったり途絶えてしまったので、早々に店の戸をたて切って閉めてしまう。[俳]通り・見世たつる。

2898 初ウ一。秋(盆)。○盆じまひ　正月仕舞とともに盆前と正月前は年に二度の決算期。仕舞物といって売残りの商品は安く処分する。○一荷　天秤棒で前後二つをかつぐこと。▽盆前だ。その担いでいるもの全部買うから安くしろ。店先で通りがかりの魚屋を値切る。鮨は盆の客人用。[俳]盆じまひ・一荷・で・直ぎる・鮨。

2899 昼寐《ひるね》の癖《くせ》をなをしかねけり　蕉

2900 聟《むこ》が来《き》てにつともせずに物語《ものがたり》　考

2901 中国《ちゆうごく》よりの状《じやう》の吉左右《きつさう》　然

2902 朔日《ついたち》の日《ひ》はどこへやら振舞《ふるまは》れ　蕉

2903 一重羽織《ひとへばおり》が失《うせ》てたづぬる　考

2904 きさんじな青葉《あをば》の比《ころ》の樅楓《もみかへで》　然

2905 山《やま》に門《もん》ある有明《ありあけ》の月《つき》　蕉

2906 初《はつ》あらし畠《はたけ》の人《ひと》のかけまはり　考

2899 初ウ二。雑。○なをし　正しくは「なほし」。▽盆前の魚を、商人の荷全部を買い取るような家。門口のやりとりのさわがしさに眼を覚すと、夏以来の癖が直らず、また昼寝をしていたのだった。裕福な居宅の初秋。俳ナシ。

2900 初ウ三。雑。恋(聟)。▽娘聟がやって来た。にこりともせず物堅い話を続ける。すでに隠居して自堕落な生活にある老人には、昼寝を起されて迷惑至極。俳聟・につと。

2901 初ウ四。雑。恋(状)。▽中国方のさる家中より、しかじかの件につきこれこれの文書が参った。前句を深刻な事態と見て、固唾を呑んで結論を聞き出そうとする様子を付ける。句作りに緊張感を出す。中国は今日の山陽山陰地方。右二句、用語の上でのみ恋の扱い。俳中国・状・吉左右。

2902 初ウ五。雑。▽前句の書状の内容をかいつまんで例示する。この月の朔日は、誰それの家で饗応にあずかった、というような楽しいしらせ。俳どこへやら・振舞れ。

2903 初ウ六。夏(一重羽織)。○一重羽織　裏のない夏羽織。▽気づいてみると夏羽織が見当らぬ。数日、酒宴があったが、どこで忘れてきたものか。朔日はあそこ、二日はここ、と記憶を確かめている体。俳一重羽織。

2904 初ウ七。雑。○きさんじ　気晴らし。○樅　常緑の針葉樹。○楓　雞冠木。三四月は若葉が薄紅色、五六月青葉に復す。▽花の時節をすぎ、新緑の頃のモミ・カエデは、心をのびのびさせてくれる。花・紅葉のように散る心配がないから。俳きさんじな・樅。

2905 初ウ八。秋(月)。▽山間の夜明け。新緑に包まれて寺院の門が見える。空には有明の月。洛北高尾・栂尾あたりの景とする説が多い。俳門。

2906 初ウ九。秋(初あらし)。○初あらし　秋七月末から八月にかけて吹く嵐。○畠　底本「畑」を見せけちにして「畠」と左に記す。▽夜明け方の強風に、収穫の近い作物を思いやって、農夫が畑に出て奔走している。俳かけまはり。

2907 水《みな》際《ぎは》光《ひか》る浜《はま》の小《こ》鰯《いわし》　然

2908 見《み》て通《とほ》る紀《き》三《み》井《ゐ》は花《はな》の咲《さき》かゝり　蕉

2909 荷《に》持《もち》ひとりにいとゞ永《なが》き日《ひ》　考

2910 こち風《かぜ》の又《また》西《にし》に成《なり》北《きた》になり　然

2911 わが手《で》に脈《みやく》を大《だい》事《じ》がらるゝ　蕉

2912 後《のち》呼《よび》の内《ない》儀《ぎ》は今《こん》度《ど》屋《や》敷《しき》から　考

2913 喧《けん》咜《くわ》のさたもむさとせられぬ　然

2914 大《たい》せつな日《ひ》が二《ふつ》日《か》有《ある》暮《くれ》の鐘《かね》　蕉

2907 初ウ十。秋(小鰯)。▽コイワシは数《チセン》の大きさであるが、群行して至る時は海の色が変ると伝え、漁夫は予知して網を設ける。「小鰯引く」は八月の季語(毛吹草)。引網で引き寄せられたイワシの大群で浜辺は銀鱗の光るところとなった。初嵐は農事の災難となったが、漁民には大漁をもたらした。[俳]小鰯。

2908 初ウ十一。春(花)。○紀三井　紀伊国和歌山城下の東南にある紀三井山金剛宝寺。西国順礼第二番の札所。和歌浦を見下す景勝にある。芭蕉の句と伝えるものに「見あぐれば桜しまうて紀三井寺」とある。▽早くも桜の咲き始めた紀三井寺。名草山の中腹を見上げて旅を行く。浜辺は春の鰯漁。[俳]紀三井。

2909 初ウ十二。春(永き日)。▽旅の連は荷物持がひとり。話し相手にもならぬので、たださえ永い春の日が一段と永く感じられる。風雅も語れないので花見は省略。[俳]荷持。

2910 名オ一。春(こち風)。▽永い春の一日。春風は、西風になったり北風になったり。日に何度も風向が変る。春の陰晴定まらぬ天候をいう。[俳]ナシ。

2911 名オ二。雑。○わが手に　「手」は底本に濁点がある。自分自身で。▽自分で自分の脈を診察して素人判断を下し、ひとりで深刻がっている。「るゝ」は尊敬。病床の主人を側の者が見ている。少しの天候の変化にも敏感に反応して暑い寒いと騒ぎ立てる主人なのであろう。[俳]わが手に・脈・大事がらるゝ。

2912 名オ三。雑。恋(後呼の内儀)。○後呼の内儀　後妻。内儀は町人の主婦をいう。男性語。○屋敷　屋敷方(やしきがた)。武家方。▽今度、旦那様の後妻に来られたのは、武家屋敷に仕えた方だという。諸事心得のある方で自脈をとって御自身の病気をわかってしまうそうだ。[俳]後呼・内儀・今度・屋敷。

2913 名オ四。雑。▽うっかり喧嘩の評判もできない。上つ方から女主人が来たので、下世話な話をむやみに面白がっていると叱られる。下男たちの嘆き。[俳]喧咜・さた・むさと。

2914 名オ五。雑。▽年に二日、家中謹慎して静謐に日を暮す。下々の者もむやみに喧嘩もできぬ。入相の鐘を聞くと一同ほっとする。その家の家祖・主人の両親などの忌日か。[俳]大せつな。

2915 雪《ゆき》かき分《わけ》し中《なか》のどろ道《みち》　考

2916 来《く》る程《ほど》の乗《のり》掛《かけ》は皆《みな》出《しゆつ》家《け》衆《しゆう》　然

2917 奥《おく》の世《よ》並《なみ》は近《きん》年《ねん》の作《さく》　蕉

2918 酒《さけ》よりも肴《さかな》のやすき月《つき》見《み》して　考

2919 赤《あか》鶏《けい》頭《とう》を庭《には》の正《しやう》面《めん》　然

2920 定《さだま》らぬ娘《むすめ》のこゝろ取《とり》しづめ　蕉

2921 寐《ね》汗《あせ》のとまる今《け》朝《さ》がたの夢《ゆめ》　考

2922 鳥《とり》籠《かご》をづらりとおこす松《まつ》の風《かぜ》　然

2915 名オ六。冬(雪)。▽雪の中を搔き分けて作った通路は、ひどいぬかるみになってしまった。前句を年内余す所あと二日と見て歳暮の雑踏混雑を付けたか。俳どろ道。

2916 名オ七。雑。○乗掛　乗掛馬。旅客をも乗せる荷馬。▽馬を利用してやってくる人は、どれも皆僧侶ばかりである。街道筋の景。僧侶の豪奢、傍若無人を諷する心があるか。十一月二十八日の親鸞忌を中心に行われる報恩講のために、上洛する北陸筋よりの門徒・僧侶とする説がある。俳乗掛・出家衆。

2917 名オ八。秋(作)。○世並　世間のようす。○作　作柄。収穫。▽奥州筋の景況をうかがうと、近年にめずらしい豊作であるそうだ。檀家の好況に支えられて、出家の旅行もぜいたくになる。俳世並・近年・作。

2918 名オ九。秋(月見)。○肴　料理。▽月見の宴にかかった費用を計算してみると、酒代よりも料理全部の代金の方が安く済んだ。全般の豊作で食料品が値下りした。俳肴・やすき。

2919 名オ十。秋(赤鶏頭)。▽なんの趣向もない赤い鶏頭の花が、庭の正面にあるような家。農家の庭先か。粗食で、ともかく酒で座をもたせるようなお粗末な月見。俳赤鶏頭・正面。

2920 名オ十一。雑。恋(娘)。▽恋の思いにのぼせあがって、動揺している娘の心を、なんとか鎮めようとする。「あら野」の書名の由来となった西行の「雲雀たつあら野におふる姫ゆりの何につくともなき心かな」は山家集によれば「心性さだまらずといふことを題にて人々よみけるに」という詞書がある。姫ゆりが心性不定の象徴であったのに対して、ここでは赤い鶏頭が恋に揺れる娘心の象徴になっている。俳娘。

2921 名オ十二。雑。恋(夢)。▽ようやく鎮静した心となって、昨夜はゆっくり眠って、やすらかな夢を結んだそうな。久方ぶりに悪夢に寝汗をかくこともなく。俳寝汗。

2922 名ウ一。雑。▽鳥籠をずらりとならべた座敷の縁先。庭の松を吹きわたる風が、さわやかに通りぬける。風にさそわれて鳥どもが一斉にさえずり始め、今朝はその声もひときわ心地よく聞こえる。ようやく回復に向かった病人。鳥籠は病中の慰み。反故集に「座一面」をヅラリと訓む。俳づらりと。

2923 大《だい》工《く》つかひの奥《おく》に聞《きこ》ゆる　蕉

2924 米《こめ》搗《つき》もけふはよしとて帰《かへ》る也《なり》　考

2925 から身《み》で市《いち》の中《なか》を押《おし》あふ　蕉

2926 此《この》あたり弥生《やよひ》は花《はな》のけもなくて　然

2927 鴨《かも》の油《あぶら》のまだぬけぬ春《はる》　考

2923 名ウ二。雑。▽普請か修理のために大工を入れているが、その作業の物音が、奥の方まで聞こえてくる。前句を富裕な大家の隠居などと見て付ける。「奥」の字は同じ名残の折の表の八句目に出る。「折に一づつ」(御傘、俳諧無言抄)という式目に違反している。[俳]大工づかひ。

2924 名ウ三。雑。○米搗　米踏人夫。唐臼を踏んで玄米を精白する人。▽人の出入りの多い富家。奥ではまた普請の音が聞こえる。相変らずの作事道楽。家内の多人数のために、毎日通いの米搗日傭が来ている。今日の分はもう済んだらしく、いま門口から帰って行く。[俳]米搗。

2925 名ウ四。雑。▽身ひとつで手ぶら。ただなんとなく人込の中に出て、雑踏を楽しんで帰る。前句の「けふ」を特別の日と見て、住吉の宝の市のような神事祭礼の日の雑踏を思い寄せたものか。[俳]から身。

2926 名ウ五。春(弥生・花)。▽この付近では晩春三月の季節は未だ寒くて、桜の花の咲き出す気配も見えない。寒国の遅い春。まれの市が立つ日、雑踏で押し合いへし合いすることが、楽しく快いのであろう。[俳]けもなくて。

2927 挙句。春(春)。▽鴨は秋に渡ってきた時と、脂ののった冬季とでは、味も、料理に使う方法も差がある。やがて春になれば、再び肉の脂肪を落して渡りに備えるので味が落ちる。ここは前句の春の遅い寒国のさまを受けて、おかげで暦の上では春になっても、当地ではまだ脂の落ちていない寒鴨の味を楽しむことができる、というのである。[俳]油・まだ。

今《こ》宵《よひの》賦《ふ》

野盤子《やばんし》
文考

今宵《こよひ》は六月十六日のそら水《みづ》にかよひ、月《つき》は東方《とうはう》の乱山《らんざん》にかゝげて、衣裳《いしやう》に湖水《こすい》の秋《あき》をふくむ。されば今宵のあそび、はじめより尊卑《そんぴ》の席《せき》をくばらねど、しば〳〵酌《くみ》てみだらず。人《ひと》そこ〳〵に涼《すず》みふして、野《の》を思《おも》ひ山《やま》をおもふ。たま〳〵かたりなせる人《ひと》さへ、さらに人《ひと》を興《きよう》ぜしめむとにあらねば、あながちに弁《べん》のたくみをもとめず、唯萍《ただうきくさ》の水《みづ》にしたがひ、水《みづ》の魚《うを》をすましむるたとへにぞ侍《はべ》りける。阿叟《あそう》は深川《ふかがは》の草庵《さうあん》に四年《よねん》の春秋《しゆんじう》をかさねて、ことしはみな月《づき》さつきのあはいを渡《わた》りて、伊賀《いが》の山中《さんちゆう》に父母《ふぼ》の古墳《こふん》をとぶらひ、洛《らく》の嵯峨山《さがやま》に旅《たび》ねして、賀茂《かも》・祇園《ぎをん》の涼《すず》みにもたゞよはす。かくてや此山《このやま》に秋《あき》をまたれけむと思《おも》ふに、さすが湖水《こすい》の納涼《だふりやう》もわすれがたくて、また

○賦　序とあるべきもの(露伴『評釈』)。
○六月十六日　嘉定喰(かじよう ぐい)の日。嘉定銭十六文を以て菓子を調達し共に食す。
○そら水にかよひ　滕王閣序「秋水ハ長天ト共ニ一色ナリ」(古文後集)、「水や空空や水とも見えわかずかよひてすめる秋の夜の月」(新後拾遺集)などによる。
○乱山　不揃いに聳え立つ山々。「乱山高下商州ニ入ル」(三体詩・宿武関)など。
○衣裳に…　「衣裳ハ冷クシテ水ノゴトシ」(白氏長慶集・早朝ニ雪ヲ賀シテ陳山人ニ寄ス)によるか。
○尊卑…　身分の高下によって座配を考えることはしない。
○しば〳〵酌て…　何度も酒を酌み交しても乱酔することがない。
○そこ〳〵に　あちこちに。適宜。
○野を思ひ山をおもふ　胸中の山水に思いを馳せる。風流に心を遊ばせる。
○弁のたくみ…　弁舌に技巧をこらさない。
○阿叟　叟は翁。芭蕉をさす。造語か。
○四年の春秋　元禄四年(一六九一)冬から同七年夏まで足かけ四年。
○ことし　元禄七年五月二十八日、伊賀上野に帰郷、翌閏五月十六日出郷。
○あはい　正しくは「あはひ」。
○嵯峨山　歌枕嵯峨の山。嵯峨にある去来の落柿舎へは、閏五月二十二日に到着、六月十五日まで滞在。
○賀茂　下鴨神社の林間の涼みは六月十九日から。
○祇園の涼み　四条河原の涼みは、六月七日から十八日まで。
○たゞよはす　逍遥なさった。
○此山　嵯峨山をいう。
○湖水　琵琶湖。

三四里《さんより》の暑《あつさ》を凌《しのぎ》て、爰《ここ》に草鞋《さうあい》の駕《のりもの》をとゞむ。今宵《こよひ》は菅沼氏《すがぬまうぢ》をあるじとして、僧《そう》あり、俗《ぞく》あり、俗《ぞく》にして僧《そう》に似《に》たるものあり。その交《まじはり》のあはきものは、砂川《すながは》の岸《きし》に小松《こまつ》をひたせるがごとし。深《ふか》からねばすごからず。かつ味《あぢ》ならうして人《ひと》にあかるゝなし。幾年《いくとし》なつかしかりし人〴〵《ひとびと》の、さしむきてわするゝににたれど、おのづからよろこべる色《いろ》、人《ひと》の顔《かほ》にうかびて、おぼへず鶏啼《とりなき》て月《つき》もかたぶきける也《なり》。まして魂祭《たままつ》る比《ころ》は、阿叟《あそう》も古《ふる》さとの方《かた》へと心《こころ》ざし申《まう》されしを、支考《しかう》はいせの方《かた》に住《すみ》どころ求《もとめ》て、時雨《しぐれ》の比《ころ》はむかへむなどもおもふなり。しからば湖《ニホ》の水鳥《みづどり》の、やがてばら〳〵に立《たち》わかれて、いつか此《この》あそびにおなじからむ。去年《こぞ》の今宵《こよひ》は夢《ゆめ》のごとく、明年《みやうねん》はいまだきたらず。今宵《こよひ》の興宴何《きようえんなん》ぞあからさまならん。そゞろに酔《ゑひ》てねぶるものあらば、罰盃《ばつぱい》の数《かず》に水《みづ》をのませんと、たはぶれあひぬ。

○三四里　京より大津までは三里。
○草鞋の駕　底本「草・鞋」各字に音読符号を付す。履物を乗物に見立てる。
○菅沼氏　膳所藩士菅沼曲翠。
○僧あり俗あり　晋書白蓮社記「僧アリ俗アリ、俗ニシテ僧ニ似タルアリ」(続猿蓑注解)。
○その交のあはきもの　荘子「君子ノ交ハ淡クシテ水ノゴトシ」。
○わするゝににたれど　新千載集「面影も忘るばかりの年月をうき身にそへてなげかるるかな」などによる。
○おぼへず　正しくは「おぼえず」。
○魂祭る比　七月十五日の盂蘭盆会。芭蕉は墓参に帰郷した。
○湖の水鳥の　琵琶湖に浮ぶ水鳥のように。
○いつか此あそびに　杜甫「明年此ノ会知ンヌ誰カ健ナラン」。
○あからさま　卒爾。
○罰盃　世説新語に王羲之が蘭亭の会で詩を作らない者に三斗の罰盃を飲ましめたという(古文後集・春夜宴桃李園序・註所引)。

2928 夏《なつ》の夜《よ》や崩《くづれ》て明《あけ》し冷《ひや》し物《もの》　芭蕉

2929 露《つゆ》ははらりと蓮《はす》の縁《えん》先《さき》　曲翠

2930 鶯《うぐひす》はいつぞの程《ほど》に音《ね》を入《いれ》て　臥高

2931 古《ふる》き革《かは》籠《ご》に反《ほう》故《ご》おし込《こむ》　惟然

2932 月《つき》影《かげ》の雪《ゆき》もちかよる雲《くも》の色《いろ》　支考

2933 しまふて銭《ぜに》を分《わく》る駕《かご》かき　芭蕉

2934 猪《ゐのしし》を狩《かり》場《ば》の外《そと》へ追《おひ》にがし　翠

2928 発句。夏(夏の夜・冷し物)。○冷し物　煮冷(にびやし)。羹(あつもの)を調味料理して冷した物。▽夏の夜の明けやすさよ。歓談に時を忘れて、気がつくと夜明け。あわてて折角の料理の蓋を取ると煮冷は形も崩れていたのだった。元禄七年(一六九四)夏の作。俳冷し物。

2929 脇。夏(蓮)。▽池辺の涼感。縁先に見える蓮の葉に置いた露が、夜明けの空気の動きによってか、ほろりと転がった。発句の錯綜した措辞に応じて、脇句も「蓮の縁先」と転倒した措辞を用いる。俳はらりと・縁先。

2930 第三。夏(鶯は・音を入て)。○音を入て　鳴き声をたてなくなること。▽いつの間にか鶯の鳴き声も聞かなくなった。早朝の思い。俳いつぞの程に・音を入て。

2931 初オ四。雑。○革籠　まわりに皮革を貼った行李。▽手慣れの文庫に、この春の作品をしまいこむ。春が過ぎ去ったことを、そうして自分に言いきかせるのである。「反故」は書き損じではなく、自作を謙遜していう意識。俳革籠・反故。

2932 初オ五。冬(雪)。▽月の光を雪にたとえるが、その雪ならぬほんものの雪が降りそうである。この雲のようすを見ると。前句の反故を、書き損じとして、障子の破れや壁の隙間をふさぐために用いたもの、と見て付ける。俳ちかよる。

2933 初オ六。雑。○しまふて　正しくは「しまうて」。▽一日の仕事を終えて、駕籠かき二人が稼いだ銭を分け合っている。今日は雪が降りそうなので早めにあがるというのであろう。俳しまふて・銭・駕かき。

2934 初ウ一。雑。▽領主の狩に勢子(せこ)として雇用されたが、慣れない仕事のかなしさは、せっかくの獲物を狩場の外へ逃がしてしまった。前句は、徴用された駕籠かき人足が、日当の銭を分配しているさま。狩場は冬の季語(御傘)であるが、ここでは雑の扱いとしている。俳猪。

2935 山《やま》から石《いし》に名《な》を書《かき》て出《だ》す　高

2936 飯櫃《いびつ》なる面桶《めんつ》にはさむ火《ひ》打《うち》鎌《がま》　然

2937 鳶《とび》で工《く》夫《ふう》をしたる照《てり》降《ふり》　考

2938 おれが事《こと》歌《うた》に読《よま》るゝ橋《はし》の番《ばん》　蕉

2939 持《ぢ》仏《ぶつ》のかほに夕《ゆふ》日《ひ》さし込《こむ》　翠

2940 平《ひら》畦《うね》に菜《な》を蒔《まき》立《たて》したばこ跡《あと》　考

2941 秋《あき》風《かぜ》わたる門《かど》の居《すゑ》風《ぶ》呂《ろ》　然

2942 馬《うま》引《ひき》て賑《にぎは》ひ初《そむ》る月《つき》の影《かげ》　高

2935 初ウ二。雑。▽巨石を切り出す工事場。運搬の経路にあたる領主の狩場から、あらかじめ獣の類を追い払って置く。幕府造営の城郭の建材に各大名が巨石を献上したものには、それぞれの紋章・姓名を刻んだ例がある。[俳]ナシ。

2936 初ウ三。雑。○飯櫃なる　歪んだ。○面桶　曲物(わげもの)の弁当箱。○火打鎌　火打金。火打石を強く擦過させて発火させる鉄製の具。▽石工の昼食。湯を沸かすために弁当とひとからげにした着火器を取り出す。石工が自分の名を石に刻む例がある。[俳]飯櫃なる・面桶・火打鎌。

2937 初ウ四。雑。▽鳶の鳴き声を根拠にして、あれこれ晴雨の予測方法を案出した。それによれば、今日は大丈夫だというので、弁当を下げて野仕事に出る。中国では鳶が朝鳴けば大雨、夕方鳴けば小雨と伝え、日本では朝鳴けば雨、夕方鳴けば晴などという。[俳]工夫・照降。

2938 初ウ五。雑。○橋の番　橋番屋に居住して、通行人より渡し銭を徴収し、橋の保守管理などにあたるもの。▽天気予報などに一家言ある変り者の橋番。こう見えても、大昔には「ちはやぶる宇治の橋守なれをしぞあはれとは思ふ年の経ぬれば」(古今集)などと歌にも詠まれた職業だぞ、などと言って人々をけむに巻く人物。[俳]おれ・番。

2939 初ウ六。雑。○持仏　自宅に置いて信仰する仏像。▽仏壇のご本尊には、夕日がさしこんで顔を浮きあがらせている。橋番の小屋の狭い様子と、誇り高く先祖から伝来する持仏を護持する人物を描く。[俳]持仏。

2940 初ウ七。秋(菜を蒔立し)。▽葉たばこを収穫したあとは、特に畝を高く立てることもせず、菜の種を蒔く。たばこ畑は特別の日当りのよい所を選ぶ。その移りで、前句は西日のよく射しこむ農家。[俳]平畦・たばこ跡。

2941 初ウ八。秋(秋風)。○門　家の前の通り路。○居風呂　下部に焚き口のある風呂桶。水風呂。▽一日の仕事を終えて門口の風呂に入る。早くも秋風。[俳]門・居風呂。

2942 初ウ九。秋(月)。▽月の光の美しい時節。馬市に馬を引いて行く人々で、日暮れ方まで往来が賑やかになった。駒迎えの近世化。門口の居風呂から旅宿の景に転ずる。[俳]ナシ。

2943 尾《を》張《はり》でつきしもとの名《な》になる　蕉

2944 餅《もち》好《ずき》のことしの花《はな》にあらはれて　翠

2945 正《しやう》月《ぐわつ》もの丶襟《えり》もよごさず　高

2946 春《はる》風《かぜ》に普《ふ》請《しん》のつもりいたす也《なり》　然

2947 藪《やぶ》から村《むら》へぬけるうら道《みち》　考

2948 喰《くひ》かねぬ聟《むこ》も舅《しうと》も口《くち》きいて　蕉

2949 何《なに》ぞの時《とき》は山《やま》伏《ぶし》になる　翠

2950 笹《ささ》づとを棒《ばう》に付《つけ》たるはさみ箱《ばこ》　高

2943 初ウ十。雑。○もと　底本は「と」をあとから補った形に表記する。▽かつて尾張の国で仕えていた頃は、歴とした武士であったが、故あって流浪、辛苦の末に再び立身の機を得て、漸く旧時の地位を得た。馬をも引かせ一門は繁栄。俳で。

2944 初ウ十一。春(花)。▽新しい任地では、さりげなく隠していたのだが、この春の花見の宴でとうとう酒のいけぬことが知られてしまって、前住地と同じように、下戸であることを示す諢名がつけられた。俳餅好。

2945 初ウ十二。春(正月もの)。▽新年着用の礼服に、食いこぼしの襟のよごれなど一つも見えない男。かねて折目正しく酒食の席で乱れぬ人物だとは思っていたが、実は元来さっぱり酒の飲めない人なのであった。俳正月もの・襟・よごさず。

2946 名オ一。春(春風)。▽春は普請の時。風も暖かくなってきたので、あれこれと算段し、その見積り額を思案する。前句を質実な蓄財家と見て付ける。「いたす」は少し改まった口語調。堅い人物を暗示する。俳普請・つもり・いたす。

2947 名オ二。雑。▽わが家から、村の中心へ出るために、裏手の藪がさえぎっている。きり開いて近道をつけよう、というのである。前句の「普請」を道普請と解して付ける。俳ぬける・うら道。

2948 名オ三。雑。▽藪を通って村へ行く近道ではあるが、どうも通りぬけにくく、うら道にとどまっている。その理由が藪脇に住む一家にあると見たのである。少し変った一家で、何ぞことがあると、喰いつきかねない勢いでひと理屈こね、まくしたてる。村人にとっては顔を合わせるのがおっくうな一家なのであろう。俳喰かねぬ・聟・舅・口きいて。

2949 名オ四。雑。▽何か変ったことがあると、山伏の姿かたちになって、祈禱や護摩を修する。前句の少し変った一家を、副業に山伏をする人々と見た。村に病気や天災などあれば頼らざるを得ない家。俳山伏。

2950 名オ五。雑。○笹づと　笹の葉で包んだもの。○はさみ箱　着替用の衣服などを入れて従者に担がせた箱。▽臨時につとめる山伏の役。自分で挟み箱を担ぎ、祈禱の礼に貰った物は笹の葉で包んで担ぎ棒に結びつけてある。俳棒・はさみ箱。

2951 蕨《わらび》こはばる卯《う》月《づき》野《の》ゝ末《すゑ》　蕉

2952 相《あひ》宿《やど》と跡《あと》先《さき》にたつ矢《や》木《ぎ》の町《まち》　考

2953 際《きは》の日《ひ》和《より》に雪《ゆき》の気《き》遣《づかひ》　然

2954 呑《のみ》ごゝろ手《て》をせぬ酒《さけ》の引《ひつ》ぱなし　翠

2955 着《き》がえの分《ぶん》を舟《ふね》へあづくる　高

2956 封《ふう》付《つけ》し文《ふみ》箱《ばこ》来《き》たる月《つき》の暮《くれ》　蕉

2957 そろ〳〵ありく盆《ぼん》の上《じやう》﨟《ろ》衆《しゆ》　考

2958 虫《むし》籠《こ》つる四《し》条《でう》の角《かど》の河《か》原《はら》町《まち》　然

2951 名オ六。夏(卯月野)。▽初夏の野の果てを行く。春のワラビも、もはや固くなって食用に耐えない。前句の人物の路傍の景。[俳]こはばる。

2952 名オ七。雑。○矢木　大和国八木。大和盆地南部の交通の要衝。▽同じ道中筋の同じ宿に泊りながら旅行くことになった道連れ。跡になり先になり八木まで到着。[俳]相宿・矢木。

2953 名オ八。冬(雪)。○際　節季の際。盆前・暮前など。▽暮近い頃、集金に駆け廻る商人たち。雪模様の空を見て、出発を見合わせるもの、強いて出るもの。同じ宿に泊りながら人さまざま。[俳]際。

2954 名オ九。雑。○手をせぬ　手を加えぬ。○引ぱなし　すっきりとした口あたりのよさ。▽さすがに天然醸造のままの酒のうまいこと。余計な人手を加えていないので、すっきりときれがある。寒さ凌ぎの一杯。[俳]呑ごゝろ・手をせぬ・引ぱなし。

2955 名オ十。雑。○着がえ　正しくは「着がへ」。▽着替えの荷物は、すでに船に積みこんである。出船までのわずかな時間を、酒のうまさにひかれて、渡船場の酒屋でねばっている。[俳]着がえ・分。

2956 名オ十一。秋(月)。恋(文箱)。○文箱　書状を入れて送る細長い箱。▽手紙に誘われてやってきた男。遊里へ行くために変装して、ふだんの着物は舟に預けて置く。封印までした文箱で、秘密めかした恋文を暗示する。[俳]封・文箱。

2957 名オ十二。秋(盆)。恋(上﨟衆)。○上﨟衆　女たち。▽盂蘭盆の頃、家内に聖霊棚を飾り、衣裳も着替えると、女たちの挙措動作がしゃなりしゃなりしてくる。密封された火急の重要書類を届けに来たにもかかわらず、奥から門口へ受取りに出るのに時間がかかるのであろう。[俳]そろ〳〵・盆・上﨟衆。

2958 名ウ一。秋(虫籠)。▽四条は下京を東西に貫く繁華街。河原町は鴨川に近い南北の筋。さすが風流な京のこと、賑わう街かどの家の軒にも、虫籠を吊ってある。前句の女性たちの上品な動作から京都を出す。[俳]四条の角・河原町。

2959 高《たか》瀬《せ》をあぐる表《おもて》一《ひと》固《こり》　翠

2960 今《いま》の間《ま》に鑓《やり》を見《み》かくす橋《はし》の上《うへ》　高

2961 大《おほ》キな鐘《かね》のどんに聞《きこ》ゆる　然

2962 盛《さかり》なる花《はな》にも扉《とびら》おしよせて　考

2963 腰《こし》かけつみし藤《ふぢ》棚《だな》の下《した》　高

2959 名ウ二。雑。○高瀬　高瀬舟。鴨川に平行して開発された物資運送用の運河が高瀬川。○表　畳表。○一固　ひとくくり。「固」は動詞としてコルの訓がある。▽高瀬舟から畳表をひとくくり、荷上げしている。底の浅い舟なので積荷もこんなもの。【倗】高瀬・表・一固。

2960 名ウ三。雑。▽高瀬舟の荷上げを見ているほんの少しの間に、鑓をかついだ主人の一行を見失ってしまった。橋の中央の高いさまと、人込みをいう。【倗】鑓・見かくす。

2961 名ウ四。雑。○どんに　鈍重に。▽大鐘の音。鋭さというものは全く感じられない。前句の人を見失う雑踏から、晩鐘を出す。その音の鈍さが、人を見失う事実とひびき合う。一巻が興行された膳所という場所から、前句を瀬田の唐橋とし、この鐘を三井の晩鐘と見る説がある。【倗】大キな・どんに。

2962 名ウ五。春(花)。▽満開の桜の花。そんな時節にもかかわらず、ぴったりと扉を閉ざして、勤行(ごんぎよう)修学につとめる大寺。世の無常を覚らせるといって大鐘を打つのだそうだが、この花の頃くらい風雅に理解を示してくれてもよかろう、と思われる。【倗】扉。

2963 挙句。春(藤棚)。▽世間は桜の花ざかり。藤の花は、まだ満開に時間があるが、早くも腰かけを積みあげて、やがての人の出盛りを待ち受けている。【倗】腰かけ・藤棚。

続猿蓑集 巻之下

春之部

花 桜

2964 温《をん》石《じやく》のあかるゝ夜《よ》半《は》やはつ桜《ざくら》　露沾

2965 寝《ね》時《じ》分《ぶん》に又《また》みむ月《つき》か初《はつ》ざくら　其角

2966 顔《かほ》に似《に》ぬほつ句《く》も出《いで》よはつ桜《ざくら》　芭蕉

2967 ちか道《みち》や木《き》の股《また》くゞる花《はな》の山《やま》　洞木

2964 ○温石　石を温めて身体にあてるもの。寒気の際や、腹病・積聚(しやく)などの療治に使う。▽桜の花の咲きそめたというたよりの聞かれるころ、そろそろ温石も不要になってくる。抱いて寝る温石なので「あかるゝ」といった所が技巧。〔季〕はつ桜。〔囲〕温石。

2965 ▽咲きそめの桜の、初心な美しさよ。夕月の淡い光にも似ている。夜ふけて寝につく頃にもう一度眺めてみたいと思うような。五元集には「露沾公御庭にて」と詞書がある。〔季〕初ざくら。〔囲〕寝時分。

2966 ▽咲きそめの桜の、初心な美しさよ。これを言いとどめようとすれば、自分の老醜など忘れ去って、思い切ってうぶな心に帰らなくてはなるまい。元禄七年(一六九四)秋、伊賀での作。土芳の三冊子に、先ず上五七ができ、これにふさわしい下五を求めて「初桜」を得たという。〔季〕はつ桜。〔囲〕ほつ句。

2967 ▽たまたま近道を求めて入りこんだ所が、一帯は咲き乱れる桜の花の山なのであった。差し交す枝と枝とが、花のトンネルを作り、見上げれば、天に花の網を張り広げているのである。〔季〕花の山。〔囲〕近道・木の股。

2968 角《すみ》いれし人《ひと》をかしらや花《はな》の友《とも》　丈草

2969 花《はな》散《ちり》て竹《たけ》見《み》る軒《のき》のやすさかな　洒堂

2970 富貴《ふつき》なる酒屋《さかや》にあそびて、文君《ぶんくん》が爪音《つまおと》も、酔《ゑひ》のまぎれに思《おも》ひいでらるゝに、

酒《さか》部《べ》屋《や》に琴《きん》の音《おと》せよ窓《まど》の花《はな》　惟然

2971 賭《かけ》にして降《ふり》出《だ》されけりさくら狩《がり》　支考

2972 人《ひと》の気《き》もかく窺《うかが》はじはつ桜《ざくら》　沾徳

2973 くもる日《ひ》や野《の》中《なか》の花《はな》の北《きた》面《おもて》　猿雖

2974 七《なな》つより花《はな》見《み》におこる女《ちよ》中《ちゆう》哉《かな》　陽和

2968 ○角いれし人　前髪の額際を剃り込み角をたてた少年。元服二、三年前の人。▽花見に浮かれ出てきた人々の中に、いかにも威勢のよい花見である。かしらだつものは、元服前の角前髪。若者の一団がいる。[季]花の友。[俳]角いれし・かしら。

2969 ▽すっかり花の散りすぎた後、軒近き竹の葉が風に揺れるのを眺める。もう風のたびに、落花の心配をする必要はない。ああ、この解放された心持よ。[季]花散りて。[俳]ナシ。

2970 ○文君　和漢朗詠集「相如ハ昔、文君ヲ挑(ドイ)ミテ得(ウ)」。司馬相如が富家の娘卓文君を妻に得た故事。相如の琴の音を聴いて、文君は心を動かして逢い、ついにともに走った、という。また、相如と文君は酒舎を買って酒を売ったという。○酒部屋　酒造のための建物。▽豊かな酒家での花見の宴。酒蔵の高い窓のあたりに桜の枝が伸びている。ここで琴の音がすれば、富豪・酒家・琴と、卓文君の三題噺になるところ。[季]花。[俳]酒部屋・琴。

2971 ▽桜の花の頃の、晴雨定まらぬ天候。賭けてもよいなどと請け合って、花見に出かけてきたのだが、ついに降り出してしまった。花の雨に対する恨みごとを、賭けに負けた恨みに託して具体的に表現しようとしたもの。[季]さくら狩。[俳]賭。

2972 ○人の気　他人の機嫌。▽他人のご機嫌をうかがうについても、これほどまでに心を労するということはあるまいものを。まったく桜の花の咲き始めの頃というのは、いまか、いまかと気を使うことである。[季]はつ桜。[俳]気。

2973 ▽曇った空を背景に、原なかの一本の桜が満開である。その北がわの花の微妙な陰影。銀の屛風に描かれた白い桜の底力にみちた美のような味わいがある。あら野三六二「薄曇りけだかくはなの林かな」や、同じ作者の炭俵三六五「雪の日やうすやうくもるうつし物」などに通う、白色の中に見分けられる微妙な階調を描く。[季]花。[俳]ナシ。

2974 ○七つ　夜明けの時刻を六つと定めて、その二時間前が七つ。○おこる　活動しはじめる。▽女たちとはたいへんなものだ。花見となると、夜明けより二時間も前から起き出して、化粧だ、弁当の支度だと騒ぎ始める。[季]花見。[俳]七つ・おこる・女中。

2975 見《み》る所《ところ》おもふところやはつ桜《ざくら》　乙州

2976 咲《さく》花《はな》をむつかしげなる老《おい》木《き》哉《かな》　木節

2977 我《わが》庭《には》や木《き》ぶり見《み》直《なほ》すはつ桜《ざくら》　沾荷

2978 二《に》の膳《ぜん》やさくら吹《ふき》込《こ》む鯛《たひ》の鼻《はな》　子珊

2979 蓑《みの》虫《むし》の出《で》方《かた》にひらく桜《さくら》かな　卓袋

2980 田家《でんか》
蒟《こん》蒻《にやく》の名《めい》物《ぶつ》とはんやま桜《ざくら》　李里

2981 咲《さき》かゝる花《はな》や飯《はん》米《まい》五《ご》十《じつ》石《こく》　桃首

2975 ▽桜のたよりが近くなる頃、見るにつけ、思うにつけ、なにごともすべて、花に結びつけてしまう。咲きそめの桜のあの美しさを想像して。【季】はつ桜。【俳】ナシ。

2976 ▽老木の桜。花は時節にうながされて、やむにやまれず咲くのであるが、老木ともなると、自分で自分の花が、わずらわしいと思っているのではないか。自然に枯淡の境地にあこがれて。【季】花。【俳】むつかしげなる。

2977 ○見直す　底本「見置す」。▽ふだんは気にもとめないでいた庭の樹木。一本が見事に桜の花をつけ始めた。あらためて、その樹木としての形が気になって、あの枝、この枝を批判がましい心持で眺める。【季】はつ桜。【俳】木ぶり。

2978 ○二の膳　本膳に次いで出す膳。二の膳、三の膳と続く。▽豪華な料理の続く膳。風に散る桜吹雪。その花びらがとどまった所は、膳中の王者鯛の鼻。大看板の花形役者の芸がぴたっときまった趣をいう。【季】さくら。【俳】二の膳。

2979 ▽蓑虫の雄は春に蓑を出て成虫となる。その頃、桜の花も開くのである。わびしきものの代表のごとき蓑虫と、春の花の代表の桜との取り合せをいう。【季】桜。【俳】出方。

2980 ○田家　いなかの住居。また田中の庵。漢詩題であり、和歌題でもある。○蒟蒻　山間に栽培される。▽この片田舎に美しい山桜が咲き誇る。これにふさわしい美肴は、さして期待できまいが、せめて蒟蒻くらいはあろう。ところでこのあたりは、これをどのようにして食わせてくれるのが自慢なのかね。蒟蒻は、さしみ・なます・汁・煮物・串焼・菓子・ころばかし・吸物など、田舎料理の万能選手であった。【季】やま桜。【俳】蒟蒻・名物。

2981 ○飯米五十石　飯米は食用に供する米。扶持米五十石を支給される武士。▽桜が枝をのばして花を咲かせようとしている。この家の主は五十石取りの武士。身分と花開こうとする桜との照応がねらいらしい。炭俵の二四三「五人ぶちとりてしだるゝ柳かな」と同じような趣向(続猿蓑註解)。【季】花。【俳】飯米五十石。

2982 山《さん》門《もん》に花《はな》もの〱し木《き》のふとり　一桐

2983 ながれ木《ぎ》の根《ね》やあらはるゝ花《はな》の滝《たき》　如雪

2984 花《はな》笠《がさ》をきせて似《に》合《あは》む人《ひと》は誰《たれ》　其角

2985 はれやかに置《おき》床《どこ》なをす花《はな》の春《はる》　少年一鷺

2986 ぬり直《なほ》す壁《かべ》のしめりや軒《のき》の花《はな》　卓袋

2987 一《いち》日《にち》は花《はな》見《み》のあてや旦《だん》那《な》寺《でら》　沾圃

2988 八《や》重《へ》桜《ざくら》京《きやう》にも移《うつ》る奈《な》良《ら》茶《ちや》哉《かな》　仝

2982 ○山門　三門。寺院の門。▽お寺の門前の桜の木。いかにも安定したとり合せのように見えるのだが、木の方にどこか大層なところがあって、違和感を覚える。どうやら古木の幹がやや太すぎて、山門を圧倒する勢いがあるためらしい。源氏物語・若菜「いと清らに物物しく太りて」とある。[季]花。[俳]山門。

2983 ○ながれ木　浮木。歌語である。○花の滝　激しく花の散るさま。また落花を浮かべて落ちる滝。歌語である。▽流れ木の浮きつ沈みつしているあたりに、落花が激しく散り込む。あたかも根についた泥を洗い落すかのように。[季]花。[俳]ナシ。

2984 ○花笠　花を挿した笠。▽爛漫の花の下、花を楽しむ人々の流れは、いかにものどかな光景をつくりあげているが、さて、この人々の中で、花を笠に挿して、それでもその花の勢いに負けないような人物となると、さあ誰がいるであろうか。[季]花笠。[俳]ナシ。

2985 ○置床　台の広板を壁の前に据えて仮に床の間とするもの。○なをす　正しくは「なほす」。▽豊かに咲き誇る大ぶりの桜の枝を瓶に挿す。花の占める空間にあわせて、瓶を置く床板の位置を左右調節する。めでたくすがすがしい春の雰囲気が、そこに現出した。[季]花の春。[俳]置床。

2986 ▽軒ばに花を見る。この時節にあわせて、壁を修復したのだが、花のころの雨に、なお湿りが残る。桜の花の美しさを端正に鑑賞したいという姿勢を見せる。[季]花。[俳]しめり。

2987 ▽花の頃の寺。檀家の人々のために、一日くらいは開放して、花見をしていただかなくてはなるまい、と心づもりをしているのであろう。檀家の人々が、この春の花見の計画の中に、自家の菩提寺を入れて、ついでに墓参をすませる、と解する立場もある。[季]花見。[俳]一日・あて・旦那寺。

2988 ○八重桜　詞花集「いにしへの奈良の都の八重桜けふここのへに匂ひぬるかな」。○奈良茶　奈良茶粥。略式の茶飯。▽奈良の都の八重桜は、京に移されたそうだが、そればかりでなく、奈良茶飯もまた一緒に移ってきた。花見の頃の食事に、この簡略な茶粥が手軽に用いられたものか。[季]八重桜。[俳]京・奈良茶。

若菜

2989 濡《ぬれ》縁《えん》や薺《なづな》こぼるゝ土《つち》ながら　嵐雪

2990 梟《ふくろふ》の啼《なき》やむ岨《そば》の若《わか》菜《な》かな　曲翠

2991 夕《ゆふ》波《なみ》の船《ふね》にきこゆるなづな哉《かな》　孤屋

2992 一《ひと》かぶの牡《ぼ》丹《たん》は寒《さむ》き若《わか》菜《な》かな　尾頭

梅　附柳

2993 春《はる》もやゝ気《け》色《しき》とゝのふ月《つき》と梅《うめ》　芭蕉

2994 きさらぎや大《だい》黒《こく》棚《だな》もむめの花《はな》　野水

2989 ○濡縁　底本「濡椽」。○薺　春の七草の一。白い十字の花を咲かせる。食用また薬用。▽野に摘んだナズナが根に土をつけたまま、濡縁の上に放置されている。「濡」の字が、摘んだばかりの草に対して効果的。[季]薺。[俳]濡縁。

2990 ○梟　夜行性の鳥。○岨　山の切り立った斜面。がけ。▽崖ふちの木の上で啼いていたフクロウが、声をとめた。若菜つみの人々が、早くも近くに出かけてきたのである。[季]若菜。[俳]ナシ。

2991 ▽日暮の頃の港。停泊した舟の中から、ナズナをたたいて七種粥を作る音が聞こえてくる。波の音のあい間あい間に。本来は正月七日の早朝にする行事。機に遅れていることとあいまって、牧歌的な行事をユーモラスに伝える。[季]なづな。[俳]ナシ。

2992 ▽牡丹は初夏四月の花。早春、芽を出すがまだ寒々としている。百花の王といわれる牡丹のそのような様子に対して、それぞれに小さき草ながら、早春の若菜は、みずみずしく力強く葉をのばしている。[季]若菜。[俳]一かぶ・牡丹。

2993 ▽早春の夕暮。月はおぼろにかすんで、梅の花も少しずつ咲きそろってきた。なんとか春らしい具合に光景がととのえられてきた。元禄六年(一六九三)春の作。真蹟自画賛とされるものが知られる。[季]春・梅。[俳]ナシ。

2994 ○大黒棚　大黒天をまつった神棚。室町時代以前から七福神の一として信仰され、米俵にのり袋をかつぐ立像が知られる。▽二月は二十五日が天神さまの縁日。梅の花を献げて、これを祭る。その梅の花が、大黒さまの棚にも挿してある。いずれ花を献ずる心には違いないのであるが、どこか異なった気味合いがあってユーモラスである。[季]むめの花。[俳]大黒棚。

2995 ○守梅の　謡曲・老松「手折りやすると守る梅の」による。○野老　山芋に似た蔓草。根を食用にする。新年の蓬莱飾りにも用いる。▽梅の番をしている片手間仕事に掘ったものでもあろうか。このトコロ売りは。五元集に「宰府奉納」と詞書

2995 守《もる》梅《うめ》のあそび業《わざ》なり野老《ところ》売《うり》　其角

2996 里《さと》坊《ばう》に碓《からうす》きくやむめの花《はな》　昌房

2997 投《なげ》入《いれ》や梅《うめ》の相《あひ》手《て》は蕗《ふき》のたう　良品

2998 病《びやう》僧《そう》の庭《には》はく梅《うめ》のさかり哉《かな》　曾良

2999 あたらしき翠《み》簾《す》まだ寒《さむ》し梅花《うめのはな》　万乎

3000 薄《うす》雪《ゆき》や梅《うめ》の際《きは》まで下《げ》駄《た》の跡《あと》　魚日

3001 しら梅《うめ》やたしかな家《いへ》もなきあたり　千川

3002 寝《ね》所《どころ》や梅《うめ》のにほひをたて籠《こめ》ん　大舟

があり、曠野後集には「江戸宰府にて」とある。亀戸天満宮での即興。季野老売。俳あそび業・野老売。

2996 ○里坊　洛外・畿内の寺院などが京都の御所周辺につくった別院。○碓　足踏み式の米つき臼。▽碓で米をつく音が里坊から聞こえてくる。梅の花の香のただよう夕方。里坊の生活感と碓とが効果的に組み合わせられ、「坊」としての清潔感に対して梅の花が配される。季むめの花。俳里坊。

2997 ○投入　花道用語。人工を加えず自然の風姿を表わすように挿すもの。投込み。ふつう一種か二種をいける。○蕗のたう　早春蕗の根茎から生える花軸。▽早春の投入の花。梅に対してフキノトウを組み合わせる。梅は花の兄と呼ばれ、フキノトウには蕗の姑（しゅうとめ）の異名がある。相手という花道用語があるのではない。季梅・蕗のたう。俳投入・相手・蕗のたう。

2998 ▽梅の花が盛んに咲いている庭を、病に一段と瘦せた僧がひとり箒をつかっている。回復期の僧を、梅の花の咲く勢いによって表現し、梅の香のすがすがしさによって清僧の鶴のように瘦せた面影を想像させる。季梅のさかり。俳病僧。

2999 ▽新年に際して新調した簾。まだ青みが残っている。その色あいが、早春の梅の花の頃には、やはり寒々とした感じをもたらすのである。季梅花。俳まだ。

3000 ▽早春の雪。うっすらと積もった庭の雪の上に、下駄の足跡が続いて、梅の木の下で止まっている。雪に跡をつけることは、とかく好まれぬことであるが、時ならぬ春の雪に、梅の花の具合を心配して、そのもとまで通ったと思えば、許してもよいと思うのである。季梅。俳下駄。

3001 ▽白梅が咲いている。このあたりには、たいした家もないのだが。白梅の清冽、孤高の美しさをいう。みすぼらしい陋屋しか目につかないので、それが一段と強調される。季しら梅。俳たしかな。

3002 ○たて籠ん　戸を立て切って、とじこめよう。▽梅の香がただよってくる。寝室の戸を閉め切って、今夜はこの梅の香に包まれて眠ろう。「暗香浮動月黄昏」(林和靖詩)というように、夜の闇は梅の香を一層強調するものである。季梅のにほひ。俳ナシ。

天神《てんじん》のやしろに詣《まうで》て

3003 身《み》につけと祈《いの》るや梅《うめ》の籬《まがき》ぎは　遊糸

3004 それ〴〵の朧《おぼろ》のなりやむめ柳《やなぎ》　千那

3005 時《とき》〴〵《どき》は水《みづ》にかちけり川《かは》やなぎ　意元

3006 ちか道《みち》を教《をし》へぢからや古《ふる》柳《やなぎ》　江東李由

3007 青《あを》柳《やぎ》のしだれくゞれや馬《うま》の曲《きよく》　九節

3008 輪《わ》をかけて馬《うま》乗《のり》通《とほ》る柳《やなぎ》かな　巴丈

鳥　附魚

3003 ○天神のやしろ　菅原道真をまつる天満天神社。飛梅伝説や梅花を手に持つ渡唐天神像などによって、梅は天神社と結びつけられる。▽梅林が神垣をなすあたりにおいて、天神の加護がわが身にあれかしと祈る。それは同時に、この梅の香がわが身につけと祈るかのようでもある。季梅。俳籬ぎは。

3004 ▽朧月夜に、梅の木、柳の木が見える。梅は鋭角的に入り交る枝の影を、なお浮びあがらせ、柳はおっとりとぼってりと枝を垂れている。硬軟両様。季むめ・柳。俳なり。

3005 ▽川辺の柳。水に垂れた枝は、流れの勢いに引かれているのだが、時折は、枝の反発力と、水勢の弱まりとで、上流に引き戻される。細かい観察を、定型に収めえた表現の喜びが感じられる。季川やなぎ。俳ナシ。

3006 ▽古い柳の巨木。ふだんは何の役にたつとも思っていなかったのだが、ひとにどこそこへ行く近道を問われて、それならば、あの柳の所で右に曲って、などと教える目印になった。なるほど、こんな効用もある。季古柳。俳ちか道・教へぢから。

3007 ○馬の曲　曲乗りのこと。馬具を脱して乗り、また障害を飛び越えたり、急な石段を昇り降りしたりする馬術。▽柳が枝を垂れている。あの下を馬で駆けぬけて、枝も揺れない、というような技でも見せてくれまいか。優雅な青柳の枝に、勇壮な曲乗りを取り合せたもの。季青柳。俳馬の曲。

3008 ○輪をかけて　程度が一層はなはだしくなること。▽柳が枝を垂れて、道を塞いでいるあたりに来ると、騎手は一むちあてて一段と速度をあげ、一気にその中を駆けぬける。路傍の巨木の柳のゆったりしたたたずまいと、馬のスピードとの対照を描いたもの。季柳。俳輪をかけて・馬乗。

3009 ○長刀　古俳諧の付合に「大なぎなたでざぶときらばや。鶯の花ふみちらすほそはぎを」とある(柳亭種彦・用捨箱)。○承塵　鴨居の上にある横木。町家では禁じられた。▽鶯が美しくのどかに鳴く。長刀は長押(なげし)に掛けられたまま。これで

3009 鶯《うぐひす》に長《なぎ》刀《なた》かゝる承塵《ナゲシ》かな　其角

3010 うぐひすや野《の》は塀《へい》越《ごし》の風《ふ》呂《ろ》あがり　史邦

3011 鶯《うぐひす》に手《て》もと休《やす》めむながしもと　智月

3012 鶯《うぐひす》や柳《やなぎ》のうしろ藪《やぶ》のまへ　芭蕉

3013 滝《たき》壺《つぼ》もひしげと雉《きじ》のほろゝ哉《かな》　去来

3014 春《はる》雨《さめ》や簑《みの》につゝまん雉《き》子《じ》の声《こゑ》　洒堂

3015 駒《こま》鳥《どり》の目《め》のさやはづす高《たか》ね哉《かな》　傘下

3016 こま鳥《どり》の音《ね》ぞ似《に》合《あは》しき白《しろ》銀《がね》屋《や》　長虹

ぶった斬ってやるなどというぶっそうなやつはいない。美声は梁(うつばり)の塵を動かす、ということを暗示するために長押に承塵の表記を採用している。季鶯。俳長刀・承塵。

3010 ▽鶯がのどかに鳴いている。風呂あがりのくつろいだ恰好のままでいるが、高い塀が遮っているので、人目を気にする必要はない。さらに、塀のむこうははるばると続く野原ばかり。まことに伸びやかな心持である。季うぐひす。俳塀越・風呂あがり。

3011 ▽鶯がのどかに鳴いている。台所の流しもとで、せわしなくたち働いている自分が、この鳴き音には、いかにもふさわしくないように思われる。しばらく手を休めて、物音をとどめ、鶯の声ばかりの時間をつくろう。季鶯。俳ながしもと。

3012 ○柳のうしろ　円機活法・鶯の項に「人ヲ避ケテ双ビ入ル緑楊ノ深キニ」「緑楊ノ陰裏ニ両三声」などの詩句がある。○藪のまへ　八雲御抄・鶯の条に「ねぐらは梅・竹なり」という。▽鶯がのどかに鳴いている。あの声が柳の枝のむこうがわでするとは、詩にも言うところ。ただし古来、竹藪をねぐらとすると言われる鶯のこと、いまは起き出でて、その前で鳴いているものでもあろうか。鶯の声をたてている空間を、和漢の文学的約束事で、線引きしてみせたもの。柳と藪の間に挿まれる場を画定した面白さ。季鶯。俳ナシ。

3013 ○ほろゝ　キジの鳴き声。歌語。▽雉の鋭い鳴き声。轟々と響く滝の音を貫いて。あたかも雉の一声で滝壺が圧しつぶされるかのようである。季雉。俳滝壺・ひしげ。

3014 ▽春雨の音もなく霞のごとく降る折から、この空間を切り裂くように鋭い雉の声。わが身につけたこの蓑で、あの声を思わず包みたいと願ったものだ。季雉子。俳ナシ。

3015 ▽駒鳥が高く鳴く。頭を左右に振って。油断なく目を凝らすことを「目の鞘はづす」というが、これは字義通り、目のふたを振い落しているようだ。季駒鳥。俳駒鳥・目のさやはづす。

3016 ▽銀細工をする小槌の音。駒鳥のからからという鳴き声。これはたがいに似つかわしいものに思われる。季こま鳥。俳こま鳥・似合しき・白銀屋。

3017 燕《つばくら》や田《た》をおりかへす馬《うま》のあと　野童

3018 巣《す》の中《なか》や身《み》を細《ほそう》しておや燕《つばめ》　少年 峯嵐

3019 雀《すずめ》子《こ》や姉《あね》にもらひし雛《ひな》の櫃《ひつ》　槐市

3020 蝿《はへ》うちになるゝ雀《すずめ》の子《こ》飼《がひ》哉《かな》　河瓢

3021 行《ゆく》鴨《かも》や東風《こち》につれての磯《いそ》惜《をし》み　釣箒

芳野《よしの》西河《にしがう》の滝《たき》

3022 鮎《あゆ》の子《こ》の心《こころ》すさまじ滝《たき》の音《おと》　土芳

3023 かげろふと共《とも》にちらつく小《こ》鮎《あゆ》哉《かな》　圃水

3017 ○おりかへす　正しくは「をりかへす」。▽田をすき返している馬。ツバメが低く飛び、身をひるがえすさまが、田の中を往返する馬と緩急遅速、おもしろい対照をなしている。季燕・田かへす。俳燕(つばくら)。

3018 ▽一つの巣の中の親ツバメと子ツバメ。子は奔放に鳴き、身を動かすが、それらを保護する親は、静かに子ツバメのなすがままにさせている。そこをあたかも遠慮して小さくなっているようだと見つけたもの。季おや燕。俳細して。

3019 ○雛の櫃　雛遊びに用いる曲物。楕円形でふたは方形。木地に桃や松を描き、草餅や赤飯を入れる。▽幼い妹が、姉からおさがりの絵櫃を、うれしそうに大事にかかえている。子雀に餌を与えている場面か。季雀子。俳雀子・もらひし・雛の櫃。

3020 ○蝿うち　シュロの葉でつくるハエたたき。▽子雀の頃から飼いならされて、人になれているので、ハエたたきの音にも驚かない。季雀の子飼。俳蝿うち・雀の子飼。

3021 ▽春になり北へ帰って行く鴨。しばし磯辺で羽を休めている。春風の中を一団となって波にゆれているのが、慣れ親しんだこの地との別れを惜しんでいるかと見られる。季行鴨・東風。俳磯惜み。

3022 ○西河の滝　吉野大滝。吉野川の急流が岩の間をみなぎり流れ落ちる所。ふつうの滝とはちがう。▽激流をさかのぼる若鮎。もしもその鮎に心があるとして、これを想像するならば、どんなにか恐怖にみちているることだろう。この滝の音を聞くだけでも、そう思われる。吉野の滝のアユは古来歌に詠まれたもの。季鮎の子。俳ナシ。

3023 ▽陽炎がゆらゆらとゆれている。その中で、水面にときどき光るものは、おそらくは若鮎なのであろうが、一瞬のことではあり、陽炎のゆれもあり、いずれとも定めがたい。季かげろふ・小鮎。俳ちらつく。

3024 しら魚《うを》の一《ひと》かたまりや汐《しほ》たるみ　子珊

3025 白《しら》魚《うを》のしろき噂《うはさ》もつきぬべし　山蜂

深川《ふかがは》にあそびて

3026 しら魚《うを》をふるひ寄《よせ》たる四《よっ》手《で》哉《かな》　其角

春草

3027 なぐりても萌《もえ》たつ世《せ》話《わ》や春《はる》の草《くさ》　正秀

3028 若《わか》草《くさ》や松《まつ》につけたき蟻《あり》の道《みち》　此筋

3029 春《はる》の野《の》やいづれの草《くさ》にかぶれけん　尼羽紅

3024 ○汐たるみ　満潮時また干潮時の、上げ潮と引き潮との境目。潮の流れがゆるくなりほとんど停止する状態。「汐」は夕潮。▽潮流のゆるくなった日暮れ方、水中になにやらの気配があるのは、白魚の一群であろうか。白魚は河口に多いので潮の干満とかかわる。[季]しら魚。[俳]しら魚・一かたまり・汐たるみ。

3025 ▽白魚の白さよ。この白さを言い表わそうとさまざまのことばが重ねられるが、どれもこれも結局は、その周囲をまわっているにすぎない。実物のあの白さにかなうべくもないのである。やがて、もう、この白さの表現に挑戦するものもなくなるのであろう。白魚は、水より上げれば一段と白く、これを煮ればさらに白い。[季]白魚。[俳]白魚・噂。

3026 ○深川　隅田川の東岸。江戸湾に面する一角。○四手　十文字に組んだ竹で四隅を張り拡げた方形の網。水中に沈めて置き、時々引き上げて入った魚をとる。大形のもの。▽四手網を水上高く引き上げて、溜った水をふるい落すと、網の白魚は中央の窪みにかたまっている。それは、いうなれば隅田川の白魚を一気に一所にふるい寄せたのだ、と興じたもの。[季]しら魚。[俳]しら魚・四手。

3027 ○なぐりても　刈りとっても。「なぐる」は「薙ぐ」に同じ。▽春の草の勢いよく生長する生命力。薙ぎとっても薙ぎとっても生えてくる。どうも、つぎに芽を出す草のために刈っているようだ。[季]春の草。[俳]なぐりても・世話。

3028 ▽早春の若草の間を縫って、蟻の行列が行く。松の木のような太く逞しい樹の下を行くのなら、むしろふさわしいと思われるが、若草の軟らかい芽ぶきの間では、蟻が乱暴者の集団と感じられる。[季]若草。[俳]ナシ。

3029 ▽一日、春の野に遊んで帰ってくると、皮膚に発疹がある。いったいどの草にかぶれたものであろうか。「や・いづれ・けん」と、三つの切れ字を配した句作りは、一句を伸びやかにするとともに、作者の人柄の磊落さをしのばせるもの。[季]春の野。[俳]かぶれけん。

3030 川《かは》淀《よど》や淡《あは》をやすむるあしの角《つの》　猿雖

3031 宵《よひ》の雨《あめ》しるや土筆《つくし》の長《なが》みじか　闇指

3032 味《あぢは》ひや桜《さくら》の花《はな》によめがはぎ　車来

3033 茨《うばら》はら咲《さき》添《そ》ふものも鬼《おに》あざみ　荒雀

3034 堤《つつみ》よりころび落《おつ》ればすみれ哉《かな》　馬莧

3035 蹈《ふみ》またぐ土《ど》堤《て》の切《きれ》目《め》や蕗《ふき》の塔《たふ》　拙侯

3036 ふみたふす形《なり》に花《はな》さく土《つち》大《おほ》根《ね》　乃竜

3037 早《さ》蕨《わらび》や笠《かさ》とり山《やま》の柱《はしら》うり　正秀

3030 ○川淀　流れのゆるやかになったところ。○淡　泡。○あしの角　芦の新芽。「角ぐむ芦」は歌語。春二月の季語。▽川の流れのゆるやかになるあたり、芦が新芽を出している。流れ来たった水の泡が、新芽にふれて、しばらくの間、静止している。なにげない光景であるが、暫時の静止を「やすむる」と言った所が工夫。「淡」のはかなさと、「角」の鋭さの間に繊細な緊張感がただよう。【季】あしの角。【俳】ナシ。

3031 ▽昨夜の雨が、からりと晴れあがった朝、薄じめりの残る土手の腹などに、ツクシがすくすくと伸びている。長いのもあり短いのもあり、おのがさまざまに。【季】土筆。【俳】長みじか。

3032 ○よめがはぎ　ヨメナ。田野に自生し、食用。▽桜の花の盛りの時節、ヨメナの味が一段と美味に感じられる。「嫁」「脛(ぎは)」のイメージを重ね合せるか。【季】桜の花・よめがはぎ。【俳】よめがはぎ。

3033 ▽野イバラの白い花が盛んに咲いている。中に見える花はオニアザミの紅紫。野イバラはとげのあるもの、オニアザミ(薊)もまた茎に細かいとげがある。ともに人を刺し、おまけに「鬼」という名を持つことに興じている。【季】鬼あざみ。【俳】鬼あざみ。

3034 ▽転倒して土手の下に落ちたところでスミレの花をみつけた。痛みの中で愛らしい花をめでているところがおかしい。スミレに相撲草の別名があることをひびかせるか。【季】すみれ。【俳】ころび落れば。

3035 ▽土手の切れ目を踏みまたいで越えようとすると、足下にフキノトウが見えた。小さいながらも「フキノ塔」の名のあるものが、なにげなくまたぎ越えられてしまったおかしさを含む。【季】蕗の塔。【俳】またぐ・土堤・切目・蕗の塔。

3036 ○土大根　ダイコン。春の末に白い花を咲かせる。▽大根は冬季に抜き収穫するが、春に至るまでその葉を食するために残したものが花を咲かせる。冬の収穫の折に踏みあらされて倒れかかっているものが、そのまま花をつけている、というのである。【季】花さく土大根。【俳】形・土大根。

3037 ○笠とり山　山城国宇治郡の歌枕。○柱うり　建築資材の柱材を売り歩くもの。三八一参照。▽笠取山から来たという

3038 みそ部屋《べや》のにほひに肥《こゆ》る三葉《みつば》哉《かな》　夕可

3039 日《ひ》の影《かげ》に猫《ねこ》の抓出《かきだ》す独活芽《うどめ》哉《かな》　一桐

3040 蒲公英《たんぽぽ》や葉《は》にはそぐはぬ花《はな》ざかり　圃箔

猫恋　附胡蝶

3041 我《わが》影《かげ》や月《つき》になを啼《なく》猫《ねこ》の恋《こひ》　探丸

3042 うき恋《こひ》にたえでや猫《ねこ》の盗喰《ぬすみぐひ》　支考

3043 おもひかねその里《さと》たける野《の》猫《ねこ》哉《かな》　ミノ己百

柱売りが、柱にワラビをひと括り結びつけて歩いて行く。嶺の早蕨が歌枕から出たにふさわしい。季早蕨。囲柱うり。

3038 ▽味噌つくりの小屋に近く、三葉芹が青々と葉を伸している。この勢いは、熟せんとする味噌の香を存分に吸ったからであろうか。季三葉。囲みそ部屋・三葉。

3039 ▽ウドは、芽を食するため、よく耕した畑に植え、さらにその上から塵芥で覆うなど、地表を柔らかくして置く。そのような地面は、猫が好んで排泄に選ぶ所である。日あたりのよい畑で用たしのあと、ていねいに砂をかけているうちに、ウドの芽が露出したというのである。季独活芽。囲独活芽。

3040 ▽タンポポの花は、直立した茎の上で華やかに開くが、それに比べて、その葉は、地面に着いて力なく茎をとり囲んでいる。両者のようすが、どこか不釣合だ、というもの。季蒲公英。囲蒲公英・そぐはぬ。

3041 ○なを　正しくは「なほ」。猶。▽月の光の下で、恋に騒ぐ猫が、おのれの影にむかってまで、鳴き声を立てている。恋猫は、ひとり歩みを進めながらも鳴く。季猫の恋。囲猫の恋。

3042 ○たえで　正しくは「たへで」。耐えることができないで。▽恋に騒ぐ時節の猫は、時間を忘れて徘徊する。たまたまの猫の盗み食いに対して、空腹からこのような所行に及んだとしても、恋ゆえにうっかり食事の時刻を忘れてしまったのであろうと推測している。恋とあれば仕方あるまいと、許すための理由を考えてやっているのである。季恋猫。囲盗喰。

3043 ○おもひかね　紀貫之「思ひかねいもがりゆけば冬の夜の川風さむみ千鳥なくなり」(拾遺集)など。恋の思いに堪えかねて。○その里　「うちはへて思ひし小野は遠からぬその里びとのしめ結ふと」(万葉集十三・相聞歌)。恋の相手の住む里。▽のら猫が、恋をした相手の猫の住む里を徘徊している。大声をあげて、恋の思いをせいいっぱいうち明けるように。野性的でユーモラスな一件を、歌語を配してほほえましく表現する。作者は和歌のたしなみもあった。季恋猫。囲たける・野猫。

白日《はくじつ》しづか也《なり》

3044 とまりても翅《つばさ》は動《うご》く胡《こ》蝶《てふ》かな　柳梅

3045 衣《き》更《さら》着《ぎ》のかさねや寒《さむ》き蝶《てふ》の羽《はね》　惟然

3046 蝶《てふ》の舞《まひ》おつる椿《つばき》にうたるゝな　闇指

3047 風《かぜ》吹《ふく》に舞《まひ》の出《で》来《き》たる小《こ》蝶《てふ》かな　出羽 重行

3048 昼《ひる》ねして花《はな》にせはしき胡《こ》蝶《てふ》哉《かな》　雪窓

春鹿

3049 振《ふり》おとし行《ゆく》や広《ひろ》野《の》の鹿《しか》の角《つの》　沢雉

春耕

3044 ○白日しづか也　杜甫詩「渭水逶迤白日静」、同「落花遊糸白日静」など。まひるの閑寂。▽ひらひらと飛びきたった蝶が、もののはしにとまった。すぐには静止せず、ほんの少しの間、つばさをゆるやかに動かしている。動きはあるのだが、物音がない。物音のない静かさが、物の動きによって一層強調される。[季]胡蝶。[俳]胡蝶。

3045 ○衣更着　二月。余寒の厳しさに更に衣を重ねて着るのでこの名称がある、とする古説があった(奥義抄、下学集など)。▽蝶の羽の美しさは、王朝の女君の襲(かさね)の衣のようであるが、その薄さは少し寒そうに見える。名も衣更着ということの月には、もう一枚重ねてもよいと思うのだが。[季]蝶。[俳]ナシ。

3046 ▽蝶はゆるやかに、時に低く飛ぶ。そのスピードでは、突然ぼたりと落ちる椿の花に、打ちつけられるぞ。蝶が横に舞い、椿の花が垂直に落下する、双方の速度を一挙に言いとめたもの。[季]蝶・椿。[俳]ナシ。

3047 ▽小さな蝶。まだ幼いのであろうか。よろよろと宙に飛ぶ姿もたよりない。吹き来たった風に、たちむかうために、態勢を整えようとしている間に、いつのまにか美しい舞い姿となった。飛行する形がぴたっと決まったのである。[季]小蝶。[俳]出来たる。

3048 ▽昼さがりの時間を、花から花へ蝶が飛びまわっている。いかにも元気にみちたようすであるが、いささかせわしそうにも見える。少し昼寝がすぎてあわてているのでもあろうか。荘子の「胡蝶の夢」の故事もあり、「花に寝る蝶」は歌語でもある。[季]胡蝶。[俳]胡蝶。

3049 ○鹿の角　礼記・本草綱目などは夏季に鹿の角が落ちるとするが、日本では春二月のこととする(毛吹草)。落し角・忘れ角などという。▽広い野を行くうちに見つけた鹿の落し角。走りぬけながら、春の鹿は、この角をふり落して行ったものであろう。全くの空想の句であろうが、一読して爽快な感覚がある。[季]おとし角。[俳]広野。

3050 ○妙福　未詳。冥福(みようふく)に同じか、という。死後の幸福を願って仏事を修すること。○さくら麻　雄麻のこととい

3050 妙《めう》福《ふく》のこゝろあて有《あり》さくら麻《あさ》　木節

3051 苗《なへ》札《ふだ》や笠《かさ》縫《ぬひ》をきの宵《よひ》月《づく》夜《よ》　此筋

3052 千《せん》刈《がり》の田《た》をかへすなり難《なに》波《は》人《びと》　一鷺

桃　附椿

3053 白《しら》桃《もも》やしづくも落《おち》ず水《みづ》の色《いろ》　桃隣

3054 金《きん》柑《かん》はまだ盛《さかり》なり桃《もも》の花《はな》　介我

3055 伏《ふし》見《み》かと菜《な》種《たね》の上《うへ》の桃《もも》の花《はな》　雪芝

3056 梅《うめ》さくら中《なか》をたるます桃《もも》の花《はな》　水鷗

う。万葉集に「桜麻のをふの下草」とある歌語。麻は春季に種を蒔き夏季に収穫する。また「麻衣(あさごろも)」は喪服を意味する歌語。▽秋冬にかけて、親族の追福法要の予定があるのであろう。そんなつもりもあって、いま、この春はせっせと麻の種まきをしているのである。[季]さくら麻。[俳]妙福。

3051 ○苗札　苗代に立てる札。種の類別、早晩の区別などを記したもの。○笠縫　美濃国杭瀬川東の里。歌枕。「旅人のみの打ちはらふ夕暮に雨に宿かる笠縫の里」(十六夜日記)。○をき　正しくは「おき」。沖田。広々と広がる田。▽夕月が淡く照らす田。遠く広がる田のあちこちの苗代で、苗札が点々と白く見える。美濃大垣に近い田野の夕眺め。やや幻想的に海上の眺望を思わせる。[季]苗札。[俳]苗札・をき。

3052 ○千刈　「刈」は刈り取った稲の束(たば)を数える単位。千刈の田は、稲束千束の収穫がある大きな田。○難波人　歌語。▽春たけなわ、耕作の時節。この広々とした田野のひろがる難波の地の人々は、誰も彼も、千刈の広大な田を耕すのであろう。作者は伊賀の人という。生駒山を西に越えて、摂津の広々とした平野を眺望した経験にもとづく空想であろう。[季]田をかへす。[俳]千刈。

3053 ▽白桃の花の青みをふくんだみずみずしさ。水に色があるとすれば、こんなものかと思う。よくもまあ、水滴がしたたり落ちぬことよ。芭蕉推賞の句。[季]白桃。[俳]白桃。

3054 ▽秋冬に実をつけた金柑が、なおこがね色の実をたわわにみのらせているところ。はやくも桃の花が咲き始めた。[季]桃の花。[俳]金柑・まだ。

3055 ▽山城国伏見の桃は名物(類船集、和漢三才図会)。菜の花の黄色が遠く続くかなたに紅の桃の花が見える。あの辺が伏見であろうかと推測する。山城南部の街道を行くさま。[季]桃の花。[俳]菜種。

3056 ○たるます　緊張感をゆるめさせる。▽早春の梅には芳香と凜とはりつめた美しさ。晩春の桜はいうまでもなく日本美の絶頂。その間で桃の花は暢びやかに鑑賞させてくれる。[季]梅・さくら・桃の花。[俳]たるます。

3057 花《はな》さそふ桃《もも》や歌《か》舞《ぶ》妓《き》の脇《わき》躍《をどり》　其角

3058 江東《かうとう》の李由《りいう》が、祖父《そふ》の懐旧《くわいきう》の法事《ほふじ》に、おの〳〵経文題《きやうもんだい》のほつ句《く》に、弥陀《みだ》の光明《くわうみやう》といふ事《こと》を、
小《こ》服《ぶく》綿《め》に光《ひかり》をやどせ玉《たま》つばき　角上

3059 穂《ほ》は枯《かれ》て台《だい》に花《はな》咲《さく》椿《つばき》かな　残香

3060 取《とり》あげて見《み》るや椿《つばき》のほぞの穴《あな》　洞木

3061 ちり椿《つばき》あまりもろさに続《つぎ》て見《み》る　野坡

款冬　附 躑躅 藤

3057 ▽桜の花が歌舞伎踊りの太夫とするならば、その前に咲く桃の花は、脇太夫ということになろうか。【季】花・桃。【囲】歌舞妓・脇躍。

3058 ○江東　琵琶湖の東。近江平田の明照寺が李由の住寺。浄土真宗西本願寺派。○祖父　李由の河野家では、この祖父の代に僧籍に帰した。法名了超。○弥陀の光明　阿弥陀経に「彼仏光明無量」の句がある。○小服綿　白色の僧尼の平服。蓮如上人御一代記聞書に「蓮如上人昔はこぶくめをめされ候」とある。蓮如は本願寺八代住持、中興の祖。▽御祖父様もまた真宗中興の祖蓮如上人に同じく粗末な小服綿を着用したのでありましょう。その白い法衣に無量の弥陀の光明が宿りますように。折からの白玉椿が美しく咲き誇っているのと同じく。【季】玉つばき。【囲】小服綿。

3059 ▽接木(つぎ)の椿。接穂のほうは枯れてしまって、今回の接木は失敗であったらしいが、台木は相変らず元気で、今年も花をさかせている。【季】花咲椿。【囲】台。

3060 ▽地上に落ちた椿の花を拾いあげてその基部の穴をながめてみた。あまりに、その落ち方があっさりと見事であるので、なにか仕掛でもあるかと思って。【季】椿。【囲】ほぞの穴。

3061 ▽地上に落ちた椿の花。あまりにあっさりと散るので、散る前はどうつながっていたのかと、元のところにあててみる。「もろさに」というところに多少、椿の花をいたわる気持がある。【季】ちり椿。【囲】ちり椿。

3062 ○山吹　後拾遺集に兼明親王の歌として「小倉の家に住み侍りける頃、雨の降りける日、蓑かる人の侍りければ、山吹の枝を折りてとらせて侍りけり。心も得でまかり過ぎて、又の日山吹の心も得ざりし由、言ひにおこせて侍りける返事に言ひつかはしける」と詞書があり「七重八重花は咲けども山吹のみの一つだになきぞかなしき」とある。▽山吹の花の咲きこぼれる垣根に蓑が干してある。あたかも「蓑一つあることぞ嬉しき」とでも言うように。「一重」は典拠歌の七重八重に対するもので

3062 山《やま》吹《ぶき》や垣《かき》に干《ほし》たる蓑《みの》一《ひと》重《へ》　闇指

田家《でんか》の人《ひと》に対《たい》して

3063 山《やま》吹《ぶき》も散《ち》るか祭《まつり》の鱘《ふか》なます　洒堂

3064 掘《ほり》おこすつゝじの株《かぶ》や蟻《あり》のより　雪芝

春月

3065 藪《やぶ》疇《あぜ》や穂《ほ》麦《むぎ》にとゞく藤《ふぢ》の花《はな》　荊口

春雨　附春雪　蛙

3066 山《やま》の端《は》をちから白《がほ》なり春《はる》の月《つき》　長崎　魯町

3067 物《もの》よはき草《くさ》の座《ざ》とりや春《はる》の雨《あめ》　荊口

あるが、同時に一重ながらも厚ぼったい蓑のありさまを、ユーモラスに表現する効果がある。[季]山吹。[俳]ナシ。

3063 ○鱘　通説にシビと訓むが、男重宝記(元禄六年刊)の「献立に用る魚類字尽(じづくし)」に「鱘魚(かふ)」とあり、七部集打聞のフカ説に従う。アンモニア分の多いフカ・サメの類は、腐敗が遅いので山中でも食される。詞書の「田家」のような海から遠い所にふさわしい。皮を去りさっと湯がいて生薑酢で刺身にもすると諸人重宝記(元禄八年刊)にある。三月の魚。▽フカの白い肉を細かく刻んで五味を加えた膾の中には、山吹の美しい花をも散らすのでしょうか。御地の祭礼の山海の珍味のようすをうかがいたいものです。[季]山吹。[俳]鱘なます。

3064 ○掘　底本「堀」。▽つつじの花の美しさに、わが家へ移し植えようと思って、掘り起こす。根の下は蟻の巣穴であったものか、無数の蟻が右往左往している。[季]つゝじ。[俳]蟻のより。

3065 ○疇　ウネ・ハタケなどと訓むべき字。同じ句が芭蕉庵小文庫に「藪畔や」とあるのでアゼと訓んでおく。▽麦畑の畔がそのまま樹木の茂った林に続いている。木の枝にからみ上った藤が、長い花房を垂れて、その先が、穂をはらんだ麦畑に触れんばかりである。藤の花と穂麦の接触が、そのまま、晩春から初夏への季節の連続を示している。[季]藤の花。[俳]藪疇・穂麦・とゞく。

3066 ▽春の月は、おぼろにかすんで、頼りないふぜいで空にあるのが本意。輪郭も定まらず、浮きただようようである。わずかに、月がそこから昇ってきた山の稜線が、月の高さを明確に示して、その位置を保証しているように見える。月もようやくその稜線に支えられて、空中に自分を確保しているように見える。「白なり」は西行歌の口ぶりの模倣か。[季]春の月。[俳]ナシ。

3067 ○よはき　正しくは「よわき」。▽春雨が、煙るように霞むように降っている。その雨に呼び起こされて野の草が緑を増す。だが、そのふぜいは、煙るような春雨の中で、どこか頼りない。春の夜のおぼろ月のように。[季]春の雨。[俳]座とり。

3068 咄《はなし》さへ調《てう》子《し》合《あひ》けり春《はる》のあめ　乃竜

3069 春《はる》雨《さめ》や唐《たう》丸《まる》あがる台《だい》どころ　游刀

なにがし主馬《しゆめ》が武江《ぶかう》の旅店《りよてん》をたづねける時《とき》、

3070 春《はる》雨《さめ》や枕《まくら》くづるゝうたひ本《ぼん》　支考

3071 はる雨《さめ》や光《ひか》りうつろふ鍛《か》冶《ぢ》が鎚《つち》　桃首

3072 淡《あは》雪《ゆき》や雨《あめ》に追《おは》るゝはるの笠《かさ》　風麦

3073 行《ゆき》つくや蛙《かはづ》の居《すわ》る石《いし》の直《ロク》　風睡

汐干

3068 ▽春雨が、煙るように霞むように降っている。このような日は、人々との何くれとない雑談も、気分があって、なごやかに進められる。静かな春雨の調子にみちびかれて。季春のあめ。俳咄・調子。

3069 ○唐丸　蜀雞。大形の闘鶏用のニワトリ。▽春の長雨の続く頃、庭はすっかり濡れぬかるみ、土間も湿ってくる。人を恐れぬ唐丸は、ずかずかと台所の板の間にまであがりこんでくる。ニワトリはふつう放し飼い。土間の隅の横木などに飛び上がり、ねぐらとしている。季春雨。俳唐丸・台どころ。

3070 ○なにがし主馬　本間主馬。通称、佐兵衛。俳号、丹野（たんや）。膳所の能太夫。○武江の旅店　江戸での旅宿。○うたひ本　広義には能楽に関するものは注釈・伝書まで含めるが、ここでは謡曲の詞章を書いた写本・刊本。数番を一冊にして、百番を一セットに売られたものが多い。四つ切りと称する小型本も寛文以前から存在した。数冊を重ねて枕の代用とするに都合がよい。▽旅先での長雨のつれづれに、ついうとうとと昼寝でもされたものでしょうか。枕となったあとが歴然と、重ねた謡本が崩れておりますね。季春雨。俳うたひ本。

3071 ○鍛冶が鎚　鍛冶職のものが使う金槌。頭に鋼を加えて強化したもの。刀剣を鍛える場合や、銅器を整形する場合につかう。▽春の長雨に、ふだんは手入れの行き届いた鍛冶の鎚も、光がにぶって見える。季はる雨。俳鍛冶が鎚。

3072 ○淡雪　薄く積った雪。季語としては中冬のもの。▽頭にかぶった笠に、うっすらと積った雪であったが、やがて雨に変った春の空模様のために、間もなく消えてしまった。それは、季節としての冬が、春に追われて行く、そのさまが、わが頭上で展開されたのである。季はる。俳ナシ。

3073 ○直　安定しているさま。▽石の上に、蛙がすわっている。どっしりと、しばらくは身動きする気配もない。この位置を求めて、ここまでぴょんぴょん跳ねてきたのだ、とでもいうように。蛙が落ち着きはらってすわっているようすが、同時にその足下の石のどっしりと安定したさまを想像させる。季蛙。俳直。

3074 のぼり帆《ほ》の淡路《あはぢ》はなれぬ汐干《しほひ》哉《かな》　去来

3075 品《しな》川《がは》に富《ふ》士《じ》の影《かげ》なきしほひ哉《かな》　闇指

雑春

3076 出《で》がはりやあはれ勧《すすむ》る奉《ほう》加《が》帳《ちやう》　許六

3077 若《わか》草《くさ》やまたぎ越《こえ》たる桐《きり》の苗《なへ》　風睡

3078 黒《くろ》ぼこの松《まつ》のそだちやわか緑《みどり》　土芳

3079 かげろふや巌《いはほ》に腰《こし》の掛《かけ》ちから　配力

3080 小《こ》米《ごめ》花《ばな》奈《な》良《ら》のはづれや鍛《か》冶《ぢ》が家《いへ》　万乎

3074 ○のぼり帆　未詳。帆を幟(のぼり)のようにいっぱいに張ったものをいうのであろう。「わたの原幟節句や帆かけ舟」(宝永二年・雑俳)。○汐干　同じ句が芭蕉庵小文庫では「三月三日堺の海辺に遊て」と前書をして載る。住吉・堺辺は、汐干の名所。元禄四年(一六九一)の作という。▽三月三日の汐干。風はなぎ、潮流も静止して、沖の舟は、帆をいっぱいに張っているにもかかわらず、なかなか進んでいるとも見えない。堺から西方へ眺望する大景。淡路を明石とした句形も去来書簡に見られる。[季]汐干。[俳]のぼり帆。

3075 ○品川　江戸の隣。東海道第一番目の宿駅。遠浅の海に面する。▽汐干のために遥かに砂浜が広がって、今日の品川の海には、富士の影も映らない。品川沖の汐干狩は、江戸近郊の名所。[季]しほひ。[俳]品川。

3076 ○出がはり　三月五日を原則とする奉公人の雇用期限日。▽去る者、新しく来る者。奉公人の出替りは、例年のことながら人の流れ、世の無常を感じさせる。その折に、神仏への寄付を募る奉加帳が回ってきた。許六の取り合せの技法。[季]出がはり。[俳]出がはり・奉加帳。

3077 ▽春の若草の生長。年々歳々同じように勢いよく伸びる。また桐の苗の生長。樹木の中でものびの早いこの木は、来年は再びまたぎ越えることはできないであろう。若草とは違って。[季]若草。[俳]またぎ越たる。

3078 ○黒ぼこ　黒土。▽黒土の地面に植えられた松の生育のよさ。この春も、美しい緑の葉を生き生きと伸ばしている。色彩の美しさが空想される。[季]わか緑。[俳]黒ぼこ。

3079 ▽陽炎が巌のあたりにゆれている。あれは、陽炎が巌に腰をかけているのだろうか。あるいは、神前に掛け奉る懸税(かけちから)として、造化の神に献げられているのであろうか。[季]かげろふ。[俳]掛ちから。

3080 ▽小米花は晩春、小さな白い花を開く。別名、雪柳。その花を奈良の街はずれの鍛冶の家の前で見た。奈良刀は安価で下等な刃物の代名詞。この家には、八重桜ならぬ小米花がふさわしかろうか。[季]小米花。[俳]小米花・はづれ・鍛冶。

3081 声《こゑ》毎《ごと》に独活《うど》や野老《ところ》や市《いち》の中《なか》　苔蘇

3082 木《こ》の芽《め》だつ雀《すずめ》がくれやぬけ参《まゐり》　ミノ 均水

3083 春《はる》の日《ひ》や茶《ちゃ》の木《き》の中《なか》の小《こ》室《むろ》節《ぶし》　正秀

3084 三《さん》尺《じゃく》の鯉《こひ》はぬる見《み》ゆ春《はる》の池《いけ》　仙化

3085 引《ひき》鳥《どり》の中《なか》に交《まじ》るや田《た》螺《にし》とり　支浪

三月尽

3086 朧《おぼろ》夜《よ》を白《しろ》酒《ざけ》売《うり》の名《な》残《ごり》かな　文考

歳旦

3081 ○独活　春季、芽を出す時に地表を柔らかくして覆い、栽培する。作りウドとして食用に好まれる。○野老　山芋に似て根を食する。字面から正月に海老とともに飾られる。▽春の市。声々にウド・トコロと呼んでいる。芽を食するもの、根を食するもの、さまざま。聞き手に呼び起こされる感懐も、さまざま。季独活・野老。俳独活・野老。

3082 ○雀がくれ　新撰六帖「萌えいでし野辺の若草けさ見れば雀隠れにはやなりにけり」。草木の葉が茂って雀が身を隠すほどになったこと。蜻蛉日記「三月になりぬ。木の芽、雀がくれになりて」とある。○ぬけ参　親や雇用主の許しを得ずに伊勢神宮へ参詣に出かけること。▽草木の萌えたつ春、雀ならぬ人間どもが、木の芽ならぬ人の目に隠れて、お伊勢参りに行く。季木の芽だつ・雀がくれ。俳ぬけ参。

3083 ○小室節　近世初期の馬方節。常陸国小室の遊女町から起ったという。流行歌として吉原などでも唄われた。▽春のうららかな陽射しを受けて、日当りのよい茶畑の中から、はやり唄が聞こえてくる。夏近き頃、茶畑に立ち働く人々の鼻唄であろう。のんびりした光景。季春の日。俳茶の木・小室節。

3084 ▽春の日のうららかな陽射しの下、静まりかえった池の面に、三尺もある大きな鯉が跳ねあがって、にぶい音をたてる。三尺は九〇センチ程。小さな魚が跳ねるのは鋭い印象を与えるが、これは逆にゆったりした春の日を、いっそう強調することになる。季春。俳三尺。

3085 ○引鳥　春になって渡り鳥が北へ帰って行くことをいう。鶴ならば引き鶴という。▽北へ帰る渡り鳥が田に降りて、集合している。その中に、田螺を取る人影が見える。鳥よりもはるかに数が少なく、うずくまって小さく見えるのを「中に交る」といったもの。季引鳥・田螺とり。俳引鳥・田螺とり。

3086 ○白酒売　蒸した餅米に米麴（こうじ）を加え、これを酒に合せてつくるもの。年間を通じて製造販売された。▽行く春を惜しむ白酒売。三月三日の桃の節句の頃には、特別に売れたので、ひとしお、この朧月夜が名残惜しいのである。季朧夜。俳朧夜・白酒売。

3087 若水《わかみづ》や手《て》にうつくしき薄氷《うすごほり》　少年 武仙

3088 莚道《えんだう》は年《とし》のかすみの立所《たちど》哉《かな》　百歳

3089 鶯《うぐひす》や雑煮《ざふに》過《すぎ》ての里《さと》つゞき　尚白

3090 蓬莱《ほうらい》の具《ぐ》につかひたし螺《にし》の貝《かひ》　圃萡

3091 母方《ははがた》の紋《もん》めづらしやきそ始《はじめ》　山蜂

詩《し》にいへる衣裳《いしやう》を顚倒《てんたう》すといふ事《こと》を、老《らう》父《ふ》の文《ふみ》に書越《かきこ》し侍《はべ》れば、

3092 元日《ぐわんじつ》や夜《よ》ぶかき衣《きぬ》のうら表《おもて》　千川

3093 人《ひと》もみぬ春《はる》や鏡《かがみ》のうらの梅《うめ》　芭蕉

3087 ▽元日の朝、若水を汲む。冬の名残の氷が水の表に浮くが、さすがに立春のこととて薄い。それが掌の上で美しく輝いてみえる。年頭のすがすがしさ。季若水。俳ナシ。

3088 ○莚道　枕草子「例の莚道敷きて」。貴人の通る際、道に敷いた莚。▽元日の朝、深夜のうちから清涼殿の庭で帝の四方拝があり、夜明けすぎごろから五摂家の朝賀が始まる。五摂家の各家につながる門流も、残らず宜秋門の所まで出迎える。新春の夜明けのこの行事は、春霞を目にする最初ともなるので、貴人の歩く莚道は、すなわち春霞がはじめて立つ所でもあるといいなしたもの。季霞。俳莚道。

3089 ▽元日の朝、雑煮を祝ったあと、鶯の声を聞いた。静まり返った村里のあのかなたの方から、聞こえてきたようであった。まことに春告鳥である。季鶯・雑煮。俳雑煮・里つゞき。

3090 ○螺の貝　小さい巻貝。▽正月の蓬莱飾りは、三方の台の上に山海の産物を置くもの。ニシの類の小さくて異郷的な感じのする物をこそ、この際、飾りに用いたいものだ、というのである。季蓬莱。俳蓬莱・具・螺。

3091 ○きそ始　未詳。正月三が日のうち吉日を選び、新しい衣裳をはじめて着ること、という。▽わが家の紋所は、日常にも目にすることはあるが、母の実家の紋は、着衣始の時くらいしか見ることがない。女子の新しい衣裳は、母の実家からその紋をつけ贈るというような風習があったものか。季きそ始。俳母方・紋・きそ始。

3092 ○詩にいへる　詩経・国風「東方未ダ明ケザルニ、衣裳ヲ顚倒シテ、之ヲ顚ジ之ヲ倒スルニ、公ヨリ召セリ」。○老父　千川の父は荊口。▽元日の朝、江戸城では一門や各国主が登城して年賀を述べる。随従の者は深更より身仕度を整えて準備する。江戸勤番の作者に対し、荊口が詩経の語を引いて注意をうながしたのであろう。作者は、まことにその通り裏表を念入りに点検して着衣しようというのである。季元日。俳元日。

3093 ▽金属製の鏡の裏には花鳥の紋様がさまざまに鋳出してある。こんなところで誰にも見られず、ひっそり春を迎える梅よ。隠逸の志を含むか。季春・梅。俳ナシ。

3094 明《あ》る夜《よ》のほのかに嬉《うれ》しよめが君《きみ》　其角

3095 楪《ゆづりは》の世《ぜ》阿《あ》弥《み》まつりや青《あを》かづら　嵐雪

3096 万《まん》歳《ざい》や左《さ》右《う》にひらひて松《まつ》の陰《かげ》　去来

3097 鶯《うぐひす》に橘《たちばな》見《み》する羽《は》ぶきかな　土芳

3098 はつ春《はる》やよく仕《し》て過《すぐ》る無《ぶ》調《てう》法《はふ》　風睡

冬年孫《ふゆどしまご》をまうけて

3099 元《ぐわん》日《じつ》やまだ片《かた》なりの梅《うめ》の花《はな》　猿雖

3100 子《こ》共《ども》にはまづ惣《そう》領《りやう》や蔵《くら》びらき　蔦雫

3094 ○夜の　「夜も」と伝える形もある。○よめが君　鼠をいう正月詞。▽新年を迎える嬉しさ。鼠も嫁が君と呼ばれて、さぞかし嬉しかろう。裏に新婚の夜を明した新妻の、嫁となった気恥しい嬉しさをひそませる。[季]よめが君。[俳]よめが君。

3095 ○楪　新年の飾りに用いる。○世阿弥まつり　未詳。世阿弥の忌日は七月二十二日という。○青かづら　枕草子「草は」の条に出る。磐斎抄「鞭草」、春曙抄「青鞭草」の字を宛てるが意不明。和名抄以来「防己」をアヲツヅラと訓むが、本句との適合は不明。▽徳川家で正月三日に行われる謡初によせて、観世の家の連綿と続くことを祝し、併せて徳川の世をことほぐものか。[季]楪。[俳]楪・世阿弥まつり・青かづら。

3096 ○ひらひて　正しくは「ひらいて」。▽正月の祝いに訪れる万歳楽は、太夫と才蔵の二人づれ。太夫は扇を持ち、才蔵（ふくろもち）は鼓を打って、賀詞を述べ芸を尽す。門松の前で左右に分れて演ずる態をいう。「左右に開いて」は謡曲調。[季]万歳。[俳]万歳・左右・ひらひて。

3097 ○羽ぶき　羽ばたきすること。歌語。守覚法親王集「梅が香をおのが羽ぶきに匂はせて友さそふなり鶯の声」。▽鶯に正月飾りの橘の実を見せる。橘の香に誘われて自分の天分を思い出し、盛んにないて友を呼びよせ、美しい声を存分に聞かせてくれると思って。三冊子に芭蕉の批評がある。[季]鶯。[俳]ナシ。

3098 ▽年頭の挨拶。初春の御賀、重畳めでたく存じます。本年もよろしくお願い申し上げます。無調法者ながら、お引廻し下さいますように、などということを流れるように述べたてて、さっさと帰って行く。[季]はつ春。[俳]よく仕て・無調法。

3099 ○冬年　旧冬。○片なり　未成熟なこと。源氏物語・玉蔓「姫君は清らにおはしませど、まだ片なりにて生ひさきぞ推し量られたまふ」による。▽早春の梅の未熟さ。同様にわが孫も美しく育って行ってほしい。[季]元日・梅の花。[俳]まだ。

3100 ○惣領　長子のこと。○蔵びらき　年頭の鏡餅を正月十一日雑煮とし祝って、諸道具家財を入れた蔵を初めて開く。▽屠蘇の祝いは年下から。蔵開きは財産の惣領に相続されることを願って年上から入る。[季]蔵びらき。[俳]惣領・蔵びらき。

3101 背《せ》たらおふ物《もの》を見《み》せばや花《はな》の春《はる》　野童

3102 歯《し》朶《だ》の葉《は》に見《み》よ包《つつみ》尾《を》の鯛《たひ》のそり　耕雪

3103 鮭《さけ》の簀《す》の寒《かん》気《き》をほどく初《はつ》日《ひ》哉《かな》　左柳

3104 はつ春《はる》や年《とし》は若《わか》狭《さ》の白《しろ》比《び》丘《く》尼《に》　前川

3105 枇《び》杷《は》の葉《は》のなを慥《たしか》也《なり》初《はつ》霞《がすみ》　斜嶺

3106 世《よ》の業《わざ》や髭《ひげ》はあれども若《わか》夷《えびす》　山蜂

3107 濡《ぬれ》いろや大《おほ》かはらけの初《はつ》日《ひ》影《かげ》　任行

3108 元《ぐわん》日《じつ》や置《おき》どころなき猫《ねこ》の五《ご》器《き》　竹戸

3101 ○背たらおふ　背負う。▽旧注に「詞書にても落ちたるか。解きがたし」(七部集打聞)というように、句意不明。俗謡などをふまえたものか。季花の春。俳背たらおふ。

3102 ▽元日に小鯛二尾を藁縄で結び、シダとユズリハを挿して竈の上に懸ける。六月朔日に下して食し祝うという。鯛の尾が勢いよく反りかえっている様を、シダの葉の植物的な繊細さが一層きわだたせる。包尾は、鯛の尾を紙で包んだことという。季歯朶の葉・包尾の鯛。俳歯朶・包尾の鯛。

3103 ▽鮭は秋季に溯上する所を狙って、簗(やな)を仕掛け、簀に乗り上げたものを捕える。その簀が冬季は放置され、氷などもついていたのが、新春の陽光に照らされて解け去った。季初日。俳鮭の簀・寒気・初日。

3104 ○若狭の白比丘尼　若狭の国の生まれで、人魚の肉を食べて八百歳まで長生したという比丘尼。顔色が白かったという。▽永遠にめぐり来て、いつも新鮮な、この新春というもの。年齢をいうならば、若いことは若いのだが、白比丘尼と同じく八百歳とでも言っておこうか。季はつ春。俳白比丘尼。

3105 ○なを　正しくは「なほ」。▽枇杷の木は、縦長の硬い深緑の葉が特徴。その葉を、新春の霞の中で見ると、いちだんと大きくしっかりしたものに見えて色あざやかである。季初霞。俳枇杷。

3106 ○若夷　元日の夜明けに、印刷されたえびすの札(ふだ)を「わかえびす」と称して売り歩く。門や歳徳神の棚に供えて福を祈るもの。▽俗世間のなすことには、わけのわからぬものがある。あの髭のあるえびすの札が、若えびすとは理解しかねることだが。季若夷。俳若夷。

3107 ▽焼しめのものや素焼の土器(かわらけ)の類は、使用前に水をくぐらせるか、水にしめらせる。年頭の式正の膳には、大小の土器を用いる。また屠蘇を祝うためにも土器を用いるので、これらの用意を整えた器物が、初日にみずみずしく光っているさま。季初日影。俳大かはらけ。

3108 ▽元日、家中すべて美しく拭い清めた中に、猫用の食器ばかりは置き場に困る。中途はんぱに残って見苦しいのであるが、猫の気ままさを許してもいる。季元日。俳元日・五器。

3109 我《わが》宿《やど》はかづらに鏡《かがみ》すえにけり　是楽

3110 搗《かち》栗《ぐり》や餅《もち》にやはらぐそのしめり　沾圃

3111 虫《むし》ぼしのその日《ひ》に似《に》たり蔵《くら》びらき　圃角

3109 ○かづら　鬘。能で女姿になる時かぶる仮髪。○すえにけり　「え」は「ゑ」とあるべきところ。正月の鏡餅を、親や親族に贈ることを「鏡を居(ゑ)る」という(日次紀事)。▽世間ふつうならば、親族に贈るべき鏡餅ではあるが、鬘を大切の物とするわが家では、これを親とも思って、その前に鏡餅をささげるのである。能役者などの家か。[季]鏡。[俳]ナシ。

3110 ○搗栗　正月の蓬莱飾りに用いる。○やはらぐ　千載集「道のべの塵に光をやはらげて神も仏の名乗るなりけり」や謡曲・蟻通「歌にやはらぐ神心」など、「やはらぐ」は神仏がその威光を和らげて、この世に交ることに用いるのが、文芸の上での伝統。▽蓬莱飾りのかち栗がしめって柔らかくなっている。鏡餅の湿気を受けて、こうなったものか。神仙の国・蓬莱のかち栗が、人の献げた鏡餅と交ってそうなったとでもいうように。[季]搗栗。[俳]搗栗。

3111 ○虫ぼし　夏六月の土用の間に衣服・書・画・薬物などを陰干しして風を通すこと。虫払い・土用干しともいう。▽新年の蔵開き。新しい気持で蔵の中を眺めるところが、六月の土用干しの折の、久しぶりにあれこれを乾しひろげるときの気持に通じるものがある。「のその日に似たり」の表現に、なにか典拠があるか。[季]蔵びらき。[俳]虫ぼし・蔵びらき。

夏之部

郭公

3112 暁《あかつき》の雹《ひよう》をさそふやほとゝぎす　其角

3113 ほとゝぎす啼《なく》や湖《こ》水《すい》のさゝ濁《にごり》　丈草

3114 しら浜《はま》や何《なに》を木《こ》陰《かげ》にほとゝぎす　曾良

3115 蜀魄《ほととぎす》啼《なか》ぬ夜《よ》しろし朝《あさ》熊《ま》山《やま》　支考

3116 鳴《なる》滝《たき》の名《な》にやせりあふほとゝぎす　如雪

3117 燕《つばくら》の居《ゐ》なじむそらやほとゝぎす　芦本

3112 ○雹　夏季雷雲とともに降り、天候の急変や人馬・家屋を傷つけることなどから、怪異と思われていた。▽ホトトギスは夏の夜から明け方にかけて飛び過ぎつつ鳴き、また村雨の折から、しきりに鳴くとも言われる。しかし、あの鋭く激しい鳴き方は、むしろ雹でも降らすかと思われるほどだ。[季]ほとゝぎす。[俳]雹。

3113 ○湖水　芭蕉の野ざらし紀行に「湖水の眺望」と詞書して「唐崎の松は花よりおぼろにて」の句があるように、琵琶湖をさす。○さゝ濁　雨の濁流で水が濁ること。「雨のまぎれに引くや敵陣・さゝ濁る河の橋桁きりおとし」(正章千句)。▽ホトトギスの鋭く激しい鳴き声。雨のためにいささかの濁りを加えた琵琶湖の水。あるいはホトトギスの声が湖面を激しく打ったがために、このような濁りが生じたものか。[季]ほとゝぎす。[俳]湖水・さゝ濁。

3114 ○しら浜　白砂の続く浜辺。▽はるかに続く浜辺にホトトギスの声を聞く。「数ならぬわがみ山べのほととぎす木の葉がくれの声は聞こゆや」(後撰集)というが、身を隠すべき木陰もないこの空で、どうしているのだろうか。高砂浜・難波浜・真熊浜・明石浜などの歌枕にホトトギスを詠む例は多い。そのことと後撰集歌などの歌との矛盾に興をおこしたものか。[季]ほとゝぎす。[俳]ナシ。

3115 ○朝熊山　伊勢国の歌枕。春の日三六・三七の付合参照。「あさぐま」「あさま」両様に読まれた。▽ホトトギスの声を待って、とうとう夜明けを迎えてしまった。その名も朝の字を頭に頂く朝熊山の麓で。[季]蜀魄。[俳]ナシ。

3116 ○鳴滝　山城国の歌枕。鳴滝川とも。▽あの歌枕の鳴滝を、ホトトギスが鳴いてすぎるとすれば、深山に響きわたるという、その名も鳴滝の滝の音に負けぬように、せいいっぱい声をはり上げて鳴くのであろうか。[季]ほとゝぎす。[俳]せりあふ。

3117 ▽ツバメは中春に渡来し、巣をつくり子を産み育て夏を迎える。その姿を空に見なれた頃になると、やがてホトトギスがわれわれの関心の的になる。季節の推移と人心の推移と。[季]ほとゝぎす。[俳]燕(つばくら)・居なじむ。

3118 淀《よど》よりも勢田《せた》になけかし子規《ほととぎす》

此句《このく》は石山《いしやま》の麓《ふもと》にて、順礼《じゅんれい》の吟《ぎん》じて通《とほ》りけるとや。

3119 郭公《ほととぎす》かさいの森《もり》や中《なか》やどり　沾圃

木　附草花

3120 橙《だいだい》や日《ひ》にこがれたる夏《なつ》木《こ》立《だち》　闇指

3121 里《さと》〳〵《さと》の姿《すがた》かはりぬなつ木《こ》だち　野荻

園中《あんちゅう》　二句

3122 此《この》中《うち》の古《こ》木《ぼく》はいづれ柿《かき》の花《はな》　此筋

3118 ▽近江の琵琶湖より流れ出た瀬田川は、やがて宇治川となり山城国の淀で、淀川となる。瀬田・淀はともに歌枕であるが、ホトトギスは、和歌では淀の方でもっぱら詠まれる。同じ川筋の川上なのだから、石山寺の麓のこの瀬田のあたりで鳴いてくれればいいのに、というのであろう。ヨド・セタの同音異義語に掛けた遊びがあるか。季子規。囲ナシ。

3119 ○かさい　葛西。江戸の東郊、隅田川の東岸。武蔵国葛西郡。慈覚大師開基と伝える浄光寺薬師、牛嶋太子堂や、本所の太神宮など、古社寺もあった。▽例えば、江戸のはるか東北の方には、ホトトギスを歌に詠まれる名所筑波山があるが、この江戸まで飛来するには、さしずめ葛西あたりの杉木立が、恰好の中休みの場となるのであろうか。これから武蔵野は宿るべき木立もないので。季郭公。囲かさい。

3120 ○橙　夏五月に小さな白い花を咲かせ、実を結ぶ。秋を経て霜の後に黄熟し、春まで落ちず、夏には再び青色に復するので回青橙の名がある。新しく結実するものと弁別しがたいので代々(だいだい)の名があるという。皮には皺がある。▽勢いよく葉を茂らせる木立の中に橙の木がある。先年来の実が枝についているが、さすがに四季一順を経て皮には皺がより、長旅に日に焼け衰えた旅人のようである。季夏木立。囲橙・夏木立。

3121 ▽見はるかす遠近の村里のようすが、夏木立の勢いよい繁茂のために、一変してしまった。まことに心地よい眺めである。「すがた」は好感を持って対象を見る場合に用いる語。夏の眺望の力感にあふれた爽快さがある。季なつ木だち。囲なつ木だち。

3122 ○園中二句　作者の此筋と千川は兄弟。同時同所にての唱和の作か。▽柿の木が、いっせいに花を咲かせている。若木・老木、いずれとも分ちがたく、どの木も同様に、黄白色の小さな花ざかりである。季柿の花。囲古木・柿の花。

3123 年《とし》切《ぎり》の老《おい》木《き》も柿《かき》の若《わか》葉《ば》哉《かな》　千川

3124 姫《ひめ》百《ゆ》合《り》や上《うへ》よりさがる蛛《くも》の糸《いと》　素竜

題山家之百合《さんかのゆりにだいす》

3125 しら雲《くも》やかきねを渡《わた》る百《ゆ》合《りの》花《はな》　支考

3126 山《やま》もえにのがれて咲《さく》やかきつばた　尾頭

3127 冷《ひや》汁《じる》はひへすましたり杜《かきつ》若《ばた》　沾圃

3128 手《て》のとゞく水《みづ》際《ぎは》うれし杜《かきつ》若《ばた》　イガ　宇多都

3129 夏《なつ》菊《ぎく》や茄《な》子《すび》の花《はな》は先《さき》へさく　拙侯

3123 ○年切　樹木が年によって開花結実しないこと。▽今年は実がならないらしく、時期になっても若葉の間に花をつけない老木の柿。葉ばかりがつやつやと新緑の美しさを誇っているのが、あわれでもある。季柿の若葉。俳ナシ。

3124 ○姫百合　ふつうのユリよりも小型で、夏四月に紅色の花を咲かせる。自生種・栽培種両様ある。▽姫百合がたよりない風情で咲いている上の方から、クモの糸が降りて一本張り渡してある。西行の「雲雀たつあら野におふる姫百合の何につくともなき心かな」という歌は、荒野の姫百合の揺れ揺れて頼るべきものもない姿をいうが、クモの糸一本で引かれている眼前の姫百合も、それ以上に頼りない風情である。季姫百合。俳ナシ。

3125 ○百合　単に百合といえば白百合をさす。▽山中の家の垣の内に百合の花の咲くのを見た。それは、杜甫が「山雲低(タ)レテ牆ヲ度(ワタ)ル」と詠んだ、あの白雲がほんとうに降りているのかと思われた。季百合。俳ナシ。

3126 ○山もえ　山燃。山火事。▽水辺にカキツバタが紫の花をあざやかに咲かせている。水中に自生するおかげで春先の山火事をもしのぐことができたのであろう。季かきつばた。俳山もえ。

3127 ○冷汁　吸物の類を冷やして食する夏季の料理。ひやし汁。にびやし。○ひへ　正しくは「ひえ」。▽冷えた吸物の快いおいしさよ。見ごとな味である。庭前の池辺には、すっくと立ったカキツバタの美しい花。季冷汁・杜若。俳冷汁。

3128 ▽カキツバタとは、どのような花なのか。手に触れて確かめようとすると、都合よく水辺に近く咲いていた。作者は盲人か。触覚的な涼しさが、花の美しさをもよく把握している。季杜若。俳ナシ。

3129 ○夏菊　菊のうちで夏のうちから花を開くもの。紺菊と呼ばれる紫碧色のものがある。○茄子の花　夏から秋にかけて淡紫色また藍白色の五弁の花を開く。▽夏菊のみごとさよ。同じ色合の花ながらナスビの花は気おくれがするものか、そそくさと先に咲いて散ってしまう。季夏菊・茄子。俳夏菊・茄子。

ばせを庵《あん》の即興《そくきよう》

3130 昼《ひる》がほや日《ひ》はくもれども花盛《はなざかり》　沾圃

3131 夕《ゆふ》顔《がほ》や酔《ゑひ》てかほ出《だ》す窓《まど》の穴《あな》　芭蕉

3132 夕《ゆふ》がほや裸《はだか》でおきて夜《や》半《はん》過《すぎ》　亡人 嵐蘭

3133 藻《も》の花《はな》をちゞみ寄《よせ》たる入《いり》江《え》哉《かな》　残香

3134 藺《ゐ》の花《はな》にひた〳〵水《みづ》の濁《にご》り哉《かな》　此筋

3135 蓮《はす》の葉《は》や心《こころ》もとなき水《みづ》離《ばな》れ　白雪

3136 客《きやく》あるじ共《とも》に蓮《はちす》の蝿《はへ》おはん　良品

3130 ▽ヒルガオが花を咲かせている。昼に咲くのは、日の光を受けて咲くのかと思うが、只今は曇り空のもとで盛んに咲いている。ヒルガオのアサガオにくらべて小さな花が、けなげに咲くさまをとらえたもの。[季]昼がほ。[俳]昼がほ。

3131 ▽夏の風通しにと思って切りぬいた、穴同然の窓。酔った機嫌で、ためしにとばかり顔を出してみた。鼻先に夕顔の花が白く宵闇の中に浮かんでいる。句の裏がわに、穴から出した自分の顔と夕暮の時刻を思いあわせて、これは文字通り「夕顔」だと興じる軽いふざけをかすめる。元禄六年(一六九三)夏の作。芭蕉自筆書簡に上五を「夕顔に」とする形がある。[季]夕顔。[俳]出す。

3132 ▽夏の夜の暑さに、裸同然の恰好で寝てしまった。夜半すぎの涼しさに起き出すと、闇の中にユウガオの花が浮かんで見える。夕方の頃には、花をかえりみる余裕もなかったが、しかし、夕顔というのに夜中に咲いているのも意外な発見である。[季]夕がほ。[俳]裸で・夜半過。

3133 ▽水面に点々と藻の花が咲いている。吹き来った風に追いたてられて、入江の隅に片寄せられた。ちょうど布か紙かを縮ませたように。水面下が感じられない、ということを表現しようとしたもの。[季]藻の花。[俳]ちゞみ寄たる。

3134 ○藺の花　夏五月に淡褐色の小さい花をつける。▽藺の花が咲いている。すっかり水につかって。その水は五月雨に濁っているけれども、花は一点の曇りもない。「ひた〳〵水」を一語とする説があるが、とらない。[季]藺の花。[俳]藺の花・ひた〳〵。

3135 ▽ハスの葉が、葉柄を水面上に突き出して、風に揺れている。浮き葉にくらべると、このありさまは、どこか不安定で落ち着かない。堀河百首「雨降れば蓮の立ち葉にゐる玉の絶えずこぼるるわが涙かな」など、ハスのたち葉は不安定なものの代表。[季]蓮の葉。[俳]水離れ。

3136 ▽客室の庭前の蓮池。ハスの花が水上に咲き誇っている。美しい静閑なひととき。このときをぶちこわすようにハエが飛来する。主客ともに池上のハエをなんとか追い払いたいと願って、思わず顔を見あわせる。[季]蓮・蝿。[俳]客。

瓜

3137 朝《あさ》露《つゆ》によごれて涼《すず》し瓜《うり》の土《つち》　芭蕉

3138 姫《ひめ》ふりや袖《そで》に入《いれ》ても重《おも》からず　至暁

ぼたん

3139 麁《そ》相《さう》なる膳《ぜん》は出《だ》されぬ牡《ぼ》丹《たん》哉《かな》　風弦

早苗

3140 京《きやう》入《いり》や鳥《と》羽《ば》の田《た》植《うゑ》の帰《かへ》る中《なか》　長崎 卯七

3141 早《さ》乙《をと》女《め》に結《むす》んでやらん笠《かさ》の紐《ひも》　闇指

3137 ▽ころがっている瓜に土がついている。これが真昼であれば単によごれているということなのだが、早朝の時刻、夏の朝露に濡れた瓜である。瓜も濡れ、土も露に濡れている。瓜をよごすものとしての土が、只今は、朝露に濡れた瓜の冷たいすがすがしさを、一段とひきたたせる役割を果たしている。西行の和歌に通うような無造作な措辞が、爽快な清涼感を導き出す。元禄七年(一六九四)夏の作。下五を「瓜の泥」とする形も伝えられる。〔季〕涼し・瓜。〔俳〕よごれて。

3138 ○姫ふり　マクワ瓜の変種。小型で味は苦く食用にならないので、子供が顔を描いて玩具にした。「姫」はすべて小さいものを表わす。▽その名のとおり、かわいらしい姫瓜よ。ちょっとちぎって袖に入れたが、さほどの重さも感じられない。わが子へのみやげにでもするところか。〔季〕姫ふり。〔俳〕姫ふり。

3139 ○牡丹　皮日休詩に「百花ノ王」といわれ、周茂叔の愛蓮説(古文後集)では「花ノ富貴ナル者」とされる。▽牡丹の花が咲き誇る。この豪華な花の姿を前にすると、めったなことでは粗末な料理など食べられぬ。今日は、二の膳・三の膳のついた式正(しきしょう)の献立といきたいところだ。牡丹の花のぜいたくなふぜいを、食膳の豪華さでいい表わそうとしたもの。〔季〕牡丹。〔俳〕麁相なる・膳・牡丹。

3140 ○京入　京都に入ること。都入り。義経記、源平盛衰記などに用例が見られる。○鳥羽　京都の南。歌枕「鳥羽田」で知られる。○田植　着飾った女たちが早苗を植える。▽淀川の上り舟を淀で下りて、鳥羽街道を経て都に入ることとなった。田植から帰る女たちが美しく着飾っている。あの歌枕の鳥羽田なのだと思うと、いよいよめでたい京入りと感じられる。幸運な時節の上京であった。〔季〕田植。〔俳〕京入。

3141 ○早乙女　田植をする女。歌語である。○笠の紐　田植笠をかぶる女たちは、せっかく美しく結いたてた髪や、化粧した顔を思って、とかく緩く紐を結ぶ。▽緩んだ紐を気にしながらも早乙女は、泥に汚れた手のために結び直すこともできない。かわりにちょいと結んでやろうか。〔季〕早乙女。〔俳〕結んでやらん。

3142 ふとる身《み》の植《うゑ》おくれたる早《さ》苗《なへ》哉《かな》　魚日

3143 田《た》植《うゑ》歌《うた》まてなる顔《かほ》の諷《うた》ひ出《だ》し　重行

3144 一《ひと》田《た》づゝ行《ゆき》めぐりてや水《みづ》の音《おと》　北枝

3145 里《さと》の子《こ》が燕《つばくら》握《にぎ》る早《さ》苗《なへ》かな　文考

蛍

3146 蚊《か》遣《やり》火《び》の烟《けぶり》にそるゝほたるかな　許六

3147 三《み》日《か》月《づき》に草《くさ》の蛍《ほたる》は明《あけ》にけり　野荻

納《だふ》涼《りやう》

3142 ▽一列に横にならんで苗を植えている早乙女たち。みなが腰を伸ばして立ち上がっているのに、ひとりだけ、まだうつむいて植えている女がいる。肉付きのいい様子だ。[季]早苗。[俳]ふとる。

3143 ○田植歌　田植に際して歌われる民謡。音頭が親歌を歌うと早乙女たちが子歌を歌い、掛け合いの形式で進められた。豊作を祈願する心がこめられる。○まてなる　真面目な。○顔の　底本「に」を見せけちにして「の」と直す。▽田植歌というものは、発生の由来からすれば、厳粛な心の込められたもの。さあ始めようという第一声の音頭をつとめる人は、さすがに重々しく緊張した面持ちで歌い始める。やがて興にのって戯れ歌めいたものになってゆくのだけれど。[季]田植歌。[俳]まてなる。

3144 ▽田の広びろと続くあたり、ちょろちょろと水の音が絶え間ない。この田から隣の田へ、そして次の田へと、まんべんなく行きわたって、若苗を育てていくのであろう。この平等な配水のためには、人々のさまざまな工夫・労苦があるのだ。[季]田水。[俳]ナシ。

3145 ▽早苗を植える時節。大人たちが忙しくたち働いている脇に、子供は親から与えられたものかツバメを手の中に大事そうに握っている。早苗を扱う手の力の入れ方と、ツバメを握る握り方に、呼吸の通うものがある、ということか。虚栗(みなしぐり)に「つばめをつかむ雨の汚れ子」という其角の付句がある。[季]早苗。[俳]燕(つばくら)。

3146 ○蚊遣火　カヤの木のきれはしを燃やして、その煙で蚊をいぶし追い払うもの(日次紀事)。青葉・鋸屑・楠の木片などをも用いたという。○烟に　底本「に」を欠く。▽夏の宵、民家の方からもくもくと煙が漏れ出て、その勢いに、田家のあたりの蛍は、あらぬ方へ飛んで行ってしまった。[季]蚊遣火・ほたる。[俳]そるゝ。

3147 ▽昼は眠り、夜になれば飛来する蛍は、三日月の西方に輝く頃、ようやく草叢より起き出し、その沈むや、おもむろに活動を開始する。いわば、三日月の時刻が、蛍にとっての夜明けなのである。[季]蛍。[俳]ナシ。

3148 涼《すず》しさや竹《たけ》握《にぎ》り行《ゆく》藪《やぶ》づたひ　半残

3149 無《い》菓《ちじ》花《く》や広《ひろ》葉《は》にむかふ夕《ゆふ》涼《すずみ》　惟然

深川《ふかがは》の庵《あん》に宿《しゆく》して

3150 ばせを葉《ば》や風《かぜ》なきうちの朝《あさ》涼《すずみ》　史邦

3151 涼《すず》しさや駕《か》籠《ご》を出《いで》ての縄《なは》手《て》みち　望翠

3152 石《いし》ぶしや裏《うら》門《もん》明《あけ》て夕《ゆふ》涼《すず》み　長崎　牡年

3153 涼《すず》しさよ牛《うし》の尾《を》振《ふり》て川《かは》の中《なか》　万乎

漫興　三句

3154 腰《こし》かけて中《ちゆう》に涼《すず》しき階《はし》子《ご》哉《かな》　洒堂

3148 ▽竹やぶに沿うた道を歩いて行く。ふと触れてみた竹の幹の意外な冷たさに気付いて、時折握ってみながら、ゆっくりゆっくり歩いて行く。吹きぬける風も、涼しくて快い。[季]涼しさ。[俳]ナシ。

3149 ○無菓花　正しくは「無花菓」。▽イチジクが大きな葉を広げている。夕暮、その葉が風に揺れるのを眺めながら、ゆったりと夏の日の暮れて行くのを待っている。いささかの涼感を得られるようだ。[季]夕涼。[俳]無菓花。

3150 ○深川の庵　芭蕉の庵。第三次芭蕉庵。元禄六年(一六九三)夏のこと。▽芭蕉庵の朝の涼しさ。主人の愛するバショウの葉は、風もない朝にゆったりと大きな葉を垂れている。これが少しでも風があれば、ただでさえ脆くも破れやすい葉のことを思って、内心おだやかならぬこともあろうが。[季]朝涼。[俳]朝涼。

3151 ○駕籠　籃輿(あんだ)(かご)。旅行用の乗物。○縄手みち　田の間を行く道。▽屋根もない粗末な駕籠。照りつけられて、じっと揺られているよりは、と降り立って自分で歩く。田の面を渡る風に全身を吹かれて、まことに快い。[季]涼しさ。[俳]駕籠・縄手みち。

3152 ○石ぶし　石斑魚。ハゼに似た小さな淡水魚。常に石の間に伏すのでこの名があるという。夫木和歌抄「誰かさて網の目見せてすくふべき淵に沈める石ぶしの身を」。▽小川に面して裏門がある。夏の夕暮、扉を開いて涼んでいる。川底の石の間にはイシブシが身を潜めている。清流の底にも静かに夕暮が訪れる。石に伏す冷たさを暗示。[季]石ぶし・夕涼み。[俳]裏門。

3153 ▽川中の浅瀬に出て、牛がからだを洗って貰っている。いかにものんびりと。時折、尻尾を振るのが、なんとも涼しそうに見える。夕暮の光景であろう。動きのはっきり見えない宵闇の中で、尻尾の動作が効果的。[季]涼しさ。[俳]ナシ。

3154 ○漫興　見るまま思うままに詩歌を作ること。もと「漫與」とあった字が誤られて「漫興」となった。▽はしごをたてかけて、腰かける。空中にあって風はよく通りぬけ、まことに涼しい。こんな涼みもあったのだ。[季]涼しき。[俳]腰かけて・中・階子。

3155 涼《すず》しさや縁《えん》より足《あし》をぶらさげる　文考

3156 生《なま》酔《ゑひ》をねぢすくめたる涼《すずみ》かな　雪芝

ばせを翁《をう》を茅屋《ばうをく》にまねきて

3157 涼《すず》風《かぜ》も出《で》来《か》した壁《かべ》のこはれ哉《かな》　游刀

3158 いそがしき中《なか》をぬけたる涼《すずみ》かな　仝

3159 立《たち》ありく人《ひと》にまぎれてすゞみかな　去来

3160 黙《もく》礼《れい》にこまる涼《すず》みや石《いし》の上《うへ》　正秀

3161 職《しよく》人《にん》の帷《かた》子《びら》きたる夕《ゆふ》すゞみ　土芳

3155 ○縁　底本「椽」。▽縁先での夕涼み。足をなげ出して、縁の端からぶらさげてみた。床下の風が吹きぬけて、なんとも心地よい。こんな涼みもあったのだ。季涼しさ。俳縁・ぶらさげる。

3156 ▽いささか酒に酔ったが、この涼しさのおかげで一気に醒めてしまった。これは、いうなれば、涼しさが酔いを押さえ込み身動きできない状態にして、降参させたということになろうか。季涼。俳生酔・ねぢすくめたる。

3157 ○茅屋　くずや。そまつなわが家。▽壁は破れ、まことに情ないあばら屋でありますが、ちょうど良い具合に風が通りますので、せめてそのあたりのところを、ほめていただきたいものでございます。季涼風。俳出来した・こはれ。

3158 ▽諸事とりかさねて多忙の中を、ちょっと抜け出して涼みに出た。心なしか、とりわけ涼しさが身にしみて感じられる。中七の「ぬけたる」を、「出ぬけて」(記念題《かたみのだい》)・「出ぬくる」(泊船集)とする形もある。季涼。俳ぬけたる。

3159 ▽行き来する人々は、みな、しかるべき所用があって歩いているのである。その中を、自分も同じような顔をして行くのであるが、実は単なる涼みのためのそぞろ歩き。わが家にいるよりは涼しかろうと思って、出かけてきたのである。涼しさに思わず心が浮かれるさまを、ひそかな喜びとして表現している。季すゞみ。俳ナシ。

3160 ○黙礼　無言のまま敬礼すること。▽物かげの石の冷たさを喜んで、その上にすわって涼んでいると、通りかかった人が黙礼をして過ぎて行く。いっそ声をかけてくれれば、軽く答えて済んでしまうものを、なまじ黙って過ぎてしまったので挨拶に困る。立ちあがって追うわけにも行かず、大声で呼ぶわけにも行かず、このまま黙ってやりすごしてしまうのも失礼のようではあり…。季涼み。俳黙礼。

3161 ▽何を職とするかは知れぬが、ふだんは汗じみた仕事着に身を包んでいると思われる人物が、さっぱりとした帷子で涼んでいる。「文屋康秀は言葉はたくみにて、そのさま身におはず。いはば商人のよき衣きたらむがごとし」(古今集・仮名序)をふまえるか。季帷子・夕すゞみ。俳職人。

3162 涼《すず》しさや一《ひと》重《へ》羽《は》織《おり》の風《かぜ》だまり　我眉

3163 夜《よ》涼《すずみ》やむかひの見《み》世《せ》は月《つき》がさす　里圃

盛夏

3164 かたばみや照《て》りかたまりし庭《には》の隅《すみ》　野荻

3165 李《すもも》盛《も》る見《み》世《せ》のほこりの暑《あつさ》哉《かな》　万乎

藪医《やぶい》者《しゃ》のいさめ申《まう》されしに答《こた》へ侍《はべ》る

3166 実《げ》にもとは請《うけ》て寐《ね》冷《びえ》の暑《あつさ》かな　正秀

3167 取《とり》葺《ぶき》の内《うち》のあつさや棒《ばう》つかひ　乙州

3162 ▽裏のない夏羽織。吹いて来る風を受けて、少し帆がはらむようになるが、あわせの羽織と違って、やはり風を留めることは少なく、吹き抜けて行く。快い涼しさである。[季]涼しさ。[俳]一重羽織・風だまり。

3163 ▽夏の夜のむし暑さに、通りに面して腰をかけ涼んでいると、向い家の商家の見世棚に、月光がさしている。自宅の影で通りが暗いことや対照的に向い家の月光の鮮やかなことなどから、月齢や時刻が、具体的に想像される。単純な直叙法のようであるが、夜もやや更けた涼しさを力強く巧みに描いている。[季]夜涼。[俳]夜涼・見世。

3164 ○かたばみ　酢漿草。すいものぐさ。陰湿地に叢生する。▽ハート型の葉三枚を図案化した紋所は、よく知られる。▽カタバミが庭の隅にかたまって生えている。陽あたりのよい所を追いたてられて、こんな所にまとめられてしまったかのように。照りかたまる、は粘土細工のかたまりが太陽で乾燥されるような様子。カタバミの語感から発想された句作り。[季]かたばみ。[俳]照りかたまりし。

3165 ○李　桃よりも形やや小さく酸味が濃い。▽果物を売る見世先に、旬のスモモがいっぱいに盛り上げてある。乾いた通りからの砂ぼこりが少したまって、いかにも暑いさかりである。スモモの実は夏季六月の季語。繁昌する商店街の勢いが描かれる。[季]李・暑。[俳]李・見世・ほこり。

3166 ○いさめ　忠告する。▽いかにも、先生の仰有るとおりで、わたくしもかねてご忠告いただいた通り、寝冷えなどせぬよう注意して寝たのですが、つい夜中までの暑さに身をはだけてしまいました。裏に、いまさら忠告は無用、この状態を直すのが医者ではないか、この藪医者め、と軽い嘲弄をこめる。[季]暑。[俳]寐冷。

3167 ○取葺　縦一尺横三寸位の枌板(そぎいた)を重ね並べ、竹や石で押さえをした粗末な屋根。○内　家。屋内。○棒つかひ　槲(かし)の木を長さ八尺、八角に削ったものを武器として用いる武術。▽あまりはやらぬ武芸の道場。粗末な建物の中で、この暑いのに稽古に汗を出している。[季]あつさ。[俳]取葺・棒つかひ。

3168 煤《すす》さがる日《ひ》盛《ざかり》あつし台《だい》所《どころ》　怒風

3169 茨《いばら》ゆふ垣《かき》もしまらぬ暑《あつさ》かな　尾張素覧

3170 草《くさ》の戸《と》や暑《あつさ》を月《つき》に取《とり》かへす　我峰

3171 あつき日《ひ》や扇《あふぎ》をかざす手《て》のほそり　印苔

3172 積《つみ》あげて暑《あつ》さいやます畳《たたみ》かな　卓袋

3173 粘《のり》になる蚫《あはび》も夜《よる》のあつさかな　里東

3174 立《たち》寄《よ》ればむつとかぢやの暑《あつさ》かな　沾圃

竹の子

3168 ▽日中の暑い盛り。台所をのぞくと、静まり返ったあたりは、外からの照りかえしで明るい。どこもかしこも薪の煤ですっかり真黒であるが、目をこらすと新しい煤は、天井のあちこちにさがっていて、風もないのに揺れている。そのことが一段と暑苦しい、いらいらとした思いにさせる。季あつし。俳日盛・台所。

3169 ▽茨の植込みを結びなして、垣根としている。鋭い刺(とげ)のある茨を垣とするのだから、さぞ厳重かと期待されるが、真夏の急激な生長に手入れが追いつかず、どこか緊張感に欠けて、暑さにだらけているように見える。季暑。俳しまらぬ。

3170 ▽粗末な住居。暑い日中は、なすすべもなく、暑さの中でうだっている。夕日が落ちて、月の光が射してくる頃、ようやく涼風が訪れて、人も生気をとりもどす。季暑。俳ナシ。

3171 ▽暑い夏の日。扇を持ちあげる手もたゆく、夏やせに、やや細って見える。「あつき日」は、暑い夏の一日の意にも、熱い真夏の陽光の意にも用いられる。ここでは前者の意にとるが、一句はややあいまいな表現である。季あつき日・扇。俳ナシ。

3172 ▽板敷の涼しさを求めて、敷いてあった畳を除き、積み上げる。積み上げた畳を見ると、これはもう、暑さがそこに積み重なって現前しているようであって、あらためて夏の暑さがどっと襲ってくるのであった。季暑さ。俳ナシ。

3173 ▽一晩おいた所が、アワビが腐爛して糊のようになってしまった。夏の夜の暑さが、まことにてきめんに結果となってあらわれたのである。季あつさ。俳粘になる。

3174 ▽暑い中を歩いて来て、鍛冶屋に立ち寄る。いつも火を使う家内は、一段と暑く、屋外の比ではない。晋の嵆康は鍛冶を好み、自宅の庭中の柳の大樹の下に水をめぐらし、夏季はそこで鍛冶の業をなしたという(蒙求)。これに西行の「道の辺に清水流るる柳かげしばしとてこそ立ちどまりつれ」を重ねて趣向したものか。涼しいかと思って立ち寄った所が、案に相違して鍛冶屋だったということになる。季暑。俳むつと・かぢや。

3175 筍《たけのこ》にぬるゝ岸《きし》の崩《くづれ》かな　可誠

3176 若《わか》竹《たけ》や烟《けぶり》のいづる庫《く》裏《り》の窓《まど》　曲翠

五月雨　附夕立

3177 しら鷺《さぎ》や青《あを》くもならず黴《つ》雨《ゆ》の中《うち》　出羽不玉

3178 さみだれや蚕《かひこ》煩《わづら》ふ桑《くは》の畑《はた》　芭蕉

3179 五《さ》月《み》雨《だれ》や踵《かかと》よごれぬ磯《いそ》づたひ　沾圃

3180 夕《ゆふ》立《だち》にさし合《あはせ》けり日《ひ》傘《からかさ》　拙侯

3181 白《ゆふ》雨《だち》や蓮《はす》の葉《は》たゝく池《いけ》の芦《あし》　苔蘇

3175 ▽崩れかかった崖のあちらこちらから、竹の子が頭を出している。そのとがった形が針の先のようでもある。さては、この針で、崖の崩れが、辛うじて縫いとめられているのであるな。[季]筍。[俳]ナシ。

3176 ○庫裏　寺院の台所。▽若竹が勢いよく枝葉を伸ばしている。そのむこうに寺の庫裏。窓からは、食事の仕度であろうか、煙が流れ出てくる。閑寂な寺院のさまではあるが、その底に力感にみちた所とすがすがしさが感じられる。[季]若竹。[俳]庫裏。

3177 ○黴雨　底本「雨」を欠く。▽シラサギが見える。降り続く五月雨に野も山も緑を増している中で、その白さはいよいよ白く鮮やかである。サギの一種に蒼鷺(あおさぎ)があることを底意に含むであろう。[季]黴雨。[俳]黴雨。

3178 ▽降り続く五月雨。この長雨に蚕の病が発生しているのではないか。雨中に青々と葉を茂らせている桑畑を見ても、いささか気がかりである。白氏文集に「鄭侍御ノ多ク雨フッテ春空シク過グトイフ詩三十韻ニ酬(タコ)フ」と題する詩があり、中に「預(アラカジ)メ蚕ノ病ヲ為ンコトヲ怕(ソオ)ル」の句がある。文考の十輪為弁抄によれば、この詩句の「病蚕」なる語から構想された作であるといい、芭蕉はその「熟語をしらぬ人は心のはこびをえこそ聞くまじけれ」と語り、なお「莚」の一字を入れて屋内の様子にしたいと希望を述べたという。[季]さみだれ。[俳]蚕。

3179 ▽降り続く五月雨。この長雨に海辺の岩場はすっかり洗われて、足もとの汚れることもない。雨にもかかわらず泥はねのないことをいう。[季]五月雨。[俳]踵・よごれぬ。

3180 ▽にわかに降り出した夕立。たまたま手にする日傘を当座の間に合わせにさして、急場をしのぐ。「さし合」はふつう具合の悪い場合にいうのだが。[季]夕立。[俳]さし合けり・日傘。

3181 ▽急激に降りつける夕立。池辺の芦が、風になびき雨に打たれて、しないつつ水上の蓮の葉をたたく。ゆったりと構える蓮の葉と、激しく揺れる芦の葉の対照が、人間的な場面を連想させる。[季]白雨。[俳]ナシ。

3182 夕《ゆふ》だちやちらしかけたる竹《たけ》の皮《かは》　暁烏

3183 ゆふ立《だち》に傘《かさ》かる家《いへ》やま一《いつ》町《ちやう》　圃水

蟬

3184 白《ゆふ》雨《だち》や中《ちゆう》戻《もど》りして蟬《せみ》の声《こゑ》　正秀

3185 きつと来《き》て啼《なき》て去《さ》りけり蟬《せみ》のこゑ　胡故

3186 森《もり》の蟬《せみ》涼《すず》しき声《こゑ》やあつき声《こゑ》　乙州

3187 蟬《せみ》啼《なく》やぬの織《お》る窓《まど》の暮《くれ》時《じ》分《ぶん》　暁烏

かつを

3182 ▽激しく降りつける夕立。若竹が、竹の子の頃の皮を根ぎわに落し、なお節目のあたりに一、二枚残している。あるいは、この夕立が、散らしたものでもあろうか。[季]夕だち。[俳]ちらしかけたる。

3183 ▽にわかに降り出した夕立。傘を借りられる知り合いの家までは、あと一町ほどもある。仕方ないと思いながら駆け出す。一町は約一〇九メートル。[季]ゆふ立。[俳]ま・一町。

3184 ▽さっと降り出し、降り過ぎて行った夕立。しばらく鳴きやんでいた蟬の声が再び聞こえ始める。「中戻り」は途中で引き返すことであるが、「中」に「宙・空中」の意をひびかせて興じているところがあるであろう。ちょっとやってきた夕立が間もなく、あの中空あたりで引き返して行った、といえようか、との意。[季]白雨・蟬の声。[俳]中戻り。

3185 ▽蟬が一匹、急に鳴き出したかと思うと、ぱったり鳴きやんで、それきりどこかへ行ってしまった。蟬の声のはじめ終りの明確なところを強調したもの。「来て」「去りけり」は強調のための措辞であろう。[季]蟬のこゑ。[俳]きつと。

3186 ▽森の中で蟬が鳴く。声の聞こえ方が、涼しくも聞こえ、暑苦しくも聞こえる。風渡る折々は涼しく、風が途絶えれば暑く。蟬にさまざまの種類があるというのではないであろう。[季]蟬・涼しき・あつき。[俳]ナシ。

3187 ▽蟬の啼き声が聞こえてくる。窓辺の機織の音が一日続いて、ようやく日暮れ方。蟬の声の不規則な高まり弱まりに対して、単調にリズムを刻む機の音の対照。夏の夕暮の物憂い気分が感じられる。[季]蟬。[俳]暮時分。

3188 籠《かご》の目《め》や潮《うしほ》こぼるゝはつ鰹《がつを》　葉拾

雑　夏

3189 昼《ひる》寐《ね》して手《て》の動《うごき》やむ団《うちは》かな　杉風

3190 虫《むし》の喰《く》ふ夏《なつ》菜《な》とぼしや寺《てら》の畑《はた》　荊口

3191 夏《なつ》痩《やせ》もねがひの中《うち》のひとつなり　イセ 如真

3192 川狩《かはがり》にいでゝ
じか焼《やき》や麦《むぎ》からくべて柳《やなぎ》鮠《ばえ》　文鳥

3193 異《こと》草《くさ》に我《われ》がちがほや園《その》の紫《し》蘇《そ》　蔦雫

3188 ▽初夏の初鰹。相模の小田原・鎌倉あたりから、獲れたての鰹を急送してくる。籠の間から滴る水は、相模の海の潮がそのまま落ちているのであろうか。魚屋の勢いと魚の新鮮さとを、やや大仰に表現する。[季]はつ鰹。[開]はつ鰹。

3189 ▽夏の昼下り。ごろりと横になった人が、しばらく自らうちわを動かしていたが、やがてゆるくなり、ついに停止してしまう。うとうとと眠りに落ちたのであろう。日常の些末なスナップ。[季]団。[開]ナシ。

3190 ▽自給自足の寺の畑。病虫害の多い夏は、作るべき菜の数も少なく、わずかばかりの葉をぐったりとさせている。あとは陽に乾燥した畑土が、畝の名残をとどめているのみ。[季]夏菜。[開]ナシ。

3191 ▽肥えた身には、夏の暑さがいちだんとこたえる。ひとは夏やせを、痛ましく忌むべきことというけれども、自分にとっては、むしろ願わしきことの中に加えるほどのものだ。肥え太ったことを、それと言わずに示すことの面白さが、なにげない表現の工夫であろう。[季]夏痩。[開]ナシ。

3192 ○川狩　夏六月に川で魚をとること。各種の網を用い、時には簗(やな)を設営し、夜間には炬火(たい)で魚を追い出す。鵜飼もこのうちに含まれる。○じか焼　正しくは「ぢか」。直焼。魚の焼き方の最も単純なもの。蒸し焼・杉焼・付け焼などのように手を加えず燃料の移り香と魚自体の味や香を賞味する。○柳鮠　季語としては春季。形はアユに似て小さく十センチ前後。柳の葉に似るのでこの名がある。春から夏にかけて出る。▽獲れたばかりの柳鮠を、河原で焼く。はじめは先ず麦わらを燃やして、とろ火で。麦わらもまた川狩と同じ季のもの。周防で柳鮠をムギツキと呼ぶ(重修本草綱目啓蒙)というのも、なにか関係があるか。[季]麦。[開]じか焼・くべて・柳鮠。

3193 ▽庭に生えるさまざまの雑草。紫蘇がそれらの中にまじって、やや大ぶりな葉、少し変った色で、得意そうに立っている。香りも味わいも色も、自分は、これらの草どもと違うし、役に立つとでもいうように。[季]紫蘇。[開]我がちがほ・紫蘇。

3194 夕《ゆふ》闇《やみ》はほたるもしるや酒《さか》ばやし　水鷗

せばきところに老母《らうぼ》をやしなひて

3195 魚《うを》あぶる幸《さいはひ》もあれ渋《しぶ》うちは　馬莧

3196 梅《うめ》むきや笊《いかき》かたぶく日《ひ》の面《おもて》　望翠

3197 沢《おも》瀉《だか》や道《みち》付《つけ》かゆる雨《あめ》のあと　野童

3198 蝸牛《かたつぶり》つの引《ひく》藤《ふぢ》のそよぎかな　水鷗

晋《しん》の淵明《ゑんめい》をうらやむ

3199 窓《まど》形《なり》に昼《ひる》寐《ね》の台《だい》や簟《たかむしろ》　芭蕉

3200 粘《のり》ごはな帷《かた》子《びら》かぶるひるねかな　惟然

3194 ▽酒ばやしは、秋季に新酒の出来たしるしに酒屋の店先に掲げられるもの。杉の葉を丸く、大きな毬のように作る。町並の中の酒屋の軒にホタルが淡い光を放っている。さすがにホタルも、木下闇を求めるには、このあたりにはこれしかないと思ったのであろうか。底意に、ホタルも日暮れ時には酒屋が恋しいか、という諧謔があろう。中七は「野守は見ずや君が袖ふる」(万葉集)のような和歌のリズム。季ほたる。俳酒ばやし。

3195 ▽狭いながらも、老いたる母のそばで共に生活している。魚を焼けば、その香もすぐに家中ににおいわたる。だが貧しくとも食べられる幸福。そう思えば渋うちわを動かす手も元気に力が入る。季渋うちは。俳あぶる・渋うちは。

3196 ▽梅の実の皮肉を剝きひろげて簀の子や笊に並べて乾す。梅酢にして染色などに用いる。よく陽光にあたるように、太陽のある方角へ、笊を向けてある様。細かな家庭の作業についての、細かい観察である。季梅むき。俳梅むき・笊。

3197 ○かゆる　正しくは「かふる」。▽沢瀉は水辺に生える草。またその葉の向いた方へ行けば必ず人家に近いという(何丸・続猿蓑注解)。雨後の増水で沢瀉のようすが変ったことを、人里へ通ずる道が付けかえられたのであろうか、と興じたものか。季沢瀉。俳沢瀉。

3198 ▽藤の房が風に揺れたのを、何かの攻撃とでも思ったのであろう。カタツムリが角を引込めたのである。微細な観察であるが、おだやかな措辞によって、おのずからカタツムリの緩やかな動きの中にこめられた驚きが感じられるようになっている。季蝸牛。俳ナシ。

3199 ○晋の淵明　東晋時代の人、陶淵明。帰去来の辞を作り、退官帰農した。▽淵明の遺語に「夏日虚閑ニシテ北窓ノ下ニ高臥ス。清風颯トシテ至ル。自ラ羲皇上人ト謂フ」(蒙求)とある。まことに羨むべき境涯である。明け放した窓に添って寝台を置き、ひんやりとした風に太古の理想世界の人民のような安らかさを味わって。その敷物を竹製の筵かと細かく空想した所が俳諧。季簟。俳台。

3200 ▽夏の昼寝に、堅く洗濯糊をきかせた帷子一枚を引きかぶって横になる。暑いときはこれに限る。肌に密着しないの

貧僧《ひんそう》のくるしみ、冬《ふゆ》の寒《さむ》さはふせぐよすがなきに、夏日《かじつ》の納涼《だふりやう》は扇一本《あふぎいつぽん》にして世《せ》上《じやう》に交《まじは》る。

3201 帷《かた》子《びら》のねがひはやすし銭《ぜに》五《ご》百《ひやく》　文考

で涼しいのである。季帷子。俳粘ごは・かぶる。

3201 ○貧僧のくるしみ　貧しい僧である自分には種々の苦しみがあるが。○冬の寒さ　冬季の寒さばかりは、どのようにしても防ぐ手だてがない。暖かい衣を買う金がないので。○夏日の納涼　夏季の暑さを払うためには、扇一本あれば充分であるし、世上の交りにも礼を失しない。▽帷子どきの自分が抱く願望は、いとも容易に解決されるものである。銭の五百文もあれば足りるものだ。仮名草子・犬枕(慶長古活字版)に「黄なる物、黄金・山吹・箔仏・五百扇に金襴の袈裟」とあるから、扇は金箔を押した最高級品でも慶長年間には五百文であったらしい。季帷子。俳銭五百。

秋之部

名月

3202 名月《めいげつ》に麓《ふもと》の霧《きり》や田《た》のくもり　はせを

3203 名月《めいげつ》の花《はな》かと見《み》えて棉畠《わたばたけ》

ことしは伊賀《いが》の山中《さんちゆう》にして、名月《めいげつ》の夜《よ》この二句《にく》をなし出《いだ》して、いづれか是《ぜ》、いづれか非《ひ》ならんと侍《はべり》しに、此間《このかん》わかつべからず。月《つき》をまつ高根《たかね》の雲《くも》はゝれにけりこゝろあるべき初時雨《はつしぐれ》かな、と円位《ゑんゐ》ほうしのたどり申《まう》されし麓《ふもと》は、霧横《きりよこたは》り水《みづ》ながれて、平田渺〳〵《へいでんべうべう》と曇《くも》りたるは、老杜《らうと》が唯雲水《ただうんすい》のみなり、といへるにもかなへるなるべし。その次《つぎ》の棉《わた》ばたけは、言葉麁《ことばそ》にして心《こころ》はなやかなり。いはゞ

3202 ▽八月十五夜の月。今宵は霧さえも心あるように、山の麓にまつわって、田をかくすばかりである。ここは姨捨の田ごとの月を眺めるのではないのであるから、ひたすら天空の月を賞美することができる。[季]名月・霧。[俳]名月。

3203 ▽八月十五夜の月。白くはじけた綿の実が一面に広がる畑は、白い月の光を受けて一段と鮮やかであり、花畑かとも思われる。そして、それは天空の月光が、地上に花と咲いたものかとも思われる。[季]名月・棉畠。[俳]名月・棉畠。

○ことし　元禄七年(一六九四)。

○伊賀の山中　伊賀上野。芭蕉の実家の裏庭に門人たちが無名庵を新築して贈ったので、中秋の名月に新庵披露を兼ねた月見の宴を催したものという。

○いづれか是…　どちらがよいかと質問されたが、二句の間に甲乙はつけがたい。

○月をまつ…　新古今集・冬に入る西行の歌。月の出までに時雨を降らせて去った雲に対して、おまえは全く私の期待どおりに降り過ぎてくれた、よくものの情理のわかるやつだと、喜びよびかける歌。

○円位ほうし…　西行法師が歌の中で歩を進めた空間が、この芭蕉の第一句では、霧がかかり川の流れる所となっていて。「ほうし」、正しくは「ほふし」。

○平田渺〳〵…　広い田園が霧に阻てられていて見えない。

○老杜が…　杜甫が「縹緲タリ蒼梧ノ帝、推シ遷ル孟母ガ隣、昏々トシテ雲水ヲ阻ツ、側(ソバダ)チ望ンデ苦(ハナハ)ダ神ヲ傷マシム」(奉送十七舅下邵桂詩)と詠んだ光景にも通うところがある。

○その次の　第二番目の句は。

○今のこのむ所の…　現今の流行を把握するには、恰好の例句となるであろう。

今《いま》のこのむ所《ところ》の一筋《ひとすぢ》に便《たより》あらん。月《つき》のかつらのみやはなるひかりを花《はな》とちらす斗《ばかり》に、とおもひやりたれば、花《はな》に清香《せいかう》あり月《つき》に陰《かげ》ありて、是《これ》も詩歌《しいか》の間《かん》をもれず。しからば前《まへ》は寂寞《せきばく》をむねとし、後《うしろ》は風興《ふうきよう》をもつぱらにす、吾《わが》こゝろ何《なに》ぞ是非《ぜひ》をはかる事《こと》をなさむ。たゞ後《のち》の人《ひと》なをあるべし。

文考評

3204 名《めい》月《げつ》の海《うみ》より冷《ひゆ》る田《た》蓑《みの》かな　洒堂

3205 明《めい》月《げつ》や西《にし》にかゝれば蚊《か》屋《や》のつき　如行

3206 もの〳〵の心《こころ》根《ね》とはん月《つき》見《み》哉《かな》　露沾

3207 ふたつあらばいさかひやせむけふの月《つき》　智月

○月のかつらの…　古今集・物名「秋来れど月の桂の実やはなる光を花と散らすばかりを」の歌に通うところがあると考えるが、一方で。
○花に清香…　蘇東坡の春宵詩「春宵一刻値千金、花ニ清香有リ月ニ陰有リ」(千家詩)にも通うところがあって。
○是も詩歌の…　この第二句も漢詩・和歌の双方にわたる文芸性を保持している。
○しからば前は…　結局第一句は「さびしさ」を第一とし、第二句は「おもしろさ」を第一とする作品である。
○吾こゝろ…　私の判断で、どうして両句の優劣を定めることができようか。
○たゞ後の人…　「なを」は「なほ(猶)」が正しい。どうか後世の人が、この上の結論を導き出してほしい。

3204 ○田蓑　摂津国の歌枕。田蓑島。▽押し照るや難波の海、と歌われた月の美しい海辺。名月を心ゆくまで味わう。夜の深まりとともに海から吹く風に肌寒さを覚えるほどである。あの歌枕の田蓑のあたり。「冷る」に対して「蓑」を配した工夫があるであろう。田蓑島は月を詠まれる名所ではない。季名月。俳名月。

3205 ▽八月十五夜の月。夜半を過ぎて、西に傾いてくる頃になると、さすがに眺めることにも疲れてきた。しかし都合よく屋内から見える角度に降りてきた。ごろりと横になって蚊屋の中から眺めることにしよう。季明月。俳明月・蚊屋。

3206 ▽万物すべて月光に清められて美しい。できることならばこれらの物のひとつひとつに、その本性のほどを確かめてみたい。外見の美しさに相応して、さぞかし清浄な本性であろうが。季月見。俳ナシ。

3207 ▽くらべものもなく美しい八月十五夜の月。もうひとつあれば、と思うが、待て待て、二つあればあったで、どちらが美しいといって、かしましい論議のおこることであろう。人の願望の昂進するさまと、比較商量する心のぬきがたさを、真如の月にてらして反省する。季けふの月。俳いさかひ。

3208 名《めい》月《げつ》や長《なが》屋《や》の陰《かげ》を人《ひと》の行《ゆく》　闇指

3209 明《めい》月《げつ》や更《さら》科《しな》よりのとまり客《きやく》　涼葉

3210 明《めい》月《げつ》や灰《はい》吹《ふき》捨《すつ》る陰《かげ》もなし　不玉

3211 中《なか》切《ぎり》の梨《なし》に気《き》のつく月《つき》見哉《かな》　配力

3212 名《めい》月《げつ》や草《くさ》のくらみに白《しろ》き花《はな》　左柳

3213 明《めい》月《げつ》や遠《とほ》見《み》の松《まつ》に人《ひと》もなし　圃水

3214 おがむ気《き》もなくてたふとやけふの月《つき》　山蜂

3215 明《めい》月《げつ》や寝《ね》ぬ処《ところ》には門《かど》しめず　風国

3208 ▽武家屋敷の外周であろうか。長く続く建物。八月十五夜の月の光に、くっきりと地上に影を落している。その陰を人がひとり、ゆっくりと進んで行く。この人物が名月を楽しんでいるのかどうかは知れないが、家並みの続く空間の、鮮明で広やかな月を具体的に表現している。[季]名月。[俳]名月・長屋。

3209 ○更科　信濃国の歌枕。月の名所。○とまり客　山崎宗鑑が庵の入口に「上の客人立かへり。中の客人日がへり。とまり客人下の下」と書いた額を掲げたという(百物語)。▽八月十五夜の月。今宵は、あの歌枕更科から客人を迎えて、月見の興が一段と深められることだ。裏側に種々の意味が考えられる。あの更科の名月以上のものを求めて来た人物だ、というような。また「とまり客」の持つ意味からもさまざまのユーモラスな意味が空想される。[季]明月。[俳]明月・とまり客。

3210 ○灰吹　煙管（きせる）に残った煙草の灰を棄てるための小さな器。▽八月十五夜の月。そのあかるさのために、庭に灰吹の灰を捨てるのも、はばかられる。灰の白さと月光の白さの間に差を見出しているのであり、そのような表現の工夫は追究されているのである。[季]明月。[俳]明月・灰吹。

3211 ○中切　武家造りの中門。「中れんじ中切あくる月かげに」(去来抄)。▽ふだんは何げなく通り過ぎている中門の脇に梨の木があり、実をつけている。月見のそぞろ歩きで気がついた。[季]月み。[俳]中切・気のつく。

3212 ▽八月十五夜の月。地上のすべてが白く染められた中に、雑草の茂みが、その下に薄暗いやみを作っている。だがさらにその奥では、月光に照応して小さな白い花が、ほのかに見える。明暗の微妙な諧調を描写する試み。[季]名月。[俳]名月。

3213 ○遠見の松　物見の松。小高い丘の上にあり、遠望のきく松の木。▽八月十五夜の月。さすがに今宵は、あの松のあたりに人影がない。そこから地上を遠望するより、あの松にかかる名月を見る方がよいから。[季]明月。[俳]明月・遠見。

3214 ○おがむ　正しくは「をがむ」。▽真如の月として拝むほど信心堅固な自分ではないが、この八月十五夜の月の光の、気高くも広大無辺のさまを見ていると、そぞろに崇高なものに包まれている感におそわれる。[季]けふの月。[俳]気・たふとや。

3216 名《めい》月《げつ》や四《し》五《ご》人《にん》乗《のり》し艜《ひらだ》ぶね　需笑

3217 老《おい》の身《み》は今《こ》宵《よひ》の月《つき》も内《うち》でみむ　重友

3218 明《めい》月《げつ》にかくれし星《ほし》の哀《あはれ》なり　泥芹

いせの山田《やまだ》にありて、かりの庵《あん》をおもひ立《たち》けるに、

3219 二《ふた》見《み》まで庵《いほ》地《ち》たづぬる月《つき》見《み》哉《かな》　文考

3220 芥《け》子《し》蒔《まく》と畑《はた》まで行《ゆか》む月《つき》見《み》哉《かな》　空牙

3221 柿《かき》の名《な》の五《ご》助《すけ》と共《とも》に月《つき》みかな　如真

3222 山《やま》鳥《どり》のちつとも寐《ね》ぬや峰《みね》の月《つき》　宗比

3215 ▽八月十五夜の月。夜ふけに及んでもまだ門を明け放っている家がある。月見る友の訪れに備えて、起きているぞと知らせるかのように。[季]明月。[俳]明月。

3216 ○艜ぶね　長さ九メートルほどの浅く長い舟。浅川用。▽八月十五夜の月。月の光の下を平田舟が行く。人はほんの数名を乗せるばかり。気の合った仲間ばかりの月見なのであろう。軽やかな雰囲気が空想される。[季]名月。[俳]名月・四五人・艜ぶね。

3217 ▽わが身の老いたることよ。八月十五夜の月も、もはやわが家に引き籠って、静かに眺めるばかり。若き日は、夜もすがら月光の下をさまよったものを。[季]今宵の月。[俳]内。

3218 ▽八月十五夜の月。月の光に圧倒されて、星は光を失い、よく見えない。これも思えば同情すべき所ではないか。魏の武帝の短歌行に「月明カニ星稀ニシテ、烏鵲南ニ飛ブ」とある。赤壁賦(古文後集)に引用されて著名なもの。[季]明月。[俳]明月。

3219 ○いせの山田　伊勢国、外宮のある一帯。文考は元禄七年(一六九四)八月に山田で俳諧師としての活動をしていた。○二見　歌枕の二見の浦。西行晩年の隠棲の地でもある。▽草庵を結ぼうと思い立って、よき土地を求めているうちに、山田の街をはなれ、とうとう二見が浦まで来てしまった。折から名月。西行が「思ひきや二見の浦の月を見て明け暮れ袖に浪かけむとは」(西行物語)と詠んだ所で、自分もまた意外な月見をすることになった。[季]月見。[俳]庵地。

3220 ▽芥子は中国でも中秋八月の夜に種を蒔くのがよい(月令広義)とされ、日本でも「八月半ごろ蒔くべし」(農業全書)とされた。月見に出る風流心を自ら少しはにかんで、芥子の種まきにかこつけよう、というのである。[季]芥子蒔・月見。[俳]ナシ。

3221 ▽近在に知られたこの柿の木は、五助柿と呼ばれるのだそうな。丹精してこの名木を守る五助本人とともに今宵の名月を見ることになった。旧注種々、明解を得ない。柿の異名をゴスケと称するというがなお未考。[季]柿・月み。[俳]五助。

3222 ▽「足引の山鳥の尾のしだり尾の長々し夜をひとりかも寝む」というが、今宵の月の明るさには、峰の山鳥は少しも寝ることができないであろう。[季]月。[俳]ちつとも。

3223 名《めい》月《げつ》や里《さと》のにほひの青《あを》手《て》柴《しば》　木枝

3224 場《には》に居《ゐ》て月《つき》見《み》ながらや莚《むしろ》機《ばた》　利合

3225 明《めい》月《げつ》や声《こゑ》かしましき女《ぢよ》中《ちゆう》方《がた》　丹楓

3226 明《めい》月《げつ》や何《なに》もひろはず夜《よる》の道《みち》　野荻

3227 飛《とび》入《いり》の客《きやく》に手《て》をうつ月《つき》見《み》哉《かな》　正秀

淀川《よどがは》のほとりに日《ひ》をくらして

3228 舟《ふな》引《ひき》の道《みち》かたよけて月《つき》見《み》哉《かな》　丈草

3229 待《まつ》宵《よひ》の月《つき》に床《ゆか》しや定《ぢやう》飛《び》脚《きやく》　景桃

3223 ○青手柴　未詳。手柴は東北方言に蔓物の支え木、という。▽月の光のもと、万物が気高く白く染められている中に、まだなま木の支えに縋り蔓が這い上っている。これだけが、いかにも人里の生活を感じさせるもの。季名月。俳名月・青手柴。

3224 ○莚機　兼好法師が摂津国天王寺のあたり阿倍野に行脚したころ、生活の資に莚を造って売った(享保十二年刊・ならびの岡所引崑玉集)という俗伝がある。三二四参照。▽かの兼好法師は、生活のために、莚を織ったそうだが、花月の風流を愛した法師のこと、必ずや月見をかねて、土間に坐りこんでの夜なべ仕事であったであろう。季月見。俳莚機。

3225 ▽八月十五夜の月。どこかから、甲高い女たちの声が聞こえてくる。彼女たちもこよいの月に浮かれて、さんざめいているのであろうか。季明月。俳明月・女中方。

3226 ▽八月十五夜の月。真昼のように明るい道を歩いてきたのだが、ついぞ物を拾わなかった。天空の月の美しさに心をひかれて、足もとに注意する余裕などなかった、というのであろうか。季明月。俳明月。

3227 ○手をうつ　感激・感動したときの動作。古典語である。▽八月十五夜の月。宴のさなかに、全く予想していなかった客人が登場した。遠路、多忙の中を、この月をともに味わいたいと駆けつけたその人の志を、一座の人々は、そろって感嘆し、ほめそやすのである。季月見。俳飛入・客。

3228 ○淀川　京都の南郊で木津川・鴨川・桂川が合流して淀川となる。大阪湾に注ぐまでの間、舟便の運行が盛んであった。○舟引　溯上する舟を引いて行く男たち。▽八月十五夜の月。かの歌枕淀川は、いまや京阪往来の大動脈。この川辺に名月を楽しむ自分は、舟引どもの通る道を避けて、片脇から見るのである。元禄六年(一六九三)の作か。季月見。俳舟引・かたよけて。

3229 ○待宵の月　十四日の月。○定飛脚　京・大坂・江戸の三都を結ぶ定期郵便。江戸・大坂を八日以内で結んだ。寛文三年(一六六三)以後、毎月二日・十二日・二十二日に発送したので、三度飛脚とも。夜通しの便には特別の許可が必要であったがしばしば違反があったらしい。▽待宵の月の下を定飛脚が駆けて行く。明十五日は、夜通し名月の下を走るのであろうか。季月。

家《いへ》に三老女《さんらうぢよ》といふ事《こと》あり。亡父《ばうふ》将監《しやうげん》が秘《ひ》してつたへ侍《はべり》しをおもひ出《いで》て、

3230 姨《をば》捨《すて》を闇《やみ》にのぼるやけふの月《つき》　沾圃

3231 露《つゆ》おきて月《つき》入《いる》あとや塀《へい》のやね　馬莧

3232 蔦《つた》かづら月《つき》まだたらぬ梢《こずゑ》哉《かな》　里東

3233 月《つき》影《かげ》や海《うみ》の音《おと》聞《きく》長《なが》廊《らう》下《か》　牧童

深川《ふかがは》の末《すゑ》、五本松《ごほんまつ》といふ所《ところ》に船《ふね》をさして

3234 川《かは》上《かみ》とこの川《かは》しもや月《つき》の友《とも》　芭蕉

3235 十六夜《いざよひ》はわづかに闇《やみ》の初《はじめ》哉《かな》　仝

〔俳〕定飛脚。

3230 ○家　作者は宝生家の能太夫。○三老女　檜垣・姨捨・関寺小町の三曲。能楽諸流ともに秘曲として最も重要の曲。○将監　宝生流八世太夫。名人といわれた。▽姨捨に「ただひとり此の山に、澄む月の秋毎に、執心の闇を晴らさん」とある。あの歌枕姨捨の月は、闇を晴らすために、八月十五夜の今宵も闇の中を上ってくるのであろうか。〔季〕けふの月。〔俳〕ナシ。

3231 ▽夜露にぬれた塀の屋根が、一部分光っている。たった今そのむこうに沈んだ月の光が、まだそこに残っているように。海に沈んだ太陽が暫時海面の色を変えるような効果をいうのであろう。〔季〕露・月。〔俳〕塀。

3232 ▽樹木の梢に、蔦かずらが這いまつわって、葉を垂れている。月齢まだ十五日に至らぬ月が、そのむこうにあって、影を浮かびあがらせている。典拠とするところがあるか。表現の意図が不明。〔季〕月。〔俳〕まだ。

3233 ▽月光の射しこむ長い廊下を行く。遠くから海の波の音。廊下を区切るものは、柱の影。単調な波の音の反復。視覚的・聴覚的に、無限の月光の感じをあらわしている。〔季〕月影。〔俳〕長廊下。

3234 ○五本松　芭蕉庵の南に、東から西へ流れて隅田川に入る小名木(おなぎ)川があり、その川沿いに五本の巨松が枝を垂れる景勝があった。▽この川上に影を落した月光が、そのまま流れてきて、いま眼前の川面をきらきらと輝かせているのであるな。心を等しくして見るものも同じ月影を見ている。これこそ真実の風雅の友人と呼ぶべきではないか。元禄五年秋の作。同じ頃の作とされる句に「女木沢(おなぎざわ)(＝小名木川)桐奚興行」として「秋に添うて行かばや末は小松川」とある。〔季〕月。〔俳〕ナシ。

3235 ▽十六夜の月。少し月の出が遅れ、早くも月が欠けはじめる。これは「闇」というものの最も端的な徴候なのだな。あの「後の世の闇」にまで至るところの。漢文助辞の「纔(ワツカニ)」が「始」の義を持つことを利用する。〔季〕十六夜。〔俳〕ナシ。

3236 いざよひは闇《やみ》の間《ま》もなしそばの花《はな》　猿雖

七夕

3237 更《ふけ》行《ゆく》や水《みづ》田《た》の上《うへ》のあまの河《がは》　惟然

3238 星《ほし》合《あひ》を見《み》置《おき》て語《かた》れ朝《あさ》がらす　涼葉

3239 船《ふね》形《なり》の雲《くも》しばらくやほしの影《かげ》　東潮

3240 たなばたをいかなる神《かみ》にいはふべき　沾圃

3241 朝《あさ》風《かぜ》や薫《たきもの》姫《ひめ》の団《うちは》もち　乙州

立秋

3236 ▽十六夜の月。少し月の出が遅れ、宵闇の時間がある、と思ったが、ソバの白い花が見渡す畑に満ち満ちて、月光が地上に降りしいているかと思うほどである。季いざよひ・そばの花。朋ナシ。

3237 ▽初秋の夜。なお水を湛える田。夜の深まりとともに、かすかに天の川の光も影をおとして、天空の雄大な流れを映す。季あまの河。朋水田。

3238 ○星合　七月七日の夜、牽牛・織女の二星が天の川を渡って逢うこと。○朝がらす　夜明けに鳴くカラス。万葉以来の歌語。▽早朝から鳴いて人の逢瀬を別れへとせきたてるカラスよ。昨夜の牽牛・織女の出合いは、どうであったか。せめてそんなことでも語ってきかせるがいい。季星合。朋ナシ。

3239 ▽歌に「七夕のと渡る舟」と詠まれるように、二星は船で天の川を渡る。空を行く雲よ。ちょうど船の形をしているが、しばらくの間そのままの形を保って、二星のための船となってやってくれぬか。万葉集「天の海に雲の波立ち月の船星の林に漕ぎ隠る見ゆ」を少しひねった句。季ほしの影。朋しばらく。

3240 ▽織女星は、裁縫に巧みであるとして、古来、この星に願いをかけて女子の手わざの上達を祈り、星を祭ってきた。ところで、正確に神として祭るためには、しっかりした神名があるべきであるが、さて、これはどうしたものであろうか。季たなばた。朋ナシ。

3241 ○薫姫　秋さり姫・薫姫・ささがに姫・梶の葉姫・糸かり姫・百千姫・朝顔姫を七夕七姫と称する(藻塩草)。織女の異名。▽初秋の朝、すがすがしい風が吹く。織女に付き添っていつも涼しい風を送っている女性の送り来る風であろうか。長水編の桃舐(ももねぶり)集(元禄九年刊)には上五「更る夜や」とある。どちらにしても、うちわ持ちの女性の手もたゆかろうという軽い諧謔が隠されていよう。季薫姫。朋団もち。

3242 ○粟ぬか　粟は播種の時期によって、夏・初秋・晩秋にそれぞれ収穫される。米と同じく脱穀して食用にする。ぬかは、脱穀の際に出るすりぬかで、外皮をいう。もみがら。▽秋たつ朝。庭に放置された粟のもみがらが一方に片寄って、いびつに

3242 粟《あは》ぬかや庭《には》に片《かた》よる今《け》朝《さ》の秋《あき》　露川

3243 秋《あき》たつや中《ちゆう》に吹《ふか》るゝ雲《くも》の峰《みね》　左次

秋草

3244 朝《あさ》露《つゆ》の花《はな》透《すき》通《とほ》す桔《き》梗《きやう》かな　柳梅

3245 細《さい》工《く》にもならぬ桔《き》梗《きやう》のつぼみ哉《かな》　随友

3246 女《を》郎《みな》花《へし》ねびぬ馬《ば》骨《こつ》の姿《すがた》哉《かな》　濁子

3247 をみなへし鵜《う》坂《さか》の杖《つゑ》にたゝかれな　馬莧

3248 一《ひと》筋《すぢ》は花《はな》野《の》にちかし畑《はたけ》道《みち》　鳥栗

うず高くなっている。さては秋風の結果であろうか。「秋きぬと目にはさやかに見えねども風の音にぞおどろかれぬる」(古今集)の歌の、風のなすわざが目に見えているのである。[季]今朝の秋。[俳]粟ぬか。

3243 ○中　底本「中」字の右に音読符を付す。中空・宙の意。○雲の峰　漢語「雲峰」を訓読したもの。夏季の入道雲。▽空高く湧きあがる雲が、力強さを失って風に押し流されるようになった。さすがに、もはや秋になったと認められる。[季]秋たつ。[俳]中・雲の峰。

3244 ○桔梗　底本「梗」を「校」とする。▽キキョウの濃い紫碧色の花に置く朝露。露があると気づかぬほど、濃い花の色は露を通して見透される。力強く鮮烈な花の色を、すがすがしく強調する。[季]朝露・桔梗。[俳]桔梗。

3245 ▽どのようにすぐれた工芸の技巧を尽しても、これぱかりは、作ることはできない。このキキョウのつぼみのようなものは。一見したところ、木彫彩色したようなキキョウの花のつぼみの硬い印象をいう。[季]桔梗。[俳]細工・桔梗。

3246 ○ねびぬ　年齢を重ねていない。老人くさくない。古物語などの用語。○馬骨　清少納言の老衰の後、若い殿上人が家の前で嘲ったのに対して、顔を出して、駿馬の骨を買わぬか、と言ったという故事(古事談、百人一首一夕話)。これは、戦国策の逸話に、名馬の骨を求めて帰った人のもとに、その名馬を求める志の深いことを伝え聞いて、またたく間に駿馬三頭が集まったとあるのを踏まえたもの。清少納言が老いてもなお機智に富んでいたことを伝える説話。▽女郎花の清純な美しさよ。老い衰えるはるか以前の清少納言のような。[季]女郎花。[俳]馬骨。

3247 ○鵜坂の杖　越中国鵜坂明神の祭礼に女達がその交わった男の数だけ神官の持つ榊の杖で尻を打たれる。▽女郎花の清純な美しさよ。いつまでも保つがよい。[季]をみなへし・鵜坂の杖。[俳]ナシ。

3248 ▽畑に通う道。そのうちひとつは、秋草の花の咲き乱れる野に近く、自然に踏み開かれた道。田夫野人の秋草をめでる心を想像しほめたたえるもの。[季]花野。[俳]畑道。

3249　弓《ゆみ》固《がため》とる比《ころ》なれや藤《ふぢ》ばかま　　文浪

贈芭蕉庵《ばせうあんにおくる》

3250　百《ゆ》合《り》は過《すぎ》芙《ふ》蓉《よう》を語《かた》る命《いのち》かな　　風麦

3251　さよ姫《ひめ》のなまりも床《ゆか》しつまね花《ばな》　　史邦

3252　枯《かれ》のぼる葉《は》は物《もの》うしや鶏《けい》頭《とう》花《げ》　　万乎

3253　鶏《けい》頭《とう》や鴈《かり》の来《く》る時《とき》なをあかし　　芭蕉

3254　鶏《けい》頭《とう》の散《ち》る事《こと》しらぬ日《ひ》数《かず》哉《かな》　　至暁

3255　折《をり》〳〵《をり》や雨《あま》戸《ど》にさはる荻《をぎ》のこゑ　　雪芝

3249　○弓固　漆皮製。新しい弓に正しい形をつける時や、くせのある弓に弦を張る時、貴重な弓を輸送したり、弦を張る時に用いる(天和元年刊・用射録)。▽藤袴の花の時。袴といえば、そろそろ新調の弓にかけておいた弓固をはずして、試射をしてもよい時候になった。弓は暑湿に弱い。季藤ばかま。俳弓固。

3250　▽ユリの花の咲く夏は過ぎ、秋となってフヨウの咲く頃となった。朝に咲き暮には萎んでしまうこの花の短い命を思うと、一段と時の過ぎゆくことが身にしみて感じられる。季芙蓉。俳芙蓉。

3251　○さよ姫　欽明天皇の時代、夫の出征を肥前の松浦(まつら)山に見送り、悲しみのために死んだという。もと播磨佐用の人であるが松浦さよ姫として有名。○つまね花　鳳仙花の異名を染指甲草といい、またツマクレナイ(書言字考)という。その花や葉を用いて爪を染めたのでこの名があるが、九州方言にこれをツマネバナという(七部通旨)。史邦自撰の芭蕉庵小文庫では上五「玉かづら」。▽葉の腋に小さな花を咲かせる鳳仙花。あの松浦さよ姫も、この花を摘んで指の爪を染めたのであろうか。お国言葉でツマネバナなどと呼びながら。季つまね花。俳なまり・つまね花。

3252　▽鶏頭は、「花最モ久シキニ耐フ。霜ノ後ハジメテ焦ル」(本草綱目)といわれる。一方でこれを支える葉は、下から順に枯れてゆく。一将功成ッて万骨枯るというような様子が見るに物憂く思われるのであろう。季鶏頭花。俳鶏頭花。

3253　▽葉鶏頭を別名雁来紅という。「枕双紙に、かまつかの花、雁の来ると書くといへり」(増山井)というように古来著名なもの。雁の来る時に紅い花を咲かせるというが、事実は、それ以前から咲いているのであり、雁を迎えて一段と紅く色鮮やかに咲く、というのが正しいのではないか、というのである。「なを」(正しくは「なほ」)の一語に俳意がこめられる。季鶏頭・鴈の来る。俳鶏頭。

3254　▽「今年より春しりそむる桜花散るといふことは習はざらなむ」(古今集)というように古来花の散ることは惜しまれてきたのだが、鶏頭の花の命の長さ。お前はほんとうに散ると

3256 蔦《つた》の葉《は》や残《のこ》らず動《うご》く秋《あき》の風《かぜ》　荷兮

3257 山人《やまびと》の昼《ひる》寐《ね》をしばれ蔦《つた》かづら　加賀山中　桃妖

3258 風《かぜ》毎《ごと》に長《たけ》くらべけり蔦《つた》かづら　杉下

朝がほ

3259 朝《あさ》顔《がほ》の莟《つぼみ》かぞへむ薄《うす》月《づき》夜《よ》　田上尼

3260 あさがほの這《は》ふてしだるゝ柳《やなぎ》かな　闇指

3261 水《みづ》も有《あり》あさがほたもて錫《すず》の舟《ふね》　風麦

3262 朝《あさ》皃《がほ》にしほれし人《ひと》や鬢《びん》帽《ばう》子《し》　其角

いう事を知らないのだな。季鶏頭。俳鶏頭。

3255 ▽荻の葉の秋風に鳴る音は古来人の心を淋しがらせるもの。いまは、それればかりか激しく揺れて雨戸に触れる音まで。寂寥を通りすぎてどこかおかしい。季荻のこゑ。俳雨戸。

3256 ▽秋風に吹かれる蔦の葉は、古来、歌に詠まれてきたところ。ここは多数の葉が一斉に動く所を捉えた面白さ。ただし、去来抄に芭蕉の批判がある。季蔦の葉・秋の風。俳ナシ。

3257 ▽山仕事になれた人は、岩根の危うき所もかまわず平気で昼ねをする。蔦かずらよ、彼が転がり落ちるのを防ぐために縛りつけてやってくれ。季蔦かづら。俳ナシ。

3258 ▽木の枝から蔓を垂れるツタカズラが、風に吹きあおられて、はねあがる。そのたびに長いものの短いものが、あきらかになる。風が吹くたびに同じことを繰り返して、よくもまあ、あきもせぬことだ。季蔦かづら。俳ナシ。

3259 ▽初秋の、まだ月齢も十日に至らない頃の、月の光の弱い夜。なお暑さの残る宵であろう。なすこともないつれづれに、明朝に咲く力を見せている朝顔の莟を、数えあげてみる。季朝顔。俳ナシ。

3260 ○這ふて　正しくは「這うて」。▽柳の枝に朝顔がつるを這わせている。それだけの事実を述べたもの。「梅の香を桜の花ににほはせて柳が枝に咲かせてしがな」(後拾遺集)は実現すべくもない願望を述べたもの。それに対して、簡略ながらこの程度の事実ならほんとうにあります、と提示したものであろう。季あさがほ。俳這ふて。

3261 ▽錫製の舟型の釣花活(つりはないけ)。その銀白色の器に、水も充分に入れてある。なんとかここに、朝顔の花を活ける工夫はないであろうか。そうすれば、最もすがすがしい朝の生け花になるであろうに。「たもて」は保持せよ、ということ。平たい釣花活では、つるに咲く朝顔の花を支えようがないのを嘆いたもの。季あさがほ。俳錫の舟。

3262 ○しほれし　正しくは「しをれし」。○鬢帽子　七六四参照。▽朝顔のか弱げに咲いている風情。清らかで、はかなく、切ない美しさ。鬢帽子をして何かに堪えている人の面影がある。七六四と同じ句の異伝形。季朝皃。俳鬢帽子。

虫　附鳥

3263 ぎぼうしの傍《はた》に経《きやう》よむいとゞかな　女 可南

3264 竈《こほ》馬《ろぎ》や顔《かほ》に飛《とび》つくふくろ棚《だな》　北枝

3265 火《ひ》の消《きえ》て胴《どう》にまよふか虫《むし》の声《こゑ》　正秀

3266 秋《あき》の夜《よ》や夢《ゆめ》と鼾《いびき》ときりぎりす　水鷗

3267 みの虫《むし》や形《なり》に似《に》合《あひ》し月《つき》の影《かげ》　杜若

3268 蜻《とん》蛉《ばう》や何《なに》の味《あぢ》ある竿《さを》の先《さき》　探丸

3269 蟷《かま》螂《きり》の腹《はら》をひやすか石《いし》の上《うへ》　蔦雫

3263 ○ぎぼうし　藤原基俊著悦目抄に「らりるれろ」を歌の沓冠に置いた五首の歌を挙げる。そのうち「り」の歌に「りんだうの(一本に「りやうぜんに」)花をたむくるぎぼうしの経よむ声はたふとかりけり」とある。同書は正保版・寛文版(和歌更科記)などが流布しており近世の写本も多いポピュラーな書物。ぎぼうしは擬宝珠(ネギボウズ)に擬法師を掛ける。○いとゞ　竈馬。コオロギ。▽古歌によればギボウシが経をよむそうであるが、植物が経をよむなどとはとんでもない。あれはむしろ、ギボウシのかたわらで、はいつくばってさびしそうな声をたてているコオロギをこそ、経をよむというべきであろう。季いとゞ。俳ぎぼうし・傍・経・いとゞ。

3264 ○ふくろ棚　床の間などの脇の上部に設けた棚。袋戸棚。▽袋棚の戸をあけたとたんに、コオロギが自分の顔に跳びついてきた。袋棚がだいたい顔の高さにあることをいう。季竈馬。俳竈馬・ふくろ棚。

3265 ○胴にまよふ　「途(ど)に迷ふ」の訛。▽灯が消えたとたんに、いっせいに虫の声が高くなった。暗夜に明りを失って、上を下への大騒ぎとでもいうように。底本はこの一句、後から行間に書き込まれた形。季虫の声。俳胴にまよふ。

3266 ▽秋の夜の長きこと。わが夢も見終り、人のいびきの音になやまされ、さらにキリギリスの物哀しい声に身にしみるような淋しさを味わう。秋の夜の長さよ。季秋の夜。俳鼾。

3267 ▽月の光の中に、ぼんやりとミノムシが見える。この程度の光の中で、定かならぬままに見えるのが、ミノムシにはちょうどよかろう、というのであろう。季みの虫・月。俳ナシ。

3268 ▽トンボが竹竿の先端にとまって、じっとしている。その姿勢が竿の先をなめているように見えるので、どんな味がするのか、と問いかけるかたちをとったもの。季蜻蛉。俳蜻蛉。

3269 ○蟷螂の　底本「や」の右に「の」と傍記。▽カマキリが、石の上にとまって、じっとしている。その姿勢が、石の冷たさで自分の腹をひやしているように見える、というもの。季蟷螂。俳蟷螂。

3270 蓮《はす》の実《み》に軽《かる》さくらべん蟬《せみ》の空《から》　示峰

3271 ぬけがらにならびて死《しぬ》る秋《あき》のせみ　丈草

3272 鴈《かり》がねにゆらつく浦《うら》の苫《とま》屋《や》哉《かな》　馬莧

3273 鶺《せき》鴒《れい》や走《はし》リ失《うせ》たる白《しら》川《がは》原《ら》　氷固

3274 粟《あは》の穂《ほ》を見《み》あぐる時《とき》や啼《なく》鶉《うづら》　文考

3275 老《おい》の名《な》の有《あり》ともしらで四《し》十《じふ》雀《から》　芭蕉

秋風

3276 秋《あき》かぜや二《に》番《ばん》たばこのねさせ時《どき》　游刀

3270 ▽蓮は花のあと、蜂の巣のような実をつくる。秋に熟した実は房からはじけ落ちる。これを「蓮の実が飛ぶ」というので、蓮の実はどんなに軽いものなのだろうか、セミの抜殻ほどにも軽いものだろうか、といいなしたもの。[季]蓮の実。[俳]蓮の実。

3271 ▽蟬のぬけがらは夏季のもの。蟬もまた夏季のもの。秋になって弱り果てた蟬は、ただ死に行くのみ。あわれ、おのれのぬけがらに並んで。あたかも二度死なしめられるような徹底したひびきがある。[季]秋のせみ。[俳]ぬけがら。

3272 ○浦の苫屋　底本は「笘屋」。海辺の粗末な苫ぶきの家。「見渡せば花も紅葉もなかりけり浦の苫屋の秋の夕暮」(新古今集・定家)などと詠まれた歌語。▽わびしき浦の苫屋。渡り来る雁の鳴き声にも揺れるほど。右の定家の歌に音声を入れてみせたもの。[季]鴈がね。[俳]ゆらつく。

3273 ○白川原　洪水のために人家や田が押し流されて河原のようになった所。▽出水のあと。荒涼たる砂礫の間を、美しいセキレイが素速く走りぬけ物かげに消えて行った。鳥の美しさが風景の荒廃を一層強調する。[季]鶺鴒。[俳]鶺鴒・白川原。

3274 ▽粟と鶉は画題でもあり、俳諧の付合(毛吹草)。さて、鶉はいつも画の中で、粟の根もとにうつむいているが、あの鳴き声は、頭上に揺れている粟の穂を見上げて、餌にほしいと鳴くときにでもあげるのであろうか。[季]粟の穂・鶉。[俳]ナシ。

3275 ○四十雀　秋季に群をなして人里近くあらわれ盛んに鳴く。▽人間の四十歳を初老という。四十雀よ、お前は自分の名にそのような意味があるとは知らないから、そんなに元気に鳴き騒ぐのであろう。元禄六年(一六九三)十月九日付の書簡で芭蕉は「宝生佐太夫(沾圃)三吟に」と前書してこの句を報じ「少将の尼の歌の余情に候」と自注を加えた。歌は「おのが音につらき別れのありとだに思ひもしらで鶏(りと)や鳴くらむ」(新勅撰集・中宮少将)。[季]四十雀。[俳]ナシ。

3276 ▽煙草は、秋「七八月、葉ヲ采テ藁莚ヲ覆ヒテコレヲネサス、一宿シテ取リ出シ一葉毎ニ乾す(和漢三才図会)という。第二次の摘葉をねさせる頃、秋風。[季]秋かぜ。[俳]二番たばこ・ねさせ時。

3277 雀《すずめ》子《こ》の髭《ひげ》も黒《くろ》むや秋《あき》の風《かぜ》　式之

3278 何《なに》なりとからめかし行《ゆく》秋《あき》の風《かぜ》　文考

3279 松《まつ》の葉《は》や細《ほそ》きにも似《に》ず秋《あき》の声《こゑ》　風国

3280 をのづから草《くさ》のしなへを野《の》分《わき》哉《かな》　圃燕

3281 ふんばるや野《の》分《わき》にむかふはしら売《うり》　九節

3282 あれ〳〵て末《すゑ》は海《うみ》行《ゆく》野《の》分《わき》かな　猿雖

稲妻

3283 独《ひとり》いて留《る》守《す》ものすごし稲《いね》の殿《との》　少年一東

3277 ▽春に生れた雀の子の嘴も黄色かったのが、秋風吹くころには一人前の形を整えて口髭でも貯えたようになった、というのであろう。季秋の風。俳雀子。

3278 ▽秋風が吹いてくると、万物のすべてが、からからと音をたてて鳴る。秋とともに乾燥する気候をいうのであるが、秋風はすなわち西風なので、「からめかす」に「唐」の意をひそませているのであろう。季秋の風。俳からめかし。

3279 ▽松の葉の一本一本は、あのように細いのに、松籟のひびきの、どうしてかくも明瞭に淋しい音を伝えるのであろうか。季秋の声。俳ナシ。

3280 ○をのづから　正しくは「おのづから」。自然と。▽そうでなくても、秋になってすでに夏草の生気はなく、うちしおれているのに、荒々しい野分の風は無情にも吹きつけて、秋草を地面に押し倒して行く。台風の非情な激しさをいう。表現の優美なところが作者の工夫。季野分。俳ナシ。

3281 ○はしら売　建築資材の柱材を売り歩くもの。▽足を踏んばって、柱売りの男が必死に風の勢いに堪えている。真剣な所はわかるのだが、この風の中を、なんでまた、という気持にもなる。季野分。俳ふんばる・はしら売。

3282 ▽思うがままに荒れるだけ荒れて、野分が通過して行った。今ごろはどこかの海の上を進んでいることだろう。言水の「木枯の果はありけり海の音」の「余唾」（露伴『評釈』）とするような評価があるが、歌語「野分」を字義に従って反省し、やがては「野」を「分」け尽して「海」に出なければならないのだ、（それならば、そこからは「海分」なのに）と軽い諧謔をそっと裏側にひそませる所が、俳諧なのでもある。「あれ〳〵て」にやっと通過してくれたという気持がある。季野分。俳ナシ。

3283 ○いて　正しくは「ゐて」。○稲の殿　稲妻・稲光・稲つるびと同じく雷の電光。▽ひとりで留守をしていると、すさまじいばかりの稲光がする。作者名の肩に「少年」とあるように童心の巧まざる所を賞する。子供の心細い留守番の折の稲光を「稲の殿」と男性形で表現した所がよいというのであろう。「こわいおじさんが来た」とおびえているようで。季稲の殿。俳留守・稲の殿。

3284 稲《いな》妻《づま》や雲《くも》にへりとる海《うみ》の上《うへ》　宗比

3285 明《あけ》ぼのや稲《いな》づま戻《もど》る雲《くも》の端《はし》　土芳

3286 いなづまや闇《やみ》の方《かた》行《ゆく》五《ご》位《ゐ》の声《こゑ》　芭蕉

木実　附菌

3287 団《どん》栗《ぐり》の落《おち》て飛《とび》けり石《いし》ぼとけ　為有

3288 炭《すみ》焼《やき》に渋《しぶ》柿《がき》たのむ便《たより》かな　玄虎

3289 秋《あき》空《ぞら》や日《ひ》和《より》くるはす柿《かき》のいろ　洒堂

3290 つぶ〳〵と箒《はうき》をもるゝ榎《えの》み哉《かな》　望翠

3284 ▽海上の稲光。暗雲が空を覆い尽す。そのむこうで光るので、雲の外縁の薄い所が明るくふちどりしたようにみえる、というのである。季稲妻。囲へりとる。

3285 ▽夜明けがた、また稲光がして雲のふちが白く光っている。昨夜の雨で通り過ぎたかと思っていたのが。「稲づま」の「つま」に「夫」の義を重ねると、帰って行く男を遥かに思いやる平安朝の物語世界の女が浮かび上がる。季稲づま。囲ナシ。

3286 ○五位　五位鷺。背黒鷺。「夜飛ブトキハ光アリ。火ノ如シ。月夜ハ最モ明ラカナリ」(和漢三才図会)という。▽一瞬の電光。その方を見やると既に闇で、五位鷺の声ばかりが聞こえる。もう少し早ければ、鮮やかな鷺の姿が、はっきりと見られたかもしれないのに。季いなづま。囲五位。

3287 ○団栗　クヌギの木の実。晩秋に実を落す。▽ドングリの実が落ちて、直下にあった石仏にあたり、はじかれて遠く飛んだ。路傍の景。樹下の石仏の様など空想されるが、同時に畏れ多くも仏様に落ちてあわてて跳びのくというような、擬人化された滑稽が含まれる。季団栗。囲団栗・石ぼとけ。

3288 ▽山中の炭焼に便りを書く。秋の深まりとともに、冬の準備として、そろそろ今年も炭を頼む、と。そして、併せて例年のごとく渋柿をも一緒に届けるように、と。渋柿は柿渋(ぶ)を採取し、種々の工芸の材料になる。季渋柿。囲渋柿。

3289 ▽美しく晴れあがった秋空。このごろは判で押したように青空が続く。柿の実がみごとな色あいで空に映える。秋空は規則的に変化するはずだが、柿の色に合せたものか。晩秋ののどかな日々。季秋空・柿。囲日和くるはす・柿。

3290 ○榎み　榎は落葉高木。その実は小さな球形で、熟して紅褐色となる。▽箒で掃いていると、木の葉・草の葉の下から榎の実があらわれ、箒の目をも漏れて転がり出る。「つぶ〳〵」は多様な意味が考えられるが、一つぶ一つぶがはっきりとした色で地面にあらわれる、ということであろう。季榎み。囲つぶ〳〵。

3291 はつ茸《たけ》や塩《しほ》にも漬《つけ》ず一《ひと》盛《さかり》　沾圃

3292 伊賀《いが》の山中《さんちゆう》に阿叟《あそう》の閑居《かんきよ》を訪《とぶ》らひて
松《まつ》茸《だけ》や都《みやこ》にちかき山《やま》の形《なり》　惟然

3293 まつ茸《だけ》やしらぬ木《こ》の葉《は》のへばりつく　芭蕉

楓

3294 後《うしろ》屋《や》の塀《へい》にすれたり村《むら》紅葉《もみぢ》　北鯤

鹿

3295 尻《しり》すぼに夜《よ》明《あけ》の鹿《しか》や風《かぜ》の音《おと》　風睡

3291 ○はつ茸　キノコ類の中で最初に出るのでこの名がある。赤黄色。放置するとかびを生じて緑青色に変じ、食用に堪えない。▽うっかりしてまた色が変ってしまった。塩づけにしておけばよかったのに。初茸の短い命よ。季はつ茸。俳はつ茸。

3292 ○伊賀の山中　元禄七年(一六九四)秋に伊賀上野に帰郷中の芭蕉を訪ねたもの。○阿叟　阿翁に同じ。阿は親しみをこめて呼ぶ場合につける。芭蕉を指す。○松茸　毛吹草によれば、洛西竜安寺山とともに伊賀国・丹波国は松茸の名産地。和漢三才図会では山城北山の産を最も佳とする。▽伊賀の地の松茸のおいしさ。そういえば盆地をとりまく山の姿も、さすが都に近い国だけあって、京都周辺の山に似通って居りますね。季松茸。俳松茸。

3293 ▽採ってきたばかりの松茸。どこからか知らぬが見たことのない朽葉が、濡れたまま、なおぴったりと貼りついている。新鮮な松茸の採れる深山に、比較的近い位置に作者がいることがわかる。「へばりつく」は、当代においてはぎくっとするような俗語・方言だったのであろう。「涼しさをわが宿にしてねまるなり」(奥の細道)の「ねまる」(東北方言)が持ったような効果があったのではないか。この句に対しては底本に一度「いせの斗従に山家をとはれて」と詞書があり後に二縦線で抹消している。季まつ茸。俳まつ茸・へばりつく。

3294 ○後屋　母屋に対して、その後方にある一棟をいうか。▽むら紅葉は、紅葉の色あいの一様でないものをいう。だが、わが家のむら紅葉は、後屋の裏をかこっている塀との間の、狭い空間に植えられた楓の葉の先が、塀とこすれるために生じたもの。発生の由来は、まことにお恥ずかしい無風雅な次第である。季村紅葉。俳後屋・塀。

3295 ▽鳴き明かした男鹿。さすがに疲れたものか、暁のわずかの風にまぎれて、その声は尻すぼまりに消えてしまった。「あけぬとて野べより山に入る鹿のあと吹き送る萩の入風」(新古今集)をふまえるか(七部集打聞)。季鹿。俳尻すぼ。

3296 寐《ね》がへりに鹿《しか》おどろかす鳴子《なるこ》哉《かな》　一酌

農業

3297 起《おこ》しせし人《ひと》は逃《にげ》けり蕎《そ》麦《ば》の花《はな》　車庸

3298 木《こ》の下《もと》に狸《たぬき》出《で》むかふ穂《ほ》懸《がけ》かな　買山

3299 さまたげる道《みち》もにくまじ疇《あぜ》の稲《いね》　如雪

3300 いせの斗従《とじゆう》に山家《さんか》をとはれて
蕎《そ》麦《ば》はまだ花《はな》でもてなす山路《やまぢ》かな　芭蕉

3301 早稲《わせ》刈《かり》て落《おち》つきがほや小《こ》百姓《びやくしやう》　乃竜

3296 ▽鹿おどしの鳴子の紐を握って夜番をするうちに、つい寝こんでしまった。はっと気がつくとがさがさ音をたてて鹿が逃げて行く。寝返りをうった拍子に気づかずに鳴子の紐を引いていたらしい。西行の「小山田の庵近く鳴く鹿の音におどろかされて驚かすかな」は、鹿に眼を覚まされて思わず引板をひいてしまったもの。これはその前。[季]鹿・鳴子。[俳]寐がへり。

3297 ○起し　開墾すること。▽この山畑を開いた本人は、とうに逃げ出してしまったのだそうな。貧苦に耐えかねて。だが、このような山間の地味薄い土地にもなお人は住みついて、ソバの白い花を咲かせている。ソバの花の淋しい趣をいったもの。[季]蕎麦の花。[俳]起し。

3298 ○穂懸　「田舎に稲の採り始めに、新しき藁に摺り糠といふ物を入れて穂を組み合はせて、門にも倉の戸にも懸け、神にも奉るとて懸くるを云ふ也」(藻塩草)。▽新しい稲穂を掛けると早くも狸があらわれて狙っている。農村のささやかな神事のほほえましさをいう。[季]穂懸。[俳]ナシ。

3299 ▽あぜ道にまで稲穂を垂れて、道さまたげになっているのだが、このような不便さならば、腹の立つこともない。まことにめでたいみのりの秋である。[季]稲。[俳]さまたげる。

3300 ○いせの斗従に　この前書は底本の下冊二十九丁裏の第一行として押し込むように書かれ、また発句も同丁表の最終行の前の余白に後から書き込まれたもの。○山家　伊賀上野の芭蕉の実家を指す。斗従は元禄七年(一六九四)九月三日、支考とともに芭蕉を訪ねた。▽ようこそおいでくださった。だが、なにも馳走できませんよ。新蕎麦でもさしあげたいところだが、なにしろ、あのとおり、まだやっと花が咲いているところなのでね。「もてなす」は西行歌「なかなかにときどき雲のかかるこそ月をもてなすかざりなりけれ」を遠くふまえているのであろう。[季]蕎麦。[俳]で。

3301 ▽作高の少ない農夫。早稲の田を少しばかり刈っただけで、もう、この秋の農作業のあらかたを済ませたような様子である。分際につけての安堵がある。[季]早稲。[俳]落つきがほ・小百姓。

3302 山《やま》雀《がら》のどこやらに啼《なく》霜《しも》の稲《いね》　斗従

3303 居《を》りよさに河原《かは》《ら》鶸《ひは》来《く》る小《こ》菜《な》畠《ばたけ》　支考

3304 一《ひと》霜《しも》の寒《さむさ》や芋《いも》のずんど刈《がり》　仝

3305 肌《はだ》寒《さむ》き始《はじめ》にあかし蕎《そ》麦《ば》のくき　惟然

3306 百《ひやく》なりていくらが物《もの》ぞ唐《たう》がらし　木節

大師《だいし》河原《がはら》にあそびて樽次《たるつぐ》といふもの丶孫《まご》に逢《あ》ひて、

3307 そのつるや西《すい》瓜《くわ》上《じやう》戸《ど》の花《はな》の種《たね》　沾圃

菊

3302 ▽未だ刈り取らないうちに、早霜が降りて、寒さにしおれた稲が続く。どこかでしきりに山雀の鳴き声がする。山国のさえざえとした晩秋の朝。㊮山雀・稲。㊯どこやら。

3303 ○河原鶸　ヒワは雀よりやや小形の鳥。河原鶸は、そのやや大きなもの。山中の河辺に多いのでこの名があるという。○小菜畠　小菜は別に抜き菜・間引菜という。蕪・大根の類の種を蒔いたあと数《センチ》に伸びた頃をいう。▽やがて間引かれる菜だと思えば、小鳥が来ても真剣に追うものもいない。そのような居心地のよさに誘われて、なんと河原にいるべき河原鶸までがやって来ている。「河原」と「畠」の組み合せを面白がっているのである。㊮河原鶸・小菜畠。㊯河原鶸・小菜畠。

3304 ○一霜　「一」は、ひと雨・ひと降りなどの「一」。ちょっと霜が降りた程度。○芋　さといも。○ずんど刈　胴切りに切ること。▽里芋畑の茎が、胴切りに刈り払われている。芋名月(八月十五夜)もすぎて早霜が薄く降りた朝。張りつめたような凛冽たる寒さではない。その程度のゆるさが、芋の茎の切り口の粗雑さと相応している。㊮芋。㊯一霜・ずんど刈。

3305 ▽ソバは「其ノ苗高サ二三尺、赤茎」(本朝食鑑)が特徴。「肌寒き」は季語としては秋九月。そろそろ肌寒さを覚えるという頃、ソバの茎の赤さが目について来る。前句と同じように触覚と視覚の対照を見ている。㊮肌寒き・蕎麦。㊯ナシ。

3306 ▽百個の実がついたところで、全部でいくらに売れるというのか。たかがしれている。唐がらしの実のさまの、ごつごつと細く貧相に瘠せているところを、戯れに嘲ったもの。㊮唐がらし。㊯百・いくらが物・唐がらし。

3307 ○大師河原　武蔵国六郷川の西岸。川崎大師で有名。○樽次　地黄坊樽次。江戸大塚の人。茨木春朔。酒井雅楽頭の侍医。寛文十一年(一六七二)没。大酒家で、慶安元年(一六四八)に大師河原の池上太郎右衛門方に押しかけ双方仲間とともに酒戦を催す。その次第を仮名草子・水鳥記に著し、版を重ねた。○孫　実は大師河原は池上氏(大蛇丸底深)の子孫。▽瓜のつるに茄子はならぬ。瓜も瓜、西瓜のつるになった西瓜。ご先祖の血筋をうけて、西瓜でも食うように酒を飲まれるのでしょうね。㊮西瓜。㊯つる・西瓜上戸。

3308 翁《おきな》草《ぐさ》二《に》百《ひやく》十《とを》日《か》も恙《つつが》なし　蔦雫

3309 ゑぼし子《ご》やなど白《しら》菊《ぎく》の玉《ぎよく》牡《ぼ》丹《たん》　濁子

3310 煮《に》木《も》綿《めん》の雫《しづく》に寒《さむ》し菊《きく》の花《はな》　支考

題画屏《ぐわへいにだいす》

3311 むかばきやかゝる山《やま》路《ち》の菊《きく》の露《つゆ》　兀峰

3312 借《か》りかけし庵《あん》の噂《うはさ》やけふの菊《きく》　丈草

暮秋

3313 広《ひろ》沢《さは》や背《せ》負《お》ふて帰《かへ》る秋《あき》の暮《くれ》　野水

3308 ▽翁草の異名を持つだけあって、菊の花は二百十日の暴風にも全く元気である。まだ何万日も生きる勢いで。[季]翁草・二百十日。[俳]翁草・二百十日・恙なし。

3309 ○ゑぼし子　正しくは「えぼし子」。元服する者。これに烏帽子を授け、元服名を与える仮の親を烏帽子親という。○玉牡丹　中国伝来の白菊の名品の名。画菊(永正十六年成、元禄四年刊)に図がある。和漢三才図会では五菊の一として挙げられる。▽菊といえば陶淵明にゆかりの隠逸の花であるのに、どうしてその白菊の名品に玉牡丹などと名づけたのか。かの花の王、牡丹の烏帽子子のように聞こえるではないか。[季]白菊。[俳]ゑぼし子・玉牡丹。

3310 ○煮木綿　木綿の染織の一段階に、糸を粟または米とともに煮て糊をする工程がある。そのあと糊のかすを叩き出し、吊し干すという。▽綿は秋季に収穫し晩秋より、その染織にとりかかる。干してある木綿糸の落すしずくが、菊の花の上に無遠慮に濡らしかかる。[季]菊の花。[俳]煮木綿。

3311 ○題画屏　屏風の画に対して詠んだもの。○むかばき　行縢。武士が狩猟などの際、両肢の前を覆って露を防ぐもの。獣の皮で作った。▽小鷹狩などの図であろうか。狩装束のりりしい武将の姿。露に濡れた菊の花。菊の露は長寿のもとというから、そのめでたい気分が、画面を讃することになる。「かゝる」は、このような、の意と、露がかかる、の意の掛詞。謡曲・俊寛「山路の菊の露のまに」をふまえるか。[季]菊の露。[俳]ナシ。

3312 ○けふの菊　九月九日、重陽の節句の菊。▽自分が借りようかと思っている庵のさまを、あれこれ語る。菊の花の美しく咲く垣根がありましてね、などと。深まって行く秋の寂寥がしのび寄る。[季]けふの菊。[俳]庵・噂。

3313 ○広沢　洛西嵯峨の広沢の池。歌枕。○背負ふて　正しくは「背負うて」。▽晩秋の夕べ、広沢の池の端を帰途につく。行く秋のさびしさが、どっと背に襲いかかってくるような。嵯峨の紅葉狩などの帰りか。歓楽尽きて、の思いがある。[季]秋の暮。[俳]背負ふて。

3314 行《ゆく》秋《あき》を鼓《こ》弓《きゆう》の糸《いと》の恨《うらみ》かな　乙州

3315 行《ゆく》あきや手《て》をひろげたる栗《くり》のいが　芭蕉

雑秋

3316 五《ご》六《ろく》十《じふ》海《え》老《び》つゐやして魰《ハゼ》一《ひと》ツ　之道

3317 粟《あは》がらの小《こ》家《いへ》作《つく》らむ松《まつ》の中《なか》　団友

3318 あら鷹《たか》の壁《かべ》にちかづく夜《よ》寒《さむ》かな　畦止

3319 残《のこ》る蚊《か》や忘《わす》れ時《どき》出《で》る秋《あき》の雨《あめ》　四友

3320 身《み》ぶるひに露《つゆ》のこぼるゝ靭《うつぼ》哉《かな》　荻子

3314 ○鼓弓　擦弦楽器。形は三味線の小さいもの。胡弓。▽行く秋を惜しむ心。鼓弓の音の、哀調切々と途切れることなく続く、怨むような訴えるような響きに通う。「凄々切々復タ錚々」(白氏文集・五絃弾)のおもむき。季行秋。俳鼓弓。

3315 ▽行く秋の名残惜しさ。実を失った栗のいがが、ぽっかりと口を開いたままで転がっている。掌中の珠を失う、というが、失われた栗の実は、二度とこのいがの中に戻ってくることはない。あとは虚しきがままに枯れ朽ちて行くばかり。元禄七年(一六九四)九月五日、伊賀上野での作。季行あき・栗のいが。俳いが。

3316 ○つゐやして　正しくは「つひやして」。費やして。▽ハゼは海に近い川口で釣れる数《チセン》の小魚。「秋月、貴賤モッテ遊興ノ一ト為ス」(和漢三才図会)といわれ、当時の代表的なリクリエーションが秋のハゼ釣り。素人のかなしさは、小エビを五、六十匹も餌につかって、やっとハゼ一匹。だが一句には存分に楽しんだひびきがある。季魰。俳五六十・つゐやして・魰。

3317 ▽秋風の蕭々と吹く松林の中に、粟がらでつくった粗末な小屋。これこそ秋の淋しさの極致ではないか。一度試してみたいものだ。露伴『評釈』は「麦藁の家してやらん雨蛙」(猿蓑一七三)と同じく粟がらは小児の遊びかと想像している。季粟がら。俳粟がら。

3318 ○あら鷹　鷹狩用の鷹の、初秋に捕獲されてまだ人馴れぬもの。鳥屋(やと)に入れ、足革をつけ、頭巾をかぶらせて、次第に馴らして行く。夜間に鷹匠が臂に据える訓練をする、という。▽未だ馴れぬ鷹を訓練するために、今夜も鷹の小屋へ通う。近づくにつれて緊張が増す。秋の夜の肌寒さがひとしお強く感じられる。この句、底本では前後二句の間に後から書き込まれたかたち。季あら鷹・夜寒。俳ナシ。

3319 ▽夏の間苦しめられたことなどもはや忘れた頃、秋の宵の雨にかりたてられたものか、生き残りの蚊が飛び出して来た。季残る蚊・秋の雨。俳忘れ時。

3320 ○靭　正しくは「靫」。▽靫は矢を入れて背に負うもの。雨露をふせぐために外側を獣の毛皮で包んだり、漆塗りにしたりする。秋の狩。緊張感からか肌寒さからか身ぶるいがする

3321 更《ふく》る夜《よ》や稲《いね》こく家《いへ》の笑《わらひ》声《ごゑ》　　万乎

3322 柿《かき》の葉《は》に焼《やき》みそ盛《も》らん薄《すすき》箸《ばし》　　桑門宗波

本間《ほんま》主馬《しゆめ》が宅《たく》に、骸骨《がいこつ》どもの笛鼓《ふえつづみ》をかまへて能《のう》する処《ところ》を画《ゑがき》て、舞台《ぶたい》の壁《かべ》にかけたり。まことに生前《しやうぜん》のたはぶれ、などは、このあそびに殊《こと》ならんや。かの髑髏《どくろ》を枕《まくら》として、終《つひ》に夢《ゆめ》うつゝをわかたざるも、只《ただ》この生前《しやうぜん》をしめさるゝものなり。

3323 稲《いな》づまやかほのところが薄《すすき》の穂《ほ》　　はせを

と、靭についた草露が伝い落ちる。季露。俳身ぶるひ・靭。

3321 ▽夜になってもなお稲の脱穀。収穫の喜びが人々を励まして時折哄笑もわきあがる。季稲こく。俳ナシ。

3322 ▽焼味噌は、おろし生薑などを加えた味噌を杉板に塗り遠火にあぶって食するもの。厚朴(おほ)の肉厚な大きな葉にくるんで焼くものも知られるが、ここでは、柿の葉の厚く滑らかな上に味噌を盛ったのを、ススキの茎で作った箸で食すれば、なかなか枯れさびた味わいではないか、というのである。季柿の葉・薄箸。俳焼みそ・薄箸。

3323 ○本間主馬　近江大津在住の能太夫。○骸骨　骸骨が人のなす様を行う絵は一休骸骨などの例がある。○生前のたはぶれ　人間の現世における行為。○などは　反語。どうして、この骸骨どもの演能と異なることがあろうか。○髑髏を枕として　荘子・至楽篇の語。荘子が楚の国に行く途中にどくろを見つけ、これを枕にして眠る。夢の中に現れたどくろに対して、再び人間の世に戻る気はないかと訊ねると、生の世界の無意味を語り、いまの境涯が天子の楽しみにもひとしいと語る。○生前をしめさるゝ　現世の虚しいことを教えてくれているのである。○薄の穂　袋草子の小野小町の説話をふまえる。ある人が夢の中で、目から薄の生えた人に出逢う。名を訊ねると小野と告げ、「秋風の打吹くごとにあなめあなめ小野とはいはじ薄生ひけり」と詠じた。のちに捜して見ると、一つのどくろに目から薄の生えているものがあり、供養した。小野小町の遺骸と伝える。▽一瞬の電光に浮かびあがる人の顔。この美しい顔も、薄生うる野に果てた小町のなれの果てのように、やがてどくろとなって朽ちはてるのである。電光朝露の現世。永遠の眼差の前では、われわれの営みそのものが、骸骨の踊りとなんの差違もないものなのだ。季稲づま・薄の穂。俳ナシ。

冬之部

時雨 附霜

3324 この比《ごろ》の垣《かき》の結目《ゆひめ》やはつ時雨《しぐれ》　野坡

3325 しぐれねば又《また》松風《まつかぜ》の只《ただ》をかず　北枝

3326 けふばかり人《ひと》も年《とし》よれ初《はつ》時雨《しぐれ》　芭蕉

3327 一《ひと》時雨《しぐれ》またくづをるゝ日《ひ》影《かげ》哉《かな》　露沾

3328 初《はつ》しぐれ小《こ》鍋《なべ》の芋《いも》の煮《にえ》加《か》減《げん》　馬莧

3329 平《ひら》押《おし》に五《ご》反《たん》田《だ》くもる時雨《しぐれ》かな　野明

3324 ▽晩秋、冬の風雪の訪れを前に、庭木をいたわり、垣根を結い直す。さっそく冬の到来を告げるように時雨が降って来て、新しい縄節を濡らして過ぎて行く。時雨の短時間に降るあり方は、ちょうど縄の結び目を濡らす程度である、というのである。「この比の」は和歌的な上五。[季]はつ時雨。[俳]結目。

3325 ○をかず　正しくは「おかず」。▽時雨のもたらすわびしい心持。そのことに身がまえていると、今日は降ってこなかったが、そのかわり松風の蕭々たる音が、わが心をわびしめる。「又」は詠嘆の心を含む。不意うちをくらったおもむき。[季]しぐれねば。[俳]ナシ。

3326 ▽初時雨は、野山の草木の色を変え、紅葉を招くなど、自然の変容をもたらすもの。これを迎える心の高まりを、人の側は、どのように表現したらよいのか。さびさびとした老人の姿こそ、最もふさわしいのではあるまいか。そんなことが即座に実現するとは思われぬが、かなうことなら、初時雨の降る今日の日ばかりは、人間がその願いのままに年齢を加えるという事態があればよい。ふだんは忌み嫌うわが身の老いではあるけれども。元禄五年(一六九二)冬の作。[季]初時雨。[俳]ナシ。

3327 ▽そうでなくとも頼りなく弱い冬の陽光が、急にやって来た時雨のために、あえなく陰ってしまった。「曇りみ晴れみ」「定めなき」は時雨を表現する和歌の常套語であるが、一句における「また」は詠嘆をこめて、「日影」に対して舌打ちする心持。「くづをるゝ」は「頽堕《くづほるる》」で気力体力がくじけることが原義。[季]一時雨。[俳]ナシ。

3328 ▽芋は、さといも・小いものこと。秋から冬にかけての料理の精進煮物の柱のひとつ。味をしませる手順もむつかしいが、煮すぎてくずれてとけ出すことに注意するのが肝心。じっくりと手早く煮るのである。初時雨のしみじみと、かつあっさりと降り過ぎる様と通い合う。底本は「加減」の「減」を「滅」と誤る。[季]初しぐれ。[俳]小鍋・煮加減。

3329 ▽五反(千五百坪)の田が一気に暗雲に覆われたかと思うと時雨が降ってきた。「平押」は同じ力で連続して進むこと。「押す」は攻撃することをあらわす軍陣の用語。この一語の選択が一句の趣向である。[季]時雨。[俳]平押・五反田。

3330 柴《しば》売《うり》やいでゝしぐれの幾《いく》廻《めぐ》り　闇指

3331 椀《わん》売《うり》も出《いで》よ芳《よし》野《の》の初《はつ》時雨《しぐれ》　空牙

3332 穴《あな》熊《ぐま》の出《で》ては引《ひっ》込《こむ》時雨《しぐれ》かな　為有

3333 更《ふく》る夜《よ》や鏡《かがみ》にうつる一《ひと》しぐれ　鶏口

3334 石《いし》に置《おき》て香《かう》炉《ろ》をぬらす時雨《しぐれ》哉《かな》　野荻

3335 柿《かき》包《つつ》む日《ひ》和《より》もなしやむら時雨《しぐれ》　露川

3336 高《たか》みよりしぐれて里《さと》は寐《ねる》時《じ》分《ぶん》　里圃

3330 ○柴売　薪用の雑木を売る女。京都の北辺の山村から出た。▽柴売りの女よ。お前の出てきた山の村には、今日も幾度となく時雨が降っていることであろうな。時雨と「めぐる・山めぐり・幾めぐり」は縁語。季しぐれ。俳柴売。

3331 ○芳野　大和国吉野。歌枕。▽吉野山の塗物・漆・木鉢・山折敷などは名物。折あしく降り出でた時雨に、名物の椀売りにめぐり逢うことはできまいか。ひとつ求めて雨よけにしようと思うのだが。歌枕吉野は、桜・雪・紅葉などを詠まれるが、時雨の名所ではない。めずらしい「芳野の初時雨」を取りあげて「吉野鉢かぶとにやせん花いくさ」(寛文十一年刊・吉野山独案内)というような諧謔を楽しむか。季初時雨。俳椀売。

3332 ▽冬季、穴居するという熊。穴を出ようとしては、降り出した時雨に首を引っこめ、それを繰り返す。しばらく待てば降り過ぎるものを。「穴熊」という語から空想した句であろう。露伴『評釈』はこれを熊とせず、「貛(一名あなほり)」のこととしている。貛は当代の字書にオオオカミ・ノブタなどと訓むもの。季時雨。俳穴熊・引込。

3333 ▽冬の夜ふけ。時雨が降り過ぎる。和歌題「深夜時雨・閨時雨・枕上時雨」などを詠むものであろうが、「鏡にうつる」の意味不明。季一しぐれ。俳ナシ。

3334 ▽庭石の上に置き忘れた香炉が、にわかに降り来る時雨のために、気づいた時にはすっかり濡れてしまっていた。「石に置て」の意味不明。香炉の灰の始末などを庭先で行うことをいうか。季時雨。俳香炉。

3335 ○柿包む　串柿を製造する工程の一。柿の皮をむき二、三日乾燥させ、串にさして外に出し雨のかからぬよう覆いをかけておく。しなびてから一連ずつ藁で包み、屋内の煤の心配のない高い所に置く(慶安五年刊・万聞書(よろずききがき)秘伝)。▽初冬、時雨する日が続いて、なかなか作業が進まないのである。季柿包む・むら時雨。俳柿包む。

3336 ▽山の上から時雨が降り移り来て、山すその里に至る頃、とっぷりと暮れた冬の日に、人々はすでに寝仕度を始めている。慌しい冬の夕暮。季しぐれて。俳寐時分。

浮雲《うきぐも》をそなたの空《そら》にをきにしの
日影《ひかげ》よりこそあめになりけれ

3337 沖《おき》西《にし》の朝日《あさひ》くり出《だ》す時雨《しぐれ》かな　沾圃

3338 はつ霜《しも》や犬《いぬ》の土《つち》かく爪《つめ》の跡《あと》　北鯤

3339 ひとつばや一葉《ひとは》〳〵《ひとは》の今朝《けさ》の霜《しも》　文考

元禄辛酉之初冬九日《げんろくしんいうのしよとうここのか》　素堂菊園之遊《そだうきくゑんのいう》

重陽《ちようやう》の宴《えん》を神無月《かみなづき》のけふにまうけ侍《はべ》る事《こと》は、その比《ころ》は花《はな》いまだめぐみもやらず、菊花《きくくわ》ひらく時則《ときすなはち》重陽《ちようやう》といへるこゝろにより、かつは展重陽《てんちようやう》のためしなきにしもあらねば、なを秋菊《しうぎく》を詠《えい》じて人〳〵《ひとびと》をすゝめられける事《こと》になりぬ。

3340 菊《きく》の香《か》や庭《には》に切《きれ》たる履《くつ》の底《そこ》　芭蕉

3337 ○浮雲を　この歌、典拠未考。○をきにし　正しくは「おきにし」。沖西。南西の風(日葡辞書)。▽引用歌は、雲を運んで行った南西の風の、その「おきにし」ではない沖の方の西に日影が移るころ、雨が降り始めた、との意。一句は、南西の風が強く吹いたので、時雨の雲は去ってしまい、朝日がはなやかにさし出した、との意。歌は、ことば遊びだけの狂歌。発句は、事実をたくましく描いた俳諧。季時雨。俳沖西・くり出す。

3338 ▽ことし、はじめての霜。犬は平生のごとく地面を掘る。掘ってから地面の感触の昨日までと異なることに気づいてやめたのであろう。二筋、三筋、爪のあとが残ったまま。「土かく」は「土かきし」とあるべき形であろう。季はつ霜。俳ナシ。

3339 ○ひとつば　シダ類。山中の岩陰などに自生する。長い葉柄の上に、細長い葉をつける。葉は柔らかく靭いので直立する。それぞれが独立しているように見えるので一葉(ひとつば)の名がある。冬季にも枯れない。▽ヒトツバの葉の一枚一枚に同じように霜が降りている。各々が独立しているようでも、自然は平等。季今朝の霜。俳ひとつば。

3340 ○元禄辛酉之初冬九日　以下三三四〇の素堂の発句までは一連のもの。辛酉は癸酉の誤り。元禄六年(一六九三)十月九日、素堂が知友を招いてひと月遅れの菊の宴を催したもの。○素堂菊園　素堂は菊を愛したことで知られる。○重陽の宴　九月九日の重陽の節句を十月九日になって催すことになったその次第は。○その比　九月には肝心の菊の花が蕾もつけていない。○菊花ひらく時　蘇東坡・江月五首引に「菊花開時乃重陽」とある。○展重陽　天子・皇后の忌日を避けて宮中の重陽の宴をひと月延期し十月に残菊の宴として行うこと。○なを秋菊を　正しくは「なほ」。すでに冬季ではあるが、やはり秋季のものとして菊の句を詠むようにと。○人〳〵を　素堂が友人に発句を勧進募集することになった。○履　杜律集解に「頻遊、履ノ穿(ヤレタル)ニ任ス」。▽永遠の命を象徴する菊の香が漂う。庭中にはきふるした履が底を見せて転がっている。隻履達磨(せきりだるま)は聖者の永生正覚の象徴。この家のご主人は、菊の香につつまれて、永遠の寿命を得るのですね。転がった履に託した軽快なユーモア。季菊の香。俳ナシ。

3341 柚《ゆ》の色《いろ》や起《おき》あがりたる菊《きく》の露《つゆ》　其角

3342 菊《きく》の気《き》味《み》ふかき境《さかひ》や藪《やぶ》の中《なか》　桃隣

3343 八《はつ》専《せん》の雨《あめ》やあつまる菊《きく》の露《つゆ》　沾圃

3344 何《なに》魚《うを》のかざしに置《おか》ん菊《きく》の枝《えだ》　曾良

3345 菊《きく》畠《ばたけ》客《きやく》も円《ゑん》座《ざ》をにじりけり　馬莧

柴桑《さいさう》の隠士《いんじ》、無《む》絃《げん》の琴《きん》を翫《もてあそび》しをおもふに、菊《きく》も輪《りん》の大《だい》ならん事《こと》をむさぼり、造《ざう》化《くわ》もうばふに及《およ》ばじ。今《いま》その菊《きく》をまなびて、をのづからなるを愛《あい》すといへ共《ども》、家《いへ》に菊《きく》ありて琴《きん》なし。かけたるにあらずや

3341 ▽柚は晩秋に実が熟して深黄色となる。花をつけた菊が、風を受けて起きあがると、伝い落ちる露は、咲き乱れる菊の花々の間で、花の色・葉の色を映して柚の色をなす。季柚・菊・露。俳柚。

3342 ○気味　元来は本草学の用語。においとあじ。菊の気味は「甘平」。▽特別に手入もせず雑木の繁るあたり、ただ菊をのみ丹誠する主人の心がみちみちているからでしょうか。一帯は、菊の持ち味とでも言うべき、おだやかなやさしい気に包まれております。季菊。俳気味。

3343 ○八専　陰暦で壬子(みずのえね)の日から癸亥(みずのとい)の日までの十二日間のうち丑・辰・午・戌の四日を間日(まび)として除く八日間。年に六度あり、雨が多いとされた。▽菊に置く露は、年間の雨をことごとく集めて、このようにみずみずしいのであろうか。季菊。俳八専。

3344 ▽菊の花は、そのまま料理のさしみに用いる。ところで同じくさしみにするどの魚と組み合せればよかろうか。かざしは髪飾。また手にもってかざすものをも言う。いずれにしてもアクセサリー。季菊。俳ナシ。

3345 ○円座　藁を渦巻状に巻いて円くつくった座具。▽美しい菊畠にひかれて、客ながらも、敷物を辞退してすべり降り、菊に近く座をしめてしまった。季菊畠。俳客・円座。

3346 ○柴桑　山の名。晋の陶淵明がここに住んだ。○無絃の琴　陶淵明は常に絃を張っていない琴を愛玩していた(蒙求)。○菊　陶淵明は「菊ヲ東籬ノ下ニ採リ」「秋菊佳色有リ」「我ハ南山ノ下ニ屋ス。今幾(イクバク)ノ叢菊ヲ生ス」(古文前集)などの詩句が多い。○輪の大ならん事　江戸時代に入って人々が競って大輪の菊をもとめたことをいう。○造化もうばふに及ばじ　自然の造物主がつくりあげている秩序を乱したところで、結局、元来の自然のあり方にはかなわない。陶淵明は、そのような「自然ニ反(カヘ)ル」(古文前集・田園ノ居ニ帰ル)思想の持主であった。自分は今、その陶淵明にならって天然の菊を愛しているの

とて、人見竹洞老人《ひとみちくとうらうじん》、素琴《そきん》を送《おく》られしより、是《これ》を夕《ゆふべ》にし是《これ》を朝《あした》にして、あるは声《こゑ》なきに聴《き》き、あるは風《かぜ》にしらべあはせて、自《みづから》ほこりぬ。

3346 うるしせぬ琴《こと》や作《つく》らぬ菊《きく》の友《とも》　素堂

3347 水《すい》仙《せん》や練《ねり》塀《べい》われし日《ひ》の透《すき》間《ま》　曲翠

草　附木

3348 なを清《きよ》く咲《さく》や葉《は》がちの水《すい》仙《せん》花《くわ》　氷固

3349 水《すい》仙《せん》の花《はな》のみだれや藪《やぶ》屋《や》しき　惟然

范蠡《はんれい》が趙南《てうなん》のこゝろをいへる

であるが。○をのづから　正しくは「おのづから」。○人見竹洞　名は友元。元禄九年(一六九六)没、六十歳。林羅山の門人。家禄七百石を継ぎ、幕府の儒者であった。○素琴　李白の詩に「素琴本(モトヨリ)無絃」(古文前集)。飾りのない琴。○声なきに聴き　陶淵明にならって、無絃の琴にこの上なき音楽を聴きつけ。○風にしらべあはせて　「琴のねに峰の松風かよふらしいづれのをよりしらべそめけむ」(拾遺集、和漢朗詠集)など、松風の音は琴の音に和す。▽一切の装飾を加えない琴よ。これこそ、いかなる不自然な栽培技術をも加えないわが園の菊に最もふさわしいものだ。季菊。俳うるしせぬ。

3347 ○練塀　土塀。間に瓦をはさみ築き上げ、屋根をのせる。▽土塀が古び壊れて、その隙間から日の射しこむ一角に、水仙の花がひっそりと咲いている。元禄五年冬の作。翌六年十一月八日付の書簡で芭蕉は「壁の影法師・練塀の水仙、中さば千年を過ぎたるに同じかるべく候」と、作者の曲翠に宛てて書いている。「壁の影法師」は後出三三八五の芭蕉の発句で「曲翠の旅館にて」と詞書があるとされているもの。同時の作とすれば、膳所藩士曲翠の江戸勤番中の居所、膳所藩邸などでの成立となる。「練塀」は、そのような公邸の土塀。なおこの句は「練塀やわれて日のもる水仙花」(鷹獅子)という形でも知られている。季水仙。俳水仙・練塀。

3348 ○なを　正しくは「なほ」。○葉がち　葉の多いさま。▽水仙は花に対して葉の数が多いとは言えないもの。めずらしく葉の多い水仙を、いや一段と清楚な花の趣であると讃える。季水仙。俳葉がち・水仙花。

3349 ▽いまでは雑木の生い繁るところとなった宅地跡。その中の水仙の花の一群が、乱れているところがある。理由は知れぬながら、かつては人の住んだあとに、なにかそのような気配を感じさせようとするものか。季水仙。俳水仙・藪屋しき。

3350 ○范蠡が趙南のこゝろ　西行の山家集に「范蠡長男の心を」と題して「捨てやらで命をこふる人はみなちゞのこがねを持(も)て帰るなり」とある。范蠡は越王勾践(こうせん)の忠臣。王を助

山家集《さんかしふ》の題《だい》に習《なら》ふ。

3350 一《ひと》露《つゆ》もこぼさぬ菊《きく》の氷《こほり》かな　芭蕉

3351 山《さん》茶《ざ》花《くわ》は元《もと》より開《ひら》く帰《かへ》り花《ばな》　車庸

3352 冬《ふゆ》梅《うめ》のひとつふたつや鳥《とり》の声《こゑ》　土芳

3353 山《さん》茶《ざ》花《くわ》も落《おち》てや雪《ゆき》の散《ちり》椿《つばき》　露笠

木葉　附冬枯　凩

3354 おもひなし木《こ》の葉《は》ちる夜《よ》や星《ほし》の数《かず》　沾徳

3355 星《ほし》さえて江《え》の鮒《ふな》ひらむ落《おち》葉《ば》哉《かな》　露沾

けて宿敵呉を破り、会稽の恥を雪（すす）がせた人。のち商人となり巨富を築く。或る時、次男が殺人を犯したため処刑されたという（史記）。▽残菊の氷。秋季の花の盛りに、しとどの露は、菊の命をそのままに伝えるものとしてめでられたのであるが、いまはそれがそのままに氷りついているのをみると、人間の執着への戒めと感じられる。同じ芭蕉の「白露もこぼさぬ萩のうねり哉」も、同じ元禄六年の作。萩の句は、命を極限まで生かそうとする大自然のはからいをいう。[季]氷。[俳]ナシ。

3351 ▽山茶花は、元来冬季に咲く花なのである。あらためて、そう確認するのは、この木が葉も花も実も椿に似ているので、春の椿の帰り花が咲くかと思いちがいされそうだから。おまけに折から帰り花の時節。椿には冬咲きの椿まであるので、一層ややこしいのである。毛吹草・四季之詞・十月の項に「山茶花・かへり花・冬咲の椿」が連続して並んでいる。[季]山茶花・帰り花。[俳]山茶花・帰り花。

3352 ▽早咲きの梅が一輪二輪と花を咲かせている。なにやら知れぬ鳥の声が聞こえる。梅はふつう春のもの。「鳥の囀（さえずり）」もまた連歌以来、中春の季語。それらに対して、春いまだ遠しと感ぜしめるもの。「冬梅」は連歌で「嫌詞」とされるもの（無言抄）。その切迫した言い方が卑俗として嫌われたのである。[季]冬梅。[俳]冬梅。

3353 ▽雪の上に、早咲きの椿の花が散っている。この雪には、さすがにいつまでも咲き続ける山茶花も、すっかり花を落したであろう。ここに交っているやもしれぬ。[季]山茶花・雪。[俳]山茶花。

3354 ▽気のせいであろうか。今夜は落葉がしきりと耳につく。空には満天の星が冴えわたって。冬夜の寒さを、聴覚と視覚で表わす。[季]木の葉ちる。[俳]ナシ。

3355 ▽寒天に星の輝く夜、落葉はしきりに水中に落ち沈んで、やがて水底の鮒は身動きもならぬまま、押しつぶされて行くのであろうか。天上・地上・水底の冬をいう。底本「落葉」を「葉落」と書き、各字の左に「下・上」と訂正の印。[季]落葉。[俳]ひらむ。

3356 冬《ふゆ》川《かは》や木《こ》の葉《は》は黒《くろ》き岩《いは》の間《あひ》　惟然

3357 麓《ふもと》より足《あし》ざはりよき木《こ》の葉《は》哉《かな》　枳風

本柳坊宗比《ほんりうばうそうひ》の庵《あん》をたづねて

3358 はいるより先《まづ》取《とり》てみる落葉《おちば》哉《かな》　イセ　一道

3359 枯《かれ》はてゝ霜《しも》にはぢずやをみなへし　杉風

3360 牛《うし》の行《ゆく》道《みち》は枯野《かれの》のはじめかな　桃酔

3361 冬《ふゆ》枯《がれ》に去年《こぞ》きて見《み》たる友《とも》もなし　乃竜

3362 草《くさ》枯《がれ》に手《て》うつてたゝぬ鴫《しぎ》もあり　利牛

3356 ▽水の少なくなった冬の川。流れもやらぬ落葉が川中の岩間に溜って、朽ち果てて黒くなっている。季冬川・木の葉。俳間。

3357 ▽山路の落葉。高地に至るに従って、足元に踏みしめる感触が、次第に心地よくなる。寒冷の高地ほど落葉は早いので、麓ほど硬く足裏にひびかない、というのである。季木の葉。俳足ざはり。

3358 ○本柳坊宗比　未詳。本集に二句見えるのみ。○はいる　正しくは「はひる」。▽おたずねするやいなや、何よりもまず庵中に散り敷く落葉を手にとってみました。閑静な草庵の落葉は、俗塵にまみれた世間とは別の趣もあろうかと存じまして。和歌題「閑居落葉・落葉埋庵・閑庭落葉」などの風雅を確かめようというのである。季落葉。俳はいる。

3359 ▽すっかり枯れはてて、頭には霜をいただき、女郎花よ、恥かしくはないか。そんな老残の姿をさらして。同じ作者に「女郎花賤(ｼﾚ)がうたにはおかた艸」ともある。秋季の盛りの花を、女盛りに例えるので、枯れれば老女に比べられる。季霜。俳ナシ。

3360 ▽草刈りの童とともに、牛が行くのである。この先に草刈りの野がある。それもすでに冬枯れが始まっているであろう。いま目に見ているこの牛の足もとから、枯野が始まっていると思われてくる。季枯野。俳ナシ。

3361 ▽冬枯れの山野。そういえば、去年の冬、同じくこのような光景を友とともに眺めたのであった。その友も、すでに死んでしまった。荒涼たる光景が、一段と荒涼と心にしみてくる。季冬枯。俳ナシ。

3362 ▽冬枯れの草の間に、鴫の姿が見える。手を打って音をたてても飛び立とうともしない。鴫は連俳に秋季のものとして扱われるが、四十八鴫ともよばれる多種の鳥は料理用に好まれた。秋に南に渡る。居残りの鴫のにぶさをいうのであろう。季草枯。俳うつて。

3363 ▽冬枯れの野。枯れるだけ枯れてしまって、目をさえぎるものもない。鶴が一羽、ぽつんと立っている。その首はい

3363 野《の》は枯《かれ》てのばす物《もの》なし鶴《つる》の首《くび》　文考

3364 木《こ》がらしや色《いろ》にも見《み》えず散《ちり》もせず　智月

3365 凩《こがらし》や背《せ》中《なか》吹《ふか》るゝ牛《うし》の声《こゑ》　風斤

3366 木《こ》枯《がらし》や刈《かり》田《た》の畔《くろ》の鉄《カナ》気《ケ》水《みづ》　惟然

3367 こがらしや藁《わら》まきちらす牛《うし》の角《つの》　塵生

夷講

3368 ゑびす講《かう》酢《す》売《うり》に袴《はかま》着《き》せにけり　芭蕉

3369 恵《ゑ》比《び》須《す》講《かう》鶩《あひる》も鴨《かも》に成《なり》にけり　利合

よいよ長く見える。「のばす物なし」は、遠望する必要もないのにという気持。[季]野は枯て。[俳]ナシ。

3364 ▽木枯しの広大無辺の力よ。特定の色かたちをして目に見えるわけでもない。木の葉を散らすのではあるけれども、あれは落葉という現象であって、木枯しとはちがう。そのように捉えどころのないものであるが、確実に自然を変容させてしまう。底知れぬ力よ。[季]木がらし。[俳]ナシ。

3365 ▽木枯しのきびしさ。だが、追風をよろこび順風を恐れる(続猿蓑注解)という牛の性として、後方から吹く風に、心地よさそうに、鳴き声をあげている。獣というものの本性のわからなさ。それがまた滑稽なのでもある。[季]凩。[俳]ナシ。

3366 ▽木枯しのきびしさよ。すでに刈り取られて切株ばかりの田の畦に、鉄分を含んで赤茶けた水が湧き出している。その水溜りを風が打って、いかにも重そうな波が立つ。木枯しも鉄気水も、植物を枯れさせるもの。[季]木枯。[俳]鉄気水。

3367 ▽牛は頭の寒きをおそれるので、寒地山国では、冬季に牛の角を藁で巻く(露伴『評釈』)。そのような用意にもかかわらず、また向い風をおそれる牛の本性をいたぶるように、木枯しは容赦なく吹きつけて、角の藁を吹きとばしてしまうのである。[季]こがらし。[俳]ナシ。

3368 ○ゑびす講　十月二十日に商家で行われる祝い。家内に夷神を祭り、家族・出入りの人々に酒食を供する。「行きかかり客に成りけり夷講」(去来)、「子は衣裳親はつねなり夷講」(其角)などの句が状況を想像させる。▽酢売りはふだん袴などはかない(和国諸職絵尽)。それが今日ばかりは盛装して客人として来宅。馬子にも衣裳というが、なんとまあ、というのであろう。夷講なればこそ見られる光景だ、と。[季]ゑびす講。[俳]ゑびす講・酢売。

3369 ▽夷講に酒食を饗する時に主客が互に手にふれるものすべてに値をつけ、売買成立の真似ごとをして一興とする。祝儀の遊びであるから、すべて法外な値段を言うのである。料理に出されるアヒルの肉に、鴨のような値をつけたのであろう。[季]恵比須講。[俳]恵比須講・鶩。

鳥　附いを

のとの海《うみ》をみて

3370 塵《ちり》浜《はま》にたゝぬ日《ひ》もなし浦《うら》鵆《ちどり》　句空

3371 追《おひ》かけて霰《あられ》にころぶ千《ち》鳥《どり》かな　蔦雫

3372 小《さ》夜《よ》ちどり庚《かう》申《しん》まちの舟《ふな》屋《や》形《かた》　丈草

3373 入《いり》海《うみ》や碇《いかり》の筌《うけ》に啼《なく》千《ち》鳥《どり》　闇指

3374 毳《ケゴロモ》につゝみてぬくし鴨《かも》の足《あし》　芭蕉

3375 たつ鴨《かも》を犬《いぬ》追《おひ》かくるつゝみかな　乍木

3370 ○塵浜　能登国羽咋郡千里浜。○たゝぬ日もなし「法性の室戸といへどわが住めば有為の波風たたぬ日ぞなき」(藻塩草、類船集)。▽「塵にたつ・たつ塵」は歌語。さすが「塵浜」というだけに毎日毎日「たつ」ものだ。ただし塵でも波風でもなく千鳥がとびたつのであるが。季鵆。囲塵浜。

3371 ▽浜辺に霰が降る。濡れて締まった砂の上を霰がはずみ、転がって行く。そのあとを追いかけて行くと見えた千鳥が転倒する。意外な滑稽に笑いがこみあげる。千鳥足のおぼつかなさをいうもの。空想の所産であろう。季霰・千鳥。囲ころぶ。

3372 ○小夜ちどり　千鳥の夜鳴くこと。歌語。○庚申まち　庚申の日の夜、徹夜で遊びなどして寝ずに過ごすこと。○舟屋形　船上に設けた屋根つきの部屋。またその舟。近世には遊興用の川御座船・海御座船がつくられた。▽千鳥の声は冬の夜の厳しさ・さみしさを感じさせて、耐えがたくするもの。そのような声を、夜通し聞くことになってしまった。庚申待ちの一趣向に川舟で一夜を過ごしたばかりに。季小夜ちどり。囲庚申まち。

3373 ▽入江の中に定置される碇。海中に沈めて置き、目印に浮き木を繫ぎうかせてある。その浮き木に千鳥がとまって啼いている。季千鳥。囲ナシ。

3374 ▽鴨の足は、いつも水中で冷たかろうと思うが、しかし考えてみれば、鶴の毛衣・鴛鴦の毛衣というように、鳥というものは、どれも暖かい羽毛で身を包んでいる。歌には鴨の毛衣とは言わぬが、この際どうでもよい。まあ、あまり心配するにもあたるまい。元禄六年(一六九三)冬の作。季鴨。囲ぬくし。

3375 ▽池の面から飛びたって行く鴨を追いかけて、犬が走って行く。所詮追いつかないのだが、池の周囲の堤をぐるっと走って行くのである。季鴨。囲ナシ。

3376 杓《くむ》汐《しほ》にころび入《いる》べき生《なま》海《ま》鼠《こ》かな　亡人利雪

3377 うか〱と海《くら》月《げ》に交《まじ》るなまこ哉《かな》　車庸

3378 見《み》へ透《すく》や子《こ》持《もち》ひらめのうす氷《ごほり》　岱水

3379 一《ひと》塩《しほ》にはつ白《しら》魚《うを》や雪《ゆき》の前《まへ》　杉風

3380 かくぶつや腹《はら》をならべて降《ふる》霰《あられ》　拙侯

杜夫魚《かくぶつ》は河豚《ふぐ》の大《おほき》さにて水上《すいじやう》に浮《うか》ぶ、越《こし》の川《かは》にのみあるうをなり。

冬　月　附衾

3381 喰《くひ》ものや門《かど》売《うり》ありく冬《ふゆ》の月《つき》　里圃

3376 ▽塩をつくるために海水をくむ。あのときに、ナマコがいっしょにくみあげられそうなものだが。手足尾鰭のないナマコの形から空想したもの。[季]生海鼠。[俳]生海鼠。

3377 ▽なんと軽率なやつだ。ナマコのやつめ。クラゲと一緒に捕獲されるなんて。いつも海底に転がって居りそうなナマコと、ふわふわ浮遊していそうなクラゲが、同じ所にならべられているのを見ての感想。[季]なまこ。[俳]うか〱と・なまこ。

3378 ○見へ　正しくは「見え」。▽陸にあげられたヒラメが、裏返されて放置されている。うわべについた薄氷をすかして、白い腹が見え、それをすかして卵を持っているのが見える。寒さの中の清冽な、そして柔らかいスナップ。[季]子持ひらめ・うす氷。[俳]子持ひらめ。

3379 ▽白魚は冬十一月より春にかけての漁。江戸近くでは佃島付近での夜間の四手網の漁が知られる。雪になろうかという頃、はじめての白魚が上げられる。うすく塩をひいて、汁物・吸物に供されるのであろう。塩・白魚・雪、いずれも白色の組み合せ。[季]はつ白魚・雪。[俳]一塩・はつ白魚。

3380 ○かくぶつ　鰍(かじ)の類で、霰が降ると水面に浮かび出て腹を見せて流れる性癖がある、という。霰魚とも(日本山海名産図会)。カマキリ・アラレガコなどの異名がある。▽カクブツが、霰の降る川面に、腹をならべて浮く、というのであるが、句作りの意図が明確でない。カクブツに何かの語路合わせがあるか。または「腹をならべて」に見立てがあるか。[季]かくぶつ・霰。[俳]かくぶつ。

3381 ▽食べ物を売る者が、家の前を声をあげて通る。外は、冬の月。特別に何を売る者と確認されていない所に、屋内に居る者の関心の程度が示される。所詮、こちらから声をかけて出て行く気はないのである。ただ寒々とした冬の夜の街路ばかりが想像のむこうにある。[季]冬の月。[俳]喰もの・門。

3382 あら猫《ねこ》のかけ出《だ》す軒《のき》や冬《ふゆ》の月《つき》　丈草

3383 何《なに》事《ごと》も寐《ね》入《い》るまでなり紙《かみ》ぶすま　小春

3384 水《すい》仙《せん》や門《もん》を出《いづ》れば江《え》の月《つき》夜《よ》　文考

埋火

3385 埋《うづみ》火《び》や壁《かべ》には客《きやく》の影《かげ》ぼうし　芭蕉

3386 侘《わび》しさは夜《よ》着《ぎ》を懸《かけ》たる火《こ》燵《たつ》かな　少年 桃先

3387 自《じ》由《いう》さや月《つき》を追《おひ》行《ゆく》置《おき》火《ご》燵《たつ》　洞木

雪

3382 ▽軒先にぬっと姿を見せた猫が、ゆっくり方向を換えたかと思うと、軒伝いに進んで行った。だんだんスピードをあげて。たくましく強そうな猫の姿を、荒涼たる冬の月が照らし出す。[季]冬の月。[俳]あら猫・かけ出す。

3383 ▽紙衾(かみぶすま)は、紙製の夜具。ふつうの夜着蒲団にくらべれば、その断熱・保熱の力は比較にならぬほど弱い。だが、この寒さも、眠りに落ちてしまえばなんとかなる、と自分に言いきかせて、横になるのである。上五の「何事も」がやや大仰で笑いを誘う。[季]紙ぶすま。[俳]紙ぶすま。

3384 ▽客を送って出たのであろうか。門のあたりに水仙を見て、門外に出ると、門前は川の流れ。空には寒月。「野老離前江岸廻ル、柴門(サイモン)正シカフズシテ江ヲ逐ヒテ開ク」(杜甫・野老)や水墨画「柴門新月図」に描かれる柴門の景。水仙を点じて冬季に定めた所が俳諧。[季]水仙。[俳]水仙・門。

3385 ○影ぼうし　正しくは「ぼふし」。影法師。▽主客二人、火鉢の炭火を間に相対している。客の後にはその影法師が壁にうつる。炭火は暖をとるためだけではなく、室内で唯一の光源。壁に相手の影がはっきり映ることから、一室の狭さが知られる。ほのぼのと暖かい炭火を間に、主客の親密な心が通い合う。三四七の脚注参照。元禄五年(一六九二)冬、膳所藩士菅沼曲翠の江戸の「旅館にて」の作という。とすれば、事実にこだわるならば「客」は曲翠を訪問した作者自身ということになるが、一句としては、そこまで限定する必要はない。[季]埋火。[俳]客・影ぼうし。

3386 ○夜着　夜寝るときにかける衾(ふすま)。▽火燵の上に、火燵蒲団ではなくて、夜着がかけてある。それがなんとも情ない思いがする、というのである。本来の火燵蒲団でないことをいうか、あるいは、寒さを逃れるために、今夜も火燵から暖をとりつつ寝ることをいうか。[季]夜着・火燵。[俳]夜着・火燵。

3387 ▽冬の夜も、なお月の光の美しさをめでようと、窓べに寄ろうとするが、やはり寒い。置火燵のありがたさは、移動可能なこと。それで、火燵に入ったまま、移動することにした。ああ、この気ままさよ。[季]置火燵。[俳]自由さ・置火燵。

3388 初《はつ》雪《ゆき》や門《かど》に橋《はし》あり夕《ゆふ》間《ま》暮《ぐれ》　其角

3389 朝《あさ》ごみや月《つき》雪《ゆき》うすき酒《さけ》の味《あぢ》　仝

3390 雪《ゆき》あられ心《こころ》のかはる寒《さむ》さ哉《かな》　夕菊

3391 鷦鷯《みそさざい》家《いへ》はとぎるゝはだれ雪《ゆき》　祐甫

3392 雪《ゆき》垣《がき》やしらぬ人《ひと》には霜《しも》のたて　蔦雫

3393 ふたつ子《ご》も草鞋《わらぢ》を出《だ》すやけふの雪《ゆき》　支考

3394 片《かた》壁《かべ》や雪《ゆき》降《ふり》かゝるすさ俵《だはら》　圃吟

3395 思《おも》はずの雪《ゆき》見《み》や日《ひ》枝《え》の前《まへ》後《うしろ》　丈草

3388 ▽夕暮に初めての雪がうっすらと白く積る。門前の橋に、そのことが鮮やかである。「橋」によって、そこを渡って初雪の喜びをともにしようと来訪すべき友人への期待と、せっかくの初雪を、足跡などつけられたくない気持との両方が表現される。五元集では「市中閑」と前書。季初雪。俳ナシ。

3389 ○朝ごみ　前夜差支えのあったものが、早朝に遊里の開門を待って入り込み遊ぶこと。もと軍事用語から出た遊里語。▽月見・雪見の風流心があって出かけてくるわけではない。それでも早朝からこの高価でまずい酒を飲むためにやってくる、この心がけはどうだ。季雪。俳朝ごみ。

3390 ▽雪も寒い。霰も降れば寒い。同じ冬の寒さには違いないが、それぞれに異なった味わいもある。硬軟両様、ということか。季雪・あられ。俳ナシ。

3391 ○鷦鷯　季語としては秋八月のもの。飼鳥でもあるが、寒さに弱いという。○はだれ雪　まだらに薄く降り積る雪。歌語。▽鷦鷯よ。人家の「藩籬(まがき)」に巣くう(本草綱目)といい、寒さに弱いときく。家並の切れたこのあたりで降り出した雪に、さあどうしよう。季はだれ雪。俳鷦鷯。

3392 ○雪垣　雪害を防ぐ垣。人家の周囲に丸太を立て莚などで覆う。○霜のたて　たては経(たていと)。霜と露が山野を紅葉させて錦とするので、霜のたて・露のぬきという。歌語。▽雪垣を初めて見る人は、これが歌語の「霜のたて」の実物だと、あらぬ誤解をするのではないか。季雪垣。俳雪垣。

3393 ▽みごとに降った雪。何もわからぬ二歳の幼児が外に出たがって履物を出す。ひょっとしたらたぐいまれな風雅心の持主かもしれぬが。季雪。俳ふたつ子・草鞋。

3394 ○片壁　未詳。土壁の片面が未だ塗られていないものか。○すさ　壁土に交ぜる藁切れ。▽未完成のあら壁。傍にはすさに切られた俵の残りが放置されている。そこに無情に雪が降って白く覆って行く。季雪。俳片壁・すさ俵。

3395 ○日枝　比叡山。歌枕。▽思いがけないことに、この冬は所用があって、京都に出てきた。おかげで、こちら側とあちら側と、比叡の山の両側から雪の景色を楽しむことができた。作者は近江が本拠。季雪見。俳ナシ。

3396 髪《かみ》剃《そり》は降《ふり》来《く》る雪《ゆき》か比《ひ》良《ら》のたけ　陽和

3397 伊《い》賀《が》大和《やまと》かさなる山《やま》や雪《ゆき》の花《はな》　配力

神楽

3398 夜《よ》神楽《かぐら》に歯《は》も喰《くひ》しめぬ寒《さむさ》哉《かな》　史邦

鉢たゝき

3399 食《めし》時《どき》やかならず下手《へた》の鉢《はち》扣《たたき》　路草

3400 鉢《はち》たゝき干《から》鮭《ざけ》売《うり》をすゝめけり　馬莧

3401 娵《よめ》入《いり》の門《かど》も過《すぎ》けり鉢《はち》たゝき　許六

3396 ○比良のたけ　近江の比良山。歌枕。▽円頂形の山の形が比良の山の特徴。降り積る雪によって一層、その形は僧侶の頭のようになって行く。この雪が、いわばお山を出家の形にした髪剃の役をつとめているのであるな。季雪。俳髪剃。

3397 ▽伊賀国と大和国をへだてて重畳とそびえる山。その山にさらに重ねて降りつもる雪。山々はいま雪に覆われて花と咲くがごとくである。「かさなる山」「ふる雪のかさなるかず」「雪の花」などは、すべて古典和歌を典拠にもつ美しい歌語。「ひとへだにあかぬ心をいとどしく八重かさなれる山ぶきの花」(金葉集)にならえば、連山・重山の雪景色に息もつまるほど感激しているのだと空想される。季雪の花。俳ナシ。

3398 ○夜神楽　宮廷以外で行われる里神楽。季語としては冬十一月。▽夜神楽を見物する。この寒さよ。はじめは歯をくいしばって耐えていたのだが、もはやその力もなくなってしまった。厳冬の夜を徹して行われる神楽をいう。季夜神楽・寒。俳夜神楽。

3399 ○鉢扣　冬十一月十三日の空也忌から年末まで、京都空也堂の僧が、洛中洛外の墓所を巡って念仏和讃を唱えて夜間に歩いた。瓢箪を叩き鉦を鳴らす。▽いまごろは毎日、食事の時分になると、きまって鉢叩が通る。お世辞にも上手とはいえぬ念仏を唱えながら。季鉢扣。俳食時・下手・鉢扣。

3400 ○干鮭売　北国産の鮭の干物を天秤棒の前後に数匹括り下げ荷い売り歩く(好色一代男三の六・さし絵)。▽鉢叩の一行が、路上に行き違った干鮭売りをつかまえて、殺生の罪なることを語り、仏道に帰依すべきことを説く。実は喜捨を求めているのである。「すゝめけり」は勧進のこと。季鉢たゝき・干鮭売。俳鉢たゝき・干鮭売。

3401 ▽鉢たゝきが、さすがに婚礼の家の前は、そそくさと通り過ぎた。祝言は夜行われるので、その家は門前にあかあかとかがり火をたく。季鉢たゝき。俳娵入・門・鉢たゝき。

3402 ○狼　夜間に行く人があれば、その頭上を数回跳び越え、人がもし恐怖に転倒すると、食いつく。これを送り狼とい

3402 狼《おほかみ》を送《おく》りかへすか鉢《はち》たゝき　沾圃

煤掃　附 餅つき

3403 煤《すす》はきや鼠《ねずみ》追《おひ》込《こむ》黄《つ》楊《げ》の中《なか》　残香

3404 煤《すす》掃《はき》やあたまにかぶるみなと紙《がみ》　黄逸

3405 才《さい》覚《かく》な隣《となり》のかゝや煤《すす》見《み》舞《まひ》　馬莧

3406 煤《すす》はきやわすれて出《いづ》る鉢《はち》ひらき　ミノ 闇如

3407 煤《すす》掃《はき》や折《を》敷《しき》一《いち》枚《まい》蹈《ふみ》くだく　惟然

3408 餅《もち》つきや火《ひ》をかいて行《ゆく》男《をとこ》部《べ》屋《や》　岱水

う(和漢三才図会)。▽一心に念仏を唱えて巡行する鉢叩には、送り狼もつけ入る隙もなかろう。むしろ洛外の諸方の墓所まで引き廻されたあげく、最後には追い払われるのがおちであろうか。季鉢たゝき。俳狼・鉢たゝき。

3403 ○煤掃　大掃除。宮中においては十二月二十日以降の吉日を選んで行われ、江戸城では寛永以来十三日を定例とする。諸社寺も一定した日があったが、一般には定まった日はなかった。○黄楊　常緑の灌木。細枝が硬く繁茂するので人家の垣根や目隠しに植えられる。▽煤掃の最中に飛び出した鼠が、家中追い廻されたあげくに黄楊の垣の中に逃げ込んだ。季煤はき。俳煤はき・追込。

3404 ○みなと紙　和泉国湊村から産出する紙。壁の腰ばりに用いた。軟らかく蒼灰色。○黄逸　底本は「米鵉」と書いて見せけち訂正。▽めくり取った腰ばりの紙を、ほこり除けにそのまま頭にかぶる。やがて捨てるので。季煤掃。俳煤掃・あたま・かぶる・みなと紙。

3405 ▽いつもながら隣家のおかあちゃんは、よく気のつくことだ。今日も当家の煤掃をのぞいて、いかがですか、何ぞ手伝うことがありましたら、と声をかけて行く。上手な近所づきあい。かゝは幼児語。季煤見舞。俳才覚・かゝ・煤見舞。

3406 ○鉢ひらき　鉢坊主。托鉢して歩く乞食坊主。▽今日あたり、どこへ行っても煤掃で取りこんでいる時節なのに、うかつな鉢坊主めが、托鉢に来おった。季煤はき。俳煤はき・鉢ひらき。

3407 ○折敷　角盆。檜の片木(へぎ)で作る。▽煤掃で家の中を忙しく歩きまわっている時に、床においてあった折敷一枚、気づかず思いきり踏みつけてしまった。結果は、もののみごとに割れた。折敷の手軽さ、それも一枚、という所が気分を軽くしている。底本「枚」を「牧」とする。季煤掃。俳一枚。

3408 ○男部屋　下男たちの部屋。▽大家の餅つきの日。朝暗いうちから男たちも起される。早起きの女中頭などが、ずかずかと部屋に入りこんで、行灯の油火の芯を掻き立てて、室内を明るくして出て行く。季餅つき。俳餅つき・かいて・男部屋。

3409 餅《もち》つきやあがりかねたる鶏《とり》のとや　嵐蘭

3410 もち搗《つき》の手《て》伝《つだ》ひするや小《こ》山《やま》伏《ぶし》　馬仏

歳暮　附 節季候　衣配

3411 こねかへす道《みち》も師《し》走《はす》の市《いち》のさま　曾良

3412 門《かど》砂《すな》やまきてしはすの洗《あら》ひ髪《がみ》　里東

3413 売《うり》石《いし》やとつてもいなず年《とし》の暮《くれ》　草士

3414 猿《さる》も木《き》にのぼりすますやとしの暮《くれ》　車来

3415 大《おほ》年《どし》や親《おや》子《こ》たはらの指《さし》荷《にな》ひ　万乎

3409 ▽鶏の鳥屋は、台所の上間の隅の高い所に横木をわたした程度のもの。夕暮近くなって、もう自分のねぐらに上がりたいのだが、まだ餅つきは続いていて、鶏は、飛び上がれない。絵本吾妻抉(天明六年刊)に参考とすべき図がある。[季]餅つき。[俳]餅つき・鶏のとや。

3410 ○小山伏　弟子の山伏。▽師匠の命で、ふだんから出入の檀家へ、若い山伏が手伝いに来ているのであろう。餅つきが終れば、その餅のいくつかをお布施に貰って帰るのである。[季]もち搗。[俳]もち搗・手伝ひ・小山伏。

3411 ▽十二月の市街地の雑踏。雪どけ・霜どけの道は、もはや晩冬の陽気に、しっかりと凍てつくこともない。連日の人出でこね廻されて、ただもうひどいぬかり道。これがまた師走を感じさせるものなのだ。[季]師走。[俳]こねかへす。

3412 ▽町中の道路整備は住民の責任。「町中、道あしき所へは浅草砂を敷き、中高に作り申すべく候」(慶安四年御触)との幕府の令があり、重ねて朝鮮人来日の折などには「朝鮮人罷り通り候節は、蒔砂(まきすな)・盛砂致し、水手桶出し置き云々」(町触)などと通達がある。歳末の清掃、門前の道も整備し終り、町内への務めを全部はたして、ようやくわが身の洗髪にかかる。[季]しはす。[俳]門・洗ひ髪。

3413 ▽庭石。すでに売り払ったのだが、歳の暮の多忙の折、買った方も運び出しに来ないで、まだわが家の庭にでんとすわっている。早く始末してくれないと、すっきり新年が迎えられないのだが。[季]年の暮。[俳]売石・とってもいなず。

3414 ▽飼育されている猿。人間どもは、忙しく立ち働いている歳末に、木の上に登って、のんびり下を見廻している。「猿も木」から落ちれば珍しいが、「木に登」っていることがひとひねりした発見。[季]としの暮。[俳]登りすます。

3415 ○大年　大晦日(おおみそか)。▽いよいよ押しつまった大みそか。親子のものが、二人で俵一俵を荷って通りを行く。どのような事情か知れぬが、人手の足りぬ年末のこと、さまざまのことが見られることだ。[季]大年。[俳]大年・たはら。

3416 袴《はかま》きぬ聟《むこ》入《いり》もありとしの昏《くれ》　李由

3417 年《とし》の市《いち》誰《たれ》を呼《よぶ》らん羽《は》織《おり》どの　其角

3418 打《うち》こぼす小《あ》豆《づき》も市《いち》の師《し》走《はす》哉《かな》　正秀

3419 引《ひき》結《むす》ぶ一《ひと》つぶ銀《ぎん》やとしの暮《くれ》　荻子

3420 桶《をけ》の輪《わ》のひとつあたらし年《とし》のくれ　猿雖

3421 天《び》鵝《ろう》毛《ど》のさいふさがして年《とし》の暮《くれ》　惟然

3422 浜《はま》荻《をぎ》に筆《ふで》を結《ゆは》せてとしの暮《くれ》

此句《このく》は図《づ》司《し》呂《ろ》丸《ぐわん》が羽《は》ぐろより京《きやう》にのぼるとて、伊《い》勢《せ》にもまうで侍《はべ》りけれ

3416 ○この句、炭俵二六三七に既出。その項、参照。

3417 ○年の市　年の瀬の市街地。▽歳末の雑踏の中で、立派に羽織を着た人物が、大声をあげて、だれか人を呼んでいるらしい。この喧騒の中、行きかう人々も多忙で、だれも振り向かない。供の者にでもはぐれたのであろうか。気の毒とは思うがどこか間のぬけたところもある。これを含めて、やはり歳末、変ったことが起る、と見ている。季年の市。俳羽織どの。

3418 ▽突然わっと声がしたかと思うと、ざあっと物音がして、道の上にあずきがこぼれていた。どんなもののはずみであったか知れぬが、こんなこともまた、だれもが浮足だっている街中の歳末の光景である。季師走。俳小豆。

3419 ○つぶ銀　指先または豆粒くらいの大きさで、形・重さの一定しない銀貨。豆板銀。▽つぶ銀を集めて秤(はかり)で量って、あらかじめ、まとまった金額にして紙に包んでおく。それを結んでいるのであろう。年の瀬の支払いに備えて。多忙な折に一々秤量していられないのである。季としの暮。俳一つぶ銀。

3420 ▽何か所かで締めている桶のたがの一本が新しいものに取り替えられている。とりたてて年の瀬に限って見られることではないが、いま見ると、新しい年へ続いて行くもの、そうでなかったもの、さまざまのことどもが感じられる。季年のくれ。俳桶の輪。

3421 ○天鵝毛　毛織物。舶来・国産両種ある高級品。○さいふ　財布。金入れ。布製・皮製がある。▽ビロード製の財布が見あたらぬ。これは一大事と探しているうちに、大切な年の暮の一日を費やしてしまった。季年の暮。俳天鵝毛・さいふ。

3422 ○浜荻　葦(あし)の別名。歌語。▽筆の軸には様々の材料を用いる。「難波の葦は伊勢の浜荻」(菟玖波集)で有名なあの名物浜荻で、一本、自分の好みの筆を作って貰った。さまざまのことのあったこの年の暮。まずは右をもって満足し、新年の試筆を楽しみにしよう。季としの暮。俳ナシ。○図司呂丸　付載人名索引「呂丸」参照。○羽ぐろ　呂丸は出羽国羽黒山麓の人。○伊勢　伊勢の内宮・外宮。○そのとしの暮　元禄六年(一六九三)の年末。○かゝる事　右の句。○今はなき

ば、そのとしの暮《くれ》かゝる事《こと》もいひ残《のこ》して、今《いま》はなき人《ひと》とはなりし。

3423 盗《ぬす》人《びと》にあふた夜《よ》もあり年《とし》の暮《くれ》　芭蕉

3424 余《よ》所《そ》に寐《ね》てどんすの夜《よ》着《ぎ》のとし忘《わすれ》　支考

3425 漸《やうやく》に寐《ね》所《どころ》出《で》来《き》ぬ年《とし》の中《うち》　土芳

3426 節《せ》季《き》候《ぞろ》や弱《よわ》りて帰《かへ》る藪《やぶ》の中《なか》　尚白

3427 節《せ》季《き》候《ぞろ》の拍《ひやう》子《し》をぬかす明《あき》屋《や》哉《かな》　少年 桃後

3428 裁《たち》屑《くづ》は末《すゑ》の子《こ》がもつきぬ配《くばり》　山蜂

3429 一《ひと》しきり啼《なき》て静《しづ》けし除《ぢよ》夜《や》の鶏《とり》　利合

人と　呂丸は元禄七年二月二日、京都で客死した。

3423 ○あふた　正しくは「あうた」。逢った。▽年の瀬の夜、どこかからの帰り道に行き違った男は、暗い月影の中でも眼光鋭く、身のこなし尋常ならず、のちに考えれば、あれは盗人というものであったか。さまざまのことが思われ、時の過ぎゆく心細さを味わう歳の暮の心持を表わそうとしたものであろう。あき巣に入られたのではない。[季]年の暮。[俳]あふた。

3424 ○どんす　絹織物。緞子。もと舶来の高級品。国産のものもあった。▽旅を重ねて、ひとさまの所にお世話になりながら、年の瀬を迎えた。今日は年忘れの集まりで、そのまま宿泊させていただくことになり、緞子の夜着にくるまって眠ることになった。なんともありがたい年末である。[季]夜着・とし忘。[俳]どんす・夜着・とし忘。

3425 ▽煤はきや何やかやと、歳の暮は家内整わず、どうなることかと思っていたが、なんとか年内に諸道具も納まる場所を得て、自分の寝所も確保されたことだ。[季]年の中。[俳]漸に。

3426 ○節季候　十二月二十二日より二十八日頃に門づけした物乞(日次紀事)。▽終日「せきぞろ」と叫んで人の家に入り踊り廻って、わずかの米銭を得るのみ。疲れ果てて、数人連れ立って藪かげの家へ帰って行く。[季]節季候。[俳]節季候。

3427 ▽勢いこんで跳びこんだ所が、中はもぬけのから。節季候の一行が、あてがはずれて、びっくりしている。節季候の踊りに対して「拍子」の語がきいている。[季]節季候。[俳]節季候・拍子をぬかす・明屋。

3428 ○裁屑　衣服を製作したあとに出る布の切れはし。○きぬ配　正月の衣料に小袖を一家のものに与えること。▽末の子は未だ幼いのであろう。大人たちの衣裳の余りぎれの美しさを喜んで、それを握って満足しているのである。[季]きぬ配。[俳]裁屑。

3429 ▽一番鶏は真夜中に鳴く。しばらく鳴いたあと再び静まる。夜明けを告げるものであるが、人の方は明(あけ)六ツにならないと新年が明けたとは思わない。それで、除夜の鶏というのである。[季]除夜。[俳]除夜。

雑　冬

3430 小《こ》屛《びやう》風《ぶ》に茶《ちや》を挽《ひき》かゝる寒《さむ》さ哉《かな》　斜嶺

3431 植《うゑ》竹《たけ》に河《かは》風《かぜ》さむし道《みち》の端《はた》　土芳

3432 井《ゐ》の水《みづ》のあたゝかになる寒《さむさ》哉《かな》　李下

3433 寒《かん》声《ごゑ》や山《やま》伏《ぶし》村《むら》の長《なが》つゝみ　仙杖

3434 霜《しも》ばしらをのがあげしや土竜《うごろもち》　圃仙

3435 火《こ》燵《たつ》より寝《ね》に行《ゆく》時《とき》は夜《や》半《はん》哉《かな》　雪芝

3436 山《やま》陰《かげ》や猿《さる》が尻《しり》抓《か》く冬《ふゆ》日《ひ》向《なた》　コ谷

3430 ▽低い風炉先屛風の陰に、茶臼を据えて茶を碾(ひ)く。黒田如水の詞に「茶引(きひ)候事、いかにも静(しづか)に廻し、油断なく、滞らぬ様に引申すべき事」とある。落ち着いて、ゆっくり碾く。寒さがじんわりと身にしみる。季寒さ。俳小屛風・茶。

3431 ▽堤防の保護強化のために、竹を植えてある。冬の川風が容赦なく吹きつけて、音をたてるのであろう。道行く自分にも同じく吹きつけてくるのである。季さむし。俳ナシ。

3432 ▽朝ごとに、井戸から汲みあげる水が、あたたかく感じられるようになる。実は日ごとに寒さが厳しくなっているのである。季寒。俳あたゝかになる。

3433 ○寒声　声楽に関わるものが寒中の早朝・夜分などに訓練すること。▽誰かが大声を出して稽古をしている。このあたりは山伏の多く住んでいる村。長々と続く堤の上で厳しい川風が吹きつける。寒声の稽古の厳しさを山伏村・長堤という舞台で表現しようとしたのであろう。山伏が集団で訓練しているのではない。季寒声。俳山伏村・長つゝみ。

3434 ○をのが　正しくは「おのが」。おまえが。○土竜　モグラ。▽霜柱がたって、地面がもりあがっている。これもまた、お前が持ちあげたのか。モグラよ。季霜ばしら。俳霜ばしら・土竜。

3435 ○夜半　子(ね)の刻をいう。▽冬の夜の寒さに、火燵から離れられず、ぐずぐずとしているうちに、ようやく蒲団に入ったときには、真夜中になっていた。季火燵。俳火燵・夜半。

3436 ▽山中の景。わずかに陽光のさしている樹上などに、猿がすわっている。なにをするというのでもなく、日なたぼっこをしている。平凡な光景ではあるが、猿は古来その鳴き声の哀切さを詩歌に詠まれてきたので、このような記述そのことが、新しかったのである。季冬日向。俳ナシ。

3437 俎《まな》板《いた》に人《にん》参《じん》の根《ね》の寒《さむ》さ哉《かな》　沾圃

3438 菊《きく》刈《かる》や冬《ふゆ》たく薪《まき》の置《おき》所《どころ》　杉風

3437 ▽洗ってまな板の上で、すでに刻まれてしまった人参。食用の部分は、よそへ移されて、いまは鬚根ばかりが濡れて残されている。冬の台所の寒さ。[季]人参・寒さ。[俳]俎板・人参。

3438 ▽すっかり花の時節を終って枯れた菊畑。ざくざくと刈りとって、そのあとは冬中の炉のための薪置場になるのである。風雅を楽しむ秋は終った、というのである。上五に、存分に菊を楽しんだ心持がこめられている。[季]冬たく薪。[俳]薪。

釈教之部　附 追善 哀傷

涅槃

3439 涅《ね》槃《はん》像《ざう》あかき表《へう》具《ぐ》も目《め》にたゝず　沾圃

3440 ねはん会《ゑ》や皺《しわ》手《で》合《あはす》る珠《じゆ》数《ず》の音《おと》　芭蕉

3441 山《やま》寺《でら》や猫《ねこ》守《まも》り居《ゐ》るねはむ像《ざう》　不撤

3442 貧《ひん》福《ぷく》のまことをしるや涅《ね》槃《はん》像《ざう》　山蜂

灌仏

3443 灌《くわん》仏《ぶつ》やつゝじならぶる井《ゐ》戸《ど》のやね　曲翠

3439 ○涅槃像　春二月十五日の釈迦入滅の日に、その様を描いた図を掛けて寺々で供養する。図をも、涅槃会の供養をも、ともに涅槃像という。▽涅槃像は、釈尊の弟子をはじめさまざまの人々、動物が描かれるので、あらゆる色彩が用いられる。これを表装する裂(れき)に赤いものが使われていても気にならない、というのである。季涅槃像。俳涅槃像・表具。

3440 ▽涅槃会を営む寺に参詣するさま。涅槃像の前で、手を合せ、数珠をする。手は、ひからびて皺の寄った老人の手なのであろう。その音もまた数珠の音に添えて聞きなされる。法会の静寂をいう。三冊子には、のちに上五を「灌仏や」に変えた、という。季ねはん会。俳ねはん会・皺手・珠数。

3441 ○山寺　山中の閑寂な寺。歌語でもあるが無言抄の嫌詞のうち。▽涅槃像の図中には猫を描かない。京都東福寺の兆殿司画の涅槃図は、その巨大なこととともに、猫のあることで著名なほどである。一句は、山中の誰も参詣せぬ寺の涅槃像は、その前に猫がぽつんと坐っているばかり、の意。図中に描かれなかったかわりに、こうしていま、図を守護するがごとくに、という諧謔。季ねはむ像。俳山寺・ねはむ像。

3442 ▽貧者・福者に関係なく、ここに描かれている人はすべて、釈尊の入滅を心から嘆き悲しんでいるばかり。人の心の真実は、究極的な事態を前にすれば、このようにおのずからあらわれる。季涅槃像。俳貧福・涅槃像。

3443 ○灌仏　夏四月八日に釈迦の誕生を祝って行われる法会。四本柱に屋根をのせた小さな堂をつくり、中央に釈迦の誕生仏を安置して、香水を灌ぎかける。樒(しきみ)の枝やツツジの花でその屋根を飾り、また竿にたてて仏に供える。▽灌仏会の日。寺に供えるためであろう、ツツジの切花が、とりあえず、井戸の屋根の上に置いてある。それがそのまま、あの花御堂の屋根に見立てられる、というのであろう。季灌仏。俳灌仏。

3444 散《ちる》花《はな》や仏《ほとけ》うまれて二《に》三《さん》日《にち》　不玉

3445 灌《くわん》仏《ぶつ》や釈《しゃ》迦《か》と提《だい》婆《ば》は従《い》弟《とこ》どし　之道

魂祭

3446 飡《くひ》物《もの》もみな水《みづ》くさし魂《たま》まつり　嵐雪

3447 寐《ね》道《だう》具《ぐ》のかた〱やうき魂《たま》祭《まつり》　去来

3448 やま伏《ぶし》や坊《ばう》主《ず》をやとふ玉《たま》祭《まつり》　沾圃

甲戌《かふじゆつ》の夏《なつ》、大津《おほつ》に侍《はべり》しを、このかみのもとより消息《せうそこ》せられければ、旧里《きうり》に帰《かへ》りて盆会《ぼんゑ》をいとなむとて、

3444 ▽釈迦誕生会の四月八日から、二、三日もたつと、花御堂にささげられた花も散り始める。こうして早くも現世の無常を知らしめるのである。〔季〕仏うまれて。〔俳〕ナシ。

3445 ○提婆　提婆達多。斛飯(こくばん)王の子。釈迦の従弟にあたる。出家して釈迦の弟子となったが、後に背き、仏法の妨害をなす。死後、無間地獄に堕ちたという。▽釈迦の生誕。従弟にあたるという提婆も、同じころ、同じように、この世に生をうけたのであろう。二人の幼き日、将来にどのような運命が待ちうけるとも知らずに、従兄弟どうしの、どのような日々があったのであろうか。〔季〕灌仏。〔俳〕灌仏・釈迦・提婆・どし。

3446 ○魂祭　秋七月十四日より十六日まで、魂棚(たまだな)を設け、供物を供え、祖先の霊を迎えて供養する。○飡物　「飡」は「飡」の俗字。餐・飧に同じ。▽魂祭の間、精進の食物は、すべて味も淡白。二、三度の食事のうちに、それが物足りなくなるのである。「くさし」は程度の行きすぎ・過剰を示す。〔季〕魂まつり。〔俳〕飡物・水くさし。

3447 ○寐道具　寝具。夫婦の寝道具は嫁入道具の一つとして一つの長持に入れて行列の中に加えられる。▽安永三年(一七七四)刊去来発句集(蝶夢編)によれば、「妻におくれたる人のもとにて」と前書がある句。せっかくの一対の寝具も、いまや一方は不要の、はんぱものとなってしまって、あなたの日夜の悲しみはどんなに深いことでしょう。この魂祭に改めてお嘆きをお察し申し上げます。〔季〕魂祭。〔俳〕寐道具・かた〱。

3448 ▽山伏が、魂祭に際して、わざわざ僧侶をよんで仏事供養をしている。一般に宗教にかかわる人々は、出家・社人・山伏・虚無僧に大別される。山伏は加持祈禱をして仏教と深い関わりがあり、仏典をも護持するはずであるが、先祖親族の供養というような本格的仏事に際しては、あれを見ろ、坊様を招いている、というのである。ふつうにあったことであろうが、どこかおかしい。普段はこわい山伏が神妙に経など聴聞している図も滑稽であるが、「坊主をやとふ」の表現に、なお昂然たる山伏の相貌が空想されて、一段とおかしい。〔季〕玉祭。〔俳〕坊主。

3449 ○甲戌の夏　元禄七年(一六九四)の夏、閏五月から六月にかけて、芭蕉は近江国大津や、洛西嵯峨の落柿舎に滞在した。

3449 家《いへ》はみな杖《つゑ》にしら髪《が》の墓参《はかまゐり》　芭蕉

悼少年《せうねんをいたむ》　二句

3450 かなしさや麻木《をがら》の箸《はし》もおとななみ　惟然

3451 その親《おや》をしりぬその子《こ》は秋《あき》の風《かぜ》　支考

かまくらの竜口寺《りゆうこうじ》に詣《まうで》て

3452 首《くび》の座《ざ》は稲妻《いなづま》のするその時《とき》か　木節

3453 はか原《はら》や稲妻《いなづま》やどる桶《をけ》の水《みづ》　支梁

御影講

3454 柚《ゆ》も柿《かき》もおがまれにけり御影講《おめいかう》　沾圃

〇このかみ　芭蕉の兄、松尾半左衛門命清(のりきよ)。〇旧里　伊賀国上野。七月十日過ぎに芭蕉は帰郷した。〇盆会　盂蘭盆会。七月十五日を中心に行われる先祖供養の行事。〇家はみな　三冊子によれば初案は「一家みな」とあった。▽先祖代々の墓にお参りする。わが一家の一行は、誰も年老いて、杖をつくもの、白髪のものばかりである。[季]墓参。[俳]墓参。

3450 〇麻木　麻の茎。白くて軽い。「俗間、聖霊祭ニ用テ箸トナス」(和漢三才図会)。▽幼くして死んだのに、いま亡者のために供えられた食膳の箸は、大人なみのものが添えられている。こんなところばかりが一人前であるのが、いっそう痛ましい。[季]麻木の箸。[俳]麻木の箸・おとななみ。

3451 ▽その親は気心の知れた人で、その心のうちもいかばかりとよく理解できる。それだけに、この子は、まあ、早死するなんて、なんということをしてくれたのかと思う。秋風の中、ただ黙するのみ。[季]秋の風。[俳]ナシ。

3452 〇かまくら　相模国鎌倉。〇竜口寺　鎌倉郊外の腰越村にある日蓮ゆかりの寺。日蓮が処刑されることになって座に着いたが、稲妻光り風雨来たって斬ることとならず、ついに赦免の使者が到着して、命を助かったという故事により、首の座のあとに建立された寺。▽いまおとずれるこの稲光と全く同じような光が、その時も、この首の座にきらめいたのであろうか。[季]稲妻。[俳]首の座。

3453 〇桶　閼伽桶。仏前に供える水を運ぶ桶。▽墓参のために、桶をさげて、墓地を行く。稲光が一瞬、桶の水に鮮やかに写し出される。「夢よりもなほはかなきは秋の田の穂なみの露にやどる稲妻」(続後撰集)。[季]稲妻。[俳]ナシ。

3454 〇御影講　冬十月十三日の日蓮忌の法会。「種々の好菓、及餅麪等、其外(そのほか)島台、造花など巧手を絶す」(滑稽雑談)という。この盛物に宗派を問わず見物が群集したという。〇おがまれ　正しくは「をがまれ」。▽すばらしいお供えにまた信心の程も思われて、手を合せてしまう。日蓮上人の威徳よ。[季]御影講。[俳]柚・御影講。

臘《らふ》八《はち》

3455 腸《はらわた》をさぐりて見《み》れば納豆《なつと》汁《じる》　許六

3456 何《なん》のあれかのあれけふは大《だい》師《し》講《かう》　如行

雑題

洛東《らくとう》の真如堂《しんによだう》にして、善光寺如来開帳《ぜんくわうじにょらいかいちやう》の時《とき》、

3457 涼《すず》しくも野《の》山《やま》にみつる念《ね》仏《ぶつ》哉《かな》　去来

3458 有《あ》ると無《な》きと二《に》本《ほん》さしけりけしの花《はな》　智月

3459 けし畑《はた》や散《ちり》しづまりて仏《ぶつ》在《ざい》世《せ》　乙州

3455 ○臘八　臘月(十二月)八日は、釈迦が雪山での苦行の果てに開悟成道した日。当日を臘八または成道会といって諸宗で法会が行われる。特に禅寺では十二月一日から八日まで連日連夜の座禅修行がある。これを臘八接心という。▽開悟を求めての座禅修行の結果は、心中無一物と出たいところだが、所詮なま身の肉体、腸の中には常食の納豆汁が残っている。納豆汁は冬季の僧堂の常用。〔季〕納豆汁。〔俳〕腸・納豆汁。

3456 ○あれ　強風。▽奈良二月堂の修二会の頃の二月堂の荒(あれ)、二月二十四日の比良八講の折の琵琶湖上の荒、十月晦日の出雲から帰還する神々による神荒(かみあれ)。そして今日は十一月二十三日、明日の天台智者大師講の当日にかけては、天台大師講の荒とよばれる強風が吹きまくる。なんのかのと言いながら、ともあれ師走も近い。師走の八日吹(きぶ)も間もなくである。〔季〕大師講。〔俳〕大師講。

3457 ○真如堂　天台宗、鈴声山真正極楽寺。もともと現在の洛東吉田山の東麓にあったが、のちに転々とし、元禄五年(一六九二)十二月一日火災に罹り、京極今出川にあった伽藍を焼失。翌六年八月二十二日、旧地に移転と決定し、数年を経て復興落慶した。○善光寺如来　花洛細見図(元禄十七年序刊)によれば、真如堂本堂の後に「善光寺うつしの如来」を安置する堂がある。黒如来と称するこの像は、現在は山内のお茶所とよばれる堂に安置されるが、伝来の詳細は未詳。おそらくは伽藍復興のための浄財を募るために、まずこの「善光寺うつしの如来」の堂をつくり開帳したものであろう。信濃の善光寺から出開帳があったのではない。去来一族は真如堂を菩提寺とするので、参詣したものと思われる。○涼しくも　去来抄によれば「ひいやりと↓風薫る↓涼しさの」と推敲されたという。「涼しさの」は去来抄のみの誤記か。○念仏　真如堂は本尊阿弥陀如来。十夜念仏発祥の地でもある。▽阿弥陀如来の開帳に参詣の善男善女はひきもきらず、その念仏称名の声は、天地にみちみちて、経典にいう「清涼即極楽」が、この地に現成したかと思うばかりである。〔季〕涼しく。〔俳〕念仏。

3458 ▽ケシの花が二本、挿してある。花のあるのと、はやくも散ったのと。初夏の早朝の仏間。ほの暗い中に白い花がう

3460 ものゝふに川越《かはごし》問《と》ふや富士《ふじ》まうで　望翠

3461 手《て》まはしに朝《あさ》の間《ま》涼《すず》し夏《なつ》念《ね》仏《ぶつ》　野坡

3462 食《じき》堂《だう》に雀《すずめ》啼《なく》なり夕《ゆふ》時雨《しぐれ》　文考

かぶ。[季]けしの花。[俳]二本。

3459 ▽寂滅為楽。散りやすきケシの花が、やっとのこと、すべて散ってしまって、畑も安定した状態になった。釈尊が世にあらわれたころのように。ケシ坊主ばかり並ぶさまを、仏弟子参集するさまに見る気持があるであろう。[季]けし畑。[俳]仏在世。

3460 ○富士まうで　夏六月一日より二十日までの間、富士山上に至り巡礼すること。各地から僧俗参集した。▽富士詣での行者が、行き違った武士に、前方の川の様子を訊ねている。東海道筋、大井川に近いあたりの景であろうか。徒渉(かちわたり)の者には、どの川も水量が気になる所。登山修行する者が、川水を恐れている所が俳諧。[季]富士まうで。[俳]川越・富士まうで。

3461 ▽「朝題目に夕念仏」(俚言集覧)は、天台宗で朝は法華経、夕は念仏をとなえることをいう。夕方の暑さを思って、手まわしよく、朝方の涼しいうちに念仏のおつとめまでを済ませておく、ということ。信心が深いのか、浅いのか。[季]涼し・夏。[俳]手まはしに・念仏。

3462 ○食堂　寺院の食事を摂るための建物。▽急に降り出した時雨に、スズメたちが鳴き騒ぎながら食堂の軒先に集まる。僧侶は食事の一部を鳥獣のために残し与える。そのことをふまえるであろう。[季]夕時雨。[俳]食堂。

旅之部

送別

元禄七年《げんろくしちねん》の夏《なつ》、ばせを翁《をう》の別《わかれ》を見送《みおく》りて

3463 麦《むぎ》ぬかに餅《もち》屋《や》の見《み》世《せ》の別《わかれ》かな　荷兮

3464 別《わか》るゝや柿《かき》喰《く》ひながら坂《さか》の上《うへ》　惟然

許六《きよりく》が木曾路《きそぢ》におもむく時《とき》

3465 旅《たび》人《びと》のこゝろにも似《に》よ椎《しひ》の花《はな》　芭蕉

留《りう》別《べつ》

洛《らく》の惟《ゐ》然《ぜん》が宅《たく》より古郷《こきやう》に帰《かへ》る時《とき》

3463 ○元禄七年の夏　元禄七年(一六九四)五月十一日に江戸を出発した芭蕉は、二十二日に名古屋に到着、荷兮宅に泊り、二十五日に出発して伊賀上野へ向かった。○麦ぬか　小麦を粉にひいた時に出す屑皮。粉(こ)かす・もみじ・ふすま。袋に入れて洗い粉に使うが、貧民の食用にもなった。▽麦の秋。この餅屋もまた巻餅(けんぴん)に使う麦粉でもひいているのであろうか。麦ぬかの臭いがする。麦ぬかと餅との対比に、比喩的な意味がこめられるか。[季]麦ぬか。[俳]麦ぬか・餅屋・見世。

3464 ○別るゝや　秋挙編の惟然坊句集(文化九年刊)には「翁に坂の下にて別るゝと」と前書がある。▽ここでお別れ致します。どうぞおいで下さい。この坂の上から見送っております。柿でも食いながら。自分の見送りに対して相手が気を遣わないようにという配慮。[季]柿。[俳]喰ひながら。

3465 ○許六　元禄六年五月六日、江戸在番を終えた許六は、中山道を経て近江国彦根への帰途についた。○木曾路　中山道のうち、木曾谷を通ずる街道。贄川から馬籠あたりまでをいう。歌枕としては、しばしば「木曾路の橋(かけはし)」が歌われる危険な所。○椎の花　椎は夏に淡い黄白色の花を穂状につけ甘い香を放つが、その花は和歌・連歌では省みられない。▽人知れず山深くひっそりと咲く椎の木の花よ。おまえに心があるならば、只今旅立って行く旅人の心に、よく似ているであろうものを。許六が謙虚な風雅ひと筋の人物であり、本来、公務出張の賑々しい旅などふさわしくない人物のはずだ、というもの。許六編の韻塞(いんふたぎ)や許六自筆の癸酉(きゆう)紀行では、句形が「椎の花の心にも似よ木曾の旅」とあり、長文の前書を持つ。[季]椎の花。[俳]ナシ。

3466 鼠《ねずみ》ども出《で》立《たち》の芋《いも》をこかしけり　丈草

3467 鮎《あゆ》の子《こ》のしら魚《うを》送《おく》る別《わかれ》哉《かな》　芭蕉

甲斐《かひ》のみのぶに詣《まうで》ける時《とき》宇《う》都《つ》の山辺《やまべ》にかゝりて、

3468 年《とし》よりて牛《うし》に乗《の》りけり蔦《つた》の路《みち》　木節

3469 稲《いな》づまや浮《うき》世《よ》をめぐる鈴《すず》鹿《か》山《やま》　越人

3470 にべもなくつゐたつ蟬《せみ》や旅《たび》の宿《やど》　野径

出羽《では》の国《くに》におもむく時《とき》みちのくのさかひを過《すぎ》て、

3471 そのかみは谷《や》地《ち》なりけらし小《さ》夜《よ》碪《きぬた》　公羽

3466 ○洛の惟然　惟然は、美濃国関の人。元禄五年ごろ京都に移居した。○出立　旅発つ朝の食事。到着してまず口にするのが、落着(おちつき)。○こかしけり　「こかす」は倒す・だますの意。▽あの鼠どもめが、せっかく今朝の旅発ち前の食事にと用意しておいた芋を、引いて行きおったな。少し数が足りない。一句を作ることによって、やられましたな、と笑い合って別れる磊落な二人の関係が生れる。季芋。俳出立・こかしけり。

3467 ○鮎の子　春二、三月に海と川と交わるあたりで生れる。数センチの大きさで白く、黒目。食用になる。○しら魚　河海の交わるあたりに生れる。春の初めのものを最も賞味する。二、三月になると、腹に子を持ち、味が少し落ちる。▽同じ生活圏を持ち、同じような色相をしていても、それぞれに動かしがたい生命の展開がある。鮎の子としら魚の出逢いと別れ。ああ、そのようにして、われらにもまた別離というものが訪れるのであろうか。季鮎の子・しら魚。俳しら魚。

3468 ○甲斐のみのぶ　甲斐国、身延山久遠寺。日蓮が晩年に住した寺。坊舎四十余を誇る大伽藍。参詣者が多かった。○宇都の山辺　伊勢物語で有名な歌枕。▽あの歌枕の蔦の細道にとりかかろうとして、老齢のわが身は、あらかじめ牛に乗ってしまった。ありがたいことに細道は昔日の細道ならず、牛も悠々と通過できたのである。季蔦。俳ナシ。

3469 ▽西行が「鈴鹿山うき世をよそにふりすてていかになりゆくわが身なるらむ」と詠んだ、あの鈴鹿山で、一瞬の稲妻を見た。はかなくつらい現世を、因果の鎖につながれて生きて行くほかはないのだ、と教えさとすような。季稲づま。俳ナシ。

3470 ○つゐ　正しくは「つい」。ひょいと。▽旅宿の日暮。心細い旅の身の上には、庭前の樹に鳴く蟬も、頼もしいものに思われたが、次の瞬間、もう飛び去ってしまった。われもまた同様に短い人生を、あくせくと旅に日を過ごすのである。季蟬。俳にべもなく。

3471 ○谷地　野地。芦・菰などの生える低湿の原野。租税を免除される場合もある(地方凡例録)。▽以前は野地だったとしか思われない貧相な地形のあたりから、夜なべに碪をうつ音が聞こえてくる。秋の夜の寂寥。季小夜碪。俳谷地。

3472 十《と》団《だ》子《ご》も小《こ》つぶになりぬ秋《あき》の風《かぜ》　許六

3473 大《だい》名《みやう》の寐《ね》間《ま》にもねたる夜《よ》寒《さむ》哉《かな》　仝

くま野路《のぢ》

3474 くるしさも茶《ちゃ》にはかつへぬ盆《ぼん》の旅《たび》　曾良

3475 つばくらは土《つち》で家《いへ》する木《き》曾《そ》路《ぢ》哉《かな》　猿雖

3476 明《あけ》ぼのはたちばなくらし旅《たび》姿《すがた》　我峰

3477 煎《い》りつけて砂《すな》路《みち》あつし原《はら》の馬《うま》　史邦

回国《くわいこく》の心《こころ》ざしも、漸《やうやう》〱伊《い》勢《せ》のくにゝいたりて、

3472 ○十団子　駿河国宇津山の東登口で売る名物。小豆(あずき)ほどの小さな団子を麻の緒につなぎ十個一連の環に結んである。▽聞き及んだ十団子は、団子という名から予想したよりは、はるかにつつましく、小さな姿であった。それが蕭々たる秋風の中で、ひとしお淋しい歌枕宇津の山越には、いかにもふさわしい景物のように思われた。［季］秋の風。［俳］十団子。

3473 ▽秋の夜のにわかに感じられる寒さ。そう言えば、長い奉公の旅の間には、ふだんは寝たことのない大名専用の部屋に休むこともあった。あの、慣れないだだ広い空間のうそ寒さ。あれに通じるところがある。［季］夜寒。［俳］大名・寐間。

3474 ○かつへぬ　正しくは「かつゑぬ」。飢えない。▽紀伊国熊野への旅は苦しいが、この道は古来の熊野参りの人々をいたわってきた人々の道すじ。まして盂蘭盆会の頃は、沿道に摂待の志がしばしば設けてあり、不自由なく茶にありつける。［季］盆。［俳］茶・かつへぬ・盆。

3475 ▽春の木曾路。ツバメはせっせと土を運んで、人家の軒に巣をつくっている。山中の人家は、土壁の類なく、もっぱら板壁・板葺であったことに対していう。［季］つばくら。［俳］つばくら・家する。

3476 ▽夏五月の朝。薄明の中に花橘の香が漂う。白い花は、まだ薄明の中に、それほど鮮やかに見えず、香の鮮やかさにくらべて、いっそう不鮮明であると感じられる。自分はもうすっかり旅仕度も出来あがった。橘に「立ち端」(出発した当初)の意を掛ける(七部通旨)。［季］たちばな。［俳］旅姿。

3477 ○原の馬　東海道、富士山麓の駿河国原は、道中記に「道中一番あしき所也。馬つぎ不自由なり」(万治二年版・寛文四年版・貞享四年版)などと記される所。「三里程が間、砂地にて小溝もなく平地なり。馬にのせたがる所也」(七部通旨)といわれ、とかく馬に問題のある所であった。▽じりじりと照りつける砂路を、馬上でじっと耐えて行く。地名の原のとおりに、平地が長くつづくことに、興じてみるのだが、それでも暑さは暑し、というのであろう。［季］あつし。［俳］煎りつけて・原。

3478 ○回国　諸国の寺社霊場を巡礼してまわること。呂丸は元禄六年(一六九三)、出羽の羽黒から京都へ上る途中、伊勢に参

3478 文《ぶん》台《だい》の扇《あふぎ》ひらけば秋《あき》涼《すず》し　亡人呂丸

3479 我《わが》蒲《ふ》団《とん》いたゞく旅《たび》の寒《さむさ》かな　沾圃

常陸《ひたち》の国《くに》あしあらひといふ所《ところ》に行暮《ゆきくれ》て、やどり求《もとめ》んとせしに、その夜《よ》はさる事《こと》ありとて宿《やど》をかさゞりければ、一夜《いちや》別時《べつじ》の軒《のき》の下《した》にかゞまりふして、

3480 縁《えん》に寐《ね》る情《なさけ》や梅《うめ》に小《あ》豆《づき》粥《がゆ》　文考

3481 はつ瓜《うり》や道《みち》にわづらふ枕《まくら》もと　仝

元禄三年《げんろくさんねん》の冬《ふゆ》、粟津《あはづ》の草庵《さうあん》より武江《ぶかう》におもむくとて、嶋田《しまだ》の駅塚本《えきつかもと》が家《いへ》にいたりて、

3482 宿《やど》かりて名《な》をなのらするしぐれかな　はせを

詣した。三四三参照。○文台の扇　文台は低く小さい机。懐紙・短冊などを載せるもの。詩歌連俳の会には、用紙・筆記具なども置き、また記録の台にも用いる。西行が二見浦に滞在の頃、扇を文台の代りとしたという伝承があり、芭蕉は文台の鏡面に扇と二見浦を描いたものを所持したという。▽はやくも秋。扇はすでに涼しすぎる。だが、この伊勢国二見浦は、西行法師が扇を開いて文台の代りとした所だ。いまここで扇を開けば、かの法師の、ゆかしい文雅の風が、すずやかに吹き来るかと思われる。[季]秋涼し。[俳]文台。

3479 ▽旅宿の夜。自分の寝るためのふとんを貸し与えられ、ありがたく頂戴、といった恰好で抱えて部屋に戻る。旅の不自由さよ。改めて夜寒が身にしみる。[季]寒。[俳]蒲団。

3480 ○あしあらひ　足洗。常陸国多賀郡。水戸から太平洋岸を北上して平(たいら)に至る陸前浜海道沿いの宿駅。○行暮て　旅の途上で日が暮れて。歌語。○さる事　大事な事。○一夜別時　別時は別時念仏の略。浄土宗などの信者が、集まって称名念仏すること。日数を限って行う。特に一夜限りのものを一夜別時という。○かゞまりふして　身体を折り曲げて寝て。○縁　底本「椽」。○情　おなさけ。あわれみの心。○小豆粥　正月十五日、小豆粥を煮て天狗に供えると年中の邪気を払う(山之井)。▽ありがたくも軒下の縁先を拝借して休ませていただく。梅の香が漂い、お志の小豆粥まで頂戴して。[季]梅・小豆粥。[俳]縁・小豆粥。

3481 ▽旅の途中、具合が悪くなって、道の辺に横たわると、頭の所に瓜が転がっている。もう瓜のなる時節だと、こんな場合に気がつくとは。[季]はつ瓜。[俳]ナシ。

3482 ○元禄三年　正しくは元禄四年。○粟津の草庵　大津義仲寺の無名庵。九月二十八日出発。○武江　武蔵国江戸。○嶋田の駅塚本が家　東海道、駿河国の嶋田宿。大井川東の宿駅。塚本孫兵衛は俳号如舟。芭蕉の書簡の中に「川奉行役」と見える。享保九年(一七二四)没、八十四歳。▽にわかの時雨に宿を借りることは、古来、歌にも詠まれてきたことですが、そういうだけでは不十分であったのですね。どこの馬の骨ともわからぬものに、宿を貸すわけには行きません。どうしても名を名乗っていただ

続猿蓑《ぞくさるみの》は、芭蕉翁《ばせうをう》の一派《いつぱ》の書也《しよなり》。何人《なにびと》の撰《せん》といふ事《こと》をしらず。翁遷化《おきなせんげ》の後《のち》、伊賀上野《いがうへの》、翁《おきな》の兄《このかみ》松尾《まつを》なにがしの許《もと》にあり。某《それがし》懇望年《こんまうとし》を経《へ》て、漸《やうやく》今歳《ことし》の春本書《はるほんしよ》をあたえ、世《よ》に広《ひろ》むる事《こと》をゆるし給《たま》へり。書中或《しよちゆうあるい》は墨《すみ》けし、あるひは書入等《かきいれなど》のおほく侍《はべ》るは、草稿《さうかう》の書《しよ》なればなり。一字《いちじ》をかえず、一行《いちぎやう》をあらためず、その書《しよ》、其手跡《そのしゆせき》を以《もつ》て、直《すぐ》に板行《はんかう》をなす物也《ものなり》。

元禄十一寅

五月吉日

ゐつゝ屋

庄兵衛書 [勝重]

かなければ。つまり、具体的には、名を名乗らせる所までが、時雨の本意・本情であったのです。古来の、村雨の中を名乗りつつ行く時鳥に対して、時雨の旅人も新しい発見ではありませんか。底に、宿駅の役人でもある主人に対するあいさつがある。お役人とは、当季の時雨と同様の風雅なものではないか、と。

[季]しぐれ。[冊]ナシ。

○翁遷化の後　芭蕉が元禄七年(一六九四)十月十二日に死没後。遷化は死者を尊んでいう。

○伊賀上野　伊賀国上野には、芭蕉の兄、松尾半左衛門命清(のりよき)が居た。

○某　この文章の筆者、書肆井筒屋庄兵衛重勝。

○今歳の春　元禄十一年の春。

○あたえ　正しくは「あたへ」。与え。

○世に広むる　出版して世上に流布させる。

○墨けし　墨色で抹消してある箇所。

○あるひは　正しくは「あるいは」。

○かえず　正しくは「かへず」。変えず。

○その書　原稿本の体裁そのままに。

○其手跡　原稿本の字体そのままに。

○直に　まったくの影写をしたものを。

○板行をなす　板木にほりつけて出版する。

付録

歌仙概説

白石悌三

連句には百句で終結する百韻形式を規準にしてさまざまな略式があり、三十六句で終結する歌仙形式もその一つである。天和年間(一六八一—一六八四)にはじまる俳諧革新の動きは、その歌仙形式を用いて連歌・俳諧の止揚を達成した。七部集の連句も『炭俵』所収の百韻一巻(後掲の一覧表の通し番号33に相当)を除くと、すべて歌仙(ただし一巻は半歌仙)である。百韻の興行は、正業をもつ四民の慰みには時間がかかりすぎたし、二日にわたるのも折角の興が中途でそがれることになって望ましくなかった。とりわけ新人を迎え入れた芭蕉の一座は、要求される水準が高いだけに必ずしも早くは運ばなかった。各人がその芸術的緊張を持続し、前に出た句をほぼ記憶しつつ、一巻の構成を念頭において、変化と統一を計りながら付け進めるには、三十六句の歌仙が最も手ごろな形式であったろう。

〔作法〕

歌仙は二枚の懐紙を用い、**初折**《しよおり》(一枚目)の**表**に六句、**裏**に十二句、**名残**《なごり》**の折**《おり》(二枚目)の**表**に十二句、**裏**に六句を記録する(一覧表参照)。初表が序破急のいわば序、初裏から名残の表前半までが破、後半からが急であるから、初表には**神祇**《じんぎ》(神道)・**釈教**《しやつきよう》(仏教)・恋(恋愛)・無常(死葬)・地名・人名等の目に立つ題材を避けて静かにすべり出し、初裏からはあらゆる題材を積極的によみこんではなやかに展開し、名残の表後半からは気分がだれないように一気に収束に向かうがよいとされた。

三十六句のうち特別の名称をもつのは発句《ほっく》・脇《わき》・第三《だいさん》・挙句《あげく》の四句で、他は一括して**平句**《ひらく》と呼ばれる。この四句が一巻の起・承・転・結をそれぞれつかさどり、正客が発句、亭主が脇、相伴が第三、**執筆**《しゅひつ》(記録係)が挙句をよむのを原則とする。

発句には切字《きれじ》を用い、当季の季語をよみこむ。脇以下の三十五句はそれぞれ独立しながら前句《まえく》に付いているので付《つけ》句《く》と呼ばれ、前句とともに鑑賞されるが、前句のない発句は一句で付句なみの鑑賞に堪えなければならない。そのための工夫として切字を用いて二句分に仕立てるのである。また正客は当季眼前の景物をよみこんで亭主への**挨拶**とする。その上に表敬もしくは謙退の寓意をもたせて挨拶することもある。

脇は発句と同季で、韻字《いんじ》留《どめ》にする。亭主は正客の挨拶に応えて、前句に寄り添い補うように付けるべきで、当然ながら発句と同季にする。発句・脇の合体感を強調し、第三の転じを効果的にする工夫として、句末を体言(用言の場合は終止形)にして据わりをよくする。芭蕉は『猿蓑』の三歌仙の脇を「三体に仕分けてなし置」(『三冊子』)いたというが、総括すれば**打添え**《うちそ》の付であろう。

第三は、て留《どめ》にする。接続助詞「て」には、特定の条件付けをせずに文を終止または中止する機能があり、次に続く文をほとんど拘束しない。句末を「て」「にて」で留めるのは、この曖昧性を逆手にとって、以下に平句の展開を引き出そうという工夫である。付句の大原則は、前句に付けて**打越**《うちこし》(前々の句)から離れること。これを三句《さんく》放《ばな》れという。第三はその三句放れを最初に試みるわけだが、発句・脇の関係が親密なので、打越を突き離して前句に付けるのは容易でない。したがって、付けることよりも発句・脇の世界を転じることに主眼を置く。連句の成否は常に打越・

前句・付句の関係にかかっており、三句が一続きの関係になるのを**三句がらみ**、前句を中にして打越と付句が同じような関係になるのを**観音開き**《かんのんびら》といって嫌う。

挙句は一巻の巻き収めであるから、祝意をこめてかろやかによむ。常に前句と同季にし、前句が恋ならやはり恋にする。

四季の景物のうち古来重視されたのは**月**と**花**である。これをよみもらさないように、歌仙なら二花三月と定め、よむべき場所も指定されていた。**定座**《じょうざ》という（一覧表参照。初裏の月は八句目がおおよその出所《でどころ》で、定座というほど固定していない）。月花を定座より前に出すことを**引き上げる**、後に出すことを**こぼす**という。定座の位置は各折の表裏の末端に近く後がないので、それより引き上げることは場合によってかまわないが、こぼすことは嫌われた。定座を守って句末に形式的に月の字をよみ込むのを**投げ込み**という。月は四季それぞれに風情があるので、いずれの季で出してもかまわないが、ただ月とのみいえば秋季になる。同様に花とのみいえば桜を意味し春季になる。定座の花は正花《しょうか》と呼ばれ、花やかなものを賞美していう抽象概念だから、余花（夏）・花火（秋）等も正花になるが、卯の花（夏）・萩の花（秋）等の品種を指示するものは正花にならない。

〔式目〕

連句は一巻の中に移りゆく自然と人生の諸相をあまねくよみこみながら、同じ事を反復することなく変化にとんだ展開を心がけ、かつ全体として均衡がとれていることが大切である。そのために、さまざまな規約が設けられた。しかし、芭蕉は形式より実質を重視し、古式に対して「用ひてなづまず」（『去来抄』）の態度を持したが、その従った形式が略式の歌仙であったことも、もうひとつ彼の姿勢を自由にした。

古式の中心をなすものは、ある語彙の使用を一巻に何句まで許容するかという一座何句の規程、ある題材が出たら何句続けるかという句数の規程、そして再出には何句隔てるかという去嫌《さりぎらい》の規程である。この**何句去り**という去嫌の規程を侵して同じ題材の句が近接することを**差合**《さしあい》という。連句の座では執筆が一々差合の書をくってこれを検証する習慣があったが、芭蕉は「差合の事は時宜にもよるべし。まづは大かたにして宜し」(『三冊子』)といい、「差合くりの上手といはれんよりは俳諧に上手のかたあらまほし」と説いている。

四季のうち**春・秋**の句数は三―五句、**夏・冬**の句数は一―三句で、ともに五句去りである。ある季から他の季に移るときには**雑**(無季)の句をはさむほうが無理がないが、雑の句をはさまないで直ちに他の季を付けるのを**季《き》移《うつ》り**という。たとえば自然に逆行して春から冬に季移りしてもかまわないが、春三―五句の中で晩春から初春に逆行するのは**季《き》戻《もど》り**といって嫌われた。二季移りは一覧表を見ても珍しくないが、三季移りは歌仙に一か所しか認められない。

恋の句数は二―五句で、三句去りである。四季の景物の中で月花が欠かせないように、人情の中で恋は不可欠の主題である。規程上は三句去れば何度出してもかまわないわけだが、実状は一覧表に見るごとく、各折に一か所、それも二―三句どまりである。芭蕉は「昔の句は、恋の詞をかねて集めおき、その詞を綴り句となして、心の恋の誠を思はざるなり。いま思ふところは、恋別《べつ》して大切の事なり、なすにやすからず」(『三冊子』)、「かくばかり大切なるゆゑ、皆恋句《こひく》になづみ、わづか二句一所に出れば幸《さいはひ》とし、かへつて巻中恋句まれなり。また多くは恋句よりしぶり、吟おもく一巻不出来になれり。このゆゑに、……付けがたからんときはしひて付けずとも、**一句にても捨てよ**」(『去来抄』)と説いた。「かくいふも、何とぞ巻面《まきづら》のよく、恋句もたびたび出でよかしと思ふゆゑ」の破格の指導である。それ自身は恋ではないが、次の作者に恋の付句をうながすような前句を**恋の呼出《よびだ》し**といい、前句に付けると恋になるが離れると恋にならない句を**恋離《こいばな》れ**という。

前句と付句が多少なりとも縁語関係で結ばれているのを親句《しんく》、縁語関係に全く頼らないものを疎句《そく》という。蕉風俳諧は疎句に属するが、その手法を具体的に説いて有名なのが、支考の七名八体説である。有心付《うしんづけ》(向付《むかいづけ》・起情《きじょう》)・会釈《あしらい》(拍子《ひょうし》・色立《いろだて》)・遁句《にげく》を三法、( )内も合せて七名と呼ぶ。( )内は有心付・会釈にそれぞれ属するが特殊なもので、七名すべて案じ方の名目だという。一方、其人《そのひと》・其場《そのば》・時分《じぶん》・時節《じせつ》・天相《てんそう》・時宜《じぎ》・観相《かんそう》・面影《おもかげ》の八体は付け方の名目だという。七名八体の体系化には厳密を欠く点もあるが、個々の名目は他の蕉風俳論中にもみえ、七部集連句を当代風に理解し説明するには便利な用語である。

〔付方〕

有心付は詞付《ことばづけ》に対する心付《こころづけ》、前句全体の意味あるいは余情を汲んで付ける仕方をいう。**向付**は前句の人物に対応する別の人物を付ける仕方、同一人物が二句続いたときの三句放れに用いられる。起情は**景気《けいき》**(叙景)の句に人情句を付けて転換をはかる仕方。**会釈**は、前句の其人の衣類・持物、其場の調度、あるいは時分・時節などに着目して程よくあしらう仕方。**拍子**は前句の語呂に語呂で、**色立**は色彩に色彩で応じる仕方をいう。遁句は**遣句《やりく》**ともいい、あっさりした叙事・叙景で軽く付け流す仕方。手のこんだ句や重苦しい人情句が続いて一座が渋滞したとき、気分を転換し新たな展開をはかるに効果がある。**其人**は前句の動作にふさわしい人物を、**其場**は前句の出来事にふさわしい場所を想定する付け方。**時分**は前句にふさわしい時刻、**時節**はふさわしい季節を想定する付け方。**天相**は天体気象などの空模様、時宜はその時その場にかなう状況・状態・条件、**観相**は人生や世相に対する感慨。**面影《おもかげ》(俤)**は歴史上の人物や古典中の人物を想定する付け方だが、名前や行為をあからさまによまず、暗示するように付けよと説かれ、いかにも古典にありそうな人物を創造して付けることもあった。支考が七名八体の員外にあげる**対付**《ついづけ》は、前句と付句が対句になるような付け方。俗にいう**逆付**《ぎゃくづけ》は、前句を結果としてその原因を付けるとか、時間的に前句より前の事を想定する付方。て留《どめ》の句に多く、手爾葉付《てにはづけ》ともいわれた。

芭蕉は詞付・心付に対して「今は、うつり・ひびき・にほひ・くらゐを以て付くるをよしとす」(『去来抄』)と言ったという。しかし去来は、これらは「付様の事」ではなく「付様のあんばい」で、具体的な説明はむつかしいと言う。つまり、付け方ではなく付け方の呼吸、付肌《つけはだ》とみてよい。**にほひ**は匂いあうような、**ひびき**は打てば響くような、**くらゐ**は品格のつりあうようにと、少しずつニュアンスは違っても、前句と付句の付肌の深い調和を言わんとしている。要するに付句が前句によく映り、前句から付句へ自然に移ることをいう**うつり**によって総括される鑑賞用語とみなされる。縁語関係に保証されない疎句の付合では、この付肌の調和が特に大事であった。

この歌仙概説は『芭蕉七部集』の連句を読むのに最少限必要な知識を述べたもので、脚注に用いた用語は文中でゴチック体にして簡単な説明を加えた。

七部集歌仙一覧

初折
- 表
  - 発句
  - 脇
  - 第三
  - 四句目
  - 五句目　月の定座
  - 六句目
- 裏
  - 初句
  - 二句目
  - 三句目
  - 四句目
  - 五句目
  - 六句目
  - 七句目
  - 八句目　月の出所
  - 九句目
  - 十句目
  - 十一句目　花の定座
  - 十二句目

	発句	脇	第三	四句目	五句目	六句目	初句	二句目	三句目	四句目	五句目	六句目	七句目	八句目	九句目	十句目	十一句目	十二句目
狂句こがらしの巻	冬	冬	秋 月	秋	秋	秋	雑	雑 恋	雑 恋	雑	冬	雑	秋	秋	秋 月	雑	春 花	春
はつ雪のの巻	冬	冬	秋	秋	秋 月	春	春	春	雑 恋	雑 恋	雑	雑	雑	夏 月	雑	雑	春 恋花	春 恋
包みかねての巻	冬 月	冬	春	春	春	春	雑 恋	秋 恋	秋	秋	秋 月	夏	雑	雑	雑	雑	春 花	春
炭売のの巻	冬 恋	冬 恋	冬	秋 月	秋	秋	雑	雑	雑 恋	雑 恋	冬 恋	冬	冬	秋 月	秋	秋	春 花	春
霜月やの巻	冬	冬	冬	雑	秋 月	秋	秋	雑	春	春	春 恋	夏 恋	夏	夏	雑	春 月	春 花	春
追加	冬	冬	秋	秋	秋 月	雑												
春めくやの巻	春	春	春 月	雑	雑	雑	夏	雑	雑	雑	秋	秋 恋月	秋 恋	雑	雑	春 花	春	春
なら坂やの巻	春	春	春	雑	雑	秋 月	秋	秋	雑	雑	冬	雑	夏	秋	秋	秋 月	春 花	春
蛙のみの巻	春	春	春	雑	秋 月	秋	秋	雑	雑	雑	雑	雑	秋	秋	秋	秋 恋月	春 恋花	春
追加	春	春	春	雑	冬	秋 月												
麦をわすれの巻	春	春	春	雑	秋 月	秋	秋	雑	雑	雑	雑	雑	夏	秋 月	秋 恋	秋 恋	雑	冬
遠浅やの巻	春	春	春	雑	秋 月	秋	秋	雑	雑	雑	雑	夏	夏	秋 恋月	秋 恋	秋	春 花	春
美しきの巻	春	春	春	秋 月	秋	秋	雑	雑	雑 恋	雑 恋	雑	雑	雑	雑	春 恋花	春 恋月	春	雑
ほととぎすの巻	夏	夏	雑	雑	秋 月	秋	秋	雑	雑	雑	雑 恋	雑 恋	雑	雑	春 月	春 花	春	雑
月に柄をの巻	夏 月	夏	雑	雑	雑	雑	雑	雑	雑 恋	雑 恋	雑	秋 月	秋	秋	雑	雑	春 花	春
雁がねもの巻	秋	秋 月	秋	秋	雑	雑	雑	雑	冬	雑	雑	雑	雑 恋	雑 恋	雑	雑	春 花月	春
落着にの巻	秋	秋 月	秋	雑	夏	雑	雑 恋	雑 恋	雑	雑	雑	雑	雑 恋	秋 月	秋	秋 花	雑	雑
我もらじの巻	秋	秋	秋 月	雑	雑	雑	雑 恋	雑 恋	雑 恋	雑 恋	雑	雑	秋	秋 月	秋	雑	春 花	春

名残の折

裏　表

		挙句	五句目 花の定座	四句目	三句目	二句目	初句	十二句目	十一句目 月の定座	十句目	九句目	八句目	七句目	六句目	五句目	四句目	三句目	二句目	初句
冬の日	1	春	春 花	雑 恋	雑 恋	雑	雑	秋	秋 月	秋	夏	雑	雑	冬	冬	雑	雑	雑	春
	2	春	春 花	雑	雑	秋	秋	秋	秋 月	雑	夏	雑	雑	雑	雑	雑	冬	春	春 恋
	3	春	春 恋花	雑 恋	雑	雑	秋	秋	秋 月	夏	雑 恋	雑 恋	冬	冬	雑	雑	雑	雑	春
	4	雑 恋	雑 恋	春	春 花	春	雑	雑	雑	雑	夏	雑	雑	秋	秋 月	秋	雑	雑	春
	5	冬	雑	春	春	春 花	雑	雑	秋	秋	秋 月	秋	雑	夏	夏	雑	雑	雑	雑
	6																		
春の日	7	春	春 花	春	冬	雑	夏	雑	雑	秋 月	秋	秋	雑	冬	雑	雑	雑 恋	雑 恋	夏
	8	冬	冬 月	冬	雑	雑	春 花	春	春	春 月	雑	夏	夏	雑	冬	雑	雑 恋	雑 恋	春
	9	春	春 花	春	春	雑 恋	雑 恋	秋	秋	秋 月	秋	雑	雑	雑	雑	雑	雑	夏	春
	10																		
あら野	11	雑	春	春	春 花	雑	雑	雑	雑 恋	雑 恋	秋	秋	秋 月	雑 恋	雑 恋	雑	冬	冬	冬
	12	春	春 花	雑	夏	雑	秋	秋	秋 月	雑	雑	夏	雑	雑	雑	雑	雑	雑	春
	13	雑	春	春 花	春	春	雑	雑	夏	雑	雑	冬	冬	雑	秋 月	秋	秋	秋	雑
	14	春	春 花	雑	雑	雑	雑 恋	雑 恋	雑	雑	夏	雑	雑	秋 月	秋	秋	秋	雑	雑
	15	春	春 花	雑	雑	夏	夏	雑	秋 月	秋	秋	秋	雑	雑	雑	雑	雑	雑	春
	16	春	春 花	雑	雑	雑	秋	秋	秋 恋月	雑 恋	雑 恋	夏	夏	雑	雑	雑 恋	雑 恋	雑	春
	17	春	春 花	雑	雑	雑	雑 恋	秋 恋	秋 月	秋	雑	雑	雑	冬	雑 恋	雑 恋	雑 恋	雑	雑
	18																		

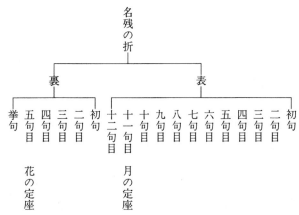

初折

表
発句
脇
第三
四句目
五句目　月の定座
六句目

裏
初句
二句目
三句目
四句目
五句目
六句目
七句目
八句目　月の出所
九句目
十句目
十一句目　花の定座
十二句目

	発句	脇	第三	四句目	五句目	六句目	初句	二句目	三句目	四句目	五句目	六句目	七句目	八句目	九句目	十句目	十一句目	十二句目
初雪やの巻	冬	冬	雑	雑	秋 月	秋	秋	雑	雑 恋	雑 恋	雑	雑	雑	雑	雑	春 月	春 花	春
一里のの巻	冬	冬	雑	雑	秋 月	秋	秋	雑 恋	雑 恋	雑	雑	冬	雑	雑	夏 月	雑	春 花	春
木のもとにの巻	春	春	春	雑	秋 月	秋	秋	雑	雑	雑	雑	雑 恋	雑 恋	秋 月	秋	秋	春 花	春
いろいろのの巻	春	春	春	雑	秋	秋 月	秋	雑 恋	雑 恋	雑 恋	雑	雑	冬	雑	雑	春 花月	春	春
鉄炮のの巻	夏	夏	雑	雑	秋 月	秋	秋 恋	雑 恋	雑	雑	雑	夏	雑	冬 恋	冬 恋	雑	春 花月	春
亀の甲の巻	雑	雑	冬	雑	秋 月	秋	秋	雑	春	春	春 花	雑 恋	雑 恋	雑	秋 月	秋	秋	秋
曠道やの巻	春	春	春	雑	秋 月	秋	秋	雑	雑 恋	雑 恋	雑	雑	冬 月	雑	雑	雑	春 花	春
鳶の羽もの巻	冬	冬	雑	雑	秋 月	秋	秋	雑	雑	雑	雑	夏	雑	雑	春	春 月	春 花	雑
市中はの巻	夏 月	夏	夏	雑	雑	雑	春	春	春 花	冬	雑	雑 恋	雑 (恋)	雑	秋	秋	秋 月	冬
灰汁桶のの巻	秋	秋	秋 月	雑	春	春	春	雑	夏	夏	雑 恋	雑 恋	雑	秋 月	秋	秋	春 花	春
梅若菜の巻	春	春	春	雑	秋 月	秋	秋	雑	雑	雑	雑	雑	秋	秋	秋 月	雑	春 花	春

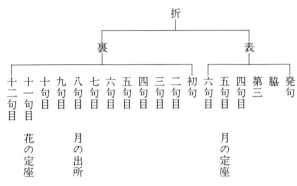

- 名残の折
  - 表
    - 初句
    - 二句目
    - 三句目
    - 四句目
    - 五句目
    - 六句目
    - 七句目
    - 八句目
    - 九句目
    - 十句目
    - 十一句目　月の定座
    - 十二句目
  - 裏
    - 初句
    - 二句目
    - 三句目
    - 四句目
    - 五句目　花の定座
    - 挙句

		裏 挙句	裏 五句目	裏 四句目	裏 三句目	裏 二句目	裏 初句	表 十二句目	表 十一句目	表 十句目	表 九句目	表 八句目	表 七句目	表 六句目	表 五句目	表 四句目	表 三句目	表 二句目	表 初句
あら野	19	春	春	春花	雑	雑	雑恋	秋恋	秋月	秋	雑	雑	雑恋	雑恋	雑恋	雑	雑	雑	春
	20	春	春花	雑	雑	夏	夏	雑恋	雑恋	秋	秋	秋月	雑	雑	雑	夏	雑	雑	春
ひさご	21	春	春花	雑	雑	秋	秋	秋月	秋	雑	夏	雑	雑	雑	雑	雑	夏恋	雑恋	春
	22	春	春花	雑	雑恋	雑恋	雑恋	雑	雑	雑	夏	夏	秋月	秋	秋	雑	雑	雑	雑
	23	夏	夏花	雑恋	雑恋	雑	雑	冬月	冬	雑	雑	雑	雑	雑	雑	雑	雑	雑	春
	24	春	春花	雑	雑	雑恋	雑恋	冬	雑	秋月	秋	秋	雑	雑	雑	冬	夏	雑	冬
	25	春	春花	春	夏	雑	雑	秋	秋月	秋	雑	雑	雑	冬	雑恋	雑恋	雑	雑	春
猿　蓑	26	春	春花	雑	雑	冬	秋	秋	秋月	雑	雑	雑恋	雑恋	雑	雑	夏	雑	冬	雑
	27	春	春花	雑	雑	雑恋	雑恋	雑	雑	雑	雑	秋	秋月	秋	雑	雑	雑	雑	雑
	28	春	春花	雑	雑	雑	雑	雑	夏	夏	雑	雑	秋月	秋恋	秋恋	雑	冬	雑	春
	29	春	春花	冬	雑	雑	雑	夏月	夏	雑	雑	冬	雑	雑恋	雑恋	雑恋	夏	雑	春

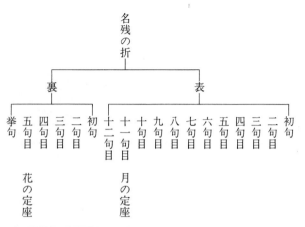

初折

表

- 発句
- 脇
- 第三
- 四句目
- 五句目　月の定座
- 六句目

裏

- 初句
- 二句目
- 三句目
- 四句目
- 五句目
- 六句目
- 七句目
- 八句目　月の出所
- 九句目
- 十句目
- 十一句目　花の定座
- 十二句目

	発句	脇	第三	四句目	五句目	六句目	初句	二句目	三句目	四句目	五句目	六句目	七句目	八句目	九句目	十句目	十一句目	十二句目
むめがかにの巻	春	春	春	雑	秋月	秋	秋	雑恋	雑	夏	雑	雑	雑	秋月	秋	秋	春花	春
兼好もの巻	春花	春	春	秋	秋月	秋	雑	雑	雑恋	雑恋	雑	雑	冬	雑	雑	秋月	秋	秋
空豆のの巻	夏	夏	雑	雑	秋月	秋	秋	雑	雑恋	雑	雑	雑	雑	雑	春花	春	春月	雑恋
秋の空の巻	秋	秋	秋	秋月	冬	雑	雑	雑	雑	夏	夏	雑	雑	秋月	秋	秋	秋花	雑恋
道くだりの巻	秋	秋	秋月	秋	雑	雑	夏	雑	雑	冬	雑	雑恋	雑	秋月	秋	秋	春花	春
振売のの巻	冬	冬	雑	秋月	秋	秋	雑	雑	雑	冬	雑	雑	雑恋	雑恋	雑	雑	春花月	春
雪の松の巻	冬	冬	雑	雑	秋月	秋	秋	雑	雑	雑	夏	夏	秋	秋	秋月	雑	春花	春
八九間の巻	春	春	春	雑	秋月	秋	秋	雑	雑	冬	雑	雑	雑	雑	雑	雑	春花月	春
雀の字やの巻	秋	秋月	秋	雑	冬	雑	雑	雑	雑	雑	秋	秋月	秋	雑恋	冬	雑	春花	春
いさみ立の巻	冬	冬	冬	秋	秋月	雑	雑	夏	夏	雑	雑	雑	秋	秋	秋	秋月	春花	春
猿蓑にの巻	冬	冬	雑	雑	秋月	秋	秋	雑	雑恋	雑恋	雑	夏	雑	秋月	秋	秋	春花	春
夏の夜やの巻	夏	夏	夏	雑	冬月	雑	雑	雑	雑	雑	雑	雑	秋	秋	秋月	雑	春花	春

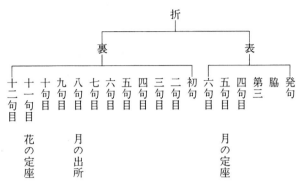

名残の折

表：初句　二句目　三句目　四句目　五句目　六句目　七句目　八句目　九句目　十句目　十一句目（月の定座）　十二句目

裏：初句　二句目　三句目　四句目　五句目（花の定座）　挙句

		表 初句	二句目	三句目	四句目	五句目	六句目	七句目	八句目	九句目	十句目	十一句目 月の定座	十二句目	裏 初句	二句目	三句目	四句目	五句目 花の定座	挙句
炭俵	30	春	雑	雑	雑	冬	冬月	雑	雑	春	春	春花	春	雑	雑	冬	雑	雑恋	雑恋
	31	雑	雑	雑	雑	雑恋	冬	雑	秋	秋	秋月	雑	雑	雑	冬	雑	雑	春花	春
	32	雑	雑	雑	雑	雑	雑	冬	雑	雑	秋	秋月	秋	雑	雑	雑	春	春花	春
	34	雑(恋)	夏	夏	雑	冬	雑	雑恋	秋	秋	秋月	雑	雑	雑	雑				
	35	春	雑	雑	秋	秋	秋月	雑	雑恋	雑恋	雑	夏	雑	雑	雑	冬	雑	春花	春
	36	春	雑	雑	雑	雑	雑	雑	雑	冬	雑	雑	秋月	秋	秋	雑	雑	春花	春
	37	春	雑	雑恋	雑	雑	雑	雑	雑	雑	雑	冬月	雑	雑	雑	夏恋	雑恋	春花	春
続猿蓑	38	春	雑	雑	雑	雑	雑	雑	雑恋	秋月	秋	秋	雑	冬	雑	雑恋	雑恋	春花	春
	39	春	雑	雑	雑	夏	夏	雑	雑	雑	雑	秋月	秋	秋	雑	夏	雑	春花	春
	40	春	雑	雑	夏	夏	雑	冬	雑	雑	秋	秋月	秋	雑恋	雑	春花	春	春	春
	41	春	雑	雑恋	雑	雑	冬	雑	秋	秋月	秋	雑恋	雑恋	雑	雑	雑	雑	春花	春
	42	春	雑	雑	雑	雑	夏	雑	冬	雑	雑	秋恋月	秋恋	秋	雑	雑	雑	春花	春

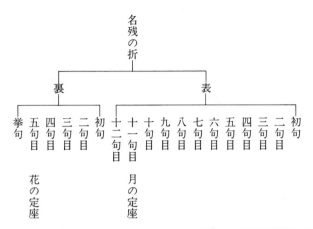

幻住庵記の諸本

白石悌三

『猿蓑』巻六所収の俳文「幻住庵記」は、芭蕉が門人曲水の斡旋で元禄三年(一六九〇)四月六日から七月二十三日まで滞在した幻住庵についての記である。支考編『和漢文操』によれば、幻住庵に同居した芭蕉と支考の間で、文章に「俳諧の家の筆格を建つべき」事が論議されたという。『猿蓑』はその在庵中に企画され、句集と文集より成る予定であったが、俳諧の文集は先例のない試みであったため、芭蕉の意に叶う俳文が集まらず、ついに断念して「幻住庵記」のみの収録となった。つまりは俳文意識に基づく最初の作文といってよく、俳書の序跋を除けば、芭蕉が生前みずからの意志で公表した唯一の俳文である。それだけに慎重を期し、識者の意見を徴して、公表までに数次の改稿を行なった。

現存する支考旧蔵本の奥書には「初の草稿は洛の去来にあり、第二の草稿は此一巻也。第三は猿蓑集に出て世に人のしれる所也」とあり、初稿・再稿・定稿の三本があったというが、そのほかにも草案のいくつかが伝わる。

A最初期草案断簡——B初期草案——C初稿(元禄三夷則下)——D再稿草案断簡——E再稿一————F定稿一(元禄三秋)

再稿二(元禄三初秋日)　定稿二(元禄三仲秋日)

定稿三『猿蓑』

A最初期草案断簡

京都国立博物館蔵真蹟。『言語と文芸』62号(昭和三十三年)に尾形仂が紹介。「漂泊の詩人 芭蕉展」図録(昭和五十六年)、『おくのほそ道図譜』(平成元年・朝日新聞社)に写真。翻刻に当り、本文中の添削の跡を(削除本文)添加本文 として示した。以下、同じ。

やかていてしとこもれる山はあふみの国こくふ(といふ)寺跡とてこくふ山といふ　麓に里あり　こくふむらといふ　石山の後にして音羽山につゝけり　爰元住あらしたる草の戸あり　名を幻住庵といふ　是はせゝの勇士菅沼外記何かし曲水といふ人の伯父なりける僧のよをいとひてむすひ捨たるあとなる(よし)けらし　さりし冬の末曲水のかり尋侍しにわか為にしふく加へられ草の屋ねふきあらためかきねゆひそへなんとして四国におもむかんとするを引とめらる　このむとせむかしよりたひこゝろ常となりてむさしのに草室もとく破り捨て無庵を庵とし無住を住とす　かさ一(つわらちはかりをわかものとせしに)をわかもとし草鞋を常の沓とせしにおもはさるこの山に心とゝまりてしはしのたひ寝をなくさむことになんなりぬ　ともにこもれる人ひとり心さしひとしうして水雲の狂僧なり　薪をひろひ水をくみて

B初期草案

東京大学総合図書館洒竹文庫蔵写本『芭蕉翁手鑑』所収。原本は所在不明。『中央大学文学部紀要 文学科』57号(昭和六十一年)に今栄蔵が紹介。

幻住庵の記

名柄山の前石山の後に聊人家ヲ離れて山有　国分山と(いふめる)いへり　其昔国分寺の跡を伝ふなるへし　山はさすかに(嶮ならす)深からす　麓に細き流有てしけみを分のほる程三(曲)折二百歩に過て(八幡宮)岩清水立せ給ひていと神さひたり　傍に住捨し草の戸の四壁松つゝしかこみ蔦かゝり蓬とちて名を幻住庵と云　勇士菅沼氏曲水何某の伯父の僧の世をいとひし跡とかや　ぬしは八とせはかりむかしになりて栖はまほろしのさかひに残(れ)せり　さるをわか為に漏をとゝめ垣根ゆひそへなんとして四国におもむかんとするをとゝめらる　やゝ卯月の初いとかりそめに入し山のやかて出しとさへおもひそみぬ　朝なゆふな四方を(見)めくりて猶くまなきなかめ(を求んと)にあかす後山の翠微に土をならして台となしたはふれに猿の腰かけと名付　岳陽楼に登りて乾坤日夜眼に尽たり　比えの山比良の高根より辛崎の松は霞(にみえて)をこめて膳所の城日にかゝやきて水に(うつる)移ふ夕栄画ルかことし　三上山いとちかく其形富士に(似たれは)かよひてむさしのゝ旧庵もおもはさるに(も)はあらす　沖の嶋竹生嶋ははるかにしてあるひはかくれあるひはあらはる　勢田の橋は粟津の松原につゝきて手のとゝく程なり　石部山水口の駅をみやりて旅愁千里の人をあはれみ矢橋のわたり海津の舟に波のあやふきをかなしふ　東に岩間寺笠とりにかよふ道有てたえず柴人のゆきかふ　田上山にむか(ひて)へは猿丸か塚は更にて常信悪相の草の庵の跡なつかし　牛の尾日野山は未申の方にあた(り)れり　かの方丈の昔をしのふといへとも此地は(その地に)かれに増らんや　谷に清水有　ちり〳〵と流るゝ音のとく〳〵(の)と(雫に(こえて)まけしとなんめくり)落けん岩間雫打そへて汲もほさゝるすまひ(をわ(ふ)ひて)猶侘しく一炉の備(ゐ)へいと(かろし)おろそか

也）かろし　おしまつき硯ひとつ南花直経一部ヲ置（甲斐）木曾の桧笠越の菅簑は外面の柱にかけたり　いひつらぬれは隠士長明の糟粕にひとし　（まことや）けにや琵琶は海に有琴は松に有　其情をやとし其耳をからむと郭公曙を過てより諸鳥けたものゝ声日ゝにかはり蛍は（庵中）枕の上に乱飛てふるきふすまを恥ッ　昼は里の老人小童なと入来て水むすひつま木をひろふよすかをたすく　且はまれ〳〵とふ人も侍しに夜坐閑にして影を友とし罔両に対して三声のあくひをつたふ　我しゐて閑に着し市（中車馬の騒を）をさくるにあらす　多病人に倦て世をいとひし人に似たり　しかも閑に有てなせるわさもなくわかゝりし年よりこのむ事有て終に生涯のはかり事となす暫ク人にしたかひ身を立ん事をねかはすしもあらすなん侍れともその一物にさえられ只無能無才にして此一筋につなかる　およそ西行のわかに置る宗祇の連歌に置る利休か茶に置る雪舟か絵に置る皆その貫道する物は一なるへし　不幸さひはひにして風雲にあそふ情かたくるし　たま〳〵心すこやかなる時木魚を打て御名を唱ふれとも（心）いまた無心（に）の境いたらす　（香を焚て）禅室に入（とも）て妄相払つくさす　伏て（夢をなせともいまた胡蝶とならす）は夢裏の胡てふとなる事あたはす　遽々然とせめては荘子を（閲みして）よみてかうへをかくのみ又日なかうして暮ぬ

C初稿

板坂元蔵写本『芭蕉文考』所収。原本は所在不明。『成城文芸』3号（昭和三十年）に板坂が紹介。

幻住庵記

石山の奥いはまの後に山有国分山といふ　昔国分寺の名を伝ふなるへし　ふもとにほそき流涼しくしけみを分入坂の間三曲リのほる事一丁余半ハに過て八幡宮たゝせ給ふ　社いとかみさひたり　其傍に住捨し草の戸のやねくさり壁落て松躑躅軒を囲みすゝき根笹庭を閉て狐狸の足跡のみほのかなり　名を幻住庵といふ　是は勇士菅沼氏曲水の何かしの伯父の僧の世をいとひし跡とかや　ぬしは八とせはかり昔になりて栖は幻のちまたに残せり　さるを我為に漏をとめ桓根結そへなんとして四国に趣んとするをとゝめらる　去年は松島きさかたに色をくろうし北海のあらいそにきひすをやふりて今年湖水のほとりにたゝえふ　鳰の浮巣のなかれとゝまる時節もあれはにや卯月の初いとかりそめにいりしやまの頓ていてしとさへおもひそみぬ　まことに清陰翠微の佳境湖水北に湛て比えの山比良の高根より海の四面みな名高き処々筆の力たらされはつくさす　唯長松のもとに足を投出し青山に虱をひねつて座す　猶くまなきなかめにあかてうしろの峰に這登り松を伐て棚となし藤かつらをもてからけまとひ藁の円坐を敷て猿の腰懸と名付　眼界胸次驚はかり岳陽楼に乾坤日夜をほこり高山にのほつて魯国をあなつる若狭の境いせの山美濃地はる〳〵と見やりて伊吹か嵩天をさそふ　近くは膳所の城辛崎の松は絵にかけるか如し勢田の橋はなみ木のすゑにかけわたされて夕照を待　笹保か嶽は田上につゝきて千丈か峯袴腰なといふ山有　雪かゝる山や座頭のはかまこしと古き句に聞侍りしを常はおかしくもなかりけるにもし此山に望て言出けるにやとそ　三上山は士峯のおもかけにかよひてむさし野の旧庵もおもひ出さるにはあらす　日に涼み月に腰懸且は柴拾ときの休らひともなしぬ　谷に冷水ありて岩の間より流出(る)　其かみ(もし)此水にちきりて神の御影やうつし初けん極熱の日照にもたゆる事なし　小歯朶一ッ葉のみとりを伝ふとく〳〵の雫を侘て一炉の備へいとかろしすへて庵のたくみ何の物数寄も(たくます)なく仏壇一間をとりてものこふ処障子もて隔たるのみなり　このたひ

筑紫にきこふ高良山の僧正洛にのほり給ふをある人をして額を乞　いとすみやかに筆をとりて幻住庵の三字を送らる　其裏に我か名を書て後住人の記念ともなれとなり　山居といひ旅寝といひさせる器たくはふへくもあらすなん侍れは木曾の桧笠越の菅簑はかり枕上の柱に掛たり　昼は里の年寄神主なと来りて水汲茶を煮る程の力をくはふ　あるは稀〳〵訪ふ人々も侍しに夜坐物静にして三声のあくひはゝかる事なく燈をかゝけては景を伴ひ罔両に是非をこらす　我しゐて閑寂を好としなけれと病身人に倦て世をいとひし人に似たり　いかにそや法をも修せす俗をもつとめす仁にも(あらす)つかす義にもよらす(唯)若き時より横さまにすける事ありて暫く生涯のはかりことゝさへなれは万のことに心をいれす終に無能無才にして此一筋につなかる　凡西行宗祇の風雅にをける雪舟の絵に置る利休か茶に置る賢愚ひとしからされとも其貫道するものは一ならむと背をおし腹をさすり顔しかむるうちに覚えず初秋半に過ぬ　一生の終りもこれにおなしく夢のことくにして又〳〵幻住なるへし

先たのむ椎の木もあり夏木立

頓て死ぬけしきも見えす蟬の声

元禄三夷則下　　芭蕉桃青

D再稿草案断簡

東京大学総合図書館洒竹文庫蔵写本『芭蕉翁手鑑』所収。原本は所在不明。『中央大学文学部紀要　文学科』57号(昭和六十一年)に今栄蔵が紹介。

にさかれむ　ふたゝひ妖悟する事なかれといへは其夜明てさりぬ　猶適々いふせき事共なきにしもあらす侍れども世のうきよりはとおもひ慰む　されともひたふるに閑寂をこのみ山林に跡をかくさんとにもあらす　唯病身人に倦てのかれたる人に似たり　いかにそや法をも修せす俗をもつとめす仁にもつかす義にもよらす若きときより横さまにすける事ありて万の

E再稿一
米沢家蔵真跡巻子。支考旧蔵。山崎喜好解説で複製(昭和二十二年・靖文社)。

再稿二
棚橋家蔵真跡巻子。『文学』53巻2号(昭和六十年)に森川昭が写真付き紹介。

一　幻住庵記
二　国分山幻住庵記　芭蕉

一　五十年やゝちかき身は苦　桃　の老木となりて蝸牛　のからをうしなひみのむしのみのを離　れて行衛なき風にうかれ出むとす彼　宗鑑か
二　五十年やゝちかきみはにかもゝの老木となりてかたつふり　家　をうしなひみのむしの蓑　にはなれて　かの宗鑑か
一　はたこを朝夕になし能因か頭陀の袋を　さくりて松しま白　川におもてをこかし湯殿の御山に袂をぬらす猶うとふ啼そとの浜辺よりゑそか
二　はたこを《の》料とほしく能因か頭陀の袋を門ゝにひろけて松嶋　しら川につら　をこかす　猶うとふ啼そとの浜辺よりゑそか

一 千しまをみやらむまてとしけ《キ》りにおもひ立侍るを同行曾良何かしといふもの多病いぶかし　なと袖をひかゆるに心たゆみてきさかたといふ処よ
二 千嶋　をみやらむまてとしきりにおもひ立侍るを同行曾良何某　といふもの多病心もとなしなと袖をひかゆるに心たゆみてきさかたといふ処よ
一 り越路におもむく高砂《スナ》こあゆみくるしき北海のあら磯にきひすを破りてことし湖水のほとりにたゞよふ湖のうき巣のなかれとゞまるへき芦　の
二 り越路におもむく高砂こあゆみくるしき北海のあら磯にきひすを破りてことし湖水のほとりにたゞよふ鳰のうき巣の流　とゞまる　あしの
一 一葉　のやとりをもとむ名を幻住庵といふ　山を国分山といへり古き御社のたゝせ給へは六根清うしてをのつからちりなき心地
二 一もとのかけたのむへき　幻住庵といふかくれかをもとむ山を国分山といふ　古き御社のたゝせ給へは六根清うしてをのつからちりなき心地
一 なんせらるかの住捨し草の戸は勇士菅沼氏曲水子の伯父なりける　人の世をいとひし跡とかやぬしは八とせはかりむかしになりて栖はまほろし
二 　せらるかの住捨し庵　は勇士菅沼氏曲水子の伯父になむ侍る人の世をいとひし跡とかやぬしはやとせはかり昔　になりて栖はまほろし
一 のちまたに残せりまことに智覚迷倒みなこれ幻の一字に帰して無常迅速のことはりいさゝかもわするへきにあらす山はさすかに深からす人家能
二 のちまたに残せりまことに智覚迷倒皆　是　幻の一字に帰して無常迅速のことはりいさゝかもわするへきにあらすさすかに山　深からす人家能
一 ほとにへたゝり石山を前にあてゝ岩間山のしりへに立り南薫峯よりおろし北風海をひたして涼し折しも卯月の初つゝし咲残り山藤松にかゝりて
二 ほとにへたゝり石山を前にみ　て岩間山のしりへに立り南薫峯よりおろし北風海をひたして涼し折しも卯月の初つゝし咲残り山藤松にかゝりて
一 ほとゝきすしは〳〵過る程宿かし鳥のたよりさへあるを木つゝきのつゝくともいてしかつことり我をさひしからせよなと独よろこひそゝろにた
二 ほとゝきすしは〳〵過る程宿かし鳥の便　さへあるを木つゝきのつゝく共　いてしかつこ鳥　我をさひしからせよなと　そゝろに興

一 のしみて呉楚東南のなかめに恥ス五湖三江もうたかはしきや比えの山ひらの高ねより辛崎の松は霞こめて膳所の城このまにかゝやき勢田の橋は
二 し　　て呉楚東南のなかめに恥ス五湖三江もうたかはしきやひえの山ひらの高根より辛崎の松は霞こめて膳所の城木のまにかゝやき勢田の橋は
一 粟津の松原につゝきて夕日の光をのこす三上山は士峯の俤にかよひてむさしのゝ古きすみかもおもひいてられ田上山に古人をしたふさゝほか嶽
二 粟津の松原につゝきて夕日の光をのこす三上山は士峯の俤にかよひてむさしのゝ古き栖　　もおもひいてられ田上山に古人をしたふさゝほか嶽
一 千丈か峯はかまこしといふ山有　かさとり山に笠　はなくて黒津の里人の色や黒かりけむとおかし猶眺望くまなからむと後の峯に這のほり松の
二 千丈か峯袴　腰　といふ山あり笠　とり山にかさはなくて黒津の里人の色や黒かりけむとおかし猶眺望くまなからむと後の峯に這登　り松の
一 棚作　藁　の円座を敷て猿のこしかけと名付伝へ聞除老か海棠巣上の飲楽は市にありてかまひすく王道人か主薄峯の庵もうらやむへからす虚無
二 棚作りわらの円座を敷て猿の腰　懸　と名付伝え聞除老か海棠巣上の飲楽《は》も市にありてかまひすく玉道人か主薄峯の庵もうらやむへからす虚無
一 に眼をひらき孱顔に虱を捫て座すたま〳〵心すこやかなる時は薪をひろひ清水をむすふこしたひとつはのみとりを伝　ふとく〳〵の雫を侘て一
二 に眼をひ《ら》ろき孱顔に虱を捫て座スたま〳〵心すこやかなる時は薪を拾　ひ清水をむすふこした一　ツ葉のみとりをつたふとく〳〵の雫を侘て一
一 炉のそなへいとかろし前　に住ける人もさすかに心高クや住なしけむなしをける物すきもなく仏檀一まをへたてゝよるのものかくろふへき所な
二 炉のそなへいとかろしさきに住ける人もさすかに心高くや住なしけむ工　をける物すきもなし
一 といさゝかしつらへりさるを此たひ高良山蓮台院の僧正洛にのほり侍しをある人をして額をこふいとやすらかに筆をとりて幻住庵の三字を送ら
二 　さるを此たひ高良山蓮台院の僧正洛にのほり侍しをある人をして額をこふいとやすらかに筆をとりて幻住庵の三字を送ら

一　る其裏に予か名を書て後みん人の記念ともなれとなり山居といひ旅寝といひさせるうつはものたくはふへくもあらす木曾の檜笠越の菅蓑はかり
二　る其裏に予か名を書て後みむ人の記念共　なれとなり山居といひ旅寝といひさせるうつはものたくはふへくもあらす木曾の檜笠越の菅蓑はかり
一　枕のうへの柱にかけたり昼は宮守の翁里の老人なと入来りていのしゝの稲くひあらし兎　のまめはたにかよふなと我　聞しらぬはなしに日を
二　枕の上　の柱にかけたり昼は宮守の翁里の老人なと入来りていのしゝの稲くひあらしうさきのまめはたにかよふなとわか聞しらぬ咄　　に日を
一　くらしかつはまれ〳〵とふらふ人ゝも侍しに夜座静にして影を伴ひ罔両に是非をこらすかくいへはとてひたふるに閑寂をこのみ山野に跡をかく
二　くらし且　はまれ〳〵とふらふ人ゝも侍しに夜坐静にして影を伴ひ罔両に是非をこらすかくいへは　てひたふるに閑寂を好　み山野に跡をかく
一　さむとにはあらすたゝ病身人に倦て世をいとひし人に似たり何そや法をも修せす俗をもつとめすいとわかき時よりよこさまにすける事侍りてし
二　さんとにはあらすたゝ病身人に倦て世をいとひし人に似たりなとや法をも修せす俗をもつとめすいとわかき時よりよこさまにすける事侍りてし
一　はらく生涯のはかりことゝさへなれは終に此一すちにつなかれて無能無才を恥るのみ労して功むなしくたましゐつかれまゆをしかめて初秋半に
二　はらく生涯のはかりことゝさへなれは終に此一筋　につなかれて無能無才を恥るのみ労して功むなしくたましゐつかれまゆをしかめて初秋半に
一　過行風景朝暮の変化もまた是幻の栖　なるへしと頓　て立出てさりぬ
二　過行風景朝暮の変化の《も》《ゝ》また是幻のすみかなるへしとやかて立出てさりぬ　　元禄三初秋日

F定稿一

豊田家蔵真蹟巻子。『連歌俳諧研究』74号（昭和六十三年）に今栄蔵が写真付き紹介。

定稿二

村田家蔵真蹟巻子。蕙逸編『夏木立』（弘化三年刊）に模刻、『芭蕉図録』（昭和十八年・靖文社）に写真、義仲寺史蹟保存会から複製（昭和四十四年）。

定稿三　『猿蓑』所収。

二　　幻住庵記
三　　幻住庵記　　芭蕉艸
一　　幻住庵記

二　いしやまのおく岩間の後　に山有国分山といふそのかみ国分寺の名をつたふなるへしふもとに細き流をわたりて翠微に昇ること三曲二百歩に
三　石　山　の奥　岩間のうしろに山有国分山と云　そのかみ国分寺の名を伝　ふなるへし麓　に細き流を渡　りて翠微に登る事　三曲二百歩に
一　いしやまのおく岩間の後　に山有国分山といふそのかみ国分寺の名を伝　ふなるへしふもとに細き流をわたりて翠微に昇ること三曲二百歩に

二　して八幡宮立　せ給　ふ神躰はみたの尊像とかや惟一の家にははなはたいむなる事を両部光をやはらけ利益のちりを同　したまふもまたた
三　して八幡宮たゝせたまふ神体は弥陀の尊像とかや唯一の家には甚　忌　なる事を両部光を和　け利益の塵　を同　しうしたまふも又　貴
一　して八幡宮たゝせたまふ神体はみたの尊像とかや惟一の家には甚　忌　なる事を両部光をやはらけ利益のちりをおなしうしたまふも又　貴

二　ふとし日比　は人の詣さりけれはいとゝかみさひもの静　なる傍　に住捨し草の戸あり蓬　根笹　軒をかこみ屋ねもり壁落て狐狸ふし
三　し日比　は人の詣さりけれはいとゝ神　さひ物　しつかなる傍　に住捨し草の戸有　よもき根笹　軒をかこみ屋ねもり壁落て狐狸ふし
一　しひころは人の詣さりけれはいとゝかみさひ物　静　なるかたはらに住捨し草の戸あり蓬　ねさゝ軒をかこみ屋ねもり壁落て狐狸ふし

二　とを得たり幻住庵といふあるしの僧何　かしは勇士菅沼氏曲水子の伯父になん侍　しをいまは八とせ計むかしになりてまさに幻住老人の名をの
三　とを得たり幻住庵と云　あるしの僧何　かしは勇士菅沼氏曲水子之伯父になん侍りしを今　は八年　計むかしに成　て正　に幻住老人の名をの
一　とを得たり　あるしの僧なにかしは勇士菅沼氏曲水子の伯父になん侍　しをいまは八とせ計むかしになりてまさに幻住老人の名をの

二　み残せり予又市中をさること十とせはかりにしていそちやゝちかき身はみのむしの蓑　をうしなひかたつふりいゑを離て奥羽きさかたの暑き日
三　み残せり予又市中をさる事　十年　計　にして五十年やゝちかき身は蓑　虫　のみのを失　ひ蝸牛　家　を離て奥羽象　潟　の暑き日
一　み残せり予又市中をさること十とせあまり　いそちやゝちかき身は蓑　むしのみのをうしなひかたつふり家　を離て奥羽きさかたの暑き日

二　もおもてをこかし高すなこあゆみくるしき北海の荒磯にきひすを破りてことし湖水の波にたゝよふ鳰のうき巣のなかれとゝまるへき芦　の一
三　に面　をこかし高すなこあゆみくるしき北海の荒磯にきひすを破りて今歳　湖水の波に漂　鳰の浮　巣の流　とゝまるへき芦　の一
一　におもてをこかし高すなこあゆみくるしき北海の荒磯にきひすを破りてことし湖水の波にたゝよふ鳰のうき巣の流　と□へきあしのひと

二　もとの陰たのもしく軒端茨あらため垣ねゆひそへなむとして卯月の初いとかりそめに入し山のやかていてしとさへおもひそみぬさすかに春の名
三　本　の陰たのもしく軒端茨あらため垣ね結　添　な　として卯月の初いとかりそめに入し山のやかて出　しとさへおもひそみぬさすかに春の名
一　もとの□たのもしく軒端茨あらため垣ね結　そへなんとして卯月の初いとかりそめに入し山のやかていてしとさへおもひそみぬさすがに春の名

二　残も遠　からすつゝし咲のこり山藤松にかゝりてほとゝきすしは〳〵過るほと宿　かし鳥の便りさへあるを木つゝきのつゝくともいとはしなん
三　残も遠　からすつゝし咲残　り山藤松に懸　て時鳥　しは〳〵過る程　宿　かし鳥の便　さえ有　を木つゝきのつゝくともいとはしな
一　残もとをからすつゝし咲のこり山藤松にかゝりてほとゝきすしは〳〵過る程　やとかし鳥の便　さへあるを木つゝきのつゝくともいとはしな

二　とそゝろに興しては魂呉楚東南に走　身は湘瀟洞庭に立　山は未申にそはたち人家能　ほとにへたゝり南薫峯よりおろし北風海をひたして涼
三　とそゝろに興して　魂呉楚東南にはしり身は瀟湘洞庭に立つ山は未申にそはたち人家よきほとに隔　り南薫峯よりおろし北風海を浸　して涼
一　とそゝろに興しては魂呉楚東南に走　り身は湘瀟洞庭に立　山は未申にそはたち人家能　ほとにへたゝり南薫峯よりおろし北風海をひたしてす

二　し日枝の山ひらの高根より辛崎の松は霞こめて城あり橋有釣たるゝふねあり笠とりにかよふ木樵の声麓　の小田に早苗　とるうたほたる飛
三　し日枝の山比良の高根より辛崎の松は霞こめて城有　橋有釣たるゝ舟　有　笠とりにかよふ木樵の声麓　の小田に早苗　とる歌　蛍　飛
一　ゝしひえの山ひらの高根より辛崎の松は霞こめて城有　橋有釣たるゝ舟　あり笠とりにかよふ木樵の声ふもとの小田にさなへとるうた蛍　と

二　かふ夕闇の空に水鶏のたゝく音美景物としてたらすといふ事なし中にも三上山は士峯のおもかけにかよひて武蔵野ゝふるきすみかもおもひ
三　かふ夕闇の空に水鶏の扣　音美景物としてたらすと云　事なし中にも三上山は士峯の俤　にかよひて武蔵野ゝ古　き栖　もおもひ
一　ひかふ夕闇の空に水鶏のたゝく音美景物としてたらすといふ事なし中にも三上山は士峯のおもかけにかよひて武蔵野ゝふるきすみかもおもひ

二　てられ田　上　山に古人をかそふさゝほか嶽千丈か峯袴こしといふ山あり黒津の里はいとくろう茂　りて網代守にそとよみけむ万葉集のすかた
三　てられ田　上　山に古人をかそふさゝほか嶽千丈か峯袴腰　といふ山有　黒津の里はいとくろう茂　りて網代守にそとよみけん万葉集の姿
一　てられたなかみ山に古人をしたふさゝほか嶽千丈か峯袴こしといふ山有　黒津の里　いとくろうしけりて網代守にそとよみけむ万葉集のすかた

二 なりけり猶眺望くまなからんと後の峯にはひのほり松の棚作りわらの円坐を敷て猿の腰掛と名付彼海棠に巣をいとなみ主薄峯に庵をむすへる王
三 なりけり猶眺望くまなからむと後の峯に這　のほり松の棚作　藁　の円座を敷て猿の腰掛と名付彼海棠に巣をいとなひ主薄峯に庵を結　へる王
一 也　けり猶眺望くまなからむと後の峯にはひのほり松の棚作　わらの円座を敷て猿の腰掛と名付彼海棠に巣をいとなみ主薄峯に庵をむすへる王

二 翁除佺か徒にはあらす唯睡辟山民となつて孱顔に足を投　出し空山に虱を捫　て座スたま〳〵心　まめなる時は谷の清水を汲てみつから炊
三 翁除佺か徒にはあらす唯睡辟山民と成　て孱顔に足をなけ出し空山に虱を捫　て座スたま〳〵心　まめなる時は谷の清水を汲て自　ら炊
一 翁除佺か徒にはあらす唯睡僻山民となつて潺《孱》顔に足をなけ出し空山に虱をひねつて座スたま〳〵こゝろまめなる時は谷の清水を汲てみつからか

二 　とく〳〵の雫を佗て一炉の備　へいとかろしはたむかし住けむ人のこと　に心高く　住なし侍りてたくみ置る物　すきもなし持仏一間を隔
三 　くとく〳〵の雫を佗て一炉の備　へいとかろしはた昔　住けん人の殊　に心高く　住なし侍りてたくみ置る物　すきもなし持仏一間を隔
一 しくとく〳〵の雫を佗て一炉のそなへいとかろしはたむかし住けん人のさすかに心高くや住なしけむ　たくみ置るものすきもなし持仏一間を隔

二 て夜る　物　納　へき処なといさゝかしつらへりさるをつくし高良山の僧正は加茂の甲斐何かしか厳子にてこのたひ洛にのほりゐまそかりけ
三 て夜　の物　おさむへき処なといさゝかしつらへりさるを筑　紫高良山の僧正は加茂の甲斐何かしか厳子にて此　たひ洛にのほりいまそかりけ
一 てよるのものおさむへき処なといさゝかしつらへりさるをつくし高良山の僧正は加茂の甲斐何某　か厳子にてこのたひ洛に昇　　いまそかりけ

二 るをある人をして額をこふいとやす〳〵と筆を染て幻住庵の三字を送らるやかて草庵の記念となしぬすへて山居といひ旅寝といひさる器たくは
三 るをある人をして額を乞　いとやす〳〵と筆を染て幻住庵の三字を送らる頓　て草庵の記念となしぬすへて山居といひ旅寝と云　さる器たくは
一 るをある人をして額をこふいとやす〳〵と筆を染て幻住庵の三字を送らるやかて草庵の記念となしぬすへて山居といひ旅寝といひさる器たくは

二　ふへくもなし木曾の檜笠越の菅蓑計枕の上　の柱に掛　たり昼は稀〳〵とふらふひと〳〵に心を動シあるは宮守の翁里のおのことも入来りてい
三　ふへくもなし木曾の檜笠越の菅蓑計枕の上　の柱に懸　たり昼は稀〳〵とふらふ人　ゝに心を動しあるは宮守の翁里のおのこ共　入来りてい
一　ふへくもなし木曾の檜笠越の菅蓑計枕のうへの柱にかけたり昼は稀〳〵とふらふひと〳〵に心を動　あるは宮守の翁里のおのことも入来りてい

二　のしゝの稲くひあらし兎のまめはたにかよふなと我聞しらぬ農談日既　山の端にかゝれは夜坐静に月を待ては影をともなひ燈　をとつては
三　のしゝの稲くひあらし兎の豆　畑　にかよふなと我聞しらぬ農談日既に山の端にかゝれは夜座静に月を待ては影を伴　ひ燈　を取　ては
一　のしゝの稲くひあらし兎のまめはたにかよふなと我聞しらぬ農談日既に山の端にかゝれは夜坐静に月を待ては影をともなひともし火をとつては

二　もうりやうに是非をこらすかくいへはとてひたふるに閑寂をこのみ山野に跡をかくさむとにはあらすやゝ病身人に倦て世をいとひし人に似たり
三　罔　両　に是非をこらすかくいへはとてひたふるに閑寂を好　み山野に跡をかくさむとにはあらすやゝ病身人に倦て世をいとひし人に似たり
一　もうりやうに是非をこらすかくいへはとてひたふるに閑寂をこのみ山野に跡をかくさむとにはあらすやゝ病身人に倦て世をいとひし人に似たり

二　つら〳〵年月の移　りこしつたなき身のとかをおもふに一たひは仕官懸命の地をうらやみある時は仏籬祖室のとほそにいらむとせしもたとりな
三　倩　年月の移　こし拙　き身の科　をおもふにある時は仕官懸命の地をうらやみ一たひは仏籬祖室の扉　に入らむとせしもたとりな
一　つら〳〵年月のうつりこしつたなき身のとかをおもふにある時は仕官懸命の地をうらやみ一たひは仏籬祖室のとほそにいらむとせしもたとりな

二　き風雲に身をせめ花鳥に情を労して暫　生涯のはかり事　とさへなれは終に無能無才にして此一筋につなかる楽天は五臓の神を破　り老杜は痩
三　き風雲に身をせめ花鳥に情を労して暫く生涯のはかり事　とさへなれは終に無能無才にして此一筋につなかる楽天は五臓之神をやふり老杜は痩
一　き風雲に身をせめ花鳥に情を労して暫ク生涯のはかりことゝさへなれは終に無能無才にして此一筋につなかる楽天は五臓の神をやふり老杜はや

二　たり賢愚文質のひとしからさるもいつれか幻　のすみかならすやとおもひ捨てふしぬ　先　たのむ椎の木も有夏こたち

三　たり賢愚文質のひとしからさるもいつれか幻　の栖　ならすやとおもひ捨てふしぬ　先　たのむ椎の木も有夏木立

一　せたり賢愚文質のひとしからさるもいつれかまほろしのすみかならすやとおもひ捨てふしぬ　まつたのむ椎の木も有夏こたち

二　元禄三仲秋日　芭蕉自書（桃）

三

一　元禄三　秋　はせを

「幻住庵記」について述べた芭蕉書簡が二通現存する。「発端行脚の事を云て、幻住庵のうとき由、難至極」に始まる去来宛書簡には、

則前後の文章まぜ合、如レ此につゞり候。猶、御遠慮なく御評判可レ被レ成候。……能々御覧被レ成候而、他のそしりをまぬかれ候様に可レ被レ成候。

空山・孱顔、心相違いかゞ可レ有二御座一候や。……このかみの御ぬしへ御尋可レ被レ下候。誹文御存知なきと被レ仰候へ共、実文にたがひ候半は無念之事に候間、御むつかしながら御加筆被レ下候へと御申可レ被レ下候。

とあって、前便で去来の批判を求め、その批判を容れて稿を改め、今度は去来のみならず去来の兄(『猿蓑』に「題芭蕉翁国分山幻住庵記之後」を寄せた震軒こと向井元端)にも意見を求めている。その後、九月十二日付曾良宛書簡にも、

幻住庵の記も書中候。文章古く成候而、さん〴〵気の毒致候。素堂なつかしく候。重而ひそかに清書、可レ懸二御

目一候間、素堂へ内談可レ承候。

と、漢詩文に通じた素堂の内閲を望んでいる。

今、諸本の文頭・文末を比較すると、

Ｂ名柄山の前、石山の後に　……又、日ながうして暮ぬ。（発句なし）

Ｃ石山の奥、いはまの後に　……又〳〵幻住なるべし。先たのむ――　頓て死ぬ――

Ｅ五十年やゝちかき身は　……立出てさりぬ。（発句なし）

Ｆいしやまのおく、岩間の後に……とおもひ捨てふしぬ。先たのむ――

芭蕉が去来宛の前便に添えて送った「発端行脚の事」に筆を起こした本文はＥ再稿、去来の批判を容れて「前後の文章をまぜ合せ」たという本文はＦ定稿に近いものと推定される。それは「空山・孱顔」がＦではじめて対語になることからも言える。素堂の内覧に供したいという本文は、その日付からみてもＦ定稿である。

解説

七部集の成立と評価

白石悌三

一

○七部集の順

冬の日・春の日・あら野・ひさご・猿みの・炭俵・続さるみの

右七部集は元一冊づつにて御座候。柳居、はせをの誹風の段々かはりたるを見せ候為、右の順に合巻に致候。世に是をわきまへず此の順の違ひ候合巻御座候。

右は杉浦正一郎によって紹介された『俳諧叢語艸稿』なる写本中の記事である。柳居門の門瑟の談話を記録したものの由で、「此の順の違ひ候合巻」とは安永三年刊(もしくは寛政七年刊)の『俳諧七部集』を指すものであろう。以下、七部集については各解題に譲り、その各集が『俳諧七部集』として刊行されるに至った過程を追ってみたい。

芭蕉は元禄七年(一六九四)に世を去った。没後三年、去来は其角に一書を送り、冒頭に、

故翁奥羽の行脚より都へ越えたまひける、当門の俳諧すでに一変す。…ひさご・猿蓑これなり。その後また一つの新風を起さる。炭俵・続猿蓑なり。

と述べて、其角がその新風をともにしないことを「同門のうらみ少なからず」と諫めた。これを皮切りに、蕉門内で師風の継承をめぐって意見の相違が論じはじめられる。議論の中で、蕉風の変遷を代表すべき集として諸家のあげるものを整理すると、次のようになる。

	次韻	虚栗	冬の日	春の日	曠野	ひさご	猿蓑	深川	炭俵	別座鋪	続猿蓑
去来「贈晋氏其角書」元禄十	○	○				○	○		○		○
去来「答許子問難弁」元禄十	○	○	○				○		○		
風国『泊船集』序　元禄十一			○			○	○		○		○
許六「俳諧自讃之論」元禄十一			○		○	○	○		○	○	○
許六『宇陀法師』元禄十五					○	○	○		○		○
野坡「袖日記」元禄十五	○	○				○	○	○	○	○	○
支考『阿誰話』　正徳元			○	○	○		○		○		○
支考『俳諧古今抄』　享保十五			○	○		○	○		○		

許六は湖南の『ひさご』連衆に対する対抗意識もあって、蕉風初発の意義を去来のいう「ひさご・猿蓑」でなく『曠野』に負わせようとする。また『歴代滑稽伝』(正徳五年刊)の芭蕉の項では、その外に「桃青二十歌仙・初懐紙・野ざらし紀行・おくの細道・深川集・葛の松原」にも言及している。野坡は「蕉門の付句……ひさご・猿蓑・深川までは花実相対の躰なり。別座鋪は花を専とした る姿あり。炭俵・続猿蓑は花実三七にわかれたる所あり」という。支考ははじめ「冬の日・春の日」を一括して蕉風五変説を唱えるが、のちには〈冬の日・春の日—ひさご—猿蓑〉の三変説にかわり、「炭俵集は変化の中の曲節」(『俳諧古今抄』)にすぎないという。こうして七部の集名は支考においてほぼ出そろうが、その支考も享保十六年(一七三一)に没し、芭蕉直門の諸家はあらかた世を去ってしまう。

世代交替期を迎え、俳諧の大衆化と俳壇の経営主義は、当然ながら連衆と宗匠のなれあいによる質の低下を招く。都市俳諧は点取競争でますます奇嬌化し、地方俳諧は平俗化の一途をたどる。都鄙の俳諧が双方とも堕落する中で、一方、批判的な動きも芽生えた。注目すべきは、江戸における「五色墨」(宗瑞・蓮之・咫尺・素丸・長水)と「四時観」(水光・為邦・莎鶏・魚貫)の運動である。

「五色墨」筆頭の長水(柳居)は幕臣佐久間長利(一六八六―一七四八)である。沾徳の点取俳諧で活躍し、沾徳没時には沾洲・風葉(宗瑞)と追悼集『白字録』を共編した。その後、跡を継ぐ沾洲の点取俳諧に批判的となり、宗瑞らと祇空を頼んで『五色墨』(享保十六年刊)、『百番句合』(同十七年刊)を世に問い、祇空門の『四時観』(同十八年刊)に跋を送り彼らと誼を通じた。享保十八年(一七三三)の祇空没後、不角の点取俳諧から支考の美濃派に転じた同僚元水に従って美濃派に接近し、さらに麦林派に転じて麦阿と改め、東都蕉門の一派を建立した。同十九年春、美濃派の巴静を草庵に迎えて記念の『高軒』を刊行した。その自序に、

爰に年比我愛せる枕あり。いはゆる冬の日・春の日・ひさご・あら野・炭俵、及び前後の猿蓑、此の七部の書合せて十二冊、その中をぬきん出て読む時も……

とある。「此の七部の書」の書目が偶然の一致でない証拠に、彼が芭蕉五十回忌集として編んだ『芭蕉翁同光忌』(寛保三年刊)の自跋にも、

枯野の夢の翁をしたふこと日久しく、まくらの箱の中にも、蕉門の七部集と名づけておもひこめ置きたるは……

とあって、七部集の選定と命名がほかならぬ彼を中心になされたことを知りうる。

同二十年には「四時観」筆頭の水光洞祇徳が『誹諧句選』を刊行し、「誹諧も古文辞を用ふべし」と提唱、「然らば

元禄の比芭蕉流の誹集をかりに古文辞とさすべし。古き集どもに熟せざれば古雅をしらず」と説いた。荻生徂徠の古文辞学の影響下に中興期の蕉風復帰運動を先取りするものであるが、麦阿の七部集選定と愛読がこうした動きの中でなされていたことに留意すべきであろう。同二十一年刊『茶話稿』は「五色墨」のひとり蓮之(珪琳)の卯時庵に遊ぶ人々の俳話を集録したものであるが、安士の俳話に「爰に卯時庵の閑居あつて、をの〳〵誹莚をもうけ、常に茶話する所の誹諧は、……附方は芭蕉を植ゑし翁の残されし七部の句躰を守りて」という記事がみえる。七部の書名はあげていないが、やはり麦阿の選定と同じ書目を指すだろう。

梅が香や隣は荻生惣右衛門　珪琳　(『俳諧新選』)

も思いあわせるとき、同じ運動体の中で七部集が共通の聖典視されていた様子がうかがえる。また『茶話稿』にみる文考俳論の影響は、七部集の選定が文考の説をふまえてなされたという想像をますます助けるだろう。

『はせを翁七部捜』(宝暦十一年刊)は、「続五色墨」の蓼太が師吏登の七部集講義を書き留めたものだが、それは寛保二年(一七四二)正月十五日から三月二十五日にわたるものであったという。事実なら柳居(麦阿)生前のことで、七部集注釈の嚆矢というに価しよう。その中に、

三部〳〵といふ人あれど、何故に見るといふ事をも知らで人まねに尊まるゝが多し。……翁の俳諧も、冬の日に春の日はこもり、あら野・ひさごは猿蓑に熟し、扨《さて》炭俵にしらげ上げたものなり。続猿蓑は炭俵にあるなり。全躰は三度程の流行ぢやと先師(嵐雪)などの言はれた。只うつりかはりを見て置いて、炭俵がよい手本なり。先師も此の歌仙が生涯の出来ぢやと言はれたげな。此の炭俵を曲尺にして置いて、時々の風躰はどのやうにもやるがよきなり。それを今時の若人は元禄時代ぢやの貞享ぢやのと手にも取りたまはねど、さう言ふては世上に古学を

したふ事はひとつもいらぬなり。

とあり、「古学をしたふ」人々の間で七部の愛読が定着し、就中〈冬の日―猿蓑―炭俵〉という三変説に基づく三部尊重が一般化していたことを知りうる。そうした需要に応えるかたちで、直接には柳居没後その門人鳥酔のすすめで、宝暦七年(一七五七)ごろ井筒屋が「七部集」のセット販売を始め、安永三年(一七七四)はじめて小本二冊の『俳諧七部集』普及版が出、寛政七年(一七九五)には半紙本七冊の『俳諧七部集』合刻版も出るに至った。その間の経緯と両本の「七部集の順」については、加藤定彦「七部集の書誌」を参照されたい。

二

『俳諧七部集』普及版が出た安永三年は蕉風復帰運動の昂揚期であり、合刻本の出た寛政七年は芭蕉百回忌の二年後で、俳壇一律の芭蕉偶像化の始まるころである。そうした波に乗って七部集はロングセラーになった。それは版刷を異にする多種多様な伝本に加えて、注釈書や類書七部集の多さからも推察がつく。類書には俳諧続七部集(深川集・卯辰集・韻塞・刀奈美山・有磯海・芭蕉庵小文庫・千鳥掛)、俳諧七部集拾遺(初懐紙・野晒紀行・熱田三歌仙・一つ橋・桃の実・初便・其袋)、俳諧新七部集(田舎句合・常盤屋句合・続の原・武蔵曲・別座鋪・雪丸げ・桃の白実)等のほか、其角・樗良・蕪村・士朗・月居・暁台・道彦・乙二・奇淵らの七部集が数々ある。

一方で、七部の選定に対する異議申し立てもあった。除くべきとされたのは『春の日』『曠野』『続猿蓑』の三集で、代案として『虚栗』『初懐紙』『深川』等があげられた。除くべき理由は『春の日』については「翁の連句なきこと」(闌更『俳諧続七部集』序)、『曠野』については「翁の序はありながら、あながちに手伝ひ申されしものと見えぬ」(蓼太

『柵さがし』)こと、『続猿蓑』については支考偽撰の疑いあることである。『続猿蓑』については芭蕉の関与が今日では明らかになったが、改めて七部の当否を検討するため、『次韻』以降、原則として芭蕉生前に刊行された蕉門俳人の撰集をすべて列挙し、刊年・編者・地域、それから芭蕉作品の入集状況を示す。◎○△×は芭蕉が企画・撰集・刊行にどの程度関与したかの判断である。積極的な判断材料がない場合は無印にした。

B	次韻	天和元	桃青	江戸		**百韻**2.5		◎	
A	虚栗	三	其角	江戸	**発句**13	**歌仙**3	**跋**		其角七部集
B	冬の日	貞享元	荷兮	尾張		**歌仙**5		○	
	新山家	二	其角	江戸	発句1		その他		其角七部集
	初懐紙	三	其角	江戸		百韻1			七部集拾遺
	蛙合	三	仙化	江戸	発句1			○	
	春の日	三	荷兮	尾張	発句3			△	
	孤松	四	尚白	近江	発句17			×	
C	続虚栗	四	其角	江戸	**発句**24	世吉1	その他		其角七部集
	若水	元禄元	嵐雪	江戸	発句1			×	
B	曠野	二	荷兮	尾張	**発句**34	歌仙1	**序**		
	四季千句	二	挙白	江戸	発句5			×	
	いつを昔	三	其角	江戸	発句12		その他	×	
	其袋	三	嵐雪	江戸	発句8	歌仙0.5		×	七部集拾遺
	花摘	三	其角	江戸	発句13	歌仙1		×	其角七部集
B	ひさご	三	珍碩	近江		**歌仙**2		○	
	あめ子	三	之道	大坂	発句1	歌仙1.5	その他		
C	卯辰集	四	北枝	加賀	**発句**19	歌仙1	その他	△	続七部集

	勧進牒	四	路通	江戸	発句12	歌仙1	その他	×	
A	猿蓑	四	去来	京	**発句**40	**歌仙**4	その他	◎	
	西の雲	四	ノ松	加賀	発句7				
	雑談集	五	其角	江戸	発句11		その他	×	
	北の山	五	句空	加賀	発句2			△	
	柞原集	五	句空	加賀	発句3				
C	己が光	五	車庸	大坂	**発句**17	歌仙1			
	けし合	五	嵐蘭	近江	発句2				
	葛の松原	五	支考		発句15		その他		
	継尾集	五	不玉	出羽	発句4	歌仙1	その他		
C	深川	六	洒堂	江戸	発句1	**歌仙**3	その他		続七部集
	桃の実	六	兀峯	江戸	発句3	歌仙1			七部集拾遺
	萩の露	六	其角	江戸	発句1				其角七部集
	俳風弓	六	壺中	京	発句2				
	流川集	六	露川	尾張	発句5				
	曠野後集	六	荷兮	尾張	発句4			×	
	鷹獅子集	六	巴水	加賀	発句12				
	藤の実	七	素牛	近江	発句9				
C	別座鋪	七	子珊	江戸	発句3	歌仙1		○	新七部集
A	炭俵	七	野坡	江戸	**発句**13	**歌仙**4		○	
	市の庵	七	洒堂	大坂	発句1	歌仙1			
	句兄弟	七	其角	江戸	発句3	歌仙1	その他		
	昼寝の種	七	荷兮	尾張	発句5				
	名月集	七	心桂	越中	発句3				
	其便	七	泥足	江戸	発句7	歌仙0.5			

或時集	七	嵐雪	江戸	発句1		×	
B浪化集	八	浪化	越中	**発句**15	**歌仙**2	△	続七部集
A続猿蓑	十一		江戸	**発句**31	**歌仙**4	◎	

七部集の選定は「はせをの誹風の段々かはりたるを見せ候為」であったというが、その変風の認識は発句よりも連句を中心になされたようである。またその変風が尾張・近江・京・江戸と連衆を新たにすることによって達成された跡も見せているが、初期江戸蕉門の集が欠落していることに気付く。しかし、其角は『初懐紙』以降、嵐雪は『若水』以降、蕉門から独立しており、『其角七部集』『雪門七部集』が別に編まれているように、江戸座・雪門は蕉門とは別という当時の認識であった。

右に列挙する諸集の中から、◎○の集・発句10以上の集・連句2以上の集・序跋を書いている集を拾い、ただし、×の集・連句0の集は捨て、残る十三集のうち、条件を三つ満たす集をA、二つ満たす集をB、一つ満たす集をCと認定した。結果、七部集のうち『春の日』だけがこの認定からもれる。初版が寺田重徳版であることは刊行に芭蕉の関与をうかがわせるが、地域別にみて尾張三集というのはやはり偏重の感をまぬかれまい。あとの判断は読者諸賢にお任せしよう。

三

最後に研究史を顧みながら本集担当の基本的態度について述べておきたい。

底本には「俳諧七部集」本ではなく、七部各集の初版中の善本を用いたが、加藤定彦氏の書誌調査に基づいて、最良の本文を提供することができた(ただし本大系の校訂方針に従っている)。七部中の六部まですでに影印本が出ており、それは加藤定彦「七部集の書誌」にあげてある。その他の影印本・活字本については、現時点では参考文献に掲出の要を認めない。

旧日本古典文学大系には、『古今和歌集』はあって、俳諧の古今集と称された『猿蓑』等の俳諧撰集は収録の対象とならなかった。かわりに『芭蕉句集』『芭蕉文集』の二巻があって、他に『紀貫之集』といった編纂物はもちろんない。貫之より芭蕉のほうに高い個性が評価されたわけでもなく、勅撰集の権威がまかり通ったわけでもないだろう。『古今和歌集』は一集として独立した作品であるという認識が早くからあったということである。したがって、集中の和歌がそれぞれ全体の一部として内部構造に関わっていることも常識であって、それらを作者単位にばらして鑑賞に供するようなことは、見識ある企画では通常なされない。和歌撰集法に範をとり、俳諧自由の精神で趣向を凝らした俳諧撰集、就中『猿蓑』には発句あり、連句あり、俳文あり、しかも蕉門の主要作家を尽して、蕉風円熟期の様相をトータルに知ることができる。その『猿蓑』を一集として対象にした論文は、参考文献にみられるとおり、島津忠夫「猿蓑の一考察」が一番古い。『猿蓑』を資料として収録作品を論じるのでなく、それ自体を作品として論じる発想が俳諧専攻者の側にまだ乏しかったころに、和歌研究の常識で当然のように取り組んだのがこの論文である。七部集にかぎらず俳諧個々の集が研究対象に上りはじめたのは昭和四十年代の半ばころで、五十年代に入ってようやく雑誌の特集や講座類の企画に撰集論が取りあげられるようになった。もっとも一集としての鑑賞に堪えられる俳諧の集がどれだけあるかは問題であるが、今回の新日本古典文学大系が個人単位でなく集単位で俳諧を取りあげたのは、一つの見識であろう。校注者もその点に留意して、一集の中でどう読むかに意を用いた。

七部集の発句・連句を合わせて三四八二句になる。中には読んで字のごとくで言いかえようのない句もあるし、難解でこうと読みを決めかねる句もあるが、一句も逃げないでそのすべてに校注者の読みを示すことにした。芭蕉一座の歌仙、および有名作者のごく限られた発句には、枚挙にいとまないほど注釈があるが、芭蕉の一座しない連句の注釈は寥々たるもので、発句に至っては全く言及されていないものもある。七部集から芭蕉一座の連句だけを取りあげたような注釈書は、参考文献にあげていない。ただ『冬の日』五歌仙、『猿蓑』四歌仙だけはすべてに芭蕉が一座しているが、その場合も一集を対象にした注釈書しかあげなかった。古注は翻刻のあるものに限って、すべて掲出した。併列にあげるには内容に繁簡のむらがありすぎるが、翻刻文献目録をかねて全部あげた。これらを通覧するに、三四八二句の全注釈は露伴以来といいたいが、実は露伴にも言及しない句がかなりあり、「ただの実際なり」とか「観想の句なり」といった寸評にとどまるものも少なくない。もとより自明で多言を要さないからであろうが、「実際」の風俗が今日では失われていたり、いかなる「観想」なのか第三者にはわかりかねるケースもままある。したがって、どんなにばかばかしくても律義に句意を示す、どんなに難解でも試案を示す。中には誤解もあるだろうが、ともかく全句について叩台をつくることを課題とした。

短詩型の表現のパラフレーズほど、ある意味でむなしい仕事はない。原文が最高の表現であるにきまっているから、言いかえるほどつまらなくなるのは自明の理で、そこをわりきってわかりやすさを選んだ。説明や鑑賞スタイルの注は、読んでわかったような気になるが、句意を述べようとすると存外にむつかしいことが多い。連句でも一句の意味と二句の付合、付け方の説明と付肌の鑑賞を未分化に記述した注釈がある。本集ではまず句意、連句はその上に付け方の説明を加えた。限られたスペースの脚注なので、鑑賞にはほとんど及ばなかったが、同時代評はなるべく引くようにした。「うつり・にほひ・ひびき」等の用語使用が少ないとしたら、それが鑑賞用語だからである。また上野はすべての句に俳言を指摘し、白石も必要に応じて雅俗の位相を明らかにする語釈を施した。そのために、辞書を引けば簡単にわかる程度の語意や、イメージ形成に意味のない説明は省いたところもある。

参考文献

〔注釈書・索引〕

○吏登『はせを翁七部捜』（宝暦十一年刊）　俳諧文庫7・嵐雪全集、明治三十一年、博文館。

○杜哉『俳諧古集之弁』（寛政五年刊）　復本一郎『芭蕉連句評釈』昭和四十九年、雄山閣。

○成美『標注七部集』　金井寅之助　清心国文1・2、昭和三十二・三十四年。

○何丸『七部集大鏡』（文政六年刊）　俳諧叢書・俳諧註釈集上、大正元年。

○曰人『七部礫噺』（天保四年稿）　西村真砂子　俳文芸18、昭和五十六年。

○錦江『俳諧七部通旨』（嘉永五年稿）　未刊国文古註釈大系17、昭和十一年、帝国教育出版部。

○曲斎『七部婆心録』（万延元年刊）　俳諧叢書・俳諧註釈集上・下、大正元・二年、校註俳文学大系・註釈編第二、昭和五年、大鳳閣書房。

○況斎『七部集打聞』（慶応二年稿）　西村真砂子　梅花女子大学日本文学研究室、昭和六十一年。

○暁台・士朗『秘註俳諧七部集』未刊国文古註釈大系17、昭和十一年、帝国教育出版部。

○岩本梓石『俳諧七部集新釈』大正十五年、大倉書店。〈頭注〉

○川島つゆ『芭蕉七部集俳句鑑賞』昭和十五年、春秋社。〈俳句のみ〉

○萩原蘿月『俳諧七部集上・下』朝日古典全書、昭和二十五・二十七年。〈頭注〉

○幸田露伴『露伴評釈芭蕉七部集』昭和三十一年、中央公論社。〈連句のみ〉

○中村俊定『芭蕉七部集』岩波文庫、昭和四十一年。〈脚注〉

○山本唯一『芭蕉七部集総索引』昭和三十二年、法蔵館。

＊

○越人『俳諧冬の日槿化翁之抄』　森川昭『近世文学論叢』昭和四十五年、桜楓社。

○有兎『冬の日集弁議』（享和三年成）　復本一郎『芭蕉連句評釈』昭和四十九年、雄山閣。

○升六『冬の日注解』(文化六年刊)　古俳書文庫、大正十三年、天青堂。
○荘丹『冬の日考』　大谷篤蔵　女子大文学13、昭和三十七年。
○幸田露伴『評釈冬の日』昭和十九年、岩波書店。
○志田義秀・天野雨山『芭蕉七部集連句評釈・冬の日』昭和二十四年、三省堂。
○中村俊定『冬の日』(影印)　昭和三十六年、武蔵野書院。〈後注〉
○浪本沢一『芭蕉連句冬の日新講』昭和五十三年、春秋社。

＊

○幸田露伴『評釈春の日』昭和二十一年、岩波書店。
○志田義秀・天野雨山『春の日』昭和二十四年、三省堂。〈連句のみ〉

＊

○幸田露伴『評釈曠野』上・下　昭和二十一・二十三年、岩波書店。

＊

○幸田露伴『評釈ひさご』昭和二十三年、岩波書店。
○宮本三郎『校註ひさご・猿蓑』昭和五十年、笠間書院。〈頭注〉

＊

○荊山『猿蓑四歌仙解』(文政五年刊)　宮本三郎　共立女子大学紀要6、昭和三十七年。
○梶柯『猿みのさがし』(文政十二年刊)　村松友次・谷地快一　昭和五十年、笠間書院。
○雲英末雄『芭蕉連句古注集猿蓑篇』昭和六十二年、汲古書院。
去来文・はせを翁七部捜・猿談義・猿蓑箋註・七部集振々抄・俳諧古集之弁・猿蓑付合考・芭蕉翁付合集評註・成美標注七部集稿本・猿蓑四歌仙解・七部大鏡・俳諧鳶羽集・猿みのさかし・秘注誹諧七部集・俳諧七部通旨・七部十寸鏡猿蓑解・七部婆心録・標注七部集・俳諧七部集打聴・俳諧猿蓑付合注解
○新田寛『七部集猿蓑評釈』昭和七年、大同館書店。
○伊東月草『猿蓑俳句鑑賞』昭和十五年、古今書院。〈俳句のみ〉
○幸田露伴『評釈猿蓑』昭和二十四年、岩波書店。
○杉浦正一郎『新註猿蓑』(影印)　昭和二十六年、武蔵野書院。〈頭注〉
○浅野信『七部集連句猿蓑註釈』昭和四十二年、桜楓社。〈連句のみ〉
○荻野清『猿蓑俳句研究』昭和四十五年、赤尾照文堂。〈俳句のみ〉
○宮本三郎『校注ひさご・猿蓑』昭和五十年、笠間書院。〈頭注〉
○志田義秀・天野雨山『猿蓑連句評釈』昭和五十二年、古川書房。〈連句のみ〉
○森田蘭『猿蓑発句鑑賞』昭和五十四年、永田書房。〈俳句のみ〉

＊

○棚橋碌翁『俳諧炭俵集注解』明治三十年、私家版。〈連句のみ〉

○幸田露伴『評釈炭俵』昭和二十四年、岩波書店。

＊

○幸田露伴『評釈続猿蓑』昭和二十六年、岩波書店。

〔論文〕

○志田義秀「七部集解説」俳句講座6・俳書解説篇、昭和七年、改造社。
○志田義秀「俳諧七部集の成立」昭和十三年。→『芭蕉展望』昭和二十一年、日本評論社。
○潁原退蔵「俳諧七部集解説」昭和十六年。→潁原退蔵著作集11、昭和五十五年、中央公論社。
○杉浦正一郎「芭蕉七部集の選定者」東炎、昭和十六年五月。
○宮本三郎「七部集」解釈と鑑賞、昭和四十二年四月。
○島居清「冬の日の構成について」昭和五十四年。→『芭蕉連句叢考』昭和六十三年、桜楓社。
○浜森太郎「冬の日」「春の日」芭蕉講座3、昭和五十八年、有精堂。
○高橋庄次「芭蕉俳論と蕉門撰集」昭和四十八年。→『芭蕉連作詩篇の研究』昭和五十四年、笠間書院。
○乾裕幸「阿羅野の時代」昭和五十年。→『ことばの内なる芭蕉』昭和五十六年、未来社。
○田中善信「曠野」「ひさご」芭蕉講座3、昭和五十八年、有精堂。
○乾裕幸「ひさご序説」昭和五十三年。→『ことばの内なる芭蕉』昭和五十六年、未来社。
○島津忠夫『猿蓑の一考察」昭和三十五年。→『連歌史の研究』昭和四十四年、角川書店。
○重友毅「猿蓑における諸問題」昭和三十六年。→『芭蕉の研究』昭和四十五年、文理書院。
○笠井清「猿蓑集試論」甲南大学文学会論集21、昭和三十八年。
○大内初夫「猿蓑論」昭和五十二年。→『俳林逍遥』昭和五十九年、勉誠社。
○雲英末雄「猿蓑について」昭和五十四年。→『元禄京都俳壇研究』昭和六十年、勉誠社。
○森田蘭「猿蓑」芭蕉講座3、昭和五十八年、有精堂。
○高橋庄次「猿蓑発句部の唱和模様構造」『俳文芸の研究』昭和五十八年、角川書店。
○高橋庄次「猿蓑の発句唱和の解釈一―九」解釈、昭和五十九年三・八月、六十一年三月、六十二年八―十月、六十三年三―五月。
○島居清「撰集としての猿蓑論」昭和六十年。→『芭蕉連句叢考』昭和六十三年、桜楓社。
○乾裕幸「猿蓑の俳諧史的意義」昭和六十二年。→『周縁の歌学史』平成元年、桜楓社。
○島居清「すみだはら論」昭和五十二年。→『芭蕉連句叢考』昭和六十三年、桜楓社。
○萩原恭男「炭俵」「続猿蓑」芭蕉講座3、昭和五十八年、有精堂。
○堀切実「続猿蓑試論」昭和四十四年。→『蕉風俳論の研究』昭和五十七年、明治書院。
○堀切実「続猿蓑論」国文学、昭和五十二年四月。

七部集の表現と俳言

上野洋三

このたびの七部集では、その脚注において二種類の略符号を用いている。季と俳との二つである。季は、季語の意味であり、これは、発句の脚注に用いられる。連句においては、「春(花)」のごとく、四季とそれを示す語を先頭に出してあるので、用いられない。俳は「俳言《はいごん》」の意味である。これは、発句・連句の両方を通じて、各句の注の末尾に出してある。一句における「俳言」を指摘したものである。これは、本書の『冬の日』『春の日』『あら野』と、『続猿蓑』との、計二一三四句について施されている。

「俳言」とはなにか。そして今回七部集の注釈にあたって、これを指摘することに、どのような意味があるのか。そのことについて述べておきたい。

蕉風俳諧の俳言

実は、校注者においては、この作業は二十年来の課題であった。それは、中村幸彦先生が書かれた、次の文章から始まったからである。

筆者は当今の俳諧の研究に一つの不審をいだいている。貞門、談林の俳諧を注釈し、その俳諧性を論ずる時は、必ず指摘する「俳言」について、蕉門の注釈ではほとんどふれられない一事である。蕉風俳諧は俳言の詩ではないのであろうか。それとも、今更俳言指摘の必要なしとするのであろうか。

（『芭蕉の本』第一巻所収「俳趣の成立」。一九七〇年刊。のち『近世文藝思潮攷』・『中村幸彦著述集』第一巻に収録。）

なぜ、蕉門の俳諧の注解において「俳言」の指摘がなかったのか。それは、ひと口にいえば、蕉門の俳諧についての研究が、それまで、それ以前の俳諧との断絶・差違にばかり注目し、連続の側面を考察する余裕に乏しかったからである。少なくとも、作品の具体的な検討を通じて、蕉風俳諧とそれ以前の俳諧との間に継承され発展されたことどもの消息を、説明する力量に欠けていたからである。そして、蕉風の俳諧における「俳言」の存在の問題など、ほとんどの読者・研究者の意識にのぼらなかったからである。

だが、先のような指摘を受けても、なお思うは易く、行うは難い。中村論文は、いくつかの具体例をあげて、ここにこのように「俳言」が意味をもって存在するではないか、と示されたのであったが、しかし、何をもって「俳言」とするかという検討・確認の作業は、一句一句の前で渋滞し、途方にくれ、その有効な方法は、いまだに研究史の上に登場しない。

雅語と俳言

「俳言」とはなにか。簡単にいえば「雅語」ではないことば、それはすべて「俳言」ということになる。それでは「雅語」とはなにか。これも簡単にいえば、日本の伝統的な韻文芸——和歌・連歌——において、使用することを許された日本語である。

和歌においては、藤原定家(一一六二—一二四一)が『詠歌大概』において、

詞以旧可用　詞不可出三代集 先達之所用新古今古人歌同可用之

と述べて以来、使用すべき「詞」は、三代集――古今集・後撰集・拾遺集――に用いられた語にほぼ限定されてしまったから、これを確認する作業は比較的容易である。広くみても八代集の範囲まで、こんにちでは各集について詳細な総索引の類が備わるから、そこに登載される語を確認して行けば、ほぼ公認の「雅語」の範囲は知られるということになる。

連歌については、中世・近世の連歌師が編纂した式目書・用語集・歌語辞典の類がある。ともに古活字版以来、刊本として流布したものが多いから、それらは大体、近世の俳諧師においても常識として脳裏にあったと思われる。その幾つかを挙げておけば、

無言抄(古活字版)・藻塩草(同)・連歌至宝抄(寛永四年刊)・連歌初心抄(同)・匠材集(寛永十五年刊)・拾花集(明暦二年刊)・連歌新式抄(寛文五年刊)・産衣《うぶぎぬ》(元禄十一年刊)・荻のしをり(元禄五年成・享保年間刊)

などである。このうち『連歌新式抄』『産衣』については『連歌法式綱要』(昭和十一年・岩波書店刊)の中に、用語を五十音順に配列し直した便利なテキストが作られており、『藻塩草』にも索引が備わる。これらと和歌用語とを重ね合せたものが、およそ連歌師の使用した文学用語ということになるが、それはすなわち「雅語」の見取図にもなるであろう。

以上によって「雅語」の範囲が定まれば、それ以外の日本語のすべてが「俳言」ということになる。外来語――漢語や南蛮渡来の語――、日本語のうちでも俗語・方言や活用語の音便形、訛言などなど。

俳言の例外

だが、先学の作成した簡便な索引・翻刻類によって、大いそぎで「雅語」を識別し、消去して、あとに残されたものが、すなわち「俳言」になるか、というと、そうではない。そこには例外がある。

俳言　こゑの字、なべて俳也。「屏風・几帳・拍子・律の調子・例ならぬ・胡蝶」、かやうの物は、連歌に出《いづ》れど、こゑの字は俳言になる、と云《いふ》にならひて俳言もつ也。

又、千句連歌に出《いで》ぬる「鬼《おに》・女《をんな》・竜《たつ》・虎《とら》」、その他「千句の詞」、俳言也。

又、「連歌嫌詞《きらひことば》」の分、「桜木《さくらぎ》・飛梅《とびうめ》・雲峰《くものみね》・霧雨《きりさめ》・小雨《こさめ》・門出《かどいで》・浦人《うらびと》・賤の女《しづのめ》」などの詞、『無言抄』にも、紹巴の聞書等にもあまた見え侍《はべる》也。かやうの物、皆《みな》俳言也と知《しる》べし。　（延宝二年刊『俳諧無言抄』）

これは、芭蕉も推薦したという『俳諧無言抄』の説。ここには、大きく分けて二種類の例外が説かれている。第一は、連歌で使用を許されたものは、すべて「雅語」になるから、「俳言」にならないか、というとそうではなくて、「こゑの字（音読する漢語）」は、「俳言」であるという原則の方が強いから、「屏風」から「胡蝶」にいたる諸語のように、たとえ連歌で許容された語でも、「俳言」としての資格を「もつ」ものもあるのである。また、連歌で許容された「雅語」で、古来もちいられてきた大和ことばでも、「鬼《おに》」などのような「千句」に一度しか使用を許されない類は「俳言」に扱われる。

第二は、複合語の問題である。その構成要素が、古来用いられてきた大和ことばで、「雅語」であったとしても、複合語のうちのある種のものは、連歌において「嫌詞《きらひことば》」とされて、使用を許されなかった。それは「俳言」になる、というのである。

嫌詞の含む問題

右のうち、第一の類については、こんにちの立場からも雅俗の境界は、容易に指摘し得る。一つは漢語であり、一つは作法書に登録された「千句の詞」であるから、これらを、機械的に「俳言」に繰り入れればよいのである。しかしながら、第二の類は、どうか。

右にいう「紹巴の聞書」は綿屋文庫本『従紹巴聞書《ぜうはより》』などの写本しか確認されないが、『無言抄』は古活字版以下、数種の版本があり、おおいに流布したものであった。その「嫌詞《きらひことば》」の項目には、春・夏・秋・冬・恋・旅・山類・水辺・雑・上の句・下の句に分けて、合計二二六語の例があげられている。ただし、それは決して明確な雅俗の境界を標示したものではなく、ここからは、これらの用例を含むあいまいな領域が、際限なく広がって行く。

花の川つらなどいふことば・蟬のしぐれなどいふことば・有明月などいふことば・むら氷などいふことば

これらに加えられた「などいふことば」の注記は、おそらく連俳の初心者を混乱させたことであろう。また、

門いで「かどで」とはよし・滝音「の」もじ入てはよし・夜すがら「よるはすがら」とはよし・田のも「たのも」はよし

などの諸例も、「よし」とされるものと「嫌詞」の間の区別の原則は、容易に見出しがたい。

野風但、くるしからざるか・老らく但、「老らく」古人などはくるしからずといへり

などになれば、著者自身が判断に迷いを示しているのである。

すなわち『俳諧無言抄』が説いた「俳言」に関する注意の、最後の条は、実は、決してひとすじ縄で行かない問題を含んでいたのである。

口語か文語か

さらにまた、中村論文が例示した中に含まれる「市中《いちなか》」「門《かど》」「筋《すぢ》」のような、古来用いられた大和ことばについての問題がある。これらは、起源を溯れば古いのであり、個別には雅語としても用いられたのであるが、ここでは、当代における俗語・方言として用いられているので「俳言」となる。したがって、ありふれた日本語であっても、むしろそうであればあるほど、その語義の変遷に注意しなければならず、一語が一句において、口語として用いられているか、文語として用いられているか、その判断は、そのつど繰り返し、一句の意味とともに考え直さなければならないのである。すなわち、一句の意味するところが見えてこなければ、「俳言」のありかたも見えてこないし、「俳言」がわからなければ一句の意味も十分に見えてこない。ここに、俳諧における「俳言」の困難さがある。

貞享以後の俳諧

それでも貞門・談林の時代のように、明瞭な漢語・俗語を含ませて、あきらかな「俳言」をもたせる場合は、「俳言」の指摘は、それほどの問題を含まなかったであろう。すなわち作者自身をも含めて、一句が俳諧であるか否かを確認する仕事は、容易であったと思われる。だが、貞享年間(一六八四—一六八八)以降、本書における『冬の日』『春の日』『あら野』などの書物がつくられた時期を境界にして、俳諧が変化して行くとともに、俳諧は、このひとすじ縄で行かない領域を、まともに正面に見ないわけに行かなくなったのである。そのことを、蕉門の人、森川許六《きよりく》(一六五六—一七一五)は、つぎのように記している。

> 連誹のさかひをしらぬ人多し。たとへば「五月雨《サツキアメ》」は誹言也。「五月の雨」といへば連歌也。此一色《このひといろ》にて、余《よ》は準じてしるべし。いやしき言葉を誹諧と覚えたるは、大き成《なる》悪説也。「の」文字一字入《いれ》て、連歌に成《なる》事をしる

（元禄十一年刊『篇突《へんつき》』）

べし。

蕉門においては、「いやしき言葉」、俗語・卑語を加えて、これで俳諧としての必要条件はみたした、というような「俳言」観は、批判される。雅俗の境目は「サツキアメ」と「サツキのアメ」とのように、「の」一字の有無できまる、ということもあるのだ、というのである。この「五月雨」は、先の『無言抄』の「嫌詞」には挙げられていないのであるが、判断の態度については、「滝音」における「タキオト」と「タキのオト」などから、類推可能なことではある。大まかな言い方をすれば、語の切迫した表現は、「俳言」とされ、間に「の」を補って、ゆるやかな印象を与えるものは、「俳言」性を失う。「の」の一字くらい、大した違いではないなどと思う粗雑な神経では、「連誹のさかひ」が理解できない。知らないうちに連歌をつくっている。反対に無理に俳諧らしくつくろうと考えると、とたんに「いやしき言葉」に堕落して行く、というのである。

しかしながら、これは、おおよその常識的な俳諧作者に、困惑を招いたことであろう。俳諧は、俗語を入れるべきだと教えられて習い始めたものが、うっかりすると「いやし」と批判されるし、「いやし」からざるように工夫していると、いつのまにか俳諧ならぬ純正連歌になっていると批判される。その明白な境界は、どこにも明示されることがない。これでは、日常卑近の生活を、そのままに文芸にすることを許されるはずの世界にたずさわった意味がないではないか。

支考の断案

支考(一六六五―一七三一)は、そのような疑問を抱いた人々に対して、巧みに弁舌をふるって、かれらを俳諧にたちとどまらせた功労者であったらしい。各地で提出される疑問に、かれはどう答えたか。

言語は、かりのものなれば、言語の強柔にて連俳のわかれはあるまじ。（元禄十五年刊『東西夜話』）

言語は、時のよろしきにしたがひて、仮《かり》のものなりと知《しる》べし。（宝永元年刊『夜話ぐるひ』）

雅俗の境界があいまいになったとき、そのあいまいさを歎く人々に対して、かれは、明確に断言した。表現の資材のひとつひとつに、「強柔」雅俗というような識別のマークを貼りつくすことは、所詮かなわぬことである。この無限にあり得る表現の世界で、そのつど雅俗を弁別し、そのことの理由を論理的に説明することは、不可能なことである。だから、資材について個別にこだわることは、やめることにしよう。いかなる表現も、そのとき限りの「かりのもの」なのである。

支考は、そう説いた。そして、ある一つの表現資材が選ばれる必然性は、もしもこれを敢えていうならば、常にその場その場にいかに適合するか、という理由しかない、と断言した。「時のよろしきにしたが」うこと、つまり時宜《じぎ》にかなう、ということ、それ以外になにがあろうか、というのである。

支考の、以上のような解説は、元禄後半期以降の、諸国の人々に、大いなる光明を与えたであろう。雅俗の境目に苦しみ、判断に迷っていた人々に対して、そのような呪縛は、すでにないのだ、と宣告したのだから。

俳諧の内的規制

ただし支考は、右のような解放をのべ伝えながらも、表現が野放図に堕落して行く危険をいましめるために、「風雅(＝文芸)の心得」として、「たのしきに居て、淋しきをたのしむ」(『東西夜話』)べきだと教えた。「さびしきは風雅の躰とするべし」(『俳諧十論』享保四年刊)・「淋しきは風雅の実なり」(『東西夜話』)・「寂莫は、その(俳諧の)情をいへり」(「陳情表」)などの言に見られる「さびしき」(淋しき・寂莫)は、「淋しからざれば酒色にまどふ」(『東西夜話』)ことになるから、それを予防するために加えた内的な規制である。こうして俳諧は、表現資材の規制を解かれると同時に、市井にありながら隠逸の心に傾斜するという心情を共通項として、後代につながれる。

俳言のにぎるカギ

支考によるこのような説明は、かれの門人と、後代の多数の人々を、用語についての雅俗の桎梏から解放したのではあったが、それと同時に、ともすれば後代を、ひとつの誤解に導きやすかった。すなわち、支考自身もそこから出てきたところの蕉門の俳諧、芭蕉七部集の時代の俳諧もまた、すでに雅語・俗語の境目を自由に無視していたかのような錯覚に、後代は陥りがちであった。そこでは、すでに「俳言」など問題にはならなかったのだ、と思いこみがちであった。

しかし、それは、やはり事実とは違っていた。芭蕉たちは、「俳言」について絶えず意識せざるを得なかったのであり、「俳言」の有無を考えざるを得なかった。そのことを、芭蕉が、どう語ったか。門人の土芳(一六五七―一七三〇)は、つぎのように書きとめている。

「五月雨《さみだれ》に鳰《にほ》の浮巣《うきす》を見に行かむ」といふ句は、詞に俳諧なし。「浮巣を見に行かむ」といふ所、俳也。又「霜月《しもつき》や鴻《こう》のつく〳〵ならび居て」といふ発句に、「冬の朝日のあはれなりけり」といふ脇は、心・詞ともに、俳なし。発句をうけて、一首のごとく仕なしたる所、俳諧也。

詞にあり、心にあり。その外、この句の類、作意にあり。依所一すぢにおもふべからず。（『三冊子』白）

芭蕉は、自分の俳諧が、ときに「俳言」を含まない俳諧であることを明言し、そのような場合には、一句の「心」に「俳」があるとした。付句の場合ならば、前句と作りなす関係―付心《つけごころ》―に「俳」をこめる場合もあると説明した。

いうところは、「俳言」の有無にばかりとらわれる人々に対して、「俳言」によって「俳(諧性)」をもたせることもあるが、一句の「心」、付ける「作意」に「俳(諧性)」があれば、それでよいのだ、と説得することに趣旨がある。そして、このことは、これを逆に考えれば、「俳言」の有無を目安にして、一句の「心」「作意」を考えて行くみちを、後世の読者に示唆することになっているのではなかろうか。

『冬の日』の趣向

例えば、『三冊子』であげられた発句・脇の付合の例は、

田家眺望

145 霜月や鸛《カウ》の彳々《ツク》ならびゐて　荷兮

146 冬の朝日のあはれなりけり　芭蕉

という『冬の日』第五の歌仙の冒頭であった。この「俳言」を欠く脇句を付けた芭蕉の「作意」は、「田家眺望」という前書を歌題に見たてて、一首の歌に仕立てた所にあった、というのである。

もちろん発句の「鸛《カウ》」は「俳言」なのであるから、発句と脇句をつないだところで、できあがる三十一文字が和歌と認められることは、あり得ない。そのことは十分承知した上で、芭蕉は、荷兮の発句に対して、和歌にしたいような光景ですね。でも和歌にはなりませんね、不自由なことですね、と呼びかける。そこには、俳諧一座の最も基本的な精神としての、親和と談笑の心がこめられ、一座ははやくも、和歌ならぬ俳諧を核心とする、ひとつのなごやかな心につつまれて行く。そのような、付句をめぐっての、表層と深層との入りくんだ意味のありようが、「俳言」の非在をめどにして見えてくるのではなかろうか。

おなじ『冬の日』第三の歌仙は、

　つえをひく事僅《ことわづか》に十歩《じつぽ》

73 つゝみかねて月とり落《おと》す霽《しぐれ》かな　杜国

74 こほりふみ行水《ゆくみづ》のいなづま　重五

の発句・脇に始まる。これは、発句が、目に立つ「俳言」をひとつも含まぬことを受けて、脇句もまた「詞」に「俳なし」の句である。明瞭な「俳言」を欠きながらも、発句が「心」に「俳」を十分に含ませている——そのことを、確かに受けとめましたよ、という心持が、脇句の「俳なし」の句作りにこめられる。それを表明するために、脇句も「俳言」を含めないのである。

そのような冒頭の応酬が、影響するのであろうか。この第三の歌仙は三十六句のうち十句が「俳言」を含まない。含まないながらに、そこにどのように「俳」が含められたのか。読者は、さまざまの想像を要求される。

雅俗の境界を楽しむ

そればかりではない。この歌仙には、逆に「俳言」を含みながらも、つぎのような興味深い一連がある。

91 うれしげに囀《さへづ》る雲雀《ひばり》ちり〳〵と　芭蕉

92 真《マ》昼《ひる》の馬のねぶたがほ也　野水

93 おかざきや矢矧《やはぎ》の橋《はし》のながきかな　杜国

芭蕉の「うれしげに」は、「しのためて雀弓《すずめゆみ》はるおの童《わらは》ひたひえぼしのほしげなるかな」(夫木和歌抄、後撰夷曲集)の伝西行歌を想起させる。それは後に「はつしぐれ猿も小蓑をほしげなり」(『猿蓑』)を生んだものでもあったが、西行歌には他にも、「清げに物を思はずもがな」「思ひしりげに鳴く千鳥かな」「駒ものうげにみゆる旅かな」などの「げに」があり、特異な印象を与えるものであった。

野水の付句は、右のような西行の口ぶりを、おそらく意識しているであろう。とりわけ「山城のみづのみくさにつながれて駒ものうげにみゆる旅かな」を記憶にのぼせているのであろう。そして、それを直接的に表現に出さずに「馬のねぶたがほ也」と応じた所が、いかにも時代の最先端を行く工夫なのであった。なぜならば、「なげけとて月やはものを思はするかこちがほなるわが涙かな」(百人一首)でも著名な西行の「かこちがほ」は、「言ひ顔・恨み顔・嬉し顔・かけもち顔・聞かず顔・頼りえ顔・付け顔・告げ顔・濡るる顔・見顔・見せ顔」(『西行法師全歌集総索引』による)などとともに、西行の口ぶりの、これもまた特異な印象を与える一つであったからである。

雅語による俳諧

前句の「――げに」に対して「――がほ」と応ずる所、それが作者の最も工夫した所なのであった。前句には「ちり〳〵」、付句では「真昼・ねぶたがほ」と、それぞれに「俳言」を用意した上で、しかも特定の古典の歌人の口ぶりでも応ずるという、この工夫。蕉門の俳人、越人(一六五六―?)は、『冬の日』五歌仙に参加できなかったのであるが、のちに本書に関する簡略な評注を残した。そして、右の野水の付句について、「是《これ》又、当流の付様《つけやう》也。古風になき事也。面白くよく付《つき》たり」と述べる。単なる「俳言」や付物《つけもの》でつないで行く「古風」とは、別の俳諧を得た快哉が聞こえてくるようである。前句の雅も俗も、ともに細かく聞きとりましたよ、という付句の作者の、言表されていない心が、越人には、しっかりと見えたのであろう。

右に続く杜国の付句は、前句の、和歌をふまえた遊びを十分に心得て、そのあたりを「おかざきや矢矧の橋」と句作りしたもの。歌枕として「矢矧の里」はないではないが、「橋」は知られない。三河国岡崎西方の橋は「弐百八間の長橋」(西鶴『一目玉鉾』)として当代においては著名であるが、古歌に詠まれたわけではない。それを心得た上で「おかざきや」を枕詞のように置き「矢矧の橋」が、歌名所であるかのように作りなしたものである。その遊びが、まるで西行の歌に「ねぶたがほ也」があるかのように句作りした前句の遊びに、応えている。その点を、きちんと理解しましたよ、といっているのである。そして、その上で、下五を「ながきかな」と結ぶことによって、一句は、無季の句でありながら、前句を脇句とする発句を詠んでいるような面白さがある。越人は、この句についてもまた「是は当流の付様《つけやう》也。別而《べつして》新敷《しく》、面白き句也」と評した。ここでもまた「俳言」を用意しながら、それを包みこんで、もっと面白い「俳(諧性)」が、むしろ雅の世界をばねに成立しているさまが見てとられる。

俗語を風流に用いる

芭蕉は、天和年間(一六八一―一六八四)と推定される書簡(高山伝右衛門宛)において、「古風のいきやう多御《おほく》坐候而、一句の風流おくれ候様に覚申候」と述べ、重ねて「俗語の遣《つかひ》やう風流なくて、又古風にまぎれ候事」に注意せよと書いた。

そして、さらに貞享年間(一六八四―一六八八)と推定される書簡(鈴木東藤・林桐葉宛)では、

句作《くづくり》に「作《さく》」をこしらへ、句毎に「景《けい》」をのみ好《このみ》候はば、頓而《やがて》古く成《なる》べし。めづらし過《すぎ》候はば、飽心《あくこころ》出《いで》申すべく、こしやくに成《なり》候はば、後句《あとく》、石で手をつめたるやうになるべし。俳諧地《ち》をよく御つゞけなされ、処々、風景・句作、ほのかなるやうにあれかし。

とも教えている。「俗語」を、一句の中で、どのように位置させるか。「風流」を心がけよ、という。「風流」は卑近・卑俗に対する都雅(みやび)・優艶をいうのであろう。本来卑俗であるべき「俗語」を、どうしたら「風流」であ

るように用いることができるのか。その「遣《つか》やう《ひ》」は、どのように心得たらよいのか。その呼吸を、『冬の日』の連句は、さぐっていた。そして、「別而新敷《べつしてあたらしく》、面白き句」が、そこに生まれていた。それは、どう心がけたら生まれるのか。淡々と作るのがよい。「地《ち》」紋様を黙々と織り続けるように。そして、ここらで「文《あや》」をつけて、と思うようなときでも、〝絵になる〟ように作ろうなどと考えてはならぬ。〝見えを切る〟ような派手な句作りは禁物である。すべて「ほのかなるやうにあれかし」というのである。

雅と俗の均等化

雅語と俗語に対する細心の配慮が、ここには見られるであろう。「俳言」を無視しない。しかし「俳言」が、それとして目立ってはならない。問題は「言」の部分にはなく、「俳(諧性)」の方にあったのだから。こうして、そこには、「俳言」の俳諧における意味を、見直した新しい「俳言」観が認められる。そこでは「俳言」も「雅語」も、一度おなじ平面に並べられたうえで、平静に穏当に検討される。一語が一句に用いられる理由は、一句の「俳(諧性)」を作りなすために有効であるか否か、ということばかりである。「俳言」は、「俳言」であるが故に優先権をもつのでもなく、また「俳言」を含めば、自動的に「俳(諧性)」をもつというわけにも行かない。

俳言の意味が転換する

こうして、貞享年間の尾張の人々を中心にする蕉風の俳諧は、「俳言」の意味の転換をはかった。『冬の日』『春の日』『あら野』は、その間の消息を示すものである。それは、それまでには、「雅語」の平面に直立して突出していた「俳言」が、同じ平面に傾斜し、転倒して行く過程である。傾斜の角度は一様でなく、雅語と俳言の緊張関係がつくり出す「俳(諧性)」もまた多様であるが、すでにそこでは、前引91〜93に見られるような、むしろ雅語によって「俳

(諧性)」を形成しているような、逆転の関係もみられた。また『春の日』第三の歌仙の発句、

259 蛙《かはづ》のみきゝてゆゝしき寐覚かな　野水

のように、歌語でもあり、当代の口語でもあった「ゆゆし」の包含する意味の幅を、最大限に利用した句もみられる。一句は、「ゆゝしきとは、常には由々敷《よしよしき》(上品な・風情がある)事にのみいへど、歌書には、いまはしき事にもいへり」(貞室『かたこと』慶安三年刊)、「優々敷とかけり。物をほめていふ詞也。又、いま〳〵しき心にも用《もちふ》」(長伯『和歌八重垣』元禄十三年刊)という「ゆゆし」の、分裂した意味の、分裂そのことを意識したもの。結構すぎて恐いほどです、という客人としての亭主への挨拶は、一語の雅俗に対する細心の注意が、ただちに、他に「俳言」を含まぬ一句の「俳」でもあった。

俳諧史が転換する

この発句に始まる歌仙一巻が、三十六句のうち十数句に「俳言」を含まない作品として出来あがっていることを、どう見るか。また同じ『春の日』の発句の部五十八句のうち、やはり「俳言」を含まないものが半数近くに及ぶことを、どう見るか。これらを単に「俳(諧性)」の弱さと理解している限り、この頃、芭蕉たちが、なにをめざしていたか、正確に理解することは、できないであろう。元禄二年三月の芭蕉は、『あら野』の序文で、『冬の日』『春の日』の二集を(『春の日』をも含めて)表現の華美において行き過ぎがあったと批判しているのである。芭蕉は、なにをもって、外形的な過激さと見たのであろう。貞門・談林時代以来の「俳言」の常識的な考え方に従う限り、『春の日』を過激と見ることはできない。以上を要するに、ここではすでに、俳諧のあり方そのことが、変質しているのであり、芭蕉は、そのような変質を前提にして、『あら野』の立場を賞揚しているのだと認めざるを得ない。

俳言の意義

さて、「俳言」のあるべき意味の基盤自体が変質して行こうとしている期間の作品に、あらためて「俳言」を指摘することに、どのような意味があるのか。それは、すでに述べたように、頗る困難な作業であるが、しかし、今回、実験的に私注を試みる所以は、ひとえに、その意味の所在を、可能な限りせばめておきたい、と願うからにほかならない。限られた脚注の範囲内で、一句の句意を過不足なく伝えることは至難の技であり、解釈は、しばしば、あいまいになりがちである。そのような注釈の至らざる所を補い、読者が、正確に自由な鑑賞を試みられるように、一つのつぼを示しておきたい、というのが、校注者の願いである。どこまでが、一句における文学語であるのか、どこからが非文学語であるのか。文語と口語との、大まかな境目の杭を示して置くことは、その境目で苦闘した芭蕉たちの「俳」のありようを示す、有効な目安になると信じる。

芭蕉は「俗語を正す」ことが、「俳諧の益」であると教えた(『三冊子』わすれみづ)。「正す」は「問い糺す」の「タダス」。追究する・糺明するの意。すでに登録されている「雅語」についても、芭蕉は、しばしば「正す」べく作品を試みているが、雅俗にわたる言語のすべてを、追究し、問い糺したのが、蕉風の俳諧であった。それは、詩歌というものが、本来なすべきことではあったが、日本の詩歌が数百年来、おろそかにしてきたことでもあった。そのような芭蕉の俳諧が持つ困難が、七部集理解の困難さなのでもあろう。

七部集の書誌

加藤定彦

蕉門俳書の中で最もよく読まれた俳諧七部集は、伝本が極めて多く、諸版の流れが複雑なだけに伝わる善本も稀である。本書では、各集、以下の伝本を底本に用いた。

冬の日　京都大学文学部頴原《えばら》文庫蔵本　＊木村三四吾編校『頴原文庫本　冬の日』（昭和四十九年、私家版）に影印所収。

はるの日　早稲田大学図書館中村俊定《しゅんじょう》文庫蔵本　＊木村三四吾編校『俊定本　波留濃日』（昭和五十年、私家版）および『蕉門俳書集』五（昭和五十九年、勉誠社刊）に影印所収。

あら野　北海道大学附属図書館蔵本

ひさご　月明文庫蔵本　＊『蕉門俳書集』五（前出）に影印所収。

猿蓑　上巻―柿衛《かきもり》文庫蔵本（柿衛文庫翻刻19号）　下巻―前田利治氏蔵本　＊前田利治解説『猿蓑』（昭和五十年、勉誠社刊）に影印所収。

すみだはら　早稲田大学図書館中村俊定文庫蔵本　＊近世文学史研究の会編『すみたはら（炭俵）全』（昭和四十

三年、文化書房博文社刊)に影印所収。

続猿蓑　加藤定彦蔵本　*『蕉門俳書集』四(昭和五十八年、勉誠社刊)に影印所収。

これら各集の底本は、『すみだはら』を除き、すべて原版(初版)の初印(初刷)本である。

冬の日

半紙本一冊。全十七丁。題簽(外題)「冬の日　尾張五哥仙　全」。奥付「貞享甲子歳(元年)」。書肆名はなく、当初は編者荷兮の私家版、配り本であったと考えられる(刊行は翌二年か)。ところが、本集の予想以上の好評とともに蕉門の地位が擡頭、その版木は商品として京都の俳諧書肆、井筒屋庄兵衛に譲渡された。それは、宝永四年(一七〇七)刊の井筒屋蔵版『誹諧書籍目録』の記事、

冬の日　一　同年(貞享二年)　同(壱冊物)　同(売値段)　一匁

によって明らかであるし、譲渡後暫くしての摺刷である中村俊定文庫蔵本の存在によっても、それを証することができる。俊定本の表紙の十六弁大輪重ね菊の紋様は、元禄十二、三年(一六九九、一七〇〇)、井筒屋刊行の俳諧選集四、五点の表紙に集中して用いられ、表紙の紋様の流行現象から、俊定本『冬の日』はそれら四、五点と同時期の摺刷、販売品と判断されるからである。

底本と俊定本を比べると、底本の第十丁表初行の誤刻箇所、

烹る事をゆるしてはげ(「遣」の草体)を放ける　杜国

が、俊定本では「はぜ(「世」の草体)」に訂正され、奥付「貞享甲子歳」もない。この異同のうち前者は版木の譲渡以

前に施された措置と考えられるが、後者の異同の原因ははっきりしない。享保以降の後印流布本には、初印本と同様に「貞享甲子歳」の奥付がそのまま刷られていることからすると、井筒屋が販売の都合上、初印刊行時との隔たりを懸念して、奥付の年記を刷り出さないように指示したものらしい。『五色墨《ごしきずみ》』（享保十六年（一七三一）刊）の筆頭である柳居《りゅうきょ》が七部集を選定、蕉風復興を志した享保末以降は、かえって奥付の年記は蕉風樹立の時を指し示す、記念碑的な意味をもつものとして、元通りに刷り出されることになったのであろう。

後印本の中には、年記左の余白に「京寺町二条上ル町　井筒屋庄兵衛板」と書肆名のある伝本も少なくない。他は一切同じなので原版に入木したことになるが、入木（埋木）してまで版元を示さなければならない理由は思い付かない。おそらくは、井筒屋が七部集をセットで積極的に売り出すようになった宝暦頃の仕業であろう。

これらとは別に、原版の覆刻版が柿衛文庫に蔵される。原版と比べると、巻末の「追加」表六句を前丁裏の余白に追い込み、奥付の年記は削って一丁分を節約、代りに裏表紙見返しに「京寺町通二条　井筒や庄兵衛」と書肆名を示している。覆刻の態度は原版の俤を伝えようとしているけれども、表記の改変、ルビや濁点の省略、漢字・仮名の誤刻や字体の乱れなどが散見する。同じ井筒屋がわざわざ覆刻することになったのは、天明八年（一七八八）の京都大火で版木を焼いてしまったからであろう。寛政七年（一七九五）刊行の合刻版『俳諧七部集』（半紙本七冊）中の『冬の日』は、この覆刻版に拠っている。

はるの日

半紙本一冊。全十六丁。題簽「波留濃日　全」。刊記「貞享三丙寅年仲秋下浣　寺田重徳板」。版下も重徳《じゅうとく》筆。重徳

は梅盛門の俳人で、寛文中期から主として俳書の出版を手がけた京都の書肆で、貞門（後期）・談林・蕉門（前期）の三期にわたって活躍、出版活動の上から俳壇に影響を与えつづけた。編者荷兮よりも、むしろ芭蕉の口利きによって出版を引受けることになったものであろう。

奇妙なことに、右の原版を重徳自身が覆刻した異版が天理図書館綿屋文庫に蔵される。原版と比べると、第十三丁裏四行目の、

山畑の茶つみそかさす夕日かな　重五

の圏点部分が、覆刻版では「茶つみをかさす」と改正されている。もちろん、これだけの理由で出費と手間のかかる覆刻などするはずがなく、何らかの原因で版木が失われたためであろう。重徳は、蕉門の隆盛に照らして十分採算が取れると踏んで、元禄前半、覆刻の挙に出たものと思われる。

ところで、宝永四年（一七〇七）刊の井筒屋蔵版『誹諧書籍目録』を繙くと、本集は『冬の日』よりも前の第一番目に、

春の日　一　貞享二年　壱冊物　売直段　八分

と記載される。同目録の内題下の但書き、「但、右は手前ニ而板行致候分の目録也。他所ニ而板行の物は不レ載」に従うならば、宝永四年の時点で井筒屋は『春の日』を蔵版していたことになる。しかし、管見の限り、井筒屋の刊記のある伝本は存在しない。となれば、原版の版元重徳から覆刻版の版木を譲り受け、販売をまかされた、と考えるほかはない。ちょうど元禄五年（一六九二）頃から重徳は老衰し、出版活動も終息する。元禄九年、息友英が追善集を刊行、「書堂」と肩書するものの、友英はほとんど出版活動をしていない。版木・販売権譲渡の環境、条件はそろっていた。

ところが、販売をまかされた井筒屋も、宝永五年（一七〇八）の京都大火に罹災、『ひさご』など幾つかの蕉門俳書の版

木とともに『はるの日』のそれも焼いてしまったらしい。延享二年(一七四五)刊の井筒屋庄兵衛・宇兵衛蔵版『俳諧書籍目録』を繙くと、宝永の目録にあった『春の日』が『ひさご』とともに姿を消しているからである。罹災後の井筒屋の刊行点数は、それ以前に比べて激減し、火災で蒙った打撃の大きさを物語っている。延享の目録の巻末に、「右之外蕉門之俳書、板行数多有之候へども、唯今ニ而は板行焼失いたし居申候。跡より追々出し可レ申候」と予告するものの、資金不足のためか、大半は覆刻されないまま星霜を送った。とくにあまり売れそうにもない『はるの日』は継子扱いにあった後、見限られ、すでに版権を売却されていた。延享の目録に姿が見えないのは、そのためであった。

柳居らが七部集を選定、蕉風復興の運動を見せ始めた享保末年、時勢に敏感な書肆、京都の西村市郎右衛門は、其角を中心とする選集を幾つか覆刻、「芭蕉翁門俳書目録」なる広告を巻末に付して積極的な販売を展開する。西村はその販売企画の一環として、享保十九年(一七三四)頃、井筒屋から『はるの日』の版権を買い取り、これを覆刻したのである。焼失をまぬかれて刷り継がれた他の各集とともに、巷間最も流布したのが、この西村版である――『五色墨』派と西村市郎右衛門の繋がりは、宗瑞《そうずい》・咫尺《しせき》が編んだ『柿莚《かきむしろ》』(享保十九年刊、版元戸倉屋喜兵衛)の京での売捌き元をつとめたことに発し、西村版の巻末広告「芭蕉翁門俳書目録」にも『柿莚』の書名が見える。『はるの日』の版権取得年時は、同目録の配列順から推定――。

宝暦七年(一七五七)頃の井筒屋庄兵衛蔵版『俳諧書籍目録』を繙くと、その冒頭に、左表のように、はじめて「七部集」と銘打って広告している。これを見ると、『春の日』もこの頃井筒屋の蔵版であったかのような印象を与えるが、既述のごとく井筒屋の刊記のある伝本は存在せず、この『春の日』はやはり西村版の『はるの日』であったはずである。それは、七部一揃いの形で伝わったとおぼしき幾つかの伝本を調べてみても確認できる。

一匁五分 春の日 貞享二年 蕉翁撰 一冊	壱匁六分 冬の日 同年 蕉翁撰 一冊	壱匁五分 ひさご 元禄三 越人 一冊
五匁八分 あら野 同年 荷兮撰 三冊	三匁九分 猿蓑 同四年 去来撰 二冊	三匁九分 炭俵 同七年 蕉翁 野坡 二冊
三匁九分 続猿蓑 同十一年 蕉翁遺書 二冊	右七部集翁并門人撰	(下略)

このように井筒屋が七部集をセットで広告するようになったのは、柳居の門人、江戸住の鳥酔《ちょうすい》にすすめられてのことであったと思われる。鳥酔は、蕉風宣揚のため、宝暦六年(一七五六)から足掛け四年間上方に滞在、井筒屋四代目の寛治とも親交、芭蕉資料を発掘・紹介するなどの顕彰事業をともにしている。中でも、同六年、大坂壬生《みぶ》山中浄春寺において営んだ芭蕉忌には、寛治をして廟前に七部集を喜捨せしめており、注目される(『芭蕉翁墓碑』)。井筒屋は代々蕉門俳書を扱って来た関係もあって芭蕉に対する崇敬篤く、三代目のとき、井筒屋宇兵衛重寛と相版《あいはん》で『芭蕉句選』(華雀編、元文四年(一七三九)刊)を刊行、四代目の寛治は、宝暦六年、みずから『芭蕉句選拾遺』を編んでもいる。したがって、鳥酔からすすめられた時にも、早速、七部集をセットで冒頭に掲げた蔵版目録を誂えたのである。もちろん、西村版『はるの日』も一緒に販売するためには、しかるべき契約を結んだに違いない。安永三年(一七七四)刊の普及版

『俳諧七部集』(小本二冊)の刊記五書肆の中に、版元井筒屋と並んで西村が入っているのも、版権の関係からであった。しかし、どういうわけか、この版権を無視して出現した異版が存在する。題簽は「春の日　全」。版下は全く別筆。書肆名はなく、代りに巻末に一、二丁の「春秋堂蔵版書目」を付載する伝本が多い。その書目には『春の日』も見え、配列順から同集はほぼ宝暦元年(一七五一)か二年頃の刊行と推定される。本文の校訂は寺田版系統に比して杜撰《ずさん》である。

春秋堂は江戸日本橋通三丁目の書肆、吉文字屋次郎兵衛で、元禄頃から続いている老舗である。扱う出版物は俳諧関係に限らず、江戸座の高点付句集などを新刊すると同時に、この頃には幾つかの其角俳書や江戸座俳書を求版、積極的な営業活動を展開している。江戸本屋仲間の割印帳を検索しても『春の日』刊行の記事は見当らず、商売熱心のあまり、無断・無届けで再版したものらしい。刊記に書肆名がないことに誤魔化されたためか、あるいは京都から離れた江戸での出版であったためにか、ごたごたは生じなかったようである。却って井筒屋が版元となって、安永三年、普及版『俳諧七部集』を刊行する際には、版面鮮やかで古風な表紙の春秋堂版を原版と誤認、底本に採用してさえいるのである。この春秋堂版は、文化七、八年(一八一〇、一一)頃、大坂の献可堂塩屋忠兵衛の求版するところとなり、同書肆の蔵版目録(『俳諧四季部類』等巻末付載)の第四丁表に、

俳諧春の日　はせを翁七部集のうち一冊なり　半紙本

と記載されている——献可堂求版の伝本は未確認。『七部婆心録』が「浪花へ販し」と伝える西村版の『はるの日』は、『婆心録』が「坂(阪)本」として注記する本文の異同によると春秋堂版と判断される——。

天明八年(一七八八)、井筒屋は再び京都の大火に罹災、七部集の版木を焼いてしまったらしい。この時、西村も罹災、『はるの日』など大半の蔵版を焼いたのであろう、以後ほとんど出版活動を停止してしまう。井筒屋の打撃も甚大で

あったに違いないけれど、野田(橘屋)治兵衛の助けをえて辛うじて『はるの日』を除く七部集(半紙本十一冊)を覆刻したのであるが、西村版『はるの日』は再び覆刻されないまま暫く放置される。寛政七年(一七九五)、版権譲渡の契約がめでたくととのったのであろう、野田治兵衛が版元となり井筒屋庄兵衛・中川藤四郎の三書肆で『俳諧七部集』(半紙本七冊)が初めて完全なセットの形で販売されるようになった。その際、『はるの日』覆刻の底本は諸本吟味の末、寺田版の覆刻版の方が採用された。井筒屋は、天明の大火で普及版『俳諧七部集』(小本二冊)の版木も焼いたと思われるが、この普及版では既述のごとく春秋堂版『春の日』を原版と誤認して底本に採用してしまっている。寛政版『俳諧七部集』を覆刻する時にこの誤認に気付き、文化五年(一八〇八)、普及版を再刻するのをよい機会に本文を改正している。

あら野

半紙本三冊。上巻三十九丁、下巻二十九丁、員外三十丁、計九十八丁。題簽は他本を参照すると、「阿羅野　上」「菴蘿野　下」「あらの　員外」。内題は「曠野集」、もしくは「荒野集」。刊記「京寺町通二条上ル町井筒屋　筒井庄兵衛板」。版下は路通筆。序は「元禄二年弥生　芭蕉桃青」。宝永四年(一七〇七)刊の井筒屋蔵版目録の記事、

あら野　三　同(元禄三年) 尾州荷兮　三匁五分

によると、刊行は元禄三年(一六九〇)。前集『冬の日』が十七丁、『はるの日』が十六丁と小冊であったのに比し、本集は芭蕉の序を備え、三冊、全九十八丁の堂々たる選集である。

管見の限り、本集は宝永の大火に版木を焼くこともなく刷り継がれ、単行の異版は存在しない。したがって、後印本と初印本の相違は、版面の鮮明度と表紙のみである。初印本の表紙は、元禄三、四年頃に流行した、砥粉《とのこ》色地に海

老茶の藻草紋様を散らしたもので、底本のほかにも欠本・零本の形で二、三伝わる。

　したがって、安永の普及版『俳諧七部集』も、寛政の『俳諧七部集』も、ともに原版に拠って校訂・覆刻している。しかしながら、磨耗の進んだ後印本によったためか、若干の異文を生じている。

ひさご

半紙本一冊。全十六丁。題簽「飛さこ　膳所」。序「元禄三六月　越智越人」。刊記「寺町二条上ル町　井筒屋庄兵衛板」。阿《あ》誰軒《すいけん》(井筒屋)編『誹諧書籍目録』(元禄十五年刊)の記事、

　ひさこ　一冊　同(元禄三年)八月十三日　膳所珍夕作

によると元禄三年八月十三日の刊行で、宝永四年刊の井筒屋蔵版目録によると売値は八分。

　初印本には、底本のほかに国会図書館蔵本がある。国会本は校正刷りらしく、誤刻部分数箇所に朱の○印が付けてあり、上部の余白に正しい字が朱書されている。底本ではその通りに直っているが、なお数箇所の校正漏れが残っている。

　初印本と流布本(正確にいえば覆刻版後印本)の最大の異同は、古来、問題とされて来た箇所で、第二巻の歌仙の発句・脇、

　いろ〳〵の名もまきらはし春の草　珍碩
　うたれて蝶の目を覚しぬる　翁

の圏点部分が、流布本ではそれぞれ「むつかしや」「夢はさめぬる」と改変されているところである。その他の部分

を比較照合すると、題簽が「飛佐古　膳所」と改められ、初印本の誤刻が訂正されている箇所もあれば、逆に新たな誤刻を犯している箇所もある。版面や字遣いを検討すると、流布本が初印本(原版)の覆刻版であることは瞭然とするが、覆刻の態度はそれほど厳密でない。『はるの日』と同様、宝永五年(一七〇八)の大火で版木を焼いたため覆刻したものであろう――延享の井筒屋蔵版目録に本集は出て来ない――。

ところが、この覆刻版の中に、原版と同様「まきらはし」「目を覚しぬる」となっている伝本が存在する(東京大学図書館知十文庫蔵)。他の流布本と比較すると、覆刻版の早印本らしく、井筒屋は何らかの理由で覆刻した版木の当該部分を入木訂正したことになる。

この一件を『誹諧諸集訂誤』(天明三年(一七八三)刊)の著者布碩《ふせき》は、支考《しこう》が指図して版木を改めさせたのであろうか、と疑っている。確かに支考著『二十五箇条』(享保二十一年(一七三六)刊)を繙くと、流布本と同じ句形で引用しており、同門の土芳《どほう》が『三冊子《さんぞうし》』(赤)に「まきらはし」「目を覚しぬる」の原形で引用しているのと対照的である。支考は『二十五箇条』に、「此句は、はじめてはいかいの意味をたづぬる人の、俳諧名目まぎらはしとてまどひたるを、其所直に一棒をあたへて蝶の夢をさましぬる所、云々」と寓意を強調していることからすると、自説披瀝のために改竄《かいざん》、入木させた可能性が高い。覆刻後の改変であるから、芭蕉の意に発する訂正ではあるまい。

井筒屋の原版系統とは別に、江戸で刊行された異版が二、三の文庫に伝わる。題簽は「飛佐古」。奥付は「享保廿乙卯初冬」の年記のみ。巻末に、出版の経緯を記した笠翁《りゆうおう》の奥書――其角自筆の写しを門人大町《だいちよう》が譲り受け、その子大《だい》梅《ばい》が上梓したという――、芭蕉の立句《たてく》による大梅・珪琳《けいりん》(『五色墨』の一人)らの脇起りの短歌行、同じ連中の冬季吟・芭蕉忌の手向け吟を付録する。ちょうど、柳居が『高軒《たかいびき》』(享保十九年刊)の序に七部集を推奨した直後、すなわち西村版『はるの日』が登場した頃の刊行である。この異版は、井筒屋原版と同様、「まきらはし」「目を覚しぬる」の句形をとっていて、漢字・仮名の字遣いやルビの有無のほかには異同は認められないので、原版の写しに拠ると判断される。

『諸集訂誤』以前にも、本集の初印本には「まきらはし」「目を覚しぬる」とあったという情報が浸透していたのか、あるいは、其角自筆の写しによる異版を信用したためか、安永の普及版『俳諧七部集』は原版初印本の句形をとっている。ところが、寛政の合刻版『俳諧七部集』が本集の底本に覆刻版後印の流布本を採用したため、普及版はこれに引きずられ、文化五年(一八〇八)の再刻時に「むつかしや」「夢はさめぬる」と改悪している。

猿蓑

半紙本二冊。上巻三十五丁、下巻二十四丁、計五十九丁。題簽「猿蓑　乾」「さるミの　坤」。内題「猿蓑集」。序は其角、跋は丈艸。刊記「京寺町二条上ル丁　井筒屋庄兵衛板」。版下は、序が雲竹筆、他はその弟子正竹筆。阿誰軒編『誹諧書籍目録』(元禄十五年刊)の記事、

猿簑　二冊　同(元禄四年未)七月三日　去来作

によると、元禄四年(一六九一)七月三日の刊行。宝永四年刊の井筒屋蔵版目録によると、売値は二匁五分。

本集の初印本には、底本のほかに沖森直三郎氏蔵本がある。沖森本は、元禄三、四年頃に流行した表紙(『あら野』初印本と同じもの)を用いた、二冊揃いの最善本である。しかしながら、表紙を除けば、版面の鮮明度を含めて両本に相違は認められない。

初印本と後印流布本との間には二つの大きな相違点がある。一つは、西馬が『標注七部集』(元治元年(一八六四)刊)に、「元禄ノ製本ニハ年月筆者ノ一行アリ。故ニ首ニ其角序ト書ス。然ルニ一帖ノ畾紙ヲ吝ミ、後年書肆ノ抜去シモノ也」と指摘するように、其角序の末に記される筆者の識語「元禄辛未歳五月下弦／雲竹書」の刷られる一丁を後印本では省いているところである。今一つは、寛保二年(一七四二)、嵐雪門の吏登が七部集について門人に口述した中で、「このごろの板行、二番草の上が欠たやら、一番草と読る也。二番草でなければ、穂に出るの詮なし。云々」(『七部捜』蓼太編、宝暦十一年刊)と言及するように、下巻所収の「市中は」歌仙の第三、

二番草取りも果さす穂に出て　去来

の上五が、後印本では版欠けで「一番草」となっているところである。本集は、宝永の大火にも焼けず、同じ版木で刷り継がれている。巷間伝わるものは、ほとんどが磨耗の進んだ、ぶざまな後印本といってよい。序末の一丁が省かれ、版欠けで「一番草」となったのはいつからかはっきりしないけれども、そうした欠陥の見られぬ伝本が稀なことからすると、案外早い時期からではなかろうか――河野信一記念文化館に、序末の一丁がないのに「二番草」となっている上下合綴本が蔵される。子細に点検すると、版面は寛政の『俳諧七部集』所収版と一致し、「猿蓑集　乾」の元題簽をもつ。天明八年の大火後に覆刻された版と推定される――。

安永の普及版『俳諧七部集』および寛政の合刻版『俳諧七部集』は、流布本の影響でか、ともに序末の識語を欠き、全き形で翻刻されたのは幕末の『標注七部集』になってからである。

すみだはら

半紙本二冊。上巻三十四丁、下巻二十八丁、計六十二丁。題簽「すみたハら　建」「すみたハら　順」。内題「炭俵」(序)、「誹諧炭俵集」(上巻)、「誹諧炭俵」(下巻)。序は素竜《そりよう》。奥付「撰者芭蕉門人／志太氏野坡／小泉氏孤屋／池田氏利牛／元禄七歳次甲戌六月廿八日」。刊記「京寺町通　井筒屋庄兵衛／江戸白銀丁　本屋藤助」。

刊行は、芭蕉の元禄七年(一六九四)七月十日付曾良宛書簡に「別座敷・炭俵のなりわたりおびたゞしく候故、云々」と記しているので、奥付の日付に近い頃と判断される。宝永四年(一七〇七)刊の井筒屋蔵版目録によると、売値は、二匁五分。もう一人の書肆本屋藤助は、本集以外にかかわっている出版物を見出せず、江戸での売捌き元と推定される。

本集には初印と認められる伝本はなく、かなりの早印と思われる伝本(上巻のみ)が神宮文庫に蔵される。比較すると、版欠けの進み具合を除けば相違はなく、同版と認められるので、次善のやや後印本を底本とした。

本集は宝永の大火にも焼けず、同じ版木で刷り継がれ、安永の普及版『俳諧七部集』も、寛政の合刻版『俳諧七部集』も、ともに原版に拠っている。

続猿蓑

半紙本二冊。上巻十七丁、下巻四十八丁、計六十五丁。題簽「続猿蓑　上」「続猿ミ乃　下」。内題「続猿蓑集」。跋「元禄十一寅五月吉日　ゐつゝ屋庄兵衛書(印「重勝」)」。元禄七年九月十日付の去来宛芭蕉書簡によると、版下は膳《ぜ》所《ぜ》住の臥高筆か。宝永四年刊の井筒屋蔵版目録の記事、

続猿蓑　二　同(元禄十一年)芭蕉遺書　二匁五分

によると、刊行も十一年中のことと思われる。

版元井筒屋が、跋に「書中、或は墨けし、あるいは書入等のおほく侍るは、草稿の書なればなり。一字をかえず、一行をあらためずしての書、其手跡を以て直に板行をなす物也」と記しているように、本集には加筆抹消の跡が夥《おびただ》しく、初印時からぶざまな紙面を呈している。それは編集から出版までの間に複雑な事情があったためで、敢えてそのまま彫工・刊行して蕉門内部の嫌疑に招かないよう配慮したものである。

底本についで早い時期の摺刷と認められる伝本（勝峰晋風旧蔵）が綿屋文庫に蔵される。他はいずれも後印本で、版は底本と同じである。

したがって、安永の普及版『俳諧七部集』および寛政の合刻版『俳諧七部集』も、ともに右の原版に拠っているが、小異が散見される。

井筒屋のセット販売に対し、初めから『俳諧七部集』と銘打ったものが、安永以降、何種も登場し普及した。以下に簡単に解説する。

俳諧七部集（普及版）

小本二冊。子周編。瞽者水母散人（塙保己一）序。大鵬館主人（大田南畝）跋。安永三年（一七七四）、江戸山崎金兵衛・同　冨田新兵衛、京都西村市郎右衛門・同　野田治兵衛・同　井筒庄兵衛（版元）の五書肆相版。七部の収載順は、上巻が『春の日』『冬の日』『ひさご』『猿蓑』『続猿蓑』、下巻が『炭俵』『あら野』。本書には安永三年原版の覆刻版（刊時未詳）、文化五年（一八〇八）の再刻版、安政四年（一八五七）の改正版、無刊記版などがあり、版によって本文や収載順に異同がある。

俳諧七部集(合刻版)

半紙本七冊。寛政七年(一七九五)、京都筒井庄兵衛・同中川藤四郎・同野田治兵衛(版元)の三書肆相版。原版の俤を伝える覆刻版で、処々に校訂の手が加わっている。収載順を題簽によって示すと、「俳諧七部集 春の日 冬の日 ひさご 一」「同 炭俵 二」「同 猿みの 三」「同 続猿蓑 四」「同 阿羅野 五」「同 阿羅野 六」「同 阿羅野 付員外 七」。

本書は、天明八年(一七八八)の京都大火で焼いた、井筒屋および西村の七部集各集を、野田治兵衛が版元となって一括して覆刻したもの。野田治兵衛(橘屋治兵衛、略して橘治《きつじ》)は京都寺町通二条下ル町の俳諧書肆で、宝永・正徳頃から蕉門、とくに支考や廬元坊らの美濃派俳書を専門に手掛け、同派の全国的浸透とともに井筒屋を完全に凌駕する。といっても、両者は扱う出版物が共通かつ補完し合うところからともに「蕉門俳書所」を称し、『俳諧書籍目録』(宝暦中期成、以後継続刊行)を合刻したり、明和頃からは両者相版で刊行する例が急増して来る。ことに蕉門の聖典であり、ロングセラーともなる普及版『俳諧七部集』(安永三年刊)や『おくのほそ道』(明和七年(一七七〇)蝶夢跋)は多くの需要が見込まれるところから、橘屋は全国の美濃派俳人の要望に応えてその販売に参入、一方、版権をもつ井筒屋も顧客の増大に繋がるというわけで、両者の利益が一致したのである。罹災後、普及版の方は小本二冊なので、覆刻にも大した資力を要しないが、半紙本の方はそうはいかず、資力に余裕のある橘屋が主に出資したのである――『おくのほそ道』(桝型本一冊、原版は井筒屋版)は罹災した翌寛政元年の仲秋に、やはり井筒屋・橘屋の相版で覆刻している――。幕末期、曲斎が橘屋(懐玉堂)の蔵を捜索、七部集の外題を彫った版木を発見、『七部婆心録』(万延元年(一八六〇)刊)に紹介している。それによると、各集単行版の外題をそのまま寄せ集めて一枚板に彫ってあるけれども、『はるの日』の分だけが欠けていたという。つまりこれは、『はるの日』の版権をもつ西村が覆刻に参加も協力もしなかったことを示している。羅災後の西村の動静ははっきりしない。ほとんど出版活動もしていず、没落が伝えられるだけである(『婆心録』)。このときの覆刻版の伝本が、柿衛文庫蔵の『冬の日』であり、河野信一記念文化館蔵の合綴本『猿蓑』(星野麦人旧蔵)であろう。その後、西村と版権譲渡の契約がととのい、『はるの日』も覆刻、外題を前記のごとく彫り替え、見返し題・刊記・帙題(袋題)を彫り足して七冊に仕立てたのが、寛政七年(一七九五)再刻と奥付にある合刻版『俳諧七部集』と推定される。このときの伝本は意外に少ない。その後、中川藤四郎に代って諧仙堂浦井徳右衛門が加わった版など、多くの求版・再覆刻版が流布、本文にもかなりの異同が見られる。

掌中俳諧七部集

小本(豆本)二冊。秋艸庵精衛編。自序。天保十一年(一八四〇)、秋艸庵蔵版。収載順は安永版に記した順に同じ。他に、天保十五年、中村屋源八増補校合、山崎屋清七・三河屋甚助の相版がある。

俳諧七部集

小本(豆本)二冊。晩花坊編。自序。天保十四年(一八四三)、明月庵蔵版。収載順は同前。『奥の細道』小本一冊を付録。

校正七部集

三ッ切横本一冊。花鳥庵編。ふぢの屋のあるじふる人序。弘化二年(一八四五)、花鳥庵蘿斎校。花鳥庵蔵版。三田屋喜八ら四書肆刊。収載順は各集の刊行順。巻末に「芭蕉略伝」を付録。他に七書肆版もある。

校正七部集

横本(枕本)二冊。八雲龍守・一葉舎仙皀校訂。亀岡甚三郎(龍守)蔵版。嘉永四年(一八五一)、亀田屋甚蔵・英屋大助相版。収載順は安永版に記す順に同じ。他に玉山堂山城屋佐兵衛版がある。

標注七部集

小本二冊。惺庵西馬述。潜窓みき雄編。不知庵寄三校。元治元年(一八六四)、琴堂序。潜窓蔵版。収載順は刊行順。頭注を付し、本文も校正本の中では最も信頼できる。

以上、文化期までの七部集の諸版の流れをわかり易く図示すると、次掲のごとくとなる。なお不明の点が多く、不確かな推論に終始したところも少なくない。今後を期したい。末筆ながら、執筆するに当って多大の学恩を蒙った木村三四吾氏、諸本調査に際してお世話になった公私の図書館・文庫・所蔵者各位に深甚の謝意を表する。

諸版の流れ

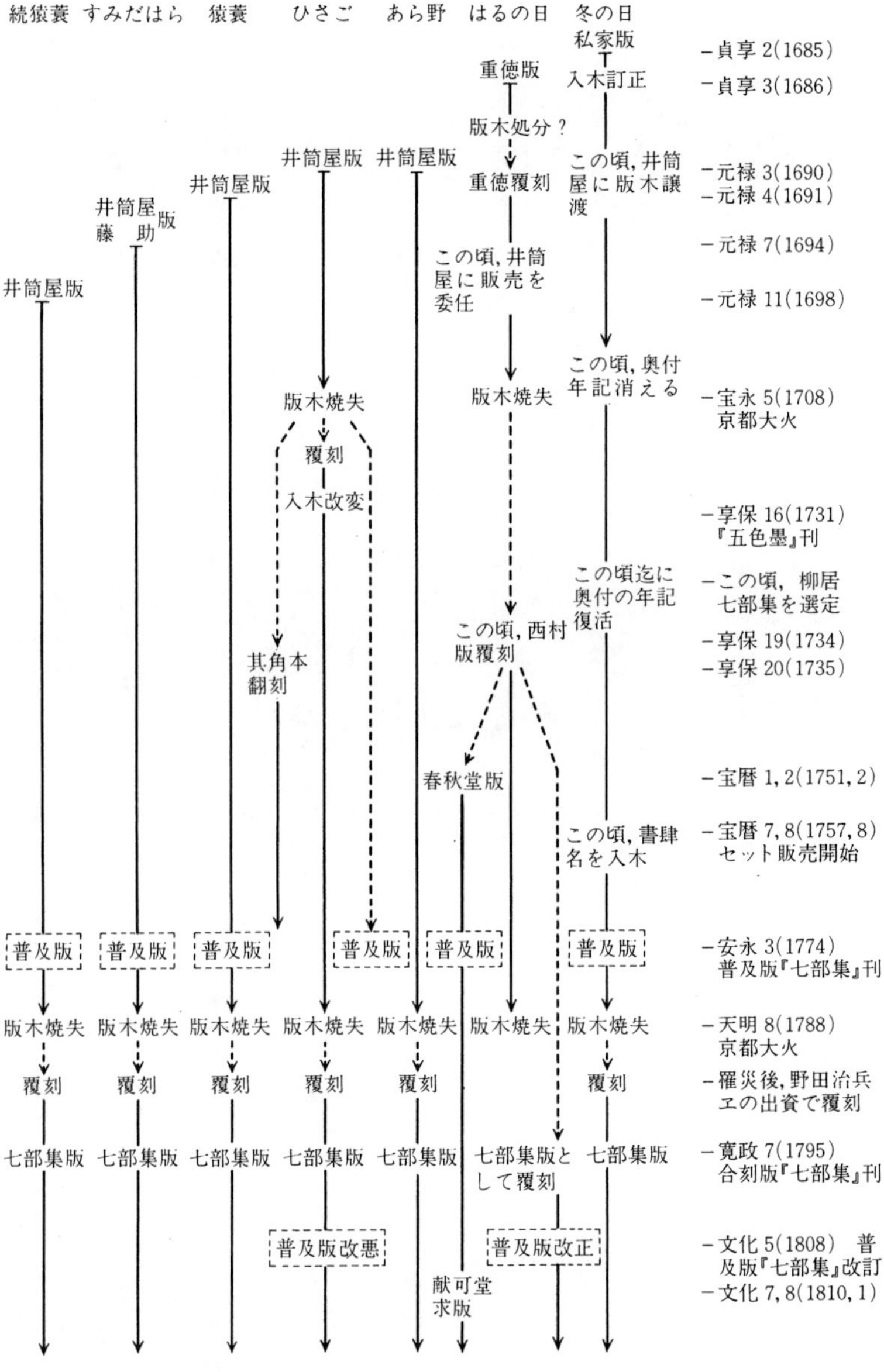

（注）──→ は版木の流れ，- - -→ は本文および覆刻関係の流れを示す．

参考文献

○木村三四吾編校『穎原文庫本 冬の日』(昭和四十九年、私家版)解説。
○同右『俊定本 波留濃日』(昭和五十年、私家版)解説。
○蕉門俳書研究会編『蕉門俳書集』五(昭和五十九年、勉誠社刊)所収の「波留濃日」解題(加藤定彦担当)および「ひさご」解題(大内初夫担当)。
○加藤定彦「俳諧七部集の校訂と初版本――北大本『あら野』の紹介をかねて――」(「書誌学月報」第二十一号、昭和六十年九月)。
○近世文学史研究の会編『すみたはら(炭俵) 全』(昭和四十三年、文化書房博文社刊)付録「炭俵参考資料」。
○雲英《きら》末雄『元禄京都諸家句集』(昭和五十八年、勉誠社刊)所収「寺田重徳年譜」。
○同右「俳諧書肆の誕生――初代井筒屋庄兵衛を中心に――」(『元禄京都俳壇研究』昭和六十年、勉誠社刊、所収)。
○伊佐地千恵子「井筒屋庄兵衛俳書出版年表」(「県大国文」第七号、昭和四十七年十一月)。
○『江戸本屋出版記録』(書誌書目シリーズ⑩、昭和五十七・九年、ゆまに書房刊)。＊江戸の本屋仲間の割印帳。
○井筒屋・橘屋編『俳諧書籍目録』(改造文庫『奥の細道・芭蕉翁文集』昭和四年刊に付載)。
○石川巌編『阿誰軒編集 誹諧書籍目録』(大正十三年、井上書店刊)。＊元禄十五年と宝永四年の目録を翻刻。
○湯沢賢之助「西村市郎右衛門(代々)の出版・文筆活動」(「言語と文芸」第八十八号、昭和五十四年九月)。
○国文学研究資料館編『酒田市立光丘文庫俳書解題』(昭和五十八年、明治書院刊)。＊『俳諧七部集』の項は雲英末雄担当。

新 日本古典文学大系 70
芭蕉七部集

1990年 3月20日 第1刷発行
2007年 2月5日 第6刷発行
2017年 9月12日 オンデマンド版発行

校注者 白石悌三《しらいしていぞう》 上野洋三《うえのようぞう》

発行者 岡本 厚

発行所 株式会社 岩波書店
〒101-8002 東京都千代田区一ツ橋 2-5-5
電話案内 03-5210-4000
http://www.iwanami.co.jp/

印刷／製本・法令印刷

ISBN 978-4-00-730667-9 Printed in Japan

索　　引

発句・連句索引

1) この索引は，『芭蕉七部集』3482句の，初句による索引である．句に付した数字は，本書における句番号を示す．
2) 見出し語には，発句・連句の初句をとり，排列は現代仮名遣いの訓読による五十音順とした．
3) 初句が同音の場合，次に続く語によって排列した．また，表記は便宜的に1つの形で代表させた．

あ

い

き

さ

し

の

は

ま

み

む

人名索引

1) この索引は，『芭蕉七部集』の作者および前書•後書，序•跋にみえる人物について，簡単な略歴を記し，該当する句番号を示したものである.

2) 排列は，現代かなづかいの五十音順による．ただし，読みにくいもの，および読み方の判然としかねるものは，通行の漢音によった.

3) 数字に付した＊は前書また後書，◇は付句，記号のない数字は発句を表わす.

あ•い•う•え•お

網代民部の息《あじろみんぶのそく》　伊勢山田の人．網代民部は足代弘氏．息は民部弘員，号，雪堂．享保2年(1717) 8月23日没，61歳．外宮の師職．政治的権力も有する「三方家」に属する御師で，権太夫と称した．国学者の家柄であるが，俳人としても父の後を嗣いで，神風館2世を称した．　*516

阿叟《あそう》　*続猿蓑•今宵賦，*3292．→芭蕉

闇指《あんし》　越前福井藩士．150石．中村太郎左衛門政方，初名，弥五作．元文6年(1741)頃没，90余歳か．梅宇軒．『袖目金』の著がある．3031, 3046, 3062, 3075, 3120, 3141, 3208, 3260, 3330, 3373

依々《いい》　僧．江戸深川連衆．貞享5年(1688)から宝永元年(1704)まで入句．宗波の別号の可能性も．　2585, 2614, ◇2762, ◇2771

意元《いげん》　3005

惟然《いぜん》　美濃国関の人．広瀬源之丞．別号，素牛•鳥落人•湖南人•梅花仏•風羅堂•弁慶庵．正徳元年(1711) 2月9日没，60余歳．九兵衛の3男．家は酒造家で富裕だったが，家を捨て俳諧の道に入ったという．元禄元年(1688)頃芭蕉に入門．『北の山』に初出．その後，『初蟬』『菊の香』等に入句．『藤の実』『二葉集』等を編纂．『惟然坊句集』が文化9年(1812)に刊行され，追善集として『みのゝ雫』『年の雲』『梅の紅』がある．　*756, ◇2895, ◇2898, ◇2901, ◇2904, ◇2907, ◇2910, ◇2913, ◇2916, ◇2919, ◇2922, ◇2926, ◇2931, ◇2936, ◇2941, ◇2946, ◇2953, ◇2958, ◇2961, 2970, 3045, 3149, 3200, 3237, 3292, 3305, 3349, 3356, 3366, 3407, 3421, 3450, 3464, *3466

一道《いちどう》　伊勢の人．　3358

一有妻《いちゆうのつま》　伊勢山田の人．神官秦師貞の女，医師斯波一有の妻，園女(そのめ)．享保11年(1726) 4月20日没，63歳．『あけ鴉』の女とは園女か．『其袋』等に入句．雑俳点者でもあった．夫の没後江戸に下る．宝永3年(1706)『菊の塵』編纂．剃髪して智鏡と号した．978

一竜《いちりゅう》　近江大津の人．『蕉門諸生全伝』に「膳所城下に茶店助六と云商家也」とある．662

一鷺《いちろ》　伊賀の人．京屋重助．享保15年(1730) 8月9日没，享年不詳．商人．『枯尾花』に入句．　2985, 3052

一橋《いっきょう》　出羽の人．　572

一酌《いっしゃく》　伊賀の人．酒屋太右衛門と称す．3296

一笑《いっしょう》　尾張津島の人．若山氏．『阿波手集』『旅衣集』等に入句しており，寛文の初め頃から貞門の俳人として活躍していた．他に『枕かけ』『小弓俳諧集』等に入句．　520, 549, 551, 655, 915

一笑《いっしょう》　加賀金沢の人．小杉味頼．通称，茶屋新七．元禄元年(1688) 12月6日没，36歳．初出は『時勢粧』．『孤松』『いつを昔』等に入句．貞門•談林を経て蕉門に帰す．芭蕉とは貞享4年(1687)頃から交流．一笑の死を知り，願念寺での追悼会に，芭蕉は「塚も動け我が泣く声は秋の風」をたむけた．追善集は『西の雲』．他に『色杉原』『柞原』等に入句．466, 758, 820, 1030

一晶《いっしょう》　京の人か．芳賀治貞．通称，順益または玄益．別号，崑山翁•冥霊堂．『綾錦』によれば，宝永4年(1707) 4月没，60余歳．似船•常矩系に属し，常矩を介して秋風•信徳に兄事．天和3年(1683)春，京から江戸に移る．延宝8年(1680)『四衆懸隔』，天和元年(1681)『蔓付贅(つるいぼ)』を刊行．『関相撲』には京の6点者の1人として遇され，13500句の矢数俳諧も行なった．『如何』『丁卯集』『千句

前集』『万水入海』『一塵重山』『八衆懸隔』『千句後集』等の編著がある。他に『一楼賦』『三体句』等に入句. 464

一井《いっせい》 尾張名古屋の人. 貞享4年(1687)に芭蕉を家に招き,「旅寝よし宿は師走の夕月夜 芭蕉」の句により, 七吟半歌仙を行なった(熱田三歌仙). 369, 478, 585, 624, 785, 810, 885, 932, 943, 1023, 1025, 1045, 1051, 1400, ◇1405, ◇1408, ◇1413, ◇1416, ◇1421, ◇1424, ◇1429, ◇1432

一雪《いっせつ》 京の人. 後に江戸および阿波に移住. 椋梨氏. 通称, 三郎兵衛. 別号, 牛露軒・柳風庵. 寛永8年(1631)出生, 元禄期も存命か. 初め貞徳に師事し, のち西武・梅盛に師事した.『正章千句』に対し,『茶杓竹』をもって難じた. その編書に『歌林鋸屑集』『貞徳誹諧記』『洗濯物』『晴小袖』『雨霽』『言之羽織』等の他,『古今犬著聞集』『日本武士鑑』等の実録物もある. 410, 577, 1029

一泉《いっせん》 伊予の人. 435, 743

一啖《いったん》 伊賀の人. 1915

一東《いっとう》 伊賀の人. 少年作者. 3283

一桐《いっとう》 伊賀上野の人. のち京都に住した. 通称, 京屋権右衛門. 519, 1906, 2982, 3039

一髪《いっぱつ》 美濃岐阜の人. 398, 399, 414, 429, 437, 513, 574, 644, 705, 725, 742, 778, 779, 780, 791, 827, 902, 923

一風《いっぷう》 尾張名古屋の人. 浜島氏. 2423

為有《いゆう》 山城嵯峨の人. 蕉門の俳書に「嵯峨農夫」「嵯峨田夫」と肩書がある. 初出は, 元禄5年(1692)『己が光』『釿始』. 俳諧は去来の感化によるか, 去来追善集『誰身の秋』の巻頭, その他に追悼句がみえる. 他に『雪薺集』等に入句. 2461, 2534, 2560, 3287, 3332

印苔《いんたい》 3171

羽紅《うこう》 京の人. 名は, とめ. 元禄4年(1691)剃髪して, 羽紅尼と号す. 凡兆の妻. 初出は『あら野』.『荒小田』『嵯峨日記』等に入句. 元禄3・4年, 在京中の芭蕉と親しく交わる. 484, 1626, 1685, 1706, 1717, 1757, 1794, 1826, 1854, 1945, 1950, 1967, 1986, ◇2141, 2171, 3029

卯七《うしち》 肥前長崎の人. 蓑田氏. 通称は, 八平次. 別号, 十里亭. 享保12年(1727)5月7日没(一説に延享4年1月2日没), 65歳. 去来の義理の従弟にあたる. 唐人屋敷組頭を勤めた. 去来と『渡鳥集』共編, 去来一周忌追善集『十日菊』編纂. 他に『有磯海』『続有磯海』等に入句. 1692, *1828, 2515, 3140

烏巣《うそう》 三河吉田の人. 加藤氏. 名は玄順. 医を業とした. 1951

宇多都《うたのいち》 伊賀上野の人. 享保3年(1718)没. 3128

雨桐《うとう》 尾張名古屋の人. ◇189, ◇196, ◇199, ◇206, ◇209, ◇216, ◇219, 304, 344, 1069

烏栗《うりつ》 伊賀上野の人. 来川氏.『枯尾花』では芭蕉追悼句を手向けている. 3248

羽笠《うりつ》 尾張熱田の人. 高橋氏. 通称, 弥左衛門. 享保11年(1726)9月17日没, 80余歳. 橘屋という商家と伝えられる. 父も俳号を羽笠といい, 子の文長も同名を襲って3代目となった. 初出は『冬の日』. その他『曠野後集』『橋守』等に入句. ◇114, ◇119, ◇126, ◇131, ◇138, ◇143, ◇149, ◇156, ◇161, ◇168, ◇173, ◇180, 181, ◇227, ◇235, ◇238, ◇243, ◇248, ◇253, ◇258, 306, 1691

雲居《うんご》 土佐の人. 雲居希膺(きよう). 万治2年(1659)8月8日没, 78歳. 禅僧. 大徳寺で得度, ついで妙心寺の一宙について学び, のち, 諸国を行脚. 寛永13年(1636)伊達忠宗に招かれ, 松島の瑞巌寺を住持した. *712

雲竹《うんちく》 京都, 東寺観智院の僧. 北向氏. 元禄16年(1703)没, 72歳. 書家. 大師流の道統を継承し, 当代の能書家として著名. 芭蕉も交渉があり, 貞享頃から書風に影響をうけた. *猿蓑序

益音《えきおん》 尾張津島の人. 739

越人《えつじん》 北越より延宝初年頃名古屋に出る. 越智氏. 通称, 十蔵または重蔵. 別号, 負山子・槿花翁. 明暦2年(1656)生まれ, 没・享年未詳. 初出は『春の日』. 編著に『鵲尾冠』『庭竈集』. 注釈書に『俳諧冬の日槿華翁之抄』がある. 他に『曠野後集』『橋守』等に入句. ◇226, ◇231, ◇234, ◇237, ◇241, ◇246, ◇251, ◇256, ◇261, ◇268, ◇271, ◇278, ◇281, ◇284, ◇291, 295, 315, 319, 323, 328, 334, 341, 343, 346, 356, 368, 382, 392, 411, 418, 443, 496, 497, 503, 511, 548, 569, 581, 610, *622, 625, 668, 675, 708, 710, 751, 761, 864, 865, 866, 867, 868, 880, 881, 882, 906, *937, 950, *953, 970, 977, 988, 1020, 1021, 1048, 1067, 1089, ◇1097, ◇1100, ◇1103, ◇1106, ◇1109, ◇1112, ◇1115, ◇1118, ◇1121, ◇1124, ◇1127, ◇1239, ◇1242, 1243, ◇1247, ◇1248, ◇1251, ◇1252, ◇1255, ◇1256, ◇1259, ◇1260, ◇12

63, ◇1264, ◇1267, ◇1269, ◇1271, ◇1273, 1274, ◇1277, ◇1278, ◇1281, ◇1283, ◇1285, ◇1287, ◇1289, ◇1291, ◇1292, ◇1294, ◇1296, ◇1298, ◇1300, ◇1302, ◇1304, ◇1306, 1308, *1310, ◇1311, ◇1312, ◇1315, ◇1316, ◇1319, ◇1320, ◇1323, ◇1324, ◇1327, ◇1328, ◇1331, ◇1332, ◇1335, ◇1336, ◇1339, ◇1340, ◇1343, ◇1344, ◇1345, ◇1347, ◇1348, ◇1351, ◇1352, ◇1355, ◇1356, ◇1359, ◇1360, ◇1362, ◇1363, *ひさご序, ◇1491, ◇1493, ◇1495, ◇1497, ◇1499, ◇1501, ◇1504, ◇1505, 1639, 1726, 1741, 1858, 1919, 2174, *2175, 3469

越水《えつすい》　748

円解《えんかい》　美濃の人.　711

淵支《えんし》　尾張の人.　909

塩車《えんしゃ》　543, 578, 819

猿雖《えんすい》　伊賀上野の人.　商人.　内神屋.　窪田惣七郎.　別号, 意専.　宝永元年(1704) 11 月 10 日没, 65 歳.　六太夫正誓(まさちか)の次男.　初出は『猿蓑』.　他に『北の山』『初蟬』等に入句.　1640, 1942, ◇2132, ◇2135, 2465, 2506, 2567, 2615, 2640, 2973, 3030, 3099, 3236, 3282, 3420, 3475

遠水《えんすい》　江戸の人.　樋口氏.　露言に兄事していたが, 蕉門とも交遊があったらしい.　1913

園風《えんぷう》　伊賀上野の人.　藤堂藩士.　元禄 2 年(1689)頃から, 伊賀での芭蕉の俳席に参じ,『猿蓑』に入句.　1955, 1979, ◇2131, ◇2134, ◇2137

扇《おうぎ》　→せん

奥州《おうしゆう》　江戸の遊女.『猿蓑さがし』に「貞享の頃新吉原にて名だたるうかれ女」とある.　何丸の『七部小鑑』には「上方の遊女なり」と伝える.　1720

鷗歩《おうほ》　美濃岐阜の人.　376, 510, 561, 594, 650, 719

翁《おきな》　1436, ◇1439, ◇1442, ◇1445, ◇1448, ◇1451, ◇1454, ◇1457, ◇1460, ◇1463, ◇1466, ◇1469, ◇1473, *1642, *1674, *1728, *1843, *1899, *2494, *続猿蓑跋.　→芭蕉

乙州《おとくに》　近江大津の人.　河合(川井)氏.　通称, 次郎助・又七.　別号, 設楽堂・杙々(だいだい)庵.　享保 5 年(1720) 1 月 3 日没, 64 歳.　智月の弟で, その養嗣子となり, 家業の荷問屋を継ぐ.　はじめ尚白に入門.　のちに, 金沢滞在中, 芭蕉に入門.　初出は『孤松』.　他に『前後園集』『鳶獅子集』等に入句.　◇1511, ◇1518, ◇1523, ◇1528, ◇1535, ◇1540, 1544, ◇1553, ◇1562, ◇1571, 1625, 1696, *1701, 1775, 1788, 1846, 1892, 1995, *2106, ◇2107, ◇2110, ◇2115, ◇2118, ◇2121, 2151, 2529, 2620, 2975, 3167, 3186, 3241, 3314, 3459

か・き・く・け・こ

介我《かいが》　大和の人.　佐保氏.　通称, 孫四郎.　初号, 普船.　享保 3 年(1718) 6 月 18 日没, 67 歳.　延宝 2 年(1674)江戸に出た.　天和期頃蕉門に入り, 其角と親しかった.『四季千句』『いつを昔』等に入句.　1989, 3054

芥境《かいきよう》　尾張の人.　1657

槐市《かいし》　伊賀上野の人.　中尾氏.　名は宗重.　通称, 源左衛門.　享保 16 年(1731) 6 月 11 日没, 63 歳.　藤堂新七郎良長(俳号, 探丸)に仕えた.『枯尾花』に入句.　1783, 3019

偕雪《かいせつ》　681

快宣《かいせん》　尾張名古屋の人.　956

角上《かくじよう》　近江堅田本福寺の 12 世住職.　三上氏.　千那の養子.　名は明因.　別号, 瞬七(しゆんひ)亭・夕陽観・百布軒.　延享 4 年(1747) 5 月 8 日没, 73 歳.　初出は『いつを昔』.　芭蕉五十回忌には, 義仲寺に芭蕉翁行状碑を建てた.　他に『車路』『鎌倉海道』等に入句.　3058

鶴声《かくせい》　三河岡崎の人.『柱暦』を編纂.　436, *1804

荷兮《かけい》　尾張名古屋の人.　山本氏.　名は周知.　通称, 武右衛門・太一, または太市.　別号, 加慶・一柳軒・撫贅(ぶぜい)庵・橿木堂.　連歌師としては昌達.　享保元年(1716) 8 月 25 日没, 69 歳.　医を業とした.　貞門, 椋梨一雪に師事, 加慶の号で『晴小袖』に入句.　貞享元年(1684)芭蕉と知る.『冬の日』『春の日』に参加,『あら野』を編集.　しかし『猿蓑』頃から蕉風に批判的となる.『曠野後集』『ひるねの種』『橋守』等を編集した.　晩年は連歌師に転向し, 墓碑には「法橋昌達」とある.　他に『続虚栗』『青葛葉』等に入句.　◇3, ◇10, ◇13, ◇20, ◇23, ◇30, ◇33, ◇40, ◇45, ◇52, ◇55, ◇62, ◇65, ◇72, ◇77, ◇84, ◇87, ◇94, ◇97, ◇104, ◇107, ◇110, ◇115, ◇122, ◇127, ◇134, ◇139, 145, ◇152, ◇157, ◇164, ◇169, ◇176, ◇182, 187, ◇194, ◇197, ◇204, ◇207, ◇214, ◇217, ◇225, ◇232, ◇242, ◇247, ◇252, ◇257, ◇262, ◇267, *271, ◇274, ◇277, ◇287, ◇290, ◇294, ◇299, 312, 313, 322, 337, 338, 349, 350, 358, *あら野序, 377, 386, 424, 425, 431, 432,

454, 498, 499, 500, 530, 533, 558, 559, 591, 613, 622, 667, 689, 690, 717, 718, 733, *763, 773, 777, 808, 828, 831, 832, 833, 834, 835, 836, 837, 838, 839, 840, 841, 842, 892, 895, 924, 936, 940, 947, 949, 961, 962, 971, 986, 998, 1000, 1014, 1031, 1034, 1041, 1043, 1049, 1062, 1063, 1078, *1088, ◇1096, ◇1099, ◇1102, ◇1105, ◇1108, ◇1111, ◇1114, ◇1117, ◇1120, ◇1123, ◇1126, ◇1129, ◇1131, ◇1138, ◇1143, ◇1150, ◇1155, ◇1162, ◇1169, ◇1172, ◇1177, ◇1180, ◇1185, ◇1188, ◇1193, ◇1196, ◇1201, 1202, ◇1205, ◇1206, ◇1209, ◇1210, ◇1213, ◇1214, ◇1217, ◇1218, ◇1221, ◇1223, ◇1225, ◇1227, ◇1228, ◇1230, ◇1233, ◇1234, ◇1490, ◇1492, ◇1494, ◇1496, ◇1498, ◇1500, ◇1502, ◇1503, ◇1506, ◇1507, 1879, 1929, 2543, 2581, 3256, 3463

花紅《かこう》　江戸の人．1763

画好《がこう》　近江膳所の人．臥高と同人か．1682

臥高《がこう》　近江膳所の人．『蕉門諸生全伝』「画好」の項に「ゼヾ本多氏，隅居シテ画ヲ好，賢才多芸」とある人か．『猿蓑』『四季千句』の「画好」「画香」もこの人か．初出は『西の雲』．他に『己が光』『有磯海』等に入句．2503, ◇2930, ◇2935, ◇2942, ◇2945, ◇2950, ◇2955, ◇2960, ◇2963

何処《かしょ》　伊勢の人．後年大阪に移り住んだ．享保16年(1731)2月11日(一説に，2月10日)没．『奥の細道』金沢の条に「爰に大坂よりかよふ商人何処と云ふ者有り．それが旅宿をともにす」と出る．1774, 2173

加生《かせい》　441, 768．→凡兆

可誠《かせい》　伊賀上野の人．3175

可南《かな》　去来の妻．去来との間に登美・多美の2女有り．夫没後，剃髪して貞松(または貞従)と称す．初出は『けし合』．他に『己が光』『秋の名残』等に入句．2514, 3263

我眉《がび》　2609, 3162

可瓢《かひょう》　3020

我峰《がほう》　伊賀の人．通称，木屋助八．家督相続後，半右衛門と称す．正徳5年(1715)3月20日没．初出は『枯尾花』．他に『有磯海』『淡路島』等に入句．3170, 3476

亀助《かめすけ》　539

岩翁《がんおう》　江戸の人．多賀谷氏．通称，長左衛門．享保7年(1722)6月8日没．霊岸島に住し，幕府の桶御用をつとめた．息，亀翁と共に，其角に学んだ．1744

含呫《がんてん》　648, 812, 877, 878, 879, 896

亀翁《きおう》　江戸の人．多賀谷氏．通称，万右衛門．岩翁の子．元禄3年(1690)14歳で其角の『花摘』を承け，一夏百句を吟じた．1652, 1921, 1923

其角《きかく》　江戸の人．榎下氏，のち宝井氏．別号，螺舎(らしゃ)・螺子・狂雷堂・狂而堂・宝晋斎・六蔵庵・晋子．幼名，八十八・源助．医名は順哲．宝永4年(1707)2月29日(一説に30日)没，47歳．延宝の初め，10代半ばで桃青門に入る．天和3年(1683)，『虚栗』を編纂．貞享3年(1686)には立机．『丙寅初懐紙』百韻を刊行，『蛙合』に参加，同4年『続虚栗』，元禄3年(1690)には『いつを昔』を刊行．元禄4年『猿蓑』に序し，芭蕉の没後，「芭蕉翁終焉記」を草し，追善集『枯尾花』を刊行．宝永期には，自撰句集『五元集』を編んだ．他に編著として『花摘』『萩の露』『句兄弟』『焦尾琴』等がある．文章は『新山家』『雑談集』『類柑子』等にみえ，自画賛に「乞食の画巻」がある．その他『桃青門弟独吟二十歌仙』『たはらの口』等に入句．追善集には『そのはちす』『筆の帰雁』『其角一周忌』等がある．438, 461, 541, 678, 728, 745, 756, 763, 764, *940, *949, 1007, 1019, 1044, 1053, 1310, ◇1313, ◇1314, ◇1317, ◇1318, ◇1321, ◇1322, ◇1325, ◇1326, ◇1329, ◇1330, ◇1333, ◇1334, ◇1337, ◇1338, ◇1341, ◇1342, *猿蓑序, 1617, 1631, 1632, 1642, 1655, 1671, 1683, 1690, 1698, 1702, 1707, 1710, 1724, 1742, 1758, 1778, 1868, 1886, 1894, 1901, 1903, 1904, 1908, 1926, 1971, 2405, 2414, 2416, 2442, 2455, 2484, 2497, 2547, 2549, 2570, 2586, 2587, 2629, 2630, 2644, ◇2647, ◇2648, ◇2651, ◇2653, ◇2655, ◇2657, ◇2659, ◇2661, ◇2662, ◇2664, ◇2666, ◇2668, ◇2670, ◇2672, ◇2674, 2965, 2984, 2995, 3009, 3026, 3057, 3094, 3112, 3262, 3341, 3388, 3389, 3417

季吟《きぎん》　近江野洲郡の人．北村氏．通称，久助．別号，拾穂軒・湖月亭．宝永2年(1705)6月15日没，82歳．最初貞室に学び，のち貞徳に学んだ．季寄の『山之井』『続山井』や式目書『埋木』等を著す．古典研究の業績に，『大和物語抄』『土佐日記抄』『伊勢物語拾穂抄』『徒然草文段抄』『源氏物語湖月抄』『枕草子春曙抄』『八代集抄』『万葉拾穂抄』等．俳諧では，『続連珠』を出版．芭蕉の師であり，『田舎之句合』に「予先年吟先生にまみえてこ

の事を尋ね侍れば」と載る. 389

奇生《きせい》 538

吉次《きちじ》 伊賀上野の人. 640

亀洞《きどう》 尾張名古屋の人. 武井氏. 初出は『春の日』. 貞享4年(1687) 11月, 名古屋での会に芭蕉と一座した. 越人に学び, 露川に親しんだ時期があったという. 句は他に『曠野後集』『庭竈集』等に入句. 318, 330, 367, 417, 469, 470, 615, 628, 664, 811, 814, 818, 821, 826, 830, 965, 1037, 1064, 1076, 1091, 1092, 1130, ◇1137, ◇1144, ◇1149, ◇1156, ◇1161

己百《きはく》 美濃岐阜の僧. 日蓮宗妙照寺の住職日賢. 草々庵・秋芳軒宜白・秋芳と号した. 貞享5年(1688)芭蕉を京の旅寓に訪ね,「しるべして見せばやみのゝ田植唄」と吟じて, 美濃に案内した. 句は『花摘』『其袋』等に入句. 和歌の作も知られる. 651, 3043

枳風《きふう》 江戸の人. 貞享4年(1687)の『続の原』に,「白魚や石にさはらば消ぬべし」の作がみえる. 後は其角に師事したか. 3357

及肩《きゅうけん》 近江膳所の人. 芭蕉書簡では「及肩老」と呼んでいる. 初出は『あめ子』. 句は『西の雲』『己が光』に入句. ◇1550, ◇1559, ◇1568, ◇1577, 1819, 2165

九節《きゅうせつ》 伊賀上野の人. 屋号, 内神屋. 通称, 源六. 宝永元年(1704) 5月11日没. 初出は『炭俵』. 他に『有磯海』『鳥の道』等に入句. 2472, 3007, 3281

九白《きゅうはく》 326

杏雨《きょうう》 美濃岐阜の人. 401, 553, 555, 653, 714, 793, 800, 963

暁烏《ぎょうう》 3182, 3187

暁鼯《ぎょうご》 尾張名古屋の人. 755, 762, 967

曲水《きょくすい》 近江膳所藩本多侯の重臣. 菅沼氏. 名は定常, 通称は外記. はじめ曲水と書いたが,『深川』(元禄6年)あたりから, 曲翠と書いた. 別号, 馬指堂. 享保2年(1717) 9月4日没, 58歳. 初出は『続虚栗』. 他に『花摘』『有磯海』等に入句. ◇1438, ◇1441, ◇1444, ◇1447, ◇1450, ◇1453, ◇1456, ◇1459, ◇1462, ◇1465, ◇1468, ◇1470, 1723, *1768, 1963, *幻住庵記, 2143, 2398, 2428, *続猿蓑・今宵賦, ◇2929, ◇2934, ◇2939, ◇2944, ◇2949, ◇2954, ◇2959, 2990, 3176, 3347, 3443

曲翠《きょくすい》 2398, 2428, ◇2929, ◇2934, ◇2939, ◇2944, ◇2949, ◇2954, ◇2959, 2990, 3176, 3347, 3443. →曲水

魚日《ぎょじつ》 伊賀上野の人. 西沢氏. 通称, 玄丹. 別号, 観瀾堂. 宝暦3年(1753) 9月26日没. 初出は『猿蓑』. 句は『有磯海』『西国曲』等に入句. 1910, 3000, 3142

据道《きょどう》 近江膳所の人.『枯尾花』に芭蕉追悼句がみえる. 他に『己が光』『元禄戊寅歳旦牒』等に入句. 1638

去来《きょらい》 長崎聖堂祭酒(大学頭)・儒医の向井元升の2男. 兼時. 幼名, 慶千代. 通称, 喜平次・平次郎. 別号, 義焉子. 庵号, 落柿舎. 宝永元年(1704) 9月10日没, 54歳. 初出は『一楼賦』. 貞享2年(1685)頃から, 芭蕉に師事. 凡兆と『猿蓑』を共編. 他の編著に『渡鳥集』(卯七と共編),『旅寝論』『去来抄』『伊勢紀行』等. 句は『続虚栗』『初蝉』等に入句. 追善集に『誰身の秋』等がある. 365, 426, 463, 518, 567, 582, 603, 660, 688, 722, 901, 973, 999, 1006, *猿蓑序, 1628, 1649, 1661, 1693, 1704, 1705, 1719, *1732, *1733, 1737, 1754, 1759, 1768, *1796, 1802, 1811, 1817, 1828, 1842, 1852, 1857, 1872, 1881, 1895, 1905, 1920, 1948, 1980, 1998, ◇2003, ◇2006, ◇2011, ◇2015, ◇2018, ◇2023, ◇2026, ◇2031, ◇2036, ◇2039, ◇2042, ◇2045, ◇2048, ◇2051, ◇2054, ◇2057, ◇2060, ◇2063, ◇2066, ◇2069, ◇2073, ◇2076, ◇2081, ◇2084, ◇2089, ◇2092, ◇2097, ◇2100, ◇2104, ◇2122, ◇2125, 2145, *猿蓑跋, 2389, 2408, 2436, 2477, 2519, 2542, 2569, 3013, 3074, 3096, 3159, 3447, 3457

許六《きょりく》 近江彦根の人. 井伊家藩士・森川与次右衛門重宗の長男. 通称, 金平または兵介, のち五介(五助とも). 名は百仲. 別号, 五老井・横斜庵・蘿月堂・風狂堂・碌々庵・無々居士・潜居士. 正徳5年(1715) 8月26日没, 60歳.『あら野』を愛読し, 元禄5年(1692) 8月, はじめて芭蕉を訪問し入門した. 李由と『韻塞』を共編. 他の編著に,『篇突』『宇陀法師』『本朝文選』『十三歌仙』『正風彦根躰』『和訓三体詩』『歴代滑稽伝』『俳諧問答青根ヶ峰』『許野消息』『彦陽十境集』等がある. 初出は『炭俵』. 他に『句兄弟』『藤の実』等に入句. 追善集に『両部餅祭』『横平楽』『東海道』等がある. 2478, 2493, 2526, 2601, 2618, 2624, 3076, 3146, 3401, 3455, *3465, 3472, 3473

均水《きんすい》 美濃の人. 3082

襟雪《きんせつ》 美濃岐阜の人. 601

誾如《ぎんじょ》 美濃の人. 3406

空牙《くうが》 伊勢山田の人. 3220, 3331

愚益《ぐえき》　1032
句空《くくう》　加賀金沢の人．町家の出か．別号，松堂•柳陰庵•柳陰軒．貞享末年に剃髪して句空と号し，金沢卯辰山法住坊金剛寺の傍に隠栖した．編著に『北の山』『柞原集』『誹諧草庵集』等がある．他に『西の雲』等に入句．1882, 3370
荊口《けいこう》　美濃大垣藩士．御広間番として 100 石を食んだ．宮崎氏．通称，太左衛門．息に此筋•千川•文鳥がある．貞享元年(1684)頃芭蕉に入門したか．正徳 2 年(1712) 1 月 25 日没．享保 10 年(1725)没説もある．享年未詳．初出は『一楼賦』．他に『孤松』等に入句．2438, 2491, 2598, 3065, 3067, 3190
鶏口《けいこう》　江戸の人．谷口氏．3333
畦止《けいし》　大阪の人．長谷川敬之．他に『市の庵』『其便』等に入句．岡西惟中編の歳旦詩集『戊辰試毫』にも出る．3318
桂夕《けいせき》　453, 883
渓石《けいせき》　江戸の人．貞享 4 年(1687)の『伊賀餞別』に，「冬の日を猶したはるゝほまれ哉」の送別吟がある．1907
景桃《けいとう》　京都の人．小栗栖氏．上御霊神社の別当．29 代元規．父は 28 代祐元．俳号，示右．元禄 4 年(1691)の歳旦によれば，景桃は 12 歳の少年．3229
玄虎《げんこ》　伊賀上野の人．藤堂藩士．藤堂長兵衛守寿．通称，半三郎．別号，玄庵．享保 13 年(1728) 8 月 24 日没．元禄 6 年(1693)頃から芭蕉と俳交があった．句は『枯尾花』『有磯海』等に入句．3288
元広《げんこう》　472
玄察《げんさつ》　尾張の人．509, 1071, 1075
元志《げんし》　尾張の人．1928, 2154
玄旨法印《げんしほういん》　細川藤孝．別号，幽斎．歌人，歌学者．慶長 15 年(1610) 8 月 20 日没，77 歳．貞徳の歌道の師．687
元順《げんじゅん》　和泉堺の人．南氏，方由．元禄初年頃没か．医師か．談林時代に活躍．『寛伍集』の著がある．997
兼正《けんせい》　614
元輔《げんぽ》　→もとすけ
玄寮《げんりょう》　玄察の誤刻か．632, 942
黄逸《こういつ》　近江彦根の人．3404
公羽《こうう》　出羽鶴岡藩士長山重行の部下．御徒小頭を勤める．岸本氏．俗称，八郎兵衛(八郎右衛門)．享保 4 年(1719) 9 月 19 日没，71 歳．元禄 5, 6 年頃，芭蕉に入門．「公羽」と「翁」との字体の相似から，芭蕉とまちがわれることがあった。『炭俵』2513, 2589 に「芭蕉」とあるものは，元来，公羽の作である(『猿舞師』)．2513, 2589, 3471
荒雀《こうじゃく》　山城嵯峨の人．3033
耕雪《こうせつ》　3102
校遊《こうゆう》　557
好葉《こうよう》　1074
孤屋《こおく》　江戸の人．小泉氏．通称，小兵衛．越後屋の手代．初出は『蛙合』．野坡•利牛と『炭俵』編集に携わったが，中途において上洛した．句は他に『続虚栗』『長月集』等に入句．*炭俵序，2250, ◇2255, ◇2258, ◇2263, ◇2266, ◇2271, ◇2274, ◇2279, ◇2282, ◇2288, ◇2291, ◇2294, ◇2297, ◇2300, ◇2303, ◇2306, ◇2309, ◇2312, ◇2315, ◇2318, ◇2321, ◇2324, ◇2327, ◇2330, ◇2333, ◇2335, ◇2338, ◇2341, ◇2344, ◇2347, ◇2350, ◇2353, ◇2356, ◇2359, ◇2362, ◇2365, ◇2368, ◇2371, ◇2374, ◇2377, ◇2380, ◇2383, 2394, 2426, 2437, 2450, 2459, *2468, 2550, 2561, 2576, 2639, ◇2645, ◇2646, ◇2649, ◇2650, ◇2652, ◇2654, ◇2656, ◇2658, ◇2660, ◇2663, ◇2665, ◇2667, ◇2669, ◇2671, ◇2673, ◇2675, ◇2714, ◇2719, ◇2722, ◇2727, ◇2730, ◇2735, ◇2738, ◇2743, ◇2746, ◇2749, ◇2768, *炭俵刊記，2991
胡及《こきゅう》　尾張名古屋の人．373, 427, 479, 656, 720, 734, 754, 787, 908, 1015, 1054, 1055, 1056, 1057, 1058, 1059, 1060, ◇1402, ◇1407, ◇1410, ◇1415, ◇1418, ◇1423, ◇1426, ◇1431, ◇1435
胡故《ここ》　近江膳所の人．別号，吹万亭．3185
コ谷《ここく》　3436
コ斉《こさい》　江戸の人．浅野氏(または小川氏)．別号，野水(蕉門古老の野水とは別)．貞享 5 年(1688) 7 月 21 日没．1002, *1007
湖春《こしゅん》　季吟の長子．北村季重．通称，休太郎．湖春は薙髪後の名．元禄 10 年(1697) 1 月 15 日没，50 歳．編著に『続山井』がある．770, 2420, 2427, 2441, 2480, 2541, 2557, 2643
湖夕《こせき》　近江の人．2619
兀峰《こつぽう》　備前岡山藩士で，江戸留守居役も勤めた．桜井氏．通称，武右衛門．享保 7 年(1722)没，61 歳．元禄 5 年(1692) 10 月，芭蕉庵の歌仙に一座，翌 6 年『桃の実』を編纂．『佐郎山』『二番船』等に入句．2518, 3311
古梵《こぼん》　尾張の僧．459, 698

さ・し・す・せ・そ

犀夕《さいせき》 309

西武《さいむ》 京の人．山本氏．通称，九郎左衛門．剃髪後，西武(にしたけ)を音読し，俳号・法名とした．別号，無外軒・風外軒・無外斎．天和2年(1682) 3月12日没，73歳．編著に『鷹筑波』『久流留』『沙金袋』『沙金袋後集』等がある．974

坂上氏《さかがみし》 摂津山本の人．山本は，秀吉時代の坂上善太夫以来，植木職の居住する所．1968

佐川田喜六《さかわだきろく》 山城淀藩士．名，昌俊．歌人．寛永20年(1643) 8月3日没，65歳．*1094

作者不知《さくしゃしらず》 634, 731, 1804, 3118

左次《さし》 尾張名古屋の僧．初め貞門の横船に学び，その後露川に従った．『枯尾花』に「霜ちりて光身にしむ牡丹哉」の追悼句を寄せた．句は『流川集』『笈日記』等に入句． 3243

乍木《さぼく》 伊賀上野の人．原田氏．通称，覚右衛門．元禄2年(1689) 2月，芭蕉句「鶯の笠」歌仙に一座した．初出は『枯尾花』．他に『鳥の道』に入句． 3375

左柳《さりゅう》 美濃大垣藩士．浅井氏．通称，源兵衛．初出は『有磯海』．他に『枯尾花』『冬かつら』等に入句． 3103, 3212

杉下《さんか》 3258

傘下《さんか》 尾張名古屋の人．加藤氏．通称，治助．初出は『あら野』．他に『曠野後集』『ひるねの種』等に入句． 378, 402, 403, 421, 450, 487, 528, 532, 565, 611, 620, 686, 740, 776, 930, 951, 996, 1090, ◊1240, ◊1241, ◊1245, ◊1246, 1249, ◊1250, ◊1253, ◊1254, ◊1257, ◊1258, ◊1261, ◊1262, ◊1265, ◊1266, ◊1268, ◊1270, ◊1272, 3015

残香《ざんこう》 美濃の人． 2533, 2593, 2628, 3059, 3133, 3403

山川《さんせん》 伊賀上野の人．藤堂藩士．寺村氏．通称，弥右衛門．江戸勤番のとき其角に師事し，『花摘』の板下を書いた． 1809, 1993

山店《さんてん》 伊勢山本の人．のち江戸に住む．石川氏．北鯤の弟．天和頃蕉門に入った．初出は『虚栗』．他に『一楼賦』『芭蕉庵小文庫』等に入句． 1964

杉風《さんぷう》 江戸の人．杉山氏．通称，藤左衛門または市兵衛．別号，採茶庵・茶舎・茶庵・蓑翁・蓑杖・五雲亭・(隠居して)一元．享保17年(1732) 6月13日没，86歳．鯉屋と称して幕府・諸侯御用の魚問屋を営む．芭蕉東下以後はその門下生として句作に励む．延宝8年(1680)『桃青門弟独吟二十歌仙』の巻頭に歌仙．芭蕉の庇護者であった．芭蕉七回忌に『冬かつら』を刊行．『角田川紀行』を著した．句は『江戸蛇之鮓』『長月集』等に入句． 430, 964, 1670, 1709, 1805, 1821, 1961, 2388, 2404, 2433, 2486, 2522, 2571, 2636, 2748, ◊2759, ◊2766, ◊2775, ◊2781, 3189, 3359, 3379, 3438

山蜂《さんぽう》 江戸の人．高橋氏．通称，文次郎．其角門． 3025, 3091, 3106, 3214, 3428, 3442

杉峰《さんぽう》 尾張名古屋の人． 1927

子尹《しいん》 三河の人． 1825

市隠《しいん》 伊賀上野の人．藤堂藩士．高畑氏．通称，治左衛門．享保7年(1722) 3月14日没．芭蕉と同じく，藤堂新七郎家の若君良忠を囲む季吟系の俳人として，寛文2年(1662)頃からの旧知の人．のち美濃垂井に移住． 2161

自悦《じえつ》 京の人．浜川氏．名は行中．初め季吟に師事し，のち談林系に変わった．其角と親しい．元禄15年(1702)以前没．著書に『空林風葉』『花洛六百韻』など． 1005

式之《しきし》 伊賀上野の人．藤堂新七郎家の家臣．浜氏．通称，市右衛門．享保16年(1731) 12月25日没，61歳．元禄2・3年に芭蕉の俳席に同座．初出は『猿蓑』．句は『枯尾花』『芭蕉庵小文庫』等に入句． 1994, 3277

式之《しきし》 大阪の人． 597

此橘《しきつ》 658

此橋《しきょう》 554

至暁《しぎょう》 江戸の人． 3138, 3254

此筋《しきん》 美濃大垣藩士．宮崎氏．荊口の息．通称，太左衛門．致仕後は応休．享保20年(1735) 5月15日没，63歳．初出は『俳諧勧進牒』．他に『鷹獅子集』『続別座敷』等に入句． 3028, 3051, 3122, 3134

支考《しこう》 美濃山県郡山県村字北野の人．各務氏．別号，東華坊・西華坊・野盤子・見竜・獅子庵．変名に蓮二房・白狂・渡部ノ狂など．享保16年(1731) 2月7日没，67歳．元禄3年(1690)近江で芭蕉に入門．師没後，俳諧行脚に出て地方連衆を指導，芭蕉晩年の俗談平話・かるみの風調を継承して，美濃風の一派を立て，全国的蕉風伝播をなしとげた．その撰著

は頗る多く，『葛の松原』，『笈日記』(翁三回忌)，『続五論』『梟日記』『西華集』『東華集』『帰華』，『そこの花』(共編)，『東西夜話』『霜の光』，『夜話狂』(共編)，『白陀羅尼』(共編)，『三疋猿』，『国の華』(共編)，『三日歌仙』，『寸濃字』(共編)，『東山万句』，『家見舞』(共編)，『夏衣』『白扇集』『越の名残』『東山墨なをし』『阿誰話(たそのわ)』『山中三笑』『つれづれの讃』『発願文』『本朝文鑑』『俳諧十論』『新撰大和詞』『難陳二百韵』『口状』『三千化』，『十論為弁抄』『和漢文操』『削かけの返事』『三日月日記』『俳諧古今抄』等．追善集に『文星観』『渭江話(いこうばなし)』『西の椿』『黄山両法会』『月のかゞみ』等がある． 2399, 2430, 2479, 2583, 2616, ◇2894, ◇2897, ◇2900, ◇2903, ◇2906, ◇2909, ◇2912, ◇2915, ◇2918, ◇2921, ◇2924, ◇2927, *続猿蓑•今宵賦, ◇2932, ◇2937, ◇2940, ◇2947, ◇2952, ◇2957, ◇2962, 2971, 3042, 3070, 3086, 3115, 3125, 3145, 3155, 3201, *3203, 3219, 3274, 3278, 3303, 3304, 3310, 3339, 3363, 3384, 3393, 3424, 3451, 3462, 3480, 3481

子珊《しさん》 江戸深川の人．元禄12年(1699)1月10日没．元禄7年，『別座鋪』を刊行．さらに13年には『続別座敷』を編した．句は『萩の露』『有磯海』等に入句． 2463, 2474, ◇2751, ◇2756, ◇2764, ◇2773, ◇2778, 2978, 3024

市山《しざん》 尾張の人． 407, 884

児竹《じちく》 657, 876

之道《しどう》 大阪の人．槐本(えのもと)氏．通称，伏見屋久右衛門(または久左衛門)．初め来山門で東湖，蕉門に入ってから之道と号す．元禄10年(1697)，諷竹と改号．別号，蟻門亭•浪花誹諧之長者•北方．宝永5年(1708)1月5日没，50歳．道修町に住す．薬種商か．元禄3年6月，京で芭蕉門に入る．編著に『あめ子』『淡路島』『砂川』『つんぼ猿』等がある．句は他に『破暁集』『染川集』等に入句． 1803, 1840, 2163, 2412, 2445, 2626, 3316, 3445

史邦《しほう》 →ふみくに

示峰《じほう》 『続別座敷』等に入句． 3270．→示蜂

示蜂《じほう》 伊賀上野の人．植田氏．通称，権左衛門．他に『枯尾花』『有磯海』等に入句． 1680, 2607, 3270

若風《じゃくふう》 美濃長良の人． 517

洒堂《しゃどう》 近江膳所の人．浜田氏．のち高宮氏．通称，治助．医名，道夕．俳号ははじめ珍夕•珍碩，元禄5年(1692)以降には洒堂を用いた．元文2年(1737)9月13日没，70歳前後か．元禄2年冬頃，湖南来遊の芭蕉に入門．翌3年6月，『ひさご』を編纂．他に『深川』『市の庵』，『白馬』(共編)等を編んだ．他に『四季千句』『西の雲』等に入句． *ひさご序, ◇1437, ◇1440, ◇1443, ◇1446, ◇1449, ◇1452, ◇1455, ◇1458, ◇1461, ◇1464, ◇1467, ◇1471, 1472, ◇1476, ◇1477, ◇1480, ◇1481, ◇1484, ◇1485, ◇1488, ◇1489, ◇1513, ◇1524, ◇1527, ◇1532, ◇1539, ◇1545, ◇1554, ◇1563, ◇1572, ◇1581, ◇1582, ◇1585, ◇1587, ◇1589, ◇1591, ◇1593, ◇1595, ◇1598, ◇1600, ◇1602, ◇1604, ◇1606, ◇1608, ◇1610, ◇1612, ◇1614, 1645, 1727, 1807, 1864, 1869, 1956, ◇2108, ◇2113, ◇2116, 2148, 2391, 2498, 2544, 2552, 2580, 2605, 2969, 3014, 3063, 3154, 3204, 3289

車庸《しゃよう》 大阪の人．塩江(潮江)氏．通称，長兵衛．別号，車要•松濤庵．商人．元禄4年(1691)秋，芭蕉に入門．『己が光』『足揃』『松のなみ』を編纂．句は他に『誹諧六歌仙』『きさらぎ』等に入句． 3297, 3351, 3377

車来《しゃらい》 伊賀上野の人．藤堂玄蕃家の家臣．山岸氏．名は重助．通称，半六．のち，重左衛門．享保18年(1733)7月7日没，60歳．祖父陽和，父半残と共に芭蕉に師事した．初出は『猿蓑』．他に『渡鳥集』等に入句． 1643, 1966, 2562, 3032, 3414

斜嶺《しゃれい》 美濃大垣藩士．高岡氏．通称，三郎兵衛．元禄15年(1702)没，50歳．句は『俳諧勧進牒』『有磯海』等に入句． 2439, 2504, 2591, 2600, 3105, 3430

支幽《しゆう》 近江膳所藩士．吉田氏．のちに薙髪したか．『帰花』等に入句． 1890

四友《しゆう》 3319

重五《じゅうご》 尾張名古屋の人．上材木町の住．加藤氏．通称，善右衛門．享保2年(1717)6月13日没，64歳．材木商を営んだ富商で，御目見町人でもあった．『曠野後集』『猫の耳』等に入句． ◇4, ◇9, ◇16, ◇19, ◇26, ◇29, ◇36, ◇41, ◇48, ◇51, ◇58, ◇61, ◇68, ◇71, ◇74, ◇79, ◇86, ◇89, ◇96, ◇99, ◇106, 109, ◇116, ◇121, ◇128, ◇133, ◇140, ◇147, ◇154, ◇159, ◇166, ◇171, ◇178, ◇183, *187, ◇188, ◇193, ◇200, ◇203, ◇210, ◇213, ◇220, 302, 317, 324, 325, 340, 394, 475, 744, 899, 1070, 1088

重行《じゅうこう》 出羽鶴岡藩士．長山氏．通称，五郎右衛門．宝永4年(1707)12月24日没．『陸

奥衛』『継尾集』等に入句.　3047, 3143
蠡髭《しゆうし》　尾張の人.　◇298
重治《じゆうじ》　尾張津島の人.　798
秀正《しゆうせい》　美濃岐阜の人.　696
舟泉《しゆうせん》　三河挙母の人. のち名古屋に居住. 永田氏. 通称, 六兵衛. 別号, 介石園・後凋子・流形庵. 元文2年(1737) 10月27日没, 84歳. 貞享4年(1687)冬, 芭蕉の教えを受けた. 句は『曠野後集』等に入句.　*295, ◇296, 305, 331, 351, 372, 473, 474, 531, 540, 593, 729, 753, 859, 860, 861, 862, 863, 910, 934, 990, 1068, ◇1134, ◇1141, ◇1148, ◇1153, ◇1160, 1166, ◇1171, ◇1174, ◇1179, ◇1182, ◇1187, ◇1190, ◇1195, ◇1198
秋芳《しゆうほう》　651.　→己百
重友《じゆうゆう》　京の人.　3217
需笑《じゆしよう》　3216
樹水《じゆすい》　能登の人. 別号, 大恵堂.　875
執筆《しゆひつ》　192, 228, 264, 300, 1136, 1237, 1244, 1514, 2385
俊似《しゆんじ》　尾張津島の人. 伊藤氏.　370, 505, 604, 692, 693, 701, 736, 796, 804, 914, 989, 1022, 1040, 1050
淳児《じゆんじ》　近江大津の人.　669
順琢《じゆんたく》　1699.　→洞木
松下《しようか》　尾張津島の人.　393, 584
勝吉《しようきち》　尾張津島の人.　797, 803
昌圭《しようけい》　尾張の人.　◇191, ◇198, ◇201, ◇208, ◇211, ◇218, ◇221, 303, 339
常秀《じようしゆう》　946
小春《しようしゆん》　加賀金沢の人. 亀田氏. 通称, 伊右衛門. 名は勝豊. 別号, 白鷗斎. 元文5年(1740) 2月4日没, 74歳. 薬種商宮竹屋の2代目. 『ゆめのあと』等に入句.　442, 506, 550, 652, 738, 987, 1011, 3383
昌勝《しようしよう》　尾張犬山の人.　491
笑艸《しようそう》　570
丈草(艸)《じようそう》　尾張犬山藩士, のち遁世. 近江松本住. 内藤氏. 名, 本常. 通称, 林右衛門. 幼名, 林之助のち庄之助. 別号, 仏幻庵・懶窩(らんか)・無懐・無辺・一風・太忘軒. 元禄17年(1704) 2月24日没, 43歳. 元禄2年頃芭蕉に入門. 漢詩集『驢鳴草』, 俳諧では『寝ころび草』がある. 他に『有磯海』『初蟬』等に入句.　1619, 1659, 1663, 1667, 1677, 1697, 1718, 1779, 1847, 1876, 1902, 1974, ＊猿蓑跋, 2409, 2434, 2530, 2559, 2568, 2579, 2599, 2627, 2968, 3113, 3228, 3271, 3312, 3372, 3382, 3395, 3466
正竹《しようちく》　北向雲竹の門人か. 『猿蓑』の本文および跋文, 『有磯海・となみ山』の板下を清書した.　*猿蓑刊記
昌長《しようちよう》　723
尚白《しようはく》　近江大津の人. 升屋町に住む. 江左氏. 字, 三益. 幼名, 虎助. 別号, 木翁・芳斎・老贅子. 町医. 儒学は古義堂門. 享保7年(1722) 7月19日(『夕顔の歌』)没, 73歳. 貞享2年(1685)芭蕉と知る. 編著に『孤松』『夏衣』『忘梅』がある. 句は『新玉海集』『泊船集』等に入句. 追善集に『夕顔の歌』がある.　364, 663, 704, 771, 824, 911, 985, 1008, 1028, 1079, 1622, 1644, 1651, 1694, 1713, 1745, 1772, 1837, 1849, 1855, 1867, 1914, 1922, 1972, 2166, 3089, 3426
肖柏老人《しようはくろうじん》　連歌師. 別号, 夢庵・牡丹花・弄花老人. 大永7年(1527) 4月4日没, 85歳. *622
正平《しようへい》　紀伊和歌山の人.　◇6, ◇42, ◇78
昌碧《しようへき》　尾張名古屋の人. 貞享4年(1687) 11月, 芭蕉をむかえ, 一順の俳諧があった. 354, 412, 420, 471, 552, 568, 684, 760, 783, 784, 928, 994, 1065, 1084, ◇1132, ◇1139, ◇1146, ◇1151, ◇1158, ◇1163
松芳《しようほう》　尾張の人.　445, 556, 792, 929, 992, 1016, 1080, ◇1167, ◇1170, ◇1175, ◇1178, ◇1183, ◇1186, ◇1191, ◇1194, ◇1199
昌房《しようぼう》　近江膳所の人. 磯田氏. 通称, 茶屋与次兵衛. 元禄2年(1689)冬芭蕉に入門. 『あめ子』以後句がみえ, 和歌も嗜んだ. ◇1548, ◇1557, ◇1566, ◇1575, 1627, 1853, 1947, 2172, 2996
蕉笠《しようりつ》　美濃岐阜の人. 丹羽氏. 名, 信知. 通称, 又左衛門. 和歌の作も伝えられる. 515, 542, 609, 794
商露《しようろ》　332
濁子《じよくし》　美濃大垣藩士. 中川氏. 名は守雄. 通称, 甚五兵衛. 致仕後は惟誰軒素水と号す. 延宝5年(1677), 江戸在勤中に芭蕉に入門. 初出は『虚栗』. 他に『一楼賦』『幽蘭集』等に入句.　2387, 3246, 3309
燭遊《しよくゆう》　595
如行《じよこう》　美濃大垣藩士. 近藤氏. 通称, 源太夫. 宝永5年(1708)没か. 貞享元年(1684)入門. 同4年, 芭蕉を迎えた折の記録に『如行子』がある. 芭蕉百箇日に『後の旅』を編纂.

初出は『春の日』. 353, 467, 919, 1898, 2159, 2456, 3205, 3456
如舟《じょしゅう》 駿河島田の人. 塚本氏. 通称, 孫兵衛. 大井川の川庄屋. 享保9年(1724)閏4月17日没. 84歳. *3482
如真《じょしん》 伊勢の人. 3191, 3221
如雪《じょせつ》 2983, 3116, 3299
如風《じょふう》 尾張鳴海の如意寺6世住職, 文英和尚. 宝永2年(1705) 9月21日没. 貞享2年(1685) 4月, 芭蕉に入門した. 691
除風《じょふう》 備中八田部の人. 別号, 南瓜庵•生田堂•百花坊. 延享3年(1746) 1月13日没, 80歳(一説に81歳か). 編著に『青莚』『番橙集』『千句塚』等がある. 句は『西華集』『荒小田』等に入句. 448, 571, 576, 805, 926, 976, 979
市柳《しりゅう》 尾張津島の人. 413, 521, 682
支梁《しりょう》 江戸深川の人. 2590, 3453
支浪《しろう》 伊勢の人. 3085, 3249
心棘《しんきょく》 江戸の人. 言水撰『江戸新道』に入句. 983
震軒《しんけん》 肥前長崎の人. のち京住. 向井氏. 名, 元端. 正徳2年(1712)没, 64歳. 去来の兄. 父元升の跡を継いで, 宮中お出入の医師. 一条政所より20人扶持を受け, 法印に累進, 益寿院の号を賜る. 『煙草考』の著がある. *幻住庵記跋
塵交《じんこう》 尾張の人. 336, 440, 525
塵生《じんせい》 加賀小松の人. 通称, 村井屋又三郎. 居を歓水亭と称した. 元禄2年(1689)芭蕉に入門. 編著に『百がらす』がある. 句は『あめ子』『西の雲』等に入句. 1873, 3367
信徳《しんとく》 京の人. 伊藤氏. 山田氏か(墓碑銘). 通称, 助左衛門. 別号, 梨柿園•竹犬子. 京新町通り竹屋町の商家. 元禄11年(1698) 10月13日没, 66歳. 貞門, 談林をへて, 延宝5年(1677), 芭蕉•素堂と共に『江戸三吟』を刊行. 同9年には『七百五十韻』を興行上梓. その他の著書に『京三吟』『五の戯言』『胡蝶判官』『桂姿』『雛形』『五百韵三歌仙』『三木桜』『白重』等がある. 361
心苗《しんびょう》 381
晨風《しんぷう》 伊勢松坂の人. 362, 697
水鷗《すいおう》 3056, 3194, 3198, 3266
炊玉《すいぎょく》 美濃岐阜の人. 588, 775
随友《ずいゆう》 伊予の人. 912, 3245
菅沼氏《すがぬまうじ》 *続猿蓑•今宵賦. →曲水
青亞《せいあ》 近江大津の僧. 青鴉とも. 名は玄甫. 別号, 抱笙窠. 貞享4年(1687) 12月没. *1694
青江《せいこう》 545, 647
正秀《せいしゅう》 近江膳所の人. 水田氏. 通称, 孫右衛門. 別号, 竹青堂•節青堂. 享保8年(1723) 8月3日没, 67歳. 商人で伊勢屋, 町年寄. 屋号の伊勢(勢州)から正秀と号すという. 初め尚白に師事し, 尚白を介して蕉風を知った. 元禄3年(1690)芭蕉に指導をうけた. 編著に洒堂と共編の『白馬』がある. 句は『孤松』『いつを昔』等に入句. ◇1549, ◇1558, ◇1567, ◇1576, 1580, ◇1583, ◇1584, ◇1586, ◇1588, ◇1590, ◇1592, ◇1594, ◇1596, ◇1597, ◇1599, ◇1601, ◇1603, ◇1605, ◇1607, ◇1609, ◇1611, ◇1613, ◇1615, 1620, 1739, 1760, 1791, 1859, ◇2124, 2157, 2390, 2523, 3027, 3037, 3083, 3160, 3166, 3184, 3227, 3265, 3418
青洞《せいどう》 566
生林《せいりん》 562, 633
夕可《せきか》 美濃の人. 3038
夕菊《せききく》 江戸の人. 貞享4年(1687)冬, 芭蕉の『伊賀餞別』等に句がみえる. 3390
石菊《せききく》 夕菊と同一人と見られる. ◇2758, ◇2765
石口《せきこう》 伊賀上野の人. 1960
夕道《せきどう》 尾張名古屋の人. 本町の書肆風月堂2代目. 長谷川氏. 通称, 孫助. 享保8年(1723) 2月2日没. 句は『熱田三歌仙』『橋守』等に入句. 492
夕楓《せきふう》 尾張の人. 922
是幸《ぜこう》 444
拙侯《せつこう》 大阪の人. 3035, 3129, 3180, 3380
雪芝《せつし》 伊賀上野の人. 広岡氏. 名, 保俊. 通称, 七郎右衛門. 屋号を山田屋という酒造家. 別号, 野松亭. 正徳元年(1711) 9月28日没, 42歳. 土芳の従弟. 猿雖とも従弟. 芭蕉晩年に入門. 句は『有磯海』『笈日記』等に入句. 2473, 3055, 3064, 3156, 3255, 3435
雪窓《せつそう》 3048
是楽《ぜらく》 3109
扇《せん》 近江膳所の人. 『蕉門諸生全伝』には, 糸竹に長じ柴屋町に住んだが, 50歳頃剃髪して清寿といったとある. 瓦屋彦次郎の妾か. 2169
洗悪《せんあく》 尾張の人. 913
仙化(花)《せんか》 江戸の人. 別号, 青蟾堂. 貞享3年(1686)『蛙合』を編纂. 句は『虚栗』『続虚

栗』等に入句. 712, 1731, 2410, 2466, 2501, 2531, 2537, 3084

沾荷《せんか》 磐城平の藩主内藤氏に仕え，露沾の付人. 2977

千閣《せんかく》 伊予の人. 766, 1024

蟬吟《せんぎん》 伊賀藤堂藩士. 藤堂新七郎良忠. 良精の三男. 寛文6年(1666) 4月25日没，25歳. 季吟系の俳人で，芭蕉に俳諧を手ほどきした旧主.「貞徳翁十三回忌追善俳諧」の百韻を蟬吟は主催し，22歳の芭蕉も一座した.『如意宝珠』『続山井』に入句. 1746

仙杖《せんじよう》 伊賀の人. 大久保氏. 名，門治. 通称，茂兵衛. 享保19年(1734) 8月27日没. 句は『初蟬』『続別座敷』等に入句. 2407, 3433

千川《せんせん》 美濃大垣藩士. 岡田氏. 通称，治左衛門. 宝永3年(1706) 9月11日没，30余歳. 荊口の2男で此筋の弟. 句は『俳諧勧進牒』『浮世の北』等に入句. 2492, 3001, 3092, 3123

前川《ぜんせん》 美濃大垣の人. 3104

蟬鼠《ぜんそ》 近江膳所の人. 1885

沾徳《せんとく》 江戸の人. 水間治郎左衛門. 別号，合歓堂. 享保11年(1726) 5月30日没，65歳. 初めは露言に，のち露沾に師事した. 享保期には江戸俳壇の中心的人物となる. 編著に『誹林一字幽蘭集』『文蓬萊』『余花千句』『枝葉集』『後余花千二百句』『沾徳随筆』等がある. また『江戸筏』などの加点の巻々も多い. 追善集に『水精宮』『白字録』『塵の粉』『浜松ケ枝』『合歓の花道』があり，『俳諧五子稿』『俳諧十家類題集』に句集が収まる. 2453, 2972, 3354

千那《せんな》 近江堅田の真宗本福寺11世住職. 三上氏. 名，明式. はじめ宮山子•千那堂•官江と号す. 別号，葡萄坊•生々. 享保8年(1723) 4月27日没，73歳. 尚白と共にはじめ高政•不卜に学んだが貞享2年(1685)春，芭蕉に入門. 編著に『白馬蹄』『白馬紀行』がある。他に『天和三年尚白歳旦帳』『孤松』等に入句. 明和9年(1772)に曾孫葡萄坊未角が50回忌追善集を出した. 1618, 1664, 1734, 1766, 1785, 1800, 1822, 1888, 1976, 2147, 3004

沾圃《せんぽ》 江戸の人. 能役者. 服部氏. 名は暢. 通称，栄九郎. 宝生左太夫. 幾重斎. 元文4年(1739)までは存命か.『続猿蓑』編集発起人の1人. 他に『萩の露』『翁草』等に入句. 2393, ◇2757, ◇2772, ◇2785, ◇2788, ◇2793, ◇2796, ◇2801, ◇2804, ◇2809, ◇2812, ◇2817, ◇2821, ◇2824, ◇2827, ◇2830, ◇2833, ◇2836, ◇2839, ◇2842, ◇2845, ◇2848, ◇2851, ◇2854, ◇2857, ◇2860, ◇2863, ◇2866, ◇2869, ◇2872, ◇2875, ◇2878, ◇2881, ◇2884, ◇2887, ◇2890, 2892, 2987, 2988, 3110, 3119, 3127, 3130, 3174, 3179, 3230, 3240, 3291, 3307, 3337, 3343, 3402, 3437, 3439, 3448, 3454, 3479

全峰《ぜんぽう》 江戸の人. 1725

宗因《そういん》 肥後八代の人. 西山氏. 通称，次郎作. 名は豊一. 宗因は主に連歌の号. 俳号，一幽•西翁•梅翁•西梅花翁. 別号，西山翁•野梅子•長松斎•忘吾斎. 天和2年(1682) 3月28日没，78歳. 加藤家没落後，京に上り，連歌を昌琢に学んだ. 正保4年(1647)大阪天満宮連歌所宗匠となる. 俳諧の著書は『西翁十百韻』『西山宗因釈教俳諧』『宗因五百句』『天満千句』『宗因七百韻』『大坂独吟集』と宗因の名を冠して刊行されたものが多い. 宗因の声望を書肆が利用したものか. 宗因流は全国に広がった. しかし延宝末年頃から，宗因はまた連歌へ回帰した. 952

宗鑑《そうかん》 近江の人と伝える. 連歌師. 通説に支那弥三郎範重，または範永. 天文8年(1539)(または9年) 7月22日没.「山崎の宗鑑」として種々の伝説を生み，俳諧の始祖としてあがめられた. 579, *1238, 1238

宗祇法師《そうぎほうし》 紀伊(近江とも)の人. 連歌師. 別号，種玉庵•自然斎•見外斎. 文亀2年(1502) 7月30日没，82歳. 和歌•連歌の学殖に富み，文明3年(1471)には東常縁から古今伝授を継承した. 明応4年(1495),『新撰菟玖波集』を編纂. 連歌論や古典注釈などの著書多数があり，連歌史上で最も著名な人物である. *735, 897

宗之《そうし》 801

草士《そうし》 近江の人. 別号，無根. 編著に『根無草』がある. 句は，他に『白馬蹄』等に入句. 3413

宗次《そうじ》 1798

宗波《そうは》 禅宗黄檗派の僧. 一説に江戸本所原庭の定林寺住職. 蒼波とも書く. 句は『蛙合』『続虚栗』等に入句. 3322

宗比《そうひ》 伊勢の人. 本柳坊と号した. 3222, 3284, *3358

宗和《そうわ》 江戸の人. 749

素牛《そぎゅう》 *756. →惟然

素秋《そしゅう》 美濃岐阜の人. 508, 560, 726

楚舟《そしゅう》 江戸の人. 2532, 2594

素男《そだん》 近江大津の人. ◇2109, ◇2112, ◇2117

鼠弾《そだん》 名古屋浄土寺の僧. 句は『曠野後集』『其袋』『乍居行脚』等に入句. 371, 396, 481, 482, 536, 607, 621, 721, 807, 888, 935, 972, 1010, 1013, 1033, 1047, ◇1401, ◇1404, ◇1409, ◇1412, ◇1417, ◇1420, ◇1425, ◇1428, ◇1433

素堂《そどう》 甲斐山口の人. 山口氏. 名, 信章. 字, 子晋・公商. 通称, 勘兵衛. 別号, 来雪・松子・素仙堂・蓮池翁. 享保元年(1716) 8 月 15 日没, 75 歳. 家督を弟に譲り江戸に出て, 漢学を林春斎に学んだ. 芭蕉との交情は親密だった. 句の初出は『伊勢踊』. 編著に『とくとくの句合』がある. 追善集は『通天橋』『ふた夜の影』『摩訶十五夜』等. 390, 546, 709, 735, *751, 907, *966, 1094, *1787, *1804, 2481, 2521, *3340, 3346

曾良《そら》 信濃上諏訪の人. 高野氏. また岩波氏. 名, 正字(まさたか). 芭蕉の『奥の細道』には「河合氏にして惣五郎と云へり」という. 宝永 7 年(1710) 5 月 22 日没, 62 歳. 吉川惟足の門人. 芭蕉庵に出入し, 『奥の細道』行脚に随従し, 剃髪して宗悟(宗五)と改めたという. 初出は『蛙合』. 他に『続虚栗』『卯辰集』等に入句. 1623, 1660, 1675, 1721, 1733, 1801, 1808, 1830, 1850, 1862, 1984, 1996, 2177, ◇2769, ◇2780, 2998, 3114, 3344, 3411, 3474

素覧《そらん》 尾張名古屋の人. 三輪氏. 通称, 四郎太夫(四郎兵衛). 別号, 松隣軒・鶏頭野客. 露川門. 初出は『流川集』. 編著に『幾人水主(いくたりかこ)』がある. 他に『藤の実』『笈日記』等に入句. 3169

素竜《そりょう》 もと阿波藩士. 柏木氏. 名は全故(たけもと). 通称は儀左衛門, または藤之丞. 別号, 素竜斎. 正徳 6 年(1716) 3 月 5 日没, 46 歳. 柳沢吉保に仕え御納戸役. 和歌をよみ, 上代様の書を能くした. 『炭俵』『奥の細道』を清書. 句は『根合』『蓮の実』『元禄百人一句』等にみえる. *炭俵序, 2421, 2435, 2488, 2502, 2508, 2548, 2563, 2621, 2642, 3124

村俊《そんしゅん》 尾張名古屋の人. 815, 1085

た・ち・て・と

大舟《たいしゅう》 美濃大垣藩士. 鈴木氏. 名, 重修. 通称, 弥三左衛門. 御用人となり, 禄 400 石. 江戸勤番中に芭蕉に接したか. 『後の旅』等に入句. 3002

岱水《たいすい》 江戸深川の人. 初号, 苔翠. 初出は『続虚栗』. 編著に『木曾の谷』がある. 句は『嵐雪戊辰歳旦帖』『幽蘭集』等に入句. ◇2252, ◇2257, ◇2260, ◇2265, ◇2268, ◇2273, ◇2276, ◇2281, ◇2285, 2392, 2496, 2512, ◇2754, ◇2767, ◇2783, 3378, 3408

苔蘇《たいそ》 伊賀上野の人. 藤堂藩士. 岡本治右衛門政次. 初号, 木白. 別号, 瓢竹亭・瓢竹庵. 宝永 6 年(1709) 3 月 3 日没, 50 余歳. 芭蕉の死を悼んで, 木白を苔蘇と改号した. 句は『枯尾花』『星会集』等に入句. 1916, 2575, 3081, 3181

田上尼《たがみのあま》 肥前長崎の人. 蓑田氏. 名は勝. 享保 4 年(1719) 1 月 19 日没, 75 歳. 夫没後, 長崎郊外の田上の地に別業千歳亭を営み, 田上尼と称した. 去来・魯町らの実弟牡年を養子とした. 蓑田卯七は実家の甥. 初出は『猿蓑』. その他『己が光』『有磯海』等に入句. 1771, 3259

卓袋《たくたい》 伊賀上野の人. 貝増(かいます)氏. 通称, 市兵衛. 別号, 如是庵・如是軒. 宝永 3 年(1706) 8 月 14 日没, 48 歳. 絈糸(かせいと)商. 初出は『猿蓑』. 他に『枯尾花』『渡鳥集』等に入句. 1845, 2979, 2986, 3172

沢雉《たくち》 伊賀上野の人. 山内氏. 通称, 善四郎. 元禄 6 年(1693) 12 月 27 日没. 句は『有磯海』『其蔓集』等に入句. 1940, 3049

忠知《ただとも》 江戸の人. 神野氏. 長三郎. 後に長左衛門. 延宝 4 年(1676) 11 月 27 日没, 54 歳. 春清の門人. 句は『佐夜中山集』『如意宝珠』等に入句. 590, 813

たつ 三河伊奈の人. 380

為有《ためあり》 →いゆう

樽次《たるつぐ》 江戸大塚の人. 地黄坊樽次. 本名は茨木春朔. 寛文 11 年(1671) 4 月 7 日没. 酒井雅楽頭の侍医. *3307

旦藁《たんこう》 尾張名古屋の人. 杉田氏. 別号, 意水庵. 名古屋海老屋町でゑびやと号し, 菓子商を営む. また鍼術をたしなむ. 初出は『春の日』. 『続虚栗』『古渡集』等に入句. 223, ◇230, ◇233, ◇240, ◇245, ◇250, ◇255, *259, ◇260, ◇265, ◇272, ◇275, ◇282, ◇285, ◇292, 307, 314, 342, 608, 677, 1648, 1669, 1824

探志《たんし》 近江膳所の人. 探旨・探芝とも. 初出は『あめ子』, 他に『西の雲』『宝永二乙酉歳

旦帖』等に入句. ◇1547, ◇1556, ◇1565, ◇1574, 1781, 2153, 2516

湍水《たんすい》 尾張の人. 409, 483, 535, 772, 887, 889, 890, 894, 916

丹楓《たんぷう》 3225

探丸《たんまる》 伊賀上野の人. 藤堂新七郎家3代目当主. 幼名, 新之助. 字は良長. 宝永7年(1710) 7月5日没, 45歳. 芭蕉の旧主, 蟬吟の息. 句は『芭蕉庵小文庫』等に入句. 1035, 1650, 1676, 1686, 1911, 1991, 3041, 3268

団友《だんゆう》 伊勢山田の人. 岩田氏. 名, 正致. 通称, 亦次郎, のちに権七郎. 享保2年(1717) 4月28日没, 59歳. 神風館を継ぎ, 団友斎涼菟という. 芭蕉に指導をうけ, 師没後江戸へ出て其角, 支考に接した. 編著に『潮とろみ』『山中集』『皮籠摺』等がある. 3317

竹戸《ちくこ》 美濃大垣の人. 名は清里. 鍛冶工. 如行門人. 1674, *1675, 3108

竹洞《ちくどう》 京の人. 人見氏. 名は節. 通称, 友元. 儒者. 元禄9年(1696) 1月14日没, 69歳. 林道春に学び,『本朝通鑑』編纂の1人.『竹洞先生文集』がある. 629, *3346

智月《ちげつ》 山城宇佐の人. 享保3年(1718) 3月没, 70余歳か. 大津の荷物問屋河合佐右衛門に嫁す. 貞享3年(1686)夫の没後尼になる. 子供がいなかったため, 弟乙州《おとくに》を養嗣子とした. 初出は『孤松』. 句は『前後園集』『星会集』等に入句. 405, 1673, 1715, 1762, 1992, ◇2119, 2170, 2444, 2517, 2527, 2558, 2625, 2635, 2638, 3011, 3207, 3364, 3458

千子《ちね》 京の人. 去来・魯町・牡年らの妹. 向井氏. 通称, 千代. 儒医元升の第3女. 清水藤右衛門に嫁す. 貞享5年(1688) 5月15日没, 28, 9歳か. 貞享3年(1686)『伊勢紀行』を草した.『続虚栗』『いつを昔』等に入句. 941, *999, *1796, 1839

長虹《ちょうこう》 江戸牛込長国寺隠居. 竹夭和尚. 一時, 名古屋に住し, 解脱寺内に庵を結んで, 竹葉軒と号した. 貞享5年(1688) 7月20日芭蕉は竹葉軒を訪れ, 長虹・荷兮・越人らと歌仙を巻いた. 句は『曠野後集』『橋守』等に入句. 374, 415, 480, 564, 606, 659, 683, 700, 809, 886, 980, 984, ◇1403, 1406, ◇1411, ◇1414, ◇1419, ◇1422, ◇1427, ◇1430, ◇1434, 3016

長之《ちょうし》 605

釣籌《ちょうしゅう》 3021

釣雪《ちょうせつ》 尾張名古屋の人. 大橋市左衛門. 句は『曠野後集』『青葛葉』等に入句. 391, 428, 476, 477, 869, 870, 871, 872, 873, 874, 931, 1004, 1039, 1061, 1066, ◇1135, ◇1140, ◇1145, ◇1152, ◇1157, ◇1164

聴雪《ちょうせつ》 尾張名古屋の人. 貞享4年(1687), 芭蕉の行脚を迎え, その捌をうけた連衆の1人. ◇297, 311, 333

蔦雫《ちょうだ》 3100, 3193, 3269, 3308, 3371, 3392

長眉《ちょうび》 伊賀上野の人. 1983

長和《ちょうわ》 江戸の人. 1703

千里《ちり》 大和葛城郡竹内村の人. 苗村氏. 通称, 粕屋甚四郎(油屋喜右衛門とも). 享保元年(1716) 7月18日没, 69歳.『蛙合』『千鳥掛』等に入句. 1863

珍碩《ちんせき》 *ひさご序, ◇1437, ◇1440, ◇1443, ◇1446, ◇1449, ◇1452, ◇1455, ◇1458, ◇1461, ◇1464, ◇1467, ◇1471, 1472, ◇1476, ◇1477, ◇1480, ◇1481, ◇1484, ◇1485, ◇1488, ◇1489, ◇1513, ◇1524, ◇1527, ◇1532, ◇1539, ◇1545, ◇1554, ◇1563, ◇1572, ◇1581, ◇1582, ◇1585, ◇1587, ◇1589, ◇1591, ◇1593, ◇1595, ◇1598, ◇1600, ◇1602, ◇1604, ◇1606, ◇1608, ◇1610, ◇1612, ◇1614, 1645, 1727, 1807, 1864, 1869, 1956, ◇2108, ◇2113, ◇2116, 2148. →洒堂

泥芹《でいきん》 江戸の人. 3218

貞室《ていしつ》 京の人. 安原氏. 名は正章. 通称, 鎰屋《かぎや》彦左衛門. 別号, 一嚢軒・腐俳子. 寛文13年(1673) 2月7日没, 64歳. 貞徳の門人. 編著に『正章千句』『かたこと』『玉海集』等がある. 359, 502, 665, 903

泥土《でいど》 近江膳所の人. ◇1510, ◇1517, ◇1520, ◇1531, ◇1536, ◇1543, 2155

荻子《てきし》 伊賀上野の人. 辻五平次景方(または景賢とも). 藤堂玄蕃良次の家臣. 享保14年(1729) 10月10日没, 57歳. 竹人の兄. 句は『有磯海』『笈日記』等に入句. 1949, 3320, 3419

桐奚《とうけい》 江戸深川の人. 2592

桃後《とうご》 三河新城の人. 太田氏. 名, 孝知. 通称, 半四郎. のち三郎兵衛. 享保5年(1720)没, 40歳. 白雪の次男. 元禄4年(1691), 芭蕉から桃後という号を与えられた. 句は『皮籠摺』『誹諧曾我』等に入句. 3427

等哉《とうさい》 越前福井の人. 洞哉・等栽とも書く. 神戸氏. 別号, 可卿・一遊軒.『新続犬筑波集』等, 貞門撰集にその作がみえ, 寛文頃から福井の主だった俳人の1人として認められ

ていた. 句は『柏原集』等に入句. 2175

桃首《とうしゅ》 尾張の人. 2981, 3071

東巡《とうじゅん》 美濃岐阜の人. 639

東順《とうじゅん》 近江堅田の人. 其角の父. 竹下氏. 妻の姓, 榎下氏を称す. 号, 赤子. 元禄6年(1693) 8月28日没, 72歳. 江戸に住し, 藩医として膳所藩本多家に仕えたが, 60余歳で致仕し, 以後文筆三昧の生活を送った, と芭蕉の「東順伝」にある. 句は其角の撰集にみえる. 746

冬松《とうしょう》 384, 488, 514, 573, 816, 927, 993, 1018

桃酔《とうすい》 3360

洞雪《どうせつ》 790

桃先《とうせん》 三河新城の人. 太田氏. 名, 重英. 通称, はじめ新四郎, のち, 金左衛門. 享保10年(1725)没, 48歳. 白雪の長男. 弟は桃後. 元禄4年(1691), 芭蕉から桃先の号を与えられた. 雪丸と共に『茶のさうし』を編纂. 句は『笈日記』『誹諧曾我』等に入句. 3386

東潮《とうちょう》 出羽米沢の人. 江戸住. 和田氏. 別号, 一甫•堵中子•東潮庵. 宝永3年(1706) 4月3日没, 49歳. のちに, 嵐雪についた. 編著に『富士詣』『松かさ』『渡鳥』『ひらつつみ』『先日(さきのひ)』等がある. 3239

冬文《とうぶん》 尾張名古屋の人. 『蕉門諸生全伝』には「荷兮の弟」とある. ◇263, ◇270, ◇273, ◇280, ◇283, ◇288, ◇293, 385, 452, 486, 526, 544, 982, 1087, ◇1168, ◇1173, ◇1176, ◇1181, ◇1184, ◇1189, ◇1192, ◇1197, ◇1200

洞木《どうぼく》 伊賀上野の人. 佐治氏. 通称, 兵衛. 名は順琢. 享保19年(1734) 12月3日没. 藤堂藩名張付の医師. 初出は『猿蓑』. 他に『枯尾花』『芭蕉庵小文庫』等に入句. 1699, 2967, 3060, 3387

桃妖《とうよう》 加賀の人. 桃夭•桃葉•桃蛘とも. 長氏, または長谷部氏. 幼名, 久米之助. のちに甚左衛門. 別号, 桃枝斎•桃枝軒. 宝暦元年(1751) 12月29日没, 76歳. 山中温泉の湯屋, 和泉屋の主人. 元禄2年(1689) 7月, 芭蕉から桃妖の号を受けた. 初出は『猿蓑』. 他に『北の山』『白鳥集』等に入句. 1954, 3257

藤羅《とうら》 岐阜の人. 507, 627, 676

桃隣《とうりん》 伊賀上野の人. 天野氏. 通称, 藤太夫. 別号, 太白堂•呉竹軒•桃翁など. 享保4年(1719) 12月9日没, 71歳. 芭蕉の縁戚か. もと藤堂藩士であったが, 早く致仕した. 一時大阪に住んでいたが, 江戸へ下り定住. 俳諧師として身を立てた. 芭蕉を深く敬愛し, 3回忌には『陸奥鵆』を, 17回忌には『粟津原』を出版している. 句は『葛の松原』『己が光』等に入句. 2417, 2454, 2483, 2499, 2509, 2565, 2572, 2588, 2596, 2676, ◇2679, ◇2682, ◇2685, ◇2688, ◇2691, ◇2694, ◇2697, ◇2700, ◇2703, ◇2706, ◇2709, ◇2752, ◇2763, ◇2770, ◇2782, 3053, 3342

杜国《とこく》 尾張名古屋の人. 坪井氏. 通称, 庄兵衛. 元禄3年(1690) 3月20日没, 30余歳. 名古屋御園町の壺屋という富裕な米穀商であったが, 貞享元年(1684), 芭蕉に入門. 同2年, 空米(くうまい)売買の罪で尾張国外に追放になり, 三河国保美に名を南彦左衛門, 号を野人(野仁•の人)と変えて隠棲した. 句は『続虚栗』『鵲尾冠』等に入句. ◇5, ◇12, ◇15, ◇22, ◇25, ◇32, ◇35, ◇38, ◇43, ◇50, ◇53, ◇60, ◇63, ◇70, 73, ◇80, ◇83, ◇90, ◇93, ◇100, ◇103, ◇111, ◇118, ◇123, ◇130, ◇135, ◇144, ◇148, ◇153, ◇160, ◇165, ◇172, ◇177, ◇184, 308, 320, 329, 352, 357, 596, 802, 891, 898, 958, 969, 1017, 1728

杜若《とじゃく》 伊賀上野の人. 土田氏. 名は正祇. 通称, 小左衛門. 初号, 柞良. 享保14年(1729) 8月6日没, 50歳前後か. 藤堂藩伊賀上野付の士. 初出は『猿蓑』. 他に『句兄弟』『初蟬』等に入句. 1816, 3267

斗従《とじゅう》 伊勢の人. 元禄7年(1694), 伊賀上野に芭蕉を訪ね入門. *3300, 3302

怒誰《どすい》 近江膳所藩士. 高橋氏. 名は喜兵衛, または条助. 曲水の実弟. 『己が光』『三千化』等に入句. ◇1512, ◇1519, ◇1525, ◇1530, ◇1537, ◇1542, 2152, 2464

怒風《どふう》 美濃大垣藩士. 高宮氏. 名は吉重. 寛保3年(1743)没, 81歳. 高岡斜嶺の弟で, 高宮家をつぐ. 貞享4年(1687), 芭蕉に入門. 句は『有磯海』『笈日記』等に入句. 2535, 3168

土芳《どほう》 伊賀上野の人. 藤堂藩士. 服部氏. 名, 保英. 通称, 半左衛門. 初号, 芦馬. 土芳の号は貞享5年(1688)以降. 享保15年(1730) 1月18日没, 74歳. 貞享5年隠栖し, 芭蕉の「みの虫の音を聞きにこよ草の庵」から取って「蓑虫庵」と号した. 俳諧師ではないが, 俳諧に専念した風雅な生活を送り, 伊賀蕉門の中心となった. 編著に『三冊子』『蕉翁句集』『蕉翁文集』がある. また, 句日

記『庵日記』『横日記』を残した. 初出は『猿蓑』. 句は『蓑虫庵集』に集められた. 1637, 1843, 1870, 1883, 1931, 1957, ◇2127, ◇2129, ◇2136, 2400, 2564, 3022, 3078, 3097, 3161, 3285, 3352, 3425, 3431

とめ 484. →羽紅

呑霞《どんか》 310

鈍可《どんか》 尾張の人. 404, 630, 635, 673, 674, 1072

な・に

内習《ないしゅう》 829

乃竜《ないりゅう》 3036, 3068, 3301, 3361

なにがし主馬《なにがししゅめ》 *3070. →本間主馬

二嘯《にしょう》 近江膳所の人. ◇1552, ◇1561, ◇1570, ◇1579

二水《にすい》 422, 446, 654, 765

任口《にんこう》 山城伏見西岸寺3世, 雲蓮社宝誉光阿歴我如羊と称す. 如羊は連歌の, 任口は俳諧の号. 貞享3年(1686) 4月13日没, 81歳. 連歌は宗因に, 俳諧は維舟に親しんだ. 『懐子』『続虚栗』等に入句. 732

任行《にんこう》 伊勢桑名の人. 金森氏か. 舟運の業に関係する人であったらしい. 谷木因に学ぶ. 句は『桜山臥』『其暁』等に入句. 3107

任他《にんた》 尾張名古屋の人. 正田氏. 『熱田宮雀』に入句. 416

は・ひ・ふ・ほ

買山《ばいざん》 伊賀の人. 曾根氏. 名は忠太夫. 通称, 弥左衛門. 宝永元年(1704) 8月5日没. 藤堂新七郎良長(探丸)の家臣. 晩年は仏門に入った. 句は『有磯海』等に入句. 2613, 3298

梅餌《ばいじ》 美濃岐阜の人. 587, 670

梅舌《ばいぜつ》 尾張の人. 408, 493, 523, 959

配力《はいりき》 伊賀上野の人. 藤堂藩作事目付役. 杉野氏. 名は房滋. 通称, 勘兵衛. 享保17年(1732) 11月17日没, 80歳. 初出は『猿蓑』. 他に『枯尾花』『星会集』等に入句. 1935, 3079, 3211, 3397

薄芝《はくし》 尾張の人. 379, 1735

白雪《はくせつ》 三河新城の人. 太田氏. 通称, 金左衛門長孝. 別号, 有髪散人・密雲峰・周白雪. 屋号は升屋. 享保20年(1735) 6月7日没, 75歳. 庄屋役を勤め, 質物・造酒・味噌・米穀・茶等を業とした. 編著に『誹諧曾我』『きれぎれ』『三河小町』『巳年歳旦』『蛤与市』がある. 追善集に『雪なし月』. 句は『曠野後集』『芦分舟』等に入句. 3135.

馬莧《ばけん》 摂津の人. 江戸住. 鷺氏. 貞綱. 通称, 権之丞. のち, 仁右衛門と改めた. 鷺流の狂言師. 元禄7年(1694) 8月21日没, 59歳. 同じ能役者の沾圃・里圃と共に, 『続猿蓑』の編集発起に与ったか. ◇2786, ◇2791, ◇2794, ◇2799, ◇2802, ◇2807, ◇2810, ◇2815, ◇2818, 2820, ◇2823, ◇2826, ◇2829, ◇2832, ◇2835, ◇2838, ◇2841, ◇2844, ◇2847, ◇2850, ◇2853, ◇2859, ◇2862, ◇2865, ◇2868, ◇2871, ◇2874, ◇2877, ◇2880, ◇2883, ◇2886, ◇2889, 3034, 3195, 3231, 3247, 3272, 3328, 3345, 3400, 3405

巴山《はざん》 江戸の人. 1795

巴丈《はじょう》 尾張名古屋の人. 支考門. 759, 3008

芭蕉《ばしょう》 伊賀上野の人. 松尾氏. 名, 宗房. 幼名, 金作. 通称, 甚七郎・藤七郎または忠右衛門. 俳号は, 宗房・桃青・芭蕉(はせを). 別号, 釣月軒・泊船堂・天々軒・坐興庵・栩々斎・華桃園・芭蕉洞・素宣・風羅坊. 印章に虚無・杖銭・鳳尾・羊角・羽扇. 元禄7年(1694) 10月12日没, 51歳. はじめ季吟門. 寛文4年(1664)『佐夜中山集』に初めて句がみえる. 編著に『貝おほひ』『桃青門弟独吟二十歌仙』『野ざらし紀行』『鹿島詣』『笈の小文』『更科紀行』『奥の細道』等がある. 1, ◇8, ◇11, ◇18, ◇21, ◇28, ◇31, ◇39, ◇46, ◇49, ◇56, ◇59, ◇66, ◇69, ◇76, ◇81, ◇88, ◇91, ◇98, ◇101, ◇108, ◇113, ◇120, ◇125, ◇132, ◇137, ◇142, ◇146, ◇151, ◇158, ◇163, ◇170, ◇175, ◇185, 316, 345, *353, 355, *357, *あら野序, 387, 388, 433, 439, 458, 516, 527, 598, 623, 666, 679, 715, 727, 730, 737, 757, 822, 893, 900, 905, 918, 920, 921, 925, *931, 938, 945, *947, 953, 954, 960, 968, 975, 1009, 1012, 1027, 1093, *1094, ◇1275, ◇1276, ◇1279, ◇1280, ◇1282, ◇1284, ◇1286, ◇1288, ◇1290, ◇1293, ◇1295, ◇1297, ◇1299, ◇1301, ◇1303, ◇1305, ◇1307, ◇1309, 1436, ◇1439, ◇1442, ◇1445, ◇1448, ◇1451, ◇1454, ◇1457, ◇1460, ◇1463, ◇1466, ◇1469, ◇1473, 1616, 1635, *1642, 1654, *1674, 1689, 1695, 1701, 1712, 1722, *1728, 1738, 1740, 1743, 1747, 1748, 1749, 1753, 1756, 1764, 1765, 1770, 1782, 1796, 1814, 1815, *1830, 1831, 1834, 1835, 1836, *1843, 1851, 1887, *1899, 1918, 1934, 1943, 1958, 1962, 1965, 1969, 1977, 1978, 1990, 1997, ◇1999, ◇2002, ◇2007, ◇2010, ◇2014, ◇2019,

◇2022, ◇2027, ◇2030, ◇2035, ◇2038, ◇2041, ◇2044, ◇2047, ◇2050, ◇2053, ◇2056, ◇2059, ◇2062, ◇2065, ◇2068, ◇2071, ◇2074, ◇2079, ◇2082, ◇2086, ◇2091, ◇2094, ◇2099, ◇2102, 2106, ◇2111, ◇2114, *幻住庵記, 2142, *炭俵序, 2178, ◇2181, ◇2182, ◇2185, ◇2187, ◇2189, ◇2191, ◇2193, ◇2195, ◇2196, ◇2198, ◇2200, ◇2202, ◇2204, ◇2206, ◇2209, ◇2211, ◇2213, ◇2251, ◇2254, ◇2259, ◇2262, ◇2267, ◇2270, ◇2275, ◇2278, ◇2284, 2386, 2425, 2432, 2460, 2462, 2476, 2482, 2487, *2494, 2507, 2555, *2600, 2603, 2623, 2631, *2642, 2712, ◇2717, ◇2720, ◇2725, ◇2728, ◇2733, ◇2736, ◇2741, ◇2744, ◇2750, 2784, ◇2789, ◇2792, ◇2797, ◇2800, ◇2805, ◇2808, ◇2813, ◇2816, ◇2858, ◇2893, ◇2896, ◇2899, ◇2902, ◇2905, ◇2908, ◇2911, ◇2914, ◇2917, ◇2920, ◇2923, ◇2925, *続猿蓑・今宵賦, 2928, ◇2933, ◇2938, ◇2943, ◇2948, ◇2951, ◇2956, 2966, 2993, 3012, 3093, 3131, 3137, *3157, 3178, 3199, 3202, 3203, 3234, 3235, 3253, 3275, 3286, *3292, 3293, 3300, 3315, 3323, 3326, 3340, 3350, 3368, 3374, 3385, 3423, 3440, 3449, *3463, 3465, 3467, 3482, *続猿蓑跋

八桑《はつそう》 江戸の人．八草とも．深川の芭蕉庵の近くに住む．元禄7年(1694)，子珊亭での芭蕉送別に一座．芭蕉の遺言状に名がみえる．句は『別座鋪』等に入句． 2595

馬仏《ばぶつ》 近江彦根の藩士．六成堂と号した．元禄9年(1696) 11月22日没．句は『韻塞』『正風彦根躰』等に入句． 3410

破笠《はりつ》 伊勢の人．小川宗宇．通称，平助．別号，夢中庵・卯観子・笠翁・一蟬．延享4年(1747) 6月3日没，85歳．漆芸家．江戸へ出て，初め露言門，のちに蕉門．句は『一楼賦』『続虚栗』等に入句． 904

般斎《ばんさい》 摂津の人．僧侶．加藤氏．通称，新太郎．号，盤斎・磐斎・槃柴・槃斎・等空・冬木翁(斎)．軒号を踏雪・臨淵．延宝2年(1674) 8月11日没，50歳．貞徳の歌道の門人．俳諧では臨淵の号で，貞門諸集の序文にみえる．俳論書『俳諧談』がある．歌学の著書に『伊勢物語新抄』『土佐日記見聞抄』『清少納言枕草紙抄』『方丈記抄』『徒然草抄』『諷増抄』『百人一首抄』『新古今増抄』『三部抄増註』などがある． 501

半残《はんざん》 伊賀上野の人．藤堂藩士．山岸氏．名は棟常，または重助．通称，重左衛門．享保11年(1726) 6月2日没，73歳．編著に『伊賀名所句集』がある．句は『続虚栗』『初便』等に入句． 1658, 1730, 1773, 1841, 1866, 1884, 1953, 1982, ◇2126, ◇2128, ◇2130, ◇2133, 2162, 3148

尾頭《びとう》 伊賀上野の人．明覚寺住職．僧名，行誓．宝永7年(1710) 10月11日没．句は『枯尾花』『けふの昔』等に入句． 2992, 3126

百歳《ひゃくさい》 伊賀上野の人．西島氏．名は之寛．通称，十郎右衛門．藤堂新七郎家の五郎左衛門良重の子で，蟬吟の甥．宝永2年(1705) 4月26日没，38歳．句は『己が光』『枯尾花』等に入句． 589, 1629, 1930, 3088

氷固《ひょうこ》 伊賀上野の人．松本氏．通称，長右衛門．はじめ氷固，のち非群と号す．享保19年(1734) 12月11日没，74歳．商人．句は『有磯海』『笈日記』等に入句． 1932, 3273, 3348

風斤《ふうきん》 3365

風弦《ふうげん》 伊勢の人．風弦は芭蕉の与えた号という．句は『枯尾花』に入句． 3139

風国《ふうこく》 京の人．伊藤氏．通称，玄恕．元禄14年(1701) 7月3日没．医師．『初蟬』『菊の香』を出版．編著『泊船集』は芭蕉の遺句を集めた最初の書．句は上記の他に『元禄六歳旦帳』『忘梅』等に入句． 3215, 3279

風睡《ふうすい》 伊賀上野の人．藤堂藩士．浅井氏．通称，利右衛門．元禄14年(1701) 9月23日没．句は『枯尾花』『有磯海』等に入句． 3073, 3077, 3098, 3295

風泉《ふうせん》 400

風笛《ふうてき》 『蕉門諸生全伝』に叡山の僧か，という． 646

風麦《ふうばく》 伊賀上野の人．藤堂藩士．小川氏．名は政任．通称，次郎兵衛．元禄13年(1700)12月17日没．句は『枯尾花』『有磯海』等に入句． 1818, 1838, 1891, 3072, 3250, 3261

不悔《ふかい》 563

不玉《ふぎょく》 出羽酒田の人．伊東氏．名，玄順(元順)．医号，淵庵．元禄10年(1697)没，50歳．はじめは三千風門．編著に『葛の松原』(共編)，『継尾集』『あつみ山』等があり，不玉からの来書に去来が答えたものが『不玉宛論書』である．句は以上の他に『白根嶽』『三山雅集』等に入句． 1647, 3177, 3210, 3444

不交《ふこう》 美濃岐阜の人． 626, 645

芙水《ふすい》 699

普船《ふせん》 1989． →介我

鳧仙《ふせん》　447
普全《ふぜん》　越前福井の人．2447
武仙《ぶせん》　3087
不撤《ふてつ》　美濃岐阜の人．3441
浮瓢《ふひょう》　*998
史邦《ふみくに》　尾張犬山の人．名は保潔．別号，五雨亭．尾張犬山の寺尾直竜の侍医として仕え，中村春庵と名乗った．のち，京都に出て仙洞御所，京都所司代に仕え，大久保荒右衛門と称する．さらに江戸にうつって根津宿直と称した．元禄3，4年頃，京都時代に芭蕉に入門．以前は貞門か．『猿蓑』に入集．元禄9年(1696)『芭蕉庵小文庫』を刊行．『猿舞師』等にも入句．和歌の作もある．1621, 1662, 1678, 1684, 1716, 1752, 1786, 1823, 1844, 1896, 1944, 1946, 1975, ◇2001, ◇2004, ◇2009, ◇2012, ◇2017, ◇2020, ◇2025, ◇2028, ◇2033, ◇2139, 2156, 3010, 3150, 3251, 3398, 3477
蕪葉《ぶよう》　尾張の人．1026
風鈴軒《ふりょうけん》　磐城平7万石の城主．内藤氏．左京亮，のち左京太夫．名は義概，晩年義泰．号，風虎．別号，紫硯・風鈴子・白藤子．貞享2年(1685) 9月19日没，67歳．万治の頃から貞門の俳諧に手をそめ，門戸を開いて宗因・重頼・季吟らと交わった．『夜ノ錦』『信太ノ浮島』『桜川』等を編集し，『六百番俳諧発句合』『五百番自句合』等を催した．和歌の作も多い．家集『左京太夫義泰家集』がある．460
文潤《ぶんじゅん》　1052
蚊足《ぶんそく》　京都の人．和田氏．通称，源七郎．号，丁亥郎・円常．正保3年(1646)生まれ．没年未詳．はじめ常矩門，貞享元年(1684)江戸に移り，蕉門に入る．のちに素堂の仲介で甲斐谷村藩主秋元侯に仕えたと伝える．*1875
文鳥《ぶんちょう》　美濃大垣藩士．秋山氏．名は昌逸．通称，景右衛門．寛保3年(1743)没．荊口の3男で，此筋・千川の弟．句は『俳諧勧進牒』『有磯海』等に入句．3192
文瀾《ぶんらん》　尾張の人．702, 981
文里《ぶんり》　1036
文鱗《ぶんりん》　堺の人．鳥居氏．虚無斎と号す．俳諧紀行『新山家』は其角著で文鱗校．句は『続の原句合』『初懐紙評註』等に入句．419, 462, *622, 716, 788, 944
蓬雨《ほうう》　美濃岐阜の人．602
望翠《ぼうすい》　伊賀上野の人．片野氏．名は良久．屋号，井筒屋．通称，新蔵．宝永2年(1705) 8月24日没，49歳．商人．芭蕉の妹の縁につながる人か．句は『枯尾花』『有磯海』等に入句．3151, 3196, 3290, 3460
方生《ほうせい》　尾張津島の人．713
芳川《ほうせん》　451, 457
防川《ぼうせん》　490, 752
峰嵐《ほうらん》　伊賀上野の人．3018
圃燕《ほえん》　3280
圃角《ほかく》　3111
圃吟《ほぎん》　3394
北枝《ほくし》　加賀小松の人．のち金沢に移住．立花氏(一時，土井氏)．通称，研屋源四郎．別号，鳥翠台・寿夭軒．享保3年(1718) 5月12日没．兄牧童と共に研刀業を営む．はじめは金沢の貞門俳書『白根草』『加賀染』や『稲莚』『孤松』などに入句．元禄2年(1689)芭蕉に入門．この時に，芭蕉から受けた教えとされるものが，『三四考』『やまなかしう』『山中問答』など．『卯辰集』『喪の名残』を刊行．句は上記の他に『射水川』『そこの花』等に入句．750, 1987, 2167, 2440, 2584, 2617, 3144, 3264, 3325
卜枝《ぼくし》　近江日野の人．遠方と号し，はじめ貞門，のち蕉門．尾張津島の蓮花寺に寓居したという．375, 434, 534, 600, 616, 649, 672, 694, 706, 741, 789, 1038, 1042, 1046, 1086
木枝《ぼくし》　3223
朴什《ぼくじゅう》　485
朴水《ぼくすい》　近江膳所の人．神職という．2160
木節《ぼくせつ》　近江大津の人．望月氏．稽翁と号した．医号を是好．元禄7年(1694) 10月，病床の芭蕉に投薬，看護に努めた．編著に『布瓜(へちま)』．句は『孤松』『奉納集』等に入句．1666, 1711, 1751, 1792, 2168, 2976, 3050, 3306, 3452, 3468
卜宅《ぼくたく》　伊勢国久居藩士．向日氏．通称，八太夫．延享2年(1745) 1月28日没，92歳．『桃青門弟独吟二十歌仙』の作者の1人．句は『蛙合』『桃桜』等に入句．1912
牧童《ぼくどう》　加賀小松の人．立花氏．通称，研屋彦三郎．はじめは松葉と号した．別号，帯藤軒・圃辛亭．研刀師．北枝の兄で，金沢に住し，加賀藩の御用を勤めた．『白根草』『加賀染』等に入句し，宗因に学んだが，元禄2年(1689)芭蕉に入門．他に『稲莚』『しるしの

竿』等に入句.　3233
木白《ぼくはく》　1916, 2575.　→苔蘇
圃水《ほすい》　3023, 3183, 3213
圃仙《ほせん》　3434
北鯤《ほっこん》　江戸の人. 石川氏. 山店(さんてん)の兄.『桃青門弟独吟二十歌仙』以来の門人.『虚栗』『伊賀餞別』等に入句.　2528, 3294, 3338
牡年《ぼねん》　肥前長崎の人. 久米氏(高木氏とも). 名は利文. 通称, 七郎左衛門. 別号, 暮年・万年・知焉・道敬. 向井去来・魯町の実弟. 田上尼の養子となる. 町年寄. 享保 12 年(1727) 10 月 4 日没, 70 歳.『有磯海』以後は牡年, それより前は暮年と号した.『韻塞』『渡鳥集』等に入句.　1672, 3152
圃箔《ほはく》　美濃の人.　3040, 3090
凡兆《ぼんちょう》　加賀金沢の人. 野沢氏(または宮城氏・越野氏・宮部氏). 名は允昌, 通称を長次郎と伝える. 元禄 4 年(1691)初め頃までは加生, 次に凡兆, 晩年は阿圭と号した. 正徳 4 年(1714)没. 京に出て医を業とし, 元禄元年頃蕉門に入ったか. 初出は『あら野』. 去来と『猿蓑』を編纂. 元禄 6 年に, 罪をえて下獄. 同 11 年中に出獄したらしい. 一時江戸へ出向いたが, 大阪に居を定め, 野坡・土芳との交際をわずかに行なった. 句は上記の他に『いつを昔』『荒小田』等に入句.　441, 768, *猿蓑序, 1624, 1633, 1636, 1641, 1653, 1656, 1665, 1681, 1687, 1688, 1714, 1732, 1736, 1750, 1755, 1769, 1784, 1789, 1790, 1799, 1810, 1813, 1827, 1832, 1848, 1856, 1861, 1865, 1871, 1874, 1877, 1878, 1889, 1909, 1925, 1933, 1939, 1959, 1973, 1981, 1988, ◇2000, ◇2005, ◇2008, ◇2013, ◇2016, ◇2021, ◇2024, ◇2029, ◇2032, 2034, ◇2037, ◇2040, ◇2043, ◇2046, ◇2049, ◇2052, ◇2055, ◇2058, ◇2061, ◇2064, ◇2067, 2070, ◇2075, ◇2078, ◇2083, ◇2087, ◇2090, ◇2095, ◇2098, ◇2103, ◇2120, ◇2123, 2146, *猿蓑跋
本間主馬《ほんましゅめ》　近江膳所の人. 通称, 佐兵衛. 俳号, 丹野. 能太夫.　*3070, *3323

ま・み・む・も

正秀《まさひで》　→せいしゅう
昌房《まさふさ》　→しょうぼう
万乎《まんこ》　伊賀上野の人. 通称, 次郎太夫. 剃髪して証厭房. 享保 9 年(1724) 8 月 15 日没. 商家. 屋号, 大坂屋. 元禄 4 年(1691), 芭蕉を自亭に迎え, その時入門. 初出は『猿蓑』. 他に『有磯海』『笈日記』等に入句.　1767, 2632, 2999, 3080, 3153, 3165, 3252, 3321, 3415
未学《みがく》　美濃の人.　695, 1077
夢々《むむ》　尾張津島の人.　522, 631
元輔《もとすけ》　摂津の人. 桜井氏. 基佐. 中務丞・弥次郎と称す. 法名, 永仙. 連歌を宗祇に学んだ. 永正 6 年(1509)までは生存.　643
守武《もりたけ》　伊勢山田の人. 荒木田氏. 天文 18 年(1549) 8 月 8 日没, 77 歳. 伊勢神宮神官の名門に生まれた. 若い頃から連歌に親しみ, 宗祇・兼載・宗長・宗碩・肖柏らに学んだ. 明応 4 年(1495), 23 歳のとき『新撰菟玖波集』に 1 句入集. 天文 9 年(1540) 64 歳のとき『守武千句』を完成させた. のちに「俳諧の祖」として特に談林俳人に尊敬されるようになった.　995

や・ゆ・よ

野径《やけい》　近江膳所の人. 別号, 縁督堂. 初出は『花摘』. 他に『西の雲』『己が光』等に入句.　1508, ◇1515, ◇1522, ◇1529, ◇1534, ◇1541, ◇1551, ◇1560, ◇1569, ◇1578, 2149, 3470
夜舟《やしゅう》　806
野水《やすい》　尾張名古屋の人. 岡田氏. 通称, 佐次右衛門. 名は幸胤(行胤). 寛保 3 年(1743) 3 月 22 日没, 86 歳. 大和町に住んだ呉服商. 岡田家は名古屋城下で清須越といわれた旧家で, 代々目見(めみえ)町人. 初め貞門派の横船・流水らについたが, 貞享元年(1684), 芭蕉を知る. 芭蕉没後は茶道に傾き, 俳諧から離れた. 句は『続連珠』『曠野後集』等に入句.
◇2, ◇7, ◇14, ◇17, ◇24, ◇27, ◇34, 37, ◇44, ◇47, ◇54, ◇57, ◇64, ◇67, ◇75, ◇82, ◇85, ◇92, ◇95, ◇102, ◇105, ◇112, ◇117, ◇124, ◇129, ◇136, ◇141, ◇150, ◇155, ◇162, ◇167, ◇174, ◇179, ◇186, *223, ◇224, ◇229, ◇236, ◇239, ◇244, ◇249, ◇254, 259, ◇266, ◇269, ◇276, ◇279, ◇286, ◇289, 347, 348, 366, 383, 423, 456, 494, 495, 504, 524, 537, 547, 575, 592, 599, 617, 618, 642, 661, 680, 685, 782, 795, 825, 843, 844, 845, 846, 847, 848, 849, 850, 851, 852, 853, 854, 855, 856, 857, 858, 917, 933, 937, 948, 1001, 1083, *1094, ◇1095, ◇1098, ◇1101, ◇1104, ◇1107, ◇1110, ◇1113, ◇1116, ◇1119, ◇1122, ◇1125, ◇1128, ◇1133, ◇1142, ◇1147, ◇1154, ◇1159, ◇1165, ◇1203, ◇1204, ◇1207, ◇1208, ◇1211, ◇1212, ◇1215, ◇1216, ◇1219, ◇1220, ◇1222, ◇1224, ◇1226, ◇1229, ◇1231, ◇1232, ◇1235, ◇12

36, 1364, ◇1367, ◇1368, ◇1370, ◇1372, ◇1374, ◇1376, ◇1378, ◇1380, ◇1383, ◇1385, ◇1387, ◇1389, ◇1391, ◇1392, ◇1394, ◇1395, ◇1398, 1630, 1938, ◇2072, ◇2077, ◇2080, ◇2085, ◇2088, ◇2093, ◇2096, ◇2101, ◇2105, ◇2140, 2144, 2994, 3313

野荻《やてき》　3121, 3147, 3164, 3226, 3334

野童《やどう》　京都の人．仙洞御所に出仕．元禄 14 年(1701) 6 月 20 日，御所の宿直所で雷死．句は『猿蓑』に初出．他に『西の雲』『有磯海』等に入句．1679, 1793, 1812, 2566, 3017, 3101, 3197

野坡《やば》　越前福井の人．志太氏(信田氏とも)．のち竹田(竹多・武田)氏．幼名，庄一郎．通称，弥助(弥介・弥亮とも)．屋号，長崎屋．初めは野馬と書いた．別号，紗帽・紗方・樗子・樗木社・浅生・一声舎・無名庵高津野々翁・半醒堂・三日庵・常用庵・秋草舎・百花窓・蘇鉄庵・かがし庵・照笛居士．元文 5 年(1740) 1 月 3 日没，79 歳．江戸に出て越後屋に奉公し，両替店手代を勤めた．初めは其角に師事し，初出は『続虚栗』．元禄 6 年(1693)秋頃から芭蕉に直接師事し，翌 7 年，孤屋・利牛と共に『炭俵』を編纂．元禄 11 年から 14 年まで，商用のため長崎に滞在．元禄末には退職し，専業の俳諧師になる．以後 30 余年の間に 10 余度も九州を行脚し，九州の筑・肥・豊の国々から中国筋の芸・備の地方に勢力を拡張，一大俳圏を確立した．編著は『炭俵』の他，『万句四之富士』『放生日』『六行会』があり，俳論書に『許野消息』『袖日記』『俳諧二十一品』等がある．句は他に『嵐雪戊辰歳旦帖』『韻塞』等に入句．追善集は『三日の庵』等．*炭俵序, ◇2179, ◇2180, ◇2183, ◇2184, ◇2186, ◇2188, ◇2190, ◇2192, ◇2194, ◇2197, ◇2199, ◇2201, ◇2203, ◇2205, ◇2207, ◇2208, ◇2210, ◇2212, ◇2216, ◇2219, ◇2222, ◇2225, ◇2228, ◇2231, ◇2234, ◇2237, ◇2240, ◇2243, ◇2246, ◇2249, ◇2287, ◇2290, ◇2293, ◇2296, ◇2299, ◇2302, ◇2305, ◇2308, ◇2311, ◇2314, ◇2317, ◇2320, ◇2323, ◇2326, ◇2329, ◇2332, ◇2336, ◇2339, ◇2342, ◇2345, ◇2348, ◇2351, ◇2354, ◇2357, ◇2360, ◇2363, ◇2366, ◇2369, ◇2372, ◇2375, ◇2378, ◇2381, ◇2384, 2396, 2403, 2406, 2413, 2418, 2422, 2431, 2451, 2452, 2457, 2467, 2468, 2471, 2490, 2495, 2510, 2520, 2540, 2554, 2577, 2602, 2604, 2606, 2611, 2633, 2641, ◇2677, ◇2680, ◇2683, ◇2686, ◇2689, ◇2692, ◇2695, ◇2698, ◇2701, ◇2704, ◇2708, ◇2711, ◇2713, ◇2716, ◇2721, ◇2724, ◇2729, ◇2732, ◇2737, ◇2740, ◇2745, ◇2755, ◇2760, ◇2777, *炭俵刊記, 3061, 3324, 3461

野明《やめい》　筑前福岡の人．初め奥西善六，のちに坂井作太夫包元(あるいは宗正)と称した．初号，鳳仭．正徳 3 年(1713)没．黒田藩士だったが，致仕して京都嵯峨に住む．去来の母方の主筋にあたり，初めは常牧門，のちに去来に師事．元禄 7 年(1694)，芭蕉に指導をうけた．『去来抄』に質問者としてみえる．句は『己が光』『藤の実』等に入句．3329

友五《ゆうご》　常陸の人．潮来住の医師本間道悦の養子．道因．元禄 13 年(1700)潮来に帰り，本間家をつぐ．江戸に在住して，深川の芭蕉庵に出入した．句は『若水』『其袋』等にみえる．363

遊糸《ゆうし》　美濃の人．3003

友重《ゆうじゅう》　612

游刀《ゆうとう》　近江膳所の人．別号，垂葉堂．能太夫という説がある．初出は『猿蓑』．他に『西の雲』『己が光』等に入句．1761, 2402, 2597, 3069, 3157, 3158, 3276

祐甫《ゆうほ》　伊賀上野の人．通称，八郎右衛門．宝永 7 年(1710) 8 月 15 日没，79 歳．屋号を神戸屋という商人．句は『猿蓑』に初出．他に『有磯海』『笈日記』等に入句．1700, 2446, 2536, 2574, 3391

葉拾《ようしゅう》　3188

揚水《ようすい》　江戸の人．『桃青門弟独吟二十歌仙』『次韻』の作者の 1 人．句は『虚栗』『花摘』等に見える．1917

陽和《ようわ》　伊賀上野の人．藤堂玄蕃家の家臣．山岸氏．名は宥軒．通称，重左衛門．享保 4 年(1719) 3 月 10 日没．半残の父．俳諧は半残よりも遅く，初出は『枯尾花』．他に『有磯海』『笈日記』等に入句．2974, 3396

ら・り・ろ

落梧《らくご》　美濃岐阜の人．安川氏．通称，助右衛門．屋号を万屋(よろずや)と称する呉服商．元禄 4 年(1691) 5 月没，40 歳．貞享 5 年(1688)，芭蕉を知る．『瓜畠集』編集途中で没．句は『元禄百人一句』『笈日記』等に入句．397, 468, 512, 580, 583, 637, 774, 786, 957, 1003, 1081, ◇1365, ◇1366, ◇1369, ◇1371, ◇1373, ◇1375, ◇1377, ◇1379, ◇1381, ◇1382, ◇1384, ◇1386, ◇1388, ◇1390, ◇1393, ◇1396, ◇1397, ◇1399, 1833

嵐虎《らんこ》 1941
嵐蓑《らんさ》 尾張の人. 991
嵐推《らんすい》 1952
嵐雪《らんせつ》 江戸湯島の人. 服部氏. 名, 治助. 幼名, 久米之助. 長じて, 孫之丞•彦兵衛•新左衛門と称した. 別号, 嵐亭治助•雪中庵•不白軒•寒蓼堂•黄落庵•石中堂•玄峰堂史登斎. 宝永 4 年(1707) 10 月 13 日没, 54 歳. 仕官していたが貞享末年頃に致仕. 貞享 5 年(1688)には歳旦牒『若水』を, 元禄 3 年(1690)には『其袋』を上梓. 他に『或時集』『杜撰集』『その浜ゆふ』等を編纂. 作法書に『つるいちご』がある. 句は他に『桃青門弟独吟二十歌仙』『虚栗』等に入句. 641, 966, 1346, ◇1349, ◇1350, ◇1353, ◇1354, ◇1357, ◇1358, ◇1361, 1780, 1875, 1899, 1924, 1936, 2214, ◇2217, ◇2220, ◇2223, ◇2226, ◇2229, ◇2232, ◇2235, ◇2238, ◇2241, ◇2244, ◇2247, 2415, 2429, 2443, 2470, 2485, 2500, 2525, 2538, 2551, 2578, 2634, 2989, 3095, 3446
嵐窓《らんそう》 江戸の人. 三岡氏. *1893
嵐蘭《らんらん》 肥前島原の人か. 松倉氏. 名は盛教. 通称, 又五郎(または, 甚兵衛•甚左衛門とも). 元禄 6 年(1693) 8 月 27 日没, 47 歳. 板倉侯に仕えたが, 元禄 4 年致仕して浅草に住んだ. 延宝 3 年(1675)芭蕉に入門. 『桃青門弟独吟二十歌仙』に入句. 編著に『けし合』がある. 句は他に『武蔵曲』『虚栗』等に入句. 636, 1634, 1729, 1776, 1787, 1797, 1820, 1860, 1893, 1897, 1985, ◇2138, 2176, 2511, 3132, 3409
李下《りか》 江戸の人. 芭蕉が深川の草庵に移ったとき, 芭蕉 1 本を贈る. 句は『虚栗』『其袋』等に入句. 823, 3432
李下が妻《りかがつま》 *1006
利牛《りぎゅう》 江戸の人. 池田氏. 通称, 利兵衛, または十右衛門. 越後屋の手代で, 同職の野坡•孤屋と共に『炭俵』を編纂. 句は『有磯海』『陸奥衛』等に入句. *炭俵序, ◇2215, ◇2218, ◇2221, ◇2224, ◇2227, ◇2230, ◇2233, ◇2236, ◇2239, ◇2242, ◇2245, ◇2248, ◇2253, ◇2256, ◇2261, ◇2264, ◇2269, ◇2272, ◇2277, ◇2280, ◇2283, 2286, ◇2289, ◇2292, ◇2295, ◇2298, ◇2301, ◇2304, ◇2307, ◇2310, ◇2313, ◇2316, ◇2319, ◇2322, ◇2325, ◇2328, ◇2331, ◇2334, ◇2337, ◇2340, ◇2343, ◇2346, ◇2349, ◇2352, ◇2355, ◇2358, ◇2361, ◇2364, ◇2367, ◇2370, ◇2373, ◇2376, ◇2379, ◇2382, 2395, 2401, 2411, 2419, 2424, 2448, 2449, 2458, 2469, 2475, 2489, 2494, 2539, 2546, 2573, 2608, 2612, ◇2678, ◇2681, ◇2684, ◇2687, ◇2690, ◇2693, ◇2696, ◇2699, ◇2702, ◇2705, ◇2707, ◇2710, ◇2715, ◇2718, ◇2723, ◇2726, ◇2731, ◇2734, ◇2739, ◇2742, ◇2747, ◇2753, ◇2774, ◇2779, *炭俵刊記, 3362
利合《りごう》 江戸の人. 2556, 2582, ◇2761, ◇2776, 3224, 3369, 3429
利重《りじゅう》 尾張の人. 301, 817, 1082
李晨《りしん》 美濃岐阜の人. 707, 781
利雪《りせつ》 伊賀上野の人. 中野氏. 通称, 与兵衛. 1970, 3376
李桃《りとう》 美濃岐阜の人. 406, 638, 1073
里東《りとう》 近江膳所の人. 句は『四季千句』に初出. 他に『花摘』『白馬』等に入句. ◇1509, ◇1516, ◇1521, ◇1526, ◇1533, ◇1538, ◇1546, ◇1555, ◇1564, ◇1573, 1777, 2150, 2524, 2545, 2610, 3173, 3232, 3412
李風《りふう》 尾張の人. ◇190, ◇195, ◇202, ◇205, ◇212, ◇215, ◇222, 321, 327
里圃《りほ》 江戸の人. 能役者, 宝生友春またはその長男主馬かと伝える. 別号, 柵松軒. 元禄 6 年(1693)芭蕉門に入り, 芭蕉一周忌の追善に『翁草』を編纂. 沾圃•馬莧と共に『続猿蓑』の編集発起人の 1 人. ◇2787, ◇2790, ◇2795, ◇2798, ◇2803, ◇2806, ◇2811, ◇2814, ◇2819, ◇2822, ◇2825, ◇2828, ◇2831, ◇2834, ◇2837, ◇2840, ◇2843, ◇2846, ◇2849, ◇2852, ◇2855, 2856, ◇2861, ◇2864, ◇2867, ◇2870, ◇2873, ◇2876, ◇2879, ◇2882, ◇2885, ◇2888, ◇2891, 3163, 3336, 3381
李由《りゆう》 近江犬上郡平田村の人. 光明遍照寺の住職. 俗姓, 河野氏. 字, 買年. 諱, 通賢. 別号, 四梅廬•孟耶観•月沢道人. 宝永 2 年(1705) 6 月 22 日没, 44 歳. 『韻塞』『篇突』『宇陀法師』など, 許六との共編がある. 句は他に『いつを昔』『其袋』等に入句. 1829, 2553, 2637, 3006, *3058, 3416
柳陰《りゅういん》 2158
柳雨《りゅうう》 335
柳梅《りゅうばい》 3044, 3244
柳風《りゅうふう》 395, 489, 586
良品《りょうほん》 伊賀上野の人. 藤堂藩士. 友田氏. 通称, 角左衛門. 初号, 投師子. 享保 15 年(1730) 6 月 26 日没, 65 歳. 句は『有磯海』『北国曲』等に入句. 1646, 2997, 3136
涼葉《りょうよう》 美濃大垣藩士. 上田氏. 通称, 儀太

夫．のちに深川へ出て，芭蕉に師事した．初出は『其袋』．晩年には再び郷里へ帰ったか．句は他に『枯尾花』『木曾の谷』等に入句． 3209, 3238

李里《りり》 2980

林斧《りんぷ》 747, 799

涼月《りょうげつ》 703

呂丸《ろがん》 出羽羽黒山麓手向村の人．図司氏(または近藤氏)．通称，左吉．別号，喝柏《ようはく》堂(『葛の松原』)．元禄6年(1693) 2月2日没．羽黒山伏の法衣を染める染物業を営む．元禄2年，芭蕉に入門．のちに『聞書七日草』(『呂丸聞書』)を残した．句は『花摘』『三山雅集』等に入句． 2622, 3422, *3422, 3478

蘆夕《ろせき》 美濃の人． 767

露川《ろせん》 伊賀友生《とものう》の人．沢氏．通称，藤屋市郎右衛門．別号，霧山軒・鰞山窟・月空居士．寛保3年(1743) 8月23日没，83歳．名古屋札ノ辻の渡辺家の養子となり，数珠商を営む．初め，季吟・横船に師事し，元禄4年(1691)冬，芭蕉に入門．宝永3年(1706)剃髪し，『庵の記』を出版後，諸国を行脚して門弟の拡大に腐心した．編著に『花虚木』『流川集』『矢矧堤』『記念題』『枕かけ』『船庫集』『西国曲』『北国曲』『水鶏塚』等がある．句は上記の他に『元禄百人一句』『藤の実』等に入句． 3242, 3335

露沾《ろせん》 磐城平の藩主．内藤氏．名，義英．のちに政栄．幼名，五郎四郎．別号，傍池亭・遊園堂．享保18年(1733) 9月14日没，79歳．父風虎の影響で俳諧をたしなむ．後に露沾門の俳系を残す．句は『桜川』『東日記』等に入句． 1880, *1921, 2397, 2964, 3206, 3327, 3355

路草《ろそう》 伊勢山田の人．久保倉氏．名，盛僚．通称，右近．外宮権禰宜の師職．乙孝と号す． 3399

魯町《ろちょう》 肥前長崎の人．向井氏．名，元成．通称，小源太．別号，礼焉・鳳梧斎・樵夫・懶漁・無為．去来の弟(牡年・千子の兄)．享保12年(1727) 2月9日没，72歳．儒家．長崎の聖堂の祭酒(大学頭)，書物改役も勤む．俳諧は兄の去来や芭蕉に師事．初出は『猿蓑』の「几右日記」．他に『己が光』『有磯海』等に入句． 2164, 2505, 3066

路通《ろつう》 美濃(あるいは京都・筑紫)の人．八十村氏，または斎部《いんべ》氏．名，伊紀．通称，与次右衛門．元文3年(1738) 7月没，90歳．若い頃僧形となり，延宝2,3年頃から乞食生活．貞享2年(1685)夏芭蕉と出会い，同5年，芭蕉を慕って江戸へ出た．元禄3年(1690)『俳諧勧進牒』を編む．芭蕉没後，初七日の法要に参列し『芭蕉翁行状記』を著す．他の編著に『桃舐集』『彼岸の月』がある．他に，『いつを昔』『花摘』等に入句． 360, 455, 465, 529, 619, 671, 769, 939, 955, ◇1474, ◇1475, ◇1478, ◇1479, ◇1482, ◇1483, ◇1486, ◇1487, 16
68, 1708, 1806, 1900, 1937

鷺汀《ろてい》 尾張鳴海の人． 449, 724

蘆本《ろほん》 美濃の人．浦田氏．通称，藤兵衛．字，相雄《まさお》．別号，葎問亭・東向斎．元文元年(1736) 10月21日没，73歳．初め木因についたか．伊勢山田に住んで涼菟に学び，乙由と共に伊勢派の中心になる．編著に『第四伊勢墨直し』『其暁』『それも応』がある．句は『枯尾花』『星月夜』等に入句． 3117

露笠《ろりつ》 3353